M 3,50



HEYN[E]
NOSTALGIE BIBLIOTHEK

# FELIX DAHN

# EIN KAMPF UM ROM

## ROMAN

WILHELM HEYNE VERLAG
MÜNCHEN

Die Reihe Heyne-Nostalgie-Bibliothek bringt Bestseller der Unterhaltungsliteratur der letzten Jahrzehnte des 19. Jahrhunderts und des beginnenden 20. Jahrhunderts. Um den Reiz des Originals zu bewahren, wurden am Text keine Änderungen vorgenommen, so daß sich manchmal Widersprüche zu der heutigen Rechtschreibung ergeben können.


Printed in Germany 1976
Umschlagfoto: Archiv für Kunst und Geschichte, Berlin
Umschlaggestaltung: Atelier Heinrichs, München
Gesamtherstellung: Presse-Druck Augsburg

ISBN 3-453-44025-0

# Vorwort

Die wissenschaftlichen Grundlagen dieser in Gestalt eines Romans gekleideten Bilder aus dem sechsten Jahrhundert enthalten meine in folgenden Werken niedergelegten Forschungen:

Die Könige der Germanen. II. III. IV. Band. München und Würzburg 1862–1866.

Prokopius von Cäsarea. Ein Beitrag zur Historiographie der Völkerwanderung und des sinkenden Römertums. Berlin 1865.

Aus diesen Darstellungen mag der Leser die Ergänzungen und Veränderungen, die der Roman an der Wirklichkeit vorgenommen, erkennen.

Das Werk ist 1859 in München begonnen, in Italien, zumal Ravenna, weitergeführt, und 1876 in Königsberg abgeschlossen worden.

*Königsberg,* Januar 1876.

Felix Dahn

## Erstes Buch

# Theoderich

### Erstes Kapitel

Es war eine schwüle Sommernacht des Jahres fünfhundertsechsundzwanzig nach Christus.

Schwer lagerte dichtes Gewölk über der dunkeln Fläche der Adria, deren Küsten und Gewässer zusammenflossen in unterscheidungslosem Dunkel: nur ferne Blitze warfen hier und da ein zuckendes Licht über das schweigende Ravenna. In ungleichen Pausen fegte der Wind durch die Steineichen und Pinien auf dem Höhenzug, welcher sich eine gute Strecke westlich von der Stadt erhebt, einst gekrönt von einem Tempel des Neptun, der, schon damals halb zerfallen, heute bis auf dürftige Spuren verschwunden ist.

Es war still auf dieser Waldhöhe: nur ein vom Sturm losgerissenes Felsstück polterte manchmal die steinigen Hänge hinunter, und schlug zuletzt platschend in das sumpfige Wasser der Kanäle und Gräben, die den ganzen Kreis der Seefestung umgürteten.

Oder in dem alten Tempel löste sich eine verwitterte Platte von dem getäfelten Dach der Decke und fiel zerspringend auf die Marmorstufen — Vorboten von dem drohenden Einsturz des ganzen Gebäudes.

Aber dies unheimliche Geräusch schien nicht beachtet zu werden von einem Mann, der unbeweglich auf der zweithöchsten Stufe der Tempeltreppe saß, den Rücken an die höchste Stufe gelehnt, und schweigend und unverwandt in einer Richtung über die Höhe hinab nach der Stadt zu blickte.

Lange saß er so: regungslos, aber sehnsüchtig wartend: er achtete es nicht, daß ihm der Wind die schweren Regentropfen, die einzeln zu fallen begannen, ins Gesicht schlug, und ungestüm in dem mächtigen, bis an den ehernen Gurt wallenden Bart wühlte, der fast die ganze breite Brust des alten Mannes mit glänzendem Silberweiß bedeckte.

Endlich stand er auf und schritt einige der Marmorstufen nieder: »Sie kommen,« sagte er.

Es wurde das Licht einer Fackel sichtbar, die sich rasch von der Stadt her dem Tempel näherte: man hörte schnelle, kräftige Schritte und bald danach stiegen drei Männer die Stufen der Treppe herauf.

»Heil, Meister Hildebrand, Hildungs Sohn!« rief der voranschreitende Fackelträger, der jüngste von ihnen, in gotischer Sprache mit auffallend melodischer Stimme, als er die lückenhafte Säulenreihe des Pronaos, der Vorhalle, erreicht.

Er hob das Windlicht hoch empor — schöne, korinthische Erzarbeit am Stiel, durchsichtiges Elfenbein bildete den vierseitigen Schirm, und den gewölbten durchbrochnen Deckel — und steckte es in den Erzring, der die geborstne Mittelsäule zusammenhielt.

Das weiße Licht fiel auf ein apollinisch schönes Antlitz mit lachenden, hellblauen Augen; mitten auf seiner Stirn teilte sich das lichtblonde Haar in zwei lang fließende Lockenwellen, die rechts und links bis auf seine Schultern wallten; Mund und Nase, fein, fast weich geschnitten, waren von vollendeter Form, ein leichter Anflug goldhellen Bartes deckte die freundlichen Lippen und das leicht gespaltene Kinn; er trug nur weiße Kleider: einen Kriegsmantel von feiner Wolle, durch eine goldne Spange in Greifengestalt auf der rechten Schulter festgehalten, und eine römische Tunika von weicher Seide, beide mit einem Goldstreif durchwirkt; weiße Lederriemen festigten die Sandalen an den Füßen und reichten, kreuzweis geflochten, bis an die Kniee; die nackten, glänzendweißen Arme umzirkten zwei breite Goldreife: und wie er, die Rechte um eine hohe Lanze geschlungen, die ihm zugleich als Stab und als Waffe diente, die Linke in die Hüfte gestemmt, ausruhend von dem Gang, zu seinen langsameren Weggenossen hinunterblickte, schien in den grauen Tempel eine jugendliche Göttergestalt aus seinen schönsten Tagen wieder eingekehrt.

Der zweite der Ankömmlinge hatte, trotz einer allgemeinen Familienähnlichkeit, doch einen von dem Fackelträger völlig verschiednen Ausdruck.

Er war einige Jahre älter, sein Wuchs war derber und breiter — tief in den mächtigen Stiernacken hinab reichte das dicht und kurz gelockte braune Haar — und von fast riesenhafter Höhe und Stärke: in seinem Gesicht fehlte jener sonnige Schimmer, jene vertrauende Freude und Lebenshoffnung, welche die Züge des jüngeren Bruders verklärten: statt dessen lag in seiner ganzen Erscheinung der Ausdruck von bärenhafter Kraft und bärenhaftem Mut: er trug eine zottige Wolfsschur, deren Rachen, wie eine Kapuze, sein Haupt umhüllte, ein schlichtes Wollenwams darunter, und auf der rechten Schulter eine kurze, wuchtige Keule aus dem harten Holz einer Eichenwurzel.

Bedächtigen Schrittes folgte der dritte, ein mittelgroßer Mann von gemessen verständigem Ausdruck. Er trug den Stahlhelm, das Schwert und den braunen Kriegsmantel des gotischen Fußvolks. Sein schlichtes, hellbraunes Haar war über der Stirn geradlinig abgeschnitten: eine uralte germanische Haartracht, die schon auf römischen Siegessäulen erscheint und sich bei dem deutschen Bauer bis heut' erhalten hat. Aus den regelmäßigen Zügen des offnen Gesichts, aus dem grauen, sichern Auge sprach besonnene Männlichkeit und nüchterne Ruhe.

Als auch er die Cella des Tempels erreicht und den Alten begrüßt hatte, rief der Fackelträger mit lebhafter Stimme:

»Nun, Meister Hildebrand, ein schönes Abenteuer muß es sein, zu dem du uns in solch' unwirtlicher Nacht in diese Wildnis von Natur und Kunst geladen hast! Sprich, was soll's geben?«

Statt der Antwort fragte der Alte, sich zu dem Letztgekommnen wendend: »Wo bleibt der Vierte, den ich lud?«

»Er wollte allein gehen. Er wies uns alle ab. Du kennst ja seine Weise.«

»Da kömmt er!« rief der schöne Jüngling, nach einer andern Seite des Hügels deutend.

Wirklich nahte dorther ein Mann von höchst eigenartiger Erscheinung.

Das volle Licht der Fackel beleuchtete ein geisterhaft bleiches Antlitz, das fast blutleer schien; lange, glänzend schwarze Locken hingen von dem unbedeckten Haupt wie dunkle Schlangen wirr bis auf die Schultern. Hochgeschweifte, schwarze Brauen und lange Wimpern beschatteten die großen, melancholischen dunkeln Augen voll verhaltner Glut, eine Adlernase senkte sich sehr scharfgeschnitten gegen den feinen, glattgeschornen Mund, den ein Zug resignierten Grames umfurchte.

Gestalt und Haltung waren so jugendlich: aber die Seele schien vor der Zeit vom Schmerz gereift.

Er trug Ringpanzer und Beinschienen von schwarzem Erz und in seiner Rechten blitzte ein Schlachtbeil an langem lanzengleichem Schaft. Nur mit dem Haupte nickend begrüßte er die andern und stellte sich hinter den Alten, der sie nun alle Vier dicht an die Säule, welche die Fackel trug, treten hieß und mit gedämpfter Stimme begann:

»Ich habe euch hierher beschieden, weil ernste Worte müssen gesprochen werden, unbelauscht, und zu treuen Männern, die da helfen mögen.

Ich sah umher im ganzen Volk, mondenlang: euch hab' ich gewählt, ihr seid die Rechten. Wenn ihr mich angehört habt, so fühlt ihr von selbst, daß ihr schweigen müßt von dieser Nacht.«

Der dritte, der mit dem Stahlhelm, sah den Alten mit ernsten Augen an: »Rede,« sagte er ruhig, »wir hören und schweigen. Wovon willst du zu uns sprechen?«

»Von unsrem Volk, von diesem Reich der Goten, das hart am Abgrund steht.«

»Am Abgrund?« rief lebhaft der blonde Jüngling. Sein riesiger Bruder lächelte und erhob aufhorchend das Haupt.

»Ja, am Abgrund,« rief der Alte, »und ihr allein, ihr könnt es halten und retten.«

»Verzeih' dir der Himmel deine Worte!« fiel der Blonde lebhaft ein, »haben wir nicht unsern König Theoderich, den seine Feinde selbst den Großen nennen, den herrlichsten Helden, den weisesten Fürsten der Welt? Haben wir nicht dies lachende Land Italia mit all' seinen Schätzen? Was gleicht auf Erden dem Reich der Goten?«

Der Alte fuhr fort: »Hört mich an. König Theoderich, mein treuer Herre und mein lieber Sohn, was der wert ist, wie groß er ist, das weiß am besten Hildebrand, Hildungs Sohn. Ich hab' ihn vor mehr als fünfzig Jahren auf diesen Armen seinem Vater als ein zappelnd Knäblein gebracht und gesagt: »Das ist starke Zucht: Du wirst Freude dran haben.«

Und wie er heranwuchs – ich habe ihm den ersten Bolz geschnitzt und ihm die erste Wunde gewaschen! Ich habe ihn begleitet nach der goldnen Stadt Byzanz und ihn dort gehütet, Leib und Seele. Und als er dieses schöne Land erkämpfte, bin ich vor ihm hergeschritten, Fuß für Fuß, und habe den Schild über ihn gehalten in dreißig Schlachten. Wohl hat er seither gelehrtere Räte und Freunde gefunden als seinen alten Waffenmeister, aber klügere schwerlich und treuere gewiß nicht. Wie stark sein Arm gewesen, wie scharf sein Auge, wie klar sein Kopf, wie schrecklich er war unterm Helm, wie freundlich beim Becher, wie überlegen selbst den Griechlein an Klugheit, das hatte ich hundertmal erfahren, lange ehe dich, du junger Nestfalk, die Sonne beschienen.

Aber der alte Adler ist flügellahm geworden!

Seine Kriegsjahre lasten auf ihm — denn er und ihr und euer Geschlecht, ihr könnt die Jahre nicht mehr tragen wie ich und meine Spielgenossen: er liegt krank, rätselhaft krank an Seele und Leib in seinem goldnen Saal dort unten in der Rabenstadt. Die Ärzte sagen, wie stark sein Arm noch sei, jeder Schlag des Herzens mag ihn töten wie der Blitz und auf jeder sinkenden Sonne mag er hinunterfahren zu den Toten. Und wer ist dann sein Erbe, wer stützt dann dieses Reich? Amalaswintha, seine Tochter, und Athalarich, sein Enkel: ein Weib und ein Kind.«

»Die Fürstin ist weise,« sprach der dritte mit dem Helm und dem Schwert.

»Ja, sie schreibt griechisch an den Kaiser und redet römisch mit dem frommen Cassiodor. Ich zweifle, ob sie gotisch denkt. Weh' uns, wenn sie im Sturm das Steuer halten soll.«

»Ich sehe aber nirgends Sturm, Alter,« lachte der Fackelträger und schüttelte die Locken. »Woher soll er blasen? Der Kaiser ist wieder versöhnt, der Bischof von Rom ist vom König selbst eingesetzt, die Frankenfürsten sind seine Neffen, die Italier haben es unter unsrem Schild besser als je zuvor. Ich sehe keine Gefahr, nirgends.«

»Kaiser Justinus ist nur ein schwacher Greis,« sprach beistimmend der mit dem Schwert, »ich kenne ihn.«

»Aber sein Neffe, bald sein Nachfolger, und jetzt schon sein rechter Arm, kennst du auch den? Unergründlich wie die Nacht und falsch wie das Meer ist Justinian: ich kenne ihn und fürchte was er sinnt. Ich begleitete die letzte Gesandtschaft nach Byzanz: er kam zu unsrem Gelag: er hielt mich für berauscht: der Narr, er weiß nicht, was Hildungs Kind trinken mag! und fragte mich um alles, genau um alles, was man wissen muß, um — uns zu verderben. Nun, von mir hat er den rechten Bescheid gekriegt! Aber ich weiß es so gewiß wie meinen Namen: dieser Mann will dies Land, dies Italien wieder haben und nicht die Fußspur eines Goten wird er darin übrig lassen.«

»Wenn er kann,« brummte des Blonden Bruder dazwischen.

»Recht, Freund Hildebad, wenn er kann. Und er kann viel. Byzanz kann viel.«

Jener zuckte die Achseln.

»Weißt du's, wie viel?« fragte der Alte zornig. »Zwölf Jahre lang hat unser großer König mit Byzanz gerungen und hat nicht obgesiegt. Aber damals warst du noch nicht geboren,« fügte er ruhig hinzu.

»Wohl!« kam jenem der Bruder zu Hilfe. »Aber damals standen die Goten allein im fremden Land. Jetzt haben wir eine ganze zweite Hälfte gewonnen: wir haben eine Heimat, Italien, wir haben Waffenbrüder, die Italier.« — »Italien unsre Heimat!« rief der Alte bitter, »ja, das ist der Wahn. Und die Welschen unsre Helfer gegen Byzanz! Du junger Thor!«

»Das sind unsres Königs eigne Worte,« entgegnete der Gescholtene.

»Ja, ja, ich kenne sie wohl, die Wahnreden, die uns alle verderben werden. Fremd sind wir hier, fremd, heute wie vor vierzig Jahren, da wir von diesen Bergen niederstiegen und fremd werden wir sein in diesem Lande noch nach tausend Jahren. Wir sind hier ewig die Barbaren!«

»Jawohl, aber warum bleiben wir Barbaren? Wessen Schuld ist das als die unsre? Weshalb lernen wir nicht von ihnen?«

»Schweig still,« schrie der Alte, zuckend vor Grimm, »schweig, Totila, mit solchen Gedanken: sie sind der Fluch meines Hauses geworden.« Sich mühsam beruhigend fuhr er fort:

»Unsre Todfeinde sind die Welschen, nicht unsre Brüder. Weh, wenn wir ihnen trauen! O daß der König nach meinem Rat gethan und nach seinem Sieg alles erschlagen hätte das Schwert und Schild führen konnte vom lallenden Knäblein bis zum lallenden Greis! Sie werden uns ewig hassen. Und sie haben Recht. Wir aber, wir sind die Thoren, sie zu bewundern.«

Eine Pause trat ein: ernst geworden fragte der Jüngling: »Und du hältst keine Freundschaft für möglich zwischen uns und ihnen?«

»Kein Friede zwischen den Söhnen des Gaut und dem Südvolk! Ein Mann tritt in die Goldhöhle des Drachen: er drückt das Haupt des Drachen nieder mit eherner Faust: der bittet um sein Leben: der Mann erbarmt sich seiner schillernden Schuppen und weidet sein Auge an den Schätzen der Höhle. Was wird der Giftwurm thun? Hinterrücks, sobald er kann, wird er ihn stechen, daß der Verschoner stirbt.«

»Wohlan, so laß sie kommen, die Griechlein,« schrie der riesige Hildebad, »und laß dies Natterngezücht gegen uns aufzüngeln. Wir wollen sie niederschlagen — so!« und er hob die Keule und ließ sie niederfallen, daß die Marmorplatte in Splitter sprang und der alte Tempel in seinen Grundfugen erdröhnte.

»Ja, sie sollen's versuchen!« rief Totila und aus seinen Augen leuchtete ein kriegerisches Feuer, das ihn noch schöner machte. »Wenn diese undankbaren Römer uns verraten, wenn die falschen Byzantiner kommen —« er blickte mit liebevollem Stolz auf seinen starken Bruder — »sieh, Alter, wir haben Männer wie die Eichen.«

Wohlgefällig nickte der alte Waffenmeister: »Ja, Hildebad ist sehr stark; obwohl nicht ganz so stark wie Winithar und Walamer und die andern waren, die mit mir jung gewesen. Und gegen Nordmänner ist Stärke gut Ding. Aber dieses Südvolk,« fuhr er ingrimmig fort, »kämpft von Türmen und Mauerzinnen herunter. Sie führen den Krieg wie ein Rechenexempel und rechnen dir zuletzt ein Heer von Helden in einen Winkel hinein, daß es sich nicht mehr rühren noch regen kann. Ich kenne einen solchen Rechenmeister in Byzanz, der ist kein Mann und besiegt die Männer. Du kennst ihn auch, Witichis?« so fragend wandte er sich an den Mann mit dem Schwert.

»Ich kenne Narses,« sagte dieser, der sehr ernst geworden, nachdenklich. »Was du gesprochen, Hildungs Sohn, ist leider wahr, sehr wahr. Ähnliches ist mir oft schon durch die Seele gegangen, aber unklar, dunkel, mehr ein Grauen als ein Denken. Deine Worte sind unwiderleglich: der König am Tod, die Fürstin ein halbgriechisch Weib, Justinian lauernd, die Welschen schlangenfalsch, die Feldherrn von Byzanz Zauberer von Kunst, aber« — hier holte er tief Atem — »wir stehen nicht allein, wir Goten. Unser weiser König hat sich Freunde, Verbündete geschaffen in Überfluß. Der König der Vandalen ist sein Schwestermann, der König der Westgoten sein Enkel, die Könige der Burgunden, der Heruler, der Thüringe, der Franken sind ihm verschwägert, alle Völker ehren ihn wie ihren Vater, die Sarmaten, die fernen Esthen selbst an der Ostsee senden ihm huldigend Pelzwerk und gelben Bernstein. Ist das alles ...«

»Nichts ist das alles, Schmeichelworte sind's und bunte Lappen! Sollen uns die Esthen helfen mit ihrem Bernstein wider Belisar und Narses? Weh uns, wenn wir nicht allein siegen können. Diese Schwäger und Eidame schmeicheln, so lang sie zittern, und wenn sie nicht mehr zittern, werden sie drohen. Ich kenne die Treue der Könige! Wir haben Feinde ringsum, offene und geheime, und keinen Freund als uns selbst.«

Ein Schweigen trat ein, in welchem alle die Worte des Alten besorgt erwogen: heulend fuhr der Sturm um die verwitterten Säulen und rüttelte an dem morschen Tempelbau.

Da sprach zuerst Witichis, vom Boden aufblickend, sicher und gefaßt: »Groß ist die Gefahr, hoffentlich nicht unabwendbar. Gewiß hast du uns nicht hierher beschieden, daß wir thatlos in die Verzweiflung schauen. Geholfen muß werden: so sprich, wie meinst du, daß zu helfen sei.«

Der Alte trat einen Schritt auf ihn zu und faßte seine Hand: »Wacker, Witichis, Waltaris Sohn. Ich kannte dich wohl und will dir's treu gedenken, daß vor allen du zuerst ein männlich Wort der Zuversicht gefunden. Ja, ich denke wie du: noch ist Hilfe möglich, und um sie zu finden habe ich euch hierher gerufen, wo uns kein Welscher hört. Saget nun an und ratet: dann will ich sprechen.«

Da alle schwiegen, wandte er sich zu dem Schwarzgelockten: »Wenn du denkst wie wir, so sprich auch du, Teja. Warum schwiegst du bisher?«

»Ich schweige, weil ich anders denke, denn ihr.«

Die andern staunten. Hildebrand sprach: »Wie meinst du das, mein Sohn?«

»Hildebad und Totila sehen nicht die Gefahr, du und Witichis, ihr sehet sie und hoffet, ich aber sah sie längst und hoffe nicht.«

»Du siehst zu schwarz, wer darf verzweifeln vor dem Kampf?« meinte Witichis.

»Sollen wir, das Schwert in der Scheide, ohne Kampf, ohne Ruhm untergehen?« rief Totila.

»Nicht ohne Kampf, mein Totila, und nicht ohne Ruhm, so weiß ich,« antwortete Teja, leise die Streitaxt zuckend. »Kämpfen wollen wir, daß man es nie vergessen soll in allen Tagen: kämpfen mit höchstem Ruhm, aber ohne Sieg. Der Stern der Goten sinkt.«

»Mir deucht, er will erst recht hoch steigen,« rief Totila ungeduldig. »Laßt uns vor den König treten, sprich du, Hildebrand, zu ihm wie du zu uns gesprochen. Er ist weise: er wird Rat finden.«

Der Alte schüttelte den Kopf: »Zwanzigmal hab ich zu ihm gesprochen. Er hört mich nicht mehr. Er ist müde und will sterben und seine Seele ist verdunkelt, ich weiß nicht, durch welchen Schatten. Was denkst du, Hildebad?«

»Ich denke,« sprach dieser sich hoch aufrichtend, »sowie der alte Löwe die müden Augen geschlossen, rüsten wir zwei Heere. Das eine führen Witichis und Teja vor Byzanz und brennen es nieder, mit dem andern steigen ich und mein Bruder über die Alpen und zerschlagen Paris, das Drachennest der Merowinger, zu einem Steinhaufen für alle Zukunft. Dann wird Ruhe sein, im Osten und im Norden.«

»Wir haben keine Schiffe gegen Byzanz,« sprach Witichis.

»Und die Franken sind sieben wider Einen gegen uns,« sagte Hildebrand. »Aber wacker meinst du's, Hildebad. Sage, was rätst du, Witichis?«

»Ich rate einen Bund, mit Schwüren beschwert, mit Geiseln gesichert aller Nordstämme gegen die Griechen.«

»Du glaubst an Treue, weil du selber treu. Mein Freund, nur die Goten können den Goten helfen. Man muß sie nur wieder daran erinnern, daß sie Goten sind. Hört mich an. Ihr alle seid jung und liebt allerlei Dinge und habt vielerlei Freuden. Der eine liebt ein Weib, der andre die Waffen, der dritte irgend eine Hoffnung oder auch irgend einen Gram, der ihm ist wie eine Geliebte. Aber glaubt mir, es kömmt eine Zeit, und die Not kann sie euch noch in jungen Tagen bringen, da all diese Freuden und selbst Schmerzen wertlos werden wie welke Kränze vom Gelag von gestern.

Da werden denn viele weich und fromm und vergessen des was auf Erden und trachten nach dem was hinter dem Grabe ist. Ich kann's nicht und ihr, mein' ich, und viele von uns können's auch nicht. Die Erde lieb' ich mit Berg und Wald und Weide und strudelndem Strom und das Leben darauf mit heißem Haß und langer Liebe, mit zähem Zorn und stummem Stolz. Von jenem Luftleben da droben in den Windwolken, wie's die Christenpriester lehren, weiß ich nichts und will ich nichts wissen. Eins aber bleibt dem Mann, dem rechten, wenn alles andre dahin. Ein Gut, von dem er nimmer läßt. Seht mich an. Ich bin ein entlaubter Stamm, alles hab' ich verloren was mein Leben erfreute: mein Weib ist tot, seit vielen Jahren, meine Söhne sind tot, meine Enkel sind tot: bis auf Einen, der ist schlimmer als tot: der ist ein Welscher geworden. Dahin und lang vermodert sind sie alle, mit denen ich ein kecker Knabe und ein markiger Mann gewesen, und schon steigt meine erste Liebe und mein letzter Stolz, mein großer König, müde in sein Grab. Nun seht, was hält mich noch im Leben? Was giebt mir Mut, Lust, Zwang zu leben? Was treibt mich Alten wie einen Jüngling in dieser Sturmnacht auf die Berge? Was lodert hier unter dem Eisbart heiß in lauter Liebe, in störrigem Stolz und in trotziger Trauer? Was anders als der Drang, der unaustilgbar in unsrem Blute liegt, der tiefe Drang und Zug zu meinem Volk, die Liebe, die lodernde, die allgewaltige, zu dem Geschlechte, das da Goten heißt, und das die süße, heimliche, herrliche Sprache redet meiner Eltern, der Zug zu denen, die da sprechen, fühlen, leben wie ich. Sie bleibt, sie allein, diese Volksliebe, ein Opferfeuer, in dem Herzen, darinnen alle andre Glut erloschen, sie ist das teure, das mit Schmerzen geliebte Heiligtum, das Höchste in jeder Mannesbrust, die stärkste Macht in seiner Seele, treu bis zum Tod und unbezwingbar.«

Der Alte hatte sich in Begeisterung geredet, sein Haar flog im Winde, er stand wie ein alter hünenhafter Priester unter den jungen Männern, welche die Fäuste an ihren Waffen ballten.

Endlich sprach Teja: »Du hast Recht, diese Flamme lodert noch, wo alles sonst erloschen. Aber sie brennt in dir, in uns, vielleicht noch in hundert andern unsrer Brüder. Kann das ein ganzes Volk erretten? Nein! Und kann diese Glut die Masse ergreifen, die Tausende, die Hunderttausende?«

»Sie kann es, mein Sohn, sie kann es. Dank allen Göttern, daß sie's kann. Höre mich an. Es sind jetzt fünfundvierzig Jahre, da waren wir Goten, viele Hunderttausende, mit Weibern und Kindern, in den Schluchten der Hämus-Berge eingeschlossen.

Wir lagen in höchster Not. Des Königs Bruder war von den Griechen in treulosem Überfall geschlagen und getötet, und aller Mundvorrat, den er uns zuführen sollte, verloren: wir saßen in den Felsschluchten und litten so bittern Hunger, daß wir Gras und Leder kochten. Hinter uns die unersteiglichen Felsen, vor uns und zur Linken das Meer, rechts in einem Engpaß die Feinde in dreifacher Überzahl. Viele Tausende von uns waren dem Hunger, dem Winter erlegen: zwanzigmal hatten wir vergebens versucht, jenen Paß zu durchbrechen. Wir wollten verzweifeln. Da kam ein Gesandter des Kaisers und bot uns Leben, Freiheit, Wein, Brot, Fleisch, unter einer einzigen Bedingung: wir sollten getrennt von einander, zu vier und vier, über das ganze Weltreich Roms zerstreut werden, keiner von uns mehr ein gotisch Weib freien, keiner sein Kind mehr unsre Sprache und Sitte lehren dürfen, Name und Wesen der Goten sollte verschwinden, Römer sollten wir werden. Da sprang der König auf, rief uns zusammen und trug's uns vor in flammender Rede und fragte zuletzt, ob wir lieber aufgeben wollten Sprache, Sitte, Leben unsres Volkes oder lieber mit ihm sterben? Da fuhr sein Wort in die Hunderte, die Tausende, die Hunderttausende wie der Waldbrand in die dürren Stämme, aufschrieen sie, die wackern Männer, wie ein tausendstimmiges, brüllendes Meer, die Schwerter schwangen sie, auf den Engpaß stürzten sie und weggefegt waren die Griechen als hätten sie nie gestanden, und wir waren Sieger und frei.«

Sein Auge glänzte in stolzer Erinnerung, nach einer Pause fuhr er fort: »Dies allein ist, was uns heute retten kann wie dazumal: fühlen erst die Goten, daß sie für jenes Höchste fechten, für den Schutz jenes geheimnisvollen Kleinods, das in Sprache und Sitte eines Volkes liegt wie ein Wunderborn, dann können sie lachen zu dem Haß der Griechen, zu der Tücke der Welschen. Und das vor allem wollt' ich euch fragen, fest und feierlich: fühlt ihr es wie ich so klar, so ganz, so mächtig, daß diese Liebe zu unsrem Volk unser Höchstes ist, unser schönster Schatz, unser stärkster Schild? könnt ihr sprechen wie ich: mein Volk ist mir das Höchste und alles, alles andre dagegen nichts, ihm will ich opfern was ich bin und habe, wollt ihr das, könnt ihr das!«

»Ja, das will ich, ja, das kann ich!« sprachen die vier Männer.

»Wohl,« fuhr der Alte fort, »das ist gut. Aber Teja hat Recht: nicht alle Goten fühlen das jetzt, heute schon, wie wir und doch müssen es alle fühlen, wenn es helfen soll. Darum gelobet mir, von heut' an unablässig euch selbst und alle unsres Volkes, mit denen ihr lebt und handelt, zu erfüllen mit dem Hauch dieser Stunde. Vielen, vielen hat der fremde Glanz die Augen geblendet: viele haben griechische Kleider angethan und römische Gedanken: sie schämen sich, Barbaren zu heißen: sie wollen vergessen und vergessen machen, daß sie Goten sind — wehe über die Thoren!

Sie haben das Herz aus ihrer Brust gerissen und wollen leben, sie sind wie Blätter, die sich stolz vom Stamme gelöst und der Wind wird kommen und wird sie verwehen in Schlamm und Pfützen, daß sie verfaulen: aber der Stamm wird stehen mitten im Sturm und wird lebendig erhalten, was treu an ihm haftet. Darum sollt ihr euer Volk wecken und mahnen überall und immer. Den Knaben erzählt die Sagen der Väter, von den Hunnenschlachten, von den Römersiegen: den Männern zeigt die drohende Gefahr und wie nur das Volkstum unser Schild: eure Schwestern ermahnt, daß sie keinen Römer umarmen und keinen Römling: eure Bräute, eure Weiber lehrt, daß sie alles, sich selbst und euch opfern dem Glück der guten Goten, auf daß, wenn die Feinde kommen, sie finden ein starkes Volk, stolz, einig, fest, daran sie zerschellen sollen wie die Wogen am Fels. Wollt ihr mir dazu helfen?«

»Ja,« sprachen sie, »das wollen wir.«

»Ich glaube euch,« fuhr der Alte fort, »glaube eurem bloßen Wort. Nicht um euch fester zu binden – denn was bände den Falschen? – sondern weil ich treu hange an altem Brauch und weil besser gedeiht, was geschieht nach Sitte der Väter – folget mir.«

## Zweites Kapitel

Mit diesen Worten nahm er die Fackel von der Säule und schritt quer durch den Innenraum, die Cella des Tempels, vorüber an dem zerfallenen Hauptaltar, vorbei an den Postamenten der lang herabgestürzten Götterbilder nach der Hinterseite des Gebäudes, dem Posticum. Schweigend folgten die Geladenen dem Alten, der sie über die Stufen hinunter ins Freie führte.

Nach einigen Schritten standen sie unter einer uralten Steineiche, deren mächtiges Geäst wie ein Dach Sturm und Regen abhielt. Unter diesem Baum bot sich ihnen ein seltsamer Anblick, der aber die gotischen Männer sofort an eine alte Sitte aus dem grauen Heidentum, aus der fernen nordischen Heimat gemahnte. Unter der Eiche war ein Streifen des dichten Rasens aufgeschlitzt, nur einen Fuß breit, aber mehrere Ellen lang, die beiden Enden des Streifens hafteten noch locker am Grunde: in der Mitte war der Rasengürtel auf drei ungleich in die Erde gerammte hohe Speere emporgespreizt, in der Mitte von dem längsten Speer gestützt, so daß die Vorrichtung ein Dreieck bildete, unter dessen Dach zwischen den Speersäulen mehrere Männer bequem stehen konnten. In der so gewonnenen Erdritze stand ein eherner Kessel, mit Wasser gefüllt, daneben lag ein spitzes und scharfes Schlachtmesser, uralt: das Heft vom Horn des Auerstiers, die Klinge von Feuerstein. Der Greis trat nun heran, stieß die Fakkel dicht neben dem Kessel in die Erde, stieg dann, mit dem rechten Fuß vorauf, in die Grube, wandte sich gegen Osten und neigte das Haupt: dann winkte er die Freunde zu sich, mit dem Finger am Mund ihnen Schweigen bedeutend. Lautlos traten die Männer in die Rinne und stellten sich, Witichis und Teja zu seiner Linken, die beiden Brüder zu seiner Rechten und alle fünf reichten sich die Hände zu einer feierlichen Kette. Dann ließ der Alte Witichis und Hildebad, die ihm zunächst standen, los und kniete nieder. Zuerst raffte er eine Hand voll der schwarzen Walderde auf und warf sie über die linke Schulter. Dann griff er mit der andern Hand in den Kessel und sprengte das Wasser rechts hinter sich. Darauf blies er in die wehende Nachtluft, die sausend in seinen langen Bart wehte. Endlich schwang er die Fackel von der Rechten zur Linken über sein Haupt. Dann steckte er sie wieder in die Erde und sprach murmelnd vor sich hin:

»Höre mich, alte Erde, wallendes Wasser, leichte Luft, flackernde Flamme! Höret mich wohl und bewahret mein Wort: Hier stehen fünf Männer vom Geschlechte des Gaut, Teja und Totila, Hildebad und Hildebrand und Witichis, Waltaris Sohn.

Wir stehen hier in stiller Stunde,
Zu binden einen Bund von Blutsbrüdern,
Für immer und ewig und alle Tage.
Wir sollen uns sein wie Sippegesellen
In Frieden und Fehde, in Rache und Recht.
Ein Hoffen, Ein Hassen, Ein Lieben, Ein Leiden,
Wie wir träufen zu Einem Tropfen
Unser Blut als Blutsbrüder.«

Bei diesen Worten entblößte er den linken Arm, die andern thaten desgleichen, eng aneinander streckten sich die fünf Arme über den Kessel, der Alte hob das scharfe Steinmesser und ritzte mit Einem Schnitt sich und den vier andern die Haut des Vorderarmes, daß das Blut aller in roten Tropfen in den ehernen Kessel floß.

Dann nahmen sie wieder die frühere Stellung ein und murmelnd fuhr der Alte fort:

»Und wir schwören den schweren Schwur,
Zu opfern all unser Eigen,
Haus, Hof und Habe,
Roß, Rüstung und Rind,
Sohn, Sippe und Gesinde,
Weib und Waffen und Leib und Leben
Dem Glanz und Glück des Geschlechtes von Gaut,
Den guten Goten.
Und wer von uns sich wollte weigern,
Den Eid zu ehren mit allen Opfern.«

Hier traten er, und auf seinen Wink auch die andern, aus der Grube und unter dem Rasenstreifen hervor:

»Des rotes Blut soll rinnen ungerächet
Wie dies Wasser unterm Waldwasen.«

Er erhob den Kessel, goß sein blutiges Wasser in die Grube und nahm ihn wie das andre Gerät heraus:

»Auf des Haupt sollen des Himmels Hallen
Dumpf niederdonnern und ihn erdrücken,
Wuchtig so wie dieser Wasen.«

Er schlug mit Einem Streich die drei spannenden Lanzenschäfte nieder und dumpf fiel die schwere Rasendecke nieder in die Rinne. Die fünf Männer stellten sich nun mit verschlungenen Händen auf die wieder von Rasen gedeckte Stelle und in rascherem Ton fuhr der Alte fort: »Und wer von uns nicht achtet dieses Eides und dieses Bundes und wer nicht die Blutsbrüder als echte Brüder schützt im Leben und rächt im Tode und wer sich weigert, sein Alles zu opfern dem Volk der Goten, wann die Not es begehrt und ein Bruder ihn mahnt, der soll verfallen sein auf immer den untern, den ewigen, den wüsten Gewalten, die da hausen unter dem grünen Gras des Erdgrundes: gute Menschen sollen mit Füßen schreiten über des Neidings Haupt und sein Name soll ehrlos sein soweit Christenleute Glocken läuten und Heidenleute Opfer schlachten, soweit Mutter Kind koset, und der Wind weht über die weite Welt. Sagt an, ihr Gesellen, soll's ihm also geschehn, dem niedrigen Neiding?«

»So soll ihm geschehen,« sprachen die vier Männer ihm nach.

Nach einer ernsten Pause löste Hildebrand die Kette der Hände und sprach: »Und auf daß ihr's wißt, welche Weihe diese Stätte hat für mich, jetzt auch für euch, warum ich euch zu solchem Thun gerade hierher beschieden und zu dieser Nacht, kommt und sehet.« Und also sprechend erhob er die Fackel und schritt voran hinter den mächtigen Stamm der Eiche, vor der sie geschworen. Schweigend folgten die Freunde, bis sie an der Kehrseite des alten Baumes hielten und hier mit Staunen gerade gegenüber der Rasengrube, in welcher sie gestanden, ein breites offenes Grab gähnen sahen, von welchem die deckende Felsplatte hinweggewälzt war: da ruhten in der Tiefe, im Licht der Fackel geisterhaft erglänzend, drei weiße lange Skelette, einzelne verrostete Waffenstücke, Lanzenspitzen, Schildbuckel lagen daneben. Die Männer blickten überrascht bald in die Grube, bald auf den Greis. Dieser leuchtete lange schweigend in die Tiefe. Endlich sagte er ruhig: »Meine drei Söhne. Sie liegen hier über dreißig Jahre. Sie fielen auf diesem Berg, in dem letzten Kampf um die Stadt Ravenna. Sie fielen in Einer Stunde, heute ist der Tag. Sie sprangen jubelnd in die Speere – für ihr Volk.«

Er hielt inne. Mit Rührung sahen die Männer vor sich hin. Endlich richtete sich der Alte hoch auf und sah gen Himmel. »Es ist genug,« sagte er, »die Sterne bleichen. Mitternacht ist längst vorüber. Geht, ihr andern, in die Stadt zurück. Du, Teja, bleibst wohl bei mir: dir ist ja vor andern, wie des Liedes, der Trauer Gabe gegeben – und hältst mit mir die Ehrenwacht bei diesen Toten.«

Teja nickte und setzte sich, ohne ein Wort, zu Füßen des Grabes, wo er stand, nieder. Der Alte reichte Totila die Fackel und lehnte sich Teja gegenüber auf die Felsplatte. Die andern Drei winkten ihm scheidend zu. Und ernst und in schweigende Gedanken versunken stiegen sie hinunter zur Stadt.

## Drittes Kapitel

Wenige Wochen nach jener nächtlichen Zusammenkunft bei Ravenna fand zu Rom eine Vereinigung statt, ebenfalls heimlich, ebenfalls unter dem Schutze der Nacht, aber von ganz andern Männern zu ganz andern Zwecken.

Das geschah an der appischen Straße nahe dem Cömeterium des heiligen Kalixtus in einem halbverschütteten Gang der Katakomben, jener rätselhaften unterirdischen Wege, die unter den Straßen und Plätzen Roms fast eine zweite Stadt bildeten. Es sind diese geheimnisvollen Räume — ursprünglich alte Begräbnisplätze, oft die Zuflucht der jungen Christengemeinde — so vielfach verschlungen und ihre Kreuzungen, Endpunkte, Aus- und Eingänge so schwierig zu finden, daß nur unter ortvertrautester Führung ihre inneren Tiefen betreten werden können. Aber die Männer, deren geheimen Verkehr wir diesmal belauschen, fürchteten keine Gefahr. Sie waren gut geführt. Denn es war Silverius, der katholische Archidiakonus der alten Kirche des heiligen Sebastian, der unmittelbar von der Krypta seiner Basilika aus die Freunde auf steilen Stufen in diesen Zweigarm der Gewölbe geführt hatte: und die römischen Priester standen in dem Rufe, seit den Tagen der ersten Christen Kenntnis jener Labyrinthe fortgepflanzt zu haben. Die Versammelten schienen auch sich hier nicht zum erstenmal einzufinden: die Schauer des Ortes machten wenig Eindruck auf sie. Gleichgültig lehnten sie an den Wänden des unheimlichen Halbrunds, das, von einer bronzenen Hängelampe spärlich beleuchtet, den Schluß des niedrigen Ganges bildete, gleichgültig hörten sie die feuchten Tropfen von der Decke zur Erde fallen und, wenn ihr Fuß hier und da an weiße, halbvermoderte Knochen stieß, schoben sie auch diese gleichgültig auf die Seite.

Es waren außer Silverius noch einige andere rechtgläubige Priester und eine Mehrzahl vornehmer Römer aus den Adelsgeschlechtern des westlichen Kaiserreichs anwesend, die seit Jahrhunderten in fast erblichem Besitz der höheren Würden des Staates und der Stadt geblieben.

Schweigend und aufmerksam beobachteten sie die Bewegungen des Archidiakons, der sich, nachdem er die Erschienenen gemustert und in einige der einmündenden Gänge, in deren Dunkel man junge Leute in priesterlichen Kleidern Wache halten sah, prüfende Blicke geworfen hatte, jetzt offenbar anschickte, die Versammlung in aller Form zu eröffnen.

Noch einmal trat er auf einen hochgewachsenen Mann zu, der ihm gegenüber regungslos an der Mauer lehnte und mit dem er wiederholt Blicke getauscht hatte: und nachdem dieser auf eine fragende Miene schweigend genickt, wandte er sich gegen die übrigen und sprach:

»Geliebte im Namen des dreieinigen Gottes! Wieder einmal sind wir hier versammelt zu heiligem Werk.

Das Schwert von Edom ist gezückt ob unsrem Haupt und König Pharao lechzt nach dem Blut der Kinder Israel. Wir aber fürchten nicht jene, die den Leib töten und der Seele nichts anhaben können, wir fürchten vielmehr jenen, der da Leib und Seele verderben mag mit ewigem Feuer. Wir vertrauen im Schauer der Nacht auf die Hilfe dessen, der sein Volk durch die Wüste geführt hat, bei Tag in der Rauchwolke, bei Nacht in der Feuerwolke. Und daran wollen wir halten und wollen es nie vergessen: was wir leiden, wir leiden es um Gottes willen, was wir thun, wir thun's zu seines Namens Ehre. Dank ihm, denn er hat gesegnet unsern

Eifer. Klein, wie des Evangeliums, waren unsre Anfänge, aber schon sind wir gewachsen wie ein Baum an frischen Wasserbächen. Mit Furcht und Zagen kamen wir anfangs hier zusammen: groß war die Gefahr, schwach die Hoffnung: edles Blut der Besten war geflossen: heute, wenn wir fest bleiben im Glauben, dürfen wir es kühnlich sagen: der Thron des Königs Pharao steht auf Füßen von Schilf und die Tage der Ketzer sind gezählt in diesem Lande.«

»Zur Sache!« rief ein junger Römer dazwischen, mit kurzkrausem, schwarzem Haar und blitzenden, schwarzen Augen; ungeduldig warf er das Sagum von der linken Hüfte über die rechte Schulter zurück, daß das kurze Schwert sichtbar wurde. »Zur Sache, Priester! was soll heut' geschehn?«

Silverius warf auf den Jüngling einen Blick, der lebhaften Unwillen über solch' kecke Selbständigkeit nicht ganz mit salbungsvoller Ruhe zu verdecken vermochte. Scharfen Tones fuhr er fort: »Auch die an die Heiligkeit unsres Zweckes nicht zu glauben scheinen, sollten doch den Glauben an diese Heiligkeit bei andern nicht stören, um ihrer eignen weltlichen Ziele willen nicht. Heute aber, Licinius, mein rascher Freund, soll ein neues hochwillkommnes Glied unsrem Bunde eingefügt werden: sein Beitritt ist ein sichtbares Zeichen der Gnade Gottes.«

»Wen willst du einführen? Sind die Vorbedingungen erfüllt? Haftest du für ihn? unbedingt? oder stellst du andre Bürgschaft?« so fragte ein andrer der Versammelten, ein Mann in reifen Jahren, mit gleichmäßigen Zügen, der, einen Stab zwischen den Füßen, ruhig auf einem Vorsprung der Mauer saß. »Ich hafte, mein Scävola; übrigens genügt seine Person – «

»Nichts dergleichen. Die Satzung unsres Bundes verlangt Verbürgung und ich bestehe darauf,« sagte Scävola ruhig. »Nun gut, gut, ich bürge, zähster aller Juristen!« wiederholte der Priester mit Lächeln. Er winkte in einen der Gänge zur Linken.

Zwei junge Ostiarii führten von da in die Mitte des Gewölbes einen Mann, auf dessen verhülltes Haupt aller Augen gerichtet waren. Nach einer Pause hob Silverius den Überwurf von Kopf und Schultern des Ankömmlings.

»Albinus!« riefen die andern in Überraschung, Entrüstung, Zorn.

Der junge Licinius fuhr ans Schwert, Scävola stand langsam auf, wild durcheinander scholl es: »Wie? Albinus? der Verräter?« Scheuen Blickes sah der Gescholtene um sich, seine schlaffen Züge bekundeten angeborne Feigheit: wie Hilfe flehend haftete sein Auge auf dem Priester. »Ja, Albinus!« sagte dieser ruhig. »Will einer der Verbündeten wider ihn sprechen? Er rede.« – »Bei meinem Genius,« rief Licinius rasch vor allen, »braucht es da der Rede? Wir wissen alle, wer Albinus ist, was er ist. Ein feiger, schändlicher Verräter« – der Zorn erstickte seine Stimme. – »Schmähungen sind keine Beweise,« nahm Scävola das Wort. »Aber ich frage ihn selbst, er soll hier vor allen bekennen. Albinus, bist du es, oder bist du es nicht, der, als die Anfänge des Bundes dem Tyrannen verraten waren, als du noch allein von uns allen verklagt warst, es mit ansahst, daß die edeln Männer, Boëthius und Symmachus, unsre Mitverbündeten, weil sie dich mutig vor dem Wüterich verteidigten, verfolgt, gefangen, ihres Vermögens beraubt, hingerichtet wurden, während du, der eigentliche Angeklagte, durch einen schmählichen Eid, dich nie mehr um den Staat kümmern zu wollen und durch urplötzliches Verschwinden dich gerettet hast? Sprich, bist du es, um dessen Feigheit willen die Zierden des Vaterlandes gefallen?«

Ein Murren des Unwillens ging durch die Versammlung. Der Angeschuldigte blieb stumm und bebte, selbst Silverius verlor einen Augenblick die Haltung. Da richtete sich jener Mann, der ihm gegenüber an der Felswand lehnte, auf und trat einen Schritt herzu; seine Nähe schien den Priester zu erkräftigen und er begann wieder: »Ihr Freunde, es ist geschehen was ihr sagt, nicht wie ihr's sagt. Vor allem wisset: Albinus ist an allem am wenigsten schuldig. Was er gethan, er that's auf meinen Rat.« — »Auf deinen Rat?« — »Das wagst du zu bekennen?« — »Albinus war verklagt durch den Verrat eines Sklaven, der die Geheimschrift in den Briefen nach Byzanz entziffert hatte. Der ganze Argwohn des Tyrannen war geweckt: jeder Schein von Widerstand, von Zusammenhang mußte die Gefahr vermehren. Der Ungestüm von Boëthius und Symmachus, die ihn mutig verteidigten, war edel, aber thöricht. Denn er zeigte den Barbaren die Gesinnung des ganzen Adels von Rom, zeigte, daß Albinus nicht allein stehe. Sie handelten gegen meinen Rat, leider haben sie es im Tode gebüßt. Aber ihr Eifer war auch überflüssig: denn den verräterischen Sklaven raffte plötzlich vor weitern Aussagen die Hand des Herrn hinweg und es war gelungen, die Geheimbriefe des Albinus vor dessen Verhaftung zu vernichten. Jedoch glaubt ihr, Albinus würde auf der Folter, würde unter Todesdrohungen geschwiegen haben, geschwiegen, wenn ihn die Nennung der Mitverschwornen retten konnte? Das glaubt ihr nicht, das glaubte Albinus selbst nicht. Deshalb mußte vor allem Zeit gewonnen, die Folter abgewendet werden. Dies gelang durch jenen Eid. Unterdessen freilich bluteten Boëthius und Symmachus: sie waren nicht zu retten: doch *ihres* Schweigens, auch unter der Folter, waren wir sicher. Albinus aber ward durch ein Wunder aus seinem Kerker befreit wie Sankt Paulus zu Philippi. Es hieß, er sei nach Athen entflohen und der Tyrann begnügte sich, ihm die Rückkehr zu verbieten. Allein der dreieinige Gott hat ihm hier in seinem Tempel eine Zufluchtstätte bereitet, bis daß die Stunde der Freiheit naht. In der Einsamkeit seines heiligen Asyles nun hat der Herr das Herz des Mannes wunderbar gerührt und, ungeschreckt von der Todesgefahr, die schon einmal seine Locke gestreift hat, tritt er wieder in unsern Kreis und bietet dem Dienste Gottes und des Vaterlands sein ganzes unermeßliches Vermögen. Vernehmt: er hat all sein Gut der Kirche Sanktä Mariä Majoris zu Bundeszwecken vermacht. Wollt ihr ihn und seine Millionen verschmähen?«

Eine Pause des Staunens trat ein: endlich rief Licinius: »Priester, du bist klug wie — wie ein Priester. Aber mir gefällt solche Klugheit nicht.« — »Silverius,« sprach der Jurist, »du magst die Millionen nehmen. Das steht dir an. Aber ich war der Freund des Boëthius: mir steht nicht an, mit jenem Feigen Gemeinschaft zu halten. Ich kann ihm nicht vergeben. Hinweg mit ihm!« — »Hinweg mit ihm!« scholl es von allen Seiten. Scävola hatte der Empfindung aller das Wort geliehen. Albinus erblaßte, selbst Silverius zuckte unter dieser allgemeinen Entrüstung. »Cethegus!« flüsterte er leise, Beistand heischend.

Da trat der Mann in die Mitte, der bisher immer geschwiegen und nur mit kühler Überlegenheit die Sprechenden gemustert hatte. Er war groß und hager, aber kräftig, von breiter Brust und seine Muskeln von eitel Stahl. Ein Purpursaum an der Toga und zierliche Sandalen verrieten Reichtum, Rang und Geschmack, aber sonst verhüllte ein langer brauner Soldatenmantel die ganze Unterkleidung der Gestalt. Sein Kopf war von denen, die man, einmal gesehen, nie mehr vergißt.

Das dichte, noch glänzend schwarze Haar war nach Römerart kurz und rund um die gewölbte, etwas zu große Stirn und die edel geformte Schläfe geschoren, tief unter den fein geschweiften Brauen waren die schmalen Augen geborgen, in deren unbestimmtem Dunkelgrau ein ganzes Meer versunkener Leidenschaften, aber noch bestimmter der Ausdruck kältester Selbstbeherrschung lag. Um die scharf geschnittenen bartlosen Lippen spielte ein Zug stolzer Verachtung gegen Gott und seine ganze Welt. Wie er vortrat und mit ruhiger Vornehmheit den Blick über die Erregten streifen ließ, wie seine nicht einschmeichelnde, aber beherrschende Redeweise anhob, empfand jeder in der Versammlung den Eindruck bewußter Überlegenheit und wenige Menschen mochten diese Nähe ohne das Gefühl der Unterordnung tragen.

»Was hadert ihr,« sagte er kalt, »über Dinge, die geschehen müssen? Wer den Zweck will, muß das Mittel wollen. Ihr wollt nicht vergeben? Immerhin! Daran liegt nichts. Aber vergessen müßt ihr. Und das könnt ihr. Auch ich war ein Freund der Verstorbenen, vielleicht ihr nächster. Und doch – ich will vergessen. Ich thu' es, eben weil ich ihr Freund war. Der liebt sie, Scävola, der allein, der sie rächt. Um der Rache willen, Albinus, deine Hand.« Alle schwiegen, bewältigt mehr von der Persönlichkeit als von den Gründen des Redners. Nur der Jurist bemerkte noch:

»Rusticiana, des Boëthius Witwe und des Symmachus Tochter, die einflußreiche Frau, ist unsrem Bunde hold. Wird sie das bleiben, wenn dieser eintritt? Kann sie je vergeben und vergessen? Niemals!«

»Sie kann es. Glaubt nicht mir, glaubt Euren Augen.« Mit diesen Worten wandte sich rasch Cethegus und schritt in einen der Seitengänge, dessen Mündung bisher sein Rücken verdeckt hatte. Hart am Eingang stand lauschend eine verschleierte Gestalt: er ergriff ihre Hand: »komm',« flüsterte er, »jetzt komm'.« – »Ich kann nicht! ich will nicht!« war die leise Antwort der Widerstrebenden. »Ich verfluche ihn. Ich kann ihn nicht sehen, den Elenden!« – »Es muß sein. Komm, du kannst und du willst es: denn ich will es.« Er schlug ihren Schleier zurück: noch ein Blick und sie folgte wie willenlos.

Sie bogen um die Ecke des Eingangs: »Rusticiana!« riefen alle. – »Ein Weib in unserer Versammlung!« sprach der Jurist. »Das ist gegen die Satzungen, die Gesetze.«

»Ja, Scävola, aber die Gesetze sind um des Bundes willen, nicht der Bund um der Gesetze willen. Und geglaubt hättet ihr mir nie, was ihr hier sehet mit Augen.«

Er legte die Hand der Witwe in die zitternde Rechte des Albinus. »Seht, Rusticiana verzeiht: wer will jetzt noch widerstreben?« Überwunden und überwältigt verstummten alle. Für Cethegus schien das weitere jedes Interesse verloren zu haben. Er trat mit der Frau an die Wand im Hintergrund zurück. Der Priester aber sprach: »Albinus ist Glied des Bundes.« – »Und sein Eid, den er dem Tyrannen geschworen?« fragte schüchtern Scävola. – »War erzwungen und ist ihm gelöst von der heiligen Kirche. Aber nun ist es Zeit, zu scheiden. Nur noch die eilendsten Geschäfte, die neuesten Botschaften. Hier, Licinius, der Festungsplan von Neapolis: du mußt ihn bis morgen nachgezeichnet haben, er geht an Belisar. Hier, Scävola, Briefe aus Byzanz, von Theodora, der frommen Gattin Justinians: du mußt sie beantworten. Da, Calpurnius, eine Anweisung auf eine halbe Million Solidi von Albinus, du sendest sie an den fränkischen Majordomus, er wirkt bei seinem König gegen die Goten. Hier, Pomponius, eine Liste der Patrioten in Dalmatien: du kennst die Dinge dort und die Menschen: sieh zu, ob bedeutende Namen fehlen. Euch allen aber sei gesagt, daß, nach heute erhaltenen Briefen von Ravenna, die Hand des Herrn schwer auf dem Tyrannen liegt: tiefe Schwermut, zu späte Reue über all' seine Sünden soll seine Seele niederdrücken und der Trost der wahren Kirche bleibt ihm fern. Harret aus noch eine kleine Weile: bald wird ihn die zornige Stimme des Richters abrufen: dann kömmt der Tag der Freiheit. An den nächsten Iden, zur selben Stunde, treffen wir uns wieder. Der Segen des Herrn sei mit euch.« Eine Handbewegung des Diakons verabschiedete die Versammelten: die jungen Priester traten mit den Fackeln aus den Seitengängen und geleiteten die Einzelnen in verschiedenen Richtungen nach den nur ihnen bekannten Ausgängen der Katakomben.

## Viertes Kapitel

Silverius, Cethegus und Rusticiana stiegen miteinander die Stufen hinauf, welche in die Krypta der Basilika des heiligen Sebastian führten. Von da gingen sie durch die Kirche in das unmittelbar darangebaute Haus des Diakonus. Dort angelangt überzeugte sich dieser, daß alle Hausgenossen schliefen bis auf einen alten Sklaven, der im Atrium bei einer halb herabgebrannten Ampel wachte. Auf den Wink seines Herrn zündete er die neben ihm stehende silberfüßige Lampe an und drückte auf eine Fuge im Marmorgetäfel. Die Marmorplatten drehten sich um ihre Achse und ließen den Priester, der die Leuchte ergriffen, mit den beiden andern in ein kleines, niedres Gemach treten, dessen Öffnung sich hinter ihnen rasch und geräuschlos wieder schloß. Keine Ritze verriet nun wieder, daß hier eine Thür.

Der kleine Raum, jetzt mit einem hohen Kreuz aus Holz, einem Betschemel und einigen christlichen Symbolen auf Goldgrund einfach ausgestattet, hatte in heidnischen Tagen offenbar, wie die an den Wänden hinlaufenden Polstersimse bezeugten, dem Zweck jener kleinen Gelage von zwei oder drei Gästen gedient, deren zwanglose Gemütlichkeit Horatius feiert. Zur Zeit war hier das Asyl für die geheimsten geistlichen – oder weltlichen – Gedanken des Diakonus. Schweigend setzte sich Cethegus, auf ein gegenüber in die Wand eingelegtes Mosaikgemälde den flüchtigen Blick des verwöhnten Kunstkenners werfend, auf den niederen Lectus. Während der Priester beschäftigt war, aus einem Mischkrug mit hochgeschweiften Henkeln Wein in die bereit stehenden Becher zu gießen und eine eherne Schale mit Früchten auf den dreifüßigen Bronzetisch zu stellen, stand Rusticiana Cethegus gegenüber, ihn mit unwillig staunenden Blicken messend. Kaum vierzig Jahre alt, zeigte das Weib Spuren einer seltenen, etwas männlichen Schönheit, die weniger durch das Alter als durch heftige Leidenschaften gelitten hatte; schon war hier und da nicht graues, sondern weißes Haar in ihre rabenschwarzen Flechten gemischt, das Auge hatte einen unsteten Blick und starke Falten zogen sich gegen die immer bewegten Mundwinkel. Sie stützte die Linke auf den Erztisch und strich mit der Rechten wie nachsinnend über die Stirn, dabei fortwährend Cethegus anstarrend. Endlich sprach sie: »Mensch, sage, sage, Mann, welche Gewalt du über mich hast? Ich liebe dich nicht mehr. Ich sollte dich hassen. Ich hasse dich auch. Und doch muß ich dir folgen willenlos. Wie der Vogel dem Auge der Schlange. Und du legst meine Hand, *diese* Hand, in die Hand jenes Schurken. Sage, du Frevler, welches ist diese Macht?«

Cethegus schwieg unaufmerksam. Endlich sagte er, sich zurücklehnend: »Gewohnheit, Rusticiana, Gewohnheit.«

»Jawohl, Gewohnheit! Gewohnheit einer Sklaverei, die besteht, seit ich denken kann. Daß ich als Mädchen den schönen Nachbarssohn bewunderte, war natürlich; daß ich glaubte, du liebtest mich, war verzeihlich: du küßtest mich ja. Und wer konnte – damals! – wissen, daß du nicht lieben kannst. Nichts: kaum dich selbst. Daß die Gattin des Boëthius diese wahnsinnige Liebe nicht erstickte, die du wie spielend wieder anfachtest, war eine Sünde, aber Gott und die Kirche haben sie mir verziehen. Doch, daß ich jetzt noch, nachdem ich jahrzehntelang deine herzlose Tücke kenne, nachdem die Glut der Leidenschaft erloschen in diesen Adern, daß ich jetzt noch blindlings deinem dämonischen Willen folgen muß, das ist eine Thorheit zum Lautauflachen.«

Und sie lachte hell und fuhr mit der Rechten über die Stirn. Der Priester hielt in seiner wirtlichen Beschäftigung inne, und sah verstohlen auf Cethegus; er war gespannt. Cethegus lehnte das Haupt rückwärts an den Marmorsims und umfaßte mit der Rechten den Pokal, der vor ihm stand:

»Du bist ungerecht, Rusticiana,« sagte er ruhig. »Und unklar. Du mischest die Spiele des Eros in die Werke der Eris und der Erinnyen. Du weißt es, daß ich der Freund des Boëthius war. Obwohl ich sein Weib küßte. Vielleicht ebendeshalb. Ich sehe darin nichts Besonderes und du: nun, dir haben es ja Silverius und die Heiligen vergeben. Du weißt ferner, daß ich diese Goten hasse, wirklich hasse, daß ich den Willen und – vor andern – die Fähigkeit habe, durchzusetzen, was dich jetzt ganz erfüllt: deinen Vater, den du geliebt, deinen Gatten, den du geehrt hast, an diesen Barbaren zu rächen. Du gehorchst daher meinen Winken. Und du thust daran sehr klug. Denn du hast zwar ein sehr bedeutendes Talent, Ränke zu schmieden. Aber deine Heftigkeit trübt oft deinen Blick. Sie verdirbt deine feinsten Pläne. Also thust du wohl, kühlerer Leitung zu folgen. Das ist alles. Aber jetzt geh. Deine Sklavin kauert schlaftrunken im Vestibulum. Sie glaubt dich in der Beichte, bei Freund Silverius. Die Beichte darf nicht gar zu lange währen. Auch haben wir noch Geschäfte. Grüße mir Kamilla, dein schönes Kind, und lebe wohl.« Er stand auf, ergriff ihre Hand und führte sie sanft zur Thüre. Sie folgte widerstrebend, nickte dem Priester zum Abschied zu, sah nochmal auf Cethegus, der ihre innere Bewegung nicht zu sehen schien und ging mit leisem Kopfschütteln hinaus.

Cethegus setzte sich wieder und trank den Pokal aus.

»Sonderbarer Kampf in diesem Weibe,« sagte Silverius und setzte sich mit Griffel, Wachstafeln, Briefen und Dokumenten zu ihm. »Nicht sonderbar. Sie will ihr Unrecht gegen ihren Gatten gut machen, indem sie ihn rächt. Und daß sie diese Rache gerade durch ihren ehemaligen Geliebten findet, macht die heilige Pflicht besonders süß. Freilich ist ihr dies alles unbewußt. Aber, was giebt's zu thun?« Und nun begannen die beiden Männer ihre Arbeit, solche Punkte der Verschwörung zu erledigen, die allen Gliedern des Bundes mitzuteilen sie nicht für ratsam hielten. »Diesmal,« hob der Diakonus an, »gilt es vor allem, das Vermögen des Albinus festzustellen und dessen nächste Verwendung zu beraten. Wir brauchten ganz unabweislich Geld, viel Geld.« — »Geldsachen sind dein Gebiet,« sagte Cethegus trinkend. »Ich verstehe sie wohl, aber sie langweilen mich.«

»Ferner müssen die einflußreichsten Männer auf Sicilien, in Neapolis und Apulien gewonnen werden. Hier ist die Liste derselben mit Notizen über die einzelnen. Es sind Menschen darunter, bei denen die gewöhnlichen Mittel nicht verfangen.« — »Gieb her,« sagte Cethegus, »*das* will ich machen« und zerlegte einen persischen Apfel.

Nach einer Stunde angestrengter Arbeit waren die dringendsten Geschäfte bereinigt und der Hausherr legte die Dokumente wieder in ihr Geheimfach hinter dem großen Kreuz in der Mauer. Der Priester war ermüdet und sah mit Neid auf den Genossen, dessen stählernen Körper und unangreifbaren Geist keine späte Stunde, keine Anspannung ermatten zu können schien. Er äußerte etwas dergleichen, als sich Cethegus den silbernen Becher wieder füllte.

»Übung, Freund, starke Nerven und,« setzte er lächelnd hinzu, »ein gutes Gewissen: das ist das ganze Rätsel.«

»Nein, im Ernst, Cethegus, du bist mir auch sonst ein Rätsel.« — »Das will ich hoffen.« — »Nun, hältst du dich für ein mir so unerreichbar überlegenes Wesen?« — »Ganz und gar nicht. Aber doch für gerade hinreichend tief, um andern nicht minder ein Rätsel zu sein als — mir selbst. Dein Stolz auf Menschenkenntnis mag sich beruhigen. Es geht mir selbst mit mir nicht besser als dir. Nur die Tropfen sind durchsichtig.« — »In der That,« fuhr der Priester ausholend fort, »der Schlüssel zu deinem Wesen muß sehr tief liegen. Sieh zum Beispiel die Genossen unsres Bundes. Von jedem läßt sich sagen, welcher Grund ihn dazu geführt hat. Der hitzige Jugendmut einen Licinius: der verrannte, aber ehrliche Rechtssinn einen Scävola: mich und die andern Priester — der Eifer für die Ehre Gottes.«

»Natürlich,« sagte Cethegus trinkend.

»Andere treibt der Ehrgeiz: oder die Hoffnung, bei einem Bürgerkrieg ihren Gläubigern die Hälfte abzuschneiden, oder auch die Langeweile über den geordneten Zustand dieses Landes unter den Goten oder eine Beleidigung durch einen der Fremden, die allermeisten der natürliche Widerwille gegen die Barbaren und die Gewöhnung, nur im Kaiser den Herrn Italiens zu sehen. Bei dir aber schlägt keiner dieser Beweggründe an und – «

»Und das ist sehr unbequem, nicht wahr? Denn mittels Kenntnis ihrer Beweggründe beherrscht man die Menschen? Ja, ehrwürdiger Gottesfreund, ich kann dir nicht helfen. Ich weiß es wirklich selbst nicht, was mein Beweggrund ist. Ich bin selbst so neugierig darauf, daß ich es dir herzlich gern sagen und mich – beherrschen lassen wollte, wenn ich es nur entdecken könnte. Nur das Eine fühl' ich: diese Goten sind mir zuwider. Ich hasse diese vollblütigen Gesellen mit ihren breiten Flachsbärten. Unausstehlich ist mir das Glück dieser brutalen Gutmütigkeit, dieser naiven Jugendlichkeit, dieses alberne Heldentum, diese ungebrochnen Naturen. Es ist eine Unverschämtheit des Zufalls, der die Welt regiert, dieses Land, nach einer solchen Geschichte, mit Männern wie – wie du und ich – von diesen Nord-Bären beherrschen zu lassen.« Unwillig warf er das Haupt zurück, drückte die Augen zu und schlürfte einen kleinen Trunk Weines. »Daß die Barbaren fort müssen,« sprach der andere, »darüber sind wir einig. Und für mich ist damit alles erreicht. Denn ich will ja nur die Befreiung der Kirche von diesen irrgläubigen Barbaren, welche die Göttlichkeit Christi leugnen und nur einen Halbgott aus ihm machen. Ich hoffe, daß alsdann der römischen Kirche der Primat im ganzen Gebiet der Christenheit, der ihr gebührt, unbestritten zufallen wird. Aber solange Rom in der Hand der Ketzer liegt, während der Bischof von Byzanz von dem allein rechtgläubigen und rechtmäßigen Kaiser gestützt wird« –

»Solange ist der Bischof von Rom nicht der oberste Bischof der Christenheit, solange nicht Herr Italiens: und deshalb der römische Stuhl, selbst wenn ein Silverius ihn einnehmen wird, nicht das, was er werden soll: das Höchste. Und das will doch Silverius.«

Überrascht sah der Priester auf.

»Beunruhige dich nicht, Freund Gottes. Ich weiß das längst und habe dein Geheimnis bewahrt, obwohl du es mir nicht vertraut hast. Allein weiter.« Er schenkte sich aufs neue ein: »dein Falerner ist gut abgelagert, aber er hat zu viel Süße. Du kannst eigentlich nur wünschen, daß diese Goten den Thron der Cäsaren räumen, nicht, daß die Byzantiner an ihre Stelle treten: denn sonst hat der Bischof von Rom wieder zu Byzanz seinen Oberbischof und einen Kaiser. Du mußt also an der Goten Stelle wünschen – nicht einen Kaiser – Justinian, sondern – etwa was?« – »Entweder« – fiel Silverius eifrig ein – »einen eignen Kaiser des Weltreichs« – »Der aber,« vollendete Cethegus seinen Satz, »nur eine Puppe ist in der Hand des heiligen Petrus ...« – »Oder eine römische Republik, einen Staat der Kirche ...« – »In welchem der Bischof von Rom der Herr, Italien das Hauptland und die Barbarenkönige in Gallien, Germanien,

Spanien die gehorsamen Söhne der Kirche sind. Schön, mein Freund. Nur müssen erst die Feinde vernichtet sein, deren Spolien du bereits verteilst. Deshalb ein altrömischer Trinkspruch: wehe den Barbaren!«

Er stand auf und trank dem Priester zu. »Aber die letzte Nachtwache schleicht vorüber und meine Sklaven müssen mich am Morgen in meinem Schlafgemach finden. Leb wohl.« Damit zog er den Cucullus des Mantels über das Haupt und ging.

Der Wirt sah ihm nach: »Ein höchst bedeutendes Werkzeug!« sagte er zu sich. »Gut, daß er nur ein Werkzeug ist. Möge er es immer bleiben.«

Cethegus aber schritt von der Via appia her, wo die Kirche des heiligen Sebastian den Eingang in die Katakomben bedeckt, nach Nordwesten dem Kapitole zu, an dessen Fuß am Nordende der Via sacra sein Haus gelegen war, nordöstlich vom Forum Romanum.

Die kühle Morgenluft strich belebend um sein Haupt.

Er schlug den Mantel zurück und dehnte die breite, starke, gewaltige Brust. »Ja, ein Rätsel bist du,« sprach er vor sich hin; »treibst Verschwörung und nächtlichen Verkehr wie ein Republikaner oder ein Verliebter von zwanzig Jahren. Und warum? Ei, wer weiß warum er atmet? Weil er muß. Und so muß ich thun was ich thue. Eins aber ist gewiß. Dieser Priester mag Papst werden: er muß es vielleicht werden. Aber Eins darf er nicht. Er darf es nicht lange bleiben. Sonst lebt wohl, ihr Gedanken, ihr kaum eingestandenen, die ihr noch Träume seid und Wolkendünste: vielleicht aber ballt sich daraus ein Gewitter, das Blitz und Donner führt und mein Verhängnis wird. Sieh, es wetterleuchtet im Osten. Gut. Ich nehme das Omen an.«

Mit diesen Worten schritt er in sein Haus. Im Schlafgemach fand er auf dem Cederntisch vor seinem Lager einen verschnürten und mit dem königlichen Siegel gepreßten Brief.

Er schnitt die Schnüre mit dem Dolch auf, schlug die doppelte Wachstafel auseinander und las:

»An Cethegus Cäsarius, den Princeps Senatus, Marcus Aurelius Cassiodorus Senator.

Unser Herr und König liegt im Sterben. Seine Tochter und Erbin Amalaswintha wünscht dich noch vor seinem Ende zu sprechen. Du sollst das wichtigste Reichsamt übernehmen. Eile sogleich nach Ravenna.«

## Fünftes Kapitel

Atembeklemmend lag bange Stimmung schwer und schwül über dem Königspalast zu Ravenna mit seiner düstern Pracht, mit seiner unwirtlichen Weiträumigkeit.

Die alte Burg der Cäsaren hatte im Lauf der Jahrhunderte schon so manche stilwidrige Veränderung erfahren. Und seit an die Stelle der Imperatoren der Gotenkönig mit seinem germanischen Hofgesinde getreten war, hatte sie vollends ein wenig harmonisches Aussehen angenommen. Denn viele Räume, die eigentümlichen Sitten des römischen Lebens gedient hatten, standen mit der alten Pracht ihrer Einrichtung unbenutzt und vernachlässigt: Spinnweben zogen sich über die Mosaiken der reichen, aber lang nicht mehr betretenen Badgemächer des Honorius und in dem Toilettenzimmer der Placidia huschten die Eidechsen über das Marmorgesims der Silberspiegel in den Mauern. Dagegen hatten die Bedürfnisse eines mehr kriegerischen Hofhalts manche Mauer niedergerissen, um die kleinen Gemächer des antiken Hauses zu den weiteren Räumen von Waffensälen, Trinkhallen, Wachtzimmern auszudehnen. Und man hatte anderseits durch neue Mauerführungen benachbarte Häuser mit dem Palast verbunden, daraus eine Festung mitten in der Stadt zu schaffen. Es trieben jetzt in der *»piscina maxima«*, dem ausgetrockneten Teich, blonde Buben ihre wilden Spiele und in den Marmorsälen der Palästra wieherten die Rosse der gotischen Wachen. So hatte der weitläufige Bau das unheimliche Ansehen halb einer kaum noch erhaltnen Ruine, halb eines unvollendeten Neubaus: und die Burg dieses Königs erschien so wie ein Sinnbild seines römisch-gotischen Reiches, seiner ganzen politischen halbunfertigen, halbverfallenden Schöpfung.

An dem Tage aber, der Cethegus nach Jahren hier zuerst wieder eintreten sah, lastete ein Gewölk von Spannung, Trauer und Düstre ganz besonders schwer auf diesem Haus: denn seine königliche Seele sollte daraus scheiden.

Der große Mann, der von hier aus ein Menschenalter lang die Geschikke Europas gelenkt, den Abendland und Morgenland in Liebe und Haß bewunderten, der Heros seines Jahrhunderts, der gewaltige Dietrich von Bern, dessen Namen schon bei seinen Lebzeiten die Sage sich ausschmükkend bemächtigt hatte, der große Amalungen-König Theoderich sollte sterben.

So hatten es die Ärzte, wenn nicht ihm selbst doch seinen Räten verkündet und alsbald war es hinausgedrungen in die große volkreiche Stadt. Obwohl man seit lange einen solchen Ausgang der geheimnisvollen Leiden des greisen Fürsten für möglich gehalten, erfüllte doch jetzt die Kunde von dem drohenden Eintritt des verhängnisvollen Schlages alle Herzen mit der höchsten Aufregung.

Die treuen Goten trauerten und bangten: aber auch bei der römischen Bevölkerung war eine dumpfe Spannung die vorherrschende Empfindung. Denn hier in Ravenna, in der unmittelbaren Nähe des Königs hatten die Italier die Milde und Hoheit dieses Mannes im allgemeinen zu bewundern und durch besondere Wohltaten zu erfahren am häufigsten Gelegenheit gehabt. Ferner fürchtete man nach dem Tode dieses Königs, der während seiner ganzen Regierung, mit einziger Ausnahme der jüngsten Kämpfe mit dem Kaiser und dem Senat, in welchen Boëthius und Symmachus geblutet, die Italier vor der Gewaltthätigkeit und Rauheit seines Volkes beschützt hatte, unter einem neuen Regiment Härte und Druck von Seite der Goten zu erfahren.

Endlich aber wirkte noch ein Anderes, Höheres: die Persönlichkeit dieses Heldenkönigs war so großartig, so majestätisch gewesen, daß auch diejenigen, die seinen und seines Reiches Untergang oft herbeigewünscht hatten, doch in dem Augenblick, da nun diese Sonne erlöschen sollte, sich niedriger Schadenfreude nicht hingeben und ernsterer Erschütterung nicht erwehren konnten.

So war die Stadt schon seit grauendem Morgen – da man zuerst vom Palast Boten nach allen Winden hatte jagen und einzelne Diener in die Häuser der vornehmsten Goten und Römer hatte eilen sehen – in höchster Erregung. In den Straßen, auf den Plätzen, in den Bädern standen die Männer paarweise oder in Gruppen beisammen, fragten und teilten sich mit, was sie wußten, suchten eines Vornehmen habhaft zu werden, der vom Palaste herkam, und sprachen über die ernsten Folgen des bevorstehenden Ereignisses. Weiber und Kinder kauerten neugierig auf den Schwellen der Häuser. Mit den wachsenden Stunden des Tages strömte sogar schon die Bevölkerung der nächsten Dörfer und Städte, besonders trauernde Goten, forschend in die Thore Ravennas. Die Räte des Königs, voraus der Präfectus Prätorio Cassiodorus, der sich in diesen Tagen um Aufrechthaltung der Ordnung hohes Verdienst erwarb, hatten solche Aufregung vorausgesehen, vielleicht Schlimmeres erwartet.

Seit Mitternacht waren alle Zugänge zum Palast geschlossen und mit gotischen Wachen besetzt. Auf dem Forum des Honorius, vor der Stirnseite des Gebäudes, war ein Zug Reiter aufgestellt. Auf den breiten Marmorstufen, die zu der stolzen Säulenreihe des Hauptportals hinaufführten, waren starke Scharen gotischen Fußvolks, mit Schild und Speer, in malerischen Gruppen gelagert.

Nur hier konnte man, nach Cassiodors Befehl, Eintritt in den Palast erlangen und nur die beiden Anführer des Fußvolks, der Römer Cyprian und der Gote Witichis, durften die Erlaubnis dazu erteilen. Ersterer war es, der Cethegus einließ. Wie dieser den altbekannten Weg zum Gemach des Königs verfolgte, fand er in den Hallen und Gängen der Burg die Goten und Italier, denen ihr Rang und Ansehen Zutritt erwarben, in ungleichen Gruppen verteilt.

Schweigend und traurig standen in der sonst so lauten Trinkhalle die jungen Tausendführer und Hundertführer der Goten beisammen oder flüsterten einzelne besorgte Fragen, während hier und da ein älterer Mann, ein Waffengefährte des sterbenden Helden, in einer Nische der Bogenfenster lehnte, seinen lauten Schmerz zu verbergen; in der Mitte des Saales stand, laut weinend, das Haupt an einen Pfeiler drückend, ein reicher Kaufmann von Ravenna: der König, der jetzt scheiden sollte, hatte ihm eine Verschwörung verziehen und seine Warenhallen vor der Plünderung durch die ergrimmten Goten gerettet.

Mit einem kalten Blick der Geringschätzung schritt Cethegus an dem allen vorüber. Er ging weiter.

In dem nächsten Gemach, dem zum Empfang fremder Gesandten bestimmten Saal, fand er eine Anzahl von vornehmen Goten, Herzogen, Grafen und Edeln beisammen, die offenbar Beratung hielten über den Thronwechsel und den drohenden Umschwung aller Verhältnisse.

Da waren die tapferen Herzoge Thulun von Provincia, die die Stadt Arles heldenmütig gegen die Franken verteidigt hatten, Ibba von Liguria, der Eroberer von Spanien, Pitza von Dalmatia, der Besieger der Bulgaren und Gepiden, gewaltige, trotzige Herren, stolz auf ihren alten Adel, der dem

Königshaus der Amaler wenig nachgab, denn sie waren aus dem Geschlecht der Balthen, das bei den Westgoten durch Alarich die Krone gewonnen hatte, und auf ihre kriegerischen Verdienste, die das Reich beschirmt und erweitert.

Auch Hildebad und Teja standen bei ihnen.

Das waren die Führer der Partei, die längst eine härtere Behandlung der Italier, welche sie haßten und scheuten zugleich, begehrt und die nur widerstrebend dem milden Sinn des Königs sich gefügt hatten. Wilde Blicke des Hasses schossen aus ihrer Mitte auf den vornehmen Römer, der da Zeuge der Sterbestunde des großen Gotenhelden sein wollte. Ruhig schritt Cethegus an ihnen vorüber und hob den schweren Wollvorhang auf, der den nächsten Raum abschied, das Vorzimmer des Krankengemaches. Eintretend begrüßte er mit tiefer Verbeugung des Hauptes eine hohe königliche Frau, die, in schwarze Trauerschleier gehüllt, ernst und schweigend, aber in fester Fassung und ohne Thränen vor einem mit Urkunden bedeckten Marmortische stand: das war Amalaswintha, die verwitwete Tochter Theoderichs.

Eine Frau in der Mitte der Dreißiger war sie noch von außerordentlicher, wenn auch kalter Schönheit. Sie trug das reiche dunkle Haar nach griechischer Weise gescheitelt und gewellt. Die hohe Stirn, das große, runde Auge, die geradlinige Nase, der Stolz ihrer fast männlichen Züge und die Majestät ihrer vollen Gestalt verliehen ihr gebietende Würde und in dem ganz nach hellenischem Stil gefalteten Trauergewand glich sie in der That einer von ihrem Postament heruntergeschrittenen Hera des Polyklet.

An ihrem Arme hing, mehr gestützt als stützend, ein Knabe oder Jüngling von etwa siebzehn Jahren, Athalarich, ihr Sohn, des Gotenreiches Erbe. Er glich nicht der Mutter, sondern hatte die Natur seines unglücklichen Vaters Eutharich, den eine zehrende Krankheit des Herzens in der Blüte seiner Jahre in das Grab gezogen hatte. Mit Sorge sah deshalb Amalaswintha ihren Sohn in allem ein Ebenbild des Vaters werden und es war kaum mehr ein Geheimnis am Hofe von Ravenna, daß alle Spuren jener Krankheit sich schon in dem Knaben zeigten. Athalarich war schön wie alle Glieder dieses von den Göttern stammenden Hauses. Starke schwarze Brauen, lange Wimpern beschatteten ein edles, dunkles Auge, das aber bald wie in unbestimmten Träumen zerfloß, bald in geisterhaftem Glanz aufblitzte. Dunkelbraune wirre Locken hingen in die bleiche Schläfe, in denen bei lebhafter Erregung die feinen blauen Adern krampfhaft zuckten. Der edeln Stirn hatte leiblicher Schmerz oder schwere Entsagung tiefe Furchen eingezeichnet, befremdlich auf diesem jugendlichen Antlitz. Rasch wechselten Marmorblässe und heißes Rot auf den durchsichtigen Wangen. Die hoch aufgeschossene, aber geknickte Gestalt schien meistens wie müde in ihren Fugen zu hangen und schoß nur manchmal mit erschreckender Raschheit in die Höhe. Er sah den eintretenden Cethegus nicht, denn er hatte, an der Mutter Brust gelehnt, den griechischen Mantel klagend um das junge Haupt geschlagen, das bald eine schwere Krone tragen sollte.

Fern von diesen beiden an dem offenen Bogen des Gemaches, der den

Blick auf die von den Gotenkriegern besetzten Marmorstufen gewährte, stand, in träumerisches Sinnen verloren, ein Weib – oder war es eine Jungfrau? – von überraschender, blendender, überwältigender Schönheit: das war Mataswintha, Athalarichs Schwester. Sie glich der Mutter an Adel und Höhe der Gestalt, aber ihre schärferen Züge hatten ein feuriges leidenschaftliches Leben, das sich nur wenig unter angenommener Kälte barg. Ihre Gestalt, ein reizvolles Ebenmaß von blühender Fülle und seiner Schlankheit, mahnte an jene bezwungene Artemis in den Armen des Endymion in der Gruppe des Agesander, die, nach der Sage, der Rat von Rhodos hatte aus der Stadt verbannen müssen, weil diese marmorne höchste Einheit schönster Jungfräulichkeit und schönster Sinnlichkeit die Jünglinge des Eilands zu Wahnsinn und Selbstmord getrieben hatte. Der Zauber höchster reifer Mädchenschönheit zitterte über diesem Wesen. Ihr reichwallendes Haar war dunkelrot mit einem schillernden Metallglanz und von so außerordentlicher Wirkung, daß er der Fürstin, selbst bei diesem durch die prächtigen Goldlocken seiner Weiber berühmten Volk, den Namen »Schönhaar« verschafft hatte. Ihre Augenbrauen aber und die langen Wimpern waren glänzend schwarz und hoben die blendend weiße Stirn, die alabasternen Wangen leuchtend hervor. Die fein gebogene Nase mit den zartgeschnittenen, manchmal leise zuckenden Flügeln senkte sich auf einen üppig schwellenden Mund. Aber das Auffallendste an dieser auffallenden Schönheit war das graue Auge, nicht so sehr durch die ziemlich unbestimmte Farbe, wie durch den wunderbaren Ausdruck, mit dem es, meist in träumerisches Sinnen verloren, manchmal in versengender Leidenschaft aufleuchten konnte. In der That, wie sie da an dem Fenster lehnte, in der halb hellenischen, halb gotischen von ihrer Phantasie erfinderisch zusammengewählten Tracht, den weißen, hochgewölbten Arm um die dunkle Porphyrsäule geschlungen und hinaus träumend in die Abendluft, glich ihre verführerische Schönheit jenen unwiderstehlichen Waldfrauen oder Wellenmädchen, deren allverstrickende Liebesgewalt von jeher die germanische Sage gefeiert hat. Und so groß war die Macht dieser Schönheit, daß selbst die ausgebrannte Brust des Cethegus, der die Fürstin längst kannte, bei seinem Eintritt von neuem Staunen berührt wurde.

Doch wurde er sogleich in Anspruch genommen von dem letzten der im Gemach Anwesenden, von Cassiodor, dem gelehrten und treuen Minister des Königs, dem ersten Vertreter jener wohlwollenden, aber hoffnungslosen Versöhnungspolitik, die seit einem Menschenalter im Gotenreich geübt wurde. Der alte Mann, dessen ehrwürdige und milde Züge der Schmerz um den Verlust seines königlichen Freundes nicht weniger bewegte als die Sorge um die Zukunft des Reiches, stand auf und ging mit schwankenden Schritten dem Eintretenden entgegen, der sich ehrfurchtsvoll verneigte. In Thränen schwimmend ruhte das Auge des Greises auf ihm, endlich sank er seufzend an die kalte Brust des Cethegus, der ihn für diese Weichheit verachtete.

»Welch ein Tag!« klagte er. – »Ein verhängnisvoller Tag,« sprach Cethegus ernst; »er fordert Kraft und Fassung.« – »Recht sprichst du, Patricius, und wie ein Römer,« sagte die Fürstin, sich von Athalarich losmachend, »sei gegrüßt.« Sie reichte ihm die Hand, die nicht bebte, ihr Auge war klar. »Die Schülerin der Stoa bewährt an diesem Tage die Weisheit Zenos und die eigne Kraft,« sprach Cethegus.

»Sagt lieber, die Gnade Gottes kräftigt ihre Seele wunderbar,« verbesserte Cassiodor. »Patricius,« begann Amalaswintha, »der Präfectus Prätorio hat dich mir vorgeschlagen zu einem wichtigen Geschäft. Sein Wort würde genügen, auch wenn ich dich nicht längst schon kennte. Du bist derselbe Cethegus, der die ersten beiden Gesänge der Äneis in griechische Hexameter übertragen hat!« – »*Infandum renovare jubes, regina, dolorem.* Eine Jugendsünde, Königin,« lächelte Cethegus. »Ich habe alle Abschriften aufgekauft und verbrannt an dem Tage, da die Übersetzung Tullias erschien.« Tullia war das Pseudonym Amalaswinthas: Cethegus wußte das: aber die Fürstin hatte von dieser seiner Kenntnis keine Ahnung. Sie war in ihrer schwächsten Stelle geschmeichelt und fuhr fort: »Du weißt, wie es hier steht. Die Atemzüge meines Vaters sind gezählt: nach dem Ausspruch der Ärzte kann er, obwohl noch rüstig und stark, jeden Augenblick tot zusammenbrechen. Athalarich hier ist der Erbe seiner Krone. Ich aber führe an seiner Statt die Regentschaft und über ihn die Mundschaft bis er zu seinen Tagen gekommen.« – »So ist der Wille des Königs, und Goten und Römer haben dieser Weisheit längst schon zugestimmt,« sagte Cethegus. »So thaten sie. Aber die Menge ist wandelbar. Die rohen Männer verachten die Herrschaft eines Weibes« – und sie zog bei diesem Gedanken die Stirn in zornige Falten. »Es widerstreitet immerhin dem Staatsrecht der Goten wie der Römer,« begütigte Cassiodor, »es ist ganz neu, daß ein Weib ...« – »Die undankbaren Rebellen!« murmelte Cethegus, gleichsam für sich. – »Wie man darüber denken mag,« fuhr die Fürstin fort, »es ist so. Gleichwohl baue ich auf die Treue der Barbaren im ganzen, mögen auch einzelne aus dem Adel Gelüste nach der Krone tragen. Auch von den Italiern hier in Ravenna, wie in den meisten Städten, fürchte ich nichts. Aber ich fürchte – Rom und die Römer.« Cethegus horchte hoch auf: sein ganzes Wesen war in plötzlicher Erregung: aber sein Antlitz blieb eisig kalt.

»Rom wird sich niemals an die Herrschaft der Goten gewöhnen, es wird uns ewig widerstreben – wie könnte es anders!« setzte sie seufzend hinzu. Es war, als ob die Tochter Theoderichs eine römische Seele hätte.

»Wir fürchten deshalb,« ergänzte Cassiodor, »daß auf die Kunde von der Erledigung des Throns zu Rom eine Bewegung gegen die Regentin ausbrechen könnte, sei es für Anschluß an Byzanz, sei es für Erhebung eines eignen Kaisers des Abendlandes.«

Cethegus schlug, wie nachsinnend, die Augen nieder.

»Darum,« fiel die Fürstin rasch ein, »muß, schon ehe jene Kunde zu Rom eintrifft, alles geschehen sein. Ein entschlossener, mir treu ergebener Mann muß die Besatzung für mich – ich meine für meinen Sohn – vereidigen, die wichtigsten Thore und Plätze besetzen, Senat und Adel einschüchtern, das Volk für mich gewinnen und meine Herrschaft unerschütterlich aufrichten, ehe sie noch bedroht ist. Und für dies Geschäft hat Cassiodor dich vorgeschlagen. Sprich, willst du es übernehmen?«

Bei diesen Worten war der goldne Griffel aus ihrer Hand zur Erde gefallen. Cethegus bückte sich, ihn aufzuheben. Er hatte nur diesen einen Augenblick für die hundert Gedanken, die bei diesem Antrag sich in seinem Kopfe kreuzten.

War die Verschwörung in den Katakomben, war vielleicht er selbst verraten? Lag hier eine Schlinge des schlauen und herrschsüchtigen Weibes? Oder waren die Thoren wirklich so blind, gerade ihm dies Amt aufzudringen? Und wenn dem so war, was sollte er thun? Sollte er den Moment benutzen, sogleich loszuschlagen, Rom zu gewinnen? Und für wen? für Byzanz? oder für einen Kaiser im Abendlande? Und wer sollte das werden? Oder waren die Dinge noch nicht reif? Sollte er für diesmal – aus Treulosigkeit – Treue üben? Für all' diese und manche andere Zweifel und Fragen hatte er, sie zu stellen und zu lösen, nur den einen Moment, da er sich bückte: sein rascher Geist brauchte nicht mehr: er hatte im Bücken das arglos vertrauende Gesicht Cassiodors gesehen und entschlossen sprach er, den Griffel überreichend: »Königin, ich übernehme das Geschäft.« – »Das ist gut,« sagte die Fürstin. Cassiodor drückte seine Hand. »Wenn Cassiodor,« fuhr Cethegus fort, »mich zu diesem Amte vorgeschlagen, so hat er wieder einmal seine tiefe Menschenkenntnis bewährt. Er hat durch meine Schale auf meinen Kern gesehen.« – »Wie meinst du das?« fragte Amalaswintha. »Königin, der Schein konnte ihn trügen. Ich gestehe, daß ich die Barbaren – verzeihe! – die Goten nicht gern in Italien herrschen sehe.« – »Dieser Freimut ehrt dich und ich verzeih' es dem Römer.« – »Dazu kommt, daß ich seit Jahrzehnten dem Staat, dem öffentlichen Leben keine Teilnahme mehr zuwandte. Nach vielen Leidenschaften leb' ich – ohne alle Leidenschaft – nur einer spielenden Muse und leichten Gelehrsamkeit, unbekümmert um die Sorgen der Könige, auf meinen Villen.« – »*Beatus ille qui procul negotiis*«, citierte seufzend die gelehrte Frau. »Aber eben weil ich die Wissenschaft verehre, weil ich, ein Schüler Platons, will, daß die Weisen herrschen sollen, deshalb wünsche ich, daß eine Königin mein Vaterland regiere, die nur der Geburt nach Gotin, der Seele nach Griechin, der Tugend nach Römerin ist.

Ihr zu Liebe will ich meine Muße den verhaßten Geschäften opfern. Aber nur unter der Bedingung, daß dies mein letztes Staatsamt sei. Ich übernehme deinen Auftrag und stehe dir für Rom mit meinem Kopf.«

»Gut, hier findest du die Vollmachten, die Dokumente, deren du bedarfst.«

Cethegus durchflog die Urkunden. »Dies ist das Manifest des jungen Königs an die Römer, mit deiner Unterschrift. Seine Unterschrift fehlt noch.« Amalaswintha tauchte die gnidische Rohrfeder in das Gefäß mit Purpurtinte, deren sich die Amaler, wie die römischen Imperatoren bedienten: »Komm, schreibe deinen Namen, mein Sohn.« Athalarich hatte während der ganzen Verhandlung stehend und mit beiden Armen vorgebeugt auf den Tisch gestützt, Cethegus scharf beobachtet. Jetzt richtete er sich auf: er war gewohnt, in seinen Formen die Rechte eines Kronfolgers und eines Kranken zu gebrauchen: »Nein,« sagte er heftig, »ich schreibe nicht. Nicht bloß, weil ich diesem kalten Römer nicht traue – nein, ich traue dir gar nicht, du stolzer Mann! – es ist empörend, daß ihr, während mein hoher Großvater noch atmet, schon an seiner Krone herumtappt, ihr Zwerge nach der Krone des Riesen. Schämt euch eurer Fühllosigkeit. Hinter jenen Vorhängen stirbt der größte Held des Jahrhunderts – und ihr denkt nur an die Teilung seiner Königsgewänder.«

Er wandte ihnen den Rücken und schritt langsam nach dem Fenster zu, wo er den Arm um seine schöne Schwester schlang und ihr schimmervolles glänzendes Haar streichelte.

Lange stand er so, sie achtete seiner nicht. Plötzlich fuhr sie auf aus ihrem Sinnen: »Athalarich,« flüsterte sie, hastig seinen Arm fassend und hinausbedeutend auf die Marmorstufen, »wer ist der Mann dort? im blauen Stahlhelm, der eben um die Säule biegt? Sprich, wer ist es?« – »Laß sehn«, sagte der Jüngling sich vorbeugend, »der dort? ei, das ist Graf Witichis, der Besieger der Gepiden, ein wackrer Held.« Und er erzählte ihr von den Thaten und Erfolgen des Grafen im letzten Kriege.

Indessen hatte Cethegus die Fürstin und den Minister fragend angesehen. »Laß ihn!« seufzte Amalaswintha. »Wenn er nicht will, zwingt ihn keine Macht der Erde.« Weiteres Fragen des Cethegus ward abgeschnitten, indem sich der dreifache Vorhang aufthat, der das Schlafgemach des Königs von allem Geräusch des Vorzimmers schied. Es war Elpidios, der griechische Arzt, der, die schweren Falten aufhebend, berichtete, der Kranke, eben aus langem Schlummer erwacht, habe ihn fortgeschickt, um mit dem alten Hildebrand allein zu sein: dieser wich nie von seiner Seite.

## Sechstes Kapitel

Das Schlafgemach Theoderichs, schon von den Kaisern zu gleichem Zweck benutzt, zeigte die düstre Pracht des späten römischen Stils. Die überladenen Reliefs an den Wänden, die Goldornamentik der Decke schilderte noch Siege und Triumphzüge der römischen Konsuln und Imperatoren: heidnische Götter und Göttinnen schwebten stolz darüber hin: überall in der Architektur und Dekoration waltete drückender Prunk.

Dazu bildete einen merkwürdigen Gegensatz das Lager des Gotenkönigs in seiner schlichten Einfachheit. Kaum einen Fuß vom Marmorboden erhob sich das ovale Gestell von rohem Eichenholz, das wenige Decken füllten. Nur der köstliche Purpurteppich, der die Füße verhüllte, und das Löwenfell mit goldnen Tatzen, ein Geschenk des Vandalenkönigs aus Afrika, das vor dem Bette lag, bekundete die Königshoheit des Kranken. Alles Gerät, das sonst das Gemach erfüllt, war prunklos, schlicht, fast barbarisch schwer.

An einer Säule im Hintergrund hing der eherne Schild und das breite Schwert des Königs, seit vielen Jahren nicht mehr gebraucht. Am Kopfende des Lagers stand, gebeugten Hauptes, der alte Waffenmeister, die Züge des Kranken sorglich prüfend: dieser, auf den linken Arm gestützt, kehrte ihm das gewaltige, das majestätische Antlitz zu. Sein Haar war spärlich und an den Schläfen abgerieben durch den langjährigen Druck des schweren Helmes, aber noch glänzend hellbraun, ohne irgend graue oder weiße Spuren. Die mächtige Stirn, die blitzenden Augen, die stark gebogene Nase, die tiefen Furchen der Wangen sprachen von großen Aufgaben und von großer Kraft, sie zu lösen, und machten den Eindruck des Gesichts königlich und hehr: aber die wohlwollende Weichheit des Mundes bekundete, trotz dem grimmen und leise ergrauenden Bart, jene Milde und friedliche Weisheit, mit welcher der König ein Menschenalter lang für Italien eine goldne Zeit zurückgeführt und sein Reich zu einer Blüte erhoben hatte, die damals schon Sprichwort und Sage feierten.

Lang ließ er mit Huld und Liebe das goldbraune Adlerauge auf dem riesigen Krankenwart ruhen. Dann reichte er ihm die magre, aber nervige Rechte. »Alter Freund,« sagte er, »nun wollen wir Abschied nehmen.«

Der Greis sank in die Knie und drückte die Hand des Königs an die breite Brust. »Komm, Alter, steh' auf: muß ich *dich* trösten?«

Aber Hildebrand blieb auf den Knieen und erhob nur das Haupt, daß er dem König ins Auge sehen konnte. »Sieh,« sprach dieser, »ich weiß, daß du, Hildungs Sohn, von deinen Ahnen, von deinem Vater her tiefere Geheimkunde hast von der Menschen Siechtum und Heilung, als alle diese griechischen Ärzte und lydischen Salbenkrämer. Und vor allem: du hast mehr Wahrhaftigkeit. Darum frage ich dich, du sollst mir redlich bestätigen, was ich selbst fühle: sprich, ich muß sterben? heute noch? noch vor Nacht?«

Und er sah ihn an mit einem Auge, das nicht zu täuschen war. Aber der Alte wollte gar nicht täuschen, er hatte jetzt seine zähe Kraft wieder. »Ja, Gotenkönig, Amalungen Erbe, du mußt sterben,« sagte er: »die Hand des Todes hat über dein Antlitz gestrichen. Du wirst die Sonne nicht mehr sinken sehen.«

»Es ist gut,« sagte Theoderich, ohne mit der Wimper zu zucken. »Siehst du, der Grieche, den ich fortgeschickt, hat mir noch von ganzen Tagen vorgelogen. Und ich brauche doch meine Zeit.«

»Willst du wieder die Priester rufen lassen?« fragte Hildebrand, nicht mit Liebe. »Nein, ich konnte sie nicht brauchen. Und ich brauche sie nicht mehr.« — »Der Schlaf hat dich sehr gestärkt und den Schleier von deiner Seele genommen, der sie so lang verdunkelt. Heil dir, Theoderich, Theodemers Sohn, du wirst sterben wie ein Heldenkönig.«

»Ich weiß,« lächelte dieser, »die Priester waren dir nicht genehm an diesem Lager. Du hast Recht. Sie konnten mir nicht helfen.« — »Nun aber, wer hat dir geholfen?«

»Gott und ich selbst. Höre. Und diese Worte sollen unser Abschied sein! Mein Dank für deine Treue von fünfzig Jahren sei es, daß ich dir allein, nicht meiner Tochter, nicht Cassiodor, es vertraue, was mich gequält hat. Sprich: was sagt man im Volk, was glaubst du, daß jene Schwermut war, die mich plötzlich befallen und in dieses Siechtum gestürzt hat?« — »Die Welschen sagen: Reue über den Tod des Boëthius und Symmachus.« — »Hast du das geglaubt?« — »Nein, ich mochte nicht glauben, daß dich das Blut der Verräter bekümmern kann.« — »Du hast wohlgethan. Sie waren vielleicht nicht des Todes schuldig: nach dem Gesetz, nach ihren Thaten. Und Boëthius habe ich sehr geliebt. Aber sie waren tausendfach Verräter! Verräter in ihren Gedanken, Verräter an meinem Vertrauen, an meinem Herzen. Ich habe sie, die Römer, höher gehalten als die Besten meines Volkes. Und sie haben, zum Dank, meine Krone dem Kaiser gewünscht, dem Byzantiner Schmeichelbriefe geschrieben: sie haben einen Justin und einen Justinian der Freundschaft des Theoderich vorgezogen: mich reut der Undankbaren nicht. Ich verachte sie. Rate weiter! Du, was hast du geglaubt?« – »König: dein Erbe ist ein Kind und du hast ringsum Feinde.« Der Kranke zog die kühnen Brauen zusammen: »Du triffst näher ans Ziel. Ich habe stets gewußt, was meines Reiches Schwäche. In bangen Nächten hab' ich geseufzt um seine innere Krankheit, wann ich am Abend beim Gastgelag den fremden Gesandten den Stolz höchster Zuversicht gezeigt hatte. Aber, du hast, ich weiß, mich für allzu sicher gehalten. Aber mich durfte niemand beben sehen. Nicht Freund noch Feind. Sonst bebte mein Thron. Ich habe geseufzt, wann ich einsam war und meine Sorge allein getragen.« – »Du bist die Weisheit, mein König, und ich war ein Thor!« rief der Alte. »Sieh,« fuhr der König fort, mit der Hand über die des Alten streichend, »ich weiß alles, was dir nicht recht an mir gewesen. Auch deinen blinden Haß gegen diese Welschen kenne ich. Glaube mir, er ist blind. Wie vielleicht meine Liebe zu ihnen war.« Hier seufzte er und hielt inne. »Was quälst du dich.« – »Nein, laß mich vollenden. Ich weiß es, mein Reich, das Werk meines ruhmvollen, mühevollen Lebens kann fallen, leicht fallen. Und vielleicht durch Schuld meiner Großmut gegen diese Römer. Sei es darum! Kein Menschenbau ist ewig und die Schuld zu edler Güte – ich will sie tragen.«

»Mein großer König!« – »Aber, Hildebrand, in einer Nacht, da ich so wachte, sorgte und seufzte über den Gefahren meines Reiches, da stieg mir vor der Seele auf das Bild einer andern Schuld! Nicht der Güte, nein, der Ruhmsucht, der blutigen Gewalt. Und wehe, wehe mir, wenn das Volk der Goten sollte untergehn zur Strafe für Theoderichs Frevel! *Sein, sein* Bild tauchte mir empor!«

Der Kranke sprach nun mit Anstrengung und zuckte einen Augenblick. »Wessen Bild? Wen meinst du?« fragte der Alte leise, sich vorbeugend. »Odovakar!« flüsterte der König. Hildebrand senkte das Haupt. Ein banges Schweigen unterbrach endlich Theoderich: »Ja, Alter, diese Rechte, du weißt es, hat den gewaltigen Helden durchstoßen, beim Mahl, meinen Gast. Heiß spritzte sein Blut mir ins Gesicht und ein Haß ohne Ende sprühte auf mich aus seinem brechenden Auge. Vor wenigen Monden, in jener Nacht, stieg sein blutiges, bleiches, zürnendes Bild wie eines Rachegottes vor mir auf. Fiebernd zuckte mein Herz zusammen. Und furchtbar sprach's in mir: um dieser Blutthat willen wird dein Reich zerfallen und dein Volk vergehn.«

Nach einer neuen Pause begann diesmal Hildebrand, trotzig aufblikkend: »König, was quälst du dich wie ein Weib? Hast du nicht Hunderte erschlagen mit eigner Hand und dein Volk Tausende auf dein Gebot? Sind wir nicht von den Bergen in dies Land herabgestiegen in mehr als dreißig Schlachten, im Blute watend knöcheltief? Was ist dagegen das Blut des einen Mannes! Und denk': wie es stand. Vier Jahre hatte er dir widerstanden wie der Auerstier dem Bären. Zweimal hatte er dich und dein Volk hart an den Rand des Verderbens gedrängt. Hunger, Schwert und Seuche rafften deine Goten dahin. Endlich, endlich fiel das trotzige Ravenna; ausgehungert, durch Vertrag. Bezwungen lag der Todfeind dir zu Füßen. Da kömmt dir Warnung, er sinnt Verrat, er will noch einmal den gräßlichen Kampf aufnehmen, er will zur Nacht desselben Tages dich und die Deinen überfallen. Was solltest du thun? Ihn offen zu Rede stellen? War er schuldig, so konnte das nicht retten. Kühn kamst du ihm zuvor und thatest ihm Abends, was er dir Nachts gethan hätte. Und wie hast du deinen Sieg benützt! Die Eine That hat all' dein Volk gerettet, hat einen neuen Kampf der Verzweiflung erspart. Du hast all' die Seinen begnadigt, hast Goten und Welsche dreißig Jahre leben lassen wie im Himmelreich. Und nun willst du um jene That dich quälen? Zwei Völker danken sie dir in Ewigkeit. Ich – ich hätt' ihn siebenmal erschlagen.«

Der Alte hielt inne, sein Auge blitzte, er sah wie ein zorniger Riese. Aber der König schüttelte das Haupt.

»Das ist nichts, alter Recke, alles nichts! Hundertmal hab ich mir dasselbe gesagt, und verlockender, feiner als deine Wildheit es vermag. Das hilft all' nichts. Er war ein Held, der einzige meinesgleichen! Und ich hab ihn ermordet, ohne Beweis seiner Schuld. Aus Argwohn, aus Eifersucht, ja – es muß gesagt sein, aus Furcht – aus Furcht, noch einmal mit ihm ringen zu sollen. Das war und ist und bleibt ein Frevel. Und ich fand keine Ruhe hinter Ausreden. Düstre Schwermut fiel auf mich. Seine Gestalt verfolgte mich seit jener Nacht unaufhörlich. Beim Schmaus und im Rat, auf der Jagd, in der Kirche, im Wachen und im Schlafen. Da schickte mir Cassiodor die Bischöfe, die Priester. Sie konnten mir nicht helfen. Sie hörten meine Beichte, sahen meine Reue, meinen Glauben, und vergaben mir alle Sünden. Aber Friede kam nicht über mich und ob *sie* mir verziehen, *ich* konnte mir nicht verzeihen. Ich weiß nicht, ist es der alte Sinn meiner heidnischen Ahnen: aber ich kann mich nicht hinter dem Kreuz verstecken vor dem Schatten des Ermordeten. Ich kann mich nicht gelöst glauben von meiner blutigen That durch das Blut eines unschuldigen Gottes, der am Kreuze gestorben.«

Freude leuchtete über das Antlitz Hildebrands: »Du weißt,« raunte er ihm zu, »ich habe niemals diesen Kreuzpriestern glauben können. Sprich, o sprich, glaubst auch du noch an Thor und Odhin? Haben sie dir geholfen?«

Der König schüttelte lächelnd das Haupt: »Nein, du alter, unverbesserlicher Heide. Dein Walhall ist nichts für mich. Höre, wie mir geholfen ward. Ich schickte gestern die Bischöfe fort und kehrte tief in mich selber ein. Und dachte und flehte und rang zu Gott. Und ich ward ruhiger. Und sieh, in der Nacht kam über mich tiefer Schlummer, wie ich ihn seit langen Monden nicht mehr gekannt. Und als ich erwachte, da schauerte kein Fieber der Qual mehr in meinen Gliedern. Ruhig war ich und klar. Und dachte dieses: »Ich habe es gethan und keine Gnade, kein Wunder Gottes macht es ungeschehen. Wohlan, er strafe mich. Und wenn er der zornige Gott des Moses, so räche er sich und strafe mit mir mein ganzes Haus bis ins siebente Glied. Ich weihe mich und mein Geschlecht der Rache des Herrn. Er mag *uns* verderben: er ist gerecht. Aber weil er gerecht ist, *kann* er nicht strafen dieses edle Volk der Goten um fremde Schuld. Er *kann* es nicht verderben um des Frevels seines Königs willen. Nein, das wird er nicht. Und muß dies Volk einst untergehen, ich fühl' es klar, dann ist es nicht um meine That. Für diese weih' ich mich und mein Haus der Rache des Herrn. Und so kam Friede über mich und mutig mag ich sterben.«

Er schwieg. Hildebrand aber neigte das Haupt und küßte die Rechte, welche Odovakar erschlagen hatte.

»Das war mein Abschied an dich. Und mein Vermächtnis, mein Dank für ein ganzes Leben der Treue. Jetzt laß uns den Rest der Zeit noch diesem Volk der Goten zuwenden. Komm, hilf mir aufstehen, ich kann nicht in den Kissen sterben. Dort hangen meine Waffen. Gieb sie mir! Keine Widerrede! Ich will. Und ich kann.«

Hildebrand mußte gehorchen: rüstig erhob sich mit seiner Hilfe der Kranke von dem Lager, schlug einen weiten Purpurmantel um die Schultern, gürtete sich mit dem Schwert, setzte den niedern Helm mit der Zackenkrone auf das Haupt und stützte sich auf den Schaft der schweren Lanze, den Rücken gegen die breite dorische Mittelsäule des Gemaches gelehnt.

»So, jetzt rufe meine Tochter. Und Cassiodor. Und wer sonst da draußen.«

## Siebentes Kapitel

So stand er ruhig, während der Alte die Vorhänge an der Thür zu beiden Seiten zurückschlug, so daß Schlafzimmer und Vorhalle nunmehr Einen ungeschiedenen Raum bildeten. Alle draußen Versammelten – es hatten sich inzwischen noch mehrere Römer und Goten eingefunden – näherten sich mit Staunen und ehrfürchtigem Schweigen dem König.

»Meine Tochter,« sprach dieser, »sind die Briefe aufgesetzt, die meinen Tod und meines Enkels Thronfolge nach Byzanz berichten sollen?«

»Hier sind sie,« sprach Amalaswintha.

Der König durchflog die Papyrusrollen.

»An Kaiser Justinus. Ein zweiter: an seinen Neffen Justinianus. Freilich, der wird bald das Diadem tragen und ist schon jetzt der Herr seines Herrn! Cassiodor hat sie verfaßt – ich sehe es an den schönen Gleichnissen. Aber halt« – und die hohe klare Stirn verdüsterte sich – »eurem kaiserlichen Schutze meine Jugend empfehlend. Schutze? Das ist des Guten zu viel. Wehe, wenn ihr auf Schutz von Byzanz gewiesen seid. *Freundschaft* mich empfehlend ist genug von dem Enkel Theoderichs.« Und er gab die Briefe zurück. »Und hier ein drittes Schreiben nach Byzanz? An wen? An Theodora, die edle Gattin Justinians? Wie! an die Tänzerin vom Cirkus? Des Löwenwärters schamlose Tochter?« Und sein Auge funkelte. »Sie ist von größtem Einfluß auf ihren Gemahl,« wandte Cassiodor ein. »Nein, meine Tochter schreibt an keine Dirne, die aller Weiber Ehre besudelt hat.« Und er zerriß die Papyrusrolle und schritt über die Stücke zu den Goten im Mittelgrund der Halle. »Witichis, tapferer Mann, was wird dein Amt sein nach meinem Tod?«

»Ich werde unser Fußvolk mustern zu Tridentum.«

»Kein Bessrer könnte das. Du hast noch immer nicht den Wunsch gethan, den ich dir damals freigestellt nach der Gepidenschlacht. Hast du noch immer nichts zu wünschen?«

»Doch, mein König.«

»Endlich! Das freut mich, sprich.« — »Heute soll ein armer Kerkerwart, weil er sich weigerte, einen Angeklagten zu foltern und nach dem Liktor schlug, selbst gefoltert werden. Herr König, gieb den Mann frei: das Foltern ist schändlich und ...«

»Der Kerkerwart ist frei und von Stund an wird die Folter nicht mehr gebraucht im Reich der Goten. Sorg dafür, Cassiodorus. Wackrer Witichis, gieb mir die Hand. Auf daß alle wissen, wie ich dich ehre, schenk ich dir Wallada, mein lichtbraun Edelroß, zu Gedächtnis dieser Scheidestunde. Und kommst du je auf seinen Rücken in Gefahr, oder« — hier sprach er ganz leise zu ihm — »will es versagen, flüstre dem Roß meinen Namen ins Ohr. Wer wird Neapolis hüten? Der Herzog Thulun war zu rauh. Das fröhliche Volk dort muß durch fröhliche Mienen gewonnen werden.«

»Der junge Totila wird dort die Hafenwache übernehmen,« sprach Cassiodor.

»Totila! Ein sonniger Knabe! Ein Siegfried, ein Götterliebling! Ihm können die Herzen nicht widerstehen. Aber freilich! Die Herzen dieser Welschen!« Er seufzte und fuhr fort: »Wer versichert uns Roms und des Senats?« — »Cethegus Cäsarius,« sagte Cassiodor mit einer Handbewegung, »dieser edle Römer.« — »Cethegus? Ich kenne ihn wohl. Sieh mich an, Cethegus.« Ungern erhob der Angeredete die Augen, die er vor dem großen Blick des Königs rasch niedergeschlagen. Doch hielt er jetzt das Adlerauge, das seine Seele durchdrang, ruhig aus, mit dem Aufgebot aller Kraft. »Es war krank, Cethegus, daß ein Mann von deiner Art sich solang vom Staat fern gehalten. Und von uns. Oder es war gefährlich. Vielleicht ist es noch gefährlicher, daß du dich — jetzt — dem Staat zuwendest.« — »Nicht mein Wunsch, o König.«

»Ich bürge für ihn,« rief Cassiodor. — »Still, Freund! Auf Erden mag keiner für den andern bürgen! Kaum für sich selbst! Aber,« fuhr er forschenden Blickes fort, »an die Griechlein wird dieser stolze Kopf — dieser Cäsarkopf — Italien nicht verraten.«

Noch einen scharfen Blick aus den goldnen Adleraugen mußte Cethegus tragen. Dann ergriff der König plötzlich den Arm des nur mit Mühe noch fest in sich geschlossenen Mannes und flüsterte ihm zu: »Höre, was ich dir warnend weissage. Es wird kein Römer mehr gedeihen auf dem Thron des Abendlands. Still, kein Widerwort. Ich habe dich gewarnt. — Was lärmt da draußen?« fragte er, rasch sich wendend, seine Tochter, die einem meldenden Römer leisen Bescheid erteilte. »Nichts, mein König, nichts von Bedeutung, mein Vater!« — »Wie? Geheimnisse vor mir? Bei meiner Krone! Wollt ihr schon herrschen, so lang ich noch atme? Ich vernahm den Laut fremder Zungen da draußen. Auf die Thüren!« Die Pforte, welche die äußere Halle mit dem Vorzimmer verband, öffnete sich.

Da zeigten sich unter zahlreichen Goten und Römern kleine fremd aussehende Gestalten, in seltsamer Tracht, mit Wämsern aus Wolfsfell, mit spitz zulaufenden Mützen und langen zottigen Schafspelzen, die über ihren Rücken hingen. Überrascht und bewältigt von dem plötzlichen Anblick des Königs, der hochaufgerichtet auf sie zuschritt, sanken die Fremden wie vom Blitz getroffen auf die Kniee.

»Ah, Gesandte der Avaren. Das räuberische Grenzgesindel an unsern Ostmarken! Habt ihr den schuldigen Jahrestribut?« — »Herr, wir bringen ihn noch für diesmal — Pelzwerk, wollne Teppiche, Schwerter, Schilde. Da hangen sie, dort liegen sie. Aber wir hoffen, daß für nächstes Jahr — wir wollten sehn.« — »Ihr wolltet sehen, ob der greise Dieterich von Bern nicht altersschwach geworden? Ihr hofftet, ich sei tot? Und meinem Nachfolger könntet ihr die Schatzung weigern? Ihr irrt, Späher!« Und er ergriff wie prüfend eines der Schwerter, welche die Gesandten vor ihm ausgebreitet, samt der Scheide, nahm es mit zwei Händen fest an Griff und Spitze: ein Druck und in zwei Stücken warf er ihnen das Eisen vor die Füße. »Schlechte Schwerter führen die Avaren,« sagte er ruhig. »Und nun komm, Athalarich, meines Reiches Erbe. Sie wollen dir nicht glauben, daß du meine Krone tragen kannst: zeig ihnen, wie du meinen Speer führest.«

Der Jüngling flog herbei. Die Gluthitze des Ehrgeizes zuckte über sein bleiches Antlitz. Er ergriff den schweren Speer seines Großvaters und schleuderte ihn mit solcher Kraft auf einen der Schilde, welche die Gesandten an die Holzpfeiler der Halle gelehnt, daß er ihn sausend durchbohrte und die Spitze noch tief in das Holzwerk drang. Stolz legte der König die Linke auf das Haupt seines Enkels und rief den Gesandten zu: »Jetzt geht, daheim zu melden was ihr hier gesehen.«

Er wandte sich, die Pforten fielen zu und schlossen die staunenden Avaren aus. »Gebt mir einen Becher Wein. Leicht den letzten! Nein, ungemischten! Nach Germanen Art!« — und er wies den griechischen Arzt zurück — »Dank, alter Hildebrand, für diesen Trunk, so treu gereicht. Ich trinke der Goten Heil.« Er leerte langsam den Pokal. Und er setzte ihn noch fest auf den Marmortisch.

Aber da kam es über ihn, plötzlich, blitzähnlich, was die Ärzte lang erwartet: er wankte, griff an die Brust und stürzte rücklings in die Arme Hildebrands, der langsam niederknieend ihn auf den Marmorestrich gleiten ließ, und das Haupt mit dem Kronhelm auf den Armen hielt.

Einen Augenblick hielten alle lauschend den Atem an: aber der König regte sich nicht und laut aufschreiend warf sich Athalarich über die Leiche.

## Zweites Buch

# Athalarich

### Erstes Kapitel

Nicht ohne Grund fürchtete und hoffte Freund und Feind in diesem Augenblick schwere Gefahren für das junge Gotenreich. Noch waren es nicht vierzig Jahre, daß Theoderich im Auftrag des Kaisers von Byzanz mit seinem Volk den Isonzo überschritten und dem tapfern Abenteurer Odovakar, den ein Aufstand der germanischen Söldner auf den Thron des Abendlandes erhoben, Krone und Leben entrissen hatte. Alle Weisheit und Größe des Königs hatte nicht die Unsicherheit beseitigen können, die in der Natur seiner mehr kühnen als besonnenen Schöpfung lag. Trotz der Milde seiner Regierung fühlten die Italier – und wir wollen uns hüten, solche Gesinnung zu verdammen – aufs tiefste die Schmach der Fremdherrschaft. Und diese Fremden waren als Barbaren und Ketzer doppelt verhaßt. Nach der Auffassung jener Zeit galten das weströmische und das oströmische Reich als eine unteilbare Einheit und, nachdem die Kaiserwürde im Occident erloschen, erschien der oströmische Kaiser als der einzige rechtmäßige Herr des Abendlands. Nach Byzanz also waren die Augen aller römischen Patrioten, aller rechtgläubigen Katholiken von Italien gerichtet: von Byzanz erhofften sie Befreiung aus dem Joche der Ketzer, der Barbaren, Tyrannen. Und Byzanz hatte Macht und Neigung, diese Hoffnung zu erfüllen. Waren auch die Unterthanen des Imperators nicht mehr die Römer Cäsars oder Trajans: noch gebot das Ostreich über eine sehr ansehnliche, den Goten durch alle Mittel der Bildung und eines lang bestehenden Staatswesens unendlich überlegene Macht.

An der Lust aber, diese Überlegenheit zur Vernichtung des Barbarenreiches zu gebrauchen, konnte es nicht fehlen, da das Verhältnis beider Staaten von vornherein auf Überlistung, Mißtrauen und geheimen Haß gegründet war. Vor ihrem Abzug nach Italien hatten die Goten, in den Donauländern angesiedelt, an Byzanz ein für beide Teile unerfreuliches Bundesverhältnis geknüpft, das in Folge des Ehrgeizes ihrer Könige, mehr noch der Treulosigkeit der Kaiser, fast alle paar Jahre in offnen Krieg zwischen den ungleichartigen Verbündeten umschlug: wiederholt hatte Theoderich, obwohl in Zeiten der Aussöhnung mit den höchsten Ehren des Reiches, mit den Titeln Konsul, Patricius, Adoptivsohn des Kaisers ausgezeichnet, seine Waffen bis vor die Thore der Kaiserstadt getragen.

Um diesen steten Reibungen ein Ende zu machen, hatte Kaiser Zeno, ein feiner Diplomat, das echt byzantinische Auskunftsmittel getroffen, den lästigen Gotenkönig mit seinem Volk dadurch aus der gefährlichen Nachbarschaft zu entfernen, daß er ihm als ein Danaërgeschenk Italien übertrug, das erst dem eisernen Arm des Helden Odovakar entrissen werden mußte.

In der That, wie immer der Kampf zwischen den beiden deutschen Fürsten enden mochte: Byzanz mußte immer gewinnen. Siegte Odovakar, so waren die Goten und ihr furchtbarer König, denen man schöne Provinzen und schwere Jahrgelder hatte überlassen müssen, für immer beseitigt. Siegte Theoderich, nun, so war ein Anmaßer, den man zu Byzanz niemals anerkannt hatte, gestürzt und gestraft: und da Theoderich im Namen und Auftrag des Kaisers siegen und als Statthalter herrschen sollte, durch eine ruhmvolle Eroberung das Abendland wieder mit dem Ostreich vereinigt.

Aber der Ausgang des feinen Planes war doch nicht der erwünschte. Denn als Theoderich gesiegt und sein Reich in Italien gegründet hatte, entfaltete sich alsbald die ganze Großartigkeit seines Geistes und erwarb ihm eine Stellung, in der, bei aller Höflichkeit in den Formen, doch jede Abhängigkeit von Byzanz völlig verschwand.

Nur wo es ihm diente, so, um die Abneigung der Italier zu schwächen, berief er sich formell auf jenen Auftrag des Kaisers: in Wahrheit aber herrschte er auch über die Italier wie über seine Goten nicht als Statthalter und im Namen des Byzantiners, sondern kraft eignen Rechts, kraft seines Sieges, als »König der Goten und Italier«. Dies führte natürlich zu Mißhelligkeiten mit dem Kaiser, die wiederholt in offnen Krieg zwischen den beiden Reichen aufloderten. Es war also kein Zweifel, daß man zu Byzanz sehr bereit war, dem Seufzen Italiens nach Abwerfung des Barbarenjoches ein Ende zu bringen, so wie man sich stark genug fühlte. Und die Goten hatten keine Bundesgenossen gegen diese innern und äußern Feinde. Denn Theoderichs Ruhm und Ansehen und seine Politik der Verschwägerung mit allen Germanenfürsten hatten ihm doch nur eine Art moralischen Protektorats, keine sichre Verstärkung seiner Macht verschaffen können.

Es fehlte dem Gotenreich, das eine geniale Persönlichkeit allzuverwegen und vertrausam mitten in das Herz der römischen Bildungswelt gepflanzt hatte, der unmittelbare Zusammenhang mit noch nicht romanisierten Volkskräften, es fehlte der Nachschub an frischen germanischen Elementen, der das gleichzeitig entstehende Reich der Franken immer wieder verjüngt und wenigstens dessen nordöstliche Teile vor der mit der Romanisierung verbundenen Fäulnis bewahrt hatte, während die kleine gotische Insel, auf allen Seiten von den feindlichen Wellen des römischen Lebens umspült und benagt, diesen gegenüber von Jahr zu Jahr zusammenschmolz.

So lange Theoderich, der gewaltige Schöpfer dieses gewagten Werkes lebte, blendete der Glanz seines Namens über die Gefahren und Blößen seiner Schöpfung.

Aber mit Recht zitterte man vor dem Augenblick, da das Steuer dieses gefährdeten Schiffes in die Hand eines Weibes oder eines kranken Jünglings übergehen sollte: Aufstände der Italier, Einmischung des Kaisers, Abfall der Unterworfnen, Angriffe der feindlichen Barbarenstämme waren zu besorgen. Wenn der gefährliche Augenblick gleichwohl ruhig vorüberging, so war dies vor allem der unermüdlich eifrigen und vorsorglichen Thätigkeit zu danken, die Cassiodor, des Königs Freund und lang bewährter Minister, schon seit Wochen entfaltet hatte und jetzt, nach dem Tode Theoderichs, verdoppelte. Um die Italier in Ruhe zu erhalten, ward sofort ein Manifest erlassen, das die Thronbesteigung Athalarichs, unter Vormundschaft seiner Mutter, als eine bereits vollendete und in aller Ruhe vollzogene Thatsache Italien und den Provinzen verkündete. Sofort auch wurden in alle Teile des Reiches Beamte entsendet, die den Huldigungseid der Bevölkerung entgegennehmen, aber auch im Namen des jungen Königs eidlich geloben sollten, daß die neue Regierung alle Rechte und Freiheiten der Italier und Provinzialen achten und in allen Stücken die Milde, ja Vorliebe des großen Toten für seine römischen Unterthanen zum Muster nehmen werde.

Gleichzeitig wurde aber auch dafür gesorgt, daß eine Furcht gebietende Entfaltung der gotischen Heeresmacht an den Grenzen und in den wichtigsten oder unruhigsten Städten des Reiches äußeren und inneren Gegnern die Lust zu Feindseligkeiten vertreibe, während mit dem Kaiserhof das gute Vernehmen durch Gesandtschaften und Briefe sehr verbindlicher Haltung befestigt oder erneuert wurde.

## Zweites Kapitel

Neben Cassiodor war es nun aber vor allen Ein Mann, der in jenen Tagen des Übergangs eine bedeutende und, wie es der Regentschaft schien, hochverdienstliche Rolle spielte.

Das war kein andrer als Cethegus.

Er hatte das wichtige Amt eines Stadtpräfekten von Rom übernommen. Er war, sowie der König die Augen geschlossen, spornstreichs aus dem Palast und den Thoren von Ravenna nach der ihm anvertrauten Tiberstadt geeilt und dort vor aller Kunde des Geschehenen eingetroffen.

Sofort, noch eh' der Tag angebrochen, hatte er die Senatoren in dem »Senatus«, d. h. dem geschlossenen Hallenbau Domitians nahe dem Janus Geminus, rechtsab vom Severusbogen, versammelt, darauf das Gebäude mit gotischen Truppen umstellt, die überraschten Senatoren – von denen er gar manchen erst neuerlich in den Katakomben gesehen und zur Vertreibung der Barbaren angefeuert hatte – von dem bereits vollzognen Thronwechsel benachrichtigt und, (nicht ohne einige auf die von dem Saal aus deutlich sichtbaren Speere der Gotentausendschaft gelinde hinweisende Worte,) mit einer keinen Widerspruch duldenden Raschheit für Athalarich in Eid und Pflicht genommen.

Dann verließ er den »Senatus«, wo er die Väter eingeschlossen hielt, bis er in dem slavischen Amphitheater, wohin er eine Volksversammlung der Römer berufen, diese unter Beiziehung der starken gotischen Besatzung abgehalten und die leicht beweglichen »Quiriten« durch eine meisterhafte Rede für den jungen König begeistert hatte. Er zählte die Wohlthaten Theoderichs auf, verhieß gleiche Milde von dessen Enkel, der übrigens bereits von ganz Italien, den Provinzen und den Vätern dieser Stadt anerkannt sei, meldete eine allgemeine Speisung des römischen Volkes mit Brot und Wein als den ersten Regierungsakt Amalaswinthens an und schloß mit der Verkündung siebentägiger Cirkusspiele – Wettfahrten mit einundzwanzig spanischen Viergespannen – mit welchen er selbst die Thronbesteigung Athalarichs und den Antritt seiner Präfektur feiern werde.

Da erhob tausendstimmiges Jubelgeschrei die Namen der Regentin und ihres Sohnes, aber noch lauter den Namen Cethegus, das Volk verlief sich in heller Freude, die eingesperrten Senatoren wurden nunmehr entlassen und die ewige Stadt war für die Goten erhalten. Der Präfekt aber eilte nach seinem Hause am Fuß des Kapitols, schloß sich ein und schrieb eifrig seinen Bericht an die Regentin.

Jedoch ungestüm pochte es alsbald an der ehernen Vorthür des Hauses. Es war Lucius Licinius, der junge Römer, den wir in den Katakomben kennen gelernt: er schlug mit dem Schwertknauf gegen die Pforte, daß das Haus dröhnte. Ihm folgten Scävola, der Jurist – er war unter den Eingesperrten gewesen – mit schwer gefurchter Stirn und Silverius, der Priester, mit zweifelnder Miene.

Vorsichtig lugte der Ostiarius an der Thüre durch eine verborgne Luke in der Mauer und ließ, als er Licinius erkannte, die Männer ein. Heftig stürmte der Jüngling den andern voraus den ihm wohlbekannten Weg durch das Vestibulum, das Atrium und dessen Säulengang in das Studierzimmer des Cethegus. Dieser, als er die hastig nahenden Schritte vernahm, erhob sich von dem Lectus, auf den hingestreckt er schrieb, und verschloß seine Briefe in einer Capsula mit silberner Kuppel. »Ah, die Vaterlandsbefreier!« sagte er lächelnd und trat ihnen entgegen.

»Schändlicher Verräter!« schrie ihn Licinius an, die Hand am Schwert: der Zorn ließ ihn nicht weiter sprechen, er zückte halb das breite Eisen aus der Scheide.

»Halt, erst laß ihn sich verteidigen, wenn er kann,« keuchte, dem Stürmischen in den Arm fallend, Scävola, der jetzt nachgekommen war. »Es ist unmöglich, daß er abgefallen von der Sache der heiligen Kirche,« sprach Silverius im Eintreten.

»Unmöglich?« lachte Licinius, »wie? seid ihr toll oder bin ich's? Hat er nicht uns, die Ritter, in ihren Häusern festhalten lassen? Hat er nicht die Thore gesperrt und den Pöbel für den Barbaren vereidigt?« – »Hat er nicht,« sprach Cethegus fortfahrend, »die edeln Väter der Stadt, dreihundert an der Zahl, in der Kurie wie soviel Mäuse in der Mausfalle gefangen, dreihundert hochadlige Mäuse?« – »Er höhnt uns noch! Wollt ihr das dulden?« rief Licinius. Und Scävola erbleichte vor Zorn: »Nun, und was hättet ihr gethan, wenn man euch hätte handeln lassen?« fragte der Präfekt ruhig, die Arme auf der breiten Brust kreuzend. »Was wir gethan hätten?« antwortete Licinius, »was wir – was du mit uns hundertmal verabredet! Sobald die Nachricht von dem Tod des Tyrannen eintraf, hätten wir die Goten in der Stadt erschlagen, die Republik ausgerufen und zwei Konsuln ernannt ...« – »Namens Licinius und Scävola, das ist die Hauptsache. Nun, und dann? was dann?« – »Was dann? die Freiheit hätte gesiegt!«

»Die Thorheit hätte gesiegt!« herrschte Cethegus losbrechend den Erschrocknen an. »Wie gut, daß man euch die Hände band: ihr hättet alle Hoffnung erwürgt, auf immer. Seht her und dankt mir auf den Knien!« Er nahm Urkunden aus einer andern Papyruskapsel und gab sie den Erstaunten. »Da, lest. Der Feind war gewarnt und hatte seine Schlinge meisterhaft um den Nacken Roms geschürzt. Wenn ich nicht handelte, so stand in diesem Augenblick Graf Witichis mit zehntausend Goten vor dem salarischen Thor im Norden, morgen sperrte der junge Totila mit der Flotte von Neapel im Süden die Tibermündung, und gegen das Grabmal Hadrians und das aurelische Thor war Herzog Thulun mit zwanzigtausend Mann von Westen her im Anzug. Hättet ihr heute früh einem Goten ein Haar gekrümmt, was wäre geschehen?«

Silverius atmete auf. Die beiden andern schwiegen beschämt. Doch faßte sich Licinius: »Wir hätten den Barbaren getrotzt hinter unsern Mauern,« sprach er, mutig das schöne Haupt aufwerfend. »Ja. So wie ich diese Mauern herstellen werde – eine Ewigkeit, mein Licinius: wie sie jetzt sind – nicht einen Tag.« – »So wären wir gestorben als freie Bürger,« sprach Scävola. »Das hättet ihr vor drei Stunden in der Kurie auch gekonnt,« lachte Cethegus achselzuckend. Silverius trat mit offnen Armen, wie um ihn zu küssen, auf ihn zu; vornehm entzog sich Cethegus: »Du hast uns alle, du hast Kirche und Vaterland gerettet! Ich habe nie an dir gezweifelt!« sprach der Priester. Da ergriff Licinius die Hand des Präfekten, die dieser ihm willig ließ:

»Ich habe an dir gezweifelt,« rief er mit schöner Offenheit, »vergieb, du großer Römer. Dies Schwert, das dich heute durchbohren sollte, dir ist es fortan für ewig zu Dienst. Und bricht der Tag der Freiheit an, dann keine Konsuln, dann *salve*, Diktator Cethegus!« Und mit leuchtenden Augen eilte er hinaus. Der Präfekt warf ihm einen befriedigten Blick nach. »Diktator, ja, doch nur bis zur vollen Sicherheit der Republik!« sprach der Jurist und folgte ihm. »Jawohl,« lächelte Cethegus, »dann wecken wir Camillus und Brutus wieder auf und führen die Republik da fort, wo sie diese vor tausend Jahren gelassen. Nicht wahr, Silverius?« – »Präfekt von Rom,« sprach der Priester, »du weißt, ich hatte den Ehrgeiz, die Sache des Vaterlands wie der Heiligen zu leiten: ich hab' ihn nicht mehr seit dieser Stunde. Dein sei die Führung, ich folge. Gelobe nur das Eine: Freiheit der römischen Kirche – freie Papstwahl.« – »Jawohl,« sagte Cethegus, »sowie nur erst Silverius Papst geworden. Es gilt.« Der Priester schied mit einem Lächeln auf den Lippen, aber schwere Gedanken im Herzen. »Geht,« sagte Cethegus nach einer Pause, den Dreien nachblikkend, »ihr werdet keinen Tyrannen stürzen: ihr braucht einen Tyrannen!« Dieser Tag, diese Stunde wurden entscheidend für Cethegus: fast ohne seinen Willen ward er durch die Ereignisse fortgetrieben zu neuen Stimmungen und Anschauungen, zu Zielen, die er sich bisher nie mit solcher Klarheit vorgesteckt, oder doch nie als mehr denn Träume, die er sich als Ziele eingestanden hatte.

Er erkannte sich in diesem Augenblick als alleinigen Herrn der Lage: er hatte die beiden großen Parteien der Zeit, die Gotenregierung und ihre Feinde, die Verschworenen, völlig in seiner Hand. Und in der Brust dieses gewaltigen Mannes wurde die Haupttriebfeder, die er seit Jahrzehnten für gelähmt erachtet, plötzlich wieder in mächtigste Thätigkeit gesetzt: der unbegrenzte Drang, ja das Bedürfnis, zu *herrschen*, machte sich mit einem

Male alle Kräfte dieses reichen Lebens dienstbar und trieb sie an zu heftiger Bewegung.

Cornelius Cethegus Cäsarius war der Abkömmling eines alten und unermeßlich reichen Geschlechts, dessen Ahnherr den Glanz seines Hauses als Feldherr und Staatsmann Cäsars in den Bürgerkriegen gegründet. Man sagte, er sei ein Sohn des großen Diktators gewesen. Unser Cethegus hatte von der Natur die vielseitigsten Anlagen und die gewaltigsten Leidenschaften und durch seine gewaltigen Reichtümer die Mittel erhalten, jene aufs großartigste zu entfalten, diese aufs großartigste zu befriedigen. Er empfing die sorgfältigste Bildung, die damals einem jungen Adligen Roms gegeben werden konnte.

Er übte sich bei den ersten Lehrern in den schönen Künsten. Er trieb zu Berytus, zu Alexandrien, zu Athen in den besten Schulen mit glänzenden Erfolgen das Studium des Rechts, der Geschichte, der Philosophie.

Aber all das befriedigte ihn nicht. Er fühlte den Hauch des Verfalls in aller Kunst und Wissenschaft seiner Zeit. Die Philosophie insbesondre vermochte nur die letzten Reste des Glaubens in ihm zu zerstören, ohne ihm irgend welche Befriedigung in positiven Ergebnissen zu gewähren. Als er von seinen Studien zurückkam, führte ihn sein Vater nach der Sitte der Zeit in den Staatsdienst ein: rasch stieg der glänzend Begabte von Amt zu Amt.

Aber plötzlich sprang er aus.

Nachdem er die Staatsgeschäfte zur Genüge kennen gelernt, mochte er nicht länger ein Rad in der großen Maschine des Reiches sein, das die Freiheit ausschloß und obenein dem Barbarenkönig diente. Da starb sein Vater und Cethegus warf sich, nun Herr seiner selbst und eines ungeheuern Vermögens geworden, mit der Gewalt, mit welcher er alles verfolgte, in die wildesten Strudel des Lebens, des Genusses, der Lüste. Mit Rom war er bald fertig: da machte er große Reisen nach Byzanz, nach Ägypten, bis nach Indien drang er vor. Da war kein Luxus, kein unschuldiger und kein schuldiger Genuß, den er nicht schlürfte. Nur ein stählerner Körper konnte die Anstrengungen, die Entbehrungen, die Abenteuer, die Ausschweifungen dieser Fahrten ertragen.

Nach zwölf Jahren kehrte er zurück nach Rom.

Es hieß, er werde großartige Bauten aufführen; man freute sich, das üppigste Leben in seinen Häusern und Villen beginnen zu sehen, man täuschte sich sehr.

Cethegus baute sich nur das kleine Haus am Fuß des Kapitols, bequem und von feinstem Geschmack, und lebte mitten in dem volkreichen Rom wie ein Einsiedler.

Er gab unvermutet eine Schilderung seiner Reisen heraus, eine Charakterisierung der wenig bekannten Völker und Länder, die er besucht. Das Buch hatte unerhörten Erfolg; Cassiodor und Boëthius warben um seine Freundschaft, der große König wollte ihn an seinen Hof ziehen. Aber plötzlich war er aus Rom verschwunden. Das Ereignis, das ihn in jenen Tagen betroffen haben mußte, blieb allen Nachforschungen der Neugier, der Teilnahme, der Schadenfreude verborgen.

Man erzählte sich damals, arme Fischer hätten ihn eines Morgens am

Ufer des Tibers vor den Thoren der Stadt, bewußtlos und dem Tode nah, gefunden.

Wenige Wochen später tauchte er wieder an der Nordostgrenze des Reiches in den unwirtlichen Donauländern auf, wo der blutige Krieg mit Gepiden, mit Avaren und Sclavenen raste. Dort schlug er sich mit todverachtender Tapferkeit mit diesen wilden Barbaren herum, verfolgte sie mit erlesenen, von ihm besoldeten Scharen freiwillig in alle Schlupfwinkel ihrer Felsen, schlief alle Nächte auf der gefrornen Erde. Und als der gotische Feldherr ihm eine kleine Schar zu einem Streifzug anvertraute, griff er statt dessen Sirmium an, die feste Hauptstadt der Feinde, und eroberte sie mit nicht geringerer Feldherrnkunst als Tapferkeit. Nach dem Friedensschluß machte er abermals Reisen nach Gallien und Spanien und Byzanz, kehrte von da nach Rom zurück und lebte dort jahrelang in einer verbitterten Muße und Zurückgezogenheit, alle kriegerischen, bürgerlichen, wissenschaftlichen Ämter und Ehren ausschlagend, die ihm Cassiodor aufdringen wollte. Er schien für nichts mehr Interesse zu haben, als für seine Studien.

Vor einigen Jahren brachte er von einer Reise nach Gallien einen schönen Jüngling oder Knaben mit, welchem er Rom und Italien zeigte und väterliche Liebe und Sorgfalt erwies. Es hieß, er wolle ihn adoptieren: solange dieser sein junger Gast um ihn war, trat er aus seiner Einsamkeit heraus, lud die adlige Jugend Roms zu glänzenden Festen in seine Villen und war bei den Gegeneinladungen, die er alle annahm, der liebenswürdigste Gesellschafter. Aber sowie er den jungen Julius Montanus mit einem stattlichen Gefolge von Pädagogen, Freigelassenen und Sklaven nach Alexandrien in die gelehrten Schulen entsendet hatte, brach er plötzlich wieder alle Verbindungen ab und zog sich in seine undurchdringliche Abgeschlossenheit zurück, grollend wie es schien mit Gott und der ganzen Welt. Mit schwerer Mühe gelang es dem Priester Silverius und Rusticianen, ihn aus seiner ablehnenden Ruhe heraus und zur Teilnahme an der Katakombenverschwörung fortzuziehen. Er wurde, wie er ihnen sagte, Patriot aus eitel Langweile. Und in der That, bis zu dem Tod des Königs hatte er das Unternehmen, dessen Leitung doch in seiner und des Diakons Hand lag, fast mit Abneigung betrieben.

Dies wurde jetzt anders. Der tiefste Zug seines Wesens, der Drang in allen möglichen Gebieten des Geistes sich zu versuchen, die Schwierigkeiten zu überwinden, alle Nebenbuhler zu überflügeln, in jedem Lebenskreise, den er betrat, zu herrschen, allein und ohne Widerstand und, sobald er den Siegeskranz genommen, ihn gleichgültig wegzuwerfen und nach neuen Aufgaben auszuschauen, hatte ihn bisher bei keinem Ziele volle Befriedigung finden lassen. Kunst, Wissenschaft, Genuß, Amtsehre, Kriegsruhm: alles hatte ihn gereizt, alles hatte er wie kein andrer gewonnen und alles hatte ihn leer gelassen. Herrschen, der erste sein, über widerstrebende Verhältnisse mit allen Mitteln überlegner Kraft und Klugheit siegen und dann über knirschende Menschen ein ehernes Regiment führen, das allein hatte er unbewußt und bewußt von jeher erstrebt: nur darin fühlte er sich wohl.

In stolzen, vollen Atemzügen hob sich darum in dieser Stunde seine

Brust: er, der Eisigkalte, erglühte in dem Gedanken, daß er über die beiden großen feindlichen Mächte der Zeit, Goten und Römer, heute mit einem Zucken seiner Wimper gebot: und aus diesem Wonnegefühl der Herrschaft stieg ihm mit dämonischer Gewalt die Überzeugung empor, daß es für ihn und seinen Ehrgeiz nur noch Ein Ziel gab, welches das Leben der Mühe des Lebens wert machen könne, nur noch Ein Ziel, ein sonnenfernes, jedem andern unerreichbares: er glaubte gern an seine Abkunft von Julius Cäsar und er fühlte das Blut Cäsars aufwallen in seinen Adern bei dem Gedanken: Cäsar, Imperator des Abendlandes, Kaiser der römischen Welt!

Als vor Monaten dieser Blitz zum erstenmal seine Seele durchzuckt hatte — kein Gedanke, kein Wunsch, nur ein Schatten, ein Traum — erschrak er und lächelte zugleich über seine unermeßliche Kühnheit. Er Kaiser und Wiederaufrichter des römischen Weltreichs! Und Italien bebte unter dem Schritt von dreimalhunderttausend gotischen Kriegern! Und der größte aller Barbarenkönige, dessen Ruhm die Erde erfüllte, saß gewaltig herrschend zu Ravenna. Und wenn die Macht der Goten gebrochen war, so streckten die Franken über die Alpen, die Byzantiner übers Meer die gierigen Hände nach der italienischen Beute, zwei große Reiche gegen ihn, den einzelnen Mann!

Denn wahrlich, einsam stand er in seinem Volk! Wie genau kannte, wie bitter verachtete er seine Landsleute, die unwürdigen Enkel großer Ahnen! Wie lachte er der Schwärmerei eines Licinius oder Scävola, die mit diesen Römern die Tage der Republik erneuern wollten!

Er stand allein.

Aber gerade dies reizte seinen stolzen Ehrgeiz. Und gerade in diesem Augenblick, da ihn die Verschworenen verlassen hatten, da seine Überlegenheit gewaltiger als je ihnen und ihm selbst klar geworden war, gerade jetzt schoß in seiner Brust was früher ein schmeichelnd Spiel seiner träumenden Stunden gewesen mit Blitzesschnelle zum klaren Gedanken, zum festen Entschluß empor.

Die Arme über der mächtigen Brust gekreuzt, mit starken Schritten, wie ein Löwe seinen Käfig, das Gemach durchmessend, sprach er in abgerissenen Sätzen zu sich selbst:

»Mit einem tüchtigen Volk hinter sich die Goten hinaustreiben, Griechen und Franken nicht hereinlassen: das wäre nicht schwer, das könnte ein andrer auch. Aber allein, ganz allein, von diesen Männern ohne Mark und Willen mehr gehemmt als getragen, das Ungeheure vollenden, und diese Memmen erst wieder zu Helden, diese Sklaven zu Römern, diese Knechte der Pfaffen und Barbaren wieder zu Herren der Erde machen: das, das ist der Mühe wert. Ein neues Volk, eine neue Zeit, eine neue Welt schaffen, allein, ein einziger Mann, mit der Kraft seines Willens und der Macht seines Geistes: das hat noch kein Sterblicher vollbracht: das ist größer als Cäsar: er führte Legionen von Helden! Und doch, es kann gethan werden, denn es kann gedacht werden. Und ich, der's denken konnte, ich kann's auch thun. Ja, Cethegus, das ist ein Ziel, dafür verlohnt sich's zu denken, zu leben, zu sterben. Auf und ans Werk, und von nun an: keinen Gedanken mehr und kein Gefühl als für dies Eine.«

Er stand still vor der Kolossalstatue Cäsars aus weißem parischem Marmor, die, das Meisterwerk des Arkesilaos und der edelste Schmuck, ja nach der Familientradition von Julius Cäsar selbst dem Sohne geschenkt, das Heiligtum dieses Hauses, gegenüber dem Schreibdivan stand:

»Hör' es, göttlicher Julius, großer Ahnherr, es lüstet deinen Enkel, mit dir zu ringen: es giebt noch ein Höheres als du erreicht: schon fliegen nach einem höheren Ziel als du, ist unsterblich und fallen, fallen aus solcher Höhe: das ist der herrlichste Tod. Heil mir, daß ich wieder weiß, warum ich lebe.«

Er schritt an der Bildsäule vorbei und warf einen Blick auf die auf dem Tisch aufgerollte Militärkarte des römischen Weltreichs:

»Erst diese Barbaren zertreten: Rom! Dann den Norden wieder unterwerfen: Paris! Dann zum alten Gehorsam unter die alte Cäsarenstadt das abtrünnige Ostreich zurückheischen: Byzanz! Und weiter, immer weiter: an den Tigris, an den Indus, weiter als Alexandros — und zurück nach Westen, durch Skythien und Germanien, an den Tiber — die Bahn, welche dir, Cäsar, der Dolch des Brutus durchgeschnitten. Und so größer als du, größer als Alexander — o halt, Gedanke, halt ein!«

Und der eisige Cethegus loderte und glühte; mächtig pochten seine Adern an den Schläfen: er drückte die brennende Stirn an die kalte Marmorbrust Julius Cäsars, der majestätisch auf ihn niederschaute.

## Drittes Kapitel

Aber nicht nur für Cethegus wurde dieser Tag von entscheidender Bedeutung, auch für die Verschwörung in den Katakomben, für Italien und das Reich der Goten.

Hatten die Umtriebe der Patrioten, geleitet von mehreren Häuptern, die über die Mittel, ja sogar über die Zwecke ihrer Pläne nicht immer einig waren, bisher nur langsame und unsichre Fortschritte gemacht, so ward dies anders von dem Augenblick an, da der weitaus begabteste Mann dieser Partei, da Cethegus die Führung in die kräftige Hand nahm.

Unbedingt hatten sich die bisherigen Häupter des Bundes — sogar, wie es schien, Silverius — dem Präfekten untergeordnet, der seine Überlegenheit so mächtig bewährt und das Leben ihrer Sache gerettet hatte.

Erst von jetzt an wurde der Geheimbund den Goten wahrhaft gefährlich.

Unermüdlich war Cethegus beschäftigt, die Macht und Sicherheit ihres Reiches auf allen Seiten zu untergraben: mit seiner großen Kunst, die Menschen zu durchschauen, zu gewinnen und zu beherrschen wußte er die Zahl bedeutender Mitglieder und die Mittel der Partei von Tag zu Tag zu vermehren.

Aber er wußte auch mit kluger Vorsicht einerseits jeden Verdacht der gotischen Regierung zu vermeiden, andrerseits jede unzeitige Erhebung der Verschwornen zu verhindern. Denn ein Leichtes wär' es freilich gewesen, plötzlich an Einem Tage in allen Städten der Halbinsel die Barbaren zu überfallen, die Erhebung zu beginnen und die Byzantiner, die längst hierauf lauerten, zur Vollendung des Sieges ins Land zu rufen. Aber damit hätte der Präfekt seine geheimen Pläne nicht hinausgeführt. Er hätte nur an die Stelle der gotischen Herrschaft die byzantinische Tyrannei gesetzt.

Und wir wissen, er verfolgte ein ganz andres Ziel.

Um dies zu erreichen, mußte er sich zuvor in Italien eine Machtstellung schaffen, wie sie kein andrer besaß.

Er mußte, wenn auch nur im stillen, der mächtigste Mann im Lande sein, ehe der Fuß eines Byzantiners es betrat, ehe der erste Gote fiel. Die Dinge mußten soweit vorbereitet sein, daß die Barbaren von Italien, das hieß von Cethegus, allein, mit möglichst geringer Nachhilfe von Byzanz, vertrieben würden, so daß nach dem Siege der Kaiser gar nicht umhin konnte; die Herrschaft über das befreite Land seinem Befreier, wenn auch zunächst nur als Statthalter, zu überlassen. Alsdann hatte er Zeit und Anlaß gewonnen, den Nationalstolz der Römer gegen die Herrschaft der »Griechlein«, wie man die Byzantiner verächtlich nannte, aufzureizen.

Denn obwohl seit zweihundert Jahren, seit den Tagen des großen Konstantin, der Glanz der Weltherrschaft von der verwitweten Roma hinweg nach der goldnen Stadt am Hellespont verlegt und das Scepter von den Söhnen des Romulus auf die Griechen übergegangen schien, obwohl das Ost- und das Westreich zusammen der Barbarenwelt gegenüber Einen Staat der antiken Bildung bilden sollten, so waren doch auch jetzt noch die Griechen den Römern verhaßt und verächtlich, wie in den Tagen, da Flaminius das gedemütigte Hellas für eine Freigelassene Roms erklärt hatte: der alte Haß war jetzt durch Neid vermehrt. Deshalb war der Mann der Begeisterung und der Hilfe ganz Italiens gewiß, der nach Vertreibung der Barbaren auch die Byzantiner aus dem Lande weisen würde: die Krone von Rom, die Krone des Abendlands war sein sichrer Lohn. Und wenn es gelang, das neugeweckte Nationalgefühl wieder zum Angriffskrieg über die Alpen zu treiben, wenn Cethegus auf den Trümmern des Frankenreichs zu Aurelianum und Paris die Herrschaft des römischen Imperators über das Abendland wieder aufgerichtet hatte, dann war der Versuch nicht mehr zu kühn, auch das losgerissene Ostreich zurückzuzwingen zum Gehorsam unter das ewige Rom und die Weltherrschaft am Strand des Tibers da fortzuführen, wo sie Trajan und Hadrian gelassen.

Doch um diese fernher leuchtenden Ziele zu erreichen, mußte jeder nächste Schritt auf dem schwindelsteilen Pfad mit größter Vorsicht geschehen: jedes Straucheln mußte für immer verderben. Um Italien zu beherrschen, als Kaiser zu beherrschen, mußte Cethegus vor allem Rom haben: denn nur an Rom ließen sich jene Gedanken knüpfen. Deshalb wandte der neue Präfekt höchste Sorgfalt auf die ihm anvertraute Stadt: Rom sollte ihm moralisch und physisch eine Burg der Herrschaft werden, ihm allein gehörig und unentreißbar. Sein Amt bot ihm dazu die beste Gelegenheit: es war ja die Pflicht des Präfectus Urbi, für das Wohl der Bevölkerung, für Erhaltung und Sicherheit der Stadt zu sorgen. Cethegus verstand es meisterhaft, die Rechte, die in dieser Pflicht lagen, für seine Zwecke auszubeuten: leicht hatte er alle Stände für sich gewonnen: der

Adel ehrte in ihm das Haupt der Katakombenverschwörung, über die Geistlichkeit herrschte er durch Silverius, der die rechte Hand und der von der öffentlichen Stimme bezeichnete Nachfolger des greisen Papstes war und dem Präfekten eine diesem selbst befremdliche Ergebenheit an den Tag legte. Das niedre Volk aber fesselte er an seine Person nicht nur durch vorübergehende Brotspenden und Cirkusspiele aus seiner Tasche, sondern durch großartige Unternehmungen, die vielen Tausenden auf Jahre hinaus Arbeit und Unterhalt – auf Kosten der gotischen Regierung – verschafften.

Er setzte bei Amalaswintha den Befehl durch, die Befestigungen Roms, die seit den Tagen des Honorius durch die Zeit und durch den Eigennutz römischer Bauherren vielmehr als durch westgotische und vandalische Eroberer gelitten hatten, vollständig und rasch wieder herzustellen, »zur Ehre der ewigen Stadt und – wie sie wähnte – zum Schutz gegen die Byzantiner«.

Cethegus selbst hatte – und zwar, wie die alsbald folgenden vergeblichen Belagerungen durch Goten und Byzantiner bewiesen, mit genialem Feldherrnblick – den Plan der großartigen Werke entworfen. Und er betrieb nun mit größtem Eifer das Riesenwerk, die ungeheure Stadt in ihrem weiten Umfang von vielen Meilen zu einer Festung ersten Ranges umzuschaffen. Die Tausende von Arbeitern, die wohl wußten, wem sie diese reich bezahlte Beschäftigung verdankten, jubelten dem Präfekten zu, wenn er auf den Schanzen sich zeigte, prüfte, antrieb, besserte und wohl selbst mit Hand anlegte. Und die getäuschte Fürstin wies eine Million Solidi nach der andern an für einen Bau, an dem alsbald die ganze Streitmacht ihres Volkes zerschellen und verbluten sollte.

Der wichtigste Punkt dieser Befestigungen war das heute unter dem Namen der Engelsburg bekannte Grabmal Hadrians. Dies Prachtgebäude, von Hadrian aus parischen Marmorquadern, die ohne anderes Bindungsmittel zusammengefügt waren, aufgeführt, lag damals einen Steinwurf vor dem aurelischen Thor, dessen Mauerseiten es weit überragte. Mit scharfem Auge hatte Cethegus erkannt, daß das unvergleichlich feste Gebäude, in seiner bisherigen Lage ein Festungswerk *gegen* die Stadt, sich durch ein einfaches Mittel in ein Hauptbollwerk *für* die Stadt verwandeln ließ: er führte vom aurelischen Thor zwei Mauern gegen und um das Grabmal. Und nun bildete die turmhohe Marmorburg eine sturmfreie Schanze für das aurelische Thor, um so mehr als der Tiber knapp davor einen natürlichen Festungsgraben zog. Oben auf der Mauer des Mausoleums aber standen, zum Teil noch von Hadrian und seinem Nachfolger hier aufgestellt, gegen dreihundert der schönsten Statuen aus Marmor, Bronze und Erz: darunter der Divus Hadrianus selbst, sein schöner Liebling Antinous, ein Zeus Soter, die Pallas »Städtebeschirmerin«, ein schlafender Faun und viele andere.

Cethegus freute sich seines Gedankens und liebte diese Stätte, wo er allabendlich zu wandeln pflegte, sein Rom mit dem Blick beherrschend und den Fortschritt der Schanzarbeiten prüfend: und er hatte deshalb eine reiche Zahl von schönen Statuen aus seinem Privatbesitz hier noch aufstellen lassen.

Vorsichtiger mußte Cethegus bei Ausführung einer zweiten, für seine Ziele nicht minder unerläßlichen Vorbereitung sein. Um selbständig in Rom, in *seinem* Rom, wie er es, als Stadtpräfekt, zu nennen liebte, den Goten und nötigenfalls den Griechen trotzen zu können, bedurfte er nicht bloß der Wälle, sondern auch der Verteidiger auf denselben. Er dachte zunächst an Söldner, an eine Leibwache, wie sie in jenen Zeiten hohe Beamte, Staatsmänner und Feldherren häufig gehalten hatten, wie sie jetzt Belisar und dessen Gegner Narses in Byzanz hielten. Nun gelang es ihm zwar, durch früher auf seinen Reisen in Asien angeknüpfte Verbindungen und bei seinen reichen Schätzen tapfre Scharen der wilden isaurischen Bergvölker, die in jenen Zeiten die Rolle der Schweizer des sechzehnten Jahrhunderts spielten, in seinen Sold zu ziehen. Indessen hatte dies Verfahren doch zwei sehr eng gezogene Schranken.

Einmal konnte er auf diesem Wege, ohne seine für andre Zwecke unentbehrlichen Mittel zu erschöpfen, doch immer nur verhältnismäßig kleine Massen aufbringen, den Kern eines Heeres, nicht ein Heer. Und ferner war es unmöglich, diese Söldner, ohne den Verdacht der Goten zu wecken, in größerer Anzahl nach Italien, nach Rom zu bringen. Einzeln, paarweise, in kleinen Gruppen schmuggelte er sie mit vieler List und vieler Gefahr als seine Sklaven, Freigelassenen, Klienten, Gastfreunde in seine durch die ganze Halbinsel zerstreuten Villen oder beschäftigte sie als Matrosen und Schiffsleute im Hafen von Ostia oder als Arbeiter in Rom.

Schließlich mußten doch die Römer Rom erretten und beschützen und all seine ferneren Pläne drängten ihn, seine Landsleute wieder an die Waffen zu gewöhnen.

Nun hatte aber Theoderich wohlweislich die Italier von dem Heer ausgeschlossen — nur Ausnahmen bei einzelnen als besonders zuverlässig Erachteten wurden gemacht — und in den unruhigen letzten Zeiten seines Regiments während des Prozesses gegen Boëthius ein Gebot allgemeiner Entwaffnung der Römer erlassen.

Letzteres war freilich nie streng durchgeführt worden: aber Cethegus konnte doch nicht hoffen, die Regentin werde ihm erlauben, gegen den entschiednen Willen ihres großen Vaters und gegen das offenbare Interesse der Goten eine irgendwie bedeutende Streitmacht aus Italien zu bilden.

Er begnügte sich, ihr vorzustellen, daß sie durch ein ganz unschädliches Zugeständnis sich das Verdienst erwirken könne, jene gehässige Maßregel Theoderichs in edlem Vertrauen aufgehoben zu haben und schlug ihr vor, ihm zu gestatten, nur zweitausend Mann aus der römischen Bürgerschaft als Schutzwache Roms rüsten, einüben und immer unter den Waffen gegenwärtig halten zu dürfen: die Römer würden ihr schon für diesen Schein, daß die ewige Stadt nicht von Barbaren allein gehütet werde, unendlich dankbar sein. Amalaswintha, begeistert für Rom und nach der Liebe der Römer als ihrem schönsten Ziele trachtend, gab ihre Einwilligung und Cethegus fing an seine »Landwehr«, wie wir sagen würden, zu bilden. Er rief in einer wie Trompetenschall klingenden Proklamation »die Söhne der Scipionen zu den alten Waffen zurück«, er bestellte die jungen Adligen der Katakomben zu »römischen Rittern« und »Kriegstribunen«: er verhieß jedem Römer, der sich freiwillig meldete, aus seiner Tasche Verdoppelung des von der Fürstin bestimmten Soldes: er hob aus den Tausenden, die sich darauf herbeidrängten, die Tauglichsten aus; er rüstete die Ärmeren aus, schenkte denen, die sich besonders auszeichneten im Dienst, gallische Helme und spanische Schwerter aus seinen eignen Sammlungen und — was das Wichtigste — er entließ regelmäßig sobald als möglich die hinlänglich Eingeübten mit Belassung ihrer Waffen und hob neue Mannschaften aus, so daß, obwohl in jedem Augenblick nur die von Amalaswintha gestattete Zahl im Dienst stand, doch in kurzer Frist viele Tausende bewaffnete und waffengeübte Römer zur Verfügung ihres vergötterten Führers standen.

Während so Cethegus an seiner künftigen Residenz baute und seine künftigen Prätorianer heranbildete, vertröstete er den Eifer seiner Mitverschwornen, die unablässig zum Losschlagen drängten, auf den Zeitpunkt der Vollendung jener Vorbereitungen, den er natürlich allein bestimmen konnte. Zugleich unterhielt er eifrigen Verkehr mit Byzanz. Dort mußte er sich einer Hilfe versichern, die einerseits in jedem Augenblick, da er sie rief, auf dem Kampfplatz erscheinen könnte, die aber andrerseits auch nicht, ehe er sie rief, auf eigne Faust oder mit einer Stärke erschiene, die nicht leicht wieder zu entfernen wäre.

Er wünschte von Byzanz einen guten Feldherrn, der aber kein großer Staatsmann sein durfte, mit einem Heere, stark genug, die Italier zu unterstützen, nicht stark genug, ohne sie siegen oder gegen ihren Willen im Lande bleiben zu können. Wir werden in der Folge sehen, wie in dieser Hinsicht vieles nach Wunsch, aber auch ebenso vieles sehr gegen den Wunsch des Präfekten sich gestaltete. Daneben war gegenüber den Goten, die zur Zeit noch unangefochten im Besitz der Beute standen, um die Cethegus bereits im Geiste mit dem Kaiser haderte, sein Streben dahin gerichtet, sie in arglose Sicherheit zu wiegen, in Parteiungen zu spalten und eine schwache Regierung an ihrer Spitze zu erhalten.

Das erste war nicht schwer. Denn die starken Germanen verachteten in barbarischem Hochmut alle offenen und geheimen Feinde: wir haben gesehen, wie schwer selbst der sonst scharfblickende, helle Kopf eines Jünglings wie Totila von der Nähe einer Gefahr zu überzeugen war: und die trotzige Sicherheit eines Hildebad drückte recht eigentlich die allgemeine Stimmung der Goten aus. Auch an Parteiungen fehlte es nicht in diesem Volk.

Da waren die stolzen Adelsgeschlechter, die Balthen mit ihren weitverzweigten Sippen, an ihrer Spitze die drei Herzoge, Thulun, Ibba und Pitza: die reichbegüterten Wölsungen unter den Brüdern Herzog Gunthoris von Tuscien und Graf Arahad von Asta: und andre mehr, die alle den Amalern an Glanz der Ahnen wenig nachgaben und eifersüchtig ihre Stellung dicht neben dem Throne bewachten.

Da waren viele, welche die Vormundschaft eines Weibes, die Herrschaft eines Knaben nur mit Unwillen trugen, die gern, nach dem alten

Recht des Volkes, das Königshaus umgangen und einen der erprobten Helden der Nation auf den Schild erhoben hätten. Andrerseits zählten auch die Amaler blind ergebene Anhänger, die solche Gesinnung als Treuebruch verabscheuten. Endlich teilte sich das ganze Volk in eine rauhere Partei, die, längst unzufrieden mit der Milde, die Theoderich und seine Tochter den Welschen bewiesen, gern nunmehr nachgeholt hätten, was, wie sie meinten, bei der Eroberung des Landes versäumt worden, und die Italier für ihren heimlichen Haß mit offener Gewalt zu strafen begehrten. Viel kleiner natürlich war die Zahl der sanfter und edler Gesinnten, die, wie Theoderich selbst, empfänglich für die höhere Bildung der Unterworfenen, sich und ihr Volk zu dieser emporzuheben strebten. Das Haupt dieser Partei war die Königin.

Diese Frau nun suchte Cethegus im Besitz der Macht zu erhalten; denn sie, diese weibliche, schwache, geteilte Herrschaft, verhieß, die Kraft des Volkes zu lähmen, die Parteiung und Unzufriedenheit dauernd zu machen. Ihre Richtung schloß jedes Erstarken des gotischen Nationalgefühls aus. Er bebte vor dem Gedanken, einen gewaltigen Mann die Kraft dieses Volkes gewaltig zusammenfassen zu sehen.

Und manchmal machten ihn schon die Züge von Hoheit, die sich in diesem Weibe zeigten, mehr noch die feurigen Funken verhaltener Glut, die zu Zeiten aus Athalarichs tiefer Seele aufsprühten, ernstlich besorgt. Sollten Mutter und Sohn solche Spuren öfter verraten, dann freilich mußte er beide ebenso eifrig stürzen wie er bisher ihre Regierung gehalten hatte. Einstweilen aber freute er sich noch der unbedingten Herrschaft, die er über die Seele Amalaswinthens gewonnen. Dies war ihm bald gelungen. Nicht nur, weil er mit großer Feinheit ihre Neigung zu gelehrten Gesprächen ausbeutete, in welchen er von dem, wie es schien, ihm überall überlegenen Wissen der Fürstin so häufig überwunden wurde, daß Cassiodor, der oft Zeuge ihrer Disputationen war, nicht umhin konnte, zu bedauern, wie dies einst glänzende Ingenium durch Mangel an gelehrter Übung etwas eingerostet sei.

Der vollendete Menschenerforscher hatte das stolze Weib noch viel tiefer getroffen. Ihrem großen Vater war kein Sohn, war nur diese Tochter beschieden: der Wunsch nach einem männlichen Erben seiner schweren Krone war oft aus des Königs, oft aus des Volkes Munde schon in ihren Kinderjahren an ihr Ohr gedrungen. Es empörte das hochbegabte Mädchen, daß man es lediglich um ihres Geschlechtes willen zurücksetzte hinter einem möglichen Bruder, der, wie selbstverständlich, der Herrschaft würdiger und fähiger sein würde. So weinte sie als Kind oft bittere Thränen, daß sie kein Knabe war.

Als sie herangewachsen, hörte sie natürlich nur noch von ihrem Vater jenen kränkenden Wunsch: jeder andre Mund am Hofe pries die wunderbaren Anlagen, den männlichen Geist, den männlichen Mut der glänzenden Fürstin. Und das waren nicht Schmeicheleien: Amalaswintha war in der That in jeder Hinsicht ein außergewöhnliches Geschöpf: die Kraft ihres Denkens und ihres Wollens, aber auch ihre Herrschsucht und kalte Schroffheit überschritten weit die Schranken, in welchen sich holde Weiblichkeit bewegt. Das Bewußtsein, daß mit ihrer Hand zugleich die höchste Stellung im Reich, vielleicht die Krone selbst, würde vergeben werden, machte sie eben auch nicht bescheidener: und ihre tiefste, mächtigste Empfindung war jetzt nicht mehr der Wunsch, Mann zu sein, sondern die Überzeugung, daß sie, das Weib, allen Aufgaben des Lebens und des Regierens so gut wie der begabteste Mann, besser als die meisten Männer, gewachsen, daß sie berufen sei, das allgemeine Vorurteil von der geistigen Unebenbürtigkeit ihres Geschlechts glänzend zu widerlegen.

Die Ehe des kalten Weibes mit Eutharich, einem Amaler aus andrer Linie, einem Mann von hohen Anlagen des Geistes und reichem Gemüt, war kurz: Eutharich erlag nach wenigen Jahren einem tiefen Leiden – und wenig glücklich. Nur mit Widerstreben hatte sie sich ihrem Gatten gebeugt. Als Witwe atmete sie stolz auf. Sie brannte vor Ehrgeiz, dereinst als Vormünderin ihres Knaben, als Regentin jene ihre Lieblingsidee zu bewähren: sie wollte so regieren, daß die stolzesten Männer ihre Überlegenheit sollten einräumen müssen. Wir haben gesehen, wie die Erwartung der Herrschaft diese kalte Seele sogar den Tod ihres großen Vaters ziemlich ruhig hatte ertragen lassen.

Sie übernahm das Regiment mit höchstem Eifer, mit unermüdlicher Thätigkeit. Sie wollte alles selbst, alles allein thun.

Sie schob ungeduldig den greisen Cassiodor zur Seite, der ihrem Geist nicht rasch und kräftig genug Schritt hielt. Keines Mannes Rat und Hilfe wollte sie dulden.

Eifersüchtig wachte sie über ihre Alleinherrlichkeit. Und nur Einem ihrer Beamten lieh sie gern und häufig das Ohr; demjenigen, der ihr oft und laut die männliche Selbständigkeit ihres Geistes pries und noch öfter dieselbe still zu bewundern, der den Gedanken, sie beherrschen zu wollen, gar nie wagen zu können schien: sie traute nur Cethegus. Denn dieser zeigte ja nur den Einen Ehrgeiz, alle Gedanken und Pläne der Königin mit eifriger Sorge durchzuführen. Nie trat er, wie Cassiodor oder gar die Häupter der gotischen Partei, ihren Lieblingsbestrebungen entgegen; er unterstützte sie darin: er half ihr, sich mit Römern und Griechen umgeben, den jungen König möglichst von der Teilnahme am Regiment ausschließen, die alten gotischen Freunde ihres Vaters, die, im Bewußtsein ihrer Verdienste und nach alter Gewohnheit, sich manches freie und derbe Wort des Tadels erlaubten, als rohe Barbaren allmählich vom Hof entfernen, die Gelder, die für Kriegsschiffe, Rosse, Ausrüstung der gotischen Heere bestimmt waren, für Wissenschaften und Künste oder auch für die Verschönerung, Erhaltung und Sicherung Roms verwenden: kurz, er war ihr behilflich in allem, was sie ihrem Volk entfremden, ihre Regierung verhaßt und ihr Reich wehrlos machen konnte. Und hatte er selbst einen Plan, immer wußte er seine Verhandlungen mit der Fürstin so zu wenden, daß sich diese für die Urheberin ansehen mußte und ihn zu dem Vollzug seiner geheimsten Wünsche als *ihrer* Aufträge befehligte.

## Fünftes Kapitel

Begreiflicherweise bedurfte es, um solchen Einfluß zu gewinnen und zu pflegen, häufigeren Aufenthalts am Hof, längerer Abwesenheit von Rom als seine dortigen Interessen vertrugen. Deshalb strebte er danach, in die Nähe der Königin Persönlichkeiten zu bringen, die ihm diese Mühe zum Teil ersparen könnten, die ihn immer gut unterrichten und warm vertreten sollten. Die Frauen von mehreren gotischen Edeln, welche grollend Ravenna verließen, mußten in der Umgebung Amalaswinthens ersetzt werden und Cethegus trug sich mit dem Gedanken, bei dieser Gelegenheit Rusticiana, die Tochter des Symmachus, die Witwe des Boëthius an den Hof zu bringen. Die Aufgabe war nicht leicht. Denn die Familie dieser als Hochverräter hingerichteten Männer war in Ungnade aus der Königsstadt verbannt. Vor allem mußte daher die Königin umgestimmt werden für sie.

Dies freilich gelang alsbald, indem die Großmut der edeln Frau gegen das so tief gefallne Haus wachgerufen wurde. Dazu kam, daß sie an die niemals vollbewiesene Schuld von zwei edeln Römern nie von Herzen hatte glauben mögen, deren einen, den Gatten Rusticianas, sie als großen Gelehrten und in manchen Gebieten als ihren Lehrer verehrte. Endlich wußte Cethegus zu betonen, wie gerade diese That, sei es der Gerechtigkeit, sei es der Gnade, die Herzen all' ihrer römischen Unterthanen rühren müsse. So war die Regentin leicht gewonnen, Gnade zu erteilen. Viel schwerer ward die stolze und leidenschaftliche Witwe des Verurteilten bewogen, diese Gnade anzunehmen. Denn Wut und Rachedurst gegen das Königshaus erfüllten ihre ganze Seele und Cethegus mußte sogar fürchten, ihr unbeherrschbarer Haß könnte sich in der steten Nähe der »Tyrannen« leicht verraten. Wiederholt hatte Rusticiana trotz all' seiner sonst so großen Gewalt über sie dieses Ansinnen zurückgewiesen.

Da machten sie eines Tages eine sehr überraschende Entdeckung, die zur Erfüllung der Wünsche des Präfekten führen sollte.

Rusticiana hatte eine kaum sechzehnjährige Tochter, Kamilla. Aus ihrem echt römischen Gesicht mit den edeln Schläfen und den schön geschnittenen Lippen leuchteten dunkle schwärmerische Augen: der eben erst vollendete Wuchs zeigte feine, fast allzuzarte Formen, rasch und leicht und fein wie einer Gazelle waren alle Bewegungen dieser schlanken Glieder. Eine reiche Seele mit schwungvoller Phantasie lebte in dem lieblichen Mädchen. Mit aller Inbrunst kindlicher Verehrung hatte sie ihren unglücklichen Vater geliebt: der Streich, der sein teures Haupt getroffen, hatte tief in das Leben des heranblühenden Mädchens geschlagen; ungestillte Trauer, heilige Wehmut, mit der sich die leidenschaftliche Vergötterung seines Martyriums für Italien mischte, erfüllten alle Träume ihres jungfräulichen Entfaltens.

Vor dem Sturz ihres Hauses ein gern gesehener Gast am Königshof war sie nach dem Schicksalsschlag mit ihrer Mutter über die Alpen nach Gallien geflohen, wo ein alter Gastfreund den betrübten Frauen monatelang eine Zufluchtsstätte bot, während Anicius und Severinus, Kamillas Brüder, anfänglich ebenfalls verhaftet und zum Tode verurteilt, dann zur Verbannung aus dem Reich begnadigt, aus dem Kerker sofort nach Byzanz an den Hof des Kaisers eilten, wo sie Himmel und Hölle gegen die Goten in Bewegung setzten. Die Frauen waren, als sich der Sturm der Verfolgung verzogen, nach Italien zurückgekehrt und lebten ihrem stillen

Gram im Häuschen eines treuen Freigelassenen zu Perusia, von wo aus freilich Rusticiana, wie wir gesehen, den Weg zu den Verschworenen in Rom wohl zu finden wußte.

Der Sommer war gekommen, die Jahreszeit, in der vornehme Römer noch immer, wie zur Zeit des Horatius und Tibullus, die dumpfe Luft der Städte zu fliehen und in seine kühlen Villen im Sabinergebirge oder an der Meeresküste sich zu verstecken pflegten. Mit Beschwerde trugen die verwöhnten Edelfrauen den Qualm und Staub in den heißen Straßen des engen Perusia, mit Seufzen der herrlichen Landhäuser bei Florentia und Neapolis gedenkend, die sie, wie all' ihr Vermögen, an den gotischen Fiskus verloren.

Da trat eines Tages der treue Corbulo mit seltsam verlegenem Gesicht vor Rusticiana. Er habe längst bemerkt, wie die »Patrona« unter seinem unwürdigen Dach zu leiden und mancherlei Ungemach schon durch seine Hantierung — er war seines Zeichens Steinmetz — zu erdulden gehabt und so habe er denn an den letzten Calenden ein kleines, freilich nur ein ganz kleines, Gütchen mit einem noch kleineren Häuschen gekauft, droben im Gebirge bei Tifernum. Freilich, an die Villa bei Florentia dürften sie dabei nicht denken: aber es riesele doch auch dort ein selbst unter dem Sirius nicht versiegender Waldquell, Eichen und Kornellen gäben breiten Schatten, um den verfallnen Faunustempel wuchre üppig der Epheu und im Garten habe er Rosen, Veilchen und Lilien pflanzen lassen, wie sie Domna Kamilla liebe und so möchten sie denn Maultier und Sänfte besteigen und wie andre Edelfrauen ihre Villa beziehen.

Die Frauen, von dieser Treue des Alten gerührt, nahmen dankbar seine Güte an und Kamilla, die sich in kindlicher Genügsamkeit auf die kleine Veränderung freute, war heiterer, belebter als je seit dem Tod ihres Vaters.

Ungeduldig drängte sie zum Aufbruch und eilte noch am selben Tage mit Corbulo und Daphnidion, dessen Tochter, voraus, Rusticiana sollte mit den Sklaven und dem Gepäck so bald als möglich folgen.

Die Sonne sank schon hinter die Hügel von Tifernum, als Corbulo, Kamillens Maultier am Zügel führend, aus den Waldhöhen auf die Lichtung gelangte, von wo aus man das Gütchen zuerst wahrnehmen konnte. Längst hatte er sich auf die Überraschung des Kindes gefreut, wenn er ihr von hier aus das anmutig gelegene Haus zeigen würde.

Aber erstaunt blieb er stehen: er hielt die Hand vor die Augen, ob ihn die Abendsonne blende, er sah umher, ob er denn nicht an der rechten Stelle: aber kein Zweifel! da stand ja an dem Rain, wo Wald und Wiese sich berührten, der graue Markstein in Gestalt des alten Grenzgottes Terminus mit seinem spitz zulaufenden Kopf: der rechte Ort war es, aber das Häuschen nicht zu sehen: vielmehr an seiner Stelle eine dichte Gruppe von Pinien und Platanen: und auch sonst war die ganze Umgebung verändert: da standen grüne Hecken und Blumenbeete, wo sonst Kohl und Rüben, und ein zierlicher Pavillon prangte, wo bisher Sandgruben und die Landstraße sein bescheidnes Gebiet begrenzt hatten.

»Die Mutter Gottes steh' mir bei und alle obern Götter!« rief der Steinmetz, »bin ich verzaubert oder die Gegend? Aber Zauber ist los!« Seine

Tochter reichte ihm eifrig das Amulet, das sie am Gürtel trug: aber Aufschluß konnte sie nicht geben, da sie zum erstenmal das neue Besitztum betrat und so blieb nichts übrig, als das Maultier zur größten Eile zu treiben und springend und rufend begleiteten Vater und Tochter den Trab des Grauchens die Wiesenhänge hinunter.

Als sie nun näher kamen, fand Corbulo allerdings hinter der Baumgruppe das Haus, das er gekauft: aber so verjüngt, erneuert, verschönt, daß er es kaum erkannte.

Sein Staunen über die Umwandlung der ganzen Gegend stieg aufs neue zu abergläubischer Furcht: offnen Mundes blieb er zuletzt stehen, ließ die Zügel fallen und begann eine wieder seltsam gemischte Reihe von christlichen und heidnischen Ausrufen, als plötzlich Kamilla ebenso überrascht ausrief: »Aber das ist ja der Garten, wo wir gewohnt, das Viridarium des Honorius zu Ravenna, dieselben Bäume, dieselben Blumenbeete, und auch an jenem Teich, wie zu Ravenna am Meeresufer, der Tempel der Venus! o wie schön, welche Erinnerung! Corbulo, wie hast du das angefangen?« Und Thränen freudiger Rührung traten in ihre Augen. »So sollen mich alle Teufel peinigen und Lemuren, wenn ich das angefangen habe. Doch da kommt Cappadox mit seinem Klumpfuß, der ist also nicht mit verhext. Rede, du Cyklope, was ist hier geschehen?«

Der riesige Cappadox, ein breitschultriger Sklave, humpelte mit ungeschlachtem Lächeln heran und erzählte nach vielen Fragen und Unterbrechungen des Staunens eine rätselhafte Geschichte. Vor drei Wochen etwa, wenige Tage nachdem Cappadox auf das Gut geschickt war, es für seinen Herrn, der auf längere Zeit in die Marmorbrüche von Luna verreist war, zu verwalten, kam von Tifernum her ein vornehmer Römer mit einem Troß von Sklaven und Arbeitern und mit hochbepackten Lastwagen an. Er fragte, ob dies die Besitzung sei, welche der Steinmetz Corbulo von Perusia für die Witwe des Boëthius gekauft. Und als dies bejaht wurde, gab er sich als den Hortulanus Prinzeps d. h. als Oberintendanten der Gärten zu Ravenna zu erkennen. Ein alter Freund des Boëthius, der aus Furcht vor den gotischen Tyrannen seinen Namen nicht zu nennen wage, wünsche, sich insgeheim der Verfolgten anzunehmen und habe ihm den Auftrag gegeben, den Aufenthalt derselben mit allen Mitteln seiner Kunst zu schmücken und zu verschönern. Der Sklave dürfe die beabsichtigte Überraschung nicht verderben und halb mit Güte, halb mit Gewalt hielt man den staunenden Cappadox auf der Villa fest. Der Intendant aber entwarf sofort seinen Plan und seine Arbeiter gingen unverzüglich ans Werk.

Viele benachbarte Grundstücke wurden zu hohen Preisen hinzugekauft und nun hob an ein Niederreißen und Bauen, ein Pflanzen und Graben, ein Hämmern und Klopfen, ein Putzen und Malen, daß dem guten Cappadox Hören und Sehen verging. Wollte er fragen und drein reden, so lachten ihm die Arbeiter ins Gesicht. Wollte er sich davon machen, so winkte der Intendant und ein halb Dutzend Fäuste hielten ihn fest. »Und« – schloß der Erzähler – »so ging's bis vorgestern Morgen. Da waren sie fertig und zogen davon.

Anfangs war mir angst und bang, da ich die kostspieligen Herrlichkeiten aus dem Boden wachsen sah. Ich dachte: am Ende, wenn Meister Corbulo das alles bezahlen soll, dann weh über meinen Rücken! Und ich wollte dir's melden. Aber sie ließen mich nicht und obenein wußt' ich dich fern von Haus. Und wie ich nachgerade das unsinnig viele Geld des Intendanten verspürte und wie der mit den Goldstücken um sich warf wie die Kinder mit Kieseln, siehe, da beruhigte sich allmählich mein Gemüte und ich ließ alles gehen wie es ging. Nun, o Herr, weiß ich wohl: du kannst mich dennoch in den Block setzen und prügeln lassen. Mit der Rebe oder sogar mit dem Skorpion. Du kannst es. Denn warum? du bist der Herr und Cappadox der Knecht. Aber gerecht, Herr, wäre es kaum! bei allen Heiligen und allen Göttern! Denn du hast mich gesetzt über ein Paar Kohlfelder und siehe, sie sind geworden ein Kaisergarten unter meiner Hand.«

Kamilla war längst abgestiegen und davongeschlüpft, ehe der Sklave zu Ende. Mit vor Freude hochklopfendem Herzen durcheilte sie den Garten, die Lauben, das Haus: sie schwebte wie auf Flügeln, kaum konnte ihr die flinke Daphnidion folgen. Ein Ausruf der Überraschung des freudigen Schreckens jagte den andern: so oft sie um eine Ecke des Weges, um eine Baumgruppe, bog, wieder und wieder stand ein Bild aus jenem Garten von Ravenna vor ihrem entzückten Auge. Als sie aber ins Haus gelangte und ein kleines Gemach desselben genau so bemalt, ausgerüstet, geschmückt fand wie jener Raum im Kaiserschloß gewesen war, in dem sie die letzten Tage der Kindheit verspielt und die ersten Träume des Mädchens geträumt, dieselben Bilder auf den bastgeflochtnen Vorhängen, die gleichen Vasen und zierlichen Citruskästchen und auf dem gleichen Schildpatttischchen ihre kleine zierliche Lieblingsharfe mit den Schwanenflügeln, da, überwältigt von so vielen Erinnerungen, und noch mehr von dem Gefühl des Dankes gegen so zarte Freundschaft, sank sie schluchzend in freudiger Wehmut auf den weichen Teppichen des Lectus zusammen. Kaum konnte sie Daphnidion beruhigen. »Es giebt noch edle Herzen, noch Freunde für das Haus des Boëthius,« rief sie wieder und wieder. Und sie sandte das innigste Gebet des Dankes gegen Himmel.

Als am Tage darauf die Mutter eintraf, war sie kaum weniger ergriffen von der seltsamen Überraschung.

Sogleich schrieb sie nach Rom an Cethegus und fragte, welcher Freund ihres Gatten wohl in diesem geheimnisvollen Wohlthäter zu suchen sei? Es war ihr eine stille Hoffnung, an ihn selbst dabei zu denken. Aber der Präfekt schüttelte nachdenklich den Kopf über ihren Brief und schrieb ihr zurück: er kenne niemand, an den ihn diese zartfühlende Weise mahnen könne. Sie möge scharf jede Spur beachten, die zur Lösung des Rätsels führen könne.

Es sollte sich bald genug enthüllen.

Kamilla wurde nicht müde, den Garten zu durchstreifen und immer neue Ähnlichkeiten mit seinem trauten Vorbild zu entdecken. Oft führten sie diese Gänge über den Park hinaus und in den anstoßenden Bergwald. Dabei pflegte sie die muntre Daphnidion zu begleiten, die ihr gleiche Jugend und treue Anhänglichkeit rasch zur Vertrauten gemacht. Wiederholt hatte diese der Patrona bemerkt, ein Waldgeist müsse ihnen nachschleichen. Denn vielfach knacke es hörbar in den Büschen und rausche im Grase hinter oder neben ihnen. Und doch sei nirgends Mensch oder Tier zu sehen. Aber Kamilla lachte ihres Aberglaubens und nötigte sie immer wieder in die grünen Schatten der Ulmen und Platanen hinaus.

Eines Tages entdeckten die Mädchen, vor der Hitze tiefer und tiefer in die Kühle des Waldes flüchtend, eine lebhafte Quelle, die reichlich und klar von dunkeln Porphyrfelsen traufte. Doch sie rieselte ohne bestimmtes Rinnsal und mühsam mußten die Durstenden die einzelnen Silbertropfen erhaschen. »Wie Schade,« rief Kamilla, »um das köstliche Naß! Da hättest du die Tritonenquelle sehen sollen im Pinetum zu Ravenna. Wie anmutig sprudelte der Strahl aus den aufgeblasenen Backen des bronzenen Meergotts und fiel gesammelt in eine breite Muschel von braunem Marmor, wie Schade!« Und sie gingen weiter.

Nach einigen Tagen kamen beide wieder an die Stelle.

Daphnidion, die voranschritt, blieb plötzlich laut aufschreiend stehen und wies sprachlos mit dem Finger auf die Quelle. Der Waldquell war gefaßt. Aus einem bronzenen Tritonenkopf sprudelte der Strahl in eine zierliche Muschel von braunem Marmor. Daphnidion, jetzt fest an Geisterspuk glaubend, wandte sich ohne weiteres zur Flucht: sie floh mit den Händen vor den Augen, die Waldgeister nicht zu sehen, was für höchst gefährlich galt, nach dem Hause zu, der Herrin laut rufend, ihr zu folgen. Aber Kamilla durchzuckte der Gedanke: der Lauscher, der uns neulich hierher gefolgt, ist gewiß auch jetzt in der Nähe, sich an unsrem Staunen zu weiden. Scharf sah sie umher: an einem wilden Rosenbusch fielen die Blüten von schwankenden Zweigen zur Erde. Rasch schritt sie auf das Dickicht zu. Und sieh, aus dem Gebüsch trat ihr mit Jagdtasche und Wurfspeer ein junger Jäger entgegen.

»Ich bin entdeckt,« sagte er mit leiser, schüchterner Stimme, anmutig in seiner Beschämung.

Aber mit einem Schreckensruf fuhr Kamilla zurück. »Athalarich« — stammelte sie — »der König!«

Eine ganze Meerflut von Gedanken und Gefühlen wogte ihr durch Haupt und Herz, und halb ohnmächtig sank sie auf den Rasenhang neben der Quelle. Der junge König stand in Schrecken und Entzücken sprachlos einige Sekunden vor der hingegossenen zarten Gestalt: durstig sog sein brennendes Auge die schönen Züge, die edeln Formen ein: flüchtiges Rot schoß zuckend wie Blitze über sein bleiches Gesicht. »O sie — sie ist mein heißer Tod« — hauchte er, endlich beide Hände an das pochende Herz drückend — »jetzt sterben, sterben mit ihr.«

Da regte sie den Arm. Das brachte ihn zur Besinnung zurück. Er kniete neben ihr nieder und sprengte das kühle Naß des Brunnens auf ihre Schläfe. Sie schlug die Augen auf: »Barbar — Mörder!« schrie sie gellend, stieß seine Hand zurück, sprang auf und floh wie ein gescheuchtes Reh hinweg.

Athalarich folgte ihr nicht. »Barbar — Mörder,« hauchte er in tiefstem Schmerz vor sich hin. Und er verbarg die glühende Stirn in den Händen.

Kamilla kam in so hoher Aufregung nach Hause, daß Daphnidion sich's nicht nehmen ließ, die Domna müsse die Nymphen oder gar den altehrwürdigen Waldgott Picus selbst gesehen haben.

Aber das Mädchen warf sich in wilder Bewegung in die Arme der erschrockenen Mutter. Der Kampf verworrener Gefühle löste sich in einem Strom von heißen Thränen und erst spät vermochte sie, den besorgten Fragen Rusticianas Antworten und Aufschluß zu geben.

In der tiefen Seele dieses Kindes wogte ein schweres Ringen.

Es war dem am Hofe zu Ravenna heranreifenden Mädchen nicht ganz entgangen, daß der schöne, bleiche Knabe oft mit seltsamem, träumendem Blick die dunkeln Augen auf ihr ruhen ließ, daß er wie mit Andacht dem Tonfall ihrer Stimme lauschte. Aber niemals war diese Ahnung inneren Wohlgefallens ihr bestimmt ins Bewußtsein getreten; der Prinz, scheu und verschlossen, hatte die Augen niedergeschlagen, wenn sie ihn über einem solchen Blick ertappte und ihn unbefangen fragend ansah: waren sie doch beide damals beinahe noch Kinder. Sie wußte nicht zu nennen, was in Athalarich vorging – kaum wußte er es selbst – und nie war es ihr eingefallen, nachzudenken, warum auch sie gern in seiner Nähe lebte, gern dem kühnen, von der Art aller andrer Gespielen abweichenden Flug seiner Gedanken oder Phantasien folgte, gern auch schweigend neben dem Schweigenden im Abendlicht durch die stillen Gärten wandelte, wo er oft mitten aus seinen Träumereien abgerissene, aber immer sinnige Worte zu ihr sprach, deren Poesie, die Poesie schwärmerischer Jugend, sie so völlig verstand und würdigte.

In das zarte Weben dieser knospenden Neigung schlug nun die Katastrophe ihres über alles geliebten Vaters.

Und nicht nur sanfte Trauer um den Gemordeten, glühender Haß gegen die Mörder ergriff die Seele der leidenschaftlichen Römerin. Von jeher hatte Boëthius, selbst in der Zeit seiner höchsten Gunst am Hofe, ein hochmütiges Herabsehen auf das Barbarentum der Goten zur Schau getragen, und seit seinem Untergang atmete natürlich die ganze Umgebung Kamillas, die Mutter, die beiden rachedürstenden Brüder, die Freunde des Hauses nur Haß und Verachtung: nicht nur gegen den blutigen Mörder und Tyrannen Theoderich, nein, gegen alle Goten und vorab gegen Tochter und Enkel des Königs, die seine Schuld zu teilen schienen, weil sie dieselbe nicht verhindert. So hatte das Mädchen Athalarichs fast gar nicht mehr gedacht. Und wann er genannt wurde oder wann, was ihr manchmal begegnete, sein Bild im Traume vor ihre Seele trat, so gipfelte all' ihr Haß gegen die Barbaren in höchstem Abscheu gegen ihn. Vielleicht gerade deshalb, weil im geheimsten Grund ihres Herzens jetzt eine widerstrebende Ahnung von jener Neigung zitterte, die sie zu dem schönen Königssohn gezogen.

Und nun – nun hatte es der Frevler gewagt, ihr argloses Herz mit tückischem Streich zu treffen!

Sie hatte, sowie sie ihn aus dem Dickicht schreiten sah, sowie sie ihn erkannte, blitzschnell erfaßt, daß er es war, der, wie die Fassung der Quelle, so die Umgestaltung der ganzen Villa geschaffen. Er, der verhaßte Feind, der Sproß des verfluchten Geschlechts, an welchem das Blut ihres Vaters klebte, der König der Barbaren! All die Freuden, mit welchem sie in diesen Tagen Haus und Garten durchmustert, brannten jetzt wie glühend Erz auf ihrer Seele. Der Todfeind ihres Volkes, ihres Geschlechts, hatte gewagt, sie zu beschenken, zu erfreuen, zu beglücken. Für ihn hatte sie Dankgebete zum Himmel gesandt. Er hatte sich erkühnt, ihren Schritten zu folgen, ihre Worte zu belauschen, ihre leisesten Wünsche zu erfüllen: und im Hintergrund ihrer Seele stand, schrecklicher als all' dies, der Gedanke, warum er das gethan. Er liebte sie! Der Barbar erkühnte sich, es ihr zu zeigen. Der Tyrann Italiens, er wagte wohl gar zu hoffen, daß des Boëthius Tochter ...

O es war zu viel! und schmerzlich schluchzend barg sie das Haupt in den Kissen ihres Lagers, bis dumpfer Schlaf der Erschöpfung auf sie niedersank. Alsbald erschien der eilig herbeigerufene Cethegus bei den ratlosen Frauen. Rusticiana hatte ihrem wie Kamillens erstem Gefühle folgen, sofort die Villa und die verhaßte Nähe des Königs fliehen und ihr Kind jenseit der Alpen bergen wollen. Aber der Zustand Kamillas hatte bisher den Aufbruch verhindert und sowie der Präfekt das Haus betrat, schien sich die Flamme der Aufregung vor seinem kalten Blick zu legen. Er nahm Rusticianen allein mit sich in den Garten: ruhig und aufmerksam hörte er daselbst, den Rücken an einen Lorbeerstamm gelehnt, das Kinn in die linke Hand gestützt, ihrer leidenschaftlichen Erzählung zu.

»Und nun rede,« schloß sie, »was soll ich thun? Wie soll ich mein armes Kind retten? wohin sie bringen?«

Cethegus schlug die Augen auf, die er, wie er bei angestrengtem Nachsinnen pflegte, halb geschlossen hatte.

»Wohin Kamilla bringen?« sagte er. »An den Hof, nach Ravenna.«

Rusticiana fuhr empor: »Wozu jetzt der giftige Scherz!«

Aber Cethegus richtete sich rasch auf.

»Es ist mein Ernst. Still – höre mich. Kein gnädigeres Geschenk hat das Schicksal, das die Barbaren verderben will, in unsren Weg legen können. Du weißt, wie völlig ich die Regentin beherrsche.

Aber nicht weißt du, wie völlig machtlos ich bin über jenen eigensinnigen Schwärmer. Es ist rätselhaft. Der kranke Jüngling ist im ganzen Gotenvolk der einzige, der mich, wenn nicht durchschaut, doch ahnt. Und ich weiß nicht, ob er mich mehr fürchtet oder mehr haßt. Das wäre mir ziemlich gleichgültig, wenn der Verwegene mir nicht sehr entschieden und sehr erfolgreich entgegenarbeitete. Sein Wort wiegt natürlich schwer bei seiner Mutter. Oft schwerer als das meine. Und er wird immer älter, reifer, gefährlicher. Sein Geist überflügelt mächtig seine Jahre. Er nimmt ernstlichen Teil an den Beratungen der Regentschaft. Jedesmal spricht er gegen mich. Oft siegt er. Erst neulich hat er es gegen mich durchgesetzt, daß der schwarzgallige Teja den Befehl der gotischen Truppen in Rom erhielt, in meinem Rom! Kurz, der junge König wird höchst gefährlich. Und ich hatte bisher nicht einen Schatten von Gewalt über ihn. Zu seinem Verderben liebt er Kamilla. Durch sie wollen wir den Unbeherrschbaren beherrschen!«

»Nimmermehr!« rief Rusticiana. »Nie, so lang ich atme. Ich an den Hof des Tyrannen! Mein Kind die Geliebte Athalarichs! des Boëthius Tochter! Sein blutger Schatte würde ...«

»Willst du diesen Schatten rächen? Ja! willst du die Goten verderben? Ja! Also mußt du wollen, was dahin führt.« — »Nie, bei meinem Eide!« — »Weib, reize mich nicht. Trotze mir nicht. Du kennst mich! Bei deinem Eide! Wie? Hast du mir nicht Gehorsam geschworen, blinden, unbedingten, wie ich dir Rache verheißen? Hast du's nicht geschworen auf die Gebeine der Heiligen, dich und deine Kinder verflucht für den Eidbruch? Man sieht sich vor bei euch Weibern. Gehorche oder zittre für deine Seele.«

»Entsetzlicher! Soll ich all meinen Haß dir, deinen Plänen opfern?«

»Mir? Wer spricht von mir? *Deine* Sache führ' ich. *Deine* Rache vollend' ich: *Mir* haben die Goten nichts zuleid gethan. *Du* hast mich aufgestört von meinen Büchern. Du hast mich aufgerufen, diese Amaler zu vernichten. Willst du nicht mehr? Auch gut! Ich kehre zurück zu Horatius und der Stoa! Leb wohl.«

»Bleib, bleibe. Aber soll denn Kamilla das Opfer werden?«

»Wahnsinn! Athalarich soll es werden. Sie soll ihn ja nicht lieben, sie soll ihn nur beherrschen. Oder,« fügte er, sie scharf ansehend, hinzu, »fürchtest du für ihr Herz?« — »Deine Zunge erlahme! Meine Tochter? *ihn* lieben? eher erwürg' ich sie mit diesen Händen.«

Aber Cethegus war nachdenklich geworden.

Es ist nicht um das Mädchen, sagte er zu sich selbst. Was liegt an ihr! Aber wenn sie ihn liebt — und der Gote ist schön, geistvoll, schwärmerisch ... »Wo ist deine Tochter?« fragte er laut.

»Im Frauengemach. Auch wenn ich wollte, sie würde nie einwilligen, nie.«

»Wir wollen's versuchen. Ich gehe zu ihr.«

Und sie traten ins Haus. Rusticiana wollte mit ihm in das Gemach. Aber Cethegus wies sie zurück.

»Allein muß ich sie haben!« sprach er und schritt durch den Vorhang. Bei seinem Anblick erhob sich das schöne Mädchen von den Teppichen, auf denen sie in rastlosem Sinnen geruht. Gewöhnt, in dem klugen, beherrschenden Mann, dem Freund ihres Vaters, stets einen Berater und Helfer zu finden, begrüßte sie ihn vertrauend wie die Kranke den Arzt.

»Du weißt, Cethegus?« — »Alles.« — »Und du bringst mir Hilfe.« — »Rache bring ich dir, Kamilla!«

Das war ein neuer, ein mächtig ergreifender Gedanke! Nur Flucht, Rettung aus dieser qualvollen Lage hatten ihr bisher vorgeschwebt. Höchstens eine zornige Abweisung der königlichen Geschenke. Aber jetzt Rache! Vergeltung für die Schmerzen dieser Stunden! Rache für die erlittene Schmach! Rache an den Mördern ihres Vaters! Ihre Wunden waren frisch. Und in ihren Adern kochte das heiße Blut des Südens. Ihr Herz frohlockte über Cethegus' Wort!

»Rache? wer wird mich rächen? du?« — »Du dich selbst! Das ist süßer.«

Ihre Augen blitzten. »An wem?« — »An ihm. An seinem Haus. An allen unsern Feinden.« — »Wie kann ich das? Ein schwaches Mädchen?«

– »Höre auf mich, Kamilla. Nur dir, nur des edeln Boëthius edler Tochter sag ich, was ich sonst keinem Weib der Erde vertrauen würde. Es besteht ein starker Bund von Patrioten, der die Herrschaft der Barbaren spurlos austilgen wird aus diesem Lande: das Schwert der Rache hängt über den Häuptern der Tyrannen. Das Vaterland, der Schatte deines Vaters beruft dich, es herabzustürzen.«

»Mich? ich – meinen Vater rächen? sprich!« rief hocherglühend das Mädchen, die schwarzen Haare aus den Schläfen streichend. »Es gilt ein Opfer. Rom fordert es.« – »Mein Blut, mein Leben! wie Virginia will ich sterben.« – »Du sollst leben, den Sieg zu schauen. Der König liebt dich. Du mußt nach Ravenna. An den Hof. Du mußt ihn verderben. Durch diese Liebe. Wir alle haben keine Macht über ihn. Nur du hast Gewalt über seine Seele. Du sollst dich rächen und ihn vernichten.«

»Ihn vernichten?!« Seltsam bewegt klang die leise Frage; ihr Busen wogte, ihre Stimme bebte in der Mischung ringender Gefühle, Thränen brachen aus ihren Augen, sie verbarg das Gesicht in den Händen. Cethegus stand auf. »Vergieb,« sagte er. »Ich gehe. Ich wußte nicht, daß du den König liebst.«

Ein Weheschrei des Zornes wie bei physischem Schmerz drang aus des Mädchens Brust. Sie sprang auf und faßte ihn an der Schulter.

»Mann, wer sagt das? Ich hasse ihn! Hasse ihn, wie ich nie gewußt, daß ich hassen kann.« – »So beweis' es. Denn ich glaub' es dir nicht.« – »Ich will dir's beweisen!« rief sie. »Sterben soll er! Er soll nicht leben!«

Sie warf das Haupt zurück, wild funkelten die blitzenden Augen, ihr schwarzes Haar flog um die weißen Schultern.

Sie liebt ihn, dachte Cethegus. Aber es schadet nicht. Denn sie weiß es noch nicht. Sie haßt ihn daneben. Und das allein weiß sie. Es wird gehn.

»Er soll nicht leben,« wiederholte sie. »Du sollst sehen,« lachte sie, »wie ich ihn liebe! Was soll ich thun?« – »Mir folgen in allem.« – »Und was versprichst du mir dafür? was soll er erleiden?« – »Verzehrende Liebe bis zum Tod.« – »Liebe zu mir? ja, ja, das soll er!« – »Er, sein Haus, sein Reich soll fallen.«

»Und er wird wissen, daß durch mich ...?« – »Er soll es wissen. Wann reisen wir nach Ravenna?«

»Morgen! Nein, heute noch.« Sie hielt inne und faßte seine Hand: »Cethegus, sage, bin ich schön?«

»Der Schönsten eine.«

»Ha!« rief sie, die losgegangenen Locken schüttelnd. »Er soll mich lieben und verderben! Fort nach Ravenna! Ich will ihn sehen, ich muß ihn sehen!« Und sie stürmte aus dem Gemach. Sie sehnte sich mit ganzer Seele, bei Athalarich zu sein.

## Siebentes Kapitel

Noch am nämlichen Tage wurde die kleine Villa verlassen und der Weg nach der Königsstadt angetreten.

Cethegus schickte einen Eilboten voraus mit einem Brief Rusticianas an die Regentin. Die Witwe des Boëthius erklärte darin, daß sie die durch

Vermittelung des Präfekten von Rom wiederholt angebotene Rückberufung an den Hof nunmehr anzunehmen bereit sei. Nicht als eine That der Gnade, sondern der Sühne, als ein Zeichen, daß die Erben Theoderichs dessen Unrecht an den Verblichenen gut machen wollten.

Diese stolze Sprache war wie aus Rusticianas tiefstem Herzen und Cethegus wußte, daß solches Auftreten nicht schaden, nur alle verdächtige Auslegung der raschen Umstimmung ausschließen werde. Unterwegs noch traf die Reisenden die Antwort der Königin, die sie am Hof willkommen hieß. In Ravenna angelangt wurden sie von der Fürstin aufs ehrenvollste empfangen, mit Sklaven und Sklavinnen umgeben und in dieselben Räume des Palastes eingeführt, die sie ehedem bewohnt. Freudig begrüßten sie die Römer.

Aber der Zorn der Goten, die in Boëthius und Symmachus undankbare Verräter verabscheuten, wurde durch diese Maßregeln, die eine stillschweigende Verurteilung Theoderichs zu enthalten schienen, schwer gereizt. Die letzten Freunde des großen Königs verließen grollend den verwelschten Hof.

Einstweilen hatten die Zeit, die Zerstreuungen der Reise und der Ankunft Kamillas Aufregung gemildert. Und ihr Zorn konnte sich um so eher beschwichtigen als ihr viele Wochen zu Ravenna verstrichen, ehe sie Athalarich begegnete. Denn der junge König war gefährlich erkrankt.

Am Hof erzählte man, er habe bei einem Aufenthalt zu Aretium — er wollte dort, mit geringer Begleitung, der Bergluft, der Bäder und der Jagd genießen — in den Wäldern von Tifernum in der Hitze der Jagd einen kalten Trunk aus einer Felsenquelle gethan und sich dadurch einen heftigen Anfall seines alten Leidens zugezogen.

Thatsache war, daß ihn sein Gefolge an jener Quelle bewußtlos niedergesunken gefunden hatte.

Die Wirkung dieser Erzählung auf Kamilla war seltsam. Zu dem Haß gegen Athalarich trat jetzt ein Zug von leisem Bedauern. Ja eine Art von Selbstanklage. Aber andrerseits dankte sie dem Himmel, daß durch diese Krankheit eine Begegnung hinausgeschoben wurde, die sie jetzt in Ravenna nicht minder fürchtete als sie dieselbe, da sie noch fern von ihm in Tifernum war, lebhaft herbeigewünscht hatte. Und wenn sie jetzt in den weiten Anlagen des herrlichen Schloßgartens einsam wandelte, hatte sie immer und immer wieder zu bewundern, mit welcher Sorgfalt das kleine Gütchen des Corbulo diesem Muster nachgebildet worden war.

Tage und Wochen vergingen.

Man vernahm nichts von dem Kranken, als daß er zwar auf dem Weg der Besserung, aber noch streng an seine Gemächer gebunden sei. Ärzte und Hofleute, die ihn umgaben, priesen ihr oft seine Geduld und Kraft in den heftigsten Schmerzen, seine Dankbarkeit für jeden kleinen Liebesdienst, seine edle Milde. Aber wenn sie ihr Herz ertappte, wie gern es diesen Lobesworten lauschte, sagte sie heftig zu sich selbst:

»Und meines Vaters Ermordung hat er nicht gehindert!« und ihre Brauen zogen sich zusammen und sie legte heimlich die geballte Faust auf das pochende Herz.

In einer heißen Julinacht war Kamilla nach langem friedlosen Wachen endlich gegen Morgen in unruhigen Schlaf gesunken. Angstvolle Träume quälten sie. Ihr war, als senke sich die Decke des Gemaches mit ihren Reliefgestalten auf sie nieder. Gerade über ihrem Haupte war ein jugendlich schöner Hypnos, der sanfte Gott des Schlafes, von hellenischer Hand gebildet, angebracht.

Ihr träumte, der Schlafgott nehme die ernsteren, trauervollen Züge seines bleichen Bruders Thanatos an.

Langsam und leise senkte der Gott des Todes sein Antlitz auf sie nieder. Immer näher rückte er. Immer bestimmter wurden seine Züge. Schon fühlte sie den Hauch seines Atems auf ihrer Stirn. Schon berührten fast die feinen Lippen ihren Mund. Da erkannte sie mit Entsetzen die bleichen Züge, das dunkle Auge. Es war Athalarich – dieser Todesgott. Mit einem Schrei fuhr sie empor.

Die zierliche Silberlampe war längst erloschen. Es dämmerte im Gemach.

Ein rotes Licht drang gedämpft durch das Fenster von Frauenglas. Sie erhob sich und öffnete es; die Hähne krähten, die Sonne tauchte mit den ersten Strahlenspitzen aus dem Meer, auf das sie, über den Schloßgarten hinweg, freien Ausblick hatte. Es litt sie nicht mehr in dem schwülen Gemach.

Sie schlug den faltigen Mantel um die Schultern und eilte leise, leise aus dem noch schlummernden Palast über die Marmorstufen in den Garten, aus dem ihr erfrischender Morgenwind von der nahen See her entgegenwehte. Sie eilte der Sonne und dem Meere zu. Denn im Osten stieß der Garten des Kaiserpalastes mit seinen hohen Mauern unmittelbar an die blauen Wellen der Adria. Ein vergoldetes Gitterthor und jenseit desselben zehn breite Stufen von weißem hymettischem Marmor führten hinab zu dem kleinen Hafen des Gartens, in welchem die schwanken Gondeln mit leichten Rudern und dem dreieckigen lateinischen Segel von Purpurlinnen schaukelten, mit silbernen Kettchen an den zierlichen Widderköpfen von Erz befestigt, die links und rechts aus dem Marmorquai hervorragten. Diesseit des Gitterthors, nach dem Garten zu, fanden die Anlagen ihren Abschluß in einer geräumigen Rundung, die von weit schattenden Pinien dicht umfriedet war. Ihre Bodenfläche, von üppigem, sorgfältig gezogenem Graswuchs bedeckt, wurde von reinlichen Wegen durchschnitten und von reichen Beten stark duftender Blumen unterbrochen. Eine Quelle, zierlich gefaßt, rieselte den Abhang hinab in das Meer. Die Mitte des Platzes bildete ein kleiner, altersgrauer Venustempel, den eine einsame Palme hochwipflig überragte, indes brennendroter Steinbrech in den leeren Halbnischen seiner Außenwände prangte. Vor seiner längst geschlossenen Pforte stand zur Rechten ein eherner Äneas. Der Julius Cäsar zur Linken war schon vor Jahrhunderten zusammengestürzt. Theoderich hatte auf dem Postament ein Erzbild des Amala errichten lassen, des mythischen Stammvaters seines Hauses. Hier, zwischen diesen Statuen, an den Eingangsstufen des kleinen Fanum genoß man des herrlichsten Blickes durch das Gitterthor auf das Meer mit seinen buschigen Laguneninseln und einer Gruppe von scharfkantigen malerischen Felsklippen, »die Nadeln der Amphitrite« genannt.

Es war ein alter Lieblingsort Kamillas.

Und hierher lenkte sie jetzt die leichten Schritte, den reichen Tau von dem hohen Grase streifend, wie sie mit leis gehobnem Gewand durch die schmalen Wieswege eilte. Sie wollte die Sonne über das Meer hin aufglühen sehen. Sie kam von der Rückseite des Tempels, ging an dessen linker Seite hin und traf eben auf die erste der Stufen, die von seiner Stirn zu dem Gitter hinabführten, als sie rechts, auf der zweiten Stufe, halb sitzend, halb liegend, eine weiße Gestalt erblickte, die, das Haupt an die Treppe gelehnt, das Antlitz dem Meere zuwandte.

Aber sie erkannte das braune, das seidenglänzende Haar: es war der junge König.

Die Begegnung war so plötzlich, daß an Ausweichen nicht zu denken. Wie angewurzelt hielt das Mädchen auf der ersten Stufe. Athalarich sprang auf und wandte sich rasch. Eine helle Röte flammte über sein marmorbleiches Gesicht. Doch faßte er sich zuerst von beiden und sprach:

»Vergieb, Kamilla. Ich konnte dich nicht hier erwarten. Zu dieser Stunde. Ich gehe. Und lasse dich allein mit der Sonne.« Und er schlug den weißen Mantel über die linke Schulter. »Bleib, König der Goten. Ich habe nicht das Recht, dich zu verscheuchen – und nicht die Absicht,« fügte sie bei.

Athalarich trat einen Schritt näher. »Ich danke dir. Aber ich bitte dich um eins,« setzte er lächelnd hinzu, »verrate mich nicht an meine Ärzte, an meine Mutter. Sie sperren mich den ganzen Tag über so sorgsam ein, daß ich ihnen wohl vor Tag entschlüpfen muß. Denn die frische Luft, die Seeluft thut mir gut. Ich fühl's. Sie kühlt. Du wirst mich nicht verraten.« Er sprach so ruhig. Er blickte so unbefangen.

Diese Unbefangenheit verwirrte Kamilla. Sie wäre viel mutiger gewesen, wenn er bewegter. Sie sah diese Unbefangenheit mit Schmerz. Aber nicht um der Pläne des Präfekten willen. So schüttelte sie nur schweigend das Haupt zur Antwort. Und sie senkte die Augen.

Jetzt erreichten die Strahlen der Sonne die Höhe, auf der die beiden standen. Der alte Tempel und das Erz der Statuen schimmerten im Morgenlicht. Und eine breite Straße von zitterndem Gold bahnte sich von Osten her über die spiegelglatte Flut. »Sieh, wie schön!« rief Athalarich, fortgerissen von dem Eindruck. »Sieh die Brücke von Licht und Glanz.«

Sie blickte teilnehmend hinaus. »Weißt du noch, Kamilla?« fuhr er langsamer fort, wie in Erinnerungen verloren und ohne sie anzusehen, »weißt du noch, wie wir hier als Kinder spielten? Träumten? Wir sagten: die goldne Straße, von Sonnenstrahlen auf die Flut gezeichnet, führe zu den Inseln der Seligen.«

»Zu den Inseln der Seligen!« wiederholte Kamilla. Im stillen bewunderte sie, mit welcher Zartheit und edlen Leichtigkeit er, jeden Gedanken an ihre letzte Begegnung fern haltend, mit ihr in einer Weise verkehrte, die sie völlig entwaffnete. »Und schau, wie dort die Statuen glänzen: das wundersame Paar, Äneas und – Amala! Höre, Kamilla, ich habe dir abzubitten.« Lebhaft schlug ihr Herz. Jetzt wollte er der Ausschmückung der Villa, der Quelle gedenken. Das Blut stieg ihr in die Wangen. Sie schwieg in peinlicher Erwartung. Aber ruhig fuhr der Jüngling fort: »Du weißt, wie oft wir, du die Römerin, ich der Gote, an diesem Ort in Wettreden den Ruhm und den Glanz und die Art unserer Völker priesen. Dann standest du unter dem Äneas und sprachst mir von Brutus und Camillus, von Marcellus und den Scipionen. Ich aber, an meines Ahnherrn Amala Schild gelehnt, rühmte Ermanarich und Alarich und Theoderich. Aber du sprachst besser als ich. Und oft, wenn der Schimmer deiner Helden mich zu überstrahlen drohte, lachte ich deiner Toten und rief: »das Heute und die lebendige Zukunft ist meines Volkes!«

»Nun, und jetzt?« – »Ich spreche nicht mehr so. Du hast gesiegt, Kamilla!«

Aber indem er so sprach, schien er so stolz wie nie zuvor. Und dieser überlegne Ausdruck empörte die Römerin. Sie war ohnehin gereizt durch die unnahbare Ruhe, mit welcher der Fürst, auf dessen Leidenschaft man solche Pläne gebaut, ihr gegenüberstand. Sie begriff diese Ruhe nicht. Sie hatte ihn gehaßt, weil er es gewagt, ihr seine Liebe zu zeigen. Und jetzt lebte dieser Haß auf, weil er es vermochte, diese Liebe zu verbergen. Mit der Absicht, ihm weh zu thun, sagte sie langsam: »So räumst du ein, König der Goten, daß deine Barbaren den Völkern der Menschlichkeit nachstehen?«

»Ja, Kamilla,« antwortete er ruhig, »aber nur in einem: im Glück! Im Glück des Geschickes wie im Glück der Natur. Sieh dort die Gruppe von Fischern, die ihre Netze aufhängen an den Olivenbäumen am Strande. Wie schön sind diese Gestalten! In Bewegung und Ruhe, trotz ihrer Lumpen: lauter Statuen! Hier das Mädchen mit der Amphora auf dem Haupt! dort der Alte, der, den Kopf auf den linken Arm gestützt, im Sande liegt und hinaus träumt ins Meer. Jeder Bettler unter ihnen sieht aus wie ein entthronter König. Wie sie schön sind! Und in sich eins und glücklich! Ein Schimmer ungebrochenen Glücks liegt über ihnen. Wie über Kindern! Oder edeln Tieren! Das fehlt uns Barbaren!« – »Fehlt euch nur das?« – »Nein, uns fehlt auch Glück im Schicksal.

Mein armes, herrliches Volk! Wir sind hier herein verschlagen in eine fremde Welt, in der wir nicht gedeihen. Wir gleichen der Blume der hohen Alpen, dem Edelweiß, die vom Sturmwind vertragen ward in den heißen Sand der Niederung. Wir können nicht wurzeln hier. Wir welken und sterben.«

Und mit edler Wehmut blickte er hinaus in die blaue Flut. Aber Kamilla hatte nicht die Stimmung, diesen weissagerischen Worten eines Königs über sein Volk nachzusinnen. »Warum seid ihr gekommen?« fragte sie mit Härte. »Warum seid ihr über die Berge gedrungen, die ein Gott als ewige Marken gesetzt hat zwischen euch und uns. Sprich, warum?« – »Weißt du,« sprach Athalarich, ohne sie anzublicken, wie mit sich selber und für sich selber fortdenkend, »weißt du, warum die dunkle Motte nach der hellen Flamme fliegt? Wieder, immer wieder! Von keinem Schmerz gewarnt! bis sie verzehrt ist von der schönen, lockenden Feindin? Aus welchem Grund! Aus einem süßen Wahnsinn! Und solch' ein süßer Wahnsinn ist es, ganz derselbe, der meine Goten aus den Tannen und Eichen hinweggezogen hat zu Lorbeer und Olive. Sie werden sich die Flügel verbrennen, die thörichten Helden. Und werden doch nicht davon lassen. Wer will sie drum schelten? Sieh um dich her. Wie tief blau der Himmel! wie tief blau das Meer! und darin spiegeln die Wipfel der Pinien und die Säulentempel voll Marmorglanz! und fern da drüben ragen schön gewölbte Berge und draußen in der Flut schwimmen grüne Inseln, wo sich die Rebe um die Ulme schlingt. Und drüber hin die weiche, die warme, die kosende Luft, die alles erhellt. Welche Wunder der Formen, der Farben trinkt das Auge und atmen die entzückten Sinne! Das ist der Zauber, der uns ewig locken und ewig verderben wird.«

Die tiefe und edle Erregung des jungen Königs blieb nicht ohne Eindruck auf Kamilla. Die tragische Gewalt dieser Gedanken ergriff ihr Herz: aber sie wollte nicht ergriffen sein. Sie wehrte sich gegen ihre weicher werdende Empfindung. Sie sagte kalt: »Ein ganzes Volk gegen Verstand und Einsicht vom Zauber angezogen?« und kalt und zweifelnd sah sie ihn an.

Aber sie erschrak: denn wie Blitze loderte es aus den dunkeln Augen des Jünglings und die lang zurückgehaltne Glut brach plötzlich aus den Tiefen seiner Seele: »Ja, sag' ich dir, Mädchen!« rief er leidenschaftlich. »Ein ganzes Volk kann eine thörichte Liebe, einen süßen, verderblichen Wahnsinn, eine tödliche Sehnsucht pflegen so gut wie — so gut wie ein einzelner. Ja, Kamilla, es giebt eine Gewalt im Herzen, die, stärker als Verstand und Wille, uns sehenden Auges ins Verderben reißt. Aber du weißt das nicht! Und mögest du's nie erfahren. Niemals. Leb wohl!«

Und rasch wandte er sich und bog rechts vom Tempel in den dichten Laubgang von rankendem Wein, der ihn sofort vor Kamilla wie vor den Fenstern des Schlosses verbarg.

Sinnend blieb das Mädchen stehen.

Seine letzten Worte klangen seltsam fort in ihren Gedanken: lange sah sie träumend ins offene Meer hinaus und mit wundersam gemischter Empfindung, mit verwandelter Stimmung, kehrte sie endlich wieder dem Schlosse zu.

## Achtes Kapitel

Noch am nächsten Tage fand sich Cethegus bei den Frauen ein. Er war in wichtigen Geschäften von Rom herbeigeeilt und kam soeben aus dem Regentschaftsrat, der in des kranken Königs Gemach gehalten wurde. Verhaltner Zorn lagerte auf seinen herben Zügen.

»Ans Werk, Kamilla«, sprach er heftig. »Ihr säumt zu lang. Dieser vorlaute Knabe wird immer herrischer. Er trotzt mir und Cassiodor und seiner schwachen Mutter selbst. Er verkehrt mit gefährlichen Leuten. Mit dem alten Hildebrand, mit Witichis und ihren Freunden. Er schickt Briefe und empfängt Briefe hinter unsrem Rücken. Er hat es durchgesetzt, daß die Königin nur noch in seiner Gegenwart den Rat der Regentschaft beruft. Und in diesem Rat kreuzt er all' unsre Pläne. Das muß aufhören. So oder so.« — »Ich hoffe nicht mehr, Einfluß auf den König zu gewinnen,« sagte Kamilla ernst. »Weshalb? hast du ihn schon gesehen.« Das Mädchen überlegte, daß sie Athalarich versprochen, seinen Ungehorsam nicht an die Ärzte gelangen zu lassen. Aber auch sonst widerstrebte es ihrem Gefühl, die Begegnung dieses Morgens zu entweihen, zu verraten.

Sie wich daher der Frage aus und sagte: »Wenn der König sich sogar seiner Mutter, der Regentin, widersetzt, wird er sich nicht von einem jungen Mädchen beherrschen lassen.« – »Goldne Einfalt!« lächelte Cethegus und ließ das Gespräch ruhen, solang das Kind anwesend war. Aber insgeheim trieb er Rusticiana, zu veranlassen, daß ihre Tochter den König fortan häufig sehe und spreche.

Dies ward möglich, da sich dessen Befinden jetzt rasch besserte. Und wie äußerlich, wurde er innerlich zusehends männlicher, fester und reifer: es war, als ob das Widerstreben gegen Cethegus ihm Leib und Seele kräftige.

So verbrachte er bald wieder viele Stunden in den weiten Anlagen des Gartens. Dort war es, wo ihn seine Mutter und die Familie des Boëthius in den Abendstunden häufig trafen.

Und während Rusticiana die Huld der Regentin mit voller Freundschaft zu erwidern schien und aufmerksam ihren vertrauenden Mitteilungen lauschte, um sie wörtlich dem Präfekten wieder erzählen zu können, wandelten die jungen Leute vor ihnen her durch die schattigen Gänge des Gartens.

Oft auch bestieg die kleine Gesellschaft eine der leichten Gondeln in jenem Hafen und Athalarich steuerte wohl selbst eine Strecke ins blaue Meer hinaus, nach einer der kleinen, grünbuschigen Inseln, die nicht weit von der Bucht lagen. Auf dem Heimweg aber spannte man die purpurnen Segel auf und ließ sich von dem frischen Westwind, der sich bei Sonnenuntergang zu erheben pflegte, langsam und mühelos zurücktragen.

Oft waren es auch der König und Kamilla allein, die, nur von Daphnidion begleitet, sich dieser Wanderungen im Grünen und auf den Wellen erfreuten.

Wohl sah Amalaswintha darin die Gefahr, dadurch die Neigung ihres Sohnes, die ihr nicht entgangen war, zu steigern. Aber vor allen andern Erwägungen segnete sie dankbar den günstigen Einfluß, den dieser Umgang augenscheinlich auf ihren Sohn übte: er wurde in Kamillas Nähe ruhiger, heiterer und war dann auch weicher gegen seine Mutter, der er sonst oft heftig und schroff gegenüber trat.

Auch beherrschte er sein Gefühl mit einer Sicherheit, die bei dem reizbaren Kranken doppelt befremdete: und endlich würde die Regentin, im Fall sich diese Liebe ernster geltend machte, sogar einer Verbindung nicht abgeneigt gewesen sein, die den römischen Adel völlig zu gewinnen und jedes Andenken einer unseligen Blutthat auszulöschen versprach.

In dem Mädchen aber ging eine wundersame Wandlung vor. Täglich mehr fühlte sie ihren Groll und Haß schwinden, wie sie täglich klarer die edle Zartheit der Seele, den schwungvollen Geist, das tiefe, poesiereiche Gemüt des jungen Königs sich entfalten sah. Nur mit Anstrengung konnte sie gegen diesen wachsenden Zauber sich immer wieder das Schicksal ihres Vaters als Talisman ins Andenken zurückrufen: immer mehr kam sie dazu, unter den Goten und Amalern, die jenes Schicksal herbeigeführt, mit Gerechtigkeit zu unterscheiden: immer bestimmter sagte sie sich, wie unbillig es sei, Athalarich um eines Unglücks willen zu hassen, das er nur nicht verhindert hatte und wohl schwerlich hätte verhindern können. Längst hätte sie ihn am liebsten völlig frei gesprochen: aber sie mißtraute dieser Milde: sie scheute sie wie eine schwarze Sünde gegen Vater, Vaterland und eigne Freiheit.

Mit Zittern nahm sie wahr, wie unentbehrlich dies edle Menschenbild ihr wurde, wie mächtig sie sich sehnte, diese melodische Stimme zu hören und in dies dunkle, sinnige Auge zu blicken. Sie fürchtete die frevelhafte Liebe, die sie sich nur schwer noch verhehlen konnte, und die einzige Waffe, mit der sie sich noch dagegen wehrte, der Vorwurf seiner Mitschuld an des Vaters Untergang, wollte sie sich nicht entwinden lassen. So schwankte sie in wogenden Gefühlen, desto unsichrer, je rätselhafter ihr Athalarichs geschlossene Sicherheit blieb. Sie konnte ja nicht daran zweifeln, daß er sie liebe, nach allem was geschehen — aber doch!

Nicht eine Silbe, nicht ein Blick verriet diese Liebe: jene Äußerung, mit der er sie damals am Venustempel rasch verlassen, war das bedeutsamste, ja das einzige bedeutsame Wort, das ihm entschlüpfte.

Sie ahnte nicht, was die hochwogende Seele des Jünglings durchgekämpft und durchgelitten, bis seine Liebe zwar nicht erlosch, aber entsagte, und noch weniger, in welch' neuem Gefühl er die männliche Kraft solcher Entsagung gefunden. Ihre Mutter, die ihn mit aller Schärfe des Hasses beobachtete und darüber das eigne Kind zu überwachen vergaß, schien noch mehr erstaunt über seine Kälte. »Aber Geduld,« sprach sie zu Cethegus, mit dem sie oft hinter Kamillas Rücken Beratung pflog, »Geduld, bald, binnen drei Tagen, wirst du ihn verwandelt sehen.« — »Es wäre Zeit,« meinte Cethegus; »aber auf was vertraust du?« — »Auf ein Mittel, das noch nie getäuscht hat.«

»Du wirst ihm doch kein Liebestränklein brauen?« lächelte der Präfekt. »Allerdings, das werd' ich thun; das hab' ich schon gethan.« Jener sah sie spöttisch an: »Auch bei dir solcher Aberglaube, bei der Witwe des großen Philosophen Boëthius! In Liebeswahn sind alle Weiber gleich!«

»Nicht Wahn und Aberglaube,« sagte Rusticiana ruhig. »Seit mehr als hundert Jahren lebt das Geheimnis in unsrer Familie. Ein ägyptisch Weib hat es dereinst am Nil meine Ureltermutter gelehrt. Und es hat sich bewährt. Kein Weib unseres Hauses hat ohne Erhörung geliebt.« — »Dazu braucht's keinen Zauber,« meinte der Präfekt: »ihr seid ein schönes Geschlecht.« — »Spare deinen Spott. Der Trank wirkt unfehlbar und wenn er bis heute nicht wirkte ...« — »So hast du wirklich — Unvorsichtige! wie konntest du unvermerkt?« — »Am Abend, wann er vom Spaziergang oder von der Gondelfahrt mit uns zurückkommt, nimmt er einen Becher gewürzten Falerners. Der Arzt hat es ihm verordnet: es sind Tropfen arabischen Balsams darin. Der Becher steht immer bereit auf dem Marmortisch vor dem Venustempel. Dreimal schon gelang es, den Trank hineinzuschütten.« — »Nun,« meinte Cethegus, »es hat bis jetzt nicht sonderlich gewirkt.« — »Daran ist nur deine Ungeduld die Ursache. Die Kräuter müssen im Neumond gebrochen werden — ich wußte das wohl. Aber, gedrängt von deinen Mahnungen, versucht' ich's schon im Vollmond und du siehst, es wirkte nicht.« Cethegus zuckte die Achseln. »Aber gestern

Nacht trat Neumond ein. Ich war nicht müßig mit meiner goldnen Schere und wenn er jetzt trinkt ...« — »Eine zweite Locusta! Nun, mein Trost sind Kamillas schöne Augen. Weiß sie von deinen Künsten?«

»Kein Wort zu ihr! Sie würde das nie dulden. Stille, sie kommt.« Das Mädchen trat ein in lebhafter Erregung, die lieblichen Wangen gerötet, eine Flechte des dunklen Haares war losgegangen und spielte um den feinen Nacken.

»Saget mir, ihr, die ihr klug seid und menschenerfahren, sagt mir, was soll ich denken? Ich komme aus dem Schiff. O, er hat mich nie geliebt! der Hochmütige, er bemitleidet, er bedauert mich! Nein, das ist nicht das rechte Wort. Ich kann es mir nicht deuten.« Und in Thränen ausbrechend, barg sie das Haupt am Halse der Mutter. »Was ist geschehen, Kamilla?« fragte Cethegus. »Schon oft,« begann sie tiefaufatmend, »spielte ein Zug um seinen Mund, sprach eine Wehmut aus seinem Auge, als sei Er der tief von mir Gekränkte, als habe Er uns edel zu vergeben, als habe er mir ein großes Opfer gebracht ...« — »Unreife Knaben bilden sich immer ein, es sei ein Opfer, wenn sie lieben.« Da blitzte Kamillas Auge, sie warf den schönen Kopf zurück und wandte sich heftig gegen Cethegus: »Athalarich ist kein Knabe mehr und man soll ihn nicht verhöhnen.« Cethegus schwieg, ruhig die Augen senkend. Aber Rusticiana fragte erstaunt: »Hassest du den König nicht mehr?« — »Bis zum Tode. Man soll ihn verderben, nicht verhöhnen.«

»Was ist geschehen?« wiederholte Cethegus. »Heute stand jener rätselhafte, kalte, stolze Zug deutlicher als je auf seinem Antlitz. Ein Zufall äußerte ihn in Worten. Wir waren eben gelandet. Ein Käfer war ins Wasser gefallen: der König bückte sich und zog ihn heraus: das Tierchen aber wehrte sich gegen die mildthätige Hand und biß mit den Zangen des Kopfes in den Finger, der ihn hielt. ›Der Undankbare,‹ sagte ich. ›Oh,‹ sprach Athalarich, bitter lächelnd, und er setzte den Käfer auf ein Blatt: ›man verwundet die am meisten, die am meisten für uns gethan.‹ Und dabei flog sein Blick mit stolzer Wehmut über mich dahin. Doch rasch, als ob er zuviel gesagt, schritt er kalt grüßend hinweg. Ich aber« — und ihre Brust wogte, ihre fein geschnittenen Lippen schlossen sich — »ich aber trage das nicht mehr. Der Stolze! er soll mich lieben — oder sterben.« — »Das soll er,« sagte Cethegus kaum hörbar, »eins von beiden.«

## Neuntes Kapitel

Wenige Tage darauf wurde der Hof durch einen neuen Schritt des jungen Königs zur Selbständigkeit überrascht: er selbst berief den Rat der Regentschaft, ein Recht, das bisher nur Amalaswintha geübt. Die Regentin war nicht wenig erstaunt, als ein Bote ihres Sohnes sie in dessen Gemächer beschied, wo der König bereits eine Auswahl der höchsten Beamten des Reiches um sich versammelt habe, Goten und Römer, unter diesen Cassiodor und Cethegus.

Dieser hatte zuerst beschlossen, auszubleiben, um nicht durch sein Erscheinen das Recht anzuerkennen, das sich der Knabe herausnahm: ihm ahnte nichts gutes. Aber ebendeshalb besann er sich bald eines andern. »Ich darf der Gefahr nicht den Rücken, die Stirn muß ich ihr bieten,« sprach er, als er sich zu dem verhaßten Gang anschickte. Er fand in dem Gemach des Königs alle Geladenen bereits versammelt. Nur die Regentin fehlte noch. Als sie eintrat, erhob sich Athalarich – er trug eine langfaltige Abolla von Purpur, die Zackenkrone Theoderichs glänzte auf seinem Haupt und unter dem Mantel klirrte das Schwert – von seinem Thronsessel, der vor einer durch einen Vorhang geschlossenen Nische stand, ging ihr entgegen und führte sie zu einem zweiten höheren Stuhl, der aber zur Linken stand. Als sie sich niedergelassen, hob er an: »Meine königliche Mutter, tapfre Goten, edle Römer! Wir haben euch hieher beschieden, euch unsern Willen kund zu thun. Es drohten diesem Reiche Gefahren, die nur wir, der König dieses Reiches, abwenden konnten.«

Solche Sprache hatte man aus diesem Munde noch nicht vernommen. Alle schwiegen betroffen, Cethegus aus Klugheit: er wollte den rechten Augenblick abwarten. Endlich begann Cassiodor: »Deine weise Mutter und dein getreuer Diener Cassiodor ...« – »Mein getreuer Diener Cassiodor schweigt, bis sein Herr und König ihn um Rat befrägt. Wir sind schlecht zufrieden, sehr schlecht, mit dem was die Räte unsrer königlichen Mutter bisher gethan haben und nicht gethan. Es ist höchste Zeit, daß wir selbst zum Rechten sehn.

Wir waren dazu bisher zu jung und zu krank. Wir fühlen uns nicht mehr zu jung und nicht mehr zu krank. Wir künden euch an, daß wir demnächst die Regentschaft aufheben und die Zügel dieses Reiches selbst ergreifen werden.«

Er hielt inne. Alles schwieg. Niemand hatte Lust nach Cassiodors Beispiel zu reden und dann zu verstummen.

Endlich fand Amalaswintha, die diese plötzliche Energie ihres Sohnes gleichsam betäubt hatte, die Sprache wieder: »Mein Sohn, dies Alter der Mündigkeit ist nach den Gesetzen der Kaiser ...« – »Nach den Gesetzen der Kaiser, Mutter, mögen die Römer sich richten. Wir sind Goten und leben nach gotischem Recht. Germanische Jünglinge werden mündig, wann sie das gesammelte Volksheer waffenreif erklärt.

Wir haben deshalb beschlossen, alle Heerführer und Grafen und alle freien Männer unsres Volkes, so viele ihrer dem Rufe folgen wollen, aus allen Provinzen des Reichs zur Heeresschau zu laden nach Ravenna. Mit dem nächsten Sonnwendfest sollen sie eintreffen.«

Überrascht schwieg die Versammlung.

»Das sind nur noch vierzehn Tage,« sprach endlich Cassiodor. »Wird es möglich sein, in so kurzer Frist noch die Ladungen zu besorgen?« – »Sie sind besorgt. Hildebrand, mein alter Waffenmeister, und Graf Witichis haben sie alle bestellt.« – »Wer hat die Dekrete unterschrieben?« fragte Amalaswintha, sich ermannend. »Ich allein, liebe Mutter. Ich mußte doch den Geladnen zeigen, daß ich reif genug, allein zu handeln.«

»Und ohne mein Wissen!« sprach die Regentin. »Und ohne dein Wissen geschah es, weil es sonst gegen deinen Willen geschehen mußte.«

Er schwieg. Alle Römer waren ratlos und wie betäubt von der plötzlich entfalteten Kraft des jungen Königs. Nur in Cethegus stand sogleich der

Entschluß fest, jene Versammlung zu verhindern, um jeden Preis. Er sah den Grund all seiner Pläne wanken: gern wär' er mit aller Wucht seines Wortes der vor seinen Augen versinkenden Regentschaft zu Hilfe gekommen: gern hätte er schon mehrere Male in dieser Verhandlung das kühne Aufstreben des Jünglings mit seiner ruhigen Überlegenheit zu Boden gedrückt: aber ihm hielt ein seltsamer Zufall Gedanken und Zunge wie mit Zauberbanden gefesselt.

Er hatte in der Nische hinter dem Vorhang Geräusch zu vernehmen geglaubt und scharfe Blicke darauf geheftet: da bemerkte er unter dem Vorhang durch, dessen Fransen nicht ganz bis zur Erde reichten, die Füße eines Mannes.

Freilich nur bis an die Knöchel. Aber an diesen Knöcheln saßen Beinschienen von Erz eigentümlicher Arbeit. Er kannte diese Beinschienen, er wußte, daß sie zu einer vollen Rüstung gleicher Arbeit gehörten, er wußte auch in unbestimmter Gedankenverbindung, daß der Träger dieser Rüstung ihm verhaßt und gefährlich: aber es war ihm nicht möglich, sich zu sagen, wer dieser Feind sei. Hätte er die Schienen nur bis ans Knie verfolgen können! Gegen seinen Willen mußte er die Augen immer und immer wieder auf jenen Vorhang richten und raten und raten. Und das bannte seinen Geist jetzt, jetzt, da alles auf dem Spiele stand. Er zürnte über sich selbst, aber er konnte Gedanken und Blicke nicht von der Nische losreißen. Der König jedoch fuhr, ohne Widerstand zu finden, fort: »Ferner haben wir die edeln Herzoge Thulun, Ibbas und Pitza, die grollend diesen Hof verlassen, aus Gallien und Spanien zurückgerufen. Wir finden, daß allzuviele Römer, allzuwenig Goten uns umgeben. Jene drei tapfern Krieger werden mit Graf Witichis die Wehrmacht unsres Reiches, die Festen und die Schiffe untersuchen und alle Schäden aufdecken und heilen. Sie werden nächstens eintreffen.« Sie müssen sogleich wieder fort, sagte Cethegus rasch zu sich selbst. Aber seine Gedanken fuhren fort: Nicht ohne Grund ist jener Mann dadrinnen versteckt.

»Weiter,« hob der königliche Jüngling wieder an, »haben wir Mataswinthen, unsre schöne Schwester, zurückbeschieden an unsern Hof. Man hat sie nach Tarent verbannt, weil sie sich geweigert, eines betagten Römers Weib zu werden. Sie soll wiederkehren, die schönste Blume unseres Volkes, und unsern Hof verherrlichen.«

»Unmöglich!« rief Amalaswintha: »Du greifst in das Recht der Mutter wie der Königin.« – »Ich bin das Haupt der Sippe, sobald ich mündig bin.«

»Mein Sohn, du weißt, wie schwach du warst noch vor wenigen Wochen. Glaubst du wirklich, die gotischen Heermänner werden dich waffenreif erklären?«

Der König wurde rot wie sein Purpur, halb vor Scham, halb vor Zorn; eh' er Antwort fand, rief eine rauhe Stimme an seiner Seite: »Sorge nicht darum, Frau Königin. Ich bin sein Waffenmeister gewesen: ich sage dir, er kann sich messen mit jedem Feind: und wen der alte Hildebrand wehrfähig spricht, der gilt dafür bei allen Goten.« Lauter Beifall der anwesenden Goten bestätigte sein Wort.

Wieder gedachte Cethegus einzugreifen, aber eine Bewegung hinter dem Vorhang zog seine Gedanken ab: Einer meiner größten Feinde ist es, aber wer?

»Noch eine wichtige Sache ist euch kund zu thun,« begann der König wieder, mit einem flüchtigen Seitenblick nach der Nische, der dem Präfekten nicht entging.

Etwa ein Anschlag gegen mich? dachte er. Man wollte mich überraschen? Das soll nicht gelingen!

Aber es überraschte ihn doch, als plötzlich der König mit lauter Stimme rief: »Präfekt von Rom, Cethegus Cäsarius!« Er zuckte, aber rasch gefaßt, neigte er das Haupt und sprach: »Mein Herr und König.« — »Hast du uns nichts aus Rom zu melden? Wie ist die Stimmung der Quiriten? Was denkt man dort von den Goten?«

»Man ehrt sie als das Volk Theoderichs!« — »Fürchtet man sie?« — »Man hat nicht Ursach', sie zu fürchten.« — »Liebt man sie?« Gern hätte Cethegus geantwortet: Man hat nicht Ursach', sie zu lieben. Aber der König selbst fuhr fort:

»Also keine Spur von Unzufriedenheit? Kein Grund zur Sorge? Nichts besonderes, das sich vorbereitet.«

»Ich habe nichts dir anzuzeigen.« — »Dann bist du schlecht unterrichtet, Präfekt — oder schlecht gesinnt. Muß ich, der in Ravenna kaum vom Siechbett ersteht, dir sagen, was in deinem Rom unter deinen Augen vorgeht? Die Arbeiter auf deinen Schanzen singen Spottlieder auf die Goten, auf die Regentin, auf mich, deine Legionare führen bei ihren Waffenübungen drohende Reden. Höchst wahrscheinlich besteht bereits eine ausgebreitete Verschwörung, Senatoren, Priester, an der Spitze: sie versammeln sich Nachts an unbekannten Orten. Ein Mitschuldiger des Boëthius, ein Verbannter, Albinus, ist in Rom gesehen worden; und weißt du wo? im Garten deines Hauses.« Der König stand auf. Die Augen aller Anwesenden richteten sich, erstaunt, erzürnt, erschrocken auf Cethegus. Amalaswintha bebte für den Mann ihres Vertrauens. Aber dieser war jetzt wieder völlig er selbst. Ruhig, kalt, schweigend, sah er dem König ins Auge.

»Rechtfertige dich!« rief ihm dieser entgegen.

»Rechtfertigen? gegen einen Schatten? ein Gerücht, eine Klage sonder Kläger? Nie!« — »Man wird dich zu zwingen wissen.« Hohn zuckte um des Präfekten schmale Lippen.

»Man kann mich ermorden auf bloßen Verdacht, ohne Zweifel — wir haben das erfahren, wir Italier! — nicht mich verurteilen. Gegen Gewalt giebt es keine Rechtfertigung, nur gegen Gerechtigkeit.« — »Gerechtigkeit soll dir werden, zweifle nicht. Wir übertragen den hier anwesenden Römern die Untersuchung, dem Senat in Rom die Urteilsfällung. Wähle dir einen Verteidiger.« — »Ich verteidige mich selbst,« sprach Cethegus kühl. »Wie lautet die Anklage? Wer ist mein Ankläger? Wo ist er?« — »Hier,« rief der König und schlug den Vorhang zurück.

Ein gotischer Krieger in ganz schwarzer Rüstung trat hervor.

Wir kennen ihn. Es war Teja.

Dem Präfekten drückte der Haß die Wimper nieder. Jener aber sprach: »Ich, Teja, des Tagila Sohn, klage dich an, Cethegus Cäsarius, des Hochverrats an diesem Reich der Goten. Ich klage dich an, den verbannten Verräter Albinus in deinem Haus zu Rom zu bergen und zu hehlen. Es steht der Tod darauf. Und du willst dies Land dem Kaiser in Byzanz unterwerfen.«

»Das will ich nicht,« sprach Cethegus ruhig; »beweise deine Klage.« – »Ich habe Albinus vor vierzehn Nächten mit diesen Augen in deinen Garten treten sehen,« fuhr Teja zu den Richtern gewendet fort. »Er kam von der Via sacra her, in einen Mantel gehüllt, einen Schlapphut auf dem Kopf. Schon in zwei Nächten war die Gestalt an mir vorbeigeschlüpft: diesmal erkannt ich ihn. Als ich auf ihn zutrat, verschwand er, ehe ich ihn ergreifen konnte, an der Thür, die sich von innen schloß.« – »Seit wann spielt mein Amtsgenoß, der tapfre Kommandant von Rom, den nächtlichen Späher?« – »Seit er einen Cethegus zur Seite hat. Aber ob mir auch der Flüchtling entkam, diese Rolle fiel ihm aus dem Mantel: sie enthält Namen von römischen Großen und neben den Namen Zeichen einer unlösbaren Geheimschrift. Hier ist die Rolle.« Er reichte sie dem König. Dieser las: »Die Namen sind: Silverius, Cethegus, Licinius, Scävola, Calpurnius, Pomponius. Kannst du beschwören, daß der Vermummte Albinus war?«

»Ich will's beschwören.« – »Wohlan, Präfekt. Graf Teja ist ein freier, unbescholtener, eidwürdiger Mann. Kannst du das leugnen?«

»Ich leugne das. Er ist nicht unbescholten: seine Eltern lebten in nichtiger, blutschänderischer Ehe: sie waren Geschwisterkinder, die Kirche hat ihr Zusammensein verflucht und seine Frucht: er ist ein Bastard und kann nicht zeugen gegen mich, einen edeln Römer senatorischen Ranges.« Ein Murren des Zornes entrang sich den anwesenden Goten. Tejas blasses Antlitz aber wurde noch bleicher. Er zuckte. Seine Rechte fuhr ans Schwert: »So vertret' ich mein Wort mit dem Schwert,« sprach er mit tonloser Stimme. »Ich fordere dich zum Kampf, zum Gottesgericht auf Tod und Leben.« – »Ich bin Römer und lebe nicht nach eurem blutigen Barbarenrecht. Aber auch als Gote: ich würde dem Bastard den Kampf versagen.« – »Geduld,« sprach Teja und stieß das halb gezückte Schwert leise in die Scheide zurück. »Geduld, mein Schwert. Es kömmt dein Tag.« Aber die Römer im Saale atmeten auf.

Der König nahm das Wort: »Wie dem sei, die Klage ist genug begründet, die genannten Römer zu verhaften. Du, Cassiodor, wirst die Geheimschrift zu entziffern suchen. Du, Graf Witichis, eilst nach Rom und bemächtigst dich der fünf Verdächtigen, durchsuchst ihre Häuser und das des Präfekten. Hildebrand, du verhafte den Verklagten, nimm ihm das Schwert ab.« – »Halt,« sprach Cethegus, »ich leiste Bürgschaft mit all' meinem Gut, daß ich Ravenna nicht verlasse, bis dieser Streit zu Ende. Ich verlange Untersuchung auf freiem Fuß: das ist des Senators Recht.«

»Kehr dich nicht dran, mein Sohn,« rief der alte Hildebrand vortretend, »laß mich ihn fassen.« – »Laß,« sprach der König, »Recht soll ihm werden, strenges Recht, doch nicht Gewalt. Laß ab von ihm. Auch hat ihn die Klage überrascht. Er soll Zeit haben sich zu verteidigen. Morgen um diese Stunde treffen wir uns wieder hier. Ich löse die Versammlung.«

Der König winkte mit dem Scepter: in höchster Aufregung eilte Amalaswintha aus dem Gemach. Die Goten traten freudig zu Teja. Die Römer drückten sich rasch an Cethegus vorbei, vermeidend, mit ihm zu sprechen. Nur Cassiodor schritt fest auf ihn zu, legte die Hand auf seine Schulter, sah ihm prüfend ins Auge und fragte dann: »Cethegus, kann ich dir helfen?« — »Nein, ich helfe mir selbst,« sprach dieser, entzog sich ihm und schritt allein und stolzen Ganges hinaus.

## Zehntes Kapitel

Der heftige Schlag, den der junge König so unerwartet gegen den ganzen Grundbau der Regentschaft geführt hatte, erfüllte bald den Palast und die Stadt mit Staunen, mit Schrecken oder Freude. Zu der Familie des Boëthius brachte die erste bestimmte Kunde Cassiodor, der Rusticianen zum Trost der erschütterten Regentin beschied. Mit Fragen bestürmt erzählte er den ganzen Hergang ausführlich: und so bestürzt oder unwillig er darüber war, auch aus seinem feindlichen Bericht leuchteten die Kraft, der Mut des jungen Fürsten unverkennbar hervor. Mit Begierde lauschte Kamilla jedem seiner Worte: Stolz, Stolz auf den Geliebten — der Liebe glücklichstes Gefühl — erfüllte mächtig ihre ganze Seele.

»Es ist kein Zweifel,« schloß Cassiodor mit Seufzen, »Athalarich ist unser entschiedenster Gegner: er steht ganz zu der gotischen Partei, zu Hildebrand und seinen Freunden. Er wird den Präfekten verderben. Wer hätte das von ihm geglaubt! Immer muß ich daran denken, Rusticiana, wie so ganz anders er sich bei dem Prozeß deines Gatten benahm.«

Kamilla horchte hoch auf.

»Damals gewannen wir die Überzeugung, er werde zeitlebens der glühendste Freund, der eifrigste Vertreter der Römer sein.« — »Ich weiß davon nichts,« sagte Rusticiana. »Es ward vertuscht. Das Todesurteil war gesprochen über Boëthius und seine Söhne. Vergebens hatten wir alle, Amalaswintha voran, die Gnade des Königs angerufen: sein Zorn war unauslöschlich. Als ich wieder und wieder ihn bestürmte, fuhr er zornig auf und schwur bei seiner Krone, der solle es im tiefsten Kerker büßen, der ihm noch einmal mit einer Fürbitte für die Verräter nahe. Da verstummten wir alle. Nur Einer nicht. Nur Athalarich, der Knabe, ließ sich nicht schrecken, er weinte und flehte und hing sich an seines Großvaters Knie.«

Kamilla erbebte: der Atem stockte ihr.

»Und nicht ließ er ab, bis Theoderich in höchstem Zorn emporfuhr, ihn mit einem Schlag in den Nacken von sich schleuderte und den Wachen übergab. Der ergrimmte König hielt seinen Eid. Athalarich ward in den Kerker des Schlosses geführt und Boëthius sofort getötet.«

Kamilla wankte und hielt sich an einer Säule des Saales.

Aber nicht umsonst hatte Athalarich gesprochen und gelitten.

Tags darauf vermißte der König an der Tafel schwer den Liebling, den er von sich gebannt. Er gedachte, mit welch edlem Mut er, der Knabe, für seine Freunde gebeten, als die Männer in Furcht verstummten. Er stand endlich auf von seinem Abendtrunk, bei dem er lange sinnend saß, stieg selbst hinab in den Kerker, öffnete die Pforte, umarmte seinen Enkel und schenkte auf seine Bitte deinen Söhnen, Rusticiana, das Leben.«

»Fort, fort zu ihm!« sprach Kamilla mit erstickter Stimme zu sich selbst und eilte aus dem Saal.

»Damals,« fuhr Cassiodor fort, »damals mochten Römer und Römerfreunde in dem künftigen König ihre beste Stütze sehen und jetzt — meine arme Herrin, arme Mutter!« und klagend schritt er hinaus.

Rusticiana saß lange wie betäubt. Sie sah alles wanken, worauf sie ihre Rachepläne gebaut: sie versank in dumpfes Brüten. Länger und länger schon fielen die Schatten der hohen, starken Türme in den Schloßhof, auf welchen sie hinausstarrte.

Da weckte sie der feste Schritt eines Mannes im Saal, erschrocken fuhr sie auf: Cethegus stand vor ihr. Sein Antlitz war kalt und finster, aber eisig ruhig.

»Cethegus!« rief die Bekümmerte und wollte seine Hand fassen, aber seine Kälte schreckte sie zurück. »Alles verloren!« seufzte sie, stehen bleibend. »Nichts ist verloren. Es gilt nur Ruhe. Und Raschheit,« setzte er, umblickend im Gemach, hinzu. Als er sich allein mit ihr sah, griff er in die Brustfalten seiner Toga. »Dein Liebestrank hat nicht geholfen, Rusticiana. Hier ist ein andrer — stärker. Nimm.« Und rasch drückte er ihr eine Phiole von dunklem Lavastein in die Hand. Mit banger Ahnung sah ihn die Freundin an: »Glaubst du auf einmal an Magie und Zaubertrank? Wer hat ihn gebraut?« — »Ich,« sagte er, »und *meine* Liebestränke wirken.« — »Du!« — es durchlief sie ein eisiges Grauen. »Frage nicht, forsche nicht, säume nicht,« sprach er herrisch. »Es muß noch heute geschehen. Hörst du? Noch heute.«

Aber Rusticiana zögerte noch und sah zweifelnd auf das Fläschchen in ihrer Hand. Da trat er heran, leise ihre Schulter berührend: »Du zauderst,« sagte er langsam. »Weißt du, was auf dem Spiele steht? nicht nur unser ganzer Plan! Nein, blinde Mutter. Noch mehr. Kamilla *liebt*, liebt den König mit aller Kraft der jungen Seele. Soll die Tochter des Boëthius die Buhle des Tyrannen werden?«

Laut aufschreiend fuhr Rusticiana zurück: was in den letzten Tagen wie eine böse Ahnung in ihr aufgestiegen, ward ihr gewiß mit diesem Einen Wort: noch einen Blick warf sie auf den Mann, der das Grausame gesprochen und hinwegeilte sie, zornig die Faust um das Fläschchen geballt.

Ruhig sah ihr Cethegus nach. »Nun, Prinzlein, wollen wir sehen. Du warst rasch, ich bin rascher. Es ist eigen,« sagte er dann, die Falten seiner Toga herabziehend, »ich glaubte längst nicht mehr, noch solche heftige Regung empfinden zu können. Jetzt hat das Leben wieder einen Reiz. Ich kann wieder streben, hoffen, fürchten. Sogar hassen. Ja, ich hasse diesen Knaben, der sich unterfängt, mit der kindischen Hand in meine Kreise zu tappen. Er will mir trotzen — meinen Gang aufhalten, er stellt sich kühn in meinen Weg: Er — mir! wohlan, so trag' er denn die Folgen.«

Und langsam schritt er aus dem Gemach und wandte sich nach dem Audienzsaal der Regentin, wo er sich absichtlich der versammelten Menge zeigte und durch die eigne Sicherheit den bestürzten Herzen der

Hofleute einige Ruhe wiedergab. Er sorgte dafür, zahlreicher Zeugen für all' seine Schritte an diesem verhängnisvollen Tag sich zu versichern. Beim Sinken der Sonne ging er mit Cassiodor und einigen andern Römern, seine Verteidigung für den nächsten Tag beratend, in den Garten, in dessen Laubgängen er sich umsonst nach Kamilla umsah.

Diese war, sowie sie Cassiodors Bericht zu Ende gehört, in den Hof des Palastes geeilt, wo sie zu dieser Stunde den König mit den andern jungen Goten seines Hofes beim Waffenspiel zu treffen hoffte. Nur sehen wollte sie ihn, noch nicht ihn sprechen und ihm zu Füßen ihr großes Unrecht abbitten. Sie hatte ihn verabscheut, von sich gestoßen, ihn als mit dem Blut ihres Vaters befleckt gehaßt – ihn, der sich für diesen Vater geopfert, der ihre Brüder gerettet hatte!

Aber sie fand ihn nicht im Hof. Die wichtigen Ereignisse des Tages hielten ihn in seinem Arbeitszimmer fest. Auch seine Waffengesellen fochten und spielten heute nicht: in dichten Gruppen beisammenstehend, priesen sie laut den Mut ihres jungen Königs.

Mit Wonne sog Kamilla dieses Lob ein: stolz errötend, selig träumend wandelte sie in den Garten und suchte dort an allen seinen Lieblingsstätten die Spuren des Geliebten. Ja, sie liebte ihn: kühn und freudig gestand sie sich's ein: er hatte es tausendfach um sie verdient. Was Gote, was Barbar! Er war ein edler herrlicher Jüngling, ein König, der König ihrer Seele. Wiederholt wies sie die begleitende Daphnidion aus ihrer Nähe, daß diese nicht höre, wie sie wieder und wieder den geliebten Namen selig vor sich hin sprach. Endlich am Venustempel angelangt versank sie in süße Träume über die Zukunft, die unklar, aber golden dämmernd, vor ihr lag. Vor allem beschloß sie, dem Präfekten und ihrer Mutter schon morgen zu erklären, nicht mehr auf ihre Mithilfe gegen den König zählen zu sollen. Dann wollte sie diesem selbst ihre Schuld abbitten mit innigen Worten und dann – dann? sie wußte nicht was dann werden solle: aber sie errötete in holden Träumen.

Rote, duftige Mandelblüten fielen aus den nickenden Büschen; in dem dichten Oleander neben ihr sang die Nachtigall, eine klare Quelle glitt rieselnd an ihr vorüber nach dem blauen Meer und die Wellen dieses Meeres rollten leise wie ihrer Liebe huldigend zu ihren Füßen.

## Elftes Kapitel

Aus solchem Sinnen und Sehnen weckte sie ein nahender Schritt auf den Sandwegen. Der Gang war so rasch und so bestimmt der Tritt, daß sie nicht Athalarich vermutete. Aber es war der König: verändert in Haltung und Erscheinen, männlicher, kräftiger, fester. Hoch trug er das sonst zur Brust gebeugte Haupt und das Schwert Theoderichs klirrte an seiner Hüfte.

»Gegrüßt, gegrüßt, Kamilla,« rief er ihr laut und lebhaft entgegen. »Dein Anblick ist der schönste Lohn für diesen heißen Tag.«

So hatte er noch nie zu ihr gesprochen.

»Mein König,« flüsterte sie erglühend: einen leuchtenden Blick noch warfen die braunen Augen auf ihn: dann senkten sich die langen Wimpern. Mein König! so hatte sie ihn nie genannt, solchen Blick ihm nie geschenkt. »Dein König?« sagte er, sich neben ihr niederlassend, »ich fürchte, so wirst du mich nicht mehr nennen, wenn du erfährst, was alles heute geschehen.«

»Ich weiß alles.« — »Du weißt? Nun dann, Kamilla, sei gerecht: schilt nicht, ich bin kein Tyrann.« Der Edle, dachte sie, er entschuldigt sich um seine schönsten Thaten.

»Sieh, ich hasse die Römer nicht, der Himmel weiß es — sie sind ja *dein* Volk! — ich ehre sie und ihre alte Größe, ich achte ihre Rechte. Aber mein Reich, den Bau Theoderichs, muß ich beschützen, streng und unerbittlich, und weh der Hand, die sich dawider hebt. Vielleicht,« fuhr er langsamer und feierlich fort, »vielleicht ist dies Reich schon verurteilt in den Sternen — gleichviel, ich, sein König, muß mit ihm stehen und fallen.«

»Du sprichst wahr, Athalarich, und wie ein König.«

»Dank dir, Kamilla! wie du heut gerecht bist oder gut! Solcher Güte darf ich wohl anvertrauen, welcher Segen, welche Heilung mir geworden. Sieh', ich war ein kranker, irrer Träumer: ohne Halt, ohne Freude, dem Tode gern entgegenwankend. Da trat an meine Seele die Gefahr dieses Reichs, die thätige Sorge um mein Volk: und mit der Sorge wuchs in meiner Brust die Liebe, die mächtige Liebe zu meinen Goten, und diese stolze und bange und wachsame Liebe für mein Volk, sie hat mein Herz gestärkt und getröstet für ... für andres bitter schmerzliches Entsagen. Was liegt an meinem Glück, wenn nur dies Volk gedeiht: sieh, der Gedanke hat mich gesund gemacht und stark und wahrlich! des Größten könnt' ich jetzt mich unterwinden.«

Er sprang auf, beide Arme wiegend und schwingend.

»O, Kamilla, die Ruhe verzehrt mich! O, ging es zu Roß und in waffenstarrende Feinde! Sieh, die Sonne sinkt. Es ladet die spiegelnde Flut. Komm, komm mit in den Kahn.« Kamilla zögerte. Sie blickte um. »Die Dienerin? Ach laß sie! Dort ruht sie unter der Palme an der Quelle, sie schläft. Komm, komm rasch, eh' die Sonne versinkt. Sieh die goldne Straße auf der Flut. Sie winkt!« — »Zu den Inseln der Seligen?« fragte das liebliche Mädchen mit einem holdseligen Blick und leicht errötend.

»Ja, komm zu den seligen Inseln!« antwortete er glücklich, hob sie rasch in den Kahn, löste dessen Silberkette von den Widderköpfen des Quais, sprang hinein, ergriff das zierliche Ruder und stieß ab. Dann legte er das Ruder in die Öse zur Linken: und im hintern Gransen des Schiffes stehend steuerte und ruderte er zugleich, eine schöne und malerische Bewegung, und ein echt germanischer Fergenbrauch.

Kamilla saß vorn, nahe dem Schnabel des Kahns, auf einem Diphros, dem griechischen zusammenlegbaren Feldstuhl, und sah ihm in das edle Antlitz, das von der rotschimmernden Abendsonne beleuchtet war: sein dunkles Haar flog im Winde und herrlich waren die raschen und kräftigen Bewegungen des fein gebauten Ruderers zu schauen. Beide schwiegen. Pfeilschnell schoß die leichte Barke durch die glatte Flut.

Flockige, rosige Abendwölklein zogen langsam über den Himmel, der leise Wind führte von den Mandelgebüschen des Ufers Wolken von Wohlgeruch mit sich, und rings war Schimmer, Ruhe, Harmonie. Endlich brach der König das Schweigen und sprach, dem Boot einen kräftigen Druck gebend, daß es gehorsam vorwärts schoß: »Weißt du, was ich denke? Wie schön muß es sein ein Reich, ein Volk, viel tausend geliebte Leben mit der starken Hand durch Wind und Wasser sicher vorwärts zu steuern zu Glück und Glanz. Was aber sannest du, Kamilla? Du sahst so mild, es sind gute Gedanken gewesen.« Sie errötete und blickte seitab in die Flut.

»O sprich doch, sei offen in dieser schönen Stunde.«

»Ich dachte,« flüsterte sie vor sich hin, das feine Köpfchen noch immer abgewendet, »wie schön muß es sein, von treuer, geliebter Hand, der man so ganz vertraut, gesteuert werden durch die schwanke Flut des Lebens.« — »O, Kamilla, glaub mir, auch dem Barbaren kann man sich vertraun.« — »Du bist kein Barbar! Wer zart empfindet und edel denkt und sich hochherzig überwindet und schweren Undank mit Huld vergilt, ist kein Barbar, er ist ein edles Menschenbild, wie je ein Scipio gewesen.« Entzückt hielt der König im Rudern inne, das Schiff stand: »Kamilla! träum ich? sprichst du das? und zu mir?«

»Mehr noch, Athalarich, mehr! ich bitte dich, vergieb, daß ich dich so grausam von mir gestoßen. Ach, es war nur Scham und Furcht.« — »Kamilla, Perle meiner Seele« — Diese, welche das Gesicht dem Ufer zuwandte, rief plötzlich: »was ist das? Man folgt uns. Der Hof, die Frauen, meine Mutter.« So war es. Rusticiana hatte, von des Präfekten furchtbarem Wink getrieben, ihre Tochter im Garten gesucht. Sie fand sie nicht. Sie eilte nach dem Venustempel. Umsonst. Umhersuchend sah sie plötzlich die beiden, ihr Kind mit ihm allein, auf dem Schiff, fern im Meer. In höchstem Zorn flog sie an den Marmortisch, an dem die Sklaven eben den Abendbecher des Königs mischten, schickte sie die Stufen hinab, eine Gondel zu lösen, gewann so einen unbelauschten Augenblick an dem Tisch und stieg gleich darauf mit Daphnidion, die ihr zorniger Ausruf geweckt, die Stufen hinab nach dem Schiff. Da bogen zur Rechten aus dem dichten Taxusgang der Präfekt und seine Freunde, die ihr Lustwandeln ebenfalls an diese Stelle führte. Cethegus folgte ihr die Stufen hinab und reichte ihr die Hand, in den Kahn zu steigen. »Es ist geschehen,« flüsterte sie ihm dabei zu und die Gondel stieß ab. In diesem Augenblick war es, daß das junge Paar auf die Bewegung am Ufer aufmerksam wurde: Kamilla stand auf, sie mochte erwarten, der König werde das Schiff wenden. Aber dieser rief: »Nein, sie sollen mir diese Stunde nicht rauben, die schönste meines Lebens. Ich muß noch mehr von diesen süßen Worten schlürfen. O, Kamilla, du mußt mir mehr, du mußt mir alles sagen. Komm, wir landen auf der Insel dort, da mögen sie uns finden.« Und mächtig ausgreifend drückte er mit aller Kraft auf das Ruder, daß das Fahrzeug wie beflügelt dahinschoß.

»Willst du nicht weiter sprechen?«

»O, mein Freund, mein König — dringe nicht in mich.« Er sah nur ihr in das liebliche Antlitz, in das leuchtende Auge, nicht mehr auf Weg und Ziel. »Nun warte — dort auf der Insel — dort sollst du mir ...«

Ein neuer leidenschaftlicher Ruderschlag — da erdröhnte ein dumpfer Krach, das Schiff war angeprallt und fuhr schütternd zurück.

»Himmel!« rief Camilla aufspringend und nach dem Schnabel des Schiffes sehend: ein ganzer Schwall von Wasser sprudelte herein ihr entgegen.

»Das Schiff ist geborsten — wir sinken,« sprach sie erbleichend. »Hierher zu mir, laß mich sehen,« rief Athalarich vorspringend. »Ah, das sind die Nadeln der Amphitrite — wir sind verloren.« Die Nadeln der Amphitrite — wir wissen, man konnte sie von der Terrasse des Venustempels kaum erkennen — waren zwei schmale, scharfzackige Klippen zwischen dem Ufer und der nächsten der Laguneninseln: sie ragten kaum über den Wasserspiegel, bei leisestem Wind gingen die Wellen über sie weg. Athalarich kannte die Gefahr dieser Stelle und hatte sie immer leicht vermieden: aber diesmal hatte er nur in der Geliebten Augen geblickt.

Mit einem Blick übersah er die Lage. Es gab keine Rettung.

Ein Brett im Boden des leicht gezimmerten Gefährts war durch den Anprall an der Klippe zertrümmert, gewaltig drang das Wasser durch den Leck. Das Schiff sank von Sekunde zu Sekunde.

Schwimmend mit Kamilla die nächste Insel oder das Ufer zu erreichen, konnte er nicht hoffen und das Ruderschiff Rusticianens hatte kaum erst abgestoßen. Mit Blitzesschnelle hatte er all' das überschaut, erwogen, eingesehen, und warf einen entsetzten Blick auf das Mädchen. »Geliebte, du stirbst,« jammerte er verzweifelnd, »und ich, ich hab's verschuldet.« Und er umfaßte sie stürmisch. »Sterben?« rief sie, »o nein! nicht so jung, nicht jetzt sterben! Leben, leben mit dir.« Und sie klammerte sich fest an seinen Arm. Der Ton, die Worte durchschnitten sein Herz.

Er riß sich los, er sah nach Rettung ringsumher, umsonst, umsonst — immer höher stieg das Wasser, immer rascher sank das Schiff. Er warf das Ruder weg. »Es ist aus, alles aus, Geliebte. Laß uns Abschied nehmen.« — »Nein! nicht mehr scheiden! Muß es gestorben sein: o dann hinweg alle Scheu, welche die Lebendigen bindet« — und glühend drückte sie das Haupt an seine Brust — »o laß dir sagen, laß dir noch gestehn, wie ich dich liebe, wie lange schon, seit — seit immer. All' mein Haß war ja nur verschämte Liebe. Gott, ich liebte dich schon, da ich wähnte, ich müsse dich verabscheuen. Ja du sollst wissen, wie ich dich liebe.« Und sie bedeckte ihm Augen und Wangen mit eiligen Küssen. »O, jetzt will ich auch sterben — lieber sterben mit dir als leben ohne dich. Aber nein« — und sie riß sich von ihm los — »du sollst nicht sterben — laß mich hier, springe, schwimme, versuch's, du allein erreichst die Insel wohl — versuch's und laß mich.«

»Nein,« rief er selig, »lieber sterben mit dir als leben ohne dich. Nach so langem, langem Sehnen endlich Erfüllung! Wir gehören einander auf ewig von dieser Stunde. Komm, Kamilla, Geliebte, laß uns hinab.«

Schauer der Liebe und des Todes rieselten durcheinander. Er zog sie an sich, umschlang sie mit dem linken Arm und stieg mit ihr auf den kaum noch Hand breit über Wasser ragenden Steuergransen: schon schickte er sich zum jähen Sprunge an, da entrann sich beiden ein froher Schrei der Hoffnung.

Blitzschnell bog vor ihren Augen um die schmale Landspitze, die unfern von ihnen ins Meer ragte, ein Schiff mit vollen Segeln, das gerade auf sie los eilte.

Das Schiff vernahm ihren Schrei, es erkannte jedenfalls die Lage des sinkenden Kahns, vielleicht die Person des Königs: vierzig Ruder, aus zwei Stockwerken von Ruderbänken zugleich in die Flut getaucht, beförderten den Flug des raschen Fahrzeugs, das brausend vor ganzem Wind mit allen Segeln daherschoß. Die Leute auf dem Deck riefen ihnen zu, auszuharren und bald — es war die höchste Zeit — lag der Bauch der Bireme neben der Gondel, die augenblicklich versank, nachdem das Paar durch die Lukenpforte des untern Ruderstockwerks an Bord gerettet war. Es war ein kleines gotisches Wachtschiff, der goldene, steigende Löwe, das Wappen der Amalungen, glänzte auf der blauen Flagge: Aligern, ein Vetter Tejas, befehligte es.

»Dank euch, wackre Freunde,« sprach Athalarich, da er wieder Worte gefunden. »Dank! ihr habt nicht euren König nur, ihr habt eure Königin gerettet.«

Staunend sammelten sich Krieger und Matrosen um den Glücklichen, der die laut weinende Kamilla in seinen Armen hielt. »Heil unsrer schönen jungen Königin!« jauchzte der rotblonde Aligern und die Mannschaft jubelte donnernd nach: »Heil, Heil unsrer Königin!« In diesem Augenblick rauschte der Segler an dem Kahn Rusticianens vorbei: der Schall dieses Jubelrufs weckte die Unselige aus der Erstarrung von Entsetzen und Betäubung, die sie ergriffen, da die beiden erschrocknen Rudersklaven die Gefahr des jungen Paares auf dem sinkenden Boot entdeckt und zugleich erklärt hatten, es sei ihnen unmöglich, sie rechtzeitig aus den Wellen zu retten. Da war sie besinnungslos Daphnidion in die Arme gefallen.

Jetzt erwachte sie und warf einen irren Blick umher. Sie staunte: war es ein Traumbild, was sie sah? oder war es wirklich ihre Tochter, die dort auf dem Deck des Gotenschiffs, das stolz an ihr vorüberrauschte, an der Brust des jungen Königs lag? und jauchzten wirklich dazu jubelnde Stimmen: »Heil Kamilla, unsrer Königin?«

Sie starrte auf die vorübergleitende Erscheinung, sprachlos, lautlos. Aber das rasch fliegende Segelschiff war schon an ihrem Kahn vorüber und dem Lande nah. Es ankerte außerhalb der seichten Gartenbucht, eine Barke ward herabgelassen, das gerettete Paar, Aligern und drei Matrosen sprangen hinein und bald stiegen sie die Stufen der Hafentreppe hinan, wo, außer Cethegus und seiner Begleitung, eine Menge von Leuten sich versammelt hatte, die vom Palast oder vom Garten aus mit Schrecken die Gefahr des kleinen Schiffes wahrgenommen und jetzt herbeieilten, die Geretteten zu begrüßen. Unter Glückwünschen und Segensrufen stieg Athalarich die Stufen hinan.

»Seht hier,« sprach er, vor dem Tempel angelangt, »sehet, Goten und Römer, eure Königin, meine Braut. Uns hat der Gott des Todes zusammengeführt, nicht wahr, Kamilla?« Sie sah zu ihm auf, aber heftig erschrak sie: die Aufregung und der jähe Wechsel von Schrecken und Freude hatten den kaum Genesenen übermächtig erschüttert: sein Antlitz war marmorblaß, er wankte und griff wie Luft schöpfend krampfhaft an seine Brust.

»Um Gott,« rief Kamilla, einen Anfall des alten Leidens fürchtend, »dem König ist nicht wohl. Rasch den Wein, die Arznei!« Sie flog an den Tisch, ergriff den Silberbecher, der bereit stand, und drängte ihn in seine Hand.

Cethegus stand dicht dabei und folgte mit scharfem Blick jeder seiner Bewegungen.

Schon setzte er den Becher an die Lippen, aber plötzlich ließ er ihn nochmal sinken, er lächelte: »du mußt mir zutrinken, wie's der gotischen Königin ziemt an ihrem Hof,« und er reichte ihr den Pokal: sie nahm ihn aus seiner Hand.

Einen Augenblick durchzuckte es den Präfekten siedend heiß. Er wollte hinzustürzen, ihr den Trank aus der Hand reißen, ihn verschütten.

Aber er hielt sich zurück. That er's, so war er unrettbar verloren. Nicht nur morgen als Hochverräter, nein, sofort als Giftmörder angeklagt und überführt.

Verloren mit ihm seine ganze Ideenwelt, die Zukunft Roms. Und um wen? Um ein verliebtes Mädchen, das treulos zu seinem Todfeind abgefallen. Nein, sagte er kalt zu sich, die Faust zusammendrückend, sie oder Rom: also sie! Und ruhig sah er zu, wie das Mädchen, hold errötend, einen leichten Trunk aus dem Becher nahm, den der König darauf tief schlürfend bis zum Grunde leerte. Er zuckte zusammen, da er ihn auf den Marmortisch niedersetzte. »Kommt hinauf ins Palatium,« sprach er fröstelnd, den Mantel über die linke Schulter schlagend, »mich friert.« Und er wandte sich.

Da traf sein Blick auf Cethegus: er stand einen Augenblick still und sah dem Präfekten eindringend ins Auge.

»Du hier?« sagte er finster und trat einen Schritt auf ihn zu: da zuckte er nochmal und stürzte mit einem jähen Schrei neben der Quelle aufs Antlitz nieder.

»Athalarich!« rief Kamilla und warf sich taumelnd über ihn. Der alte Corbulo sprang aus der Schar der Diener zuerst hinzu: »Hilfe,« rief er, »sie stirbt — der König!«

»Wasser! rasch Wasser!« sprach Cethegus laut. Und entschlossen trat er an den Tisch, ergriff den Silberbecher, bückte sich, spülte ihn schnell, aber gründlich in der Quelle und neigte sich über den König, der in Cassiodors Armen lag, indeß Corbulo das Haupt Kamillens auf seine Kniee legte.

Ratlos, entsetzt umstanden die Hofleute die beiden scheinbar leblosen Gestalten.

»Was ist geschehen? Mein Kind!« mit diesem Schrei drängte sich Rusticiana, die soeben gelandet, an der Tochter Seite. »Kamilla!« rief sie verzweifelt, »was ist mit dir?«

»Nichts!« sagte Cethegus ruhig, sich prüfend über die beiden beugend. »Es ist nur eine Ohnmacht. Aber den jungen König hat sein Herzkrampf hingerafft. Er ist tot.«

Drittes Buch

# Amalaswintha

## Erstes Kapitel

Wie ein Donnerschlag aus heitrem Himmel traf Athalarichs plötzliches Ende die gotische Partei, die an diesem nämlichen Tage ihre Hoffnungen so hoch gespannt hatte. Alle Maßregeln, die der König in ihrem Sinne angeordnet, waren gelähmt, die Goten plötzlich wieder ohne Vertretung in dem Staat, an dessen Spitze jetzt die Regentin ganz allein gestellt war.

Am frühen Morgen des nächsten Tages stellte sich Cassiodor bei dem Präfekten ein. Er fand diesen in ruhigem, festem Schlaf.

»Und du kannst schlafen, ruhig wie ein Kind, nach einem solchen Schlag!« — »Ich schlief,« sagte Cethegus sich auf den linken Arm aufrichtend, »im Gefühle neuer Sicherheit.« — »Sicherheit! ja für dich, aber das Reich!«

»Das Reich war mehr gefährdet durch diesen Knaben als ich. Wo ist die Königin?« — »Am offenen Sarge ihres Sohnes sitzt sie, sprachlos! Die ganze Nacht.«

Cethegus sprang auf: »das darf nicht sein,« rief er. »Das thut nicht gut. Sie gehört dem Staat, nicht dieser Leiche. Um so weniger, als ich von Gift flüstern hörte. Der junge Tyrann hatte viele Feinde. Wie steht es damit?«

»Sehr ungewiß. Der griechische Arzt Elpidios, der die Leiche untersuchte, sprach zwar von einigen auffallenden Erscheinungen. Aber, wenn Gift gebraucht worden, meinte er, müßte es ein sehr geheimes, ihm völlig fremdes sein. In dem Becher, daraus der Arme den letzten Trunk gethan, fand sich nicht die leiseste Spur verdächtigen Inhalts. So glaubt man allgemein, die Aufregung habe das alte Herzleiden zurückgerufen und dieses ihn getötet. Aber doch ist es gut, daß man dich von dem Augenblick, da du die Versammlung verließest, immer vor Zeugen gesehen: der Schmerz macht argwöhnisch.«

»Wie steht es um Kamilla?« forschte der Präfekt weiter. »Sie soll von ihrer Betäubung noch gar nicht erwacht sein; die Ärzte fürchten das Schlimmste. Aber ich kam, dich zu fragen: Was soll nun weiter geschehen? Die Regentin sprach davon, die Untersuchung gegen dich niederzuschlagen.« — »Das darf nicht sein!« rief Cethegus. »Ich fordere die Durchführung. Eilen wir zu ihr.« — »Willst du sie am Sarge ihres Sohnes stören?« — »Ja, das will ich! Deine zarte Rücksicht bebt davor zurück? Gut, komme du nach, wenn ich das Eis gebrochen.«

Er verabschiedete den Besuch und rief seine Sklaven, ihn anzukleiden. Bald darauf schritt er, in dunkelgraues Trauergewand gehüllt, hinab zu dem Gewölbe, wo die Leiche ausgestellt lag. Gebieterisch wies er die

Wachen und die Frauen Amalaswinthens hinweg, die den Eingang hüteten und trat geräuschlos ein.

Es war die niedrig gewölbte Halle, in der ehedem die Leichen der Kaiser mit Salben und Brennstoffen waren für den Scheiterhaufen bereitet worden. Das schweigende Gelaß, mit dunkelgrünem Serpentin getäfelt, von kurzen dorischen Säulen aus schwarzem Marmor getragen, war nie von der Tageshelle beleuchtet: auch jetzt fiel auf die düstern byzantinischen Mosaiken auf dem Goldgrund der Wandplatten kein andres Licht als von den vier Pechfackeln, die an dem Steinsarkophag des jungen Königs mit unstetem Schimmer flackerten.

Dort lag er, auf einem tiefroten Purpurmantel, Helm, Schwert und Schild zu seinen Häupten.

Der alte Hildebrand hatte ihm einen Eichenkranz um die dunkeln Locken gewunden. Die edeln Züge ruhten in ernster, bleicher Schöne.

Zu seinen Füßen saß in langem Trauerschleier die hohe Gestalt der Regentin, das Haupt auf den linken Arm gestützt, der auf dem Sarkophage ruhte: der rechte hing erschlafft herab. Sie konnte nicht mehr weinen.

Das Knistern der Pechflammen war das einzige Geräusch in dieser Grabesstille.

Lautlos trat Cethegus ein, nicht unbewegt von der Poesie des Anblicks. Aber mit einem Zusammenziehen der Brauen war dies Gefühl wie ein Anflug von Mitleid erstickt. Klarheit gilt es, sprach er zu sich selbst, und Ruhe. Leise trat er näher und ergriff die herabgesunkene Hand Amalaswinthens. »Erhebe dich, hohe Frau, du gehörst den Lebendigen, nicht den Toten.«

Erschrocken sah sie auf: »Du hier, Cethegus? Was suchst du hier?«

»Eine Königin.«

»O, du findest nur eine weinende Mutter!« rief sie schluchzend. »Das kann ich nicht glauben. Das Reich ist in Gefahr und Amalaswintha wird zeigen, daß auch ein Weib dem Vaterland den eignen Schmerz opfern kann.«

»Das kann sie,« sagte sie, sich aufrichtend: »Aber sieh auf ihn hin. Wie jung, wie schön! Wie konnte der Himmel so grausam sein.« — »Jetzt oder nie,« dachte Cethegus. »Der Himmel ist gerecht, streng, nicht grausam.«

»Wie redest du? was hatte mein edler Sohn verschuldet? Wagst du ihn anzuklagen?« — »Nicht ich! Doch eine Stelle der heiligen Schrift hat sich erfüllt an ihm: ›Ehre Vater und Mutter, auf daß du lang lebest auf Erden.‹ Die Verheißung ist auch eine Drohung. Gestern hat er gefrevelt gegen seine Mutter und sie verunehrt in trotziger Empörung: heute liegt er hier. Ich sehe darin den Finger Gottes.«

Amalaswintha verhüllte ihr Antlitz. Sie hatte dem Sohn an seinem Sarge seine Auflehnung herzlich vergeben. Aber diese Auffassung, diese Worte ergriffen sie doch mächtig und zogen sie ab von ihrem Schmerz zur liebgewordenen Gewohnheit des Herrschens. »Du hast, o Königin, die Untersuchung gegen mich niederschlagen wollen und Witichis zurückberufen. Letzteres mag sein. Aber ich fordere die Durchführung des Prozesses und feierliche Freisprechung als mein Recht.«

»Ich habe nie an deiner Treue gezweifelt. Weh mir, wenn ich es jemals müßte. Sage mir: ich weiß von keiner Verschwörung! und alles ist abgethan.« Sie schien seine Beteurung zu erwarten. Cethegus schwieg eine Weile. Dann sagte er ruhig: »Königin, ich weiß von einer Verschwörung.«

»Was ist das?« rief die Regentin und sah ihn drohend an. »Ich habe diese Stunde, diesen Ort gewählt,« fuhr Cethegus mit einem Blick auf die Leiche fort, »dir meine Treue entscheidend zu besiegeln, daß sie dir unauslöschlich möge ins Herz geschrieben sein. Höre und richte mich.« — »Was werd' ich hören?« sprach die Königin wachsam und fest entschlossen, sich weder täuschen noch erweichen zu lassen. »Ich wär' ein schlechter Römer, Königin, und du müßtest mich verachten, liebte ich nicht vor allem andern mein Volk. Dies stolze Volk, das selbst du, die Fremde, liebst. Ich wußte — wie du es weißt — daß der Haß gegen euch als Ketzer, als Barbaren in den Herzen fortglimmt. Die letzten strengen Thaten deines Vaters hatten ihn geschürt. Ich ahnte eine Verschwörung. Ich suchte, ich entdeckte sie.« — »Und verschwiegst sie!« sprach die Regentin, zürnend sich erhebend. »Und verschwieg sie. Bis heute. Die Verblendeten wollten die Griechen herbeirufen und nach Vernichtung der Goten sich dem Kaiser unterwerfen.« — »Die Schändlichen!« rief Amalaswintha heftig. »Die Thoren! Sie waren schon soweit gegangen, daß nur Ein Mittel blieb, sie zurückzuhalten: ich trat an ihre Spitze, ich ward ihr Haupt.« — »Cethegus!« — »Dadurch gewann ich Zeit und konnte edle, wenn auch verblendete Männer von dem Verderben zurückhalten. Allgemach konnte ich ihnen die Augen darüber öffnen, daß ihr Plan, wenn er gelänge, nur eine milde mit einer despotischen Herrschaft vertauschen würde. Sie sahen es ein, sie folgten mir und kein Byzantiner wird diesen Boden betreten bis ich ihn rufe, ich — oder du.«

»Ich! rasest du?« — »Nichts ist den Menschen zu verschwören! sagt Sophokles, dein Liebling. Laß dich warnen, Königin, die du die dringendste Gefahr nicht siehst. Eine andre Verschwörung, viel gefährlicher als jene römische Schwärmerei, bedroht dich, deine Freiheit, das Herrschaftsrecht der Amaler, in nächster Nähe — eine Verschwörung der Goten.«

Amalaswintha erbleichte.

»Du hast gestern zu deinem Schrecken ersehn, daß nicht deine Hand mehr das Ruder dieses Reiches führt. Ebensowenig dieser edle Tode, der nur ein Werkzeug deiner Feinde war. Du weißt es, Königin, viele in deinem Volk sind blutdürstende Barbaren, raubgierig, roh: sie möchten dies Land brandschatzen, wo Vergil und Tullius gewandelt. Du weißt, dein trotziger Adel haßt die Übermacht des Königshauses und will sich ihm wieder gleichstellen. Du weißt, die rauhen Goten denken nicht würdig von dem Beruf des Weibes zur Herrschaft.« — »Ich weiß es,« sprach sie stolz und zornig. »Aber nicht weißt du, daß alle diese Parteien sich geeinigt haben. Geeinigt gegen dich und dein römerfreundlich Regiment. Dich wollen sie stürzen oder zu ihrem Willen zwingen. Cassiodor und ich, wir sollen von deiner Seite fort. Unser Senat, unsre Rechte sollen fallen, das Königtum ein Schatte werden. Krieg mit dem Kaiser soll entbrennen. Und Gewalt, Erpressung, Raub über uns Römer hereinbrechen.« — »Du malst eitle Schreckbilder!« — »War ein eitles Schreckbild, was gestern geschah? Wenn nicht der Arm des Himmels eingriff, warst nicht du selbst – wie ich – der Macht beraubt? Warst du denn noch Herrin in deinem Reich, in deinem Hause? Sind sie nicht schon so mächtig, daß der heidnische Hildebrand, der bäuerische Witichis, der finstre Teja in deines bethörten Sohnes Namen offen deinem Willen trotzen? Haben sie nicht jene rebellischen drei Herzoge zurückberufen? Und deine widerspenstige Tochter und ...« – »Wahr, zu wahr!« seufzte die Königin.

»Wenn diese Männer herrschen – dann lebt wohl Wissenschaft und Kunst und edle Bildung! Leb wohl, Italia, Mutter der Menschlichkeit! Dann lodert in Flammen auf, ihr weißen Pergamente, brecht in Trümmer, schöne Statuen. Gewalt und Blut wird diese Fluren erfüllen und späte Enkel werden bezeugen: solches geschah unter Amalaswintha, der Tochter Theoderichs.«

»Nie, niemals soll das geschehen! Aber ...«

»Du willst Beweise? Ich fürchte, nur zu bald wirst du sie haben. Du siehst jedoch schon jetzt: auf die Goten kannst du dich nicht stützen, wenn du jene Greuel verhindern willst. Gegen sie schützen nur wir dich, wir, denen du ohnehin angehörst nach Geist und Bildung, wir Römer. Dann, wenn jene Barbaren lärmend deinen Thron umdrängen, dann laß mich jene Männer um dich scharen, die sich einst gegen dich verschworen, die Patrioten Roms: sie schützen dich und sich selbst zugleich.«

»Cethegus,« sprach die bedrängte Frau, »du beherrschest die Menschen leicht! Wer, sage mir, wer bürgt mir für die Patrioten, für deine Treue?«

»Dies Blatt, Königin, und dieses! Jenes enthält eine genaue Liste der römischen Verschworenen – du siehst, es sind viele hundert Namen: dies die Glieder des gotischen Bundes, die ich freilich nur erraten konnte. Aber ich rate gut. Mit diesen beiden Blättern geb' ich die beiden Parteien, geb' ich mich selbst ganz in deine Hand. Du kannst mich jeden Augenblick bei den Meinen selbst als Verräter entlarven, der vor allem *deine* Gunst gesucht, kannst mich preisgeben dem Haß der Goten – ich habe jetzt keinen Anhang mehr, sobald du willst: ich stehe allein, allein auf dem Boden deiner Gunst.«

Die Königin hatte die Rollen mit leuchtenden Augen durchflogen. »Cethegus,« rief sie jetzt, »ich will deiner Treue gedenken und dieser Stunde!« Und sie reichte ihm gerührt die Hand.

Cethegus neigte leise das Haupt. »Noch eins, o Königin. Die Patrioten, fortan deine Freunde wie die meinen, wissen das Schwert des Verderbens, des Hasses der Barbaren über ihren Häuptern hangen. Die Erschrocknen bedürfen der Aufrichtung. Laß sie mich deines hohen Schutzes versichern: stelle deinen Namen an die Spitze dieses Blattes und laß mich ihnen dadurch ein sichtbar Zeichen deiner Gnade geben.«

Sie nahm den goldnen Stift und die Wachstafel, die er ihr reichte. Einen Augenblick noch zögerte sie nachdenklich: dann aber schrieb sie rasch ihren Namen und gab ihm Griffel und Tafel zurück. »Hier, sie sollen mir treu bleiben, treu wie du.«

Da trat Cassiodorus ein: »o Königin, die gotischen Großen harren dein. Sie begehren dich zu sprechen.«

»Ich komme! Sie sollen meinen Willen vernehmen,« sprach sie heftig: »du aber, Cassiodor, sei der erste Zeuge des Beschlusses, den diese ernste Stunde in mir gereift, den bald mein ganzes Reich vernehmen soll: hier der Präfekt von Rom ist hinfort der erste meiner Diener, wie er der treuste ist: sein ist der Ehrenplatz in meinem Vertrauen und an meinem Thron.«

Staunend führte Cassiodor die Regentin die dunkeln Stufen hinan. Langsam folgte Cethegus: er hob die Wachstafel in die Höhe und sprach zu sich selbst: »Jetzt bist du mein, Tochter Theoderichs. Dein Name auf dieser Liste trennt dich auf immer von deinem Volk.«

## Zweites Kapitel

Als Cethegus aus dem unterirdischen Gewölbe wieder zu dem Erdgeschoß des Palastes aufgetaucht war und sich anschickte, der Regentin zu folgen, ward sein Ohr berührt und sein Schritt gefesselt durch feierliche, klagende Flötentöne. Er erriet, was sie bedeuteten.

Sein erster Antrieb war, auszuweichen. Aber alsbald entschloß er sich zu bleiben. »Einmal muß es doch geschehen, also am besten gleich,« dachte er. »Man muß prüfen, wie weit sie unterrichtet ist.«

Immer näher kamen die Flöten, wechselnd mit eintönigen Klagegesängen. Cethegus trat in eine breite Nische des dunklen Ganges, in welchen schon die Spitze des kleinen Zuges einbog. Voran schritten paarweise sechs edle römische Jungfrauen in grauen Klageschleiern, gesenkte Fakkeln in den Händen. Darauf folgte ein Priester, dem eine hohe Kreuzesfahne mit langen Wimpeln vorangetragen wurde. Hierauf eine Schar von Freigelassenen der Familie, angeführt von Corbulo, und die Flötenbläser. Dann erschien, von vier römischen Mädchen getragen, ein offener, blumenüberschütteter Sarg: da lag auf weißem Linnentuch die tote Kamilla, in bräutlichem Schmuck, einen Kranz von weißen Rosen um das schwarze Haar: ein Zug lächelnden Friedens spielte um den leicht geöffneten Mund. Hinter dem Sarg aber wankte, mit gelöstem Haar, stier vor sich hinblickend, die unselige Mutter, von Matronen umgeben, welche die Sinkende stützten. Eine Reihe von Sklavinnen schloß den Zug, der sich langsam in das Totengewölbe verlor.

Cethegus erkannte die schluchzende Daphnidion und hielt sie an. »Wann starb sie?« fragte er ruhig. »Ach, Herr, vor wenigen Stunden! Oh die gute, schöne, freundliche Domna!« — »Ist sie noch einmal erwacht zu vollem Bewußtsein?«

»Nein, Herr, nicht mehr. Nur ganz zuletzt schlug sie die großen Augen nochmal auf und schien rings umher zu suchen. »Wo ist er hin?« fragte sie die Mutter. »Ach, ich sehe ihn,« rief sie dann und hob sich aus den Kissen. »Kind, mein Kind, wo willst du hin?« weinte die Herrin. »Nun, dorthin,« sagte sie mit verklärtem Lächeln: »nach den Inseln der Seligen!« und sie schloß die Augen und sank zurück auf das Lager und jenes holde Lächeln blieb stehen auf ihrem Mund — und sie war dahin, dahin auf ewig!« — »Wer hat sie hier herab bringen lassen?« — »Die Königin.

Sie erfuhr alles und befahl die Tote als die Braut ihres Sohnes neben ihm auszustellen und zu bestatten.«

»Aber was sagt der Arzt? wie konnte sie so plötzlich sterben?« — »Ach der Arzt sah sie nur flüchtig; er hatte alle Gedanken bei der Königsleiche und die Herrin litt ja gar nicht, daß der fremde Mann ihre Tochter berühre. Das Herz ist ihr eben gebrochen: daran mag man wohl sterben! Aber still, sie kommen.« Der Zug ging in derselben Ordnung, ohne den Sarg, zurück. Daphnidion schloß sich an. Nur Rusticiana fehlte. Ruhig schritt Cethegus den einsamen Gang auf und nieder, sie zu erwarten.

Endlich stieg die gebrochne Gestalt die Stufen herauf. Sie wankte und drohte zu fallen. Da ergriff er rasch ihren Arm. »Rusticiana, fasse dich!«

»Du hier? O Gott, du hast sie auch geliebt! Und wir, wir beide haben sie ermordet!« Und sie brach auf seine Schulter zusammen. »Schweig, Unselige!« flüsterte er, sich umsehend.

»Ach, ich, die eigne Mutter, habe sie getötet. Ich habe den Trank gemischt, der ihm den Tod gebracht.«

Gut, dachte er, sie ahnt also nicht, daß sie getrunken, geschweige, daß ich sie trinken sah. »Es ist ein grausamer Streich des Geschicks,« sagte er laut; »aber bedenke, was sollte werden, wenn sie lebte? Sie liebte ihn!« — »Was werden sollte?« rief Rusticiana, von ihm zurücktretend.

»O, wenn sie nur lebte! Wer kann wider die Liebe? Wäre sie sein geworden, sein Weib, seine Geliebte, wenn sie nur lebte!« — »Aber du vergießt, daß er sterben mußte.« — »Mußte? warum mußte er sterben? auf daß du deine stolzen Pläne hinausführst! O Selbstsucht ohnegleichen!« — »Es sind deine Pläne, die ich ausführe, nicht die meinen; wie oft muß ich dir's wiederholen? Du hast den Gott der Rache heraufbeschworen, nicht ich: was klagst du mich an, wenn er Opfer von dir fordert? Besinne dich besser. Lebe wohl.«

Aber Rusticiana faßte heftig seinen Arm: »Und das ist alles? Und weiter hast du nichts, kein Wort, keine Thräne für mein Kind? Und du willst mich glauben machen, um sie, um mich zu rächen habest du gehandelt? Du hast nie ein Herz gehabt. Du hast auch sie nicht geliebt — kalten Blutes siehst du sie sterben — ha, Fluch — Fluch über dich.« — »Schweig, Unsinnige.« — »Schweigen? nein, reden will ich und dir fluchen. O, wüßt' ich etwas, das dir wäre, was mir Kamilla war! O, müßtest du, wie ich, deines ganzen Lebens letzte, einzige Freude fallen sehen, fallen sehen und verzweifeln. Wenn ein Gott ist im Himmel, wirst du das erleben.«

Cethegus lächelte.

»Du glaubst an keine Macht im Himmel, die vergelte? wohlan, glaub' an die Rache einer jammervollen Mutter! Du sollst erzittern! ich eile zur Regentin und entdecke ihr alles! Du sollst sterben!« — »Und du stirbst mit mir.«

»Mit lachenden Augen, wenn ich dich verderben sehe.« Und sie wollte hinweg. Aber Cethegus ergriff sie mit starkem Arm. »Halt, Weib. Glaubst du, man sieht sich nicht vor mit deinesgleichen? Deine Söhne, Anicius und Severinus, die Verbannten, sind heimlich in Italien, in Rom, in meinem Hause. Du weißt, auf ihrer Rückkehr steht der Tod. Ein Wort — und sie sterben mit uns: dann magst du deinem Gatten auch die Söhne, wie die Tochter, als durch dich gefallen zuführen. Ihr Blut über dein Haupt.« Und rasch war er um die Ecke des Ganges biegend verschwunden.

»Meine Söhne!« rief Rusticiana und brach auf dem Marmorestrich zusammen.

Wenige Tage darauf verließ die Witwe des Boëthius mit Corbulo und Daphnidion den Königshof für immer. Vergebens suchte die Regentin sie zu halten.

Der treue Freigelassene führte sie zurück auf die verborgne Villa bei Tifernum, die je verlassen zu haben sie jetzt tief betrauerte. Sie baute daselbst, an der Stelle des kleinen Venustempels, eine Basilika, in deren Krypta eine Urne mit den Herzen der beiden Liebenden beigesetzt wurde.

Ihre leidenschaftliche Seele verband mit dem Gebet für das Heil ihres Kindes unzertrennlich die Bitte der Rache an Cethegus, dessen wahre Beteiligung an Kamillas Tod sie nicht einmal ahnte: nur das durchschaute sie, daß er Mutter und Tochter als Werkzeuge seiner Pläne gebraucht und in herzloser Kälte des Mädchens Glück und Leben aufs Spiel gesetzt hatte.

Und kaum minder unablässig als das Licht der daselbst gestifteten ewigen Lampe stieg das Gebet und der Fluch der vereinsamten Mutter zum Himmel empor.

Die Stunde sollte nicht ausbleiben, die ihr die Schuld des Präfekten ganz enthüllte und auch die Rache nicht, die sie dafür vom Himmel niederrief.

## Drittes Kapitel

Am Hofe von Ravenna aber wurde ein jäher und grimmiger Kampf geführt.

Die gotischen Patrioten, obwohl durch den plötzlichen Untergang ihres jugendlichen Königs schwer betrübt und für den Augenblick überwunden, wurden doch von ihren unermüdlichen Führern bald wieder aufgerafft. Das hohe Ansehen des alten Hildebrand, die ruhige Kraft des zurückberufenen Witichis und Tejas wachsamer Eifer wirkten unablässig. Wir haben gesehen, wie es diesen Männern gelungen war, Athalarich zur Abschüttelung der Oberleitung seiner Mutter zu verhelfen. Jetzt gelang es ihnen leicht, unter den Goten immer mehr Anhang zu finden gegen eine Regentschaft, in welcher der ihnen als Hochverräter verhaßte Cethegus mehr als je in den Vordergrund trat. Die Stimmung im Heer, in der germanischen Bevölkerung von Ravenna war genügend zu einem entscheidenden Schlage vorbereitet. Mit Mühe hielt der alte Waffenmeister die Unzufriedenen zurück, bis sie, durch wichtige Bundesgenossen verstärkt, desto sicherer siegen könnten.

Diese Bundesgenossen waren die drei Herzoge Thulun, Ibba und Pitza, die Amalaswintha vom Hofe verscheucht und ihr Sohn soeben zurückberufen hatte. Thulun und Ibba waren Brüder, Pitza ihr Vetter.

Ein andrer Bruder der ersteren, Herzog Alarich, war vor Jahren wegen angeblicher Verschwörung zum Tode verurteilt und seit seiner Flucht verschollen.

Sie stammten aus dem berühmten Geschlecht der Balthen, das bei den Westgoten die Königskrone getragen hatte und den Amalungen kaum nachstand an Alter und Ansehn. Ihr Stammbaum führte, wie der des Königshauses, bis zu den Göttern hinauf. Ihr Reichtum an Grundbesitz und abhängigen Colonen und der Ruhm ihrer Kriegsthaten erhöhten Macht und Glanz ihres Hauses. Man sagte im Volk, Theoderich habe eine Zeit lang daran gedacht, mit Übergehung seiner Tochter und ihres unmündigen Knaben, zum Heile des Reiches den kräftigen Herzog Thulun zu seinem Nachfolger zu bestellen.

Und die Patrioten waren jetzt, nach dem Tode Athalarichs, entschlossen, für den äußersten Fall, das heißt, wenn die Regentin von ihrem System nicht abzubringen sei, jene Gedanken wieder aufzunehmen.

Cethegus sah das Gewitter heranziehen: er sah, wie das gotische Volksbewußtsein, von Hildebrand und seinen Freunden wachgerufen, sich immer heftiger gegen die romanisierende Regentschaft sträubte.

Mit Unmut gestand er sich, daß es ihm an wirklicher Macht fehle, diese Unzufriedenheit niederzuhalten: Ravenna war nicht sein Rom, wo er die Werke beherrschte, wo er die Bürger wieder an die Waffen gewöhnt und an seine Person gefesselt hatte; hier waren alle Truppen Goten und er mußte fürchten, daß sie einen Haftbefehl gegen Hildebrand oder Witichis mit offnem Aufruhr beantworten würden. So faßte er den kühnen Gedanken, mit Einem Zug sich aus den Netzen, die ihn zu Ravenna umstrickten, herauszureißen: er beschloß, die Regentin, nötigenfalls mit Gewalt, nach Rom zu bringen, nach seinem Rom: dort hatte er Waffen, Anhang, Macht. Dort war Amalaswintha ausschließlich in seiner Gewalt und die Goten hatten das Nachsehen.

Zu seiner Freude ging die Regentin lebhaft auf seinen Plan ein. Sie sehnte sich hinweg aus diesen Mauern, wo sie mehr eine Gefangene als eine Herrscherin erschien. Sie verlangte nach Rom, nach Freiheit und Macht. Rasch wie immer traf Cethegus seine Maßregeln. Auf den kürzern Weg zu Lande mußte er verzichten, da die große Via flaminia sowohl als die andern Straßen von Ravenna nach Rom durch gotische Scharen, die Witichis befehligte, bedeckt waren und daher zu fürchten stand, daß ihre Flucht auf diesem Wege zu früh entdeckt und vielleicht verhindert würde. So mußte er sich entschließen, einen Teil des Weges zur See zurückzulegen: aber auf die gotischen Schiffe im Hafen von Ravenna konnte man zu einem solchen Zweck nicht zählen.

Zum Glück erinnerte sich der Präfekt, daß der Nauarch Pomponius, einer der Verschwornen, mit drei Trieren zuverlässiger d. h. römischer Bemannung an der Ostküste des adriatischen Meeres, zwischen Ancona und Teate, auf afrikanische Seeräuber Jagd machend, kreuzte. Diesem sandte er Befehl, in der Nacht des Epiphaniasfestes in der Bucht von Ravenna zu erscheinen. Er hoffte vom Garten des Palastes aus, unter dem Schutz der Dunkelheit und während kirchliche und weltliche Festfeier die Stadt beschäftigte, leicht und sicher mit Amalaswintha die Schiffe zu erreichen, die sie zur See über die gotischen Stellungen hinaus bis nach Teate bringen sollten: von da aus war der Weg nach Rom kurz und ungefährdet.

Diesen Plan im Bewußtsein — sein Bote kam glücklich hin und zurück mit dem Versprechen des Pomponius, pünktlich einzutreffen — lächelte der Präfekt zu dem täglich wachsenden, trotzigen Haß der Goten, die seine Günstlingsstellung bei Amalaswintha mit Ingrimm betrachteten. Er ermahnte diese, geduldig auszuharren und nicht durch einen Ausbruch ihres königlichen Zornes über die »Rebellen« vor dem Tag der Befreiung einen Zusammenstoß herbeizuführen, der leicht alle Pläne der Rettung vereiteln konnte.

Das Epiphaniasfest war gekommen: das Volk wogte in dichten Massen in den Basiliken, auf den Plätzen der Stadt. Die Kleinodien des Schatzes lagen geordnet und gepackt bereit, ebenso die wichtigsten Urkunden des Archivs. Es war Mittag. Amalaswintha und der Präfekt hatten soeben ihren Freund Cassiodor von dem Plan unterrichtet, dessen Kühnheit ihn anfangs erschreckte, dessen Klugheit ihn alsbald gewann. Sie wollten gerade aus dem Gemach der Beratung aufbrechen, als plötzlich der Lärm des Volkes, das vor dem Palast auf und niederflutete, lauter und heftiger anschwoll: Drohungen, Jubelrufe, Waffenklirren wild durcheinander.

Cethegus schlug den Vorhang des großen Rundbogenfensters zurück: doch er sah nur noch die letzten Reihen der Menge nachdrängen in die offenen Thore des Palastes. Die Ursache der Aufregung war nicht zu entdecken.

Aber schon stieg im Palatium das Getöse die Treppen hinan, Zank mit der Dienerschaft wurde hörbar, einzelne Waffenschläge, bald nahe, schwere Tritte. Amalaswintha bebte nicht: fest hielt sie den Drachenknauf des Thronstuhls, auf den Cassiodor sie zurückgeführt.

Cethegus warf sich indessen den Andringenden entgegen. »Halt,« rief er, unter der Thüre des Gemaches hinaus, »die Königin ist für niemand sichtbar.«

Einen Augenblick lautlose Stille.

Dann rief eine kräftige Stimme: »Wenn für dich, Römer, auch für uns, für ihre gotischen Brüder. Vorwärts!«

Und wieder erhob sich das Brausen der Stimmen und im Augenblick war Cethegus, ohne Anwendung bestimmter Gewalt, von dem Andrang der Masse wie von unwiderstehlicher Meeresflut bis weit in den Hintergrund des Saales zurückgeschoben, und die Vordersten im Zuge standen dicht vor dem Thron.

Es waren Hildebrand, Witichis, Teja, ein baumlanger Gote, den Cethegus nicht kannte, und neben ihm — es litt keinen Zweifel — die drei Herzoge Thulun, Ibba und Pitza, in voller Rüstung, drei prachtvolle Kriegergestalten. Die Eingedrungenen neigten sich vor dem Thron. Dann rief Herzog Thulun nach rückwärts gewendet mit der Handbewegung eines geborenen Herrschers: »Ihr, gotische Männer, harret noch draußen eine kurze Weile; wir wollen's in eurem Namen mit der Regentin zu schlichten suchen. Gelingt es nicht — so rufen wir euch auf zur That — ihr wißt, zu welcher.«

Willig und mit Jubelrufen zogen sich die Scharen hinter ihm zurück und verloren sich bald in den Gängen und Hallen des Schlosses.

»Tochter Theoderichs,« hob Herzog Thulun an, das Haupt zurückwerfend, »wir sind gekommen, weil uns dein Sohn, der König, zurückberufen. Leider finden wir ihn nicht mehr am Leben. Wir wissen, daß du uns nicht gerne hier siehst.«

»Wenn ihr das wißt,« sprach Amalaswintha mit Hoheit, »wie könnt ihr wagen, dennoch vor unser Angesicht zu treten? Wer gestattet euch, wider unsern Willen zu uns zu dringen?« — »Die Not gebeut es, hohe Frau, die Not, die schon stärkere Riegel gebrochen als eines Weibes Laune. Wir haben dir die Forderungen deines Volkes vorzutragen, die du erfüllen wirst.« — »Welche Sprache! Weißt du wer vor dir steht, Herzog Thulun?« — »Die Tochter der Amalungen, deren Kind ich ehre, auch wo es irrt und frevelt.« — »Rebell!« rief Amalaswintha und erhob sich majestätisch vom Throne, »dein König steht vor dir.« Aber Thulun lächelte: »Du würdest klüger thun, Amalaswintha, von diesem Punkt zu schweigen. König Theoderich hat dir die Mundschaft über deinen Sohn übertragen, dem Weibe: das war wider Recht, aber wir Goten haben ihm nicht eingeredet in seine Sippe. Er hat diesen Sohn zum Nachfolger gewünscht, den Knaben: das war nicht klug. Aber Adel und Volk der Goten haben das Blut der Amalungen geehrt und den Wunsch eines Königs, der sonst weise war. Niemals jedoch hat er gewünscht und niemals hätten wir gebilligt, daß nach jenem Knaben ein Weib über uns herrschen solle, die Spindel über die Speere.«

»So wollt ihr mich nicht mehr anerkennen als eure Königin?« rief sie empört. »Und auch du, Hildebrand, alter Freund Theoderichs, auch du verleugnest seine Tochter?«

»Frau Königin,« sprach der Alte, »wollest du selbst verhüten, daß ich dich verleugnen muß.«

Thulun fuhr fort: »Wir verleugnen dich nicht — noch nicht. Jenen Bescheid gab ich nur, weil du auf dein Recht pochst und weil du wissen mußt, daß du ein Recht nicht hast.

Aber weil wir gern den Adel des Blutes ehren — wir ehren damit uns selbst — und weil es in diesem Augenblick zu bösem Zwiespalt im Reich führen könnte, wollten wir dir die Krone absprechen, so will ich dir die Bedingungen sagen, unter denen du sie fürder tragen magst.«

Amalaswintha litt unsäglich: wie gern hätte sie das stolze Haupt, das solche Worte sprach, dem Henker geweiht. Und machtlos mußte sie das dulden! Thränen wollten in ihr Auge dringen: sie preßte sie zurück, aber erschöpft sank sie auf ihren Thron, von Cassiodor gestützt.

Cethegus war indessen an ihre andre Seite getreten: »Bewillige alles!« raunte er ihr zu, »'s ist alles erzwungen und nichtig. Und heute Nacht noch kömmt Pomponius.«

»Redet,« sprach Cassiodor, »aber schont des Weibes ihr Barbaren.« — »Ei,« lachte Herzog Pitza, »sie will ja nicht als Weib behandelt sein: sie ist ja unser König.«

»Ruhig, Vetter,« verwies ihn Herzog Thulun, »sie ist von edlem Blut wie wir.«

»Fürs erste,« fuhr er fort, »entläßt du aus deiner Nähe den Präfekten von Rom. Er gilt für einen Feind der Goten. Er darf nicht die Gotenkönigin beraten. An seine Stelle bei deinem Thron tritt Graf Witichis.«

»Bewilligt!« sagte Cethegus selbst, statt Amalaswintha.

»Fürs zweite erklärst du in einem Manifest, daß fortan kein Befehl von dir vollziehbar, der nicht von Hildebrand oder Witichis unterzeichnet, daß kein Gesetz ohne Genehmigung der Volksversammlung gültig ist.«

Die Regentin fuhr zornig auf, aber Cethegus hielt ihren Arm nieder. »Heute Nacht kommt Pomponius!« flüsterte er ihr zu. Dann rief er laut: »Auch das wird zugestanden.«

»Das dritte,« hob Thulun wieder an, »wirst du so gern gewähren, als wir es empfangen. Wir drei Balthen haben nicht gelernt, in der Hofburg die Häupter zu bücken: das Dach ist uns zu niedrig hier. Amaler und Balthen leben am besten weit von einander — wie Adler und Falk. Und das Reich bedarf unsres Arms an seinen Marken. Die Nachbarn wähnen, das Land sei verwaiset, seit dein großer Vater ins Grab stieg. Avaren, Gepiden, Sclavenen springen ungescheut über unsre Grenzen. Diese drei Völker zu züchtigen, rüstest du drei Heere, je zu dreißig Tausendschaften und wir drei Balthen führen sie als deine Feldherrn nach Osten und nach Norden.«

Die ganze Waffenmacht obenein in ihre Hände: nicht übel! dachte Cethegus. »Bewilligt,« rief er lächelnd.

»Und was bleibt mir,« fragte Amalaswintha, »wenn ich all das euch dahingegeben?«

»Die goldne Krone auf der weißen Stirn,« sagte Herzog Ibba.

»Du kannst ja schreiben wie ein Grieche,« begann Thulun aufs neue. »Wohlan, man lernt solche Künste nicht umsonst. Hier dies Pergament soll enthalten — mein Sklave hat es aufgezeichnet — was wir fordern.«

Er reichte es Witichis zur Prüfung: »Ist es so? Gut. Das wirst du unterschreiben, Fürstin. So, wir sind fertig. Jetzt sprich du, Hildebrand, mit jenem Römer.«

Doch vor ihn trat Teja, die Rechte am Schwert, zitternd vor Haß: »Präfekt von Rom,« sagte er, »Blut ist geflossen, edles, teures, gotisches Blut. Es weiht ihn ein, den grimmen Kampf, der bald entbrennen wird. Blut, das du büßen« — der Zorn erstickte seine Stimme.

»Pah,« rief, ihn zurückschiebend, Hildebad — denn er war der baumlange Gote — »macht nicht soviel Aufhebens davon! Mein goldner Bruder kann leicht etwas missen von überflüssigem Blut. Und der andre hat mehr verloren als er missen kann. Da, du schwarzer Teufel,« rief er Cethegus zu und hielt ihm ein breites Schwert dicht vor die Augen, »kennst du das?«

»Des Pomponius Schwert!« rief dieser erbleichend und einen Schritt zurückweichend. Amalaswintha und Cassiodor fragten erschrocken: »Pomponius?«

»Aha,« lachte Hildebad, »nicht wahr, das ist schlimm? Ja, aus der Wasserfahrt kann nichts werden.«

»Wo ist Pomponius, mein Nauarch?« rief Amalaswintha heftig.

»Bei den Haifischen, Frau Königin, in tiefer See.«

»Ha, Tod und Vernichtung!« rief Cethegus, jetzt fortgerissen vor Zorn, »wie geht das zu?«

»Lustig genug. Sieh, mein Bruder Totila — du kennst ihn ja, nicht wahr? — lag im Hafen von Ancona mit zwei kleinen Schiffen. Dein Freund Pomponius, der machte ihm seit einigen Tagen ein so übermütiges Gesicht und ließ so dicke Worte fallen, daß es selbst meinem arglosen Blonden auffiel. Plötzlich ist er eines Morgens mit seinen drei Trieren aus dem Hafen entwischt. Totila schöpft Verdacht, setzt alle Leinwand auf, fliegt ihm nach, holt ihn ein auf der Höhe von Pisaurum, stellt ihn, geht zu ihm an Bord mit mir und ein paar andern und fragt ihn, wohinaus?«

»Er hatte kein Recht dazu, Pomponius wird ihm keine Antwort gegeben haben.«

»Doch, Vortrefflicher, er gab ihm eine. Wie der sah, daß wir zu sieben allein auf seinem Schiff, da lachte er und rief: »Wohin ich segle? Nach Ravenna, du Milchbart, und rette die Regentin aus euren Klauen nach Rom.« Und dabei winkte er seinen Leuten. Da warfen aber auch wir die Schilde vor und hui, flogen die Schwerter aus den Scheiden. Das war ein harter Stand, sieben gegen dreißig. Aber es währte zum Glück nicht lang, da hörten unsre Burschen im nächsten Schiff das Eisen klirren und flugs waren sie mit ihren Booten heran und erkletterten wie die Katzen die Wandung. Jetzt waren wir die mehreren: aber der Nauarch — gieb dem Teufel sein Recht! — gab sich nicht, focht wie ein Rasender und stieß meinem Bruder das Schwert durch den Schild in den linken Arm, daß es hoch aufspritzte. Da aber ward mein Bruder auch zornig und rannte ihm den Speer in den Leib, daß er fiel wie ein Schlachtstier. »Grüßt mir den Präfekten,« sprach er sterbend, »gebt ihm das Schwert, sein Geschenk, zurück und sagt ihm, es kann keiner wider den Tod: sonst hätte ich Wort gehalten.« Ich hab's ihm gelobt, es zu bestätigen. Er war ein tapfrer Mann. Hier ist das Schwert.«

Schweigend nahm es Cethegus.

»Die Schiffe ergaben sich und mein Bruder führte sie zurück nach Ancona. Ich aber segelte mit dem schnellsten hierher und traf am Hafen mit den drei Balten zusammen, gerade zur rechten Zeit.«

Eine Pause trat ein, in welcher die Überwundnen ihre böse Lage schmerzlich überdachten. Cethegus hatte ohne Widerstand alles bewilligt in der sichern Hoffnung auf die Flucht, die nun vereitelt war.

Sein schönster Plan war durchkreuzt, durchkreuzt von Totila: tief grub der Haß diesen Namen in des Präfekten Seele. Sein grimmiges Rachesinnen ward erst durch den Ausruf Thuluns gestört: »Nun, Amalaswintha, willst du unterzeichnen? oder sollen wir die Goten zur Wahl eines Königs berufen?«

Rasch fand bei diesen Worten Cethegus die Fassung wieder: er nahm die Wachstafel aus der Hand des Grafen und reichte sie ihr hin: »Du mußt, o Königin,« sagte er leise, »es bleibt dir keine Wahl.« Cassiodor gab ihr den Griffel, sie schrieb ihren Namen und Thulun nahm die Tafel zurück.

»Wohl,« sagte er, »wir gehn, den Goten zu verkünden, daß ihr Reich gerettet ist. Du, Cassiodor, begleitest uns, zu bezeugen, daß alles ohne Gewalt geschehen ist.«

Auf einen Wink Amalaswinthens gehorchte der Senator und folgte den gotischen Männern hinaus auf das Forum vor dem Schlosse. Als sie sich mit Cethegus allein sah, sprang die Fürstin heftig auf: nicht länger gebot sie ihren Thränen. Leidenschaftlich schlug sie die Hand vor die Stirn. Ihr Stolz war aufs tiefste gebeugt. Schwerer als des Gatten, des Vaters, ja selbst als Athalarichs Verlust traf diese Stunde ihr Herz. »Das,« rief sie laut weinend, »das also ist die Überlegenheit der Männer. Rohe, plumpe Gewalt! o Cethegus, alles ist verloren.«

»Nicht alles, Königin, nur ein Plan. Ich bitte um ein gnädiges Andenken,« setzte er kalt hinzu, »ich gehe nach Rom.«

»Wie? du verläßt mich in diesem Augenblick? Du, du hast mir all diese Versprechungen abgewonnen, die mich entthronen, und nun scheidest du? O besser, ich hätte widerstanden, dann wär ich Königin geblieben, hätten sie auch jenem Rebellenherzog die Krone aufgesetzt.«

Jawohl, dachte Cethegus, besser für dich, schlimmer für mich. Nein, kein Held soll mehr diese Krone tragen. Rasch hatte er erkannt, daß Amalaswintha ihm nichts mehr nützen könne — und rasch gab er sie auf. Schon sah er sich nach einem neuen Werkzeug für seine Pläne um. Doch beschloß er, ihr einen Teil seiner Gedanken zu enthüllen, damit sie nicht auf eigne Faust handelnd jetzt noch ihre Versprechungen widerriefe und dadurch Thulun die Krone zuwende. »Ich gehe, o Herrin,« sprach er, »doch ich verlasse dich darum nicht. Hier kann ich dir nichts mehr nützen. Man hat mich aus deiner Nähe verbannt und man wird dich hüten, eifersüchtig wie eine Geliebte.«

»Aber was soll ich thun mit diesen Versprechungen, mit diesen drei Herzogen?«

»Abwarten, zunächst dich fügen. Und die drei Herzoge,« setzte er zögernd bei, »die ziehn ja in den Krieg: vielleicht kehren sie nicht zurück.«

»Vielleicht!« seufzte die Regentin. »Was nützt ein vielleicht!« Cethegus trat fest auf sie zu: »Sie kehren nicht zurück — sobald du's willst.« Erschrocken bebte die Frau: »Mord? Entsetzlicher, was sinnst du?« — »Das Notwendige. Mord ist das falsche Wort dafür. Es ist Notwehr. Oder Strafe. Hattest du in dieser Stunde die Macht, du hattest das volle Recht, sie zu töten. Sie sind Rebellen. Sie zwingen deinen königlichen Willen. Sie erschlagen deinen Nauarchen, den Tod haben sie verdient.«

»Und sie soll'n ihn finden,« flüsterte Amalaswintha, die Faust ballend, vor sich hin, »sie soll'n nicht leben, die rohen Männer, die eine Königin gezwungen. Du hast Recht, sie sollen sterben.« — »Sie müssen sterben — sie, und,« fügte er ingrimmig bei, »und — der junge Seeheld!«

»Warum auch Totila? Er ist der schönste Jüngling meines Volks.«

»Er stirbt,« knirschte Cethegus, »o, könnt' er zehnmal sterben.«

Und aus seinem Auge sprühte eine Glut des Hasses, die, plötzlich aus der eisigkalten Natur brechend, Amalaswintha in Schrecken überraschte. »Ich schicke dir,« fuhr er rasch und leise fort, »aus Rom drei vertraute Männer, isaurische Söldner. Die sendest du den drei Balthen nach, sobald sie in ihren Heerlagern eingetroffen. Hörst du, *du* sendest sie, die Königin: denn sie sind Henker, keine Mörder. Die Drei müssen an Einem Tage fallen. Für den schönen Totila sorge ich selbst! Der Schlag wird alles erschrecken. In der ersten Bestürzung der Goten eile ich von Rom herbei. Mit Waffen, dir zur Rettung. Leb wohl.«

Er verließ rasch die Hilflose, an deren Ohr in diesem Augenblick von dem Forum vor dem Palatium jubelndes Freudengeschrei der Goten schlug, die den Erfolg ihrer Führer, die Besiegung Amalaswinthas feierten.

Sie fühlte sich ganz verlassen.

Daß die letzte Verheißung des Präfekten kaum mehr als ein leeres Trostwort zur Beschönigung seines Abgangs war, ahnte sie mit banger Seele. Gramvoll stützte sie die Wange auf die schöne Hand und verlor sich eine Weile finster in ihren ratlosen Gedanken. Da rauschten die Vorhänge des Gemaches: ein Palastbeamter stand vor ihr: »Gesandte von Byzanz bitten um Gehör. Justinus ist gestorben: Kaiser ist sein Neffe Justinian. Er bietet dir seinen brüderlichen Gruß und seine Freundschaft.«

»Justinianus!« rief die ganze Seele der bedrängten Frau. Sie sah sich ihres Sohnes beraubt, von ihrem Volk bedroht, von Cethegus verlassen: ringsumher hatte sie in trübem Sinnen vergeblich Hilfe und Halt gesucht und aufatmend aus tiefer Brust wiederholte sie jetzt: »Byzanz — Justinianus!«

## Viertes Kapitel

In den Waldbergen von Fiesole findet heutzutage der Wandrer, der von Florenz heranzieht, rechts von der Straße die Ruinen eines ausgedehnten villenartigen Gebäudes.

Epheu, Steinbrech und Wildrosen haben um die Wette die Trümmer überkleidet: die Bauern des nahen Dorfes haben seit Jahrhunderten Steine davongetragen, die Erde ihrer Weingärten an den Hügelrändern aufzudämmen. Aber noch immer bezeichnen die Reste deutlich, wo die Säulenhalle vor dem Hause, wo das Mittelgebäude, wo die Hofmauer stand. Üppig wuchert das Unkraut auf dem Wiesgrund, wo dereinst der schöne Garten in Zier und Ordnung prangte: nichts davon hat sich erhalten als das breite Marmorbecken eines längst vertrockneten Brunnens, in dessen kiesigem Rinnsal sich jetzt die Eidechse sonnt.

Aber in den Tagen, von denen wir erzählen, sah es hier viel anders aus. »Die Villa des Mäcen bei Fäsulä,« wie man das Gebäude damals, wohl mit wenig Fug, benannte, war von glücklichen Menschen bewohnt, das Haus von sorglicher Frauenhand bestellt, der Garten von hellem Kindeslachen belebt. Zierlich war die rankende Klemmatis hinaufgebunden an den schlanken Schäften der korinthischen Säulen vor dem Haus und der Wein zog freundlich schmückend über das flache Dach. Mit weißem Sande waren die schlängelnden Wege des Gartens bestreut und in den Nebengebäuden, die der Wirtschaft dienten, glänzte eine Reinlichkeit, waltete eine stille Ordnung, die nicht auf römische Sklavenhände raten ließ.

Es war um Sonnenuntergang.

Die Knechte und Mägde kehrten von den Feldern zurück: die hoch mit

Heu beladenen Wagen mit Rossen nicht italischer Zucht bespannt, schwankten heran: von den Hügeln herunter trieben die Hirten Ziegen und Schafe herzu, von großen zottigen Hunden umbellt.

Dicht vor dem Hofthor gab es die lebendigste Scene des bunten Schauspiels: ein paar römische Sklaven trieben mit tobenden Gebärden und gellendem Geschrei die keuchenden Pferde eines grausam überladnen Wagens an: nicht mit Peitschenhieben, sondern mit Stöcken, deren Eisenspitzen sie den Tieren immer in dieselbe wunde Stelle stießen. Nur ruckweise ging es trotzdem vorwärts. Jetzt lag ein großer Stein vor dem linken Vorderrad, jeden Fortschritt unmöglich machend. Aber der wütige Italier sah es nicht.

»Vorwärts, Bestie, und Kind einer Bestie,« schrie er dem zitternden Rosse zu, »vorwärts, du gotisches Faultier!« Und ein neuer Stich mit dem Stachel und ein neuer verzweifelter Ruck: aber das Rad ging nicht über den Stein, das gequälte Tier stürzte in die Knie und drohte den Wagen mit umzureißen. Darüber wurde der Treiber erst recht grimmig. »Warte, du Racker!« schrie er und schlug nach dem Auge des zuckenden Rosses. Aber nur einmal schlug er, im nächsten Augenblick stürzte er selbst wie blitzgetroffen unter einem mächtigen Streiche nieder.

»Davus, du boshafter Hund!« brüllte eine Bärenstimme und über dem Gefallenen stand schier noch mal so lang und gewiß noch mal so breit wie der erschrockene Tierquäler, ein ungeheurer Gote, einen derben Knüttel wiederholt auf den Rücken des Schreienden schwingend.

»Du elender Neiding,« schloß er mit einem Fußtritt, »ich will dich lehren, umgehn mit einem Geschöpf, das sechsmal besser ist als du. Ich glaube, du Schandbub quälst den Hengst, weil er von jenseit der Berge ist. Noch einmal laß mich das sehn und ich zerbreche dir alle Knochen im Leibe. Jetzt auf und abgeladen: du trägst alle Schwaden, die zuviel sind, auf deinem eignen Rücken in die Scheuer. Vorwärts.«

Mit einem giftigen Blick stand der Gezüchtigte auf und schickte sich hinkend an, zu gehorchen.

Der Gote hatte das zuckende Roß sogleich aufgerichtet und wusch ihm jetzt sorglich die geschürften Knie mit seinem eignen Abendtrunk von Wein und Wasser.

Kaum war er damit zu Ende, als ihn vom nahen Stall her dringend eine helle Knabenstimme rief: »Wachis, hierher, Wachis!« — »Komme schon, Athalwin, mein Bursch, was giebt's?« und schon stand er in der offnen Thüre des Pferdestalles, neben einem schönen Knaben von sieben bis acht Jahren, der sich heftig die langen, gelben Haare aus dem erglühenden Antlitz strich und mit Mühe in den himmelblauen Augen zwei Thränen des Zornes zerdrückte. Er hatte ein zierlich geschnitztes Holzschwert in der Rechten und hob es drohend gegen einen schwarzbraunen Sklaven, der mit gebognem Nacken und mit geballten Fäusten trotzig ihm gegenüberstand.

»Was giebt's da?« wiederholte Wachis über die Schwelle tretend.

»Der Rotschimmel hat wieder nichts zu saufen und sieh nur, zwei Bremsen haben sich eingesogen oben an seinem Bug, wo er mit der Mähne nicht hinreichen kann und ich nicht mit der Hand und der böse

Cacus da, wie ich's ihm sage, will mir nicht folgen: und gewiß hat er mich geschimpft auf römisch, was ich nicht verstehe.« Wachis trat drohend näher.

»Ich habe nur gesagt:« sprach Cacus langsam zurückweichend, »erst eß' ich meine Hirse; das Tier mag warten; bei uns zu Lande kömmt der Mensch vor dem Vieh.« — »So, du Tropf?« sagte Wachis, die Bremsen erschlagend, »bei uns kommt das Roß vor dem Reiter zum Futter; mach vorwärts.«

Aber Cacus war stark und trotzig: er warf den Kopf auf und sagte: »wir sind hier in unserm Land — da gilt unser Brauch.« — »Eia, du verfluchter Schwarzkopf, wirst du gehorchen?« sprach Wachis ausholend. »Gehorchen? Nicht dir! Du bist auch nur ein Sklave wie ich: und meine Eltern haben schon hier im Hause gelebt als deinesgleichen noch Küh' und Schafe stahlen jenseit der Berge.« Wachis ließ den Knüttel fallen und wiegte seine Arme: »Höre, Cacus, ich habe ohnehin noch einen Span mit dir, du weißt schon, was für einen. Jetzt geht's in einem hin.« — »Ha,« lachte Cacus höhnisch, »wegen Liuta, der Flachsdirn? Pah, ich mag sie nicht mehr, die Barbarin. Sie tanzt wie eine Jungkuh.« — »Jetzt ist's aus mit dir,« sagte Wachis ruhig und schritt auf seinen Gegner zu. Aber dieser wandte sich wie eine Katze aus dem Griff des Goten, riß ein spitzes Messer aus der Brustfalte des Wollrocks und warf es nach ihm: da sich Wachis bückte, sauste es haarscharf an seinem Kopf vorbei und fuhr tief in den Pfosten der Thür.. »Na warte, du Mordwurm!« rief der Germane und wollte sich auf Cacus werfen; da fühlte er sich von hinten umklammert.

Es war Davus, der die Gelegenheit der Rache scharf erpaßt hatte.

Aber jetzt ward Wachis sehr zornig.

Er schüttelte ihn ab, packte ihn mit der Linken am Genick, erwischte mit der Rechten Cacus an der Brust und stieß nun mit Bärenkräften seinen beiden Gegnern die Köpfe zusammen, jeden Stoß mit einem Ausruf begleitend, »so, meine Jungen — das für das Messer — und das für den Rückensprung — und den für die Jungkuh« — und wer weiß, wie lange diese seltsame Litanei noch fortgedauert haben würde, hätte sie nicht ein lautes Rufen gestört.

»Wachis — Cacus — auseinander sag' ich!« rief eine volle starke Frauenstimme, und vor der Thür erschien ein stattliches Weib in blauem gotischem Gewand. Sie war nicht groß und doch imposant: ihr schöner Bau eher mächtig als zart. Die goldbraunen Haare waren in reichen, doch einfachen Flechten um das runde Haupt geschlungen, die Züge regelmäßig, aber eher fest als fein gezeichnet. Geradheit, Tüchtigkeit, Verlässigkeit sprachen aus den fast allzugroßen graublauen Augen: die unbedeckten vollen Arme zeigten, daß sie der Arbeit nicht fremd. An ihrem breiten Gürtel, über den das braune Untergewand von selbstgewirktem Zeuge bauschte, klirrte ein Bund von Schlüsseln: die Linke stemmte sie ruhig in die Hüfte und befehlend streckte sie die Rechte vor sich hin.

»Eia, Rauthgundis, strenge Frau,« sagte Wachis loslassend, »mußt du denn überall die Augen haben?«

»Überall, wo mein Gesinde Unfug treibt. Wann werdet ihr lernen, euch zu vertragen? Euch Welschen fehlt der Herr im Hause. Aber du, Wachis, solltest nicht auch der Hausfrau Verdruß machen. Komm, Athalwin, mit mir.« Und sie führte den Knaben an der Hand mit fort.

Sie ging in den Seitenhof und füllte aus einer Truhe Körner in ihr Gewand, die Hühner und Tauben zu füttern, die sie sogleich dicht umdrängten.

Athalwin sah eine Weile schweigend zu. Endlich sagte er: »Du, Mutter, ist's wahr? ist der Vater ein Räuber?«

Rauthgundis hielt inne in ihrem Thun und sah das Kind an: »Wer hat das gesagt.«

»Wer? Ei, des Nachbars Calpurnius Neffe. Wir spielten auf dem großen Heuhaufen seiner Wiese drüben überm Zaun und ich zeigte ihm, wie weit das Land uns gehöre rechts vom Zaun, weit und breit, so weit unsre Knechte mähten und fern der Bach schimmerte. Da ward er zornig und sagte: »Ja, und all' das Land gehörte früher uns und dein Vater oder dein Großvater, die haben's gestohlen, die Räuber.«

»So? und was sagtest du drauf.«

»Ei, gar nichts, Mutter. Ich warf ihn nur über den Heuhaufen hinunter, daß er die Füße gen Himmel schlug. Aber jetzt, nach der Hand, möcht' ich doch wissen, ob's wahr ist.«

»Nein, Kind, es ist nicht wahr. Gestohlen hat's der Vater nicht. Aber offen genommen, weil er besser war und stärker als diese Welschen. Und alle starken Helden haben's immer so gemacht zu allen Zeiten. Und die Welschen in den Tagen, da sie stark waren und ihre Nachbarn schwach, am allermeisten. Aber nun komm, wir müssen nach dem Linnen sehen, das auf dem Anger zur Bleiche liegt.«

Als sie nun den Stallungen den Rücken wandten und dem nahen Grashügel links vom Hause zuschritten, hörten sie den raschen Hufschlag eines Rosses, das auf der alten römischen Heerstraße nahte. Rasch hatte Athalwin den Gipfel des Hügels erreicht und blickte nach der Straße hin.

Da sprengte ein Reiter auf einem mächtigen Braunen die Waldhöhe herab auf die Villa zu: hell funkelte sein Helm und die Spitze der Lanze, die er schräg über dem Rücken trug.

»Der Vater, Mutter, der Vater!« rief der Knabe und rannte pfeilgeschwind den Hügel hinab dem Reiter entgegen.

Rauthgundis hatte jetzt auch die Höhe erreicht. Ihr Herz pochte. Sie legte die Hand vors Auge, in die schimmernde Abendröte zu schauen: dann sagte sie still glücklich vor sich hin: »Ja, er ist's. Mein Mann!«

## Fünftes Kapitel

Inzwischen hatte Athalwin den Nahenden schon erreicht und kletterte an seinem Fuß hinan. Der Reiter hob ihn mit liebevoller Hand herauf und setzte ihn vor sich in den Sattel und flog jetzt im Galopp heran: lustig wieherte Wallada, das edle Tier, einst Theoderichs Streitroß, die Heimat und die Herrin erkennend und schlug freudig mit dem langen wallenden Schweif.

Nun war der Reiter heran und stieg ab mit dem Knaben: »mein liebes

Weib!« sprach er, sie herzlich umarmend. »Mein Witichis!« flüsterte sie, an seiner Brust erglühend, entgegen, »willkommen bei den Deinen.« — »Ich hatte versprochen, noch vor dem neuen Mond zu kommen — schwer ging's ...«

»Aber du hieltst Wort wie immer.« — »Mich zog das Herz,« sagte er, den Arm um sie schlingend. Sie schritten langsam dem Hause zu. »Dir, Athalwin, ist, scheint's, Wallada wichtiger als der Vater,« lächelte er dem Kleinen zu, der sorgfältig das Pferd am Zügel nachführte.

»Nein, Vater, aber gieb mir noch die Lanze dazu — so gut wird mir's selten hier in dem Bauernleben« — und den langen schweren Speerschaft mit Mühe einherschleppend, rief er laut: »he, Wachis, Ansbrand, der Vater ist da! Jetzt holt den Falernerschlauch aus dem Keller. Der Vater hat Durst vom scharfen Ritt.«

Lächelnd strich Witichis über den Flachskopf des Knaben, der jetzt an ihnen vorüber und voran eilte. »Nun, und wie steht's hier draußen bei euch?« fragte er, auf Rauthgundis blickend. »Gut, Witichis, die Ernte ist glücklich eingebracht, die Trauben gestampft, die Garben geschichtet.« — »Nicht danach frag' ich,« sagte er, sie zärtlich an sich drückend, »wie geht es dir?« — »Wie's einem armen Weibe geht,« antwortete sie, zu ihm aufblickend, »das seinen herzgeliebten Mann vermißt. Da hilft nur Arbeit, Freund, und tüchtig Schaffen, daß man das weiche Herz betäubt. Oft denk' ich, wie hart du dich mühen mußt, draußen, unter fremden Leuten, im Lager und am Hof, wo niemand dein in Treuen pflegt. Da soll er wenigstens, denk' ich dann, kömmt er heim, sein Haus immer wohl bestellt und traulich finden.

Und das ist's, sieh, was mir all' die dumpfe Arbeit lieb macht und weihet und veredelt.«

»Du bist mein wackeres Weib. Mühst du dich nicht zuviel?«

»Die Arbeit ist gesund. Aber der Verdruß, die Bosheit der Leute, das thut mir weh.« Witichis blieb stehen. »Wer wagt's, dir weh zu thun?« — »Ach, die welschen Knechte und die welschen Nachbarn.

Sie hassen uns alle. Weh uns, wenn sie uns nicht mehr fürchten. Calpurnius, der Nachbar, ist so frech, wenn er dich ferne weiß, und die römischen Sklaven sind trotzig und falsch; nur unsre gotischen Knechte sind brav.«

Witichis seufzte. Sie waren jetzt vor dem Hause angelangt und ließen in dem Säulengang sich vor einem Marmortisch nieder. »Du mußt bedenken,« sagte Witichis, »der Nachbar hat ein Drittel seines Guts und seiner Sklaven an uns abtreten müssen.« — »Und hat zwei Drittel behalten und das Leben dazu — er sollte Gott danken!« meinte Rauthgundis verächtlich.

Da sprang Athalwin heran mit einem Korb voll Äpfeln, die er vom Baum gepflückt; dann kamen Wachis und die andern germanischen Knechte mit Wein, Fleisch und Käse und sie begrüßten den Herrn mit freimütigem Handschlag. »Gut, meine Kinder, seid gegrüßt. Die Frau lobt euch. Aber wo stecken Davus, Cacus und die andern?« — »Verzeih, Herr,« schmunzelte Wachis, »sie haben ein schlecht Gewissen.«

»Warum? Weshalb?« — »Ei, ich glaube, weil ich sie ein bißchen geprügelt habe, sie schämen sich.« Die andern Knechte lachten. »Nun, es kann ihnen nicht schaden,« meinte Witichis, »geht jetzt zu eurem Essen. Morgen seh' ich nach eurer Arbeit.« Die Knechte gingen. »Was ist's mit Calpurnius,« fragte Witichis, sich einschenkend. Rauthgundis errötete und besann sich: »Das Heu von der Bergwiese,« sagte sie dann, »das unsre Knechte gemäht, hat er nachts in seine Scheuer geschafft und giebt es nicht heraus.« — »Er wird es schon herausgeben, mein' ich ...« sagte er ruhig, trinkend. »Jawohl,« rief Athalwin lebhaft, »das mein' ich auch. Und giebt er's nicht — mir noch lieber! Dann sagen wir Fehde an und ich zieh' hinüber mit Wachis und den reisigen Knechten, mit Waffen und Wehr. Er sieht mich immer so giftig an, der schwarze Schleicher.«

Rauthgundis wies ihn zur Ruh' und schickte ihn schlafen. »Wohl, ich gehe,« sagte er, »aber, Vater, wenn du wiederkömmst, bringst du mir statt dieses Steckens da ein richtig Gewaffen mit, nicht wahr?« Und er hüpfte ins Haus.

»Der Streit mit diesen Welschen endet nie,« sagte Witichis, »er vererbt sich auf die Kinder. Du hast hier allzuviel Verdruß damit. Desto lieber wirst du thun, was ich dir vorschlage: komm mit nach Ravenna an den Hof.«

Hoch erstaunt blickte ihn das Weib an: »Du scherzest!« sagte sie ungläubig. »Du hast das nie gewollt. In den neun Jahren, die ich dein bin, ist dir's nie eingefallen, mich an den Hof zu führen: ich glaube, es weiß niemand in dem Volk, daß eine Rauthgundis lebt. Du hast ja unsere Ehe geheim gehalten,« lächelte sie, »wie eine Schuld.« — »Wie einen Schatz,« sagte Witichis, die Arme um sie schlingend. »Ich habe dich nie gefragt, warum. Ich war und bin glücklich dabei und dachte und denke: er wird wohl seinen Grund haben.«

»Ich hatte meinen guten Grund: er besteht nicht mehr. Du magst nun alles wissen. Wenige Monate, nachdem ich dich gefunden in deiner Felseneinsamkeit und lieb gewonnen, kam König Theoderich auf den seltsamen Gedanken, mich seiner Schwester Amalaberga, der Witwe des Thüringerkönigs, zu vermählen, die gegen ihre schlimmen Nachbarn, die Franken, Mannesschutz bedurfte.« — »Du solltest dort die Krone tragen?« sprach Rauthgundis mit strahlenden Augen. »Mir aber,« fuhr Witichis fort, »war Rauthgundis lieber als Königin und Krone, und ich sagte nein.

Es verdroß ihn schwer und er verzieh mir nur, als ich ihm sagte, ich würde wohl niemals freien. Konnt' ich doch damals nicht hoffen, dich je mein zu nennen: du weißt, wie lange dein Vater mißtrauisch und eisern dich mir nicht anvertrauen wollte. Als du nun aber doch mein geworden, da hielt ich's nicht für wohlgethan, ihm das Weib zu zeigen, um das ich seine Schwester ausgeschlagen.«

»Aber warum hast du mir das verschwiegen, neun Jahre lang?«

»Weil,« sagte er, ihr herzlich in die Augen blickend, »weil ich meine Rauthgundis kenne. Du hättest immer geglaubt, Wunder was ich an jener Krone verloren. Jetzt aber ist der König tot und ich bin dauernd an den Hof gebunden. Wer weiß, wann ich wieder ruhen werde im Schatten dieser Säulen, im Frieden dieses Daches.«

Und in kurzen Worten erzählte er ihr den Sturz des Präfekten und welche Stellung er nunmehr einnahm bei Amalaswinthen. Aufmerksam hörte ihn Rauthgundis an; dann drückte sie ihm die Hand: »Das ist wacker, Witichis, daß die Goten allmählich merken, was sie an dir haben. Und du bist heiterer, denk' ich, als sonst.«

»Ja, mir ist wohler, seit ich mit tragen darf an der Last der Zeit. Dabei stehen und sie wuchtig drücken sehen auf mein Volk war viel schwerer. Mich dauert dabei nur die Regentin; sie ist wie eine Gefangene.«

»Bah, warum hat das Weib gegriffen in das Amt der Männer. Mir fiele das nie ein.«

»Du bist keine Königin, Rauthgundis, und Amalaswintha ist stolz.«

»Ich bin zehnmal so stolz wie sie. Aber so eitel bin ich nicht. Sie muß nie einen Mann geliebt haben und seinen Wert und seine Art begriffen. Sie könnte sonst nicht die Männer ersetzen wollen.«

»Am Hof sieht man das anders an. Komm nur mit an den Hof.«

»Nein, Witichis,« sagte sie ruhig, aufstehend, »der Hof paßt nicht für mich. Und ich nicht für den Hof. Ich bin des Ödbauern Kind und gar unhöfisch geartet. Sieh diesen braunen Nacken,« lachte sie, »und diese rauhen Hände. Ich kann nicht die Lyra zupfen und Verslein lesen: schlecht taugt' ich zu den feinen Römerinnen und wenig Ehre würdest du haben von mir.«

»Du wirst dich doch nicht zu schlecht erachten für den Hof?« — »Nein, Witichis, zu gut.« — »Nun, man müßte sich gegenseitig ertragen, würdigen lernen.« — »Das würd' ich nie. Sie vielleicht mich, aus Furcht vor dir, ich niemals sie. Ich würd' ihnen täglich ins Gesicht sagen, daß sie hohl, falsch und schlecht sind.«

»So willst du lieber deinen Mann entbehren, mondenlang?« — »Ja, lieber ihn entbehren, als in schiefer, schlimmer Stellung um ihn sein. O mein Witichis,« sagte sie, innig den Arm um seinen Nacken legend, »denk nur, wer ich bin und wie du mich gefunden.

Wo die letzten Siedelungen unseres Gotenvolks den Saum der Alpen umgürten, hoch auf den Felsschroffen der Scaranzia, wo die junge Isara schäumend aus den Steinklüften ins offne Land der Bajuwaren bricht, da steht meines Vaters stiller Ödhof. Nichts kannt' ich da als die strenge Arbeit des Sommers auf den einsamen Almen, des Winters in der rauchgeschwärzten Halle am Rocken mit den Mägden. Früh starb die Mutter und den Bruder haben die Welschen erstochen. So wuchs ich einsam auf, allein mit dem alten Vater, der so treu, aber auch so hart und verschlossen wie seine Felsen. Da sah ich nichts von der Welt, die rechts und links von unsern Bergen lag. Nur hoch von oben sah ich manchmal neugierig, wie ein Saumroß mit Salz oder Wein unten in der Thalschlucht des Weges zog. Da saß ich wohl manchen schimmervollen Sommerabend auf der zackigen Kulm des hohen Arn. Und sah der Sonne nach, wie sie so herrlich niedersank weit drüben überm Licus: und ich dachte, was sie wohl alles gesehen den langen Sommertag, seit sie aufstieg drüben überm breiten Önus. Und daß ich wohl auch wissen möchte, wie's aussieht über dem Karwändel. Oder gar drüben, hinter dem Brennusberg, wo der Bruder hinüberzog und nie mehr wiederkam. Und doch fühlte ich, wie schön es sei droben in meiner grünen Einsamkeit, wo ich den Steinadler pfeifen hörte aus dem nahen Horst und wo ich prächtige Blumen brach, wie sie nicht wuchsen unten in der Ebene und auch wohl einmal des Nachts den Bergwolf vor meiner Stallthür heulen hörte und mit dem Kienbrand scheuchte.

Und auch in dem frühen Herbst, in den langen Wintern hatte ich Muße, still in mich hineinzusinnen: wann um die hohen Tannen die weißen Nebelschleier spannen, wann der Bergwind die Felsblöcke von unserem Strohdach riß und die Schneestürze von den Schroffen donnernd niedergingen. So wuchs ich auf, fremd in der Welt jenseit der nächsten Wälder, nur zu Hause in der stillen Welt meiner Gedanken, und in dem engen Bauernleben.

Da kamest du — ich weiß es noch wie heute« — und sie hielt an, in Erinnerung verloren.

»Ich weiß es auch noch genau,« sagte Witichis. »Ich führte eine Hundertschaft zur Ablösung von Juvavia nach der Augustastadt am Licus — ich war vom Weg und meinen Leuten abgekommen: lang war ich den schwülen Sommertag pfadlos umhergeirrt — da sah ich Rauch aufsteigen überm Tannenhang und bald fand ich das versteckte Gehöft und trat ins Thor: da stand ein prächtig Mädchen am Ziehbrunnen und hob den Eimer.«

»Und ich erschrak siedheiß — zum erstenmal in meinem Leben! — als der große, bräunliche Mann um die Hausecke bog mit dem krausen Bart und dem funkelnden Helm.«

»Ja, du wurdest blutrot bis in die Schläfe und ich bat dich um einen Trunk Wasser. Und niemals hat mein Auge ein schöner Bild gesehen als wie du dich nun niederbeugtest und mit den kräftigen Armen den schweren Eimer auf den Brunnenrand hobst und mir schöpftest in dem Kürbiskrug: reich fielen die dichten goldbraunen Zöpfe übers schwarze Mieder bis in die Knie und deine Wangen waren pfirsichgleich: o wie wacker, frisch und blühend sahst du aus. Und wie wacker, frisch und blühend bist du mir geblieben seither alle Zeit.«

»Und darum, mein Witichis, auf daß ich dir blühend bleibe, führe mich nicht an den Hof. Sieh hier schon im Thal, im Südthal der Alpen, wird mirs oft zu schwül und ich sehne mich nach einem Atemzug aus der Tannenlust meiner Waldberge. Am Hofe aber in den engen Goldgemächern — da würd' ich dir verkümmern und verschmachten. Laß du mich hier — ich will schon fertig werden mit Nachbar Calpurnius. Und du, das weiß ich ja, du denkst doch auch im Königsthal nach Haus an Weib und Kind.«

»Ja, weiß Gott, mit sehnenden Gedanken. So bleibe denn hier und Gott behüte dich, mein gutes Weib.«

Am zweiten Morgen darauf ritt Witichis wieder zurück, die Waldhöhe hinan. Der Abschied hatte ihn fast weich gemacht: mit Kraft hatte er den Ausdruck des Gefühls gehemmt, das er sich, schlicht und streng von Art, zu zeigen scheute. Wie hing des Wackern Herz an diesem kern'gen Weib und seinem Knaben!

Hinter ihm drein trabte Wachis, der sich's durchaus nicht hatte nehmen lassen, dem Herrn noch eine Strecke das Geleit zu geben. Plötzlich ritt er zu ihm hinan. »Herr,« sagte er, »ich weiß was.« — »So? warum sagst du's nicht?« — »Weil mich noch niemand drum gefragt hat.« — »Nun, ich frage dich drum.« — »Ja, wenn man gefragt ist, muß man freilich reden. Die Frau hat dir gesagt, daß Calpurnius so ein böser Nachbar ist?« — »Ja. Und was soll's damit?« — »Sie hat dir aber nicht gesagt, seit wann?«

»Nein. Weißt du seit wann?« — »Nun, seit etwa einem halben Jahr. Da traf Calpurnius einmal die Frau im Wald allein, wie sie beide glaubten. Aber sie waren nicht allein. Es lag einer im Graben und hielt seinen Mittagsschlaf.«

»Der Faulpelz warst du.«

»Richtig erraten. Und da sagte Calpurnius etwas zur Frau.«

»Was sagte er?«

»Das hab' ich nicht verstanden. Aber die Frau war nicht faul, hob die Hand und schlug ihm ins Gesicht, daß es patschte. Das hab' ich verstanden. Und seither ist der Nachbar ein schlimmer Nachbar und das wollt' ich dir sagen, weil ich mir schon dachte, die Frau werde dich nicht ärgern wollen mit dem Wicht.

Aber es ist doch besser du weißt darum. Und sieh, da steht Calpurnius gerade unter seiner Hofthür — siehst du, dort — und jetzt fahr' wohl, lieber Herr.«

Und damit wandte er sein Pferd und jagte im Galopp nach Hause.

Witichis aber stieg das Blut zu Kopf. Er ritt an die Thür seines Nachbars, dieser wollte sich ins Haus drücken, aber Witichis rief ihn in einem Ton, daß er bleiben mußte.

»Was willst du mir, Nachbar Witichis,« sagte er, blinzelnd zu ihm aufsehend.

Witichis zog den Zügel an und schob sein Roß dicht neben jenen. Dann streckte er ihm die geballte, erzgepanzerte Faust hart vor die Augen: »Nachbar Calpurnius,« sagte er ruhig, »wenn *ich* dir einmal ins Gesicht schlage, stehst du nie wieder auf.«

Calpurnius fuhr erschrocken zurück.

Witichis aber gab seinem Rosse den Sporen und ritt stolz und langsam seines Weges.

## Sechstes Kapitel

Zu Rom in seinem Arbeitszimmer lag, auf den weichen Kissen des Lectus behaglich ausgestreckt, Cethegus der Präfekt.

Er war guter Dinge.

Die Untersuchung gegen ihn hatte mit Freisprechung geendet: nur im Fall augenblicklicher Durchforschung seines Hauses, wie sie der junge König angeordnet, aber sein Tod vereitelt hatte, wäre Entdeckung zu befürchten gewesen. Er hatte durchgesetzt, daß die Befestigung von Rom fortgeführt wurde, mit Zuschüssen aus seinen eigenen Geldern, was seinen Einfluß in der Stadt noch hob. In der letzten Nacht hatte er Versammlung gehalten in den Katakomben: alle Berichte lauteten günstig. Die Patrioten wuchsen an Zahl und Reichtum.

Der härtere Druck, der seit den letzten Vorgängen zu Ravenna auf den

Italiern lastete, konnte die Zahl der Unzufriedenen nur vermehren und, was die Hauptsache war, Cethegus hielt jetzt alle Fäden der Verschwörung in seiner Hand. Unbedingt erkannten selbst die eifersüchtigsten Republikaner die Notwendigkeit an, bis zum Tag der Freiheit dem Begabtesten die Führung zu überlassen.

So vorgeschritten war die Stimmung gegen die Barbaren bei allen Italiern, daß Cethegus den Gedanken fassen konnte, sobald Rom vollends befestigt, ohne Hilfe der Byzantiner loszuschlagen. Denn, wiederholte er sich immer wieder, alle Befreier sind leicht gerufen und schwer abgedankt. Und mit Liebe pflegte er den Gedanken, Italien allein zu befreien.

So lag der Präfekt, legte Cäsars Bürgerkrieg, in dem er geblättert, zur Seite, stützte das Haupt auf den linken Arm und sagte zu sich selbst: »die Götter müssen noch Großes mit dir vorhaben, Cethegus. So oft du stürzest, fällst du, heil wie eine Katze, auf die sichern Füße. Ah, wenn es uns wohl geht, möchten wir uns mitteilen. Aber Vertrauen ist ein zu gefährliches Vergnügen und das Schweigen ist der einzig treue Gott. Und doch bleibt man ein Mensch und möchte ...«

Da trat ein Sklave ein, der alte Ostiarius Fidus, überreichte schweigend einen Brief auf flacher goldner Schale und ging. »Der Bote wartet,« sagte er.

Gleichgültig nahm Cethegus das Schreiben.

Aber sowie er auf dem Wachs, das die Schnüre der Tafeln zusammenhielt das Siegel — die Dioskuren — erkannte, rief er lebhaft: »Von Julius! zu guter Stunde!« löste eilig die Fäden, legte die Tafeln auseinander und las — das kalte bleiche Antlitz überflogen von einem sonst völlig fremden Hauch freudiger Wärme.

»Cethegus dem Präfekten sein Julius Montanus.

Wie lange ist's, mein väterlicher Lehrer,« (»beim Jupiter, das klingt frostig«) »daß ich dir nicht den schuldigen Gruß gesendet. Das letzte Mal schrieb ich dir an den grünen Ufern des Ilissos, wo ich in dem verödeten Hain des Akademos die Spuren Platons suchte — und nicht fand. Ich weiß wohl, mein Brief war nicht heiter. Die traurigen Philosophen dort, in vereinsamten Schulen wandelnd, zwischen dem Druck des Kaisers, dem Argwohn der Priester und der Kälte der Menge, sie konnten nichts in mir erwecken als Mitleid. Meine Seele war dunkel, ich wußte nicht weshalb.

Ich schalt meinen Undank gegen dich — den großmütigsten aller Wohlthäter ...« (»so unerträgliche Namen hat er mir nie gegeben,« schaltete Cethegus ein).

»Seit zwei Jahren reise ich, mit deinen Reichtümern wie ein König der Syrer ausgestattet, von deinen Freigelassenen und Sklaven begleitet, durch ganz Asien und Hellas, genieße alle Schönheit und Weisheit der Alten — und mein Herz bleibt unbefriedigt, mein Leben unausgefüllt. Nicht Platons schwärmerische Weisheit, nicht das Goldelfenbein des Pheidias, Homeros nicht und nicht Thukydides boten, was mir fehlte.

Endlich, endlich hier in Neapolis, der blühenden göttergesegneten Stadt hab' ich gefunden, was ich unbewußt überall vermißt und immer gesucht.

Nicht tote Weisheit: warmes, lebendiges Glück,« (er hat eine Geliebte! nun endlich, du spröder Hippolyt, Dank euch, Eros und Anteros!) »o, mein Lehrer, mein Vater! weißt du, welch ein Glück es ist, ein Herz, das dich ganz versteht, zum erstenmal dein eigen nennen?« (»ah, Julius,« seufzte der Präfekt mit einem seltnen Ausdruck weicher Empfindung, »ob ich es wußte!«) »Dem du die ganze volle Seele offen zeigen magst? O, wenn du's je erfahren, preise mich, opfre Zeus dem Erfüller endlich: zum erstenmal hab' ich einen Freund.«

»Was ist das?« rief Cethegus unwillig aufspringend mit einem Blick eifersüchtigen Schmerzes, »der Undankbare!«

»Denn, das fühlst du wohl, ein Freund, ein Herzensvertrauter fehlte mir bis jetzt. Du, mein väterlicher Lehrer.«

Cethegus warf die Tafeln auf den Schildpatttisch und machte einen hastgen Gang durchs Zimmer. »Thorheit!« sagte er dann ruhig, nahm den Brief auf und las weiter.

»Du, soviel älter, weiser, besser, größer als ich — du hast mir eine solche Wucht von Dank und Verehrung auf die junge Seele geladen, daß sie sich dir nie ohne Scheu öffnen konnte. Auch hörte ich oft mit Zagen, wie du solche Weichheit und Wärme mit ätzendem Witze verhöhntest: ein scharfer Zug um deinen stolzen festgeschlossenen Mund hat solche Gefühle in mir in deiner Nähe stets getötet wie Nachtfrost die ersten Veilchen« (»nun, aufrichtig ist er!«) »Jetzt aber hab' ich einen Freund gefunden: offen, warm, jung, begeistert wie ich und nie gekannte Wonne ist mein Teil. Wir haben nur Eine Seele in zwei Körpern: die sonnigen Tage, die mondsilbernen Nächte wandeln wir miteinander durch diese elyseischen Gefilde und finden kein Ende der geflügelten Worte. Aber ich muß ein Ende finden dieses Briefs. Er ist ein Gote« (»auch noch,« sagte Cethegus ungehalten,) »und heißt Totila.«

Cethegus ließ die Hand mit dem Brief einen Augenblick sinken, er sagte nichts, nur die Augen schloß er einen Moment, dann las er ruhig nochmal:

»Und heißt Totila!

Als ich am Tage nach meiner Ankunft in Neapolis durch das Forum des Neptunus schlenderte und an der Bogenwölbung eines Hauses die Statuen bewunderte, die ein Bildhauer dort zum Kaufe ausgestellt, stürzt urplötzlich aus der Thür auf mich los ein grauköpfiger Mann mit einer wollnen Schürze, über und über mit Gips bestäubt, in der Hand ein spitzes Gerät: er packte mich an der Schulter und schrie: »Pollux, mein Pollux, hab' ich dich endlich!«

Ich dachte der Alte sei verrückt und sagte: »Du irrst, guter Mann: ich heiße Julius und komme von Athen.«

»Nein,« schrie der Alte, »Pollux heißt du und kömmst vom Olymp.« Und eh' ich wußte, wie mir geschah, hatte er mich zur Thür hineingedreht. Da erkannte ich denn allmählich, woran ich mit dem Alten war: er war der Bildhauer, der die Statuen ausgestellt.

In seiner Werkhalle standen andre halbvollendete umher und er erklärte mir, seit Jahren trage er sich mit der Idee einer Dioskurengruppe. Für den Kastor habe er vor kurzem ein köstlich Modell in einem jungen

Goten gefunden. »Aber umsonst erflehte ich« — fuhr er fort — »all diese Tage vom Himmel einen Gedanken für meinen Pollux. Er soll dem Kastor gleichen, ein Bruder Helenas, ein Sohn des Zeus wie er, volle Ähnlichkeit in Zügen und Gestalt muß da sein. Und doch muß die Verschiedenheit so deutlich sein wie die Gleichheit: sie müssen zusammengehören und doch jeder ganz eigenartig sein. Umsonst lief ich alle Bäder und Gymnasien Neapolis ab: ich fand den Ledazwilling nicht. Da hat dich ein Gott, Zeus selber hat dich mir ans eigne Fenster geführt: wie ein Blitz schlug's in mich ein, da steht mein Pollux, wie er sein muß: und nicht lebendig laß ich dich aus dieser Halle, bis du mir deinen Kopf und deinen Leib versprochen.«

Gern sagte ich dem närrischen Alten zu, andern Tages wieder zu kommen. Und das erfüllt ich um so lieber als ich erfuhr, daß mein gewaltthätiger Freund Xenarchos sei, der größte Bildner in Marmor und Erz, den Italien seit lange gesehn. Am andern Tag kam ich denn wieder und fand meinen Kastor — es war Totila: und ich kann nicht leugnen, daß mich die große Ähnlichkeit selbst überraschte, wenn auch Totila älter, höher, kräftiger und unvergleichlich schöner ist als ich. Xenarchos sagt, wir seien wie Hellcitrus und Goldcitrus. Denn Totila ist heller an Haar und Haut: und gerade so, schwört der Meister, haben sich die beiden Dioskuren geglichen und nicht geglichen. So lernten wir uns denn unter den Götterbildern Xenarchs kennen und lieben: wir wurden in Wahrheit Kastor und Pollux, innig und unzertrennlich wie sie, und schon ruft uns das heitre Volk von Neapolis bei diesem Namen, wann wir, Arm in Arm geschlungen durch die Straßen gehn.

Unsre junge Freundschaft ward aber noch besonders rasch gereift durch eine drohende Gefahr, die sie leicht in der Blüte geknickt hätte.

Wir waren eines Abends, wie wir pflegten, zur Porta Nolana hinaus gewandelt, in den Bädern des Tiberius Kühlung von des Tages Hitze zu suchen. Nach dem Bade hatte ich in einer Laune spielender Zärtlichkeit — du wirst sie schelten — des Freundes weißen Gotenmantel umgeschlagen und seinen Helm mit den Schwanenflügeln aufs Haupt gesetzt. Lächelnd ging er, meine Chlamys umwerfend, auf den Tausch ein und friedlich plaudernd schritten wir durch den Pinienhain im ersten Dunkel der Nacht nach der Stadt zurück.

Da springt aus dem Taxusgebüsch hinter mir ein Mann auf mich her und ich fühle kaltes Eisen an meinem Halse.

Aber im nächsten Augenblick lag der Mörder zu meinen Füßen, Totilas Schwert in der Brust. Nur leicht verwundet beugte ich mich zu dem Sterbenden nieder und fragte ihn, welcher Grund ihn habe zum Haß, zum Morde gegen mich treiben können.

Er aber starrte mir ins Antlitz und hauchte: »Nicht dich: Totila, den Goten« und er zuckte und war tot. Man sah's an Tracht und Waffen — es war ein isaurischer Söldner.«

Cethegus senkte den Brief und drückte die linke Hand vor die Stirn. »Wahnsinn des Zufalls,« sagte er, »wohin konntest du führen!«

Und er las zu Ende.

»Totila sagte, er habe der Feinde viele am Hofe zu Ravenna. Wir zeigten den Vorfall Aliaris, dem Gotengrafen zu Neapolis, an. Dieser ließ die Leiche, durchsuchen und Nachforschungen anstellen — ohne Erfolg. Uns beiden aber hat diese ernste Stunde die junge Freundschaft befestigt und mit Blut geweiht für alle Zeit. Ernster und heiliger hat sie uns verbunden. Das Siegel der Dioskuren, das du mir zum Abschied geschenkt, war ein freundlich Omen, das sich freundlich erfüllt hat. Und wenn ich mich frage, wem dank' ich all dies Glück? Dir, dir allein, der mich in diese Stadt Neapolis gesendet, in der ich all' mein Glück gefunden. So mögen dir es alle Götter und Göttinnen vergelten! Ach ich sehe, dieser ganze Brief redet nur von mir und dieser Freundschaft — schreibe doch bald wie es um dich steht. Vale.«

Ein bitteres Lächeln zuckte um des Präfekten ausdrucksvollen Mund.

Und wieder durchmaß er das Gemach in nur mit Mühe gehaltenen Schritten. Endlich blieb er stehen, das Kinn in die linke Hand stützend. »Wie kann ich nur so — jugendlich sein, mich zu ärgern. Es ist alles sehr natürlich, wenn auch sehr einfältig. Du bist krank, Julius. Warte: ich will dir ein Rezept schreiben.« Und mit einem Anflug von grausamer Freude im Ausdruck, setzte er sich auf den Schreiblectus, nahm eine Papyrusrolle aus der Bronzevase, ergriff die gnidische Schilffeder und schrieb mit der roten Tinte, aus einem Löwenkopf von Achat, der an dem Lectus angeschraubt war:

»An Julius Montanus Cethegus, der Präfekt
von Rom.

Deine rührende Epistel aus Neapolis hat mir viel Spaß gemacht. Sie zeigt, daß du in der letzten Kinderkrankheit steckst. Hast du sie abgethan, wirst du ein Mann sein.

Die Krisis zu beschleunigen, verschreibe ich dir das beste Mittel. Du suchst sogleich den Purpurhändler Valerius Procillus, meinen ältesten Gastfreund in Neapolis, auf. Er ist der reichste Kaufherr des Abendlandes, ein grimmiger Feind der Kaiser von Byzanz, die ihm Vater und Brüder getötet, ein Republikaner wie Cato und schon deshalb mein vertrauter Freund. Seine Tochter Valeria Procilla aber ist die schönste Römerin unserer Zeit und eine echte Tochter der alten, der heidnischen Welt. Antigone oder Virginia würden sich der Freundin freuen. Sie ist nur drei Jahre jünger und folglich zehnmal reifer als du. Gleichwohl wird sie dir der Vater nicht versagen, erklärst du ihm, daß Cethegus für dich wirbt. Du aber wirst dich beim ersten Anblick sterblich in sie verlieben.

Du wirst das: obgleich ich es dir vorher sage und obgleich du weißt, daß ich es wünsche. In ihren Armen wirst du alle Freunde der Welt vergessen: geht die Sonne auf, erbleicht der Mond. Übrigens, weißt du, daß dein Kastor einer der gefährlichsten Römerfeinde ist? Und ich habe einmal einen gewissen Julius gekannt, der geschworen: Rom über alles. Vale.«

Cethegus rollte den Papyrus zusammen, umschnürte ihn mit den Bändern von rotem Bast, befestigte diese an der Schleife mit Wachs und drückte seinen Amethystring mit dem herrlichen Jupiterkopf auf dasselbe. Dann berührte er einen aus dem Marmorgetäfel hervorschauenden silbernen Adler: draußen an der Wand des Vestibulums schlug ein eherner Donnerkeil auf den Silberschild eines niedergeworfenen Titanen mit glockenhellem Ton.

Der Sklave trat wieder ein.

»Laß den Boten in meinen Thermen baden, gieb ihm Speise und Wein, einen Goldsolidus und diesen Brief. Morgen mit Sonnenaufgang geht er damit zurück nach Neapolis.«

## Siebentes Kapitel

Mehrere Wochen darauf finden wir den ernsten Präfekten in einem Kreise, der sehr wenig zu seinem hohen Trachten, ja zu seinem Alter zu passen schien.

In dem seltsamen Nebeneinander von Heidentum und Christentum, das in den ersten Jahrhunderten nach der Konstantiner Bekehrung das Leben und die Sitten der Römerwelt mit grellen Widersprüchen erfüllte, spielte besonders die friedliche Mischung von Festen der alten und der neuen Religion eine auffallende Rolle. Neben den großen Feiertagen des christlichen Kirchenjahres bestanden auch noch größtenteils die fröhlichen Feste der alten Götter fort, wenn auch meist ihrer ursprünglichen Bedeutung, ihres religiösen Kernes beraubt.

Das Volk ließ sich etwa den Glauben an Jupiter und Juno nehmen und die Kultushandlungen und die Opfer, aber nicht die Spiele, die Feste, die Tänze und Schmäuse, die mit jenen Handlungen verbunden waren; und die Kirche war von jeher klug genug, zu dulden, was sie nicht ändern konnte.

So wurden ja sogar die echt heidnischen Lupercalien, mit welchem sich derber Aberglaube und wüster Unfug aller Art verband, erst im Jahre vierhundertsechsundneunzig – und nur mit Mühe – abgeschafft.

Viel länger natürlich behaupteten sich harmlose Feste wie die Floralien, die Palilien und zum Teil haben sich ja manche von ihnen in den Städten und Dörfern Italiens mit veränderter Bedeutung bis auf diese Stunde erhalten. So waren denn die Tage der Floralien gekommen, die, früher auf der ganzen Halbinsel, als ein Fest besonders der fröhlichen Jugend, mit lauten Spielen und Tänzen gefeiert, auch in jenen Tagen noch wenigstens mit Schmaus und Gelade begangen wurden.

Und so hatten sich denn die beiden Licinier und ihr Kreis von jungen Rittern und Patriciern an dem Hauptfesttag der Floralien zu einem Symposion zusammen bestellt, für welches jeder der Gäste, wie bei unsern »Picknicks,« seinen Beitrag in Speisen oder Wein zu liefern hatte. Die Fröhlichen versammelten sich bei dem jungen Kallistratos, einem liebenswürdigen und reichen Griechen aus Korinth, der sich im Genuß künstlerischer Muße zu Rom niedergelassen und nahe bei den Gärten des Sallust ein geschmackvolles Haus gebaut hatte, das als der Mittelpunkt heitern Lebensgenusses und feiner Bildung galt. Außer dem reichen Adel Roms verkehrten dort vornehmlich die Künstler und Gelehrten: und dann auch jene Schichten der römischen Jugend, denen über ihren Rossen und Wagen und Hunden wenige Zeit und Gedanken für den Staat übrig blieb und die daher bis jetzt dem Einfluß des Präfekten unzugänglich gewesen waren.

Deshalb war es diesem sehr erwünscht, als ihm der junge Lucius Licinius, jetzt sein glühendster Anhänger, die Einladung des Korinthers überbrachte. »Ich weiß wohl,« sagte er schüchtern, »wir können deinem Geist nicht ebenbürtige Unterhaltung bieten und wenn dich nicht die alten Kyprier und Falerner locken, die Kallistratos spenden wird, lehnst du ab.«

»Nein, mein Sohn, ich komme,« sagte Cethegus »und mich locken nicht die alten Kyprier, sondern die jungen Römer.«

Kallistratos, der sein Hellenentum mit Stolz zur Schau trug, hatte sein Haus mitten in Rom in griechischem Stil gebaut. Und zwar nicht in dem des damaligen, sondern des freien, des perikleischen Griechenlands und dies machte im Gegensatz zu der geschmacklosen Überladung jener Tage den Eindruck edler Einfachheit. Durch einen schmalen Gang gelangte man in das Peristyl, den offenen von Säulengängen umschlossenen Hof, dessen Mittelpunkt ein plätschernder Springbrunnen in braunem Marmorbecken bildete. Die nach Norden offne Säulenhalle enthielt außer andern Gelassen auch den Speisesaal, der heute die kleine Gesellschaft versammelt hielt. Cethegus hatte sich vorbehalten, nicht schon zu der »Coena«, dem eigentlichen Schmause, sondern erst zu der »Commmissatio,« dem darauf folgenden nächtlichen Trinkgelag, zu kommen. Und so fand er denn die Freunde in der vornehmen Trinkstube, wo längst schon die zierlichen Bronzelampen an den schildpattgetäfelten Wänden brannten und die Gäste, mit Rosen und Eppich bekränzt, auf den Polstern des hufeisenförmigen Trikliniums lagerten. Eine betäubende Mischung von Weinduft und Blumenduft, von Fackelglanz und Farbenglanz drang ihm an der Schwelle entgegen.

»Salve, Cethege!« rief der Wirt dem Eintretenden entgegen. »Du findest nur kleine Gesellschaft.«

Cethegus befahl dem Sklaven, der ihm folgte, einem herrlich gewachsenen jungen Mauren, dessen schlanke Glieder durch den Scharlachflor seiner leichten Tunika mehr gezeigt als verhüllt wurden, ihm die Sandalen abzubinden. Er zählte indessen: »Nicht unter den Grazien,« lächelte er, »nicht über die Musen.«

»Geschwind, wähle den Kranz,« mahnte Kallistratos, »und nimm deinen Platz da oben auf dem Ehrensitz der mittleren Kline. Wir haben dich im Voraus zum Symposiarchen, zum Festkönig gewählt.«

Der Präfekt hatte sich vorgesetzt, diese jungen Leute zu bezaubern. Er wußte, wie gut er das konnte: und er wollte es heute. Er wählte einen Rosenkranz und ergriff das elfenbeinerne Scepter, das ihm ein syrischer Sklave knieend reichte. Das Rosendiadem zurecht rückend schwang er mit Würde den Stab: »So mach' ich eurer Freiheit ein Ende!«

»Ein geborner Herrscher,« rief Kallistratos, halb im Scherz, halb im Ernst. »Aber ich will ein sanfter Tyrann sein! mein erst Gesetz: ein Drittel Wasser — zwei Drittel Wein.« — »Oho,« rief Lucius Licinius und trank ihm zu, »*bene te!* Du führst üppig Regiment. Gleiche Mischung ist sonst unser Höchstes.«

»Ja, Freund,« lächelte Cethegus, sich auf dem Ecksitz der mittleren Kline, dem »Konsulsplatz«, niederlassend, »ich habe meine Trinkstudien unter den Ägyptern gemacht, die trinken nur lautern. He, Mundschenk — wie heißt er?«

»Ganymedes — er ist aus Phrygien. Hübscher Wuchs, eh?« — »Also, Ganymed, gehorche deinem Jupiter und stelle neben jeden eine Patera Mamertiner Wein — doch neben Balbus zwei, weil er sein Landsmann ist.« Die jungen Leute lachten.

Balbus war ein reicher Gutsbesitzer auf Sicilien, noch sehr jung und schon sehr dick.

»Pah,« lachte der Trinker, »Epheu ums Haupt und Amethyst am Finger — so trotz ich den Mächten des Bacchus.« — »Nun, wo steht ihr im Wein?« fragte Cethegus dem jetzt hinter ihm stehenden Mauren winkend, der ihm einen zweiten Kranz von Rosen, diesmal um den Nacken, schlang.

»Settiner Most mit hymettischem Honig, war das letzte. Da, versuch!« so sprach Piso, der schelmische Poet, dessen Epigramme und Anakreontika die Buchhändler nicht rasch genug konnten abschreiben lassen und dessen Finanzen sich doch stets in poetischer Unordnung befanden. Und er reichte dem Präfekten was wir einen »Vexierbecher« nennen würden, einen bronzenen Schlangenkopf, der, unvorsichtig an den Mund gebracht, einen Strahl Weines heftig in die Kehle schoß. Aber Cethegus kannte das Spiel, behutsam trank er und gab den Becher zurück. »Deine *trocknen* Witze sind mir lieber, Piso,« lachte er und haschte ihm aus der Brustfalte ein beschriebenes Täfelchen.

»O gieb,« sagte Piso, »es sind keine Verse — sondern — ganz im Gegenteil! — eine Zusammenstellung meiner Schulden für Wein und Pferde.« — »Je nun,« meinte Cethegus, »ich hab' sie an mich genommen — sie sind also mein. Du magst morgen die Quittung bei mir einlösen: aber nicht umsonst — mit einem deiner boshaftesten Epigramme auf meinem frommen Freund Silverius!« — »O Cethegus,« rief der Poet erfreut und geschmeichelt, »wie boshaft kann man sein für vierzigtausend Solidi! Wehe dem heiligen Mann Gottes.«

## Achtes Kapitel

»Und im Schmause — wie weit seid ihr damit?« fragte Cethegus, »schon bei den Äpfeln? sind es diese?«

Und er sah blinzend nach zwei Fruchtkörben von Palmenbast, die hoch aufgehäuft auf einem Bronzetisch mit elfenbeinernen Füßen prangten. »Ha, Triumph!« lachte Marcus Licinius, des Lucius jüngerer Bruder, der sich mit der liebhaberischen Spielplastik der Mode abgab. »Da siehst du meine Kunst, Kallistratos! Der Präfekt nimmt meine Wachsäpfel, die ich dir gestern geschenkt, für echt.« — »Ah wirklich?« rief Cethegus wie erstaunt, obwohl er den Wachsgeruch längst ungern vermerkt. »Ja, Kunst täuscht die Besten. Bei wem hast du gelernt? Ich möchte dergleichen in meinem kyzikenischen Saal aufstellen.«

»Ich bin Autodidakt,« sagte Marcus stolz, »und morgen schicke ich dir meine neuen persischen Äpfel: denn du würdigst die Kunst.«

»Aber das Gelag ist doch zu Ende?« fragte der Präfekt, den linken Arm auf das Polster der Kline stützend.

»Nein,« rief der Wirt, »ich will es nur gestehn: da ich auf unsern Festkönig erst zur Trinkstunde rechnen durfte, hab' ich noch einen kleinen Nachschmaus zu den Bechern gerüstet.« — »O du Frevler,« rief Balbus, sich mit der zottigen Purpurgausape die fettglänzenden Lippen wischend, »und ich habe so schrecklich viel von deinen Feigenschnepfen gegessen!« — »Das ist wider die Verabredung!« rief Marcus Licinius. »Das verdirbt meine Sitten!« sagte der fröhliche Piso ernsthaft. »Sprich, ist das hellenische Einfachheit?« fragte Lucius Licinius. »Ruhig, Freunde,« tröstete Cethegus mit einem Citat: »Auch unverhofftes Unheil trägt ein Römer stark.«

»Der hellenische Wirt muß sich nach seinen Gästen richten,« entschuldigte Kallistratos, »ich fürchte, ihr kämt mir nicht wieder, böte ich euch marathonische Kost.« — »Nun, dann bekenne wenigstens, was noch droht,« rief Cethegus, »du, Nomenklator, lies die Schüsseln ab: ich werde dann die Weine bestimmen, die dazu gehören.«

Der Sklave, ein schöner lydischer Knabe, in einem bis an die Knie aufgeschlitzten Röckchen von blauer pelusischer Leinwand, trat dicht neben Cethegus an den Tisch von Cypressenholz und las von einem Täfelchen ab, das er an goldnem Kettchen um den Hals trug: »Frische Austern aus Britannien in Thunfischbrühe mit Lattich.« — »Dazu Falerner von Fundi,« sprach Cethegus ohne Besinnen. »Aber wo steht der Schenktisch mit den Pokalen? Rechter Trunk mundet nur aus rechter Schale.«

»Dort ist der Schenktisch!« und auf einen Wink des Hausherrn fiel der Vorhang zurück, der die eine Ecke des Zimmers, den Gästen gegenüber, verhüllt hatte.

Ein Ruf des Staunens flog von den Tischen.

Der Reichtum der dort zur Schau gestellten Prunkgeschirre und der Geschmack ihrer Anordnung war selbst diesen verwöhnten Augen überraschend. Auf der Marmorplatte des Tisches stand ein geräumiger silberner Wagen mit goldnen Rädern und ehernem Gespann: es war ein Beutewagen, wie sie in römischen Triumphen aufgeführt zu werden pflegten: und als köstliche Beute lagen darin Pokale, Gläser, Schalen jeder Gestalt und jedes Stoffes in scheinbarer Unordnung, doch mit kunstverständiger Hand, gehäuft.

»Bei Mars dem Sieger,« lachte der Präfekt, »der erste römische Triumph seit zweihundert Jahren. Ein seltner Anblick! Darf ich ihn zerstören?« — »Du bist der Mann, ihn wieder aufzurichten,« sagte Lucius Licinius feurig. »Meinst du? Versuchen wir's! Also zum Falerner die Kelche dort von Terebinthenholz.«

»Weindrosseln vom Tagus mit Spargeln von Tarent!« fuhr der Lydier fort. »Dazu den roten Massiker von Sinuessa aus jenen amethystnen Kelchen.«

»Junge Schildkröten von Trapezunt mit Flamingozungen ...«

»Halt an, beim heiligen Bacchus,« rief Balbus. »Das sind ja die Qualen des Tantalus. Mir ist ganz gleich, aus was ich trinke, aus Terebinthen oder Amethyst — aber dies Aufzählen von Götterbissen mit trocknem Gaumen halt' ich nicht mehr aus. Nieder mit Cethegus dem Tyrannen, er sterbe, wenn er uns hungern läßt.« — »Mir ist, ich wäre Imperator und hörte das getreue Volk von Rom. Ich rette mein Leben und gebe nach. Tragt auf, ihr Sklaven.« Da tönten Flöten aus dem Vorgemach und im Takte der Musik schritten sechs Sklaven, Eupheu um die glänzend gesalbten Locken, in roten Mänteln und weißen Tuniken heran. Sie reichten den Gästen frische Handtücher von feinstem sidonischem Linnen mit weichen Purpurfransen.

»Oh,« rief Massurius, ein junger Kaufmann, der vornehmlich mit schönen Sklaven und Sklavinnen handelte und in dem zweideutigen Ruhme stand, der feinste Kenner solcher Ware zu sein, »das weichste Handtuch ist ein schönes Haar« — und er fuhr dem eben neben ihm knieenden Ganymed durch die Locken. »Aber, Kallistratos, jene Flöten sind hoffentlich weiblichen Geschlechts — auf mit dem Vorhang — laß die Mädchen ein.«

»Noch nicht,« befahl Cethegus. »Erst trinken, dann küssen. Ohne Bacchus und Ceres, du weißt ...« — »Friert Venus, nicht Massurius.«

Da erscholl aus dem Seitengemach der Klang von Lyra und Kithara und ein trat ein Zug von acht Jünglingen in goldgrün schillernden Seidengewändern, vorauf der »Anrichter« und der »Zerleger«: die sechs andern trugen Schüsseln auf dem Haupt: sie zogen im Taktschritt an den Gästen vorüber und machten vor dem Anrichttisch von Citrus Halt. Während sie hier beschäftigt waren, erklangen vom Mittelgrunde her Kastagnetten und Cymbeln, die großen Doppelthüren drehten sich um ihre erzschimmernden Säulenpfosten und ein Schwarm von Sklaven in der schönen Tracht korinthischer Epheben strömte herein. Die einen reichten Brot in zierlich durchbrochenen Bronzekörben: andre verscheuchten die Mükken mit breiten Fächern von Straußenfedern und Palmblättern: einige gossen Öl in die Wandlampen aus doppelhenkeligen Krügen mit anmutvoller Bewegung, indes etliche mit zierlichen Besen von ägyptischem Schilf von dem Mosaikboden die Brosamen fegten und die übrigen Ganymed die Becher füllen halfen, die jetzt schon eifrig kreisten.

Damit stieg denn die Raschheit, die Wärme des Gesprächs und Cethegus, der, wie überlegen nüchtern er blieb, völlig im Moment versunken schien, bezauberte durch seine Jugendlichkeit die Jünglinge.

»Wie ist's,« fragte der Hausherr, »wollen wir würfeln zwischen den Schüsseln? Dort neben Piso steht der Würfelbecher.« — »Nun, Massurius,« meinte Cethegus mit einem spöttischen Blick auf den Sklavenhändler, »willst du wieder einmal dein Glück wider mich versuchen? Willst du wetten gegen mich? Gieb ihm den Becher, Syphax!« winkte er dem Mauren.

»Merkur soll mich bewahren!« antwortete Massurius in komischem Schreck. »Laßt euch nicht ein mit dem Präfekten — er hat das Glück seines Ahnherrn Julius Cäsar geerbt.«

*»Omen accipio!«* lachte Cethegus, »das nehm' ich an, mitsamt dem Dolch des Brutus.«

»Ich sag' euch, er ist ein Zauberer! Erst jüngst hat er eine ungewinnbare Wette gegen mich gewonnen an diesem braunen Dämon ...« Und er wollte dem Sklaven eine Feige ins Gesicht werfen: aber dieser fing sie behende mit den glänzend weißen Zähnen und verzehrte sie mit ruhigem Behagen.

»Gut, Syphax,« lobte Cethegus, »Rosen aus den Dornen der Feinde! Du kannst ein Gaukler werden, sobald ich dich freilasse.«

»Syphax will nicht frei sein, er will dein Syphax sein und dein Leben retten wie du seins.«

»Was ist das — dein Leben?« fragte Lucius Licinius mit erschrockenem Blick. »Hast du ihn begnadigt?« sagte Marcus.

»Mehr, ich hab' ihn losgekauft.«

»Ja, mit meinem Gelde!« brummte Massurius.

»Du weißt, ich hab' ihm dein verwettet Geld sofort als Peculium geschenkt.«

»Was ist das mit der Wette? erzähle, vielleicht ein Stoff für meine Epigramme,« fragte Piso.

»Laßt den Mauren selbst erzählen — sprich, Syphax, du darfst.«

## Neuntes Kapitel

Ohne Zögern trat der junge Sklave in das von den Tischen gebildete Hufeisen, den Rücken zur Thüre gewandt: sein funkelndes Auge überflog rasch die Versammlung und haftete dann mit Glut auf seinem Herrn: alle bewunderten die jugendliche Kraft und Schönheit der schlanken Glieder, deren tiefes Braun nur um die Hüften ein kostbarer Schurz von Scharlach verhüllte.

»Leicht ist erzählt, was schwere Schmerzen barg. Ich bin daheim im Lieblingsland der Sonne; wo hundert Palmen die immer grüne Oase beschatten, außer uns nur dem Löwen bekannt und dem fleckigen Panther. Aber in einer götterverlassenen Nacht, da fand der Feind unser altes Versteck. Vandalische Reiter waren's und keine Rettung. Rot und schwarz stieg der Rauch unsrer Zelte durch die Cedernwipfel hinan, kreischend flohen Weiber und Kinder. Da traf mich ein sausender Speer.

Ich erwachte gebunden im Sklavenraum eines Griechenschiffs, das uns gekauft, mich und viele Männer und Weiber meines Stammes: ich hatte nichts gerettet als meinen Gott, den weißen Schlangenkönig, ich trug ihn im Gürtel geborgen. Sie brachten uns nach Rom, da kaufte mich einer, dessen Namen verflucht sei.«

»'s ist unser Freund Calpurnius,« unterbrach Cethegus.

»Und kein Stern soll ihm leuchten auf nächtlicher Fahrt, er soll verdursten im heißen Sand,« knirschte der Maure mit auflodderndem Haß. »Er schlug mich oft um nichts und ließ mich hungern. Ich schwieg und betete zu meinem Gott um Rache. Er zürnte, daß ich so ruhig seine Wut ertrug.

Er wußte nicht, daß Syphax seinen Gott bei sich trug in Gestalt einer Schlange. Da trat er eines Morgens an mein Lager und fand sie um meinen Hals geringelt. Er erschrak: ich sagte ihm seine Zähne seien nicht tödlich, aber seine Rache. Da ergrimmte er, schlug nach mir und sagte: »Töte den Wurm!« Umsonst flehte ich und wand mich auf den Knieen vor ihm. Er schlug mich und schlug nach dem Gott: und als ich den deckte mit meinem Leibe, schrie er noch wilder: »Töte das Tier.« Wie konnt' ich gehorchen! Da rief er seine Sklaven und befahl: »Nehmt ihm die Bestie und kocht sie lebendig. Er soll seinen Gott fressen!« Ich erschrak zum Tode über diesen Frevel. Und sie griffen mich und haschten nach der Schlange. Aber der Gott gab mir die Kraft der Wut, die da gleich ist der Kraft des pfeilwunden Tigers, und ich sprang unter sie mit gellendem Schrei.

Nieder schlug ich den Verfluchten mit dieser Faust und gewann die Thüre des Hauses und sprang hinaus ins Freie und dreißig Sklaven hinter mir drein. Da galt es das Leben.«

Die Gäste lauschten gespannt, selbst Balbus setzte den Becher ab, den er eben zu Munde führte.

»Ich laufe nicht schlecht: oft haben wir, drei Vettern und ich, die windschnelle Antilope müde gejagt. Und die Sklaven waren langsam und schwer.

Aber sie kannten die Stadt und ihre Straßen und ich nicht. So war es ein ungleich Spiel. Die Verfolger teilten sich in Scharen von drei, vier Mann und gewannen mir durch Seitengassen und Durchgänge den Weg ab.

Zum Glück hatte ich im Vorbeirennen an einer Schmiede einen schweren Feuerhaken errafft: zwei, dreimal braucht' ich ihn, die Verfolger zu scheuchen, zu treffen, die mir plötzlich von vorn entgegenkamen. Ich fühlte aber, lange konnte das nicht mehr dauern: wie rasch ich war, wie langsam sie, zuletzt mußte ich doch erliegen.

Da sandte mir der Gott, den ich fest mit der Linken an die Brust drückte, Ihn,« — und sein schönes Auge funkelte — »meinen Herrn, den gewaltigen, der mächtig ist wie der Löwe von Abaritana und klug wie der Elefant, der da gut ist wie milder Regen nach langer Dürre und herrlich wie ...«

»Jetzt erzählst du schlecht, Syphax, ich will vollenden. Ich kam gerade von den Schanzwerken am aurelischen Thor, dem Grabmal Hadrians.«

»Deinem schönen, göttergeschmückten Lieblingsort,« unterbrach Kallistratos.

»Und bog am Fuße des Kapitols in das Forum Trajans: da stand eine gaffende, schreiende Menge und sah der Menschenjagd neugierig zu: wie ein Pfeil schoß der Maure von dem Forum des Nerva heran, seine Verfolger weit hinter ihm. Aber siehe, dicht neben mir bogen von links fünf, von rechts sieben der Sklaven des Calpurnius auf das Forum ein, bereit, ihn aufzufangen, sowie er auf dem Platz ankam. »Der ist verloren!« sagte neben mir eine bekannte Stimme, es war Massurius, der aus dem Bade des Augustus trat.

»Wem gehört er?« fragte ich. »Calpurnius ist unser Herr,« antwortete der Sklave neben mir. »Dann wehe ihm,« sprach Massurius zu mir: »er hängt seine Strafsklaven bis an den Hals gebunden in seinen Fischweiher und läßt sie lebendig auffressen von seinen Muränen und Hechten.« —

»Ja,« sagte der Sklave, »Syphax hat ihn niedergeschlagen, und der Herr rief im Aufstehen: »zu den Muränen den Hund! wer ihn einbringt, ist frei.«

Ich blickte den Platz hinab auf den Mauren, der jetzt gleich heran war. »Der ist zu gut für die Fische,« sagte ich, »welch' herrlicher Wuchs! Und sieh, er kömmt durch, ich wette.

Denn eben hatte der Flüchtling die erste Kette der Sklaven, die sich ihm an der Mündung der Via julia entgegenwarf, durchbrochen und flog jetzt auf uns zu.«

»Und ich wette tausend Solidi, er kömmt nicht durch: sieh', dort die Lanzen,« sprach Massurius. »Gerade vor uns standen fünf Sklaven mit Lanzen und Wurfspeeren. »Es gilt!« rief ich, tausend Solidi.

Da war er heran.

Drei Speere sausten zugleich: aber wie ein Panther duckte der Flinke unter ihnen weg und, plötzlich aufschnellend, sprang er in hohem Satz über die Lanzen der beiden übrigen. Atemlos kam er dicht vor mir zu Boden: er blutete von Steinen und Pfeilen und schon kam jetzt vom Forum julium heran das ganze Rudel. Verzweifelnd sah er um sich und wollte nach rechts in die Friedens-Tempel-Straße, die ihn gerade nach seines Herrn Hause zurückgeführt hätte. Da sah ich vor uns das Portal der kleinen Basilika von Sankt Laurentius offen stehen. »Dort hin!« rief ich ihm zu.«

»In meiner Sprache! er kennt meine Sprache,« rief Syphax.

»Er kennt, glaub' ich, alle Sprachen,« meinte Marcus Licinius.

»Dorthin, wiederholte ich, dort ist Asyl. Wie der Blitz war er die Stufen hinan, schon auf der letzten, da traf ihn ein Stein, daß er stürzte und sein nächster Verfolger war oben und packte ihn. Aber glatt wie ein Aal rang er sich aus seinem Griff, stieß ihn die Stufen hinab und sprang in die Thüre der Kirche.«

»Da hattest du gewonnen,« sagte Kallistratos.

»Ich wohl, aber er nicht. Denn die Priester von St. Laurentius, so eifersüchtig sie ihre Asylrechte wahren, so wenig haben sie Mitleid mit einem Heiden. Einen Tag lang bargen sie ihn: als sie aber erfuhren, daß er um der Schlange willen seinen Herrn niedergeschlagen, da stellten sie ihm die Wahl, Christ zu werden und den Götzen aufzugeben, oder Calpurnius und die Muränen.

Syphax wählte den Tod. Ich erfuhr es und kaufte dem Zornigen seine Rache ab und das Leben dieses schlanken Burschen, des schönsten Sklaven in Rom.«

»Kein schlechtes Geschäft,« meinte Marcus, »der Maure ist dir treu.«

»Ich glaube,« sagte Cethegus, »tritt zurück, Syphax.

Da bringt der Koch sein Meisterstück, so scheint's.«

## Zehntes Kapitel

Es war eine sechspfündige Steinbutte, seit Jahren im Meerwasserweiher des Kallistratos mit Gänselebern gemästet. Der vielgepriesene »Rhombus« kam auf silberner Schüssel, ein goldenes Krönchen auf dem Kopf.

»Alle guten Götter und du, Prophete Jonas!« lallte Balbus zurücksinkend in die Polster, »der Fisch ist mehr wert als ich selber.« — »Still, Freund,« warnte Piso, »daß uns nicht Cato höre, der gesagt: wehe der Stadt, wo ein Fisch mehr wert als ein Rind.« Schallendes Gelächter und der laute Ruf *Euge belle!* übertönte den Zornruf des Halbberauschten.

Der Fisch ward zerschnitten und köstlich erfunden.

»Jetzt, ihr Sklaven, fort mit dem matten Massiker. Der edle Fisch will schwimmen in edlem Naß. Auf, Syphax, jetzt paßt, was ich zu dem Gelage beigesteuert. Geh' und laß die Amphora hereinbringen, welche die Sklaven draußen in Schnee gestellt. Dazu die Phialen von gelbem Bernstein.«

»Was bringst du seltenes, aus welchem Land?« fragte Kallistratos. »Frag, aus welchem Weltteil? bei diesem vielgereisten Odysseus,« sagte Piso.

»Ihr müßt raten. Und wer es errät, wer diesen Wein schon gekostet hat, dem schenk' ich eine Amphora, so hoch wie diese.«

Zwei Sklaven, eppichbekränzt, schleppten den mächtigen, dunkeln Krug herein: von schwarzbraunem Porphyr und fremdartiger Gestalt, mit hieroglyphischen Zeichen geschmückt und wohl vergipst oben an der Mündung.

»Beim Styx! kömmt er aus dem Tartarus? das ist ein schwarzer Gesell,« lachte Marcus.

»Aber er hat eine weiße Seele — zeige sie, Syphax.« Der Nubier schlug mit dem Hammer von Ebenholz, den ihm Ganymedes reichte, sorgfältig den Gips herunter, hob mit silberner Zange den Verschluß von Palmenrinde heraus, schüttete die Schicht Öl hinweg, die oben schwamm, und füllte die Pokale. Ein starker berauschender Geruch entstieg der weißen, klebrigen Flüssigkeit. Alle tranken mit forschender Miene.

»Ein Göttertrank!« rief Balbus absetzend. »Aber stark wie flüssiges Feuer,« sagte Kallistratos.

»Nein, den kenn' ich nicht!« sprach Lucius Licinius.

»Ich auch nicht,« beteuerte Marcus Licinius. »Aber ich freue mich, ihn kennen zu lernen,« rief Piso und hielt Syphax die leere Schale hin.

»Nun,« fragte der Wirt, zu dem letzten, bisher fast ganz stummen Gast zu seiner Rechten gewendet, »nun, Furius, großer Seefahrer, Abenteurer, Indiensucher, Weltumsegler, wird deine Weisheit auch zu Schanden?«

Der Gefragte erhob sich leicht von den Kissen, ein schöner athletischer Mann von einigen dreißig Jahren, von bronzener wettergebräunter Gesichtsfarbe, kohlschwarzen tiefliegenden Augen, blendend weißen Zähnen und vollem Rundbart nach orientalischem Schnitt.

Aber ehe er noch sprechen konnte, fiel Kallistratos rasch ein: »Doch, beim Zeus Xenios, ich glaube, ihr kennt euch gar nicht?« Cethegus maß die fesselnde Erscheinung mit scharfem Blick. »Ich kenne den Präfekten von Rom,« sagte der Schweigsame. »Nun, Cethegus, und dies ist mein vulkanischer Freund, Furius Ahalla, aus Korsika, der reichste Schiffsherr des Abendlands, tief wie die Nacht und heiß wie das Feuer: er hat fünfzig Häuser, Villen und Paläste an allen Küsten von Europa, Asien und Afrika, zwanzig Galeeren, ein paar tausend Sklaven und Matrosen und ...«

»Und einen sehr geschwätzigen Freund,« schloß der Korse. »Präfekt, mir ist es leid um dich, aber die Amphora ist mein. Ich kenne den Wein.« Und er nahm ein Kibitzei und zerschlug es mit goldenem Löffel.

»Schwerlich,« lächelte Cethegus spöttisch.

»Doch. Es ist Isiswein. Aus Ägypten. Aus Memphis.« Und ruhig schlürfte er das goldrötliche Ei.

Erstaunt sah ihn Cethegus an. »Erraten,« sagte er dann. »Wo hast du ihn gekostet?« — »Notwendig da, wo du. Er fließt ja nur aus Einer Quelle,« lächelte der Korse. »Genug mit euren Geheimnissen! Keine Rätsel unter den Rosen!« rief Piso. »Wo habt ihr beiden Marder dasselbe Nest gefunden?« fragte Kallistratos.

»Nun,« rief Cethegus, »wisset es immerhin. Im alten Ägypten, im heiligen Memphis voraus, haben sich immer noch, dicht neben den christlichen Einsiedlern und Mönchen in der Wüste, glaubenszähe Männer und namentlich Frauen erhalten, die nicht lassen wollen von Apis und Osiris und besonders treu den süßen Dienst der Isis pflegen. Sie flüchten von der Oberfläche, wo die Kirche das Kreuz der Askese siegreich aufgepflanzt, in die Tiefen, in den geheimen Schoß der großen Mutter Erde mit ihrem heilgen teuren Wahn. In einem Labyrinth unter den Pyramiden des Cheops haben sie noch einige hundert Krüge geborgen des mächt'gen Weines, welcher dereinst die Eingeweihten zu den Orgien der Freude, der Liebe berauschte. Die Kunde geht geheim gehalten von Geschlecht zu Geschlecht, immer nur Eine Priesterin kennt den Keller und bewahrt den Schlüssel.

Ich küßte die Priesterin und sie führte mich ein: sie war eine wilde Katze, aber ihr Wein war gut: und sie gab mir zum Abschied fünf Krüge mit aufs Schiff.«

»Soweit hab' ich es mit Smerda nicht gebracht,« sagte der Korse; »sie ließ mich trinken im Keller, aber als Andenken gab sie mir nur das mit« — und er entblößte den braunen Hals. »Einen Dolchstich der Eifersucht,« lachte Cethegus. »Nun, mich freut, daß die Tochter nicht aus der Art schlägt. Zu meiner Zeit, das heißt, als mich die Mutter trinken ließ, lief die kleine Smerda noch im Kinderröckchen. Wohlan, es lebe der heilge Nil und die süße Isis.« Und die beiden tranken sich zu.

Aber es verdroß sie, ein Geheimnis teilen zu sollen, das jeder allein zu besitzen geglaubt.

Doch die andern waren bezaubert von der Laune des eisigen Präfekten, der jugendlich wie ein Jüngling mit ihnen plauderte und jetzt, da das beliebteste Thema für junge Herren unter den Bechern angeregt war — Liebesabenteuer und Mädchengeschichten — unerschöpflich übersprudelte von Streichen und Schwänken, die er meistens selbst erlebt. Alle hingen mit Fragen an seinen Lippen. Nur der Korse blieb stumm und kalt.

»Sage,« rief der Wirt und winkte dem Schänken, als gerade das Gelächter über eine solche Geschichte verhallt war, »sag an, du Mann buntscheckiger Erfahrung: ägyptische Isismädchen, gallische Druidinnen, nachtlockige Töchter Syriens und meine plastischen Schwestern von Hellas: alle kennst du und weißt du zu schätzen, aber sprich, hast du je ein germanisch Weib geliebt?«

»Nein,« sagte Cethegus, seinen Isiswein schlürfend, »sie waren mir immer zu langweilig.«

»Oho,« meinte Kallistratos, »das ist zuviel gesagt. Ich sage euch, ich habe an den letzten Calenden einen Wahnsinn gehabt für ein germanisch Weib, die war nicht langweilig.«

»Wie, du, Kallistratos von Korinth, der Aspasia, der Helena Landsmann, erglühst für ein Barbarenweib? O arger Eros, Sinnenverwirrer, Männerbeschämer,« schalt der Präfekt.

»Ja, wenn du willst, war's eine Sinnesverwirrung: ich habe nie dergleichen erfahren.«

»Erzähle, erzähle,« drängten die andern.

## Elftes Kapitel

»Immerhin,« sagte der Hausherr, die Polster glättend, »obwohl ich keine glänzende Rolle dabei spiele.

Also an den vorigen Calenden etwa kam ich zur achten Stunde aus den Bädern des Abaskantos nach Hause.

Da steht auf der Straße niedergelassen eine Frauensänfte, vier Sklaven dabei, ich glaube, gefangene Gepiden. Unmittelbar aber vor der Thüre meines Hauses stehen zwei verhüllte Frauen, die Calantica über den Kopf gezogen. Die eine trug sklavisch Gewand, aber die andre war sehr reich und geschmackvoll gekleidet und das Wenige, was von Wuchs und Gestalt zu sehen, war göttlich. Welch schwebender Schritt, welch feiner Knöchel, welch hochgewölbter Fuß! Als ich näher herankam, ließen sich beide rasch in die Sänfte heben und fort waren sie. Ich aber — ihr wißt, es steckt des Bildhauers Blut in allen Hellenen — ich träumte des Nachts von dem feinen Knöchel und dem wogenden Schritt.

Mittags drauf, da ich die Thüre öffne, aufs Forum zu gehn zu den Bibliographen, wie ich pflege, seh ich dieselbe Sänfte rasch von dannen eilen.

Ich gestehe, ohne sonst besonders eitel zu sein, diesmal hoffte ich eine Eroberung gemacht zu haben — ich wünschte es so sehr. Und ich zweifelte gar nicht mehr, als ich, um die achte Stunde nach Hause kommend, wieder meine Fremde, diesmal unbegleitet, an mir vorüberschlüpfen sah und nach ihrer Sänfte eilen. Folgen konnt' ich den raschen Sklaven nicht, so trat ich in mein Haus, froher Gedanken voll. Da sagte der Ostiarius: »Herr, eine verhüllte Sklavin wartet dein in der Bibliothek.«

Pochenden Herzens eilte ich in das Gemach. Richtig! es war die Sklavin, die ich gestern gesehen. Sie schlug den faltigen Mantel zurück: eine hübsche, verschlagne Maurin oder Karthagerin — ich kenne den Schlag — sah mich mit schlauen Augen an.

»Ich bitte um Botenlohn,« sagte sie, »Kallistratos, ich bringe dir gute Kunde.«

Ich faßte ihre Hand und wollte ihr die dunkle Wange streicheln — denn wer die Herrin begehrt, der küsse die Sklavin — aber sie lachte und sprach: »Nein, nicht Eros, Hermes sendet mich.

Meine Herrin« — hoch horchte ich auf — »meine Herrin ist — eine leidenschaftliche Freundin der Kunst. Sie bietet dir dreitausend Solidi für die Aresbüste, die in der Nische neben der Thüre deines Hauses steht.«

Laut lachten die jungen Leute, Cethegus mit ihnen.

»Ja, lacht nur,« fuhr der Hausherr selbst einstimmend fort, »ich aber lachte damals nicht. Aus all meinen Träumen heruntergefallen, sprach ich verdrießlich: mir ist das Werk nicht feil. Die Sklavin bot fünftausend, bot zehntausend Solidi: ich wandte ihr den Rücken und griff nach der Thür.

Da sagte die Schlange: »Ich weiß, Kallistratos von Korinth ist unwillig, weil er ein Abenteuer gehofft und fand ein Geldgeschäft.

Er ist Hellene, er liebt die Schönheit, er brennt vor Neugier, meine Herrin zu sehn.« Das war so richtig, daß ich nur lächeln konnte.

»Wohlan,« sprach sie, »du sollst sie sehn. Und dann erneuere ich mein letzt Gebot. Schlägst du's dann dennoch aus, hast du immerhin den Vorteil, deine Neugier gestillt zu haben. Morgen um die achte Stunde kömmt die Sänfte wieder. Dann halte dich bereit mit deinem Ares.«

Und sie schlüpfte hinweg. Unruhig blieb ich zurück.

Ich konnte nicht leugnen, meine Neugier war sehr gespannt. Fest entschlossen, meinen Ares nicht herzulassen und die Kunstnärrin doch zu sehen, erwartete ich gierig die bestimmte Stunde. Die Stunde kam und die Sänfte kam. Ich stand lauschend an meiner offnen Thür. Die Sklavin stieg heraus.

»Komm,« rief sie mir zu, »du sollst sie sehn.«

Bebend vor Aufregung trat ich heran, der Purpurvorhang der Sänfte fiel halb zurück und ich sah . . .«

»Nun,« rief Markus, sich vorbeugend, den Becher in der Hand.

»Was ich nie wieder vergessen werde. Ein Gesicht, Freunde, von ungeahnter Schönheit. Kypris und Artemis in Einer Person. Ich war wie geblendet. Ich kann sie nicht schildern. Der Vorhang fiel zu. Ich aber sprang zurück, hob den Ares aus der Nische, reichte ihn der Punierin, wies ihr Gold zurück und taumelte in meine Thür, betäubt, als hätt' ich eine Waldnymphe gesehn.«

»Nun, das ist stark,« lachte Massurius. »Bist doch sonst kein Neuling in den Werken des Eros.«

»Aber,« fragte Cethegus, »woher weißt du, daß diese Zauberin eine Gotin war?«

»Sie hatte dunkelrotes Haar und milchweiße Haut und schwarze Augenbrauen.«

»Alle guten Götter!« dachte Cethegus. Aber er schwieg und wartete.

Keiner der Anwesenden sprach den Namen aus.

»Sie kennen sie nicht,« sagte Cethegus zu sich. »Und wann war das?« fragte er den Wirt.

»An den vorigen Calenden.«

»Ganz richtig,« rechnete Cethegus; »da kam sie von Tarentum durch Rom nach Ravenna. Sie ruhte hier drei Tage.«

»Und so hast du,« lachte Piso, »deinen Ares eingebüßt für einen Blick. Schlechter Handel! diesmal waren Merkur und Venus im Bunde. Armer Kallistratos.«

»Ach,« sagte dieser, »die Büste war gar nicht soviel wert. Es war moderne Arbeit. Ion in Neapolis hat sie vor drei Jahren gemacht. Aber ich sag euch, einen Pheidias hätt ich hingegeben um jenen Anblick.«

»Ein Idealkopf?« fragte Cethegus, wie gleichgültig und hob den ehernen Mischkrug, der vor ihm stand, scheinbar bewundernd, auf.

»Nein, das Modell war ein Barbar – irgend ein Gotengraf – Watichis oder Witichis – wer kann sich die hyperboräischen Namen merken!« sagte Kallistratos seinen Bericht schließend und einem Pfirsich die Haut abziehend.

Nachdenklich schlürfte Cethegus aus seiner Schale von Bernstein.

## Zwölftes Kapitel

»Ja, die Barbarinnen könnte man sich gefallen lassen,« rief Markus Licinius, »aber der Orcus verschlinge ihre Brüder!« Und er riß den welken Rosenkranz vom Haupt: die Blumen ertrugen den Dunst des Gelages schlecht – und ersetzte ihn durch einen frischen. »Nicht nur die Freiheit haben sie uns genommen: sie schlagen uns bei den Töchtern Hesperiens in der Liebe sogar aus dem Felde. Erst neulich hat die schöne Lavinia meinem Bruder die Thüre verschlossen und den fuchsroten Aligern eingelassen.«

»Barbarischer Geschmack!« meinte der Verschmähte achselzuckend und wie zum Trost nach seinem Isiswein langend. »Du kennst sie ja auch, Furius – ist es nicht Geschmacksverirrung?« – »Ich kenne deinen Nebenbuhler nicht,« sagte der Korse. »Aber es giebt schon Burschen unter diesen Goten, die einem Weib gefährlich werden mögen.

Und da fällt mir ein Abenteuer ein, das ich jüngst entdeckt, das aber freilich noch ohne Spitze ist.« – »Erzähle nur,« mahnte Kallistratos, die Hände in das laue Waschwasser steckend, das jetzt in korinthischen Erzschüsseln herumgereicht wurde, vielleicht finden wir die Spitze dazu.«

»Der Held meiner Geschichte,« hob Furius an, »ist der schönste der Goten.« – »Ah, Totila der junge,« unterbrach Piso und ließ sich den kameengeschmückten Becher mit Eiswein füllen. »Derselbe. Ich kenne ihn seit Jahren und bin ihm sehr gut, wie alle müssen, die je sein sonnig Angesicht geschaut, abgesehen davon,« – und hier überflog des Korsen Züge ein Schatte ernsten Erinnerns und er stockte – »daß ich ihm sonst verbunden bin.«

»Du bist, scheint's, verliebt in den Blondkopf,« spottete Massurius, dem Sklaven, den er mitgebracht, ein Tuch voll picentinischen Zwiebacks zuwerfend, um es mit nach Hause zu nehmen. »Nein, aber er hat mir, wie allen, mit denen er zu thun hat, viel Freundliches erwiesen und gar oft hatte er die Hafenwache in den italischen Seestädten, wo ich landete.«

»Ja, er hat große Verdienste um das Seewesen der Barbaren,« sagte Lucius Licinius. »Wie um ihre Reiterei,« stimmte Markus bei, »der schlanke Bursche ist der beste Reiter seines Volks.«

»Nun, ich traf ihn zuletzt in Neapolis: wir freuten uns der Begegnung, aber vergebens drang ich in ihn, die fröhlichen Abendgelage auf meinem Schiffe zu teilen.«

»O, diese deine Schiffsabende sind berühmt und berüchtigt,« meinte Balbus, »du hast stets die feurigsten Weine.« — »Und die feurigsten Mädchen,« fügte Massurius bei.

»Wie dem sei, Totila schützte jedesmal Geschäfte vor und war nicht zu gewinnen. Ich bitte euch! Geschäfte nach der achten Stunde in Neapolis! Wo die Fleißigsten faul sind! Es waren natürlich Ausflüchte. Ich beschloß ihm auf die Sprünge zu kommen und umschlich Abends sein Haus in der Via lata. Richtig: gleich den ersten Abend kam er heraus, vorsichtig umblickend, und, zu meinem Staunen, verkleidet; wie ein Gärtner war er angethan, einen Reisehut tief ins Gesicht gezogen, eine Abolla umgeschlagen. Ich schlich ihm nach. Er ging quer durch die Stadt nach der Porta Capuana zu. Dicht neben dem Thore steht ein dicker Turm, darinnen wohnt der Pförtner, ein alter patriarchenhafter Jude, dem König Theoderich ob seiner großen Treue die Hut des Thores anvertraut.

Vor dem Turme blieb mein Gote stehen und schlug leise in die Hand: da flog eine schmale Seitenthür von Eisen, die ich gar nicht bemerkt, geräuschlos auf und hinein schlüpfte Totila geschmeidig wie ein Aal.«

»Ei, ei,« fiel Piso der Dichter eifrig ein, »ich kenne den Juden und Miriam, sein herrlich prachtäugiges Kind! Die schönste Tochter Israels, die Perle des Morgenlands, ihre Lippen sind Granaten, ihr Aug' ist dunkelmeeresblau und ihre Wangen haben den roten Duft des Pfirsichs.« — »Gut, Piso,« lächelte Cethegus, »dein Gedicht ist schön.« — »Nein,« rief dieser. »Miriam selbst ist die lebendige Poesie.« — »Stolz ist die Judendirne,« brummte Massurius dazwischen, »sie hat mich und mein Gold verschmäht mit einem Blick, als habe man nie ein Weib um Geld gekauft.« — »Siehe,« sprach Lucius Licinius, »so hat sich der hochmüt'ge Gote, der einherschreitet, als trüg' er alle Sterne des Himmels auf seinem Lockenhaupt, zu einer Jüdin herabgelassen.«

»So dacht' auch ich und ich beschloß, den Jungen bei nächster Gelegenheit schwer zu verhöhnen mit seinem Moschusgeschmack. Aber nichts da. Ein paar Tage darauf mußte ich nach Capua. Ich breche vor Sonnenaufgang auf, die Hitze zu meiden. Ich fahre durch die Porta Capuana zur Stadt hinaus beim ersten Frührot: und als ich in meinem Reisewagen über die harten Steine an dem Judenturm vorüberrassele, denk' ich neidvoll an Totila und sage mir, der liegt jetzt in weichen Armen. Aber am zweiten Meilensteine vor dem Thor begegnet mir, nach der Stadt zuschreitend, leere Blumenkörbe über Brust und Rücken, in Gärtnertracht, wie damals — Totila. Er lag also nicht in Miriams Armen. Die Jüdin war nicht seine Geliebte, vielleicht seine Vertraute, und wer weiß, wo die Blume blüht, die dieser Gärtner pflegt. Der Glücksvogel! Bedenkt nur, auf der Via capuana stehen all' die Villen und Lustschlösser der ersten Familien von Neapolis und in jenen Gärten prangen und blühen die herrlichsten Weiber.«

»Bei meinem Genius,« rief Lucius Licinius, die bekränzte Schale hebend, »dort leben ja die schönsten Weiber Italiens — Fluch über den Goten!« — »Nein,« schrie Massurius, von Wein erglühend, »Fluch über Kallistratos und den Korsen, die uns mit fremden Liebesgeschichten bewirten, wie der Storch aus Kelchgläsern den Fuchs. Laß endlich, Hausherr, deine Mädchen kommen, wenn du deren bestellt hast: nicht höher brauchst du unsre Erwartung zu spannen.« — »Jawohl, die Mädchen, die Tänzerinnen, die Psalterien!« riefen die jungen Leute durcheinander.

»Halt,« sprach der Wirt, »wo Aphrodite naht, muß sie auf Blumen wandeln. Dies Glas bring' ich dir, Flora!« Er sprang auf und schleuderte an die getäfelte Decke eine köstliche Krystallschale, daß sie klirrend zersprang.

Sowie das Glas an die Balken der Decke schlug, hob sich das ganze Getäfel wie eine Fallthür empor und ein reicher Regen von Blumen aller Art flutete auf die Häupter der erstaunten Gäste nieder, Rosen und Pästum, Veilchen von Thurii, Myrten von Tarentum, Mandelblüten bedeckten wie ein dichtes Schneegestöber in duftigen Flocken den Mosaikboden, die Tische, die Polster und die Häupter der Gäste.

»Schöner,« rief Cethegus, »zog Venus nie auf Paphos ein.«

Kallistratos schlug in die Hände. Da teilte sich beim Klang von Lyra und Flöte dem Triklinium gerade gegenüber die Mittelwand des Gemachs: vier hochgeschürzte Tänzerinnen, ausgesucht schöne Mädchen, in persische Tracht, d. h. in durchsichtigen Rosaflor gekleidet, sprangen cymbelnschlagend aus einem Gebüsch von blühendem Oleander.

Hinter ihnen kam ein großer Wagen in Gestalt einer Fächermuschel, dessen goldne Räder von acht jungen Sklavinnen geschoben wurden, vier Flötenbläserinnen in lydischem Gewand — Purpur und Weiß und goldgestickten Mänteln — schritten vorauf: und auf dem Sitz des Wagens ruhte, von Rosen übergossen, in halb liegender Stellung Aphrodite selbst, in Gestalt eines blühenden Mädchens von lockender, üppiger Schönheit, dessen fast einzige Verhüllung der Aphroditen nachgebildete Gürtel der Grazien war.

»Ha, beim heiligen Eros und Anteros!« schrie Massurius und sprang unsichern Schrittes von der Kline herab unter die Gruppe.

»Verlosen wir die Mädchen!« rief Piso, »ich habe ganz neue Würfel aus Gazellenknöcheln, weihen wir sie ein.« — Laßt sie den Festkönig verteilen,« schlug Marcus Licinius vor. »Nein, Freiheit, Freiheit wenigstens in der Liebe,« rief Massurius und faßte die Göttin heftig am Arme, »und Musik, heda, Musik ...«

»Musik,« befahl Kallistratos.

Aber ehe noch die Cymbelschlägerinnen wieder anheben konnten, wurde die Eingangsthüre hastig aufgerissen und die Sklaven, die ihn aufhalten wollten, zur Seite drängend, stürmte Scävola herein, er war leichenblaß.

»Hier also, hier wirklich find' ich dich, Cethegus? in diesem Augenblick!«

»Was giebt's?« sagte der Präfekt und nahm ruhig den Rosenkranz vom Haupt.

»Was es giebt? das Vaterland schwankt zwischen Scylla und Charybdis. Die gotischen Herzoge Thulun, Ibba und Pitza ...«

»Nun?« fragte Lucius Licinius.

»Sie sind ermordet!«

»Triumph!« rief der junge Römer und ließ die Tänzerin fahren, die er umfaßt hielt.

»Schöner Triumph!« zürnte der Jurist. »Als die Nachricht nach Ravenna kam, beschuldigte alles Volk die Königin, sie stürmten den Palast: doch Amalaswintha war entfloh'n.«

»Wohin?« fragte Cethegus, rasch aufspringend.

»Wohin? auf einem Griechenschiff — nach Byzanz!«

Cethegus setzte schweigend den Becher auf den Tisch und furchte die Stirn.

»Aber das Ärgste ist — die Goten wollen sie absetzen und einen König wählen.« — »Einen König?« sagte Cethegus. »Wohlan, ich rufe den Senat zusammen. Auch die Römer sollen wählen.«

»Wen, was sollen wir wählen?« fragte Scävola.

Aber Cethegus brauchte nicht zu antworten. Lucius Licinius rief statt seiner: »Einen Diktator! fort, fort in den Senat.«

»In den Senat!« wiederholte Cethegus majestätisch. »Syphax, meinen Mantel.«

»Hier, Herr, und dabei dein Schwert,« flüsterte der Maure. »Ich führ' es immer mit, auf alle Fälle.«

Und Wirt und Gäste folgten halb taumelnd dem Präfekten, der, allein völlig nüchtern, ihnen voraus aus dem Hause auf die Straße schritt.

## Dreizehntes Kapitel

In einem der schmalen Gemächer des Kaiserpalastes zu Byzanz stand kurze Zeit nach dem Fest der Floralien ein kleiner Mann von nicht ansehnlicher Gestalt in sorgenschweres Sinnen versunken.

Es war still und einsam rings um ihn.

Obwohl es draußen noch heller Tag, war doch das Rundbogenfenster, das nach dem Hofraum des weitläufigen Gebäudes führte, mit schweren golddurchwirkten Teppichen dicht verhangen: gleich köstliche Stoffe deckten den Mosaikboden des Zimmers, so daß kein Geräusch die Schritte des langsam auf und ab Wandelnden begleitete.

Gedämpftes, mattes Licht füllte den Raum.

Auf dem Goldgrund der Wände prangte die lange Reihe der christlichen Imperatoren seit Constantius in kleinen weißen Büsten: gerade über dem Schreibdivan hing ein großes mannshohes Kreuz von gediegenem Golde.

So oft der einsam auf und nieder Schreitende daran vorbeikam, neigte er das Haupt vor demselben: denn in der Mitte des Goldes war, von Glas umschlossen, ein Splitter des angeblich echten Kreuzes angebracht.

Endlich blieb er vor der Weltkarte stehen, die, den Orbis romanus darstellend, auf purpurgesäumtem Pergament eine der Wände bedeckte: nach langem, prüfendem Blick seufzte der Mann und bedeckte mit der Rechten Gesicht und Augen.

Es waren keine schönen Augen und kein edles Gesicht: aber vieles, Gutes und Böses, lag darin.

Wachsamkeit, Mißtrauen und List sprachen aus dem unruhigen Blick der tiefliegenden Augen: schwere Falten, der Sorge mehr als des Alters, furchten die vorspringende Stirn und die magern Wangen.

»Wer den Ausgang wüßte!« seufzte er noch einmal, die knochigen

Hände reibend. »Es treibt mich unablässig. Ein Geist ist in meine Brust gefahren und mahnt und mahnt.

Aber ist's ein Engel des Herrn oder ein Dämon? Wer mir meinen Traum deutete! Vergieb, dreieiniger Gott, vergieb deinem eifrigsten Knecht. Du hast die Traumdeuter verflucht.

Aber doch träumte König Pharao und Joseph durfte ihm deuten: und Jakob sah im Traum den Himmel offen und ihre Träume kamen von dir. Soll ich? darf ich es wagen?«

Und wieder schritt er unschlüssig auf und nieder, wer weiß, wie lange noch, wäre nicht der Purpurvorhang des Eingangs leise gehoben worden.

Ein goldschimmernder Velarius warf sich vor dem kleinen Mann zur Erde mit auf der Brust gekreuzten Armen. »Imperator, die Patricier, die du beschieden.«

»Geduld,« sagte jener, sich auf die Kline mit dem Gestell von Gold und Elfenbein niederlassend, »rasch die Silberschuhe und die Chlamys.«

Der Palastdiener zog ihm die Sandalen mit den dicken Sohlen und den hohen Absätzen an, welche die Gestalt um ein paar Zoll erhöhten, und warf ihm den faltenreichen, mit Goldsternen übersäten Mantel um die Schulter, jedes Stück der Gewandung küssend, wie er es berührte: nach einer Wiederholung der fußfälligen Niederwerfung, die in dieser orientalischen Unterwürfigkeit erst neuerlich verschärft worden war, ging der Velarius.

Und Kaiser Justinianus stellte sich, den linken Arm auf eine gebrochne Porphyrsäule aus dem Tempel von Jerusalem gestützt, die zu diesem Behuf nach seiner Größe zurechtgesägt war, in seiner »Audienzattitüde« dem Eingang gegenüber.

Der Vorhang ging zurück und drei Männer betraten das Gemach mit der gleichen Begrüßungsform wie jener Sklave: und doch waren sie die ersten Männer dieses Kaiserreichs, wie, mehr noch als ihre reichgeschmückten Gewänder, ihre hochbedeutenden Köpfe, ihre geistvollen Züge bewiesen.

»Wir haben euch beschieden,« hob der Kaiser an, ohne ihre demütige Begrüßung zu erwidern, »euren Rat zu hören — über Italien. Ich habe euch alle nötigen Kenntnisse über die Dinge daselbst verschafft: die Briefe der Regentin, die Dokumente der Patriotenpartei daselbst: drei Tage hattet ihr Zeit. Erst rede du, Magister Militum.«

Und er winkte dem Größten unter den dreien, einer stattlichen, ganz in eine reichvergoldete Rüstung gekleideten Heldengestalt. Die großen, offenen, hellbraunen Augen sprachen von Treue und Zuversicht, eine starke gerade Nase, volle Wangen gaben dem Gesicht den Ausdruck gesunder Kraft, die breite Brust, die gewaltigen Schenkel und Arme hatten etwas herkulisches, der Mund aber zeigte trotz des grimmen Rundbartes Milde und Gutherzigkeit.

»Herr,« sprach er mit voller, aus tiefer Brust quellender Stimme, »Belisars Rat ist immer: greifen wir die Barbaren an.« — »Soeben hab' ich auf dein Geheiß das Reich der Vandalen in Afrika zertrümmert mit fünfzehntausend Mann. Gieb mir dreißigtausend und ich werde dir die Gotenkrone zu Füßen legen.«

»Gut,« sprach der Kaiser erfreut, »dies Wort hat mir wohlgethan. Was sprichst du, Perle meiner Rechtsgelehrten, Tribonianus?«

Der Angeredete war wenig kleiner als Belisar, aber nicht so breitschultrig und die Glieder nicht so sehr durch stete Übung entwickelt. Die hohe, ernste Stirn, das ruhige Auge, der festgeschnittene Mund zeugten von einem mächtigen Geist. »Imperator,« sagte er gemessen, »ich warne dich vor diesem Krieg. Er ist ungerecht.«

Unwillig fuhr Justinianus auf: »Ungerecht! wiederzunehmen, was zum römischen Reich gehört.«

»Gehört hat. Dein Vorfahr Zeno überließ durch Vertrag das Abendland an Theoderich und seine Goten, wenn sie den Anmaßer Odovakar gestürzt.«

»Theoderich sollte Statthalter des Kaisers sein, nicht König von Italien.«

»Zugegeben. Aber nachdem er es geworden — wie er es werden mußte, ein Theoderich konnte nicht der Diener eines Kleineren sein — hat ihn Kaiser Anastasius, dein Ohm Justinus, du selbst hast ihn anerkannt, ihn und sein Königreich.«

»Im Drang der Not. Jetzt, da sie in Not und ich der Stärkere, nehm' ich die Anerkennung zurück.«

»Das eben nenn' ich ungerecht.«

»Du bist unbequem und unbeholfen, Tribonian, und ein zäher Rechthaber. Du taugst trefflich, meine Pandekten zusammenzubauen. In Politik werd' ich dich nie wieder befragen. Was hat die Gerechtigkeit mit der Politik zu thun!«

»Gerechtigkeit, o Justinianus, ist die beste Politik.«

»Bah, Alexander und Cäsar dachten anders.«

»Sie haben erstens ihr Werk nicht vollendet und dann zweitens« — er hielt inne.

»Nun, zweitens?«

»Zweitens bist du nicht Cäsar und nicht Alexander.«

Alle schwiegen. Nach einer Pause sagte der Kaiser ruhig: »du bist sehr offen, Tribonianus.«

»Immer, Justinianus.«

Rasch wandte sich der Kaiser zu dem dritten. »Nun, was ist deine Meinung, Patricius?«

## Vierzehntes Kapitel

Der Angeredete verbannte rasch von seinen Lippen ein kaltes Lächeln, das ihm die Moralpolitik des Juristen erweckt und richtete sich auf.

Er war ein verkrüppeltes Männchen, noch bedeutend kleiner als Justinian, weshalb dieser im Gespräch mit ihm den Kopf noch viel mehr als nötig gewesen wäre, herabsenkte. Er war kahlköpfig, die Wangen von krankhaftem Wachsgelb, die rechte Schulter höher als die linke und er hinkte etwas auf dem linken Fuß, weshalb er sich auf einen schwarzen Krückstock mit goldnem Gabelgriff stützte. Aber das durchdringende Auge war so adlergewaltig, daß es von dieser unansehnlichen Gestalt den Eindruck des Widrigen fern hielt, dem fast häßlichen Gesicht die Weihe geistiger Größe verlieh: und der Zug schmerzlicher Entsagung und kühler Überlegenheit um den feinen Mund hatte sogar einen fesselnden Reiz. »Imperator,« sagte er mit scharfer bestimmter Stimme, »ich widerrate diesen Krieg — für jetzt.«

Unwillig zuckte des Kaisers Auge: »Auch aus Gründen der Gerechtigkeit?« fragte er, fast höhnisch. »Ich sagte: für jetzt.« — »Und warum?« — »Weil das Notwendige dem Angenehmen vorgeht. Wer sein Haus zu verteidigen hat, soll nicht in fremde Häuser einbrechen.« — »Was soll das heißen?« — »Das soll heißen: vom Westen, von den Goten droht diesem Reiche keine Gefahr. Der Feind, der dieses Reich verderben kann, vielleicht verderben wird, kömmt vom Osten.«

»Die Perser!« rief Justinian verächtlich.

»Seit wann,« sprach Belisar dazwischen, »seit wann fürchtet Narses, mein großer Nebenbuhler, die Perser?«

»Narses fürchtet niemand,« sagte dieser, ohne seinen Gegner anzusehn, »weder die Perser, die er geschlagen hat, noch dich, den die Perser geschlagen haben. Aber er kennt den Orient. Sind es die Perser nicht, so sind es andre, die nach ihnen kommen. Das Gewitter, das Byzanz bedroht, steigt vom Tigris auf, nicht vom Tiber.«

»Nun, und was soll das bedeuten?«

»Das soll bedeuten, daß es schimpflich ist für dich, o Kaiser, für den Römernamen, den wir noch immer führen, Jahr für Jahr von Chosroes dem Perserchan den Frieden um viele Centner Goldes zu erkaufen.«

Flammende Röte überflog des Kaisers Antlitz: »Wie kannst du Geschenke, Hilfsgelder also deuten!«

»Geschenke! und wenn sie ausbleiben, eine Woche nur über den Zahltag, verbrennt Chosroes, des Cabades Sohn, deine Dörfer. Hilfsgelder! und er besoldet damit Hunnen und Saracenen, deiner Grenzen gefährlichste Feinde.«

Justinian machte einen raschen Gang durchs Zimmer. »Was also rätst du?« fragte er, hart vor Narses stehen bleibend. »Nicht die Goten anzugreifen ohne Not, ohne Grund, wenn man sich der Perser kaum erwehrt. Alle Kräfte deines Reiches aufzubieten, um diese schimpflichen Tribute abzustellen, die schmählichen Verheerungen deiner Grenzen zu verhindern, die verbrannten Städte Antiochia, Dara, Edessa wieder aufzubauen, die Provinzen wieder zu gewinnen, die du im nahen Osten — trotz Belisars tapfrem Schwert — verloren, deine Grenzen durch einen siebenfachen Gürtel von Festungen vom Euphrat bis zum Araxes zu schirmen. Und hast du dies Notwendige alles vollbracht — und ich fürchte sehr, du kannst es nicht vollbringen! — dann magst du versuchen, wozu der Ruhm dich lockt.«

Justinianus schüttelte leicht das Haupt. »Du bist mir nicht erfreulich, Narses,« sagte er bitter.

»Das weiß ich längst,« sprach dieser ruhig.

»Und nicht unentbehrlich!« rief Belisar stolz. »Kehre dich nicht, mein großer Kaiser, an diese kleinen Zweifler! Gieb mir die dreißigtausend und ich wette meine rechte Hand, ich erobre dir Italien.«

»Und ich wette meinen Kopf,« sagte Narses, »was mehr ist, daß Belisar

Italien nicht erobern wird, nicht mit dreißig-, nicht mit sechzig-, nicht mit hunderttausend Mann.«

»Nun,« fragte Justinian, »und wer soll's dann können und mit welcher Macht?«

»Ich,« sagte Narses, »mit achtzigtausend.«

Belisar erglühte vor Zorn: er schwieg, weil er keine Worte fand.

»Du hast dich doch bei allem Selbstgefühl sonst nie so hoch über deinen Gegner gestellt,« sprach der Jurist.

»Und thu's auch jetzt nicht, Tribonian. Sieh, der Unterschied ist der: Belisarius ist ein großer Held, der bin ich nicht. Aber ich bin ein großer Feldherr — und siehe, das ist Belisarius nicht. Die Goten aber wird nur ein großer Feldherr überwinden.«

Belisarius richtete sich in seiner ganzen stolzen Höhe auf und preßte die Faust krampfhaft um seinen Schwertknauf. Es war als wollte er dem Krüppel neben ihm den Kopf zerdrücken. Der Kaiser sprach für ihn: »Belisar kein großer Feldherr! Der Neid verblendet dich, Narses.«

»Ich beneide Belisar um nichts, nicht einmal,« seufzte er leise, »um seine Gesundheit. Er wäre ein großer Feldherr, wenn er nicht ein so großer Held wäre. Er hat noch jede Schlacht, die er verlor, aus zu viel Heldentum verloren.«

»Das kann man von dir nicht sagen, Narses,« warf Belisar bitter ein.

»Nein, Belisarius, denn ich habe noch nie eine Schlacht verloren.«

Eine ungeduldige Antwort Belisars ward abgeschnitten durch den Velarius, der, den Vorhang aufhebend, meldete:

»Alexandros, den du nach Ravenna gesendet, o Herr, ist seit einer Stunde gelandet und frägt ...«

»Herein mit ihm, herein!« rief der Kaiser, hastig von seiner Kline aufspringend. Ungeduldig winkte er dem Gesandten, von seiner Proskynesis sich zu erheben: »Nun Alexandros, du kömmst allein zurück?«

Der Gesandte, ein schöner junger Mann, wiederholte: »Allein.«

»Es verlautete doch — dein letzter Bericht — wie verließest du das Gotenreich?«

»In großer Verwirrung. Ich schrieb dir in meinem letzten Bericht, die Königin habe beschlossen, sich ihrer drei hochmütigsten Feinde zu entledigen. Sollte der Anschlag mißlingen, so war sie in Italien nicht mehr sicher und bat sich in diesem Fall aus, daß ich sie auf meinem Schiff nach Epidamnus, dann hierher nach Byzanz flüchten dürfe.«

»Was ich mit Freuden bewilligte. Nun, und der Anschlag?«

»Ist geglückt. Die drei Herzoge sind nicht mehr.

Aber nach Ravenna kam das Gerücht, der gefährlichste unter ihnen, Herzog Thulun, sei nur verwundet. Dies bewog die Regentin, da ohnehin die Goten in der Stadt sich drohend vor dem Palaste scharten, auf mein Schiff zu flüchten. Wir lichteten die Anker, aber bald nachdem wir den Hafen verlassen, schon auf der Höhe von Ariminum, holte uns Graf Witichis mit Übermacht ein, kam an Bord und forderte Amalaswinthen auf, zurückzukehren, indem er sich für ihre Sicherheit bis zu feierlicher Untersuchung vor der Volksversammlung verbürgte. Da sie von ihm erfuhr, daß jetzt auch Herzog Thulun seinen Wunden erlegen, und aus seinem

Anerbieten sah, daß er und seine mächtigen Freunde noch nicht an ihre Schuld glaubten, da überdies Gewalt zu fürchten war, willigte sie darein, mit ihm umzukehren nach Ravenna. Zuvor aber schrieb sie noch an Bord der Sophia diesen Brief an dich und sendet dir aus ihrem Schatze diese Geschenke.«

»Davon später, sprich weiter, wie stehn die Dinge jetzt in Italien?«

»Gut für dich, o großer Kaiser. Das vergrößerte Gerücht von dem Aufstand der Goten in Ravenna, von der Flucht der Regentin nach Byzanz durchflog das ganze Land. Vielfach kam es schon zum Zusammenstoß zwischen Römern und Barbaren. In Rom selbst wollten die Patrioten losschlagen, im Senat einen Diktator wählen, deine Hilfe anrufen. Aber alles wäre verfrüht gewesen, nachdem die Regentin in den Händen des Witichis: nur das geniale Haupt der Katakombenmänner hat es verhindert.«

»Der Präfekt von Rom?« fragte Justinian.

»Cethegus. Er mißtraute dem Gerücht. Die Verschworenen wollten die Goten überfallen, dich zum Kaiser Italiens ausrufen, ihn einstweilen zum Diktator wählen. Aber er ließ sich in der Kurie buchstäblich die Dolche auf die Brust setzen und sagte: nein.«

»Ein mutiger Mann!« rief Belisar.

»Ein gefährlicher Mann!« sagte Narses.

»Eine Stunde darauf kam die Nachricht von der Rückkehr Amalaswinthens und alles blieb beim alten. Der schwarze Teja aber hatte geschworen, Rom zu einer Viehweide zu machen, wenn es einen Tropfen Gotenblut vergossen. All' das hab ich auf meiner absichtlich zögernden Küstenfahrt bis nach Brundusium erfahren. Aber noch Besseres hab' ich zu melden. Nicht nur unter den Römern, unter den Goten selbst hab' ich eifrige Freunde von Byzanz gefunden, ja unter den Gliedern des Königshauses.«

»Das wäre!« rief Justinian. »Wen meinst du?«

»In Tuscien lebt, reichbegütert, Fürst Theodahad, Amalaswinthens Vetter.«

»Jawohl, der letzte Mann im Haus der Amalungen, nicht wahr?«

»Der letzte. Er und noch viel mehr Gothelindis, sein kluges, aber böses Gemahl, die stolze Balthentochter, hassen aufs gründlichste die Regentin: er, weil sie seiner maßlosen Habsucht, mit der er all' seiner Nachbarn Grundbesitz an sich zu reißen sucht, entgegentritt: sie, aus Gründen, die ich nicht entdecken konnte: ich glaube, sie reichen in die Mädchenzeit der beiden Fürstinnen zurück – genug, ihr Haß ist tödlich. Diese beiden nun haben mir zugesagt, dir in jeder Weise Italien zurückgewinnen helfen zu wollen: ihr genügt es, scheint's, die Todfeindin vom Thron zu stürzen: er freilich fordert reichen Lohn.«

»Der soll ihm werden.«

»Seine Hilfe ist deshalb wichtig, weil er schon halb Tuscien besitzt – das Adelsgeschlecht der Wölsungen hat den andern Teil – und spielend in unsre Hände bringen kann: dann aber, weil er, wenn Amalaswintha fällt, ihr auf den Thron zu folgen Aussicht hat. Hier sind Briefe von ihm und von Gothelindis. Aber lies vor allem das Schreiben der Regentin – ich glaube, es ist sehr wichtig.«

## Fünfzehntes Kapitel

Der Kaiser zerschnitt die Purpurschnüre der Wachstafel und las: »An Justinian, den Imperator der Römer, Amalaswintha, der Goten und Italier Königin!«

»Der Italier Königin,« lachte Justinian, »welch' verrückter Titel!«

»Durch Alexandros, deinen Gesandten, wirst du erfahren, wie Eris und Ate in diesem Lande hausen. Ich gleiche der einsamen Palme, die von widerstreitenden Winden zerrissen wird. Die Barbaren werden mir täglich feindseliger, ich ihnen täglich fremder, die Römer aber, soviel ich mich ihnen nähere, werden mir nie vergessen, daß ich germanischen Stammes. Bis jetzt habe ich entschlossenen Geistes allen Gefahren getrotzt: jedoch ich kann es nicht länger, wenn nicht wenigstens mein Palast, meine fürstliche Person vor der Überraschung drängender Gewalt sicher ist. Ich kann mich aber auf keine der Parteien hier im Lande unbedingt verlassen.

So ruf ich dich, als meinen Bruder in der königlichen Würde, zu Hilfe. Es ist die Majestät aller Könige, die Ruhe Italiens, die es zu beschirmen gilt.

Schicke mir, ich bitte dich, eine verlässige Schar, eine Leibwache« — der Kaiser warf einen bedeutsamen Blick auf Belisar — »eine Schar von einigen tausend Mann mit einem mir unbedingt ergebenen Anführer: sie sollen den Palast von Ravenna besetzen: er ist eine Festung für sich. Was Rom betrifft, so müssen jene Scharen mir vor allem den Präfekten Cethegus, der ebenso mächtig als zweideutig ist und mich in der Gefahr, in die er mich geführt, plötzlich verlassen hat, fern halten, nötigenfalls vernichten. Habe ich meine Feinde niedergeworfen und mein Reich befestigt, wie ich zum Himmel und der eignen Kraft vertraue, so werd' ich dir Truppen und Führer mit reichen Geschenken und reicherem Dank zurücksenden. Vale.«

Justinian drückte krampfhaft die Wachstafel in seiner Faust: leuchtenden Auges sah er vor sich hin, seine nicht schönen Züge veredelten sich im Ausdruck hoher geistiger Macht, und dieser Augenblick zeigte, daß in dem Manne neben vielen Schwächen und Kleinheiten Eine Stärke, Eine Größe lebt: die Größe eines diplomatischen Genies.

»In diesem Brief,« rief er endlich strahlenden Blickes, »halt' ich Italien und das Gotenreich.« Und in mächtiger Bewegung durchschritt er das Gemach mit großen Schritten, jetzt sogar die Verbeugung vor dem Kreuz vergessend.

»Eine Leibwache — sie soll sie haben! — Aber nicht ein paar Tausend Mann, viele Tausende, mehr als ihr lieb sein wird, und du, Belisarius, sollst sie führen.«

»Sieh auch die Geschenke,« mahnte Alexandros und wies auf einen köstlichen Schrein von Thuienholz mit Gold eingelegt, den der Velarius hinter ihm niedergestellt hatte. »Hier ist der Schlüssel.« Er überreichte ein kleines Büchschen von Schildpatt, das mit der Regentin Siegel geschlossen war.

»Es ist ihr Bild dabei,« sagte er, wie zufällig mit lauterer Stimme.

In dem Augenblick, da der Gesandte die Stimme kräftiger erhoben, steckte sich, leise und unbemerkt von allen außer ihm, der Kopf eines Weibes durch den Vorhang und zwei funkelnde schwarze Augen sahen scharf auf den Kaiser. Dieser öffnete den Schrein, schob rasch alle Kostbarkeiten bei Seite und griff hastig nach einen unscheinbaren Täfelchen von geglättetem Buchs mit einem schmalen Goldrahmen. Ein Ruf des Staunens entflog unwillkürlich seinen Lippen, sein Auge blitzte, er zeigte das Bild Belisar: »Ein herrliches Weib, welche Majestät der Stirn! ja man sieht die geborene Herrscherin, die Königstochter!« und bewundernd sah er auf die edeln Züge.

Da rauschte der Vorhang und die Lauscherin trat ein.

Es war Theodora, die Kaiserin: ein verführerisches Weib. Alle Künste weiblichen Erfindungsgeistes in einer Zeit des äußersten Luxus und alle Mittel eines Kaiserreichs wurden täglich stundenlang aufgeboten, diese an sich ausgezeichnete, aber durch ein zügelloses Sinnenleben früh angegriffene Schönheit frisch und blendend zu erhalten.

Goldstaub lieh ihrem dunkelblauschwarzen Haar metallischen Glanz: es war am Nacken mit aller Sorgfalt gegen den Wirbel hinaufgekämmt, den schönen Bau des Hinterkopfs, den feinen Ansatz des Halses zu zeigen.

Augenbrauen und Wimpern waren mit arabischem Stimmi glänzend schwarz gefärbt: und so künstlich war das Rot der Lippen aufgetragen, daß selbst Justinian, der diese Lippen küßte, nie an eine Unterstützung der Natur durch phönikischen Purpur dachte. Jedes Härchen an den alabasterweißen Armen war sorgfältig ausgetilgt und das zarte Rosa der Fingernägel beschäftigte täglich eine besondere Sklavin lange Zeit.

Und doch hätte Theodora, damals noch nicht vierzig Jahre alt, auch ohne all' diese Künste für ein ganz auffallend schönes Weib gelten müssen.

Edel freilich war dieses Antlitz nicht: kein großer, ja kein stolzer Gedanke sprach aus diesen angestrengten, unheimlich glänzenden Augen: um die Lippen schwebte ein zur Gewohnheit gewordenes Lächeln, das die Stelle der ersten künftigen Falte ahnen ließ: und die Wangen zeigten in der Nähe der Augen Spuren müder Erschöpfung.

Aber wie sie jetzt, mit ihrem süßesten Lächeln, auf Justinian zuschwebte, das schwere Faltenkleid von dunkelgelber Seide zierlich mit der Linken aufhebend, übte die ganze Erscheinung einen betäubenden Zauber, ähnlich dem süßen einlullenden Geruch von indischem Balsam, der von ihr duftete.

»Was erfreut meinen kaiserlichen Herrn so sehr? darf ich seine Freude teilen?« fragte sie mit süßer, einschmeichelnder Stimme. Die Anwesenden warfen sich vor der Kaiserin zur Erde, kaum minder ehrerbietig als vor Justinian.

Dieser aber schrak bei ihrem Anblick, wie auf einer Schuld ertappt, zusammen und wollte das Bild in der Busenfalte seiner Chlamys verbergen. Aber zu spät. Schon haftete der Kaiserin scharfer Blick darauf.

»Wir bewunderten,« sagte er verlegen, »die – die schöne Goldarbeit des Rahmens.« Und er reichte ihr errötend das Bild.

»Nun, an dem Rahmen,« lächelte Theodora, »ist beim besten Willen nicht viel zu bewundern. Aber das Bild ist nicht übel. Gewiß die Gotenfürstin?« Der Gesandte nickte. »Nicht übel, wie gesagt. Aber barbarisch, streng, unweiblich. Wie alt mag sie sein, Alexandros?«

»Etwa fünfundvierzig.«

Justinian blickte fragend auf das Bild, dann auf den Gesandten. »Das Bild ist vor fünfzehn Jahren gemacht,« sagte Alexandros wie erklärend.

»Nein,« sprach der Kaiser, »du irrst; hier steht die Jahrzahl nach Indiktion und Konsul und ihrem Regierungsantritt: es ist von diesem Jahr.«

Eine peinliche Pause entstand.

»Nun,« stammelte der Gesandte, »dann schmeicheln die Maler wie ...« — »Wie die Höflinge,« schloß der Kaiser. Aber Theodora kam ihm zu Hilfe.

»Was plaudern wir von Bildern und dem Alter fremder Weiber, wo es sich um das Reich handelt. Welche Nachrichten bringt Alexandros? Bist du entschlossen, Justinianus?« — »Beinahe bin ich es. Nur deine Stimme wollte ich noch hören und du, das weiß ich, bist für den Krieg.«

Da sagte Narses ruhig: »Warum, Herr, hast du uns nicht gleich gesagt, daß die Kaiserin den Krieg will? Wir hätten unsre Worte sparen können.« — »Wie? willst du damit sagen, daß ich der Sklave meines Weibes bin?« — »Hüte besser deine Zunge,« sagte Theodora zornig, »schon manchen, der sonst unverwundbar schien, hat die eigne spitze Zunge erstochen.«

»Du bist sehr unvorsichtig, Narses,« warnte Justinian.

»Imperator,« sagte dieser ruhig, »die Vorsicht hab' ich längst aufgegeben. Wir leben in einer Zeit, in einem Reich, an einem Hof, wo man um jedes mögliche Wort, das man gesprochen oder nicht gesprochen hat, in Ungnade fallen, zu Grunde gehen kann. Da mir nun jedes Wort den Tod bringen kann, will ich wenigstens an solchen Worten sterben, die mir selbst gefallen.«

Der Kaiser lächelte: »Du mußt gestehn, Patricius, daß ich viel Freimut ertrage.«

Narses trat auf ihn zu: »Du bist groß von Natur, o Justinianus, und ein geborner Herrscher: sonst würde Narses dir nicht dienen. Aber Omphale hat selbst Herkules klein gemacht.«

Die Augen der Kaiserin sprühten tödlichen Haß. Justinian ward ängstlich.

»Geht,« sagte er, »ich will mit der Kaiserin allein beraten. Morgen vernehmt ihr meinen Entschluß.«

## Sechzehntes Kapitel

So wie sie draußen waren, schritt Justinian auf seine Gattin zu und drückte einen Kuß auf ihre weiße niedre Stirn. »Vergieb ihm,« sagte er, »er meint es gut.«

»Ich weiß es,« sagte sie, seinen Kuß erwidernd. »Darum, und weil er unentbehrlich ist gegen Belisar, darum lebt er noch.« — »Du hast Recht, wie immer.« Und er schlang den Arm um sie. »Was hat er besondres vor?« dachte Theodora. »Diese Zärtlichkeit deutet auf ein schlechtes Gewissen.«

»Du hast Recht,« wiederholte er, mit ihr im Gemach auf und nieder schreitend. »Gott hat mir den Geist versagt, der die Schlachten entscheidet, aber mir dafür diese beiden Männer des Sieges gegeben — und zum Glück ihrer zwei. Die Eifersucht dieser beiden sichert meine Herrschaft besser als ihre Treue: jeder dieser Feldherren allein wäre eine stete Reichsgefahr und an dem Tage, da sie Freunde würden, wankte mein Thron. Du schürst doch ihren Haß?«

»Er ist leicht zu schüren: es ist zwischen ihnen eine natürliche Feindschaft wie zwischen Feuer und Wasser. Und jede Bosheit des Verschnittenen erzähl' ich mit großer Entrüstung meiner Freundin Antonina, des Helden Belisar Weib und Gebieterin.« — »Und jede Grobheit des Helden Belisar bericht' ich treu dem reizbaren Krüppel. Aber zu unsrer Beratung. Ich bin, nach dem Bericht des Alexandros, so gut wie entschlossen zu dem Zug nach Italien.«

»Wen willst du senden?« — »Natürlich Belisar. Er verheißt, mit dreißigtausend zu vollbringen, was Narses kaum mit achtzigtausend übernehmen will.«

»Glaubst du, daß jene kleine Macht genügen wird?«

»Nein. Aber Belisars Ehre ist verpfändet: er wird all seine Kraft aufbieten und es wird ihm doch nicht ganz gelingen.« — »Und das wird ihm sehr heilsam sein. Denn seit dem Vandalensieg ist sein Stolz nicht mehr zu ertragen.« — »Aber er wird drei Viertel der Arbeit thun. Dann rufe ich ihn ab, breche selbst mit sechzigtausend auf, nehme Narses mit, vollende im Spiel das letzte Viertel und bin dann auch ein Feldherr und ein Sieger.«

»Fein gedacht,« sagte Theodora in aufrichtiger Bewunderung seiner Schlauheit: »dein Plan ist reif.«

»Freilich,« sagte Justinian seufzend stehen bleibend, »Narses hat Recht, im geheimen Grund des Herzens muß ich's zugestehen. Es wäre dem Reiche heilsamer, die Perser abwehren, als die Goten angreifen. Es wäre mehr sichere, weisere Politik. Denn vom Osten kömmt einst das Verderben.«

»Laß es kommen! Das kann noch Jahrhunderte anstehn, wann von Justinian nur noch der Ruhm auf Erden lebt, wie Afrika, so Italien zurückgewonnen zu haben. Hast du für die Ewigkeit zu bauen? Die nach dir kommen, mögen für ihre Gegenwart sorgen: sorge du für die deine.« — »Wenn man aber dann sprechen wird: hätte Justinian verteidigt, statt zu erobern, so stünd' es besser? Wenn man sagen wird: Justinians Siege haben sein Reich zerstört?« — »So wird niemand sprechen. Die Menschen blendet der Glanz des Ruhms. Und noch Eins« — und hier verdrängte der Ernst der tiefsten Überzeugung den Ausdruck listiger Beschwatzung von ihren schmeichelnden Zügen.

»Ich ahn' es, doch vollende.«

»Du bist nicht nur Kaiser, du bist ein Mensch.

Höher als das Reich muß dir deiner Seele Seligkeit stehen. Auf deinem, auf unsrem Pfad zur Herrschaft, zu dem Glanz dieser Herrschaft mußte mancher blut'ge Schritt geschehn: manches Harte mußte gethan werden: Leben und Schätze, so manchen gefährlichen Feindes mußten — genug.

Wohl bauen wir mit einem Teil dieser Schätze der heiligen, der christlichen Weisheit jenen Siegestempel, der allein schon unsern Namen unsterblich machen wird auf Erden. Aber für den Himmel — wer weiß, ob es genügt!

Laß uns« — und ihr Auge erglühte von unheimlichem Feuer — »laß uns die Ungläubigen vertilgen und über die Leichen der Feinde Christi hin den Weg zur Gnade suchen.« Justinian drückte ihre Hand. »Auch die Perser sind Feinde Christi, sind sogar Heiden.« — »Hast du vergessen, was der Patriarch gelehrt? Ketzer sind siebenmal schlimmer als Heiden! Ihnen ward der rechte Glaube gebracht und sie haben ihn verschmäht. Das ist die Sünde wider den heiligen Geist, die nie vergeben wird — auf Erden und im Himmel. Du aber bist das Schwert, das diese gottverfluchten Arianer schlagen soll: sie sind Christi verhaßteste Feinde: sie kennen ihn und leugnen dennoch, daß er Gott. Schon hast du in Afrika die ketzerischen Vandalen niedergeworfen und den Irrwahn dort in Blut und Feuer erstickt: jetzt ruft dich Italien, Rom, die Stätte, wo der Apostelfürsten Blut geflossen, die heilige Stadt: nicht länger darf sie diesen Ketzern dienen. Justinian, gieb sie dem wahren Glauben wieder.«

Sie hielt inne. Der Kaiser blickte schwer aufatmend zu dem Goldkreuz empor. »Du deckst die letzten Tiefen meines Herzens auf: das ist es ja, was, noch mächtiger als Ruhm und Siegesehre, mich zu diesen Kriegen treibt. Aber bin ich fähig, bin ich würdig so Großes, so Heiliges zu Gottes Ehre zu vollenden? Will er durch meine sündige Hand so Großes vollführen? Ich zweifle, ich schwanke. Und der Traum, der mir in dieser Nacht geworden, war er von Gott gesendet? und was soll er bedeuten? treibt er zum Angriff oder mahnt er ab? Nun, hatte deine Mutter Komito, die Wahrsagerin von Kypros, große Weisheit, Ahnungen und Träume zu deuten.«

»Und du weißt, die Gabe ist erblich. Habe ich dir nicht auch den Ausgang des Vandalenkriegs aus deinem Traume gedeutet?«

»Du sollst mir auch diesen Traum erklären. Du weißt, ich werde irre an dem besten Plan, wenn ein Omen dawider spricht. Höre denn. Aber« — und er warf einen ängstlichen Blick auf sein Weib — »aber bedenke, daß es ein Traum war und kein Mensch für seine Träume kann.«

»Natürlich, sie sendet Gott.« — »Was werd ich vernehmen?« sagte sie zu sich selbst.

»Ich war gestern Nacht eingeschlafen, erwägend den letzten Bericht über Amala — über Italien. Da träumte mir, ich ging durch eine Landschaft mit sieben Hügeln. Dort ruhte unter einem Lorbeer das schönste Weib, das ich je gesehn. Ich stand vor ihr und betrachtete sie mit Wohlgefallen. Plötzlich brach aus dem Busch zur Rechten ein brüllender Bär, aus dem Gestein zur Linken eine zischende Schlange gegen die Schlummernde hervor. Aufwachend rief sie meinen Namen. Rasch ergriff ich sie, drückte sie an meine Brust und floh mit ihr: rückblickend sah ich, wie der Bär die Schlange zerriß und die Schlange den Bären zu Tode biß.«

»Nun, und das Weib?«

»Das Weib drückte einen flüchtigen Kuß auf meine Stirn und war plötzlich wieder verschwunden, und ich erwachte, vergebens die Arme nach ihr ausstreckend. Das Weib,« fuhr er rasch fort, ehe Theodora nachsinnen sollte, »ist natürlich Italien.«

»Jawohl,« sagte die Kaiserin ruhig. Aber ihr Busen wogte. »Der Traum ist der glücklichste. Bär und Schlange sind Barbaren und Italier, die um die Siebenhügelstadt ringen. Du entreißest sie beiden und läßt sie sich gegenseitig vernichten.«

»Aber sie entschwindet mir wieder: sie bleibt mir nicht.«

»Doch. Sie küßt dich und verschwindet in deinen Armen. So wird Italien aufgehn in deinem Reich.«

»Du hast recht,« rief Justinian aufspringend. »Sei bedankt, mein kluges Weib. Du bist die Leuchte meiner Seele. Es sei gewagt: Belisar soll ziehn.«

Und er wollte den Velarius rufen. Doch hielt er plötzlich an. »Aber noch eins.« Und die Augen niederschlagend, faßte er ihre Hand.

»Ah,« dachte Theodora, »jetzt kommt's.«

»Wenn wir nun das Gotenreich zerstört und in die Hofburg von Ravenna mit Hilfe der Königin selbst eingezogen sind — was — was soll dann mit ihr, der Fürstin werden?«

»Nun,« sagte Theodora völlig unbefangen, »was mit ihr werden soll? Was mit dem entthronten Vandalenkönig geworden. Sie soll hierher, nach Byzanz.«

Justinian atmete hoch auf. »Mich freut es, daß du das Richtige fandest.« Und in wirklicher Freude drückte er ihr die schmale, weiße, wunderzierliche Hand.

»Mehr als das,« fuhr Theodora fort. »Sie wird um so leichter auf unsre Pläne eingehen, je sicherer sie einer ehrenvollen Aufnahme hier entgegensieht. So will ich selbst ihr ein schwesterliches Schreiben senden, sie einzuladen. Sie soll im Fall der Not stets ein Asyl an meinem Herzen finden.«

»Du weißt gar nicht,« fiel Justinian eifrig ein, »wie sehr du dadurch unsern Sieg erleichterst. Die Tochter Theoderichs muß völlig von ihrem Volk hinweg zu uns gezogen werden. Sie selbst soll uns nach Ravenna führen.«

»Dann kannst du aber nicht gleich Belisar mit einem Heere senden. Das würde sie nur argwöhnisch machen und widerspenstig. Sie muß völlig in unsern Händen, das Barbarenreich von innen heraus gebrochen sein, ehe das Schwert Belisars aus der Scheide fährt.«

»Aber in der Nähe muß er von jetzt an stehen.«

»Wohl, etwa auf Sicilien. Die Unruhen in Afrika geben den besten Vorwand, eine Flotte in jene Gewässer zu senden. Und sowie das Netz gelegt, muß Belisars Arm es zuziehn.«

»Aber wer soll es legen?«

Theodora dachte eine Weile nach; dann sagte sie:

»Der geistgewaltigste Mann des Abendlands: Cethegus Cäsarius, der Präfekt von Rom, mein Jugendfreund.«

»Recht. Aber nicht er allein. Er ist ein Römer, nicht mein Unterthan, mir nicht völlig sicher. Wen soll ich senden. Noch einmal Alexandros?«

»Nein,« rief Theodora rasch, »er ist zu jung für ein solches Geschäft. Nein.« Und sie schwieg nachdenklich. »Justinian,« sprach sie endlich, »auf daß du siehst, wie ich persönlichen Haß vergessen kann, wo es das Reich gilt und der rechte Mann gewählt werden muß, schlage ich dir selber meinen Feind vor: Petros, des Narses Vetter, des Präfekten Studiengenossen, den schlauen Rhetor: ihn sende.«

»Theodora,« rief der Kaiser erfreut, sie umarmend, »du bist mir wirklich von Gott geschenkt. Cethegus — Petros — Belisar: Barbaren, ihr seid verloren!«

## Siebzehntes Kapitel

Am Morgen darauf erhob sich die schöne Kaiserin vergnügt von dem schwellenden Pfühl, dessen weiche Kissen, mit blaßgelber Seide überzogen, mit den zarten Halsfedern des pontischen Kranichs gefüllt waren.

Vor dem Bette stand ein Dreifuß mit einem silbernen Becken, den Okeanos darstellend, darin lag eine massiv goldne Kugel. Die weiche Hand der Kaiserin hob lässig die Kugel und ließ sie klingend in das Becken fallen: der helle Ton rief die syrische Sklavin in das Gemach, die im Vorzimmer schlief. Mit auf der Brust gekreuzten Armen trat sie an das Lager und schlug die schweren Vorhänge von violetter chinesischer Seide zurück. Dann ergriff sie den sanften iberischen Schwamm, der, in Eselmilch getränkt, in krystallner Schale ruhte und bestrich damit sorgfältig die Masse von öligem Teig, die Gesicht und Hals der Kaiserin während der Nacht bedeckte.

Dann kniete sie vor dem Bette nieder, das Haupt fiel zur Erde gebeugt und reichte die rechte Hand hinauf.

Theodora faßte diese Hand, setzte langsam den kleinen Fuß auf den Nacken der Knieenden und schwang sich dann elastisch zur Erde. Die Sklavin erhob sich und warf der Herrin, die jetzt, nur mit der Untertunica von feinstem Bast gekleidet, auf dem Palmenholzrand des Bettes saß, den feinen Ankleidemantel von Rosagewebe über die Schultern.

Dann verneigte sie sich, wandte sich zur Thüre, rief »Agave!« und verschwand. Agave, eine junge, schöne Thessalierin, trat ein; sie rollte dicht vor die Herrin den mit unzähligen Büchsen und Fläschchen besetzten Waschtisch von Citrusholz und begann, ihr Gesicht, Nacken und Hände mit weichen, in verschiedene Weine und Salben getauchten Tüchern zu reiben.

Darauf erhob sich diese vom Lager und glitt auf den bunten, mit Pardelfell überzogenen Stuhl, die Kathedra.

»Das große Bad erst gegen Mittag!« sagte sie.

Da schob Agave eine ovale Wanne von Terebinthenholz heran, außen mit Schildpatt bekleidet, gefüllt mit köstlich duftendem Wasser und hob die zierlichen, glänzend weißen Füße der Herrin hinein. Hierauf löste sie das Netz von Goldfäden, das die Nacht über die blau glänzenden Haare der Kaiserin zusammenhielt, so daß jetzt die weichen schwarzen Wellen über Schulter und Brust wallen konnten. Sie schlang ihr noch das breite Busenband von Purpur um, verneigte sich und ging mit dem Rufe: »Galatea!«

Eine betagte Sklavin löste sie ab, die Amme und Wärterin und, leider müssen wir hinzufügen, die Kupplerin Theodoras in der Zeit, da sie nur erst des Akacius, des Löwenwärters im Cirkus, flitterbehängtes Töchterlein und, fast noch ein Kind, der schon tief verdorbne Liebling des großen Cirkus war. Alle Demütigungen und Triumphe, alle Laster und Listen auf der Abenteurerin wechselndem Pfad bis zum Kaiserthron hatte Galatea getreulich geteilt.

»Wie hast du geschlafen, mein Täubchen?« fragte sie, ihr in einer Bernsteinschale die aromatische Essenz reichend, welche die Stadt Adana in

Cicilien für die Toilette der Kaiserin in großen Massen als jährlichen Tribut einzusenden hatte.

»Gut, ich träumte von ihm.« — »Von Alexandros?« — »Nein, du Närrin, von dem schönen Anicius.« — »Aber der Bestellte wartet schon lange draußen in der geheimen Nische.« — »Er ist ungeduldig,« lächelte der kleine Mund, »nun, so laß ihn ein.« Und sie legte sich auf dem langen Divan zurück, eine Decke von Purpurseide über sich ziehend; aber die feinen Knöchel der schönen Füße blieben sichtbar.

Galatea schob den Riegel vor den Haupteingang, durch welchen sie eingetreten und ging dann quer durch das Gemach zu der Ecke gegenüber, die durch eine eherne Kolossalstatue Justinians ausgefüllt war.

Die scheinbar unbewegliche Last wich sofort zur Seite, sowie die Vertraute eine Feder berührte, und zeigte eine schmale Öffnung in der Wand, welche durch die Statue in ihrer gewöhnlichen Stellung vollständig verdeckt wurde: ein dunkler Vorhang war vor den Spalt gezogen. Galatea hob den Vorhang auf und herein eilte Alexandros, der schöne junge Gesandte.

Er warf sich vor der Kaiserin aufs Knie, ergriff ihre schmale Hand und bedeckte sie mit glühenden Küssen.

Theodora entzog sie ihm leise. »Es ist sehr unvorsichtig, Alexandros,« sagte sie, den schönen Kopf zurücklehnend, »den Geliebten zur Ankleidung zuzulassen. Wie sagt der Dichter? »Alles dienet der Schönheit. Doch ist kein erfreulicher Anblick, das entstehen zu sehn was nur entstanden gefällt.«

»Allein ich hab' es dir bei der Abreise nach Ravenna verheißen, dich einmal in meiner Morgenstunde vorzulassen. Und du hast deinen Lohn reichlich verdient. Du hast viel für mich gewagt. Fasse die Flechten fester!« rief sie Galatea zu, die an die ihr allein zustehende Arbeit gegangen war, das prachtvolle Haar der Gebieterin zu ordnen.

»Du hast das Leben für mich gewagt.« Und sie reichte ihm wieder zwei Finger der rechten Hand.

»O Theodora,« rief der Jüngling, »für diesen Augenblick würd' ich zehnmal sterben.«

»Aber,« fuhr sie fort, »warum hast du mir nicht auch von dem letzten Brief der Barbarin an Justinian Abschrift zukommen lassen?« — »Es war nicht mehr möglich, es ging zu rasch. Ich konnte von meinem Schiff keinen Boten mehr senden: kaum gelang es gestern, nach der Landung, dir sagen zu lassen, daß ihr Bild bei den Geschenken sei. Du kamst im rechten Augenblick.«

»Ja, was würde aus mir, wenn ich die Thürsteher Justinians nicht doppelt so hoch besoldete als er? Aber Unvorsichtigster aller Gesandten, wie täppisch war das mit der Jahrzahl!«

»O schönste Tochter von Kypros, ich hatte dich mondenlang nicht mehr gesehen. Ich konnte nichts denken als dich und deine berauschende Schönheit.«

»Nun, da muß ich wohl verzeihen. Das schwarze Stirnband Galatea! Du bist ein besserer Liebhaber als Staatsmann. Deshalb hab' ich dich auch hier behalten. Ja, du solltest wieder nach Ravenna. Aber ich denke, ich schicke einen ältern Gesandten und behalte den jungen für mich. Ist's recht so?« lächelte sie, die Augen halb schließend.

Alexandros, kühner und glühender werdend, sprang auf und drückte einen Kuß auf ihre roten Lippen.

»Halt ein, Majestätsverbrecher,« schalt sie, und schlug mit dem Flamingofächer leicht seine Wange. »Jetzt ist's genug für heute. Morgen magst du wieder kommen und von jener Barbarenschönheit erzählen. Nein, du mußt jetzt gehn. Ich brauche diese Morgenstunde noch für einen andern.«

»Für einen andern!« rief Alexandros zurücktretend. »So ist es wahr, was man leise zischelt in den Gynäceen, in den Bädern von Byzanz? Du ewig Ungetreue hast ...«

»Eifersüchtig darf ein Freund Theodoras nicht sein!« lachte die Kaiserin. Es war kein schönes Lachen. »Aber für diesmal sei unbesorgt — du sollst ihm selbst begegnen. Geh.«

Galatea ergriff ihn an der Schulter und drehte den Widerstrebenden ohne weiteres hinter die Statue und zur Thüre hinaus.

Theodora setzte sich nun aufrecht, das faltige Untergewand mit dem Gürtel schließend.

## Achtzehntes Kapitel

Sogleich kam Galatea wieder zum Vorschein mit einem kleinen gebückten Mann, der viel älter aussah als seine vierzig Jahre. Kluge, aber allzuscharfe Züge, das stechende Auge, der bartlose eingekniffne Mund: alles machte den Eindruck unangenehmer Pfiffigkeit.

Theodora nickte leicht auf seine kriechende Verbeugung; Galatea begann ihr die Augenbrauen zu malen.

»Kaiserin,« hob der Alte ängstlich an, »ich staune über deine Kühnheit. Wenn man mich hier sähe! Die Klugheit von neun Jahren wäre durch einen Augenblick vereitelt.«

»Man wird dich aber nicht sehen, Petros,« sagte Theodora ruhig. »Diese Stunde ist die einzige, da ich vor der zudringlichen Zärtlichkeit Justinians sicher bin. Es ist seine Betstunde. Ich muß sie ausbeuten so gut ich kann. Gott erhalte ihm seine Frömmigkeit! Galatea, den Frühwein. Wie? Du fürchtest doch nicht, mich mit diesem gefährlichen Verführer allein zu lassen?« Die Alte ging mit häßlichem Grinsen und kam gleich zurück, einen Henkelkrug süßen gewärmten Chierweins in der einen Hand, Becher mit Wasser und Honig in der andern.

»Ich konnte heute unsere Unterredung nicht, wie gewöhnlich, in der Kirche veranstalten, wo du in dem dunkeln Beichtstuhl einem Priester täuschend ähnlich siehst. Der Kaiser wird dich noch vor der Kirchenzeit zu sich bescheiden und du mußt zuvor genau unterrichtet sein.«

»Was ist zu thun?«

»Petros,« sagte Theodora, sich behaglich zurücklehnend und langsam das süße Getränk schlürfend, das Galatea mischte, »heute kam der Tag, der unsere langjährige Mühe und Klugheit lohnen und dich zum großen Mann machen wird.«

»Zeit wär' es,« meinte der Rhetor.

»Nur nicht ungeduldig, Freund. (Galatea, etwas mehr Honig.) Um dich für das heutige Geschäft in die rechte Stimmung zu versetzen, wird es gut sein, dich an das Vergangene, an die Entstehungsart unserer — Freundschaft zu erinnern.«

»Was soll das? Wozu ist das nötig?« sagte der Alte unbehaglich.

»Zu mancherlei. Also. Du warst der Vetter und Anhänger meines Todfeindes Narses. Folglich auch mein Feind. Jahrelang hast du im Dienste deines Vetters mir entgegengearbeitet, mir wenig geschadet, dir selbst aber noch weniger genützt. Denn Narses, dein tugendhafter Freund, setzt seine Ehre und seine Schlauheit darein, nie etwas für seine Verwandten zu thun, daß man ihn nie, wie die andern Höflinge dieses Reiches, des Nepotismus zeihen könne.

Aus lauter Vorsicht und eitel Tugend ließ er dich unbefördert. Du darbtest und bliebst einfacher Schreiber. Aber ein feiner Kopf wie du weiß sich zu helfen. Du fälschtest, du verdoppeltest die Steuerausschreiben des Kaisers. Die Provinzen zahlten neben der von Justinian verlangten noch eine zweite Steuer, die Petros und die Steuererheber untereinander teilten. Eine Weile ging das vortrefflich. Aber einmal ...«

»Kaiserin, ich bitte dich ...«

»Ich bin gleich zu Ende, Freund. Aber einmal hattest du das Unglück, daß einer von den neuen Steuerboten die Gunst der Kaiserin höher anschlug als den von dir verheißnen Teil der Beute. Er ging auf deinen Antrag ein, ließ sich die Urkunde von dir fälschen und — brachte sie mir.«

»Der Elende,« murrte Petros.

»Ja, es war schlimm,« lächelte Theodora, den Becher wegstellend. »Ich konnte jetzt meinem boshaften Feind, dem Vertrauten des verhaßten Eunuchen, den schlauen Kopf vor die Füße legen und ich muß gestehen: es lüstete mich sehr danach, sehr! Aber ich opferte die kurze Rache einem großen, dauernden Vorteil. Ich rief dich zu mir und ließ dir die Wahl, zu sterben oder fortan mir zu dienen. Du warst gütig genug, das letztre zu wählen und so haben wir, vor der Welt nach wie vor die heftigsten Feinde, insgeheim seit Jahren zusammen gewirkt: du hast mir alle Pläne des großen Narses im Entstehen verraten und ich hab es dir wohl vergolten: du bist jetzt ein reicher Mann.«

»O nicht der Rede wert.«

»Bitte, Undankbarer, das weiß mein Schatzmeister besser. Du bist sehr reich.«

»Wohl, aber ohne Rang und Würde. Meine Studiengenossen sind Patricier, Präfekten, große Herren in Morgen- und Abendland: so Cethegus in Rom, Prokopius in Byzanz.«

»Geduld. Vom heut'gen Tag an wirst du die Leiter der Ehren rasch erklimmen. Ich mußte doch immer etwas zu geben behalten. Höre: du gehst morgen als Gesandter nach Ravenna.«

»Als kaiserlicher Gesandter?« rief Petros freudig.

»Durch meine Verwendung. Aber das ist nicht alles.

Du erhältst von Justinian ausführliche Anweisungen, das Gotenreich zu verderben, Belisar den Weg nach Italien zu bahnen.«

»Diese Anweisungen — befolg' ich oder vereitl' ich?«

»Befolgst du. Aber du erhältst noch einen Auftrag, den dir Justinian ganz besonders ans Herz legen wird: die Tochter Theoderichs um jeden Preis aus der Hand ihrer Feinde zu retten und nach Byzanz zu bringen. Hier hast du einen Brief von mir, der sie dringend einladet, an meiner Brust ein Asyl zu suchen.«

»Gut,« sagte Petros, den Brief einsteckend, »ich bringe sie also sofort hierher.«

Da schnellte Theodora wie eine springende Schlange vom Lager auf, daß Galatea erschrocken zurückfuhr.

»Bei meinem Zorn, Petros, nein. Dich send' ich deshalb. Sie darf nicht nach Byzanz, sie darf nicht leben.«

Bestürzt ließ Petros den Brief fallen. »O Kaiserin,« flüsterte er, »ein Mord!«

»Still, Rhetor,« sprach Theodora mit heiserer Stimme und unheimlich funkelten ihre Augen. »Sie muß sterben.«

»Sterben? o Kaiserin, warum?«

»Warum? das hast du nicht zu fragen. Doch halt: du sollst es wissen, es giebt deiner Feigheit einen Sporn — wisse ...« und sie faßte ihn wild am Arme und raunte ihm ins Ohr: »Justinian, der Verräter, fängt an sie zu lieben.«

»Theodora!« rief der Rhetor erschrocken und trat einen Schritt zur Seite.

Die Kaiserin sank auf die Kline zurück.

»Aber er hat sie ja nie gesehen!« stammelte sich fassend Petros.

»Er hat ihr Bild gesehen: er träumt bereits von ihr, er glüht für dieses Bild.«

»Du hast nie eine Rivalin gehabt.«

»Ich werde dafür wachen, daß ich keine erhalte.«

»Du bist so schön.«

»Amalaswintha ist jünger.«

»Du bist so klug, bist seine Beraterin, die Vertraute seiner geheimsten Gedanken.«

»Das eben wird ihm lästig. Und« — sie ergriff wieder seinen Arm — »merke wohl: sie ist eine Königstochter! eine geborne Herrscherin, ich des Löwenwärters plebejisch Kind. Und — so wahnwitzig lächerlich es ist! — Justinian vergißt im Purpurmantel, daß er des dardanischen Ziegenhirten Sohn. Er hat den Wahnsinn der Könige geerbt, er, selbst ein Abenteurer: er faselt von angeborner Majestät, von dem Mysterium königlichen Bluts. Gegen solche Grillen hab' ich keinen Schutz: von allen Weibern der Erde fürchte ich nichts: aber diese Königstochter ...«

Sie sprang zürnend auf und ballte die kleine Hand.

»Hüte dich, Justinian!« sagte sie durchs Gemach schreitend. »Theodora hat mit diesem Auge, mit dieser Hand Löwen und Tiger bezaubert und beherrscht: laß sehen, ob ich nicht diesen Fuchs im Purpur in Treue erhalten kann.« Sie setzte sich wieder.

»Kurz, Amalaswintha stirbt,« sagte sie, plötzlich wieder kalt geworden.

»Wohl,« erwiderte der Rhetor, »aber nicht durch mich. Du hast der blutgewohnten Diener genug. Sie sende; ich bin ein Mann der Rede.«

»Du bist ein Mann des Todes, wenn du nicht gehorchst. Gerade du, mein Feind, mußt es thun: keiner meiner Freunde kann es ohne Verdacht.«

»Theodora,« mahnte der Rhetor sich vergessend, »die Tochter des großen Theoderichs ermorden, eine geborne Königin . . .«

»Ha,« lachte Theodora grimmig, »auch dich Armseligen blendet die geborne Königin. Narren sind die Männer alle, noch mehr als Schurken! Höre, Petros, an dem Tage, da die Todesnachricht aus Ravenna eintrifft, bist du Senator und Patricius.«

Wohl blitzte des Alten Auge. Aber Feigheit oder Gewissensangst war doch mächtiger als der Ehrgeiz. »Nein,« sagte er entschlossen, »lieber lasse ich den Hof und alle Pläne.«

»Das Leben läss'st du, Elender!« rief Theodora zornig. »O, du wähntest, du seiest frei und ungefährdet, weil ich damals vor deinen Augen die gefälschte Urkunde verbrannt? Du Thor! es war die rechte nicht! Sieh her — hier halte ich dein Leben.«

Und sie riß aus einer Capsula voller Dokumente ein vergilbtes Pergament. Sie zeigte es dem Erschrocknen, der jetzt willenlos in die Kniee brach.

»Befiehl,« stammelte er, »ich gehorche.«

Da pochte man an die Hauptthüre.

»Hinweg,« rief die Kaiserin. »Hebe meinen Brief an die Gotenfürstin vom Boden auf und bedenk es wohl: Patricius, wenn sie stirbt, Folter und Tod, wenn sie lebt. Fort.«

Und Galatea schob den Betäubten durch den geheimen Eingang hinaus, drehte den bronzenen Justinian wieder an seine Stelle und ging, die Hauptthür aufzuthun.

## Neunzehntes Kapitel

Herein trat eine stattliche Frau, größer und von gröberen Formen als die kleine, zierliche Kaiserin, nicht so verführerisch schön, aber jünger und blühender, mit frischen Farben und ungekünstelter Art.

»Gegrüßt, Antonina, geliebtes Schwesterherz! komm an meine Brust!« rief die Kaiserin der tief sich Verbeugenden entgegen.

Die Gattin Belisars gehorchte schweigsam.

»Wie diese Augengruben hohl werden!« dachte sie, sich wieder aufrichtend.

»Was das Soldatenweib für grobe Knöchel hat!« sagte die Kaiserin zu sich selbst, da sie die Freundin musterte.

»Blühend bist du wie Hebe,« rief sie ihr laut zu, »und wie die weiße Seide deine frischen Wangen hebt! Hast du etwas neues mitzuteilen von — von ihm?« fragte sie und nahm gleichgültig spielend vom Waschtisch ein gefürchtetes Werkzeug, eine spitze Lanzette an einem Stäbchen von Elfenbein, mit welchem ungeschickte oder auch nur unglückliche Sklavinnen von der zürnenden Herrin oft zolltief in Schultern und Arme gestochen wurden.

»Heute nicht,« flüsterte Antonina errötend, »ich hab' ihn gestern nicht gesehn.«

»Das glaub' ich,« lächelte Theodora in sich hinein. »O wie schmerzlich werd' ich dich bald vermissen,« sagte sie, Antoninens vollen Arm streichelnd. »Schon in der nächsten Woche vielleicht wird Belisarius in See stechen und du, treuste aller Gattinnen, ihn begleiten. Wer von euren Freunden wird euch folgen?«

»Prokopius,« sagte Antonina und — setzte sie, die Augen niederschlagend, hinzu — »die beiden Söhne des Boëthius.«

»Ah so,« lächelte die Kaiserin, »ich verstehe. In der Freiheit des Lagerlebens hoffst du dich des schönen Jünglings ungestörter zu erfreuen und indessen Held Belisarius Schlachten schlägt und Städte gewinnt . . .«

»Du errätst es. Aber ich habe dabei eine Bitte an dich. Dir freilich ward es gut. Alexandros, dein schöner Freund ist zurück: er bleibt in deiner Nähe und er ist sein eigner Herr, ein reifer Mann. Aber Anicius, du weißt es, der Jüngling, steht unter seines ältern Bruders Severinus strenger Hut. Nie würde dieser, der nur Rache an den Barbaren sinnt und Freiheitsschlachten, diese zarte — Freundschaft dulden. Er würde unsern Verkehr tausendfach stören. Deshalb thu' mir eine Liebe: Severinus darf uns nicht folgen. Wenn wir an Bord sind mit Anicius, halte den älteren Bruder in Byzanz zurück mit List oder Gewalt — du kannst es ja leicht — du bist die Kaiserin.«

»Nicht übel,« lächelte Theodora. »Welche Kriegslisten! Man sieht, du lernst von Belisarius.«

Da erglühte Antonina über und über.

»O nenne seinen Namen nicht. Und höhne nicht! Du weißt am besten, von wem ich gelernt, zu thun, worüber man erröten muß.«

Theodora schoß einen funkelnden Blick auf die Freundin.

»Der Himmel weiß,« fuhr diese fort, ohne es zu beachten, »Belisar selbst war nicht treuer als ich, bis ich an diesen Hof kam. Du warst es, Kaiserin, die mich gelehrt, daß diese selbstischen Männer, von Krieg und Staat und Ehrgeiz erfüllt, uns, wenn sie einmal unsre Eheherrn, vernachlässigen, uns nicht mehr würdigen, wann sie uns besitzen. Du hast mich gelehrt, wie es keine Sünde, kein Unrecht sei, die unschuldige Huldigung, die schmeichelnde Verehrung, die der tyrannische Gemahl versagt, von einem noch hoffenden und deshalb noch dienenden Freunde hinzunehmen. Gott ist mein Zeuge, nichts andres als diesen süßen Weihrauch der Huldigung, den Belisar versagt und den mein eitles, schwaches Herz nicht missen kann, will ich von Anicius.«

»Zum Glück für mich wird das sehr bald langweilig für ihn,« sagte Theodora zu sich selbst.

»Und doch — schon dies ist ein Verbrechen, fürcht' ich, an Belisar. O wie ist er groß und edel und herrlich. Wenn er nur nicht allzugroß wäre für dies kleine Herz.« Und sie bedeckte das Antlitz mit den Händen.

»Die Erbärmliche,« dachte die Kaiserin, »sie ist zu schwach zum Genuß wie zur Tugend.«

Da trat Agave, die hübsche junge Thessalierin, ins Gemach mit einem großen Strauß herrlicher Rosen.

»Von ihm,« flüsterte sie der Herrin zu. »Von wem?« fragte diese. Aber jetzt sah Antonina auf und Agave winkte warnend mit den Augen.

Die Kaiserin reichte Antoninen den Strauß, sie zu beschäftigen, »bitte, stell' ihn dort in die Marmorvase.«

Während die Gattin Belisars den Rücken wendend gehorchte, flüsterte Agave: »Nun, von ihm, den du gestern den ganzen Tag hier versteckt gehalten — von dem schönen Anicius — « setzte das holde Kind errötend bei.

Aber kaum hatte sie das unvorsichtige Wort gesagt, als sie laut schreiend nach ihrem linken Arm griff. Die Kaiserin schlug sie mit der noch blutigen Lanzette ins Gesicht. »Ich will dich lehren, Augen haben, ob Männer schön sind oder häßlich,« flüsterte sie grimmig. »Du läßt dich in die Spinnstube sperren auf vier Wochen — sogleich — und zeigst dich nie mehr in meinen Vorzimmern. Fort!«

Weinend ging das Mädchen, ihr Haupt verhüllend.

»Was hat sie gethan?« fragte Antonina sich wendend.

»Das Riechfläschchen fallen lassen,« sagte Galatea rasch, ein solches von dem Teppich aufhebend. »Herrin, dein Haar ist fertig.«

»So laß die Ankleiderinnen ein und wer sonst im Vorsaal. Willst du einstweilen in diesen Versen blättern, Antonina? Es sind die neuesten Gedichte des Arator, »über die Thaten der Apostel«, gar erbaulich zu lesen! Zumal hier, die Steinigung des heiligen Stephanos! Aber lies und sprich sein Urteil.«

Galatea öffnete weit die Thüre des Haupteingangs: ein ganzer Schwarm von Sklavinnen und Freigelassenen wogte herein. Die einen besorgten das Hinausräumen der gebrauchten Toilettegeräte, andre räucherten mit Kohlenpfännchen und sprengten aus schmalhalsigen Fläschchen Balsam durch das Gemach. Die meisten aber waren um die Person der Kaiserin beschäftigt, die jetzt ihren Anzug vollendete. Galatea nahm ihr den Rosaüberwurf ab. »Berenike,« rief sie, »die milesische Tunika mit dem Purpurstreif und der goldnen Falbel: es ist Sonntag heute.«

Während die erfahrene Alte, die allein das Haar der Kaiserin berühren durfte, die kostbare Goldnadel, mit der Venusgemme im Kopf, künstlich in die Knoten des Hinterhauptes schob, fragte die Kaiserin: »Was giebt es neues in der Stadt, Delphine?«

»Du hast gesiegt, o Herrin!« antwortete die Gefragte, mit den Goldsandalen niederknieend. »Deine Farbe, die Blauen, haben gestern im Cirkus gesiegt über die Grünen zu Roß und Wagen.«

»Triumph!« frohlockte Theodora, »eine Wette von zwei Centenaren Gold, es ist mein. Nachrichten? woher? aus Italien?« rief sie einer eben mit Briefen eintretenden Dienerin entgegen.

»Jawohl, Herrin, aus Florentia von der Gotenfürstin Gothelindis: ich kenne das Gorgonensiegel: und von Silverius, dem Diakon.«

»Gieb,« sagte Theodora, »ich nehme sie mit in die Kirche. Den Spiegel, Elpis.« Eine junge Sklavin trat vor mit einer ovalen drei Fuß langen Platte von glänzend poliertem Silber in einem reich mit Perlen besetzten Goldrahmen und getragen von einem starken Fuß von Elfenbein. Die arme Elpis hatte harten Dienst. Sie mußte während der Vollendung des Ankleidens die schwere Platte bei jeder Bewegung der unruhigen Herrin sofort dermaßen drehen, daß diese sich ununterbrochen darin beschauen konnte und weh' ihr, wenn sie einer Wendung zu spät nachfolgte.

»Was giebt es zu kaufen, Zephyris?« fragte die Kaiserin eine dunkelfarbige libysche Freigelassene, die ihr eben die zahme Hausschlange, die in einem Körbchen auf weichem Moose ruhte, zur Morgenliebkosung reichte.

»Ach, nicht viel Besondres,« sagte die Libyerin, »komm, Glauke,« fuhr sie fort, indem sie die blendend weiße golddurchwirkte Chlamys aus der Kleiderpresse nahm und sorgfältig auf den Armen ausgebreitet hielt, bis die Gerufene ihr sie abnahm, mit Einem Wurf der Kaiserin in den schönsten Falten über die Schulter schlug, mit dem weißen Gürtel zusammenfaßte und das eine Ende mit einer Goldspange, die einst die Taube der Venus, jetzt aber im Gegenteil den heiligen Geist darstellte, über der weißen Achsel befestigte. Glauke, die Tochter eines athenischen Bildhauers, hatte jahrelang den Faltenwurf studiert, war deshalb von der Kaiserin um viele tausend Solidi angekauft worden und hatte den ganzen Tag über nur dies einzige Geschäft.

»Duftige Seifenkugeln aus Spanien,« berichtete Zephyris, »sind wieder frisch angekommen. Ein neues milesisches Märchen ist erschienen und der alte Ägypter ist wieder da,« setzte sie leiser hinzu, »mit seinem Nilwasser. Er sagt, es helfe unfehlbar. Die Perserkönigin, die acht Jahre kinderlos . . .«

Seufzend wandte sich Theodora ab, ein Schatte flog über das glatte Gesicht. »Schick' ihn fort,« sagte sie, »diese Hoffnung ist vorüber.«

Und es war einen Augenblick, als wollte sie in trübes Sinnen versinken.

Aber sich aufraffend trat sie, Galateen winkend, zu ihrem Lager zurück, nahm den zerdrückten Eppichkranz, der auf ihrem Kopfkissen lag und gab ihn der Alten mit den geflüsterten Worten: »für Anicius, schick' es ihm zu. Den Schmuck, Erigone!« Diese, von zwei andern Sklavinnen unterstützt, trug mühsam die schwere Kiste von Erz herbei, deren Deckel, in getriebnen Figuren die Werkstätte des Vulcanus darstellend, mit dem Siegel der Kaiserin an die Lade befestigt war. Erigone zeigte, daß das Siegel unverletzt und schlug den Deckel auf: neugierig stellte sich da manches Mädchen auf die Fußspitzen, einen Blick von den schimmernden Schätzen zu erhaschen. »Willst du noch die Sommerringe, Herrin?« fragte Erigone. »Nein,« sprach Theodora wählend, »die Zeit dafür ist um. Gieb mir die schwereren, die Smaragden.« Erigone reichte ihr Ohrringe, Fingerring und Armband.

»Wie schön,« sagte Antonina, von ihren frommen Versen aufsehend, »steht das Weiß der Perle zu dem Grün des Steins!«

»Es ist ein Schatzstück der Kleopatra,« sagte die Kaiserin gleichgültig, »der Jude hat den Stammbaum der Perle eidlich erhärtet.«

»Aber du zögerst lange,« erinnerte Antonina, »Justinians Goldsänfte harrte schon als ich herauf kam.«

»Ja, Herrin,« rief eine junge Sklavin ängstlich, »der Sklave vor der Sonnenuhr sagte schon die vierte Stunde an. Eile, Herrin.«

Ein Stich mit der Lanzette war die Antwort. »Willst du die Kaiserin mahnen?« Aber Antoninen flüsterte sie zu: »Man muß die Männer nicht verwöhnen: sie müssen immer auf uns warten, wir nie auf sie.

Meinen Straußenfächer, Thais. Geh, Ione, die kappadokischen Sklaven sollen an meine Sänfte treten.«

Und sie wandte sich zum Gehen. »O Theodora,« rief Antonina rasch, »vergiß meine Bitte nicht.«

»Nein,« sagte diese, plötzlich stehen bleibend, »gewiß nicht! Und damit du ganz sicher gehst,« lächelte sie, »leg' ich's in deine eigne Hand. Meine Wachstafel und den Stift.« Galatea brachte sie eilig. Theodora schrieb und flüsterte der Freundin zu: »Der Präfekt des Hafens ist einer meiner alten Freunde. Er gehorcht mir blind. Lies, was ich schreibe: »An Aristarchos den Präfekten Theodora die Kaiserin.

Wenn Severinus, des Boëthius Sohn, das Schiff des Belisarius besteigen will, halt' ihn, nötigenfalls mit Gewalt, zurück und sende ihn hierher in meine Gemächer: er ist zu meinem Kämmerer ernannt. Ist's recht so, liebe Schwester?« flüsterte sie.

»Tausend Dank,« sagte diese mit leuchtenden Augen.

»Aber wie,« rief die Kaiserin laut, plötzlich an ihren Hals fassend, »und die Hauptsache hätten wir vergessen? Mein Amulet, den Mercurius! Bitte, Antonina, dort liegt es.« Hastig wandte sich diese, den kleinen goldnen Merkur, den besten Geleitsmann, der an seidner Schnur an dem Bette der Kaiserin hing, zu holen. Inzwischen aber strich Theodora schnell das Wort »Severinus« mit dem Goldgriffel aus, und schrieb dafür »Anicius«. Sie klappte das Täfelchen zusammen, umschnürte und siegelte es mit ihrem Venusring.

»Hier das Amulet,« sagte Antonina zurückkommend.

»Und hier der Befehl!« lächelte die Kaiserin. »Du magst ihn selbst im Augenblick der Abfahrt an Aristarchos übergeben. Und jetzt,« rief sie, »jetzt auf: in die Kirche.«

## Zwanzigstes Kapitel

In Neapolis, derjenigen Stadt Italiens, über welcher die zu Byzanz aufsteigenden Wetterwolken sich zuerst entladen sollten, ahnte man nichts von einer drohenden Gefahr. Da wandelten damals Tag für Tag an den reizenden Hängen, welche nach dem Posilipp führen, oder an den Uferhöhen im Südosten der Stadt, in vertrautem Gespräch, alle Wonnen jugendlich begeisterter Freundschaft genießend, zwei herrliche Jünglinge, der eine in braunen, der andre in goldnen Locken: die Dioskuren, Julius und Totila.

O schöne Zeit, da es die reine Seele, umweht von der frischen Morgenluft des Lebens, noch unenttäuscht und unermüdet, trunken von der Fülle stolzer Träume, drängt, hinüberzufluten in ein gleich junges, gleich reiches, gleich überschwängliches Gemüt. Da stärkt sich der Vorsatz zu allem Edelsten, der Aufschwung zu dem Höchsten, der Flug bis in die lichte Nähe des Göttlichen wird in der Mitteilung gewagt, in der seligen Gewißheit, verstanden zu sein.

Wenn der Blütenkranz in unsren Locken gewelkt ist und die Ernte unsres Lebens beginnt, mögen wir lächeln über jene Träume der Jünglingszeit und Jünglingsfreundschaft; aber es ist kein Lächeln des Spottes; es ist ein Ausdruck von jener Wehmut, mit der wir in nüchterner Herbstluft der süßen, berauschenden Lüfte des ersten Frühlings gedenken.

Der junge Gote und der junge Römer hatten sich gefunden in der glücklichsten Zeit für einen solchen Bund und sie ergänzten sich wunderbar. Totilas sonnige Seele hatte den vollen Schmelz der Jugend bewahrt: lachend sah er in die lachende Welt: er liebte den Menschen und der Glanz seines wohlwollenden Wesens gewann ihm leicht und rasch alle Herzen. Er glaubte nur an das Gute und des Guten Sieg: traf er das Böse, das Gemeine auf seinem Pfad, so trat er es mit dem heilig lodernden Zorn eines Erzengels in den Staub: durch seine sanfte Natur brach dann, den Helden verratend, die gewaltige Kraft, die in ihr ruhte und nicht eher ließ er ab, bis das verhaßte Element aus seinem Lebenskreise getilgt war. Aber im nächsten Augenblick war dann die Störung wie überwunden so vergessen und harmonisch wie seine Seele fühlte er ringsum Welt und Leben. Stolz und froh empfand er die Vollkraft seiner Jugend und jauchzend drückte er das goldne Dasein an die Brust. Singend schritt er durch die wimmelnden Straßen von Neapolis, der Abgott der Mädchen, der Stolz seiner gotischen Waffenfreunde, wie ein Gott der Freude, beglückend und beglückt.

Der helle Zauber seines Wesens teilte sich selbst der stilleren Seele seines Freundes mit. Julius Montanus, zart und sinnig angelegt, eine fast weibliche Natur, früh verwaist und von Cethegus' hochüberlegnem Geist eingeschüchtert, in Einsamkeit und unter Büchern aufgewachsen, von der trostlosen Wissenschaft jener Zeit mehr belastet als gehoben, sah das Leben ernst, fast wehmütig an. Ein Zug zur Entsagung und die Neigung, alles Bestehende an dem strengen Maß übermenschlicher Vollendung zu messen, lag in ihm und mochte sich leicht bis zur Schwermut verdüstern. Zur glücklichen Stunde fiel Totilas sonnige Freundschaft in seine Seele und erhellte sie bis in ihre tiefsten Falten so mächtig, daß seine edle Natur auch von einem schweren Schlage sich wieder elastisch aufrichten konnte, den eben diese Freundschaft auf sein Haupt ziehen sollte.

Hören wir ihn selbst darüber an den Präfekten berichten:

»Cethegus dem Präfekten Julius Montanus.

Die kaltherzige Antwort, die du auf den warmgefühlten Bericht von meinem neuen Freundschafts-Glück erteiltest, hat mir zuerst — gewiß gegen deine Absicht — sehr wehe gethan, später aber das Glück eben dieser Freundschaft erhöht, freilich in einer Weise, welche du weder ahnen noch wünschen konntest.

Der Schmerz durch dich hat sich bald in Schmerz um dich verwandelt. Wollte es mich anfangs kränken, daß du meine tiefste Empfindung als die Schwärmerei eines kranken Knaben behandeltest und die Heiligtümer meiner Seele mit bittrem Spott antasten wolltest — nur wolltest, denn sie sind unantastbar — so ergriff mich doch statt dessen bald das Gefühl des Mitleids mit dir. Wehe, daß ein Mann wie du, so überreich an Kräften des Geistes, darbest an den Gütern des Herzens. Wehe, daß du die Wonne der Hingebung nicht kennst und jene opferfreudige Liebe, die ein von dir mehr verspotteter als verstandner Glaube, den mir jeder Tag des Schmerzes näher bringt, die *caritas*, die Nächstenliebe, nennt: Wehe dir, daß du das Herrlichste nicht kennst! Vergieb die Freiheit dieser meiner Rede: ich weiß, ich habe noch nie in solchen Worten zu dir gesprochen: aber erst seit kurzem bin ich, der ich bin. Vielleicht nicht ganz mit Unrecht hat noch dein letzter Brief Spuren von Knabenhaftigkeit an mir gegeißelt. Ich glaube, sie sind seitdem verschwunden und ein Verwandelter sprech' ich zu dir. Dein Brief, dein Rat, deine »Arznei« hat mich allerdings zum Manne gereift, aber nicht in deinem Sinn und nicht nach deinem Wunsch. Schmerz, heiligen, läuternden Schmerz hat er mir gebracht, er hat diese Freundschaft, die er verdrängen sollte, auf eine harte Probe gestellt, aber, der Güte Gottes sei's gedankt, er hat sie im Feuer nicht zerstört, sondern gehärtet für immer.

Höre und staune, was der Himmel aus deinen Plänen geschaffen hat.

Wie wehe mir dein Brief gethan — in alter Gewohnheit des Gehorsams befolgte ich alsbald seinen Auftrag und suchte deinen Gastfreund auf, den Purpurhändler Valerius Procillus. Er hatte bereits die Stadt verlassen und seine reizende Villa bezogen. Ich fand an ihm einen vielerfahrenen Mann und einen eifrigen Freund der Freiheit und des Vaterlandes: in seiner Tochter Valeria aber ein Kleinod.

Du hattest recht prophezeit. Meine Absicht, mich gegen sie zu verschließen, zerschmolz bei ihrem Anblick wie Nebel vor der Sonne: mir war Elektra oder Kassandra, Clölia oder Virginia stehe vor mir. Aber mehr noch als ihre hohe Schönheit bezauberte mich der Schwung ihrer unsterblichen Seele, die sich alsbald vor mir aufthat. Ihr Vater behielt mich sogleich als seinen Gast im Hause und ich verlebte unter seinem Dach mit ihr die schönsten Tage meines Lebens. Die Poesie der Alten ist der Äther ihrer Seele.

Wie rauschten die Chöre des Äschylos, wie rührend tönte Antigones Klage in ihrer melodischen Stimme; stundenlang lasen wir in Wechselrede und herrlich war sie zu schauen, wann sie sich erhob im Schwunge der Begeisterung, wann ihr dunkles Haar, in freie Wellen gelöst, niederfloß und aus ihrem großen runden Auge ein Feuer blitzte nicht von dieser Welt.

Und — was ihr vielleicht noch tiefen Schmerz bereiten wird — eine Spaltung, die durch all' ihr Leben geht, giebt ihr den höchsten Reiz. Du ahnst wohl, was ich meine, da du seit Jahren das Schicksal ihres Hauses kennst. Du weißt wohl genauer als ich, wie es kam, daß Valeria schon bei ihrer Geburt von ihrer frommen Mutter einem ehelosen, einsamen Leben in Werken der Andacht geweiht, dann aber von ihrem reichen und mehr römisch als christlich gesinnten Vater um den Preis einer Kirche und eines Klosters, die er baute, losgekauft worden ist. Aber Valeria glaubt, daß der Himmel nicht totes Gold nehme für eine lebendige Seele: sie fühlt sich der Bande jenes Gelübdes nicht ledig, deren sie ewig, aber nur in Furcht, nicht in Liebe, gedenkt.

Denn du hattest recht als du schriebst: sie sei durch und durch ein Kind der alten, der heidnischen Welt. Das ist sie, die echte Tochter ihres Vaters: aber doch kann sie der frommen Mutter entsagend Christentum nicht abthun: es lebt nicht in ihr als ein Segen, es lastet auf ihr als ein Fluch, als der unentrinnbare Zwang jenes Gelübdes. Diesen wundersamen Zwiespalt, diesen verhängnisvollen Widerstreit trägt die edle Jungfrau im Gemüt: er quält sie, aber er veredelt sie zugleich.

Wer weiß, wie er sich lösen wird? der Himmel allein, der ihr Schicksal lenkt. Mich aber zieht dieser innere Kampf mit ernsten Schauern an: du weißt ja, daß in mir selbst der Christenglaube und die Philosophie in ungeklärter Mischung durcheinander wogen. Zu meinem Staunen hat in diesen

Tagen des Schmerzes der Glaube zugenommen und fast will mich bedünken, die Freude führe zu der heidnischen Weisheit, zu Christus aber der Schmerz und das Unglück.

Aber höre wie der Schmerz über mich gekommen.

Anfangs, als ich diese Liebe in mir keimen sah, war ich froher Hoffnung voll. Valerius, vielleicht schon früher von dir für mich gewonnen, sah meine wachsende Neigung offenbar nicht ungern: vielleicht hatte er nur das an mir auszusetzen, daß ich seinen Traum von der Wiederaufrichtung der römischen Republik nicht eifrig genug teilte und nicht seinen Haß gegen die Byzantiner, in denen er die Todfeinde seines Hauses wie Italiens sieht. Auch Valeria war mir bald freundschaftlich geneigt und wer weiß ob nicht damals die Verehrung gegen den Willen ihres Vaters und diese Freundschaft genügt hätten, sie in meine Arme zu führen. Aber ich danke — soll ich sagen Gott oder dem Schicksal? — daß es nicht so kam: Valeria einer halb gleichgültigen Ehe opfern wäre ein Frevel gewesen. Ich weiß nicht, welches seltsame Gefühl mich abhielt das Wort zu sprechen, das sie in jenen Tagen gewiß zu der Meinen gemacht hätte. Ich liebte sie doch so tief: aber so oft ich mir ein Herz fassen und bei ihrem Vater um sie werben wollte, immer beschlich mich ein Gefühl, als thu' ich Unrecht an dem Gut eines andern, als sei ich ihrer nicht würdig oder doch nicht die ihr vom Schicksal zugedachte Hälfte ihrer Seele und ich schwieg und bezähmte das pochende Herz.

Einstmals um die sechste Stunde — schwül brannte die Sonne rings auf Land und Meer — suchte ich Schatten in der kühlen Marmorgrotte des Gartens. Ich trat ein durch das Oleandergebüsch: da lag sie schlafend auf der weichen Rasenbank, die eine Hand auf dem leise wogenden Busen, der linke Arm unter dem edeln Haupt, das noch vom Frühmahl her der schöne Asphodeloskranz schmückte. Ich stand bebend vor ihr: so schön war sie noch nie gewesen, ich beugte mich über sie und staunte die edeln, wie in Marmor gebildeten Züge an: heiß schlug mein Herz, ich beugte mich über sie, diese roten feingeschnittenen Lippen zu küssen.

Da fiel mir's plötzlich centnerschwer aufs Herz: es ist ein Raub, was du begehen willst. Totila! rief unwillkürlich meine ganze Seele und still, wie ich gekommen, schlich ich fort.

Totila! Was war er mir nicht früher eingefallen?

Ich machte mir Vorwürfe, den Bruder meines Herzens über dem neuen Glück fast vergessen zu haben.

Deine Prophezeiung, Cethegus, dachte ich, soll sich nicht erfüllen: diese Liebe soll mich dem Freunde nicht entfremden. Er soll Valeria sehen, gleich mir bewundern, meine Wahl lobpreisen und dann, dann will ich werben und Totila soll glücklich sein mit uns.

Andern Tages ging ich nach Neapolis zurück, ihn zu holen. Ich pries ihm den Schimmer des Mädchens, aber ich vermochte es nicht über mich, ihm von meiner Liebe zu sprechen. Er sollte sie sehen und alles erraten. Wir fanden sie bei unserer Ankunft nicht in den Zimmern der Villa. So führte ich Totila in den Garten — Valeria ist die eifrigste Pflegerin der Blumen — wir bogen, Totila voran, aus einem dichten Taxusgang: da schimmerte uns ihre Erscheinung plötzlich entgegen: sie stand vor einer Statue ihres Vaters und kränzte sie mit frischgepflückten Rosen, die sie, hoch aufgehäuft in der Busenfalte der Tunika, mit der Linken auf der Brust zusammenhielt.

Es war ein überraschend schönes Bild: die herrliche Jungfrau, in dem Grün des Taxus gleichsam eingerahmt, vor dem weißen Marmor, die Rechte anmutvoll erhebend: und mächtig wirkte die Erscheinung auf Totila: mit einem lauten Ruf des Staunens blieb er sprachlos, ihr gerade gegenüber, stehen.

Sie sah auf und zuckte erschrocken, wie blitzgetroffen, zusammen: die Rosen fielen in dichten Flocken aus ihrem Gewand: sie sah es nicht: ihre Augen hatten sich getroffen, ihre Wangen erglühten: ich sah mit Blitzesschnelle ihr Geschick und mein Geschick entschieden.

Sie liebten sich beim ersten Anblick.

Schmerzlich, wie ein brennender Pfeil, durchdrang die Gewißheit meine Seele. Aber doch nur einen Augenblick herrschte der Schmerz ungemischt in meiner Brust. Sofort, wie ich die beiden betrachtete, die herrlichen Gestalten, empfand ich neidlose Freude, daß sie sich gefunden: denn es war, wie wenn die Macht, die der Sterblichen Leiber bildet und Seelen, sie aus Einem Stoff für einander geschaffen: wie Morgensonne und Morgenröte schimmerten sie ineinander und jetzt erkannte ich auch das dunkle Gefühl, das mich wie ein Vorwurf von Valeria fern gehalten, das mir *seinen* Namen auf die Lippen geführt hatte: sein sollte Valeria werden nach Gottes Ratschluß oder dem Gang der Sterne und ich sollte nicht zwischen sie treten.

Erlaß mir, das Weitere zu berichten. Denn so selbstisch ist mein Sinn geartet, sowenig Macht hat noch die heilige Lehre des Entsagens über mich gewonnen, daß — ich schäme mich, das zu gestehen — daß mein Herz auch jetzt noch manchmal schmerzlich zuckt, statt freudig zu schlagen für das Glück der Freunde.

Rasch und unscheidbar, wie zwei Flammen ineinander lodern, schlugen ihre Seelen zusammen. Sie lieben sich und sind glücklich wie die seligen Götter: mir ist die Freude geblieben, ihr Glück zu schauen und ihnen beizustehen, es noch vor dem Vater zu verbergen, der sein Kind wohl schwerlich dem »Barbaren« schenken wird, solang er in Totila nur den »Barbaren« sieht.

Meine Liebe aber und ihren Opfertod halt' ich vor dem Freunde tief verborgen: er ahnt nicht und soll nie erfahren, was sein glänzend Glück nur trüben könnte. Du siehst nun, o Cethegus, wie weit ab von deinem Ziel ein Gott deinen Plan gewendet. Mir hast du jenes Kleinod Italiens bringen wollen und hast es Totila zugeführt. Meine Freundschaft hast du zerstören wollen und hast sie in den Gluten heiliger Entsagung von allem Irdischen befreit und unsterblich gemacht. Du hast mich zum Manne machen wollen durch der Liebe Glück: ich bin's geworden durch der Liebe Schmerz.

Lebe wohl und verehre das Walten des Himmels.«

## Einundzwanzigstes Kapitel

Wir unterlassen es, den Eindruck dieses Schreibens auf den Präfekten auszumalen, und begleiten lieber die beiden Dioskuren auf einem ihrer Abendspaziergänge an den reizenden Ufergeländen von Neapolis.

Sie wandelten nach der früh beendigten Coena durch die Stadt und zur Porta nolana hinaus, die in schon halb verwitterten Reliefs die Siege eines römischen Imperators über germanische Stämme verherrlichte.

Totila blieb stehen und bewunderte die schöne Arbeit.

»Wer ist wohl der Kaiser,« fragte er den Freund, »dort auf dem Siegeswagen, mit dem geflügelten Blitz in der Hand, wie ein Jupiter Tonans?« — »Es ist Marc Aurel,« sagte Julius und wollte weitergehen. »O bleib doch! Und wer sind die vier Gesellen mit den langwallenden Haaren, die den Wagen ziehn?«

»Es sind Germanenkönige.« — »Doch welches Stammes?« fragte Totila weiter, »sieh da, eine Inschrift: *»Gothi extincti!«* »Die Goten vernichtet!«

Laut lachend schlug der junge Gote mit flacher Hand auf die Marmorsäule und schritt rasch durch das Thor. »Eine Lüge in Marmor!« rief er rückwärts blickend. »Das hat der Imperator nicht gedacht, daß einst ein gotischer Seegraf in Neapolis seine Prahlereien Lügen straft.« — »Ja, die Völker sind wie die wechselnden Blätter am Baume,« sagte Julius nachdenklich; »wer wird nach euch in diesen Landen herrschen?« Totila blieb stehen. »Nach *uns*?« fragte er erstaunt. »Nun, du wirst doch nicht glauben, daß deine Goten ewig dauern werden unter den Völkern?«

»Das weiß ich doch nicht,« sagte Totila, langsam fortschreitend. »Mein Freund, Babylonier und Perser, Griechen und Makedonen und, wie es scheinen will, auch wir Römer hatten ihre zugemessene Zeit: sie blühten, reiften und vergingen. Soll's anders sein mit den Goten?«

»Ich weiß das nicht,« sagte Totila unruhig, »ich habe den Gedanken nie gedacht. Es ist mir noch nie eingefallen, daß eine Zeit kommen könnte, da mein Volk« — er hielt inne, als sei es Sünde, den Gedanken auszudenken. »Wie kann man sich dergleichen vorstellen! ich denke daran so wenig wie — wie an den Tod!«

»Das sieht dir gleich, mein Totila!«

»Und dir sieht es gleich, dich und andre mit solchen Träumereien zu quälen.«

»Träumereien! Du vergißt, daß es für mich, für mein Volk schon Wirklichkeit geworden. Du vergißt, daß ich ein Römer bin. Und ich kann mich nicht darüber täuschen wie die meisten thun: es ist vorbei mit uns. Das Scepter ist von uns auf euch übergegangen; glaubst du, es lief so ohne Schmerz, ohne Nachsinnen für mich ab, in dir, meinem Herzensfreund, den Barbaren, den Feind meines Volkes zu vergessen?«

»Das ist nicht so, beim Glanz der Sonne!« fiel Totila eifrig ein. »Find' ich auch in deiner milden Seele den herben Wahn? Blick' doch nur um dich! Wann, sage mir, wann hat Italien herrlicher geblüht als unter unsrem Schilde? Kaum in den Tagen des Augustus. Ihr lehrt uns Weisheit und Kunst, wir leihen euch Friede und Schutz. Kein schöneres Wechselverhältnis läßt sich denken! Die Harmonie zwischen Römern und Germanen kann eine ganz neue Zeit erschaffen, schöner als je eine bestanden.«

»Die Harmonie! aber sie ist nicht da. Ihr seid uns ein fremdes Volk, geschieden durch Sprache und Glaube, durch Stammes- und Sinnesart und durch halbtausendjährigen Haß.

Wir brachen früher eure Freiheit, ihr jetzt die unsre; zwischen uns gähnt eine ewige Kluft.« — »Du verwirrst den Lieblingsgedanken meiner Seele.«

»Er ist ein Traum!« — »Nein, er ist Wahrheit, ich fühl' es und vielleicht kömmt noch die Zeit, dir's zu beweisen. Das Werk meines ganzen Lebens bau' ich drauf.« — »So wär's auf einen edeln Wahn gebaut. Keine Brücke zwischen Römern und Barbaren!« — »Dann,« sagte Totila heftig, »begreif' ich nicht, wie du leben kannst, wie du mich ...«

»Vollende nicht,« sagte Julius ernst. »Es war nicht leicht: es war die schwerste der Entsagungen! Erst nach hartem Widerstreit der Selbstsucht ist sie mir gelungen: aber endlich hab' ich aufgehört, in meinem Volk allein zu leben. Der heilge Glaube, der jetzt schon — und er allein vermag's — Römer und Germanen verbindet, der meinen widerstrebenden Verstand durch lauter Schmerzen — Schmerzen, die Freuden sind — allmählich immer mächtiger umschlingt, er hat mir auch in diesem Zwiespalt Friede gebracht. In diesem Einen darf ich mich jetzt schon rühmen, ein Christ zu sein: ich lebe der Menschheit, nicht meinem Volk allein, ein Mensch, kein bloßer Römer mehr. Darum kann ich dich, den Barbaren, lieben wie einen Bruder: sind wir doch Bürger Eines Reichs: der Menschheit.

Darum kann ich es ertragen, zu leben, nachdem ich mein Volk gestorben sehe. Ich lebe der Menschheit: sie ist mein Volk!«

»Nein!« rief Totila lebhaft, »das könnt' ich nimmermehr. In meinem Volk allein kann ich und will ich leben: meines Volkes Art ist die Luft, in der allein meine Seele atmen kann. Warum soll'n wir nicht dauern können, ewig: oder doch solang diese Erde dauert? Was Perser und Griechen! Wir sind von besserem Stoff. Weil sie dahin siechten und versanken, müssen darum auch wir siechen und versinken? Noch blühn wir in voller Jugendkraft! Nein, wenn ein Tag kömmt, da die Goten sinken, mög' ihn mein Auge nicht mehr sehn. O all' ihr Götter, laßt uns nur nicht dahinkranken jahrhundertelang wie diese Griechen, die nicht leben können und nicht sterben! Nein, muß es sein, so sendet ein furchtbar Kampfgewitter und laßt uns rasch und herrlich fallen, alle, alle und mich voran!«

Der Jüngling hatte sich in die wärmste Begeisterung gesprochen. Er sprang empor von der Marmorbank auf der Straße, darauf sie sich niedergelassen, den Lanzenschaft hoch gen Himmel erhebend.

»Mein Freund,« sagte Julius, ihn liebevoll anblickend, »wie schön steht dir dieser Eifer! Aber bedenke, ein solcher Kampf würde mit uns, mit meinem Volk entbrennen und sollte ich ...?«

»Zu deinem Volke sollst du stehn mit Leib und Seele, das ist klar, wenn es jemals zu solchem Kampfe kömmt. Du glaubst, das würde unsrer Freundschaft Eintrag thun? mit nichten! Zwei Helden können sich knochentiefe Wunden hau'n und dabei doch die besten Freunde sein. Ha, mich würd' es freuen, dich in einer Schlachtreihe mir entgegenschreiten sehn mit Schild und Speer!«

Julius lächelte. »Meine Freundschaft ist nicht so grimmiger Art, du wilder Gote. Diese Fragen und Zweifel haben mich lange und bitter gequält und all' meine Philosophen zusammen haben mir nicht den Frieden gebracht. Erst seit ich's in Schmerzen erfahren, daß ich dem Gott im Himmel allein zu dienen habe und auf Erden der Menschheit und nicht Einem Volk...«

»Gemach, Freund,« rief Totila, »wo ist denn die Menschheit, von der du schwärmst? Ich sehe sie nicht. Ich sehe nur Goten, Römer, Byzantiner! Eine Menschheit über den wirklichen Völkern, irgendwo in den Lüften, kenn' ich nicht. Ich diene der Menschheit, indem ich meinem Volke lebe. Ich kann gar nicht anders! ich kann nicht die Haut abstreifen, darin ich geboren bin. Gotisch denk' ich, in gotischen Worten, nicht in einer allgemeinen Sprache der Menschheit; die giebt es nicht. Und wie ich nur gotisch denke, kann ich auch nur gotisch fühlen. Ich kann das Fremde anerkennen, o ja. Ich bewundre eure Kunst, euer Wissen, zum Teil euren Staat, in welchem alles so streng geordnet ist.

Wir können vieles von euch lernen — aber tauschen könnt' ich und möcht' ich mit keinem Volk von Engeln. Ha, meine Goten! Im Grund des Herzens sind mir ihre Fehler lieber als eure Tugenden.«

»Wie ganz anders empfinde ich, und bin doch ein Römer!«

»Du bist kein Römer! vergieb, mein Freund, es giebt schon lange keine Römer mehr. Sonst wär ich' nicht der Seegraf von Neapolis! So wie du kann nur empfinden, wer eigentlich kein Volk mehr hat. So wie ich muß jeder fühlen, der eines lebendigen Volkes ist.«

Julius schwieg eine Weile. »Und wenn dem so ist, wohl mir! Heil, wenn ich die Erde verloren, den Himmel zu gewinnen. Was sind die Völker, was ist der Staat, was ist die Erde? Nicht hier unten ist die Heimat meiner unsterblichen Seele! Sie sehnt sich nach jenem Reiche, wo alles anders ist als hier.«

»Halt ein, mein Julius,« sprach Totila, stehen bleibend, die Lanze auf den Boden stoßend. »Hier, auf Erden, hab' ich festen Grund, hier laß mich stehn und leben, hier nach Kräften das Schöne genießen, das Gute schaffen nach Kräften. In deinen Himmel kann und will ich dir nicht folgen. Ich ehre deine Träume, ich ehre deine heilge Sehnsucht — aber ich teile sie nicht. Du weißt,« fügte er lächelnd hinzu, »ich bin ein Heide, unverbesserlich, wie meine Valeria — unsere Valeria. Zur rechten Stunde denk' ich ihrer. Deine erdenflücht'gen Träume ließen uns am Ende des Liebsten auf Erden vergessen. Sieh, wir sind zur Stadt zurückgekommen, die Sonne sinkt so rasch hier im Süden und ich soll noch vor Nacht die bestellten Sämereien in den Garten des Valerius bringen. Ein schlechter Gärtner,« lächelte er, »der seiner Blume vergäße. Leb wohl — ich biege rechts hinab.«

»Grüße mir Valeria. Ich gehe nach Hause, zu lesen.«

»Was liesest du jetzt? Noch Platon?«

»Nein, Augustinus. Lebe wohl!«

## Zweiundzwanzigstes Kapitel

Rasch eilte Totila durch die Straßen der Vorstadt, die belebteren Teile der Innenstadt meidend, nach der Porta capuana zu und dem Turm Isaks, des jüdischen Pförtners. Der Turm, unmittelbar zur Rechten des Thores, mit starken Mauern und massiv gewölbtem Dach erbaut, erhob sich in mehreren sich verjüngenden Absätzen. In dem höchsten Stockwerk, dicht an den zackigen Zinnen, waren zwei niedre aber breite Gelasse, zur Wohnung des Türmers bestimmt.

Dort hausten der alte Jude und Miriam, sein dunkelschönes Kind.

In dem größern Gemach, wo an den Wänden in strenger Ordnung die großen schweren Schlüssel zu den Hauptthüren und den Nebenpforten des wichtigen Thorgebäudes, dann das krumme Wächterhorn und der breite, hellebardengleiche Speer des Pförtners hingen, saß mit gekreuzten Beinen auf rohrgeflochtener Matte Isak, der greise Turmwart: eine hohe, starkknochige Gestalt mit der Adlernase und den buschigen, hochgeschweiften Brauen seiner Rasse.

Er hielt einen langen Stab zwischen den Knien und aufmerksam hörte er den Worten eines jungen unansehnlichen Mannes, offenbar auch eines Israeliten, zu, in dessen harten, nüchternen Zügen der ganze Rechnerverstand des jüdischen Stammes lag.

»Sieh, Vater Isak,« schloß er mit unschöner, klangloser Stimme, »meine Rede ist keine eitle Rede und meine Worte kommen nicht aus dem Herzen allein, das blind ist, sondern aus dem Kopf, der da ist sehend. Und hier hab' ich mit mir gebracht Brief und Urkund für jedes Wort meines Mundes: hier meine Bestallung als Baumeister für alle Wasserleitungen von Italien, jährlich fünfzig Goldsoldi und für jedes neue Werk zehn Soldi besonders. Eben erst hab' ich wieder hergestellt die zerfallene Wasserleitung dieser Stadt Neapolis; hier in diesem Beutel sind die zehn Goldstücke, richtig bezahlt. Du siehst, ich kann ernähren ein Weib; zudem bin ich Rachels, deiner Muhme, leiblicher Sohn. So laß mich nicht reden umsonst und gieb mir Miriam, dein Kind, daß sie bestelle mein Haus.«

Aber der Alte strich seinen grauen langen Kinnbart und schüttelte langsam das Haupt. »Jochem, Sohn Rachels, mein Sohn — ich sage dir, laß ab, laß ab.« — »Warum? was kannst du haben gegen mich? Wer mag reden wider Jochem in Israel?«

»Niemand. Du bist gerecht und still und fleißig und mehrest deine Habe und dein Werk gedeiht vor dem Herrn. Aber hast du gesehn, daß sich die Nachtigall paart mit dem Sperling oder die schlanke Gazelle mit dem Lasttier? Sie passen nicht zusammen! Und nun sieh dorthin und sage mir selbst, ob du passest für Miriam, mein Kind.«

Und er schob mit seinem langen Stock sachte den grünwollenen Vorhang zur Seite, der das vordere Gemach abschloß.

Leise silberne Töne waren schon herübergeklungen in das Gespräch der Männer: jetzt sah man in den einfachen aber gefälligen Raum. An dem weiten Rundbogenfenster, das über die herrliche Neapolis, das blaue Meer und die fernen Berge die freieste Aussicht bot, stand ein junges Mädchen, ein fremdartig geformtes Saiteninstrument im Arm. Es war eine Erfrischung von überraschender Schönheit. Glühend rot fiel das Licht der sinkenden Sonne noch in das hochgelegene Gemach und übergoß wie das weiße Faltengewand so das edel geschnittene Profil des Mädchens mit purpurnem Schimmer: es spielte auf dem glänzend schwarzen Haar, das, halb hinter das feine Ohr zurückgestrichen, die edeln Schläfe zeigte. Und wie dieser Sonnenglanz, so schien der Glanz der Poesie die ganze Erscheinung zu umstrahlen, jede ihrer Bewegungen zu begleiten und jeden träumerischen Blick aus diesen dunkelblauen Augen, die, in weiches Sinnen versunken, über die Stadt und das Meer hinschweiften. »Dunkelmeeresblau« hatte diese Augen Piso, der Dichter, genannt.

Wie im halben Traum berührten die Finger nur leise, leise die Saiten, während von den halbgeöffneten Lippen, geflüstert mehr als gesungen, eine alte, melancholische Weise klang:

»An Wasserflüssen Babylons
Saß weinend Judas Stamm:
Wann kömmt der Tag, da Judas Stamm
Nicht mehr zu weinen hat?«

»Nicht mehr zu weinen hat!« wiederholte sie träumend und neigte das Haupt auf den Arm, der die Harfe auf der Fensterbrüstung hielt.

»Sieh hin,« sprach der Alte leise, »ist sie nicht lieblich wie die Rose in den Gärten von Saron und die Hindin auf den Bergen von Hiram und ist kein Fehl an ihrem Leibe?«

Ehe Jochem antworten konnte, scholl dreimal ein leises Klopfen an der schmalen Eisenpforte unten. Miriam fuhr auf aus ihrem Sinnen, strich rasch mit der Hand über die Augen und eilte die enge Wendeltreppe hinunter.

Jochem trat an das Fenster und sein Gesicht legte sich in grimmige Falten. »Ha, der Christ, der gottverfluchte,« knirschte er und ballte die Faust. »Schon wieder der blonde Gote mit dem unbändigen Stolz! Vater Isak, ist das der Edelhirsch, der dir zu deiner Hindin paßt?« — »Sohn, rede nicht Hohnwort wider Isak! Du weißt ja, der Jüngling hat sein Herz gesetzt auf ein Römermädchen, seine Seele denkt nicht an die Perle von Juda.«

»Aber vielleicht die Perle von Juda an ihn!«

»Mit Dank und Freuden, wie das Lamm denkt des starken Hirten, der es entrissen dem Rachen des Wolfs. Hast du vergessen, wie bei der letzten Jagd, welche die verdammten Römer machten auf die Schätze und Goldhaufen von Israel, und als sie niederbrannten die heil'ge Synagoge mit unheiligem Feuer, wie da eine Rotte dieser bösen Buben mein armes Kind aufjagte auf der Straße, wie ein Rudel Wölfe das weiße Lamm, und zerrten ihr den Schleier vom Haupt und das Busentuch von den Schultern: wo war da Jochem, meiner Muhme Sohn, der sie begleitete? Entflohen war er vor der Gefahr mit hurtigen Füßen und ließ die Taube in den Krallen der Geier!«

»Ich bin ein Mann des Friedens,« sagte Jochem unbehaglich, »meine Hand führt nicht das Schwert der Gewalt.«

»Aber Totila führt es, wie einst der Löwe Juda und der Herr ist mit ihm. Allein, wie er des Weges kam, sprang er unter die Schar der frechen Räuber und schlug den frechsten mit der Schärfe des Schwertes und verscheuchte die andern, wie der Turmfalk die Krähen, und hüllte sogleich den Schleier über mein bebendes Kind und stützte ihren wankenden Schritt und führte sie heim, ungeschädigt, in die Arme ihres alten Vaters. Das lohne ihm Jehovah der Herr mit langem Leben und segne alle Schritte seines Pfades.«

»Nun wohl,« sagte Jochem, seine Urkunden einsteckend, »ich gehe, diesmal für lange Zeit. Ich reise über das große Wasser zu machen ein groß Geschäft.«

»Ein groß Geschäft? Mit wem?«

»Mit Justinianus, dem Kaiser über Morgenland. Es ist eingestürzt ein Stück der großen Kirche, die er baut der Weisheit des Herrn in der goldnen Stadt des Konstantin. Ich hab' entworfen Plan und saubern Grundriß, wieder aufzubauen das Gebäude.«

Heftig sprang der Alte auf und stieß seinen Stab auf den Boden: »Wie, Jochem, Sohn Rachels, dem Römer willst du dienen? Dem Kaiser, dessen Vorfahren die heilige Zion verbrannt und in Asche gelegt den Tempel des Herrn? Und bauen willst du an einem Haus des Unglaubens, du, der Sohn des frommen Manasse? Wehe, wehe über dich!« – »Was rufest du Wehe und weißt nicht warum? Riechst du's dem Goldstück an, ob es kommt aus der Hand des Juden oder des Christen? Wiegt es nicht gleich schwer und glänzt es nicht gleich lieblich?«

»Sohn Manasses, du kannst nicht Gott dienen und dem Mammon.«

»Aber du selbst, dienst du nicht den Ungläubigen? Seh ich nicht das Wächterhorn an der Wand deines Hauses? führst du nicht die Schlüssel für diese Goten und thust ihnen auf und zu die Pforten für ihren Ausgang und Eingang und hütest die Burg ihrer Stärke?«

»Ja, das thu' ich,« sagte der Alte stolz, »und wachen will ich für sie treulich, Tag und Nacht, wie der Hund für den Herrn, und solang Isak Odem hat, der Sohn Ruben, soll kein Feind dieses Volkes schreiten durch dies Thor. Denn Dank schulden die Kinder Israel ihnen und ihrem großen König, der weise war wie Salomo und wie Gideons war sein Schwert! Dank wie unsre Väter dem großen König Cyrus, der sie befreiet hat aus Babylon. Die Römer haben gebrochen den Tempel des Herrn und zerstreut sein Volk über das Angesicht der Erde. Sie haben uns verspottet und geschlagen und verbrannt unsre heiligen Stätten und geplündert unsre Truhen und verunreinigt unsre Häuser und gezwungen unsre Weiber überall in ihren Landen und haben geschrieben gegen uns manch grausam Gesetz. Da kam dieser große König von Mitternacht, dessen Samen Jehova segne, und hat wieder aufgebaut unsre Synagogen: und wenn sie die Römer niederrissen, mußten sie alles wieder aufrichten mit eigner Hand und eignem Gelde, und er hat beschützt den Frieden unsrer Dächer und wer Einen schädigte aus Israel, der mußte es büßen, wie wer einen Christen gekränkt. Er hat uns gelassen unsern Gott und unsern Glauben und hat beschirmt unsre Schritte auf den Straßen unsres Handels und wir feierten das Passah in Frieden und Freude, wie nicht mehr seit den Tagen, da der Tempel noch stand auf den Höhen von Zion. Und als ein Großer unter den Römern mir mit Gewalt meine Sarah geraubt, mein Weib, ließ ihm König Theoderich das stolze Haupt abschlagen noch am selben Tage und gab mir wieder mein Weib unversehret. Und das will ich gedenken, solange meine Tage dauern und will dienen seinem Volke treu bis zum Tode und man soll wieder sagen, weit in allen Landen: treu und dankbar wie ein Jude.«

»Mögest du nicht Undank ernten von den Goten für deinen Dank,« sagte Jochem, sich zum Gehen rüstend: »mir ist, einmal kömmt die Stunde für mich, wieder um Miriam zu werben, zum letztenmal. Vielleicht, Vater Isak, bist du dann minder stolz.« Und er schritt durch Miriams Gemach zur Treppe hinaus, wo er Totila begegnete. Mit einer häßlichen Verbeugung und einem stechenden Blick drückte sich der Kleine an dem schlanken Goten vorbei, der beim Eintritt in die Türmerwohnung sich tief bücken mußte. Miriam folgte ihm auf dem Fuß.

»Dort hängen deine Gärtnerkleider,« sagte sie, ohne die langen Wimpern aufzuschlagen, »und hier am Fenster hab' ich die Blumen bereit gestellt. Sie liebt weiße Narcissen, sagtest du neulich. Ich habe weiße Narcissen besorgt. Sie duften lieblich.« Und die melodische Stimme schwieg.

»Du bist ein gutes Mädchen, Miriam,« sagte Totila, den Helm mit den silberweißen Schwanenflügeln abhebend und auf den Tisch setzend, »wo ist dein Vater?« — »Der Segen des Herrn ruhe auf deinen goldnen Locken,« sprach der Alte, in das Gemach tretend. »Gegrüßt, treuer Isak!« rief Totila, warf den langen, glänzend weißen Mantel ab, der ihm von den Schultern floß, und hüllte sich in einen braunen Überwurf, den ihm Miriam von der Wand reichte. »Ihr guten Leute! Ohne euch und eure verschwiegene Treue wüßte ganz Neapolis um mein Geheimnis. Wie kann ich euch danken!« — »Dank?« sagte Miriam, schlug die dunkelblauen Augen auf und ließ sie leuchtend auf ihm ruhen. »Du hast voraus gedankt für alle Zeit.«

»Nein, Miriam,« sagte der Gote, den braunen breitkrempigen Filzhut tief in die Stirne ziehend, »ich mein' es herzlich gut mit euch. Sage, Vater Isak, wer ist der Kleine, den ich schon öfter hier geseh'n und eben wieder begegnet? Mir ist, er hat sein Auge auf Miriam geworfen. Sprich offen, wenn es bei ihr nur am Gelde fehlt — ich helfe gern.« — »Es fehlt an der Liebe, Herr, bei ihr,« sagte Isak ruhig. »Da kann ich freilich nicht helfen! Aber wenn sonst ihr Herz gewählt — ich möchte gern etwas thun für meine Miriam.« Und er legte freundlich die Hand auf das glänzende schwarze Haar des Mädchens. Nur leise war die Berührung. Aber wie vom heißen Blitz getroffen fiel Miriam plötzlich auf die Knie: die Arme über dem Busen kreuzend, und das schöne Haupt tief nach vorn beugend: wie eine tauschwere Blume glitt sie zu den Füßen Totilas nieder.

Dieser trat bestürzt einen Schritt zurück.

Aber im Augenblick war das Mädchen wieder auf: »Verzeih, es war nur eine Rose — sie fiel vor deinen Fuß.«

Sie legte die Blume auf den Tisch und so gefaßt war sie, daß weder ihr Vater noch der Jüngling des Vorfalls weiter achteten.

»Es dunkelt schon, eile, Herr,« sprach sie ruhig und reichte ihm den Korb mit den Blumen. »Ich gehe. Auch Valeria schuldet dir reichen Dank: ich habe ihr viel von dir erzählt und sie frägt mich stets nach dir. Sie möchte dich lang schon sehen. Nun, vielleicht geht das bald — heut' ist's wohl das letztemal, daß ich diese Vermummung brauche.«

»Willst du sie entführen, die Tochter von Edom?« rief der Alte. »Bring sie nur hierher! hier ist sie wohl geborgen.«

»Nein,« fiel Miriam ein, »nicht hierher, nein, nein!«

»Weshalb nicht, du seltsames Kind?« zürnte der Alte.

»Das ist kein Raum für seine Braut — dies Gemach — es brächte ihr kein Heil.« — »Beruhigt euch,« sagte Totila, schon an der Thüre, »offne Werbung soll der Heimlichkeit ein Ende machen. Lebt wohl.« Und er schritt hinaus. Isak nahm den Speer, das Horn und einige Schlüssel von der Wand; er folgte, ihm zu öffnen und die Abendrunde längs allen Pforten des großen Thorbaues zu machen. Miriam blieb oben allein.

Lange Zeit stand sie unbeweglich mit geschlossenen Augen an derselben Stelle. Endlich strich sie mit beiden Händen über Schläfe und Wangen und schlug die Augen auf. Still war's im Gemach; durch das offene Fenster glitt der erste Strahl des Mondlichts. Er fiel silbern auf Totilas hellen Mantel, der in langen Falten über dem Stuhl hing. Rasch flog Miriam auf den weißen Schimmer zu und bedeckte den Saum des Mantels mit heißen Küssen. Dann ergriff sie den blinkenden Schwanenhelm, der neben ihr auf dem Tische stand, sie umfaßte ihn mit beiden Armen und drückte ihn zärtlich an die Brust. Dann hielt sie ihn eine Weile träumend vor sich hin: endlich — sie konnte nicht widerstehen — hob sie ihn rasch auf und setzte ihn auf das schöne Haupt: sie zuckte als die Wölbung ihre Stirn berührte, dann strich sie die schwarzen Flechten aus den Schläfen und drückte einen Augenblick den harten, kalten Stahl fest mit beiden Händen an die glühende Stirn. Dann hob sie ihn wieder ab und legte ihn, scheu umblikkend, auf seinen frühern Ort zu dem Mantel. Darauf trat sie ans Fenster und sah hinaus in die duftige Nacht und das zauberische Mondlicht. Ihre Lippen regten sich wie im Gebet: aber die Worte des Gebets klangen aus in der alten Weise:

»An Wasserflüssen Babylons
Saß weinend Judas Stamm:
Wann kömmt der Tag, der all dein Leid,
Du Tochter Zion, stillt?«

## Dreiundzwanzigstes Kapitel

Indessen Miriam schweigend aufsah zu den ersten Sternen, hatte Totilas rascher sehnsuchtsbeflügelter Schritt alsbald die Villa des reichen Purpurhändlers, die etwa eine Stunde vor dem capuanischen Thor gelegen war, erreicht.

Der Thürstehersklave wies ihn an den alten Hortularius, den Freigelassenen Valerias, dem die Sorge für die Gärten überlassen war. Dieser, der Vertraute der Liebenden, nahm dem Gärtnerburschen die Blumen und Sämereien ab, die er angeblich von dem ersten Blumenhändler von Neapolis brachte, und geleitete ihn in sein gewöhnliches Schlafgemach im Erdgeschoß, dessen niedrige Fenster in den Garten führten: am andern Morgen noch vor Aufgang der Sonne — so wollte es die Geheimlehre der antiken Gärtnerei — müßten die Blumen eingesetzt werden, auf daß das erste Sonnenlicht, das sie in dem neuen Boden träfe, das segenbringende der Morgensonne sei.

Ungeduldig erwartete der junge Gote in dem engen Gemach bei einem Kruge Weines die Stunde, da sich Valeria von ihrem Vater nach dem gemeinsamen Nachtmahl verabschieden konnte.

Immer wieder sah er zum Himmel auf, an dem Auftauchen der Sterne und dem Gang des Mondes den Fortschritt der Nacht zu ermessen. Er schlug den Vorhang zurück, der die Fensteröffnung schloß; stille war's in dem weiten Garten. In der Ferne plätscherte nur leise der Springbrunnen und Cikaden zirpten in den Myrtengebüschen: der warme üppige Südwind strich in schwülem Hauch durch die Nacht, stoßweise ganze Wolken von Wohlgerüchen aus Rosenbäumen auf seinen Fittichen mit sich führend: und weithin aus dem Pinienwäldchen am Ende des Gartens drang lockend und sinnaufregend der tiefgezogene heiße Schlag der Nachtigall.

Endlich hielt sich Totila nicht länger. Geräuschlos schwang er sich über die Marmorbrüstung des Fensters: kaum knisterte unter seinem raschen Schritten der weiße Sand der schmalen Wege, wie er, den Strom des Mondlichts meidend, unter dem Schatten der Gebüsche dahin eilte. Vorüber an den dunkeln Taxusgängen und den Lauben von dichten Oliven, vorüber an der hohen Statue der Flora, deren weißer Marmor geisterhaft im Mondlicht schimmerte, vorüber an dem weiten Becken, wo sechs Delphine den Wasserstrahl hoch aus den Nüstern bliesen, rasch eingebogen in den dicht verwachsenen Laubweg von Lorbeer und Tamarinden und nun, noch ein Oleandergebüsch durchdringend, stand er vor der Grotte aus Tropfstein, in der die Quellnymphe über einer dunkeln großen Urne lehnte.

Wie er eintrat, glitt eine weiße Gestalt hinter der Statue hervor.

»Valeria, meine schöne Rose!« rief Totila und umschlang glühend die Geliebte, die leise seinem Ungestüm wehrte. »Laß, laß ab, mein Geliebter,« flüsterte sie, sich seinem Arm entziehend. »Nein, du Süße, ich will nicht von dir lassen. Wie lang, wie schmerzlich hab' ich dein entbehrt! Hörst du, wie lockend und wirbelnd die Nachtigall ruft, fühlst du wie der warme Hauch der Sommernacht, der berauschende Duft des Geißblattes Liebe atmet? Sie alle mahnen und bedeuten, wir sollen glücklich sein! O laß sie uns festhalten, diese goldnen Stunden. Meine Seele ist nicht weit genug all' ihr Glück zu fassen: all' deine Schönheit, all' unsre Jugend und diese glühende, blühende Sommernacht; in mächtigen Wogen rauscht das volle Leben durch das Herz und will's vor Wonne sprengen.«

»O mein Freund! gern möcht' ich, wie du, aufgehn im Glücke dieser Stunden. Ich kann es nicht. Ich traue nicht diesem berauschenden Duft, der üppigen Schwüle dieser Sommernächte: sie dauert nicht: sie brütet Unheil: ich kann nicht glauben an das Glück unsrer Liebe.«

»Du liebe Thörin, warum nicht?«

»Ich weiß es nicht: der unselige Zwiespalt, der all' mein Leben scheidet, übt seinen Fluch auch hier. Gern möchte mein Herz sich trunken, wie du, diesem Glück hingeben. Aber eine Stimme in mir warnt und mahnt: es dauert nicht, du sollst nicht glücklich sein.«

»So bist du nicht glücklich in meinen Armen?«

»Ja und nein! das Gefühl des Unrechts, der Schuld gegen meinen edlen Vater lastet auf mir. Sieh, Totila, was mich zumeist an dir beglückt ist nicht diese deine jugendliche Kraft, selbst deine große Liebe nicht. Es ist der Stolz meines Herzens auf deine Seele, auf deine offne, lichte, edle Seele. Ich habe mich gewöhnt, dich klar und hell wie einen Gott des Lichts durch diese dunkle Welt schreiten zu sehen: der edle Mut siegessichrer Kraft, der Schwung, die freudige Wahrhaftigkeit deines Wesens ist mein Stolz: daß alles Kleine, Dumpfe, Gemeine versinken muß, wo du nahest, das ist mein Glück. Ich liebe dich wie eine Sterbliche den Sonnengott, der ihr in Fülle seines Lichts genaht. Und deshalb kann ich an dir nichts Heimliches, Verstecktes dulden. Auch die Wonnen dieser Stunden nicht — sie sind erlistet und es kann nicht länger also sein.«

»Nein, Valeria und es soll auch nicht. Ich fühle ganz wie du. Auch mir ist die Lüge dieser Mummerei verhaßt, ich trage sie nicht länger. Ich bin gekommen, ihr ein Ende zu machen. Morgen, morgen werf ich diese Täuschung ab und spreche zu deinem Vater offen und frei.« — »Dieser Entschluß ist der beste, denn ...«

»Denn er rettet dein Leben, Jüngling!« unterbrach plötzlich eine tiefe Stimme und aus dem dunkeln Hintergrund der Grotte trat ein Mann und stieß das blanke Schwert in die Scheide.

»Mein Vater!« rief Valeria überrascht, doch in mutiger Fassung. Totila schlang seinen Arm um sie, sein Kleinod zu verteidigen.

»Hinweg, Valeria, fort von dem Barbaren!« sprach Valerius, befehlend den Arm ausstreckend.

»Nein, Valerius,« sagte Totila, die Geliebte fester an sich drückend, »ihr Platz ist forthin an dieser Brust.«

»Verwegner Gote!«

»Höre mich, Valerius, und zürne uns nicht um dieser Täuschung willen. Du hast es selbst gehört, schon morgen sollte sie enden.«

»Zu deinem Glück hab' ich's gehört. Gewarnt von dem ältesten meiner Freunde, wollt' ich doch kaum glauben, daß meine Tochter — mich hintergeht. Als ich's glauben mußte, beschloß ich, daß dein Blut deine List bezahlen sollte. Dein Entschluß hat dein Leben gerettet. Jetzt aber flieh: du siehst ihr Antlitz niemals wieder.«

Totila wollte heftig erwidern, aber Valeria kam ihm zuvor: »Vater,« sprach sie ruhig, zwischen die Männer tretend, »höre dein Kind. Ich will meine Liebe nicht entschuldigen, sie bedarf es nicht, sie ist göttlich und notwendig wie die Sterne: die Liebe zu diesem Mann ist das Leben meines Lebens.

Du kennst meine Seele: Wahrheit ist ihr Äther und ich sage dir, bei meiner Seele: nie werd' ich lassen von diesem Mann!« — »Und niemals ich von ihr,« rief Totila und ergriff ihre Rechte.

Hochaufgerichtet stand das junge Paar, vom Licht des Mondes voll beleuchtet, vor dem Alten: ihre edlen Züge und Gestalten trugen im Augenblick die Weihe heiliger Begeisterung: und so schön war die Gruppe, daß ein rührendes, erweichendes Gefühl davon sich unwillkürlich dem zürnenden Vater aufdrängte. »Valeria, mein Kind!«

»O mein Vater! Du hast mit einer Liebe und Treue all' meine Schritte geleitet, daß ich bisher die Mutter, die verlorne, zwar beklagte, aber kaum vermißte. Jetzt, in dieser Stunde vermiß' ich sie zum erstenmal: jetzt, ich fühl' es, bedürfte ich ihrer Fürsprache. O so laß ihr Andenken wenigstens für mich sprechen. Laß mich dir ihr Bild vor die Seele führen und dich an den Augenblick erinnern, da dich die Sterbende zum letztenmal an ihr Lager rief und dir, wie du mir oft gesagt, mein Glück auf die Seele band als heiligstes Vermächtnis.«

Valerius drückte die linke Hand vor die Stirn; seine Tochter wagte, die andre zu fassen, er entzog sie ihr nicht: offenbar rang es gewaltig in des Alten Brust. Endlich sprach er: »Valeria, du hast ein mächtig Wort gesprochen, ohne es zu wissen. Es wäre Unrecht, dir zu verschweigen, was du ahnungsvoll berührt. Erfahre, was deine Mutter in jener Sterbestunde mir auferlegt. Noch immer drückte ihre Seele jenes Gelübde, das wir doch lange abgelöst. »Soll unser Kind nicht die Braut des Himmels werden,« sprach sie, »so gelobe mir wenigstens, die Freiheit ihrer Wahl zu ehren. Ich weiß wie römische Mädchen, zumal die Töchter unsres Standes, in die Ehe gegeben werden, ungefragt, ohne Liebe: ein solcher Bund ist ein Elend auf Erden und ein Greuel vor dem Herrn. Meine Valeria wird edel wählen — gelobe mir, sie dem Mann ihrer Wahl anzuvertrauen und keinem sonst.«

Und ich gelobte es in ihre bebende Hand. Aber mein Kind einem Barbaren geben, einem Feind Italiens, nein, nein!« Und mit heftiger Armbewegung riß er sich von ihr los.

»Ich bin vielleicht so gar barbarisch nicht, Valerius,« hob Totila an. »Wenigstens bin ich in meinem ganzen Volk der wärmste Freund der Römer. Glaube mir, nicht euch hasse ich: die ich verabscheue, sind eure wie unsre verderblichsten Feinde — die Byzantiner!«

Das war ein glückliches Wort. Denn in dem Herzen des alten Republikaners war der Haß gegen Byzanz die Kehrseite seiner Liebe zur Freiheit und zu Italien. Er schwieg, aber sein Auge ruhte sinnend auf dem Jüngling.

»Mein Vater,« sprach Valeria, »dein Kind würde keinen Barbaren lieben. Lern' ihn kennen: und schiltst du ihn dann noch barbarisch — so will ich nie die Seine werden. Ich fordre nichts von dir als: lern' ihn kennen: entscheide du selbst, ob meine Wahl edel sei oder nicht.

Ihn lieben alle Götter und alle Menschen müssen ihm gut sein — du allein wirst ihn nicht verwerfen.«

Und sie faßte seine Hand.

»O lerne mich kennen, Valerius,« bat Totila, innig seine andre Hand ergreifend. Der Alte seufzte. Endlich sprach er: »Kommt mit mir zum Grabe der Mutter. Dort ragt es unter den Cypressen. Da ruht die Urne mit ihrem Herzen. Dort laßt uns ihrer gedenken, der edelsten Frau, und ihren Schatten anrufen. Und ist es echte Liebe und eine edle Wahl — so werd' ich erfüllen, was ich gelobt.«

## Vierundzwanzigstes Kapitel

Einige Wochen später finden wir zu Rom in dem uns wohl erinnerlichen Schreibgemach mit der Cäsarstatue Cethegus, den Präfekten und unsern neuen Bekannten, Petros, des Kaisers oder vielmehr der Kaiserin Gesandten.

Die beiden Männer hatten unter lebhaftem Gespräch und wechselseitigem Erinnern an frühere Zeiten — sie waren Studiengenossen, wie wir erfuhren — zu einfachem Mahl einen Krug alten Massikers geleert und waren soeben aus dem Speisesaal in das abgelegene Arbeitszimmer getreten, um jetzt ungestört von den bedienenden Sklaven Geheimeres zu bereden.

»Sobald ich mich überzeugt hatte,« schloß Cethegus seinen Bericht über die letzten Ereignisse, »daß die Schreckensnachrichten aus Ravenna nur erst Gerüchte waren, vielleicht erdichtet, jedenfalls übertrieben, setzte ich der Aufregung und dem Eifer meiner Freunde die größte Ruhe entgegen. Der Feuerkopf Lucius Licinius mit seiner thörichten Begeisterung für mich hätte bald alles verdorben. Unablässig forderte er meine Dictatur, buchstäblich setzte er mir das Schwert auf die Brust und schrie, man müsse mich zwingen, das Vaterland zu retten. Er schwatzte so viel aus der Schule, daß es nur ein Glück war, der schwarze Korse — der es mit den Barbaren zu halten scheint, niemand weiß recht warum — nahm ihn für mehr berauscht als er war. Endlich kam die Nachricht, Amalaswintha sei zurückgekehrt, und so beruhigte sich allmählich Volk und Senat.«

»Du aber,« sagte Petros, »hattest zum zweitenmal Rom vor der Rache der Barbaren gerettet — ein unvergeßliches Verdienst, das dir die ganze Welt, zunächst aber die Regentin, danken muß.« — »Die Regentin — arme Frau!« meinte Cethegus achselzuckend, »wer weiß wie lange die Goten oder deine Gebieter zu Byzanz, sie noch werden auf dem Throne lassen.« — »Wie? da irrst du sehr!« fiel Petros eifrig ein. »Meine Sendung hat vor allem den Zweck, ihren Thron zu stützen; und bei dir wollte ich eben anfragen, wie man das am besten könne,« setzte er pfiffig hinzu.

Aber der Präfekt lehnte sein Haupt zurück an die Marmorwand und sah den Gesandten lächelnd an: »O Petros, o Petre,« sagte er, »warum so verdeckt? Ich dächte doch, wir kennten uns besser.«

»Was meinst du?« fragte der Byzantiner befangen.

»Ich meine, daß wir nicht umsonst Recht und Geschichte miteinander studiert haben zu Berytus und Athen. Ich meine, daß wir damals schon unzählige Male als Jünglinge, lustwandelnd und Weisheit austauschend, zu dem Ergebnis gelangten: der Kaiser müsse diese Barbaren austreiben aus Italien und wieder zu Rom herrschen wie zu Byzanz. Und da nun ich noch denke wie dazumal, wirst wohl auch du nicht ein andrer geworden sein.« — »Ich habe meine Ansicht der meines Herrn zu unterwerfen und Justinian« — »Erglüht natürlich für die Herrschaft der Barbaren in Italien.« — »Freilich,« sagte der Rhetor verlegen, »es könnten Fälle eintreten ...«

»Petre,« rief jetzt Cethegus, sich unwillig aufrichtend, »keine Phrasen und keine Lügen. Sie sind nicht angewandt bei mir. Sieh, Petros, es ist wieder dein alter Fehler: du bist immer zu pfiffig, um klug zu sein: du meinst, es muß immer gelogen sein und hast nie den Mut zur Wahrheit. Man muß aber nur dann lügen, wenn man in seiner Lüge ganz sicher ist. Wie kannst du mich darüber täuschen wollen, daß der Kaiser Italien wieder haben will? Ob er die Regentin stürzen oder halten will, hängt davon ab, ob er glaubt ohne oder mit ihr leichter ans Ziel zu kommen. Wie er hierüber denkt, das soll ich nicht erfahren. Aber sieh', trotz all' deiner Verschmitztheit, sobald wir noch einmal zusammengewesen, sag' ich dir ins Gesicht, was dein Kaiser hierin vor hat.«

Ein boshaftes und bittres Lächeln spielte um des Gesandten Mund:

»Noch immer so stolz, wie in der Dialektik zu Athen,« sagte er giftig. »Jawohl und du weißt, zu Athen war ich immer der Erste, Prokopius der Zweite und erst der Dritte warst du.«

Da trat Syphax ein:

»Eine verhüllte Frau, o Herr,« meldete er, »sie wartet dein im Zeussaal.«

Sehr froh, diese Unterredung abgebrochen zu sehen, denn er fühlte sich dem Präfekten nicht gewachsen, grinste Petros: »Nun, ich wünsche Glück zu solcher Störung.«

»Ja, dir!« lächelte Cethegus und ging hinaus.

»Hochmütiger, du sollst noch deinen Spott bereuen,« dachte der Byzantiner.

Cethegus fand in dem Saale, der von einer schönen Zeusstatue des Glykon von Athen den Namen trug, eine in gotische Tracht reich gekleidete Frau; sie schlug bei seinem Eintritt die Kapuze des braunen Mantels zurück.

»Fürstin Gothelindis,« fragte der Präfekt überrascht, »was führt dich zu mir?«

»Die Rache!« erwiderte eine heisere, unschöne Stimme und die Gotin trat dicht an ihn heran. Sie zeigte scharfe, aber nicht häßliche Züge: und man hätte sie sogar schön nennen müssen, wenn nicht das linke Auge ausgeflossen und die ganze linke Wange durch eine große Narbe entstellt gewesen wäre: diese Wunde schien jetzt frisch zu bluten, da dem leidenschaftlichen Weibe die Röte in die Wangen schoß, wie sie bei jenem Wort die Faust ballte. So tödlicher Haß loderte aus dem einen grauen Auge, daß Cethegus unwillkürlich von ihr zurücktrat.

»Rache?« fragte er, »an wem?«

»An — davon später. Vergieb,« sagte sie, sich fassend, »daß ich euch störe.

Dein Freund Petros, der Rhetor von Byzanz, ist bei dir, nicht wahr?«

»Ja. Woher weißt du ...«

»O, ich sah ihn vor der Coena durch deine Portikus eintreten,« sagte sie gleichgültig.

»Das ist nicht wahr,« sprach Cethegus im Geiste: »Ich hab' ihn ja zur Gartenthür hereinführen lassen. Also haben sich die beiden hier zusammenbestellt. Ich soll das nicht ahnen. Aber was haben sie mit mir vor?«

»Ich will dich nicht lange hier festhalten,« fuhr Gothelindis fort. »Ich habe nur Eine Frage an dich. Antworte kurz ja oder nein. Ich kann das Weib — die Tochter Theoderichs — stürzen und ich will's: bist du darin für mich oder gegen mich?«

»O, Freund Petros,« dachte der Präfekt, »jetzt weiß ich bereits, was du mit Amalaswinthen vorhast. Aber wir wollen sehen, wie weit ihr schon seid.«

»Gothelindis,« hob er ausholend an, »du willst die Regentin stürzen — das glaub' ich dir gern — aber daß du's kannst, bezweifle ich.«

»Höre, dann entscheide ob ich's kann. Das Weib hat die drei Herzoge ermorden lassen.«

Cethegus zuckte die Achseln: »Das glauben manche Leute.«

»Aber ich kann es beweisen.«

»Das wäre,« meinte Cethegus ungläubig. »Herzog Thulun, wie du weißt, starb nicht sofort. Er ward auf der ämilischen Straße überfallen, nahe bei meiner Villa zu Tannetum: meine Colonen fanden ihn und brachten ihn in mein Haus. Du weißt, er war mein Vetter — ich bin aus dem Hause der Balten — er verschied in meinen Armen.«

»Nun, und was sagte der Kranke im Wundfieber?«

»Nichts Wundfieber! Herzog Thulun traf noch im Stürzen den Mörder mit dem Schwert: er entkam nicht weit; meine Colonen suchten ihn und fanden ihn sterbend im nächsten Walde: er hat mir alles gestanden.«

Cethegus drückte nur unmerklich die Lippen zusammen. »Nun, was war er? was hat er ausgesagt.«

»Er war,« sprach Gothelindis scharf, »ein isaurischer Söldner, ein Aufseher der Schanzarbeiten zu Rom und sagte aus: Cethegus, der Präfekt, hat mich zur Regentin, die Regentin zu Herzog Thulun gesendet.«

»Wer hörte dies Geständnis außer dir?« fragte Cethegus lauernd.

»Niemand. Und niemand soll davon hören, wenn du zu mir stehest. Wenn aber nicht, dann ...«

»Gothelindis,« unterbrach der Präfekt, »keine Drohung: sie nützt dir nichts. Du solltest einsehn, daß du mich dadurch nur erbittern, nicht zwingen kannst. Ich lasse es im Notfall zur offnen Anklage kommen: du bist als grimmige Feindin Amalaswinthens bekannt: dein Zeugnis allein — du warst unvorsichtig genug, zu gestehen, daß niemand sonst das Geständnis gehört — wird weder sie noch mich verderben. Zwingen kannst du mich zum Kampfe gegen die Regentin nicht: höchstens überreden, wenn du mir's als meinen eignen Vorteil darstellen kannst. Und dazu will ich selbst dir einen Verbündeten schaffen. Du kennst doch Petros, meinen Freund?«

»Genau, seit lange.«

»Erlaube, daß ich ihn zu dieser Unterredung herbeihole.«

Er ging in das Studierzimmer zurück. »Petros, mein Besuch ist die Fürstin Gothelindis, Theodahads Gemahlin. Sie wünscht uns beide zu sprechen. Kennst du sie?«

»Ich? o nein; ich habe sie nie gesehen!« sagte der Rhetor rasch.

»Gut; folge mir.« Sowie sie in den Saal des Zeus traten, rief Gothelindis ihm entgegen:

»Gegrüßt, alter Freund, welch überraschend Wiedersehn.«

Petros verstummte.

Cethegus, die Hände auf den Rücken gelegt, weidete sich an der Bestürzung des Diplomaten von Byzanz. Nach einer peinlichen Pause hob er an: »Du siehst, Petros, immer zu pfiffig, immer unnötige Feinheiten. Aber komm, laß dich eine entdeckte List mehr nicht so niederschlagen. Ihr beide habt euch also verbunden, die Regentin zu stürzen. Mich wollt ihr gewinnen, euch dabei zu helfen. Dazu muß ich genau wissen, was ihr weiter vorhabt. Wen wollt ihr auf Amalaswinthens Thron setzen? Denn noch ist der Weg für Justinian nicht frei.«

Beide schwiegen eine Weile. Es überraschte sie sein klares Durchschauen der Lage. Endlich sprach Gothelindis: »Theodahad, meinen Gemahl, den letzten der Amelungen.«

»Theodahad, den letzten Amelungen,« wiederholte Cethegus langsam.

Indessen überlegte er alle Gründe für und wider. Er bedachte, daß Theodahad, unbeliebt bei den Goten, durch Petros erhoben, bald ganz in der Hand der Byzantiner stehen und die Katastrophe durch Herbeirufung des Kaisers anders, früher als Er wolle, herbeiführen würde.

Er bedachte, daß er jedenfalls die Heere der Oströmer möglichst lange fernhalten müsse und er beschloß bei sich, die gegenwärtige Lage und Amalaswintha aufrecht zu halten, da sie ihm Zeit zu seinen Vorbereitungen ließen. All' das hatte er im Augenblick gedacht, erwogen, beschlossen. »Und wie wollt ihr nun eure Sache angehn?« fragte er ruhig.

»Wir werden das Weib auffordern, zu Gunsten meines Gatten abzudanken, unter Androhung, sie des Mordes anzuklagen.«

»Und wenn sie's darauf wagt?«

»So vollführen wir die Drohung,« sagte Petros, »und erregen unter den Goten einen Sturm, der ihr ...«

»Das Leben kostet,« rief Gothelindis.

»Vielleicht die Krone kostet,« sagte Cethegus. »Aber gewiß sie nicht Theodahad zuwendet.

Nein, wenn die Goten einen König wählen, heißt er nicht Theodahad.«

»Nur zu wahr!« knirschte Gothelindis.

»Dann könnte leicht ein König kommen, der uns allen viel unerfreulicher wäre als Amalaswintha. Und deshalb sag' ich euch offen: »ich bin nicht für euch, ich halte die Regentin.«

»Wohlan,« rief Gothelindis grimmig, sich zur Thüre wendend, »also Kampf zwischen uns, komm, Petros.«

»Gemach, ihr Freunde,« sprach der Byzantiner.

»Vielleicht ändert Cethegus seinen Sinn, wenn er dies Blatt gelesen.«

Und er reichte dem Präfekten jenen Brief, den Alexandros von Amalaswintha an Justinian überbracht.

Cethegus las: seine Züge verfinsterten sich.

»Nun,« meinte Petros höhnisch, »willst du noch die Königin stützen, die dich dem Untergang geweiht? Wo warst du, wenn sie ihren Plan durchführte und deine Freunde nicht für dich wachten.«

Cethegus hörte ihn kaum. »Armseliger,« dachte er, »als ob es das wäre! Als ob die Regentin daran nicht ganz recht hätte. Als ob ich ihr das verargen könnte! Aber die Unvorsichtige hat bereits gethan, was ich von Theodahad erst fürchtete: sie hat sich selbst vernichtet und all' meine Pläne bedroht: sie hat die Byzantiner schon ins Land gerufen und sie werden jetzt kommen, ob sie noch will oder nicht. Solange Amalaswintha Königin, wird Justinian ihren Beschützer spielen.« Und nun wandte er sich scheinbar in großer Bestürzung an den Gesandten, den Brief zurückgebend: »Und wenn sie ihren Entschluß durchführte, wenn sie auf dem Thron bliebe – bis wann können eure Heere landen?«

»Belisar ist schon auf dem Wege nach Sicilien,« sagte Petros, stolz darauf, den Hochmütigen eingeschüchtert zu haben, »in einer Woche kann er vor Rom liegen.«

»Unerhört,« rief Cethegus in unverstellter Bewegung.

»Du siehst,« sprach Gothelindis, welcher Petros inzwischen den Brief gereicht, »die du halten wolltest, will dich verderben. Komm ihr zuvor.«

»Und im Namen des Kaisers, meines Herrn, ford're ich dich auf, mir beizustehn, dies Gotenreich zu vernichten und Italien seiner Freiheit wiederzugeben. Man weiß am Kaiserhof dich und deinen Geist zu schätzen und nach dem Siege verheißt dir Justinian: die Würde eines Senators zu Byzanz.«

»Ist's möglich!« rief Cethegus. »Aber nicht einmal diese höchste Ehre treibt mich dringender in euren Bund als die Entrüstung über die Undankbare, die zum Lohn für meine Dienste mein Leben bedroht. Du bist doch gewiß,« fragte er ängstlich, »daß Belisar noch nicht sobald landen wird?«

»Beruhige dich,« lächelte Petros, »diese meine Hand ist's, die ihn herbeiwinkt, wann es Zeit. Erst muß Amalaswintha durch Theodahad ersetzt sein.«

»Gut,« dachte Cethegus, »Zeit gewonnen, alles gewonnen. Und nicht eher soll der Byzantiner landen, bis ich ihn an der Spitze des bewaffneten Italiens empfangen kann.« »Ich bin der eure,« sprach er, »und ich denke, ich werde die Regentin dahin bringen, deinem Gatten mit eigner Hand die Krone aufs Haupt zu setzen. Amalaswintha soll dem Scepter entsagen.«

»Nie thut sie das!« rief Gothelindis.

»Vielleicht doch! Ihr Edelmut ist noch größer als ihr Herrscherstolz. Man kann seine Feinde auch durch ihre Tugenden verderben,« sagte Cethegus nachsinnend. »Ich bin meiner Sache gewiß und ich grüße dich, Königin der Goten!« schloß er mit leichter Verbeugung.

## Fünfundzwanzigstes Kapitel

Die Regentin Amalaswintha stand in der Zeit nach der Beseitigung der drei Herzoge in einer abwartenden Haltung.

Hatte sie durch den Fall der Häupter des ihr feindlichen Adels etwas mehr freie Hand gewonnen, so stand doch die Volksversammlung zu Regeta bei Rom in naher Aussicht, in der sie sich von dem Verdacht des Mordes völlig reinigen oder die Krone, vielleicht das Leben, lassen mußte. Nur bis dahin hatten ihr Witichis und die Seinen ihren Schutz zugesagt. Sie spannte deshalb ihre Kräfte an, ihre Stellung bis zu jener Entscheidung nach allen Seiten zu befestigen.

Von Cethegus hoffte sie nichts mehr: sie hatte seine kalte Selbstsucht durchschaut; doch vertraute sie, daß die Italier und die Verschwornen in den Katakomben, an deren Spitze ja ihr Name stand, ihre römerfreundliche Herrschaft einem aus der rauhen Gotenpartei hervorgegangenen König vorziehen würden. Sehnlich wünschte sie das Eintreffen der vom Kaiser erbetenen Leibwache herbei, um für den ersten Augenblick der Gefahr eine Stütze zu haben: und eifrig war sie bemüht, unter den Goten selbst die Zahl ihrer Freunde zu vermehren.

Sie berief mehrere der alten Gefolgsleute ihres Vaters, eifrige Anhänger des Hauses der Amaler, greise Helden von großem Namen im Volk, Waffenbrüder und beinahe Jugendgenossen des alten Hildebrand, zu sich nach Ravenna, besonders den weißbärtigen Grippa, den Mundschenk Theoderichs, der dem Waffenmeister an Ruhm und Ansehn kaum nachstand: sie überhäufte ihn und die andern Gefolgen mit Ehren, übertrug Grippa und seinen Freunden das Kastell von Ravenna und ließ sie schwören, diese Feste dem Geschlecht der Amaler sicher zu erhalten.

Wenn die Verbindung mit diesen volkbeliebten Namen eine Art von Gegengewicht wider Hildebrand, Witichis und ihre Freunde schaffen sollte — und Witichis konnte die Auszeichnung der Freunde Theoderichs nicht als staatsgefährlich verhindern — so sah sich die Königin auch gegen die Adelspartei der Balten und ihrer Bluträcher nach einer Stütze um. Sie erkannte diese mit scharfem Blick in dem edeln Hause der Wölsungen, nach den Amalern und Balten der dritthöchsten Adelssippe unter den Goten, reich begütert und einflußreich in dem mittleren Italien, deren Häupter dermalen zwei Brüder, Herzog Guntharis und Graf Arahad, waren. Diese zu gewinnen, hatte sie ein besonders wirksames Mittel ersonnen: sie bot für die Freundschaft der Wölsungen keinen geringeren Preis als die Hand ihrer schönen Tochter.

Zu Ravenna in einem reich geschmückten Gemach standen Mutter und Tochter in ernstem, aber nicht vertraulichem Gespräch hierüber.

Mit hastigen Schritten, fremd ihrer sonstigen Ruhe, durchmaß die junonische Gestalt der Regentin den schmalen Raum, manchmal mit einem zornigen Blick das herrliche Geschöpf messend, welches ruhig und gesenkten Auges vor ihr stand, die linke Hand in die Hüfte, die Rechte auf die Platte des Marmortisches gestützt.

»Besinne dich wohl,« rief Amalaswintha heftig, plötzlich stehen bleibend, »besinne dich anders. Ich gebe dir noch drei Tage Bedenkzeit.«

»Das ist umsonst: ich werde immer sprechen wie heute,« sagte Mataswintha, die Augen nicht erhebend.

»So sage nur, was du an Graf Arahad auszusetzen hast.«

»Nichts, als daß ich ihn nicht liebe.«

Die Königin schien dies gar nicht zu hören. »Es ist doch in diesem Fall ganz anders als damals, da du mit Cyprianus vermählt werden solltest. Er war alt und — was in deinen Augen vielleicht ein Nachteil« — fügte sie bitter hinzu — »ein Römer!«

»Und doch ward ich um meiner Weigerung willen nach Tarentum verbannt.«

»Ich hoffte, Strenge würde dich heilen. Mondelang halt' ich dich ferne von meinem Hof, von meinem Mutterherzen ...«

Mataswintha verzog die schöne Lippe zu einem herben Lächeln.

»Umsonst! ich rufe dich zurück ...«

»Du irrst. Mein Bruder Athalarich hat mich zurückgerufen.«

»Ein andrer Freier wird dir vorgeschlagen. Jung, blühend schön, ein Gote von edelstem Adel, sein Haus jetzt das zweite im Reich. Du weißt, du ahnst wenigstens, wie sehr mein rings bedrängter Thron der Stütze bedarf: er und sein kriegsgewalt'ger Bruder verheißen uns die Hilfe ihrer ganzen Macht: Graf Arahad liebt dich und du — du schlägst ihn aus! Warum? Sage warum?«

»Weil ich ihn nicht liebe.«

»Albernes Mädchengerede. Du bist eine Königstochter — du hast dich deinem Hause, deinem Reiche zu opfern.«

»Ich bin ein Weib,« sagte Mataswintha, die blitzenden Augen aufschlagend, »und opfre mein Herz keiner Macht im Himmel und auf Erden.«

»Und so spricht meine Tochter! Sieh auf mich, thörichtes Kind. Großes hab' ich erstrebt und erreicht. Solange Menschen das Hohe bewundern, werden sie meinen Namen nennen. Ich habe alles gewonnen was das Leben Herrlichstes bietet und doch hab' ich ...«

»Nie geliebt. Ich weiß es,« seufzte ihre Tochter.

»Du weißt es?«

»Ja, es war der Fluch meiner Kindheit. Wohl war ich noch ein Kind, als mein geliebter Vater starb: ich wußte es nicht zu sagen, aber ich konnte es empfinden, damals schon, daß seinem Herzen etwas fehle, wenn er seufzend, mit schmerzlicher Liebe, Athalarich und mich umfing und küßte und wieder seufzte.

Und ich liebte ihn darum desto inniger, daß ich fühlte, er suchte Liebe, die ihm fehlte. Jetzt freilich weiß ich längst, was mich damals unerklärlich peinigte: du wardst unseres Vaters Weib, weil er nach Theoderich der nächste am Thron: aus Herrschsucht, nicht aus Liebe, wardst du sein und nur kalten Stolz hattest du für sein warmes Herz.«

Überrascht blieb Amalaswintha stehen: »Du bist sehr kühn.«

»Ich bin deine Tochter.«

»Du redest von der Liebe so vertraut — du kennst sie besser scheint's mit zwanzig als ich mit vierzig Jahren — du liebst!« rief sie schnell, »und daher dieser Starrsinn.«

Mataswintha errötete und schwieg.

»Rede,« rief die erzürnte Mutter, »gesteh' es oder leugne!«

Mataswintha senkte die Augen und schwieg: nie war sie so schön gewesen.

»Willst du die Wahrheit verleugnen? Bist du feige, Amelungentochter?«

Stolz schlug das Mädchen die Augen auf:

»Ich bin nicht feige und ich verleugne die Wahrheit nicht. Ja, ich liebe.«

»Und wen, Unselige?«

»Das wird mir kein Gott entreißen.«

Und so entschieden sah sie dabei aus, daß Amalaswintha keinen Versuch machte, es zu erfahren.

»Wohlan,« sagte sie, »meine Tochter ist kein gewöhnlich Wesen. So fordere ich das Ungewöhnliche von dir: dein alles dem Höchsten zu opfern.«

»Ja, Mutter, ich trage im Herzen einen hohen Traum. Er ist mein Höchstes. Ihm will ich alles opfern.«

»Mataswintha,« sprach die Regentin, »wie unköniglich! Sieh, dich hat Gott vor Tausenden gesegnet an Herrlichkeit des Leibes und der Seele: du bist zur Königin geboren.«

»Eine Königin der Liebe will ich werden. Sie preisen mich alle um meine Weibesschönheit: wohlan: ich hab' mir's vorgesteckt, liebend und geliebt, beglückend und beglückt, ein Weib zu sein.«

»Ein Weib! ist das dein ganzer Ehrgeiz!«

»Mein ganzer. O wär' es auch der deine gewesen!«

»Und der Enkelin Theoderichs gilt das Reich und die Krone nichts? Und nichts dein Volk, die Goten?«

»Nein, Mutter,« sagte Mataswintha ernst: »es schmerzt mich beinahe, es beschämt mich: aber ich kann mich nicht zwingen zu dem, was ich nicht fühle: ich empfinde nichts bei dem Worte »Goten«: vielleicht ist es nicht meine Schuld: du hast von jeher diese Goten verachtet, diese Barbaren gering geschätzt: das waren die ersten Eindrücke: sie sind geblieben. Und ich hasse diese Krone, dieses Gotenreich: es hat in deiner Brust dem Vater, dem Bruder, mir den Platz fortgenommen. Diese Gotenkrone, nichts ist sie mir von je gewesen und geblieben als eine verhaßte, feindliche Macht.«

»O mein Kind, weh' mir, wenn ich das verschuldet hätte! Und thust du's nicht um des Reiches, o thu's um meinetwillen. Ich bin so gut wie verloren ohne die Wölsungen. Thu's um meiner Liebe willen.«

Und sie faßte ihre Hand.

Mataswintha entzog sie mit bittrem Lächeln: »Mutter, entweihe den höchsten Namen nicht. Deine Liebe! Du hast mich nie geliebt. Nicht mich, nicht den Bruder, nicht den Vater.«

»Mein Kind! Was hätt' ich geliebt, wenn nicht euch!«

»Die Krone, Mutter, und diese verhaßte Herrschaft. Wie oft hast du mich von dir gestoßen vor Athalarichs Geburt, weil ich ein Mädchen war und du einen Thronerben wolltest. Denke an meines Vaters Grab und an ...«

»Laß ab,« winkte Amalaswintha.

»Und Athalarich? Hast du ihn geliebt, oder vielmehr sein Recht auf den Thron? O wie oft haben wir armen Kinder geweint, wenn wir die Mutter suchten und die Königin fanden.«

»Du hast mir nie geklagt. Erst jetzt, da du mir Opfer bringen sollst.«

»Mutter, es gilt ja auch jetzt nicht dir, nur deiner Krone, deiner Herrschaft. Leg' diese Krone ab und du bist aller Sorgen frei. Die Krone hat dir und uns allen kein Glück, nur Schmerzen gebracht. Nicht du bist bedroht: dir wollt' ich alles opfern — nur dein Thron, nur der goldne Reif des Gotenreichs, der Götze deines Herzens, der Fluch meines Lebens: nie werd' ich dieser Krone meine Liebe opfern, nie, nie, nie!«

Und sie kreuzte die weißen Arme über ihrer Brust, als wollte sie die Liebe darin beschirmen.

»Ah,« sagte die Königin zürnend, »selbstisches, herzloses Kind! Du gestehst, daß du kein Herz hast für dein Volk, für die Krone deiner großen Ahnen — du gehorchst nicht freiwillig der Stimme der Ehre, des Ruhmes deines Hauses — wohlan, so gehorche dem Zwang. Du sprichst mir die Liebe ab, so erfahre meine Strenge. Zur Stunde verläßt du mit deinem Gefolge Ravenna.

Du gehst als Gast nach Florentia in das Haus des Herzogs Guntharis: seine Gattin hat dich geladen. Graf Arahad wird deine Reise begleiten. Verlaß mich. Die Zeit wird dich beugen.«

»Mich?« sprach Mataswintha, sich hoch aufrichtend: »keine Ewigkeit!«

Schweigend blickte ihr die Königin nach: die Anklagen der Tochter hatten einen mächtigeren Eindruck auf sie gemacht als sie zeigen wollte. »Herrschsucht?« sagte sie zu sich selbst. »Nein, das ist es nicht, was mich erfüllt. Ich fühlte, daß ich dies Reich schirmen und beglücken konnte, darum liebte ich die Krone. Und gewiß, ich könnte, wie mein Leben, so meine Krone opfern, verlangte es das Heil meines Volks. Könntest du das, Amalaswintha?« fragte sie sich, zweifelnd die Linke auf die Brust legend.

Sie ward aus ihrem Sinnen geweckt durch Cassiodor, der langsam und gesenkten Hauptes eintrat.

»Nun,« rief Amalaswintha, erschreckt von dem Ausdruck seiner Züge, »bringst du ein Unglück?«

»Nein, nur eine Frage.«

»Welche Frage?«

»Königin,« hob der Alte feierlich an, »ich habe deinem Vater und dir dreißig Jahre lang gedient, treu und eifrig, ein Römer den Barbaren, weil ich eure Tugenden ehrte und weil ich glaubte, Italien, der Freiheit nicht mehr fähig, sei unter eurer Herrschaft am sichersten geborgen: denn eure Herrschaft war gerecht und mild. Ich habe fort gedient, obwohl ich meiner Freunde, Boëthius und Symmachus, Blut fließen sah, wie ich glaube, unschuldig Blut: aber sie starben durch offnes Gericht, nicht durch Mord. Ich mußte deinen Vater ehren, auch wo ich ihn nicht loben konnte. Jetzt aber ...«

»Nun, jetzt aber?« fragte die Königin stolz.

»Jetzt komme ich, von meiner vieljährigen Freundin, ich darf sagen, meiner Schülerin ...«

»Du darfst es sagen,« sprach Amalaswintha weicher.

»Von des großen Theoderich edler Tochter ein einfach schlichtes Wort, ein Ja zu erbitten. Kannst du dies Ja sprechen — ich flehe zu Gott, daß du es könntest — so will ich dir dienen treu wie je, solang es dieses greise Haupt vermag.«

»Und kann ich's nicht?«

»Und könntest du es nicht, o Königin,« rief der Alte schmerzlich, »o dann Lebewohl dir und meiner letzten Freude an dieser Welt.«

»Und was hast du zu fragen?«

»Amalaswintha, du weißt ich war fern an der Nordgrenze des Reichs, als hier der Aufstand losbrach, als jene furchtbare Kunde, jene furchtbare Anklage sich erhob. Ich glaubte nichts — ich flog hierher von Tridentum. Seit zwei Tagen bin ich hier und keine Stunde vergeht, keinen Goten spreche ich, ohne daß die schwere Klage mir schwerer aufs Herz fällt. Und auch du bist verwandelt, ungleich, unstet, unruhig — und doch will ich's nicht glauben. Ein treues Wort von dir soll all' diese Nebel zerstreuen.«

»Wozu die vielen Reden,« rief sie, auf die Armlehne des Thrones sich stützend, »sage kurz, was hast du zu fragen?«

»Sprich nur ein schlichtes Ja: bist du schuldlos an dem Tode der drei Herzoge?«

»Und wenn ich es nicht wäre, haben sie nicht reichlich den Tod verdient?«

»Amalaswintha, ich bitte dich: sage ja.«

»Du nimmst ja auf einmal großen Anteil an den gotischen Rebellen!«

»Ich beschwöre dich,« rief der Greis auf die Kniee fallend, »Tochter Theoderichs, sage ja, wenn du kannst.«

»Steh auf,« sprach sie finster sich abwendend, »du hast kein Recht, so zu fragen.«

»Nein,« sagte der Alte ruhig aufstehend, »nein, jetzt nicht mehr. Denn von diesem Augenblick an gehör' ich der Welt nicht mehr an.«

»Cassiodor!« rief die Königin erschrocken.

»Hier ist der Schlüssel zu meinen Gemächern in dieser Königsburg: du findest darin alle Geschenke, die ich von dir und Theoderich erhalten, die Urkunden meiner Würden, die Abzeichen meiner Ämter. Ich gehe.«

»Wohin, mein alter Freund, wohin?«

»In das Kloster, das ich gegründet zu Squillacium in Apulien. Fortan werd' ich, fern den Werken der Könige, nur die Werke Gottes auf Erden verwalten: längst verlangt meine Seele nach Frieden, und jetzt hab' ich auf Erden nichts mehr, was mir teuer. Noch einen Rat will ich dir scheidend geben: lege das Scepter aus der blutbefleckten Hand: sie kann diesem Reiche nicht mehr Segen, nur Fluch kann sie ihm bringen. Denke an das Heil deiner Seele, Tochter Theoderichs: Gott sei dir gnädig.«

Und ehe sie sich von ihrer Bestürzung erholt, war er verschwunden.

Sie wollte ihm nacheilen, ihn zurückrufen, aber an dem Vorhang trat ihr Petros, der Gesandte von Byzanz, entgegen.

»Königin,« sagte er rasch und leise, »bleib' und höre mich. Es gilt ein dringendes Wort. Man folgt mir auf dem Fuß.«

»Wer folgt dir?«

»Leute, die es nicht so gut meinen mit dir als ich. Täusche dich nicht länger: die Geschicke dieses Reiches erfüllen sich: du hältst sie nicht mehr auf, so rette für dich was zu retten ist: ich wiederhole meinen Vorschlag.«

»Welchen Vorschlag?« — »Den von gestern.«

»Den der Schande, des Verrats! Niemals! Ich werde diese Beleidigung deinem Herrn, dem Kaiser, melden und ihn bitten, dich abzurufen. Mit dir verhandle ich nicht mehr.«

»Königin, es ist nicht mehr Zeit, dich zu schonen. Der nächste Gesandte Justinians heißt Belisar und kömmt mit einem Heere.«

»Unmöglich!« rief die verlassene Fürstin. »Ich nehme meine Bitte zurück.«

»Zu spät. Belisars Flotte liegt schon bei Sicilien. Den Vorschlag, den ich dir gestern als meinen Gedanken mitteilte, hast du als solchen verworfen. Vernimm: nicht ich, der Kaiser Justinian selbst ist es, der ihn ausspricht als letztes Zeichen seiner Huld.«

»Justinian, mein Freund, mein Schützer, will mich und mein Reich verderben!« rief Amalaswintha, der es schrecklich tagte.

»Nicht dich verderben, dich erretten! Wiedergewinnen will er dies Italien, die Wiege des römischen Reichs: dieser unnatürliche, unmögliche Staat der Goten, er ist gerichtet und verloren. Trenne dich von dem sinkenden Fahrzeug. Justinian reicht dir die Freundeshand, die Kaiserin bietet dir ein Asyl an ihrem Herzen, wenn du Neapolis, Rom, Ravenna und alle Festungen in Belisars Hände lieferst und geschehen läßt, daß die Goten entwaffnet über die Alpen geführt werden.«

»Elender, soll ich mein Volk verraten, wie ihr mich? Zu spät erkenne ich eure Tücke! Eure Hilfe rief ich an und ihr wollt mich verderben.«

»Nicht dich, nur die Barbaren.«

»Diese Barbaren sind mein Volk, sind meine einzigen Freunde: ich erkenne es jetzt und ich stehe zu ihnen in Tod und Leben.«

»Aber sie steh'n nicht mehr zu dir.«

»Verwegner! fort aus meinen Augen, fort von meinem Hof.«

»Du willst nicht hören? Merke wohl, o Königin, nur unter jener Bedingung bürg' ich für dein Leben.«

»Für mein Leben bürgt mein Volk in Waffen.«

»Schwerlich. Zum letztenmal frag' ich dich ...«

»Schweig. Ich lief're die Krone nicht ohne Kampf an Justinian.«

»Wohlan,« sagte Petros zu sich selbst, »so muß es ein andrer thun. Tretet ein, ihr Freunde,« rief er hinaus.

Aber aus dem Vorhang trat langsam mit gekreuzten Armen Cethegus.

»Wo ist Gothelindis? wo Theodahad?« flüsterte Petros.

Seine Bestürzung entging der Fürstin nicht.

»Ich ließ sie vor dem Palast. Die beiden Weiber hassen sich zu grimmig. Ihre Leidenschaft würde alles verderben.«

»Du bist mein guter Engel nicht, Präfekt von Rom,« sprach Amalaswintha finster und von ihm zurückweichend.

»Diesmal vielleicht doch,« flüsterte Cethegus auf sie zuschreitend. »Du hast die Vorschläge von Byzanz verworfen? Das erwartete ich von dir. Entlaß den falschen Griechen.«

Auf einen Wink der Königin trat Petros in ein Seitengemach.

»Was bringst du mir, Cethegus! Ich traue dir nicht mehr!«

»Du hast, statt mir zu trauen, dem Kaiser vertraut und du siehst den Erfolg.«

»Ich sehe ihn,« sagte sie schmerzlich.

»Königin, ich habe dich nie belogen und getäuscht darin: ich liebe Italien und Rom mehr als deine Goten: du wirst dich erinnern, ich habe dir dies niemals verhehlt.«

»Ich weiß es und kann es nicht tadeln.«

»Am liebsten säh' ich Italien frei. Muß es dienen, so dien' es nicht dem tyrannischen Byzanz, sondern euch, der milden Hand der Goten. Das war von je mein Gedanke, das ist er noch heute. Um Byzanz abzuhalten, will ich dein Reich erhalten: aber offen sag' ich dir, du, deine Herrschaft läßt sich nicht mehr stützen. Rufst du zum Kampfe gegen Byzanz, so werden dir die Goten nicht mehr folgen, die Italier nicht vertrauen.«

»Und warum nicht? Was trennt mich von den Italiern und von meinem Volk?«

»Deine eignen Thaten. Zwei unselige Dokumente, in der Hand des Kaisers Justinian. Du selbst hast zuerst seine Waffen ins Land gerufen, eine Leibwache von Byzanz!«

Amalaswintha erbleichte: »Du weißt ...«

»Leider nicht nur ich, sondern meine Freunde, die Verschworenen in den Katakomben: Petros hat ihnen den Brief mitgeteilt: sie fluchen dir.«

»So bleiben mir meine Goten.«

»Nicht mehr. Nicht bloß der ganze Anhang der Balten steht dir nach dem Leben: die Verschworenen von Rom haben im Zorn über dich beschlossen, sowie der Kampf entbrennt, aller Welt kund zu thun, daß dein Name an ihrer Spitze stand gegen die Goten, gegen dein Volk. Jenes Blatt mit deinem Namen ist nicht mehr in meiner Hand, es liegt im Archiv der Verschwörung.«

»Ungetreuer!«

»Wie konnte ich wissen, daß du hinter meinem Rücken mit Byzanz verkehrst und dadurch meine Freunde dir verfeindest? Du siehst: Byzanz, Goten, Italier, alles steht gegen dich. Beginnt nun der Kampf gegen Byzanz unter deiner Führung, so wird Uneinigkeit Italier und Barbaren spalten, niemand dir gehorchen, und dies Reich hilflos vor Belisar erliegen. Amalaswintha, es gilt ein Opfer: ich fordre es von dir im Namen Italiens, deines und meines Volks.«

»Welches Opfer? ich bringe jedes.«

»Das höchste: deine Krone. Übergieb sie einem Mann, der Goten und Italier gegen Byzanz zu vereinen vermag und rette dein Volk und meines.«

Amalaswintha sah ihn forschend an: es kämpfte und rang in ihrer Brust. »Meine Krone! sie war mir sehr teuer.«

»Ich habe Amalaswinthen stets jedes höchsten Opfers fähig gehalten.«

»Darf ich, kann ich deinem Rate trauen!«

»Wenn der dir süß wäre, dürftest du zweifeln. Wenn ich deinem Stolze schmeichelte, dürftest du mißtrauen: aber ich rate dir die bittre Arznei der Entsagung. Ich wende mich an deinen Edelsinn, an deinen Opfermut: laß mich nicht zu Schanden werden.«

»Dein letzter Rat war ein Verbrechen,« sagte Amalaswintha schaudernd.

»Ich hielt deinen Thron durch jedes Mittel, solang er zu halten war, solang er Italien nützte: jetzt schadet er Italien und ich verlange, daß du dein Volk mehr liebst als dein Scepter.«

»Bei Gott! du irrst darin nicht: für mein Volk hab' ich mich nicht gescheut, fremdes Leben zu ofpern,« sie verweilte gern bei diesem Gedanken, der ihr Gewissen beschwichtigte, »ich werde mich nicht weigern, jetzt — aber wer soll mein Nachfolger werden?«

»Dein Erbe, dem die Krone gebührt, der letzte der Amaler.«

»Wie? Theodahad, der Schwächling?«

»Er ist kein Held, das ist wahr. Aber die Helden werden ihm gehorchen, dem Neffen Theoderichs, wenn du ihn einsetzest. Und bedenke noch eins: seine römische Bildung hat ihm die Römer gewonnen: ihm werden sie beistehen: einen König nach des alten Hildebrand, nach Tejas Herzen würden sie hassen und fürchten.«

»Und mit Recht;« sagte die Regentin sinnend: »aber Gothelindis Königin!«

Da trat Cethegus ihr näher und sah ihr scharf ins Auge: »So klein ist Amalaswintha nicht, daß sie kläglicher Weiberfeindschaft gedenkt, wo es edler Entschlüsse bedarf. Du erschienst mir von jeher größer als dein Geschlecht. Beweis' es jetzt. Entscheide dich!«

»Nicht jetzt,« sprach Amalaswintha, »meine Stirne glüht, und verwirrend pocht mein Herz. Laß mir diese Nacht, mich zu fassen. Du hast mir Entsagung zugetraut: ich danke dir. Morgen die Entscheidung.«

Viertes Buch

# Theodahad

## Erstes Kapitel

Am andern Morgen verkündete ein Manifest dem staunenden Ravenna, daß die Tochter Theoderichs zu Gunsten ihres Vetters Theodahad auf die Krone verzichtet und daß dieser, der letzte Mannessproß der Amelungen, den Thron bestiegen habe. Italier und Goten wurden aufgefordert, dem neuen Herrscher den Eid der Treue zu schwören.

So hatte Cethegus richtig gerechnet.

Das Gewissen der unseligen Frau fühlte sich durch manche Thorheit, ja durch blut'ge Schuld schwer belastet: edle Naturen suchen Erleichterung und Buße in Opfer und Entsagung: durch ihrer Tochter und Cassiodors Anklagen war ihr Herz mächtig bewegt worden und der Präfekt hatte sie in günstiger Stimmung für seinen Rat gefunden. Weil er so bitter war, befolgte sie ihn: ja sie hatte, um ihr Volk zu retten und ihre Schuld zu sühnen, sich noch weitere Demütigungen vorgesteckt.

Ohne Schwierigkeit vollzog sich der Thronwechsel.

Die Italier zu Ravenna waren zu einer Erhebung keineswegs vorbereitet und wurden von Cethegus auf gelegnere Zeit vertröstet. Auch war der neue König als Freund römischer Bildung bei ihnen bekannt und beliebt.

Die Goten freilich schienen sich nicht ohne weitres den Tausch gefallen lassen zu wollen. Fürst Theodahad war allerdings ein Mann — das empfahl ihn gegenüber Amalaswinthen — und ein Amaler: das wog schwer zu seinen Gunsten gegenüber jedem andern Bewerber um die Krone.

Aber im übrigen war er im Volke der Goten keineswegs hoch angesehen. Unkriegerisch und feige, verweichlicht an Leib und Seele hatte er keine der Eigenschaften, welche die Germanen von ihren Königen forderten. Nur Eine Leidenschaft erfüllte seine Seele: Habsucht, unersättliche Goldgier. Reich begütert in Tuscien lebte er mit allen seinen Nachbarn in ewigen Prozessen: mit List und Gewalt und dem Schwergewicht seiner königlichen Geburt wußte er seinen Grundbesitz nach allen Seiten auszudehnen und die Ländereien weit in der Runde an sich zu reißen: »denn« — sagt ein Zeitgenosse — »Nachbarn zu haben schien dem Theodahad eine Art von Unglück«.

Dabei war seine schwache Seele vollständig abhängig von der bösartigen, aber kräftigen Natur seines Weibes.

Einen solchen König sahen denn die Tüchtigsten unter den Goten nicht gern auf dem Throne Theoderichs. Und kaum war das Manifest Amalaswinthens bekannt geworden, als Graf Teja, der kurz zuvor mit Hildebad in Ravenna angekommen war, diesen sowie den alten Waffenmeister und den Grafen Witichis zu sich beschied und sie aufforderte, die Unzufriedenheit des Volkes zu steigern, zu leiten und einen Würdigern an Theodahads Stelle zu setzen.

»Ihr wißt,« schloß er seine Worte, »wie günstig die Stimmung im Volke. Seit jener Bundesnacht im Mercuriustempel haben wir unablässig geschürt unter den Goten und Großes ist schon gelungen: des edeln Athalarich Aufschwung, der Sieg am Epiphaniasfeste, das Zurückholen Amalaswinthens, wir haben es bewirkt. Jetzt winkt die günstige Gelegenheit. Soll an des Weibes Stelle treten ein Mann, der schwächer als ein Weib? Haben wir keinen Würdigern mehr als Theodahad im Volk der Goten?«

»Recht hat er, beim Donner und Strahl,« rief Hildebad. »Fort mit diesen verwelkten Amalern! Einen Heldenkönig hebt auf den Schild und schlagt los nach allen Seiten. Fort mit dem Amaler!«

»Nein,« sagte Witichis, ruhig vor sich hinblickend, »noch nicht! Vielleicht, daß es noch einmal so kommen muß: aber nicht früher darf es geschehen als es muß. Der Anhang der Amaler ist groß im Volk: nur mit Gewalt würde Theodahad den Reichtum, Gothelindis die Macht der Krone sich entwinden lassen: sie würden stark genug sein, wenn nicht zum Siege, doch zum Kampf.

Kampf aber unter den Söhnen eines Volks ist schrecklich, nur die Notwendigkeit kann ihn rechtfertigen. Die ist noch nicht da. Theodahad mag sich bewähren: er ist schwach, so wird er sich leiten lassen. Hat er sich unfähig erwiesen, so ist's noch immer Zeit.«

»Wer weiß, ob dann noch Zeit ist,« warnte Teja.

»Was rätst du, Alter?« fragte Hildebad, auf welchen die Gründe des Grafen Witichis nicht ohne Wirkung blieben.

»Brüder,« sagte der Waffenmeister, seinen langen Bart streichend, »ihr habt die Wahl, darum die Qual. Mir sind beide erspart: ich bin gebunden. Die alten Gefolgen des großen Königs haben einen Eid gethan, solang sein Haus lebt, keinem Fremden die Gotenkrone zuzuwenden.«

»Welch thörichter Eid!« rief Hildebad.

»Ich bin alt und nenn' ihn nicht thöricht. Ich weiß, welcher Segen auf der festen, heiligen Ordnung des Erbgangs ruht. Und die Amaler sind Söhne der Götter,« schloß er geheimnisvoll.

»Ein schöner Göttersohn, Theodahad!« lachte Hildebad.

»Schweig,« rief zornig der Alte, »das begreift ihr nicht mehr, ihr neuen Menschen. Ihr wollt alles fassen und verstehen mit eurem kläglichen Verstand. Das Rätsel, das Geheimnis, das Wunder, der Zauber, der im Blute liegt – dafür habt ihr den Sinn verloren. Darum schweig' ich von solchen Dingen zu euch. Aber ihr macht mich nicht mehr anders mit meinen bald hundert Jahren. Thut ihr, was ihr wollt, ich thue, was ich muß.«

»Nun,« sprach Graf Teja nachgebend, »auf euer Haupt die Schuld. Aber wenn dieser letzte Amaler dahin ...«

»Dann ist das Gefolge seines Schwures frei.«

»Vielleicht,« schloß Witichis, »ist es ein Glück, daß auch uns dein Eid die Wahl erspart: denn gewiß wollen wir keinen Herrscher, den du nicht anerkennen könntest. Gehen wir denn, das Volk zu beschwichtigen und tragen wir diesen König – solang er zu tragen ist.«

»Aber keine Stunde länger,« sagte Teja und ging zürnend hinaus.

## Zweites Kapitel

Am nämlichen Tage noch wurden Theodahad und Gothelindis mit der alten Krone der Gotenkönige gekrönt.

Ein reiches Festmahl, besucht von allen römischen und gotischen Großen des Hofes und der Stadt, belebte den weiten Palast Theoderichs und den sonst so stillen Garten, den wir als den Schauplatz von Athalarichs und Kamillas Liebe kennen gelernt. Bis tief in die Nacht währte das lärmende Gelage. Der neue König, kein Freund der Becher und barbarischer Festfreuden, hatte sich frühe zurückgezogen.

Gothelindis dagegen sonnte sich gern in dem Glanz ihrer jungen Herrlichkeit: stolz prangte sie auf ihrem Purpursitz, die goldne Zackenkrone im dunkeln Haar. Sie schien ganz Ohr für die lauten Jubelrufe, die ihren und ihres Gatten Namen feierten. Und doch hatte ihr Herz dabei nur Eine Freude: den Gedanken, daß dieser Jubel hinunterdringen müsse bis in die Königsgruft, wo Amalaswintha, die verhaßte, besiegte Feindin, am Sarkophage ihres Sohnes trauerte.

Unter der Menge von jenen Gästen, die immer fröhlich sind, wenn sie bei vollen Bechern sitzen, war doch auch so manches ernstere Gesicht zu bemerken: mancher Römer, der auf dem leeren Thron da oben lieber den Kaiser gesehen hätte: so mancher Gote, der in der gefährlichen Lage des Reiches einen König wie Theodahad nicht ohne Sorge huldigen konnte.

Zu letzteren zählte Witichis, dessen Gedanken nicht unter dem kranzgeschmückten Säulendach der Trinkhalle zu weilen schienen. Unberührt stand die goldne Schale vor ihm und auf den lauten Zuruf Hildebads, der ihm gegenüber saß, achtete er kaum. Endlich — schon leuchteten längst im Saale die Lampen und am Himmel die Sterne — stand er auf und ging hinaus in das grüne Dunkel des Gartens.

Langsam wandelte er durch die Taxusgänge dahin: sein Auge hing an den funkelnden Sternen. Sein Herz war daheim bei seinem Weibe, bei seinem Knaben, die er monatelang nicht mehr gesehen. So führte ihn sein sinnendes Wandeln an den Venustempel bei der Meeresbucht, die wir kennen. Er sah hinaus nach der flimmernden See — da blitzte etwas dicht vor seinen Füßen im schwachen Mondlicht: es war eine Rüstung, daneben die kleine gotische Harfe: ein Mann lag vor ihm im weichen Grase und ein bleiches Antlitz hob sich ihm entgegen.

»Du hier, Teja? Du warst nicht beim Fest.«

»Nein, ich war bei den Toten.«

»Auch mein Herz weiß nichts von diesen Festen: es war daheim bei Weib und Kind,« sagte Witichis, sich zu ihm niedersetzend.

»Bei Weib und Kind,« wiederholte Teja seufzend.

»Viele fragten nach dir, Teja.«

»Nach mir! Soll ich sitzen neben Cethegus, der mir die Ehre nahm, und neben Theodahad, der mir mein Erbe nahm?«

»Dein Erbe nahm?«

»Wenigstens besitzt er's. Und über den Ort, wo meine Wiege stand, ging seine Pflugschar.«

Und schweigend sah er lange vor sich hin.

»Dein Harfenspiel — es schweigt? Man rühmt dich unsres Volkes besten Harfenschläger und Sänger!«

»Wie Gelimer, der letzte König der Vandalen, seines Volkes bester Harfenschläger war. Aber mich würden sie nicht im Triumph einführen nach Byzanz!«

»Du singst nicht oft mehr?«

»Fast niemals mehr. Aber mir ist, die Tage kommen, da ich wieder singen werde.«

»Tage der Freude?«

»Tage der höchsten, der letzten Trauer.«

Lange schwiegen beide.

»Mein Teja,« hob endlich Witichis an, »in allen Nöten von Krieg und Frieden hab' ich dich erfunden treu, wie mein Schwert. Und obwohl du soviel jünger als ich und nicht leicht der Ältere sich dem Jüngling verbindet, kann ich dich meinen besten Herzensfreund nennen. Und ich weiß, daß auch dein Herz mehr an mir hängt als an deinen Jugendgenossen.«

Teja drückte ihm die Hand: »Du verstehst mich und ehrest meine Art, auch wo du sie nicht verstehst. Die andern —! und doch: den einen hab' ich sehr lieb.«

»Wen?«

»Den alle lieb haben.«

»Totila!«

»Ich hab' ihn lieb wie die Nacht den Morgenstern. Aber er ist so hell: er kann's nicht fassen, daß andere dunkel sind und bleiben müssen.«

»Bleiben müssen! Warum? Du weißt, Neugier ist meine Sache nicht. Und wenn ich dich in dieser ernsten Stunde bitte: lüfte den Schleier, der über dir und deiner finstern Trauer liegt, so bitt' ich's nur, weil ich dir helfen möchte. Und weil des Freundes Auge oft besser sieht als das eigene.«

»Helfen? Mir helfen? Kannst du die Toten wieder auferwecken? Mein Schmerz ist unwiderruflich wie die Vergangenheit. Und wer einmal gleich mir den unbarmherzigen Rädergang des Schicksals verspürt hat, wie es, blind und taub für das Zarte und Hohe, mit eherner grundloser Gewalt alles vor sich nieder tritt, ja, wie es das Edle, weil es zart ist, leichter und lieber zermalmt, als das Gemeine, wer erkannt hat, daß eine dumpfe Notwendigkeit, welche Thoren die weise Vorsehung Gottes nennen, die Welt und das Leben der Menschen beherrscht, der ist hinaus über Hilfe und Trost: er hört ewig, wenn er es einmal erlauscht, mit dem leisen Gehör der Verzweiflung den immer gleichen Taktschlag des fühllosen Rades im Mittelpunkt der Welt, das gleichgültig mit jeder Bewegung Leben zeugt und Leben tötet. Wer das einmal empfunden und erlebt, der entsagt einmal und für immer und allem: nichts wird ihn mehr erschrecken. Aber freilich — die Kunst des Lächelns hat er auch vergessen auf immerdar.«

»Mir schaudert. Gott bewahre mich vor solchem Wahn! Wie kamst du so jung zu so fürchterlicher Weisheit?«

»Freund, mit deinen Gedanken allein ergrübelst du die Wahrheit nicht, erleben mußt du sie. Und nur, wenn du des Mannes Leben kennst, begreifst du, was er denkt und wie er denkt. Und auf daß ich dir nicht länger erscheine wie ein irrer Träumer, wie ein Weichling, der sich gern in seinen

Schmerzen wiegt, und damit ich dein Vertrauen und deine schöne Freundschaft ehre, vernimm, höre ein kleines Stück meines Grams. Das größere, das unendlich größere behalt' ich noch für mich,« sagte er schmerzlich, die Hand auf die Brust drückend, »es kömmt wohl noch die Stunde auch für dies. Vernimm heute nur, wie über meinem Haupte der Stern des Unheils schon leuchtete, da ich gezeugt ward. Und von all den tausend Sternen da oben bleibt nur dieser Stern getreu. Du warst dabei, du erinnerst dich, wie der falsche Präfekt mich laut vor allen einen Bastard schalt und mir den Zweikampf weigerte: ich mußte es dulden: ich bin noch schlimmeres als ein Bastard.

Mein Vater, Tagila, war ein tüchtiger Kriegsheld, aber kein Adaling, gemeinfrei und arm. Er liebte, schon seit der Bart ihm sproßte, Gisa, seines Vaterbruders Tochter. Sie lebten draußen, weit an der äußersten Ostgrenze des Reichs, an dem kalten Ister, wo man stets im Kampfe liegt mit den Gepiden und den wilden räuberischen Sarmaten und wenig Zeit hat, an die Kirche zu denken und die wechselnden Gebote, die ihre Konzilien erlassen. Lange konnte mein Vater seine Gisa nicht heimführen: er hatte nichts als Helm und Speer und konnte ihrem Mundwalt den Malschatz nicht zahlen und einem Weibe keinen Herd bereiten.

Endlich lachte ihm das Glück. Im Krieg gegen einen Sarmatenkönig eroberte er dessen festen Schatzturm an der Alutha: und die reichen Schätze, welche die Sarmaten seit Jahrhunderten zusammengeplündert und hier aufgehäuft, wurden seine Beute. Zum Lohn seiner That ernannte ihn Theoderich zum Grafen und rief ihn nach Italien. Mein Vater nahm seine Schätze und Gisa, jetzt sein Weib, mit sich über die Alpen und kaufte sich weite schöne Güter in Tuscien zwischen Florentia und Luca. Aber nicht lange währte sein Glück.

Kaum war ich geboren, da verklagte ein Elender, ein feiger Schurke, meine Eltern wegen Blutschande beim Bischof von Florentia. Sie waren katholisch — nicht Arianer — und Geschwisterkinder: ihre Ehe war nichtig nach dem Recht der Kirche — und die Kirche gebot ihnen, sich zu trennen.

Mein Vater drückte sein Weib an die Brust und lachte des Gebots. Aber der geheime Ankläger ruhte nicht . . .«

»Wer war der Neiding?«

»O wenn ich es wüßte, ich wollte ihn erreichen und thronte er in allen Schrecken des Vesuvius! Er ruhte nicht. Unablässig bedrängten die Priester meine arme Mutter und wollten ihre Seele mit Gewissensbissen schrecken.

Umsonst: sie hielt sich an ihren Gott und ihren Gatten und trotzte dem Bischof und seinen Sendboten. Und mein Vater, wenn er einen der Pfaffen in seinem Gehöfte traf, begrüßte ihn, daß er nicht wieder kam.

Aber wer kann mit denen kämpfen, die im Namen Gottes sprechen! Eine letzte Frist ward den Ungehorsamen gesteckt: hätten sie sich bis dahin nicht getrennt, so sollten sie dem Bann verfallen und ihr Hab und Gut der Kirche.

Entsetzt eilte jetzt mein Vater an den Hof des Königs, Aufhebung des grausamen Spruches zu erflehen. Aber die Satzung des Konzils sprach zu klar und Theoderich konnte es nicht wagen, das Recht der katholischen Kirche zu kränken. Als mein Vater zurückkehrte von Ravenna, mit Gisa zu flüchten, starrte er entsetzt auf die Stätte, wo sein Haus gestanden: der Termin war abgelaufen, und die Drohung erfüllt: sein Haus zerstört, sein Weib, sein Kind verschwunden.

Rasend stürmte er durch ganz Italien, uns zu suchen. Endlich entdeckte er, als Priester verkleidet, seine Gisa in einem Kloster zu Ticinum: ihren Knaben hatte man ihr entrissen und nach Rom geschleppt. Mein Vater bereitet mit ihr alles zur Flucht: sie entkommen um Mitternacht über die Mauer des Klostergartens. Aber am Morgen fehlt die Büßerin bei der Hora: man vermißt sie, ihre Zelle ist leer. Die Klosterknechte folgen den Spuren des Rosses, sie werden eingeholt: grimmig fechtend fällt mein Vater: meine Mutter wird in ihre Zelle zurückgebracht. Und so furchtbar drücken die Macht des Schmerzes und die Zucht des Klosters auf die zermürbte Seele, daß sie in Wahnsinn fällt und stirbt. Das sind meine Eltern!«

»Und du?«

»Mich entdeckte in Rom der alte Hildebrand, ein Waffenfreund meines Großvaters und Vaters: er entriß mich, mit des Königs Beistand, den Priestern und ließ mich mit seinen eigenen Enkeln in Regium erziehen.«

»Und dein Gut, dein Erbe?«

»Verfiel der Kirche, die es, halb geschenkt, an Theodahad überließ: er war meines Vaters Nachbar, er ist jetzt mein König!«

»Mein armer Freund! Aber wie erging es dir später? Man weiß nur dunkles Gerede — du warst einmal in Griechenland gefangen ...«

Teja stand auf. »Davon laß mich schweigen; vielleicht ein andermal.

Ich war Thor genug, auch einmal an Glück zu glauben und an eines liebenden Gottes Güte. Ich hab' es schwer gebüßt. Ich will's nie wieder thun. Leb wohl, Witichis, und schilt nicht auf Teja, wenn er nicht ist wie andre.«

Er drückte ihm die Hand und war rasch im dunkeln Laubgang verschwunden.

Witichis sah lange schweigend vor sich hin. Dann blickte er gen Himmel, in den hellen Sternen eine Widerlegung der finstern Gedanken zu finden, die des Freundes Worte in ihm geweckt. Er sehnte sich nach ihrem Licht voll Frieden und Klarheit. Aber während des Gesprächs war Nebelgewölk rasch aus den Lagunen aufgestiegen und hatte den Himmel überzogen: es war finster ringsum.

Mit einem Seufzer stand Witichis auf und suchte in ernstem Sinnen sein einsames Lager.

## Drittes Kapitel

Während unten in den Hallen des Palatiums Italier und Goten tafelten und zechten, ahnten sie nicht, daß über ihren Häuptern in dem Gemach des Königs eine Verhandlung gepflogen ward, die über ihr und ihres Reiches Schicksale entscheiden sollte.

Unbeobachtet war dem König alsbald der Gesandte von Byzanz nachgefolgt und lange und geheim sprachen und schrieben die beiden miteinander. Endlich schienen sie handelseinig geworden und Petros wollte anheben, nochmal vorzulesen, was sie gemeinsam beschlossen und aufgezeichnet. Aber der König unterbrach ihn. »Halt,« flüsterte der kleine Mann, der in seinem weiten Purpurmantel verloren zu gehen drohte, »halt — noch eins!«

Und er hob sich aus dem schön geschweiften Sitz, schlich durch das Gemach und hob den Vorhang, ob niemand lausche.

Dann kehrte er beruhigt zurück und faßte den Byzantiner leise am Gewand.

Das Licht der Bronzeampel spielte im Winde flackernd auf den gelben vertrockneten Wangen des häßlichen Mannes, der die kleinen Augen zusammenkniff: »Noch dies. Wenn jene heilsamen Veränderungen eintreten sollen, auf daß sie eintreten können, wird es gut sein, ja notwendig, einige der trotzigsten meiner Barbaren unschädlich zu machen.« — »Daran hab' ich bereits gedacht,« nickte Petros. »Da ist der alte halbheidnische Waffenmeister, der grobe Hildebad, der nüchterne Witichis . . .«

»Du kennst deine Leute gut,« grinste Theodahad, »du hast dich tüchtig umgesehen. Aber,« raunte er ihm ins Ohr, »einer, den du nicht genannt hast, einer vor allen muß fort.«

»Der ist?«

»Graf Teja, des Tagila Sohn.«

»Ist der melancholische Träumer so gefährlich?«

»Der gefährlichste von allen! Und mein persönlicher Feind! schon von seinem Vater her.«

»Wie kam das?«

»Er war mein Nachbar bei Florentia. Ich mußte seine Äcker haben — umsonst drang ich in ihn. Ha,« lächelte er pfiffig, »zuletzt wurden sie doch mein. Die heilige Kirche trennte seine verbrecherische Ehe, nahm ihm sein Gut und ließ mir's — billig — ab. Ich hatte einiges Verdienst um die Kirche in dem Prozeß — dein Freund, der Bischof von Florentia kann dir's genau erzählen.«

»Ich verstehe,« sagte Petros, »was gab der Barbar seine Äcker nicht in Güte! Weiß Teja . . .?«

»Nichts weiß er. Aber er haßt mich schon deshalb, weil ich sein Erbgut — kaufte. Er wirft mir finstere Blicke zu. Und dieser schwarze Träumer ist der Mann, seinen Feind zu den Füßen Gottes zu erwürgen.«

»So?« sagte Petros, plötzlich sehr nachdenklich. »Nun, genug von ihm: er soll nicht schaden. Laß dir jetzt nochmal den ganzen Vertrag Punkt für Punkt vorlesen; dann unterzeichne.

Erstens. König Theodahad verzichtet auf die Herrschaft über Italien und die zugehörigen Inseln und Provinzen des Gotenreichs: nämlich Dalmatien, Liburnien, Istrien, das zweite Pannonien, Savien, Noricum, Rätien und den gotischen Besitz in Gallien, zu Gunsten des Kaisers Justinian und seiner Nachfolger auf dem Throne von Byzanz. Er verspricht, Ravenna, Rom, Neapolis und alle festen Plätze des Reichs dem Kaiser ohne Widerstand zu öffnen.«

Theodahad nickte.

»Zweitens. König Theodahad wird mit allen Mitteln dahin wirken, daß das ganze Heer der Goten entwaffnet und in kleinen Gruppen über die

Alpen geführt werde. Weiber und Kinder haben nach Auswahl des kaiserlichen Feldherrn dem Heere zu folgen oder als Sklaven nach Byzanz zu gehen. Der König wird dafür sorgen, daß jeder Widerstand der Goten erfolglos bleiben muß.

Drittens. Dafür beläßt Kaiser Justinian dem König Theodahad und seiner Gemahlin den Königstitel und die königlichen Ehren auf Lebenszeit, und viertens ...«

»Diesen Abschnitt will ich doch mit eigenen Augen lesen,« unterbrach Theodahad, nach der Urkunde langend. »Viertens beläßt der Kaiser dem König der Goten nicht nur alle Ländereien und Schätze, die dieser als sein Privateigentum bezeichnen wird, sondern auch den ganzen Königsschatz der Goten, der allein an geprägtem Gold auf vierzigtausend Pfunde geschätzt ist. Er übergiebt ihm ferner zu Erb und Eigen ganz Tuscien von Pistoria bis Cäre, von Populonia bis Clusium und endlich überweist er an Theodahad auf Lebenszeit die Hälfte aller öffentlichen Einkünfte des durch diesen Vertrag seinem rechtmäßigen Herrn zurückerworbenen Reiches. Sage, Petros, meinst du nicht, ich könnte drei Viertel fordern?«

»Fordern kannst du sie, allein ich zweifle sehr, daß sie dir Justinian gewährt. Ich habe schon die Grenzen, die äußersten, meiner Vollmacht überschritten.«

»Fordern wollen wir's doch immerhin,« meinte der König, die Zahl ändernd. »Dann muß Justinian herunter markten oder dafür andre Vorteile gewähren.«

Um des Petros schmale Lippen spielte ein falsches Lächeln:

»Du bist ein kluger Handelsmann, o König. Aber hier verrechnest du dich doch,« sagte er zu sich selbst.

Da rauschten schleppende Gewänder den Marmorgang heran und eintrat ins Gemach in langem schwarzem Mantel und schwarzem, mit silbernen Sternen besätem Schleier Amalaswintha, bleich von Antlitz, aber in edler Haltung, eine Königin trotz der vorlornen Krone: überwältigende Hoheit der Trauer sprach aus den bleichen Zügen.

»König der Goten,« hob sie an, »vergieb, wenn an deinem Freudenfeste ein dunkler Schatte noch einmal auftaucht von der Welt der Toten. Es ist zum letztenmal.«

Beide Männer waren von ihrem Anblick betroffen.

»Königin,« stammelte Theodahad.

»Königin!« o wär ich's nie gewesen. Ich komme, Vetter, von dem Sarge meines edeln Sohnes, wo ich Buße gethan für all' mein Verblendung, und all' meine Schuld bereut. Ich steige herauf zu dir, König der Goten, dich zu warnen vor gleicher Verblendung und gleicher Schuld.«

Theodahads unstetes Auge vermied ihren ernsten, prüfenden Blick.

»Es ist ein übler Gast,« fuhr sie fort, »den ich in mitternächtlicher Stunde als deinen Vertrauten bei dir finde. Es ist kein Heil für einen Fürsten als in seinem Volk: zu spät hab' ich's erkannt, zu spät für mich, nicht zu spät, hoff' ich, für mein Volk. Traue du nicht Byzanz: es ist ein Schild, der den erdrückt, den er beschirmen soll.«

»Du bist ungerecht,« sagte Petros, »und undankbar.«

»Thu nicht, mein königlicher Vetter,« fuhr sie fort, »was dieser von dir fordert. Bewillige nicht du, was ich ihm weigerte. Sicilien sollen wir abtreten und dreitausend Krieger dem Kaiser stellen für alle seine Kriege – ich wies die Schmach von mir. Ich sehe,« sprach sie, auf das Pergament deutend, »du hast schon mit ihm abgeschlossen. Tritt zurück, sie werden dich immer täuschen.«

Ängstlich zog Theodahad die Urkunde an sich: er warf einen mißtrauischen Blick auf Petros.

Da trat dieser gegen Amalaswintha vor: »Was willst du hier, du Königin von gestern? Willst du dem Beherrscher dieses Reiches wehren? Deine Zeit und deine Macht ist um.« – »Verlaß uns,« sagte Theodahad, ermutigt. »Ich werde thun was mir gutdünkt. Es soll dir nicht gelingen mich von meinen Freunden in Byzanz zu trennen. Sieh her, vor deinen Augen soll unser Bund geschlossen sein.« Und er zeichnete seinen Namen auf die Urkunde.

»Nun,« lächelte Petros, »kamst du noch eben recht, als Zeugin mit zu unterzeichnen.«

»Nein,« sprach Amalaswintha mit einem drohenden Blick auf die beiden Männer, »ich kam noch eben recht, euren Plan zu vereiteln. Ich gehe geradewegs von hier zum Heere, zur Volksversammlung, die nächstens bei Regeta tagt. Aufdecken will ich daselbst vor allem Volk deine Anträge, die Pläne von Byzanz und dieses schwachen Fürsten Verrat.«

»Das wird nicht angehn,« sagte Petros ruhig, »ohne dich selbst zu verklagen.«

»Ich will mich selbst verklagen. Enthüllen will ich all' meine Thorheit, all' meine blutige Schuld und gern den Tod erleiden, den ich verdient. Aber warnen, aufschrecken soll diese meine Selbstanklage mein ganzes Volk vom Ätna bis zu den Alpen; eine Welt von Waffen soll euch entgegenstehn und retten werd' ich meine Goten durch meinen Tod von der Gefahr, in die mein Leben sie gestürzt.« Und in edler Begeisterung eilte sie aus dem Gemach.

Verzagt blickte Theodahad auf den Gesandten: lang fand er keine Worte. »Rate, hilf« – stammelte er endlich.

»Raten? Da hilft nur Ein Rat. Die Rasende wird sich und uns verderben, läßt man sie gewähren. Sie darf ihre Drohung nicht erfüllen. Dafür mußt du sorgen.«

»Ich?« rief Theodahad erschreckt; »ich kann dergleichen nicht! Wo ist Gothelindis? Sie, sie allein kann helfen.«

»Und der Präfekt,« sagte Petros – »sende nach ihnen.«

Alsbald waren die beiden Genannten von dem Festmale herauf beschieden. Petros verständigte sie von den Worten der Fürstin, ohne jedoch dem Präfekten den Vertrag als Veranlassung des Auftritts zu nennen.

Kaum hatte er gesprochen, so rief die Königin:

»Genug, sie darf es nicht vollenden. Man muß ihre Schritte bewachen, sie darf mit keinem Goten in Ravenna sprechen – sie darf den Palast nicht verlassen. Das vor allem!« Und sie eilte hinaus, vertraute Sklaven vor Amalaswinthens Gemächer zu senden. Alsbald kehrte sie wieder. »Sie betet laut in ihrer Kammer,« sprach sie verächtlich. »Auf, Cethegus, laß uns ihre Gebete vereiteln.«

Cethegus hatte, mit dem Rücken an die Marmorsäulen des Eingangs gelehnt, die Arme über der Brust gekreuzt, diese Vorgänge schweigend und sinnend mit angehört. Er erkannte die Notwendigkeit, die Fäden der Ereignisse wieder mehr in seine Hand zu versammeln und straffer anzuziehen. Er sah Byzanz immer mehr in den Vordergrund dringen: das durfte nicht weiter angehn.

»Sprich, Cethegus,« mahnte Gothelindis nochmals, »was thut jetzt vor allem Not?«

»Klarheit,« sagte dieser sich aufrichtend. »In jedem Bunde muß der Zweck, der besondere Zweck jedes der Verbündeten klar sein: sonst werden sie stets sich durch Mißtrau'n hemmen. Ihr habt eure Zwecke – ich habe den meinen. Eure Zwecke liegen am Tage: ich habe sie euch neulich schon gesagt: du Petros, willst, daß Kaiser Justinian an der Goten Statt in Italien herrsche: ihr, Gothelindis und Theodahad, wollt dies auch, gegen reiche Entschädigung an Rache, Geld und Ehren. Ich aber – ich habe auch meinen Zweck: was hilft es, das zu verhehlen? Mein schlauer Petros, du würdest doch nicht lange mehr glauben, daß ich nur den Ehrgeiz habe, dein Werkzeug zu sein, und dereinst Senator in Byzanz zu werden. Also auch ich habe meinen Zweck: all' eure dreieinige Schlauheit würde ihn nie entdecken, weil er zu nahe vor Augen liegt. Ich muß ihn euch selbst verraten.

Der versteinerte Cethegus hat noch eine Liebe: sein Italien. Drum will er, wie ihr, die Goten fort haben aus diesem Land.

Aber er will nicht, wie ihr, daß Kaiser Justinianus unbedingt an ihre Stelle trete: er will nicht die Traufe statt des Regens.

Am liebsten möchte ich, der unverbesserliche Republikaner – du weißt, mein Petros, wir waren es damals beide mit achtzehn Jahren auf der Schule von Athen und ich bin es noch: aber du brauchst es dem Kaiser, deinem Herrn, nicht zu melden, ich hab' es ihm lange selbst geschrieben – die Barbaren hinauswerfen, ohne euch herein zu lassen.

Das geht nun leider nicht an: wir können eurer Hilfe nicht entbehren. Doch will ich diese auf das Unvermeidliche beschränken. Kein byzantinisch Heer darf diesen Boden betreten, als um ihn im letzten Augenblick der Not aus der Hand der Italier zu empfangen. Italien sei mehr ein von den Italiern dargebrachtes Geschenk als eine Eroberung für Justinian: die Segnungen der Feldherrn und Steuerrechner, die Byzanz über die Länder bringt, die es befreit, sollen uns erspart bleiben: wir wollen euern Schutz, nicht eure Tyrannei.«

Über Petros' Züge zog ein feines Lächeln, das Cethegus nicht zu bemerken schien; er fuhr fort: »So vernehmt meine Bedingung. Ich weiß, Belisarius liegt mit Flotte und Heer nah bei Sicilien. Er darf nicht landen. Er muß heimkehren. Ich kann keinen Belisar in Italien brauchen. Wenigstens nicht eher als ich ihn rufe. Und sendest du, Petros, ihm nicht sofort diesen Befehl zu, so scheiden sich unsere Wege. Ich kenne Belisar und Narses und ihre Soldatenherrschaft und ich weiß, welch' milde Herren diese Goten sind. Und mich erbarmt Amalaswinthen: sie war eine Mutter meines Volks. Deshalb wählet, wählet zwischen Belisar und Cethegus. Landet Belisar, so steht Cethegus und ganz Italien zu Amalaswintha und den

Goten: und dann laß sehen, ob ihr uns eine Scholle dieses Landes entreißt. Wählt ihr Cethegus, so bricht er die Macht der Barbaren und Italien unterwirft sich dem Kaiser als seine freie Gattin, nicht als seine Sklavin. Wähle, Petros.«

»Stolzer Mann,« sprach Gothelindis, »du wagst uns Bedingungen zu setzen, uns, deiner Königin?« Und drohend erhob sie die Hand.

Aber mit eiserner Faust ergriff Cethegus diese Hand und zog sie ruhig herab. »Laß die Possen, Eintagskönigin. Hier unterhandeln nur Italien und Byzanz. Vergißt du deine Ohnmacht, so muß man dich dran mahnen. Du thronst, solange wir dich halten.« Und mit so ruhiger Majestät stand er vor dem zornmütigen Weib, daß sie verstummte. Aber ihr Blick sprühte unauslöschlichen Haß.

»Cethegus,« sagte jetzt Petros, der sich einstweilen entschlossen, »du hast Recht. Byzanz kann für den Augenblick nicht mehr erreichen als deine Hilfe, weil nichts ohne sie. Wenn Belisar umkehrt, so gehst du ganz mit uns und unbedingt?«

»Unbedingt.«

»Und Amalaswinthen?«

»Geb' ich Preis.«

»Wohlan,« sagte der Byzantiner, »es gilt.«

Er schrieb auf eine Wachstafel in kurzen Worten den Befehl zur Heimkehr an Belisar und reichte sie dem Präfekten: »Du magst die Botschaft selbst bestellen.«

Cethegus las sorgfältig: »Es ist gut,« sagte er, die Tafel in die Brust steckend, »es gilt.«

»Wann bricht Italien los auf die Barbaren?« fragte Petros.

»In den ersten Tagen des nächsten Monats. Ich gehe nach Rom. Leb wohl.«

»Du gehst? Und hilfst uns nicht das Weib – die Tochter Theoderichs verderben?« fragte die Königin mit bittrem Vorwurf. »Erbarmt dich ihrer abermals?«

»Sie ist gerichtet,« sagte Cethegus, an der Thür sich kurz umwendend. »Der Richter geht – der Henker Amt hebt an.« Und stolz schritt er hinaus.

Da faßte Theodahad, der sprachlos vor Staunen den Byzantiner hatte handeln sehn, mit Entsetzen dessen Hand: »Petros,« rief er, »um Gott und aller Heiligen willen, was hast du gethan? Unser Vertrag und alles ruht auf Belisar und du schickst ihn nach Hause?«

»Und läßt diesen Übermütigen triumphieren?« knirschte Gothelindis.

Aber Petros lächelte: der Sieg der Schlauheit strahlte auf seinem Antlitz. »Seid ruhig,« sagte er, »diesmal ist er überwunden, der Allüberwinder Cethegus, besiegt von dem verhöhnten Petros.« Er ergriff Theodahad und Gothelindis an den Händen, zog sie nahe an sich, sah sich um, und flüsterte dann: »Vor jenem Brief an Belisar steht ein kleiner Punkt: der bedeutet ihm: all das Geschriebene ist nicht ernst gemeint, ist nichtig. Ja, ja, man lernt, man lernt die Schreibekunst am Hofe von Byzanz.«

## Viertes Kapitel

Zwei Tage nach der nächtlichen Begegnung mit Theodahad und Petros verbrachte Amalaswintha in einer Art von wirklicher oder vermeinter Gefangenschaft.

So oft sie ihre Gemächer verließ, so oft sie einbog in einen Gang des Palastes, jedesmal glaubte sie hinter oder neben sich Gestalten auftauchen, hingleiten, verschwinden zu sehen, die ebenso eifrig bedacht schienen, all' ihre Schritte zu beobachten als sich selbst ihren Blicken zu entziehen: kaum zu dem Grabe ihres Sohnes konnte sie unbewacht niedersteigen.

Umsonst fragte sie nach Witichis, nach Teja: sie hatten gleich am Morgen nach dem Krönungsfest in Aufträgen des Königs die Stadt verlassen. Das Gefühl, vereinsamt und von bösen Feinden umlauert zu sein, ruhte drückend auf ihrer Seele.

Schwer und düster hingen am Morgen des dritten Tages die herbstlichen Regenwolken auf Ravenna herab, als sich Amalaswintha von dem schlummerlosen Lager erhob. Unheimlich berührte es sie, daß, als sie an das Fenster von Frauenglas trat, ein Rabe krächzend von dem Marmorsims aufstieg und mit heiserem Schrei und schwerem Flügelschlag langsam über die Gärten dahinflog.

Die Fürstin fühlte schon daran, wie geknickt ihre Seele war durch diese Tage von Schmerz, Furcht und Reue, daß sie sich des finstern Eindrucks nicht erwehren konnte, den ihr die frühen Herbstnebel, aus den Lagunen der Seestadt aufsteigend, brachten. Seufzend blickte sie in die graue Sumpflandschaft hinaus.

Schwer war ihr Herz von Reue und Sorge.

Und ihr einziger Halt der Gedanke, durch freie Selbstanklage und volle Demütigung vor allem Volk das Reich noch zu retten um den Preis ihres Lebens. Denn sie zweifelte nicht, daß die Gesippen und Bluträcher der drei Herzoge ihre Pflicht vollauf erfüllen würden. In solchen Gedanken schritt sie durch die öden Hallen und Gänge des Palastes, diesmal, wie sie glaubte, unbelauscht, hinunter zu der Ruhestätte ihres Sohnes, sich in den Vorsätzen der Buße und Sühne an ihrem Volk zu befestigen.

Als sie nach geraumer Zeit aus der Gruft wieder emporstieg und in einen dunkeln Gewölbgang einlenkte, huschte ein Mann in Sklaventracht aus einer Nische hervor – sie glaubte sein Gesicht schon oft gesehen zu haben – drückte ihr eine kleine Wachstafel in die Hand und war seitab verschwunden.

Sie erkannte sofort – die Handschrift Cassiodors ...

Und sie erriet nun auch den geheimnisvollen Überbringer: es war Dolios, der Briefsklave ihres treuen Ministers. Rasch die Tafel in ihrem Gewande bergend eilte sie in ihr Gemach. Dort las sie: »In Schmerz, nicht in Zorn, schied ich von dir. Ich will nicht, daß du unbußfertig abgerufen werdest und deine unsterbliche Seele verloren gehe. Flieh aus diesem Palast, aus dieser Stadt: dein Leben ist keine Stunde mehr sicher. Du kennst Gothelindis und ihren Haß. Traue niemand als meinem Schreiber und finde dich um Sonnenuntergang bei dem Venustempel im Garten ein.

Dort wird dich meine Sänfte erwarten und in Sicherheit bringen, nach meiner Villa im Bolsener See. Folge und vertraue.«

Gerührt ließ Amalaswintha den Brief sinken: der vielgetreue Cassiodor! Er hatte sie doch nicht ganz verlassen. Er bangte und sorgte noch immer für das Leben der Freundin. Und jene reizende Villa auf der einsamen Insel im blauen Bolsener See! Dort hatte sie, vor vielen, vielen Jahren, als Gast Cassiodors, in voller Blüte der Jugendschönheit, Hochzeit gehalten mit Eutharich, dem edeln Amalungen, und, von allem Schimmer der Macht und Ehren umflossen, ihrer Jugend stolzeste Tage gefeiert.

Ihr sonst so hartes, aber jetzt vom Unglück erweichtes Gemüt beschlich mächtige Sehnsucht, die Stätte ihrer schönsten Freuden wiederzusehen. Schon dies Eine Gefühl trieb sie mächtig an, der Mahnung Cassiodors zu folgen: noch mehr die Furcht – nicht für ihr Leben, denn sie wollte sterben – die Raschheit ihrer Feinde möchte ihr unmöglich machen, das Volk zu warnen und das Reich zu retten. Endlich überlegte sie, daß der Weg nach Regeta bei Rom, wo in Bälde die große Volksversammlung, wie alljährlich im Herbst, statthaben sollte, sie am Bolsener See vorüberführte. Also war es nur eine Beschleunigung ihres Planes, wenn sie schon jetzt in dieser Richtung aufbrach. Um aber auf alle Fälle sicher zu gehn, um, auch wenn sie das Ziel ihrer Reise nicht erreichen sollte, ihre warnende Stimme an das Ohr des Volks gelangen zu lassen, beschloß sie einem Brief an Cassiodor, den auf seiner Villa anzutreffen sie nicht bestimmt voraussetzen konnte, ihre ganze Beichte und die Enthüllung aller Pläne der Byzantiner und Theodahads anzuvertrauen.

Bei geschlossenen Thüren schrieb sie die schmerzreichen Worte nieder, heiße Thränen des Dankes und der Reue fielen auf das Pergament, das sie sorgfältig siegelte und dem treuesten ihrer Sklaven übergab, es sicher nach dem Kloster Squillacium in Apulien, der Stiftung und dem gewöhnlichen Aufenthalt Cassiodors, zu befördern.

Langsam verstrichen der Fürstin die zögernden Stunden des Tages. Mit ganzer Seele hatte sie des Freundes dargebotne Hand ergriffen. Erinnerung und Hoffnung malten ihr um die Wette das Eiland im Bolsener See als ein teures Asyl: dort hoffte sie Ruhe und Frieden zu finden. Sie hielt sich sorgsam innerhalb ihrer Gemächer, um keinem ihrer Wächter Veranlassung zum Verdacht, Gelegenheit, sie aufzuhalten, zu geben. Endlich war die Sonne gesunken.

Mit leisen Schritten eilte Amalaswintha, ihre Sklavinnen zurückweisend und nur einige Kleinodien und Dokumente unter dem weiten Mantel bergend, aus ihrem Schlafgemach in den breiten Säulengang, der zur Gartentreppe führte. Sie zitterte, hier wie gewöhnlich auf einen der lauschenden Späher zu stoßen, gesehen, angehalten zu werden. Häufig sah sie sich um, vorsichtig blickte sie sogar in die Statuennischen: alles war leer, kein Lauscher folgte diesmal ihren Tritten. So erreichte sie unbeobachtet die Plattform der Freitreppe, die Palast und Garten verband und weiten Ausblick über diesen hin gewährte. Scharf überschaute sie den nächsten Weg, der zum Venustempel führte. Der Weg war frei.

Nur die welken Blätter raschelten wie unwillig von den rauschenden

Platanen auf die Sandpfade nieder, gewirbelt von dem Winde, der fern, jenseit der Gartenmauer, Nebel und Wolken in geisterhaften Gestalten vor sich her trieb: es war unheimlich in dem ausgestorbenen Garten und seiner grauen Dämmerung.

Die Fürstin fröstelte, der kalte Abendwind zerrte an ihrem Schleier und Mantel: einen scheuen Blick warf sie noch auf die düstern, lastenden Steinmassen des Palastes hinter sich, in dem sie so stolz gewaltet und geherrscht und aus dem sie nun einsam, scheu, verfolgt wie eine Verbrecherin flüchtete. Sie dachte des Sohnes, der in den Tiefen des Palastes ruhte. – Sie dachte der Tochter, die sie selbst aus diesen Mauern, aus ihrer Nähe verbannt hatte.

Und einen Augenblick drohte der Schmerz die Verlassene zu überwältigen: sie wankte, mühsam hielt sie sich aufrecht an dem breiten Marmorgeländer der Terrasse: ein Fieberschauer rüttelte an ihrem Leibe wie das Grauen der Verlassenheit an ihrer Seele.

»Aber mein Volk!« sprach sie zu sich selbst »und meine Buße – ich will's vollenden.« Gekräftigt von diesem Gedanken eilte sie die Stufen der Treppe hinab und bog in den von Epheu überwölbten Laubgang ein, der quer durch den Garten führte und an dem Venustempel mündete. Rasch schritt sie voran, erbebend, wann zu einem der Seitengänge das Herbstlaub, wie seufzend, hereinwirbelte.

Atemlos langte sie vor dem kleinen Tempel an und ließ ringsum die suchenden Blicke schweifen. Aber keine Sänfte, keine Sklaven waren zu sehen, rings war alles still: nur die Äste der Platanen seufzten im Winde.

Da schlug das nahe Wiehern eines Pferdes an ihr Ohr.

Sie wandte sich: um den Vorsprung der Mauer bog mit hastigen Schritten ein Mann. Es war Dolios. Er winkte, scheu umherspähend. Rasch eilte die Fürstin auf ihn zu, folgte ihm um die Ecke: und vor ihr stand Cassiodors wohlbekannter gallischer Reisewagen, die bequeme und vornehme Carruca, von allen vier Seiten mit verschiebbaren Gitterläden von feinem Holzwerk umschlossen, und mit dem raschen Dreigespann belgischer Manni beschirrt.

»Eile thut not, o Fürstin,« flüsterte Dolios, sie in die weichen Polster hebend. »Die Sänfte ist zu langsam für den Haß deiner Feinde. Stille und Eile, daß uns niemand bemerkt.«

Amalaswintha blickte noch einmal um sich.

Dolios öffnete das Thor des Gartens und führte den Wagen vor dasselbe hinaus. Da traten zwei Männer aus dem Gebüsch: der eine bestieg den Sitz des Wagenlenkers vor ihr: der andere schwang sich auf eines der beiden gesattelt vor dem Thore stehenden Rosse: sie erkannte die Männer als vertraute Sklaven Cassiodors: sie waren wie Dolios mit Waffen versehen. Dieser sperrte wieder sorgfältig das Gartenthor und ließ die Gitterladen des Wagens herab. Dann warf er sich auf das zweite der Pferde und zog das Schwert: »Vorwärts!« rief er.

Und von dannen jagte der kleine Zug, als wär' ihm der Tod auf der Ferse.

Die Fürstin wiegte sich in Gefühlen des Dankes, der Freiheit, der Sicherheit. Sie baute schöne Entwürfe der Sühne.

Schon sah sie ihr Volk durch ihre warnende Stimme gerettet vor Byzanz, vor dem Verrat des eigenen Königs: schon hörte sie den begeisterten Ruf des tapferen Heeres, der den Feinden Verderben, ihr aber Verzeihung verkündete. In solchen Träumen verflogen ihr die Stunden, die Tage und Nächte. Unausgesetzt eilte der Zug vorwärts: drei-, viermal des Tages wurden die Pferde des Wagens und der Reiter gewechselt, so daß sie Meile um Meile wie im Fluge zurücklegten.

Wachsam hütete Dolios die ihm anvertraute Fürstin: mit gezogenem Schwert schützte er den Zugang zum Wagen, während seine Begleiter Speisen und Wein aus den Stationen holten. Jene geflügelte Eile und diese treue Wachsamkeit benahm Amalaswinthen eine Besorgnis, deren sie sich eine Weile nicht hatte erwehren können: ihr war, sie würden verfolgt.

Zweimal, in Perusia und in Clusium, glaubte sie, wie der Wagen hielt, dicht hinter sich Rädergerassel zu hören und den Hufschlag eilender Rosse: ja in Clusium meinte sie, aus dem niedergelassenen Gitterladen zurückspähend, eine zweite Carruca, ebenfalls von Reitern begleitet, in das Thor der Stadt einbiegen zu sehen.

Aber als sie Dolios davon sprach, jagte der spornstreichs nach dem Thore zurück und kam sogleich mit der Meldung wieder, daß nichts wahrzunehmen sei; auch hatte sie von da ab nichts mehr bemerkt: und die rasende Eile, mit der sie sich dem ersehnten Eiland näherte, ließ sie hoffen, daß ihre Feinde, selbst wenn sie ihre Flucht entdeckt und eine Strecke weit verfolgt haben sollten, alsbald ermüdet zurückgeblieben seien.

Da verdüsterte ein Unfall, unbedeutend an sich, aber unheilkündend durch seine begleitenden Umstände, plötzlich die hellere Stimmung der flüchtenden Fürstin.

Es war hinter der kleinen Stadt Martula.

Öde baumlose Heide dehnte sich unabsehbar nach jeder Richtung: nur Schilf und hohe Sumpfgewächse ragten aus den feuchten Niederungen zu beiden Seiten der römischen Hochstraße und nickten und flüsterten gespenstisch im Nachtwind. Die Straße war hin und wieder mit niedern, von Reben überflochtenen Mauern eingefaßt und, nach altrömischer Sitte, mit Grabmonumenten, die aber oft traurig zerfallen waren und mit ihren auf dem Wege zerstreuten Steintrümmern den Pferden das Fortkommen erschwerten.

Plötzlich hielt der Wagen mit einem heftigen Ruck und Dolios riß die rechte Thüre auf. »Was ist geschehen,« rief die Fürstin erschreckt, »sind wir in Feindes Hand?«

»Nein,« sprach Dolios, der, ihr von je als verschlossen und finster bekannt, auf dieser Reise fast unheimlich schweigsam schien, »ein Rad ist gebrochen. Du mußt aussteigen und warten, bis es gebessert.«

Ein heftiger Windstoß löschte in diesem Augenblick seine Fackel und naßkalter Regen schlug in der Bestürzten Antlitz. »Aussteigen? hier? und wohin dann? hier ist nirgend ein Haus, ein Baum, der Schutz böte vor

Regen und Sturm. Ich bleibe in dem Wagen.« – »Das Rad muß abgehoben werden. Dort, das Grabmal, mag dir Schutz gewähren.«

Mit einem Schauer von Furcht gehorchte Amalaswintha und schritt über die Steintrümmer, die ringsum zerstreut lagen, nach der rechten Seite des Weges, wo sie jenseit des Grabens ein hohes Monument aus der Dunkelheit ragen sah. Dolios half ihr über den Graben.

Da schlug von der Straße hinter ihrem Wagen her das Wiehern eines Pferdes an ihr Ohr. Erschrocken blieb sie stehen.

»Es ist unser Nachreiter,« sagte Dolios rasch, »der uns den Rücken deckt, komm.«

Und er führte sie durch feuchtes Gras den Hügel heran, auf dem sich das Monument erhob. Oben angelangt setzte sie sich auf die breite Steinplatte eines Sarkophags.

Da war Dolios plötzlich im Dunkel verschwunden, vergebens rief sie ihn zurück: bald sah sie unten auf der Straße seine Fackel wieder brennen: rot leuchtete sie durch die Nebel der Sümpfe: und der Sturm entführte rasch den Schall der Hammerschläge der Sklaven, die an dem Rade arbeiteten.

So saß die Tochter des großen Theoderich, einsam und todesflüchtig, auf der Heerstraße in unheimlicher Nacht; der Sturm riß an ihrem Mantel und Schleier, der feine kalte Regen durchnäßte sie, in den Cypressen hinter dem Grabmal seufzte melancholisch der Wind, oben am Himmel jagte zerfetztes Gewölk und ließ nur manchmal einen flüchtigen Mondstrahl durch, der die gleich wieder folgende Dunkelheit noch düsterer machte.

Banges Grauen durchschlich fröstelnd ihr Herz.

Allmählich gewöhnte sich ihr Auge an die Dunkelheit und umher sehend konnte sie die Umrisse der nächsten Dinge deutlicher unterscheiden: da – ihr Haar sträubte sich vor Entsetzen – da war ihr, es säße dicht hinter ihr auf dem erhöhten Hintereck des Sarkophags eine zweite Gestalt: ihr eigener Schatten war es nicht: eine kleinere Gestalt in weitem, faltigem Gewand, die Arme auf die Kniee, das Haupt in die Hände gestützt und zu ihr herunter starrend.

Ihr Atem stockte, sie glaubte flüstern zu hören, fieberhaft strengte sie die Sinne an zu sehen, zu hören: da flüsterte es wieder: »Nein, nein: noch nicht!« So glaubte sie zu hören. Sie richtete sich leise auf, auch die Gestalt schien sich zu regen, es klirrte deutlich wie Stahl auf Stein.

Da schrie die Geängstigte: »Dolios! Licht! Hilfe! Licht!« Und sie wollte den Hügel hinab, aber zitternd versagten die Kniee, sie fiel und verletzte die Wange an dem scharfen Gestein.

Da war Dolios mit der Fackel heran, schweigend erhob er die Blutende: er fragte nicht. »Dolios,« rief sie sich fassend, »gieb die Leuchte: ich muß sehen, was dort war, was dort ist.«

Sie nahm die Fackel und schritt entschlossen um die Ecke des Sarkophags: es war nichts zu sehen: aber jetzt, im Glanze der Fackel, erkannte sie, daß das Monument nicht, wie die übrigen, ein altes, daß es sichtlich erst neu errichtet war, so unverwittert war der weiße Marmor, so frisch die schwarzen Buchstaben der Inschrift.

Von jener seltsamen Neugier, die sich mit dem Grauen verbindet, unwiderstehlich fortgerissen, hielt sie die Fackel dicht an den Sockel des Monuments und las bei flackerndem Licht die Worte: »Ewige Ehre den drei Balten Thulun, Ibba und Pitza. Ewiger Fluch ihren Mördern.«

Mit einem Aufschrei taumelte Amalaswintha zurück.

Dolios führte die Halbohnmächtige zu dem Wagen. Fast bewußtlos legte sie die noch übrigen Stunden des Weges zurück. Sie fühlte sich krank an Leib und Seele. Je näher sie dem Eiland kam, desto lebhafter ward die fieberhafte Freude, mit der sie es ersehnt, verdrängt von einer ahnungsvollen Furcht: mit Bangen sah sie die Sträucher und Bäume des Weges immer rascher an sich vorüberfliegen.

Endlich machten die dampfenden Rosse Halt.

Sie senkte die Läden und blickte hinaus: es war die kalte, unheimliche Stunde, da das erste Tagesgrauen ankämpft gegen die noch herrschende Nacht: sie waren, so schien es, angelangt am Ufer des Sees: aber von seinen blauen Fluten war nichts zu sehen; ein düstrer grauer Nebel lag undurchdringlich wie die Zukunft vor ihren Augen: von der Villa, ja von der Insel selbst war nichts zu entdecken. Rechts vom Wagen stand eine niedrige Fischerhütte tief in dem dichten, ragenden Schilf, durch welches wie seufzend der Morgenwind fuhr, daß die schwankenden Häupter sich bogen.

Seltsam: ihr war, als warnten und winkten sie hinweg von dem dahinter verborgenen See.

Dolios war in die Hütte gegangen; er kam jetzt zurück und hob die Fürstin aus dem Wagen, schweigend führte er sie durch den feuchten Wiesengrund nach dem Schilf zu.

Da lag am Ufer eine schmale Fähre: sie schien mehr im Nebel als im Wasser zu schwimmen.

Am Steuer aber saß in einen grauen zerfetzten Mantel gehüllt ein alter Mann, dem die langen weißen Haare wirr ins Gesicht hingen. Er schien vor sich hin zu träumen mit geschlossenen Augen, die er nicht aufschlug, als die Fürstin in den schwankenden Nachen stieg und sich in der Mitte desselben auf einem Feldstuhl niederließ.

Dolios trat an den Schnabel des Schiffes und ergriff zwei Ruder: die Sklaven blieben bei dem Wagen zurück.

»Dolios,« rief Amalaswintha besorgt, »es ist sehr dunkel, wird der Alte steuern können in diesem Nebel, und an keinem Ufer ein Licht?« — »Das Licht würde ihm nichts nützen, Königin, er ist blind.« — »Blind?« rief die Erschrockene, »laß landen! kehr um!« — »Ich fahre hier seit bald zwanzig Jahren,« sprach der greise Ferge, »kein Sehender kennt den Weg gleich mir.« — »So bist du blind geboren?«

»Nein, Theoderich der Amaler ließ mich blenden, weil mich Alarich, der Balten-Herzog, des Thulun Bruder, gedungen hätte, ihn zu morden. Ich bin ein Knecht der Balten, war ein Gefolgsmann Alarichs, aber ich war so unschuldig wie mein Herr, Alarich der Verbannte. Fluch über die Amalungen!« rief er mit zornigem Ruck am Steuer.

»Schweig! Alter,« sprach Dolios.

»Warum soll ich heute nicht sagen, was ich bei jedem Ruderschlag seit zwanzig Jahren sage? Es ist mein Taktspruch. — Fluch den Amalungen!«

Mit Grauen sah die Flüchtige auf den Alten, der in der That mit völliger Sicherheit und pfeilgerade fuhr. Sein weiter Mantel und wirres Haar flogen im Winde: ringsum Nebel und Stille, nur das Ruder hörte man gleichförmig einschlagen, leere Luft und graues Licht auf allen Seiten. Ihr war, als führe sie Charon über den Styx in das graue Reich der Schatten. Fiebernd hüllte sie sich in ihren faltigen Mantel.

Noch einige Ruderschläge und sie landeten.

Dolios hob die Zitternde heraus: der Alte aber wandte sein Boot schweigend und ruderte so rasch und sicher zurück wie er gekommen: Mit einer Art von Grauen sah ihm Amalaswintha nach, bis er in dem dichten Nebel verschwand.

Da war es ihr, als höre sie den Schall von Ruderschlägen eines zweiten Schiffes, die rasch näher und näher drangen. Sie fragte Dolios nach dem Grund dieses Geräusches.

»Ich höre nichts,« sagte dieser, »du bist allzu erregt, komm in das Haus.« Sie wankte auf seinen Arm gestützt die in den Felsboden gehauenen Stufen hinan, die zu der burgähnlichen, hochgetürmten Villa führten: von dem Garten, der, wie sie sich lebhaft erinnerte, zu beiden Seiten dieses schmalen Weges sich dehnte, waren in dem Nebel kaum die Linien der Baumreihen zu sehen.

Endlich erreichten sie das hohe Portal, eine eherne Thür im Rahmen von schwarzem Marmor. Der Freigelassene pochte mit dem Knauf seines Schwertes: – dumpf dröhnte der Schlag in den gewölbten Hallen nach – die Thüre sprang auf.

Amalaswintha gedachte, wie sie einst durch dieses Thor, das die Blumengewinde fast versperrt hatten, an ihres Gatten Seite eingezogen war: sie gedachte, wie sie die Pförtner, gleichfalls ein jung vermähltes Paar, so freundlich begrüßt.

Der finstersehende Sklave mit wirrem grauem Haar, der jetzt mit Ampel und Schlüsselbund vor ihr stand, war ihr fremd.

»Wo ist Fuscina, des früheren Ostiarius Weib? ist sie nicht mehr im Hause?« fragte sie.

»Die ist lang ertrunken im See,« sagte der Pförtner gleichgültig und schritt mit der Leuchte voran. Schaudernd folgte die Fürstin: sie mußte sich die kalten dunkeln Wogen vorstellen, die so unheimlich an den Planken ihrer Fähre geleckt. Sie gingen durch Bogenhöfe und Säulenhallen: alles leer, wie ausgestorben, die Schritte hallten laut durch die Öde: die ganze Villa schien ein weites Totengewölbe.

»Das Haus ist unbewohnt? ich bedarf einer Sklavin.«

»Mein Weib wird dir dienen.«

»Ist sonst niemand in der Villa?«

»Noch ein Sklave. Ein griechischer Arzt.«

»Ein Arzt – ich will ihn –«

Aber in diesem Augenblicke schollen von dem Portal her einige heftige Schläge: schwer dröhnten sie durch die leeren Räume. Entsetzt fuhr Amalaswintha zusammen. »Was war das?« fragte sie, Dolios' Arm fassend. Sie hörte die schwere Thüre zufallen.

»Es hat nur jemand Einlaß begehrt,« sagte der Ostiarius und schloß die

Thüre des für die Flüchtige bestimmten Gemaches auf. Die dumpfe Luft eines lang nicht mehr geöffneten Raumes drang ihr erstickend entgegen: aber mit Rührung erkannte sie die Schildpattbekleidung der Wände: es war dasselbe Gemach, das sie vor zwanzig Jahren bewohnt: überwältigt von der Erinnerung glitt sie auf den kleinen Lectus, der mit dunkeln Polstern belegt war.

Sie verabschiedete die beiden Männer, zog die Vorhänge des Lagers um sich her zu und verfiel bald in einen unruhigen Schlaf.

## Sechstes Kapitel

So lag sie, sie wußte nicht wie lange, bald wachend, bald träumend: wild jagte Bild auf Bild an ihrem Auge vorüber.

Eutharich mit seinem Zug des Schmerzes um die Lippen: Athalarich, wie er auf seinem Sarkophag hingestreckt lag, er schien ihr zu sich herab zu winken: das vorwurfsvolle Antlitz Mataswinthens – dann Nebel und Wolken und blattlose Bäume: drei zürnende Kriegergestalten mit bleichen Gesichtern und blutigen Gewändern: und der blinde Fährmann in das Reich der Schatten. Und wieder war ihr, sie liege auf der öden Heide auf den Stufen des Baltendenkmals und als rausche es hinter ihr und als beuge sich abermals hinter dem Steine hervor jene verhüllte Gestalt über sie näher und näher – beengend – erstickend. Die Angst schnürte ihr das Herz zusammen, entsetzt fuhr sie auf aus ihrem Traum und sah hochaufgerichtet um sich: da – nein, es war kein Traumgesicht – da rauschte es, hinter dem Vorhang des Bettes, und in die getäfelte Wand glitt ein verhüllter Schatte.

Mit einem Schrei riß Amalaswintha die Falten des Vorhangs auseinander – da war nichts mehr zu sehen.

Hatte sie doch nur geträumt? Aber sie konnte nicht mehr allein sein mit ihren bangen Gedanken. So drückte sie auf den Achatknauf an der Wand, der draußen einen Hammer in Bewegung setzte.

Alsbald erschien ein Sklave, dessen Züge und Tracht höhere Bildung verrieten. Er gab sich als den griechischen Arzt zu erkennen: sie teilte ihm die Schreckgesichte, die Fieberschauer der letzten Stunden mit: er erklärte es für Folgen der Aufregung, vielleicht der Erkältung auf der Flucht, empfahl ihr ein warmes Bad und ging, dessen Mischung anzuordnen.

Amalaswintha erinnerte sich der herrlichen Bäder, die, in zwei Stockwerken übereinander, den ganzen rechten Flügel der Villa einnahmen. Das untere Stockwerk der großen achteckigen Rotunde, für die kalten Bäder bestimmt, stand mit dem See in unmittelbarem Zusammenhange: sein Wasser wurde durch Siebthüren, die jede Unreinheit abhielten, hereingeleitet. Das obere Stockwerk erhob sich, als Verjüngung des Achtecks, über der Badstube des unteren, deren Decke – eine große, kreisförmige Metallplatte – den Boden des oberen warmen Bades bildete und nach Belieben in zwei Halbkreisen rechts und links in das Gemäuer geschoben werden konnte, so daß die beiden Stockwerke dann einen ungeteilten turmhohen Raum bildeten, der zum Zweck der Reinigung oder zum Behuf von Schwimm- und Taucherspielen ganz von dem Wasser des Sees erfüllt werden konnte.

Regelmäßig aber bildete das obere Achteck für sich den Raum des warmen Bades, in das vielfach verschlungene Wasserkünste in hundert Röhren mit zahllosen Delphinen, Tritonen und Medusenhäusern von Bronze und Marmor duftige, mit Ölen und Essenzen gemischte Fluten leiteten, während zierliche Stufen von der Galerie, auf der man sich entkleidete, in das muschelförmige Porphyrbecken des eigentlichen Baderaumes hinabführten.

Während sich die Fürstin noch diese Räume ins Gedächtnis zurückrief, erschien das Weib des Thürsklaven, sie in das Bad abzuholen. Sie gingen durch weite Säulenhallen und Büchersäle, in welchen aber die Fürstin die Kapseln und Rollen Cassiodors vermißte, in der Richtung nach dem Garten; die Sklavin trug die feinen Badetücher, Ölfläschchen und den Salbenkrug. Endlich gelangte sie in das turmähnliche Achteck des Badepalastes, dessen sämtliche Gelasse an Boden, Wand und Decke durchaus mit hellgrauen Marmorplatten belegt waren. Vorüber an den Hallen und Gängen, die der Gymnastik und dem Ballspiel vor und nach dem Bade dienten, vorüber an den Heizstübchen, den Auskleide- und Salbgemächern eilten sie sofort nach dem Caldarium, dem warmen Bade. Die Sklavin öffnete schweigend die in die Marmorwand eingesenkte Thür.

Amalaswintha trat ein und stand auf der schmalen Galerie, die rings um das Bassin lief: gerade vor ihr führten die bequemen Stufen in das Bad, aus dem bereits warme und köstliche Düfte aufstiegen. Das Licht fiel von oben herein durch eine achteckige Kuppel von kunstvoll geschliffenem Glas: gerade am Eingang erhob sich eine Treppe von Cedernholz, die auf zwölf Staffeln zu einer Sprungbrücke führte: rings an den Marmorwänden der Galerie wie des Beckens verkleideten zahllose Reliefs die Mündungen der Röhren, die den Wasserkünsten und der Luftheizung dienten.

Ohne ein Wort legte das Weib das Badegerät auf die weichen Kissen und Teppiche, die den Boden der Galerie bedeckten und wandte sich zur Thüre. »Woher bist du mir bekannt?« fragte die Fürstin sie nachdenklich betrachtend, »wie lange bist du hier?«

»Seit acht Tagen.« Und sie ergriff die Thüre.

»Wie lange dienst du Cassiodor?«

»Ich diene von jeher der Fürstin Gothelindis.«

Mit einem Angstschrei sprang Amalaswintha bei diesem Namen auf, wandte sich und griff nach dem Gewand des Weibes – zu spät: sie war hinaus, die Thüre war zugefallen und Amalaswintha hörte, wie der Schlüssel von außen umgedreht und abgezogen ward. Umsonst suchte ihr Auge nach einem anderen Ausgang.

Da überkam ein ungeheures, unbekanntes Grauen die Königin: sie fühlte, daß sie furchtbar getäuscht, daß hier ein verderbliches Geheimnis verborgen sei: Angst, unsägliche Angst fiel auf ihr Herz: Flucht, Flucht aus diesem Raum war ihr einziger Gedanke.

Aber keine Flucht schien möglich: die Thüre war von innen jetzt nur eine dicke Marmortafel, wie die zur Rechten und Linken: nicht mit einer

Nadel war in ihre Fugen zu dringen: verzweifelnd ließ sie die Blicke rings an der Wand der Galerie kreisen: nur die Tritonen und Delphine starrten ihr entgegen: endlich ruhte ihr Auge auf dem schlangenstarrenden Medusenhaupt ihr gerade gegenüber – und sie stieß einen Schrei des Entsetzens aus.

Das Gesicht der Meduse war zur Seite geschoben und die ovale Öffnung unter dem Schlangenhaar war von einem lebenden Antlitz ausgefüllt.

War es ein menschlich Antlitz?

Die Zitternde klammerte sich an die Marmorbrüstung der Galerie und spähte vorgebeugt hinüber: ja, es waren Gothelindens verzerrte Züge: und eine Hölle von Haß und Hohn sprühte aus ihrem Blick.

Amalaswintha brach in die Kniee und verhüllte ihr Gesicht. »Du – du hier!«

Ein heiseres Lachen war die Antwort. »Ja, Amalungenweib, ich bin hier und dein Verderben! Mein ist dies Eiland, mein das Haus! – es wird dein Grab! – mein Dolios und alle Sklaven Cassiodors, an mich verkauft seit acht Tagen.

Ich habe dich hierher gelockt: ich bin dir hierher nachgeschlichen wie dein Schatte: lange Tage, lange Nächte hab' ich den brennenden Haß getragen, endlich hier die volle Rache zu kosten. Stundenlang will ich mich weiden an deiner Todesangst, will es schauen, wie die erbärmliche, winselnde Furcht diese stolze Gestalt wie Fieber schüttelt und durch diese hochmütigen Züge zuckt: o ein Meer von Rache will ich trinken.«

Händeringend erhob sich Amalaswintha: »Rache! Wofür? Woher dieser tödliche Haß?«

»Ha, du frägst noch? Freilich sind Jahrzehnte darüber hingegangen und das Herz des Glücklichen vergißt so leicht. Aber der Haß hat ein treues Gedächtnis. Hast du vergessen, wie dereinst zwei junge Mädchen spielten unter dem Schatten der Platanen auf der Wiese vor Ravenna? Sie waren die ersten unter ihren Gespielinnen: beide jung, schön und lieblich: Königskind die eine, die andere die Tochter der Balten. Und die Mädchen sollten eine Königin des Spieles wählen: und sie wählten Gothelindis, denn sie war noch schöner als du und nicht so herrisch: und sie wählten sie einmal, zweimal nacheinander. Die Königstochter aber stand dabei von wildem, unbändigem Stolz und Neid verzehrt: und als man mich zum dritten wieder gewählt, faßte sie die scharfe, spitzige Gartenschere ...«

»Halt ein, o schweig, Gothelindis.«

...»Und schleuderte sie gegen mich. Und sie traf; aufschreiend, blutend stürzte ich zu Boden, meine ganze Wange eine klaffende Wunde und mein Auge, mein Auge durchbohrt. Ha, wie das schmerzt, noch heute.«

»Verzeih, vergieb, Gothelindis!« jammerte die Gefangene. »Du hattest mir ja längst verziehn.«

»Verzeihen? ich dir verzeihen? Daß du mir das Auge aus dem Antlitz und die Schönheit aus dem Leben geraubt, das soll ich verzeihen? Du hattest gesiegt fürs Leben: Gothelindis war nicht mehr gefährlich: sie trauerte im stillen, die Entstellte floh das Auge der Menschen.

Und Jahre vergingen.

Da kam an den Hof von Ravenna aus Hispanien der edle Eutharich, der

Amaler mit dem dunkeln Auge und der weichen Seele: und er, selber krank, erbarmte sich der kranken halb Blinden: und sprach mit ihr voll Mitleid und Güte, mit der Häßlichen, die sonst alle mieden. O wie erquickte das meine dürstende Seele! Und es ward beraten, zur Tilgung uralten Hasses der beiden Geschlechter, zur Sühne alter und neuer Schuld – denn auch den Baltenherzog Alarich hatte man auf geheime, unbewiesene Anklage gerichtet – daß die arme mißhandelte Baltentochter des edelsten Amalers Weib werden sollte.

Aber als du es erfuhrst, du, die mich verstümmelt, da beschlossest du, mir den Geliebten zu nehmen: nicht aus Eifersucht, nicht, weil du ihn liebtest, nein, aus Stolz: weil du den ersten Mann im Gotenreich, den nächsten Manneserben der Krone, für dich haben wolltest.

Das beschlossest du und hast es durchgesetzt: denn dein Vater konnte dir keinen Wunsch versagen: und Eutharich vergaß alsbald seines Mitleids mit der Einäugigen, als ihm die Hand der schönen Königstochter winkte. Zur Entschädigung – oder war es zum Hohne? – gab man auch mir einen Amaler: Theodahad, den elenden Feigling!«

»Gothelindis, ich schwöre dir, ich hatte nie geahnt, daß du Eutharich liebtest. Wie konnte ich –«

»Freilich, wie konntest du glauben, daß die Häßliche die Gedanken so hoch erhebe? O, du Verfluchte! Und hättest du ihn noch geliebt und beglückt – alles hätt' ich dir verziehen. Aber du hast ihn nicht geliebt, du kannst ja nur das Scepter lieben! Elend hast du ihn gemacht. Jahrelang sah ich ihn an deiner Seite schleichen, gedrückt, ungeliebt, erkältet bis ins Herz hinein von deiner Kälte. Der Gram um deinen eisigen Stolz hat ihn früh gemordet: du, du hast mir den Geliebten geraubt und ins Grab gebracht – Rache, Rache für ihn.«

Und die weite Wölbung wiederhallte von dem Ruf: »Rache! Rache!«

»Zu Hilfe!« rief Amalaswintha und eilte verzweifelnd, mit den Händen an die Marmorplatten schlagend, den Kreis der Galerie entlang.

»Ja, rufe nur, hier hört dich niemand als der Gott der Rache. Glaubst du, umsonst hab' ich solang meinen Haß gezügelt? Wie oft, wie leicht hätte ich schon in Ravenna mit Dolch und Gift dich erreichen können: aber nein, hierher hab' ich dich gelockt. An dem Denkstein meiner Vettern, vor Einer Stunde an deinem Bette, hab' ich mit höchster Mühe meinen erhobenen Arm vom Streiche abgehalten: denn langsam, Zoll für Zoll, sollst du sterben, stundenlang will ich sie wachsen sehen, die Qualen deines Todes.«

»Entsetzliche!«

»O, was sind Stunden gegen die Jahrzehnte, die du mich gemartert mit meiner Entstellung, mit deiner Schönheit, mit dem Besitz des Geliebten. Was sind Stunden gegen Jahrzehnte! Aber du sollst es büßen.«

»Was willst du thun?« rief die Gequälte, wieder und wieder an den Wänden nach einem Ausgang suchend.

»Ertränken will ich dich, langsam, langsam in den Wasserkünsten dieses Bades, die dein Freund Cassiodor gebaut. Du weißt es nicht, welche Qualen der Eifersucht, der ohnmächtigen Wut ich in diesem Hause getragen, da du Beilager hieltest mit Eutharich und ich war in deinem Gefolge und mußte dir dienen! In diesem Bade, du Übermütige, habe ich dir die

Sandalen gelöst und die stolzen Glieder getrocknet: in diesem Bade sollst du sterben!«

Und sie drückte an einer Feder.

Der Boden des Beckens im oberen Stockwerke, die runde Metallplatte, teilte sich in zwei Halbkreise, die links und rechts in die Mauer zurückwichen: mit Entsetzen sah die Gefangene von der schmalen Galerie in die turmhohe Tiefe zu ihren Füßen.

»Denk an mein Auge!« rief Gothelindis und im Erdgeschoß öffneten sich plötzlich die Schleusenthüren und die Wogen des Sees schossen ungestüm herein, brausend und zischend, und sie stiegen höher und höher mit furchtbarer Raschheit.

Amalaswintha sah den sichern Tod vor Augen: sie erkannte die Unmöglichkeit, zu entrinnen oder ihre teuflische Feindin mit Bitten zu erweichen: da kehrte ihr der alte, stolze Mut der Amalungen wieder: sie faßte sich und ergab sich in ihr Los. Sie entdeckte neben den vielen Reliefs aus der hellenischen Mythe in ihrer Nähe rechts vom Eingang eine Darstellung vom Tode Christi: das erquickte ihre Seele: sie warf sich vor dem in Marmor gehauenen Kreuze nieder, faßte es mit beiden Händen und betete ruhig mit geschlossenen Augen, während die Wasser stiegen und stiegen: schon rauschten sie an den Stufen der Galerie.

»Beten willst du, Mörderin? Hinweg von dem Kreuz!« rief Gothelindis grimmig, »denk' an die drei Herzoge!« Und plötzlich begannen alle die Delphine und Tritonen auf der rechten Seite des Achtecks Ströme heißen Wassers auszuspeien: weißer Dampf quoll aus den Röhren.

Amalaswintha sprang auf und eilte auf die linke Seite der Galerie: »Gothelindis, ich vergebe dir! töte mich, aber verzeih' auch du meiner Seele.« Und das Wasser stieg und stieg: schon schwoll es über die oberste Stufe und drang langsam auf den Boden der Galerie. »Ich dir vergeben? Niemals! Denk an Eutharich!«

Und zischend schossen jetzt von links die dampfenden Wasserstrahlen auf Amalaswintha. Sie flüchtete nun in die Mitte, gerade dem Medusenhaupt gegenüber, die einzige Stelle, wohin kein Strahl der Wasserröhren reichte.

Wenn sie die hier angebrachte Sprungbrücke erstieg, konnte sie noch einige Zeit ihr Leben fristen: Gothelindis schien dies zu erwarten und sich an der verlängerten Qual weiden zu wollen: schon brauste das Wasser auf dem Marmorboden der Galerie und bespülte die Füße der Gefangenen; rasch flog sie die braunglänzenden Staffeln hinan und lehnte sich an die Brüstung der Brücke: »Höre mich, Gothelindis! meine letzte Bitte! nicht für mich – für mein Volk, für unser Volk: Petros will es verderben und Theodahad ...«

»Ja, ich wußte, dieses Reich ist die letzte Sorge deiner Seele! Verzweifle! Es ist verloren! Diese thörichten Goten, die jahrhundertelang den Balten die Amaler vorgezogen, sie sind verkauft und verraten von dem Haus der Amaler: Belisarius naht und niemand ist, der sie warnt.«

»Du irrst, Teufelin, sie *sind* gewarnt. Ich, ihre Königin, habe sie gewarnt. Heil meinem Volk! Verderben seinen Feinden und Gnade meiner Seele!«

Und mit raschem Sprung stürzte sie sich hoch von der Brüstung in die Fluten, die sich brausend über ihr schlossen.

Gothelindis blickte starr auf die Stelle, wo ihr Opfer gestanden. »Sie ist verschwunden,« sagte sie. Dann schaute sie in die Flut: obenauf schwamm das Brusttuch Amalaswinthens. »Noch im Tode überwindet mich dieses Weib,« sagte sie langsam: »wie lang war der Haß und wie kurz die Rache!«

## Siebentes Kapitel

Wenige Tage nach diesen Ereignissen finden wir zu Ravenna in dem Gemach des Gesandten von Byzanz eine Anzahl von vornehmen Römern, geistlichen und weltlichen Standes versammelt: auch die Bischöfe Hypatius und Demetrius aus dem Ostreich weilten bei ihm.

Große Aufregung, aus Zorn und Furcht gemischt, sprach aus allen Gesichtern, als der gewandte Rhetor seine Ansprache mit folgenden Worten schloß: Deshalb, ihr ehrwürdigen Bischöfe des Westreichs und des Ostreichs und ihr edeln Römer, hab' ich euch hierher beschieden. Laut und feierlich lege ich vor euch im Namen meines Kaisers Verwahrung ein gegen alle Thaten der Arglist und Gewalt, die im geheimen gegen die hohe Frau verübt werden mögen.

Seit neun Tagen ist sie verschwunden aus Ravenna: wohl mit Gewalt hinweggeführt aus eurer Mitte: sie, die von jeher die Freundin, die Beschützerin der Italier gewesen. Verschwunden ist am gleichen Tage die Königin, ihre grimme Feindin. Ich habe Eilboten ausgesandt nach allen Richtungen, noch bin ich ohne Nachricht! aber wehe, wenn ...«

Er konnte nicht vollenden.

Dumpfes Geräusch scholl von dem Forum des Herkules herauf, bald hörte man hastige Schritte im Vestibulum, der Vorhang ward zurückgeschlagen und ins Gemach eilte staubbedeckt einer der byzantinischen Sklaven des Gesandten: »Herr,« rief er, »sie ist tot! sie ist ermordet!«

»Ermordet!« scholl es in der Runde.

»Durch wen?« fragte Petros

»Von Gothelindis auf der Villa im Bolsener See.«

»Wo ist die Leiche? Wo die Mörderin?«

»Gothelindis giebt vor, die Fürstin sei im Bad ertrunken, unkundig mit den Wasserkünsten spielend. Aber man weiß, daß sie ihrem Opfer von hier auf dem Fuße nachgefolgt. Römer und Goten eilen zu Hunderten nach der Villa, die Leiche in feierlichem Zuge hierher zu geleiten. Die Königin floh vor der Rache des Volks in das feste Schloß von Feretri.«

»Genug,« rief Petros entrüstet, »ich eile zum König und fordre euch auf, ihr edeln Männer, mir zu folgen. Auf euer Zeugnis will ich mich berufen vor Kaiser Justinian.« Und sofort eilte er an der Spitze der Versammelten nach dem Palast.

Sie fanden auf den Straßen eine Menge Volks in Bestürzung und Entrüstung hin- und herwogend: die Nachricht war in die Stadt gedrungen und flog von Haus zu Haus.

Als man den Gesandten des Kaisers und die Vornehmen der Stadt erkannte, öffnete sich die Menge vor ihnen, schloß sich aber dicht hinter ihnen wieder und flutete nach auf dem Wege in den Palast, von dessen Thoren sie kaum abgehalten wurde. Von Minute zu Minute stieg die Zahl und der Lärm des Volkes: auf dem Forum des Honorius drängten sich die Ravennaten zusammen, die mit der Trauer um ihre Beschützerin schon die Hoffnung vereinten, bei diesem Anlaß die Barbarenherrschaft fallen zu sehen: das Erscheinen des kaiserlichen Gesandten steigerte diese Hoffnung und der Auflauf vor dem Palast nahm mehr und mehr eine Richtung, die keineswegs bloß Theodahad und Gothelindis bedrohte.

Inzwischen eilte Petros mit seiner Begleitung in das Gemach des hilflosen Königs, den mit seiner Gattin alle Kraft des Widerstandes verlassen hatte: er zagte vor der Aufregung der unten wogenden Menge und hatte nach Petros gesendet, von ihm Rat und Hilfe zu erlangen, da ja dieser es gewesen, der mit Gothelindis den Untergang der Fürstin beschlossen und die Art der Ausführung beraten hatte: er sollte ihm jetzt auch die Folgen der That tragen helfen. Als daher der Byzantiner auf der Schwelle erschien, eilte er, beide Arme ausbreitend, auf ihn zu: aber erstaunt blieb er plötzlich stehen: erstaunt über die Begleitung, noch mehr erstaunt über die finster drohende Miene des Gesandten.

»Ich fordre Rechenschaft von dir, König der Goten,« rief dieser schon an der Thüre, »Rechenschaft im Namen von Byzanz für die Tochter Theoderichs. Du weißt, Kaiser Justinian hat sie seines besondern Schutzes versichert: jedes Haar ihres Hauptes ist daher heilig und heilig jeder Tropfe ihres Blutes. Wo ist Amalaswintha?«

Der König sah ihn staunend an. Er bewunderte diese Verstellungskunst. Aber er begriff ihren Zweck nicht. Er schwieg.

»Wo ist Amalaswintha?« wiederholte Petros, drohend vortretend und sein Anhang folgte ihm einen Schritt.

»Sie ist tot,« sagte Theodahad, ängstlich werdend.

»Ermordet ist sie,« rief Petros, »so ruft ganz Italien, ermordet von dir und deinem Weibe. Justinian, mein hoher Kaiser, war der Schirmherr dieser Frau, er wird ihr Rächer sein: Krieg künd' ich dir in seinem Namen an, Krieg gegen euch, ihr blutigen Barbaren, Krieg gegen euch und euer ganz Geschlecht.«

»Krieg gegen euch und euer ganz Geschlecht!« wiederholten die Italier, fortgerissen von der Gewalt des Augenblicks und den alten, langgenährten Haß entzügelnd: und wie eine Woge brausten sie heran auf den zitternden König.

»Petros,« stammelte dieser entsetzt, »du wirst gedenken des Vertrages, du wirst doch ...«

Aber der Gesandte zog eine Papyrusrolle aus dem Mantel und riß sie mitten durch. »Zerrissen ist jedes Band zwischen meinem Kaiser und deinem blutbefleckten Haus. Ihr selber habt durch eure Greuelthat alle Schonung verwirkt, die man euch früher gewährt. Nichts von Verträgen. Krieg!«

»Um Gott,« jammerte Theodahad, »nur nicht Krieg und Kampf! Was forderst du, Petros?«

»Unterwerfung! Räumung Italiens! Dich selber und Gothelindis lad' ich zum Gericht nach Byzanz vor den Thron Justinians, dort ...«

Aber seine Rede unterbrach der schmetternde Ruf des gotischen Kriegshorns und in das Gemach eilte mit gezogenen Schwertern eine starke Schar gotischer Krieger, von Graf Witichis geführt.

Die gotischen Führer hatten sofort auf die Nachricht von Amalaswinthens Untergang die tüchtigsten Männer ihres Volks in Ravenna zu einer Beratung vor die Porta romana beschieden und dort Maßregeln der Sicherung und der Gerechtigkeit beraten. Zur rechten Zeit erschienen sie jetzt auf dem Forum des Honorius, wo der Auflauf immer drohender wurde: schon blinkte hier und dort ein Dolch, schon ertönte manchmal der Ruf: »Wehe den Barbaren!«

Diese Zeichen und Stimmen verschwanden und verstummten sofort, als nun die verhaßten Goten in geschlossenem Zug von dem Forum des Herkules her durch die Via palatina anrückten: ohne Widerstand zogen sie quer durch die grollenden Haufen und indessen Graf Teja und Hildebad die Thore und die Terrasse des Palastes besetzten, waren Graf Witichis und Hildebrand gerade rechtzeitig im Gemache des Königs angelangt, die letzten Worte des Gesandten noch zu hören. Ihr Zug stellte sich in einer Schwenkung rechts vom Thronsitz des Königs, zu dem dieser zurückgewichen war: und Witichis, auf sein langes Schwert gestützt, trat hart vor den Griechen hin und sah ihm scharf ins Auge.

Eine erwartungsvolle Pause trat ein.

»Wer wagt es,« fragte Witichis ruhig, »hier den Herrn und Meister zu spielen im Königshaus der Goten?«

Von seiner Überraschung sich erholend entgegnete Petros: »Es steht dir übel an, Graf Witichis, Mörder zu beschützen. Ich hab' ihn nach Byzanz geladen vor Gericht.«

»Und darauf hast du keine Antwort, Amalunge?« rief der alte Hildebrand zornig.

Aber das böse Gewissen band dem Könige die Stimme.

»So müssen wir statt seiner sprechen,« sagte Witichis. »Wisse, Grieche, vernehmt es wohl, ihr falschen und undankbaren Ravennaten: das Volk der Goten ist frei und erkennt auf Erden keinen Herrn und Richter über sich.« — »Auch nicht für Mord und Blutschuld?«

»Wenn schwere Thaten unter uns geschehn, richten und strafen wir sie selbst. Den Fremdling geht das nichts an, am wenigsten unsern Feind, den Kaiser in Byzanz.«

»Mein Kaiser wird diese Frau rächen, die er nicht retten konnte. Liefert die Mörder aus nach Byzanz.«

»Wir liefern keinen Gotenknecht nach Byzanz, geschweige unsern König,« sprach Witichis.

»So teilt ihr seine Strafe wie seine Schuld und Krieg erklär' ich euch, im Namen meines Herrn. Erbebt vor Justinian und Belisar.«

Eine freudige Bewegung der gotischen Krieger war die Antwort. Der alte Hildebrand trat ans Fenster und rief zu den unten stehenden Goten hinab: »Hört, ihr Goten, frohe Kunde: Krieg, Krieg mit Byzanz.«

Da brach unten ein Getöse los, wie wenn das Meer entfesselt über seine Dämme bricht, die Waffen klirrten und tausend Stimmen jubelten: »Krieg, Krieg mit Byzanz!«

Dieser Wiederhall blieb nicht ohne Eindruck auf Petros und die Italier: das Ungestüm solcher Begeisterung erschreckte sie: schweigend sahen sie vor sich nieder. Während die Goten sich glückwünschend die Hände schüttelten, trat Witichis ernst, gesenkten Hauptes, in die Mitte, hart neben Petros und sprach feierlich: »Also Krieg! Wir scheuen ihn nicht: du hast es gehört. Besser offner Kampf als die langjährige, lauernde, wühlende Feindschaft. Der Krieg ist gut: aber wehe dem Frevler, der ohne Recht und ohne Grund den Krieg beginnt. Ich sehe Jahre voraus, viele Jahre von Blut und Mord und Brand, ich sehe zerstampfte Saaten, rauchende Städte, zahllose Leichen die Ströme hinabschwimmen. Hört unser Wort: auf euer Haupt dies Blut, dies Elend. Ihr habt geschürt und gereizt jahrelang: wir haben's ruhig getragen. Und jetzt habt *ihr* den Krieg hereingeschleudert, richtend, wo ihr nicht zu richten habt, ohne Grund euch mischend in das Leben eines Volkes, das so frei wie ihr: auf euer Haupt die Schuld. Dies unsre Antwort nach Byzanz.«

Schweigend hörte Petros diese Worte an, schweigend wandte er sich und schritt mit seinen italischen Freunden hinaus. Einige von diesen gaben ihm das Geleit bis in seine Wohnung, unter ihnen der Bischof von Florentia.

»Ehrwürdiger Freund,« sagte er zu diesem beim Abschied, »die Briefe Theodahads in der bewußten Sache, die ihr mir zur Einsicht anvertraut, mußt du mir ganz belassen. Ich bedarf ihrer und für deine Kirche sind sie nicht mehr nötig.« – »Der Prozeß ist längst entschieden,« erwiderte der Bischof, »und die Güter unwiderruflich erworben. Die Dokumente sind dein.«

Darauf verabschiedete der Gesandte seine Freunde, die ihn bald mit dem kaiserlichen Heer in Ravenna wiederzusehen hofften, und eilte in sein Gemach, wo er zuerst einen Boten an Belisar abfertigte, ihn zum sofortigen Angriff aufzufordern.

Darauf schrieb er einen ausführlichen Bericht an den Kaiser, der mit folgenden Worten schloß: »Und so scheinst du, o Herr, wohl Grund zu haben, mit den Diensten deines getreuesten Knechts zufrieden zu sein und mit der Lage der Dinge. Das Volk der Barbaren in Parteien zerspalten: auf dem Thron ein verhaßter Fürst, unfähig und treulos: die Feinde sonder Rüstung überrascht: die italische Bevölkerung überall für dich gewonnen: es kann nicht fehlen: wenn keine Wunder geschehen, müssen die Barbaren fast ohne Widerstand erliegen.

Und wie so oft tritt auch hier mein erhabener Kaiser, dessen Stolz das Recht, als Schirmherr und Rächer der Gerechtigkeit auf: es ist ein geistvoller Zufall, daß die Triere, die mich trägt, den Namen »Nemesis« führt.

Nur das Eine betrübt mich unendlich, daß es meinem treuen Eifer nicht gelungen, die unselige Tochter Theoderichs zu retten. Ich flehe dich an, meiner hohen Herrin, der Kaiserin, die mir niemals gnädig gesinnt war, wenigstens zu versichern, daß ich allen ihren Aufträgen bezüglich der Fürstin, deren Schicksal sie mir noch in der letzten Unterredung als Hauptsorge ans Herz legte, aufs treueste nachzukommen suchte.

Auf die Anfrage bezüglich Theodahads und Gothelindens, deren Hilfe uns das Gotenreich in die Hände liefert, wage ich es, der hohen Kaiserin mit der ersten Regel der Klugheit zu antworten: es ist zu gefährlich, die Mitwisser unsrer tiefsten Geheimnisse am Hof zu haben.«

Diesen Brief sandte Petros eilig durch die beiden Bischöfe Hypatius und Demetrius voraus. Sie sollten nach Brundusium und von da über Epidamnus auf dem Landweg nach Byzanz eilen. Er selbst wollte erst nach einigen Tagen folgen, langsam die gotische Küste des jonischen Meerbusens entlang fahrend, überall die Stimmung der Bevölkerung in den Hafenstädten zu prüfen und zu schüren.

Dann sollte er um den Peloponnes und Euböa her nach Byzanz segeln: denn die Kaiserin hatte ihm den Seeweg vorgeschrieben und ihm Aufträge für Athen und Lampsakos erteilt.

Er überrechnete schon vor der Abreise von Ravenna mit vergnügten Sinnen immer wieder seine Wirksamkeit in Italien und den Lohn, den er dafür in Byzanz erwartete.

Er kehrte zurück, noch einmal so reich als er gekommen.

Denn er hatte der Königin Gothelindis nie eingestanden, daß er mit dem Auftrag, Amalaswintha zu verderben, ins Land gekommen. Er hatte ihr vielmehr lange die Gefahr der Ungnade bei Kaiser und Kaiserin entgegengehalten und sich nur mit Widerstreben durch sehr hohe Summen von ihr für den Plan gewinnen lassen, in welchem er sie doch nur als Werkzeug brauchte. Er erwartete in Byzanz mit Sicherheit die versprochene Würde des Patriciats und freute sich schon, seinem hochmütigen Vetter Narses, der ihn nie befördert hatte, nun bald in gleichem Range gegenüberzutreten.

»So ist denn alles nach Wunsch gelungen,« sagte er selbstzufrieden, während er seine Briefschaften ordnete: »und diesmal, du stolzer Freund Cethegus, hat sich die Verschmitztheit doch trefflich bewährt. Und der kleine Rhetor aus Thessalonike hat es doch weiter gebracht mit seinen kleinen, leisen Schritten, denn du mit deinem stolzen, herausfordernden Gang. Nur muß noch dafür gesorgt werden, daß Theodahad und Gothelindis nicht nach Byzanz an den Hof entrinnen: wie gesagt, das wäre zu gefährlich: vielleicht hat die Frage der klugen Kaiserin eine Warnung sein sollen. Nein, dieses Königspaar muß verschwinden aus unsern Wegen.«

Und er ließ den Gastfreund rufen, bei dem er gewohnt, und nahm Abschied von ihm. Dabei übergab er ihm eine dunkle, schmale Vase von der Form derer, die zur Aufbewahrung von Urkunden dienten: er versiegelte den Deckel mit seinem Ring, der einen feingeschnittenen Skorpion zeigte, und schrieb einen Namen auf die daran hängende Wachstafel. »Diesen Mann,« sagte er dem Gastfreund, »suche auf bei der nächsten Versammlung der Goten zu Regeta und übergieb ihm die Vase: was sie enthält ist sein. Leb wohl, auf baldig Wiedersehen hier in Ravenna.« Und er verließ mit seinen Sklaven das Haus und bestieg alsbald das Gesandtenschiff: von stolzen Erwartungen hoch gehoben trug ihn die »Nemesis« dahin.

Und als sich nun sein Schiff dem Hafen von Byzanz näherte, von Lampsakos aus hatte er — auch dies hatte die Kaiserin gewünscht — seine baldige Ankunft durch einen kaiserlichen Schnellsegler, der eben abging, melden lassen, überflog des Gesandten Auge erwartungsvoll die schönen Landhäuser, die marmorweiß aus den Schatten immergrüner Gärten blinkten.

»Hier wirst du künftig wohnen, unter den Senatoren des Reichs,« sprach wohlgefällig Petros.

Vor dem Einlaufen in den Hafen flog die »Thetis«, das prachtvolle Lustboot der Kaiserin, ihnen entgegen, sowie es des Gesandten Galeere erkannte die Purpurwimpel entrollend, und sie zum Halten anrufend. Alsbald stieg an Bord der Galeere ein Bote der Kaiserin: es war Alexandros, der frühere Gesandte am Hof von Ravenna.

Er wies dem Trierarchen ein Schreiben des Kaisers, in das dieser einen erschrockenen Blick warf: dann wandte er sich zu Petros: »Im Namen des Kaisers Justinian! Du bist wegen jahrelang fortgesetzter Urkundenfälschung und Steuerunterschlagung lebenslänglich zu den Metallarbeiten in den Bergwerken von Cherson bei den ultziagischen Hunnen verurteilt. Du hast die Tochter Theoderichs ihren Feinden preisgegeben. Der Kaiser hätte dich durch diesen Brief für entschuldigt erachtet: aber die Kaiserin, untröstlich über den Untergang ihrer königlichen Schwester, hat deine alte Schuld dem Kaiser entdeckt. Und ein Brief des Präfekten von Rom an diesen hat dargethan, daß du mit Gothelindis geheim der Königin Verderben geplant. Die Kaiserin hat den Kaiser auch hierin überzeugt. Dein Vermögen ist eingezogen: die Kaiserin aber läßt dir sagen,« – hier flüsterte er in des Zerschmetterten Ohr – »du habest in deinem klugen Brief ihr selbst den Rat erteilt, Mitwisser von Geheimnissen zu verderben. Trierarch, du führst den Verurteilten sofort an seinen Strafort ab.«

Und Alexandros ging auf die »Thetis« zurück.

Die »Nemesis« aber drehte rauschend ihr Steuer, wandte dem Hafen von Byzanz den Rücken und trug den Sträfling für immer aus dem Leben der Menschen.

## Achtes Kapitel

Wir haben Cethegus den Präfekten seit seiner Abreise nach Rom aus den Augen verloren.

Er hatte daselbst in den Wochen der erzählten Ereignisse die eifrigste Thätigkeit entfaltet: denn er erkannte, daß die Dinge jetzt zur Entscheidung drängten; er konnte ihr getrost entgegensehen.

Ganz Italien war einig in dem Haß gegen die Barbaren: und wer anders vermochte es, der Kraft dieses Hasses Bewegung und Ziel zu geben, als das Haupt der Katakombenverschwörung und der Herr von Rom.

Das war er durch die jetzt völlig ausgebildeten und ausgerüsteten Legionare und durch die nahezu vollendete Befestigung der Stadt, an der er in den letzten Monaten Nachts wie Tages hatte arbeiten lassen. Und nun war es ihm zuletzt noch gelungen, wie er glaubte, ein sofortiges Auftreten der byzantinischen Macht in seinem Italien, die Hauptgefahr, die seinen ehrgeizigen Plänen gedroht, abzuwenden: durch zuverlässige Kundschafter hatte er erfahren, daß die byzantinische Flotte, die bisher lauernd bei Sicilien geankert, sich wirklich von Italien hinweggewandt und der afrikanischen Küste genähert habe, wo sie die Seeräuberei zu unterdrücken beschäftigt schien.

Freilich sah Cethegus voraus, daß es zu einer Landung der Griechen in

Italien kommen werde: er konnte derselben als einer Nachhilfe nicht entbehren.

Aber alles war ihm daran gelegen, daß dies Auftreten des Kaisers eben nur eine Nachhilfe bleibe: und deshalb mußte er, ehe ein Byzantiner den italischen Boden betreten, eine Erhebung der Italier aus eigner Kraft veranlaßt und zu solchen Erfolgen geführt haben, daß die spätere Mitwirkung der Griechen nur als eine Nebensache erschien und mit der Anerkennung einer losen Oberhoheit des Kaisers abgelohnt werden konnte.

Und er hatte zu diesem Zweck seine Pläne trefflich vorbereitet.

Sowie der letzte römische Turm unter Dach, sollten die Goten in ganz Italien an einem Tag überfallen, mit einem Schlag alle festen Plätze, Burgen und Städte, Rom, Ravenna und Neapolis voran, genommen werden. Und waren die Barbaren ins flache Land hinausgeworfen, so stand nicht mehr zu fürchten, daß sie bei ihrer großen Unkunde in Belagerungen und bei der Anzahl und Stärke der italischen Festen diese und damit die Herrschaft über die Halbinsel wieder gewinnen würden.

Dann mochte ein byzantinisches Bundesheer helfen, die Goten vollends über die Alpen zu drängen: und Cethegus wollte schon dafür sorgen, daß diese Befreier ebenfalls keinen Fuß in die wichtigsten Festungen setzen sollten, um sich ihrer später unschwer wieder entledigen zu können.

Dieser Plan setzte nun aber voraus, daß die Goten durch die Erhebung Italiens überrascht würden. Wenn der Krieg mit Byzanz in Aussicht oder gar schon ausgesprochen war, dann natürlich ließen sich die Barbaren die in Kriegsstand gesetzten Städte nicht durch einen Handstreich entreißen. Da nun aber Cethegus, seit er die Sendung des Petros durchschaut hatte, bei jeder Gelegenheit Justinians Hervortreten aus seiner drohenden Stellung erwarten mußte, da es kaum noch gelungen war, Belisar wieder abzuwenden von Italien, beschloß er, keinen Augenblick mehr zu verlieren.

Er hatte auf den Tag der Vollendung der Befestigungen Roms eine allgemeine Versammlung der Verschworenen in den Katakomben anberaumt, in der das mühsam und erfindungsreich vorbereitete Werk gekrönt, der Augenblick des Losschlagens bestimmt und Cethegus als Führer dieser rein italischen Bewegung bezeichnet werden sollte. Er hoffte sicher, den Widerstand der Bestochenen oder Furchtsamen, die nur für und mit Byzanz zu handeln geneigt waren, durch die Begeisterung der Jugend zu überwältigen, wenn er diese sofort in den Kampf zu führen versprach.

Noch vor jenem Tag kam die Nachricht von Amalaswinthens Ermordung, von der Verwirrung und Spaltung der Goten nach Rom und ungeduldig sehnte der Präfekt die Stunde der Entscheidung herbei. Endlich war auch der einzige noch unfertige Turm des aurelischen Thores unter Dach: Cethegus führte die letzten Hammerschläge: ihm war dabei, er höre die Streiche des Schicksals von Rom und von Italien dröhnen.

Bei dem Schmause, den er darauf den Tausenden von Arbeitern in dem Theater des Pompejus gab, hatten sich auch die meisten der Verschworenen eingefunden und der Präfekt benutzte die Gelegenheit, diesen seine unbegrenzte Beliebtheit im Volk zu zeigen. Auf die jüngeren unter den Genossen machte dies freilich den Eindruck, welchen er gewünscht hatte;

aber ein Häuflein, dessen Mittelpunkt Silverius war, zog sich mit finstern Mienen von den Tischen zurück.

Der Priester hatte seit lange eingesehen, daß Cethegus nicht bloß Werkzeug sein wollte, daß er eigene Pläne verfolgte, die der Kirche und seinem persönlichen Einfluß sehr gefährlich werden konnten. Und er war entschlossen, den kühnen Verbündeten zu stürzen, sobald er entbehrt werden konnte; es war ihm nicht schwer geworden, die Eifersucht so manches Römers gegen den Überlegenen im geheimen zu schüren.

Die Anwesenheit aber zweier Bischöfe aus dem Ostreich, Hypatius von Ephesus und Demetrius von Philippi, die in Glaubensfragen öffentlich mit dem Papst, aber geheim mit König Theodahad, in Unterstützung des Petros, in Politik verhandelten, hatte der kluge Archidiakon benutzt, um mit Theodahad und mit Byzanz in enge Verbindung zu treten.

»Du hast recht, Silverius,« murrte Scävola im Hinausgehen aus dem Thor des Theaters, »der Präfekt ist Marius und Cäsar in Einer Person.« – »Er verschwendet diese ungeheuren Summen nicht umsonst, man darf ihm nicht zu sehr trauen,« warnte der geizige Albinus. – »Liebe Brüder,« mahnte der Priester, »sehet zu, daß ihr nicht einen unter euch lieblos verdammet. Wer solches thäte, wäre des höllischen Feuers schuldig. Freilich beherrscht unser Freund die Fäuste der Handwerker wie die Herzen seiner jungen »Ritter«: es ist das gut, er kann dadurch die Tyrannei zerbrechen ...«

»Aber dadurch auch eine neue aufrichten,« meinte Calpurnius.

»Das soll er nicht, wenn Dolche noch töten, wie in Brutus' Tagen,« sprach Scävola.

»Es bedarf des Blutes nicht. Bedenket nur immer:« sagte Silverius, »je näher der Tyrann, desto drückender die Tyrannei: je ferner der Herrscher, desto erträglicher die Herrschaft. Das schwere Gewicht des Präfekten ist aufzuwiegen durch das schwerere des Kaisers.«

»Jawohl«, stimmte Albinus bei, der große Summen von Byzanz erhalten hatte, »der Kaiser muß der Herr Italiens werden.« – »Das heißt,« beschwichtigte Silverius den unwillig auffahrenden Scävola, »wir müssen den Präfekten durch den Kaiser, den Kaiser durch den Präfekten niederhalten. Siehe, wir stehen an der Schwelle meines Hauses. Laßt uns eintreten. Ich habe geheim euch mitzuteilen, was heute Abend in der Versammlung kund werden soll. Es wird euch überraschen. Aber andre Leute noch mehr.«

Inzwischen war auch der Präfekt von dem Gelage nach Hause geeilt, sich in einsamem Sinnen zu seinem wichtigen Werke zu bereiten. Nicht seine Rede überdachte er: wußte er doch längst was er zu sagen hatte und, ein glänzender Redner, dem die Worte so leicht wie die Gedanken kamen, überließ er den Ausdruck gern dem Antrieb des Augenblicks, wohl wissend, daß das eben frisch aus der Seele geschöpfte Wort am lebendigsten wirkt.

Aber er rang nach innerer Ruhe: denn seine Leidenschaft schlug hohe Wellen.

Er überschaute die Schritte, die er nach seinem Ziele hin gethan, seit zuerst dieses Ziel mit dämonischer Gewalt ihn angezogen: er erwog die kurze Strecke, die noch zurückzulegen war: er überzählte die Schwierigkeiten, die Hindernisse, die noch auf diesem Wege lagen und ermaß dagegen die Kraft seines Geistes, sie zu überwinden: und das Ergebnis dieses prüfenden Wägens erzeugte in ihm eine Siegesfreude, die ihn mit jugendlicher Aufregung ergriff.

Mit gewaltigen Schritten durchmaß er das Gemach.

Die Muskeln seiner Arme spannten sich wie in der Stunde beginnender Schlacht: er umgürtete sich mit dem breiten, siegreichen Schwert seiner Kriegsfahrten und drückte krampfhaft dessen Adlergriff, als gelte es, jetzt gegen zwei Welten, gegen Byzanz und die Barbaren, sein Rom zu erkämpfen. Dann trat er der Cäsarstatue gegenüber und sah ihr lange in das schweigende Marmorantlitz. Endlich ergriff er mit beiden Händen die Hüften des Imperators und rüttelte an ihnen: »lebwohl,« sagte er, »und gieb mir dein Glück mit auf den Weg. Mehr brauch' ich nicht.«

Und rasch wandte er sich und eilte aus dem Gemache und durch das Atrium hinaus auf die Straße, wo ihn schon die ersten Sterne begrüßten.

Zahlreicher als je hatten sich die Verschwornen an diesem Abend in den Katakomben eingefunden: waren doch durch ganz Italien die Ladungen zu dieser Versammlung als zu einer entscheidungsvollen ergangen. So waren auf den Wunsch des Präfekten besonders alle strategisch wichtigen Punkte vertreten: von den starken Grenzhüterinnen Tridentum, Tarvisium und Verona, die das Eis der Alpen schauen, bis zu Otorantum und Consentia, welche die laue Welle des ausonischen Meeres bespült, hatten sie alle ihre Boten zugesendet, jene berühmten Städte Siciliens und Italiens mit den stolzen, den schönen, den weltgeschichtlichen Namen: Syrakusä und Catana, Panormus und Messana, Regium, Neapolis und Cumä, Capua und Beneventum, Antium und Ostia, Reate und Narnia, Volsinii, Urbsvetus und Spoletum, Clusium und Perusia, Auximum und Ancon, Florentia und Fäsulä, Pisa, Luca, Luna und Genua, Ariminum, Cäsena, Faventia und Ravenna, Parma, Dertona und Placentia, Mantua, Cremona und Ticinum (Pavia), Mediolanum, Comum und Bergamum, Asta und Pollentia: dann von der Nord- und Ostküste des jonischen Meerbusens: Concordia, Aquileja, Jadera, Scardona und Salona.

Da waren ernste Senatoren und Decurionen, ergraut in dem Rat ihrer Städte, deren Häupter ihre Ahnen seit Jahrhunderten gewesen: kluge Kaufleute, breitschultrige Gutsherrn, rechthaberische Juristen, spöttische Rhetoren: und namentlich eine große Anzahl von Geistlichen jedes Ranges und jedes Alters: die einzige fest organisierte Macht und Silverius unbedingt gehorsam.

Wie Cethegus, noch hinter der Mündung des schmalen Ganges verborgen, die Massen in dem Halbrund der Grotte übersah, konnte er sich eines verächtlichen Lächelns nicht erwehren, das aber in einen Seufzer auslief. Außer der allgemeinen Abneigung gegen die Barbaren, die doch bei weitem nicht stark genug war, schwere politische Pläne mit Opfern und Entsagungen zu tragen – welch' verschiedene und oft welch' kleine Motive hatten diese Verschwornen hier zusammengeführt!

Cethegus kannte die Beweggründe der einzelnen genau: hatte er sie doch durch Bearbeitung ihrer schwächsten Seiten beherrschen gelernt.

Und er mußte zuletzt noch froh darum sein: echte Römer hätte er nie, wie diese Verschworenen, so völlig unter seinen Einfluß gebracht.

Aber wenn er sie nun hier alle beisammen sah, diese Patrioten, und bedachte, wie den einen die Hoffnung auf einen Titel von Byzanz, den andern plumpe Bestechung, einen dritten Rachsucht wegen irgend einer Beleidigung oder auch nur die Langeweile oder Schulden oder ein schlechter Streich unter die Unzufriedenen geführt: und wenn er sich nun vorstellte, daß er mit solchen Bundesgenossen den gotischen Heermännern entgegentreten sollte, da erschrak er fast über die Vermessenheit seines Planes.

Und eine Erquickung war es ihm, als die helle Stimme des Lucius Licinius seinen Blick auf die Schar der jungen »Ritter« lenkte, denen wirklich kriegerischer Muth und nationale Begeisterung aus den Augen sprühte: so hatte er doch einige verlässige Waffen.

»Gegrüßt, Lucius Licinius,« sprach er aus dem Dunkel des Ganges hervortretend. »Ei, du bist ja gerüstet und gewaffnet, als ging es von hier gegen die Barbaren.«

»Kaum bezwing ich das Herz in der Brust vor Haß und vor Freude,« sagte der schöne Jüngling. »Sieh, alle diese hier hab' ich für dich, für das Vaterland geworben.«

Cethegus blickte grüßend umher:

»Auch du hier, Kallistratos – du heitrer Sohn des Friedens?«

»Hellas wird ihre Schwester Italia nicht verlassen in der Stunde der Gefahr,« sagte der Hellene und legte die weiße Hand auf das zierliche Schwert mit dem Griff von Elfenbein. Und Cethegus nickte ihm zu und wandte sich zu den andern: Marcus Licinius, Piso, Massurius, Balbus, die, seit den Floralien ganz von dem Präfekten gewonnen, ihre Brüder, Vettern, Freunde mitgebracht hatten. Prüfend flog sein Blick über die Gruppe, er schien einen aus diesem Kreise zu vermissen. Lucius Licinius erriet seine Gedanken: »Du suchst den schwarzen Korsen, Furius Ahalla?

Auf den kannst du nicht zählen. Ich holte ihn von weitem aus, aber er sprach: »ich bin ein Korse, kein Italier: mein Handel blüht unter gotischem Schutz: laßt mich aus eurem Spiel.« Und als ich weiter in ihn drang – denn ich gewönne gern sein kühnes Herz und die vielen Tausende von Armen, über die er gebeut – sprach er kurz abweisend: »ich fechte nicht gegen Totila.«

»Die Götter mögen wissen, was den tigerwilden Korsen an jenen Milchbart bindet,« meinte Piso.

Cethegus lächelte, aber er furchte die Stirn. »Ich denke, wir Römer genügen,« sprach er laut: und das Herz der Jünglinge schlug.

»Eröffne die Versammlung,« mahnte Scävola unwillig den Archidiakon, »du siehst, wie er die jungen Leute beschwatzt; er wird sie alle gewinnen. Unterbrich ihn: rede.«

»Sogleich. Bist du gewiß, daß Albinus kommt?«

»Er kommt; er erwartet den Boten am appischen Thor.«

»Wohlan,« sagte der Priester, »Gott mit uns!« Und er trat in die Mitte der Rotunde, erhob ein schwarzes Kreuz und begann: »Im Namen des dreieinigen Gottes! Wieder einmal haben wir uns versammelt im Grauen der Nacht zu den Werken des Lichts. Vielleicht zum letztenmal: denn wunderbar hat der Sohn Gottes, dem die Ketzer die Ehre weigern, unsere Mühen zu seiner Verherrlichung, zur Vernichtung seiner Feinde gesegnet. Nächst Gott dem Herrn aber gebührt der höchste Dank dem edeln Kaiser Justinian und seiner frommen Gemahlin, die mit thätigem Mitleid die Seufzer der leidenden Kirche vernehmen: und endlich hier unsrem Freund und Führer, dem Präfekten, der unablässig für unsres Herrn, des Kaisers Sache, wirkt ...«

»Halt, Priester!« rief Lucius Licinius dazwischen, »wer nennt den Kaiser von Byzanz hier unsern Herrn? wir wollen nicht den Griechen dienen statt den Goten! Frei wollen wir sein!« – »Frei wollen wir sein,« wiederholte der Chor seiner Freunde.

»Frei wollen wir *werden*!« fuhr Silverius fort. »Gewiß. Aber das können wir nicht aus eigner Macht, nur mit des Kaisers Hilfe. Glaubt auch nicht, geliebte Jünglinge, der Mann, den ihr als euren Vorkämpfer verehrt, Cethegus, denke hierin anders. Justinian hat ihm einen köstlichen Ring – sein Bild in Carneol – gesendet, zum Zeichen, daß er billige, was der Präfekt für ihn, den Kaiser, thue und der Präfekt hat den Ring angenommen: sehet hier, er trägt ihn am Finger.«

Betroffen und unwillig sahen die Jünglinge auf Cethegus. Dieser trat schweigend in die Mitte. Eine peinliche Pause entstand.

»Sprich, Feldherr!« rief Lucius, »widerlege sie! Es ist nicht wie sie sagen mit dem Ring.«

Aber Cethegus zog den Ring kopfnickend ab: »Es ist wie sie sagen: der Ring ist vom Kaiser und ich hab' ihn angenommen.«

Lucius Licinius trat einen Schritt zurück.

»Zum Zeichen?« fragte Silverius.

»Zum Zeichen,« sprach Cethegus mit drohender Stimme, »daß ich der herrschsüchtige Selbstling nicht bin, für den mich einige halten, zum Zeichen, daß ich Italien mehr liebe als meinen Ehrgeiz. Ja, ich baute auf Byzanz und wollte dem mächtigen Kaiser die Führerstelle abtreten: darum nahm ich diesen Ring. Ich baue nicht mehr auf Byzanz, das ewig zögert: deshalb hab' ich diesen Ring heute mitgebracht, ihn dem Kaiser zurückzustellen. Du, Silverius, hast dich als den Vertreter von Byzanz erwiesen: hier, gieb deinem Herrn sein Pfand zurück: er säumt zu lang: sag' ihm, Italien hilft sich selbst.«

»Italien hilft sich selbst!« jubelten die jungen Ritter.

»Bedenket, was ihr thut!« warnte mit verhaltnem Zorn der Priester. »Den heißen Mut der Jünglinge begreif' ich, aber daß meines Freundes, des gereiften Mannes, Hand nach dem Unerreichbaren greift, befremdet mich. Bedenket die Zahl und wilde Kraft der Barbaren! Bedenket, wie die Männer Italiens seit lange des Schwertes entwöhnt, wie alle Zwingburgen des Landes in der Hand ...«

»Schweig, Priester,« donnerte Cethegus, »das verstehst du nicht! Wo es die Psalmen zu erklären gilt und die Seele nach dem Himmelreich zu lenken, da rede du: denn solches ist dein Amt; wo's aber Krieg und Kampf der Männer gilt, laß jene reden, die den Krieg verstehen. Wir lassen dir den ganzen Himmel – laß uns nur die Erde. Ihr römischen Jünglinge, ihr habt die Wahl. Wollt ihr abwarten, bis dieses wohlbedächtige Byzanz sich doch vielleicht Italiens noch erbarmt – ihr könnt müde Greise werden bis dahin – oder wollt ihr, nach alter Römer Art, die Freiheit mit dem eignen Schwert erkämpfen? Ihr wollt's, ich seh's am Feuer eurer Augen. Wie? man sagt uns, wir sind zu schwach, Italien zu befreien? Ha, seid ihr nicht die Enkel jener Römer, die den Weltkreis bezwangen? Wenn ich euch aufrufe, Mann für Mann, da ist kein Name, der nicht klingt wie Heldenruhm: Decius, Corvinus, Cornelius, Valerius, Licinius: wollt ihr mit mir das Vaterland befreien?«

»Wir wollen es! Führe uns, Cethegus!« riefen die Jünglinge begeistert.

Nach einer Pause begann der Jurist: »Ich heiße Scävola. Wo römische Heldennamen aufgerufen werden, hätte man auch des Geschlechts gedenken mögen, in dem das Heldentum der Kälte erblich ist. Ich frage dich, du jugendheißer Held Cethegus, hast du mehr als Träume und Wünsche, wie diese jungen Thoren, hast du einen Plan?«

»Mehr als das, Scävola, ich habe und halte den Sieg. Hier ist die Liste fast aller Festungen Italiens: an den nächsten Iden, in dreißig Tagen also, fallen sie, alle, auf Einen Schlag, in meine Hand.«

»Wie? dreißig Tage sollen wir noch warten?« fragte Lucius.

»Nur so lange, bis die hier Versammelten ihre Städte wieder erreicht, bis meine Eilboten Italien durchflogen haben. Ihr habt über vierzig Jahre warten müssen!«

Aber der ungeduldige Eifer der Jünglinge, den er selbst geschürt, wollte nicht mehr ruhen: sie machten verdroßne Mienen zu dem Aufschub – sie murrten.

Blitzschnell ersah der Priester diesen Umschlag der Stimmung. »Nein, Cethegus,« rief er, »solang kann nicht mehr gezögert werden! Unerträglich ist dem Edeln die Tyrannei: Schmach dem, der sie länger duldet als er muß. Ich weiß euch bessern Trost, ihr Jünglinge! Schon in den nächsten Tagen können die Waffen Belisars in Italien blitzen.«

»Oder sollen wir vielleicht,« fragte Scävola, »Belisar nicht folgen, weil er nicht Cethegus ist?«

»Ihr sprecht von Wünschen,« lächelte dieser, »nicht von Wirklichem. Landete Belisar, ich wäre der erste mich ihm anzuschließen. Aber er wird nicht landen. Das ist's ja, was mich abgewendet hat von Byzanz: der Kaiser hält nicht Wort.«

Cethegus spielte ein sehr kühnes Spiel. Aber er konnte nicht anders.

»Du könntest irren und der Kaiser früher sein Wort erfüllen, als du meinst. Belisar liegt bei Sicilien.«

»Nicht mehr. Er hat sich nach Afrika, nach Hause gewendet. Hofft nicht mehr auf Belisar.«

Da hallten hastige Schritte aus dem Seitengange und eilfertig stürzte Albinus herein:

»Triumph,« rief er, »Freiheit, Freiheit!«

»Was bringst du?« fragte freudig der Priester.

»Den Krieg, die Rettung! Byzanz hat den Goten den Krieg erklärt.«

»Freiheit, Krieg!« jauchzten die Jünglinge.

»Es ist unmöglich!« sprach Cethegus, tonlos.

»Es ist gewiß!« rief eine andre Stimme vom Gange her — es war Calpurnius, der jenem auf dem Fuß gefolgt — »und mehr als das: der Krieg ist begonnen. Belisar ist gelandet auf Sicilien, bei Catana: Syrakusä, Messana sind ihm zugefallen, Panormus hat er mit der Flotte genommen, er ist übergesetzt nach Italien, von Messana nach Regium, er steht auf unserm Boden.«

»Freiheit!« rief Marcus Licinius.

»Überall fällt ihm die Bevölkerung zu. Aus Apulien, aus Calabrien flüchten die überraschten Goten, unaufhaltsam dringt er durch Bruttien und Lucanien gen Neapolis.«

»Es ist erlogen, alles erlogen!« sagte Cethegus mehr zu sich selbst als zu den andern.

»Du scheinst nicht sehr erfreut über den Sieg der guten Sache. Aber der Bote ritt drei Pferde zu Tod. Belisar ist gelandet mit dreißigtausend Mann.« — »Ein Verräter, wer noch zweifelt,« sprach Scävola. — »Nun laß sehen,« höhnte Silverius, »ob du dein Wort halten wirst. Wirst du der erste von uns sein, dich Belisar anzuschließen?«

Vor Cethegus Auge versank in dieser Stunde eine ganze Welt, *seine* Welt. So hatte er denn umsonst, nein, schlimmer als das, für einen verhaßten Feind alles gethan, was er gethan.

Belisar in Italien mit einem starken Heere und er getäuscht, machtlos, überwunden! Wohl jeder andre hätte jetzt alles weitre Streben ermüdet aufgegeben. In des Präfekten Seele fiel nicht ein Schatten der Entmutigung. Sein ganzer Riesenbau war eingestürzt: noch betäubte der Schlag sein Ohr und schon hatte er beschlossen, im selben Augenblick ihn von neuem zu beginnen: seine Welt war versunken, und er hatte nicht Muße ihr einen Seufzer nachzusenden: denn aller Augen hingen an ihm. Er beschloß, eine zweite zu schaffen.

»Nun! was wirst du thun?« wiederholte Silverius.

Cethegus würdigte ihn keines Blicks. Zu der Versammlung gewendet sprach er mit ruhiger Stimme: »Belisar ist gelandet: Er ist jetzt unser Haupt: ich gehe in sein Lager.« Damit schritt er dem Ausgang zu, gemessenen Ganges, gefaßten Angesichts, an Silverius und dessen Freunden vorüber.

Silverius wollte ein Wort des Hohnes flüstern: aber er verstummte, da ihn der Blick des Präfekten traf: »Frohlocke nicht, Priester,« schien er zu sagen, »diese Stunde wird dir vergolten.«

Und Silverius, der Sieger, blieb erschrocken stehn.

## Neuntes Kapitel

Die Landung der Byzantiner war allen, Goten wie Italiern, gleich unerwartet gekommen.

Denn die letzte Bewegung Belisars nach Südosten hatte alle Erwartungen von der kaiserlichen Flotte in die Irre gelenkt. Von unsern gotischen Freunden war nur Totila in Unteritalien: vergeblich hatte er als Seegraf von Neapolis die Regierung zu Ravenna gewarnt und um Vollmachten, um Mittel zur Verteidigung Siciliens gebeten. Wir werden sehen, wie ihm alle Mittel genommen wurden, das Ereignis zu verhindern, das sein Volk bedrohte, das gerade in die lichten Kreise seines eignen Lebens zuerst verhängnisvolle Schatten werfen und die Bande des Glückes zerreißen sollte, mit welchen ein freundliches Schicksal diesen Liebling der Götter bisher umwoben hatte.

Denn in Bälde war es der unwiderstehlichen Anmut seiner Natur gelungen, das edle, wenn auch strenge, Herz des Valerius zu gewinnen. Wir haben gesehen, wie mächtig die Bitten der Tochter, das Andenken an die Scheideworte der Gattin, die Offenheit Totilas schon in jener Stunde der nächtlichen Überraschung auf den würdigen Alten gewirkt.

Totila blieb als Gast in der Villa: Julius, mit seiner gewinnenden Güte, wurde von den Liebenden zu Hilfe gerufen und ihren vereinten Einflüssen gab der Sinn des Vaters allmählich nach. Dies war jedoch bei dem strengen Römertum des Alten nur dadurch möglich, daß von allen Goten Totila an Sinnesart, Bildung und Wohlwollen den Römern am nächsten stand, so daß Valerius bald einsah, er könne einen Jüngling nicht »barbarisch« schelten, der besser als mancher Italier die Sprache, die Weisheit und die Schönheit der hellenischen und römischen Litteratur kannte und würdigte, und, wie er seine Goten liebte, so die Kultur der alten Welt bewunderte.

Dazu kam endlich, daß im politischen Gebiet den alten Römern und den jungen Germanen der gemeinsame Haß gegen die Byzantiner verband. Wenn der offnen Heldenseele Totilas in den tückischen Erbfeinden seiner Nation die Mischung von Heuchelei und Gewaltherrschaft unwillkürlich wie dem Lichte die Nacht verhaßt war, so war für Valerius die ganze Tradition seiner Familie eine Anklage gegen das Imperatorentum und Byzanz. Die Valerier hatten von jeher zu der aristokratisch-republikanischen Opposition wider das Cäsarentum gezählt. Und so mancher der Ahnen hatte schon seit den Tagen des Tiberius die alt-republikanische Gesinnung mit dem Tode gebüßt und besiegelt. Niemals hatten diese Geschlechter im Herzen die Übertragung der Weltherrschaft von der Tiberstadt nach Byzanz anerkannt: in dem byzantinischen Kaisertum erblickte Valerius den Gipfel aller Tyrannei: und um jeden Preis wollte er die Habsucht, den Glaubenszwang, den orientalischen Despotismus dieser Kaiser von seinem Latium fern halten. Es kam dazu, daß sein Vater und sein Bruder bei einer Handelsreise durch Byzanz von einem Vorgänger Justinians aus Habsucht waren festgehalten und, wegen angeblicher Beteiligung an einer Verschwörung, unter Konfiskation ihrer im Ostreich belegenen Güter, hingerichtet worden, so daß den politischen Haß des Patrioten mit aller Macht persönliche Schmerzen verstärkten. Er hatte, als Cethegus ihn in die Katakombenverschwörung einweihte, eifrig den Gedanken einer Selbstbefreiung Italiens ergriffen, aber alle Annäherungen der kaiserlichen Partei mit den Worten abgewiesen: »lieber den Tod als Byzanz!«

So vereinten sich die beiden Männer in dem Entschluß, keine Byzantiner in dem schönen Lande zu dulden, das dem Goten kaum minder teuer war, als dem Römer.

Die Liebenden hüteten sich, den Willen des Alten schon jetzt zu einem bindenden Wort zu drängen; sie begnügten sich für die Gegenwart mit der Freiheit des Umgangs, die Valerius ihnen beließ und warteten ruhig ab, bis der Einfluß allmählicher Gewöhnung ihn auch mit dem Gedanken an ihre völlige Vereinigung befreunden würde. So verlebten unsere jungen Freunde goldene Tage.

Das Liebespaar hatte neben seinem eigensten Glücke die Freude an der wachsenden Neigung des Vaters zu Totila: und Julius genoß jene weihevolle Erhebung, die für edle Naturen in dem Überwinden eigner Schmerzen um des Glückes geliebter Herzen willen liegt.

Seine suchende, von der Weisheit der alten Philosophie nicht befriedigte Seele wandte sich mehr und mehr jener Lehre zu, die den höchsten Frieden im Entsagen findet.

Eine sehr entgegengesetzte Natur war Valeria.

Sie war der Ausdruck der echt römischen Ideale ihres Vaters, der an der frühe verstorbnen Mutter Stelle ihre ganze Erziehung geleitet und im geistigen und sittlichen Gebiet die Ergebnisse des antiken heidnischen Geistes ihr angeeignet hatte. Das Christentum, dem ihre Seele bei dem Eintritt in das Leben durch eine äußere Nötigung war zugewendet und später ebenso durch ein äußerliches Mittel wieder war entrissen worden, erschien ihr als eine gefürchtete, nicht als eine verstandene und geliebte Macht, die sie gleichwohl nicht aus dem Kreise ihrer Gedanken und Gefühle zu scheiden vermochte. Als echte Römerin sah sie auch nicht mit bangem Zagen, sondern mit freudigem Stolz die kriegerische Begeisterung, die im Gespräch mit ihrem Vater über Byzanz und seine Feldherrn aus der Seele Totilas leuchtete, den künftigen Helden verkündend.

Und so trug sie es mit edler Fassung, als den Geliebten seine Kriegerpflicht plötzlich abrief aus den Armen der Liebe und Freundschaft. Denn sowie die Flotte der Byzantiner auf der Höhe von Syrakusä erschienen war, loderte in dem jungen Goten der Gedanke, der Wunsch des Krieges unauslöschlich empor. Als Befehlshaber des unteritalischen Geschwaders lag ihm die Pflicht ob, die Feinde zu beobachten, die Küste zu decken. Er setzte rasch seine Schiffe in stand und segelte der griechischen Seemacht entgegen, Erklärung heischend über den Grund ihres Erscheinens in diesen Gewässern.

Belisar, der den Auftrag hatte, erst nach einem Ruf von Petros feindlich aufzutreten, gab eine friedliche und unanfechtbare Auskunft, die Unruhen in Afrika und Seeräubereien mauretanischer Schiffe vorschützend. Mit dieser Antwort mußte sich Totila begnügen: aber in seiner Seele stand der Ausbruch des Krieges fest, vielleicht nur deshalb, weil er ihn wünschte. Er traf daher alle Anstalten, schickte warnende Boten nach Ravenna und suchte vor allem, das wichtige Neapolis wenigstens von der Seeseite her zu decken, da die Landbefestigung der Stadt während des langen Friedens vernachlässigt und der alte Uliaris, der Stadtgraf von Neapolis, nicht aus seiner stolzen Sicherheit und Griechenverachtung aufzurütteln war.

Die Goten wiegten sich überhaupt in dem gefährlichen Wahn, die Byzantiner würden gar nie wagen, sie anzugreifen: und ihr verräterischer König bestärkte sie gern in diesem Glauben. Die Warnungen Totilas blieben deshalb unbeachtet und es wurde dem eifrigen Seegrafen sogar sein ganzes Geschwader abgenommen und in den Hafen von Ravenna zu angeblicher Ablösung beordert: aber die Schiffe, welche die abgesegelten ersetzen sollten, blieben aus.

Und Totila hatte nichts als ein paar kleine Wachtschiffe, mit welchen er, wie er den Freunden erklärte, die Bewegungen der zahlreichen Griechenflotte nicht beobachten, geschweige denn aufhalten konnte. Diese Mitteilungen bewogen den Kaufherrn, die Villa bei Neapolis zu verlassen und seine reichen Besitzungen und Handelsniederlassungen bei Regium, an der Südspitze der Halbinsel, aufzusuchen, um die wertvollste Habe aus dieser Gegend, für die Totila den ersten Angriff der Feinde besorgte, nach Neapolis zu flüchten und überhaupt seine Anordnungen für den Fall eines längeren Krieges zu treffen. Auf dieser Reise sollte Julius ihn begleiten: und auch Valeria war nicht zu bewegen, in der leeren Villa zurückzubleiben: von Gefahr war, wie Totila versichert hatte, für die nächsten Tage nichts zu fürchten.

So reisten denn die drei, von einigen Sklaven begleitet, nach der Hauptvilla bei dem Passe Jugum nördlich von Regium ab, die, unmittelbar am Meere gelegen, ja zum Teil mit jenem schon von Horatius gescholtenen Luxus in das Meer selbst »wagend hinausgebaut« war.

Valerius traf die Dinge in schlechter Ordnung. Seine Institoren hatten, sicher gemacht durch lange Abwesenheit des Herrn, übel gewirtschaftet und mit Unwillen erkannte dieser, daß seine prüfende, ordnende, strafende Thätigkeit, nicht tage-, sondern wochenlang in dieser Gegend notwendig sein werde.

Unterdessen mehrten sich die drohenden Anzeichen. Totila schickte warnende Winke: aber Valeria erklärte, ihren Vater in der Gefahr nicht verlassen zu können: und dieser verschmähte es, vor den »Griechlein« zu flüchten, die er noch mehr verachtete, als haßte.

Da wurden sie eines Tages durch zwei Boote überrascht, die fast gleichzeitig in den kleinen Hafen der Villa einliefen: das eine trug Totila, das andre den Korsen Furius Ahalla. Die Männer begrüßten sich überrascht, doch erfreut als alte Bekannte und wandelten mit einander durch die Taxus- und Lorbeergänge des Gartens zu der Villa hinan. Hier trennten sie sich: Totila gab vor, seinen Freund Julius besuchen zu wollen, indes den Korsen ein Geschäft zu dem Kaufherrn führte, mit dem er seit Jahren in einer für beide Teile gleich vorteilhaften Handelsverbindung stand.

Mit Freuden sah daher Valerius den klugen, kühnen und stattlich-schönen Seefahrer bei sich eintreten und nach herzlicher Begrüßung wandten sich die beiden Handelsfreunde ihren Büchern und Rechnungen zu.

Nach kurzen Erörterungen erhob sich der Korse von den Rechentafeln und sprach: »So siehst du, Valerius, aufs neue hat Mercurius unser Bündnis gesegnet. Meine Schiffe haben dir Purpur und köstlichen Wollstoff aus Phönikien und aus Spanien zugeführt: und deine köstlichen Fabrikate des verflossenen Jahres verführt nach Byzanz und Alexandria, nach Massilia und Antiochia. Ein Centenar Goldes Mehrgewinn gegen das Vorjahr! Und so wird er steigen und steigen von Jahr zu Jahr, solang die wackern Goten den Frieden schirmen und die Rechtspflege im Abendland.« Er schwieg wie abwartend.

»Solang sie schirmen können!« seufzte Valerius, »solang diese Griechen Frieden halten. Wer steht dafür, daß uns nicht diese Nacht der Seewind die Flotte Belisars an die Küste treibt!«

»Also auch du erwartest den Krieg? Im Vertrauen: er ist mehr als wahrscheinlich, er ist gewiß.«

»Furius,« rief der Römer, »woher weißt du das?«

»Ich komme von Afrika, von Sicilien. Ich habe die Flotte des Kaisers gesehen: so rüstet man nicht gegen Seeräuber. Ich habe die Heerführer Belisars gesprochen: sie träumen Nacht und Tag von den Schätzen Italiens. Sicilien ist zum Abfall reif, sowie die Griechen landen.«

Valerius erbleichte vor Aufregung. Furius bemerkte es und fuhr fort: »Und deshalb vor allem bin ich hierher geeilt, dich zu warnen. Der Feind wird in dieser Gegend landen und ich wußte, daß deine Tochter dich begleitet.«

»Valeria ist eine Römerin.«

»Ja, aber diese Feinde sind die wildesten Barbaren. Denn Hunnen, Massageten, Skythen, Avaren, Sclavenen und Sarazenen sind es, die dieser Kaiser der Römer losläßt auf Italien. Wehe, wenn dein minervengleiches Kind in ihre Hände fiele.«

»Das wird sie nicht!« sagte Valerius, die Hand am Dolch. »Aber du sprichst wahr – sie muß fort – in Sicherheit.« – »Wo ist in Italien Sicherheit? Bald werden die Wogen dieses Krieges brausend zusammenschlagen über Neapolis, über Rom und kaum sich an Ravennas Mauern brechen.« – »Denkst du so groß von diesen Griechen? Hat doch Griechenland nie etwas anderes nach Italien geschickt als Mimen, Seeräuber und Kleiderdiebe!« – »Belisarius aber ist ein Sohn des Sieges. Jedenfalls entbrennt ein Kampf, dessen Ende so mancher von euch nicht erleben wird!« – »Von *euch*, sagst du? wirst du nicht mit kämpfen?«

»Nein, Valerius! Du weißt, in meinen Adern fließt nur korsisch Blut, trotz meines römischen Adoptivnamens: ich bin nicht Römer, nicht Grieche, nicht Gote. Ich wünsche den Goten den Sieg, weil sie Zucht und Ordnung halten zu Wasser und zu Land und weil mein Handel blüht unter ihrem Scepter: aber wollt' ich offen für sie fechten, der Fiskus von Byzanz verschlänge, was irgend von meinen Schiffen und Waren in den Häfen des Ostreichs liegt, drei Viertel all' meines Guts. Nein, ich gedenke mein Eiland so zu befestigen, du weißt ja, halb Korsika ist mein – daß keine der kämpfenden Parteien mich viel belästigen wird: meine Insel wird eine Friedensinsel sein, während rings die Länder und Meere vom Krieg erdröhnen. Ich werde dies Asyl beschirmen wie ein König seine Krone, wie ein Bräutigam die Braut – und deshalb« – seine Augen funkelten und seine Stimme bebte vor Erregung – »deshalb wollte ich jetzt – heute – ein Wort aussprechen, das ich seit Jahren auf dem Herzen trage« – Er stockte.

Valerius sah voraus, was kommen werde und sah es mit tiefem Schmerz: sein Kind dem mächtigen Kaufherrn zu vertrauen, eines alten Freundes Adoptivsohn, dessen Neigung er lange durchschaut. So lieb er in letzter Zeit den jungen Goten gewonnen, er würde doch den langjährigen Handelsgenossen als Eidam vorgezogen haben. Und er kannte den unbändigen Stolz und die zornige Rachsucht der Korsen: er fürchtete im Fall der

Weigerung die alte Liebe und Freundschaft alsbald in lodernden Haß umschlagen zu sehen: man erzählte dunkle Geschichten von der jähzornigen Wildheit des Mannes und gern hätte Valerius ihm und sich selbst den Schmerz einer Zurückweisung erspart.

Aber jener fuhr fort: »Ich denke, wir beide sind Männer, die Geschäfte geschäftlich abthun. Und ich spreche, nach altem Brauch, gleich mit dem Vater, nicht erst mit der Tochter. Gieb mir dein Kind zur Ehe, Valerius: du kennst zum Teil mein Vermögen – nur zum Teil: denn es ist viel größer als du ahnst. Zur Widerlage der Mitgift geb' ich, wie groß sie sei, das doppelte ...«

»Furius!« unterbrach der Vater.

»Ich glaube wohl ein Mann zu sein, der ein Weib beglücken mag. Jedenfalls kann ich sie beschützen, wie kein andrer in diesen drohenden Zeiten: ich führe sie, wird Korsika bedrängt, auf meinen Schiffen nach Asien, nach Afrika; an jeder Küste erwartet sie nicht ein Haus, ein Palast. Keine Königin soll sie beneiden. Ich will sie hoch halten: höher als meine Seele.« Er hielt inne, sehr erregt, wie auf rasche Antwort wartend.

Valerius schwieg, er suchte nach einem Ausweg: es war nur eine Sekunde: aber der Anschein nur, daß sich der Vater besinne, empörte den Korsen. Sein Blut kochte auf, sein schönes bronzefarbenes Antlitz, eben noch beinahe weich und mild, nahm plötzlich einen furchtbaren Ausdruck an: dunkelrote Glut schoß in die braunen Wangen. »Furius Ahalla,« sprach er rasch und hastig, »ist nicht gewöhnt, zweimal zu bieten. Man pflegt meine Ware aufs erste Angebot mit beiden Händen zu ergreifen: nun biete ich mich selbst: ich bin, bei Gott, nicht schlechter als mein Purpur.«

»Mein Freund,« hob der Alte an, »wir leben nicht mehr in der Zeit alten, strengen Römerbrauchs: der neue Glaube hat den Vätern fast das Recht genommen, die Töchter zu vergeben. Mein Wille würde sie dir und keinem andern geben, aber ihr Herz ...«

»Sie liebt einen andern!« knirschte der Korse, »wen?« Und seine Faust fuhr an den Dolch, als sollte der Nebenbuhler keinen Augenblick mehr atmen. Es lag etwas vom Tiger in dieser Bewegung und im Funkeln des rollenden Auges. Valerius empfand, wie tödlich dieser Haß und wollte den Namen nicht nennen. – »Wer kann es sein?« fragte halblaut der Wütende. »Ein Römer? Montanus? Nein! O nur – nur nicht er – sag' nein, Alter, nicht Er ...« – Und er faßte ihn am Gewande.

»Wer? wen meinst du?«

»Der mit mir landete – der Gote: doch ja: er muß es sein, es liebt ihn ja alles: Totila!«

»Er ist's!« sagte Valerius und suchte begütigend seine Hand zu fassen.

Doch mit Schrecken ließ er sie los: ein zuckender Krampf rüttelte den ehernen Leib des starken Korsen: er streckte beide Hände starr vor sich hin als wollte er den Schmerz, der ihn quälte, erwürgen. Dann warf er das Haupt in den Nacken und schlug sich die beiden geballten Fäuste grausam gegen die Stirn, den Kopf schüttelnd und laut auflachend.

Entsetzt sah Valerius diesem Toben zu, endlich glitten die gepreßten Hände langsam herab und zeigten ein aschenfahles Antlitz. »Es ist aus,«

sagte er dann mit bebender Stimme. »Es ist ein Fluch, der mich verfolgt: ich soll nicht glücklich werden im Weibe. Schon einmal, hart vor der Erfüllung ...! Und jetzt, ich weiß es, Valerias Seelenzucht und klare Ruhe hätte auch in mein wild schäumendes Leben rettenden Frieden gebracht: ich wäre anders geworden, besser. Und sollte es nicht sein« – hier funkelte sein Auge wieder – »nun, so wär' es fast das gleiche Glück gewesen, den Räuber dieses Glücks zu morden. Ja, in seinem Blute hätte ich gewühlt und von der Leiche die Braut hinweggerissen – und nun ist Er es!

Er, der einzige, dem Ahalla Dank schuldet – und welchen Dank« – Und er schwieg, mit dem Haupte nickend und wie verloren in Erinnerung. »Valerius,« rief er dann plötzlich sich aufraffend, »ich weiche keinem Mann auf Erden: ich hätt' es nicht getragen, hinter einem andern zurückzustehen – doch Totila! – Es sei ihr vergeben, daß sie mich ausschlägt, weil sie Totila gewählt. Leb wohl, Valerius, ich geh' in See, nach Persien, Indien – ich weiß nicht, wohin – ach überallhin nehm' ich diese Stunde mit.« Und rasch war er hinaus und gleich darauf entführte ihn sein pfeilgeschwindes Boot dem kleinen Hafen der Villa.

Seufzend verließ Valerius das Gemach, seine Tochter zu suchen. Er traf im Atrium auf Totila, der sich schon wieder verabschiedete. Er war nur gekommen, zu rascher Rückreise nach Neapolis zu treiben.

Denn Belisar habe sich wieder von Afrika abgewendet und kreuze bei Panormus: jeden Tag könne die Landung auf Sicilien, in Italien selbst erfolgen und trotz all' seines Dringens sende der König keine Schiffe. In den nächsten Tagen wolle er selbst nach Sicilien, sich Gewißheit zu schaffen. Die Freunde seien daher hier völlig unbeschützt: und er beschwor den Vater Valerias, sofort auf dem Landwege nach Neapolis heimzukehren. Aber den alten Soldaten empörte es, vor den Griechen flüchten zu sollen: vor drei Tagen könne und wolle er nicht weichen von seinen Geschäften, und kaum war er von Totila zu bestimmen, eine Schar von zwanzig Goten zur notdürftigsten Deckung anzunehmen. Mit schwerem Herzen stieg Totila in seinen Kahn und ließ sich an Bord des Wachtschiffes zurückbringen.

Es war dunkler Abend geworden als er dort ankam, ein Nebelschleier verhüllte die Dinge in nächster Nähe.

Da scholl Ruderschlag von Westen her und ein Schiff, kenntlich an der roten Leuchte an dem hohen Mast, bog um die Spitze eines kleinen Vorgebirges.

Totila lauschte und fragte seine Wachen: »Segel zur Linken! was für Schiff? was für Herr?«

»Schon angezeigt vom Mastkorb:« hallte es wieder – »Kauffahrer – Furius Ahalla – lag hier vor Anker.«

»Fährt wohin?«

»Nach Osten – nach Indien!«

## Zehntes Kapitel

Am Abend des dritten Tages seit Totila die gotische Bedeckung geschickt, hatte Valerius endlich seine Geschäfte beendet und auf den andern Morgen die Abreise festgesetzt. Er saß mit Valeria und Julius beim Nachtmahl und sprach von den Aussichten auf Erhaltung des Friedens, die des jungen Helden Kriegesdurst doch wohl unterschätzt habe: es war dem Römer ein unerträglicher Gedanke, daß »Griechen« das teure Italien in Waffen betreten sollten. »Auch ich wünsche den Frieden,« sprach Valeria, nachsinnend – »und doch –« »Nun?« fragte Valerius. »Ich bin gewiß, du würdest,« vollendete das Mädchen, »im Krieg erst Totila so lieben lernen, wie er es verdient: er würde für mich streiten und für Italien.« – »Ja,« sagte Julius, »es steckt in ihm ein Held und Größeres als das.« – »Ich kenne nichts Größeres,« antwortete Valerius.

Da erschollen auf dem Marmorestrich des Atriums klirrende Schritte und der junge Thorismuth, der Anführer der zwanzig Goten und Totilas Schildträger, trat hastig ein.

»Valerius,« sprach er schnell, »laß die Wagen anschirren, die Sänften in den Hof, ihr müßt fort.«

Die Drei sprangen auf: »Was ist geschehn – sind sie gelandet?« – »Rede,« sprach Julius, »was macht dich besorgt?« – »Für mich nichts,« lachte der Gote, »und euch wollt ich nicht früher schrecken als unvermeidlich. Aber ich darf nicht mehr schweigen – gestern früh spülte die Flut eine Leiche ans Land ...«

»Eine Leiche?« – »Einen Goten von unsrer Schiffsmannschaft – es war Alb, der Steuermann auf Totilas Schiff.« Valeria erbleichte, aber erbebte nicht. »Das kann ein Zufall sein – er ist ertrunken.« – »Nein,« sagte der Gote fest, »er ist nicht ertrunken: es stak ein Pfeil in seiner Brust.« – »Das deutet auf einen Kampf zur See! Nicht auf mehr!« meinte Valerius. »Aber heute ...«

»Heute?« fragte Julius. – »Heute sind alle Landleute ausgeblieben, die sonst täglich von Regium hier durch nach Colum gehen. Auch ein Reiter, den ich auf Kundschaft nach Regium schickte, ist nicht zurückgekommen.« – »Beweist noch immer nichts,« sprach Valerius eigensinnig. Sein Herz sträubte sich gegen den Gedanken einer Landung der Verhaßten solang als möglich – »oft schon hat die Brandung die Straße gesperrt.«

»Aber als ich selbst soeben auf der Straße nach Regium vorging und das Ohr auf die Erde legte, hörte ich die Erde zittern unter dem Hufschlag von vielen Rossen, die in rasender Eile nahen. Ihr müßt fliehn.«

Jetzt griffen Valerius und Julius zu den Waffen, die an den Pfeilern des Gemaches hingen, Valeria legte schwer atmend die Hand aufs Herz: »Was ist zu thun?« fragte sie.

»Besetzt den Engpaß von Jugum,« befahl Valerius, »in den die Straße längs der Küste verläuft: er ist schmal; er ist lange zu halten.« – »Er ist schon besetzt von acht meiner Goten, ich fliege hin, sobald ihr zu Pferde sitzt, die Hälfte meiner Schar deckt eure Reise: eilt.«

Aber ehe sie das Gemach verlassen konnten, stürzte ein gotischer Krieger, mit Schlamm und Blut bedeckt, herein: »flieht,« rief er, »sie sind da!« – »Wer ist da, Gelaris?« fragte Thorismuth. – »Die Griechen! Belisar! der Teufel!« – »Rede,« befahl Thorismuth. – »Ich kam bis in den Pinienwald von Regium, ohne etwas Verdächtiges zu spüren, freilich auch ohne einer Seele auf der Straße zu begegnen. Als ich an einem dicken

Baumstamm vorbeireite, eifrig vorwärts spähend, fühle ich einen Ruck am Halse, als risse mir ein Blitz den Kopf von den Schultern und im Nu lag ich unter meinem Tier am Boden ...«

»Schlecht gesessen, o Gelaris!« schalt Thorismuth. – »Jawohl, eine Roßhaarschlinge ums Genick und eine Bleikugel an den Kopf geschnellt, da fällt auch ein besserer Reitersmann als Gelaris, Genzos Sohn. Zwei Unholde – Waldschraten oder Alraunen acht' ich sie ähnlich – setzten aus dem Busch über den Graben, banden mich auf mein Pferd, nahmen mich zwischen ihre kleinen, zottigen Gäule – und hui ...«

»Das sind die Hunnen Belisars!« rief Valerius.

»Jagten sie mit mir davon. – Als ich wieder ganz zu mir gekommen, war ich in Regium, mitten unter den Feinden, dort erfuhr ich denn alles. Die Regentin ist ermordet, der Krieg ist erklärt, die Feinde haben Sicilien überrascht, die ganze Insel ist zum Kaiser abgefallen ...«

»Und das feste Panormus?«

»Fiel durch die Flotte, die in den Hafen drang: die Mastkörbe waren höher als die Mauern der Stadt: von den Masten schossen und sprangen sie herab.« – »Und Syrakusä?« fragte Valerius. »Fiel durch Verrat der Sicilianer – die Goten der Besatzung sind ermordet: in Syrakusä ist Belisarius eingeritten unter einem Blumenregen, als scheidender Konsul des Jahres – denn es war am letzten Tage seines Konsulats – Goldmünzen streuend, unter Händeklatschen alles Volks.« – »Und wo ist der Seegraf? wo ist Totila?« – »Zwei seiner drei Schiffe sind in den Grund gebohrt, vom Schnabelstoße der Trieren. Sein Schiff und noch eins: er sprang ins Meer mit voller Rüstung – und ist – noch nicht – aufgefischt.«

Da sank Valeria schweigend auf das Lager.

»Der Griechenfeldherr,« fuhr der Bote fort, »landete gestern in dunkler stürmischer Nacht bei Regium: die Stadt hat ihn mit Jubel aufgenommen; er ordnet nur sein Heer, dann solls im Fluge nach Neapolis gehen: seine Vorhut, die gelbhäutigen Reiter, die mich eingebracht, mußten sogleich wieder umkehren und den Paß gewinnen. Ich sollte ihnen Führer dahin sein. Ich führte sie weit ab – nach Westen – in den Meeressumpf und – entsprang ihnen im Dunkel – des Abends – aber – sie schickten mir – Pfeile nach – und einer traf – ich kann nicht mehr.« – Und klirrend stürzte der Mann zu Boden.

»Er ist verloren!« sprach Valerius, »sie führen vergiftetes Geschoß! Auf, Julius und Thorismuth, ihr geleitet mein Kind auf der Straße gen Neapolis: ich gehe in den Paß und decke euch den Rücken.« Vergebens waren die Bitten Valerias: Gesicht und Haltung des Alten nahmen einen Ausdruck eisernen Entschlusses an. »Gehorcht!« befahl er den Widerstrebenden, »ich bin der Herr dieses Hauses, der Sohn dieses Landes, und ich will die Hunnen Belisars fragen, was sie zu thun haben in meinem Vaterland. Nein, Julius! Dich muß ich bei Valeria wissen – lebet wohl.«

Während Valeria mit ihrer gotischen Bedeckung und mit den meisten der Sklaven spornstreichs auf der Straße nach Neapolis hinwegeilte, stürmte Valerius mit Schild und Schwert einem halben Dutzend Sklaven voran, zum Garten der Villa hinaus, nach dem Engpaß zu, der nicht weit vor dem Anfang seiner Besitzungen die Straße nach Regium überwölbte.

Der Felsenbogen zur Linken, im Norden, war unübersteiglich und zur Rechten, nach Süden, fielen jene Wände senkrecht in das tiefe Meer, dessen Brandung oft die Straße überflutete. Die Mündung des Passes aber war so schmal, daß zwei nebeneinanderstehende Männer sie mit ihren Schilden wie eine Pforte schließen konnten: so durfte Valerius hoffen, den Paß auch gegen große Übermacht lang genug zu decken, um den raschen Pferden der Fliehenden hinlänglichen Vorsprung zu gewähren. Während der Alte den schmalen Pfad, der sich zwischen dem Meere und seinen Weinbergen nach dem Engpaß hinzog, durch die mondlose Nacht vorwärts eilte, bemerkte er zur Rechten, draußen, in ziemlicher Entfernung vom Lande, im Meer den hellen Strahl eines kleinen Lichtes, das offenbar von dem Mast eines Schiffes niederleuchtete. Valerius erschrak: sollten die Byzantiner zur See gegen Neapolis vorrücken? Sollten sie Bewaffnete in seinem und des Engpasses Rücken ans Land werfen wollen? Aber würden sich dann nicht mehrere Lichter zeigen? Er wollte die Sklaven fragen, die auf seinen Befehl, aber schon mit sichtlichem Widerwillen, ihm aus der Villa gefolgt waren.

Umsonst: sie waren verschwunden in dem Dunkel der Nacht. Sie waren dem Herrn entwischt, sobald dieser ihrer nicht mehr achtete. So kam Valerius allein an dem Engpaß an, dessen hintere Mündung zwei der gotischen Wachen besetzt hielten, während zwei andere den östlichen, dem Feinde zugekehrten Eingang ausfüllten und die übrigen vier in dem innern Raum hielten. Kaum war Valerius dicht hinter die beiden vordersten Wächter getreten, als man plötzlich ganz nahes Pferdegetrappel vernahm: und alsbald bogen um die letzte Krümmung, welche die Straße vor dem Paß um eine Felsennase machte, zwei Reiter im vollen Trabe. Beide trugen Fackeln in der Rechten: es warfen nur diese Fackeln Licht auf die nächtliche Scene, denn die Goten vermieden alles, was ihre kleine Zahl verraten konnte. »Beim Barte Belisars!« schalt der vorderste der Reiter, in Schritt übergehend, »hier wird der Katzensteig so schmal, daß kaum ein ehrlich Roß drauf Platz hat, und da kömmt noch ein Hohlweg oder – halt, was rührt sich da?« Und er hielt sein Pferd an und bog sich, die Fackel weit vor sich streckend, vorsichtig nach vorn: so bot er dicht vor dem Eingang, in dem Licht seiner Kienfackel ein bequemes Ziel.

»Wer ist da?« rief er seinem Begleiter nochmals zu.

Da fuhr ein gotischer Wurfspeer durch die breiten Panzerringe in seine Brust. »Feinde, weh!« schrie der Sterbende und stürzte rücklings aus dem Sattel. »Feinde, Feinde!« rief der Mann hinter ihm, schleuderte die verderbliche Fackel weit von sich ins Meer, warf sein Pferd herum und jagte zurück, während das Tier des Gefallenen ruhig stehen blieb bei der Leiche seines Herrn.

Nichts hörte man jetzt in der Stille der Nacht als den Hufschlag des enteilenden Rosses, und, zur Rechten des Passes, den leisen Schlag der Wellen am Fuße der Felswand. Den Männern im Engpaß schlug das Herz in Erwartung. »Jetzt bleibt kalt, ihr Männer,« mahnte Valerius, »lasse sich keiner aus dem Passe locken. Ihr in der ersten Reihe schließt die Schilde fest aneinander und streckt die Lanzen vor: wir in der Mitte werfen. Ihr drei im Rücken reicht uns die Speere und habt acht auf alles ...«

»Herr,« rief der Gote, der hinter dem Passe auf der Straße stand, »das Licht! das Schiff nähert sich immer mehr.«

»Hab' acht und ruf' es an, wenn —«

Aber schon waren die Feinde da, deren Vorhut die beiden Späher gebildet hatten: es war ein Trupp von fünfzig hunnischen Reitern, mit einigen Fackeln. Wie sie um die Krümmung des Weges bogen, erhellte sich die Scene mit wechselndem, grellem Licht neben tiefem Dunkel.

»Hier war es, Herr!« sprach der entkommene Reiter, »seht euch vor.« — »Schafft den Toten zurück und das Roß!« sprach eine rauhe Stimme und der Anführer, eine Fackel erhebend, ritt im Schritt gegen den Eingang vor.

»Halt!« rief ihm Valerius auf lateinisch entgegen, »wer seid ihr und was wollt ihr?« — »Das habe ich zu fragen!« entgegnete der Führer der Reiter in derselben Sprache. — »Ich bin ein römischer Bürger und verteidige mein Vaterland gegen Räuber.«

Der Anführer hatte unterdessen im Licht seiner Fackel die ganze Örtlichkeit besehen: sein geübtes Auge erkannte die Unmöglichkeit, links oder rechts den Engpaß zu umgehen und zugleich die Enge seiner Mündung. »Freund,« sagte er etwas zurückweichend, »so sind wir Bundesgenossen. Auch wir sind Römer und wollen Italien von seinen Räubern befreien. Also gieb Raum und laß uns durch.« Valerius, der in jeder Weise Zeit gewinnen wollte, sprach: »Wer bist du und wer sendet dich?« — »Ich heiße Johannes: die Feinde Justinians nennen mich »den blutigen«: und ich führe die leichten Reiter Belisars. Alles Land von Regium bis hierher hat uns mit Jubel aufgenommen: hier ist das erste Hemmnis; längst wären wir weiter, hätt' uns nicht ein Hund von einem Goten in den dicksten Sumpf geführt, drin je ein guter Gaul versank. Köstliche Zeit ging uns verloren. Halt' uns nicht auf! Leben und Habe ist dir gesichert, und reicher Lohn, wenn du uns führen willst. Eile ist der Sieg. Die Feinde sind betäubt: sie dürfen sich nicht besinnen, bis wir vor Neapolis stehen, ja vor Rom. »Johannes,« sprach Belisar zu mir, »da ich's dem Sturmwind nicht befehlen kann, vor mir her durch dieses Land zu fegen, befehl ich's dir.« Also fort und laßt uns durch.« Und er spornte sein Pferd.

»Sag Belisar, solange Cnejus Valerius lebt, soll er keinen Fuß breit vorwärts in Italien. Zurück, ihr Räuber!« — »Verrückter Mensch! du hältst es mit den Goten gegen uns?« — »Mit der Hölle —, wenn gegen euch.«

Der Führer warf nochmals prüfende Blicke nach rechts und links: »Höre,« sprach er, »du kannst uns hier wirklich eine Weile aufhalten. Nicht lang. Weichst du, so sollst du leben. Weichst du nicht, so laß ich dich erst schinden und dann pfählen!« Und er hob die Fackel, nach einer Blöße spähend.

»Zurück,« rief Valerius. »Schieß', Freund!« Und eine Sehne klirrte und ein Pfeil schlug an den Helm des Reiters. »Warte!« rief dieser und spornte sein Tier zurück. »Absitzen,« befahl er, »alle Mann!« Aber die Hunnen trennten sich nicht gern von ihren Rossen. »Wie, Herr? absitzen?« fragte einer der nächsten. Da schlug ihm Johannes mit der Faust ins Gesicht. Der Mann rührte sich nicht. »Absitzen!« donnerte er noch mal; »wollt ihr zu Pferde in das Mauseloch schlüpfen?« Und er selbst schwang sich aus dem Sattel: »Sechs legen sich auf die Erde, kriechen an den Seiten der Straße vor und schießen im Liegen. Zehn schießen stehend, auf Brusthöhe. Zehn hüten die Pferde; die andern zwanzig folgen mir mit dem Speer, sowie die Sehnen geschwirrt. Vorwärts.« Und er gab die Fackel ab und ergriff eine Lanze.

Während die Hunnen seinen Befehl vollzogen, musterte Johannes noch einmal den Paß. »Ergebt euch!« rief er – »Kommt an,« riefen die Goten.

Da winkte Johannes und zwanzig Pfeile schwirrten zugleich.

Ein Wehschrei und der vorderste Gote zur Rechten fiel; einer der Schützen auf den Bäumen hatte ihn in die Stirn getroffen. Rasch sprang Valerius mit dem vorgehaltenen Schild an seine Stelle. Er kam gerade recht, den wütenden Anprall des anstürmenden Johannes aufzuhalten, der mit der Lanze in die Lücke rannte. Er fing den Lanzenstoß mit dem Schilde und schlug nach dem Byzantiner, der nahe vor dem Eingang zurückprallte, strauchelte und niederfiel; die Hunnen hinter ihm wichen zurück.

Da konnte sich's der Gote neben Valerius nicht versagen, den feindlichen Führer unschädlich zu machen: er sprang mit gezücktem Speer aus dem Engpaß einen Schritt vorwärts. Aber das hatte Johannes gewollt: blitzschnell hatte er sich aufgerafft, den überraschten Goten von der Straßenwand zur Rechten des Felsenpasses hinabgestoßen, und im selben Augenblick stand er an der rechten, schildlosen Seite des Valerius, der die wieder vordringenden Hunnen abwehrte, und stieß diesem mit aller Kraft das lange Persermesser in die Weichen.

Valerius brach zusammen: aber es gelang den drei hinter ihm stehenden Goten, Johannes, der schon in das Innere des Passes gedrungen war, mit ihren Schildschnäbeln wieder zurück- und hinauszustoßen. Er ging zurück, einen neuen Pfeilregen zu befehlen.

Schweigend deckten die beiden Goten wieder die Mündung, der dritte hielt den blutenden Valerius in seinen Armen.

Da stürzte die Wache von der Rückseite in den Engpaß: »Das Schiff! Herr – das Schiff! sie sind gelandet: sie fassen uns im Rücken! Flieht, wir wollen euch tragen – ein Versteck in den Felsen.«

»Nein,« sprach Valerius, sich aufrichtend, »hier will ich sterben; stemme mein Schwert gegen die Wand und ...«

Aber da schmetterte von der Rückseite her laut der Ruf des gotischen Heerhorns: Fackeln blitzten und eine Schar von dreißig Goten stürmte in den Paß: Totila an ihrer Spitze: sein erster Blick fiel auf Valerius: »Zu spät, zu spät!« rief er schmerzlich. »Aber folgt mir! Rache! hinaus!«

Und wütend brach er mit seinem speeretragenden Fußvolk aus dem Paß. Und schrecklich war der Zusammenstoß auf der schmalen Straße zwischen Felsen und Meer. Die Fackeln erloschen in dem Getümmel und der anbrechende Morgen gab nur ein graues Licht. Die Hunnen, obwohl an Zahl den kühnen Angreifern überlegen, waren durch den plötzlichen Ausfall völlig überrascht: sie glaubten, ein ganzes Heer der Goten sei im Anmarsch: sie eilten, ihre Rosse zu gewinnen und zu entfliehen; aber die Goten erreichten mit ihnen zugleich die Stelle, wo die ledigen Tiere hielten: und in wirrem Knäuel stürzte Mann und Roß die Felsen hinab.

Umsonst hieb Johannes selbst auf seine fliehenden Leute ein: ihr Schwall warf ihn zu Boden, er raffte sich wieder auf und sprang den nächsten Goten an. Aber er kam übel an: es war Totila, er erkannte ihn. »Verfluchter Flachskopf,« schrie er, »so bist du nicht ersoffen?«

»Nein, wie du siehst!« rief dieser und schlug ihm das Schwert durch den Helmkamm und noch ein Stück in den Schädel, daß er taumelte. Da war aller Widerstand zu Ende. Mit knapper Not hoben ihn die nächsten seiner Reiter auf ein Pferd und jagten mit ihm davon. Der Kampfplatz war geräumt.

Totila eilte nach dem Hohlweg zurück. Er fand Valerius, bleich, mit geschlossenen Augen, das Haupt auf seinen Schild gelegt. Er warf sich zu ihm nieder und drückte die erstarrende Hand an seine Brust. »Valerius,« rief er, »Vater! scheide nicht! scheide nicht so von uns. Noch ein Wort des Abschieds.« Der Sterbende schlug matt die Augen auf.

»Wo sind sie?« fragte er. »Geschlagen und geflohn.« – »Ah, Sieg!« atmete Valerius auf; »ich darf im Siege sterben. Und Valeria – mein Kind – sie ist gerettet?«

»Sie ist es. Aus dem Seegefecht, aus dem Meer entkommen, eilte ich hierher, Neapolis zu warnen, euch zu retten. Nahe der Straße, zwischen deinem Hause und Neapolis, war ich gelandet; dort traf ich sie und erfuhr deine Gefahr; eins meiner Schiffsboote nahm sie auf und führt sie nach Neapolis: mit dem andern eilte ich hierher dich zu retten – ach nur zu rächen!« Und er senkte das Haupt auf des Sterbenden Brust.

»Klage nicht um mich, ich sterbe im Sieg! Und dir, mein Sohn, dir, dank' ich es.« Und wohlgefällig streichelte er die langen Locken des Jünglings. »Und auch Valerias Rettung. O dir, dir, ich hoffe es, auch Italiens Rettung. Du bist der Held, auch dieses Land zu retten, trotz Belisar und Narses. Du kannst es, du wirst es – und dein Lohn sei mein geliebtes Kind.« – »Valerius! Mein Vater!« – »Sie sei dein! Aber schwöre mir's,« – und er richtete sich empor mit letzter Kraft und sah ihm scharf ins Auge – »schwöre mir's beim Genius Valerias: nicht eher wird sie dein, als bis Italien frei ist und keine Scholle seines heiligen Bodens mehr einen Byzantiner trägt.«

»Ich schwör' es dir,« rief Totila, begeistert seine Rechte fassend, »ich schwör's beim Genius Valerias!«

»Dank, dank, mein Sohn; nun mag ich getrost sterben: grüße sie und sage ihr: dir hab' ich sie empfohlen und anvertraut: sie – und Italien.« Und er legte das Haupt zurück auf seinen Schild und kreuzte die Arme über der Brust – und war tot.

Lange hielt Totila schweigend die Hand auf seiner Brust.

Ein blendendes Licht weckte ihn plötzlich aus seinem Träumen: es war die Morgensonne, deren goldne Scheibe prächtig über den Kamm des Felsgebirges emportauchte: er stand auf und sah dem steigenden Gestirn entgegen. Die Fluten glitzerten in hellem Widerschein und ein Schimmer flog über alles Land.

»Beim Genius Valerias!« widerholte er leise mit innigster Empfindung und hob die Hand zum Schwur dem Morgenlicht entgegen. Wie der Tote fand er Kraft und Trost und Begeisterung in seinem schweren Gelübde: die hohe Pflicht erhob ihn. Gekräftigt wandte er sich zurück und befahl, die Leiche auf sein Schiff zu tragen, um sie nach dem Grabmal der Valerier in Neapolis zu führen.

## Elftes Kapitel

Während dieser drohenden Ereignisse waren wohl freilich auch die Goten nicht völlig müßig geblieben. Doch waren alle Maßregeln kraftvoller Abwehr gelähmt, ja absichtlich vereitelt durch den feigen Verrat ihres Königs.

Theodahad hatte sich von seiner Bestürzung über die Kriegserklärung des byzantinischen Gesandten alsbald wieder erholt, da er sich nicht von der Überzeugung trennen konnte und wollte, sie sei doch im Grunde nur erfolgt, um den Schein zu wahren und die Ehre des Kaiserhofes zu decken. Er hatte ja Petros nicht mehr allein gesprochen: und dieser mußte doch vor Goten und Römern einen Vorwand haben, Belisar in Italien erscheinen zu lassen. Das Auftreten dieses Mannes war ja das längst verabredete Mittel zur Durchführung der geheimen Pläne. Den Gedanken, Krieg führen zu sollen – von allen ihm der unerträglichste! – wußte er sich dadurch fern zu halten, daß er weislich überlegte, zum Kriegführen gehören zwei. »Wenn ich mich nicht verteidige,« dachte er, »ist der Angriff bald vorüber. Belisar mag kommen: ich will nach Kräften dafür sorgen, daß er auf keinen Widerstand stößt, der des Kaisers Stimmung gegen mich nur verschlimmern könnte. Berichtet der Feldherr im Gegenteil nach Byzanz, daß ich seine Erfolge in jeder Weise befördert, so wird Justinian nicht anstehn, den alten Vertrag ganz oder doch zum größten Teil zu erfüllen.«

In diesem Sinne handelte er, berief alle Streitkräfte der Goten zu Land und zur See aus Unteritalien, wo er die Landung Belisars erwartete, hinweg, und schickte sie massenhaft an die Ostgrenze des Reiches nach Liburnien, Dalmatien, Istrien und gen Westen nach Südgallien, indem er, gestützt auf die Thatsache, daß Byzanz eine kleine Truppenabteilung nach Dalmatien gegen Salona gesendet und mit den Frankenkönigen Gesandte gewechselt hatte, vorgab, der Hauptangriff sei von den Byzantinern zu Lande, in Istrien, und von den mit ihnen verbündeten Franken am Rhodanus und Padus zu befahren.

Die Scheinbewegungen Belisars unterstützten diesen Glauben: und so geschah das Unerhörte, daß die Heerscharen der Goten, die Schiffe, die Waffen, die Kriegsvorräte in großen Massen in aller Eile gerade vor dem Angriff hinweggeführt, daß Unteritalien bis Rom, ja alles Land bis Ravenna entblößt und alle Verteidigungsmaßregeln in den Gegenden vernachlässigt wurden, auf die alsbald die ersten Schläge der Feinde fallen sollten.

An dem Dravus, Rhodanus und Padus wimmelte es von gotischen Waffen und Segeln, während bei Sicilien, wie wir sahen, sogar die nötigsten Boote zum Wachtdienst fehlten.

Auch das ungestüme Drängen der gotischen Patrioten besserte daran nicht viel. Witichis und Hildebad hatte sich der König aus der Nähe geschafft, indem er sie mit Truppen und Aufträgen nach Istrien und nach Gallien entsandte: und dem argwöhnischen Teja leistete der alte Hildebrand, der nicht ganz den Glauben an den letzten der Amaler aufgeben wollte, zähen Widerstand.

Am meisten aber ward Theodahad gekräftigt, als ihm seine entschlossene Königin zurückgegeben wurde. Witichis war alsbald nach der Kriegserklärung der Byzantiner mit einer gotischen Schar vor die Burg von Feretri gezogen, wo Gothelindis mit ihren pannonischen Söldnern Zuflucht gesucht, und hatte sie bewogen, sich freiwillig wieder in Ravenna einzufinden, unter Verbürgung für ihre Sicherheit, bis in der bevorstehenden großen Volks- und Heeresversammlung bei Rom ihre Sache nach allen Formen des Rechts untersucht und entschieden werde. Diese Bedingungen waren beiden Parteien genehm: denn den gotischen Patrioten mußte alles daran gelegen sein, jetzt, bei dem Ausbruch des schweren Krieges, nicht durch Parteiung in der Oberleitung gespalten zu sein.

Und wenn der gerade Gerechtigkeitssinn des Grafen Witichis wider jede Anklage das Recht voller Verteidigung gewahrt wissen wollte, so sah auch Teja ein, daß, nachdem der Feind die schwere Beschuldigung des Königsmordes auf das ganze Volk der Goten geschleudert, nur ein strenges und feierliches Verfahren in allen Formen, nicht eine stürmische Volksjustiz auf blinden Argwohn hin die Volksehre wahren könne.

Gothelindis aber blickte jenem Verfahren mit kühner Stirn entgegen: mochten die Stimmen innerer Überzeugung auch gegen sie sprechen, sie glaubte ganz sicher zu sein, daß sich ein genügender Beweis ihrer That nicht erbringen lasse. Hatte doch nur ihr Auge das Ende der Feindin gesehen. Und sie wußte wohl, daß man sie ohne volle Überführung nicht strafen werde.

So folgte sie willig nach Ravenna, flößte dem zagen Herzen ihres Gatten neuen Mut ein und hoffte, war nur der Gerichtstag überstanden, alsbald im Lager Belisars und am Hofe von Byzanz Ruhe von allen weitern Anfechtungen zu finden. Die Zuversicht des Königspaares über den Ausgang jenes Tages wurde nun noch dadurch erhöht, daß die Rüstungen der Franken ihnen den Vorwand gegeben hatten, außer Witichis und Hildebad auch noch den gefährlichen Grafen Teja mit einer dritten Heerschar in den Nordwesten der Halbinsel zu entsenden: mit ihm zogen viele Tausende gerade der eifrigsten Anhänger der Gotenpartei, so daß an dem Tag bei Rom eine von ihren Gegnern nicht allzuzahlreich besuchte Versammlung sich einfinden würde. Und unablässig waren sie thätig, sowohl ihre persönlichen Anhänger als alte Gegner Amalaswinthens, die mächtige Sippe der Balten in ihren weitverbreiteten Zweigen, in möglichst großer Anzahl zur Entscheidung jenes Tages heranzuziehen. So hatte das Königspaar Ruhe und Zuversicht gewonnen. Und Theodahad war von Gothelindis bewogen worden, selbst als Vertreter seiner Gemahlin gegen jede Anklage unter den Goten zu erscheinen, um durch solchen Mut und den Glanz des königlichen Ansehens vielleicht von vornherein alle Widersacher einzuschüchtern.

Umgeben von ihren Anhängern und einer kleinen Leibwache verließen Theodahad und Gothelindis Ravenna und eilten nach Rom, wo sie mehrere Tage vor dem für die Versammlung anberaumten Termin eintrafen und in dem alten Kaiserpalast abstiegen.

Nicht unmittelbar vor den Mauern, sondern in der Nähe Roms, auf einem freien offnen Felde, Regeta genannt, zwischen Anagni und Terracina, sollte die Versammlung gehalten werden. Früh am Morgen des Tages, da sich Theodahad allein auf die Reise dorthin aufmachen wollte und von Gothelindis Abschied nahm, ließ sich ein unerwarteter und unwillkommener Name melden: Cethegus, der während ihres mehrtägigen Aufenthalts in der Stadt nicht erschienen: er war vollauf mit der Vollendung der Befestigungen beschäftigt.

Als er eintrat, rief Gothelindis entsetzt über seinen Ausdruck: »Um Gott, Cethegus! welch ein Unheil bringst du?«

Aber der Präfekt furchte nur einen Augenblick die Stirn bei ihrem Anblick, dann sprach er ruhig: »Unheil? für den, den's trifft. Ich komme aus einer Versammlung meiner Freunde, wo ich zuerst erfuhr, was bald ganz Rom wissen wird: Belisar ist gelandet.«

»Endlich,« rief Theodahad. – Und auch die Königin konnte eine Miene des Triumphs nicht verbergen.

»Frohlockt nicht zu früh! Es kann euch reuen. Ich komme nicht, Rechenschaft von euch und eurem Freunde Petros zu verlangen: wer mit Verrätern handelt, muß sich aufs Lügen gefaßt machen. Ich komme nur, um euch zu sagen, daß ihr jetzt ganz gewiß verloren seid.«

»Verloren?« – »Gerettet sind wir jetzt!«

»Nein, Königin. Belisar hat bei der Landung ein Manifest erlassen: er sagt, er komme, die Mörder Amalaswinthens zu strafen; ein hoher Preis und seine Gnade ist denen zugesichert, die euch lebend oder tot einliefern.«

Theodahad erbleichte. »Unmöglich!« rief Gothelindis.

»Die Goten aber werden bald erfahren, wessen Verrat den Feind ohne Widerstand ins Land gelassen.

Mehr noch. Ich habe von der Stadt Rom den Auftrag, in dieser stürmischen Zeit als Präfekt ihr Wohl zu wahren. Ich werde euch im Namen Roms ergreifen und Belisar übergeben lassen.«

»Das wagst du nicht!« rief Gothelindis nach dem Dolche greifend.

»Still, Gothelindis, hier gilt es nicht, hilflose Frauen im Bad ermorden. Ich lasse euch aber entkommen – was liegt mir an eurem Leben oder Sterben! – gegen einen billigen Preis.«

»Ich gewähre jeden!« stammelte Theodahad.

»Du lieferst mir die Urkunden aus deiner Verträge mit Silverius: schweig! lüge nicht! ich weiß, ihr habt lang und geheim verhandelt. Du hast wieder einmal einen hübschen Handel mit Land und Leuten getrieben! Mich lüstet nach dem Kaufbrief.«

»Der Kauf ist jetzt eitel! die Urkunden ohne Kraft! Nimm sie! sie liegen verwahrt in der Basilika des heiligen Martinus, in dem Sarkophag, links in der Krypta!« Seine Furcht zeigte, daß er wahr sprach.

»Es ist gut,« sagte Cethegus. »Alle Ausgänge des Palastes sind von meinen Legionaren besetzt. Erst erhebe ich die Urkunden. Fand ich sie am bezeichneten Ort, so werd' ich Befehl geben, euch zu entlassen. Wollt ihr dann entfliehn, so geht an die Pforte Marc Aurels und nennt meinen Namen dem Kriegstribun der Wache, Piso. Er wird euch ziehen lassen.« Und er ging, das Paar ratlosen Ängsten überlassend.

»Was thun?« fragte Gothelindis mehr sich selbst als ihren Gemahl. »Weichen oder trotzen?« – »Was thun?!« wiederholte Theodahad unwillig. »Trotzen? das heißt bleiben? Unsinn! fort von hier sobald als möglich; kein Heil als die Flucht!« – »Wohin willst du fliehn?« – »Nach Ravenna zunächst – das ist fest! Dort erheb' ich den Königsschatz. Von da, wenn es sein muß, zu den Franken. Schade, schade, daß ich die hier verborgnen Gelder preisgeben muß. Die vielen Millionen Solidi!« – »Hier? auch hier,« fragte Gothelindis aufmerksam, »in Rom hast du Schätze geborgen. Wo? und sicher?« – »Ach, allzusicher! In den Katakomben! Ich selber würde Stunden brauchen, sie alle aufzufinden in jenen finstern Labyrinthen. Und die Minuten sind jetzt Leben oder Tod. Und das Leben geht doch noch über die Solidi! Folge mir, Gothelindis. Damit wir keinen Augenblick verlieren; ich eile an die Pforte Marc Aurels.«

Und er verließ das Gemach. Aber Gothelindis blieb überlegend stehn. Ein Gedanke, ein Plan hatte sie bei seinen Worten erfaßt: sie erwog die Möglichkeit des Widerstands.

Ihr Stolz ertrug es nicht, der Herrschaft zu entsagen. »Gold ist Macht,« sprach sie zu sich selber, »und nur Macht ist Leben.« Ihr Entschluß stand fest. Sie gedachte der kappadokischen Söldner, die des Königs Geiz aus seinem Dienst verscheucht hatte; sie harrten noch herrenlos in Rom, der Einschiffung gewärtig. Sie hörte Theodahad hastig die Treppe hinunter steigen und nach seiner Sänfte rufen. »Ja, flüchte nur, du Erbärmlicher!« sprach sie, »ich bleibe.«

## Zwölftes Kapitel

Herrlich tauchte am nächsten Morgen die Sonne aus dem Meer: und ihre Strahlen glitzerten auf den blanken Waffen von vielen tausend Gotenkriegern, die das weite Blachfeld von Regeta belebten.

Aus allen Provinzen des weiten Reiches waren die Scharen herbeigeeilt, gruppenweise, sippenweise, oft mit Weib und Kind, sich bei der großen Musterung, die alljährlich im Herbste gehalten wurde, einzufinden.

Eine solche Volksversammlung war das schönste Fest und der edelste Ernst der Nation zugleich: ursprünglich, in der heidnischen Zeit, war ihr Mittelpunkt das große Opferfest gewesen, das alljährlich zweimal, an der Winter- und Sommer-Sonnenwende, alle Geschlechter des Volkes zur Verehrung der gemeinsamen Götter vereinte: daran schlossen sich dann Markt- und Tausch-Verkehr, Waffenspiele und Heeresmusterung: die Versammlung hatte zugleich die höchste Gerichtsgewalt und die letzte Entscheidung über Krieg und Frieden und die Verhältnisse zu andern Staaten.

Und noch immer, auch in dem christlichen Gotenstaat, in welchem der König so manches Recht, das sonst dem Volke zukam, erworben, hatte die Volksversammlung eine höchst feierliche Weihe, wenn auch deren alte heidnische Bedeutung vergessen war: und die Reste der alten Volksfreiheit, die selbst der gewaltige Theoderich nicht angetastet, lebten unter seinen schwächern Nachfolgern kräftiger wieder auf.

Noch immer hatte die Gesamtheit der freien Goten das Urteil zu finden, die Strafe zu verhängen, wenn auch der Graf des Königs in dessen Namen das Gericht leitete und das Urteil vollzog. Und oft schon hatten germanische Völker selbst ihre Könige wegen Verrates, Mordes und andrer schwerer Frevel vor offner Volksversammlung angeklagt, gerichtet und getötet. In dem stolzen Bewußtsein, sein eigner Herr zu sein und niemand, auch dem König nicht, über das Maß der Freiheit hinaus zu dienen, zog der Germane in allen seinen Waffen zu dem »Ding«, wo er sich im Verband mit seinen Genossen sicher und stark fühlte und seine und seines Volkes Freiheit, Kraft und Ehre in lebendigen Bildern und Thaten vor Augen sah.

Zur diesmaligen Versammlung aber zog es die Goten mit besonders starken Gründen. Der Krieg mit Byzanz war zu erwarten oder schon ausgebrochen, als die Ladung nach Regeta erging: das Volk freute sich auf den Kampf mit dem verhaßten Feind und freute sich, zuvor seine Heeresmacht zu mustern: diesmal ganz besonders sollte die Volksversammlung zugleich Heerschau sein. Dazu kam, daß wenigstens in den nächsten Landschaften den meisten Goten bekannt wurde, dort zu Regeta sollte Gericht gehalten werden über die Mörder der Tochter Theoderichs: die große Aufregung, die diese That erweckt hatte, mußte ebenfalls mächtig nach Regeta ziehn.

Während ein Teil der Herbeigewanderten in den nächsten Dörfern bei Freunden und Verwandten eingesprochen, hatten sich große Scharen schon einige Tage vor der feierlichen Eröffnung auf dem weiten Blachfeld selbst, zweihundertachtzig Stadien (gegen sechsunddreißig römische Meilen zu tausend Schritt) von Rom, unter leichten Zelten und Hütten oder auch unter dem milden freien Himmel gelagert. Diese waren mit den frühsten Stunden des Versammlungstages schon in brausender Bewegung und nützten die geraume Zeit, da sie die alleinigen Herrn des Platzes waren, zu allerlei Spiel und Kurzweil.

Die einen schwammen und badeten in den klaren Fluten des raschen Flusses Ufens (oder »Decemnovius«, weil er nach neunzehn römischen Meilen bei Terracina in das Meer mündet), der die weite Ebene durchschnitt. Andere zeigten ihre Kunst, über ganze Reihen von vorgehaltenen Speeren hinwegzusetzen oder, fast unbekleidet, unter den im Taktschlag geschwungenen Schwertern zu tanzen, indes die Raschfüßigsten, angeklammert an die Mähnen ihrer Rosse, mit deren schnellstem Lauf gleichen Schritt hielten und, am Ziele angelangt, mit sichrem Sprung sich auf den sattellosen Rücken schwangen.

»Schade,« rief der junge Gudila, der bei diesem Wettlauf zuerst an das Ziel gelangt war und sich jetzt die gelben Locken aus der Stirne strich, »schade, daß Totila nicht zugegen! Er ist der beste Reiter im Volk und hat mich noch immer besiegt; aber jetzt, mit dem Rappen, nehm' ich's mit ihm auf.« – »Ich bin froh, daß er nicht da ist,« lachte Gunthamund, der als der zweite herangesprengt war, »sonst hätte ich gestern schwerlich den ersten Preis im Lanzenwurf davongetragen.« – »Ja,« sprach Hilderich, ein stattlicher junger Krieger in klirrendem Ringpanzer, »Totila ist gut mit der

Lanze. Aber sichrer noch wirft der schwarze Teja: der nennt dir die Rippe vorher, die er treffen wird.« – »Bah,« brummte Hunibad, ein älterer Mann, der dem Treiben der Jünglinge prüfend zugesehn, »das ist doch all' nur Spielerei. Im blutigen Ernste frommt dem Mann zuletzt doch nur das Schwert: wann dir der Tod von allen Seiten so dicht auf den Leib rückt, daß du nicht mehr ausholen kannst zum Wurf. Und da lob' ich mir den Grafen Witichis von Fäsulä!

Das ist mein Mann! War das ein Schädelspalten, im Gepidenkrieg! Durch Stahl und Leder schlug der Mann als wär' es trocken Stroh. Der kann's noch besser als mein eigner Herzog, Guntharis, der Wölsung, in Florentia. Doch was wißt ihr davon, ihr Knaben. – Seht, da steigen die frühesten Ankömmlinge von den Hügeln nieder: auf! ihnen entgegen!«

Und auf allen Wegen strömte jetzt das Volk heran: zu Fuß, zu Roß und zu Wagen. Ein brausendes, wogendes Leben erfüllte mehr und mehr das Blachfeld. An den Ufern des Flusses, wo die meisten Zelte standen, wurden die Rosse abgezäumt, die Gespanne zu einer Wagenburg zusammengeschoben und durch die Lagergassen hin flutete nun die stündlich wachsende Menge.

Da suchten und fanden und begrüßten sich Freunde und Waffenbrüder, die sich seit Jahren nicht gesehn. Es war ein buntgemischtes Bild: die alte germanische Gleichartigkeit war in diesem Reiche lang geschwunden. Da stand neben dem vornehmen Edeln, der sich in einer der reichen Städte Italiens niedergelassen, in den Palästen senatorischer Geschlechter wohnte und die feinere und üppigere Sitte der Welschen angenommen hatte, neben dem Herzog oder Grafen aus Mediolanum oder Ticinum, der über dem reichvergoldeten Panzer das Wehrgehänge von Purpurseide trug, neben einem solchen zieren Herrn ragte wohl ein rauher, riesiger Gotenbauer, der in den tiefen Eichwäldern am Margus in Mösien hauste oder der in dem Tann am rauschenden Önus dem Wolf die zottige Schnur abgerungen hatte, die er um die mächtigen Schultern schlug, und dessen rauher erhaltne Sprache befremdlich an das Ohr der halbromanisierten Genossen schlug. Und wieder friedliche Schafhirten aus Dakien, die, ohne Acker und ohne Haus, mit ihren Herden von Weide zu Weide wanderten, ganz in derselben Weise noch, welche die Ahnen vor tausend Jahren aus Asien herübergeführt hatte. Da war ein reicher Gote, der in Ravenna oder Rom eines römischen Geldwechslers Kind geheiratet und bald Handel und Verkehr gleich seinem römischen Schwager zu treiben und seinen Gewinn nach Tausenden zu berechnen gelernt hatte. Und daneben stand ein armer Senne, der an dem brausenden Isarkus die magern Ziegen auf die magre Weide trieb, und dicht neben der Höhle des Bären seine Bretterhütte errichtet hatte.

So verschieden war den Tausenden, die sich hier zusammenfanden, das Los gefallen, seit ihre Väter dem Ruf des großen Theoderich nach Westen gefolgt waren, hinweg aus den Thälern des Hämus.

Aber doch fühlten sie sich als Brüder, als Söhne Eines Volkes: dieselbe stolzklingende Sprache redeten sie, dieselben Goldlocken, dieselbe schneeweiße Haut, dieselben hellen blitzenden Augen und – vor allem – das gleiche Gefühl in jeder Brust: als Sieger stehen wir auf dem Boden, den unsre Väter dem römischen Weltreich abgetrotzt, und den wir decken wollen, lebendig oder tot.

Wie ein ungeheurer Bienenschwarm wogten und rauschten die Tausende durcheinander, die sich hier begrüßten, alte Bekanntschaften aufsuchten und neue schlossen und das wirre Getreibe schien nimmer enden zu wollen und zu können.

Aber plötzlich tönten von dem Kamm der Hügel her eigentümliche, feierlich gezogene Töne des gotischen Heerhorns: und augenblicklich legte sich das Gesumme der brausenden Stimmen. Aufmerksam wandten sich aller Augen nach der Richtung der Hügel, von denen ein geschlossener Zug ehrwürdiger Greise nahte. Es war ein halbes Hundert von Männern in weißen, wallenden Mänteln, die Häupter eichenbekränzt, weiße Stäbe und altertümlich geformte Steinbeile führend: die Sajonen und Fronwärter des Gerichts, welche die feierlichen Formen der Eröffnung, Hegung und Aufhebung des Dings zu vollziehen hatten.

Angelangt in der Ebene begrüßten sie mit dreifachem, langgezogenem Hornruf die Versammlung der freien Heermänner, die, nach feierlicher Stille, mit klirrenden Waffen lärmend antworteten.

Alsbald begannen die Bannboten ihr Werk. Sie teilten sich nach rechts und links und umzogen mit Schnüren von roter Wolle, die alle zwanzig Schritt um einen Haselstab, den sie in die Erde stießen, geschlungen wurde, die ganze weite Ebene, und begleiteten diese Handlung mit uralten Liedern und Sprüchen.

Genau gegen Aufgang und Mittag wurden die Wollschnüre auf mannshohe Lanzenschäfte gespannt, so daß sie die zwei Thore der nun völlig umfriedeten Dingstätte bildeten, an denen die Fronboten mit gezückten Beilen Wache hielten, alle Unfreien, alle Volksfremden und alle Weiber fern zu halten.

Als diese Arbeit vollendet war, traten die beiden Ältesten unter die Speerthore und riefen mit lauter Stimme:

»Gehegt ist der Hag
Altgotischer Art:
Nun beginnen mit Gott
Mag gerechtes Gericht.«

Auf die hiernach eingetretne Stille folgte unter der versammelten Menge ein anfangs leises, dann lauter tönendes und endlich fast betäubendes Getöse von fragenden, streitenden, zweifelnden Stimmen.

Es war nämlich schon bei dem Zug der Sajonen aufgefallen, daß er nicht, wie gewöhnlich, von dem Grafen geführt war, der im Namen und Bann des Königs das Gericht abzuhalten und zu leiten pflegte. Doch hatte man erwartet, daß dieser Vertreter des Königs wohl während der Umschnürung des Platzes erscheinen werde. Als nun aber diese Arbeit geschehen, und der Spruch der Alten, der zum Beginn des Gerichts aufforderte, ergangen und doch immer noch kein Graf, kein Beamter erschienen war, der allein die Eröffnungsworte sprechen konnte, ward die Merksamkeit aller auf jene schwer auszufüllende Lücke gelenkt. Während man nun überall nach dem Grafen, dem Vertreter des Königs, fragte und suchte, erinnerte man sich, daß dieser ja verheißen hatte, in Person vor seinem Volk zu erscheinen, sich und seine Königin gegen die erhobnen schweren Anklagen zu verteidigen.

Aber da man jetzt bei des Königs Freunden und Anhängern sich nach ihm erkundigen wollte, ergab sich die verdächtige Thatsache, die man bisher, im Gedräng der allgemeinen Begrüßungen, gar nicht wahrgenommen, daß nämlich auch nicht Einer der zahlreichen Verwandten, Freunde, Diener des Königshauses, die zur Unterstützung der Beschuldigten zu erscheinen Recht, Pflicht und Interesse hatten, in der Versammlung zugegen war, wiewohl man sie vor wenigen Tagen zahlreich in den Straßen und in der Umgegend Roms gesehen hatte.

Das erregte Befremden und Argwohn: und lange schien es, als ob an dem Lärm über diese Seltsamkeit und an dem Fehlen des Königsgrafen der rechtmäßige Anfang der ganzen Verhandlung scheitern solle. Verschiedene Redner hatten bereits vergeblich versucht, sich Gehör zu verschaffen.

Da erscholl plötzlich aus der Mitte der Versammlung ein alles übertönender Klang, dem Kampfruf eines furchtbaren Ungetümes vergleichbar. Aller Augen folgten dem Schall: und sahen im Mittelgrund des Platzes, an den Rücken einer hohen Steineiche gelehnt, eine hohe ragende Gestalt, die in den hohlen, vor den Mund gehaltnen Erzschild mit lauter Stimme den gotischen Schlachtruf ertönen ließ. Als sie den Schild senkte, erkannte man das mächtige Antlitz des alten Hildebrand, dessen Augen Feuer zu sprühen schienen.

Begeisterter Jubel begrüßte den greisen Waffenmeister des großen Königs, den, wie seinen Herrn, Lied und Sage schon bei lebendem Leib zu einer mythischen Gestalt unter den Goten gemacht hatten. Als sich der Zuruf gelegt, hob der Alte an: »Gute Goten, meine wackern Männer. Es ficht euch an und will euch befremden, daß ihr keinen Grafen seht und Vertreter des Mannes, der eure Krone trägt.

Laßt's euch nicht Bedenken machen! Wenn der König meint, damit das Gericht zu stören, so soll er irren. Ich denke noch die alten Zeiten und sage euch: das Volk kann Recht finden ohne König, und Gericht halten ohne Königsgrafen. Ihr seid alle herangewachsen in neuer Übung und Sitte, aber da steht Haduswinth, der Alte, kaum ein paar Winter jünger denn ich: der wird's mir bezeugen: beim Volk allein ist alle Gewalt: das Gotenvolk ist frei!«

»Ja, wir sind frei!« rief ein tausendstimmiger Chor.

»Wir wählen uns unsern Dinggrafen selbst, schickt der König den seinen nicht,« rief der graue Haduswinth, »Recht und Gericht war, eh' König war und Graf. Und wer kennt besser allen Brauch des Rechts als Hildebrand, Hildungs Sohn? Hildebrand soll unser Dinggraf sein.«

»Ja!« hallte es ringsum wieder, »Hildebrand soll unser Dinggraf sein.«

»Ich bin's durch eure Wahl: und achte mich so gut bestellt, als hätte mir König Theodahad Brief und Pergament darüber ausgestellt. Auch haben meine Ahnen Gericht gehalten den Goten seit Jahrhunderten. Kommt, Sajonen, helft mir öffnen das Gericht.«

Da eilten zwölf von den Frondienern herzu. Vor der Eiche lagen noch die

Trümmer eines uralten Fanums des Waldgottes Picus: die Sajonen säuberten die Stelle, hoben die breitesten der Steine zurecht und lehnten links und rechts zwei der viereckigen Platten an den Stamm der Eiche, so daß ein stattlicher Richterstuhl dadurch gebildet ward. Und so hielt, von dem Altar des altitalischen Wald- und Hirtengottes herab, der Gotengraf Gericht.

Andere Sajonen warfen einen blauen weitfaltigen Wollmantel mit breitem, weißem Kragen über Hildebrands Schultern, gaben ihm den oben gekrümmten Eschenstab in die Hand und hingen links zu seinen Häupten einen blanken Stahlschild an die Zweige der Eiche.

Dann stellten sie sich in zwei Reihen zu seiner Rechten und Linken auf: der Alte schlug mit dem Stab auf den Schild, daß er hell erklang, dann setzte er sich, das Antlitz gegen Osten und sprach: »Ich gebiete Stille, Bann und Frieden! Ich gebiete Recht und verbiete Unrecht, Hastmut und Scheltwort und Waffenzücken, und alles, was den Dingfrieden kränken mag. Und ich frage hier: ist es an Jahr und Tag, an Weil' und Stunde, an Ort und Stätte, zu halten ein frei Gericht gotischer Männer?«

Da traten die nächststehenden Goten heran und sprachen im Chor: »Hier ist rechter Ort, unter hohem Himmel, unter rauschender Eiche, hier ist rechte Tageszeit, bei klimmender Sonne, auf schwergewonnenem gotischem Erdgrund, zu halten ein frei Gericht gotischer Männer.«

»Wohlan,« fuhr der alte Hildebrand fort, »wir sind versammelt, zu richten zweierlei Klage: Mordklage wider Gothelindis, die Königin, und schwere Rüge wegen Feigheit und Saumsal in dieser Zeit hoher Gefahr wider Theodahad, unsern König. Ich frage ...«

Da ward seine Rede unterbrochen durch lauten, schallenden Hornruf, der von Westen her näher und näher drang.

## Dreizehntes Kapitel

Erstaunt sahen die Goten um und erblickten einen Zug von Reitern, welche die Hügel herab gegen die Gerichtsstätte eilten. Die Sonne fiel grell blendend auf die waffenblitzenden Gestalten, daß sie nicht erkenntlich waren, obwohl sie in Eile nahten.

Da richtete sich der alte Hildebrand hoch auf in seinem erhöhten Sitz, hielt die Hand vor die falkenscharfen Augen und rief sogleich: »Das sind gotische Waffen! – Die wallende Fahne trägt als Bild die Wage: das ist das Hauszeichen des Grafen Witichis! Und dort ist er selbst! An der Spitze des Zugs. Und an seiner Linken die hohe Gestalt, das ist der starke Hildebad! Was führt die Feldherrn zurück? ihre Scharen sollten schon weit auf dem Weg nach Gallien und Dalmatien sein.«

Ein Brausen von fragenden, staunenden, grüßenden Stimmen erfolgte.

Indeß waren die Reiter heran und sprangen von den dampfenden Rossen. Mit Jubel empfangen, schritten die Führer, Witichis und Hildebad, durch die Menge den Hügel heran, bis zu Hildebrands Richterstuhl.

»Wie?« rief Hildebad noch atemlos, »ihr sitzt hier und haltet Gericht, wie im tiefsten Frieden: und der Feind, Belisar, ist gelandet!«

»Wir wissen es,« sprach Hildebrand ruhig, »und wollten mit dem König beraten, wie ihm zu wehren sei.«

»Mit dem König!« lachte Hildebad bitter.

»Er ist nicht hier,« sagte Witichis umblickend, »das verstärkt unsern Verdacht. Wir kehrten um, weil wir Grund zu schwerem Argwohn erhielten. Aber davon später! fahrt fort, wo ihr haltet. Alles nach Recht und Ordnung! still, Freund!« Und den ungeduldigen Hildebad zurückdrängend, stellte er sich bescheiden zur Linken des Richterstuhles in die Reihe der andern.

Nachdem es wieder stiller geworden, fuhr der Alte fort: »Gothelindis, unsre Königin, ist verklagt wegen Mordes an Amalaswintha, der Tochter Theoderichs. Ich frage: sind wir Gericht zu richten solche Klage?«

Der alte Haduswinth, gestützt auf seine lange Keule, trat vor und sprach: »Rot sind die Schnüre dieser Malstätte. Beim Volksgericht ist das Recht über roten Blutfrevel, über warmes Leben und kalten Tod. Wenn's anders geübt ward in letzter Zeit, so war das Gewalt, nicht Recht. Wir sind Gericht, zu richten solche Klage.«

»In allem Volk,« fuhr Hildebrand fort, »geht wider Gothelindis schwerer Vorwurf: im stillen Herzen verklagen wir alle sie darob. Wer aber will hier, im offnen Volksgericht, mit lautem Wort, sie dieses Mordes zeihen?«

»Ich!« sprach eine helle Stimme: und ein schöner, junger Gote, in glänzenden Waffen, trat von rechts vor den Richter, die rechte Hand auf die Brust legend.

Ein Murmeln des Wohlgefallens drang durch die Reihen: »Er liebt die schöne Mataswintha!« – »Er ist der Bruder des Herzogs Guntharis von Tuscien, der Florentia besetzt hält.« – »Er freit um sie!« – »Als Rächer ihrer Mutter tritt er auf!«

»Ich, Graf Arahad von Asta, des Aramuth Sohn, aus der Wölsungen Edelgeschlecht,« fuhr der junge Gote mit einem anmutigen Erröten fort. »Zwar bin ich nicht versippt mit der Getöteten: allein die Männer ihrer Sippe, Theodahad voran, ihr Vetter und ihr König, erfüllen nicht die Pflicht der Blutrache; ist er doch selbst des Mordes Helfer und Hehler.

So klag' ich denn, ein freier unbescholtner Gote edeln Stammes, ein Freund der unseligen Fürstin, an Mataswinthens, ihrer Tochter, Statt. Ich klag' um Mord! Ich klag' auf Blut!«

Und unter lautem Beifall des Volkes zog der stattliche schöne Jüngling das Schwert und streckte es gerad vor sich auf den Richterstuhl.

»Und dein Beweis? sag an ...«

»Halt, Dinggraf,« scholl da eine ernste Stimme. Witichis trat vor, dem Kläger entgegen. »Bist du so alt und kennst das Recht so wohl, Meister Hildebrand, und läßt dich fortreißen von der Menge wildem Drang? Muß ich dich mahnen, ich, der jüngere Mann, an alles Rechtes erstes Gebot? Den Kläger hör' ich, die Beklagte nicht.«

»Kein Weib kann stehen in der Goten Ding,« sprach Hildebrand ruhig.

»Ich weiß: doch wo ist Theodahad, ihr Gemahl und Mundwalt, sie zu vertreten?«

»Er ist nicht erschienen.«

»Ist er geladen?«

»Er ist geladen! Auf meinen Eid und den dieser Boten,« sprach Arahad: »tretet vor, Sajonen.« Zwei der Fronwärter traten vor und rührten mit ihren Stäben an den Richterstuhl.

»Nun,« sprach Witichis weiter, »man soll nicht sagen, daß im Volk der Goten ein Weib ungehört, unverteidigt verurteilt werde; wie schwer sie auch verhaßt sei, sie hat ein Recht auf Rechtsgehör und Rechtsschutz. Ich will ihr Mundwalt und ihr Fürsprecher sein.«

Und er trat ruhig dem jugendlichen Ankläger entgegen, gleich ihm das Schwert ziehend.

Eine Pause der ehrenden Bewunderung trat ein. »So leugnest du die That?« fragte der Richter. »Ich sage: sie ist nicht erwiesen!« – »Erweise sie!« sprach der Richter zu Arahad gewendet.

Dieser, nicht vorbereitet auf ein förmliches Verfahren und nicht gefaßt auf einen Widersacher von Witichis' großem Gewicht und kräftiger Ruhe, ward etwas verwirrt. »Erweisen?« rief er ungeduldig. »Was braucht's noch Erweis? Du, ich, alle Goten wissen, daß Gothelindis die Fürstin lang und tödlich haßte. Die Fürstin verschwindet aus Ravenna: gleichzeitig die Mörderin: ihr Opfer kömmt in einem Hause Gothelindens wieder zum Vorschein – tot: die Mörderin aber flieht auf ein festes Schloß. Was braucht's da noch Erweis?«

Und ungeduldig sah er auf die Goten rings umher.

»Und darauf hin klagst du auf Mord im offnen Ding?« sprach Witichis ruhig. »Wahrlich der Tag sei fern vom Gotenvolk, da man nach solchem Anschein Urteil spricht. Gerechtigkeit, ihr Männer, ist Licht und Luft! Weh, weh dem Volk, das seinen Haß zu seinem Recht erhebt. Ich selber hasse dieses Weib und ihren Gatten: aber wo ich hasse, bin ich doppelt streng mit mir.«

Und so edel und so schlicht sprach er dies Wort, daß aller Goten Herzen dem treuen Manne zuschlugen.

»Wo sind die Beweise?« fragte nun Hildebrand. »Hast du handhafte That? hast du blickenden Schein? hast du gichtigen Mund? hast du echten Eid? heischest du der Verklagten Unschuldseid?«

»Beweis!« wiederholte Arahad zornig. »Ich habe keinen als meines Herzens festen Glauben.«

»Dann,« sprach Hildebrand ...

Doch in diesem Augenblick bahnte sich ein Sajo vom Thore her den Weg zu ihm und sprach: »Römische Männer stehen am Eingang. Sie bitten um Gehör: sie wissen, sagen sie, alles um der Fürstin Tod.«

»Ich fordre, daß man sie höre,« rief Arahad eifrig, »nicht als Kläger, als Zeugen des Klägers.«

Hildebrand winkte und der Sajo eilte, die Gemeldeten durch die neugierige Menge heraufzuführen. Voran schritt ein von Jahren gebeugter Mann in härener Kutte, den Strick um die Lenden: die Kapuze seines Überwurfs machte seine Züge unkenntlich: zwei Männer in Sklaventracht folgten. Fragende Blicke ruhten auf der Gestalt des Greises, dessen Erscheinung bei aller Einfachheit, ja Armut, von seltner Würde geadelt war.

Als er angelangt war vor dem Richterstuhl Hildebrands, sah ihm Arahad dicht ins Antlitz und trat mit Staunen rasch zurück.

»Wer ist es,« fragte der Richter, »den du zum Zeugen stellest deines Wortes? Ein unbekannter Fremdling?« – »Nein,« rief Arahad und schlug des Zeugen Mantel zurück, »ein Name, den ihr alle kennt und ehrt: Marcus Aurelius Cassiodorus.«

Ein Ruf allgemeinen Staunens flog über die Dingstätte.

»So hieß ich,« sprach der Zeuge, »in den Tagen meines weltlichen Lebens: jetzt nur Bruder Marcus.« Und eine hohe Weihe lag in seinen Zügen: die Weihe der Entsagung.

»Nun, Bruder Marcus,« forschte Hildebrand, »was hast du uns zu melden vom Tode Amalaswinthens? Sag' uns die volle Wahrheit und nur die Wahrheit.«

»Die werd' ich sagen. Vor allem wißt: nicht Streben nach menschlicher Vergeltung führt mich her: nicht den Mord zu rächen bin ich gekommen: die Rache ist mein, ich will vergelten, spricht der Herr! – Nein, den letzten Auftrag der Unseligen, der Tochter meines großen Königs, zu erfüllen, bin ich da.« Und er zog eine Papyrusrolle aus dem Gewande. »Kurz vor ihrer Flucht aus Ravenna richtete sie diese Zeilen an mich, die ich, als ihr Vermächtnis an das Volk der Goten, mitzuteilen habe: »Den Dank einer zerknirschten Seele für deine Freundschaft. Mehr noch als die Hoffnung der Rettung labt das Gefühl unverlorner Treue. Ja, ich eile auf deine Villa im Bolsener See: führt doch der Weg von da nach Rom, nach Regeta, wo ich vor meinen Goten all' meine Schuld aufdecken und auch büßen will. Ich will sterben, wenn es sein muß: aber nicht durch die tückische Hand meiner Feinde: nein, durch den Richterspruch meines Volkes, das ich Verblendete ins Verderben geführt. Ich habe den Tod verdient: nicht nur um des Blutes willen der drei Herzoge, die, alle sollen es erfahren, durch mich starben: mehr noch um des Wahnes willen, mit dem ich mein Volk zurückgesetzt um Byzanz. Gelange ich lebend nach Regeta, so will ich warnen und mahnen mit der letzten Kraft meines Lebens: fürchtet Byzanz! Byzanz ist falsch wie die Hölle und ist kein Friede denkbar zwischen ihm und uns.

Aber warnen will ich auch vor dem Feind im Innern.

König Theodahad spinnt Verrat: er hat an Petros, den Gesandten von Byzanz, Italien und die Gotenkrone verkauft: er hat gethan, was ich dem Griechen weigerte. Seht euch vor, seid stark und einig. Könnt' ich sterbend sühnen, was ich lebend gefehlt.«

In tiefer Stille hatte das Volk die Worte vernommen, die Cassiodor mit zitternder Stimme gesprochen und die jetzt wie aus dem Jenseits herüberzutönen schienen.

Auch als er geendet, wirkte noch der Eindruck des Mitleids und der Trauer fort in feierlichem Schweigen.

Endlich erhob sich der alte Hildebrand und sprach: »Sie hat gefehlt: sie hat gebüßt. Tochter Theoderichs, das Volk der Goten verzeiht dir deine Schuld und dankt dir deine Treue.«

»So mög' ihr Gott vergeben, Amen!« sprach Cassiodor. »Ich habe niemals die Fürstin an den Bolsener See geladen: ich konnt' es nicht: vierzehn Tage zuvor hatt' ich all' meine Güter verkauft an die Königin Gothelindis.«

»Sie also hat ihre Feindin,« fiel Arahad ein, »seinen Namen mißbrauchend, in jenes Haus gelockt. Kannst du das leugnen, Graf Witichis?«

»Nein,« sprach dieser ruhig, »aber,« fuhr er zu Cassiodor gewendet fort, »hast du auch Beweis, daß die Fürstin daselbst nicht zufälligen Todes gestorben, daß Gothelindis ihren Tod herbeigeführt?«

»Tritt vor, Syrus, und sprich!« sagte Cassiodor, »ich bürge für die Treue dieses Mundes.« Der Sklave trat vor, neigte sich und sprach: »Ich habe seit zwanzig Jahren die Aufsicht über die Schleusen des Sees und die Wasserkünste des Bades der Villa im Bolsener See: niemand außer mir kannte dessen Geheimnisse. Als die Königin Gothelindis das Gut erkauft, wurden alle Sklaven Cassiodors entfernt und einige Diener der Königin eingesetzt: ich allein ward belassen.

Da landete eines frühen Morgens die Fürstin Amalaswintha auf der Insel, bald darauf die Königin. Diese ließ mich sofort kommen, erklärte, sie wolle ein Bad nehmen, und befahl mir, ihr die Schlüssel zu allen Schleusen des Sees und zu allen Röhren des Bades zu übergeben und ihr den ganzen Plan des Druckwerks zu erklären. Ich gehorchte, gab ihr die Schlüssel und den auf Pergament gezeichneten Plan, warnte sie aber nachdrücklich, nicht alle Schleusen des Sees zu öffnen und nicht alle Röhren spielen zu lassen, das könne das Leben kosten. Sie aber wies mich zürnend ab und ich hörte, wie sie ihrer Badsklavin befahl, die Kessel nicht mit warmem, sondern mit heißem Wasser zu füllen.

Ich ging, besorgt um ihre Sicherheit, und hielt mich in der Nähe des Bades.

Nach einiger Zeit hörte ich an dem mächtigen Brausen und Rauschen, daß die Königin dennoch, gegen meinen Rat, die ganze Flut des Sees hereingelassen: zugleich hörte ich in allen Wänden das dampfende Wasser zischend aufsteigen und da mir obenein dünkte, als vernehme ich, gedämpft durch die Marmormauern, ängstlichen Hilfschrei, eilte ich auf den Außengang des Bades, die Königin zu retten. Aber wie erstaunte ich, als ich an dem mir wohlbekannten Mittelpunkt der Künste, an dem Medusenhaupt, die Königin, die ich im Bad, in Todesgefahr wähnte, völlig angekleidet stehen sah.

Sie drückte an den Federn und wechselte mit jemand, der im Bade um Hilfe rief, zornige Worte. Entsetzt und dunkel ahnend, was da vorging, schlich ich, zum Glück noch unbemerkt, hinweg.«

»Wie, Feigling?« sprach Witichis, »du ahntest, was vorging und schlichst hinweg?«

»Ich bin nur ein Sklave, Herr, kein Held: und hätte mich die grimme Königin bemerkt, ich stünde wohl nicht hier, sie anzuklagen. Gleich darauf erscholl der Ruf, die Fürstin Amalaswintha sei im Bad ertrunken.«

Ein Murren und Rufen drang tosend durch das versammelte Volk.

Frohlockend rief Arahad: »Nun, Graf Witichis, willst du sie noch beschützen?« – »Nein,« sprach dieser ruhig, das Schwert einsteckend, »ich schütze keine Mörderin. Mein Amt ist aus.« Und mit diesem Wort trat er von der linken auf die rechte Seite, zu den Anklägern, hinüber.

»Ihr, freie Goten, habt das Urteil zu finden und das Recht zu schöpfen,«

sprach Hildebrand, »ich habe nur zu vollziehen, was ihr gefunden. So frag' ich euch, ihr Männer des Gerichts, was dünkt euch von dieser Klage, die Graf Arahad, des Aramuth Sohn, der Wölsung, erhoben gegen Gothelindis, die Königin? Sagt an: ist sie des Mordes schuldig?«

»Schuldig! schuldig!« scholl es mit vielen tausend Stimmen und keine sagte nein.

»Sie ist schuldig,« sagte der Alte aufstehend. »Sprich, Kläger, welche Strafe forderst du um diese Schuld?«

Arahad erhob das Schwert gerade gegen Himmel: »Ich klagte um Mord. Ich klagte auf Blut. Sie soll des Todes sterben.«

Und ehe Hildebrand seine Frage an das Volk stellen konnte, war die Menge von zorniger Bewegung ergriffen, alle Schwerter flogen aus den Scheiden und blitzten gen Himmel auf und alle Stimmen riefen: »Sie soll des Todes sterben!«

Wie ein furchtbarer Donner rollte das Wort, die Majestät des Volksgerichts vor sich her tragend, über das weite Gefild, daß bis in weite Ferne die Lüfte wiederhallten.

»Sie stirbt des Todes,« sprach Hildebrand aufstehend, »durch das Beil. Sajonen auf, und sucht, wo ihr sie findet.«

»Halt an,« sprach der starke Hildebad vortretend, »schwer wird unser Spruch erfüllt werden, solang dies Weib unsres Königs Gemahlin. Ich fordre deshalb, daß die Volksgemeinde auch gleich die Klagen prüfe, die wir gegen Theodahad auf der Seele haben, der ein Volk von Helden so unheldenhaft beherrscht. Ich will sie aussprechen, diese Klagen. Merkt wohl, ich zeihe ihn des Verrates, nicht nur der Unfähigkeit, uns zu retten, uns zu führen.

Schweigen will ich davon, daß wohl schwerlich ohne sein Wissen seine Königin ihren Haß an Amalaswintha kühlen konnte, schweigen davon, daß diese in ihren letzten Worten uns vor Theodahads Verrat gewarnt. Aber ist es nicht wahr, daß er den ganzen Süden des Reiches von Männern, Waffen, Rossen, Schiffen entblößt, daß er alle Kraft nach den Alpen geworfen hat, bis daß die elenden Griechlein ohne Schwertstreich Sicilien gewinnen, Italien betreten konnten? Mein armer Bruder Totila mit seiner handvoll Leuten allein steht ihnen entgegen. Statt ihm den Rücken zu decken, sendet der König auch noch Witichis, Teja, mich nach dem Norden. Mit schwerem Herzen gehorchten wir: denn wir ahnten, wo Belisar landen werde. Nur langsam rückten wir vor, jede Stunde den Rückruf erwartend. Umsonst. Schon lief durch die Landschaften, die wir durchzogen, das dunkle Gerücht, Sicilien sei verloren und die Welschen, die uns nach Norden ziehen sahen, machten spöttische Gesichter. So waren wir ein paar Tagemärsche an der Küste hingezogen. Da traf mich dieser Brief meines Bruders Totila:

»Hat denn, wie der König, so das ganze Volk der Goten, so mein Bruder mich aufgegeben und vergessen? Belisar hat Sicilien überrascht. Er ist gelandet. Alles Volk fällt ihm zu. Unaufhaltsam dringt er gegen Neapolis. Vier Briefe hab' ich an König Theodahad um Hilfe geschrieben. Alles umsonst. Kein Segel erhalten. Neapolis ist in höchster Gefahr. Rettet, rettet Neapolis und das Reich.«

Ein Ruf grimmigen Schmerzes ging durch die Tausende gotischer Männer.

»Ich wollte,« fuhr Hildebad fort, »augenblicklich mit all' unsren Tausendschaften umkehren, aber Graf Witichis, mein Oberfeldherr, litt es nicht. Nur das setzte ich durch, daß wir die Truppen Halt machen ließen und mit wenigen Reitern hierher flogen zu warnen, zu retten, zu rächen. Denn Rache, Rache heisch ich an König Theodahad: nicht nur Thorheit und Schwäche, Arglist war es, daß er den Süden den Feinden preisgegeben. Hier dieser Brief beweist es. Viermal hat ihn mein Bruder gemahnt, gebeten. All' umsonst. Er gab ihn, er gab das Reich in Feindeshand. Weh' uns, wenn Neapolis fällt, schon gefallen ist. Ha, er soll nicht länger herrschen, nicht leben soll er länger, der das verschuldet hat. Reißt ihm die Krone der Goten vom Haupt, die er geschändet, nieder mit ihm! Er sterbe!«

»Nieder mit ihm! Er sterbe!« donnerte das Volk in mächtigem Echo nach.

Unwiderstehlich schien der Strom ihres Grimmes zu wogen und jeden zu zerreißen, der ihm widerstehen wollte. Nur Einer blieb ruhig und gelassen inmitten der stürmenden Menge. Das war Graf Witichis. Er sprang auf einen der alten Steine unter dem Eichbaum und wartete, bis sich der Lärm etwas gelegt. Dann erhob er die Stimme und sprach mit jener schlichten Klarheit, die ihm so wohl anstand: »Landsleute, Volksgenossen! Hört mich an! Ihr habt Unrecht mit eurem Spruch. Wehe, wenn im Gotenstamm, des Ehre und Stolz die Gerechtigkeit gewesen seit der Väter Zeit, Haß und Gewalt des Rechtes Thron besteigen. Theodahad ist ein schwacher, schlechter König! Nicht länger soll er allein des Reiches Zügel lenken! Gebt ihm einen Vormund wie einem Unmündigen! Setzt ihn ab meinetwegen. Aber seinen Tod, sein Blut dürft ihr nicht fordern! Wo ist der Beweis, daß er verraten hat? Daß Totilas Botschaft an ihn gelangt? Seht ihr, ihr schweigt: hütet euch vor Ungerechtigkeit, sie stürzt die Reiche der Völker.«

Und groß und edel stand er auf seinem erhöhten Boden, im vollen Glanz der Sonne, voll Kraft und edler Würde.

Bewundernd ruhten die Augen der Tausende auf ihm, der ihnen an Hoheit und Maß und klarer Ruhe so überlegen schien. Eine feierliche Pause erfolgte. Und ehe noch Hildebad und das Volk Antwort finden konnte gegen den Mann, der die lebendige Gerechtigkeit schien, ward die allgemeine Aufmerksamkeit nach dem dichten Walde gezogen, der im Süden die Aussicht begrenzte und der auf einmal lebendig zu werden schien.

## Vierzehntes Kapitel

Denn man hörte von dort her den raschen Hufschlag nahender Pferde und das Klirren von Waffen: alsbald bog eine kleine Schar von Reitern aus dem Wald: aber weit ihnen allen voraus jagte auf kohlschwarzem Roß ein Mann, der wie mit dem Sturmwind um die Wette ritt.

Weit im Winde flatterte seine Helmzier: ein mächtiger schwarzer Roßschweif, und seine eignen langen, schwarzen Locken: vorwärts gebeugt trieb er das schaumbespritzte Roß zu rasender Eile und sprang am Südeingang des Dings sausend vom Sattel.

Alle wichen links und rechts zurück, die der grimme, tödliche Haß sprühende Blick seines Auges aus dem leichenblassen, schönen Antlitz traf. Wie von Flügeln getragen stürmte er den Hügel hinan, sprang auf einen Stein neben Witichis, hielt eine Rolle hoch empor, rief wie mit letzter Kraft: »Verrat, Verrat!« und stürzte dann wie blitzgetroffen nieder. Entsetzt sprangen Witichis und Hildebad hinzu: sie hatten kaum den Freund erkannt: »Teja, Teja!« riefen sie, »was ist geschehen? rede!« – »Rede!« wiederholte Witichis, »es gilt das Reich der Goten!«

Wie mit übermenschlicher Kraft richtete sich in diesem Wort der stählerne Mann wieder empor, sah einen Augenblick um sich und sprach dann mit hohler Stimme:

»Verraten sind wir. Goten, verraten von unserm König. Ich erhielt Auftrag vor sechs Tagen, nach Istrien zu ziehen, nicht nach Neapolis, wie ich gebeten. Ich schöpfe Verdacht, doch ich gehorche und gehe unter Segel mit meinen Tausendschaften. Ein starker Weststurm bricht herein, verschlägt zahllose kleine Schiffe von Westen her bis zu uns. Darunter den »Mercurius«, den raschen Keles, das leichte Postschiff Theodahads. Ich kannte das Fahrzeug wohl: es gehörte einst meinem Vater. Wie das unserer Schiffe ansichtig wird, will es entfliehen. Ich, argwöhnisch, jage ihm nach und hole es ein. Es trug diesen Brief an Belisar von des Königs Hand: »Du wirst zufrieden sein mit mir, großer Feldherr. Alle Gotenheere stehen in dieser Stunde nordöstlich von Rom, ohne Gefahr könntest du landen. Vier Briefe des Seegrafen von Neapolis habe ich zerstört, seine Boten in den Turm geworfen.

Zum Dank erwart' ich, daß du den Vertrag genau erfüllst, und den Kaufpreis in Bälde bezahlst.« Teja ließ den Brief sinken, die Stimme versagte ihm.

Ein Ächzen und Stöhnen der Wut zog durch die Versammlung.

»Ich ließ umkehren, sogleich landen, ausschiffen und jage hierher seit drei Tagen und drei Nächten unausgesetzt. Ich kann nicht mehr.« Und taumelnd sank er in Witichis' Arme.

Da sprang der alte Hildebrand empor auf den höchsten Stein seines Stuhles: weit überragte er die ganze Menge: er riß dem Träger, der die Lanze mit des Königs kleiner Marmorbüste auf der Querstange trug, den Schaft aus der Hand und hielt ihn vor sich in der Linken: in der Rechten hob er sein Steinbeil: »Verkauft, verraten sein Volk für gelbes Gold? Nieder mit ihm, nieder, nieder!« Und ein Beilschlag zertrümmerte die Büste. Dieser Akt war wie der erste Donnerschlag, der ein lange brütendes Gewitter entfesselt. Nur dem Wüten empörter Elemente war das Stürmen vergleichbar, welches nun das in seinen Grundtiefen aufgewühlte Volk durchbrauste. »Nieder, nieder, nieder mit ihm!« hallte es tausendfach wieder unter betäubendem Klirren der Waffen.

Und darauf erhob abermals der alte Waffenmeister seine eherne Stimme und sprach feierlich: »Wisset es, Gott im Himmel und Menschen auf Erden, sehende Sonne, und wehender Wind, wisset es, das Volk der Goten, frei und alten Ruhmes voll und zu den Waffen geboren, hat abgethan seinen ehemaligen König Theodahad, des Theodis Sohn, weil er Volk und Reich an den Feind verraten.

Wir sprechen dir ab, Theodahad, die goldne Krone und das Gotenreich, das Gotenrecht und das Leben. Und solches thun wir nicht nach Unrecht, sondern nach Recht. Denn frei sind wir gewesen alle Wege unter unsern Königen und wollten eh' der Könige missen als der Freiheit. Und so hoch steht kein König, daß er nicht um Mord, Verrat und Eidbruch zu Recht stehe vor seinem Volk.

So sprech' ich dir ab Krone und Reich, Recht und Leben. Landflüchtig sollst du sein, echtlos, ehrlos, rechtlos. Soweit Christenleute zur Kirche gehen und Heidenleute zum Opferstein. Soweit Feuer brennt und Erde grünt. Soweit Schiff schreitet und Schild scheinet. Soweit Himmel sich höht und Welt sich weitet. Soweit der Falke fliegt den langen Frühlingstag, wann ihm der Wind steht unter seinen beiden Flügeln. Versagt soll dir sein Halle und Haus und guter Leute Gemeinschaft und alle Wohnung, ausgenommen die Hölle. Dein Erb' und Eigen teil ich zu dem Gotenvolk. Dein Blut und Fleisch den Raben in den Lüften.

Und wer dich findet, in Halle und Hof, in Haus oder Heerstraße, soll dich erschlagen, ungestraft und soll bedankt sein dazu von Gott und den guten Goten. Ich frage euch, soll's so geschehn?«

»So soll's geschehn!« antworteten die Tausende und schlugen Schwert an Schild.

Kaum war Hildebrand herabgestiegen, als der alte Haduswinth seine Stelle einnahm, das zottige Bärenfell zurückwarf und sprach: »Des Neidkönigs wären wir ledig! Er wird seinen Rächer finden. Aber jetzt, treue Männer, gilt es, einen neuen König wählen. Denn ohne König sind wir nie gewesen. Soweit unsere Sagen und Sprüche zurückdenken, haben die Ahnen einen auf den Schild gehoben, das lebende Bild der Macht, des Glanzes, des Glückes der guten Goten. Solang es Goten giebt, werden sie Könige haben: und solang sich ein König findet, wird ihr Volk bestehn. Und jetzt vor allem gilt's, ein Haupt, einen Führer zu haben. Das Geschlecht der Amelungen ist glorreich aufgestiegen, wie eine Sonne: lang hat sein hellster Strahl, Theoderich, geleuchtet: aber schmählich ist's erloschen in Theodahad. Auf, Volk der Goten, du bist frei! frei wähle dir den rechten König, der dich zu Sieg und Ehre führt. Dein Thron ist leer: mein Volk, ich lade dich zur Königswahl!«

»Zur Königswahl!« sprach diesmal feierlich und machtvoll der Chor der Tausende.

Da trat Witichis auf den Dingstein, hob den Helm vom Haupt und die Rechte gen Himmel: »Du weißt es, Gott, der in den Sternen geht, uns treibt nicht frevler Kitzel des Ungehorsams und des Übermuts: uns treibt das heilige Recht der Not. Wir ehren das Recht des Königtums, den Glanz, der von der Krone strahlt: geschändet aber ist dieser Glanz und in der höchsten Not des Reiches üben wir des Volkes höchstes Recht. Herolde sollen ziehen zu allen Völkern der Erde und laut verkünden: nicht aus Verachtung, aus Verehrung der Krone haben wir es gethan.

Wen aber wählen wir? Viel sind der wackern Männer im Volk, von altem Geschlecht, von tapfrem Arm und klugem Geist. Wohl mehrere sind der Krone würdig. Wie leicht kann es kommen, daß einer diesen, der andere jenen vorzieht? Aber um Gott, nur jetzt keinen Zwist, keinen Streit! Jetzt, da der Feind im Lande liegt! Drum laßt uns schwören vorher feierlich: wer das Stimmenmehr erhält, sei's nur um Eine Stimme, den wollen wir alle als unsern König achten, unweigerlich, und keinen andern. Ich schwöre es: schwört mit mir.« — »Wir schwören!« riefen die Goten.

Aber der junge Arahad stimmte nicht ein. Ehrgeiz und Liebe loderten in seinem Herzen: er bedachte, daß sein Haus jetzt, nach dem Fall der Balten und der Amaler, das edelste war im Volk: er hoffte, Mataswinthens Hand zu gewinnen, wenn er ihr eine Krone bieten konnte: und kaum war der Schwur verhallt, als er vortrat und rief: »Wen sollen wir wählen, gotische Männer? bedenkt euch wohl! Vor allem, das ist klar, einen Mann jungkräftigen Armes wider den Feind. Aber das allein genügt nicht. Weshalb haben unsere Ahnen die Amaler erhöht? Weil sie das edelste, das älteste, Götter entstammte Geschlecht waren. Wohlan, das erste Gestirn ist erloschen, gedenkt des zweiten, gedenkt der Balten!«

Von den Balten lebte nur Ein männlicher Sproß, ein noch nicht wehrhafter Enkel des Herzog Pitza – denn Alarich, der Bruder der Herzoge Thulun und Ibba, war seit langen Jahren geächtet und verschollen. – Arahad rechnete sicher, man werde jenen Baltenknaben nicht wählen und vielmehr des dritten Gestirns gedenken. Aber er irrte. Der alte Haduswinth trat zornig vor und schrie:

»Was Adel! was Geschlecht! sind wir Adelsknechte oder freie Männer? Beim Donner! werden wir Ahnen zählen, wenn Belisar im Lande steht? Ich will dir sagen, Knabe, was ein König braucht.

Einen tapferen Arm, das ist wahr, aber nicht das allein. Der König soll ein Hort des Rechts, ein Schirm des Friedens sein, nicht nur der Vorkämpfer im Schwertkampf. Der König soll haben einen immer ruhigen, immer klaren Sinn, wie der blaue Himmel ist, und wie die lichten Sterne sollen darin auf- und niedergehen gerechte Gedanken. Der König soll haben eine stete Kraft, aber noch mehr ein stetes Maß: er soll nie sich selbst verlieren und vergessen in Haß und Liebe, wie wir wohl dürfen, wir unten im Volk. Er soll nicht nur mild sein den Freunden, er soll gerecht sein dem Verhaßten, selbst dem Feind. In dessen Brust ein klarer Friede wohnt bei kühnem Mut und edles Maß bei treuer Kraft, der Mann, Arahad, ist königlich geartet und hätt' ihn der letzte Bauer gezeugt.«

Lauter Beifall folgte dem Wort des Alten und beschämt trat Arahad zurück. Aber jener fuhr fort: »Gute Goten! ich meine, wir haben einen solchen Mann! Ich will ihn euch nicht nennen: nennt ihr ihn mir.

Ich kam hierher aus fernem Hochgebirg aus unsrer Mark gegen die Karanthanen, wo der wilde Turbidus schäumend die Felsen zerstäubt. Da leb' ich mehr, als sonst ein Menschenalter ist, stolz, frei, einsam. Wenig erfahr' ich von der Menschen Händeln, selbst von des eignen Volkes Thaten, wenn nicht ein Salzroß halbverirrt des Weges kommt. Und doch drang mir bis in jene öde Höhe der Waffenruhm Eines vor allen unsern Helden, der nie das Schwert zu ungerechtem Streit erhob und es noch niemals sieglos eingesteckt. Seinen Namen hört' ich immer wieder, wenn ich fragte: Wer wird uns schirmen, wenn Theoderich schied? Seinen Namen hört' ich bei jedem Sieg, den wir erfochten, bei jedem weisen Werke des Friedens, das geschehn. Ich hatt' ihn nie gesehen. Ich sehnte mich danach, ihn zu sehen. Heute hab' ich ihn gesehen und gehört. Ich habe sein Aug' gesehen, das klar und milde wie die Sonne. Ich hab' sein Wort gehört; ich hab' gehört, wie er dem Feind selbst, dem verhaßten, zu Recht und zu Gerechtigkeit verhalf. Ich hab' gehört, wie er allein, da uns alle der blinde Haß fortriß mit dunkler Schwinge, klar blieb und ruhig und gerecht. Da dacht' ich mir in meinem alten Herzen: »der Mann ist königlich geartet, stark im Kampf und gerecht im Frieden, hart wie Stahl und klar wie Gold.« Goten: der Mann soll unser König sein. Nennt mir den Namen!«

»Graf Witichis, ja Witichis, heil König Witichis!«

Während dieser brausende Jubelruf durch das Gefilde hallte, hatte ein erschütternder Schreck den bescheidnen Mann ergriffen, der gespannt der Rede des Alten gefolgt war und erst ganz zu Ende von der Ahnung ergriffen ward, daß er der so Gepriesne sei.

Als er nun aber seinen Namen in diesem tausendstimmigen Jauchzen erschallen hörte, überkam ihn vor allen andern Gedanken das Gefühl: »Nein, das kann, das soll nicht sein.«

Er riß sich von Teja und Hildebad, die freudig seine Hände drückten, los, und sprang hervor, das Haupt schüttelnd und, wie abwehrend, den Arm ausstreckend. »Nein!« rief er, »nein, Freunde! nicht das mir! Ich bin ein schlichter Kriegsmann, nicht ein König. Ich bin vielleicht ein gutes Werkzeug, kein Werkmeister! Wählt einen andern, einen Würdigern!«

Und wie bittend streckt er beide Hände gegen das Volk.

Aber der donnernde Ruf: »Heil König Witichis!« ward ihm statt aller Antwort. Und nun trat der alte Hildebrand vor, faßte seine Hand und sprach laut: »Laß ab, Witichis! wer war es, der zuerst geschworen, unweigerlich den König anzuerkennen, der auch nur eine Stimme mehr hätte? Siehe, du hast alle Stimmen und willst dich wehren?«

Aber Witichis schüttelte das Haupt und preßte die Hand vor die Stirn. Da trat der Alte ganz nah zu ihm und flüsterte in sein Ohr: »Wie? muß ich dich stärker mahnen? Muß ich dich mahnen jenes nächtigen Eides und Bundes, da du gelobtest: »Alles zu meines Volkes Heil.« Ich weiß, ich kenne deine klare Seele: dir ist die Krone mehr eine Last als eine Zierde: ich ahne, daß dir diese Krone große, bittre Schmerzen bringen wird. Vielleicht mehr als Freuden: deshalb fordre ich, daß du sie auf dich nimmst.«

Witichis schwieg und drückte noch die andre Hand vor die Augen. Schon viel zu lang währte dem begeisterten Volk das Zwischenspiel. Schon rüsteten sie den breiten Schild, ihn darauf zu erheben, schon drängten sie den Hügel hinan, seine Hand zu fassen: und fast ungeduldig scholl aufs neue der Ruf: »Heil König Witichis.«

»Ich fordre es bei deinem Bluteid! – willst du ihn halten oder brechen?« flüsterte Hildebrand. »Halten!« sprach Witichis und richtete sich entschlossen auf.

Und nun trat er, ohne falsche Scham und ohne Eitelkeit, einen Schritt vor und sprach: »Du hast gewählt, mein Volk, wohlan, so nimm mich hin. Ich will dein König sein!«

Da blitzten alle Schwerter in die Luft und lauter scholl's: »Heil König Witichis.«

Jetzt stieg der alte Hildebrand ganz herab von seinem Dingstuhl und sprach: »Ich weiche nun von diesem hohen Stuhl. Denn unserm König ziemt jetzt diese Stätte. Nur einmal noch laß mich des Grafenamtes warten.

Und kann ich dir nicht den Purpur umhängen, den die Amaler getragen und ihr goldenes Scepter reichen, nimm meinen Richtermantel und den Richterstab als Scepter, zum Zeichen, daß du unser König wardst um deiner Gerechtigkeit willen. Ich kann sie nicht auf deine Stirne drücken, die alte Gotenkrone, Theoderichs goldnen Reif. So laß dich krönen mit dem frischen Laub der Eiche, der du an Kraft und Treue gleichst.«

Mit diesen Worten brach er ein zartes Gewinde von der Eiche und schlang es um Witichis' Haupt: »Auf, gotische Heerschar, nun warte deines Schildamts.«

Da ergriffen Haduswinth, Teja und Hildebad einen der altertümlichen breiten Dingschilde der Sajonen, hoben den König, der nun mit Kranz, Stab und Mantel geschmückt war, darauf, und zeigten ihn auf ihren hohen Schultern allem Volk: »Sehet, Goten, den König, den ihr selbst gewählt: so schwört ihm Treue.«

Und sie schworen ihm, aufrecht stehend, nicht knieend, die Hände hoch gen Himmel hebend, nun die Waffentreue bis in den Tod.

Da sprang Witichis von dem Schild, bestieg den Dingstuhl und rief: »Wie ihr mir Treue, so schwör' ich euch Huld. Ich will ein milder und gerechter König sein: des Rechtes walten und dem Unrecht wehren: gedenken will ich, daß ihr frei seid, gleich mir, nicht meine Knechte: und mein Leben, mein Glück, mein alles, euch will ich's weihen, dem Volk der guten Goten. Das schwöre ich euch bei dem Himmelsgott und bei meiner Treue.«

Und den Dingschild vom Baume hebend rief er: »Das Ding ist aus. Ich löse die Versammlung.«

Die Sajonen schlugen sofort die Haselstäbe mit den Schnüren nieder und bunt und ordnungslos wogte nun die Menge durcheinander. Auch die Römer, die sich neugierig, aber scheu, aus der Ferne dieses Walten einer Volksfreiheit mit angesehen, wie sie Italien seit mehr als fünfhundert Jahren nicht gekannt, durften sich nun unter die gotischen Männer mischen, denen sie Wein und Speisen verkauften.

Witichis schickte sich an, mit den Freunden und den Führern des Heeres nach einem der Zelte sich zu begeben, die am Ufer des Flusses aufgeschlagen waren.

Da drängte sich ein römisch gekleideter Mann, wie es schien, ein wohlhabender Bürger, an sein Geleit und forschte eifrig nach Graf Teja, des Taglla Sohn.

»Der bin ich: was willst du mir, Römer?« sprach dieser sich wendend. – »Nichts, Herr, als diese Vase überreichen: seht nach: das Siegel, der Skorpion, ist unversehrt.« – »Was soll mir die Vase? ich kaufe nichts dergleichen.« – »Die Vase ist euer, Herr. Sie ist voller Urkunden und Rollen, die euch zugehören. Und mir ist es vom Gastfreund aufgetragen, sie euch zu geben. Ich bitt' euch, nehmt.«

Und damit drängte er ihm die Vase in die Hand und war im Gedränge verschwunden. Gleichgültig löste Teja das Siegel und nahm die Urkunden heraus, gleichgültig sah er hinein. Aber plötzlich schoß ein brennend Rot über seine bleichen Wangen, sein Auge sprühte Blitze und er biß krampfhaft in die Lippe. Die Vase entfiel ihm, er aber drängte sich in Fieberhast vor Witichis und sprach mit tonloser Stimme: »Mein König! – König Witichis – eine Gnade!«

»Was ist dir, Teja? um Gott? Was willst du?«

»Urlaub! Urlaub auf sechs – auf drei Tage! Ich muß fort.« – »Fort, wohin?« – »Zur Rache! Hier lies: der Teufel, der meine Eltern verklagte, in Verzweiflung, Tod und Wahnsinn trieb – er ist es – den ich längst geahnt: hier ist sein Anzeigebrief an den Bischof von Florentia, mit seiner eignen Hand – es ist Theodahad!«

»Er ist's, es ist Theodahad,« sagte Witichis, vom Briefe aufsehend. »Geh denn! Aber, zweifle nicht: du triffst ihn nicht mehr in Rom: er ist gewiß längst entflohn. Er hat starken Vorsprung. Du wirst ihn nicht einholen.«

»Ich hole ihn ein, ob er auf den Flügeln des Sturmadlers säße.«

»Du wirst ihn nicht finden.«

»Ich finde ihn und müßt ich ihn aus dem tiefsten Pfuhl der Hölle oder im Schoße des Himmelsgottes suchen.«

»Er wird mit starker Bedeckung geflüchtet sein,« warnte der König.

»Aus tausend Teufeln hol' ich ihn heraus. Hildebad, dein Pferd! Leb' wohl, König der Goten. Ich vollstrecke die Acht.«

Fünftes Buch

# Witichis

## Erste Abteilung

### Erstes Kapitel

Langsam sank die Sonne hinter die grünen Hügel von Fäsulä und vergoldete die Säulen vor dem schlichten Landhaus, in welchem Rauthgundis als Herrin schaltete.

Die gotischen Knechte und die römischen Sklaven waren beschäftigt, die Arbeit des Tages zu beschließen. Der Mariskalk brachte die jungen Rosse von der Weide ein. Zwei andere Knechte leiteten den Zug stattlicher Rinder von dem Anger auf dem Hügel nach den Ställen, indes der Ziegenbub mit römischen Scheltworten seine Schutzbefohlnen vorwärts trieb, die genäschig hier und da an dem salzigen Steinbrech nagten, der auf dem zerbröckelten Mauerwerk am Wege grünte. Andre germanische Knechte räumten das Ackergerät im Hofraum auf: und ein römischer Freigelassener, gar ein gelehrter und vornehmer Herr, der Obergärtner selbst, verließ mit einem zufriedenen Blick die Stätte seiner blühenden und duftenden Wissenschaft.

Da kam aus dem Roßstall unser kleiner Freund Althalwin im Kranze seiner hellgelben Locken. »Vergiß mir ja nicht, Kakus, einen rostigen Nagel in den Trinkkübel zu werfen. Wachis hat's noch besonders aufgetragen! Daß er dich nicht wieder schlagen muß, wenn er heimkommt.« Und er warf die Thür zu. »Ewiger Verdruß mit diesen welschen Knechten!« sprach der kleine Hausherr mit wichtigem Stolz. »Seit der Vater fort ist und Wachis ihm ins Lager gefolgt, liegt alles auf mir: denn die Mutter, lieber Gott, ist wohl gut für die Mägde, aber die Knechte brauchen den Mann.«

Und mit großem Ernst schritt das Büblein über den Hof.

»Und sie haben vor mir gar nicht den rechten Respekt,« sprach er und warf die kirschroten Lippen auf und krauste die weiße Stirn. »Woher soll er auch kommen? Mit nächster Sunnwend bin ich volle neun Jahr: und sie lassen mich noch immer herumgehn mit einem Ding wie ein Kochlöffel.« Und verächtlich riß er an dem kleinen Schwert von Holz in seinem Gurt. »Sie dürften mir keck ein Weidmesser geben, ein rechtes Gewaffen. So kann ich nichts ausrichten und sehe nichts gleich.«

Und doch sah er so lieblich, einem zürnenden Eros gleich, in seinem kniekurzen, ärmellosen Röckchen von feinstem weißem Leinen, das die liebe Hand der Mutter gesponnen und genäht und mit einem zierlichen roten Streifen durchwirkt hatte.

»Gern lief' ich noch auf den Anger und brächte der Mutter zum Abend die Waldblumen, die sie so liebt, mehr als unsre stolzesten Gartenblumen. Aber ich muß noch Rundschau halten, ehe sie mir die Thore schließen: denn »Athalwin,« hat der Vater gesagt, wie er ging, »halt mir das Erbe recht in acht und wahre mir die Mutter! Ich verlaß mich auf dich!« Und ich gab ihm die Hand drauf. So muß ich Wort halten.«

Damit schritt er den Hof entlang, an der Vorderseite des Wohnhauses vorüber, durchmusterte die Nebengebäude zur Rechten und wollte sich eben nach der Rückseite des Geviertes wenden, als er durch lautes Bellen der jungen Hunde zur Linken auf ein Geräusch an dem Holzzaun, der das Ganze umfriedete, merksam wurde.

Er schritt nach der bezeichneten Ecke hin und erstaunte: denn auf dem Zaune saß oder über denselben herein stieg eine seltsame Gestalt. Es war ein großer, alter, hagrer Mann in grobem Wams von ganz rauhem Loden, wie ihn die Berghirten trugen: als Mantel hing eine mächtige Wolfsschnur unverarbeitet von seinen Schultern nieder, und in der Rechten trug er einen riesigen Bergstock mit scharfer Stahlspitze, mit welchem er die Hunde abwehrte, die zornig an dem Zaun hinaufsprangen. Eilends lief der Knabe hinzu. »Halt, du landfremder Mann, was thust du auf meinem Zaun? – willst du gleich hinaus und herab?«

Der Alte stutzte und sah forschend auf den schönen Knaben. »Herunter, sag' ich!« wiederholte dieser. – »Begrüßt man so in diesem Hof den wegmüden Wandrer?« – »Ja, wenn der wegmüde Wandrer über den Hinterzaun steigt. Bist du was Rechtes und willst du was Rechtes – da vorn steht das große Hofthor sperrangelweit offen: da komm' herein.«

»Das weiß ich selbst, wenn ich das wollte.« Und er machte Anstalt, in den Hof hereinzusteigen.

»Halt,« rief zornig der Kleine, »da kommst du nicht herab! Faß, Griffo! Faß, Wulfo! Und wenn du die zwei jungen nicht scheust, so ruf' ich die Alte! Dann gieb acht! He Thursa, Thursa, leid's nicht!«

Auf diesen Ruf schoß um die Ecke des Roßstalles ein riesiger, grau borstiger Wolfshund mit wütendem Gebell herbei und schien ohne weiteres dem Eindringling an die Gurgel springen zu wollen.

Aber kaum stand das grimmige Tier vor dem Zaun, dem Alten gegenüber, so verwandelte sich seine Wut plötzlich in Freude: sein Bellen verstummte und wedelnd sprang er an dem Alten hinan, der nun ganz gemütlich hereinstieg. »Ja, Thursa, treues Tier, wir halten noch zusammen,« sagte er. »Nun sage mir, kleiner Mann, wie heißt du?« – »Athalwin heiß' ich,« versetzte dieser, scheu zurücktretend, »du aber – ich glaube, du hast den Hund behext – wie heißt du?« – »Ich heiße wie du,« sagte der Alte freundlicher. »Und das ist hübsch von dir, daß du heißest wie ich. Sei nur ruhig, ich bin kein Räuber! führ' mich zu deiner Mutter, daß ich ihr sage, wie tapfer du deine Hofwehr verteidigt hast.«

Und so schritten die beiden Gegner friedlich in die Halle, Thursa bellte freudig springend voran.

Das korinthische Atrium der Römervilla mit seinen Säulenreihen an den vier Wänden hatte die gotische Hausfrau mit leichter Änderung in die große Halle des germanischen Hofbaues verwandelt. In Abwesenheit des Hausherrn war sie zu festlicher Bewirtung nicht bestimmt und Rauthgundis hatte für diese Zeit ihre Mägde aus der Frauenkammer hierher versetzt. In langer Reihe saßen rechts die gotischen Mägde mit sausender

Spule; ihnen gegenüber einige römische Sklavinnen mit feineren Arbeiten beschäftigt. In der Mitte der Halle schritt Rauthgundis auf und nieder und ließ selbst die flinke Spule auf dem glatten Mosaik des Estrichs tanzen, aber dabei auch nach rechts und links stets die wachen Blicke gleiten.

Das kornblumenblaue Kleid von selbstgewirktem Stoff war über die Knie heraufgeschürzt und hing gebauscht über den Gurt von stählernen Ringen, der ihren einzigen Schmuck, ein Bündel von Schlüsseln, trug. Das dunkelblonde Haar war rings an Stirn und Schläfen zurückgekämmt und am Hinterkopf in einen einfachen Knoten geschürzt. Es lag viel schlichte Würde in der Gestalt, wie sie mit ernst prüfendem Blick auf und nieder schritt.

Sie trat zu der jüngsten der gotischen Mägde, die zu unterst in der Reihe saß und beugte sich zu ihr. »Brav, Liuta,« sprach sie, »dein Faden ist glatt und du hast heut' nicht so oft aufgesehen nach der Thür wie sonst. Freilich,« fügte sie lächelnd hinzu – »es ist jetzt kein Verdienst, da doch kein Wachis zur Thür hereinkommen kann.« Die junge Magd errötete. Rauthgundis legte die Hand auf ihr glattes Haar: »Ich weiß,« sagte sie, »du hast mir im stillen gegrollt, daß ich dich, die Verlobte, dieses Jahr über täglich morgens und abends eine Stunde länger spinnen ließ als die andern: es war grausam, nicht? Nun, sieh: es war dein eigner Gewinn. Alles, was du dies Jahr aus meinem besten Garn gesponnen, ist dein; ich schenk' es dir zur Aussteuer: so brauchst du nächstes Jahr, das erste deiner Ehe, nicht zu spinnen.«

Das Mädchen faßte ihre Hand und sah ihr dankbar weinend ins Auge. »Und dich nennen sie streng und hart!« war alles, was sie sagen konnte. – »Mild mit den Guten, streng mit den Bösen, Liuta. Alles Gut, dessen ich hier walte, ist meines Herrn Eigen und meines Knaben Erbe. Da heißt es genau sein.«

Jetzt wurde der Alte und Athalwin in der Thür sichtbar: der Knabe wollte rufen, aber sein Begleiter verhielt ihm den Mund und sah eine Weile unbemerkt dem Schalten und Walten Rauthgundens zu, wie sie der Mägde Arbeit prüfte, lobte und schalt und neue Aufträge gab.

»Ja,« sprach der Alte endlich zu sich selbst, »stattlich sieht sie aus, und sie scheint wohl die Herrin im Hause – doch! wer weiß Alles?« Da war Athalwin nicht mehr zu halten: »Mutter,« rief er, »ein fremder Mann, der Thursa behext und über den Zaun gestiegen und zu dir will. Ich kann's nicht begreifen.«

Da wandte sich die stattliche Frauengestalt würdevoll dem Eingang zu, die Hand vor die Augen haltend, die blendende Abendsonne, die in die offne Thüre brach, abzuwehren. »Was führst du den Gast hierher? Du weißt, der Vater ist nicht hier. Führ' ihn in die große Halle. Sein Platz ist nicht bei mir.«

»Doch, Rauthgundis! hier, bei dir, ist mein Platz,« sprach der Alte vortretend.

»Vater!« rief die Frau und lag an der Brust des Fremden. Verdutzt und nicht ohne Mißbehagen sah Athalwin auf die Gruppe. »Du bist also der Großvater, der da oben in den Nordbergen haust? Nun grüß Gott,

Großvater! Aber warum sagst du denn das nicht gleich? Und warum kommst du nicht durchs Thor wie andre ehrliche Leute?«

Der Alte hielt seine Tochter bei beiden Händen und sah ihr scharf ins Auge. »Sie sieht glücklich aus und gedeihend,« brummte er vor sich hin.

Da faßte sich Rauthgundis: rasch warf sie einen Blick durch die Halle. Alle Spindeln ruhten – außer Liutas – aller Augen musterten neugierig den Alten.

»Ob ihr wohl spinnen wollt, fürwitzige Elstern?« rief sie streng. »Du, Marcia, hast vor lauter Gaffen den Flachs herabfallen lassen, du kennst den Brauch, du spinnst eine Spule mehr, ihr andern macht Feierabend. Komm, Vater! Liuta, rüst' ein laues Bad und Fleisch und Wein.«

»Nein!« sprach der Vater, »der alte Bauer hat am Berg auch nur Bad und Trunk am Wasserfall. Und was das Essen anlangt, draußen, vor'm Hinterzaun, am Grenzpfahl, liegt mein Rucksack, den holt mir: da hab ich mein Speltbrot und meinen Schafkäse, den bringt mir. Wieviel habt ihr Rinder im Stall und Rosse auf der Weide?« Es war seine erste Frage.

Eine Stunde darauf – schon war es dunkel geworden und der kleine Athalwin war kopfschüttelnd über den Großvater zu Bett gegangen, – da wandelten Vater und Tochter beim Licht des aufgehenden Mondes ins Freie. »Ich hab' nicht Luft genug da drinnen,« hatte der Alte gesagt.

Sie sprachen viel und ernst, wie sie durch den Hof und durch den Garten schritten. Mitten drein warf der Alte immer wieder Fragen nach ihrer Wirtschaft auf, wie sie ihm Gerät oder Gebäude nahe legten: und in seinem Ton lag keine Zärtlichkeit: nur manchmal in dem Blick, der verstohlen sein Kind musterte.

»Laß doch endlich Roggen und Rosse,« lächelte Rauthgundis, »und sage mir, wie's dir gegangen ist die langen Jahre? Und was dich endlich einmal herabgeführt hat von den Bergen zu deinen Kindern?« – »Wie's mir gegangen? Nun: halt einsam, einsam! Und kalte Winter! Ja, bei uns ist's nicht so hübsch warm, wie hier im Welschthale.« Und er sagte das wie einen Vorwurf. »Und warum ich herunter bin? Ja sieh, letztes Jahr hat sich der Zuchtstier zerfallen auf dem Firnjoch. Und da wollt' ich mir einen andern kaufen hier unten.«

Da hielt sich Rauthgundis nicht länger: mit warmer Liebe warf sie sich an des Alten Brust und rief: »Und den Zuchtstier hast du nicht näher gefunden als hier? Lüge doch nicht, Steinbauer, gegen dein eigen Herz und dein eigen Kind. Du bist gekommen, weil du gemußt, weil du's doch endlich nicht mehr ausgehalten vor Heimweh nach deinem Kinde.«

Der Alte blieb stehen und streichelte ihr Haar: »Woher du's nur weißt! Nun ja! ich mußte doch mal selbst sehen, wie's um dich steht und wie er dich hält, der Herr Gotengraf.«

»Wie seinen Augapfel,« sprach das Weib selig. – »So? und warum ist er denn nicht daheim bei Hof und Haus und Weib und Kind?« – »Er steht beim Heer in des Königs Dienst.«

»Ja, das ist's ja eben. Was braucht er einen Dienst und einen König? Doch – sage: warum trägst du keinen goldnen Armreif? Ein Gotenweib aus dem Welschthal kam einmal des Wegs bei uns vorbei, vor fünf

Jahren, die trug Gold handbreit: da dacht ich: so trägt's deine Tochter, und freute mich, und nun ...«

Rauthgundis lächelte: »Soll ich Gold tragen für meiner Mägde Augen? Ich schmücke mich nur, wenn Witichis es sieht.« – »So? mög' er's verdienen! Aber du *hast* doch Goldspangen und Goldreife wie andre Gotenfrauen hier unten?« – »Mehr als andre, truhenvoll. Witichis brachte große Beute vom Gepidenkrieg.« – »So bist du ganz glücklich?« – »Ganz, Vater, aber nicht wegen der Goldspangen.« – »Hast du über nichts zu klagen? Sag's mir nur, Kind! Was es auch sei, sag's deinem alten Vater und er schafft dir dein Recht.«

Da blieb Rauthgundis stehen. »Vater, sprich nicht so! Das ist nicht recht von dir zu sprechen, nicht von mir zu hören. Wirf ihn doch weg, den unglückseligen Irrwahn, als müßte ich elend werden, weil ich zu Thal gezogen. Ich glaube fast, nur diese Furcht hat dich hier herabgeführt.«

»Nur sie!« rief der Alte hastig mit dem Stock aufstoßend. »Und du nennst einen Wahn, was deines Vaters tiefstes inneres Wesen? Ein Wahn! Ah, ist's ein Wahn, daß sich's schwer atme hier unten? Ein Wahn, daß unsre hochgewachsenen, weißen Goten klein und braun geworden hier unten im Thal? Ist es ein Wahn, daß alles Unheil von jeher von Süden hergekommen, von diesem weichen, falschen Thal? Woher kommen die Bergstürze über unsre Hütten? von Süden her. Von wo kommt der giftige Wind, der Mensch und Vieh verdirbt? Von Süden. Warum stürzt' mir Kuh und Schaf, wann sie am Südhang grasen? Warum starb deine Mutter, wie sie das erstemal von unserm Berge nach Bolsanum herabkam, in der schwülen Stadt? Ein Bruder von dir stieg auch herab, trat in des Königs Theoderich Waffenschar zu Ravenna: erstochen haben ihn die Welschen beim Wein. Warum taugt kein Knecht mehr was, der je hier in den Süden herabstieg, auch nur auf einen Winter? Wo hat unser großer Held Theoderich das verfluchte Regieren gelernt, mit Steuern und Folter und Kerker und Schreiben? Was haben unsre Väter von all' dem gewußt?

Von woher kommt aller Trug, alle Unfreiheit, alle Üppigkeit, alle Unkraft, alle List? Von hier: aus dem Welschthal, aus dem Süden, wo die Menschen zu Tausenden beisammen nisten, wie unsauber Gewürm und einer dem andern die Luft vergiftet. Und da kommt mir so einer auf meinen Fels und holt mein frisches Kind herab in dieses Land des Unsegens! Dein Eheherr hat was Gutes und Klares, ich leugn' es nicht; und hätte er sich droben bei mir ein Gehöft gebaut, ich hätte ihm gern mein Kind und das Joch der besten Ochsen dazu gegeben. Aber nein! Da herunter mußte er sie führen ins heiße Sumpfthal. Und er selbst bückt den Kopf in goldnen Sälen zu Rom und in der Rabenstadt. Wohl hab' ich mich lang gewehrt ...«

»Aber endlich gabst du nach –«

»Was wollt' ich machen? War doch mein kernfrisches Mädel ganz herzenssiech geworden nach dem Unglücksmann.«

»Und zehn Jahre hat der Unglücksmann dein Kind beglückt.« – »Wenn's nur auch wahr ist!« – »Vater!« – »Und wahr bleibt. Es wäre das erstemal, daß Glück von Süden käme. Sieh', mein Abscheu ist so groß vor der Ebne, daß ich die sieben Jahr nicht niederstieg, gar mein Enkelkind nie gesehn habe. Wenn ich es jetzt doch gethan, hat's schweren Grund.«

»Also nicht die Liebe? nicht dein Herz?«

»Freilich! doch mein banges Herz! Ein böses Zeichen ist geschehen. Du denkst doch noch der freudigen Buche, die am Felsbache stand, rechts vorm Hause? Ich pflanzte sie, nach altem Brauch, an dem Tag, da du geboren wardst. Und prächtig, wie du selbst, gedieh der Baum. In dem Jahr, da du fortzogst freilich, fand ich, er sehe krank und traurig. Aber die andern sahen es nicht und lachten mich aus.

Nun, sie erholte sich wieder und war frisch und grün. Doch in der letzten Woche kam des Nachts ein Hochgewitter, so wütig, wie ich's selten gehört da droben in den Felsen, und als wir am Morgen vor das Thor treten, ist der Stamm vom Blitz zerspalten und die Krone hat der Gießbach mit sich fortgerissen, nach Süden.«

»Schade um den lieben Baum! Doch kann dich das ängstigen?«

»Es ist nicht alles. Traurig grub ich am Abend, nach dem Tagewerk, den armen Stamm aus der Erde und warf ihn ins Herdfeuer, daß er nicht verunehrt und elend am Wege stehe, der meines Kindes ein Bild und Zeichen war. Und ich nahm mir's sehr zu Herzen und ich sann und sann mit schweren Sorgen über deinen Mann, und meine Zweifel an ihm kamen dicht und dichter. Und ich sah ins Feuer, drin der Stamm verkohlte.

So schlief ich ein und im Traum sah ich dich und Witichis. Er tafelte im Goldsaal unter stolzen Männern und schönen Frauen, in Glanz und Pracht gekleidet. Du aber standest vor der Thür, im Bettlerkleid, und weintest bittre Thränen und riefst ihn beim Namen. Er aber sprach: »wer ist das Weib? ich kenne sie nicht.« Und es ließ mich nicht mehr droben in den Bergen. Herab zog's mich: ich mußte sehen, wie mein Kind gehalten ist im Thal und überraschen wollt' ich ihn, deshalb wollt' ich nicht durchs Thor ins Haus.«

»Vater,« sprach Rauthgundis zornig, »dergleichen soll man selbst im Traume nicht denken. Dein Mißtrauen ...«

»Mißtrauen! ich traue niemand als mir selbst. Und in dem Blitzschlag und in dem Traumgesicht hat sich's mir deutlich gemeldet: dir droht ein Unglück! Weich' ihm aus! Nimm deinen Knaben und geh mit mir in die Berge! Nur auf kurze Zeit. Glaub' mir, du wirst es bald wieder schön finden in der freien Luft, wo man über aller Herren Länder hinwegsieht.«

»Ich soll meinen Mann verlassen? Niemals.« – »Hat er nicht dich verlassen? Ihm ist Hof und Königsdienst mehr als Weib und Kind. So laß ihm seinen Willen.«

»Vater,« sprach jetzt Rauthgundis, seine Hand heftig fassend, »kein Wort mehr! Hast du denn meine Mutter nicht geliebt, daß du so reden kannst von Ehegatten? Mein Witichis ist mir alles, Luft und Licht des Lebens. Und er liebt mich mit seiner ganzen treuen Seele. Und wir sind eins.

Und wenn er für recht hält, fern von mir zu schaffen – zu wirken, so ist es recht. Er führt seines Volkes Sache. Und zwischen mich und ihn soll kein Wort, kein Hauch, kein Schatte treten. Und auch ein Vater nicht.«

Der Alte schwieg. Aber sein Mißtrauen schwieg nicht. »Warum,« hob er nach einer Pause wieder an, »wenn er am Hof so wichtige Geschäfte hat, warum nimmt er dich nicht mit? Schämt er sich der Bauerntochter?« und zornig stieß er seinen Stock auf die Erde.

»Der Zorn verwirrt dich! Du grollst, daß er mich vom Berg ins Thal der Welschen geführt – und grollst ebenso, weil er mich nicht nach Rom mitten unter sie führt!«

»Du sollst's auch nicht thun! Aber er soll's wollen. Er soll dich nicht entbehren können. Aber des Königs Feldherr wird sich des Bauernkindes schämen.«

Da, ehe Rauthgundis antworten konnte, sprengte ein Reiter an das jetzt verschlossene Hofthor, vor dem sie eben standen. »Auf, aufgemacht!« rief er, mit der Streitaxt an die Pfosten schlagend. – »Wer ist da draußen?« fragte der Alte vorsichtig. – »Aufgemacht! solang läßt man einen Königsboten nicht warten!«

»Es ist Wachis,« sprach Rauthgundis, den schweren Riegelbalken im Ring zurückschiebend, »was bringt dich so plötzlich zurück?«

»Du bist es selbst, die mir öffnet!« rief der treue Mann, »o Gruß und Heil, Frau Königin der Goten! Der Herr ist zum König des Volks gewählt. Diese meine Augen sahen ihn hoch auf den Heerschild gehoben: er läßt dich grüßen: und entbietet dich und Athalwin nach Rom. In zehn Tagen sollst du aufbrechen.«

In allem Schrecken und in aller Freude und zwischen allen Fragen durch konnte sich Rauthgundis nicht enthalten eines freudig stolzen Blicks auf ihren Vater: dann warf sie sich an seine Brust und weinte. »Nun,« fragte sie endlich sich losmachend, »Vater, was sagst du nun?«

»Was ich sage? Jetzt ist das Unglück da, das mir geahnt! Ich gehe noch heute Nacht zurück auf meinen Berg.«

## Zweites Kapitel

Während die Goten bei Regeta tagten, umklammerte in weit geschwungenem Halbkreis das mächtige Heerlager Belisars die hart bedrängte Stadt Neapolis.

Rasch, unaufhaltsam wie ein Brand in getrocknetem Heidegras, hatte sich das Heer der Byzantiner von der äußersten Südostspitze Italiens bis vor die Mauern der parthenopeischen Stadt gewälzt, ohne Widerstand zu finden. Denn, dank den Befehlen Theodahads, waren nicht hundert Gotenkrieger in jenen Gegenden zu finden.

Das kurze Vorpostengefecht am Passe Jugum war der einzige Aufenthalt, auf den die Griechen stießen: die römische Bevölkerung von Bruttien mit den Städten Regium, Bibo und Squyllacium, Tempsa und Croton, Ruscia und Thurii, von Calabrien, mit den Städten Gallipolis, Tarentum und Brundusium, von Lucanien mit den Städten Velia und Buxentum, von Apulien mit den Städten Acheruntia und Canusium,

Salernum, Nuceria und Campsä, und viele andere Städte nahmen Belisar mit Jubel auf, als er ihnen im Namen des rechtgläubigen Kaisers Justinian die Befreiung von dem Joche der Ketzer und Barbaren verkündete. Bis an den Aufidus im Osten, bis an den Sarnus im Südwesten war Italien den Goten entrissen und erst an den Wällen von Neapel brach sich der Ungestüm dieser feindlichen Wogen.

Und wohl ein herrliches Kriegsschauspiel waren diese Heerlager Belisars zu nennen. Im Norden, vor der Porta Nolana, dehnte sich das Lager Johannes des Blutigen. Diesem tapfern Führer war die Via Nolona anvertraut und die Aufgabe, die Straße nach Rom zu erzwingen. Hier in den breiten Wiesenflächen, auf den Saatfeldern fleißiger Goten, tummelten die Massageten und die gelben Hunnen ihre kleinen, häßlichen Gäule. Daneben lagerten leichte persische Söldner, in Linnenpanzern, mit Pfeil und Bogen; dann schwere armenische Schildträger, Makedonen mit zehn Fuß langen »Sarissen« (Lanzen) und große Massen thessalischer und thrakischer, aber auch saracenischer Reiter, zu verhaßter Unthätigkeit in diesem Belagerungskampf verurteilt und ihre Muße nach Kräften ausfüllend mit Streifzügen ins Innere des Landes.

Das mittlere Lager, gerade im Osten der Stadt, war von dem Hauptheer erfüllt: Belisars großes Feldherrnzelt von blauer sidonischer Seide, mit dem Purpurwimpel, ragte in seiner Mitte. Hier stolzierte die Leibwache, die Belisar selbst bewaffnete und besoldete und zu der nur die erlesensten Leute, die sich dreimal durch Todesverachtung im Kampf ausgezeichnet, zugelassen wurden: aus ihr gingen Belisars Schüler und beste Heerführer hervor, in reichvergoldeten Helmen mit rothen Roßhaarkämmen, den besten Brust- und Beinharnischen, ehernen Schilden, dem breiten Schwert und der partisanen-gleichen Lanze. Hier bildeten den Kern des Fußvolks achttausend Illyrier, die einzige gute Truppe, die das Griechenreich noch selbst stellte: hier aber lagerten auch unter dem Befehl ihrer Stammesfürsten die avarischen, bulgarischen, sarmatischen und auch germanischen Scharen, wie Heruler und Gepiden, die Byzanz um schweres Geld werben mußte, den Mangel der kriegsfähigen Mannschaft zu decken. Hier auch die ausgewanderten und die vielen Tausend übergegangenen Italier.

Endlich das südwestliche Lager, das sich dem Strand entlang dehnte, befehligte Martinus, der den Belagerungswerkzeugen vorstand: hier standen die Katapulten und Ballisten, die Mauerbrecher und Wurfmaschinen in Vorrat: hier wogten die isaurischen Bundesgenossen und die Scharen, die das neu von den Vandalen zurückeroberte Afrika stellte: maurische, numidische Reiter, libysche Schleuderer durcheinander.

Aber vereinzelt waren Abenteurer und Söldner fast aus allen Barbarenstämmen der drei Erdteile vertreten: Bajuvaren von der Donau, Alamannen vom Rhein, Franken von der Maas, Burgunden von der Rhone, dann wieder Anten vom Dniester, Lazier von Phasis, pfeilkundige Abasgen, Sabiren, Lebanthen und Lykaonen aus Asien und Afrika. So bunt zusammengesetzt aus barbarischen Haufen war die Kriegsmacht, mit der Justinian die gotischen »Barbaren« vertreiben und Italien befreien wollte. Den Befehl über die Vorposten hatten immer und überall die Leibwächter Belisars: und diese Kette zog sich um die Stadt her von der Porta Capuana fast bis an die Wogen des Meeres. Neapolis aber war schlecht befestigt und schwach besetzt. Nicht tausend Goten waren es, welche die ausgedehnten Werke gegen ein Heer von vierzigtausend Byzantinern und Italiern verteidigen sollten.

Graf Uliaris, der Befehlshaber der Stadt, war ein tapfrer Mann und hatte bei seinem Bart geschworen, die Feste nicht zu übergeben. Aber auch er hätte der überlegnen Macht und Feldherrnkunst Belisars wohl nicht lange widerstehen können, wäre nicht ein glücklicher Umstand ihm zu Hilfe gekommen. Das war die unzeitige Rückkehr der griechischen Flotte nach Byzanz. Als nämlich Belisar, nachdem er sein gelandetes Heer in Regium eine Nacht geruht und gemustert hatte, den allgemeinen Aufbruch mit der Land- und Seemacht gegen Neapolis befahl, sandte ihm sein Nauarchos Konon einen bisher geheim gehaltnen Auftrag des Kaisers, wonach die Flotte sofort nach der Landung nach Nikopolis an der griechischen Küste zurücksegeln solle, angeblich, neue Verstärkungen herüberzuholen, in Wahrheit aber nur, den Prinzen Germanus, Justinians Neffen, mit den kaiserlichen Lanzenträgern nach Italien zu führen, der die Siegesschritte Belisars beobachten, überwachen, nötigenfalls hemmen und, als Oberfeldherr, die Interessen des kaiserlichen Mißtrauens gegen den Unterfeldherrn Belisar wahren sollte. Zähneknirschend mußte Belisar seine Flotte im Augenblick, da er ihrer am meisten bedurfte, absegeln sehen: und nur mit vielen Bitten erlangte er, daß ihm der Nauarch vier Kriegstrieren, die noch bei Sicilien kreuzten, zu senden versprach.

So hatte denn Belisar, als er sich anschickte Neapolis zu belagern, die Stadt zwar von Nordost, Ost und Südost mit seiner Landmacht eng einschließen können: den Westen, die Straße nach Rom, durch Castellum Tiberii gedeckt, hielt Graf Uliaris mit höchster Kraft frei: aber den Hafen von Neapolis und seine Verbindung mit der See hatte er nicht zu sperren vermocht.

Anfangs zwar tröstete er sich damit, daß ja auch die Belagerten keine Flotte hätten und also von ihrer Verbindung mit dem Meer nicht eben viel Vorteil würden ziehen können. Aber hier trat ihm zuerst die Begabung und die Kühnheit eines Gegners in den Weg, den er später noch mehr fürchten lernen sollte. Das war Totila. Kaum hatte dieser Neapolis erreicht, der Leiche des alten Valerius mit Julius die letzte Ehre erwiesen und die ersten Thränen Valerias getrocknet, als er mit rastloser Thätigkeit an der Aufgabe arbeitete, eine Flotte aus dem Nichts zu schaffen.

Er war Befehlshaber des Geschwaders von Neapolis: aber dieses ganze Geschwader hatte König Theodahad schon vor Wochen, trotz Totilas Vorstellungen, Belisar aus dem Wege, nach Pisa beordert, wo es die Arnusmündung bewachen sollte. So besaß Totila von Anfang nichts als drei leichte Wachtschiffe, von denen er zwei bei Sicilien verloren hatte: und er war nach Neapolis gekommen, an jedem Widerstand zur See verzweifelnd. Aber da er das Unglaubliche vernahm, daß die byzantinische Flotte nach Hause gegangen sei, belebte sich sofot seine Hoffnung. Und nun ruhte er nicht, bis er aus großen Fischerbooten, Kaufmannsschiffen, Hafenkähnen und in der Eile notdürftig seetüchtig gemachten Wracks der Werften sich eine kleine Flottille von etwa zwölf Segeln gebildet, die freilich weder einem Sturm auf hoher See noch einem einzigen Kriegsschiff Trotz bieten konnte, aber doch vortreffliche Dienste leistete, die sonst völlig abgeschnittene Stadt von Bajä, Cumä und anderen Städten im Nordwesten her mit Lebensmitteln zu versehen, die Bewegungen der Feinde an den Küsten zu beobachten und mit unaufhörlichen Angriffen zu quälen, indem Totila mit einer kleinen Schar oft im Süden, im Rücken der griechischen Lager, landete, sich ins Land schlich, bald hier, bald da einen Trupp der Feinde überfiel und zersprengte und solche Unsicherheit verbreitete, daß sich die Byzantiner nur in starken Abteilungen und nie zu weit von ihren Lagern zu entfernen wagten, während diese Erfolge die hart bedrängte, von steten Wachdiensten und Kämpfen angegriffene Mannschaft des Uliaris immer wieder ermutigten.

Bei alledem konnte sich Totila nicht verhehlen, daß die Lage schon jetzt eine höchst bedenkliche und, sowie einige griechische Schiffe vor der Stadt erschienen, eine unhaltbare werde. Er verwandte daher einen Teil seiner Boote dazu, täglich eine Anzahl von wehrunfähigen Einwohnern aus Neapolis aufwärts nach Bajä und Cumä zu schaffen, wobei er die Anforderung der Reichen, daß diese Rettungsfahrten nur gegen Bezahlung stattfinden sollten, streng zurückwies und ohne Unterschied Arme wie Reiche in seine rettenden Schiffe aufnahm. Vergebens hatte Totila wiederholt und immer dringender Valeria gebeten, unter dem Schutz von Julius auf diesen Schiffen zu flüchten: noch wollte sie sich nicht von dem Sarge ihres Vaters, noch von dem Geliebten nicht trennen, dessen Lob als des Schirmers der Stadt sie nur zu gern aus aller Munde einsog. Und ruhig fuhr sie fort, in dem väterlichen Hause ihrer Trauer und ihrer Liebe zu leben.

## Drittes Kapitel

In diesen ersten Tagen der Belagerung empfand auch Miriam die höchsten Freuden und die höchsten Schmerzen ihrer Liebe.

Häufiger als je konnte sie sich in des Geliebten Anblick sonnen: denn die Porta Capuana war ein wichtiger Punkt der Befestigung, den der Seegraf oft besuchen mußte. In der Turmstube des alten Isak hielt er täglich mit Graf Uliaris den traurigen Kriegsrat. Dann pflegte Miriam, wann sie die Männer begrüßt und das schlichte Mahl von Früchten und Wein auf den Tisch gestellt, hinunterzuschlüpfen in das enge Gärtlein, das dicht hinter der Turmmauer lag. Der Raum war ursprünglich ein kleiner Hof im Tempel der Minerva, der Mauerbeschützerin, gewesen, der man gern an den Hauptthoren der Städte einen Altar errichtete.

Seit Jahrhunderten war der Altar verschwunden: aber noch ragte hier der alte mächtige Olivenstamm, der einst die der Göttin geweihte Statue beschattet hatte: und ringsum dufteten die Blumen, die Miriams liebevolle Hand hier gepflegt und oft für die Braut des Geliebten gebrochen hatte. Gerade gegenüber dem riesigen Ölbaum, dessen knorrige Wurzeln über die Erde hervorstarrten und eine dunkle Öffnung in den Erdgeschossen des alten Tempels zeigten, war von dem Christentum ein großes, schwarzes Holzkreuz angebracht über einem kleinen Betschemel, der aus einer Marmorstufe des Minervatempels gebildet war: man liebte, die Stätten des alten Gottesdienstes dem neuen zu unterwerfen und die alten Götter, die jetzt zu Dämonen geworden, durch die Sinnbilder des siegreichen Glaubens zu verscheuchen.

Unter diesem Kreuz saß das schöne Judenmädchen oft stundenlang mit der alten Arria, der halbblinden Witwe des Unterpförtners, die, nach dem frühen Tod von Isaks Weib, wie eine Mutter das Heranblühen der kleinen Miriam mit ihren Blumen in dem öden Gestein der alten Mauern überwacht hatte. Da hatte diese viele Jahre lang still lauschend zugehört, wie die fromme Alte in fleißigem Gebet zu dem Gott der Christen flehte: und unwillkürlich war so mancher Strahl der mildern, hellern Liebeslehre des Nazareners in das Herz der Heranwachsenden gedrungen.

Jetzt da Alter und Erblindung die Witwe hilfsbedürftig gemacht, vergalt Miriam mit liebevoller Treue der Pflegerin ihrer Kindheit. Mit Rührung nahm Arria diese Treue hin; ihr altes Herz umschloß mit Dank und Liebe und Mitleid das herrliche Geschöpf, dessen mächtige Liebe zu dem jungen Goten sie längst erkannt und beklagt, aber nie gegenüber der scheuen Jungfrau berührt hatte.

Am Abend des dritten Tages der Belagerung schritt Miriam nachdenklich die breiten Mauerstufen nieder, die von der Turmpforte in den Garten führten: ihr edles, seelentiefes Auge glitt, in ernstes Sinnen verloren, über die duftigen Blumen der Beete hin: auf der letzten Stufe blieb sie träumend stehen, die linke Hand auf den Mauerrand lehnend. Arria kniete auf dem Betschemel, ihr den Rücken wendend, und betete laut. Sie würde die Nahende nicht bemerkt haben, wenn nicht geflügeltes Leben plötzlich den stillen Hof beseelt hätte: denn in den breiten Zweigen der Olive nisteten die schönsten, weißen Tauben, der einsamen Miriam einzige Gespielinnen. Als diese die vertraute Gestalt auf den Stufen erscheinen sahen, erhoben sie sich alle, in schwirrendem Flug ihr Haupt umschwärmend; eine ließ sich auf des Mädchens linke Schulter nieder, die andere auf das feine Gelenk der Rechten, die Miriam, aus ihrem Traume geweckt, lächelnd ausstreckte.

»Du bist's, Miriam! deine Tauben verkünden dich!« sprach Arria sich wendend. Und das schöne Mädchen stieg die letzte Stufe nieder, langsam, die Vögel nicht zu verscheuchen: die Abendsonne fiel durch die Blätter der Olive auf ihre pfirsichroten Wangen: es war ein lieblich Bild.

»Ich bin's, Mutter!« sagte Miriam, sich zu ihr setzend. »Und ich hab' eine Bitte. Wie lautet,« fragte sie leiser, »dein Spruch vom Leben nach dem Tode, dein Glaubensspruch?« – »ich glaube an die Gemeinschaft ...«

»An die Gemeinschaft der Heiligen, Auferstehung des Fleisches und ein ewiges Leben.« – »Wie kömmst du auf diese Gedanken?«

»Ei nun,« sagte Miriam, »mitten im Leben stehen wir im Tode, sagt der Sänger von Zion. Und jetzt wir besonders! Fliegen nicht täglich Pfeile und Steine in die Straßen? Aber — ich will noch Blumen pflücken!« sprach sie wieder aufstehend.

Arria schwieg einen Augenblick. »Jedoch der Seegraf war heute schon da: mir ist, ich hätte seine helle Stimme gehört.«

Miriam errötete leicht. »Sie sind nicht für ihn,« sprach sie dann ruhig — »für sie.« — »Für Sie?« — »Ja, für seine Braut. Ich habe sie heute zum erstenmal gesehen. Sie ist sehr schön. Ich will ihr Rosen schenken.« — »Du hast sie gesprochen. Wie ist sie geartet?«

»Nur gesehen, sie bemerkte mich nicht. Ich schlich schon lange um den Palast der Valerier, seit sie hier ist. Heute ward sie in die Sänfte gehoben; sie ward in die Basilika getragen. Ich lehnte hinter der Säule ihres Hauses.«

»Nun, ist sie seiner würdig?«

»Sie ist sehr schön. Und vornehm. Und klug sieht sie aus: auch gut. Aber,« seufzte Miriam, »nicht glücklich. Ich will ihr Rosen schenken. — Mutter,« sagte sie, nach einiger Zeit sich wieder mit ihren duftigen Blumen zu ihr setzend, »was bedeutet das: die Gemeinschaft der Heiligen. Sollen nur die Christen dann beisammen leben? Nein, nein!« fuhr sie fort, ohne die Antwort abzuwarten, »das kann nicht sein. Entweder alle, alle Guten oder« — und sie seufzte. »Mutter, in den Büchern Mosis steht nichts davon, daß die Menschen erwachen aus dem Tode. O und es wäre auch so schrecklich nicht,« sprach sie, die Rosen zusammenfügend, »endlich ausruhn! Ganz ausruhn! In süßer, stiller, traumloser Nacht. Ausruhn vom Leben! Denn giebt es Leben ohne Schmerz? ohne Sehnen? ohne leisen, niegestillten Wunsch? Ich kann's nicht denken.«

Und sie hielt inne im Flechten ihres Kranzes, und stützte das Haupt auf das Handgelenk. Die Tauben flogen weg: denn die Herrin achtete ihrer nicht.

»Den Seinen hat der Herr,« sprach Arria feierlich, »die selige Stätte bereitet: sie wird nicht mehr hungern noch dürsten. Es wird auch nicht auf sie fallen die Sonne, oder irgend eine Hitze. Denn Gott der Herr wird sie leiten zu dem lebendigen Wasserbrunnen und abwischen alle Thränen von ihren Augen.«

»Alle Thränen von ihren Augen,« sprach Miriam nach. »Rede weiter. Es klingt so gut.«

»Dort werden sie leben, wunschlos, den Engeln gleich: und sie werden Gott schauen und sein Friede wird Palmenschatten über sie breiten: sie werden vergessen Haß und Liebe und Schmerz und alles, was ihre Herzen bewegt auf Erden. Und ich habe viel gebetet, Miriam, für dich: und auch deiner wird sich der Herr erbarmen und dich versammeln zu den Seinen.«

Aber Miriam schüttelte leise das Haupt. »Nein, Arria, da ist fast besserer Trost der ewige Schlaf. Denn wie kann deine Seele lassen von dem, was deiner Seele Leben ist? Wie kannst du abthun dein tiefstes Sein und doch dieselbe bleiben? Wie soll ich selig sein und vergessen was ich liebe? Auch, nur das, daß wir lieben, ist ja des Lebens wert. Und hätt' ich zu wählen: hier alle Seligkeit des Himmels und sollte abthun meines Herzens einzig Gut: oder behalten meines Herzens Liebe mit all' ihrer ewigen Sehnsucht, ich neidete den Seligen ihren Himmel nicht. Ich wählte meine Liebe und mein Weh.«

»Kind, sprich nicht so! lästre nicht. Sieh, was geht über Mutterliebe? nichts auf Erden! Doch wird auch sie im Himmel nicht mehr leben! Die Liebe, die das Mädchen zieht zum Mann, sie ist ein Traum von Gold. Mutterliebe ist ein ehern Band, das ewig schmerzend bindet. O mein Jucundus, mein Jucundus! Möchtest du bald wieder kommen, daß ich dich noch schauen kann hienieden, eh meine Augen volle Nacht bedeckt. Denn droben im Himmelreich wird auch die Mutterliebe untergehen in der ewigen Liebe Gottes und der Heiligen. Und doch möcht' ich ihn noch einmal fassen und umfangen und mit den Händen betasten sein geliebtes Haupt. Und höre nur, Miriam: ich hoffe und vertraue: bald, bald werd' ich ihn wiedersehen.«

»Du darfst mir nicht sterben, Arria.« – »Nein, so mein' ich's nicht! hier auf Erden noch muß ich ihn wiedersehen. Ich muß ihn wieder kommen sehen des Weges, den er gegangen.«

»Mutter,« sagte Miriam sanft, wie man einem Kinde einen Wahn ausredet, »wie magst du noch immer daran glauben! Dein Jucundus ist seit dreißig Jahren verschwunden!«

»Und doch kann er wiederkommen! Es ist nicht möglich, daß der Herr all' meiner Thränen nicht geachtet, all' meiner Gebete. Was war er für ein braver Sohn! Mit seiner Hände Arbeit ernährte er mich, bis er erkrankte und Axt und Schaufel nicht mehr führen konnte: und wir litten Not. Da sprach er: »Mutter, ich kann's nicht mehr mit ansehen, daß du darbest. Du weißt, in den Gängen des alten Tempels, dort unter dem Olivenstamm, sind Schätze der Heidenprister vergraben: der Vater drang einmal hinein und brachte eine goldene Spange zurück. Ich will hineinschlüpfen, so tief ich kann, ob ich von dem verborgnen Gold nichts finde: und Gott wird mich beschützen.« – Und ich sagte Amen. Denn die Not war schwer: und ich wußte wohl, der Herr werde den frommen Sohn der Witwe behüten.

Und wir beteten miteinander eine Stunde, hier vor dem Kreuz. Und dann erhob sich mein Jucundus und drang in die Höhlung dort unter den Wurzeln der Olive. Ich horchte dem Schall seiner Bewegungen, bis er verhallte.

Er ist noch immer nicht zurückgekommen.

Aber tot ist er nicht! O nein! Kein Tag vergeht, daß ich nicht denke: heut' führt ihn Gott zurück. War nicht auch Joseph fern lange Jahre in Ägyptenland? und doch haben Jakobs Augen ihn wieder gesehen. Und mir ist, heut' oder morgen sehe ich ihn wieder. Denn heute Nacht im Traum hab' ich ihn gesehen, wie er im weißen Gewand heraufschwebte aus der Höhlung dort: und beide Arme breitete er aus: und ich rief ihn beim Namen und wir waren vereint auf ewig. Und so wird's werden: denn der Herr erhöret das Flehen der Betrübten und wer ihm traut, wird nicht zu Schanden werden.«

Und die Alte erhob sich, drückte Miriams Hand und ging in ihr kleines Häuschen.

Allmählich war der Mond voll aufgegangen und erhellte zauberisch das enge Gärtchen, in das des Turmes schwere Schatten fielen: und stark dufteten die Rosen. Miriam stand auf und blickte an dem Kreuz empor. »Welch mächtiger Glaube! welch lebendiger Trost! welch milde Lehre! Ist es so? Ist der Mann, der dort am Kreuz in Todesweh das Haupt gebeugt, ist er der Messias? Ist er aufgefahren gen Himmel und sorget für die Seinen, wie ein Hirt, der seine Lämmer weidet? Ich aber zähle nicht zu seiner Herde! An jenem Trost hat Miriam keinen Teil. Mein Trost ist meine Liebe mit all' ihrem Weh: sie ist meine Seele selbst geworden. Und ich sollte einst dort oben über den Sternen hinschweben, ohne diese Liebe? Dann wär' ich nicht Miriam mehr! Oder soll ich sie mit hinauf tragen: und wieder zurückstehen? und wieder durch alle Ewigkeit die Römerin an seiner Seite sehen? Sollen sie dort wohnen und wandeln in der Fülle des Glanzes und ich im trüben Nebel einsam folgen und nur von ferne leuchten sehen den Saum seines weißen Gewandes? Nein, o nein, viel besser, wie meine Blumen hier, erblühen am Sonnenblick der Liebe, duften und glühen eine kurze Weile, bis sie die Sonne versengt, die sie geweckt und geopfert hat: und verwehen in ewige Ruhe, nachdem der weiche, süße, unselige Drang nach dem Lichte gebüßt ...«

»Gute Nacht, Miriam, lebewohl!« rief eine melodische Stimme.

Und fast erschrocken blickte sie auf: und sah noch des Goten weißen Mantel vor der Treppe um die Ecke verschwinden. Uliaris ging nach der entgegengesetzten Seite. Rasch sprang sie die Stufen hinan und sah dem weißen Mantel, der silbern im Mondlicht glänzte, nach, lang, lang, bis er verschwand in fernen Schatten.

## Viertes Kapitel

Alle Tage zweimal traten so Uliaris und Totila zusammen, berichteten ihre Erfolge, ihre Verluste und prüften ihre Aussichten zur Rettung der Stadt.

Aber am zehnten Tage der Belagerung etwa rasselte Uliaris vor Tagesanbruch auf das Verdeck von Totilas »Admiralschiff«, eines morschen Muränenfängers, wo der Seegraf von Neapel, von einem zerfetzten Segel gedeckt, schlief. »Was ist?« rief Totila auffahrend, noch im Traum, »der Feind? wo?« – »Nein, mein Junge, diesmal ist's noch Uliaris, nicht Belisar, der dich weckt. Aber lange, beim Strahl, wird's nicht mehr dauern.« – »Uliaris, du blutest – dein Kopf ist verbunden!« – »Bah, war nur ein Streifpfeil! Zum Glück kein giftiger. Ich holt' ihn mir heut' Nacht. Du mußt wissen: die Dinge stehen schlecht, schlechter als je seit gestern. Der blutige Johannes, Gott hau' ihn nieder, gräbt sich wie ein Dachs an unser Kastell Tiberii: und hat er das, dann: gute Nacht, Neapolis! Gestern Abend hat er eine Schanze auf dem Hügel über uns vollendet und wirft uns Brandpfeile auf die Köpfe. Ich wollt' ihn heute Nacht aus seinem Bau werfen, ging aber nicht. Sie waren sieben gegen einen und ich gewann nichts damit als diesen Schuß vor meinen grauen Kopf.«

»Die Schanze muß weg,« sagte Totila nachsinnend.

»Den Teufel auch, aber sie will nicht!

Allein mehr. Die Bürger, die Einwohner fangen an, schwierig zu werden. Täglich schießt Belisar hundert stumpfe Pfeile mit seinem »Aufruf zur Freiheit!« herein. Die wirken mehr noch als die tausend scharfen. Schon fliegt hier und da ein Steinwurf von den Dächern auf meine armen Burschen. Wenn das wächst! Wir können nicht mit tausend Mann vierzigtausend Griechen draußen abhalten und dreißigtausend Neapolitaner drinnen: drum meine ich« – und sein Auge blickte finster –

»Was meinst du?«

»Wir brennen ein Stück der Stadt nieder! Die Vorstadt wenigstens ...«

»Damit uns die Leute lieber gewinnen? Nein, Uliaris, sie sollen uns nicht mit Recht Barbaren schelten. Ich weiß ein besser Mittel – sie hungern: ich habe gestern vier Schiffsladungen Öl und Korn und Wein hereingeführt, die will ich verteilen.« – »Öl und Korn, meinethalben! aber den Wein, nein! Den fordre ich für meine Goten, die trinken schon lang Cisternenwasser, pfui Teufel!« – »Gut, durstiger Held, ihr sollt den Wein für euch haben.« – »Nun? Und noch keine Botschaft von Ravenna? von Rom?« – »Keine! Mein fünfter Bote ist gestern fort.« – »Gott hau' ihn nieder, unsern König.

Höre Totila, ich glaube nicht, daß wir lebendig aus diesen wurmstichigen Mauern kommen!«

»Ich auch nicht!« sagte Totila ruhig und bot seinem Gast einen Becher Wein.

Uliaris sah ihn an: dann trank er und sagte: »Goldjunge, du bist echt und dein Cäkuber auch. Und muß ich hier umkommen, wie ein alter Bär unter vierzig Hunden, mich freut's doch, daß ich dich dabei so gut kennen gelernt: dich und deinen Cäkuber.« Mit dieser rauhen Freundlichkeit stieg der graue Gote vom Verdeck.

Totila schickte den Leuten im Kastell Wein und Korn und sie labten sich herzlich daran. Als aber Uliaris am andern Morgen aus dem Turm des Kastells lugte, rieb er sich die Augen. Denn auf der Hügelschanze wehte die blaue gotische Fahne. Totila war in der Nacht im Rücken der Feinde gelandet und hatte das Werk in kühnem Anlauf genommen.

Aber diese neue Keckheit reizte den ganzen Zorn Belisars. Er schwur, den verwegnen Planken ein Ende zu machen um jeden Preis. Höchst erwünscht trafen ihm zur Stunde die vier Kriegsschiffe von Sicilien her auf der Höhe von Neapolis ein. Er befahl, sie sollten sofort in den Hafen von Neapolis dringen und den Seeräubern das Handwerk legen. Stolz rauschten noch am Abend des gleichen Tages die vier mächtigen Trieren heran und legten sich an der Einfahrt des Hafens vor Anker. Belisar selbst eilte mit seinem Gefolge an die Küste und freute sich, die Segel von der Abendsonne vergoldet zu sehen: »Die aufgehende Sonne sieht sie in den Hafen der Stadt fahren trotz jenem Tollkopf,« sprach er zu Antonina, die ihn begleitete, und wandte seinen Schecken zurück nach dem Lager.

Noch hatte er am andern Morgen das Feldbett nicht verlassen – Prokopius, sein Rechtsrat, stand vor ihm und las ihm den entworfenen Bericht an Justinian – da erschien in seinem Zelt Chanaranges, der Perser, der Führer der Leibwächter, und rief: »Die Schiffe, Feldherr, die Schiffe sind genommen.«

Wütend sprang Belisar aus den Decken und rief: »Der soll sterben, der das sagt.«

»Besser wäre es,« meinte Prokopius, »der stürbe, der es gethan.« – »Wer war es?« – »Ach Herr, der junge Gote mit blitzenden Augen und dem leuchtenden Haar.« – »Totila!« sprach Belisar, »schon wieder Totila.«

»Die Bemannung lag zum Teil am Strand, bei meinen Vorposten, zum Teil schlaftrunken unter Deck. Plötzlich, um Mitternacht, wird's lebendig ringsum, als wären hundert Schiffe aus der Tiefe des Meeres getaucht.« – »Hundert Schiffe! Zehn Nußschalen hat er!« – »Im Augenblick und lang, eh' wir vom Strand zu Hilfe kommen können, sind die Schiffe geentert, die Leute gefangen, eine der Trieren, deren Ankertau nicht rasch zu kappen war, in Brand gesteckt, die andern drei nach Neapolis geführt.«

»Sie sind noch früher in den Hafen gekommen, als du dachtest, o Belisar,« sprach Prokopius. Aber Belisar hatte sich jetzt wieder ganz in der Gewalt. »Nun hat der kecke Knabe Kriegsschiffe! nun wird er unerträglich werden. Jetzt muß ein Ende werden.« Er drückte den prächtigen Helm auf das majestätische Haupt: »Ich wollte der Stadt, der römischen Einwohner schonen: es geht nicht länger. Prokopius, geh und entbiete hierher die Feldherren Magnus, Demetrius und Constantianus, Bessas und Ennes, und Martinus, den Geschützmeister; ich will ihnen zu thun geben vollauf. Sie sollen ihres Sieges nicht froh werden, die Barbaren, sie sollen Belisar kennen lernen.«

Alsbald erschien im Zelte des Oberfeldherrn ein Mann, der trotz des Brustpanzers, den er trug, mehr einem Gelehrten als einem Krieger glich. Martinus, der große Mathematiker, war eine friedliche, sanfte Natur, die lange im stillen Studium des Euklid ihre Seligkeit gefunden. Er konnte kein Blut sehen und keine Blume knicken. Aber seine mathematischen und mechanischen Studien hatten ihn eines Tages dahin geführt, eine neue Wurfmaschine von furchtbarer Schleuderkraft, wie im Vorbeigehn, zu erfinden; er legte den Plan Belisar vor und dieser, entzückt, ließ ihn gar nicht mehr in sein Studierzimmer zurück, sondern schleppte ihn sofort zum Kaiser und zwang ihn »Geschützmeister des Magister-Militum per Orientem«, d. h. eben Belisars, zu werden; er erhielt einen glänzenden Sold und war kontraktlich verpflichtet, jedes Jahr eine neue Kriegsmaschine herzustellen. Mit Seufzen ersann nun der sanfte Mathematiker jene gräßlichen Zerstörungswerkzeuge, welche die Wälle der Festen, die Thore der Burgen niederschmetterten, unlöschbares Feuer in die Städte der Feinde Justinians schleuderten und Menschen zu vielen Tausenden niederrafften. Er hatte wohl jedes Jahr seine Freude an der mathematischen Aufgabe, die er in unermüdlichem Fleiß sich stellte: aber war nun die Aufgabe gelöst, so dachte er mit Schaudern an die Wirkungen seiner Gedanken. Mit trauriger Miene erschien er deshalb vor Belisar.

»Martine, Zirkeldreher,« rief dieser ihm zu, »jetzt zeige deine Kunst! Wie viele Katapulten, Ballisten, Wurfmaschinen im ganzen haben wir?« – »Dreihundertfünfzig, Herr!« – »Gut! Verteile sie um unsre ganze Belagerungslinie! Oben im Norden, bei der Porta Capuana und bei dem Kastell, die Mauerbrecher gegen die Wälle! Sie müssen nieder und wären sie Diamant. Vom Mittellager aus richte die Geschosse von oben, im Bogenwurf, in die Straßen der Stadt. Biete alle Kraft auf, setze keinen Augenblick aus, vierundzwanzig Stunden lang! Laß die Truppen sich ablösen. Laß alle Werkzeuge spielen.«

»Alle, Herr?« sprach Martinus. »Auch die neuen? Die Pyrobalisten, die Brandgeschosse?« – »Auch die! die zumeist!« – »Herr, sie sind gräßlich! du kennst noch ihre Wirkung nicht.« – »Wohlan! Ich will sie kennen lernen und erproben.« – »An dieser herrlichen Stadt? An des Kaisers Stadt? Willst du Justinian einen Schutthaufen erobern?« Die Seele Belisars war edel und groß.

Er war unwillig über sich, über Martinus, über die Goten. »Kann ich denn anders?« zürnte er, »diese eisenköpfigen Barbaren, dieser tolldreiste Totila zwingen mich ja. Fünfmal hab ich ihnen Ergebung angeboten. Es ist Wahnsinn! Nicht dreitausend Mann stecken in den Wällen. Beim Haupte Justinians! warum stehen die dreißigtausend Neapolitaner nicht auf und entwaffnen die Barbaren?«

»Sie fürchten wohl deine Hunnen ärger als ihre Goten,« meinte Prokop. »Schlechte Patrioten sind sie! Vorwärts Martinus! In einer Stunde muß es brennen in Neapolis.«

»In kürzerer Zeit,« seufzte der Geschützmeister, »wenn es denn doch sein muß. Ich habe einen kundigen Mann mitgebracht, der uns viel helfen kann und die Arbeit vereinfachen: er ist ein lebendiger Plan der Stadt. Darf ich ihn bringen?«

Belisar winkte und die Wache rief einen kleinen, jüdisch aussehenden Mann herein. »Ah, Jochem, der Baumeister!« sprach Belisar. »Ich kenne dich wohl, von Byzanz her. Du wolltest ja die Sophienkirche bauen. Was ward daraus?« – »Mit eurer Gunst, Herr: nichts.« – »Warum nichts?«

»Mein Plan belief sich nur auf eine Million Centenare Goldes: das war der kaiserlichen Heiligkeit zu wenig. Denn je mehr eine Christenkirche gekostet, desto heiliger und gottgefälliger ist sie. Ein Christ forderte das Doppelte und erhielt den Auftrag.«

»Aber ich sah dich doch bauen in Byzanz?«

»Ja, Herr, mein Plan gefiel dem Kaiser doch! Ich änderte ein wenig, nahm die Altarstelle heraus und baute ihm danach eine Reitschule.«

»Du kennst Neapolis genau? Von außen und innen?«

»Von außen und innen. Wie meinen Geldsack.«

»Gut, du wirst dem Strategen die Geschütze richten gegen die Wälle und in die Stadt. Die Häuser der Gotenfreunde müssen zuerst nieder. Vorwärts! mache deine Sache gut! sonst wirst du gepfählt. Fort!« – »Die arme Stadt!« seufzte Martinus. »Aber du sollst sehen, Jochem, die Pyrobalisten, sie sind höchst genau – und sie gehen so leicht – ein Kind kann sie loslassen! Und sie wirken allerliebst.«

Und nun begann entlang dem ganzen Lager eine ungeheure und verderbenschwangere Thätigkeit. Die Gotenwachen auf den Zinnen sahen herab, wie die schweren Kolosse, die Maschinen, mit zwanzig bis dreißig Rossen, Kamelen, Eseln, Rindern bespannt, längs den Mauern hingezogen und auf der ganzen Linie verteilt wurden. Besorgt eilten Totila und Uliaris auf die Wälle und suchten, Gegenmaßregeln zu treffen. Säcke mit Erde wurden an den von den Mauerbrechern bedrohten Stellen herabgelassen: Feuerbrände bereit gehalten, die Maschinen, wenn sie nahten, in Brand zu stecken; siedendes Wasser, Pfeile und Steine gegen die Bespannung und die Bedienung gerichtet: und schon lachten die Goten der feigen Feinde, als sie bemerkten, wie die Maschinen, weit außer der gewohnten Schußweite und den Belagerten völlig unerreichbar, Halt machten.

Aber Totila lachte nicht.

Er erschrak, wie die Byzantiner ruhig die Bespannung abschirrten und ihre Maschinen spannten. Noch war kein Geschoß entsandt.

»Nun?« spottete der junge Agila neben Totila, »wollen sie uns von da aus beschießen? Doch lieber gleich von Byzanz her übers Meer! Es wäre noch sicherer!« Er hatte noch nicht ausgeredet, als ein vierzigpfündiger Stein ihn und die ganze Zinne, auf der er stand, herunterschmetterte: Martinus hatte die Tragweite der Ballisten verdreifacht. Totila sah ein, daß sie völlig widerstandslos sich von den Feinden mit Geschossen überhageln lassen mußten.

Entsetzt sprangen die Goten von den Wällen herab und suchten Schutz in den Straßen, den Häusern, den Kirchen. Vergebens! Tausende und Tausende von Pfeilen, Speeren, schweren Balken, Steinen, Steinkugeln sausten und pfiffen im sichern Bogenschuß auf ihre Köpfe: ganze Felstrümmer kamen geflogen und schlugen krachend durch Holzwerk und Getäfel der festesten Dächer, während im Norden gegen das Kastell unaufhörlich der Sturmbock mit seinen zermürbenden Stößen donnerte. Indes der dichte Hagel der Geschosse buchstäblich die Luft verfinsterte, betäubte das prasselnde Niederfallen der Steine, das brechende Gebälk, die zerschmetterten Zinnen und der Weheschrei der Getroffenen das Ohr mit furchtbarem Lärm. Erschrocken flüchtete die zitternde Bevölkerung in die Keller und Gewölbe ihrer Häuser, Belisar und die Goten um die Wette verfluchend.

Aber noch hatte die bebende Stadt das Ärgste nicht erfahren.

Auf dem Marktplatz, dem Forum des Trajan, nahe dem Hafen, stand ein ungedecktes Haus, eine Art Schiffsarsenal, mit altem wohl getrocknetem Holz, Werg, Flachs, Teer und dergleichen vollgefüllt. Da kam zischend und dampfend ein seltsames Geschoß gefahren, traf in das Holzwerk und im Augenblick, da es niederfiel, schlug hellauflodernd die Flamme hervor und verbreitete sich, von dem Schiffsmaterial genährt, mit Windeseile. Jubelnd begrüßten draußen die Belagerer den hochaufwirbelnden Qualm und richteten eifrig die Geschosse nach der Stelle, das Löschen zu hindern.

Belisar ritt zu Martinus heran. »Gut,« rief er, »Mann der Zirkel, gut! Wer hat das Geschoß gerichtet?« – »Ich,« sprach Jochem, »o ihr sollt zufrieden sein mit mir. Gebt acht! Seht ihr da, rechts von der Brandstätte, das hohe Haus mit den Statuen auf flachem Dach? Das ist das Haus der Valerier, der größten Freunde des Volkes von Edom. Gebt acht! Es soll brennen.«

Und sausend fuhr der Brandpfeil durch die Luft und bald darauf schlug eine zweite Flamme aus der Stadt gen Himmel.

Da sprengte Prokop heran und rief: »Belisarius, dein Feldherr Johannes läßt dich grüßen: das Kastell des Tiberius brennt, der erste Wall liegt nieder.« Und so war es und bald standen vier, sechs, zehn Häuser in allen Teilen der Stadt in vollen Flammen.

»Wasser!« rief Totila, durch eine brennende Straße nach dem Hafen sprengend, »heraus, ihr Bürger von Neapolis! Löscht eure Häuser. Ich kann keinen Goten von dem Wall lassen. Schafft Fässer aus dem Hafen in alle Straßen! Die Weiber in die Häuser! – was willst du Mädchen? laß mich – Du bist's, Miriam? Du hier? Unter Pfeilen und Flammen? Fort, was suchst du?«

»Dich,« sprach das Mädchen. »Erschrick nicht. Ihr Haus brennt. Aber sie ist gerettet.«

»Valeria! um Gott, wo ist sie?« – »Bei mir. In unserm dichtgewölbten Turm: dort ist sie sicher. Ich sah die Flamme aufsteigen. Ich eilte hin. Dein Freund mit der sanften Stimme trug sie aus dem Schutt: er wollte mit ihr in die Kirche. Ich rief ihn an und führte sie unter unser Dach. Sie blutet. Ein Stein hat sie verletzt, an der Schulter. Aber es ist ohne Gefahr. Sie will dich sehen. Ich kam, dich zu suchen!«

»Kind, Dank! Aber komm! komm fort von hier!«

Und rasch faßte er sie und schwang sie vor sich auf den Sattel. Zitternd schlang sie beide Arme um seinen Nacken. Er aber hielt schützend mit der Linken den breiten Schild über ihr Haupt und im Sturm sprengte er mit ihr durch die dampfende Straße nach der Porta Capuana.

»O jetzt – jetzt sterben – sterben an seiner Brust, wenn nicht mit ihm!« betete Miriam.

Im Turme traf er Valeria, auf Miriams Lager gestreckt, unter Julius' und ihrer Sklavinnen Hut. Sie war bleich und geschwächt vom Blutverlust, aber gefaßt und ruhig. Totila flog an ihre Seite: hochklopfenden Herzens stand Miriam am Fenster und sah schweigend hinaus in die brennende Stadt.

Kaum hatte sich Totila überzeugt, daß die Verwundung ganz leicht, als er aufsprang und rief: »Du mußt fort! sogleich! in dieser Stunde! In der nächsten vielleicht erstürmt Belisar die Wälle. Ich habe alle meine Schiffe nochmals mit Flüchtenden gefüllt: sie bringen dich nach Cajeta, von da weiter nach Rom. Eile dann nach Taginä, wo ihr Güter habt. Du mußt fort! Julius wird dich begleiten.«

»Ja,« sprach dieser, »denn wir haben Einen Weg.«

»Einen Weg? wohin willst du?«

»Nach Gallien, in meine Heimat. Ich kann den furchtbaren Kampf nicht länger mit ansehn. Du weißt es selbst: ganz Italien erhebt sich gegen euch, für eure Feinde: Meine Mitbürger fechten unter Belisar: soll ich gegen sie, soll ich gegen dich meinen Arm erheben? Ich gehe.«

Schweigend wandte sich Totila zu Valeria.

»Mein Freund,« sagte diese, »mir ist: der Glückstern unsrer Liebe ist erloschen für immer! Kaum hat mein Vater jenen Eid mit vor Gottes Thron genommen, so fällt Neapolis, die dritte Stadt des Reichs.«

»So traust du unserm Schwerte nicht?«

»Ich traue eurem Schwert, nicht eurem Glück! Mit den stürzenden Balken meines Vaterhauses sah ich die Pfeiler meiner Hoffnung fallen. Lebwohl, zu einem Abschied für lange. Ich gehorche dir. Ich gehe nach Taginä.«

Totila und Julius eilten mit den Sklaven hinaus, Plätze in einer der Trieren zu sichern.

Valeria erhob sich vom Lager: da eilte Miriam herzu, ihr die glänzenden Sandalen unter die Füße zu binden.

»Laß, Mädchen! du sollst mir nicht dienen,« sprach Valeria. – »Ich thue es gern,« sagte diese flüsternd. »Aber gönne mir eine Frage.« Und mit Macht traf ihr blitzendes Auge die ruhigen Züge Valerias. »Du bist schön und klug und stolz – aber sage mir, liebst du ihn? – du kannst ihn jetzt verlassen! – Liebst du ihn mit heißer, alles verzehrender, allgewaltiger Glut, liebst du ihn mit einer Liebe wie ...«

Da drückte Valeria das schöne, glühende Haupt des Mädchens wie verbergend an ihre Brust: »Mit einer Liebe wie du? Nein, meine süße Schwester! Erschrick nicht! Ich ahnt' es längst nach seinen Berichten über dich. Und ich sah es klar bei deinem ersten Blick auf ihn. Sorge nicht; dein Geheimnis ist wohl gewahrt bei mir; kein Mann soll darum erfahren. Weine nicht, bebe nicht, du süßes Kind. Ich liebe dich sehr um dieser Liebe willen. Ich fasse sie ganz. Glücklich, wer, wie du, in seinem Gefühl ganz aufgehen kann im Augenblick. Mir hat ein feindlicher Gott den vorschauenden Sinn gegeben, der stets von der Stunde nach der Ferne blickt. Und so seh' ich vor uns dunkeln Schmerz und einen langen, finstern Pfad, der nicht in Licht endet. Ich kann dir aber den Stolz nicht lassen, daß deine Liebe edler sei als meine, weil sie hoffnungslos. Auch meine Hoffnung liegt in Schutt. Vielleicht wäre es sein Glück geworden, die duftige Rose deiner schönen Liebe zu entdecken: denn Valeria, fürcht' ich, wird die Seine nie. Doch leb wohl, Miriam! Sie kommen. Gedenke dieser Stunde. Gedenke mein als einer Schwester und habe Dank, Dank für deine schöne Liebe.«

Wie ein entdecktes Kind hatte Miriam gezittert und vor der Allesdurchschauenden fliehen wollen. Aber diese edle Sprache überwältigte die Scheu ihres Herzens: reich flossen die Thränen über die glühendroten Wangen: und heftig preßte sie, vor Scheu und Scham und Weinen bebend, das Haupt an der Freundin Brust.

Da hörte man Julius kommen, Valeria abzurufen.

Sie mußten sich trennen: nur einen einzigen raschen Blick aus ihren innigen Augen wagte Miriam auf der Römerin Antlitz. Dann sank sie rasch vor ihr nieder, umfaßte ihre Knie, drückte einen brennenden Kuß auf Valerias kalte Hand und war im Nebengemach verschwunden.

Valeria erhob sich wie aus einem Traum und sah um sich.

Am Fenster in einer Vase duftete eine dunkelrote Rose.

Sie küßte sie, barg sie an ihrer Brust, segnete mir rascher Handbewegung die trauliche Stätte, die ihr ein Asyl geboten, und folgte dann rasch entschlossen Julius in einer gedeckten Sänfte nach dem Hafen, wo sie noch von Totila kurzen Abschied nahm, ehe sie mit Julius das Schiff bestieg.

Alsbald drehte sich dieses mit mächtiger Wendung und rauschte zum Hafen hinaus.

Totila sah ihnen wie träumend nach.

Er sah Valeriens weiße Hand noch Abschied winken: er sah und sah den fliehenden Segeln nach, nicht achtend der Geschosse, die jetzt immer dichter in den Hafen zu rasseln begannen. Er lehnte an einer Säule und vergaß einen Augenblick die brennende Stadt und sich und alles.

Da weckte ihn der treue Thorismuth aus seinen Träumen.

»Komm, Feldherr,« rief ihm dieser zu, »überall such' ich dich: Uliaris will dich sprechen. Komm, was starrst du hier in die See unter klirrenden Pfeilen?«

Totila raffte sich langsam auf: »Siehst du,« sagte er, »siehst du das Schiff? Da fahren sie hin!«

»Wer?« fragte Thorismuth.

»Mein Glück und meine Jugend,« sprach Totila und wandte sich, Uliaris zu suchen.

Dieser teilte ihm mit, daß er, Zeit zu gewinnen, soeben einen Waffenstillstand auf drei Stunden, den Belisar, um Unterhandlungen zu führen, angetragen, angenommen habe. »Ich werde nie übergeben! Aber wir müssen Ruhe haben, unsere Wälle zu flicken und zu stützen. Kömmt denn nirgends Entsatz? hast du noch keine Nachricht auf dem Seeweg vom König?«

»Keine.«

»Verflucht! Über sechshundert von meinen Goten sind vor den höllischen Geschossen gefallen. Ich kann gar die wichtigsten Posten nicht mehr besetzen! Wenn ich nur wenigstens noch vierhundert Mann hätte!«

»Nun,« sprach Totila nachsinnend, »die kann ich dir schaffen, denk' ich. In dem Castellum Aurelians, auf der Straße nach Rom, liegen vierhundertfünfzig Mann Goten. Sie haben bisher erklärt, vom König Theodahad den unsinnigen, aber strengen Befehl zu haben, nicht Neapolis zu verstärken. Aber jetzt in dieser höchsten Not! – Ich selbst will hin, während des Waffenstillstandes, und alles aufbieten, sie zu holen.«

»Geh nicht! du kommst erst nach Ablauf des Stillstandes zurück und die Straße ist dann nicht mehr frei. Du kommst nicht durch.«

»Ich komme durch, mit Gewalt oder mit List: halte dich nur, bis ich zurück bin! Auf, Thorismuth, zu Pferd.«

Während Totila mit Thorismuth und wenigen Reitern zur Porta Capuana hinausjagte, war der alte Isak, der unermüdlich auf den Wällen ausgeharrt hatte, die Pause des Waffenstillstands benutzend, in seine Turmklause zurückgekehrt, die Tochter wiederzusehen und sich an Trank und Speise zu laben. Als Miriam Wein und Brot gebracht hatte und ängstlich dem Bericht Isaks von den Fortschritten der Feinde lauschte, erscholl ein hastiger, unsteter Schritt auf der Treppe und Jochem stand vor dem erstaunten Paar.

»Sohn Rachels, wo kommst du her zu übler Stunde, wie der Rabe vor dem Unglück? Wie kommst du herein? zu welchem Thor?« – »Das laß du meine Sorge sein. Ich komme, Vater Isak, noch einmal zu fordern deiner Tochter Hand: zum letztenmal in diesem Leben.«

»Ist jetzt Zeit zu freien und Hochzeit zu machen?« fragte Isak unwillig, »die Stadt brennt und die Straßen liegen voll Leichen.«

»Warum brennt die Stadt? warum liegen voll Leichen die Straßen? Weil die Männer von Neapolis halten zu dem Volk von Edom. Ja, jetzt ist Zeit zu freien. Gieb mir dein Kind, Vater Isak, und ich rette dich und sie. Ich allein kann's.« Und er griff nach Miriams Arm.

»Du mich retten?« rief diese, mit Ekel zurücktretend. »Lieber sterben!«

»Ha, Stolze!« knirschte der grimmige Freier, »du ließest dich wohl lieber retten von dem blondgelockten Christen? Laß sehen, ob er dich retten wird, der Verfluchte, vor Belisar und mir. Ha, bei den langen, gelben Haaren will ich ihn durch die Straßen schleifen und spucken in sein bleich Gesicht.«

»Hebe dich hinweg, Sohn Rachels,« rief Isak, aufstehend und den Spieß fassend. »Ich merke, du hältst zu denen, die da draußen liegen! Aber das Horn ruft, ich muß hinab; das jedoch sag' ich dir: noch mancher unter euch wird rücklings fallen, eh' ihr steigt über diese morschen Mauern.«

»Vielleicht,« grinste Jochem, »fliegen wir drüber wie die Vögel der Luft. Zum letztenmal, Miriam, ich frage dich: laß diesen Alten, laß den verfluchten Christen: ich sage dir, der Schutt dieser Wälle wird sie bald bedecken. Ich weiß, du hast ihn getragen im Herzen: ich will dir's verzeihen: nur werde jetzt mein Weib.« Und wieder griff er nach ihrer Hand. »Du mir meine Liebe verzeihn? Verzeihn, was so hoch über dir wie die leuchtende Sonne über dem schleichenden Wurm? Wär ich's wert, daß ihn je mein Auge gesehen, wenn ich dein Weib würde? Hinweg; hinweg von mir!«

»Ha,« rief Jochem, »zu viel, zu viel! Mein Weib — du sollst es nimmer werden! Aber winden sollst du dich in diesen Armen und den Christen will ich dir aus dem blutenden Herzen reißen, daß es zucken soll in Verzweiflung. Auf Wiedersehen.«

Und er war aus dem Hause und alsbald aus der Stadt verschwunden.

Miriam, von bangen Gefühlen bedrängt, eilte ins Freie: es trieb sie zu beten: aber nicht in der dumpfen Synagoge: sie betete ja für ihn: und es drängte sie, zu seinem Gott zu beten. Sie wagte sich scheuen Fußes in die nahe Basilika Sankt Mariä, aus der man an Friedenstagen oft die Jüdin mit Flüchen verscheucht hatte. Aber jetzt hatten die Christen keine Zeit, zu fluchen.

Sie kauerte sich in eine dunkle Ecke des Säulenganges und vergaß in heißem Gebet bald sich selbst und die Stadt und die Welt: sie war bei ihm und bei Gott.

Inzwischen verlief die letzte Stunde der Waffenruhe; schon neigte sich die Sonne dem Meeresspiegel zu. Die Goten flickten und stopften nach Kräften die zertrümmerten Mauerstellen, räumten den Schutt und die Toten aus dem Wege und löschten die Brände. Da lief die Sanduhr zum drittenmal ab, während Belisar vor seinem Zelte seine Heerführer versammelt hielt, des Zeichens der Übergabe auf dem Kastell des Tiberius harrend. »Ich glaub' es nicht!« flüsterte Johannes zu Prokop. »Wer solche Streiche thut, wie ich von jenem Alten gesehen, giebt die Waffen nicht ab. Es ist auch besser so: da giebt's einen tüchtigen Sturm und dann eine tüchtige Plünderung.«

Und auf der Zinne des Kastells erschien Graf Uliaris und schleuderte trotzig seinen Speer unter die harrenden Vorposten.

Belisar sprang auf. »Sie wollen ihr Verderben, die Trotzigen; wohlan, sie sollen's haben. Auf, meine Feldherrn, zum Sturm. Wer mir zuerst unsre Fahne auf den Wall pflanzt, dem geb' ich ein Zehntel der Beute.«

Nach allen Seiten eilten die Anführer auseinander: Ehrgeiz und Habsucht spornten sie. Eben bog Johannes um die zerstörten Bogen des Aquädukts, welchen Belisar durchbrochen, den Belagerten das Wasser zu entziehen, da rief ihn eine leise Stimme.

Schon dämmerte es so stark, daß er nur mit Mühe den Rufenden erkannte. »Was willst du, Jude?« rief Johannes eilig. – »Ich habe keine Zeit! Es gilt harte Arbeit! Ich muß der erste sein in der Stadt.«

»Das sollt ihr, Herr, ohne Arbeit, wenn ihr mir folgt.«

»Dir folgen? weißt du einen Weg über die Mauer durch die Luft?«

»Nein! Aber unter der Mauer, durch die Erde. Und ich will ihn euch zeigen, wenn ihr mir tausend Solidi schenkt und ein Mädchen zur Beute zusprecht, das ich fordre.«

Johannes blieb stehen: »Was du willst, sei dein. Wo ist der Weg?« – »Hier!« sagte Jochem und schlug mit der Hand auf die Steine. – »Wie? die Wasserleitung? woher weißt du?« – »Ich habe sie gebaut. Ein Mann kann, gebückt, durchschleichen; es ist kein Wasser mehr drin. Eben komme ich auf diesem Wege aus der Stadt. Die Leitung mündet in einem alten Tempelhaus an der Porta Capuana; nimm dreißig Mann und folge mir.«

Johannes sah ihn scharf an. »Und wenn du mich verrätst?«

»Ich will zwischen euren Schwertern gehen. Lüge ich, so stoßt mich nieder.« – »Warte!« rief Johannes und eilte hinweg.

## Fünftes Kapitel

Bald darauf erschien Johannes wieder mit seinem Bruder Perseus und ungefähr dreißig entschlossenen armenischen Söldnern, die außer ihren Schwertern kurze Handbeile führten. »Wenn wir drin sind,« sprach Johannes, »reißest du, Perseus, das Ausfallpförtchen auf, rechts von der Porta Capuana, im Augenblick, da die andern unsre Fahne auf dem Wall entfalten. Auf dies Zeichen stürzen von außen meine Hunnen auf die Ausfallpforte. Aber wer hütet den Turm an der Porta? Den müssen wir haben.«

»Isak, ein großer Freund der Edomiten, der muß fallen.«

»Er fällt,« sprach Johannes und zog das Schwert: »Vorwärts!« Er war der erste, der in den Hohlgang der Wasserleitung stieg. »Ihr beiden, Paukaris und Gubazes, nehmt Juden in die Mitte: beim ersten Verdacht – nieder mit ihm!«

Und so, bald auf allen Vieren kriechend, bald gebückt tastend, bei völliger Dunkelheit, rutschten und schlichen die Armenier ihm nach, sorgfältig jeden Lärm ihrer Waffen vermeidend: lautlos krochen sie vorwärts.

Plötzlich rief Johannes mit halber Stimme: »faßt den Juden! Nieder mit ihm! Feinde! Waffen! Nein, laßt!« rief er rasch, »es war nur eine Schlange, die vorüber rasselte! Vorwärts.«

»Jetzt zur Rechten!« sprach Jochem, »hier mündet die Wasserleitung in einen Tempelgang.«

»Was liegt hier? – Knochen – ein Skelett!

Ich halt's nicht länger aus! der Modergeruch erstickt mich! Hilfe!« seufzte einer der Männer.

»Laßt ihn liegen! vorwärts!« befahl Johannes. »Ich sehe einen Stern.« – »Das ist das Tageslicht in Neapolis,« sagte der Jude – »nun nur noch wenige Ellen.«

Johannes' Helm stieß an die Wurzeln eines hohen Ölbaums, die sich im Atrium des Tempelhauses breit über die Mündung des Tempelgangs spannten.

Wir kennen den Baum.

Den Wurzeln ausweichend, stieß er den Helm hell klirrend an die Seitenwand: erschrocken hielt er an. Aber er hörte zunächst nur den heftigen Flügelschlag zahlreicher Tauben, die da hoch oben wild verscheucht aus den Zweigen der Olive flogen.

»Was war das?« fragte über ihm eine heisere Stimme. »Wie der Wind in dem alten Gestein wühlt!« Es war die Witwe Arria. »Ach Gott,« sprach sie, sich wieder vor dem Kreuze niederwerfend: »erlöse uns von dem Übel und laß die Stadt nicht untergehen, bis daß mein Jucundus wieder kommt! Wehe, wenn er ihre Spur und seine Mutter nicht mehr findet. O laß ihn wieder des Weges kommen, den er von mir gegangen: zeig ihn mir wieder, wie ich ihn diese Nacht gesehen, aufsteigend aus den Wurzeln des Baumes.«

Und sie wandte sich nach der Höhlung. »O! dunkler Gang, darin mein Glück verschwunden, gieb mir's wieder heraus! Gott, führ' ihn mir zurück auf diesem Wege.« Sie stand mit gefalteten Händen gerade vor der Höhlung, die Augen fromm gen Himmel gewendet.

Johannes stutzte. »Sie betet!« sagte er, »soll ich sie im Gebet erschlagen?« Er hielt inne; er hoffte, sie solle aufhören und sich wenden. »Das dauert zu lange: ich kann unserm Herrgott nicht helfen!« Und rasch hob er sich aus den Wurzeln heraus. Da schaute die Betende mit den halberblindeten Augen nieder; sie sah aus der Erde steigen eine schimmernde Mannesgestalt.

Ein Strahl der Verklärung spielte um ihre Züge. Selig breitete sie die Arme aus. »Jucundus!« rief sie.

Es war ihr letzter Hauch. Schon traf sie des Byzantiners Schwert ins Herz.

Ohne Weheruf, ein Lächeln auf den Lippen, sank sie auf die Blumen: – Miriams Blumen.

Johannes aber wandte sich und half rasch seinem Bruder Perseus, dann dem Juden und den ersten dreien seiner Krieger herauf. »Wo ist das

Pförtchen?« – »Hier links, ich gehe zu öffnen!« Perseus wies die Krieger an. »Wo ist die Treppe zum Turm?« – »Hier rechts,« sprach Jochem – es war die Treppe, die zu Miriams Gemach führte, wie oft war Totila hier hereingeschlüpft! – »still! der Alte läßt sich hören.«

Wirklich, Isak war es. Er hatte von oben Geräusch vernommen: er trat mit Fackel und Speer an die Treppe: »Wer ist da unten? bist du's, Miriam, wer kommt?« fragte er.

»Ich, Vater Isak,« antwortete Jochem, »ich wollte euch nochmal fragen ...« – und er stieg katzenleise eine Stufe höher. Aber Isak hörte Waffen klirren.

»Wer ist bei dir?« rief er und trat vorleuchtend um die Ecke. Da sah er die Bewaffneten hinter Jochem kauern. »Verrat, Verrat!« schrie er, »stirb, Schandfleck der Hebräer!« Und wütend stieß er Jochem, der nicht zurück konnte, die breite Partisane in die Brust, daß dieser rücklings hinabstürzte. »Verrat!« schrie er noch einmal.

Aber gleich darauf hieb ihn Johannes nieder, sprang über die Leiche hinweg, eilte auf die Zinne des Turmes und entfaltete die Fahne von Byzanz. Da krachten unten Beilschläge: das Pförtchen fiel, von innen eingeschlagen, hinaus und mit gellendem Jauchzen jagten – schon war es ganz dunkel geworden – die Hunnen zu Tausenden in die Stadt.

Da war alles aus.

Ein Teil stürzte sich mordend in die Straßen, ein Haufe brach die nächsten Thore ein, den Brüdern draußen Eingang schaffend.

Rasch eilte der alte Uliaris mit seinem Häuflein aus dem Kastell herbei: er hoffte, die Eingedrungenen noch hinauszutreiben: umsonst: ein Wurfspeer streckte ihn nieder. Und um seine Leiche fielen fechtend die zweihundert treuen Goten, die ihn noch umgaben.

Da, als sie die kaiserliche Fahne auf den Wällen flattern sahen, erhoben sich – unter Führung alter Römerfreunde, wie Stephanos und Antiochos des Syrers, ein eifriger Anhänger der Goten, Kastor, der Rechtsanwalt, ward, da er sie hemmen wollte, erschlagen – auch die Bürger von Neapolis: sie entwaffneten die einzelnen Goten in den Straßen und schickten, glückwünschend und dankend und ihre Stadt der Gnade empfehlend, eine Gesandtschaft an Belisar, der, von seinem glänzenden Stab umgeben, zur Porta Capuana hereinritt.

Aber finster furchte er die majestätische Stirn und ohne seinen Rotscheck anzuhalten, sprach er: »Fünfzehn Tage hat mich Neapolis aufgehalten. Sonst lag ich längst vor Rom, ja vor Ravenna. Was glaubt ihr, daß das dem Kaiser an Recht und mir an Ruhm entzieht? Fünfzehn Tage lang hat sich eure Feigheit, eure schlechte Gesinnung von einer handvoll Barbaren beherrschen lassen. Die Strafe für diese fünfzehn Tage seien nur fünfzehn Stunden – Plünderung. Ohne Mord: – die Einwohner sind Kriegsgefangene des Kaisers – ohne Brand: denn die Stadt ist jetzt eine Feste von Byzanz. Wo ist der Führer der Goten? Tot?«

»Ja,« sprach Johannes, »hier ist sein Schwert, Graf Uliaris fiel.«

»Den meine ich nicht!« sprach Belisar. »Ich meine den jungen, den Totila. Was ward aus ihm? Ich muß ihn haben.«

»Herr,« sprach einer der Neapolitaner, der reiche Kaufherr Asklepiodot, vortretend, »wenn ihr mein Haus und Warenlager von der Plünderung ausnehmt, will ich's euch wohl sagen.«

Aber Belisar winkte: zwei maurische Lanzenreiter ergriffen den Zitternden. »Rebell, willst du mir Bedingungen machen? Sprich, oder die Folter macht dich sprechen.« – »Erbarmen! Gnade!« schrie der Geängstigte. »Der Seegraf eilte mit wenigen Reitern während der Waffenruhe hinaus, Verstärkung zu holen vom Castellum Aurelians: er kann jeden Augenblick zurückkehren.«

»Johannes,« rief Belisar, »der Mann wiegt so schwer wie ganz Neapolis. Wir müssen ihn fangen! Du hast, wie ich befahl, den Weg nach Rom abgesperrt? das Thor besetzt?«

»Es hat niemand nach dieser Richtung die Stadt verlassen können.« sprach Johannes.

»Auf! Blitzesschnell! wir müssen ihn hereinlocken!

Zieh rasch das gotische Banner auf dem Kastell des Tiberius wieder auf und auf der Porta Capuana. Die gefangenen Neapolitaner stelle wieder bewaffnet auf die Wälle: wer ihn warnt, mit einem Augenwinken, ist des Todes. Zieht meinen Leibwächtern gotische Waffen an. Ich selbst will dabei sein! dreihundert Mann in der Nähe des Thors. Man lasse ihn ruhig herein. Sowie er das Fallgitter hinter sich hat, läßt man's nieder. Ich will ihn lebend fangen. Er soll nicht fehlen beim Triumphzug in Byzanz.«

»Gieb mir das Amt, mein Feldherr,« bat Johannes. »Ich schuld' ihm noch Vergeltung für einen Kernhieb.« Und er flog zurück zur Porta Capuana, ließ die Leichen und alle Spuren des Kampfes wegschaffen und traf sonst seine Maßregeln.

Da drängte sich eine verschleierte Gestalt heran: »Um der Güte Gottes willen,« flehte eine liebliche Stimme, »ihr Männer, laßt mich heran! Ich will ja nur seine Leiche, o gebt Acht! sein weißer Bart! o mein Vater.« Es war Miriam, die der Lärm plündernder Hunnen aus der Kirche nach Hause gescheucht hatte. Und mit der Kraft der Verzweiflung schob sie die Speere zurück und nahm das bleiche Haupt Isaks in ihre Arme.

»Weg, Mädel!« rief der nächste Krieger, ein sehr langer Bajuvare, ein Söldner von Byzanz: – Garizo hieß er. »Halt uns nicht auf! wir müssen den Weg säubern! In den Graben mit dem Juden!«

»Nein, nein!« rief Miriam und stieß den Mann zurück.

»Weib!« schrie dieser zornig und hob das Beil.

Aber die Arme schützend über des Vaters Leiche breitend und mit leuchtenden Augen aufblickend blieb Miriam furchtlos stehen: – wie gelähmt hielt der Krieger inne: »Du hast Mut, Mädel!« sagte er, das Beil senkend. »Und schön bist du auch, wie die Waldfrau der Liusacha. Was kann ich dir Liebes thun? du bist ganz wundersam anzuschauen.« – »Wenn der Gott meiner Väter dein Herz gerührt,« bat Miriams herzgewinnende Stimme, »hilf mir die Leiche dort im Garten bergen: das Grab hat er sich lange selbst geschaufelt, neben Sarah, meiner Mutter, das Haupt gegen Osten.« – »Es sei!« sprach der Bajuvare und folgte ihr. Sie trug das Haupt, er faßte die Knie der Leiche: wenige Schritte führten sie in den kleinen Garten: da lag ein Stein unter Trauerweiden: der Mann wälzte ihn weg und sie senkten die Leiche hinein, das Antlitz gegen Osten.

Ohne Worte, ohne Thränen starrte Miriam in die Grube: sie fühlte sich so arm jetzt, so allein; mitleidig, leise schob der Bajuvare die Steinplatte darüber. »Komm!« sagte er dann. – »Wohin?« fragte Miriam tonlos. – »Ja, wohin willst du?« – »Das weiß ich nicht! Hab Dank,« sprach sie und nahm ein Amulett vom Halse und reichte es ihm: es war von Gold, eine Schaumünze vom Jordan, aus dem Tempel.

»Nein!« sagte der Mann und schüttelte das Haupt.

Er nahm ihre Hand und legte sie über seine Augen.

»So,« sagte er, »das wird mir gut thun mein Leben lang. Jetzt muß ich fort, wir müssen den Grafen fangen, den Totila. Leb wohl.«

Dieser Mann schlug in Miriams Herz: noch einen Blick warf sie auf das stille Grab und hinaus schlüpfte sie aus dem Gärtchen. Sie wollte zum Thore hinaus auf die Straße: aber das Fallgitter war gesenkt, an den Thoren standen Männer mit gotischen Helmen und Schilden. Erstaunt sah sie um sich.

»Ist alles vollzogen, Chanaranges?« – »Alles, er ist so gut wie gefangen.« – »Horch, vor dem Wall, Pferdegetrappel, sie sind's! zurück, Weib.«

Draußen aber sprengten einige Reiter die Straße heran gegen das Thor.

»Auf! auf, das Thor,« rief Totila von weitem. Da spornte Thorismuth sein Roß heran. »Ich weiß nicht, ich traue nicht!« rief er, »die Straße war wie ausgestorben und ebenso drüben das Lager der Feinde: kaum ein paar Wachtfeuer brennen.«

Da scholl von der Zinne ein Ruf des gotischen Hornes. »Der Bursche bläst ja gräßlich!« sprach Thorismuth zürnend. »Es wird ein Welscher sein,« meinte Totila. »Gebt die Losung,« rief's herab auf lateinisch. »Neapolis,« antwortete Totila entgegen. »Hörst du's? Uliaris hat die Bürger bewaffnen müssen. Auf das Thor! ich bringe frohe Kunde,« fuhr er fort zu den oben Aufgestellten, »vierhundert Goten folgen mir auf dem Fuß: und Italien hat einen neuen König.«

»Wer ist's?« fragte es leise drinnen. »Der auf dem weißen Roß, der erste.« Da sprangen die Thorflügel auf, gotische Helme füllten den Eingang, Fackeln glänzten, Stimmen flüsterten.

»Auf mit dem Fallgitter,« rief Totila, dicht heranreitend. Spähend blickte Thorismuth vor, die Hand vor den Augen. »Sie haben gestern getagt zu Regeta,« fuhr Totila fort, »Theodahad ist abgesetzt und Graf Witichis ...«

Da hob sich langsam das Gitter und Totila wollte eben dem Roß den Sporn geben, da warf sich vor die Hufen seines Hengstes ein Weib aus der Reihe der Krieger. »Flieh,« rief sie, »Feinde über dir! die Stadt ist gefallen!« Aber sie konnte nicht vollenden: ein Lanzenstoß durchbohrte ihre Brust.

»Miriam!« schrie Totila entsetzt und riß sein Pferd zurück.

Doch Thorismuth, der längst Argwohn geschöpft, zerhieb, rasch entschlossen, mit dem Schwert, durch das Gitter hindurch, das haltende Seil, an dem das Thor auf und nieder ging, daß es dröhnend vor Totila niederschlug.

Ein Hagel von Speeren und Pfeilen fuhr durch das Gitter. »Auf das

Gitter! Hinaus auf sie!« rief Johannes von innen: aber Totila wich nicht. »Miriam, Miriam«, rief er im tiefsten Schmerz. Da schlug sie nochmal die Augen auf, mit einem brechenden, von Liebe und Schmerz verklärten Blick: dieser Blick sagte alles: er drang tief in Totilas Herz. »Für dich!« hauchte sie und fiel zurück. Da vergaß er Neapolis und die Todesgefahr. »Miriam,« rief er nochmals, beide Hände gegen sie ausbreitend.

Da streifte ein Pfeil den Bug seines Pferdes, blitzschnell prallte das edle Tier hochbäumend zurück. Das Fallgitter fing an, sich zu heben: da faßte Thorismuth nach Totilas Zügel, riß das Pferd herum und gab ihm einen Schlag mit der flachen Klinge, daß es hinwegschoß. »Auf und davon, Herr,« rief er, »ja, sie müssen flink sein, die uns einholen.« Und brausend sprengten die Reiter auf der Via Capuana den Weg zurück, den sie gekommen; nicht weit verfolgte sie Johannes, im Dunkel der Nacht und des Wegs unkundig. Bald begegnete ihnen die heranziehende Besatzung vom Kastell Aurelians: auf einem Hügel machten sie Halt, von wo man die Stadt mit ihren Zinnen, in dem Schein der byzantinischen Wachtfeuer auf den Wällen, liegen sah.

Erst jetzt raffte sich Totila aus seinem Schmerz, aus seiner Betäubung auf. »Uliaris!« seufzte er, »Miriam!« – »Neapolis, wir sehen uns wieder.« Und er winkte zum Aufbruch gen Rom.

Aber von Stund an war ein Schatte gefallen in des jungen Goten Seele: mit dem heiligen Recht des Schmerzes hatte sich Miriam in sein Herz gegraben für immerdar.

Als Johannes mit den Reitern von seiner fruchtlosen Verfolgung heimkehrte, rief er, vom Pferde springend, mit wütiger Stimme: »Wo ist die Dirne, die ihn gewarnt? Werft sie vor die Hunde.« Und er eilte zu Belisar, das Mißgeschick zu melden.

Aber niemand wußte zu sagen, wohin der schöne Leichnam geraten. Die Rosse hätten sie zertreten, meinte die Menge. Aber einer wußte es besser: Garizo, der Bajuvare. Der hatte sie im Tumult sachte, wie ein schlafend Kind, auf seinen starken Armen davongetragen in das nahe Gärtchen, hatte die Steinplatte von dem kaum geschlossenen Grabe gewälzt und die Tochter sorglich an des Vaters Seite gelegt: dann hatte er sie still betrachtet.

Aus der Ferne scholl das Getöse der geplünderten Stadt, in der die Massageten Belisars, trotz seines Verbots, brannten und mordeten und sogar die Kirchen nicht verschonten, bis der Feldherr selbst, mit dem Schwert unter sie fahrend, Einhalt schuf.

Es lag ein edler Schimmer auf ihrem Antlitz, daß er nicht wagte, wie er so gern gewollt, sie zu küssen. So legte er denn ihr Gesicht gegen Osten und brach eine Rose, die neben dem Grabe blühte, und legte sie ihr auf die Brust. Dann wollte er fort, seinen Teil an der Plünderung zu nehmen. Aber es ließ ihn nicht fort: er wandte sich wieder um. Und er hielt die Nacht über, an seinen Speer gelehnt, Totenwacht am Grabe des schönen Mädchens.

Er sah auf zu den Sternen und betete einen uralten heidnischen Totensegen, den ihn die Mutter daheim an der Liusacha gelehrt. Aber es war ihm nicht genug: andächtig betete er noch dazu ein christlich Vaterunser.

Und als die Sonne emporstieg, schob er sorgfältig den Stein über das Grab und ging.

So war Miriam spurlos verschwunden.

Aber das Volk in Neapolis, das im stillen warm an Totila hing, erzählte, schönheitstrahlend sei sein Schutzengel herabgestiegen, ihn zu retten, und wieder aufgefahren gen Himmel.

## Sechstes Kapitel

Der Fall von Neapolis war erfolgt wenige Tage nach der Versammlung zu Regeta.

Und Totila stieß schon bei Formiä auf seinen Bruder Hildebad, den König Witichis mit einigen Tausendschaften schleunig abgesandt hatte, die Besatzung der Stadt zu verstärken, bis er selbst mit einem größeren Heere zum Entsatz herbeieilen könne. Wie jetzt die Dinge standen, konnten die Brüder nichts andres thun, als sich auf die Hauptmacht, nach Regeta, zurückziehen, wo Totila seinen traurigen Bericht von den letzten Stunden von Neapolis erstattete. Der Verlust der dritten Stadt des Reiches, des dritten Hauptbollwerks Italiens, mußte den ganzen Kriegsplan der Goten verändern.

Witichis hatte die zu Regeta versammelten Scharen gemustert: es waren gegen zwanzigtausend Mann. Diese, mit der kleinen Schar, die Graf Teja eigenmächtig zurückgeführt, waren im Augenblick die ganze verfügbare Macht: bis die starken Heere, die Theodahad weit weg nach Südgallien und Noricum, nach Istrien und Dalmatien entsendet, wiewohl sofort zur schnellen Rückkehr aufgefordert, einzutreffen vermochten, konnte ganz Italien verloren sein.

Gleichwohl hatte der König beschlossen, sich mit diesen zwanzig Tausendschaften in die Werke von Neapolis zu werfen und hier dem durch den Zufluß der Italier auf mehr als die dreifache Übermacht angeschwollenen Heere der Feinde bis zum Eintreffen der Verstärkungen Widerstand zu leisten. Aber jetzt, da jene feste Stadt in Belisars Hand gefallen, gab Witichis den Plan, sich ihm entgegenzustellen, auf. Sein ruhiger Mut war ebensoweit von Tollkühnheit wie von Zagheit entfernt.

Ja, der König mußte seiner Seele noch einen andern schmerzlicheren Entschluß abringen. Während in den Tagen nach dem Eintreffen Totilas in dem Lager vor Rom sich der Schmerz und der Grimm der Goten in Verwünschungen über den Verräter Theodahad, über Belisar, über die Italier Luft machte, während schon die kecke Jugend hier und da anhob, auf das Zaudern des Königs zu schelten, der sie nicht gegen diese Griechlein führen wolle, deren je vier auf einen Goten gingen, während der Ungestüm des Heeres schon über den Stillstand grollte, gestand sich der König mit schwerem Herzen die Notwendigkeit, noch weiter zurückzuweichen und selbst Rom vorübergehend preiszugeben.

Tag für Tag kamen Nachrichten, wie Belisars Heer anwachse: aus Neapolis allein führte er zehntausend Mann – als Geiseln zugleich und Kampfgenossen, von allen Seiten strömten die Welschen zu seinen Fahnen: von Neapolis bis Rom war kein Waffenplatz fest genug, Schutz gegen solche Übermacht zu gewähren und die kleineren Städte an der Küste öffneten dem Feind mit Jubel die Thore.

Die gotischen Familien aus diesen Gegenden flüchteten in das Lager des Königs und berichteten, wie gleich am Tage nach dem Falle von Neapolis Cumä und Atella sich ergeben, darauf folgten Capua, Cajeta und selbst das starke Benevent. Schon standen die Vorposten Belisars, hunnische, saracenische und maurische Reiter, bei Formiä. Das Gotenheer erwartete und verlangte eine Schlacht vor den Thoren Roms.

Aber längst hatte Witichis die Unmöglichkeit erkannt, mit zwanzigtausend Mann einem Belisar, der bis dahin hunderttausend zählen konnte, im offnen Feld entgegenzutreten. Eine Zeit lang hegte er die Hoffnung, die mächtigen Befestigungen Roms, das stolze Werk des Cethegus, gegen die byzantinische Überflutung halten zu können: aber bald mußte er auch diesen Gedanken aufgeben.

Die Bevölkerung Roms zählte, dank dem Präfekten, mehr waffenfähige und waffengeübte Männer denn seit manchem Jahrhundert: und stündlich überzeugte sich der König, von welcher Gesinnung diese beseelt waren. Schon jetzt hielten die Römer kaum noch ihren Haß wider die Barbaren zurück: es blieb nicht bei feindlichen und höhnischen Blicken: schon konnten sich Goten in den Straßen nur in guter Bewaffnung und großen Scharen blicken lassen: täglich fand man vereinzelte gotische Wachen von hinten erdolcht.

Und Witichis konnte sich nicht verhehlen, daß diese Elemente des Volksgeistes gegliedert und geleitet waren von schlauen und mächtigen Häuptern: den Spitzen des römischen Adels und des römischen Klerus. Er mußte sich sagen, daß, sowie Belisar vor den Mauern erscheinen werde, das Volk von Rom sich erheben und mit dem Belagerer vereint die kleine gotische Besatzung erdrücken würde.

So hatte Witichis den schweren Entschluß gefaßt, Rom, ja ganz Mittelitalien aufzugeben, sich nach dem festen und verlässigen Ravenna zu werfen, hier die mangelhaften Rüstungen zu vollenden, alle gotischen Streitkräfte an sich zu ziehen und dann mit einem gleich starken Heere den Feind aufzusuchen.

Er war ein Opfer, dieser Entschluß.

Denn auch Witichis hatte sein redlich Teil der germanischen Rauflust und es war seinem Mut eine herbe Zumutung, anstatt frisch drauf loszuschlagen, zurückweichend seine Verteidigung zu suchen. Aber noch mehr. Nicht rühmlich war es für den König, der um seiner Tapferkeit willen auf den Thron des feigen Theodahad gehoben worden, wenn er sein Regiment mit schimpflicher Flucht begann: er hatte Neapolis verloren in den ersten Tagen seiner Herrschaft: sollte er jetzt freiwillig Rom, die Stadt der Herrlichkeiten, sollte er mehr als die Hälfte von Italien preisgeben? Und wenn er seinen Stolz bezwang um des Volkes willen, wie mußte das Volk von ihm denken? Diese Goten mit ihrem Ungestüm, ihrer Verachtung der Feinde! Konnte er irgend hoffen, ihren Gehorsam zu erzwingen? Denn ein germanischer König hatte mehr zu raten, vorzuschlagen, als zu befehlen und zu gebieten. Schon mancher germanische

König war von seinem Volksheer wider seinen Willen zu Kampf und Niederlage gezwungen worden. Er fürchtete ein Gleiches: und schweren Herzens wandelte er einst des Nachts im Lager zu Regeta in seinem Zelte auf und ab.

Da nahten heftige Schritte und der Vorhang des Zeltes ward aufgerissen: »Auf, König der Goten,« rief eine leidenschaftliche Stimme, »jetzt ist nicht Zeit, zu schlafen!« – »Ich schlafe nicht, Teja,« sprach Witichis, »seit wann bist du zurück? Was bringst du?« – »Eben schritt ich ins Lager, der Tau der Nacht ist noch auf mir. Wisse zuerst: sie sind tot.« – »Wer?« – »Der Verräter und die Mörderin!« – »Wie? du hast sie beide erschlagen?« – »Ich schlage keine Weiber. Theodahad, dem Schandkönig, folgte ich zwei Tage und zwei Nächte. Er war auf dem Weg nach Ravenna, er hatte starken Vorsprung. Aber mein Haß war noch rascher als seine Todesangst. Schon bei Narnia holte ich ihn ein: zwölf Sklaven begleiteten seine Sänfte: sie hatten nicht Lust, für den Elenden zu sterben: sie warfen die Fackeln weg und flohn.

Ich riß ihn aus der Sänfte und drückte ihm sein eigenes Schwert in die Faust: er aber fiel nieder, bat um sein Leben und führte zugleich einen heimtückischen Stoß nach mir. Da schlug ich ihn, wie ein Opfertier: mit drei Streichen. Einen für das Reich: und zwei für meine Eltern. Und ich hing ihn an seinem goldenen Gürtel auf, an der offenen Heerstraße, an einem dürren Eibenbaum: da mag er hangen, ein Fraß für die Vögel des Himmels, eine Warnung für die Könige der Erde.«

»Und was ward aus ihr?«

»Sie fand ein schrecklich Ende!« sprach Teja schaudernd.

»Als ich von hier nach Rom kam, wußte man nur, daß sie verschmäht, den Feigling zu begleiten: er floh allein. Gothelindis aber rief seine kappadokische Leibwache zusammen und verhieß den Männern goldne Berge, wenn sie zu ihr halten und mit ihr nach Dalmatien und in das feste Salona sich werfen wollten.

Die Söldner schwankten und wollten erst das verheißne Gold sehen. Da versprach Gothelindis, es zu bringen und ging. Seitdem war sie verschwunden. Wie ich wieder durch Rom kam, war sie freilich gefunden.« – »Nun?« – »Sie hatte sich in die Katakomben gewagt, allein, ohne Führer, einen dort vergrabnen Schatz zu holen. Sie muß sich in diesem Labyrinth verirrt haben, sie fand den Ausgang nicht mehr. Suchende Söldner trafen sie noch lebend: ihre Fackel war nicht herabgebrannt, sondern fast völlig erhalten: sie mußte alsbald erloschen sein, nachdem sie die Höhlung beschritten. Wahnsinn sprach aus ihrem Blick: lange Todesangst, Verzweiflung haben dieses böse Weib zermürbt: sie starb, sowie sie ans Tageslicht gebracht war.«

»Schrecklich!« rief Witichis. – »Gerecht!« sagte Teja. »Aber höre weiter.«

Eh' er beginnen konnte, eilten Totila, Hildebad, Hildebrand und andre gotische Führer ins Zelt: »Weiß er's?« fragte Totila – »Noch nicht,« sagte Teja. – »Empörung!« rief Hildebad! »Empörung! Auf, König Witichis, wehre dich deiner Krone! Lege dem Knaben das Haupt vor die Füße.«

»Was ist geschehn?« fragte Witichis ruhig.

»Graf Arahad von Asta, der eitle Laffe, hat sich empört. Er ist gleich nach deiner Wahl davongeritten gegen Florentia, wo sein älterer Bruder, der stolze Herzog von Tuscien, Guntharis, haust und herrscht. Da haben die Wölsungen viel Anhang gefunden, haben die Goten überall aufgerufen gegen dich zum Schutz der »Königslilie«, wie sie sie nennen: Mathaswintha sei die Erbin der Krone. Sie haben sie als Königin ausgerufen. Sie weilte in Florentia, fiel also gleich in ihre Gewalt. Man weiß nicht, ist sie Guntharis Gefangene oder Arahads Weib. Nur das weiß man, daß sie avarische und gepidische Söldner geworben, den ganzen Anhang der Amaler und ihre ganze Sippe und Gefolgschaft, zu all' dem großen Anhang der Wölsungen, bewaffnet haben. Dich schelten sie den Bauernkönig: sie wollen Ravenna gewinnen!«

»O schicke mich nach Florentia mit nur drei Tausendschaften!« rief Hildebad zornig. »Ich will dir diese Königin der Goten samt ihrem adeligen Buhlen in einem Vogelkäfig gefangen bringen.«

Aber die andern machten besorgte Gesichter. »Es sieht finster her!« sprach Hildebrand. »Belisar mit seinen Hunderttausenden vor uns: – im Rücken das schlangenhafte Rom, all' unsre Macht noch fünfzig Meilen fern – und jetzt noch Bruderkrieg und Aufruhr im Herzen des Reiches! der Donner schlag' in dieses Land.«

Aber Witichis blieb ruhig und gefaßt wie immer. Er strich mit der Hand über die Stirn. »Es ist vielleicht gut so,« sagte er dann. »Jetzt bleibt uns keine Wahl. Jetzt *müssen* wir zurück.« – »Zurück?« fragte Hildebad zürnend. – »Ja! Wir dürfen keinen Feind im Rücken lassen. Morgen brechen wir das Lager ab und gehn ...« – »Gegen Neapolis vor?« fragte Hildebad. – »Nein! Zurück nach Rom! Und weiter, nach Florentia, nach Ravenna! Der Brand der Empörung muß zertreten sein, eh' er noch recht entglommen.« – »Wie? du weichst vor Belisar zurück?« – »Ja, um desto stärker vorzugehen, Hildebad! Auch die Bogensehne spannt die Kraft zurück, den tödlichen Pfeil zu schnellen.« – »Nimmermehr!« sprach Hildebad, »das kannst – das darfst du nicht.«

Aber ruhig trat Witichis auf ihn zu und legte ihm die Hand auf die Schulter: »Ich bin dein König. Du hast mich selbst gewählt. Hell klang vor andern *dein* Ruf: »Heil König Witichis!« Du weißt es, Gott weiß es: nicht ich habe die Hand ausgestreckt nach dieser Krone! Ihr habt sie mir auf das Haupt gedrückt: nehmt sie herunter, wenn ihr sie mir nicht mehr anvertraut. Aber solang ich sie trage, traut mir und gehorcht: sonst seid ihr mit mir verloren.«

»Du hast recht,« sagte der lange Hildebad und senkte das Haupt. »Vergieb mir! Ich mach' es gut im nächsten Gefecht.«

»Auf, meine Feldherrn,« schloß Witichis, den Helm aufsetzend, »du, Totila, eilst mir in wicht'ger Sendung zu den Frankenkönigen nach Gallien: ihr andern, fort zu euren Scharen, brecht das Lager ab: mit Sonnenaufgang geht's nach Rom.«

## Siebentes Kapitel

Wenige Tage darauf, am Abend des Einzugs der Goten in Rom, finden wir die jungen »Ritter«: Lucius und Marcus Licinius, Piso, den Dichter, Balbus, den Feisten, Julianus, den jungen Juristen, bei Cethegus dem Präfekten in vertrautem Gespräch.

»Das also ist die Liste der blinden Anhänger des künftigen Papstes Silverius, meiner schlimmsten Argwöhner? Ist sie vollständig?« – »Sie ist es. Es ist ein hartes Opfer,« rief Lucius Licinius, »das ich dir bringe, Feldherr. Hätt' ich gleich, wie das Herz mich antrieb, Belisar aufgesucht, ich hätte jetzt schon Neapolis mit belagert und bestürmt, statt daß ich hier die Katzentritte der Priester belausche und die Plebejer marschieren und in Manipeln schwenken lehre.« – »Sie lernen's doch nie wieder,« meinte Marcus.

»Geduldet euch,« sagte Cethegus ruhig, ohne von einer Papyrusrolle aufzublicken, die er in der Hand hielt. »Ihr werdet euch bald genug und lang genug mit diesen gotischen Bären balgen dürfen. Vergeßt nicht, daß das Raufen doch nur Mittel ist, nicht Zweck.«

»Weiß nicht,« zweifelte Lucius.

»Die Freiheit ist der Zweck und Freiheit fordert Macht,« sprach Cethegus; »wir müssen diese Römer wieder an Schild und Schwert gewöhnen, sonst –« der Ostiarius meldete einen gotischen Krieger. Unwillige Blicke tauschten die jungen Römer.

»Laß ihn ein!« sprach Cethegus, seine Schreibereien in einer Kapsel bergend. Da eilte ein junger Mann im braunen Mantel der gotischen Krieger, einen gotischen Helm auf dem Haupt, herein und warf sich an des Präfekten Brust.

»Julius!« sprach dieser kalt zurücktretend. »Wie sehn wir uns wieder! Bist du denn ganz ein Barbar geworden. Wie kamst du nach Rom?«

»Mein Vater, ich geleite Valeria unter gotischem Schutz: ich komme aus dem rauchenden Neapolis.« – »Ei,« grollte Cethegus, »hast du mit deinem blonden Freund gegen Italien gestritten? Das steht einem Römer gut! Nicht wahr, Lucius?« – »Ich habe nicht gefochten und werde nicht fechten in diesem Krieg, dem unseligen. Weh denen, die ihn entzündet.«

Cethegus maß ihn mit kalten Blicken. »Es ist unter meiner Würde und über meiner Geduld, einem Römer die Schande solcher Gesinnung vorzuhalten. Wehe, daß ein solcher Abtrünniger mein Julius. Schäme dich vor diesen deinen Altersgenossen. Seht, römische Ritter, hier ist ein Römer ohne Freiheitsdurst, ohne Zorn auf die Barbaren!«

Aber ruhig schüttelte Julius das Haupt. »Du hast sie noch nicht gesehen, die Hunnen und Massageten Belisars, die euch die Freiheit bringen sollen. Wo sind denn die Römer, von denen du sprichst? Hat sich Italien erhoben, seine Fesseln abzuwerfen? Kann es sich noch erheben? Justinian kämpft mit den Goten, nicht wir. Wehe dem Volk, das ein Tyrann befreit.«

Cethegus gab ihm im geheimen recht, aber er wollte solche Worte nicht billigen vor Fremden: »Ich muß allein mit diesem Philosophen disputieren. Berichtet mir, wenn bei den Frommen etwas geschieht.«

Und die Kriegstribunen gingen, mit verächtlichen Blicken auf Julius.

»Ich möchte nicht hören, was die von dir reden!« sagte Cethegus, ihnen nachsehend. – »Das gilt mir gleich. Ich folge meinen eignen und nicht fremden Gedanken.« – »Er ist Mann geworden,« sagte Cethegus zu sich selbst.

»Und meine tiefsten und besten Gedanken, die diesen Krieg verfluchen, führen mich hierher. Ich komme, dich zu retten und zu entführen aus dieser schwülen Luft, aus dieser Welt von Falschheit und Lüge. Ich bitte dich, mein Freund, mein Vater: folge mir nach Gallien.« – »Nicht übel,« lächelte Cethegus. »Ich soll Italien aufgeben im Augenblick, da die Befreier nahen! Wisse: ich war es, der sie herbeigerufen, ich habe diesen Kampf entfacht, den du verfluchst.« – »Ich dacht' es wohl,« sprach Julius schmerzlich. »Aber wer befreit uns von den Befreiern, wer endet diesen Kampf?«

»Ich,« sprach Cethegus ruhig und groß. »Und du mein Sohn, sollst mir dabei helfen. Ja, Julius, dein väterlicher Freund, den du so kalt und nüchtern schiltst, hat auch eine begeisterte Schwärmerei, wenn auch nicht für Mädchenaugen und gotische Freundschaften. Laß diese Knabenspiele jetzt, du bist ein Mann. Gieb mir die letzte Freude meines öden Lebens und sei der Genosse meiner Kämpfe und der Erbe meiner Siege! Es gilt Rom, Freiheit, Macht! Jüngling, können dich diese Worte nicht rühren? Denk' dir,« fuhr er, wärmer werdend, fort, »diese Goten, diese Byzantiner – ich hasse sie wie du – die einen durch die andern erschöpft, aufgerieben, und über den Trümmern ihrer Macht erhebt sich Italien, Rom in alter Herrlichkeit! Auf dem kapitolinischen Hügel thront wieder der Herrscher über Morgen- und Abendland: eine neue römische Weltherrschaft, stolzer als sie dein cäsarischer Namensvetter geträumt, verbreitet Zucht, Segen und Furcht über die Erde ...«

»Und der Herrscher dieses Weltreichs heißt – Cethegus Cäsarius!«

»Ja – und nach ihm: Julius Montanus! Auf, Julius, du bist kein Mann, wenn dich dies Ziel nicht lockt!«

Julius sprach bewundernd: »Mir schwindelt! Das Ziel ist sternenhoch: aber deine Wege, sie sind nicht gerade. Ja, wären sie gerade, bei Gott, ich teilte deinen Gang.

Ja, rufe die römische Jugend zu den Waffen, herrsche beiden Barbarenheeren zu: »Räumt das heilige Latium!« führe einen offnen Krieg gegen die Barbaren und gegen die Tyrannen: und an deiner Seite will ich stehen und fallen!« – »Du weißt recht gut, daß dieser Weg unmöglich ist.« – »Und deshalb – ist's dein Ziel!« – »Thor, erkennst du nicht, daß es gewöhnlich ist, aus gutem Stoff ein Gebilde fertigen, daß es aber göttlich ist, aus dem Nichts, nur mit eigner schöpferischer Kraft, eine neue Welt schaffen.« – »Göttlich? durch List und Lüge? Nein.« – »Julius!« – »Laß mich offen sprechen, deshalb bin ich gekommen.

O könnt ich dich zurückrufen von dem dämonischen Pfade, der dich sicher in Nacht und Verderben führt. Du weißt, wie ich dein Bild verehre und liebe. Es will mir nicht stimmen zu dieser Verehrung, was Griechen, Goten, Römer von dir flüstern.«

»Was flüstern sie?« fragte Cethegus stolz.

»Ich mag's nicht denken: aber alles, was in diesen Zeiten Furchtbares geschehen: Athalarichs, Kamillas, Amalaswinthens Untergang, der Byzantiner Landung, du wirst dabei genannt, wie der Dämon, der alles Böse schafft. Sage mir, schlicht und treu, daß du frei bist von dunkeln ...«

»Knabe!« fuhr Cethegus auf, »willst du mir zur Beichte sitzen und zu Gericht? Lerne erst das Ziel begreifen, eh du die Mittel schiltst.

Meinst du, man baut die Weltgeschichte aus Rosen und Lilien? Wer das Große will, muß das Große thun, nennen's die Kleinen gut oder schlecht.« – »Nein und dreimal nein! ruft dir mein ganzes Herz entgegen. Fluch dem Ziel, zu dem nur Frevel führen. Hier scheiden sich unsre Pfade.«

»Julius, geh nicht! Du verschmähst, was noch nie einem Sterblichen geboten ward. Laß mich einen Sohn haben, für den ich ringe, dem ich die Erbschaft meines Lebens hinterlassen kann.« – »Fluch und Lüge und Blut kleben daran. Und sollt ich sie schon jetzt antreten: – ich will sie nie! Ich gehe, daß sich dein Bild nicht noch mehr vor mir verdunkle. Aber ich flehe dich um Eins: wann der Tag kommt (und er wird kommen), da dich ekelt all des Blutes und des frevlen Trachtens und des Zieles selbst, das solche Thaten fordert, dann rufe mir: ich will herbeieilen, wo immer ich sei, und will dich losringen und loskaufen von den dämonischen Mächten und sei's um den Preis meines Lebens.«

Leichter Spott zuckte zuerst um des Präfekten Lippe, aber er dachte: »Er liebt mich noch immer. – Gut, ich werde ihn rufen, wenn das Werk vollendet: laß sehen, ob er ihm dann widerstehen kann, ob er den Thron des Erdkreises ausschlägt.« – »Wohl,« sagte er, »ich werde dich rufen, wenn ich dein bedarf. Leb wohl.« Und mit kalter Handbewegung entließ er den Heißbewegten.

Aber als die Thüre hinter ihm zugefallen, nahm der eisige Präfekt ein kleines Relief von getriebenem Erz aus einer Kapsel und betrachtete es lang. Dann wollte er es küssen. Aber plötzlich flog der höhnische Zug wieder um seine Lippen. »Schäme dich vor Cäsar, Cethegus,« sagte er, und legte das Medaillon wieder in die Kapsel. Es war ein Frauenkopf und Julius sehr ähnlich.

## Achtes Kapitel

Inzwischen war es dunkler Abend geworden. Der Sklave brachte die zierliche Bronzelampe, korinthische Arbeit: ein Adler, der im Schnabel den Sonnenball trägt, gefüllt mit persischem Duftöl. »Ein gotischer Krieger steht draußen, Herr, er will dich allein sprechen. Er sieht sehr unscheinbar aus. Soll er die Waffen ablegen?« – »Nein,« sagte Cethegus, »wir fürchten die Barbaren nicht. Laß ihn kommen.« Der Sklave ging und Cethegus legte die Rechte an den Dolch im Busen seiner Tunika.

Ein stattlicher Gote trat ein, die Mantelkapuze über den Kopf geschlagen: er warf sie jetzt zurück.

Cethegus trat erstaunt einen Schritt näher. »Was führt den König der Goten zu mir?«

»Leise!« sprach Witichis. »Es braucht niemand zu wissen, was wir beide verhandeln. Du weißt: seit gestern und heute ist mein Heer von Regeta in Rom eingezogen. Du weißt noch nicht, daß wir Rom morgen wieder räumen werden.«

Cethegus horchte hoch auf.

»Das befremdet dich?« – »Die Stadt ist fest,« sagte Cethegus ruhig. »Ja, aber nicht die Treue der Römer. Benevent ist schon abgefallen zu Belisar. Ich habe nicht Lust, mich zwischen Belisar und euch erdrücken zu lassen.«

Vorsichtig schwieg Cethegus, er wußte nicht, wo das hinaus sollte. »Weshalb bist du gekommen, König der Goten?« – »Nicht um dich zu fragen, wie weit man den Römern trauen kann. Auch nicht, um zu klagen, daß wir ihnen so wenig trauen können, die doch Theoderich und seine Tochter mit Wohlthaten überhäuft; sondern um grad und ehrlich ein paar Dinge mit dir zu schlichten, zu eurem wie zu unsrem Frommen.«

Cethegus staunte. In der stolzen Offenheit dieses Mannes lag etwas, das er beneidete. Er hätte es gern verachtet. »Wir werden Rom verlassen: und alsbald werden die Römer Belisar aufnehmen. Das wird so kommen. Ich kann's nicht hindern. Man hat mir geraten, die Häupter des Adels als Geiseln mit hinwegzuführen.«

Cethegus erschrak und hatte Mühe, das zu verbergen.

»Dich vor allen, den Princeps Senatus.« – »Mich!« lächelte Cethegus. – »Ich werde dich hier lassen. Ich weiß es wohl: du bist die Seele von Rom.«

Cethegus schlug die Augen nieder. »Ich nehme das Orakel an,« dachte er.

»Aber eben deshalb laß' ich dich hier. Hunderte, die sich Römer nennen, wollen die Byzantiner zu ihren Herren, du, du willst das nicht.«

Cethegus sah ihn fragend an.

»Täusche mich nicht! Wolle mich nicht täuschen. Ich bin der Mann verschlagner Künste nicht. Aber mein Auge sieht der Menschen Art. Du bist zu stolz, um Justinian zu dienen. Ich weiß, du hassest uns. Aber du liebst auch diese Griechen nicht und wirst sie nicht länger hier dulden als du mußt. Deshalb laß ich dich hier: vertritt du Rom gegen die Tyrannen: ich weiß, du liebst die Stadt.«

Es war etwas an diesem Mann, das Cethegus zum Staunen zwang. »König der Goten,« sagte er, »du sprichst klar und groß wie ein König: ich danke dir. Man soll nicht sagen von Cethegus, daß er die Sprache der Größe nicht versteht. Es ist, wie du sagst: ich werde mein Rom nach Kräften römisch erhalten.«

»Gut,« sagte Witichis, »sieh, man hat mich gewarnt vor deiner Tücke: ich weiß viel von deinen schlauen Plänen: ich ahne noch mehr: und ich weiß, daß ich gegen Falschheit keine Waffe habe. Aber du bist kein Lügner. Ich wußte, ein männlich Wort ist unwiderstehlich bei dir: und Vertrauen entwaffnet einen Feind, der ein Mann.«

»Du ehrst mich, König der Goten.

Ich will dich warnen: weißt du, wer die wärmsten Freunde Belisars?« – »Ich weiß es: Silverius und die Priester.« – »Richtig. Und weißt du, daß Silverius, sowie der alte Papst Agapetus gestorben, den Bischofstuhl von Rom besteigen wird?«

»So hör' ich.«

»Man riet mir auch, ihn als Geisel fortzuführen. Ich werd' es nicht thun. Die Italier hassen uns genug. Ich will nicht noch in das Wespennest der Pfaffen stoßen. Ich fürchte die Märtyrer.«

Aber Cethegus wäre den Priester gern los geworden. »Er wird gefährlich auf dem Stuhl Petri,« meinte er.

»Laß ihn nur! Der Besitz dieses Landes wird nicht durch Priesterkunst entschieden.« – »Wohlan,« sprach Cethegus, die Papyrusrolle vorzeigend, »ich habe hier die Namen seiner wärmsten Freunde zufällig beisammen. Es sind wichtige Männer.«

Er wollte ihm die Liste aufdringen und hoffte, die Goten sollten so seine gefährlichsten Feinde als Geiseln mitführen.

Aber Witichis wies ihn ab. »Laß das! Ich werde gar keine Geiseln nehmen. Was nützt es, ihnen die Köpfe abzuschlagen? Du, dein Wort soll mir für Rom bürgen.«

»Wie meinst du das? ich kann Belisar nicht abhalten.«

»Du sollst es nicht: Belisar wird kommen: aber verlaß' dich drauf: er wird auch wieder gehn. Wir Goten werden diesen Feind bezwingen: vielleicht erst nach hartem Kampf: aber gewiß. Dann aber gilt es den zweiten Kampf um Rom.«

»Einen zweiten?« fragte Cethegus ruhig, »mit wem?«

Aber Witichis legte ihm die Hand auf die Schulter und sah ihm ins Antlitz mit einem Auge wie die Sonne: »Mit dir, Präfekt von Rom!«

»Mit mir!« Und er wollte lächeln, aber er konnte nicht.

»Verleugne nicht dein Liebstes, Mann: es ist deiner nicht würdig. Ich weiß es, für wen du die Türme und Schanzen um diese Stadt erbaut: nicht für uns und nicht für die Griechen! für dich! Ruhig! Ich weiß, was du sinnest, oder ich ahn' es: kein Wort! Es sei! Sollen Griechen und Goten um Rom kämpfen und kein Römer? Aber höre: Laß nicht einen zweiten jahrelangen Krieg unsre Völker hinraffen.

Wenn wir die Byzantiner niedergekämpft, hinausgeworfen aus unserm Italien, dann, Cethegus, will ich dich erwarten vor den Mauern Roms; nicht zur Schlacht unsrer Völker, zum Zweikampf: Mann gegen Mann, du und ich, wir wollen's um Rom entscheiden.«

Und in des Königs Blick und Ton lag eine Größe, eine Würde und Hoheit, die den Präfekten verwirrte. Er wollte heimlich spotten der einfältigen Schlichtheit des Barbaren. Aber es war ihm, als könne er sich selbst nie mehr achten, wenn er diese Größe nicht zu achten, nicht zu ehren, nicht zu erwidern fähig sei. So sprach er ohne Spott: »Du träumst, Witichis, wie ein gotischer Knabe.«

»Nein, ich denke und handle wie ein gotischer Mann. Cethegus, du bist der einzige Römer, den ich würdige, so mit ihm zu reden. Ich habe dich fechten sehen im Gepidenkrieg: du bist meines Schwertes würdig. Du bist älter als ich, wohlan: ich gebe dir den Schild voraus!«

»Seltsam seid ihr Germanen,« sagte Cethegus unwillkürlich: »was für Phantasien!«

Aber jetzt furchte Witichis die offne Stirn: »Phantasien? Wehe dir, wenn du nicht fähig bist, zu fühlen, was aus mir spricht. Wehe dir, wenn Teja recht behält! Er lachte zu meinem Plan und sprach: »das faßt der Römer nicht!« Und er riet mir, dich gefangen mitzuführen. Ich dachte größer von dir und Rom. Aber wisse: Teja hat dein Haus umstellt: und bist du so klein oder so feig, mich nicht zu fassen, in Ketten führen wir dich aus deinem Rom. Schmach dir, daß man dich zwingen muß zur Ehre und zur Größe.«

Da ergrimmte Cethegus. Er fühlte sich beschämt. Jenes Ritterliche war ihm fremd und es ärgerte ihn, daß er es nicht verhöhnen konnte. Es ärgerte ihn, daß man ihn mit Gewalt nötigte, daß man seiner freien Wahl mißtraut habe. Wütender Haß gegen Tejas Mißachtung wie gegen des Königs brutale Offenheit loderte in ihm auf. All diese Eindrücke rangen in ihm, er hätte gern den Dolch in des Germanen breite Brust gestoßen. Fast hätte er vorhin aus soldatischem Ehrgefühl im vollen Ernst sein Wort gegeben. Jetzt durchzuckte ihn ein davon sehr verschiedenes, unschönes Gefühl der Schadenfreude. Sie hatten ihm nicht getraut, die Barbaren: sie hatten ihn gering erachtet: nun sollten sie gewiß betrogen sein! Und mit scharfem Blick vortretend faßte er des Königs Hand. »Es gilt,« rief er.

»Es gilt,« sprach Witichis, fest seine Hand drückend.

»Mich freut es, daß ich recht behielt und nicht Teja. Leb wohl! hüte mir unser Rom. Von dir fordre ich es wieder in ehrlichem Kampf.« Und er ging.

»Nun,« sprach Teja draußen mit den andern Goten rasch vortretend, »soll ich das Haus stürmen?«

»Nein,« sagte Witichis, »er gab mir sein Wort.«

»Wenn er's nur hält!«

Da trat Witichis heftig zurück. »Teja! dich macht dein finstrer Sinn ungerecht!

Du hast kein Recht, an eines Helden Ehre zu zweifeln. Cethegus ist ein Held.«

»Er ist ein Römer. Gute Nacht!« sagte Teja, das Schwert einsteckend. Und er ging mit seinen Goten andren Weges.

Cethegus aber warf sich diese Nacht unwillig aufs Lager. Er war uneins in sich. Er grollte mit Julius. Er grollte bitter mit Witichis, bittrer noch mit Teja. Am bittersten mit sich selbst.

Am folgenden Tage versammelte Witichis noch einmal Volk, Senat und Klerus der Stadt bei den Thermen des Titus. Von der höchsten Stufe der Marmortreppe des stolzen Gebäudes herab, die von den Großen des Heeres besetzt war, hielt der König eine schlichte Ansprache an die Römer. Er erklärte, daß er auf kurze Zeit die Stadt räumen und zurückweichen werde. Bald aber werde er wiederkehren.

Er erinnerte sie der Milde der gotischen Herrschaft, der Wohlthaten Theoderichs und Amalaswinthens, und forderte sie auf, Belisar, falls er heranrücke, mutig zu widerstehen, bis die Goten zum Entsatz wieder heranrückten: der Römer wieder an die Waffen gewöhnte Legionare und ihre starken Mauern machten langen Widerstand möglich.

Zuletzt forderte er den Eid der Treue und ließ sie nochmals feierlich schwören, daß sie ihre Stadt auf Leben und Tod gegen Belisar verteidigen wollten. Die Römer zögerten: denn ihre Gedanken waren jetzt schon im Lager Belisars und sie scheuten den Meineid.

Da scholl dumpfer feierlicher Gesang von der Sacra Via her: und an dem slavischen Amphitheater vorbei zog eine große Prozession von Priestern mit Psalmengesang und Weihrauchschwang heran. In der Nacht war Papst Agapet gestorben und in aller Eile hatte man Silverius, den Archidiakon, zu seinem Nachfolger gewählt.

Langsam und feierlich wogte das Heer von Priestern heran: die Insignien der Bischofswürde von Rom wurden vorausgetragen: silberstimmige Knaben sangen in süßen und doch weihevollen Weisen.

Endlich nahte die Sänfte des Papstes: offen, breit, reichvergoldet, einem Schiffe nachgebildet. Die Träger gingen langsam, Schritt für Schritt, nach dem Takt der Musik, von ringsum drängendem Volk umwogt, das nach dem Segen seines neuen Bischofs verlangte.

Silverius spendete unablässig denselben, mit seinem klugen Haupte rechts und links hin nickend.

Eine große Zahl von Priestern und ein Zug von speertragenden Söldnern schloß die Prozession. Sie hielt inne, als sie in die Mitte des Platzes gelangt war.

Schweigend, mit trotzigen Augen, sahen die arianischen, gotischen Krieger, die alle Mündungen des Platzes besetzt hielten, den stolzen, prachtentfaltenden Aufzug der ihnen feindlichen Kirche, indes die Römer die Ankunft ihres Seelenhirten um so freudiger begrüßten, als seine Stimme ihre Gewissenszweifel wegen des zu leistenden Eides lösen sollte.

Eben wollte Silverius seine Ansprache an das versammelte Volk beginnen, als der Arm eines turmlangen Goten, über die Brüstung der Sänfte hereinlangend, ihn an dem goldbrokatnen Mantel zupfte.

Unwillig ob der wenig ehrerbietigen Störung wandte Silverius das strenge Gesicht, aber uneingeschüchtert sprach der Gote, den Ruck wiederholend: »Komm, Priester, du sollst hinauf zum König.«

Silverius hätte es angemessener gefunden, wenn der König zu ihm heruntergekommen wäre, und Hildebad schien etwas dergleichen in seinen Mienen zu lesen. Denn er rief: »'s ist nicht anders! duck' dich, Pfäfflein!«

Und damit drückte er einen der die Sänfte tragenden Priester an der Schulter nieder: die Träger ließen sich nun auf die Kniee herab und seufzend stieg Silverius heraus, Hildebad auf die Treppe folgend.

Als er vor Witichis angelangt war, ergriff dieser seine Hand, trat mit ihm vor, an den Rand der Treppe, und sprach: »Ihr Männer von Rom, diesen hier haben eure Priester zu eurem Bischof bezeichnet. Ich genehmige die Wahl: er sei Papst, sobald er mir Gehorsam geschworen und euch den Eid der Treue für mich abgenommen hat. Schwöre, Priester!«

Nur einen Augenblick war Silverius betroffen.

Aber sogleich wieder gefaßt, wandte er sich mit salbungsvollem Lächeln zu dem Volk, dann zum König. »Du befiehlst?« sprach er.

»Schwöre,« rief Witichis, »daß du in unsrer Abwesenheit alles aufbieten wirst, diese Stadt Rom in Treue zu den Goten zu erhalten, denen sie soviel verdankt; in allen Stücken uns zu fördern, unsre Feinde aber zu schädigen. Schwöre Treue den Goten.«

»Ich schwöre,« sagte Silverius, sich zu dem Volke wendend. »Und so fordre ich, der ich die Macht habe, die Seelen zu binden und zu lösen, euch, ihr Römer, umstarret rings von gotischen Waffen, auf, im gleichen Sinne zu schwören, wie ich geschworen habe.«

Priester und einige der Vornehmen schienen verstanden zu haben und erhoben unbedenklich die Finger zum Schwur. Da besann sich auch die Menge nicht länger und der Platz erscholl von dem lauten Ruf: »Wir schwören Treue den Goten.«

»Es ist gut, Bischof von Rom,« sprach der König. »Wir bauen auf euren Schwur. Lebt wohl, ihr Römer! Bald werden wir uns wieder sehen.« Und er schritt die breiten Stufen nieder. Teja und Hildebad folgten ihm.

»Jetzt bin ich nur begierig ...« – sagte Teja.

»Ob sie es halten?« meinte Hildebad.

»Nein. Gar nicht. Aber wie sie's brechen. Nun, der Priester wird's schon finden.«

Und mit fliegenden Fahnen zogen die Goten ab zur Porta Flaminia hinaus, die Stadt ihrem Papst und dem Präfekten überlassend, während Belisar in Eilmärschen auf der Via Latina nahte.

## Neuntes Kapitel

In der Stadt Florentia waltete eifriges kriegerisches Leben. Die Thore waren geschlossen: auf den Zinnen und Mauerkronen schritten zahlreiche Wachen, in den Straßen klirrte es von Zügen reisiger Goten und bewaffneter Söldner: denn die Wölsungen Guntharis und Arahad hatten sich in diese Stadt geworfen und sie einstweilen zum Hauptwaffenplatz des Aufstandes gegen Witichis gemacht.

In der schönen Villa, die sich Theoderich in einer Vorstadt am Ufer des Arnus, aber noch in den Ringmauern der Stadt, gebaut, hausten die beiden Brüder.

Herzog Guntharis von Tuscien, der ältere, war ein gefürchteter Kriegsmann und seit Jahren Graf der Stadt Florentia: rings in ihrem Weichbild lagen die Güter des mächtigen Adelsgeschlechts, von Tausenden von Colonen und Hintersassen bebaut: ihre Macht in dieser Stadt und Landschaft war ohne Schranken und Herzog Guntharis war entschlossen, sie völlig zu gebrauchen.

In voller Rüstung, den Helm auf dem Haupt, schritt der stattliche Mann unwillig durch das marmorgetäfelte Zimmer, indes der jüngere Bruder in schmucker Feiertracht, ohne Waffen, schweigend und sinnend an dem Citrustisch lehnte, der von Briefen und Pergamenten bedeckt war.

»Entschließe dich, mach' vorwärts, mein Junge!« sprach Guntharis: »es ist mein letztes Wort. Noch heute bringst du mir das Ja des störrigen Kindes oder ich – hörst du? – ich selbst gehe, es zu holen. Aber dann, wehe ihr. Ich weiß besser als du umzuspringen mit einem launischen Mädchenkopf.«

»Bruder, das wirst du nicht.«

»Beim Donner, das werd' ich. Meinst du, ich wage meinen Kopf, ich versäume das Glück unsres Hauses um deine schmachtende Zartheit? Jetzt oder nie ist der Augenblick, den Wölsungen endlich die erste Stelle im Volk zu schaffen, die ihnen gebührt und von der Amaler und Balten sie seit Jahrhunderten ausgeschlossen. Wird die letzte Amalungentochter dein Weib, kann niemand dir die Krone bestreiten: und mein Schwert soll sie schon schützen auf deinem Haupt gegen diesen Bauernkönig Witichis.

Aber nicht zu lange mehr darf's währen. Ich habe noch keine Nachricht von Ravenna: doch ich fürchte, die Stadt wird nur Mataswintha, nicht uns, zufallen, das heißt, nicht uns allein; wer sie hat, hat aber Italien, nachdem Neapolis und Rom verloren: die mächtige Festung müssen *wir* haben. Deshalb muß sie dein Weib sein, eh' wir vor die Rabenmauern ziehen: sonst wird ruchbar, daß sie mehr unsre Gefangene als unsre Königin.«

»Wer wünscht das mehr, heißer als ich? aber ich kann sie doch nicht zwingen?« – »Nicht? warum nicht. Suche sie auf und gewinne sie im guten oder bösen. Ich gehe, die Wachen auf den Wällen zu verstärken. Bis ich zurück bin, will ich Antwort!«

Herzog Guntharis ging: und seufzend machte sich sein Bruder nach dem Garten auf, Mataswintha zu suchen.

Der Garten war von einem kunstverständigen Freigelassenen aus Kleinasien angelegt. Er hatte im Hintergrund einen waldähnlichen Abschluß, der, frei von Beeten und Terrassen, das wunderbar reiche Wiesengrün noch erhalten hatte. Diese blumigen Wiesenufer und dichte Oleanderbüsche durchrieselte ein kleiner Bach, mit anmutigem Gewoge.

Dicht an dem Rande des Baches, im weichen Grase hingegossen, lag eine jugendliche Frauengestalt. Sie hatte von dem rechten Arm das Gewand zurückgeschlagen und schien bald mit den murmelnden Wellen, bald mit den nickenden Blumen am Rande zu spielen. Sinnend sah sie vor sich hin und warf wie träumend hier und da ein Veilchen oder einen Krokus in die Wellen, mit leise geöffneten Lippen der Blüte nachsehend, die rasch die klaren Wellen entführten.

Dicht hinter ihren Schultern kniete ein junges Mädchen in maurischer Sklaventracht, eifrig beschäftigt, einen Kranz fertig zu flechten, an welchem nur die letzten Verbindungen fehlten: sorgsam spähte die anmutfeine Kleine manchmal, ob die Träumende ihre heimliche Arbeit nicht gewahre.

Aber diese schien ganz in ihre Phantasien verloren.

Endlich war der zierliche Kranz vollendet: mit lachenden Augen drückte sie ihn auf das prachtvolle feuerfarbne Haar der Herrin und bog sich um ihre Schulter, deren Blick zu suchen. Aber diese hatte gar nicht bemerkt, wie die Blumen ihr Haupt berührten. Da ward die Kleine unwillig und rief mit schmollend aufgeworfnen Lippen. »Aber Herrin, bei den Palmenwipfeln des Auras, was denkest du wieder? Bei wem bist du?«

Mataswintha schlug die leuchtenden Augen auf: »Bei ihm!« flüsterte sie.

»Weiße Göttin, das trag' ich nicht mehr!« rief die Kleine aufspringend, »es ist zu arg, die Eifersucht bringt mich um! Nicht mich, deine Gazelle nur, auch die eigne Schönheit vergißt du – über dem unsichtbaren Mann: schau' doch nur einmal in die Wellen und sieh, wie reizend dein Haar von den dunkeln Veilchen und weißen Anemonen sich hebt.«

»Dein Kranz ist schön!« sagte Mataswintha, ihn herunterlangend und dann leicht in die Wellen werfend, »welch' süße Blumen! Grüßt ihn von mir.«

»Ach, meine armen Blumen!« rief die Sklavin, ihnen nachblickend; aber sie wagte nicht, weiter zu schelten. »Sag' mir nur,« rief sie, sich wieder niederlassend, »wie all' dies enden soll? Da sind wir jetzt schon viele Tage, wir wissen nicht recht, Königin oder Gefangne? Jedenfalls in fremder Gewalt: haben den Fuß nicht aus deinem Gemach oder diesem hochummauerten Garten gesetzt und wissen nichts von der ganzen Welt. Du aber bist immer still und selig, als müßte das alles so sein.«

»Es muß auch alles so sein.«

»So? und wie wird es enden?«

»Er wird kommen und wird mich befreien.«

»Nun, Weißlilie! du hast einen starken Glauben. Wären wir daheim im Mauretanierland und sähe ich dich Nachts zu den Sternen blicken, so sagte ich wohl: du habest das alles in den Sternen gelesen. Aber so! Ich begreife das nicht« – und sie schüttelte die schwarzen Locken – »ich werde dich nie begreifen.«

»Doch, Aspa! du wirst und sollst,« sprach Mataswintha sich aufraffend, und zärtlich den weißen Arm um den braunen Nacken schlingend, »deine treue Liebe verdient längst diesen Lohn, den besten, den ich zu spenden habe.«

In der Sklavin dunkles Auge trat eine Thräne. »Lohn?« sprach sie. »Aspa ward geraubt von wilden Männern mit roten, fliegenden Locken. Aspa ist eine Sklavin. Alle haben sie gescholten, viele geschlagen. Du hast mich gekauft wie man eine Blume kauft. Und du streichelst mir Wange und Haar. Und bist so schön wie die Göttin der Sonne und sprichst von Lohn?« Und sie schmiegte das Köpfchen an der Herrin Busen.

»Du bist meine Gazelle!« sagte diese, »und hast ein Herz wie Gold. Du sollst alles wissen, was niemand weiß, außer mir. Höre also. Ich hatte eine Kindheit ohne Freude, ohne Liebe: und doch verlangte meine junge Seele nach Weichheit, nach Liebe. Meine arme Mutter hatte einen Knaben, einen Thronerben heiß gewünscht und sicher erwartet: und mit Widerwillen, mit Kälte und Härte behandelte sie das Mädchen. Als Athalarich geboren war, nahm die Härte ab, aber die Kälte nahm zu: dem Erben der Krone allein ward alle Liebe und Sorge. Ich hätte es nicht empfunden, hätte ich nicht in meinem weichen Vater den Gegensatz gesehen: ich fühlte, wie auch er litt unter der kalten Härte seiner Gattin: und oft drückte mich der kranke Mann mit Seufzen, mit Thränen an die Brust.

Und als er gestorben und begraben war, da war mir alle Liebe in der Welt erstorben. Wenig sah ich Athalarich, der von andern Lehrern und im andern Teil des Palastes erzogen ward: weniger noch die Mutter: fast nur, wenn sie mich zu strafen hatte. Und doch liebte ich sie so sehr: und doch sah ich, wie meine Wärterinnen und Lehrerinnen ihre eignen Kinder liebten, herzten und küßten: und nach gleicher Wärme verlangte mit aller Macht mein Herz.

So wuchs ich heran, wie eine bleiche Blume ohne Sonnenlicht!

Da war denn mein liebster Ort in der Welt das Grab meines Vaters Eutharich im stillen Königsgarten zu Ravenna. Da suchte ich bei dem Toten die Liebe, die ich bei den Lebenden nicht fand: und sowie ich meinen Wärtern entrinnen konnte, eilte ich dorthin, zu sehnen und zu weinen. Und dies Sehnen wuchs, je älter ich ward: in Gegenwart der Mutter mußte ich all' meine Gefühle zusammenpressen: sie verachtete es, wenn ich sie zeigte.

Und wie ich vom Kind zum Mädchen heranwuchs, merkte ich wohl, daß die Augen der Menschen oft wie bewundernd auf mir ruhten: aber ich dachte, sie bedauerten mich: und das that mir weh. Und öfter und öfter flüchtete ich zum Grabe des Vaters, bis es der Mutter gemeldet ward: und ich ward verklagt, daß ich dort weinte und ganz verstört zurückkäme.

Zornig verbat mir die Mutter, ohne sie das Grab wieder zu besuchen: und sprach von verächtlicher Schwäche.

Aber dawider empörte sich mein Herz und ich besuchte das Grab trotz dem Verbot. Da überraschte sie mich einst daselbst: und schlug mich: und ich war doch kein Kind mehr: und führte mich in den Palast zurück: und schalt mich schwer: und drohte, mich zu verstoßen für immer: und fragte im Scheiden zürnend den Himmel, warum er sie mit einem solchen Kind gestraft.

Das war zu viel.

Namenlos elend beschloß ich, dieser Mutter zu entrinnen, der ich zur Strafe leben sollte, und davonzugehen, wo mich niemand kennte: ich wußte nicht wohin: am liebsten in das Grab zu meinem Vater.

Als es Abend geworden, stahl ich mich aus dem Palast, ich eilte nochmals an das geliebte Grab zu langem thränenreichem Abschied. Schon gingen die Sterne auf: da huschte ich aus dem Garten, aus dem Palast und eilte durch die dunkeln Straßen der Stadt an das faventinische Thor. Glücklich schlüpfte ich an der Wache vorbei ins Freie und lief nun eine Strecke auf der Straße fort, gradaus in die Nacht, ins Elend.

Aber auf der Straße kam mir entgegen ein Mann im Kriegsgewand. Als ich an ihm vorüber wollte, schritt er plötzlich heran, sah mir ins Antlitz und legte die Hand leicht auf meine Schulter: »Wohin, Jungfrau Mataswintha, allein, in so später Nacht?«

Ich erbebte unter seiner Hand, Thränen brachen aus meinen Augen und schluchzend rief ich: »In die Verzweiflung!«

Da faßte der Mann meine beiden Hände und sah mich an, so freundlich, so mild, so besorgt. Dann trocknete er meine Thränen mit seinem Mantel und sprach in weichem Ton der tiefsten Güte: »Und warum? Was quält dich so?«

Mir ward so weh und wohl ums Herz beim Klange dieser Stimme. Und wie ich in sein mildes Auge sah, war ich meiner selbst nicht mehr mächtig. »Weil mich die eigne Mutter haßt, weil's keine Liebe für mich giebt auf Erden.« – »Kind! Kind! Du bist krank,« sagte er, »und redest irr. Komm, komm mit mir zurück! Du? warte nur! du wirst noch eine Königin der Liebe werden.«

Ich verstand ihn nicht. Aber ich liebte ihn unendlich für diese Worte, diese Milde. Fragend, staunend, hilflos sah ich ihm ins Auge. Ich bebte und zitterte. Es mußte ihn rühren; oder er dachte, es sei die Kälte.

Er nahm seinen warmen Mantel ab, schlug ihn um meine Schultern und führte mich langsam zurück durchs Thor, auf unbelebten Straßen, durch die Stadt nach dem Palast.

Willenlos, hilflos, wankend wie ein krankes Kind folgte ich ihm, das Haupt, das er mir sorglich verhüllte, an seine Brust gelehnt. Er schwieg und trocknete mir nur manchmal die Augen. Unbemerkt, wie ich glaubte, gelangten wir an die Thüre der Palasttreppe: er öffnete sie, schob mich sanft hinein: dann drückte er mir die Hand. »Gut sein,« sagte er, »und ruhig. Dein Glück wird dir schon kommen. Und Liebe genug.« Und er legte leise die Hand auf mein Haupt, schloß die Thüre hinter mir und stieg die Treppe hinab.

Ich aber lehnte an der halbgeschlossenen Thür und konnte nicht fort. Mein Fuß versagte, mein Herz pochte.

Da hört' ich, wie eine rauhe Stimme ihn ansprach:

»Wen schmuggelst du da zur Nachtzeit in das Schloß, mein Freund?« Er aber antwortete: »Du bist's, Hildebrand? Du verrätst sie nicht! Es war das Kind Mataswintha: sie hat sich verirrt in der Nacht, in der Stadt, und fürchtete den Zorn ihrer Mutter.« – »Mataswintha!« sprach der andre, »die wird täglich schöner.« Und mein Beschützer sprach« – und sie stockte und flammend Rot schoß über ihre Wangen …

»Nun,« fragte Aspa, sie groß ansehend, »was sagte er?«

Aber Mataswintha drückte Aspas Köpfchen nieder an ihre Brust. »Er sagte,« flüsterte sie – »er sagte: – die wird das schönste Weib auf Erden!«

»Da hat er recht gesagt,« sprach die Kleine, »was brauchst du da rot zu werden? Ist's doch so! Nun aber weiter! Was thatest du?«

»Ich schlich auf mein Lager und weinte, weinte Thränen der Trauer, der Wonne, der Liebe, alles durcheinander. In jener Nacht stieg eine Welt, ein Himmel in mir auf: er war mir gut, das fühlte ich, und er nannte mich schön. Ja, jetzt wußt' ich es: ich war schön, und ich war selig darüber: ich wollte schön sein: für ihn! O wie glücklich war ich! seine Begegnung brachte Glanz in mein Dunkel, Segen in mein Leben. Ich wußte jetzt, man konnte mir gut sein, man konnte mich lieben! Sorglich pflegte ich des Leibes, den er gelobt. Die süße Macht in meinem Herzen breitete eine milde Wärme über mein ganzes Wesen: ich ward weicher und inniger: und selbst der Mutter strenger Sinn ward jetzt liebevoller gegen mich, seit ich nur sanfte Liebe ihrer Härte entgegengab: und täglich wurden alle Herzen gütiger gegen mich, wie ich weicher gegen alle.

Und all' das dankte ich ihm: er hatte mir die Flucht in Schmach und

Elend erspart und mir eine ganze Welt von Liebe gewonnen. Seitdem lebte und lebe ich nur für ihn.« Und sie hielt inne und legte die Linke auf die wogende Brust.

»Aber, Herrin, wann hast du ihn wieder gesehen? gesprochen? Lebt deine Liebe von so karger Kost?«

»Gesprochen nie mehr: gesehen nur einmal noch: am Todestag Theoderichs befehligte er die Palastwache, da sagte mir Athalarich seinen Namen: denn nie hätte ich gewagt, nach ihm zu forschen, aus Furcht, meine Flucht, ach, mein Geheimnis zu verraten. Er war nicht am Hof: und wann er dort erscheinen mochte, war ich auf den Villen.«

»So weißt du weiter gar nichts von ihm, von seinem Leben, von seiner Vergangenheit.«

»Wie hätt' ich forschen können! glühende Scham hätte mich verraten! Lieb' ist des Schweigens Tochter und der Sehnsucht. Aber von seiner, von unsrer Zukunft weiß ich.«

»Von eurer Zukunft?« lächelte Aspa.

»An den Hof kam alle Sonnenwende die alte Radrun und erhielt von König Theoderich fremde Kräuter und Wurzeln, die er ihr aus Asien bringen ließ und vom Nil. Das hatte sie sich ausbedungen zum einzigen Lohn dafür, daß sie ihm als Knaben sein ganzes Schicksal geweissagt hatte: und war alles eingetroffen aufs Haar: sie braute Salben und mischte Tränke: »das Waldweib« nannte man sie laut: aber leise: »die Wala, das Zauberweib«. Und wir alle am Hof wußten – außer den Priestern, die hätten es gewehrt – daß jede Sommersonnenwende, wann sie kam, der König sich das Jahr vorhersagen ließ. Und kam sie von ihm heraus, so riefen sie, das wußte ich, meine Mutter und Theodahad und Gothelindis und fragten sie aus: und nie blieb noch aus, was sie verkündet.

Da, in der nächsten Sonnenwende, faßte auch ich mir ein Herz, lauerte der Alten auf und lockte sie, wie ich sie allein fand, in mein Gemach und bot ihr Gold und lichte Steine, wenn sie mir weissagen wollte.

Aber sie lachte und zog ein Fläschchen von Bernstein hervor und sprach: »Nicht um Gold! Aber um Blut! Um mächtig Blut von einem reinen Königskind.«

Und sie ritzte mir eine Ader im linken Arm und fing den Strahl in ihrem Bernstein. Dann sah sie forschend in meine beiden Hände und sang endlich tonlos: »Den du hältst im Herzen hoch, der giebt dir größten Glanz und größtes Glück, schafft dir allerschärfsten Schmerz, wird dein Gemahl, dein Gatte nicht.« Und damit war sie hinaus.«

»Das ist wenig tröstlich: – soviel ich's fasse.«

»Du kennst der Alten Sprüche nicht: sie sind alle so dämmerdunkel: sie fügt jeder Verheißung eine Drohung bei, für alle Fälle: ich aber halte mich an das Helle, nicht an das Dunkle. Weissagung erfüllt sich, wie man sie faßt: ich weiß: er wird mein und bringt mir Glanz und Glück. Den Schmerz daneben will ich tragen: Schmerz um ihn ist Wonne.«

»Ich bewundre dich, Herrin, und deinen Glauben. Und auf den Spruch der Hexe hin hast du ausgeschlagen all' die Könige und Fürsten, vom Vandalen- und Westgoten-, Franken- und Burgunderland, die um dich freiten? selbst Germanus, den edeln, den kaiserlichen Prinzen von Byzanz? und harrst auf ihn?«

»Und harr' auf ihn! Aber nicht des Spruches allein wegen. In meinem Herzen lebt ein Vögelein, das singt mir alle Tage: »er wird dein, er muß dein werden.« Ich weiß es sternengewiß,« schloß sie, das Auge zum Himmel aufschlagend und in die frühere Träumerei versinkend.

Rasche Schritte tönten von der Villa her. »Ah,« rief Aspa, »dein schmucker Freier! Armer Arahad, du verlierst deine Mühe!«

»Ich will dem Spiel ein Ende machen heut'!« sprach Mataswintha, sich erhebend: und auf ihrer Stirn, in ihren Augen lag jetzt eine zornige Strenge, die das Blut der Amaler in ihren Adern bekundete: es lebte eine seltsame Mischung von lodernder Leidenschaft und hinschmelzender Weichheit in dem Mädchen. Aspa staunte oft über das verhaltne Feuer in ihrer Herrin. »Du bist wie die Götterberge in meiner Heimat,« sagte sie: »Schnee auf dem Gipfel: Rosen um den Gürtel: aber im Innern versengendes Feuer: das oft über Schnee und Rosen strömt.«

Indes bog Graf Arahad aus dem buschigen Wege und neigte sich vor dem schönen Weibe mit einem Erröten, das ihm wohl anstand. »Ich komme,« sagte er, »Königin ...«

Aber herb unterbrach sie ihn. »Hoffentlich, Graf von Asta, kommst du, endlich diesem schnöden Spiel von Gewalt und Lüge ein Ende zu machen.

Nicht länger will ich's tragen. Dein kecker Bruder überfällt mich plötzlich, die wehrlose, in die Trauer um ihre Mutter versunkene Waise, in meinen Gemächern, nennt mich in einem Atem seine Königin und seine Gefangene und hält mich wochenlang in unwürdiger Haft. Er bringt mir den Purpur und nimmt mir die Freiheit. Darauf kommst du und verfolgst mich mit deiner eiteln Werbung, die dich nie zum Ziele führt. Ich habe dich verschmäht in der Freiheit: glaubst du, gefangen, in deiner Zwanggewalt, wird dich, du Thor, das Kind der Amaler erhören? Du schwörst, du liebest mich? Wohlan, so achte mich. Ehre meinen Willen, laß mich frei. Oder zittre, wenn mein Befreier naht.« Und drohend trat sie auf den Bestürzten zu, der keine Worte finden konnte.

Da eilte heftigen Schrittes Herzog Guntharis herbei, mit funkelnden Augen.

»Auf, Arahad,« rief er, »komm zu Ende. Wir müssen fort, sogleich. Er naht, er dringt mit Macht heran.« – »Wer?« fragte Arahad hastig. – »Er sagt, er kommt sie zu befreien. Er hat gesiegt, der Bauernkönig, und unsre Vorposten geschlagen bei Castrum Sivium.«

»Wer?« fragte jetzt Mataswintha eifrig.

»Nun,« antwortete Guntharis zornig, »jetzt magst du's erfahren: es ist doch nicht mehr zu bergen: Graf Witichis von Fäsulä.«

»Witichis!« hauchte Mataswintha mit leuchtenden Augen und hochaufatmend.

»Ja! ihn haben die Rebellen von Regeta, das Recht des Adels vergessend, zum König der Goten erhoben.«

»Er! er mein König!« sprach Mataswintha wie im Traume.

»Ich hätte dir's gesagt, schon da ich dich als Königin begrüßte; aber in deinem Gemach stand seine Marmorbüste, bekränzt. Das war mir verdächtig. Später sah ich's: es war ein Zufall: es ist ein Areskopf.«

Mataswintha schwieg und suchte die glühende Röte zu verbergen, die ihr Antlitz überflog.

»Nun,« rief Arahad, »was ist zu thun?«

»Wir müssen fort. Wir müssen ihm zuvorkommen in Ravenna. Florentia, die Feste, hält ihn eine Weile auf: indessen gewinnen wir Ravenna und wenn du Beilager gehalten in der Burg Theoderichs mit dessen Enkelin, ist alles Volk der Goten unser. Auf, Königin! Ich lasse deinen Wagen schirren: in einer Stunde gehst du nach Ravenna in der Mitte unsrer Scharen.« Und die Brüder eilten hinweg.

Blitzenden Auges sah ihnen Mataswintha nach:

»Ja, führt mich fort, gefangen und gebunden; wie der Adler aus der Höhe wird mein König auf euch niederstoßen und mich retten aus eurer Gewalt. Komm, Aspa, der Befreier naht.«

## Zehntes Kapitel

Kaum hatten die Goten den Mauern Roms den Rücken gewendet, so berief Papst Silverius – es war am Tage nach seinem Eide – die Spitzen der Priesterschaft, des Adels, der Beamten und der Bürgerschaft der Stadt in die Thermen des Caracalla zu einer Beratung über Heil und Gedeihen der Stadt des heiligen Petrus. Auch Cethegus war geladen und erschienen.

Mit Unbefangenheit stellte Silverius darauf den Antrag, da endlich die Stunde gekommen sei, das Joch der Ketzer abzuwerfen, eine Gesandtschaft an Belisarius, den Feldherrn des rechtgläubigen Kaisers Justinian, des einzig rechtmäßigen Herrn Italiens, abzuordnen, ihm die Schlüssel der ewigen Stadt zu überreichen und ihm und seinem Heere den Schutz der Kirche und der Gläubigen gegen die Rache der Barbaren zu empfehlen.

Den Gewissenszweifel eines noch sehr jungen Priesters und eines ehrlichen Schmiedemeisters wegen des gestern geleisteten Eides beseitigte er lächelnden Mundes mit der Berufung auf seine apostolische Macht, wie zu binden, so zu lösen: und auf die offenbare Gewalt gotischer Waffen, unter deren Eindruck sie den Schwur geleistet. Darauf ging der Antrag einstimmig durch: und der Papst selbst, Scävola, Albinus und Cethegus wurden als die Gesandten gewählt.

Aber Cethegus widersprach: schweigend hatte er die Verhandlung mit angehört und sich der Abstimmung enthalten: jetzt stand er auf und sprach: »Ich bin gegen den Beschluß. Nicht wegen des Eides. Ich brauche deshalb apostolische Lösungsgewalt nicht in Anspruch zu nehmen. Denn ich habe nicht geschworen. Aber um der Stadt willen. Das heißt: uns ohne Not dem gerechten Zorn der Goten aussetzen, die wohl einmal wiederkommen können und dann solch offnen Abfall nicht mit apostolischer Lösung entschuldigen werden. Laßt uns gebeten oder gezwungen werden von Belisar: wer sich wegwirft, wird mit Füßen getreten.«

Silverius und Scävola tauschten bedeutsame Blicke.

»Solche Gesinnung,« sprach der Jurist, »wird dem Feldherrn des Kaisers gewiß sehr gefallen, kann aber an dem Beschluß nichts ändern. Du gehst also nicht mit uns zu Belisar?«

Cethegus stand auf: »Ich gehe zu Belisar. Aber nicht mit euch,« sagte er und ging hinaus.

Als die übrigen die Thermen verlassen, sprach der Papst zu Scävola: »Das giebt ihm den Rest. Er hat sich vor Zeugen gegen die Übergabe erklärt!« – »Und er geht selbst in die Höhle des Löwen.« – »Er soll sie nicht mehr verlassen. Du hast doch die Anklageakte aufgesetzt?« – »Schon längst. Ich fürchtete, er werde die Gewalt in der Stadt an sich reißen: und er geht selbst zu Belisar! Er ist verloren, der Stolze.« – »Amen!« sagte Silverius. »Und so mag jeder untergehen, der in weltlichem Trachten dem heiligen Petrus widerstreitet. Übermorgen um die vierte Stunde machen wir uns auf.«

Aber er irrte, der heilige Vater: diesmal sollte der Stolze noch nicht untergehen.

Cethegus war sofort nach seinem Hause geeilt, wo der gallische Reisewagen angeschirrt seiner wartete. »Gleich brechen wir auf,« rief er dem Sklaven zu, der auf dem vordersten Rosse saß, »ich hole nur mein Schwert.«

Im Vestibulum traf er die Licinier, die ihn ungeduldig erwarteten. »Heut' kam der Tag,« rief ihm Lucius entgegen, »auf den du uns solang vertröstet!« – »Wo ist die Probe deines Vertrauens in unseren Mut, unser Geschick, unsre Treue?« fragte Marcus. – »Geduld!« sprach Cethegus mit erhobenem Zeigefinger und schritt in sein Gemach.

Alsbald kam er wieder, sein Schwert und mehrere Pergamente unterm linken Arm, eine versiegelte Rolle in der Rechten: sein Auge leuchtete: »Ist das äußerste Eisenthor der Moles Hadriani fertig?« fragte er. – »Fertig,« sprach Lucius Licinius. – »Ist das Getreide aus Sicilien in dem Kapitol geborgen?« – »Geborgen.« – »Sind die Waffen verteilt und die Schanzen am Kapitol vollendet, wie ich befahl?« – »Vollendet,« antwortete Marcus. – »Gut. Nehmt diese Rolle. Entsiegelt sie morgen, sowie Silverius die Stadt verlassen, und erfüllt jedes ihrer Worte genau. Es gilt nicht nur mein Leben und das eure: es gilt Rom! Die Stadt Cäsars wird eure Thaten sehen. Geht: auf Wiedersehen!«

Und aus seinen Augen sprühte Feuer in die Herzen der jungen Römer. – »Du sollst zufrieden sein!« – »Du und Cäsar!« riefen sie und eilten hinweg. Mit einem Lächeln, das selten auf seinem Antlitz mit solcher Freudigkeit spielte, sprang Cethegus in seinen Wagen. »Heiliger Vater,« sagte er zu sich selbst, »ich bin noch in deiner Schuld für die letzte Versammlung in den Katakomben: ich will sie zahlen! Die Via latina hinab!« rief er rasch dem Sklaven zu, »und laß die Rosse jagen, was sie können.«

Der Präfekt hatte einen Vorsprung von mehr als einem Tag vor der langsamer reisenden Gesandtschaft. Und er nutzte ihn wohl.

Er hatte in seinem unermüdlichen Geist einen Plan ersonnen, trotz Belisars Landung in Italien, doch in Rom Herr und Meister zu bleiben. Und er ging jetzt mit all seiner Umsicht an die Ausführung.

Kaum konnte er erwarten, bis er auf die Vorposten der Byzantiner bei

Capua traf, deren Führer, Johannes, ihn durch einige Reiter und seinen eignen jüngeren Bruder, Perseus, nach dem Hauptquartier geleiten ließ. Im Lager angekommen fragte Cethegus nicht nach dem Feldherrn, sondern ließ sich sofort nach dem Zelt des Rechtsrats Prokopius von Cäsarea führen.

Prokopius war sein Studiengenosse in Berytus auf der Juristenschule gewesen: und die beiden bedeutenden Geister hatten sich mächtig angezogen. Aber nicht die Wärme der Freundschaft führte den Präfekten vor allem zu diesem Mann: dieser Mann war der beste Kenner von Belisars ganzer politischer Vergangenheit, wohl auch der Vertraute seiner Pläne für die Zukunft.

Mit Freuden empfing den Jugendfreund Prokopius.

Er war ein Mann von frischem, gesundem Menschenverstand, einer von den wenigen Gelehrten jener Zeit, denen die gekünstelte Bildung in den Rhetorenschulen nicht die Fähigkeit, einfach aufzufassen und gesund zu fühlen, unter den Schnörkeln byzantinischer Gelehrtheit erstickt hatte. Heller Verstand lag auf der offnen Stirn und in dem noch jugendlich leuchtenden Auge glänzte die Freude an allem Guten.

Nachdem Cethegus Staub und Mühsal der Reise in einem sorgfältigen Bad abgespült, machte sein Wirt, ehe er ihn zur Abendtafel in sein Zelt führte, mit ihm die Runde durch das Lager, ihm die Quartiere der wichtigsten Truppenteile, der bedeutendsten Heerführer weisend und mit ein paar Worten deren Eigenart, Verdienste und oft bunt zusammengesetzte Vergangenheit erläuternd.

Da waren die Söhne des rauhen Thrakiens, Constantinus und Bessas, die sich aus rohem Söldnerhandwerk emporgerungen, tapfre Soldaten, aber ohne Bildung, mit dem ganzen Eigendünkel selbstgemachter Männer: sie betrachteten sich als Belisars unentbehrliche Stützen und ihn vollersetzende Nachfolger.

Daneben der vornehme Iberier Peranius, aus dem Königsgeschlecht der Iberier, der feindlichen Nachbarn der Perser, der aus Haß gegen die persischen Überwinder Vaterland und Hoffnung des Thrones aufgegeben und Dienste in des Kaisers Heer genommen hatte.

Dann Valentinus, Magnus und Innocentius, verwegene Führer der Reiterei, Paulus, Demetrius, Ursicinus, die Führer des Fußvolks, Ennes, der isaurische Häuptling und Heerführer der Isaurier Belisars, Aigan und Askan, die Führer der Massageten, Alamundarus und König Abocharabus, die Saracenen, Ambazuch und Bleda, die Hunnen, Arsakes, Amazaspes und Artabanes, die Armenier – der Arsakide Phaza war mit dem Rest der Armenier in Neapolis zurückgelassen worden – Azarethas und Barasmanes, die Perser, Antallas und Cabaon, die Mauren. Sie alle kannte und nannte Prokopius, karg sein Lob, reichlich und mit Behagen spitzen, aber geistvollen Tadel spendend.

Eben wandten sie sich zu dem Quartier des Martinus, des friedlichen Städteverbrenners, zur Rechten, da fragte Cethegus, stehen bleibend: »Und wessen ist das Seidenzelt dort auf dem Hügel, mit den goldnen Sternen und dem Purpurwimpel? und seine Wachen tragen goldne Schilde?«

»Dort,« sprach Prokop, »wohnt seine unüberwindliche Köstlichkeit, des römischen Reiches Oberpurpurschneckenintendant, Prinz Areobindos, den Gott erleuchte.«

»Des Kaisers Neffe, nicht?«

»Jawohl, er hat des Kaisers Nichte, Projecta, geheiratet: sein höchstes und einziges Verdienst. Er ist hierher gesendet mit der Kaisergarde, uns zu ärgern und dafür zu sorgen, daß wir nicht so leicht siegen. Er ist Belisarius gleichgestellt, versteht vom Krieg sowenig, wie Belisar von den Purpurschnecken, und soll Statthalter von Italien werden.«

»So«, sprach Cethegus.

»Er wolle beim Lagerschlagen sein Zelt durchaus zur Rechten Belisars haben. Wir gaben nicht nach. Zum Glück hat Gott in seiner Allweisheit jenen Hügel zur Lösung unsres Rangstreits schon vor Jahrtausenden hier aufgeworfen: nun lagert der Prinz zwar links, aber höher als Belisarius.« – »Und wessen sind die bunten Zelte dort, hinter Belisars Quartier? Wer wohnt darin?« – »Dort,« seufzte Prokop, »ein sehr unglückliches Weib: Antonina, Belisars Gemahlin.« – »Sie unglücklich? die Gefeierte, die zweite Kaiserin? warum?« – »Davon ist nicht gut reden in offner Lagergasse. Komm mit ins Zelt, der Wein wird genug gekühlt sein.«

## Elftes Kapitel

Im Zelte fanden sie die zierlichen Polster des Feldbetts um einen niedern Bronzetisch von durchbrochner Arbeit gelegt, den Cethegus lobte.

»Das ist ein afrikanisches Beutestück aus dem Vandalenkrieg: ich nahm es aus Karthago mit. Und diese weichen Kissen lagen einst auf dem Bett des Perserkönigs: ich erbeutete sie in der Schlacht von Dara.«

»Du bist mir ein praktischer Gelehrter!« lächelte Cethegus. »Wie bist du so anders geworden seit den Tagen von Athen.«

»Das will ich hoffen!« sprach Prokop und zerschnitt selbst – er hatte die aufwartenden Sklaven entfernt – die dampfende Hirschkeule vor ihm. »Du mußt wissen: ich wollte Philosophie zu meinem Beruf machen, Weltweiser werden. Drei Jahre hörte ich die Platoniker, die Stoiker, die Akademiker zu Athen, und studierte mich krank und dumm. Auch blieb es nicht bei der Philosophie. Nach löblicher Sitte unsres frommen Jahrhunderts mußte auch die Theologie beigezogen werden: und ein weiteres Jahr hatte ich darüber nachzudenken, ob Christus, als Gott Vater, zugleich seiner eignen jungfräulichen Mutter Vater, also sein eigner Großvater sei. Nun, über all' diesen Studien drohte mir mein von Natur gar nicht zu verachtender Verstand abhanden zu kommen.

Zum Glück ward ich sterbenskrank und die Ärzte verboten mir Athen und alle Bücher. Sie schickten mich nach Kleinasien. Ich rettete nur einen Thukydides in meinen Reiseranzen. Und dieser Thukydides rettete mich.

Ich las und las in der Langeweile der Reise seine herrliche Geschichte von der Hellenen Thaten in Krieg und Frieden: und nun bemerkte ich mit Staunen, daß der Menschen Thun und Treiben, ihre Leidenschaften, ihre

Tugenden und Frevel eigentlich doch viel anziehender und denkwürdiger seien als alle Formeln und Figuren heidnischer Logik – von der christlichen Logik vollends zu schweigen!

Und wie ich nach Ephesos gelangte und durch die Straßen schlenderte, kam plötzlich über mich eine wunderbare Erleuchtung. Denn ich wandelte über einen großen Platz: da stand vor mir die Kirche des heiligen Geistes: und war erbaut auf den Trümmern des alten Dianatempels. Und zur Linken stand ein zerfallner Altar der Isis und zur Rechten ragte das Bethaus der Juden.

Da ergriff mich plötzlich der Gedanke: »Die alle glaubten und glauben nun steif und fest, sie allein wüßten das Rechte von dem höchsten Wesen.

Und das ist doch unmöglich: das höchste Wesen hat, wie es scheint, gar kein Bedürfnis, von uns erkannt zu werden – ich hätte es auch nicht, an seiner Statt! – und es hat die Menschen geschaffen, daß sie leben, tüchtig handeln und sich wacker umtreiben auf Erden. Und dies Leben, Handeln, Genießen und Sichumtreiben ist eigentlich alles, worauf es ankömmt. Und wenn einer forschen und denken will, so soll er der Menschen Leben und Treiben erforschen.«

Und wie ich so stand und sann, da schmetterten Trompeten: ein glänzender Reiterzug trabte heran: an seiner Spitze ein herrlicher Mann auf einem Rotscheck, schön und stark wie der Kriegsgott. Und ihre Waffen blitzten und die Fahnen flogen und die Rößlein sprangen. Und ich dachte mir: »Die wissen, warum sie leben: und brauchen keinen Philosophen darum zu fragen.«

Und wie ich mit verwunderten Augen den Reitern zusah, schlug mich ein Bürger von Ephesos auf die Schulter und sprach: »Ihr scheint nicht zu wissen, wer das war, und wohin sie ziehen? Das ist der Held Belisarius, der zieht in den Perserkrieg.« – »Gut,« sagte ich, »Freund! Und ich ziehe mit!« Und so geschah's zur selben Stunde.

Und Belisarius bestellte mich bald zu seinem Rechtsrat und Geheimschreiber. Und seither habe ich einen doppelten Beruf: bei Tage mach' ich Weltgeschichte oder helfe sie machen: und bei Nacht schreibe ich Weltgeschichte.« – »Und welches ist deine bessere Arbeit?« – »Freund, leider das Schreiben! Und das Schreiben wäre noch besser, wenn die Geschichte besser wäre. Denn ich bin meistens gar nicht einverstanden mit dem was wir thun: und thu's nur mit, weil's doch besser ist, als gar nichts thun oder philosophieren. Bringe den Tacitus, Sklave!« rief er zur Zeltthür hinaus.

»Den Tacitus?«

»Ja Freund, vom Livius haben wir jetzt genug getrunken. Du mußt wissen: ich nenne meine Weine je nach ihrer geschichtlichen Eigenart. – Zum Beispiel dieses lärmende Stück Weltgeschichte, das wir hier aufführen, dieser Gotenkrieg ist ganz gegen meinen Geschmack: Narses hat ganz recht, erst sollten wir die Perser abwehren, ehe wir die Goten angreifen.«

»Narses! was treibt mein kluger Freund?«

»Er beneidet Belisar und läßt sich's selbst nicht merken. Außerdem macht er Kriegs- und Schlachtenpläne. Ich wette, er hatte Italien schon erobert ehe wir landeten.«

»Du bist nicht sein Freund. Er ist doch ein hoher Geist. Warum ziehst du Belisar vor?«

»Das will ich dir sagen,« sprach Prokop, den Tacitus einschenkend. »Mein Unglück ist, daß ich nicht Geschichtschreiber Alexanders oder Scipios geworden. Mein ganzes Herz sehnt sich, seit ich der Philosophie – und Theologie! – genesen, nach Menschen, nach dem vollen ganzen Menschen, mit Fleisch und Blut. Da widern mich diese spindeldürren Kaiser und Bischöfe und Feldherrn an, die alles mit dem Verstand erklügeln; wir sind ein verkrüppeltes Geschlecht geworden: die Heroenzeit liegt hinter uns! Nur Belisarius, der Biedre, ist noch ein Heros, wie aus der alten Zeit. Er könnte mit Agamemnon vor Troja liegen. Er ist nicht dumm; er hat Verstand; aber nur den Naturverstand des edeln, wilden Tieres zu seinem Beutefang, zu seinem Handwerk. Belisars Handwerk nun ist die Heldenschaft!

Und ich habe meine Freude an seiner breiten Brust und seinen blitzenden Augen und den mächtigen Schenkeln, mit denen er die stärksten Hengste zwingt. Und mich freut's, wenn ihm manchmal die blinde Lust, dreinzuschlagen, durch alle seine Feldherrnpläne braust. Mich freut's, wenn ich ihn in der Schlacht mitten unter die Feinde jagen sehe und kämpfen, wie ein schäumender Eber haut.

Freilich, sagen darf ich's ihm nicht, daß mir das gefällt; denn sonst wär's nicht auszuhalten: in drei Tagen wär' er in Stücke gehauen. Im Gegenteil; ich halte ihn zurück: ich bin sein Verstand, wie er mich nennt. Und er läßt sich meine Verständigkeit gefallen, weil er weiß, daß sie nicht Feigheit ist. Hab' ich ihn doch mehr als einmal mit meiner Laienklugheit aus einer Verlegenheit ziehen müssen, in die ihn der Trotz seines Heldentums gebracht! Die lustigste dieser Geschichten ist die von Horn und Tuba.«

»Welche von beiden bläsest du, o mein Prokopius?«

»Keine, nur die Posaune des Ruhms und die Pfeife des Spottes!«

»Aber was war's mit Horn und Trompete?«

»Ei, wir lagen vor einem Felsennest in Persien, das wir haben mußten, weil es die Straße beherrscht. Wir hatten uns aber schon mehrmals unsere heroischen Köpfe über daran zerstoßen: und mein zorniger Herr schwor »bei dem Schlummer Justinians« –, das ist nämlich sein höchstes Heiligtum –, er werde nie vor dieser Burg Anglon zum Rückzug blasen lassen. Nun wurden aber unsre Vorposten sehr oft aus der Festung überfallen: wir, im hochgelegnen Lager, konnten die Angreifer aus der Burg brechen sehen, nicht aber konnten das unsre Vorposten am Fuße des Berges. Ich riet nun, daß wir vom Lager aus unsern Leuten das Zeichen zum Rückzug geben lassen sollten, so oft wir die Gefahr ihnen drohen sahen.

Aber da kam ich übel an!

Der Schlummer Justinians sei ein solches Heiligtum, daß man an einem darauf geleisteten Schwur nicht makeln dürfe! Und so mußten sich denn unsre armen Burschen von den Persern unversehens überrumpeln lassen!

Bis ich auf den scharfsinnigen Ausweg kam, meinem Helden vorzuschlagen, er solle, um die Unsern zum Rückzug zu mahnen, das Angriffszeichen mit dem Horn, statt mit der Tuba, blasen lassen.

Das leuchtete ihm ein, dem biedern Belisarius.

Und wenn wir nun lustig die Hörner zum Angriff schmettern ließen, liefen unsre Leute schleunigst wie geschreckte Hasen davon! Es war zum Todlachen, jene mutigen Klänge so schnöde wirken zu sehen! Aber es half: Justinians Schlummer und Belisars Eid blieben ungeschwächt, unsre Vorposten wurden nicht mehr abgeschlachtet und das Felsnest fiel endlich. Also schelt' ich ihn immer spottend aus für seine Heroenthaten. Aber im stillen erwärme und erfreue ich mein tiefstes Herz dran: er ist der letzte Heros!«

»Nun,« meinte Cethegus, »bei den Goten findest du gar manchen solchen Schlagetot.«

Prokop nickte bedächtig: »Kann auch nicht leugnen, daß ich großes Wohlgefallen habe an diesen Goten. Sind aber doch zu dumm.«

»Wie? Warum?«

»Dumm sind sie, daß sie, anstatt hübsch langsam, Schritt für Schritt, im Zusammenhang mit ihren gelbhaarigen Brüdern, sich gegen uns vorzuschieben – sie wären unaufhaltsam! – in dieses Italien sich ohne allen Verstand vereinzelt hereingedrängt haben, wie ein Stück Holz mitten in einen glimmenden Herd. Daran werden sie untergehen: sie werden verbrennen, du wirst es sehen.« – »Ich hoffe, es zu sehen. Und was dann?« fragte Cethegus ruhig.

»Ja«, antwortete Prokop verdrießlich, »was dann! Das ist das Ärgerliche! Dann wird Belisar Statthalter von Italien – denn mit dem Schneckenprinzen dauert es kein Jahr – und er verliegt hier seine schönste Kraft, während es Arbeit vollauf gäbe bei den Persern. Und ich werde dann als sein Hofhistoriograph nur zu schreiben haben, wie viele Schläuche Wein wir jährlich vertilgen.«

»Du willst also, wenn die Goten beseitigt sind, Belisar wieder fort haben aus Italien?«

»Freilich! Im Perserland blühn seine Lorbeern und die meinen! Ich sinne schon lange auf ein Mittel, ihn von hier dann wieder fortzubringen.«

Cethegus schwieg. Er freute sich, einen so wichtigen Bundesgenossen für seinen Plan gefunden zu haben. »Und so beherrscht also sein Verstand Prokopius den Löwen Belisar,« sagte er laut. – »Nein!« seufzte Prokop, »vielmehr sein Unverstand, sein Weib.« – »Antonina! Sage, weshalb nanntest du sie unglücklich.«

»Weil sie halb ist und ein Widerspruch. Die Natur hat sie zu einem braven, treuen Weib angelegt: und Belisar liebt sie mit der vollen Kraft seiner Heroenseele. Da kam sie an den Hof der Kaiserin. Theodora, diese schöne Teufelin, ist von Natur ebenso zur Buhlschaft angelegt wie Antonina zur Tugend. Die Cirkusdirne hat gewiß noch nie einen Stachel des Gewissens empfunden. Aber ich glaube, sie erträgt es nicht, ein ehrsam Weib in ihrer nächsten Nähe zu haben, das sie verachten müßte. Sie ruhte nicht, bis es ihr gelungen, durch ihr höllisches Beispiel

Antoninas Gefallsucht zu wecken. Gewissensqual empfindet diese über ihr Spiel mit ihren Verehrern: denn sie liebt ihren Mann, sie betet ihn an.«

»Und doch? Wie mag ihr ein Held, wie Belisar, nicht genügen?«

»Eben, weil er ein Held ist! Er schmeichelt ihr nicht, bei all seiner Liebe. Sie konnt' es nicht tragen, die Buhler der Kaiserin in Versen, Blumen, Geschenken sich erschöpfen zu sehen und selbst solcher Huldigung zu entbehren. Eitelkeit ward ihr Fallstrick. Aber es ist ihr gar nicht wohl bei all dem Getändel.«

»Und ahnt Belisar?«

»Keinen Schatten! Er ist der einzige im ganzen römischen Kaiserreich, der es nicht weiß, was ihn doch zumeist angeht. Ich glaube, es wäre sein Tod. Und auch deshalb schon darf Belisar nicht hier im Frieden Statthalter von Italien werden. Im Lager, im Getümmel des Krieges, da fehlen dem gefallsüchtigen Weib die Schmeichler und auch die Muße, sie zu hören. Denn, gleichsam zur freiwilligen Buße für jene süßen Verbrechen der heimlichen Gedichte und Blumen – gröberer Schuld ist sie gewiß nicht fähig – überbietet Antonina alle Frauen an Pflichtstrenge; sie ist Belisars Freund, sein Mitfeldherr; sie teilt die Beschwerden und Gefahren des Meeres, der Wüste, des Krieges mit ihm: sie arbeitet mit ihm Tag und Nacht, wann sie nicht gerade Verse andrer auf ihre schönen Augen liest! – Schon oft hat sie ihn gerettet aus den Schlingen seiner Feinde am Hofe zu Byzanz. Kurz, nur im Krieg, im Lager thut sie gut, da wo auch seine Größe allein gedeiht.«

»Nun,« sprach Cethegus, »weiß ich genug, wie die Dinge hier stehen. Laß mich offen mit dir reden: du willst Belisar nach seinem Sieg aus Italien wieder fort haben; ich auch: du um Belisars, ich um Italiens willen. Du weißt, ich war von jeher Republikaner ...«

Da schob Prokop den Becher zur Seite und sah seinen Gast bedeutsam an: »Das sind alle jungen Leute zwischen vierzehn und einundzwanzig Jahren. Aber daß du's noch bist – find' ich – sehr – sehr – unhistorisch. Aus diesem italischen Gesindel, unsern höchst liebwerten Bundesgenossen gegen die Goten, willst du Bürger einer Republik machen? Sie sind zu nichts mehr gut als zur Tyrannis!«

»Ich will darüber nicht streiten!« lächelte Cethegus. »Aber vor *eurer* Tyrannis möcht ich mein Vaterland bewahren.«

»Kann dir's nicht verdenken!« lächelte Prokop, »die Segnungen unsrer Herrschaft sind – erdrückend!«

»Ein eingeborener Statthalter unter dem Schutz von Byzanz genügt zunächst.«

»Jawohl, und dieser würde Cethegus heißen!«

»Wenn's sein muß, auch das!«

»Höre,« sprach Prokop ernsthaft, »ich warne dich dabei nur vor einem. Die Luft von Rom heckt stolze Pläne aus. Man ist dort, als Herr von Rom, nicht gern der zweite auf Erden. Und glaube dem Historikus: es ist doch nichts mehr mit der Weltherrschaft Roms.«

Cethegus ward unwillig. Er gedachte der Warnung König Theoderichs. »Historikus von Byzanz, meine römischen Dinge kenne ich besser als du.

Laß dich jetzt einweihen in unsre römischen Geheimnisse; dann verschaffe mir morgen früh, eh' die Gesandtschaft von Rom anlangt, ein Gespräch mit Belisar und – sei eines großen Erfolges gewiß.« Und nun begann er dem staunenden Prokop mit raschen Strichen ein Bild der Geheimgeschichte der jüngsten Vergangenheit und seine Pläne der Zukunft zu entwerfen, sein letztes Ziel wohlweislich verhüllend.

»Bei den Manen des Romulus!« rief Prokop, als er geendet hatte. »Ihr macht noch immer Weltgeschichte an dem Tiber. Nun, hier meine Hand. Meine Hilfe hast du! Belisar soll siegen, doch nicht herrschen in Italien; darauf laß uns noch einen Krug herben Sallustius leeren!«

Früh am andern Tage vermittelte Prokop seinem Freunde eine Unterredung mit Belisar, von welcher jener sehr befriedigt zurückkam.

»Nun, hast du ihm alles gesagt?« fragte der Historiker.

»Nicht eben alles!« sprach Cethegus mit feinem Lächeln: »man muß immer noch etwas zu sagen übrig behalten.«

## Zwölftes Kapitel

Bald darauf ward das Lager von seltsamer Aufregung erfüllt.

Das Gerücht von der Ankunft des heiligen Vaters, das seiner reich vergoldeten Sänfte voranflog, riß die Tausende von Soldaten mit Kräften der Andacht, der Ehrfurcht, des Aberglaubens, der Neugier aus ihren Zelten, von Schlaf und Schmaus und Spiel hinweg, ihm entgegen. Kaum, daß die Anführer die Mannschaft im Dienst und auf den Wachen zurückhalten konnten; meilenweit waren ihm die Gläubigen entgegengeeilt und geleiteten jetzt, mit Haufen des Landvolks der Umgegend gemischt, seinen Zug ins Lager. Längst hatten sich Bauern und Soldaten an der Eselinnen Statt, die seine Sänfte trugen, eingespannt: – vergebens hatte sich die Bescheidenheit des Papstes dagegen gesträubt – und unter unaufhörlichem Jubelruf: »Heil dem Bischof von Rom, Heil dem heiligen Petrus!« wälzte sich der Strom der Tausende heran, über die Silverius unermüdlich Segen sprach. Seiner beiden Mitgesandten, Scävola und Albinus, dachte kein Mensch.

Belisar sah von seinem Zelthügel aus mit ernsten Augen das mächtige Schauspiel. »Der Präfekt hat Recht!« sprach er dann: »dieser Priester ist gefährlicher als die Goten. Es ist ein Triumphzug! Prokop, laß die byzantinische Leibwache an meinem Zelt ablösen, sowie die Unterredung beginnt: sie sind allzugute Christen. Laß die Hunnen aufziehn und die heidnischen Gepiden.«

Damit schritt er in sein Zelt zurück, wo er alsbald, von seinen Heerführern umgeben, die römische Gesandtschaft empfing. Den Prinzen Areobindos hatte Prokop von der Notwendigkeit einer Rekognoscierung überzeugt, die nur heute und nur von ihm vorgenommen werden konnte.

Umwogt von einem glänzenden geistlichen Gefolge nahte der Papst dem Feldherrnzelt. Große Massen Volkes drängten nach, aber sowie der Papst mit Scävola und Albinus die Mündung der engen Lagergasse hinter sich hatten, sperrten die Wachen mit gefällten Lanzen den Weg und ließen weder Priester noch Soldaten folgen.

Lächelnd wandte sich Silverius zu dem Führer der Schar und hielt ihm eine schöne Rede über den Text: »lasset die Kleinen zu mir kommen und wehret ihnen nicht.« Aber der Germane schüttelte den zottigen Kopf und wandte ihm den Rücken: der Gepide verstand kein Latein, außer dem Kommando.

Da lächelte Silverius wieder, segnete nochmals seine Getreuen und schritt dann ruhig weiter in das Zelt. Belisar saß auf einem Feldsessel: darüber war eine Löwenhaut gebreitet: ihm zur Linken thronte die schöne Antonina auf einem Pardelfell. Ihre wunde Seele hatte in dem Nachfolger des heiligen Petrus einen Arzt und Helfer zu finden gehofft. Aber bei dem Anblick der weltklugen Züge des Silverius zog sich ihr Herz zusammen.

Belisar erhob sich beim Eintritt des Papstes.

Dieser schritt, ohne sich zu neigen, gerade auf ihn zu und legte ihm – er mußte sich mühsam dazu aufrichten – wie segnend beide Hände auf die Schultern. Er wollte ihn leise niederdrücken auf die Kniee: aber eichenfest blieb der Feldherr aufrecht stehen: und Silverius mußte dem Stehenden den Segen erteilen.

»Ihr kommt als Gesandte der Römer?« begann Belisar.

»Ich komme,« unterbrach Silverius, »im Namen des heiligen Petrus, als Bischof von Rom dir und dem Kaiser Justinian meine Stadt zu übergeben. Diese guten Leute,« fuhr er fort, auf Scävola und Albinus weisend, »haben sich mir angeschlossen wie die Glieder dem Haupt.« Unwillig wollte Scävola einfallen, so hatte er seinen Bund mit der Kirche nicht verstanden! aber Belisar winkte ihm, zu schweigen.

»Und so heiße ich dich willkommen in Italien und Rom im Namen des Herrn. Ziehe ein in die Mauern der ewigen Stadt zum Schirme der Kirche und der Gläubigen wider die Ketzer! Erhöhe dort den Namen des Herrn und das Kreuz Jesu Christi und vergiß nie, daß es die heilige Kirche war, die dir die Wege gebahnt und die Pfade gebaut. Ich bin es gewesen, den Gott zum Werkzeug gewählt, die Goten in thörichte Sicherheit zu wiegen und blinden Auges aus der Stadt zu führen: ich bin es gewesen, der die schwankende Stadt, die Bürger für dich gewonnen und die Anschläge deiner Feinde vernichtet hat. Der heilige Petrus ist es, der dir mit meiner Hand die Schlüssel seiner Stadt überreicht, auf daß du sie ihm beschirmest und beschützest. Vergiß niemals dieser Worte.« Und er reichte ihm die Schlüssel des asinarischen Thores.

»Ich werde sie nie vergessen!« sprach Belisar und winkte Prokop, der den Schlüssel aus der Hand des Papstes nahm. »Du sprachst von Anschlägen meiner Feinde. Hat der Kaiser Feinde in Rom?«

Da sprach Silverius mit Seufzen: »Laß ab, Feldherr, zu fragen.

Ihre Netze sind zerrissen: sie sind unschädlich und der Kirche steht nicht an, zu verklagen, sondern zu entschuldigen und alles zum besten zu kehren.«

»Es ist deine Pflicht, heiliger Vater, dem rechtgläubigen Kaiser die Verräter zu entdecken, die unter seinen römischen Unterthanen sich bergen und ich fordre dich auf, seinen Feind zu entlarven.«

Silverius seufzte: »die Kirche dürstet nicht nach Blut.« – »Aber sie darf den Arm der weltlichen Gerechtigkeit nicht hemmen,« sprach Scävola. Und der Jurist trat vor und überreichte Belisar eine Papyrusrolle. »Ich hebe Klage gegen Cornelius Cethegus Cäsarius, den Präfekten von Rom, wegen Majestätsbeleidigung und Empörung gegen Kaiser Justinian. Diese Schrift enthält die Klagepunkte und die Beweise. Er hat des Kaisers Regierung eine Tyrannei gescholten. Er hat sich der Landung kaiserlicher Heere nach Kräften widersetzt. Er hat endlich noch vor wenig Tagen, er allein, dafür gestimmt, die Thore Roms dir nicht zu öffnen.«

»Und welche Strafe beantragt ihr?« fragte Belisar, in die Schrift blickend.

»Nach dem Gesetz den Tod,« sprach Scävola. »Und seine Güter verfallen nach dem Gesetz,« sprach Albinus, »halb dem Fiskus, halb den Klägern.« – »Und seine Seele der Barmherzigkeit Gottes,« schloß der Bischof von Rom.

»Wo ist der Angeklagte?« fragte Belisar.

»Er verhieß, dich aufzusuchen; aber ich fürchte, sein böses Gewissen wird ihn nicht haben kommen lassen.«

»Du irrst, Bischof von Rom,« sprach Belisar, »er ist schon hier.«

Bei diesem Wort fiel der Vorhang im Hintergrund des Zeltes und vor den erstaunten Anklägern stand Cethegus der Präfekt. Überrascht fuhren die Ankläger auf; schweigend, mit vernichtendem Blick, trat Cethegus einige Schritte vor, bis er zur Rechten Belisars stand.

»Cethegus hat mich früher aufgesucht als du,« fuhr der Feldherr nach einer Pause fort: »und er ist dir zuvorgekommen – auch im Anklagen. Du stehst als schwer Beschuldigter vor mir, Silverius. Verteidige dich, ehe du verklagst.«

»Ich als Beschuldigter?« lächelte der Papst. »Wo wäre ein Kläger oder ein Richter für den Nachfolger des heiligen Petrus?«

»Der Richter bin ich: an deines Herrn, des Kaisers Statt.«

»Und der Kläger?« fragte Silverius.

Cethegus wandte sich halb gegen Belisar und sprach: »Der Kläger bin ich! Ich habe Silverius, den Bischof von Rom, des Verbrechens der verletzten Majestät des Kaisers und des Hochverrats am römischen Reich geziehen. Ich beweise sofort meine Klage. Silverius hat die Absicht, die Herrschaft der Stadt Rom und einen großen Teil Italiens dem Kaiser Justinian zu entreißen – und lächerlich zu sagen! – ein Priesterreich zu gründen in dem Vaterlande der Cäsaren. Und schon hat er den nächsten Versuch gethan zur Ausführung dieses – soll ich sagen: seines Wahnsinns oder seines Verbrechens? Hier überreiche ich einen Vertrag – hier steht die Unterschrift seiner Hand – den er mit Theodahad, dem letzten Fürsten der Barbaren, geschlossen. Der König verkauft darin für ewige Zeiten für die Summe von tausend Pfund Gold an den heiligen Petrus und seine Nachfolger, für den Fall, daß Silverius Bischof von Rom werde, die Herrschaft der Stadt und das Weichbild von Rom und dreißig Meilen in der Runde. Es sind aufgezählt alle Hoheitsrechte: Gerichtsbarkeit, Gesetzgebung, Verwaltung, Steuern, Zölle und selbst Kriegsgewalt. Dieser Vertrag ist nach seinem Datum drei Monate alt. Also im selben Augenblick, da der fromme Archidiakon, hinter Theodahads Rücken, die Waffen des Kaisers herbeirief, schloß er, hinter des Kaisers Rücken, einen Vertrag, der diesem die Früchte seiner Anstrengung rauben und den Papst für alle Fälle sichern sollte. Ich überlasse es dem Stellvertreter des Kaisers, wie solche Klugheit zu würdigen sei. Für die Erwählten des Herrn gilt als besondre Klugheit der Schlangen Moral: unter uns Laien ist solches Thun ...«

»Der schändlichste Verrat!« fiel Belisar donnernd ein, sprang auf und nahm die Urkunde aus des Präfekten Hand. – »Hier sieh, Priester, deinen Namen: kannst du noch leugnen?«

Der Eindruck dieser Anklage, dieses Beweises auf alle Anwesenden war ein gewaltiger. Staunen und Unwillen, gemischt mit Spannung auf des Papstes Verteidigung, lag auf den Zügen aller Gesichter; am meisten aber war Scävola, der kurzsichtige Republikaner, überrascht von diesen Herrscherplänen seines gefährlichen Verbündeten. Er hoffte, Silverius werde die Verleumdung siegreich niederschlagen.

Die Lage des Papstes war in der That höchst gefährlich, die Anklage schien unwiderleglich und das zornlohende Antlitz Belisars hätte manch' tapfres Herz erschreckt. Aber Silverius zeigte in diesem Augenblick, daß er kein unebenbürtiger Gegner des Präfekten und des Helden von Byzanz war. Nicht eine Sekunde hatte er die Fassung verloren: nur als Cethegus die Urkunde aus dem Gewand hervorzog, hatte er einen Moment die Augen niedergeschlagen, wie aus Schmerz. Aber dem donnernden Ruf wie den blitzenden Augen Belisars hielt er ein unerschütterlich ruhiges Angesicht entgegen. Er fühlte, daß er in dieser Stunde den Gedanken seines Lebens verfechten mußte: dies gab ihm kühne Kraft, keine Wimper zuckte ihm.

»Wie lange wirst du noch schweigen?« fuhr ihn Belisar an.

»Bis du fähig und würdig bist, mich zu hören. Du bist besessen von Urchitophel, dem Dämon des Zornes.«

»Sprich! Verteidige dich!« sagte Belisar, sich setzend.

»Die Klage dieses gottlosen Mannes,« hob Silverius an, »bringt nur ein Recht der heiligen Kirche noch früher ans Licht, als sie es in dieser unruhigen Zeit geltend machen wollte. Es ist wahr, ich habe diesen Vertrag mit dem Barbarenkönig geschlossen.«

Eine Bewegung der Entrüstung ging durch die Reihen der Byzantiner.

»Nicht aus weltlicher Herrschsucht, nicht, um neues Recht zu erwerben, habe ich mit dem König der Goten, als dem damaligen Besitzer der Stadt, verhandelt. Nein! die Heiligen sind mir Zeugen! Nur weil es meine Pflicht, ein uraltes Recht des heiligen Petrus nicht fallen zu lassen.«

»Ein uraltes Recht?« fragte Belisar unwillig.

»Ein uraltes Recht!« wiederholte Silverius, »das geltend zu machen die Kirche nur bisher unterlassen hat. Ihre Feinde nötigen sie, in diesem Augenblick damit hervorzutreten. Wisset denn, du Vertreter des Kaisers, höret es, ihr Kriegsobersten und Schwertgewaltigen, was sich die Kirche von Theodahad hat einräumen lassen, ist schon seit zwei Jahrhunderten ihr Eigentum: der Gote hat es nur bestätigt.

An demselben Ort, wo des Präfekten tempelschänderische Hand diese Bestätigung entwendet, hätte er auch die Urkunde finden können, die ursprünglich unser Recht begründet hat. Der fromme Kaiser Constantinus, der sich zuerst von den Vorgängern Justinians der Lehre des Heils zugewandt, hat auf Bitten seiner gottseligen Mutter Helena, nachdem er alle seine Feinde mit sichtbarer Hilfe der Heiligen, besonders des heiligen Petrus, unter seine Füße getreten, zur dankbaren Anerkenntnis solchen Beistandes und um vor aller Welt zu bezeugen, daß Krone und Schwert sich vor dem Kreuz der Kirche zu beugen haben, die Stadt Rom mit ihrem Weichbild und die benachbarten Städte und Marken durch eine feierliche Schenkungsurkunde für ewige Zeiten dem heiligen Petrus zu eigen übertragen, mit Gericht und Verwaltung, Steuer und Zoll und allen Kronrechten irdischer Herrschaft, auf daß die Kirche auch einen weltlichen Boden habe zur leichteren Vollführung ihrer weltlichen Aufgaben. Diese Schenkung ist durch eine rechtsgültige Urkunde in aller Form verbrieft: der Fluch von Gehenna ist jedem gedroht, der sie anstreitet. Und ich frage, im Namen des dreieinigen Gottes, den Kaiser Justinian, ob er diese Rechtshandlung seines Vorgängers, des in Gott seligen Kaisers Constantinus, anerkennen oder ob er sie, aus weltlicher Habgier, umstoßen und damit den Fluch der Gehenna und die ewige Verdammnis auf sein Haupt laden will?«

Diese Rede des Bischofs von Rom, mit aller Kraft geistlicher Würde und aller Kunst weltlicher Rhetorik vorgetragen, war von unwiderstehlicher Wirkung. Belisar, Prokop und die Feldherren, die eben noch über den verräterischen Priester ein zorniges Gericht hatten halten wollen, fühlten sich jetzt durch den plötzlich ihnen entgegengehaltenen Rechtstitel selbst wie verurteilt.

Der Kern Italiens schien unwiderbringlich dem Kaiser verloren und der Herrschaft der Kirche anheimgegeben. Ein banges Schweigen lagerte über den jüngst noch so herrischen Byzantinern und triumphierend stand der Priester als Sieger in ihrer Mitte. Endlich sprach Belisar, der die Aufgabe der Bekämpfung oder die Schmach der Niederlage von sich abwälzen wollte: »Präfekt von Rom, was hast du zu erwidern?«

Mit einem kaum bemerkbaren Zucken des Spottes um die feinen Lippen verneigte sich Cethegus und begann: »Der Angeklagte beruft sich auf eine Urkunde.

Ich könnte, glaub' ich, ihn in große Verlegenheit versetzen, wenn ich ihr Vorhandensein bestritte, und die sofortige Vorlage der Urschrift von ihm verlangte. Indessen will ich dem Manne, der sich das Haupt der Christenheit nennt, nicht wie ein gehässiger Anwalt begegnen. Ich räume ein, die Urkunde existiert.«

Belisar machte eine Bewegung hilflosen Verdrusses.

»Mehr noch! Ich habe dem heiligen Vater die Mühe der Vorlage derselben, die ihm sonst sehr schwer fallen dürfte, erspart und die Urkunde selbst mitgebracht in meiner tempelschänderischen Hand.« Er zog ein vergilbtes Pergament aus dem Sinus und sah lächelnd bald in dessen Zeilen, bald auf des Papstes, bald auf Belisars Gesicht, an deren Spannung sich weidend.

»Ja, noch mehr. Ich habe die Urkunde viele Tage lang mit feindselig forschenden Augen, mit Zuziehung noch schärferer Juristen, als ich es leider nur bin – so meines jungen Freundes Salvius Julianus –, bis auf jeden Buchstaben nach ihrer formellen Gültigkeit geprüft. Vergebens. Selbst der Scharfsinn meines verehrten und gelehrten Freundes Scävola könnte keinen Mangel herausinterpretieren. Alle Formen des Rechts, alle Klauseln höchster unanfechtbarer Sicherheit sind in der Schenkungsakte haarscharf gewahrt; und in der That: ich hätte den Protonotarius des Kaisers Constantin kennen mögen, er muß ein Jurist ersten Ranges gewesen sein.« Er hielt inne: höhnisch ruhte sein Auge auf dem Antlitz des Silverius, der sich den Schweiß von den Schläfen wischte.

»Also,« fragte Belisar in höchster Aufregung: »die Urkunde ist formell ganz richtig – daher beweiskräftig?«

»Jawohl!« seufzte Cethegus, »die Schenkung ist in ganz makelloser Ordnung. Schade nur, daß ...«

»Nun?« unterbrach Belisar.

»Schade nur, daß sie falsch ist.«

Da flog ein Schrei von allen Lippen. Belisar, Antonina sprangen auf, alle Anwesenden traten einen Schritt näher zu dem Präfekten. Nur Silverius wankte einen Schritt zurück.

»Falsch?« fragte Belisar mit einem Ruf, der wie ein Jubel klang. »Präfekt, Freund, kannst du das beweisen?«

»Sonst hätte ich mich gehütet es zu behaupten. Das Pergament, auf das die Schenkung geschrieben ist, zeigt alle Spuren eines hohen Alters: Brüche, Wurmstiche, Flecken jeder Art, alles, was man von Ehrwürdigkeit verlangen kann, so daß es manchmal sogar schwierig ist, die Buchstaben zu erkennen. Gleichwohl stellt sich die Urkunde nur so alt; mit so großem Aufwand von Kunst, als manche Frauen sich den Schein der Jugend geben, lügt sie die Heiligkeit des Alters. Es ist echtes Pergament aus der alten, von Constantin begründeten, noch heute bestehenden kaiserlichen Pergamentfabrik zu Byzanz.«

»Zur Sache,« rief Belisar.

»Aber es ist wohl nicht jedem bekannt, und es scheint auch leider dem heiligen Bischof entgangen zu sein! daß bei diesen Pergamenten ganz unten – links, am Rande – durch Stempelschlag das Jahr der Fertigung durch Angabe der Jahreskonsuln in allerdings kaum wahrnehmbaren Buchstaben bezeichnet wird. Nun gieb wohl acht, o Feldherr!

Die Urkunde will, wie sie im Texte sagt, gefertigt sein im sechzehnten Jahre von Constantins Regierung, im gleichen Jahre, da er die Heidentempel schließen ließ, wie das fromme Pergament besagt, ein Jahr nach der Erhebung von Constantinopolis zur Hauptstadt, und nennt richtig die richtigen Konsuln dieses Jahres, Dalmatius und Xenophilos.

Da ist es nun wirklich nur durch ein Wunder zu erklären, aber hier hat Gott der Herr ein Wunder *gegen* seine Kirche gethan! daß man in jenem Jahre, also im Jahre dreihundertfünfunddreißig nach der Geburt des Herrn, schon ganz genau wußte, wer im Jahr nach dem Tode des Kaisers Justinus und des Königs Theoderich Konsul sein würde; denn seht, hier unten am Rande der Stempel besagt: der Schreiber hatte ihn nicht beachtet – er ist auch wirklich sehr schwer wahrzunehmen, wenn man das Pergament nicht gegen das Licht hält – so etwa, siehst du, Belisar? – und er hatte blindlings drei Kreuze darauf gemalt; ich aber habe diese Kreuze mit meiner – wie hieß es doch? – »tempelschänderischen«, aber geschickten Hand weggewischt und siehe, da steht eingestempelt: »VI. Indiktion: Justinianus Augustus, allein Konsul im ersten Jahre seiner Herrschaft.«

Silverius wankte und hielt sich an dem Stuhl, den man für ihn bereit gestellt.

»Das Pergament der Urkunde, auf welches der Protonotar des Kaisers Constantin vor zweihundert Jahren die Schenkung niederschrieb, ist also erst vor einem Jahre zu Byzanz einem Esel von den Rippen gezogen worden. Gesteh, o Feldherr, daß hier das Gebiet des Begreiflichen endet, und des Übernatürlichen beginnt, daß hier ein Wunder der Heiligen geschah und verehre das Walten des Himmels.« Er reichte Belisar die Urkunde.

»Das ist auch ein tüchtig Stück Weltgeschichte, heilige und profane, was wir da erleben!« sagte Prokop zu sich selbst.

»Es ist so, beim Schlummer Justinians!« frohlockte Belisar. »Bischof von Rom, was hast du zu erwidern?«

Mühsam hatte sich Silverius gefaßt; er sah den Bau seines Lebens vor seinen Augen in die Erde versinken. Mit halb versagender Stimme antwortete er: »Ich fand die Urkunde im Archiv der Kirche vor wenigen Monden. Ist dem so, wie ihr sagt, so bin ich getäuscht, wie ihr.«

»Wir sind aber nicht getäuscht,« lächelte Cethegus.

»Ich wußte nichts von jenem Stempel, ich schwöre es bei den Wunden Christi.« – »Das glaub ich dir ohne Schwur, heiliger Vater,« fiel Cethegus ein. – »Du wirst einsehn, Priester,« sprach Belisar, sich erhebend, »daß über diese Sache die strengste Untersuchung ...«

»Ich verlange sie,« sprach Silverius, »als mein Recht.«

»Es soll dir werden, zweifle nicht! Aber nicht ich darf es wagen, hier zu richten: nur die Weisheit des Kaisers selbst kann hier das Recht finden. Vulkaris, mein getreuer Heruler, dir übergeb ich die Person des Bischofs. Du wirst ihn sogleich auf ein Schiff bringen und nach Byzanz führen.«

»Ich lege Verwahrung ein,« sprach Silverius. »Über mich kann niemand richten auf Erden als ein Konzil der ganzen rechtgläubigen Kirche. Ich verlange, nach Rom zurückzukehren.«

»Rom siehst du niemals wieder! Und über deine Rechtsverwahrung wird der Kaiser Justinian, der Kaiser des Rechts, mit Tribonian entscheiden. Aber auch deine Genossen, Scävola und Albinus, die falschen Mitankläger des Präfekten, der sich als des Kaisers treusten, klügsten Freund erwiesen, sind hoch verdächtig. Justinian entscheide, wie weit sie unschuldig. Auch sie führt in Ketten nach Byzanz. Zu Schiff! Dort hinaus, zur Hinterthür des Zeltes, nicht durchs Lager. Vulkaris, dieser Priester aber ist des Kaisers gefährlichster Feind. Du bürgst für ihn mit deinem Kopf.«

»Ich bürge,« sprach der riesige Heruler, vortretend und die gepanzerte Hand auf des Bischofs Schulter legend. »Fort mit dir, Priester! zu Schiff. Er stirbt, eh' er mir entrissen wird.«

Silverius sah, daß weiteres Widerstreben nur seine Würde gefährdende Gewalt hervorrufen werde. Er fügte sich und schritt neben dem Germanen, der die Hand nicht von seiner Schulter löste, nach der Thür im Hintergrund des Zeltes, die eine der Wachen aufthat.

Er mußte hart an Cethegus vorbei. Er beugte das Haupt und sah ihn nicht an: aber er hörte, wie dieser ihm zuflüsterte: »Silverius, diese Stunde vergilt deinen Sieg in den Katakomben. Nun sind wir wett!«

## Dreizehntes Kapitel

Sowie der Bischof das Zelt verlassen, erhob sich Belisar lebhaft von seinem Sitze, eilte auf den Präfekten zu, umarmte und küßte ihn: »Nimm meinen Dank, Cethegus Cäsarius! Ich werde dem Kaiser berichten, daß du ihm heute Rom gerettet hast. Dein Lohn wird nicht ausbleiben.«

Aber Cethegus lächelte: »Meine Thaten belohnen sich selbst.«

Den Helden Belisarius hatte der geistige Kampf dieser Stunde, der rasche Wechsel von Zorn, Furcht, Spannung und Triumph mehr als ein halber Tag des Kampfes unter Helm und Schild angestrengt und erschöpft. Er verlangte nach Erholung und Labung und entließ seine Heerführer, von denen keiner ohne ein Wort der Anerkennung an den Präfekten das Zelt verließ. Dieser sah seine Überlegenheit von allen, auch von Belisar, anerkannt; es that ihm wohl, in einer Stunde den schlauen Bischof vernichtet und die stolzen Byzantiner gedemütigt zu haben. Aber er wiegte sich nicht müßig in dieser Siegesfreude. Dieser Geist kannte die Gefährlichkeit des Schlafes auf Lorbeer: Lorbeer betäubt.

Er beschloß, sofort den Sieg zu verfolgen, die geistige Übergewalt, die er in diesem Augenblick über den Helden von Byzanz unverkennbar besaß, jetzt, unter ihrem ersten frischen Eindruck, mit aller Kraft zu benutzen und den lang vorbereiteten Hauptstreich zu führen. Während er mit solchen Gedanken dem Zug der Heerführer nachsah, die sich aus dem Zelt entfernten, bemerkte er nicht, daß zwei Augen mit eigentümlichem Ausdruck auf ihm ruhten. Es waren Antoninas Augen. Die Vorgänge, deren Zeugin sie gewesen, hatten einen seltsam gemischten Eindruck auf sie gemacht. Zum erstenmal hatte sie den Abgott ihrer Bewunderung, ihren Gatten, ohne alle eigne Kraft sich zu helfen und zu wehren, in den Schlingen eines andern, des klugen Priesters, liegen und nur durch die überlegne Kraft dieses dämonischen Römers gerettet gesehen. Anfangs hatte ihr in dem Gatten verletzter Stolz diese Demütigung mit schmerzlichem Haß gegen den Übermächtigen empfunden.

Aber dieser Haß hielt nicht vor und unwillkürlich trat, wie immer gewaltiger sich die Macht seiner Überlegenheit entfaltete, Bewunderung an des Verdrusses Stelle und erschreckte Unterordnung; sie empfand nur noch das Eine: ihren Belisar hatte die Kirche und Cethegus hatte ihren Belisar und die Kirche verdunkelt. Und daran knüpfte sich unzertrennlich der ängstliche Wunsch, diesen Mann nie zum Feind, immer zum Verbündeten ihres Gatten zu haben. Kurz, Cethegus hatte an dem Weibe Belisars eine geistige Eroberung von größter Wichtigkeit gemacht: und er sollte es, noch dazu, sofort merken.

Mit gesenkten Augen trat das schöne, sonst so sichre Weib auf ihn zu;

er sah auf: da errötete sie über und über und reichte ihm eine zitternde Hand. »Präfekt von Rom,« sagte sie, »Antonina dankt dir. Du hast dir ein großes Verdienst erworben um Belisarius und den Kaiser. Wir wollen gute Freundschaft halten.«

Mit Staunen sah Prokop, der im Zelt zurückgeblieben, diesen Vorgang: »Mein Odysseus überzaubert die Zauberin Circe,« dachte er.

Cethegus aber erkannte im Augenblick, wie sich diese Seele vor ihm beugte und welche Gewalt er dadurch über Belisar gewonnen. »Schöne Magistra Militum,« sagte er, sich hoch aufrichtend, »deine Freundschaft ist der reichste Lorbeer meines Sieges. Ich stelle sie sogleich auf die Probe. Ich bitte dich und Prokop, meine Zeugen, meine Verbündeten zu sein in der Unterredung, die ich jetzt mit Belisar zu führen habe.«

»Jetzt?« sagte Belisar ungeduldig. »Kommt, laßt uns erst zu Tische und im Cäkuber den Sturz des Priesters feiern.« Und er schritt zur Thüre.

Aber Cethegus blieb ruhig stehen in der Mitte des Zeltes, und Antonina und Prokop lagen so ganz unter dem Bann seines Einflusses, daß sie nicht ihrem Herrn zu folgen wagten. Ja, Belisar selbst wandte sich und fragte: »Muß es denn jetzt gerade sein?«

»Es muß,« sagte Cethegus und er führte Antonina an der Hand nach ihrem Sitz zurück.

Da schritt auch Belisar wieder zurück. »Nun so sprich,« sagte er, »aber kurz.«

»So kurz als möglich. Ich habe immer gefunden, daß gegenüber großen Freunden oder großen Feinden Aufrichtigkeit das stärkste Band oder die beste Waffe. Danach werd' ich in dieser Stunde handeln. Wenn ich sagte: mein Thun lohnt sich selbst, so wollt' ich damit ausdrücken, daß ich dem falschen Priester die Herrschaft über Rom nicht eben um des Kaisers Willen entrissen.«

Belisar horchte hoch auf. Prokop, erschrocken über diese allzukühne Offenheit seines Freundes, machte ihm ein abmahnendes Zeichen.

Antoninas rasches Auge hatte das bemerkt und stutzte, mißtrauisch über das Einverständnis der beiden. Cethegus entging dies nicht. »Nein, Prokop,« sagte er zu Belisars Erstaunen: »unsre Freunde hier würden doch allzubald erkennen, daß Cethegus nicht der Mann ist, seinen Ehrgeiz in einem Lächeln Justinians befriedigt zu finden. Ich habe Rom nicht für den Kaiser gerettet.«

»Für wen sonst?« fragte Belisar ernst.

»Zunächst für Rom. Ich bin ein Römer. Ich liebe mein ewiges Rom. Es sollte nicht dem Priester dienstbar werden. Aber auch nicht die Sklavin des Kaisers. Ich bin Republikaner,« sprach er, das Haupt trotzig aufwerfend.

Über Belisars Antlitz flog ein Lächeln: der Präfekt schien ihm nicht mehr so bedeutend. Prokop sagte achselzuckend: »Unbegreiflich.« Aber Antoninen gefiel dieser Freimut.

»Zwar sah ich ein, daß wir nur mit dem Schwerte Belisars die Barbaren niederschlagen können. Leider auch, daß unsre Zeit nicht ganz reif ist, mein Traumbild republikanischer Freiheit zu verwirklichen. Die Römer müssen erst wieder zu Catonen werden, dies Geschlecht muß aussterben und ich erkenne, daß Rom einstweilen nur unter dem Schilde Justinians Schutz findet gegen die Barbaren. Drum wollen wir uns diesem Schilde beugen – einstweilen.«

»Nicht übel!« dachte Prokop, »der Kaiser soll sie solang schützen, bis sie stark genug sind, ihn zum Dank davonzujagen.«

»Das sind Träume, mein Präfekt,« sagte Belisar mitleidig, »was haben sie für praktische Folgen?«

»Die, daß Rom nicht mit gebundenen Händen, ohne Bedingung, der Willkür des Kaisers überliefert werden soll. Justinian hat nicht nur Belisar zum Diener. Denke, wenn der herzlose Narses dein Nachfolger würde!« – Die Stirn des Helden faltete sich. – »Deshalb will ich dir die Bedingungen nennen, unter denen die Stadt Cäsars dich und dein Heer in ihre Mauern aufnehmen wird.«

Aber das war Belisar zu viel. Zürnend sprang er auf, sein Antlitz glühte, sein Auge blitzte. »Präfekt von Rom,« rief er mit seiner rollenden Löwenstimme, »du vergißt dich und deine Stellung. Morgen brech' ich auf mit meinem Heer von siebzigtausend Mann nach Rom. Wer wird mich hindern, einzuziehen in die Stadt, ohne Bedingung?«

»Ich«, sagte Cethegus ruhig. »Nein, Belisar, ich rase nicht. Sieh hier, diesen Plan der Stadt und ihrer Werke. Dein Feldherrnauge wird rascher, besser als das meine, ihre Stärke erkennen.« Er zog ein Pergament hervor und breitete es auf dem Zelttische aus.

Belisar warf einen gleichgültigen Blick darauf, aber sofort rief er: »Der Plan ist irrig! Prokop, reiche mir unsern Plan aus jener Capsula.

Sieh her, diese Gräben sind ja jetzt ausgefüllt, diese Türme eingefallen, hier die Mauer niedergerissen, diese Thore wehrlos. Dein Plan stellt sie alle noch in furchtbarer Stärke dar. Er ist veraltet, Präfekt von Rom.«

»Nein, Belisar, der deine ist veraltet: diese Mauern, Gräben, Thore sind hergestellt.« – »Seit wann?« – »Seit Jahresfrist.« – »Von wem?« – »Von mir.« Betroffen sah Belisar auf den Plan.

Antoninas Blick hing ängstlich an den Zügen ihres Gatten.

»Präfekt,« sagte dieser endlich, »wenn dem so ist, so verstehst du den Krieg, den Festungskrieg. Aber zum Krieg gehört ein Heer und deine leeren Wälle werden mich nicht aufhalten.«

»Du wirst sie nicht leer finden. Du wirst einräumen, daß mehr als zwanzigtausend Mann Rom, nämlich dies *mein* Rom hier auf dem Plan, über Jahr und Tag selbst gegen Belisar zu halten vermögen. Gut: so wisse denn, daß jene Werke in diesem Augenblick von fünfunddreißigtausend Bewaffneten gedeckt sind.«

»Sind die Goten zurück?« rief Belisar. Prokop trat erstaunt näher.

»Nein, jene fünfunddreißigtausend stehen unter meinem Befehl. Ich habe seit Jahren die lang verweichlichten Römer zu den Waffen zurückgerufen und unablässig in den Waffen geübt. So habe ich zur Zeit dreißig Kohorten, jede fast zu tausend Mann, schlagfertig.«

Belisar bekämpfte seinen Unmut und zuckte verächtlich die Achseln.

»Ich geb' es zu,« fuhr Cethegus fort, »diese Scharen würden in offner Feldschlacht einem Heere Belisars nicht stehen. Aber ich versichre dich: von diesen Mauern herab werden sie ganz tüchtig fechten. Außerdem hab' ich aus meinen Privatmitteln siebentausend auserlesene isaurische und abasgische Söldner geworben und allmählich in kleinen Abteilungen ohne Aufsehen nach Ostia, nach Rom und in die Umgegend gebracht. Du zweifelst? hier sind die Listen der dreißig Kohorten, hier der Vertrag mit den Isauriern. Du siehst deutlich, wie die Sachen stehen. Entweder du nimmst meine Bedingung an: dann sind jene fünfunddreißigtausend dein, dein ist Rom, mein Rom, dieses Rom auf dem Plan, von dem du sagtest, es sei von furchtbarer Stärke, und dein ist Cethegus. Oder du verwirfst meine Bedingung: dann ist dein ganzer Siegeslauf, dessen Gelingen auf der Raschheit deiner Bewegung ruht, gehemmt. Du mußt Rom belagern, viele Monde lang. Die Goten haben alle Zeit, sich zu sammeln. Wir selber rufen sie zurück: sie ziehen in dreifacher Übermacht zum Entsatz der Stadt heran, und nichts errettet dich vom Verderben als ein Wunder.«

»Oder dein Tod in diesem Augenblick, du Teufel,« donnerte Belisar, und riß, seiner nicht mehr mächtig, das Schwert aus der Scheide. »Auf, Prokop, in des Kaisers Namen! Ergreife den Verräter! Er stirbt in dieser Stunde!«

Entsetzt, unschlüssig trat Prokop zwischen die beiden, indes Antonina ihrem Gatten in den Arm fiel und seine rechte Hand zu fassen suchte.

»Seid ihr mit im Bunde?« schrie der Ergrimmte. »Wachen, Wachen herbei!«

Aus jeder der beiden Thüren traten zwei Lanzenträger in das Zelt: aber noch zuvor hatte sich Belisar von Antonina losgerissen und mit dem linken Arm den starken Prokop, als wär' er ein Kind, zur Seite geschleudert. Mit dem Schwert zu furchtbarem Stoß ausholend, stürzte er auf den Präfekten los.

Aber plötzlich hielt er inne und senkte die Waffe, die schon des Bedrohten Brust streifte.

Denn unbeweglich, wie eine Statue, ohne eine Miene zu verziehen, den kalten Blick durchbohrend auf den Wütenden gerichtet, war Cethegus stehen geblieben, ein Lächeln unsäglicher Verachtung um die Lippen.

»Was soll der Blick und dieses Lachen?« fragte Belisar innehaltend.

Prokop winkte leise den Wachen, abzutreten.

»Mitleid mit deinem Feldherrnruhm, den ein Augenblick des Jähzorns für immer verderben sollte. Wenn dein Stoß traf, warst du verloren.«

»Ich!« lachte Belisar. »Ich sollte meinen du.«

»Und du mit mir. Glaubst du, ich stecke tolldreist den Kopf in den Rachen des Löwen? Daß einem Helden deiner Art zu allererst der feine Einfall kommen werde, dich mit einem guten Schwertstreich herauszuhauen, das vorauszusehen war nicht schwer. Dagegen hab' ich mich geschützt. Wisse: seit diesem Morgen ist infolge eines versiegelten Auftrages, den ich zurückließ, Rom in den Händen, in der Gewalt meiner blindergebnen Freunde. Das Grabmal Hadrians, das Kapitol und alle Thore und Türme der Umwallung sind besetzt von meinen Isauriern und Legionaren. Meinen Kriegstribunen, todesmutigen Jünglingen, hab' ich diesen Befehl hinterlassen für den Fall, daß du ohne mich vor Rom eintriffst.« Er reichte Prokop eine Papyrusrolle.

Dieser las: »An Lucius und Marcus die Licinier Cethegus der Präfekt. Ich bin gefallen, ein Opfer der Tyrannei der Byzantiner. Rächet mich! Ruft sofort die Goten zurück. Ich fordre es bei eurem Eid. Besser die Barbaren als die Schergen Justinians. Haltet euch bis auf den letzten Mann. Übergebt die Stadt eher den Flammen als dem Heer des Tyrannen.«

»Du siehst also,« fuhr Cethegus fort, »daß dir mein Tod die Thore Roms nicht öffnet, sondern für immer sperrt. Du mußt die Stadt belagern: oder mit mir abschließen.«

Belisar warf einen Blick des Zornes, aber auch der Bewunderung auf den kühnen Mann, der ihm mitten unter seinen Tausenden Bedingungen vorschrieb. Dann steckte er das Schwert ein, warf sich unwillig auf seinen Stuhl und fragte: »Welches sind deine Bedingungen für die Übergabe?« »Nur zwei. Erstens giebst du mir Befehl über einen kleinen Teil deines Heeres. Ich darf deinen Byzantinern kein Fremder sein.«

»Zugestanden. Du erhältst als Archon zweitausend Mann illyrischen Fußvolks und eintausend saracenische und maurische Reiter. Genügt das?«

»Vollkommen. Zweitens.

Meine Unabhängigkeit vom Kaiser und von dir ruht einzig auf der Beherrschung Roms. Diese darf durch deine Anwesenheit nicht aufhören. Deshalb bleibt das ganze rechte Tiberufer mit dem Grabmal Hadrians, auf dem linken aber das Kapitol, die Umwallung im Süden bis zum Thore Sankt Pauls einschließlich, bis zum Ende des Krieges in der Hand meiner Isaurier und Römer; von dir aber wird der ganze Rest der Stadt auf dem linken Tiberufer besetzt, von dem flaminischen Thor im Norden bis zum appischen Thor im Süden.«

Belisar warf einen Blick auf den Plan. »Nicht übel gedacht! Von jenen Punkten aus kannst du mich jeden Augenblick aus der Stadt drängen oder den Fluß absperren. Das geht nicht an.«

»Dann rüste dich zum Kampf mit den Goten und mit Cethegus zusammen vor den Mauern Roms.«

Belisar sprang auf. »Geht! laßt mich allein mit Prokop! Cethegus, erwarte meine Entscheidung.«

»Bis morgen,« sagte dieser. »Bei Sonnenaufgang kehr' ich nach Rom zurück, mit deinem Heer oder – allein.«

Wenige Tage darauf zog Belisar mit seinem Heer in der ewigen Stadt ein durch das asinarische Thor.

Endloser Jubel begrüßte den Befreier, Blumenregen überschüttete ihn und seine Gattin, die auf einem zierlichen weißen Zelter an seiner Linken ritt. Alle Häuser hatten ihren Festschmuck von Teppichen und Kränzen angethan.

Aber der Gefeierte schien nicht froh: verdrossen senkte er das Haupt und warf finstre Blicke nach den Wällen und dem Kapitol, von denen, den alten römischen Adlern nachgebildet, die Banner der städtischen Legionare, nicht die Drachenfahnen von Byzanz, herniederschauten.

Am asinarischen Thor hatte der junge Lucius Licinius den Vortrab des kaiserlichen Heeres zurückgewiesen: und nicht eher hob sich das wuchtige Fallgitter, bis neben Belisars Rotscheck, getragen von seinem prachtvollen Rappen, Cethegus der Präfekt erschienen war. Lucius staunte über die Verwandlung, die mit seinem bewunderten Freunde vorgegangen. Die kalte, strenge Verschlossenheit war gewichen: er erschien größer, jugendlicher: ein leuchtender Glanz des Sieges lag auf seinem Antlitz, seiner Haltung und seiner Erscheinung. Er trug einen hohen, reichvergoldeten Helm, von dem der purpurne Roßschweif niederwallte bis auf den Panzer: dieser aber war ein kostbares Kunstwerk aus Athen und zeigte auf jeder seiner Rundplatten ein fein gearbeitetes Relief von getriebenem Silber, jedes einen Sieg der Römer darstellend.

Der Siegesausdruck seines leuchtenden Gesichts, seine stolze Haltung und sein schimmernder Waffenschmuck überstrahlte, wie Belisar, den kaiserlichen Magister Militum selbst, so das glänzende Gefolge von Heerführern, das sich, geführt von Johannes und Prokop, hinter den beiden anschloß. Und dies Überstrahlen war so augenfällig, daß sich, sowie der Zug einige Straßen durchmessen hatte, der Eindruck auch der Menge mitteilte und der Ruf »Cethegus!« bald so laut und lauter als der Name »Belisar« ertönte.

Das feine Ohr Antoninas fing an, dies zu bemerken: mit Unruhe lauschte sie bei jeder Stockung des Zugs auf das Rufen und Reden des Volks. Als sie die Thermen des Titus hinter sich gelassen und bei dem flavischen Amphitheater die sacra Via erreicht hatten, wurden sie durch das Wogen der Menge zum Verweilen gezwungen: ein schmaler Triumphbogen war errichtet, den man nur langsam durchschreiten konnte.

»Sieg dem Kaiser Justinian und Belisarius, seinem Feldherrn,« stand darauf geschrieben. Während Antonina die Aufschrift las, hörte sie einen Alten, der wenig in den Lauf der Dinge eingeweiht schien, an seinen Sohn, einen der jungen Legionare des Cethegus, Fragen um Auskunft stellen. »Also, mein Gajus, der Finstre mit dem verdrießlichen Gesicht auf dem Rotscheck ...« – »Ja, das ist Belisarius, wie ich dir sage,« antwortete der Sohn. »So? Nun – aber der stattliche Held, ihm zur Linken, mit dem triumphierenden Blick, der auf dem Rappen, das ist gewiß Justinianus selbst, sein Herr, der Imperator?« – »Beileibe, Vater! der sitzt ruhig in seinem goldnen Gemach zu Byzanz und schreibt Gesetze. Nein, das ist ja Cethegus, *unser* Cethegus, mein Cethegus, der Präfekt, der mir das Schwert geschenkt. Ja, das ist ein Mann. Licinius, mein Tribun, sagte neulich: wenn der nicht wollte, Belisar sähe nie ein römisch Thor von innen.«

Antonina gab ihrem Apfelschimmel einen heftigen Schlag mit dem Silberstäbchen und sprengte rasch durch den Triumphbogen.

Cethegus geleitete den Feldherrn und dessen Gattin bis an den Palast der Pincier, der prachtvoll zu ihrer Aufnahme in stand gesetzt war. Hier verabschiedete er sich, den byzantinischen Heerführern seinen Beistand zu leihen, die Truppen teils in den Häusern der Bürger und den öffentlichen Gebäuden, teils vor den Thoren in Zelten unterzubringen.

»Wenn du dich von den Mühen – und Ehren! – dieses Tages erholt, Belisarius, erwarte ich dich und Antonina und deine ersten Heerführer zum Mahl in meinem Hause.«

Nach einigen Stunden erschienen Marcus Licinius, Piso und Balbus, die Geladenen abzuholen. Sie begleiteten die Sänften, in denen Antonina und Belisar getragen wurden, die Heerführer gingen zu Fuß.

»Wo wohnt der Präfekt?« fragte Belisar beim Einsteigen in die Sänfte.

»So lang du hier bist: tags im Grabmal Hadrians, und nachts – auf dem Kapitol.«

Belisar stutzte. Der kleine Zug näherte sich dem Kapitol.

Mit Staunen sah der Feldherr all die Werke und Wälle, die seit mehr denn zweihundert Jahren in Schutt gelegen waren, zu gewaltiger Stärke wieder hergestellt.

Nachdem sie durch einen langen, schmalen und dunkeln Zickzackgang, den engen Zugang zu der Feste, sich gewunden, gelangten sie an ein gewaltiges Eisenthor, das fest geschlossen war, wie in Kriegszeit.

Marcus Licinius rief die Wachen an.

»Gieb die Losung!« sprach eine Stimme von innen.

»Cäsar und Cethegus!« antwortete der Kriegstribun. Da sprangen die Thorflügel auf: ein langes Spalier der römischen Legionare und der isaurischen Söldner ward sichtbar, letztere in Eisen gehüllt bis an die Augen und mit Doppeläxten bewaffnet. Lucius Licinius stand an der Spitze der Römer, mit gezücktem Schwert in der Hand: Sandil, der isaurische Häuptling, an der Spitze seiner Landsleute. Einen Augenblick blieben die Byzantiner unentschlossen stehen, von dem Eindruck dieser Machtentfaltung von Granit und Eisen überwältigt.

Da wurde es hell in dem matt erleuchteten Raum: man vernahm Musik aus dem Hintergrund des Ganges: und, von Fackelträgern und Flötenspielern begleitet, nahte Cethegus, ohne Rüstung, einen Kranz auf dem Haupt, wie ihn der Wirt eines Festgelages zu tragen pflegte, im reichen Hausgewand von Purpurseide. So trat er lächelnd vor und sprach: »Willkommen! und Flötenspiel und Tubaschall verkünde laut: daß die schönste Stunde meines Lebens kam: Belisar, *mein* Gast im Kapitol.«

Und unter schmetterndem Klang der Trompeten führte er den Schweigenden in die Burg.

## Vierzehntes Kapitel

Während dieser Vorgänge bei den Römern und Byzantinern bereiteten sich auch auf Seite der Goten entscheidende Ereignisse vor.

In Eilmärschen waren Herzog Guntharis und Graf Arahad von Florentia, wo sie eine kleine Besatzung zurückließen, mit ihrer gefangenen Königin nach Ravenna aufgebrochen. Wenn sie diese für uneinnehmbar geltende Feste vor Witichis, der heftig nachdrängte, erreichten und gewannen, so mochten sie dem König jede Bedingung vorschreiben. Zwar hatten sie noch einen starken Vorsprung und hofften, die Verfolger durch die Belagerung von Florentia noch eine gute Weile aufzuhalten. Aber sie büßten jenen Vorsprung beinahe völlig dadurch ein, daß die auf der nächsten Straße nach Ravenna gelegenen Städte und Kastelle sich für Witichis erklärten und so die Empörer nötigten, auf großem Umweg im rechten Winkel zuerst nördlich nach Bononia (Bologna), das zu ihnen abgefallen war, und dann erst östlich nach Ravenna zu marschieren.

Gleichwohl war, als sie in der Sumpflandschaft der Seefestung anlangten und nur noch einen halben Tagemarsch von ihren Thoren entfernt waren, von dem Heer des Königs nichts zu sehen. Guntharis gönnte seinen stark ermüdeten Truppen den Rest des ohnehin schon gegen Abend neigenden Tages und schickte nur eine kleine Schar Reiter unter seines Bruders Befehl voraus, den Goten in der Festung ihre Ankunft zu verkünden.

Aber schon in den ersten Morgenstunden des nächsten Tages kam Graf Arahad mit seiner stark gelichteten Reiterschar flüchtend ins Lager zurück. »Bei Gottes Schwert,« rief Guntharis, »wo kommst du her?«

»Von Ravenna kommen wir. Wir hatten die äußersten Werke der Stadt erreicht und Einlaß begehrt, wurden aber entschieden abgewiesen, obwohl ich selbst mich zeigte und den alten Grippa, den Grafen von Ravenna, rufen ließ. Der erklärte trotzig, morgen würden wir seine und der Goten in Ravenna Entscheidung erfahren: wir sowohl wie das Heer des Königs, dessen Spitzen sich bereits von Südosten her der Stadt näherten.«

»Unmöglich!« rief Guntharis ärgerlich.

»Mir blieb nichts übrig, als abzuziehen, so wenig ich dies Benehmen unseres Freundes begriff. Die Nachricht von der Nähe des Königs hielt auch ich für eine leere Drohung des Alten, bis meine im Süden der Stadt schwärmenden Reiter, die nach einer trockenen Beiwachtstelle suchten, plötzlich von feindlichen Reitern unter dem schwarzen Grafen Teja von Tarentum mit dem Ruf: »Heil König Witichis!« angegriffen und nach scharfem Gefecht zurückgeworfen wurden.«

»Du rasest,« rief Guntharis. »Haben sie Flügel; ist Florentia aus ihrem Wege fortgeblasen?«

»Nein! aber ich erfuhr von picentinischen Bauern, daß Witichis auf dem Küstenweg über Auximum und Ariminum nach Ravenna eilt.« – »Und Florentia ließ er im Rücken, unbezwungen? Das soll ihm schlecht bekommen.« – »Florentia ist gefallen! Er schickte Hildebad gegen die Stadt, der sie im Sturme nahm. Er rannte mit eigener Hand das Marsthor ein, der wütige Stier!«

Mit finsterer Miene vernahm Herzog Guntharis diese Unglücksbotschaften; aber rasch faßte er seinen Entschluß. Er brach sofort mit all seinen Truppen gegen die Stadt auf, sie durch einen raschen Streich zu nehmen.

Der Überfall mißlang.

Aber die Empörer hatten die Befriedigung, zu sehen, daß die Festung, deren Besitz den Bürgerkrieg entschied, wenigstens auch dem Feind sich nicht geöffnet hatte. Im Südosten, vor der Hafenstadt Classis, hatte sich der König gelagert. Des Herzogs Guntharis geübter Blick erkannte alsbald, daß auch die Sümpfe im Nordwesten eine sichere Stellung gewährten, und rasch schlug er hier ein wohlverschanztes Lager auf.

So hatten sich die beiden Parteien, wie zwei ungestüme Freier um eine spröde Braut, hart an beide Seiten der gotischen Königsstadt gedrängt, die keinem ein günstiges Gehör schenken zu wollen schien.

Tags darauf gingen zwei Gesandtschaften, aus Ravennaten und Goten bestehend, aus dem nordwestlichen und aus dem südöstlichen Thor der Festung, dem Thor des Honorius und dem des Theoderich, und brachten, jene in das Lager der Wölsungen, diese zu den Königlichen, den verhängnisvollen Entscheid von Ravenna.

Dieser mußte sehr seltsam lauten. Denn die beiden Heerführer, Guntharis und Witichis, hielten ihn, in merkwürdiger Übereinstimmung, streng geheim und sorgten eifrig dafür, daß kein Wort davon unter ihre Truppen gelangte. Die Gesandten wurden sofort aus den Feldherrnzelten beider Lager unter Bedeckung von Heerführern, die jede Unterredung mit den Heermännern verwehrten, nach den Thoren der Stadt zurückgebracht.

Aber auch sonst war die Wirkung der Botschaft in den beiden Heerlagern auffallend genug. Bei den Empörern kam es zu einem heftigen Streit zwischen den beiden Führern: dann zu einer sehr lebhaften Unterredung von Herzog Guntharis mit seiner schönen Gefangenen, die, wie es hieß, nur durch Graf Arahad vor dem Zorne seines Bruders geschützt worden war. Darauf versank das Lager der Rebellen in die Ruhe der Ratlosigkeit.

Folgenreicher war das Erscheinen der ravennatischen Gesandten in dem Lager gegenüber. Die erste Antwort, die König Witichis auf die Botschaft erließ, war der Befehl zu einem allgemeinen Sturm auf die Stadt.

Überrascht vernahmen Hildebrand und Teja, vernahm das ganze Heer diesen Auftrag. Man hatte gehofft, in Bälde die Thore der starken Festung sich freiwillig aufthun zu sehen. Gegen das gotische Herkommen und ganz gegen seine sonst so leutselige Art gab der König niemand, auch seinen Freunden nicht, Rechenschaft von der Mitteilung der Gesandten und von den Gründen dieses zornigen Angriffs.

Schweigend, aber kopfschüttelnd und mit wenig Hoffnung auf Erfolg, rüstete sich das Heer zu dem unvorbereiteten Sturm: er ward blutig zurückgeschlagen. Vergebens trieb der König seine Goten immer wieder aufs neue die steilen Felswälle hinan. Vergebens bestieg er, dreimal der erste, die Sturmleitern: vom frühen Morgen bis zum Abendrot hatten die Angreifer gestürmt ohne Fortschritte zu machen: die Festung bewährte ihren alten Ruhm der Unbezwingbarkeit.

Und als endlich der König, von einem Schleuderstein schwer betäubt, aus dem Getümmel getragen wurde, führten Teja und Hildebrand die ermüdeten Scharen ins Lager zurück.

Die Stimmung des Heeres in der darauf folgenden Nacht war sehr trübe und gedrückt. Man hatte empfindliche Verluste zu beklagen und nichts gewonnen, als die Überzeugung, daß die Stadt mit Gewalt nicht zu nehmen sei. Die gotische Besatzung von Ravenna hatte neben den Bürgern auf den Wällen gefochten; der König der Goten lag belagernd vor seiner Hauptstadt, vor der besten Festung seines Reiches, in der man Schutz und die Zeit zur Rüstung gegen Belisar zu finden gehofft!

Das Schlimmste aber war, daß das Heer die Schuld des ganzen Unglückskampfes, die Notwendigkeit des Bruderstreits auf den König schob. Warum hatte man die Verhandlung mit der Stadt plötzlich abgebrochen? Warum nicht wenigstens die Ursache dieses Abbrechens, war sie eine gerechte, dem Heere mitgeteilt? Warum scheute der König das Licht?

Mißmutig saßen die Leute bei ihren Wachtfeuern oder lagen in den Zelten, ihre Wunden pflegend, ihre Waffen flickend: nicht, wie sonst, scholl Gesang der alten Heldenlieder von den Lagertischen, und wenn die Führer durch die Zeltgassen schritten, hörten sie manches Wort des Ärgers und des Zornes wider den König.

Gegen Morgen traf Hildebad mit seinen Tausendschaften von Florentia her im Lager ein. Er vernahm mit zornigem Schmerz die Kunde von der blutigen Schlappe und wollte sofort zum König; aber da dieser noch bewußtlos unter Hildebrands Pflege lag, nahm ihn Teja in sein Zelt, und beantwortete seine unwilligen Fragen.

Nach einiger Zeit trat der alte Waffenmeister ein, mit einem Ausdruck in den Zügen, daß Hildebad erschrocken von seinem Bärenfell, das ihm zum Lager diente, aufsprang und auch Teja hastig fragte: »Was ist mit dem König? Seine Wunde? Stirbt er?«

Der Alte schüttelte schmerzlich sein Haupt: »Nein: aber wenn ich richtig rate, wie ich ihn kenne und sein wackres Herz, wär' ihm besser, er stürbe.«

»Was meinst du? was ahnest du?«

»Still, still,« sprach Hildebrand traurig, sich setzend, »armer Witichis! es kommt noch, fürcht' ich, früh genug zur Sprache.« Und er schwieg.

»Nun,« sagte Teja, »wie ließest du ihn?« — »Das Wundfieber hat ihn verlassen, dank meinen Kräutern. Er wird morgen wieder zu Roß können. Aber er sprach wunderbare Dinge in seinen wirren Träumen — ich wünsche ihm, daß es nur Träume sind, sonst: wehe dem treuen Manne.«

Mehr war aus dem verschlossenen Alten nicht zu erforschen. Nach einigen Stunden ließ Witichis die drei Heerführer zu sich rufen. Sie fanden ihn zu ihrem Staunen in voller Rüstung, obwohl er sich im Stehen auf sein Schwert stützen mußte; seitwärts auf einem Tisch lag sein königlicher Kronhelm und der heilige Königsstab von weißem Eschenholz mit goldner Kugel. Die Freunde erschraken über den Verfall dieser sonst so ruhigen, männlich schönen Züge. Er mußte innerlich schwer gekämpft haben. Diese kernige, schlichte Natur aus Einem Guß konnte ein Ringen zweifelvoller Pflichten, widerstreitender Empfindungen nicht ertragen.

»Ich hab' euch rufen lassen,« sprach er mit Anstrengung, »meinen Entschluß in dieser schlimmen Lage zu vernehmen und zu unterstützen. Wie groß ist unser Verlust in diesem Sturm?«

»Dreitausend Tote,« sagte Teja sehr ernst. »Und über sechstausend Verwundete,« fügte Hildebrand hinzu.

Witichis drückte schmerzlich die Augen zu. Dann sprach er: »Es geht nicht anders. Teja, gieb sogleich Befehl zu einem zweiten Sturm.«

»Wie? Was?« riefen die drei Führer wie aus Einem Munde.

»Es geht nicht anders,« wiederholte der König. »Wie viele Tausendschaften führst du uns zu, Hildebad?« – »Drei, aber sie sind totmüde vom Marsch. Heut' können sie nicht fechten.«

»So stürmen wir wieder allein,« sagte Witichis nach seinem Speer langend.

»König,« sagte Teja, »wir haben gestern nicht einen Stein der Festung gewonnen und heute hast du neuntausend weniger ...«

»Und die Unverwundeten sind matt, ihre Waffen und ihr Mut zerbrochen,« mahnte der alte Waffenmeister.

»Wir müssen Ravenna haben!«

»Wir werden es nicht mit Sturm nehmen!« sagte Teja.

»Das wollen wir sehen!« meinte Witichis.

»Ich lag vor der Stadt mit dem großen König,« warnte Hildebrand: »er hat sie siebzigmal umsonst bestürmt: wir nahmen sie nur durch Hunger – nach drei Jahren.«

»Wir *müssen* stürmen,« sagte Witichis, »gebt den Befehl.« Teja wollte das Zelt verlassen. Hildebrand hielt ihn. »Bleib,« sagte er, »wir dürfen ihm nichts verschweigen. König! die Goten murren: sie würden dir heut' nicht folgen: der Sturm ist unmöglich.«

»Steht es so?« sagte Witichis bitter. »Der Sturm ist unmöglich? Dann ist nur eins noch möglich: der Weg, den ich gestern schon hätte einschlagen sollen: dann lebten jene dreitausend Goten noch. Geh, Hildebad, nimm dort Krone und Stab!

Geh ins Lager der Empörer, lege sie dem jungen Arahad zu Füßen: er soll sich mit Mataswintha vermählen; ich und mein Heer, wir grüßen ihn als König.« Und er warf sich erschöpft aufs Lager.

»Du sprichst wieder im Wundfieber,« sagte der Alte. »Das ist unmöglich!« schloß Teja.

»Unmöglich! Alles unmöglich? der Kampf unmöglich? und die Entsagung? Ich sage dir, Alter: es giebt nichts andres nach der Botschaft aus Ravenna.« Er schwieg.

Die drei warfen sich bedeutende Blicke zu.

Endlich forschte der Alte: »Wie lautet sie? vielleicht findet sich doch ein Ausweg? Acht Augen sehen mehr als zwei.«

»Nein,« sagte Witichis, »hier nicht, hier ist nichts zu sehen: sonst hätt' ich's euch längst gesagt: aber es konnte zu nichts führen. Ich hab's allein erwogen. Dort liegt das Pergament aus Ravenna, aber schweigt vor dem Heer.«

Der Alte nahm die Rolle und las: »Die gotischen Krieger und das Volk von Ravenna an den Grafen Witichis von Fäsulä!«

»Die Frechen!« rief Hildebad dazwischen.

»Den Herzog Guntharis von Tuscien und den Grafen Arahad von Asta. Die Goten und die Bürger dieser Stadt erklären den beiden Heerlagern vor ihren Thoren, daß sie, getreu dem erlauchten Hause der Amalungen und eingedenk der unvergeßlichen Wohlthaten des großen Königs Theoderich, bei diesem Herrscherstamm ausharren werden, solang noch ein Reis desselben grünt. Wir erkennen deswegen nur

Mataswintha als Herrin der Goten und Italier an: nur der Königin Mataswintha werden wir diese festen Thore öffnen und gegen jeden andern unsre Stadt bis zum äußersten verteidigen.«

»Diese Rasenden,« sagte Teja. »Unbegreiflich,« versetzte Hildebad.

Aber Hildebrand faltete das Pergament zusammen und sagte: »Ich begreife es wohl. Was die Goten anlangt, so wißt ihr, daß Theoderichs ganze Gefolgschaft die Besatzung der Stadt bildet; diese Gefolgen aber haben dem König geschworen, seinem Stamm nie einen fremden König vorzuziehen: auch ich hab' diesen Eid gethan: aber ich habe dabei immer an die Speerseite, nicht an die Spindeln, nicht an die Weiber, gedacht: darum mußt' ich damals für Theodahad stimmen: darum konnt' ich nach dessen Verrat Witichis huldigen. Der alte Graf Grippa von Ravenna nun und seine Gesellen glauben sich auch an die Weiber des Geschlechts durch jenen Eid gebunden: und verlaßt euch darauf, diese grauen Recken, die ältesten im Gotenreich und Theoderichs Waffengenossen, lassen sich in Stücke hauen, Mann für Mann, eh' sie von ihrem Eide lassen, wie sie ihn einmal deuten. Und, bei Theoderich! sie haben recht. Die Ravennaten aber sind nicht nur dankbar, sondern auch schlau: sie hoffen, Goten und Byzantiner sollen den Strauß vor ihren Wällen ausfechten. Siegt Belisar, der, wie er sagt, Amalaswintha zu rächen kommt, so kann er die Stadt nicht strafen, die zu ihrer Tochter gehalten: und siegen wir, so hat sie die Besatzung in der Burg gezwungen, die Thore zu sperren.«

»Wie immer dem sei,« fiel der König ein, »ihr werdet jetzt mein Verfahren verstehn. Erfuhr das Heer von jenem Bescheid, so mochten viele mutlos werden und zu den Wölsungen übergehn, in deren Gewalt die Fürstin ist. Mir blieben nur zwei Wege: die Stadt mit Gewalt nehmen — oder nachgeben: jenes haben wir gestern vergebens versucht und ihr sagt, man könne es nicht wiederholen. So erübrigt nur das andre: nachgeben. Arahad mag die Jungfrau freien und die Krone tragen; ich will der erste sein, ihm zu huldigen und mit seinem tapfren Bruder sein Reich zu schirmen.«

»Nimmermehr!« rief Hildebad, »du bist unser König und sollst es bleiben. Nie beug' ich mein Haupt vor jenem jungen Fant. Laß uns morgen hinüber rücken gegen die Rebellen, ich allein will sie aus ihrem Lager treiben und das Königskind, vor dessen Hand wie durch Zauber jene festen Thore aufspringen sollen, in *unsre* Zelte tragen.«

»Und wenn wir sie haben?« sagte Teja, »was dann? Sie nützt uns nichts, wenn wir sie nicht als Königin begrüßen. Willst du das? Hast du nicht genug an Amalaswintha und Godelindis? Nochmals Weiberherrschaft?« — »Gott soll uns davor schützen,« lachte Hildebad.

»So denke ich auch,« sprach der König, »sonst hätt' ich längst diesen Weg ergriffen.«

»Ei, so laß uns hier liegen und warten bis die Stadt mürbe wird.«

»Geht nicht,« sagte Witichis, »wir *können* nicht warten. In wenigen Tagen kann Belisar von jenen Hügeln steigen und nacheinander mich, Herzog Guntharis und die Stadt bezwingen: dann ist's dahin, das Reich und Volk der Goten. Es giebt nur zwei Wege: Sturm —«

»Unmöglich,« sprach Hildebrand.

»Oder nachgeben. Geh, Teja, nimm die Krone. Ich sehe keinen Ausweg.«

Die beiden jungen Männer zauderten.

Da sprach mit einem ernsten, trauervollen Blick der Liebe auf den König der alte Hildebrand: »Ich sehe den Ausweg, den schmerzvollen, den einzigen. Du mußt ihn gehen, mein Witichis, und bricht dir siebenmal das Herz.« Witichis sah ihn fragend an: auch Teja und Hildebad staunten ob der Weichheit des felsharten Alten.

»Geht ihr hinaus,« fuhr dieser fort, »ich muß allein sprechen mit dem König.«

## Fünfzehntes Kapitel

Schweigend verließen die beiden Goten das Zelt und schritten draußen, den Ausgang abwartend, die Lagergasse auf und nieder. Aus dem Zelt drang hin und wieder Hildebrands Stimme, der in langer Rede den König zu ermahnen und zu drängen schien: und hin und wieder ein Ausruf des Königs.

»Was kann nur der Alte sinnen?« fragte Hildebad, still haltend, »weißt du's nicht?« – »Ich ahn' es,« seufzte Teja, »armer Witichis!« – »Zum Teufel, was meinst du?« – »Laß,« sagte Teja, »es wird bald genug auskommen.«

So verging geraume Zeit.

Heftiger und schmerzlicher klang die Stimme des Königs, der sich der Reden Hildebrands mächtig zu erwehren schien.

»Was quält der Eisbart den wackern Helden?« rief Hildebad ungeduldig. »Es ist, als wollt' er ihn ermorden. Ich will hinein und helf' ihm.«

Aber Teja hielt ihn an der Schulter.

»Bleib,« sagte er. »Es muß wohl sein.«

Während sich Hildebad losmachen wollte, nahte Lärm von Stimmen aus dem obern Ende der Lagergasse. Zwei Wachen bemühten sich vergebens, einen starken Goten zurückzuhalten, der mit allen Zeichen langen und eiligen Rittes bedeckt, sich gegen das Zelt des Königs drängte.

»Laß mich los,« rief er, »guter Freund, oder ich schlage dich nieder.« Und drohend hob er eine wuchtige Streitaxt.

»Es geht nicht. Du mußt warten. Die großen Heerführer sind bei ihm im Zelt.«

»Und wären alle großen Götter Walhalls samt dem Herrn Christus bei ihm im Zelt, ich muß zu ihm. Erst ist der Mensch Vater und Gatte und dann König. Laß' los, rat' ich dir.«

»Die Stimme kenn' ich,« sagte Graf Teja, nähertretend – »und den Mann. Wachis, was suchst du hier im Lager?«

»O Herr,« rief der treue Knecht, »wohl mir, daß ich euch treffe. Sagt diesen guten Leuten, daß sie mich loslassen. Dann brauch' ich sie nicht niederzuschlagen. Ich muß gleich zu meinem armen Herrn.«

»Laßt ihn los: sonst hält er Wort: ich kenne ihn. Nun, was willst du bei dem König?«

»Führt mich nur gleich zu ihm. Ich bring ihm schwarze, schwere Kunde von Weib und Kind.«

»Von Weib und Kind?« fragte Hildebad erstaunt. »Ei, hat Witichis ein Weib?«

»Die wenigsten wissen es,« sagte Teja. »Sie verließ fast nie ihr Gut, kam nie zu Hof. Fast niemand kennt sie: aber wer sie kennt, der ehrt sie hoch. Ich weiß nicht ihresgleichen.«

»Da habt ihr recht, Herr, wenn ihr je recht gehabt,« sprach Wachis mit erstickter Stimme. »Die arme, arme Frau und ach, der arme Vater. Aber laßt mich hinein. Frau Rauthgund folgt mir auf dem Fuß. Ich muß ihn vorbereiten.«

Teja, ohne weiter zu fragen, schob den Knecht in das Zelt, und folgte ihm mit Hildebad.

Sie trafen den alten Hildebrand ruhig, wie die Notwendigkeit, auf dem Lager des Königs sitzen, das Kinn mit dem mächtigen Bart in die Hand und diese auf das Steinbeil gestützt. So saß er unbeweglich und richtete fest die Augen auf den König, der, in höchster Aufregung, mit hastigen Schritten, auf und nieder ging und im Sturm seiner Gefühle die Eintretenden gar nicht bemerkte: »Nein! nein! niemals!« rief er, »das ist grausam! frevelhaft! unmöglich!«

»Es muß sein,« sagte Hildebrand, ohne sich zu rühren.

»Nein, sag' ich,« rief der König und wandte sich.

Da stand Wachis dicht vor ihm. Er starrte ihn wirr an: da warf sich der Knecht laut weinend vor ihm nieder.

»Wachis,« rief erschreckend der König, »was bringst du? Du kömmst von ihr! Steh' auf – was ist geschehen?«

»Ach Herr,« jammerte dieser immer noch knieend, »euch sehen, zerreißt mein Herz! Ich kann nichts dafür! Ich hab's vergolten und gerächt nach Kräften.«

Da riß ihn Witichis bei den Schultern auf: »Rede, Mensch, was ist zu rächen? Mein Weib –?«

»Sie lebt, sie kommt hierher, aber euer Kind ...«

»Mein Kind,« sprach er erbleichend, »Athalwin, was ist mit ihm –?«

»Tot, Herr, ermordet!«

Da brach ein Schrei wie eines Schwerverwundeten aus des gequälten Vaters Brust. Er bedeckte das Antlitz mit beiden Händen, teilnehmend traten Teja und Hildebad näher. Nur Hildebrand blieb unbeweglich und sah starr auf die Gruppe.

Wachis ertrug die lange Pause des Schmerzes nicht. Er suchte die Hände seines Herrn zu fassen. Da senkte sie dieser von selbst. Zwei große Thränen standen auf den braunen Wangen des Helden: er schämte sich ihrer nicht.

»Ermordet!« sagte er, »mein schuldloses Kind! von den Römern!« – »Die feigen Teufel,« rief Hildebad.

Teja ballte die Faust und seine Lippen bewegten sich lautlos.

»Calpurnius!« sprach Witichis mit einem Blick auf Wachis.

»Ja, Calpurnius! Die Nachricht von deiner Wahl war aufs Gut gelangt und dein Weib und Sohn in dein Lager entboten. Wie jauchzte jung

Athalwin, daß er nun ein Königssohn sein werde, wie Siegfried, der den Drachen schlug! Nun wolle er bald ausziehen auf Abenteuer und auch Drachen schlagen und wilde Riesen. Da kam der Nachbar von Rom zurück. Ich merkt' es wohl, daß er noch finsterer sah und neidischer als je und hütete dir Haus und Stall. Aber das Kind hüten – wer hätte daran gedacht, daß Kinder nicht mehr sicher!«

Witichis schüttelte schmerzlich das Haupt.

»Der Knabe konnte nicht erwarten, daß er seinen Vater sehen solle im Kriegslager und all' die Tausende von gotischen Heermännern und daß er Schlachten solle in der Nähe sehen. Er warf sein Holzschwert weg von Stund an, und sagte: ein Königssohn müsse ein eisernes tragen, zumal in Kriegszeiten. Und ich mußte ihm ein Jagdmesser suchen und schleifen dazu. Mit diesem seinem Schwert nun rannte er Frau Rauthgunden jeden Morgen früh davon. Und fragte sie, »wohin?« so lachte er: »auf Abenteuer, lieb' Mutter!« und sprang in den Wald. Dann kam er mittags müd und zerrissenen Gewandes heim: und ausgelassen stolz. Aber er sagte kein Wort und meinte nur, er habe Siegfried gespielt.

Ich hatte aber meine eigenen Gedanken. Und als ich gar einst an seinem Schwert Blutflecken bemerkte, schlich ich ihm nach zu Walde. Richtig, es war, wie ich gedacht. Ich hatte ihm einst warnend eine Höhle im schroffen Felsgeklüft gezeigt, das steil über den Gießbach hangt, weil dort die giftigen Vipern zu Dutzenden nisten.

Er fragte mich damals nach allem aus: und als ich sagte, jeder Biß sei tödlich, und gleich gestorben sei eine arme Beerensammlerin, die der Beißwurm in den nackten Fuß gestochen, da zog er flugs sein Holzschwert und wollte mitten darunter springen. Mit Mühe und schwer erschrocken hielt ich ihn damals ab.

Und jetzt fielen mir die Vipern ein und ich zitterte, daß ich ihm eine Eisenwaffe gegeben. Und bald fand ich ihn im Walde, mitten im Steingeklüft, unter Dornen und Gestrüppe: da holte er einen mächtigen Holzschild hervor, den er sich selbst gezimmert und dort versteckt hatte. Und eine Krone war frisch drauf gemalt.

Und er zog sein Schwert und sprang laut jauchzend in die Höhle.

Ich sah mich um: da lag das lang mächtige Gewürm zu halben Dutzenden von frühern Schlachten her mit zerhauenen Häuptern umhergestreut: ich folgte, und so besorgt ich war, ich konnt' ihn nicht stören, wie er so heldenmütig focht! Er trieb eine dickgeschwollene Natter mit Steinwürfen aus ihrem Loch, daß sie sich züngelnd aufringelte: gerade wie sie zischend gegen ihn sprang, warf er blitzschnell den Schild vor und hieb sie mit einem Streich mitten entzwei. Da rief ich ihn an und schalt ihn herzhaft aus. Er aber sah gar trotzig drein und rief: »Sag's nur der Mutter nicht! denn ich thu's doch! bis der letzte der Drachen tot ist!« Ich sagte, ich würde ihm sein Schwert nehmen. »Dann fecht' ich mit dem hölzernen, wenn dir das lieber ist!« rief er. »Und welche Schmach für einen Königssohn!«

Da nahm ich ihn die nächsten Tage mit mir zum Einfangen der Rosse auf die Wildweide. Das vergnügte ihn sehr: und nächstens, dacht' ich, brechen wir ja auf.

Aber eines Morgens war er mir wieder entschlüpft und ich ging allein an die Arbeit. Den Rückweg nahm ich den Fluß entlang, gewiß, ihn an der Felshöhle zu finden. Aber ihn fand ich nicht. Nur das Gehäng seines Schwertes, zerrissen, an den Dornen hangen und seinen Holzschild zertreten auf der Erde. Erschrocken sah ich umher und suchte, aber –«

»Rascher, weiter,« rief der König.

»Aber?« fragte Hildebad.

»Aber in den Felsen war nichts zu sehen. Da gewahrte ich große Fußspuren eines Mannes im weichen Sande. Ich folgte ihnen.

Sie führten bis an den steilen Rand des Felsens. Ich sah hinab. Und unten ...«

Witichis wankte.

»Ach, mein armer Herr! Da lag am Ufer des Flusses hingestreckt die kleine Gestalt.

Wie ich die steilen Felsschroffen hinabkam, ich weiß es nicht, im Flug war ich unten. – Da lag er, das kleine Schwert noch fest in der Hand, von den Felsspitzen zerrissen, das lichte Haar von Blut überströmt –«

»Halt ein,« sprach Teja, die Hand auf seine Schultern legend, indes Hildebad des armen Vaters Hand faßte, der stöhnend auf sein Lager sank.

»Mein Kind, mein süßes Kind, mein Weib!« rief er.

»Ich fühlte das kleine Herz noch schlagen. Wasser aus dem Fluß brachte ihn nochmals zu sich. Er schlug die Augen auf und erkannte mich. »Du bist herabgefallen, mein Kind,« klagte ich.

»Nein,« sagte er, »nicht gefallen, geworfen.« Ich war starr vor Entsetzen. »Calpurnius,« hauchte er, »trat plötzlich um die Felsecke, wie ich auf die Vipern einhieb. »Komm mit mir,« sagte er und griff nach mir. Er sah bös aus und falsch. Ich sprang zurück. »Komm,« sagte er, »oder ich binde dich.« »Mich binden! rief ich. Mein Vater ist der Goten König und der deine. Wag es und rühr' mich an!« Da ward er ganz wütig und schlug nach mir mit dem Stock und kam näher; ich aber wußte, daß in der Nähe unsere Knechte Holz fällten und schrie um Hilfe und wich zurück bis an den Rand der Felsen. Erschrocken sah er sich um. Denn die Leute mußten mich gehört haben: ihre Axtschläge ruhten plötzlich. Doch plötzlich vorspringend, sagte er: »Stirb, kleine Natter!« und stieß mich über den Fels.«

Teja biß die Lippen. »O der Neiding,« rief Hildebad. Und Witichis riß sich mit einem Schrei des Schmerzes los.

»Mach's kurz,« sagte Teja. – »Er verlor wieder die Sinne. Ich trug ihn auf meinen Armen nach Hause zur Mutter. Noch einmal schlug er die Augen auf, in ihrem Schoß. Ein Gruß an dich war sein letzter Hauch.«

»Und mein Weib – ist sie nicht verzweifelt?«

»Nein, Herr, das ist sie nicht: die ist von Gold, aber auch von Stahl. Wie der Knabe die Augen geschlossen, zeigte sie schweigend zum Fenster hinaus, nach rechts.

Ich verstand sie: dort stand des Mörders Haus.

Und ich waffnete alle deine Knechte und führte sie hinüber zur Rache: und wir legten den ermordeten Knaben auf deinen Schild, und trugen ihn in unsrer Mitte zur Mordklage. Und Rauthgundis ging mit, ein Schwert in der Hand, hinter der Leiche. Vor dem Thor der Villa legten wir den Knaben nieder.

Calpurnius selbst war entflohn auf dem schnellsten Roß zu Belisar. Aber sein Bruder und sein Sohn und zwanzig Sklaven standen im Hof: sie wollten eben zu Pferd steigen und ihm folgen. Wir erhoben dreimal den Mordruf. Dann brachen wir ein.

Wir haben sie *alle* erschlagen, alle: und das Haus niedergebrannt über den Bewohnern. Frau Rauthgundis aber sah dem allen zu, an der Leiche Wacht haltend, auf ihr Schwert gestützt, und sprach kein Wort. Und mich schickte sie Tags darauf voraus, nach dir zu suchen. Sie folgte mir bald darauf, sowie sie die kleine Leiche verbrannt. Und da ich einen Tag verloren, durch die Empörer vom nächsten Wege abgesperrt, so kann sie stündlich da sein.«

»Mein Kind, mein Kind, mein armes Weib! Das ist der erste Ertrag, den mir diese Krone bringt. Und nun,« rief er mit aller Heftigkeit des Schmerzes den Alten an, »willst du noch das Grausame fordern, das Untragbare?«

Hildebrand stand langsam auf: »Nichts ist untragbar, was notwendig ist. Auch der Winter ist tragbar. Und das Alter. Und der Tod. Sie kommen ohne zu fragen, wollt ihr's tragen? Sie kommen. Und wir tragen's. Weil wir müssen. Aber ich höre Frauenstimmen und rauschende Gewande. Gehen wir.«

Witichis wandte sich von ihm zur Thür.

Da stand, unter dem Zeltvorhang, in grauem Gewand und schwarzem Schleier Rauthgundis sein Weib, eine kleine schwarze Marmorurne an die Brust drückend.

Ein Ruf liebereichen Schmerzes und schmerzreicher Liebe: und die Gatten hielten sich umfangen.

Schweigend verließen die Männer das Zelt.

## Sechzehntes Kapitel

Draußen hielt Teja den Alten leise am Mantel zurück: »Du quälst den König umsonst,« sagte er. »Er wird nie darein willigen. Er kann's auch nicht. Jetzt am wenigsten.«

»Woher weißt du ...?« unterbrach der Greis. – »Still: ich ahn' es: wie ich alles Unglück ahne.« – »Dann wirst du auch einsehen, daß er muß.« – »Er, er wird's nie thun.« – »Aber – du meinst sie selbst?« – »Vielleicht!« – »Sie wird,« sagte Hildebrand.

»Ja, sie ist ein Wunder von einem Weib,« schloß Teja.

Während in den nächsten Tagen das jetzt kinderlose Paar seinem stillen Schmerze lebte und Witichis kaum sein Zelt verließ, geschah es, daß die Vorposten der königlichen Belagerer und die Außenwachen der gotischen Besatzung von Ravenna, den eingetretnen thatsächlichen Waffenstillstand benutzend, in mannigfachen Verkehr traten.

Sie warfen sich, scheltend und zankend, gegenseitig die Schuld an diesem Bürgerkrieg vor.

Die Belagerer klagten, daß die Besatzung in der höchsten Not des Reiches dem gewählten König der Goten seine Königsburg verschlossen. Die Ravennaten schmähten auf Witichis, der der Tochter der Amaler nicht gönne, was ihr gebühre.

Einer solchen Unterredung hörte unbemerkt der alte Graf Grippa von Ravenna selber zu, der die Runde auf den Wällen machte. Plötzlich trat er vor und rief zu den Leuten des Witichis hinunter, die ihren König lobten und rühmten:

»So? Ist das auch edel und königlich gehandelt, daß er statt aller Antwort auf unsern billigen Spruch Sturm lief wie ein Rasender? Und hatte doch ein so leichtes Mittel, das Gotenblut zu sparen! Wir wollen ja nur, daß Mataswintha Königin sei! Nun, kann er deshalb nicht König bleiben? Ist's ein zu hartes Opfer, mit dem schönsten Weib der Erde, mit der Fürstin Schönhaar, von deren Reiz die Sänger singen auf den Straßen, Thron und Lager zu teilen? Mußten lieber so viel tausend tapfere Goten sterben? Nun, er soll nur so fortstürmen! Laß sehn, was eher bricht: sein Eigensinn oder diese Felsen.«

Diese Worte des Alten machten den größten Eindruck auf die Goten vor den Wällen.

Sie wußten nichts zu erwidern zu ihres Königs Verteidigung. Von seiner Ehe wußten sie so wenig wie das ganze Heer: daran hatte auch Rauthgundens Anwesenheit im Lager wenig geändert: denn, wahrlich, nicht gleich einer Königin war sie eingezogen.

In großer Erregung eilten sie zurück ins Lager und erzählten, was sie vernommen, wie der Eigensinn des Königs ihre Brüder hingeopfert. »Darum also hat er die Botschaft aus der Stadt verheimlicht,« riefen sie!

Bald bildeten sich in jeder Gasse des Lagers Gruppen, lebhaft bewegte, die anfangs leiser, bald immer lauter die Sache besprachen und auf den König schalten. Die Germanen jener Zeit behandelten ihre Könige mit einem Freimut der Rede, der die Byzantiner entsetzte.

Hier wirkten der Verdruß über den Rückzug von Rom, die Schmach der Niederlage vor Ravenna, der Schmerz um die geopferten Brüder, der Zorn über sein Geheimtun zusammen, einen Sturm des Unwillens gegen den König zu erregen, der deshalb nicht minder mächtig, weil er noch nicht offen ausgebrochen.

Nicht entging diese Stimmung den Heerführern, wann sie durch die Gassen des Lagers schritten und bei ihrem Nahen die Drohworte kaum mehr verstummten. Aber sie konnten die Gefahr nur entfesseln, wenn sie strafend sie beim Namen nannten.

Und oft, wann Graf Teja oder Hildebad beschwichtigend einschreiten wollten, hielt sie der alte Waffenmeister zurück.

»Laßt es nur noch anschwellen,« sagte er: »wenn's genug ist, werd' ich's dämmen.« »Die einzige Gefahr wäre,« murmelte er halblaut vor sich hin –

»Daß uns die drüben im Rebellenlager zuvorkämen,« sagte Teja.

»Richtig, du alles Erratender. Aber das hat gute Wege. Überläufer erzählen, daß sich die Fürstin standhaft weigert. Sie droht, sich eher zu töten als Arahad die Hand zu reichen.«

»Pah,« meinte Hildebad, »daraufhin würd' ich's wagen.«

»Weil du das leidenschaftliche Geschöpf nicht kennst, das Amalungenkind. Sie hat das Blut und die Feuerseele Theoderichs und wird auch uns am Ende böses Spiel machen.«

»Witichis ist ein anderer Freier als jener Knabe von Asta,« flüsterte Teja. »Darauf vertrau ich auch,« meinte Hildebad. »Gönnt ihm noch einige Tage Ruhe,« riet der Alte. »Er muß seinem Schmerz sein Recht anthun: eh' ist er zu nichts zu bringen. Stört ihn nicht darin: laßt ihn ruhig in seinem Zelt und bei seinem Weibe. Ich werde sie bald genug stören müssen.«

Aber der Greis sollte bald genötigt sein, den König früher und anders als er gemeint aus seinem Schmerz aufzurufen.

Die Volksversammlung zu Regeta hatte gegen diejenigen Goten, die zu den Byzantinern übergingen, ein Gesetz erlassen, das schimpflichen Tod drohte. Solche Fälle kamen zwar im ganzen selten, aber doch in den Gegenden, wo wenige Germanen unter dichter Bevölkerung lebten und häufige Mischheiraten stattgefunden hatten, häufiger vor.

Der alte Waffenmeister trug diesen Neidingen, die sich und ihr Volk entehrten, ganz besonderen Zorn. Er hatte jenes Gesetz beantragt gegen Heereslitz und Fahnenwechsel. Noch war eine Anwendung desselben nicht nötig gewesen und man hatte der Bestimmung fast vergessen.

Plötzlich sollte man ernst genug daran gemahnt werden.

Belisar selbst hatte zwar Rom mit seinem Hauptheer noch nicht verlassen. Aus mehr als Einem Grunde wollte er vorläufig noch diese Stadt zum Stützpunkt all' seiner Bewegungen in Italien machen.

Aber er hatte den weichenden Goten zahlreiche Streifscharen nachgesandt, sie zu verfolgen, zu beunruhigen und insbesondre die zahlreichen Kastelle, Burgen und Städte zu übernehmen, in welchen die Italier die barbarischen Besatzungen vertrieben oder erschlagen hatten, oder, von keiner Besatzung im Zaum gehalten, einfach zum »Kaiser der Romäer,« wie er sich auf griechisch nannte, abgefallen waren.

Solche Vorfälle ereigneten sich, besonders seit der gotische König in vollem Rückzug und nach Ausbruch der Empörung die gotische Sache halb verloren schien, fast alle Tage. Teils mit dem Druck, teils ohne den Druck oder die Erscheinung byzantinischer Truppen vor den Thoren ergaben sich viele Schlösser und Städte an Belisar.

Da nun die meisten doch lieber den Schein einer Nötigung abwarteten, um, falls die Goten gleichwohl unverhofft wieder siegen sollten, eine Entschuldigung zu finden, war dies für den Feldherrn ein weiterer Grund, solche kleine Abteilungen, meist aus Italiern und Byzantinern gemischt, unter Führung der Überläufer, die der Gegend und der Verhältnisse kundig waren, auszusenden. Und diese Scharen, ermutigt durch den fortgesetzten Rückzug der Goten, wagten sich weit ins Land: jedes gewonnene Kastell wurde ein Ausgangspunkt für weitere Unternehmungen.

Eine solche Streifschar hatte jüngst auch Castellum Marcianum gewonnen, das bei Cäsena, ganz in der Nähe des königlichen Lagers, eine Felshöhe oberhalb des großen Pinienwaldes krönte. Der alte Hildebrand, an den Witichis seit seiner Verwundung den Oberbefehl abgegeben, sah diese gefährlichen Fortschritte der Feinde und den Verrat der Italier mit Ingrimm: und da er ohnehin die Truppen nicht gegen Herzog Guntharis oder gegen Ravenna beschäftigen wollte, er hoffte auf eine friedliche Lösung des Knotens, beschloß er, gegen diese kecken Streifscharen einen züchtigen Streich zu thun.

Späher hatten gemeldet, daß, am Tage nach Rauthgundens Ankunft im Lager, die neue, byzantinische Besatzung von Castellum Marcianum sogar Cäsena, diese wichtige Stadt, im Rücken des gotischen Lagers, zu bedrohen wagte.

Grimmig schwur der alte Waffenmeister diesen Frechen das Verderben. Er selbst stellte sich an die Spitze einer Tausendschaft von Reitern, die in der Stille der Nacht, Stroh um die Hufe der Rosse gewickelt, in der Richtung gegen Cäsena aufbrachen.

Der Überfall gelang vollkommen.

Unbemerkt gelangten sie bis in den Wald, an den Fuß des hoch auf dem Fels gelegenen Kastells. Hier verteilte Hildebrand die Hälfte seiner Reiter auf alle Seiten des Waldes, die andere Hälfte ließ er absitzen und führte sie leise die Felswege des Kastells hinan. Die Wache am Thor ward überrascht und die Byzantiner, von einer überlegenen Macht überfallen, flohen nach allen Seiten den Fels hinab in den Wald, wo der große Teil von den Berittenen gefangen wurde. Die Flammen des brennenden Schlosses erleuchteten die Nacht.

Eine kleine Gruppe aber zog sich fechtend über das Flüßchen am Fuß des Felsens zurück, über das nur eine schmale Brücke führte. Hier wurden die verfolgenden Reiter Hildebrands von einem einzelnen aufgehalten, einem Anführer, nach dem Glanz der Rüstung zu schließen.

Dieser hochgewachsene und schlanke, wie es schien noch junge Mann – sein Visier war dicht geschlossen – focht wie ein Verzweifelter, deckte die Flucht der Seinen und hatte schon vier Goten niedergestreckt.

Da kam der alte Waffenmeister zur Stelle und sah eine Weile den ungleichen Kampf mit an. »Gieb dich gefangen, tapferer Mann!« rief er dem einsamen Krieger zu, »dein Leben sichr' ich dir.«

Bei diesem Ruf zuckte der Byzantiner zusammen: einen Augenblick senkte er das Schwert und sah auf den Alten. Aber schon im nächsten Moment sprang er wütend vor und wieder zurück; er hatte dem vordersten Angreifer mit gewaltigem Streich den Arm vom Leibe geschlagen. Entsetzt wichen die Goten etwas zurück.

Hildebrand ergrimmte. »Drauf!« schrie er, vorspringend, »jetzt keine Gnade mehr! Zielt mit den Speeren.« »Er ist gefeit gegen Eisen!« rief einer der Goten, ein Vetter Tejas, »dreimal hab' ich ihn getroffen – er ist nicht zu verwunden.«

»Meinst du, Aligern?« lachte der Alte grimmig, »laß sehen, ob er auch gegen Stein gefeit ist.«

Und er schleuderte seinen steinernen Wurfhammer – er war fast der einzige, der nicht von dieser heidnisch alten Waffe gelassen – sausend gegen den Byzantiner.

Die wuchtige Steinaxt schlug krachend grad auf den stolz geschweiften

Helm und wie blitzgetroffen fiel der Tapfere nieder. Zwei Männer sprangen rasch hinzu und lösten ihm den Helm.

»Meister Hildebrand,« rief Aligern erstaunt, »das war kein Byzantiner.« »Und kein Italier,« sagte Gunthamund. »Sieh die Goldlocken – das war ein Gote!« meinte Hunibad. Hildebrand trat hinzu und schrak zusammen.

»Fackeln her,« rief er – »Licht! – Ja,« sprach er finster, seinen Steinhammer wieder aufhebend, »das war ein Gote. Und ich! ich hab' ihn erschlagen,« fügte er mit eisiger Ruhe hinzu. Aber seine Faust zitterte am Hammerschaft.

»Nein, Herr,« rief Aligern, »er lebt. Er war nur betäubt! Er schlägt die Augen auf.«

»Er lebt?« fragte der Alte mit Grauen, »das woll'n die Götter nicht.« »Ja, er lebt!« wiederholten die Goten, ihren Gefangenen aufrichtend. – »Dann weh über ihn! und mich! Aber nein! ihn senden die Götter der Goten in meine Gewalt! Bind' ihn auf dein Roß, Gunthamund, aber fest! Und wenn er entwischt, gilt es deinen Kopf statt des seinen. Auf, zu Pferd und nach Hause!«

Im Lager angelangt fragte die Bedeckung den Waffenmeister, was sie für diesen Gefangenen rüsten sollten.

»Einen Bund Stroh für heute Nacht,« sagte der, »und für morgen früh – einen Galgen.« Mit diesen Worten ging er in das Zelt des Königs und berichtete den Erfolg seines Zuges.

»Wir haben unter den Gefangenen«, schloß er finster, »einen gotischen Überläufer. Er muß hängen, ehe die Sonne morgen niedergeht.« »Das ist sehr traurig,« sagte Witichis seufzend. – »Ja, aber notwendig. Ich berufe das Kriegsgericht der Heerführer auf morgen. Willst du den Vorsitz führen?« »Nein,« sagte Witichis, »erlaß mir's: ich bestelle Hildebad an meiner Statt.« »Nein,« sagte der Alte, »das geht nicht an. Ich bin Oberfeldherr, solang du im Zelte liegst: ich fordere den Vorsitz als mein Recht.« Witichis sah ihn an: »du siehst grimmig und so kalt! Ist's ein alter Feind deiner Sippe?« »Nein,« sprach Hildebrand. – »Wie heißt der Gefangene?« – »Wie ich, Hildebrand.« – »Höre, du scheinst ihn zu hassen, diesen Hildebrand! Du magst ihn richten, aber hüte dich vor übertriebener Strenge. Vergiß nicht, daß ich gern begnadige.«

»Das Wohl der Goten fordert seinen Tod,« sagte Hildebrand ruhig, »und er wird sterben.«

## Siebzehntes Kapitel

Früh am andern Morgen wurde der Gefangene verhüllten Hauptes hinausgeführt auf eine Wiese, im Norden, »an der kalten Ecke« des Lagers, wo sich die Heerführer und ein großer Teil der Heermänner versammelt hatten.

»Höre,« sagte der Gefangene zu einem seiner Begleiter, »ist der alte Hildebrand auf dem Dingplatz?«

»Er ist das Haupt des Dings.«

»Barbaren sind und bleiben sie! Thu' mir den Gefallen, Freund – ich schenke dir dafür diese purpurne Binde – und geh zu dem Alten. Sag ihm: ich wisse, daß ich sterben muß.

Aber er möge doch mir – und mehr noch meinem Geschlecht – hörst du? – meinem Geschlecht – die Schande des Galgens ersparen. Er möge mir heimlich eine Waffe senden.« Der Gote, Gunthamund, ging, Hildebrand zu suchen, der das Gericht bereits eröffnet hatte. Das Verfahren war sehr einfach. Der Alte ließ zuerst das Gesetz von Regeta vorlesen, dann von Zeugen feststellen, wie man sich des Gefangenen bemächtigt, darauf diesen selbst vorführen. Noch immer bedeckte ein Wollsack sein Haupt und seine Schultern. Eben sollte dieser abgenommen werden, als Gunthamund sich zu Hildebrand drängte und in sein Ohr flüsterte.

»Nein,« sagte dieser, die Stirn runzelnd. »Ich laß' ihm sagen: die Schmach für sein Geschlecht sei seine That, nicht seine Strafe.« Und laut fuhr er fort: »Zeigt das Antlitz des Verräters! Er ist Hildebrand, der Sohn des Hildegis!«

Ein Ruf des Staunens und Schreckens lief durch die Menge.

»Sein eigner Enkel!« »Alter, du sollst nicht weiter richten! Du bist grausam gegen dein Fleisch und Blut!« rief Hildebad aufspringend. »Nur gerecht, aber gegen alle,« sagte Hildebrand, den Stab auf die Erde stoßend. »Armer Witichis!« flüsterte Graf Teja.

Aber Hildebad sprang auf und eilte hinweg nach dem Lager.

»Was kannst du für dich vorbringen, Sohn des Hildegis?« fragte Hildebrand.

Der junge Mann trat hastig vor: sein Antlitz war von Zorn gerötet, nicht von Scham: keine Spur von Furcht lag auf seinen Zügen: sein langes, gelbes Haar flog im Wind. Die Menge war von Mitgefühl ergriffen. Schon der Bericht seines todesmutigen Widerstandes, dann die Entdeckung seines Namens, endlich jetzt seine Jugend und Schönheit sprachen mächtig für ihn. Er ließ sein Auge flammend die Reihen durchfliegen, und mit Stolz auf dem Alten haften.

»Ich verwerfe dies Gericht! Euer Gesetz trifft mich nicht! Ich bin Römer, kein Gote! Mein Vater starb vor meiner Geburt, meine Mutter war eine Römerin, die edle Cloelia. Diesen barbarischen Alten hab' ich nie als mir verwandt empfunden. Seine Strenge hab' ich verachtet wie seine Liebe. Seinen Namen hat er mir, dem Kinde, aufgezwungen, mich meiner Mutter entrissen. Ich aber entlief ihm, sobald ich konnte: nicht Hildebrand, Flavus Cloelius habe ich mich von je genannt. Römisch waren meine Freunde, römisch von jeher meine Gedanken, römisch mein Leben. All meine Freunde gingen zu Belisar und Cethegus: sollt' ich zurückbleiben? Tötet mich, ihr könnt' es und ihr werdet's. Aber gesteht, daß es Mord ist, nicht Rechtsvollzug. Ihr richtet keinen Goten, ihr ermordet einen gefangenen Römer. Denn römisch ist meine Seele.«

Schweigend, mit gemischten Empfindungen hörte die Menge diese Verteidigung.

Da erhob sich ingrimmig der Alte, sein Auge sprühte Blitze, seine Hand zitterte, vor Zorn, an dem Stabe. »Elender!« schrie er, »du bist eines gotischen Mannes Sohn, das räumst du ein. So bist du denn ein

Gote: und wenn du dich als Römer fühlst, verdienst du schon dafür, zu sterben. Sajonen, fort mit ihm, an den Galgen.«

Da trat der Gefangene noch mal an die Schranken der Stufe. »So sei verflucht,« schrie er, »du tierisch rohes Volk! Verflucht, ihr Barbaren allesamt, und zumeist du, Greis, mit dem Wolfsherzen! Glaubt nicht, daß all eure Wildheit euch frommt und eure Grausamkeit! Hinweggetilgt sollt ihr werden aus diesem schönen Land und keine Spur soll von euch künden.«

Auf einen Wink des Alten warfen ihm die Bannboten wieder die Hülle ums Haupt und führten ihn ab nach einem Hügel, wo ein starker Eibenbaum aller seiner Zweige und Blätter beraubt war. Da wurden die Augen der Menge von ihm nach dem Lager abgelenkt, aus dem Lärm und Hufschlag eilender Rosse nahte.

Es war ein Zug Reiter mit dem königlichen Banner, Witichis und Hildebad an der Spitze. »Haltet ein,« rief der König von weitem, »schont den Enkel Hildebrands: Gnade, Gnade!«

Aber der Alte wies nach dem Hügel.

»Zu spät, Herr König,« rief er laut, »es ist aus mit dem Verräter. So geh es jedem, der seines Volks vergißt. Erst kommt das Reich, König Witichis, und dann kommt Weib und Kind und Kindeskind.«

Groß war der Eindruck dieser That Hildebrands auf das Heer, größer noch auf den König. Witichis fühlte das Gewicht, das durch dieses Opfer jede Forderung des Alten gewonnen hatte. Und mit dem Gefühl, daß jetzt jeder Widerstand viel schwerer geworden, kehrte er in sein Zelt zurück. Und Hildebrand benutzte seinen Vorteil, die Stimmung. Er trat am Abend mit Teja in das Zelt des Königs.

Schweigend, Hand in Hand saßen die Gatten auf dem Feldbett; auf dem Tisch vor ihnen stand die schwarze Urne, daneben lag eine Goldkapsel nach Art der Amulette an blauem Bande: die kleine römische Bronzelampe verbreitete nur trübes Licht. Als Hildebrand dem König die Hand reichte, sah ihm dieser ins Antlitz: ein Blick sagte ihm, daß Hildebrand mit dem festen Entschluß eingetreten sei, jetzt seinen Gedanken durchzusetzen um jeden Preis.

Alle Anwesenden schienen stillschweigend von dem Eindruck des bevorstehenden Seelenringens durchschauert.

»Frau Rauthgundis,« hob der Alte an, »ich habe Hartes mit dem König zu reden. Es wird euch kränken, es zu hören.«

Die Frau erhob sich, aber nicht um zu gehen. Der Ausdruck tiefen Schmerzes und tiefer Liebe zu ihrem Gatten gab den regelmäßigen festen Zügen eine edle Weihe. Sie legte, ohne die Rechte aus der Hand des Gatten zu ziehen, leise die Linke auf seine Schulter.

»Sprich nur fort, Hildebrand, ich bin sein Weib und fordre die Hälfte dieser Härte.«

»Frau,« mahnte der Alte nochmal.

»Laß sie bleiben,« sprach der König, »fürchtest du, ihr ins Angesicht deine Gedanken zu sagen?« – »Fürchten? nein! und sollt ich einem Gott ins Antlitz sagen, das Volk der Goten ist mir mehr als du – ich thät's ohne Furcht: Wisse denn ...«

»Wie? du willst! Schone, schone sie,« sprach Witichis, den Arm um seine Frau schlingend. Aber Rauthgundis sah ihn groß und fest an: »Ich weiß alles, mein Witichis. Wie ich gestern Abend durchs Lager wandelte, unerkannt, im Schutz der Dämmerung, hörte ich die Heermänner an den Feuern auf dich schelten und diesen Alten hoch erheben. Ich lauschte und hörte alles, was dieser fordert und was du weigerst.«

»Und du hast mir nichts gesagt?« »Hat es doch keine Gefahr. Weiß ich doch, daß du dein Weib nicht verstoßen wirst. Nicht um eine Krone und nicht um jenes zauberschöne Mädchen. Wer will uns scheiden? Laß diesen Alten drohn: ich weiß ja doch, es hängt kein Stern am Himmel fester als ich an deinem Herzen.«

Diese Sicherheit wirkte auf den Alten.

Er furchte die Stirn: »Nicht mit dir hab' ich zu rechten. Witichis, ich frage dich vor Teja: du weißt, wie es steht. Ohne Ravenna sind wir verloren – Ravenna öffnet dir nur Mataswinthens Hand. Willst du diese Hand fassen oder nicht?«

Da sprang Witichis auf. »Ja, unsre Feinde haben Recht! Wir sind Barbaren! Da steht vor diesem fühllosen Alten ein herrlich Weib, an Schmerzen wie an Treue unerreicht, vor ihm steht die Asche unseres gemordeten Kindes und er will von diesem Weib, von dieser Asche weg den Gatten zu neuer Ehe rufen. Nie, niemals!«

»Vor einer Stunde waren Vertreter aller Tausendschaften des Heeres auf dem Weg in dein Zelt,« sprach der Greis. »Sie wollten erzwingen, was ich fordere. Ich hielt sie mit Mühe ab.«

»Laß sie kommen!« rief Witichis, »sie können mir nur die Krone nehmen, nicht mein Weib.«

»Wer die Krone trägt, ist seines Volkes, nicht mehr sein eigen.«

»Hier,« da ergriff Witichis den Kronhelm und legte ihn auf den Tisch vor Hildebrand, »noch einmal geb' ich euch und zum letztenmal die Krone zurück. Ich habe sie nicht verlangt, weiß Gott. Sie hat mir nichts gebracht als diese Aschenurne. Nehmt sie zurück: laßt König sein wer will und Mataswintha frein.«

Aber Hildebrand schüttelte das Haupt. »Du weißt, das führt zum sichersten Verderben. Schon jetzt sind wir in drei Parteien gespalten. Viele Tausende würden Arahad nie anerkennen. Du bist's allein, der noch alles zusammenhält. Fällst du weg, so lösen wir uns auf, ein Bündel losgebundener Ruten, die Belisar im Spiele bricht. Willst du das?«

»Frau Rauthgundis, kannst du kein Opfer bringen für dein Volk?« sprach Teja näher tretend.

»Auch du, hochsinniger Teja, gegen mich? ist das deine Freundschaft?« »Rauthgundis,« sprach dieser ruhig, »ich ehre dich vor allen Frauen hoch, und Hohes fordre ich darum von dir.«

Hildebrand aber begann, »du bist die Königin dieses Volkes. Ich weiß von einer Gotenkönigin aus unsrer Ahnen Heidenzeit. Hunger und Seuchen lasteten auf ihrem Volk. Ihre Schwerter waren sieglos. Die Götter zürnten den Goten. Da fragte Swanhild die Eichen des Waldes und die Wellen des Meeres und sie rauschten zur Antwort:

»Wenn Swanhild stirbt, leben die Goten.

Lebt Swanhild, so stirbt ihr Volk.«

Und Swanhild wandte den Fuß nicht mehr nach Hause. Sie dankte den Göttern und sprang in die Flut. Aber freilich, das war die Heidenzeit.«

Rauthgundis blieb nicht unbewegt. »Ich liebe mein Volk,« sprach sie, »und seit von Athalwin nur diese Locke übrig,« sie wies auf die Kapsel, »glaub' ich, gäb' ich mein Leben für mein Volk. Sterben will ich – ja,« rief sie, »aber leben und diesen Mann meines Herzens in andrer Liebe wissen – nein.«

»In andrer Liebe!« rief Witichis, »wie redest du mir so? Weißt du's denn nicht, wie ewig dies gequälte Herz nur nach dem Wohlklang deines Namens schlägt? Hast du's denn nicht empfunden, noch nicht, an dieser Urne nicht, wie ewig unsre Herzen eins? Was bin ich, ohne deine Liebe? Reißt mir das Herz aus der Brust, setzt mir ein andres ein: dann etwa laß ich von dieser Seele. Ja, wahrlich,« rief er den beiden Männern zu, »ihr wißt nicht was ihr thut und kennt euren Vorteil schlecht. Ihr wißt nicht, daß meine Liebe zu diesem Weib und dieses Weibes Liebe das Beste ist am armen Witichis. Sie ist mein guter Stern. Ihr wißt nicht, daß ihr zu danken ist, ihr allein, wenn etwas euch an mir gefällt. An sie denk' ich im Getümmel der Schlacht und ihr Bild stärkt meinen Arm. An sie denk ich, an ihre Seele, klar und ruhig, an ihre makellose Treu, wenn's gilt, im Rat das Edelste zu finden. O, dieses Weib ist meines Lebens Seele, nehmt sie hinweg und ein Schatte ohne Glück und Kraft ist euer König.«

Und in leidenschaftlicher Erregung schloß er Rauthgundis in die Arme. Sie war erstaunt, selig erschrocken. Noch nie hatte der stete, ruhige Mann, der sein Gefühl gern scheu in sich verschloß, so von ihr, von seiner Liebe gesprochen. Nicht, da er um sie warb, wie jetzt, da er sie lassen sollte.

Aufs mächtigste erschüttert sank sie an seine Brust: »Dank, Dank, Gott, für diese Schmerzenstunde,« flüsterte sie, »ja, jetzt weiß ich, dein Herz, deine Seele sind ewig mein.«

»Und bleiben dein,« sagte Teja leise, »wenn auch eine andre seine Königin heißt! Sie teilt nur seine Krone, nicht sein Herz.«

Das schlug tief in Rauthgundis Seele. Sie sah, ergriffen von diesem Wort, mit großen Augen auf Teja.

Hildebrand erkannte es wohl und sann darauf, jetzt seinen Hauptschlag zu führen.

»Wer will, wer kann an eure Herzen rühren?« sprach er. »Ein Schatte ohne Glück und Kraft – das wirst du nur, wenn du mein Wort verwirfst und brichst deinen heiligen, heiligen Eid. Denn der Meineidige ist hohler als ein Schatte.«

»Seinen Eid?« fragte Rauthgundis erbebend. »Was hast du geschworen?«

Witichis aber sank auf den Sitz und sein Haupt auf seine Hände.

»Was hat er geschworen?« wiederholte sie.

Da sprach Hildebrand, langsam jedes Wort in die Seele der Gatten zielend. »Wenige Jahre sind's. Da schloß ein Mann, in mitternächtiger Stunde, mit vier Freunden einen mächtigen Bund. Unter heiliger Eiche ward der Rasen geritzt und er that einen Eid bei der alten Erde, dem wallenden Wasser, dem flackernden Feuer und der leichten Luft. Und sie mischten ihr rotes Blut zu einem Bund von Brüdern auf immer und ewig und alle Tage.

Sie schworen den schweren Schwur, zu opfern alles Eigen: Sohn und Sippe, Leib und Leben: Waffen und Weib dem Glück und Glanz des Geschlechtes der Goten. Und wer von den Brüdern sich wollte weigern, den Eid zu ehren mit allen Opfern, des rotes Blut solle rinnen ungerächt wie dies Wasser unter den Waldwasen. Auf sein Haupt solle die Himmelshalle niederdonnern und ihn erdrücken. Und wer vergißt dieses Eides und wer sich weigert, alles zu opfern dem Volk der Goten, wenn die Not es gebeut und ein Bruder ihn mahnt, der soll verfallen sein auf immer den dunkeln Gewalten, die da hausen unter der Erde. Gute Menschen sollen mit Füßen schreiten über des Neidings Haupt und sein Andenken verschlungen sein spurlos in die Tiefe: oder wer seiner gedenkt, gedenke sein mit Fluchen: und verdammt soll sein seine Seele zu ewiger Qual. Und ehrlos soll sein sein Name, so weit Christenleute Glocken läuten und Heidenleute Opfer schlachten, so weit der Wind weht über die weite Welt.

So ward geschworen in jener Nacht von fünf Männern: von Hildebrand und Hildebad, von Totila und Teja. Wer aber war der fünfte? Witichis, Waltaris Sohn.«

Und – rasch streifte er dem König das Gewand über den linken Knöchel zurück. »Sieh her, Rauthgundis, noch ist die Narbe des Blutschnitts nicht verwischt. Aber der Schwur ist verwischt in seiner Seele. So schwor er damals, als er noch nicht König war.

Und als ihn die Tausende von gotischen Männern auf dem Feld von Regeta auf den Schild erhoben, da that er einen zweiten Schwur: »Mein Leben, mein Glück, mein alles, euch will ich's weihn, dem Volk der Goten, das schwör ich euch beim höchsten Himmelsgott und bei meiner Treue.« Nun, Witichis, Waltaris Sohn, König der Goten, ich mahne dich an jenen doppelten Eid zu dieser Stunde. Ich frage dich, willst du opfern, wie du geschworen, dein alles, dein Glück und dein Weib, dem Volk der Goten? Siehe, auch ich habe drei Söhne verloren für dies Volk.

Und habe meinen Enkel, den letzten Sproß meines Geschlechts, geopfert, gerichtet für die Goten, ohne Zucken mit den Wimpern. Sprich, willst du das Gleiche thun? willst du halten deinen Eid? oder ihn brechen und ehrlos unter den Lebendigen, verflucht sein unter den Toten, willst du?«

Witichis wand sich im Schmerz unter den Worten des furchtbaren Alten.

Da erhob sich Rauthgundis. Die Linke auf ihres Mannes Herz gelegt, die Rechte wie abwehrend gegen Hildebrand ausstreckend, sprach sie: »Halt ein. Laß ab von ihm. Es ist genug, schon längst. Er thut, was du begehrst. Er wird nicht ehrlos und eidbrüchig an seinem Volke, um sein Weib.«

Aber Witichis sprang auf und umfaßte sie, als wollte man ihm sein Weib sogleich entreißen.

»Geht jetzt,« sprach sie zu den Männern, »laßt mich allein mit ihm.«

Teja wandte sich zum Ausgang, Hildebrand zögerte.

»Geh nur, ich gelobe es dir:« sprach sie, die Hand auf die Marmorurne legend, »bei der Asche meines Kindes: mit Sonnenaufgang ist er frei.«

»Nein,« sprach Witichis, »ich stoße mein Weib nicht von mir, nie.«

»Das sollst du nicht. Nicht du vertreibst mich: ich wende mich von dir. Rauthgundis geht, ihr Volk zu retten und ihres Gatten Ehre. Du kannst dein Herz nie von mir lösen: ich weiß es, es bleibt mein, seit heute mehr denn je. Geht, was jetzo zwischen uns beiden zu reden ist, trägt keine Zeugen.«

Schweigend verließen die Männer das Zelt, schweigend gingen sie miteinander die Lagergasse hinab, an der Ecke hielt der Alte.

»Gut Nacht, Teja,« sagte er, »jetzt ist's gethan.«

»Ja, doch wer weiß, ob wohlgethan. Ein edles, edles Opfer: noch viele andre werden folgen und mir ist: dort in den Sternen steht geschrieben: umsonst. Doch gilt's die Ehre noch, wenn nicht den Sieg. Lebwohl.«

Und er schlug den dunkeln Mantel um die Schulter und verschwand wie ein Schatten in der Nacht.

## Achtzehntes Kapitel

Am andern Morgen noch vor Hahnenkraht ritt ein verhülltes Weib aus dem Gotenlager. Ein Mann im braunen Kriegermantel schritt neben ihr, das Roß am Zügel führend und immer wieder in ihr verschleiert Antlitz schauend. Einen Pfeilschuß hinter ihnen ritt ein Knecht, ein Bündel hinter sich auf dem Sattel, an dem die schwere Streitaxt hing.

Lange verfolgten sie schweigend ihren Weg.

Endlich hatten sie eine Waldhöhe erreicht: hinter ihnen die breite Niederung, in der das Gotenlager und die Stadt Ravenna ruhten, vor ihnen die Straße, die nach der Via Aemilia im Nordwesten führte.

Da hielt das Weib den Zügel an.

»Die Sonne steigt soeben auf: ich hab's gelobt, daß sie dich frei und ledig findet. Leb wohl, mein Witichis.« »Eile nicht so hinweg von mir,« sagte er, ihre Hand drückend. »Wort muß man halten, Freund, und bricht das Herz darob. Es muß sein.« – »Du gehst leichter, als ich bleibe.« Sie lächelte schmerzlich. »Ich lasse mein Leben hinter dieser Waldhöhe: Du hast noch ein Leben vor dir.« – »Was für ein Leben!« – »Das Leben eines Königs für sein Volk, wie dein Eid es gebeut.« – »Unseliger Eid.« – »Es war recht, ihn zu schwören: es ist Pflicht, ihn zu halten. Und du wirst mein gedenken in den Goldsälen von Rom, wie ich dein in meiner Hütte tief im Steingeklüft. Du wirst sie nicht vergessen, die zehn Jahre der Lieb' und Treu, und unsern süßen Knaben.«

»O mein Weib, mein Weib,« rief der Gequälte und umschlang sie mit beiden Armen, das Haupt auf den Sattelknopf gedrückt. Sie beugte das Haupt über ihn und legte die Rechte auf sein braunes Haar.

Inzwischen war Wachis herangekommen: er sah der Gruppe eine Weile zu, dann hielt er's nicht mehr aus. Er zog leise seinen Herrn am Mantel: »Herr, paßt auf, ich weiß euch guten Rat, hört ihr nicht?«

»Was kannst du raten?«

»Kommt mit, auf und davon! werft euch auf mein Pferd und reitet frisch davon mit Frau Rauthgundis. Ich komme nach. Laßt ihnen doch, die euch so quälen, daß euch die hellen Tropfen im Augen stehen, laßt ihnen doch den ganzen Plunder von Kron' und Reich. Euch hat's kein Glück gebracht: sie meinen's nicht gut mit euch: wer will Mann und Weib scheiden um eine tote Krone? Auf und davon, sag ich! Und ich weiß euch ein Felsennest, wo euch nur der Adler findet oder der Steinbock.«

»Soll dein Herr von seinem Reich entlaufen, wie ein schlechter Sklave aus der Mühle? Leb wohl Witichis, hier nimm die Kapsel mit dem blauen Band: des Kindes Stirnlocken sind darin und eine,« flüsterte sie, ihn auf die Stirn küssend und das Medaillon umhängend, »und eine von Rauthgundis. Leb wohl, du mein Leben!«

Er richtete sich auf, ihr ins Auge zu sehen.

Da trieb sie das Pferd an: »Vorwärts, Wallada,« und sprengte hinweg: Wachis folgte im Galopp, Witichis stand regungslos und sah ihr nach.

Da hielt sie, ehe die Straße sich ins Gehölz krümmte: – nochmal winkte sie mit der Hand und war gleich darauf verschwunden.

Witichis lauschte wie im Traum auf die Hufschläge der eilenden Rosse. Erst als diese verhallt, wandte er sich.

Aber es ließ ihn nicht von der Stelle.

Er trat seitab der Straße: dort lag jenseit des Grabens ein großer moosiger Felsblock: darauf setzte sich der König der Goten, und stützte die Arme auf die Knie, das Haupt in beide Hände. Fest drückte er die Finger vor die Augen, die Welt und alles draußen auszuschließen von seinem Schmerz.

Thränen drangen durch die Hände, er achtete es nicht. Reiter sprengten vorüber, er hörte es kaum. So saß er stundenlang regungslos, so daß die Vögel des Waldes bis dicht an ihn heran spielten.

Schon stand die Sonne im Mittag.

Endlich – hörte er seinen Namen nennen. Er sah auf: Teja stand vor ihm.

»Ich wußte es wohl,« sagte dieser, »du bist nicht feig entflohn. Komm mit zurück und rette das Reich. Als man dich heut nicht in deinem Zelte fand, kam's gleich im ganzen Lager aus: du habest, an Krone und Glück verzweifelnd, dich davon gemacht.

Bald drang's in die Stadt und zu Guntharis: die Ravennaten drohen einen Ausfall, sie wollen zu Belisar übergehn. Arahad buhlt bei unsrem Heer um die Krone. Zwei, drei Gegenkönige drohn. Alles fällt in Trümmer auseinander, wenn du nicht kommst und rettest.«

»Ich komme,« sagte er, »sie sollen sich hüten! Es brach das beste Herz um diese Krone: sie ist geheiligt und sie soll'n sie nicht entweihn. Komm, Teja, zurück ins Lager.«

Fünftes Buch

# Witichis

## Zweite Abteilung

### Erstes Kapitel

Im Lager angelangt fand König Witichis alles in höchster Verwirrung; gewaltsam riß ihn die drängende Not des Augenblicks aus seinem Gram und gab ihm vollauf zu thun.

Er traf das Heer in voller Auflösung und in zahlreiche Parteiungen zerspalten. Deutlich erkannte er, daß der Fall der ganzen gotischen Sache die Folge gewesen wäre, hätte er die Krone niedergelegt oder das Heer verlassen.

Manche Gruppen fand er zum Aufbruch bereit.

Die einen wollten sich dem alten Grafen Grippa in Ravenna anschließen. Andere zu den Empörern sich wenden, andere Italien verlassend über die Alpen flüchten. Endlich fehlte es nicht an Stimmen, die für eine neue Königswahl sprachen: und auch hierin standen sich die Parteien waffendrohend gegenüber.

Hildebrand und Hildebad hielten noch diejenigen zusammen, die an des Königs Flucht nicht glauben wollten. Der Alte hatte erklärt, wenn Witichis wirklich entflohen, wolle er nicht ruhen, bis der eidbrüchige König wie Theodahad geendet. Hildebad schalt jeden einen Neiding, der also von Witichis denke. Sie hatten die Wege zur Stadt und nach dem Wölsungenlager besetzt und drohten, jeden Abzug nach diesen Seiten mit Gewalt zurückzuweisen, während auch bereits Herzog Guntharis von der Verwirrung Kunde erhalten hatte und langsam gegen das Lager der Königlichen anrückte.

Überall traf Witichis auf unruhige Haufen, abziehende Scharen, Drohungen, Scheltworte, erhobene Waffen: jeden Augenblick konnte auf allen Punkten des Lagers ein Blutbad ausbrechen. Rasch entschlossen eilte er in sein Zelt, schmückte sich mit dem Kronhelm und dem goldenen Stab, stieg auf Boreas, das mächtige Schlachtroß, und sprengte, gefolgt von Teja, der die blaue Königsfahne Theoderichs über ihm hielt, durch die Gassen.

In der Mitte des Lagers stieß er auf einen Trupp von Männern, Weibern und Kindern — denn ein gotisches Volksheer führte auch diese mit sich —, der sich drohend gegen das Westthor wälzte.

Hildebad ließ die Seinen mit gefällten Speeren in die Thore treten.

»Laßt uns hinaus,« schrie die Menge, »der König ist geflohen, der Krieg ist aus, alles ist verloren, wir wollen das Leben retten.« »Der König ist kein Tropf wie du,« sagte Hildebad, den Vordersten zurückstoßend. »Ja, er ist ein Verräter,« schrie dieser, »er hat uns alle verlassen und verraten um ein paar Weiberthränen.«

»Ja,« schrie ein anderer: »er hat dreitausend von unseren Brüdern hingeschlachtet und ist dann entflohn.«

»Du lügst,« sprach eine ruhige Stimme und Witichis bog um die Lagerecke.

»Heil dir, König Witichis!« schrie der riesige Hildebad, »seht ihr ihn da! – Hab' ich's nicht immer gesagt, ihr Gesindel? Aber Zeit war's, daß du kamst – sonst ward es schlimm.«

Da sprengte von rechts Hildebrand mit einigen Reitern heran: »Heil dir, König, und der Krone auf deinem Helm. Reitet durch das Lager, Herolde, und kündet, was ihr saht: und alles Volk soll rufen: »Heil König Witichis, dem Vielgetreuen.«

Aber Witichis wandte sich schmerzlich von ihm ab.

Die Boten schossen wie Blitze hinweg; bald scholl aus allen Gassen der donnernde Ruf: »Heil König Witichis,« und von allen Seiten stimmten die jüngst noch Hadernden einig in diesen Ruf zusammen.

Sein Blick flog mit dem Stolz tiefsten Schmerzes über die Tausende. Und Teja sprach hinter ihm leise: »du siehst, du hast das Reich gerettet.«

»Auf, führ uns zum Sieg!« rief Hildebad, »denn Gunthari s und Arahad rücken an: sie wähnen, uns ohne Haupt in offenem Zwist zu überraschen! heraus auf sie! sie sollen sich schrecklich irren; heraus auf sie und nieder die Empörer.« – »Nieder die Empörer!« donnerten die Heermänner nach, froh, einen Ausweg ihrer tieferregten Leidenschaft zu finden.

Aber der König winkte mit edler Ruhe: »Stille! nicht noch einmal soll gotisch Blut fließen von gotischen Waffen. Ihr harret hier in Geduld: du, Hildebad, thu' mir auf das Thor. Niemand folgt mir: ich allein gehe zu den Gegnern. Du, Graf Teja, hältst das Lager in Zucht, bis ich wiederkehre. Du aber, Hildebrand,« er rief's mit erhobener Stimme, »reit' an die Thore von Ravenna und künde laut: sie sollen sie öffnen. Erfüllt ist ihr Begehr, und noch vor Abend ziehen wir ein: der König Witichis und die Königin Mataswintha.«

So gewaltig und ernst sprach er diese Worte, daß das Heer sie mit lautloser Ehrfurcht vernahm.

Hildebad öffnete die Lagerpforte: man sah die Reihen der Empörer im Sturmschritt heraneilen: laut scholl ihr Kriegsruf, als sich das Thor öffnete.

König Witichis gab an Teja sein Schwert und ritt ihnen langsam entgegen. Hinter ihm schloß sich das Thor.

»Er sucht den Tod,« flüsterte Hildebrand. »Nein,« sprach Teja, »er sucht und bringt das Heil der Goten.«

Wohl stutzten die Feinde, als sie den einzelnen Reiter erkannten: neben den wölsungischen Brüdern, die an der Spitze zogen, ritt ein Führer avarischer Pfeilschützen, die sie in Sold genommen. Dieser hielt die Hand vor die kleinen, blinzenden Augen und rief: »Beim Rosse des Roßgotts, das ist der König selbst! jetzt, meine Burschen, pfeilkundige Söhne der Steppe, zielt haarscharf und der Krieg ist aus.« Und er riß den krummen Hornbogen von der Schulter.

»Halt, Chan Warchun,« sprach Herzog Guntharis, eine eherne Hand auf seine Schulter legend. »Du hast zweimal schwer gefehlt in einem

Atem. Du nennst den Grafen Witichis König: das sei dir verziehn. Und du willst ihn morden, der im Botenfrieden naht: Das mag avarisch sein: es ist nicht Gotensitte. Hinweg mit dir und deiner Schar aus meinem Lager.«

Der Chan stutzte und sah ihn staunend an: »Hinweg, sogleich!« wiederholte Herzog Guntharis. Der Avare lachte und winkte seinen Reitern: »Mir gleich! Kinder: wir gehn zu Belisar. Sonderbare Leute, diese Goten! Riesenleiber – Kinderherzen.«

Indessen war Witichis herangeritten. Guntharis und Arahad musterten ihn mit forschenden Blicken. In seinem Wesen lag neben der alten, schlichten Würde eine ernste Hoheit: die Majestät des höchsten Schmerzes.

»Ich komme, mit euch zu reden, zum Heil der Goten. Nicht weiter sollen Brüder sich zerfleischen. Laßt uns zusammen einziehen in Ravenna und zusammen Belisar bekämpfen. Ich werde Mataswintha freien und ihr beide sollt am nächsten stehen an meinem Thron.«

»Nimmermehr!« rief Arahad leidenschaftlich. »Du vergißt,« sprach Herzog Guntharis stolz, »daß deine Braut in unsern Zelten ist.«

»Herzog Guntharis von Tuscien, ich könnte dir erwidern, daß bald wir in euren Zelten sein werden. Wir sind zahlreicher und nicht feiger als ihr, und, o Herzog Guntharis, mit uns ist das Recht. Ich will nicht also sprechen. Aber mahnen will ich dich des Gotenvolks. Selbst wenn du siegen solltest, du wirst zu schwach, um Belisar zu schlagen. Kaum einig sind wir ihm gewachsen. Gieb nach!«

»Gieb du nach!« sprach der Wölsung, »wenn dir's ums Gotenvolk zu thun. Lege diese Krone nieder: kannst du kein Opfer bringen deinem Volk?« – »Ich kann's – ich hab's gethan. Hast du ein Weib, o Guntharis?«

»Ein teures Weib habe ich.« – »Nun wohl: auch ich hatte ein teures Weib. Ich hab's geopfert meinem Volk: ich habe sie ziehen lassen, Mataswinthen zu freien.«

Herzog Guntharis schwieg. Arahad aber rief: »dann hast du sie nicht geliebt.«

Da fuhr Witichis empor: sein Schmerz und seine Liebe wuchsen riesengroß: Glut deckte seine Wangen, und einen vernichtenden Blick warf er auf den erschrockenen Jüngling: »Schwatze mir nicht von Liebe, lästre nicht, du thörichter Knabe! Weil dir ein paar rote Lippen und weiße Glieder in deinen Träumen vor den Blicken glänzen, sprichst du von Liebe? Was weißt du von dem, was ich an diesem Weib verloren, der Mutter meines süßen Kindes! Eine Welt von Liebe und Treue. Reizt mich nicht: meine Seele ist wund: in mir liegen Schmerz und Verzweiflung mit Mühe gebändigt: reizt sie nicht, laßt sie nicht losbrechen.«

Herzog Guntharis war sehr nachdenklich geworden.

»Ich kenne dich, Witichis, vom Gepidenkrieg: nie sah ich unadeligen Mann so adelige Streiche thun. Ich weiß, es ist kein Falsch an dir. Ich weiß, wie Liebe bindet an ein ehlich Weib. Und du hast das Weib deinem Volk geopfert? Das ist viel.«

»Bruder! was sinnest du?« rief Arahad, »was hast du vor?« – »Ich habe vor, das Haus der Wölsungen an Edelmut nicht beschämen zu lassen. Edle Geburt, Arahad, heischt edle That!

Sag' mir nur eins noch: weshalb hast du nicht lieber die Krone hingegeben, ja dein Leben, als dein Weib?«

»Weil es des Reiches sicheres Verderben war. Zweimal wollt' ich die Krone Graf Arahad abtreten: zweimal schwuren die Ersten meines Heeres, ihn nie anzuerkennen. Drei, vier Gegenkönige würden gewählt, aber, bei meinem Wort, Graf Arahad würde niemals anerkannt. Da rang ich mein Weib von mir ab, vom blutenden Herzen. Und nun, Herzog Guntharis, gedenk' auch du des Gotenvolks. Verloren ist das Haus der Wölsungen, wenn die Goten verloren. Die edelste Blüte des Stammes fällt mit dem Stamm, wenn Belisar die Axt an die Wurzel legt. Ich habe mein Weib dahingegeben, meines Lebens Krone: *gieb* du die Hoffnung einer Krone auf.«

»Man soll nicht singen in der Goten Hallen: Der Gemeinfreie Witichis war edler, als des Adels Edelste! Der Krieg ist aus: ich huldige dir, mein König.« Und der stolze Herzog bog das Knie vor Witichis, der ihn aufhob und an seine Brust zog.

»Bruder! Bruder! was thust du an mir! welche Schmach!« rief Arahad. »Ich rechn' es mir zur Ehre!« sprach Guntharis ruhig. »Und zum Zeichen, daß mein König nicht Feigheit sieht, sondern eine Edelthat in der Huldigung, erbitt' ich mir eine Gunst. Amaler und Balthen haben unser Geschlecht zurückgedrängt von dem Platz, der ihm gebührt im Volke der Goten.« »In dieser Stunde,« sprach Witichis, »kaufst du ihn zurück: die Goten sollen nie vergessen, daß Wölsungen-Edelsinn ihnen einen Bruderkampf erspart hat.« – »Und des zum Zeichen sollst du uns das Recht verleihen, daß die Wölsungen der Goten Sturmfahne dem Heer voraufgetragen in jeder Schlacht.« »So sei's,« sagte der König, ihm die Rechte reichend, »und keine Hand wird sie mir würdiger führen.« »Wohlan, jetzt auf zu Mataswintha,« sprach Guntharis.

»Mataswintha!« rief Arahad, der bisher wie betäubt der Versöhnung zugesehen, die alle seine Hoffnungen begrub. »Mataswintha!« wiederholte er. »Ha, zur rechten Zeit gemahnt ihr mich. Ihr könnt mir die Krone nehmen: sie fahre hin, nicht meine Liebe und nicht die Pflicht, die Geliebte zu beschützen. Sie hat mich verschmäht: ich aber liebe sie bis zum Tode. Ich habe sie vor meinem Bruder beschirmt, der sie zwingen wollte, mein zu werden. Nicht minder wahrlich will ich sie beschützen, wollt ihr sie nun beide zwingen, des verhaßten Feindes zu werden. Frei soll sie bleiben, diese Hand, die kostbarer als alle Kronen der Erde.« Und rasch schwang er sich aufs Pferd und jagte mit verhängtem Zügel seinem Lager zu.

Witichis sah ihm besorgt nach. »Laß ihn,« sprach Herzog Guntharis, »wir beide, einig, haben nichts zu fürchten. Gehen wir die Heere zu versöhnen, wie die Führer.«

Während Guntharis zuerst den König durch seine Reihen führte und diese aufforderte, gleich ihm zu huldigen, was sie mit Freuden thaten, und darauf Witichis den Wölsungen und seine Anführer mit in sein Lager nahm, wo die Besiegung des stolzen Herzogs durch Friedensworte als ein

Wunderwerk des Königs angesehen wurde, sammelte Arahad aus den Reitern im Vordertreffen eine kleine Schar von etwa hundert ihm treu ergebenen Gefolgen und sprengte mit ihnen nach seinem Lager zurück.

Bald stand er im Zelt vor Mataswinthen, die sich bei seinem Eintreten unwillig erhob. »Zürne nicht, schilt nicht, Fürstin! diesmal hast du kein Recht dazu. Arahad kommt, die letzte Pflicht seiner Liebe zu erfüllen. Flieh, du mußt mir folgen.« Und im Ungestüm seiner Aufregung griff er nach der weißen, schmalen Hand.

Mataswintha trat einen Schritt zurück und legte die Rechte an den breiten Goldgürtel, der ihr weißes Untergewand umschloß: »fliehen?« sagte sie, »wohin fliehen?«

»Übers Meer! Über die Alpen! gleichviel: in die Freiheit. Denn deiner Freiheit droht höchste Gefahr.«

»Von euch allein droht sie.« – »Nicht mehr von mir! Und ich kann dich nicht mehr beschirmen. Solang du mein werden solltest, konnte ich es, konnte grausam sein gegen mich selbst, deinen Willen zu ehren. Aber nun –«

»Aber nun?« sprach Mataswintha erbleichend.

»Sie haben dich einem andern bestimmt. Mein Bruder, mein Heer und meine Feinde im Königslager und in Ravenna, alle sind darin einig. – Bald werden sie dich tausendstimmig als Opfer zum Brautaltar rufen. Ich kann's nicht denken! Diese Seele, diese Schönheit entweiht als Opfer in ungeliebtem Ehebund.«

»Laß sie kommen,« sagte Mataswintha, »laß sehen, ob sie mich zwingen!« Und sie drückte den Dolch, den sie im Gürtel trug, an sich. – »Wer ist er, der neue Zwingherr, der mir droht?«

»Frage nicht!« rief Arahad, »dein Feind, der dein nicht wert, der dich nicht liebt; der – folge mir! – flieh', schon kommen sie!« Man hörte von draußen nahenden Hufschlag.

»Ich bleibe. Wer zwingt das Enkelkind Theoderichs?«

»Nein! du sollst nicht, sollst nicht in ihre Hände fallen, der Fühllosen, die nicht dich lieben, nicht deine Herrlichkeit, nur dein Recht auf die Krone! Folge mir ...«

Da ward der Thürvorhang des Zeltes zur Seite geschoben: Graf Teja trat ein. Zwei Gotenknaben mit ihm, in weißer Seide, festlich gekleidet.

Sie trugen ein mit einem Schleier verhülltes Purpurkissen. Er trat bis an die Mitte des Zeltes und beugte das Knie vor Mataswinthen. Er trug, wie die Knaben, einen grünen Rautenzweig um den Helm. Aber sein Auge und seine Stimme war düster, als er sprach: »Ich grüße dich, der Goten und Italier Königin!«

Mit erstauntem Blick maß sie ihn. Teja erhob sich, trat zurück zu den Knaben, nahm von dem Kissen einen goldenen Reif und den grünen Rautenkranz und sprach: »Ich reiche dir den Brautkranz und die Krone, Mataswintha, und lade dich zur Hochzeit und zur Krönung – die Sänfte steht bereit.«

Arahad griff ans Schwert.

»Wer sendet dich?« fragte Mataswintha mit klopfendem Herzen, aber die Hand am Dolch. »Wer sonst, als Witichis, der Goten König.« Da leuchtete ein Strahl der Begeisterung aus Mataswinthens wunderbaren Augen: sie erhob beide Arme gen Himmel und sprach: »Dank, Himmel, deine Sterne lügen nicht und nicht das treue Herz. Ich wußt es wohl.« Und mit beiden schimmernden Händen ergriff sie das bekränzte Diadem und drückte es fest auf das dunkelrote Haar. »Ich bin bereit. Geleite mich,« sprach sie, »zu deinem Herrn und meinem.« Und mit königlicher Wendung reichte sie Graf Teja die Linke, der sie ehrerbietig hinausführte.

Arahad aber starrte der Verschwundenen nach, sprachlos, noch immer die Hand am Schwert. Da trat Eurich, einer seiner Gefolgen, zu ihm heran, und legte ihm die Hand auf die Schulter: »Was nun?« fragte er, »die Rosse stehen und harren: wohin?« »Wohin?« rief Arahad auffahrend – »wohin? Es giebt nur noch Einen Weg: wir wollen ihn gehen. Wo stehen die Byzantiner und der *Tod*?«

## Zweites Kapitel

Am siebenten Tage nach diesen Ereignissen bereitete sich ein glanzvolles Fest auf den Fora und in dem Königspalast zu Ravenna.

Die Bürger der Stadt und die Goten aller drei Parteien wogten in gemischten Scharen durch die Straßen und fuhren durch die Lagunenkanäle, denn Ravenna war damals eine Wasserstadt, fast, aber doch nicht ganz, wie heute Venedig – die riesigen Kränze, Blumenbogen und Fahnen zu bewundern, die von allen Zinnen und Dächern niederwehten: denn es galt, die Vermählung des gotischen Königspaares zu feiern.

Am frühen Morgen hatte sich das ganze jetzt vereinigte Heer der Goten vor den Thoren der Stadt zu feierlicher Volksversammlung geschart. Der König und die Königin erschienen auf milchweißen Rossen: abgestiegen waren sie vor allem Volk unter eine breitschattende Steineiche getreten: dort hatte Witichis seiner Braut die rechte Hand auf das Haupt gelegt; sie aber trat mit dem entblößten linken Fuß in den Goldschuh des Königs.

Damit war unter dem Zuruf der Tausende die Ehe nach Volksrecht geschlossen. Darauf bestieg das Paar einen mit grünen Zweigen geschmückten Wagen, der von vier weißen Rindern gezogen ward; der König schwang die Geißel und sie fuhren, gefolgt von dem Heere, in die Stadt. Dort schloß sich an die halb heidnische, germanische, eine zweite, die christliche Feier: der arianische Bischof erteilte seinen Segen über das Paar in der Basilika Sancti Vitalis und ließ es die Ringe wechseln.

Rauthgundens wurde nicht gedacht.

Noch war die Kirche nicht mächtig genug, ihre Forderung der Unauflöslichkeit einer kirchlich geschlossenen Ehe überall durchzusetzen; vornehme Römer und vollends Germanen verstießen noch häufig in voller Willkür ihre Frauen. Und wenn gar ein König aus Gründen des Staatswohls und ohne Einspruch der Gattin das Gleiche beschloß, erhob sich kein Widerstand.

Aus der Kirche ging der Zug nach dem Palast, in dessen Hallen und Gärten ein großes Festmahl gerüstet war.

Das ganze Gotenheer und die ganze Bevölkerung der Stadt fand hier, dann auf den Fora des Herkules und des Honorius und in den nächsten Straßen und Kanälen auf Schiffen, an tausend Tischen reiche Bewirtung, während die Großen des Reiches und die Vornehmen der Stadt mit dem Königspaar in der Gartenrotunde oder in der weiten Trinkhalle, die Theoderich hatte in dem römischen Palast anbringen lassen, tafelten.

So wenig die Lage des Landes und des Königs Stimmung zu rauschenden Festen passen mochten, es galt, die Ravennaten mit den Goten und die verschiedenen Parteien der Goten unter sich zu versöhnen: und man hoffte, in Strömen des Festweins die letzten feindseligen Erinnerungen hinwegzuspülen.

Am besten übersah man den Königstisch und die festlichen Tafeln, die sich über den weiten Garten und Park verteilten, von dem zum Brautgemach Mataswinthens bestimmten kleinen Gelaß, dessen einziges Fenster auf die Rotunde vor dem Garten und, über den Garten hin, bis auf das Meer ausblicken ließ.

In diesem Gemach drei Tage zuvor schon schmückend zu schalten und zu walten, hatte sich Aspa, die Numiderin, als Lohn treuer Dienste ausgebeten. »Denn diese ernsten, finstern Römer wissen ebensowenig wie die rauhen Goten, dem schönsten Weib der Erde das Brautbett zu bereiten: in Afrika, im Land der Wunder, lernt man das.«

Und wohl war ihr's gelungen, wenn auch im Sinn der schwülen, phantastischen Üppigkeit ihrer Heimat. Sie hatte das enge und niedre Gemach wie zu einem kleinen Zauberkistchen umgeschaffen! Wände und Decken waren von glänzend weißen Marmorplatten gefügt.

Aber Aspa hatte den ganzen Raum mit drei- und vierfach aufeinandergelegten Gehängen von dunkelroter Seide verhüllt, die in schweren Falten von den Wänden niederfloß, sich über die Getäfeldecke wie ein Rundbogen wölbte und den Marmorboden so dicht verhüllte, daß jeder Tritt lautlos drüber hin glitt und alles Geräusch sich im Entstehen brach. Nur an der Fensterbrüstung sah man den schimmernd weißen Marmor sich prachtvoll von der Glut der Seide heben.

Das Fenster von weißem Frauenglas war mit einem Vorhang von mattgelber Seide verhangen und alles Licht in dem kleinen Raum strömte aus von einer Ampel, die von der Mitte der Decke aus niederhing: eine Silbertaube mit goldnen Flügeln schwebte aus einem Füllhorn von Blumengewinden: in den Füßen trug sie eine flache Schale aus einem einzigen großen Karneol, der, ein Geschenk des Vandalenkönigs, in den aurasischen Bergen gefunden, als ein seltenes Wunder galt.

Und in dieser Schale glühte ein rotes Flämmchen, genährt von stark duftendem Cederöl. Ein gebrochenes, träumerisches Dämmerlicht ergoß sich von hier aus über das phantastische Doppelpfühl, das, halb von Blumen verschüttet, darunter stand. Aspa hatte sich das bräutliche Lager als die aufgeschlagnen Schalen einer Muschel gedacht, die an der innern Seite zusammenhängen, zwei ovale muschelförmige Klinen von Citrusholz erhoben sich nur wenig von dem Teppich des Bodens. Über die weißen Kissen und Teppiche hin war eine Linnendecke von orangegoldnem Glanz gegossen.

Aber der eigenste Schmuck des Gelasses war die Fülle von Blumen, welche die Hand der Numiderin mit poesiereichem, wenn auch phantastischem Geschmack über das ganze Gemach verstreut und über die Wände, Decken, Vorhänge, die Thüre und das Lager verteilt hatte.

Ein Bogen von starkduftigen Geißblattranken überwölbte laubenartig die einzige Thüre, den schmalen Eingang. Zwei mächtige Rosenbäume standen zu Häupten des Lagers und streuten ihre roten und weißen Blüten auf die Teppiche. Die Ampel hing, wie erwähnt, aus einem kunstvoll gewundnen Füllhorn von Blumen herab. Und überall sonst, wo eine Falte, eine Biegung der Teppiche das Auge zu verweilen lud, hatte Aspa eine seltene Blume glücklich angeschmiegt. Der Lorbeer und der Oleander Italiens, die sicilische Myrte, das schöne Rhododendron der Alpen und die glühenden Iriaceen Afrikas mit ihren reichen Kelchen: alle lauschten je am gelegensten Ort und doch, wie es schien, vom Zufall hingeworfen.

Schon standen die Sterne am Himmel.

Es dämmerte draußen: im Gemach hatte Aspa die Flamme in der veilchendunkeln Schale entzündet und war nur noch beschäftigt, hier und da eine Falte zu glätten, indes sie eine römische Sklavin anwies, in den Silberkrügen auf dem Bronzekredenztisch den Palmwein mit Schnee zu kühlen, eine andre, das Gemach mit Balsam zu durchsprengen.

»Reichlicher die Narden, reichlicher die Myrrhen gesprengt! So!« rief Aspa, eine volle Libation über das Lager spritzend.

»Laß ab,« mahnte die Römerin, »es ist zu viel! Schon der Duft der Blumen betäubt: die Rose und das Geißblatt berauschen fast die Sinne: mir würde schwindeln hier.«

»Ah,« lachte Aspa, »wie singt der Dichter: »Nüchternen nimmer nahet das Glück: nur in seligem Rausche.« Laß uns jetzt das Fenster schließen« – »Nur ein wenig noch laß mich lauschen,« bat eine dritte junge Sklavin, die dort lehnte. »Es ist zu schön! Komm, Frithilo,« sprach sie zu einer gotischen Magd, die neben ihr stand, »du kennst ja all die stolzen Männer und Frauen: sage, wer ist der zur Linken der Königin mit dem goldnen Schuppenpanzer? er trinkt dem König zu.« – »Herzog Guntharis von Tuscien, der Wölsung. Sein Bruder, Graf Arahad von Asta ... wo mag der sein zu dieser Stunde?«

»Und der Alte neben dem König, mit dem grauen Bart?«

»Das ist der Graf Grippa, der die Goten in Ravenna befehligt. Er spricht die Fürstin an. Wie sie lacht und errötet! Nie war sie so schön.« – »Ja, aber auch der Bräutigam – welch herrlicher Mann! Der Kopf des Mars, der Nacken des Neptun. Aber er sieht nicht fröhlich: vorhin starrte er lange sprachlos in seinen Becher und furchte die Stirn: die Königin sah es: bis der alte Hildebrand, gegenüber, ihm zurief. Da sah er seufzend auf. Was hat der Mann zu seufzen? neben diesem Götterweib.«

»Nun,« sprach die Gotin, »er hat dann doch nicht ein ganz steinern Herz. Er denkt dann vielleicht an die, die sein rechtes Weib vor Gott und Menschen, die er verstoßen.«

»Was? wie? was sagst du?« riefen die drei Sklavinnen zugleich. Aber urplötzlich fuhr Aspa zwischen die Mädchen: »Willst du wohl schweigen mit dem dummen Gerede, Barbarin! Mach, daß du fortkommst! Ein solches Wort: eine Silbe, daß es die Königin hört und du sollst der Afrikanerin gedenken.«

Frithilo wollte erwidern. »Still,« rief eine der Römerinnen. »Die Königin bricht auf.« – »Sie wird hier herauf kommen.« – »Der König bleibt noch.« – »Nur die Frauen folgen ihr.« – »Sie geben ihr das Geleit bis hierher,« sprach Aspa. »Gleich kann sie hier sein: bereitet euch, sie zu empfangen.«

Bald nahte der Zug, von Fackelträgern und Flötenbläsern eröffnet. Darauf eine Auswahl der gotischen Edelfrauen: neben Mataswintha, der Braut oder jungen Frau, schritt Theudigotho, die Gattin Herzogs Guntharis, und Hildiko, die Tochter Grippas. Die vornehmen Frauen von Ravenna schlossen den Zug.

An der Schwelle der Brautkammer verabschiedete Mataswintha ihr Gefolge, an die jungen Mädchen ihren Schleier, an die Frauen ihren Gürtel verschenkend.

Die meisten zogen sich wieder zu dem Fest in den Garten, andre nach Hause zurück. Sechs Gotinnen aber, drei Frauen und drei Jungfrauen, ließen sich als Ehrenwache vor der Thüre des Brautgemaches nieder, wo Teppiche für sie bereit lagen. Dort hatten sie mit einer gleichen Zahl gotischer Männer, die den Bräutigam geleiteten, die Nacht zu verbringen: so wollt' es die gotische Sitte.

Mataswintha überschritt die Schwelle mit einem Ausruf des Staunens. »Aspa,« rief sie, »das hast du schön gemacht! – zauberisch!«

Die Afrikanerin kreuzte selig die Arme über die Brust und beugte den Nacken. Sie an sich ziehend, flüsterte die Braut:

»Du kanntest mein Herz und seine Träume! Aber,« fuhr sie aufatmend fort, »wie schwül! Deine glühenden Blumen berauschen.«

»In Glut und Rausch nahen die Götter!« sprach Aspa.

»Wie schön jene Violen: und dort die Purpurlilie; mir ist, die Göttin Flora flog durchs Zimmer und dachte einen Liebestraum und verlor darüber ihre schönsten Blumen. Es ist ein ahnungsvolles Wunder, das ich hier erlebe. Es durchrieselt mich heiß. Es ist schwül. Nehmt mir den schweren Prunk ab.« Und sie nahm die goldne Krone aus dem Haar.

Aspa strich ihr die vollen, dunkelroten Flechten hinter das feine Ohr und zog die goldne Nadel heraus, die sie am Hinterkopf zusammenhielt: frei wallte das Haar in den Nacken. Die andern Sklavinnen lösten die Spange, die in Gestalt einer geringelten Schlange den schweren Purpurmantel mit seinen reichen Goldstreifen auf der linken Schulter zusammenhielt. Der Mantel fiel und zeigte die edle, hochschlanke Gestalt der Jungfrau in dem ärmellosen wallenden Unterkleid von weißer persischer Seide. Ihre schimmernden Arme umzirkten zwei breite, goldne Armreife: Erbstücke aus dem alten Schatz der Amalungen: grüne Schlangen von Smaragden waren darin eingelegt.

Mit Entzücken schaute Aspa auf die Gebieterin, wie diese vor den in den Marmor eingelassenen Metallspiegel trat, das lose Haar mit goldnem Kamm zu schlichten.

»Wie schön du bist! wie zauberschön! wie Astaroth, die Liebesgöttin: nie warst du so schön, wie in dieser Stunde.« Mataswintha warf einen raschen Blick in den Spiegel. Sie sah, noch mehr, sie fühlte, daß Aspa recht hatte: und sie errötete.

»Geht,« sagte sie, »laßt mich allein mit meinem Glück.« Die Sklavinnen gehorchten. Mataswintha eilte ans Fenster, das sie rasch öffnete, wie um ihren Gedanken zu entfliehen. Ihr erster Blick fiel auf Witichis, der unten vom Schein der Hängelampen im Garten voll beleuchtet war.

»Er! Wieder er. Wohin entflieh ich vor ihm, dem süßen Tod?«

Sie wandte sich rasch: da an der Wand, gerade dem Fenster gegenüber, glänzte im Ampellicht eine weiße Marmorbüste. Sie kannte sie wohl: Aspa hatte den Areskopf nicht vergessen, den treuen Begleiter lang harrender Sehnsucht. Heute aber schlang sich ein Kranz von weißen und roten Rosen um sein Haar. »Und wieder du!« flüsterte die Braut, süß erschrocken und legte die weiße Hand vor die Augen. »Und schließ ich die Augen und wend' ich sie nach innen, so seh ich wieder sein Bild, sein Bild allein im tiefsten Herzen. Ich werde noch untergehn in diesem Bilde! Ach, und ich will's!« rief sie die Hand fallen lassend und dicht vor die Büste tretend: »ich will's! Wie oft, mein Ares, wann der Abend kam, hab' ich zu dir aufgeblickt, wie zu meinem Stern, bis Frieden und Ruhe aus deinen klaren, großen Zügen drang in die schwanke Seele. Wie wunderbar hat dieses Ahnen, dieses Sehnen, dieses Hoffen sich erfüllt! Wie er einst dem weinenden Kinde die Thränen getrocknet und die Ratlose nach Hause geführt, so wird er auch jetzt all mein Klagen stillen und mir die wahre Heimat bauen in seinem Herzen. Und durch all diese öden Jahre, durch all die letzten Monate voll Gefahr und Angst trug ich in mir das sichere Gefühl: »Es wird! Dir wird geschehen wie du glaubst! Dein Retter kommt und birgt dich sicher an der starken Brust.« Und, o Gnade, unaussprechliche reiche Gnade des Himmels: es ward. Ich bin sein! Dank, glühenden, seligen Dank, wer immer du bist, beglückende Macht, die über den Sternen die Bahn der Menschen lenkt mit weiser, mit liebender, mit wunderbar segnender Hand. O ich will's verdienen, dieses Glück. Er soll im Himmel wandeln. Sie sagen, ich bin schön: ich weiß es, daß ich's bin: ich weiß es ja durch ihn: ich will's für ihn sein. Laß mir, Himmel, diese Schöne. Sie sagen: ich habe einen mächtigen, schwungvollen Geist. O gieb ihm Flügel, Gott, daß ich seiner Heldenseele folgen kann in alle Sonnenhöhen. Aber, o Gott, laß mich auch abthun meine Fehler, den spröden, stolzen, leicht gereizten Sinn, den Trotz des zornigen Eigenwillens, den unbändigen Drang nach Freiheit ... O fort damit: beuge dich, beuge dich, hochmütiger Geist: ihm sich zu beugen ist edelster Ruhm. Gieb dich gebunden, Herz, und verloren auf ewig an ihn, deinen starken und herrlichen Herrn. O Witichis,« rief sie und sank fortgerissen vom Gefühl halb aufs Knie, sich an das Lager lehnend und zu der Büste aufblickend mit schwimmenden Augen – »ich bin dein. Thu wie du willst mit meiner Seele! Vernichte sie! nur gesteh, daß du glücklich bist, glücklich durch mich.«

Und sie beugte das schöne Haupt vor, nach den gefaltenen Händen.

Doch plötzlich fuhr sie empor. Licht, helles Licht floß ins Gemach. An der offenen Thüre stand der König: draußen auf dem Gang zeigten sich zahlreiche Goten und Ravennaten mit hellen Fackeln.

»Dank, meine Freunde,« sprach der König mit ernster Stimme. »Dank, für das Festgeleit. Geht nun und vollendet die Nacht,« und er wollte die Thüre schließen.

»Halt,« sprach Hildebrand, mit der Hand die Thüre wieder öffnend, so daß Mataswintha sichtbar ward, »hier seht ihr, alles Volk: der Mann und das Weib, die heut wir vermählt, sind glücklich geeint im Ehegemach. Ihr sehet Witichis und Mataswintha: und ihren ersten ehelichen Kuß.«

Mataswintha erbebte. Sie wankte, und schlug erglühend die Augen nieder.

Unschlüssig stand der König in der Thür. »Du kennst der Goten Brauch,« sprach Hildebrand laut, »so thu' danach.«

Da wandte sich Witichis rasch, ergriff die zitternde Linke Mataswinthens, führte sie schnell einen Schritt vorwärts und berührte mit den Lippen ihre Stirn. Mataswintha zuckte.

»Heil euch!« rief Hildebrand. »Wir haben gesehen den bräutlichen Kuß. Wir bezeugen hinfort den ehelichen Bund! Heil König Witichis und seinem schönen Weib, der Königin Mataswintha.«

Der Zug wiederholte den Ruf und Hildebrand, Graf Grippa, Herzog Guntharis, Hildebad, Aligern und der tapfere Bandalarius (Bannerträger) des Königs, Graf Wisand von Volsinii, lagerten sich neben den sechs Frauen und Mädchen vor der Thüre des Brautgemachs, welche Witichis nun schloß.

Sie waren allein.

Witichis warf einen langen, prüfenden Blick durch das Gemach. Das erste, was Mataswintha that, war, — sein Kuß brannte auf ihrer Stirn, — daß sie unwillkürlich soweit als möglich von ihm hinwegglitt. So war sie — sie wußte nicht wie — in die fernste Ecke des Zimmers, an das Fenster, gelangt. Witichis mochte es bemerken. Er stand hart an der Schwelle, die Hände auf das mächtige, breite und fast brusthohe Schwert gestützt, das er, aus dem Wehrgehäng genommen, in der Scheide, wie einen Stab, in der Rechten führte.

Mit einem Seufzer trat er einen Schritt vor, das Auge ruhig auf Mataswintha gerichtet. »Königin,« sprach er und seine Stimme drang ernst und feierlich aus seiner Brust, »sei getrost! Ich ahne, was du fürchtend fühlst in zarter Mädchenbrust. Es mußte sein. Ich durfte dein nicht schonen. Das Wohl des Volks gebot's: ich griff nach deiner Hand: sie muß mein sein und bleiben. Doch hab' ich schon in allen diesen Tagen dir gezeigt, daß deine Scheu mir heilig. Ich habe dich gemieden: und wir sind jetzt zum ersten Mal allein. Auch diese gepreßte bange Stunde hätt' ich dir gern erspart: es ging nicht an. Du kennst, glaube ich, die alte Sitte des Brautgeleits. Und du weißt, in unserm Fall liegt alles daran, sie nicht zu verletzen. Als ich in dies Gemach trat, und die Röte in deinen Wangen aufflammen sah, lieber hätt' ich im ödesten Berggeklüft dieses müde Haupt auf harten Fels zur Ruhe gelegt. Es ging nicht: Hildebrand und Graf Grippa und Herzog Guntharis hüten diese Schwelle. Sonst ist kein Ausgang aus diesem Gemach.

Wollt' ich dich verlassen, es gäbe Lärm und Spott und Streit: und neuen Zwist vielleicht. Du mußt mich diese Nacht in deiner Nähe dulden.«

Und er trat einen Schritt weiter vor und nahm die schwere Krone ab: auch den Purpurmantel, den er, ähnlich dem Mataswinthens, über der Schulter trug, warf er ab.

Zitternd, sprachlos lehnte Mataswintha an der Wand.

Witichis drückte dies Schweigen: so schwer er selber litt, ihn dauerte des Mädchens. »Komm, Mataswintha,« sprach er. »Verharre nicht in unversöhntem Zorn. Es mußte sein, sag' ich dir. Laß uns, was sein muß, edel tragen und nicht durch Kleinheit uns verbittern. Ich mußte deine Hand nehmen, dein Herz bleibt frei.

Ich weiß, du liebst mich nicht: du kannst, du sollst, du darfst mich nicht lieben. Doch glaub' mir: redlich ist mein Herz und achten sollst du immerdar den Mann, mit dem du diese Krone teilst. Auf gute Freundschaft, Königin der Goten.«

Und er trat zu ihr und bot ihr die Rechte.

Nicht länger hielt sich Mataswintha: rasch ergriff sie seine Hand und sank zugleich zu seinen Füßen nieder, daß Witichis überrascht zurücktrat.

»Nein, weiche nicht zurück, du Herrlicher!« rief sie. »Es ist doch kein Entrinnen vor dir! Nimm alles hin und wisse alles. Du sprichst von Zwang und Furcht und Unrecht, das du mir gethan. O Witichis, wohl hat man mich gelehrt, das Weib soll immer klug verbergen, was es fühlt, soll sich bitten lassen und erweichen und nur genötigt geben, was es aus Liebe giebt, auch wenn ihr ganzes Herz danach verlangt. Sie soll niemals ... Hinweg mit diesen niedrigen Plänen armer Klugheit! Laß mich thöricht sein. Nicht thöricht! Offen und groß, wie deine Seele!

Nur Größe kann dich verdienen, nur das Ungewöhnliche. Du sprichst von Zwang und Furcht? Witichis, du irrst! Es brauchte keines Zwangs! gern ...«

Staunend hatte sie Witichis eine Zeit lang angesehen.

Jetzt endlich glaubte er, sie zu verstehen. »Das ist schön und groß, Mataswintha, daß du feurig fühlest für dein Volk, die eigene Freiheit ohne Zwang ihm opfernd. Glaub' mir, ich ehre das hoch, und schlage das Opfer darum nicht niedriger an. That ich doch desgleichen! Nur um des Gotenreiches willen griff ich nach deiner Hand und nun und nie kann ich dich lieben.«

Da erstarrte Mataswintha.

Sie ward bleich wie eine Marmorstatue: die Arme fielen ihr schlaff herab: sie starrte ihn mit großen, offnen Augen an. »Du liebst mich nicht? du kannst mich nicht lieben? Und die Sterne logen doch? Und es ist doch kein Gott? Sag, bin ich denn nicht Mataswintha, die du das schönste Weib der Erde genannt?«

Aber der König beschloß, dieser Aufregung, die er nicht verstand und nicht erraten wollte, rasch ein Ende zu machen. »Ja, du bist Mataswintha, und teilst meine Krone, nicht mein Herz. Du bist nur die Gemahlin des Königs, aber nicht das Weib des armen Witichis. Denn wisse, mein Herz, mein Leben ist auf ewig einer andern gegeben. Es lebt ein Herz, ein

Weib, das sie von mir gerissen: und dem doch ewig mein Herz zu eigen bleibt. Rauthgundis, mein Weib, mein treues Weib im Leben und im Tod!«

»Ha!« rief Mataswintha, wie von Fieber geschüttelt und beide Arme erhebend, »und du hast es gewagt ...«

Die Stimme versagte ihr. Aber aus ihren Augen loderte Feuer auf den König. »Du wagst es!« rief sie nochmals. »Hinweg, hinweg von mir!«

»Still,« sprach Witichis, »willst du die Lauscher draußen herbeirufen? Fasse dich, ich verstehe dich nicht.«

Und rasch zog er das mächtige Schwert aus der Scheide, trat damit an das Doppelpfühl und legte es auf den Rand der beiden Lager, wo sie eng aneinanderstießen.

»Sieh hier dies Schwert! Es sei die ewige, scharfe, eherne, kalte Grenze zwischen uns! Zwischen deinem Wesen und dem meinen.

Beruhige dich doch nur. Es soll uns ewig scheiden.

Ruhe du hier zur Rechten seiner Schneide, ich bleibe links. So teile, wie ein Schwertschnitt, diese Nacht für immer unser Leben!«

Aber in Mataswinthens Busen wogten die mächtigsten Gefühle, furchtringend, drohend: Scham und Zorn, Liebe und glühender Haß. Die Stimme versagte ihr. »Nur fort, fort aus seiner Nähe,« konnte sie noch denken. Sie eilte gegen die Thür.

Aber mit fester Hand ergriff Witichis ihren Arm.

»Du mußt bleiben.« Da zuckte sie zusammen: das Blut schoß in ihr auf: bewußtlos sank sie nieder.

Ruhig sah Witichis auf sie herab. »Armes Kind,« sprach er, »der schwüle Duft in diesem Gelaß hat sie ganz verwirrt! Sie wußte nicht, was sie sinnlos sprach!

Was ist deine kleine mädchenhafte Verwirrung gegen Rauthgundens Herzzerreißung und die meine.«

Und leise legte er die Besinnungslose auf das Pfühl zur Rechten des Schwertes.

Er selbst setzte sich nun, in seinen Waffen klirrend, auf den Bodenteppich zur Linken und lehnte den Rücken an das Lager.

Lang saß er so, das Haupt vorgebeugt und die Lippen auf ein blondes Haargeflecht gedrückt, das er in kleiner Kapsel auf dem Herzen trug. Es kam kein Schlaf in seine kummervollen Augen.

Mit dem ersten Hahnenschrei verließ die Brautwache ihren Posten, von Flötenbläsern abgeholt. Gleich darauf schritt der König aus dem Gemach, in voller Rüstung.

Die Flöten hatten auch Mataswintha geweckt.

Aspa, die sich leise heranschlich, hörte plötzlich einen dumpfen Schlag. Sie eilte in das Gemach. Da stand die Königin, auf des Königs langes Schwert gestützt, und starrte vor sich zur Erde.

Der Areskopf lag zertrümmert zu ihren Füßen.

## Drittes Kapitel

Im friedlichen Licht des späten Nachmittags schimmerten die Kirche und das Kloster, die am Fuß des Apenninus nordöstlich von Perusia und Asisium, südlich von Petra und Eugubium, hoch auf dem Felsenhang oberhalb des kleinen Fleckens Taginä, Valerius gebaut, seine Tochter vom Dienst des Jenseits einzulösen.

Das Kloster, aus dem dunkelroten Gestein der Gegend aufgeführt, umfriedete mit seinen Geviertmauern einen stillen Garten von dichtem grünem Laubwerk. An den vier Seiten desselben liefen kühle Bogengänge hin und Apostelstatuen und Mosaik und mit Fresken auf goldnem Grund geschmückt. All dies Bildwerk hatte den freudlosen byzantinischen Ernst: es waren sinnbildliche Darstellungen aus der heiligen Schrift, zumal aus der Offenbarung Johannis, dem Lieblingsbuch jener Zeit.

Feierliche Stille waltete rings. Das Leben schien weithin ausgeschlossen von diesen hohen und starken Mauern. Cypressen und Thuien herrschten vor in den Baumgruppen des Gartens, in dem nie eines Vogels Gesang vernommen ward. Die strenge Klosterordnung duldete die Vöglein nicht: der Nachtigall süßes Rufen sollte nicht die frommen Seelen in ihren Gebeten stören.

Cassiodor war es, der, schon als Minister Theoderichs einer streng kirchlichen Richtung ergeben und biblischer Gelehrsamkeit voll, seinem Freunde Valerius den ganzen Plan der äußeren und inneren Einrichtung seiner Stiftung entworfen – ähnlich der Regel des Männerklosters, das er selbst zu Squillacium in Unteritalien gegründet – und dessen Ausführung überwacht hatte. Und sein frommer, aber strenger, der Welt und dem Fleisch feindlich abgewendeter Geist drückte sich denn im größten wie im kleinsten dieser Schöpfung aus. Die zwanzig Jungfrauen und Witwen, welche hier als Religiosä lebten, verbrachten in Beten und Psalmensingen, in Buße und Kasteiung ihre Tage. Doch auch in werkthätiger christlicher Liebe, indem sie die Armen und Kranken der Umgegend in ihren Hütten aufsuchten und ihnen Seele und Leib trösteten und pflegten.

Es machte einen feierlichen, poesievollen, aber sehr ernsten Eindruck, wenn durch die dunkeln Cypressengänge hin eine dieser frommen Beterinnen wandelte, in dem faltenreichen, dunkelgrauen Schleppgewand, auf dem Haupt die weiße enganschließende Kalantika, eine Tracht, die das Christentum von den ägyptischen Isispriestern überkommen. Vor den oft in Kreuzesform geschnittenen Buchsgebüschen blieben sie stehen und kreuzten die Arme auf der Brust. Immer gingen sie allein und stumm, wie Schatten glitten sie bei jeder Begegnung aneinander vorüber. Denn das Gespräch war auf das Unerläßliche beschränkt.

In der Mitte des Gartens floß ein Quell aus dunklem Gestein von Cypressen überragt. Ein Paar Sitze waren in den Marmor gehauen.

Es war ein stilles, schönes Plätzchen: wilde Rosen bildeten dort eine Art Laube und verbargen beinahe völlig ein finsteres, rohes Steinrelief, das die Steinigung des heiligen Stephanus darstellte.

An diesem Quell saß, eifrig lesend in aufgerollten Papyrusrollen, eine schöne, jungfräuliche Gestalt in schneeweißem Gewand, das eine goldne

Spange über der linken Schulter zusammenhielt, das dunkelbraune Haar, in weichen Wellen zurückgelegt, umflocht eine fein geschlungene Epheuranke: Valeria war's, die Römerin.

Hier in diesen entlegenen, festen Mauern hatte sie Zuflucht gefunden, seit die Säulen ihres Vaterhauses zu Neapolis niedergestürzt. Sie war bleicher und ernster geworden in diesen einsamen Räumen. Aber ihr Auge leuchtete noch in seiner ganzen stolzen Schönheit.

Sie las mit großem Eifer; der Inhalt schien sie lebhaft fortzureißen, die feingeschnittenen Lippen bewegten sich unwillkürlich und zuletzt ward die Stimme der Lesenden leise vernehmlich:

»Und er vermählte die Tochter dem erzumpanzerten Hektor.
Die kam jetzt ihm entgegen, die Dienerin folgte zugleich ihr,
Tragend am Busen das zarte, noch ganz unmündige Knäblein,
Hektors einzigen Sohn, holdleuchtendem Sterne vergleichbar.
Schweigend betrachtete Hektor mit lächelndem Blicke den Knaben.
Aber Andromache trat mit thränenden Augen ihm näher,
Drückt' ihm zärtlich die Hand und begann die geflügelten Worte:
»Böser, dich wird noch verderben dein Mut! Und des lallenden Knäbleins
Jammert dich nicht, noch meiner, die bald ach! Witwe von Hektor
Sein wird. Bald ja werden die grimmigen Feinde dich töten,
Alle mit Macht einstürmend auf dich. Dann wär' mir das beste,
Daß mich die Erde bedeckt, wenn du stirbst: bleibt doch mir in Zukunft
Nie ein anderer Trost, wenn dich wegraffte das Schicksal:
Nein, nur Trauer: lang ist mein Vater dahin und die Mutter:
Du nur allein bist Vater mir jetzt und Mutter und alles ...

Sie las nicht weiter: die großen runden Augen wurden feucht, ihre Stimme versagte; sie neigte das blasse Haupt.

»Valeria,« sprach eine milde Stimme, und Cassiodor beugte sich über ihre Schulter. »Thränen über dem Buch des Trostes? Aber was sehe ich: die Ilias! Kind! ich gab dir doch die Evangelien.«

»Verzeih mir, Cassiodor. Es hängt mein Herz noch andern Göttern an als deinen. Du glaubst nicht: je gewaltiger von allen Seiten her die Schatten ernster Entsagung auf mich eindringen, seit ich bei dir in diesen Mauern weile, desto krampfhafter klammert sich die widerstrebende Seele an die letzten Fäden, die mich mit einer andern Welt verbinden. Und zwischen Grau'n und Liebe ratlos schwankt der Sinn.«

»Valeria, du hast keinen Frieden in diesem Haus des Friedens gefunden. Wohlan, so zieh hinaus. Du bist ja frei und Herrin deines Willens. Kehre zurück zu jener bunten Welt, wenn du glaubst, dort dein Glück zu finden.«

Sie aber schüttelte das schöne Haupt. »Es geht nicht mehr. Feindlich ringen in meiner Seele zwei Gewalten. Welche auch siege, ich verliere immer.«

»Kind, sprich nicht so! du kannst die beiden Mächte, Erdenlust und Himmelsseligkeit, nicht wie zwei gleiche Dinge in einer Wage wiegen.«

»Weh' denen,« fuhr sie, wie mit sich selbst sprechend, fort, »welchen das Schicksal den gespaltnen Doppeltrieb in die Seele gepflanzt, der bald zu den Sternen nach oben, bald nieder zu den Blumen zieht. Sie werden keines der beiden froh.«

»In dir, mein Kind,« sprach Cassiodor, sich zu ihr setzend, »walten freilich unversöhnt deines weltlichen Vaters und deiner frommen Mutter Sinn. Dein Vater, ein Römer der alten Art, ein Kind der stolzen, rauhen Welt, kühn, sicher, selbstvertrauend, nach Gewinn und Macht strebend, wenig, allzuwenig, fürcht' ich, ergriffen von dem Geist unseres Glaubens, der nur im Jenseits unsere Heimat sucht, in der That Valerius, mein Freund, war mehr ein Heide denn ein Christ. Und daneben deine Mutter, fromm, sanft, aus einem Martyrergeschlecht, den Himmel suchend und der Erde vergessen, auch sie hat wohl ein Teil von ihrem Wesen in dich ...«

»Nein,« sprach Valeria aufstehend und das edle Haupt kräftig zurückwerfend, »ich fühle nur des Vaters Art in mir. Kein Tropfen Blut neigt jener Seite zu. Die Mutter war viel krank und starb schon früh. Unter meines Vaters Augen wuchs ich auf; Iphigenia und Antigone und Nausikaa, Cloelia und Lucretia und Virginia waren die Freundinnen meiner Jugend. Nicht viele Priester sah man in des Kaufherrn Haus und wenn er abends mit mir saß und las, so waren's Livius und Tacitus und Vergilius, nicht das heilige Buch der Christen. So wuchs ich heran bis in mein siebzehntes Jahr, den Sinn allein auf diese Welt gerichtet. Denn auch die Tugenden, die der Vater pries und übte, sie galten nur dem Staat, dem Haus, den Freunden. Glücklich war ich in jener Zeit, ungespalten meine Seele.«

»Du warst eine Heidin trotz des Taufwassers.«

»Ich war glücklich. Da kamen wir auf einer Reise zuerst in diese Mauern mit ihrem Grabesernst und dunkle schwere Schatten fielen hier zuerst in meine Seele. Dich fand ich hier und du entdecktest mir, was man mir bisher sorgfältig verborgen hatte, daß die Mutter in schwerer Krankheit mich schon vor meiner Geburt durch ein Gelübde dem ehelosen Leben im Kloster geweiht, wenn Gott sie und ihr Kind am Leben erhalte, und daß mein Vater, dem dieser Gedanke unerträglich, später mich vom Himmel eingelöst, indem er, freilich mit Zustimmung des Bischofs von Rom, statt die Tochter hinzugeben, Kirche und Kloster hier gebaut.«

»So ist es, Kind, mit dem vierten Teil seines Vermögens! Darüber kannst du dich beruhigen. Der Nachfolger des heiligen Petrus, der die Macht hat, zu binden und zu lösen, hat den Tausch, die Umwandlung des Gelübdes gebilligt. Du bist frei!« – »Aber ich fühle mich nicht frei! Nicht mehr seit jener Stunde! Was auch du, was auch der Vater gesagt, tief, tief in meinem Herzen spricht eine Stimme: »der Himmel nimmt nicht totes Gold statt einer lebendigen Seele. Das Schicksal läßt sich nicht abkaufen, was einmal ihm verwirkt war.« Die finstre, ernste, drohende Macht jenes heiligen Glaubens, der meiner Seele fremd gewesen und geblieben ist, die in diesem feierlichen Raume wohnt, hat ein Recht, ein zwingend Herrschaftsrecht über meine Seele und läßt nicht davon. Ich bin ihr verfallen. Ihr gehör' ich an, nicht wollend, widerstrebend, aber sicher doch. Der Welt der Entsagung, des Schmerzes, der Dornen: nicht jener goldnen Welt meines Homers, der Blumen und des Sonnenscheins, zu der noch immer von innen meine ganze Seele neigt. So oft ich's auch vergessen will, immer ziehen wieder die Wolkenschatten über meine Seele. Sie drohen im Hintergrunde aller Freuden: wie dort das finstre Martyrbild hinter den roten Rosen.«

»Valeria, du hassest, scheint's, was du verehren solltest.«

»Ich hasse es nicht. Ich fürchte es. Wohl war eine Zeit,« und ein Strahl der Freude flog über ihre Züge, »da glaubte ich den dunkeln Schatten für immer besiegt von einem hellen Gott des Lichts. Als ich zuerst des jungen Goten lachend Auge sah und seine sonnige Seele mich umschloß, als soviel Jugend, Schönheit, Liebe und Glück mich umfluteten, da wähnte ich wohl, für immer sei jener Bann gelöst. Aber es währte nicht lang.

Der finstre Gott des Schmerzes pochte vernehmlich an die goldne Wand, die ich zwischen ihn und mich gebaut und immer näher drangen seine Schläge. Der Krieg bricht aus, mein teurer Vater fällt und nimmt einen verhängnisvollen Eid des Geliebten mit sich ins Grab. In Schutt versinkt das Haus meiner Ahnen und ich muß flüchten aus meiner Vaterstadt. Sie fällt dem Feinde zu. Nur das Opfer eines köstlichen Lebens rettet mir den Geliebten. Die Woge des Krieges verschlägt ihn fern von mir.

Und wie ich erwache aus der Betäubung dieses Streichs, find' ich mich hier, in diesem großen Grabe, dem Ort meiner Bestimmung. Ach, du wirst sehen, der Himmel begnügt sich nicht mit dem leeren Grab. Er fordert auch die Leiche, die hinein gehört.«

»Valeria! du solltest Kassandra heißen.«

»Ja, denn Kassandra sah die Wahrheit, ihre Gesichte trafen ein!«

»Du weißt, wir erkennen einer Seele den Preis zu, die der Erde vergißt über dem Himmel. Aber Gott will erzwungne Opfer nicht. Und so sag' ich dir, du quälst dich mit eitlem Vorwurf. Der Papst hat dich gelöst, so bist du frei.«

»Die Seele löst kein Papst. Der Papst nimmt Gold, das Schicksal nicht. Du wirst erfüllt sehen, was ich dir ahnend vorhersage – nie werde ich glücklich, nie werd ich Totilas und diese Stätte wird ...«

»Und wenn's so wäre? Hängst du denn noch gar so fest an Glück und Hoffnung? Freilich, du bist noch jung. Aber Kind, ich sage dir: je früher du dich losmachst, desto größerem Weh entrinnst du. Ich habe die Welt und ihre falschen Freuden und Ehren alle gekostet und sie alle eitel und treulos erfunden. Nichts auf Erden füllt die Seele aus, die nicht von dieser Erde ist. Wer das erkennt, der sehnt sich hinweg aus dieser Welt der Unrast und der Sünde. Erst in der Welt jenseits des Grabes ist deine Heimat. Dahin verlangt die ganze Seele ...«

»Nein, nein, Cassiodor,« rief die Römerin, »meine ganze Seele verlangt nach Glück auf dieser schönen Erde! Ihr gehör' ich an! Auf ihr fühl' ich mich heimisch. Blauer Himmel, weißer Marmor, rote Rosen, linde, duftgefüllte Abendluft: wie seid ihr schön!

Das will ich einatmen mit entzückten Sinnen! Wer das genießt, ist glücklich! Weh dem, der es verloren! Von deinem Jenseits hab' ich kein Bild in meiner bangen Seele! Nebel, Schatten – graues Ungewiß allein liegt jenseit des Grabes. Wie spricht Achilleus?

»Tröste mich doch nicht über den Tod! Du kannst nicht, Odysseus.
Lieber ja möcht' ich das Feld als Lohnarbeiter bestellen
Für den bedürftigen Mann, dem nicht viel Habe geworden,
Als hier allzumal die Schatten der Toten beherrschen.«

So empfind' auch ich. Weh' dem, den nicht die goldne Sonne mehr bescheint. O wie gern, wie gern wär' ich glücklich in dieser schönen Welt, in meinem schönen Heimatland: wie fürcht ich das Unheil, das doch unaufhaltsam näher dringt, wie hier auf dieser Wand mit der sinkenden Sonne die Schatten unhörbar, doch unhemmbar wachsen. O, wer ihn aufhielte, den furchtbar nahenden Schatten meines Lebens!«

Da drang vom Eingang her ein heller, kräftiglust'ger Schall, ein fremder Ton in diesen stillen Mauern, die nur vom leisen Choral der Jungfraun wiedertönten. Die Trompete blies den muntern, kriegerischen Feldruf der gotischen Reiter: belebend drang der Ton in die Seele Valerias.

Aus dem Wohngebäude aber eilte der alte Pförtner herbei. »Herr,« rief er, »keckes Reitervolk lagert vor den Mauern. Sie lärmen und verlangen Fleisch und Wein. Sie lassen sich nicht abweisen und der Führer: da ist er schon.«

»Totila!« jauchzte Valeria und flog dem Geliebten entgegen, der in schimmernder Rüstung, vom weißen Mantel umwallt, waffenklirrend, heranschritt.

»O du bringst Luft und Leben!« »Und neues Hoffen und die alte Liebe,« rief Totila. Und sie hielten sich umschlungen.

»Wo kommst du her? Wie lang bist du mir fern geblieben!« – »Ich komme geradewegs von Paris und Aurelianum, von den Höfen der Frankenkönige. O Cassiodor, wie gut sind jene daran jenseit der Berge! Wie leicht haben sie's! Da kämpft nicht Himmel und Boden und Erinnerung gegen ihre Germanenart. Nahe ist der Rhenus und Danubius und ungezählte Germanenstämme wohnen dort in alter ungebrochner Kraft: wir dagegen sind wie ein vorgeschobner, verlorner Posten, ein einzelner Felsblock, den rings feindliches Element benagt.

Doch desto größer,« sprach er, sich aufrichtend, »ist der Ruhm, hier, mitten im Römerland, Germanen ein Reich zu bauen und zu erhalten.

Und welcher Zauber liegt auf deinem Vaterland, Valeria. Es ist das unsre auch geworden! Wie frohlockte mein Herz, als mich wieder Oliven und Lorbeer begrüßten und des Himmels tiefes, tiefes Blau. Und ich fühlte klar: wenn mein edles Volk sich siegreich erhält in diesem edlen Land, dann wird die Menschheit ihr edelstes Gebilde hier erstehen sehn.«

Valeria drückte dem Begeisterten die Hand.

»Und was hast du ausgerichtet?« fragte Cassiodor.

»Viel! – Alles! Ich traf am Hofe des Merowingen Childibert Gesandte von Byzanz, die ihn schon halb gewonnen, als sein Bundesgenosse in Italien einzufallen. Die Götter – vergieb mir, frommer Vater – der

Himmel war mit mir und meinen Worten. Es gelang, ihn umzustimmen. Schlimmstenfalls ruhen seine Waffen ganz. Hoffentlich sendet er uns ein Heer zu Hilfe.«

»Wo ließest du Julius?«

»Ich geleitete ihn bis in seine schöne Heimatstadt Avenio. Dort ließ ich ihn unter blühenden Mandelbäumen und Oleandern. Dort wandelt er, fast nie mehr den Platon, meist den Augustinus in der Hand und träumt und träumt vom ewigen Völkerfrieden, vom höchsten Gut und von dem Staate Gottes! Wohl ist es schön in jenen grünen Thälern: doch neid' ich ihm die Muße nicht. Das Höchste ist das Volk, das Vaterland! Und mich verlangt's, für dieses Volk der Goten zu kämpfen und zu ringen. Überall, wo ich des Rückwegs kam, trieb ich die Männer zu den Waffen an. Schon drei starke Scharen traf ich auf dem Wege nach Ravenna. Ich selber führe eine vierte dem wackern König zu. Dann geht es endlich vorwärts gegen diese Griechen, und dann: Rache für Neapolis!« Und mit blitzenden Augen hob er den Speer – er war sehr schön zu schauen.

Entzückt warf sich Valeria an seine Brust. »O sieh, Cassiodor, das ist *meine* Welt! *meine* Freude! *mein* Himmel! Mannesmut und Waffenglanz und Volkesliebe und die Seele in Lieb' und Haß bewegt – füllt das die Menschenbrust nicht aus?«

»Jawohl: im Glück und in der Jugend! Es ist der Schmerz, der uns zum Himmel führt.«

»Mein frommer Vater,« sagte Totila, mit der Linken Valeria an sich drückend, mit der Rechten an seine Schulter rührend, »schlecht steht mir an, mit dir, dem Ältern, Weisern, Besseren zu streiten. Aber anders ist mein Herz geartet. Wenn ich je zweifeln könnte an eines gütigen Gottes Walten, so ist es, wann ich Schmerz und unverschuldet Leiden sehe. Als ich der edeln Miriam Auge brechen sah, da fragte mein verzweifelnd Herz: »lebt denn kein Gott?«

Im Glück, im Sonnenschein fühl' ich den Gott und seine Gnade wird mir offenbar. Er will gewiß der Menschen Glück und Freude: der Schmerz ist sein heiliges Geheimnis – ich vertraue: dereinst wird uns auch dies Rätsel klar. Einstweilen aber laß uns auf der Erde freudig das Unsere thun und keinen Schatten uns allzulang verdunkeln.

In diesem Glauben, Valeria, laß uns scheiden. Denn ich muß fort zu König Witichis mit meinen Reitern.«

»Du gehst von mir? schon wieder? Wann, wo werd' ich dich wiedersehn?«

»Ich seh' dich wieder, nimm mein Wort zum Pfand!

Ich weiß, es kommt der Tag, da ich mit vollem Recht dich aus diesen ernsten Mauern führen darf ins sonnige Leben. Laß dich indes nicht allzusehr verdüstern. Es kommt der Tag des Sieges und des Glücks: und mich erhebt's, daß ich zugleich das Schwert für mein Volk und meine Liebe führe.«

Inzwischen war der Pförtner mit einem Schreiben an Cassiodor wiedergekommen.

»Auch ich muß dich verlassen, Valeria,« sprach der.

»Rusticiana, des Boëthius Witwe, ruft mich dringend an ihr Sterbebett: sie will ihr Herz erleichtern von alter Schuld. Ich gehe nach Tifernum.«

»Dahin führt auch unser Weg, du ziehst mit mir, Cassiodor. Leb wohl, Valeria!«

Nach kurzem Abschied sah die Jungfrau den Geliebten gehn. Sie bestieg ein Türmchen der Gartenmauer und sah ihm nach. Sie sah, wie er in voller Rüstung sich in den Sattel schwang, sie sah mit freudigen Augen seine Reiter hinter ihm traben. Hell blitzten ihre Helme im Abendlicht, die blaue Fahne flatterte lustig im Winde: alles war voll Leben, Kraft und Jugend.

Sie sah dem Zuge nach, lang und sehnend.

Aber als er fern und ferner sich hinzog, da wich der frohe Mut, den sein Erscheinen gebracht, wieder von ihr. Bange Ahnungen stiegen in ihr auf und unwillkürlich sprachen sich ihre Gefühle aus in den Worten ihres Homeros:

»Siehst du nicht wie schön von Gestalt, wie stattlich Achilleus?
Dennoch harrt auch seiner der Tod und das dunkle Verhängnis,
Wann auch ihm in des Kampfes Gewühl das Leben entschwindet.
Ob ihn ein Pfeil von der Sehne dahinstreckt, oder ein Wurfspeer.«

Und schmerzlich seufzend schritt die Jungfrau aus dem rasch sich verdunkelnden Garten in die dumpfen Mauern zurück.

## Viertes Kapitel

Inzwischen hatte König Witichis in seinem Waffenplatz Ravenna jede Kunst und Thätigkeit eines erfahrnen Kriegsmannes entfaltet.

Während jede Woche, ja jeden Tag vor und in der Stadt größere und kleinere Scharen von den gotischen Heeren eintrafen, die der Verrat Theodahads an die Grenzen gesendet hatte, arbeitete der König unablässig daran, das ganze große Heer, das allmählich bis auf einhundertundfünfzig Tausendschaften gebracht werden sollte, auszurüsten, zu waffnen, zu gliedern und zu üben.

Denn die Regierung Theoderichs war eine äußerst friedliche gewesen: nur die Besatzungen der Grenzprovinzen, kleine Truppenmassen, hatten mit Gepiden, Bulgaren und Avaren zu thun gehabt, und in den mehr als dreißig Jahren der Ruhe waren die kriegerischen Ordnungen eingerostet.

Da hatte der tüchtige König, von seinen Freunden und Feldherren eifrig unterstützt, Arbeit vollauf. Die Arsenale und Werften wurden geleert, in Ravenna ungeheure Vorratspeicher angelegt und zwischen der dreifachen Umwallung der Stadt endlose Reihen von Werkstätten für Waffenschmiede aller Art aufgeschlagen, die Tag und Nacht unablässig zu arbeiten hatten, den Forderungen des kampfbegierigen Königs, des massenhaft anschwellenden Heeres zu genügen. Ganz Ravenna ward ein Kriegslager. Man hörte nichts als die Hammerschläge der Schmiede, das Wiehern der Rosse, den Sturmruf und Waffenlärm der sich übenden Heerscharen.

In diesem Getöse, in dieser rastlosen Thätigkeit betäubte Witichis, so gut es gehen wollte, den Schmerz seiner Seele und begierig sah er dem Tag entgegen, da er sein schönes Heer zum Angriff gegen den Feind führen könne. Doch hatte er bei allem Drange, im Kampfgewühl sich selber zu verlieren, seine Königspflicht nicht vergessen, und durch Herzog Guntharis und Hildebad ein Friedensanerbieten an Belisar gesendet mit den mäßigsten Vorschlägen.

So von Krieg und Staat ganz in Anspruch genommen, hatte er kaum einen Blick und Gedanken für seine Königin, der er auch, wie er meinte, kein größeres Gut als die ungestörteste Freiheit zuwenden konnte.

Aber Mataswintha war von jener unheilvollen Brautnacht an von einem Dämon erfüllt, von dem Dämon unersättlicher Rache. In Haß übergeschlagene Liebe ist der giftigste Haß.

Ihre tiefe und leidenschaftliche Seele hatte von Kindheit an das Ideal dieses Mannes hoch zu den Sternen erhöht. Ihr Stolz, ihre Hoffnung, ihre Liebe, war einzig an dieser Gestalt gehangen und sicher, wie den Aufgang der Sonne, hatte sie die Erfüllung ihrer Sehnsucht durch diesen Mann erwartet.

Und nun mußte sie sich gestehn, daß er ihre Liebe hatte ans Licht gebracht und nicht erwidert: daß sie, obwohl seine Königin, mit dieser Liebe wie eine Verbrecherin dem verstoßenen und doch ewig allein in seinem Herzen wohnenden Weibe gegenüberstehe. Und er, auf den sie als Retter und Befreier von unwürdigem Zwang gehofft, er hatte ihr die höchste Schmach angethan: eine Ehe ohne Liebe. Er hatte ihr die Freiheit genommen und kein Herz dafür gegeben. Und warum? was war der letzte Grund dieses Frevels?

Das Gotenreich, die Gotenkrone!

Sie zu erhalten, hatte er sich nicht besonnen, einer Mataswintha Leben zu verderben. »Hätte er meine Liebe nicht erwidert – ich wäre zu stolz, ihn darum zu hassen. Aber er zieht mich an sich, behängt mich, wie zum Hohne, mit dem Namen seines Weibes, führt diese Liebe bis hart an den Gipfel der Erfüllung und stößt mich dann achtlos hinunter in die Nacht unaussprechlicher Beschämung. Und warum? warum das alles. Um einen eiteln leeren Schall: »Gotenreich!« Um einen toten Reif von Gold. Weh ihm, und wehe seinem Götzen, dem er dies Herz geschlachtet. Er soll es büßen. An seinem Götzenbilde soll er's büßen. Hat er mir ohne Schonung mein Idol, sein eigen Bild, meine schöne Liebe mit Füßen getreten, wohlan, Götze gegen Götze! Er soll leben, dieses Reich zernichtet zu sehen, diese Krone zerstückt. Zerschlagen will ich ihm seinen Lieblingswahn, um den er die Blüte meiner Seele geknickt, zerschlagen dieses Reich wie seine Büste. Und wenn er verzweifelnd, händeringend vor den Trümmern steht, will ich ihm zurufen: sieh, so sehn die zerschlagenen Götzen aus.«

So, in der widerstandlosen Sophistik der Leidenschaft, beschuldigte und verfolgte Mataswintha den unseligen Mann, der mehr als sie gelitten, der nicht nur sie, der sein und des geliebten Weibes Glück dem Vaterland geopfert.

Vaterland, Gotenreich: der Name schlug ohne Klang an das Ohr des Weibes, das von Kindheit auf unter diesem Namen nur zu leiden, nur dagegen für ihre Freiheit zu ringen gehabt hatte. Sie hatte nur der Selbstsucht ihres Einen Gefühls, der Poesie dieser Leidenschaft gelebt, und zur Rache, Rache für die Hinopferung ihrer Seele, dies Gotenreich zu verderben, war ihre höchste, grimmige Lust. O hätte sie, wie jene Marmorbüste, mit Einem Streich, dies Reich zerschmettern können.

Mit diesem Wahnsinn der Leidenschaft empfing sie aber deren ganze dämonische Klugheit. Sie wußte ihren tödlichen Haß und ihre geheimen Rachegedanken so tief vor dem König zu verbergen, so tief wie sie sich selbst die geheime Liebe verbarg, die sie noch immer für den grimmig Verfolgten im tiefsten Busen trug.

Auch wußte sie dem König ein Interesse an der gotischen Sache zu zeigen, welches das einzige Band zwischen ihnen zu bilden schien und das, wenn auch in feindlichem Sinne, wirklich in ihr bestand. Denn wohl begriff sie, daß sie dem gehaßten König nur dann schaden, seine Sache nur dann verderben konnte, wenn sie in alle Geheimnisse derselben genau eingeweiht, mit ihren Stärken wie mit ihren Blößen genau vertraut war.

Ihre hohe Stellung machte ihr leicht möglich, alles, was sie wissen wollte, zu erfahren: schon aus Rücksicht auf ihren großen Anhang konnte man der Amalungentochter, der Königin, Kenntnis der Lage ihres Reiches, ihres Heeres nicht vorenthalten. Der alte Graf Grippa versah sie mit allen Nachrichten, die er selbst erfuhr. In wichtigeren Fällen wohnte sie selbst den Beratungen bei, die in den Gemächern des Königs gehalten wurden.

So war Mataswintha über die Stärke, Beschaffenheit und Einteilung des Heeres, die nächsten Angriffspläne der Feldherren und alle Hoffnungen und Befürchtungen so gut wie der König selbst unterrichtet. Und sehnlich wünschte sie eine Gelegenheit herbei, dies ihr Wissen sobald und so verderblich wie möglich zu verwerten.

Mit Belisar selbst in Verkehr zu treten, durfte sich nicht hoffen. Naturgemäß richteten sich ihre Augen auf die aus Furcht vor den Goten neutralen, im Herzen aber ausnahmlos byzantinisch-gesinnten Italier ihrer Umgebung, mit denen sie leichten und unverdächtigen Verkehr pflegen konnte.

Aber so oft sie diese Namen im Geiste musterte, da war keiner, dessen Thatkraft und Klugheit sie das tödliche Geheimnis hätte vertrauen mögen, daß die Königin der Goten selbst am Verderben ihres Reiches arbeiten wolle. Diese feigen und unbedeutenden Menschen – die Tüchtigeren waren längst zu Cethegus oder Belisar gegangen – waren ihr weder des Vertrauens würdig, noch schienen sie Witichis und seinen Freunden gewachsen.

Wohl suchte sie auf schlauen Umwegen durch den König und die Goten selbst zu erkunden, welchen unter allen Römern sie für ihren gefährlichsten, bedeutendsten Feind hielten. Aber auf solche Anfragen und Erkundigungen hörte sie immer nur Einen Mann nennen, immer und immer wieder einen einzigen. Und der saß ihr unerreichbar fern im Kapitol von Rom: Cethegus der Präfekt. Es war ihr unmöglich, sich in Verbindung mit ihm zu setzen. Keinem ihrer römischen Sklaven wagte sie einen so verhängnisvollen Auftrag, als ein Brief nach Rom war, anzuvertrauen.

Die kluge und mutige Numiderin, die den Haß ihrer angebeteten Herrin gegen den rohen Barbaren, der diese verschmäht, vollauf teilte, ungeschwächt bei ihr durch heimliche Liebe, hatte sich zwar eifrig erboten, ihren Weg zu Cethegus zu finden. Aber Mataswintha wollte das Mädchen nicht den Gefahren einer Wanderung durch Italien, mitten durch den Krieg, aussetzen. Und schon gewöhnte sie sich an den Gedanken, ihre Rache bis zu dem Zug auf Rom zu verschieben, ohne inzwischen in ihrem Eifer in Erforschung der gotischen Pläne und Rüstungen zu erkalten.

So wandelte sie eines Tages nach der Stadt zurück von dem Kriegsrat, der draußen im Lager, im Zelt des Königs war gehalten worden. Denn seit die Rüstungen ihrer Vollendung nah und die Goten jeden Tag des Aufbruchs gewärtig waren, hatte Witichis, wohl auch um Mataswintha aus dem Wege zu sein, seine Gemächer im Palatium verlassen und seine schlichte Wohnung mitten unter seinen Kriegern aufgeschlagen.

Langsam, das Vernommene ihrem Gedächtnis einprägend und über die Verwertung nachsinnend, wandelte die Königin, nur von Aspa begleitet, durch die äußersten Reihen der Zelte, einen sumpfigen Arm des Padus zur Linken, die weißen Zelte zur Rechten. Sie mied das Gedränge und den Lärm der innern Gassen des Lagers.

Während sie bedächtig und ihrer Umgebung nicht achtend dahinschritt, musterten Aspas scharfe Augen die Gruppe von Goten und Italiern, die sich hier um den Tisch eines Gauklers geschart hatte, der unerhörte und nie gesehene Künste zum besten zu geben schien, nach dem Staunen und Lachen der Zuschauer zu schließen.

Aspa zögerte etwas in ihrem Gang, diese Wunder mit anzusehen. Es war ein junger, schlanker Bursch: nach der blendend weißen Haut des Gesichts und der bloßen Arme wie nach dem langen gelben Haar gallischen Zuschnitts ein Kelte, wozu die kohlschwarzen Augen nicht stimmen wollten. Er verrichtete wirklich Wunderdinge auf seiner einfachen Bühne. Bald sprang er in die Höhe, überschlug sich in der Luft und kam doch senkrecht, bald wieder auf die Füße, bald auf die Hände, zu stehen. Dann schien er brennende Kohlen mit sichtlichem Behagen zu verspeisen und dafür Münzen auszuspeien: dann verschluckte er einen fußlangen Dolch und zog ihn später wieder aus seinen Haaren hervor, um ihn mit drei, vier andern scharfgeschliffenen Messern in die Luft zu werfen und eins nach dem andern mit nie fehlender Behendigkeit am Griff aufzufangen, wofür ihn Gelächter und Rufe der Bewunderung von Seite seiner Zuschauer belohnten.

Aber schon zu lang hatte sich die Sklavin verweilt.

Sie sah nach der Herrin und bemerkte, daß ihr Weg gesperrt war von einer Schar italischer Lastträger und Troßknechte, welche die Gotenkönigin offenbar nicht kannten und gerade an ihr vorbei, über den Weg hin, nach dem Wasser zu, lärmende Kurzweil trieben. Sie schienen sich einen Gegenstand, den Aspa nicht wahrnahm, zu zeigen und ihn mit Steinen zu werfen.

Eben wollte sie ihrer Herrin nacheilen, als der Gaukler neben ihr auf dem Tisch einen gellenden Schrei ausstieß; Aspa wandte sich erschrokken und sah den Gallier in ungeheurem Satz über die Köpfe der Zuschauer weg wie einen Pfeil durch die Luft auf die Italier losschießen. Schon stand er mitten in dem Haufen und schien, sich bückend, einen Augenblick unter ihnen verschwunden.

Aber plötzlich ward er sichtbar. Denn einer und gleich darauf ein zweiter der Italier stürzte von seinen Faustschlägen nieder.

Im Augenblick war Aspa an der Königin Seite, die sich schnell aus der Nähe der Schlägerei entfernt hatte, aber, zu der Sklavin Befremden, stehen blieb, mit dem Finger auf die Gruppe weisend.

Und seltsam in der That war das Schauspiel.

Mit unglaublicher Kraft und noch größerer Gewandtheit wußte der Gaukler das Dutzend der Angreifer sich vom Leibe zu halten. Die Gegner anspringend, sich wendend und duckend, weichend, dann wieder plötzlich vorspringend und den nächsten am Fuß niederreißend oder mit kräftigem Faustschlag vor Brust oder Gesicht niederstreckend, wehrte er sich.

Und das alles ohne Waffe: und nur mit der rechten Hand: denn die linke hielt er, wie etwas bergend und schützend, dicht an die Brust. So währte der ungleiche Kampf minutenlang. Der Gaukler ward näher und näher von der wütenden lärmenden Menge dem Wasser zugedrängt. Da blitzte eine Klinge. Einer der Troßknechte, zornig über einen schweren Schlag, zuckte ein Messer und sprang den Gaukler von hinten an. Mit einem Schrei stürzte dieser zusammen: die Feinde über ihn her.

»Auf! reißt sie auseinander! helft dem Armen,« rief Mataswintha den Kriegern zu, die jetzt von dem verlassenen Tisch der Goten herankamen, »ich befehle es! die Königin!«

Die Goten eilten nach dem Knäuel der Streitenden: aber noch ehe sie herankamen, sprang der Gaukler, der sich für einen Moment von allen Feinden losgemacht, hoch aus dem Gewirr und eilte mit letzter Kraft davon, gerade auf die beiden Frauen zu – verfolgt von den Italiern, welche die wenigen Goten nicht aufzuhalten vermochten.

Welch' ein Anblick! Seine gallische Tunika hing ihm in Fetzen vom Leibe: ein Stück seiner gelben Haare schleifte am Rücken und siehe, unter der gelben Perücke kam schwarzes glänzendes Haar zum Vorschein und der weiße Hals verlief in eine bronzebraune Brust.

Mit letzter Kraft erreichte er die Frauen. Da erkannte er Mataswintha. »Schütze mich, rette mich, weiße Göttin!« schrie er und brach zusammen vor Mataswinthas Füßen. Schon waren die Italier heran, und der vorderste schwang sein Messer.

Aber Mataswintha breitete ihren blauen Mantel über den Gefallenen: »Zurück!« sprach sie mit Hoheit, »laßt ab von ihm. Er steht im Schutz der Gotenkönigin.« Verblüfft wichen die Troßknechte zurück. »So?« rief nach einer Pause der mit dem Dolch, »straflos soll er ausgehn, der Hund und Sohn eines Hundes? und fünf von uns liegen am Boden halbtot? und ich habe fortan drei Zähne zu wenig? Und keine Strafe?« »Er ist gestraft genug,« sagte Mataswintha, auf die tiefe Dolchwunde am Halse deutend.

»Und all das um einen Wurm,« schrie ein zweiter, »um eine Schlange, die aus seinem Ranzen schlüpfte und die wir mit Steinen warfen.« – »Da seht! er hat die Natter geborgen, da, an seiner Brust. Nehmt sie ihm.« »Schlagt ihn tot,« schrien die andern.

Aber da kamen zahlreiche Gotenkrieger heran und schafften ihrer Königin Gehorsam, die Italier unsanft zurückstoßend und einen Kreis um den Gefallnen schließend. Aspa blickte scharf zu und plötzlich sank sie mit gekreuzten Armen neben dem Gaukler nieder.

»Was ist dir, Aspa? steh auf!« sprach Mataswintha staunend. »O Herrin!« stammelte diese, »der Mann ist kein Gallier! Er ist ein Sohn meines Volkes. Er betet zu dem Schlangengott! Sieh hier seine braune Haut unter dem Halse. Braun wie Aspa, und hier – hier, eine Schrift; Schriftzeichen eingeritzt über seine Brust: die heilige Gemeinschrift meiner Heimat,« jubelte sie. Und, mit dem Finger deutend, hob sie an zu lesen.

»Der Gaukler scheint verdächtig. Warum diese Verstellung?« sprach Mataswintha. »Man muß ihn in Haft nehmen.«

»Nein, nein, o Herrin,« flüsterte Aspa. »Weißt du, wie die Inschrift lautet? Kein Auge als meines kann sie dir deuten.« – »Nun?« fragte Mataswintha. »Sie lautet,« flüsterte Aspa leise: »Syphax schuldet ein Leben seinem Herrn, Cethegus, dem Präfekten.« Ja, ja ich erkenne ihn, das ist Syphax, Hiempsals Sohn, ein Gastfreund meines Stammes: die Götter senden ihn zu uns.«

»Aspa,« sprach Mataswintha rasch, »ja, ihn senden die Götter: die Götter der Rache. Auf, ihr Goten, legt diesen wunden Mann auf eine Bahre, und folgt damit meiner Sklavin in den Palast! Er steht fortan in meinem Dienst.«

## Fünftes Kapitel

Wenige Tage darauf begab sich Mataswintha wieder ins Lager, diesmal nicht von Aspa begleitet. Denn diese wich Tag und Nacht nicht von dem Bette ihres verwundeten Landsmannes, der unter ihren Händen, ihren Kräutern und Sprüchen sich rasch erholte.

König Witichis selbst hatte diesmal die Königin abgeholt mit dem ganzen Geleit seines Hofes. In seinem Zelte sollte der wichtigste Kriegsrat gehalten werden. Das Eintreffen der letzten Verstärkungen war auf heute angekündet: und auch Guntharis und Hildebad wurden zurückerwartet mit der Antwort Belisars auf das Friedensanerbieten.

»Ein verhängnisvoller Tag!« sagte Witichis zu seiner Königin. »Bete zum Himmel um den Frieden.«

»Ich bete um den Krieg,« sprach Mataswintha, starr vor sich hinblickend. »Verlangt dein Frauenherz so sehr nach Rache?« – »Nach Rache nur noch ganz allein – und sie wird mir werden.«

Damit traten sie in das Zelt, welches schon von gotischen Heerführern erfüllt war. Mataswintha dankte mit stolzem Kopfbeugen dem ehrerbietigen Gruß. »Sind die Gesandten zurück?« fragte der König, sich setzend, den alten Hildebrand, »so führt sie ein.«

Auf ein Zeichen des Alten erhoben sich die Seitenvorhänge und Herzog Guntharis und Hildebad traten ein, sich tief verneigend.

»Was bringt ihr? Frieden oder Krieg?« fragte Witichis eifrig. »Krieg! Krieg, König Witichis!« riefen beide Männer mit Einem Munde. – »Wie? Belisar verwirft die Opfer, die ich ihm biete? Du hast ihm freundlich, eindringlich, meine Vorschläge mitgeteilt?«

Herzog Guntharis trat vor, und sprach: »Ich traf den Feldherrn im Kapitol als Gast des Präfekten und sprach zu ihm: »Der Gotenkönig Witichis entbietet dir seinen Gruß.

In dreißig Tagen kann er mit hundertfünfzig Tausendschaften wehrhafter Goten vor diesen Thoren stehn. Und ein Schlachten und Ringen um diese ehrwürdige Stadt wird anheben, wie es ihre seit tausend Jahren mit Blut getränkten Gefilde nie geschaut.

Der König der Goten liebt den Frieden mehr als selbst den Sieg: und er gelobt, Kaiser Justinian die Insel Sicilien abzutreten und ihm in jedem seiner Kriege mit dreißigtausend Mann Goten beizustehen, wenn ihr sofort Rom und Italien räumt, das uns gehört nach dem Recht der Eroberung wie nach dem Vertrag mit Kaiser Zeno, der es Theoderich überließ, wenn er den Odovakar stürzen könne.« So sprach ich, deinem Auftrag gemäß.

Belisar aber lachte und rief: »Witichis ist sehr gnädig, mir die Insel Sicilien abzutreten, die ich schon habe und er nicht mehr hat. Ich schenke ihm dafür die Insel Thule! Nein. Der Vertrag Theoderichs mit Zeno war abgezwungen und das Recht der Eroberung, nun das spricht jetzt für uns. Kein Friede, als unter der Bedingung: das ganze Gotenheer streckt die Waffen, und das ganze Volk zieht über die Alpen und sendet König und Königin als Geiseln nach Byzanz.«

Ein Murren der Entrüstung ging durch das Zelt.

»Zornig, ohne Antwort auf solchen Vorschlag, wandten wir ihm den Rücken und schritten hinaus.« »Auf Wiedersehen in Ravenna,« rief er uns nach. »Da wandt' ich mich,« sprach Hildebad und rief: »Auf Wiedersehen vor Rom! Auf, König Witichis, jetzt zu den Waffen. Du hast das Äußerste versucht an Friedensliebe und Schmach geerntet. Jetzt auf! Lang genug hast du gezögert und gerüstet! Jetzt führ' uns an, zum Kampf.«

Da tönten Trompetenstöße aus dem Lager: man hörte den Hufschlag eilig nahender Rosse. Alsbald hob sich der Vorhang des Zeltes und eintrat Totila in glänzenden Waffen, vom weißen Mantel umwallt. »Heil meinem König, Heil dir Königin,« sprach er huldigend. »Mein Auftrag ist erfüllt: ich bringe dir den Freundesgruß des Frankenkönigs. Er hielt ein Heer bereit im Solde von Byzanz, dich anzugreifen. Es gelang mir, ihn umzustimmen. Sein Heer wird nicht gegen die Goten in Italien einrücken. Graf Markja von Mediolanum, der bisher die Cottischen Alpen gegen die Franken gedeckt, ward dadurch frei mit seinen Tausendschaften: er folgt mir in Eile. Im Rückweg hab ich aufgerafft, was ich irgend von waffenfähigen Männern fand und die Besatzungen der Burgen an mich gezogen. Ferner:

Wir hatten bisher Mangel an Reiterei. Getrost, mein König: ich führe dir sechstausend Reiter zu, auf herrlichen Rossen. Sie verlangen, sich zu tummeln in den Ebenen von Rom. Nur Ein Wunsch lebt in uns allen: führ uns zum Kampf, zum Kampf nach Rom.«

»Hab Dank, mein Freund, für dich und deine Reiter.

Sprich, Hildebrand, wie verteilt sich jetzt unsres Heeres Macht? Sagt an, ihr Feldherren, wie viele führt ein jeder von euch? Ihr Notare, zeichnet auf!«

»Ich führe drei Tausendschaften Fußvolk,« rief Hildebad. »Ich vierzig Tausendschaften zu Fuß und zu Roß mit Schild und Speer,« sprach Herzog Guntharis. »Ich vierzig Tausendschaften zu Fuß: Bogenschützen, Schleuderer, Speerträger,« sagte Graf Grippa von Ravenna. »Ich sieben Tausendschaften mit Messer und Keule,« zählte Hildebrand. »Und dazu Totilas sechs Tausendschaften Reiter und vierzehn erlesene Tausendschaften Tejas mit der Streitaxt – wo ist er? ich vermisse ihn hier! – Und ich habe meine Scharen zu Fuß und zu Roß auf fünfzig Tausendschaften erhöht,« schloß der König.

»Das sind zusammen einhundertsechzig Tausendschaften,« schrieb der Protonotar, die Pergamentrolle dem König überreichend.

Da flog ein froher Glanz kriegerischen Stolzes über des Königs ernstes Angesicht. »Einhundertsechzig Tausendschaften gotische Männer: Belisar, sollen sie vor dir die Waffen strecken, ohne Kampf? Wie lang braucht ihr noch Rast, um aufzubrechen?«

Da eilte der schwarze Teja ins Zelt. Er hatte beim Eintreten die letzte Frage vernommen. Sein Auge sprühte Blitze, er bebte vor Zorn. »Rast? Keine Stunde Rast mehr: auf zur Rache, König Witichis! Ein ungeheurer Frevel ist geschehn, der laut um Rache gegen Himmel schreit. Führ' uns sofort zum Kampf!«

»Was ist geschehn?«

»Ein Feldherr Belisars, der Hunne Ambazuch, umschloß, wie du weißt, seit lange mit Hunnen und Armeniern das feste Petra. Kein Entsatz war nah und fern. Der junge Graf Arahad nur – er suchte wohl den Tod – überfiel mit seiner kleinen Gefolgschaft die Übermacht; er fiel im tapfersten Gefecht. Verzweifelt widerstand das Häuflein gotischer Männer in der Burg. Denn alles wehrlose Volk der Goten: Greise, Kranke, Weiber, Kinder, vom flachen Land in Tuscien, Valeria und Picenum war hierher geflüchtet vor dem Feind, wohl viele Tausend. Endlich zwang sie der Hunger, gegen freien Abzug die Thore zu öffnen. Der Hunne schwor allen Goten in der Stadt, ihr Blut nicht zu vergießen. Er zog ein und befahl den Goten sich in der großen Basilika Sankt Zenos zu versammeln. Das thaten sie, über fünftausend Köpfe, Greise, Weiber, Kinder und ein paar hundert Krieger. Und als sie alle beisammen ...« Teja hielt schaudernd inne.

»Nun?« fragte Mataswintha, erblassend.

»Da schloß der Hunne die Thüren, umstellte das Haus mit seinem Heer und – verbrannte sie alle fünftausend, samt der Kirche.«

»Und der Vertrag?« rief Witichis.

»Ja, so schrieen auch die Verzweifelten ihn an durch Qualm und Flammen. »Der Vertrag,« lachte der Hunne, »sei erfüllt: kein Tropfen Blutes sei vergossen. Ausbrennen müsse man die Goten aus Italien wie die Feldmäuse und schlechtes Gewürm.« Und so sahen die Byzantiner zu, wie fünftausend Goten, Greise, Weiber, Kranke, Kinder – König Witichis, hörst du's? Kinder! – elend erstickten und verbrannten. Solches geschieht und du – du sendest Friedensboten! Auf, König Witichis,« rief der Ergrimmte, das Schwert aus der Scheide reißend, »wenn du ein Mann bist, brich jetzt auf zur Rache. Die Geister der Erwürgten ziehen vorauf: Führ' uns zum Kampf! zur Rache führ' uns an!«

»Führ' uns zum Kampf! zur Rache führ' uns an!« wiederhallte das Zelt vom Ruf der Goten.

Da stand Witichis auf in ruhiger Kraft.

»So soll's sein. Das Äußerste geschah. Und unsere beste Rüstung ist unser Recht: jetzt auf, zum Kampf.«

Und er reichte seiner Königin die Pergamentrolle, die er in der Hand hielt, die über seinem Stuhl hängende Königsfahne, das blaue Bandum, zu ergreifen.

»Ihr seht das alte Banner Theoderichs in meiner Hand, das er von Sieg zu Sieg getragen. Wohl ruht es jetzt in schlechtrer Hand als seine war: doch zaget nicht. Ihr wisset: übermütige Zuversicht ist meine Sache nicht, doch diesmal sag ich euch voraus: in dieser Fahne rauscht ein naher Sieg, ein großer, stolzer, rachefroher Sieg. Folgt mir hinaus. Das Heer bricht auf, sogleich. Ihr Feldherren, ordnet eure Scharen: nach Rom!«

»Nach Rom,« wiederhallte das Zelt. »Nach Rom!«

## Sechstes Kapitel

Inzwischen schickte sich Belisar an, mit der Hauptmacht seines Heeres die Stadt zu verlassen: Johannes hatte er deren Bewachung übertragen.

Er hatte beschlossen, die Goten in Ravenna aufzusuchen. Sein bisher von keinem Unfall gehemmter Siegeslauf und die Erfolge seiner vorausgeschickten Streifscharen, die durch den Übergang der Italier alles flache Land, auch alle Festen und Burgen und Städte, bis nahe bei Ravenna, gewonnen, hatten in ihm die Zuversicht erzeugt, daß der Feldzug bald beendigt und nur das Erdrücken der ratlosen Barbaren in ihrem letzten Schlupfwinkel übrig sei.

Denn nachdem Belisar selbst den ganzen Süden der Halbinsel: Bruttien, Lucanien, Calabrien, Apulien, Campanien: dann Rom mit Samnium und die Valeria durchzogen und besetzt hatte, waren seine Unterfeldherren, Bessas und Constantinus, mit der lanzentragenden Leibwache des Feldherrn, die unter Führung des Armeniers Zanter, des Persers Chanaranges und des Massageten Äschman standen, vorausgesendet worden, Tuscien zu unterwerfen.

Bessas rückte vor das sturmfeste Narnia – für die damaligen Belagerungsmittel war die Burgstadt fast uneinnehmbar: sie thront auf hohem Berge, dessen Fuß der tiefe Nar umspült. Die beiden einzigen Zugänge, vom Osten und vom Westen, sind ein enger Felsenpaß und die hohe, alte, von Kaiser Augustus gebaute, befestigte Brücke. Aber die römische Bevölkerung überwältigte die halbe gotische Hundertschaft, die hier lag, und öffnete den Thrakiern des Bessas die Thore. Dem Constantinus erschlossen sich ebenso ohne Schwertstreich Spoletium und Perusia. Auf der östlichen Seite des Jonischen Meerbusens hatte inzwischen ein andrer Unterfeldherr Belisars, der Comes Sacri Stabuli Constantinus, den Tod zweier byzantinischer Heerführer, des Magister Militum für Illyrien, Mundus, und seines Sohnes Mauricius, die gleich im Anfang des Krieges bei Salona in Dalmatien im Gefecht gegen die Goten gefallen waren, gerächt, Salona besetzt und durch ihre große Übermacht die geringen gotischen Scharen zum Rückzug auf Ravenna gezwungen. Ganz Dalmatien und Liburnien war darauf den Byzantinern zugefallen. Von Tuscien aus streiften, wie wir sahen, die Hunnen Justinians schon durch Picenum und bis in die Ämilia.

Die Friedensvorschläge des Gotenkönigs hielt Belisar daher für Zeichen der Schwäche. Daß die Barbaren zum Angriff übergehen könnten, fiel ihm nicht ein. Dabei trieb es ihn, Rom zu verlassen, wo es ihn anwiderte, der Gast des Präfekten zu heißen; im freien Felde mußte sein Übergewicht bald wieder hervortreten.

Der Präfekt ließ das Kapitol in der treuen Hut des Lucius Licinius und folgte dem Zuge Belisars. Vergebens warnte er diesen vor allzugroßer Zuversicht.

»Bleibe du doch hinter den Felsen des Kapitols, wenn du die Barbaren fürchtest,« hatte dieser stolz geantwortet.

»Nein,« erwiderte dieser. »Eine Niederlage Belisars ist ein zu seltnes Schauspiel, man darf es nicht versäumen.« In der That, Cethegus hätte eine Demütigung des großen Feldherrn, dessen Ruhm die Italier allzusehr anzog, gern gesehen.

Belisar hatte sein Heer aus den nördlichen Thoren der Stadt geführt und wenige Stadien vor der Stadt in einem Lager versammelt, es hier zu mustern und neu zu ordnen und zu gliedern. Schon der starke Zufluß von Italiern, die zu seinen Fahnen geeilt waren, machte das nötig. Auch Ambazuch, Bessas und Constantinus hatte er mit dem größten Teil ihrer Truppen wieder in dies Lager herangezogen: sie ließen in den von ihnen gewonnenen Städten nur kleine Besatzungen zurück.

Dunkle Gerüchte von einem anrückenden Gotenheer hatten sich in das Lager verbreitet. Aber Belisar schenkte ihnen keinen Glauben. »Sie wagen es nicht,« hatte er dem warnenden Prokop entgegnet. »Sie liegen in Ravenna und zittern vor Belisarius.«

Später in der Nacht lag Cethegus schlaflos auf dem Lager in seinem Zelt. Er ließ die Ampel brennen. »Ich kann nicht schlafen,« sagte er: »in den Lüften klirrt es wie Waffen und riecht's wie Blut. Die Goten kommen. Sie rücken wohl durch die Sabina, die Via casperia und salara herab.«

Da rauschten seine Zeltvorhänge zurück und Syphax stürzte atemlos an sein Lager.

»Ich weiß es schon,« sagte Cethegus aufspringend, »was du meldest: die Goten kommen.« – »Ja, Herr, morgen sind sie da. Sie zielen auf das salarische Thor. Ich hatte das beste Roß der Königin, aber dieser Totila, der den Vortrab führt, jagt wie der Wind durch die Wüste. Und hier im Lager ahnt niemand etwas.«

»Der große Feldherr,« lächelte Cethegus, »hat keine Vorposten ausgestellt.« – »Er verließ sich ganz auf den festen Turm an der Aniusbrücke* aber ...«

»Nun? der Turm ist fest.« – »Ja, aber die Besatzung, römische Bürger aus Neapolis, ging zu den Goten über, als sie der junge Totila, der Führer der Vortrabs, anrief. Die Leibwächter Belisars, welche sich widersetzten, wurden gebunden, zumal Innocentius, und Totila ausgeliefert. Der Turm und die Brücke ist in der Goten Hand.«

»Es wird hübsch werden! Hast du eine Ahnung, wie stark der Feind?« – »Keine Ahnung, Herr: ich weiß es so genau wie König Witichis selbst. Hier die Liste ihrer Truppen. Sie schickt dir Mataswintha, seine Königin.«

Cethegus sah ihn forschend an. »Geschehen Wunder, die Barbaren zu verderben?«

»Ja Herr, Wunder geschehen! Dies sonnenschöne Weib will ihres Volkes Untergang um des Einen willen. Und dieser Eine ist ihr Gatte.«

»Du irrst:« sagte Cethegus, »sie liebte ihn schon als Mädchen und kaufte seine Büste.« – »Ja, sie liebt ihn. Aber er nicht sie. Und die Marsbüste ward zerschlagen in der Brautnacht.«

»Das hat sie dir doch schwerlich selbst gesagt.«

»Aber Aspa, die Tochter meines Landes, ihre Sklavin. Sie sagt mir alles. Sie liebt mich. Und sie liebt ihre Herrin, fast wie ich dich. Und Mataswintha will mit dir das Gotenreich verderben. Und sie wird durch Aspa alles schreiben in den Zauberzeichen unseres Stammes. Und ich würde diese Sonnenkönigin zu meinem Weibe nehmen, wenn ich Cethegus wäre.«

»Ich auch, wenn ich Syphax wäre. Aber deine Botschaft ist eine Krone wert! Ein listig, rachedürstend Weib wiegt Legionen auf! Jetzt Trotz euch, Belisar, Witichis und Justinian! Erbitte dir eine Gnade, jede, nur nicht deine Freiheit: ich brauche dich noch.«

»Meine Freiheit ist – dir dienen. Eine Gunst: laß mich morgen neben dir fechten.«

»Nein, mein hübscher Panther, deine Klauen kann ich noch nicht brauchen: nur deinen Leisegang. Du schweigst gegen jedermann von der Goten Nähe und Stärke. Lege mir die Rüstung an und gieb den Plan der salarischen Straße dort aus der Kapsel. Jetzt rufe mir Marcus Licinius und den Führer meiner Isaurier, Sandil.« Syphax verschwand. Cethegus warf einen Blick auf den Plan. »Also dort her, von Nordwesten, kommen sie, die Hügel herab. Wehe dem, der sie dort aufhalten will. Darauf folgt der tiefe Thalgrund, in dem wir lagern. Hier wird die Schlacht geschlagen und verloren. Hinter uns, südöstlich, zieht sich unsre Stellung entlang dem tiefen Bach; in diesen werden wir unfehlbar geworfen: die Brücken werden nicht zu halten sein. Darauf eine Strecke flachen Landes – welch schönes Feld für die gotischen Reiter, uns zu verfolgen! Noch weiter

* Prokop, Gotenkrieg I. 17. 18., setzt hier aus Verwechslung den Tiber statt des Anio.

rückwärts endlich ein dichter Wald und eine enge Schlucht mit dem zerfallnen Kastell Hadrians ... – Marcus,« rief er dem Eintretenden entgegen, »meine Scharen brechen auf. Wir ziehn hinab den Bach in den Wald und jeden, der dich frägt, dem sagst du: wir ziehn zurück nach Rom.«

»Nach Hause? ohne Kampf?« fragte Marcus erstaunt, »du weißt doch: es steht der Kampf bevor?«

»Ebendeswegen!« Damit schritt er hinaus, Belisar in seinem Zelt zu wecken. Aber er fand ihn schon wach: Prokop stand bei ihm. »Weißt du's schon, Präfekt? flüchtendes Landvolk meldet, ein Häuflein gotischer Reiter naht: die Tollkühnen reiten in ihr Verderben: sie wähnen die Straße frei bis Rom.« Und er fuhr fort sich zu rüsten.

»Aber die Bauern melden, die Reiter seien nur die Vorhut. Es folge ein furchtbares Heer von Barbaren,« warnte Prokop.

»Eitle Schrecken! Sie fürchten sich, diese Goten. Witichis wagt gar nicht, mich aufzusuchen. Endlich habe ich ja, vierzehn Stadien vor Rom, die Aniobrücke durch einen Turm geschützt: Martinus hat ihn gebaut nach meinem Gedanken: der allein hält der Barbaren Fußvolk mehr als eine Woche auf – mögen auch ein paar Gäule durch den Fluß geschwommen sein.«

»Du irrst, Belisarius! ich weiß es gewiß: das ganze Heer der Goten naht,« sprach Cethegus. – »So geh' nach Hause, wenn du es fürchtest.« – »Ich mache Gebrauch von dieser deiner Erlaubnis. Ich habe mir in diesen Tagen das Fieber geholt. Auch meine Isaurier leiden daran: – ich ziehe mit deiner Gunst nach Rom zurück.«

»Ich kenne dieses Fieber,« sagte Belisar – »das heißt: an andern. Es vergeht, sowie man Graben und Wall zwischen sich und dem Feinde hat. Zieh ab, wir brauchen dich so wenig wie deine Isaurier.«

Cethegus verneigte sich und ging. »Auf Wiedersehen,« sprach er, »o Belisarius. Gieb das Zeichen zum Aufbruch meinen Isauriern,« sprach er im Lager laut zu Marcus. »Und meinen Byzantinern auch,« setzte er leiser bei.

»Aber Belisar hat ...«

»Ich bin ihr Belisar. Syphax, mein Pferd.« Während er aufstieg, sprengte ein Zug römischer Reiter heran: Fackeln leuchteten dem Anführer vorauf.

»Wer da? Ah du, Cethegus? wie, du reitest ab? Deine Leute ziehn sich nach dem Fluß? Du wirst uns doch nicht verlassen, jetzt, in dieser höchsten Gefahr?« Cethegus beugte sich vor. »Sieh, du, Calpurnius! ich erkannte dich nicht: du siehst so bleich. Was bringst du von den Vorposten?«

»Flüchtige Bauern sagen,« sprach Calpurnius ängstlich, »es sei gewiß mehr als eine Streifschar. Es sei der König der Barbaren, Witichis selbst, im raschen Anzug durch die Sabina: sie seien schon auf dem linken Tiberufer: Widerstand ist dann ... – Wahnsinn – Verderben. Ich folge dir, ich schließe mich dir an.«

»Nein,« sagte Cethegus herb, »du weißt, ich bin abergläubisch: ich reite nicht gern mit den Furien verfallnen Männern. Dich wird die Strafe für deinen feigen Knabenmord sicher bald ereilen. Ich habe nicht Lust, sie mit dir zu teilen.«

»Doch flüstern Stimmen in Rom, auch Cethegus verschmähe manchmal einen bequemen Mord nicht,« sprach Calpurnius grimmig.

»Calpurnius ist nicht Cethegus,« sprach der Präfekt, stolz davon sprengend. »Grüße mir einstweilen den Hades!« rief er.

## Siebentes Kapitel

»Verfluchtes Omen!« knirschte Calpurnius. Und er eilte zu Belisar: »Befiehl den Rückzug, rasch, Magister Militum.« – »Warum, Vortrefflicher?« – »Es ist der Gotenkönig selbst.« »Und ich bin Belisar selbst,« sagte dieser, den prachtvollen Helm mit dem weißen Roßschweif aufsetzend. »Wie konntest du deinen Posten im Vordertreffen verlassen?« – »Herr, um dir das zu melden.« – »Das konnte wohl kein Bote? Höre, Römer, ihr seid nicht wert, daß man euch befreit. Du zitterst ja, Mann des Schreckens. Zurück mit dir ins Vordertreffen.

Du führst unsre Reiter zum ersten Angriff: ihr, meine Leibwächter Antallas und Kuturgur, nehmt ihn in die Mitte. Er *muß* tapfer sein, hört ihr? Weicht er, nieder mit ihm. So lehrt man Römer Mut.

Der Lagerrufer sagte eben die letzte Stunde der Nacht an. In einer Stunde geht die Sonne auf. Sie muß unser ganzes Heer auf jenen Hügeln finden.

Auf! Ambazuch, Bessas, Constantinus, Demetrius, das ganze Lager bricht auf, dem Feind entgegen.«

»Feldherr, es ist wie sie sagen,« meldete Maxentius, der treueste der Leibwächter, »zahllose Goten rücken an.«

»Sie sind zwei Heere gegen uns,« meldete Salomo, Belisars Hypaspisten-Führer.

»Ich rechne Belisar ein ganzes Heer.«

»Und der Schlachtplan?« fragte Bessas.

»Im Angesicht des Feindes entwerf' ich ihn, während des Calpurnius Reiter ihn aufhalten. Vorwärts, gebt die Zeichen, führt Phalion vor.« Und er schritt aus dem Zelte; nach allen Seiten stoben die Heerführer, die Hypaspisten, Prätorianer, Protektoren und Doryphoren auseinander, Befehle gebend, verteilend, empfangend.

In einer Viertelstunde war alles in Bewegung gegen die Hügel. Man nahm sich nicht Zeit, das Lager abzubrechen. Aber der plötzliche Aufbruch brachte vielfache Verwirrung. Fußvolk und Reiter gerieten in der dunkeln, mondlosen Nacht untereinander. Auch hatte die Kunde von der Übermacht der vordringenden Barbaren Mutlosigkeit verbreitet.

Es waren nur zwei nicht sehr breite Straßen, die gegen die Hügel führten: so gab es manche Stockung und Hemmung. Viel später als Belisar gerechnet, langte das Heer im Angesicht der Hügel an: und als die ersten Sonnenstrahlen sie beleuchteten, sah Calpurnius, der den Vortrab führte, von allen Höhen gotische Waffen blitzen.

Die Barbaren waren Belisar zuvorgekommen. Erschrocken machte Calpurnius Halt und sandte Belisar Nachricht.

Dieser sah ein, daß Calpurnius mit seinen Reitern nicht die Berge stürmen könne. Er schickte Ambazuch und Bessas mit dem Kern des armenischen Fußvolks ab, um auf der breitern Straße zu stürmen. Den linken und den rechten Flügel führten Constantinus und Demetrius, er selbst brachte im Mitteltreffen seine Leibwachen als Rückhalt heran. Calpurnius, froh des Wechsels im Plan, stellte seine Reiter unter den steilsten Abfall der Hügel, links seitab der Straße, von wo kein Angriff zu befürchten schien, den Erfolg von Ambazuchs und Bessas Sturm abzuwarten und die fliegenden Goten zu verfolgen oder die weichenden Armenier aufzunehmen.

Oben auf den Höhen aber stellten sich die Goten in langer Ausdehnung in Schlachtordnung. Totilas Reiter waren zuerst eingetroffen: ihm hatte sich Teja, zu Pferd, vor Kampfbegier fiebernd, angeschlossen: – sein beiltragendes Fußvolk war noch weit zurück: er hatte sich ausgebeten, ohne Befehlführung, überall, wo es ihn reizte, ins Handgemenge zu greifen. Darauf war Hildebrand eingetroffen und hierauf der König mit der Hauptmacht gefolgt. Herzog Guntharis mit seinen und Tejas Leuten wurden noch erwartet.

Pfeilschnell war Teja zu Witichis zurückgeflogen.

»König,« sagte er, »unter jenen Hügeln steht Belisar.

Er ist verloren, beim Gott der Rache! Er hat den Wahnsinn gehabt, vorzurücken. Dulde nicht die Schmach, daß er uns zuvorkömmt im Angriff.«

»Vorwärts!« rief König Witichis, »gotische Männer vor!« In wenigen Minuten hatte er den Rand der Hügel erreicht und übersah das Thalgefild vor ihm. »Hildebad – den linken Flügel! Du, Totila, brichst mit deinen Reitern hier im Mitteltreffen, die Straße herunter, vor. Ich halte rechts seitab der Straße, bereit, dir zu folgen oder dich zu decken.«

»Das wird's nicht brauchen,« sagte Totila, sein Schwert ziehend. »Ich bürge dir, sie halten meinen Ritt diesen Hügel herab nicht auf.«

»Wir werfen die Feinde in ihr Lager zurück,« fuhr der König fort, »nehmen das Lager, werfen sie in den Bach, der dicht hinter dem Lager glänzt: was übrig ist, können eure Reiter, Totila und Teja, über die Ebene jagen bis Rom.«

»Ja, wenn wir erst den Paß gewonnen haben, dort in den Waldhügeln, hinter dem Fluß,« sagte Teja mit dem Schwert hinüberdeutend.

»Er ist noch unbesetzt, scheint's: ihr müßt ihn mit den Flüchtigen zugleich erreichen.«

Da ritt der Bannerträger, Graf Wisand von Vulsinii, der Bandalarius des Heeres, an den König heran. »Herr König, ihr habt mir eine Bitte zu erfüllen zugesagt.« – »Ja, weil du bei Salona den Magister Militum für Illyrien, Mundus, und seinen Sohn vom Roß gestochen.«

»Ich habe es nun einmal auf die Magistri Militum. Ich möchte denselben Speer auch an Belisar erproben. Nimm mir, nur für heute, das Banner ab und laß mich den Magister Belisar aufsuchen. Sein Roß, der Rotscheck Phalion oder Balian, wird so sehr gerühmt: und mein Hengst wird steif. Und du kennst das alte gotische Reiterrecht: »wirf den Reiter und nimm sein Roß.«

»Gut gotisch Recht!« raunte der alte Hildebrand.

»Ich muß die Bitte gewähren,« sprach Witichis, das Banner aus der Hand Wisands nehmend. Dieser sprengte eilig hinweg. »Guntharis ist nicht zur Stelle, so trage du es heute, Totila.«

»Herr König,« entgegnete dieser, »ich kann's nicht tragen, wenn ich meinen Reitern den Weg in die Feinde zeigen soll.« Witichis winkte Teja.

»Vergieb,« sagte dieser: »heut' denk' ich beide Arme sehr zu brauchen.« – »Nun, Hildebad.« – »Danke für die Ehre: ich hab's nicht schlechter vor als die andern!« »Wie,« sagte Witichis, fast zürnend, »muß ich mein eigner Bannerträger sein, will keiner meiner Freunde mein Vertrauen ehren?«

»So gieb mir die Fahne Theoderichs,« sprach der alte Hildebrand, den mächtigen Schaft ergreifend. »Mich lüstet weitern Kampfes nicht so sehr. Aber mich freut's, wie die Jungen nach Ruhme dürsten. Gieb mir das Banner, ich will's heute wahren wie vor vierzig Sommern.« Und er ritt sofort an des Königs rechte Seite.

»Der Feinde Fußvolk rückt den Berg hinan,« sprach Witichis, sich im Sattel hebend. »Es sind Hunnen und Armenier,« sagte Teja, mit seinem Falkenauge spähend, »ich erkenne die hohen Schilde!« Und den Rappen vorwärts spornend rief er: »Ambazuch führt sie, der eidbrüchige Brandmörder von Petra.«

»Vorwärts, Totila,« sprach der König, »und aus diesen Scharen keine Gefangnen.«

Rasch sprengte Totila zu seinen Reitern, die hart an der Mündung der aufsteigenden Straße auf der Höhe aufgestellt waren. Mit scharfem Blick musterte er die Bewaffnung der Armenier, die in tiefen Kolonnen langsam bergauf rückten. Sie trugen schwere, mannshohe Schilde und kurze Speere zu Stoß und Wurf.

»Sie dürfen nicht zum Werfen kommen,« rief er seinen Reitern zu. Er ließ sie die leichten Schilde auf den Rücken binden und befahl, im Augenblick des Anpralls die langen Lanzen, statt, wie üblich, in der Rechten, in der Linken, der Zügelhand, zu führen, den Zügel einfach um das Handgelenk geschlungen und über die Mähne weg die Lanze aus der rechten in die linke Faust werfend. Dadurch trafen sie auf die rechte, vom Schild nicht gedeckte Seite der Feinde. »Sowie der Stoß angeprallt – sie werden ihm nicht stehen! – werft die Lanze im Armriem zurück, zieht das Schwert und haut nieder, was noch steht.«

Er stellte sie nun, die Kolonne der Feinde rechts und links überflügelnd, auf beide Seiten neben der Straße auf.

Er selbst führte den Keil auf der Straße. Er beschloß, den Feind die Hälfte des Hügels herankommen zu lassen. Mit atemloser Spannung sahen beide Heere dem Zusammenstoß entgegen.

Ruhig rückte Ambazuch, ein erprobter Soldat, vorwärts.

»Laßt sie nur dicht heran, Leute,« sagte er, »bis ihr das Schnauben der Rosse im Gesicht spürt. Dann, und nicht eher, werft: und zielt mir tief, auf die Brust der Pferde, und zieht das Schwert. So hab' ich noch alle Reiter geschlagen.«

Aber es kam anders.

Denn als Totila, voransprengend, das Zeichen zum Angriff gab, schien eine donnernde Lawine vom Berg herab über die erschrocknen Feinde einzubrechen. Wie der Sturmwind jagte die blitzende, klirrende, schnaubende, dröhnende Masse heran: und eh' die erste Reihe der Armenier Zeit gefunden, die Wurfspeere nur zu heben, lag sie schon, von den langen Lanzen auf der schildlosen Seite durchbohrt, niedergestreckt. Sie waren weggefegt, als wären sie nie gestanden.

Blitzschnell war das geschehen: und während noch Ambazuch seiner zweiten Reihe, in der er selber stand, Befehl geben wollte, zu knieen und die Speere einzustemmen, sah er schon auch seine zweite Reihe überritten, die dritte auseinandergesprengt und die vierte unter Bessas kaum noch Widerstand leistend gegen die furchtbaren Reiter, die jetzt erst dazu kamen, die Schwerter zu ziehen. Er wollte das Gefecht stellen: er flog zurück und rief seinen wankenden Scharen Mut zu.

Da erreichte ihn Totilas Schwert: ein Hieb zerschlug ihm den Helm. Er stürzte in die Knie und streckte den Griff seines Schwertes dem Goten entgegen. »Nimm Lösegeld,« rief er, »ich bin dein.«

Und schon streckte Totila die Hand aus, ihm die Waffe abzunehmen, da rief Tejas Stimme: »Denk' an Burg Petra.«

Ein Schwert blitzte und zerspaltnen Haupts sank Ambazuch. Da stob die letzte Reihe der Armenier, Bessas mit fortreißend, entsetzt auseinander, das Vordertreffen Belisars war vernichtet. Mit lautem Freuderuf hatten König Witichis und die Seinen den Sieg Totilas mit angesehn.

»Sieh, jetzt schwenken die hunnischen Reiter, die hier gerade unter uns stehen, gegen Totila,« sagte der König zu dem alten Bannerträger. »Totila wendet sich gegen sie. Sie sind viel zahlreicher. Auf! Hildebad, eile die Straße hinunter, ihm zu Hilfe.«

»Ah«, rief der Alte, sich vorbeugend im Sattel, und über den Felsrand spähend, »wer ist der Reitertribun da unten zwischen den zwei Leibwächtern Belisars?«

Witichis beugte sich vor. »Calpurnius!« rief er mit gellendem Schrei.

Und siehe, urplötzlich sprengte der König, keinen Pfad suchend, gerade wo er stand, hinab die Felshöhe auf den Verhaßten. Die Furcht, er möchte ihm entrinnen, ließ ihn alles vergessen. Und als hätte er Flügel, als hätte der Gott der Rache ihn herabgeführt über Gebüsch und spitze Felsspalten und Schroffen und Gräben sauste der König hinunter.

Einen Augenblick faßte den alten Waffenmeister Entsetzen: solchen Ritt hatte er noch nie geschaut. Aber im nächsten Moment schwang er die blaue Fahne und rief: »Nach! nach eurem König!« Und das berittene Gefolge voran, das Fußvolk, springend und auf den Schilden rutschend, hinterher, brach das Mitteltreffen der Goten plötzlich steil von oben auf die hunnischen Reiter.

Calpurnius hatte aufgesehn. Ihm war, als ob sein Name, gellend gerufen, an sein Ohr schlüge. Ihm klang der Ruf wie die Posaune des Weltgerichts.

Wie blitzgetroffen wandte er sich und wollte auf und davon. Aber der maurische Leibwächter zur Rechten fiel ihm in den Zügel: »Halt,

Tribun!« sagte Antallas, auf Totilas Reiter deutend – »*dort* ist der Feind!« Ein Schmerzenschrei riß ihn und Calpurnius zur Linken herum. Denn da stürzte der zweite der Leibwächter, der Hunne Kuturgur, zu seiner Linken, klirrend vom Pferd, unter dem Schwerthieb eines Goten, der plötzlich wie vom Himmel gefallen schien. Und hinter diesem Goten drein sprang und kletterte und wogte es den steilen Felshang hinab, der doch pfadlos schien: und die Reiter waren von diesem plötzlich von oben gekommenen Feind in der Flanke umfaßt, während sie gleichzeitig in der Stirnseite mit den Geschwadern Totilas zusammenstießen.

Calpurnius erkannte den Goten. »Witichis!« rief er entsetzt, und ließ den Arm sinken. Aber sein Pferd rettete ihn; verwundet und scheu geworden durch den Fall des hunnischen Leibwächters zur Linken, setzte es in wilden Sprüngen davon.

Der maurische Leibwächter zu seiner Rechten warf sich wütend auf den König der Goten, der ganz allein den Seinigen weit vorausgeeilt war. »Nieder, Tollkühner!« schrie er. Aber im nächsten Augenblick hatte ihn das Schwert des Witichis getroffen, der unaufhaltsam alles vor sich niederzuwerfen schien, was ihn von Calpurnius jetzt noch fern hielt. Rasend setzte ihm Witichis nach. Mitten durch die Reihen der hunnischen Reiter, die, entsetzt vor diesem Anblick, auseinanderstoben.

Calpurnius hatte sein Pferd wieder bemeistert und suchte jetzt Schutz hinter den stärksten Geschwadern seiner Reiter. Umsonst. Witichis verlor ihn nicht aus dem Auge und ließ nicht von ihm ab. Wie dicht er sich unter seinen Reitern barg, wie rasch er floh, er entging nicht dem Blicke des Königs, der alles erschlug, was sich zwischen ihn und den Mörder seines Sohnes drängte.

Knäuel auf Knäuel, Gruppe auf Gruppe löste sich vor dem furchtbaren Schwert des rächenden Vaters: die ganze Masse der Hunnen war quer geteilt von dem Flüchtenden und seinem Verfolger. Sie vermochte nicht, sich wieder zu schließen. Denn ehe noch Totila ganz heran war, hatte der alte Bannerträger mit Reitern und Fußvolk ihre rechte Flanke durchbrochen, in zwei Teile gespalten.

Als Totila ansprengte, hatte er nur noch Flüchtlinge zu verfolgen. Der Teil zur Rechten wurde alsbald von Totila und Hildebrand in die Mitte genommen und vernichtet.

Der größere Teil zur Linken floh zurück auf Belisar.

Calpurnius jagte indessen, wie von Furien gehetzt, über das Schlachtfeld. Er hatte einen großen Vorsprung, da sich Witichis siebenmal erst hatte Bahn hauen müssen. Aber ein Dämon schien Boreas, des Goten Roß, zu treiben: näher und näher kam er seinem Opfer. Schon vernahm der Flüchtling den Ruf, zu stehen und zu fechten. Noch hastiger spornte er sein Pferd. Da brach es unter ihm zusammen. Noch bevor er sich aufgerafft, stand Witichis vor ihm, der vom Sattel gesprungen war. Er stieß ihm, ohne ein Wort, mit dem Fuß das Schwert hin, das ihm entfallen. Da faßte sich Calpurnius mit dem Mut der Verzweiflung.

Er hob das Schwert auf und warf sich mit einem Tigersprung auf den Goten. Aber mitten im Sprung stürzte er rücklings nieder.

Witichis hatte ihm die Stirn mitten entzwei gehauen. Der König setzte den Fuß auf die Brust der Leiche und sah in das verzerrte Gesicht. Dann seufzte er tief auf: »Jetzt hab' ich die Rache. O hätt' ich mein Kind.«

Mit Ingrimm hatte Belisar die so ungünstige Eröffnung des Kampfes mit angesehen. Aber seine Ruhe, seine Zuversicht verließ ihn nicht, als er Ambazuchs und Bessas' Armenier weggefegt, als er des Calpurnius Reiter durchbrochen und geworfen sah.

Er erkannte jetzt die Übermacht und Überlegenheit des Feindes. Allein er beschloß, auf der ganzen Linie vorzurücken, eine Lücke lassend, um den Rest der fliehenden Reiter aufzunehmen.

Jedoch scharf bemerkten dies die Goten und drängten, Witichis voran, Totila und Hildebrand, welche die Umzingelten vernichtet hatten, folgend, den Flüchtlingen jetzt so ungestüm nach, daß sie mit ihnen zugleich die Linie Belisars zu erreichen und zu durchdringen drohten.

Das durfte nicht sein. Belisar füllte diese Lücke selbst durch seine Leibwache zu Fuß und schrie den fliehenden Reitern entgegen, zu halten und zu wenden.

Aber es war, als ob die Todesfurcht ihres gefallnen Führers sie alle ergriffen hätte. Sie scheuten das Schwert des Gotenkönigs hinter sich mehr als den drohenden Feldherrn vor sich: und ohne Halt und Fassung rasten sie, als wollten sie ihr eignes Fußvolk niederreiten, im vollen Galopp heran.

Einen Augenblick ein furchtbarer Stoß: ein tausendstimmiger Schrei der Angst und Wut: – ein wirrer Knäuel von Reitern und Fußvolk minutenlang: darunter einhauende Goten: und plötzlich ein Auseinanderstieben nach allen Seiten unter gellendem Siegesruf der Feinde.

Belisars Leibwache war niedergeritten, seine Hauptschlachtlinie durchbrochen. Er befahl den Rückzug ins Lager.

Aber es war kein Rückzug mehr: es war eine Flucht. Hildebads, Gunthāris und Tejas Fußvolk waren jetzt auf dem Schlachtfeld eingetroffen: die Byzantiner sahen ihre Stellung im ganzen geworfen: sie verzweifelten am Widerstand und mit großer Unordnung eilten sie nach dem Lager zurück. Gleichwohl hätten sie dasselbe noch in guter Zeit vor den Verfolgern erreicht, hätte nicht ein unerwartetes Hindernis alle Wege gesperrt.

So siegesgewiß war Belisar ausgezogen, daß er das ganze Fuhrwerk, die Wagen und das Gepäck des Heeres, ja selbst die Herden, die ihm nachgetrieben wurden nach der Sitte jener Zeit, den Truppen auf allen Straßen zu folgen befohlen hatte. Auf diesen langsamen, schwer beweglichen und schwer zu entfernenden Körper stießen nun überall die weichenden Truppen und grenzenlose Hemmung und Verwirrung trat ein.

Soldaten und Troßknechte wurden handgemein: die Reihen lösten sich zwischen den Karren, Kisten und Wagen. Bei vielen erwachte die Beutelust und sie fingen an, das Gepäck zu plündern, ehe es in die Hände der Barbaren falle. Überall ein Streiten, Fluchen, Klagen, Drohen: dazwischen das Krachen der Lastwagen, die zerbrochen wurden, und das Blöken und Brüllen der erschrocknen Herden.

»Gebt den Troß Preis! Feuer in die Wagen! schickt die Reiter durch die Herden!« befahl Belisar, der mit dem Rest seiner Leibwachen in guter

Ordnung mit dem Schwert sich Bahn brach. Aber vergebens. Immer unentwirrbarer, immer dichter wurde der Knäuel: nichts schien ihn mehr lösen zu können.

Da zerriß ihn die Verzweiflung.

Der Schrei, »die Barbaren über uns!« erscholl aus den hintersten Reihen. Und es war kein leerer Schreck. Hildebad mit dem Fußvolk war jetzt in die Ebene hinabgestiegen und seine ersten Reihen trafen auf den wehrlosen Knäuel.

Da gab es eine furchtbare wogende Bewegung nach vorn: ein tausendstimmiger Schrei der Angst – der Wut – des Schmerzes der Angegriffenen, der Leibwachen, die, alter Tapferkeit gedenk, fechten wollten und nicht konnten: der Zertretenen und Zerdrückten – und plötzlich stürzte der größte Teil der Wagen, mit ihrer Bespannung, und mit den Tausenden, die darauf und dazwischen zusammengedrängt waren, mit donnerndem Krachen in die Gräben links und rechts neben der Hochstraße.

So ward der Weg frei. Und unaufhaltsam, ordnungslos ergoß sich der Strom der Flüchtigen nach dem Lager.

Mit lautem Siegesgeschrei folgte das gotische Fußvolk, ohne Mühe mit den Fernwaffen, mit Pfeilen, Schleudern und Wurfspeeren, in dem dichten Gewühl seine Ziele treffend, während Belisar mit Mühe die unaufhörlichen Angriffe der Reiter Totilas und des Königs abwehrte. »Hilf, Belisar,« rief Aigan, der Führer der massagetischen Söldner, aus dem eben gesprengten Knäuel heranreitend, das Blut aus dem Gesicht wischend: »meine Landsleute haben heut' den schwarzen Teufel unter den Feinden gesehen. Sie stehn mir nicht. Hilf: dich fürchten sie sonst mehr als den Teufel!«

Mit Knirschen sah Belisar hinüber nach seinem rechten Flügel, der aufgelöst über das Blachfeld jagte, von den Goten gehetzt.

»O Justinianus, kaiserlicher Herr, wie erfüll' ich schlecht mein Wort!«

Und die weitere Deckung des Rückzugs ins Lager dem erprobten Demetrius überlassend, denn das hügelige Terrain, das jetzt erreicht war, schwächte die Kraft der verfolgenden Reiter – sprengte er mit Aigan und seiner berittenen Garde querfeldein mitten unter die Flüchtenden.

»Halt!« donnerte er ihnen zu, »halt, ihr feigen Hunde. Wer flieht, wo Belisar streitet?

Ich bin mitten unter euch, kehrt und siegt!«

Und aufschlug er das Visier des Helmes und zeigte ihnen das majestätische, das löwengewaltige Antlitz.

Und so mächtig war die Macht dieser Heldenpersönlichkeit, so groß das Vertrauen auf sein sieghaftes Glück, daß in der That alle, welche die hohe Gestalt des Feldherrn auf seinem Rotscheck erkannten, stutzten, hielten, und mit einem Ruf der Ermutigung sich den nachdringenden Goten wieder entgegenwandten. An dieser Stelle wenigstens war die Flucht zu Ende.

Da schritt ein gewaltiger Gote heran, leicht sich Bahn brechend. »Heia, das ist fein, daß ihr einmal des Laufens müde seid, ihr flinken Griechlein. Ich konnt' euch nicht mehr nach vor Schnaufen. In den Beinen seid ihr uns überlegen. Laßt sehn, ob auch in den Armen. Ha, was weicht ihr, Bursche! Vor dem, auf dem Braunscheck? Was ist's mit dem?«

»Herr, das muß ein König sein unter den Welschen, kaum kann man sein zornig Auge tragen.«

»Das wäre! Ah – das muß Belisarius sein! Freut mich,« schrie er ihm hinüber, »daß wir uns treffen, du kühner Held. Nun spring vom Roß und laß uns die Kraft der Arme messen. Wisse, ich bin Hildebad, des Tota Sohn. Sieh, auch ich bin ja zu Fuß. Du willst nicht?« rief er zornig. »Muß man dich vom Gaule holen?« Und dabei schwang er in der Rechten wiegend den ungeheuren Speer.

»Wende, Herr, weich' aus,« rief Aigan, »der Riese wirft ja junge Mastbäume.« »Wende, Herr,« wiederholten seine Hypaspisten ängstlich.

Aber Belisar ritt, das kurze Schwert gezückt, ruhig dem Goten um eine Pferdelänge näher. Sausend flog der balkengleiche Speer heran, grad gegen Belisars Brust.

Aber grad', ehe er traf, ein kräftiger Hieb von Belisars kurzem Römerschwert und drei Schritte seitwärts viel der Speer harmlos nieder.

»Heil Belisarius! Heil,« schrieen die Byzantiner ermutigt und drangen auf die Goten ein.

»Ein guter Hieb,« lachte Hildebad grimmig. »Laß sehen, ob dir deine Fechtkunst auch *gegen den* hilft.« Und sich bückend hob er aus dem Ackerfeld einen alten zackigen Grenzstein, schwang ihn mit zwei Armen erst langsam hin und her, hob ihn dann über den Kopf mit beiden Händen und schleuderte ihn mit aller Kraft auf den heransprengenden Helden –: ein Schrei des Gefolges: rücklings stürzte Belisar vom Pferd.

Da war es aus.

»Belisarius tot! wehe! Alles verloren, wehe!« schrieen sie, als die hochragende Gestalt verschwunden, und jagten besinnungslos nach dem Lager zu. Einzelne flohen unaufhaltsam bis an und in die Thore Roms.

Umsonst war's, daß sich die Lanzen- und Schildträger todesmutig den Goten entgegenwarfen: sie konnten nur ihren Herrn, nicht die Schlacht mehr retten.

Den ersten tödlichen Schwerthieb Hildebads, der herangestürmt war, fing der treue Maxentius auf mit der eignen Brust. Aber hier sank auch ein gotischer Reiter endlich vom Roß, der erst nach Hildebad Belisar erreicht und sieben Leibwächter erschlagen hatte, um bis zum Magister Militum durchzudringen. Mit dreizehn Wunden fanden ihn die Seinen. Aber er blieb am Leben. Und er war einer der wenigen, welche den ganzen Krieg durchkämpften und überlebten –, Wisand, der Bandalarius.

Belisar, von Aigan und Valentinus, seinem Hippokomos (Roßwart), wieder auf den Rotschecken gehoben und rasch von der Betäubung erholt, erhob umsonst den Feldherrnstab und Feldherrnruf: sie hörten nicht mehr und wollten nicht hören. Umsonst hieb er nach allen Seiten unter die Flüchtigen: er wurde fortgerissen von ihren Wogen bis ans Lager.

Hier gelang es ihm noch einmal, an einem festen Thor, die nachdringenden Goten aufzuhalten. »Die Ehre ist hin,« sagte er unwillig, »laßt uns das Leben wahren.« Mit diesen Worten ließ er die Lagerthore schließen, ohne Rücksicht auf die großen Massen der noch Ausgeschlossenen.

Ein Versuch des ungestümen Hildebad, ohne weiteres einzudringen, scheiterte an dem starken Eichenholz des Pfahlwerks, das dem Speerwurf und den Schleudersteinen trotzte. Unmutig auf seinen Speer gelehnt kühlte er sich einen Augenblick von der Hitze.

Da bog Teja, der längst, wie der König und Totila, abgesessen, prüfend und das Pfahlwerk messend, um die Ecke des Walls.

»Die verfluchte Holzburg,« rief ihm Hildebad entgegen. »Da hilft nicht Stein, nicht Eisen.«

»Nein,« sagte Teja, »aber Feuer!« Er stieß mit dem Fuß in einen Aschenhaufen, der neben ihm lag. »Das sind die Wachtfeuer, samt dem Reisig, von heute Nacht. Hier glimmen noch Gluten! Hierher, ihr Männer, steckt die Schwerter ein, entzündet das Reisig! werft Feuer in das Lager!«

»Prachtjunge,« jubelte Hildebad, »flugs, ihr Bursche, brennt sie aus, wie den Fuchs aus dem Bau! der frische Nordwind hilft.« Rasch waren die Wachtfeuer wieder entfacht, Hunderte von Bränden flogen in das trockne Sparrenwerk der Schanze. Und bald schlugen die Flammen lodernd gen Himmel. Der dichte Qualm, vom Wind ins Lager getragen, schlug den Byzantinern ins Gesicht und machte die Verteidigung der Wälle unmöglich. Sie wichen in das Innere des Lagers.

»Wer jetzt sterben dürfte!« seufzte Belisar. – »Räumt das Lager! Hinaus zur Porta decumana. In gut geschlossener Ordnung zu den Brücken hinter uns!«

Aber der Befehl, das Lager zu räumen, zerriß das letzte Band der Zucht, der Ordnung und des Mutes. Während unter Tejas dröhnenden Axthieben die verkohlten Thorbalken niederkrachten und mitten durch Flammen und Qualm der schwarze Held, wie ein Feuerdämon, der erste, durch das prätorische Thor ins Lager sprang, rissen die Flüchtenden alle Thore, auch die seitwärts aus dem Lager nach Rom zu führten, die Portä prinzipales rechts und links, auf einmal auf und strömten in wirren Massen nach dem Fluß. Die ersten erreichten noch sicher und unverfolgt die beiden Brücken; sie hatten großen Vorsprung, bis Hildebad und Teja Belisar aus dem brennenden Lager herausgedrängt.

Aber plötzlich – neues Entsetzen! – schmetterten die gotischen Reiterhörner ganz nahe.

Witichis und Totila hatten sich, sowie sie das Lager genommen wußten, sogleich wieder zu Pferd geworfen und führten nun ihre Reiter von beiden Seiten, links und rechts vom Lager her, den Flüchtenden in die Flanken.

Eben war Belisar aus dem decumanischen Lagerthor gesprengt und eilte nach der einen Brücke zu, als er von links und rechts die verderblichen Reitermassen heransausen sah. Noch immer verlor der gewaltige Kriegsmann die Fassung nicht. »Vorwärts im Galopp an die Brücken!« befahl er seinen Saracenen, »deckt sie!«

Es war zu spät: ein dumpfer Krach, gleich darauf ein zweiter, die beiden schmalen Brücken waren unter der Last der Flüchtenden eingebrochen und zu Hunderten stürzten die hunnischen Reiter und die illyrischen Lanzenträger, Justinians Stolz, in das sumpfige Gewässer.

Ohne Bedenken spornte Belisar, an dem steilen Ufer angelangt, sein Pferd in die schäumende und blutig gefärbte Flut. Schwimmend erreichte er das andere Ufer. »Salomo, Dagisthäos,« sagte er, sowie er drüben gelandet, zu seinen raschesten Prätorianern, »auf, nehmt hundert aus meinen Reiterwachen und jagt was ihr könnt nach dem Engpaß. Überreitet alle Flüchtigen. Ihr müß ihn vor den Goten erreichen, hört ihr? *ihr müßt!* Er ist unser letzter Strohhalm.«

Beide gehorchten, und sprengten blitzschnell davon.

Belisar sammelte, was er von den zerstreuten Massen erreichen konnte. Die Goten waren wie die Byzantiner durch den Fluß eine Weile aufgehalten. Aber plötzlich rief Aigan: »Da sprengt Salomo zurück!« »Herr,« rief dieser heranjagend: »alles ist verloren! Waffen blitzen im Engpaß. Er ist schon besetzt von den Goten.«

Da, zum erstenmale an diesem Tage des Unglücks, zuckte Belisar zusammen. »Der Engpaß verloren? Dann entkommt kein Mann vom Heere meines Kaisers. Dann fahrt wohl: Ruhm, Antonina und Leben. Komm, Aigan, zieh' das Schwert, laß mich nicht lebend fallen in Barbarenhand.«

»Herr,« sagte Aigan, »so hört' ich euch nie reden.«

»So war's auch noch nie. Laß uns absteigen und sterben.« Und schon hob er den rechten Fuß aus dem Bügel, vom Roß zu springen, da sprengte Dagisthäos heran —: »Getrost, mein Feldherr!« — »Nun?« — »Der Engpaß ist unser — römische Waffen sind's, die wir dort sahen. Es ist Cethegus, der Präfekt! Er hielt ihn geheim besetzt.«

»Cethegus?« rief Belisar. »Ist's möglich? Ist's gewiß?«

»Ja, mein Feldherr. Und seht, es war hoch an der Zeit.« Das war es. Denn eine Schar gotischer Reiter, von König Witichis gesendet, den Flüchtenden am Engpaß vorauszukommen, hatte durch eine Furt den Fluß durchschritten, den Reitern Belisars den Weg abgeschnitten und vor ihnen den verhängnisvollen Paß erreicht. Aber eben als sie dort einmünden wollten, brach Cethegus an der Spitze seiner Isaurier aus dem Versteck der Schlucht hervor und warf die überraschten Goten nach kurzem Gefecht in die Flucht.

»Der erste Glanz des Sieges an diesem schwarzen Tag!« rief Belisar. »Auf, nach dem Engpaß!« Und mit besserer Ordnung und Ruhe führte der Feldherr seine gesammelten Scharen an die Waldhügel.

»Willkommen in Sicherheit, Belisarius,« rief ihm Cethegus zu, seine Schwertklinge säubernd. »Ich warte hier auf dich seit Tagesanbruch. Ich wußte wohl, daß du mir kommen würdest.«

»Präfekt von Rom,« sprach Belisar, ihm vom Pferd herunter die Hand reichend: »du hast des Kaisers Heer gerettet, das ich verloren hatte: ich danke dir.«

Die frischen Truppen des Präfekten hielten, eine undurchdringliche Mauer, den Paß besetzt, die zerstreut heranflüchtenden Byzantiner durchlassend und Angriffe der ersten ermüdeten Verfolger, die über den

Fluß gedrungen – sie hatten einen vollen Tag des Kampfes hinter sich – in der günstigen Stellung ohne Mühe abwehrend.

Vor Einbruch der Dunkelheit nahm König Witichis seine Scharen zurück, auf dem Schlachtfeld ihres Sieges zu übernachten, während Belisar mit seinen Feldherren einstweilen im Rücken des Passes, so gut es gehen wollte, die aufgelösten Heeresmassen, wie sie zerstreut und vereinzelt eintrafen, ordneten. Als Belisar wieder einige tausend Mann beisammen hatte, ritt er zu Cethegus heran und sprach: »Was meinst du, Präfekt von Rom? Deine Truppen sind noch frisch. Und die Unsern müssen ihre Scharte auswetzen. Laß uns hervorbrechen noch einmal – die Sonne geht noch nicht gleich unter – und das Los des Tages wenden.«

Mit Staunen sah ihn Cethegus an und sprach die Worte Homers: »Wahrlich, ein schreckliches Wort, du Gewaltiger, hast du gesprochen. Unersättlicher! So schwer erträgst du's, ohne Sieg aus einer Schlacht zu gehn? Nein, Belisarius! dort winken die Zinnen Roms: dahin führe deine todesmatten Völker. Ich halte diesen Paß, bis ihr die Stadt erreicht. Und froh will ich sein, wenn mir das gelingt.«

Und so war's geschehn. Belisar vermochte unter den dermaligen Umständen weniger als je den Präfekten gegen dessen Willen zu bewegen. So gab er nach und führte sein Heer nach Rom zurück, das er mit dem Einbruch der Nacht erreichte.

Lange wollte man ihn nicht einlassen. Den von Staub und Blut Bedeckten erkannte man nur schwer. Auch hatten Versprengte die Nachricht aus der Schlacht in die Stadt getragen, der Feldherr sei gefallen und alles verloren. Endlich erkannte ihn Antonina, die ängstlich auf den Wällen seiner harrte. Durch das pincianische Thor ließ man ihn ein; es hieß seitdem Porta belisaria.

Feuerzeichen auf den Wällen zwischen dem flaminischen und dem pincianischen Thor verkündeten die Erreichung Roms dem Präfekten, der nun, in guter Ordnung und von den ermüdeten Siegern kaum verfolgt, im Schutze der Nacht seinen Rückzug bewerkstelligte.

Nur Teja drängte nach mit einigen seiner Reiter bis an das Hügelland, wo heute Villa Borghese liegt, und bis zur Aqua Acetosa.

## Achtes Kapitel

Am Tage darauf erschien das ganze zahlreiche Heer der Goten vor der ewigen Stadt, die es in sieben Lagern umschloß.

Und nun begann jene denkwürdige Belagerung, die nicht minder das Feldherrntalent und die Erfindungsgabe Belisars als den Mut der Belagerer entfalten sollte.

Mit Schrecken hatten die Bürger Roms von ihren Mauern herab mit angesehen, wie die Scharen der Goten nicht enden wollten. »Sieh hin, o Präfekt, sie überflügeln alle deine Mauern.« – »Ja! in die Breite! laß sehen, ob sie sie in der Höhe überflügeln. Ohne Flügel kommen sie nicht herüber.«

Nur zwei Tausendschaften hatte Witichis in Ravenna zurückgelassen, acht hatte er unter den Grafen Uligis von Urbssalvia und Ansa von Asculum nach Dalmatien entsendet, diese Provinz und Liburnien den Byzantinern zu entreißen und zumal das wichtige Salona wieder zu gewinnen; durch Söldner, in Savien geworben, sollten sie sich verstärken.

Auch die gotische Flotte sollte – gegen Tejas Rat! – dort, nicht gegen den Hafen von Rom, Portus, wirken.

Den Umkreis der Stadt Rom aber, und ihre weit hinausgestreckten Wälle, die Mauern Aurelians und des Präfekten, umgürtete nun der König mit einhundertundfünfzig Tausendschaften.

Rom hatte damals fünfzehn Hauptthore und einige kleinere.

Von diesen umschlossen die Goten den schwächeren Teil der Umwallung, den Raum, der von dem flaminischen Thor im Norden (östlich von der jetzigen Porta del Popolo) bis zum pränestinischen Thor reicht, vollständig mit sechs Heerlagern; nämlich die Wälle vom flaminischen Thor gegen Osten bis ans pincianische und salarische, dann bis an das nomentanische Thor (südöstlich von Porta pia), ferner bis gegen das »geschlossene Thor«, die Porta clausa, endlich südlich von da das tiburtinische Thor (heute Porta San Lorenzo) und das asinarische, metronische, latinische (an der Via latina), das appische (an der Via appia) und das Sankt Pauls-Thor, das zunächst dem Tiberufer lag. Alle diese sechs Lager waren auf dem linken Ufer des Flusses.

Um aber zu verhüten, daß die Belagerten durch Zerstörung der milvischen Brücke den Angreifern den Übergang über den Fluß und das ganze Gebiet auf dem rechten Tiberufer bis an die See abschnitten, schlugen die Goten ein siebentes Lager auf dem rechten Tiberufer: »auf dem Felde Neros«, vom vatikanischen Hügel bis gegen die milvische Brücke hin (unter dem »Monte Mario«). So war die milvische Brücke durch ein Gotenlager gedeckt und die Brücke Hadrians bedroht, sowie der Weg nach der Stadt durch die »Porta Sancti Petri«, wie man damals schon, nach Prokops Bericht, das innere Thor Aurelians nannte. Es war das nächste an dem Grabmal Hadrians. Aber auch das Thor von Sankt Pankratius rechts des Tibers war von den Goten scharf beobachtet.

Dies Lager auf dem neronischen Feld, auf dem rechten Tiberufer, zwischen dem pankratischen und dem Petrus-Thor, überwies Witichis dem Grafen Markja von Mediolanum, der aus den Cottischen Alpen und der Beobachtung der Franken zurückgerufen worden war. Aber der König selbst weilte oft hier, das Grabmal Hadrians mit scharfen Blicken prüfend.

Er hatte kein einzelnes Lager übernommen, sich die Gesamtleitung vorbehaltend, vielmehr die sechs übrigen an Hildebrand, Totila, Hildebad, Teja, Guntharis und Grippa verteilt. Jedes der sieben Lager ließ der König mit einem tiefen Graben umziehn, die dadurch ausgehobne Erde zu einem hohen Wall zwischen Graben und Lager aufhäufen und diesen mit Pfahlwerk verstärken, sich gegen Ausfälle zu sichern.

Aber auch Belisar und Cethegus verteilten ihre Feldherren und Mannschaften nach den Thoren und Regionen Roms. Belisar übertrug das pränestinische Thor im Osten der Stadt (heute Porta maggiore) Bessas, das stark bedrohte flaminische, dem ein gotisches Lager, das Totilas, in gefährlicher Nähe lag, Constantinus, der es durch Marmorquadern, aus römischen Tempeln und Palästen gebrochen, fast ganz zubauen ließ.

Belisar selbst schlug sein Standlager auf im Norden der Stadt. Dieser war unter den ihm von Cethegus eingeräumten Teilen der Festung Rom der schwächste.

Den Westen und Süden hielt eifersüchtig, unentfernbar und unentbehrlich, der Präfekt.

Aber hier im Norden war Belisar Herr: zwischen dem flaminischen und dem pincianischen – oder nun »belisarischen« – Thor, dem schwächsten Teil der Umwallung, ließ er sich nieder, zugleich Ausfälle gegen die Barbaren planend. Die übrigen Thore überwies er den Führern des Fußvolks Peranius, Magnus, Ennes, Artabanes, Azarethas und Chilbudius.

Der Präfekt hatte übernommen alle Thore auf dem rechten Tiberufer, die neue Porta aurelia an der älischen Brücke bei dem Grabmal Hadrians, die Porta septimiana, das alte aurelische Thor, das nun das pankratische hieß, und die Porta portuensis: auf dem linken Ufer aber noch das Thor Sankt Pauls. Erst das nächste Thor weiter östlich, das ardeatinische, stand unter byzantinischer Besatzung: Chilbudius befehligte hier.

Gleich unermüdlich und gleich erfinderisch erwiesen sich die Belagerer und die Belagerten in Plänen des Angriffs und der Verteidigung. Lange Zeit handelte es sich nur um Maßregeln, welche die Bedrängung der Römer ohne Sturm, vor dem Sturm, bezweckten und andrerseits, sie abwehren sollten.

Die Goten, Herren und Meister der Campagna, suchten die Belagerten auszudursten: sie schnitten alle die prachtvollen vierzehn Wasserleitungen ab, welche die Stadt speisten. Belisar ließ vor allem, als er dies wahrnahm, die Mündungen innerhalb der Stadt verschütten und vermauern. »Denn,« hatte ihm Prokop gesagt, »nachdem du, o großer Held Belisarius, durch eine solche Wasserrinne nach Neapolis hineingekrochen bist, könnte es den Barbaren einfallen – und kaum schimpflich scheinen – auf dem gleichen Heldenpfad sich nach Rom hinein zu krabbeln.«

Den Genuß des geliebten Bades mußten die Belagerten entbehren: kaum reichten die Brunnen in den vom Fluß entlegenen Stadtteilen für das Trinkwasser aus.

Durch das Abschneiden des Wassers hatten aber die Barbaren den Römern auch das Brot abgeschnitten. – Wenigstens schien es so. Denn die sämtlichen Wassermühlen Roms versagten nun. Das aufgespeicherte Getreide, das Cethegus aus Sicilien gekauft, das Belisar aus der Umgegend Roms zwangsweise hatte in die Stadt schaffen lassen, trotz des Murrens der Pächter und Colonen, dieses Getreide konnte nicht mehr gemahlen werden.

»Laßt die Mühlen durch Esel und Rinder drehen!« rief Belisar. »Die meisten Esel waren klug genug und die Rinder, ach Belisarius,« sprach Prokop, »sich nicht mit uns hier einsperren zu lassen. Wir haben nur soviel, als wir brauchen, sie zu schlachten. Sie können unmöglich erst Mühlen drehen und dann noch Fleisch genug haben, das gemahlene Brot selbst zu belegen.«

»So rufe mir Martinus. Ich habe gestern an dem Tiber, die Gotenzelte zählend, zugleich einen Gedanken gehabt ...«

»Den Martinus wieder aus dem Belisarischen in das Mögliche übersetzen muß. Armer Mann! Aber ich gehe, ihn zu holen.«

Als aber am Abend des gleichen Tages Belisar und Martinus durch zusammengelegte Boote im Tiber die erste Schiffsmühle herstellten, welche die Welt kannte, da sprach bewundernd Prokopius: »Das Brot der Schiffsmühle wird länger die Menschen erfreu'n, als deine größten Thaten. Dies so gemahlene Mehl schmeckt nach – Unsterblichkeit.« Und wirklich ersetzten die von Belisar erdachten, von Martinus ausgeführten Schiffsmühlen den Belagerten während der ganzen Dauer der Einschließung die gelähmten Wassermühlen.

Hinter der Brücke nämlich, die jetzt Ponte San Sisto heißt, auf der Senkung des Janiculus, befestigte Belisar zwei Schiffe mit Seilen und legte Mühlen über deren flaches Deck, so daß die Mühlenräder durch den Fluß, der aus dem Brückenbogen mit verstärkter Gewalt hervorströmte, von selbst getrieben wurden.

Eifrig trachteten alsbald die Belagerer, diese Vorrichtungen, die ihnen Überläufer schilderten, zu zerstören. Balken, Holzflöße, Bäume warfen sie oberhalb der Brücke von dem von ihnen beherrschten Teil aus in den Fluß und zertrümmerten so in Einer Nacht wirklich alle Mühlen. Aber Belisar ließ sie wieder herstellen und nun oberhalb der Brücke starke Ketten gerade über den Fluß ziehen und so auffangen, was, die Mühlen bedrohend, herantrieb.

Nicht nur seine Mühlen sollten diese eisernen Stromriegel decken: sie sollten auch verhindern, daß die Goten auf Kähnen und Flößen den Fluß herab und, ohne die Brücke, in die Stadt drängen.

Denn Witichis traf nun alle Vorbereitungen zum Sturm.

Er ließ hölzerne Türme bauen, höher als die Zinnen der Stadtmauer, die auf vier Rädern von Rindern gezogen werden sollten. Dann ließ er Sturmleitern in großer Zahl beschaffen und vier furchtbare Widder oder Mauerbrecher, die je eine halbe Hundertschaft schob und bediente. Mit unzähligen Bündeln von Reisig und Schilf sollten die tiefen Gräben ausgefüllt werden.

Dagegen pflanzten Belisar und Cethegus, jener im Norden und Osten, dieser im Westen und Süden die Verteidigung der Stadt überwachend, Ballisten und Wurfbogen auf die Wälle, die auf große Entfernung balkenähnliche Speergeschosse schleuderten, mit solcher Kraft, daß sie einen gepanzerten Mann völlig durchbohrten. Die Thore schützten sie durch »Wölfe«, d. h. Querbalken, mit eisernen Stacheln besetzt, die man auf die Angreifer niederschmettern ließ, wann sie dicht bis an das Thor gelangt waren. Und endlich streuten sie zahlreiche Fußangeln und Stachelkugeln auf den Vorraum zwischen den Gräben der Stadt und dem Lager der Barbaren.

Trotz alledem, sagten die Römer, hätten längst die Goten die Mauern erstiegen, wäre nicht des Präfekten Egeria gewesen.

Denn es war merkwürdig: so oft die Barbaren einen Sturm vorbereiteten —: Cethegus ging zu Belisar und warnte und bezeichnete im voraus den Tag. So oft Teja oder Hildebad in kühnem Handstreich ein Thor zu überrumpeln, eine Schanze wegzunehmen gedachten: Cethegus sagte es vorher, und die Angreifer stießen auf das Zweifache der gewöhnlichen Besatzung der Punkte. So oft in nächtigem Überfall die Kette des Tibers gesprengt werden sollte: Cethegus schien es geahnt zu haben und schickte den Schiffen der Feinde Brander und Feuerkähne entgegen.

So ging es viele Monate hin. Die Goten konnten sich nicht verhehlen, daß sie, trotz unablässiger Angriffe, seit Anfang der Belagerung keinerlei Fortschritte gemacht.

Lange trugen sie diese Unfälle, die Entdeckung und Vereitelung all ihrer Pläne, mit ungebeugtem Mut. Aber allmählich bemächtigte sich nicht bloß der großen Masse Verdrossenheit, insbesondere da Mangel an Lebensmitteln fühlbar zu werden begann, auch des Königs klarer Sinn wurde von trüber Schwermut verdüstert, als er all' seine Kraft, all' seine Ausdauer, all' seine Kriegskunst wie von einem bösen Dämon vereitelt sah. Und kam er von einem fehlgeschlagenen Unternehmen, von einem verunglückten Sturm, matt und gebeugt, in sein Königszelt, so ruhten die stolzen Augen seiner schweigsamen Königin mit einem ihm unverständlichen, aber grauenvoll unheimlichen Ausdruck auf ihm, daß er sich schaudernd abwandte.

»Es ist nicht anders,« sagte er finster zu Teja, »es ist gekommen, wie ich vorausgesagt. Mit Rauthgundis ist mein Glück von mir gewichen, wie die Freudigkeit meiner Seele. Es ist, als läge ein Fluch auf meiner Krone. Und diese Amalungentochter wandelt um mich her, schweigend und finster, wie mein lebendiges Unglück.«

»Du könntest Recht haben,« sprach Teja. »Vielleicht lös' ich diesen Zauberbann. Gieb mir Urlaub für heut' Nacht.«

Am selben Tage, fast in derselben Stunde, forderte drinnen in Rom Johannes, der Blutige, von Belisar Urlaub für diese Nacht. Belisar schlug es ab. »Jetzt ist nicht Zeit zu nächtlichen Vergnügen,« sagte er.

»Wird kein groß Vergnügen sein, in der Nacht zwischen alten feuchten Mauern und gotischen Lanzen einem Fuchs nachspüren, der zehnmal schlauer ist als wir beide.«

»Was hast du vor?« fragte Belisar, aufmerksam werdend.

»Was ich vorhabe? Ein Ende zu machen der verfluchten Stellung, in der wir alle, in der du, o Feldherr, nicht zum mindesten stehst. Es ist schon alles ganz recht. Seit Monaten liegen die Barbaren vor diesen Mauern und haben nichts dabei gewonnen. Wir erschießen sie wie Knaben die Dohlen vom Hinterhalt und können ihrer lachen. Aber wer ist es eigentlich, der all dies vollbringt? Nicht, wie es sein sollte, du, des Kaisers Feldherr, noch des Kaisers Heer: sondern dieser eisige Römer, der nur lachen kann, wenn er höhnt. Der sitzt da oben im Kapitol und verlacht den

Kaiser und die Goten und uns und, mit Verlaub zu sagen, dich selber am meisten. Woher weiß dieser Odysseus und Ajax in Einer Person alle Gotenpläne so scharf, als säße er mit im Rat des Königs Witichis? Durch sein Dämonium, sagen die einen. Durch seine Egeria, sagen die andern. Er hat einen Raben, der hören und sprechen kann wie Menschen, meinen wieder andere: den schickt er alle Nacht ins Gotenlager. Das mögen die alten Weiber glauben und die Römer, nicht meiner Mutter Sohn. Ich glaube, den Raben zu kennen und das Dämonium. Gewiß ist, er kann die Kunde nur aus dem Gotenlager selbst holen; laß uns doch sehen, ob wir nicht selbst an seiner Statt aus dieser Quelle schöpfen können.«

»Ich habe das längst bedacht, aber ich sah kein Mittel.«

»Ich habe von meinen Hunnen alle seine Schritte belauern lassen. Es ist verdammt schwer: denn dieser braune Maurenteufel folgt ihm wie ein Schatte. Aber tagelang ist Syphax fern: und dann gelingt es eher. Nun, ich habe erspäht, daß Cethegus so manche Nacht die Stadt verließ, bald aus der Porta portuensis, rechts vom Tiber, bald aus der Porta Sankt Pauls, links vom Tiber im Süden, die er beide besetzt hält. Weiter wagten ihm die Späher nicht zu folgen. Ich aber denke heute Nacht – denn heute muß es wieder treffen – ihm so nicht von den Fersen zu weichen. Doch muß ich ihn *vor* dem Thore erwarten: seine Isaurier ließen mich nicht durch; ich werde bei einer Runde vor den Mauern in einem der Gräben zurückbleiben.«

»Gut. Es sind aber, wie du sagst, zwei Thore zu beobachten.« – »Deshalb hab' ich mir Perseus, meinen Bruder, zum Genossen erkoren; er hütet das paulinische, ich das portuensische Thor; verlaß dich drauf – bis morgen vor Sonnenaufgang kennt einer von uns das Dämonium des Präfekten.« – Und wirklich: einer von ihnen sollte es kennen lernen.

Gerade gegenüber dem Sankt Pauls-Thor, etwa drei Pfeilschüsse von den äußersten Gräben der Stadt, lag ein mächtiges altertümliches Gebäude, die Basilika Sancti Pauli extra muros, die Paulskapelle vor den Mauern, deren letzte Reste erst zur Zeit der Belagerung Roms durch den Connetable von Bourbon völlig verschwanden. Ursprünglich ein Tempel des Jupiter Stator war der Bau seit zwei Jahrhunderten dem Apostel geweiht worden: aber noch stand die bronzene Kolossalstatue des bärtigen Gottes aufrecht: man hatte ihm nur den flammenden Donnerkeil aus der Rechten genommen und dafür ein Kreuz hineingeschoben: im übrigen paßte die breite und bärtige Gestalt gut zu ihrem neuen Namen.

Es war um die sechste Stunde der Nacht. Der Mond stand glanzvoll über der ewigen Stadt und goß sein silbernes Licht über die Mauerzinnen und über die Ebene, zwischen den römischen Schanzen und der Basilika, deren schwarze Schatten nach dem Gotenlager hin fielen.

Eben hatte die Wache am Sankt Pauls-Thor gewechselt.

Aber es waren sieben Mann hinausgeschritten und nur sechs kamen herein. Der siebente wandte der Pforte den Rücken und schritt heraus ins freie Feld.

Vorsichtig wählte er seinen Weg: vorsichtig vermied er die zahlreichen Fußangeln, Wolfsgruben, Selbstschüsse vergifteter Pfeile, die hier überall umhergestreut waren und manchem Goten bei den Angriffen auf die Stadt Verderben gebracht hatten. Der Mann schien sie alle zu kennen und wich ihnen leicht aus. Aber er vermied auch das Mondlicht sorgfältig, den Schatten der Mauervorsprünge suchend und oft von Baum zu Baum springend.

Als er aus dem äußersten Graben auftauchte, sah er sich um und blieb im Schatten einer Cypresse stehen, deren Zweige die Ballistengeschosse zerschmettert hatten. Er entdeckte nichts Lebendes weit und breit: und er eilte nun mit raschen Schritten der Kirche zu.

Hätte er nochmal umgeblickt, er hätte es wohl nicht gethan.

Denn, sowie er den Baum verließ, tauchte aus dem Graben eine zweite Gestalt hervor, die in drei Sprüngen ihrerseits den Schatten der Cypresse erreicht hatte. »Gewonnen, Johannes! du stolzer Bruder, diesmal war das Glück dem jüngeren Bruder hold. Jetzt ist Cethegus mein und sein Geheimnis.« Und vorsichtig folgte er dem rasch Voranschreitenden.

Aber plötzlich war dieser vor seinen Augen verschwunden, als habe ihn die Erde verschlungen. Es war hart an der äußeren Mauer der Kirche, die doch dem Armenier, als er sie erreicht, keine Thür oder Öffnung zeigte.

»Kein Zweifel,« sagte der Lauscher, »das Stelldichein ist drinnen im Tempel: ich muß nach.«

Allein an dieser Stelle war die Mauer unübersteiglich.

Tastend und suchend bog der Späher um die Ecke derselben. Umsonst, die Mauer war überall gleich hoch. – Im Suchen verstrich ihm fast eine Viertelstunde.

Endlich fand er eine Lücke in dem Gestein: mühsam zwängte er sich hindurch. Und er stand nun im Vorhofe des alten Tempels, in dem die dicken dorischen Säulen breite Schatten warfen, in deren Schutz er von der rechten Seite her bis an das Hauptgebäude gelangte.

Er spähte durch einen Riß des Gemäuers, den ihm die Zugluft verraten hatte. Drinnen war alles finster. Aber plötzlich wurde sein Auge von einem grellen Lichtstrahl geblendet. Als er es wieder aufschlug, sah er einen hellen Streifen in der Dunkelheit: er rührte von einer Blendlaterne her, deren Licht sich plötzlich gezeigt hatte.

Deutlich erkannte er, was in dem Bereich der Laterne stand, den Träger derselben aber nicht: wohl dagegen Cethegus den Präfekten, der hart vor der Statue des Apostels stand und sich an diese zu lehnen schien: vor ihm stand eine zweite Gestalt: ein schlankes Weib, auf dessen dunkelrotes Haar schimmernd das Licht der Laterne fiel.

»Die schöne Gotenkönigin, bei Eros und Anteros!« dachte der Lauscher: »kein schlechtes Stelldichein, sei's nun Liebe, sei's Politik! Horch, sie spricht. Leider kam ich zu spät, auch den Anfang der Unterredung zu hören.«

»Also: merk' es dir wohl! übermorgen auf der Straße vor dem Thor von Tibur wird etwas gefährliches geplant.« – »Gut: aber was?« frug des Präfekten Stimme. – »Genaueres konnte ich nicht erkunden: und ich kann es dir auch nicht mehr mitteilen, wenn ich es noch erfahre. Ich wage nicht mehr, dich hier wieder zu sehen: denn ...«

Sie sprach nun leiser.

Perseus drückte das Ohr hart an die Spalte: da klirrte seine Schwertscheide an das Gestein und nun traf ihn ein Strahl des Lichts.

»Horch!« rief eine dritte Stimme – es war eine Frauenstimme, die der Trägerin der Laterne, die sich jetzt in dem Strahl ihres eigenen Blendlichts gezeigt hatte, da sie sich rasch gegen die Richtung des Schalles gekehrt hatte. Perseus erkannte eine Sklavin in maurischer Tracht.

Einen Augenblick schwieg alles in dem Tempel. Perseus hielt den Atem an. Er fühlte, es galt das Leben. Denn Cethegus griff ans Schwert.

»Alles still,« sagte die Sklavin. »Es fiel wohl nur ein Stein auf den Erzbeschlag draußen.«

»Auch in das Grab vor dem portuensischen Thor geh' ich nicht mehr. Ich fürchte, man ist uns gefolgt.« – »Wer?« – »Einer, der niemals schläft, wie es scheint: Graf Teja.« Des Präfekten Lippe zuckte.

»Und er ist auch bei einem rätselhaften Eidbund gegen Belisars Leben: der bloße Scheinangriff gilt dem Sankt Pauls-Thor.« »Gut!« sagte Cethegus nachdenklich. »Belisar würde nicht entrinnen, wenn nicht gewarnt. Sie liegen irgendwo – aber ich weiß nicht, wo – fürcht' ich, im Hinterhalt, mit Übermacht, Graf Totila führt sie.«

»Ich will ihn schon warnen!« sagte Cethegus langsam.

»Wenn es gelänge ...!« – »Sorge nicht, Königin! Mir liegt an Rom nicht weniger denn dir. Und wenn der nächste Sturm fehlschlägt – so müssen sie die Belagerung aufgeben, so zähe sie sind. Und das, Königin, ist dein Verdienst. Laß mich in dieser Nacht – vielleicht der letzten, da wir uns treffen – dir mein ganzes staunendes Herz enthüllen. Cethegus staunt nicht leicht und nicht leicht gesteht er's, wenn er staunen muß. Aber dich – bewundere ich, Königin. Mit welch' totverachtender Kühnheit, mit welch' dämonischer List hast du alle Pläne der Barbaren vereitelt! Wahrlich: viel that Belisar – mehr that Cethegus – das meiste: Mataswintha.«

»Sprächst du wahr!« sagte Mataswintha mit funkelnden Augen. »Und wenn die Krone diesem Frevler vom Haupte fällt ...«

»War es *deine* Hand, deren sich das Schicksal Roms bedient hat. Aber, Königin, nicht damit kannst du enden! Wie ich dich erkannte, in diesen Monaten – darfst du nicht als gefangene Gotenkönigin nach Byzanz. Diese Schönheit, dieser Geist, diese Kraft muß herrschen – nicht dienen, in Byzanz. Darum bedenke, wenn er nun gestürzt ist – dein Tyrann – willst du nicht dann den Weg gehn, den ich dir gezeigt?«

»Ich habe noch nie über seinen Fall hinaus gedacht,« sagte sie düster.

»Aber ich – für dich! Wahrlich, Mataswintha,« und sein Auge ruhte mit Bewunderung auf ihr, »du bist – wunderschön. Ich rechn' es mir zum größten Stolz, daß selbst du mich nicht in Liebe entzündet und von meinen Plänen abgebracht hast. Aber du bist zu schön, zu köstlich, nur der Rache und dem Haß zu leben. Wenn unser Ziel erreicht, dann nach Byzanz!

Als mehr denn Kaiserin: als Überwinderin der Kaiserin!«

»Wenn mein Ziel erreicht, ist mein Leben vollendet. Glaubst du, ich ertrüge den Gedanken, aus eitel Herrschsucht mein Volk zu verderben, um kluger Zwecke willen? Nein: ich konnt' es nur, weil ich mußte. Die Rache ist jetzt meine Liebe und mein Leben und ...«

Da scholl von der Front des Gebäudes her, aber noch innerhalb der Mauer, laut und schrillend der Ruf des Käuzchens, einmal – zweimal rasch nach einander.

Wie staunte Perseus, als er den Präfekten eilig an die Kehle der Bildsäule drücken sah, an der er lehnte, und wie sich diese geräuschlos in zwei Hälften auseinander schlug. Cethegus schlüpfte in die Öffnung: die Statue klappte wieder zusammen. Mataswintha aber und Aspa sanken wie betend auf die Stufen des Altars.

»Also war's ein Zeichen! Es droht Gefahr:« dachte der Späher; »aber wo ist die Gefahr? und wo der Warner?« Und er wandte sich, trat vor und sah nach links, nach der Seite der Goten.

Allein damit trat er in den Bereich des Mondlichts: und in den Blick des Mauren Syphax, der vor der Eingangsthür des Hauptgebäudes in einer leeren Nische Schildwache stand, und bisher scharf nach der linken, der gotischen, Seite hin, gespäht hatte.

Von dort, von links her, schritt langsam ein Mann heran. Seine Streitaxt blitzte im Mondlicht.

Aber auch Perseus sah jetzt eine Waffe aufblitzen: es war der Maure, der leise sein Schwert aus der Scheide zog.

»Ha,« lachte Perseus, »bis die beiden mit einander fertig sind, bin ich in Rom, mit meinem Geheimnis.«

Und in raschen Sprüngen eilte er nach der Mauerlücke des Vorhofs, durch die er eingedrungen. Zweifelnd blickte Syphax einen Augenblick nach rechts und nach links. Zur Rechten sah er entweichen einen Lauscher, den er jetzt erst ganz entdeckte. Zur Linken schritt ein gotischer Krieger herein in den Tempelhof. Er konnte nicht hoffen, beide zu erreichen und zu töten.

Da plötzlich schrie er laut: Teja, Graf Teja! Hilfe! zu Hilfe! Ein Römer! rettet die Königin! dort rechts an der Mauer, ein Römer!«

Im Fluge war Teja heran, bei Syphax. »Dort!« rief dieser: »ich schütze die Frauen in der Kirche!« Und er eilte in den Tempel.

»Steh, Römer!« rief Teja, und sprang dem fliehenden Perseus nach.

Aber Perseus stand nicht: er lief an die Mauer: er erreichte die Lücke, durch welche er hereingekommen war – doch er konnte sich in der Eile nicht wieder hindurchzwängen: so schwang er sich mit der Kraft der Verzweiflung auf die Mauerkrone: und schon hob er den Fuß, sich jenseits hinabzulassen: da traf ihn Tejas Axt im Wurf ans Haupt und rücklings stürzte er nieder, samt seinem erlauschten Geheimnis.

Teja beugte sich über ihn: deutlich erkannte er die Züge des Toten. »Der Archon Perseus,« sagte er, »der Bruder des Johannes.« Und sofort schritt er die Stufen hinan, die zur Kirche führten. An der Schwelle trat ihm Mataswintha entgegen, hinter ihr Syphax und Aspa mit der Blendlaterne. Einen Moment maßen sich beide schweigend mit mißtrauischen Blicken.

»Ich habe dir zu danken, Graf Teja von Tarentum,« sagte endlich die Fürstin. »Ich war bedroht in meiner einsamen Andacht.«

»Seltsam wählst *du* Ort und Stunde für deine Gebete. Laß sehen, ob dieser Römer der einzige Feind war.«

Er nahm aus Aspas Hand die Leuchte und ging in das Innere der Kapelle. Nach einer Weile kam er wieder, einen mit Gold eingelegten Lederschuh in der Hand. »Ich fand nichts als – diese Sandale am Altar, dicht vor dem Apostel. Es ist ein Mannesfuß.«

»Eine Votivgabe von mir,« sagte Syphax rasch. »Der Apostel heilte meinen Fuß, ich hatte mir einen Dorn eingetreten.«

»Ich dachte, du verehrst nur den Schlangengott?« – »Ich verehre, was da hilft.« – »In welchem Fuße stak der Dorn.« Syphax schwankte einen Augenblick. »Im rechten,« sagte er dann, rasch entschlossen.

»Schade,« sprach Teja, »die Sandale ist auf den linken geschnitten.« Und er steckte sie in den Gürtel. »Ich warne dich, Königin, vor solcher nächtlichen Andacht.«

»Ich werde thun, was meine Pflicht,« sagte Mataswintha herb.

»Und ich, was meine.« Mit diesen Worten schritt Teja voran, zurück zum Lager: schweigend folgte die Königin und ihre Sklaven.

Vor Sonnenaufgang stand Teja vor Witichis und berichtete ihm alles.

»Was du sagst, ist kein Beweis,« sagte der König. – »Aber schwerer Verdacht. Und du sagtest selbst, die Königin sei dir unheimlich.«

»Gerade deshalb hüt' ich mich, nach bloßem Verdacht zu handeln. Ich zweifle manchmal, ob wir an ihr nicht Unrecht gethan. Fast so schwer, wie an Rauthgundis.« – »Wohl, aber diese nächtlichen Gänge?« – »Werd' ich verhindern. Schon um ihretwillen.«

»Und der Maure? Ich trau' ihm nicht. Ich weiß, daß er tagelang abwesend: dann taucht er wieder auf im Lager. Er ist ein Späher.«

»Ja, Freund,« lächelte Witichis. »Aber der meine. Er geht mit meinem Wissen in Rom aus und ein. Er ist es, der mir noch alle Gelegenheiten verraten.«

»Und noch keine hat genützt! Und die falsche Sandale?«

»Ist wirklich ein Votivopfer. Aber für Diebstahl; er hat mir, noch ehe du kamst, alles gebeichtet. Er hat, bei der Begleitung der Königin sich langweilend, in einem Gewölbe der Kirche herumgestöbert und da unten allerlei Priestergewänder und vergrabnen Schmuck gefunden und behalten. Aber später, den Zorn des Apostels fürchtend, wollt' er ihn beschwichtigen, und opferte, in seinem Heidensinn, diese Goldsandale aus seiner Beute. Er beschrieb sie mir ganz genau: mit goldnen Seitenstreifen und einem Achatknopf, oben mit einem C –. Du siehst, es trifft alles zu. Er kannte sie also: sie kann nicht von einem Flüchtenden verloren sein. Und er versprach, als Beweis die dazu gehörige Sandale des rechten Fußes zu bringen. Aber vor allem: er hat mir einen neuen Plan verraten, der all' unsrer Not ein Ende machen und Belisarius selbst in unsre Hände liefern soll.«

Während der Gotenkönig diesen Plan seinem Freunde mitteilte, stand Cethegus, in frühester Stunde nach dem belisarischen Thor beschieden, vor Belisar und Johannes.

»Präfekt von Rom,« herrschte ihn der Feldherr beim Eintreten an, »wo warst du heute Nacht?«

»Auf meinem Posten. Wohin ich gehöre. Am Thor Sankt Pauls.«

»Weißt du, daß in dieser Nacht einer der besten meiner Anführer, Perseus der Archon, des Johannes Bruder, die Stadt verlassen hat und seitdem verschwunden ist?«

»Thut mir leid. Aber du weißt: es ist verboten, ohne Erlaubnis die Mauer zu überschreiten.«

»Ich habe aber Grund zu glauben,« fuhr Johannes auf, »daß du recht gut weißt, was aus meinem Bruder geworden, daß sein Blut an deinen Händen klebt.« »Und beim Schlummer Justinians!« brauste Belisar auf, »das sollst du büßen. Nicht länger sollst du herrschen über des Kaisers Heer und Feldherrn. Die Stunde der Abrechnung ist gekommen. Die Barbaren sind so gut wie vernichtet. Und laß sehn, ob nicht mit deinem Haupt auch das Kapitol fällt.«

»Steht es so?« dachte Cethegus, »jetzt sieh dich vor, Belisarius.« Doch er schwieg.

»Rede!« rief Johannes. »Wo hast du meinen Bruder ermordet?« Ehe Cethegus antworten konnte, trat Artasines, ein persischer Leibwächter Belisars, herein. »Herr,« sagte er, »draußen stehn sechs gotische Krieger. Sie bringen die Leiche Perseus, des Archonten. König Witichis läßt dir sagen: er sei heut' Nacht vor den Mauern durch Graf Tejas Beil gefallen. Er sendet ihn zur ehrenden Bestattung.«

»Der Himmel selbst,« sprach Cethegus stolz hinausschreitend, »straft eure Bosheit Lügen.« Aber langsam und nachdenklich ging der Präfekt über den Quirinal und das Forum Trajans nach seinem Wohnhaus. »Du drohst, Belisarius? Dank' für den Wink! Laß sehn, ob wir dich nicht entbehren können.«

In seiner Wohnung fand er Syphax, der ihn ungeduldig erwartet hatte und ihm raschen Bericht ablegte. »Vor allem, Herr,« schloß er nun, »laß also deinen Sandalenbinder peitschen. Du siehst, wie schlecht du bedient bist, ist Syphax fern: und gieb mir gütigst deinen rechten Schuh.«

»Ich sollte dir ihn nicht geben und dich zappeln lassen für dein freches Lügen,« lachte der Präfekt. »Dieses Stück Leder ist jetzt dein Leben wert, mein Panther. Womit willst du's lösen?«

»Mit wichtiger Kunde. Ich weiß nun alles ganz genau von dem Plan gegen Belisars Leben: Ort und Zeit: und die Namen der Eidbrüder. Es sind: Teja, Totila und Hildebad.«

»Jeder allein genug für den Magister Militum,« murmelte Cethegus vergnüglich.

»Ich denke, o Herr, du hast den Barbaren wohl wieder eine schöne Falle gestellt! Ich habe ihnen, auf deinen Befehl, entdeckt, daß Belisar selbst morgen zum tiburtinischen Thor hinausziehen will, um Vorräte aufzutreiben.«

»Ja, er selbst geht mit, weil sich die oft aufgefangnen Hunnen nicht mehr allein hinauswagen; er führt nur vierhundert Mann.«

»Es werden nun die drei Eidbrüder am Grab der Fulvier einen Hinterhalt von tausend Mann gegen Belisar legen.« »Das verdient wirklich den Schuh!« sagte Cethegus und warf ihm denselben zu.

»König Witichis wird indessen nur einen Scheinangriff machen lassen auf das Thor Sankt Pauls, die Gedanken der Unsern von Belisar abzulenken. Ich eile nun also zu Belisar, ihm zu sagen, wie du mir aufgetragen, daß er drei Tausend mit sich nimmt und jene gegen ihn Verschwornen vernichtet.«

»Halt!« sagte Cethegus ruhig, »nicht so eilfertig! Du meldest nichts.«

»Wie?« fragte Syphax erstaunt. »Ungewarnt ist er verloren!«

»Man muß dem Schutzgeist des Feldherrn nicht schon wieder, nicht immer, ins Amt greifen. Belisar mag morgen seinen Stern erproben.«

»Ei,« sagte Syphax mit pfiffigem Lächeln, »solches gefällt dir? Dann bin ich lieber Syphax, der Sklave, als Belisarius, der Magister Militum. Arme Witwe Antonina!«

Cethegus wollte sich auf das Lager strecken, da meldete Fidus, der Ostiarius: »Kallistratos von Korinth.«

»Immer willkommen.«

Der junge Grieche mit dem sanften Antlitz trat ein.

Ein Hauch anmutiger Röte von Scham oder Freude färbte seine Wangen: es war ersichtlich, daß ihn ein besonderer Anlaß herführte.

»Was bringst du des Schönen noch außer dir selbst?« so fragte Cethegus in griechischer Sprache.

Der Jüngling schlug die leuchtenden Augen auf: »Ein Herz voll Bewunderung für dich: und den Wunsch, dir diese zu bewähren. Ich bitte um die Gunst, wie die beiden Licinier und Piso, für dich und Rom fechten zu dürfen.«

»Mein Kallistratos! was kümmern dich, unsern Friedens-Gast, den liebenswürdigsten der Hellenen, unsre blutigen Händel mit den Barbaren? Bleibe du von diesem schweren Ernst und pflege deines heitern Erbes: der Schönheit.«

»Ich weiß es wohl, die Tage von Salamis sind ferne wie ein Mythos: und ihr eisernen Römer habt uns niemals Kraft zugetraut. Das ist hart — aber doch leichter zu tragen, weil ihr es seid, die unsre Welt, die Kunst und edle Sitte verteidigt gegen die dumpfen Barbaren. Ihr, das heißt Rom und Rom heißt mir Cethegus. So faß ich diesen Kampf und so gefaßt, siehst du, so geht er wohl auch den Hellenen an.«

Erfreut lächelte der Präfekt. »Nun, wenn dir Rom Cethegus ist, so nimmt Rom gern die Hilfe des Hellenen an: du bist fortan Tribun der Milites Romani wie Licinius.«

»In Thaten will ich dir danken! Aber eins noch muß ich dir gestehn — denn ich weiß: du liebst nicht überrascht zu sein. Oft hab' ich gesehen, wie teuer dir das Grabmal Hadrians und seine Zier von Götterstatuen ist. Neulich hab' ich diese marmornen Wächter gezählt und zweihundertachtundneunzig gefunden. Da macht' ich denn das dritte Hundert voll und habe meine beiden Letoiden, die du so hoch gelobt, den Apollon und die Artemis, dort aufgestellt, dir und Rom zu einem Weihgeschenk.«

»Junger lieber Verschwender,« sprach Cethegus, »was hast du da gethan!«

»Das Gute und Schöne,« antwortete Kallistratos einfach.

»Aber bedenke – das Grabmal ist jetzt eine Schanze:

Wenn die Goten stürmen« – »Die Letoiden stehen auf der zweiten, der innern Mauer. Und soll ich fürchten, daß je Barbaren wieder den Lieblingsplatz des Cethegus erreichen? Wo sind die schönen Götter sicherer als in deiner Burg? Deine Schanze ist mir ihr bester, weil ihr sicherster Tempel. Mein Weihgeschenk sei zugleich ein glücklich Omen.«

»Das soll es sein,« rief Cethegus lebhaft, »und ich glaube selber: dein Geschenk ist gut geborgen. Aber gestatte mir dagegen ...«

»Du hast mir schon dafür erlaubt, für dich zu kämpfen. Chaire!« lachte der Grieche und war hinaus.

»Der Knabe hat mich sehr lieb,« sagte Cethegus, ihm nachsehend. »Und mir geht's wie andern Menschenthoren: mir thut das wohl. Und nicht bloß, weil ich ihn dadurch beherrsche.«

Da hallten feste Schritte auf dem Marmor des Vestibulums und ein Tribun der Milites ward gemeldet.

Es war ein junger Krieger mit edeln, aber über seine Jahre hinaus ernsten Zügen. In echt römischem Schnitt setzten die Wangenknochen, fast im rechten Winkel, an die gerade strenge Stirn: in dem tief eingelassenen Auge lag römische Kraft und – in dieser Stunde – entschlossener Ernst und rücksichtsloser Wille.

»Siehe da, Severinus, des Boëthius Sohn, willkommen mein junger Held und Philosoph. Viele Monate habe ich dich nicht gesehen – woher kommst du?«

»Vom Grabe meiner Mutter,« sagte Severinus mit festem Blick auf den Frager.

Cethegus sprang auf. »Wie? Rusticiana? meine Jugendfreundin! meines Boëthius Weib!«

»Sie ist tot,« sagte der Sohn kurz. Der Präfekt wollte seine Hand fassen. Severinus entzog sie.

»Mein Sohn, mein armer Severinus! Und starb sie – ohne ein Wort für mich?«

»Ich bringe dir ihr letztes Wort – es galt dir!«

»Wie starb sie? an welchem Leiden?« – »An Schmerz und Reue.« – »Schmerz –« seufzte Cethegus, »das begreif' ich. Aber was sollte sie bereuen! Und mir galt ihr letztes Wort! sag' an, wie lautet es?«

Da trat Severinus hart an den Präfekten, daß er sein Knie berührte und blickte ihm bohrend ins Auge. »Fluch, Fluch über Cethegus, der meine Seele vergiftet und mein Kind.«

Ruhig sah ihn Cethegus an. »Starb sie im Irrsinn?« fragte er kalt.

»Nein, Mörder: sie lebte im Irrsinn, solang sie dir vertraute. In ihrer Todesstunde hat sie Cassiodor und mir gestanden, daß ihre Hand dem jungen Tyrannen das Gift gereicht, das du gebraut. Sie erzählte uns den

Hergang. Der alte Corbulo und seine Tochter Daphnidion stützten sie. »Spät erst erfuhr ich,« schloß sie, »daß mein Kind aus dem tödlichen Becher getrunken. Und niemand war da, Kamilla in den Arm zu fallen, als sie trinken wollte. Denn ich war noch im Boot auf dem Meere und Cethegus noch in dem Platanengang.« Da rief der alte Corbulo erbleichend: »Wie? der Präfekt wußte, daß der Becher Gift enthielt?« – »Gewiß,« antwortete meine Mutter. »Als ich ihn im Garten traf, sagt' ich es ihm: »es ist geschehen.« Corbulo verstummte vor Entsetzen: aber Daphnidion schrie in wildem Schmerz: »Weh! meine arme Domna! so hat er sie ermordet! Denn er stand dabei, dicht neben mir, und sah zu, wie sie trank.« – »Er sah zu, wie sie trank?« fragte meine Mutter mit einem Tone, der ewig durch mein Leben gellen wird.

»Er sah zu, wie sie trank!« wiederholten der Freigelassene und sein Kind. »O so sei den untern Dämonen sein verfluchtes Haupt geweiht! Rache, Gott, in der Hölle, Rache, meine Söhne, auf Erden für Kamilla! Fluch über Cethegus!« Und sie fiel zurück und war tot.«

Der Präfekt blieb unerschüttert stehen. Nur griff er leise an den Dolch unter den Brustfalten der Tunika. »Du aber« – fragte er nach einer Pause – »was thatest du?«

»Ich aber kniete nieder an der Leiche und küßte ihre kalte Hand und schwor ihr's zu, ihr Sterbewort zu vollenden. Wehe dir, Präfekt von Rom: Giftmischer, Mörder meiner Schwester – du sollst nicht leben.«

»Sohn des Boëthius, willst du zum Mörder werden um die Wahnworte eines läppischen Sklaven und seiner Dirne? Würdig des Helden und des Philosophen!«

»Nichts von Mord. Wäre ich ein Germane, nach dem Brauche dieser Barbaren: er dünkt mir heute sehr vortrefflich! – rief' ich dich zum Zweikampf, du verhaßter Feind. Ich aber bin ein Römer und suche meine Rache auf dem Wege des Rechts. Hüte dich, Präfekt, noch giebt es Richter in Italien. Lange Monate hielt mich der Krieg, der Feind von diesen Mauern ab. – Erst heute habe ich Rom, von der See her, erreicht: und morgen erheb' ich die Klage bei den Senatoren, die deine Richter sind – dort finden wir uns wieder.«

Cethegus vertrat ihm plötzlich den Weg an die Thüre.

Aber Severinus rief: »Gemach, man sieht sich vor bei Mördern. Drei Freunde haben mich an dein Haus begleitet: Sie werden mich mit den Liktoren suchen, komm' ich nicht wieder, noch in dieser Stunde.«

»Ich wollte dich nur,« sagte Cethegus wieder ganz ruhig, »vor dem Wege der Schande warnen. Willst du den ältesten Freund deines Hauses um der Fieberreden einer Sterbenden willen mit unbeweisbarer Mordklage verfolgen, thu's: ich kann's nicht hindern. Aber noch einen Auftrag zuvor: du bist mein Ankläger geworden: aber du bleibst Soldat: und mein Tribun. Du wirst gehorchen, wenn dein Feldherr befiehlt.«

»Ich werde gehorchen.«

»Morgen steht ein Ausfall Belisars bevor: und ein Sturm der Barbaren. Ich muß die Stadt beschirmen. Doch ahnt mir Gefahr für den löwenkühnen Mann: ich muß ihn treu gehütet wissen. Du wirst morgen – ich befehl' es – den Feldherrn begleiten und sein Leben decken.«

»Mit meinem eignen.«

»Gut, Tribun, ich verlasse mich auf dein Wort.«

»Bau' du auf meines: auf Wiedersehn: nach der Schlacht: vor dem Senat. Nach beiden Kämpfen lüstet mich gleich sehr. Auf Wiedersehn: vor dem Senat.«

»Auf Nimmerwiedersehn,« sprach Cethegus, als sein Schritt verhallte. »Syphax,« rief er laut, »bringe Wein und das Hauptmahl. Wir müssen uns stärken: auf morgen.«

## Elftes Kapitel

Früh am andern Morgen wogte sowohl in Rom als in dem Lager der Goten geschäftige Bewegung.

Mataswintha und Syphax hatten zwar einiges entdeckt und gemeldet: aber nicht alles. Sie hatten von dem Gelübde der drei Männer gegen Belisar erfahren und den früheren Plan eines bloßen Scheinangriffs gegen das Sankt Pauls-Thor, um von dem Gedanken an Belisars Geschick abzulenken. Aber nicht hatten sie erfahren, daß der König, in Änderung jenes Planes eines bloßen Scheinangriffs, für diesen Tag der Abwesenheit des großen Feldherrn einen in tiefstes Geheimnis gehüllten Beschluß gefaßt hatte: es sollte ein letzter Versuch gemacht werden, ob nicht gotisches Heldentum doch dem Genius Belisars und den Mauern des Präfekten überlegen sei. Man hatte sich im Kriegsrat des Königs nicht über die Wichtigkeit des Unternehmens getäuscht: wenn es wie alle früheren, vereinzelten Angriffe – achtundsechzig Schlachten, Ausfälle, Stürme und Gefechte hatte Prokop während der Belagerung bis dahin aufgezählt – scheiterte, so war von dem ermüdeten, stark gelichteten Heer keine weitere Anstrengung mehr zu erwarten. Deshalb hatte man sich auf Tejas Rat eidlich verpflichtet, über den Plan gegen jedermann ohne Ausnahme zu schweigen.

Daher hatte auch Mataswintha nichts vom König erfahren, und selbst ihres Mauren Spürnase konnte nur wittern, daß auf jenen Tag etwas Großes gerüstet werde; die gotischen Krieger wußten selbst nicht was.

Totila, Hildebad und Teja waren schon um Mitternacht mit ihren Reitern geräuschlos aufgebrochen und hatten sich südlich von der valerischen Straße bei dem Grabmal der Fulvier, an dem in einer Hügelfalte Belisar vorbeikommen mußte, in Hinterhalt gelegt: sie hofften, mit ihrer Aufgabe bald genug fertig zu sein, um noch wesentlich an den Dingen bei Rom teilnehmen zu können.

Während der König mit Hildebrand, Guntharis und Markja die Scharen innerhalb der Lager ordnete, zog um Sonnenaufgang Belisar, von einem Teil seiner Leibwächter umgeben, zum tiburtinischen Thor hinaus. Prokop und Severinus ritten ihm zur Rechten und Linken: Aigan, der Massagete, trug sein Banner, das bei allen Gelegenheiten den Magister Militum zu begleiten hatte. Constantinus, dem er an seiner Statt die Sorge für den »belisarischen Teil« von Rom übertragen, besetzte alle Posten längs der Mauern doppelt, und ließ die Truppen hart an den Wällen unter den Waffen bleiben. Er übersandte den gleichen Befehl dem Präfekten für die Byzantiner, die dieser führte.

Der Bote traf ihn auf den Wällen zwischen dem paulinischen und dem appischen Thor. »Belisar meint also:« höhnte Cethegus, während er gehorchte, »mein Rom ist nicht sicher, wenn er es nicht behütet: ich aber meine: Er ist nicht sicher, wenn ihn mein Rom nicht beschirmt. Komm, Lucius Licinius,« flüsterte er diesem zu, »wir müssen an den Fall denken, daß Belisar einmal nicht wiederkehrt von seinen Heldenfahrten: dann muß ein andrer sein Heer mit fester Hand ergreifen.«

»Ich kenne die Hand.«

»Vielleicht giebt es alsdann einen kurzen Kampf mit seinen in Rom belassenen Leibwächtern: in den Thermen des Diokletian oder am tiburtinischen Thore. Sie müssen dort in ihrem Lager erdrückt sein, ehe sie sich recht besinnen. Nimm dreitausend meiner Isaurier und verteile sie, ohne Aufsehen, rings um die Thermen her: auch besetze mir vor allem das tiburtinische Thor.« – »Von wo aber soll ich sie fortziehen?« – »Von dem Grabmal Hadrians,« sagte Cethegus nach einigem Besinnen. »Und die Goten, Feldherr?« – »Bah! das Grabmal ist fest, es schützt sich selbst. Erst müssen vom Süden her die Stürmenden über den Fluß: und dann diese eisglatten Wände von parischem Marmor hinan, meine und des Korinthers Freude. Und zudem,« lächelte er, »sieh' nur hinauf: da oben steht ein Heer von marmornen Göttern und Heroen: sie mögen selber ihren Tempel schirmen gegen die Barbaren. Siehst du, ich sagte es ja, es geht nur hier gegen das Sankt Pauls-Thor,« schloß er, auf das Lager der Goten deutend, aus welchem eben eine starke Abteilung in dieser Richtung aufbrach.

Licinius gehorchte und führte alsbald dreitausend Isaurier, etwa die Hälfte der Deckung, ab: von dem Grabmal über den Fluß und dem Viminalis hinab gegen die Thermen Diokletians. Belisars Armenier am tiburtinischen Thor löste er dann auch durch dreihundert Isaurier und Legionare ab.

Cethegus aber wandte sich nach dem salarischen Thor, wo jetzt Constantinus als Vertreter Belisars hielt. »Ich muß ihn aus dem Wege haben,« dachte er, »wenn die Nachricht eintrifft.« – »Sobald du die Barbaren zurückgeworfen,« sprach er ihn an, »wirst du doch wohl einen Ausfall machen müssen? Welche Gelegenheit, Lorbeern zu sammeln, während der Feldherr fern ist!« – »Jawohl«, rief Constantinus, »sie sollen's erfahren, daß wir sie auch ohne Belisarius schlagen können.«

»Ihr müßt aber ruhiger zielen,« sagte Cethegus, einem persischen Schützen den Bogen abnehmend. »Seht den Goten dort, den Führer zu Pferd! Er soll fallen.« Cethegus schoß; der Gote fiel vom Roß, durch den Hals geschossen. »Und meine Wallbogen, ihr braucht sie schlecht! Seht ihr dort die Eiche? ein Tausendführer der Goten steht davor, gepanzert. Gebt acht!« Und er richtete den Wallbogen, zielte und schoß: durchbohrt war der gepanzerte Gote an den Baum genagelt.

Da sprengte ein saracenischer Reiter heran: »Archon,« redete er

Constantinus an, »Bessas läßt dich bitten, Verstärkungen an das Vivarium, das pränestinische Thor: die Goten rücken an.«

Zweifelnd sah Constantinus auf Cethegus. »Possen:« sagte dieser, »der einzige Angriff droht an meinem Thore von Sankt Paul: und das ist gut gehütet: ich weiß es gewiß: laß Bessas sagen: er fürchte sich zu früh. Übrigens, im Vivarium habe ich noch sechs Löwen, zehn Tiger und zwölf Bären für mein nächstes Cirkusfest! Laßt sie einstweilen los auf die Barbaren! Es ist auch ein Schauspiel für die Römer dann!«

Aber schon eilte ein Leibwächter den Mons Pincius herab: »Zu Hilfe, Herr, zu Hilfe! Constantinus, dein eignes, das flaminische Thor! Unzählige Barbaren! Ursicinus bittet um Hilfe!«

»Auch dort?« fragte sich Cethegus ungläubig.

»Hilfe an die gebrochene Mauer! zwischen dem flaminischen und dem pincianischen Thor!« rief ein zweiter Bote des Ursicinus.

»Diese Strecke braucht ihr nicht zu decken! Ihr wißt, sie steht unter Sankt Peters besonderem Schutz: das reicht!« sprach beruhigend Constantinus. Cethegus lächelte: »Ja, heute gewiß: denn sie wird gar nicht angegriffen.«

Da jagte Marcus Licinius atemlos heran. »Präfekt, rasch aufs Kapitol, von wo ich eben komme. Alle sieben Lager der Feinde speien Barbaren zugleich aus allen Lagerpforten: es droht ein allgemeiner Sturm gegen alle Thore Roms.«

»Schwerlich!« lächelte Cethegus. »Aber ich will hinauf. Du aber, Marcus Licinius, stehst mir ein für das tiburtiner Thor. Mein muß es sein, nicht Belisars! Fort mit dir! Führe deine zweihundert Legionare dorthin!«

Er stieg zu Pferd und ritt zunächst gegen das Kapitol zu, um den Fuß des Viminal. Hier traf er auf Lucius Licinius und seine Isaurier. »Feldherr,« sprach ihn dieser an, »es wird Ernst da draußen. Sehr Ernst! Was ist's mit den Isauriern? Bleibt es bei deinem Befehl?«

»Habe ich ihn zurückgenommen?« fragte Cethegus streng. »Lucius, du folgst mir und ihr andern Tribunen. Ihr Isaurier rückt unter eurem Häuptling Asgares zwischen die Thermen des Diokletian und das tiburtiner Thor.«

Er glaubte an keine Gefahr für Rom. Meinte er doch zu wissen, was allein in diesem Augenblick die Goten wirklich beschäftigte. »Dieser Schein eines allgemeinen Angriffs soll,« dachte er, »die Byzantiner nur abhalten, ihres bedrohten Feldherrn vor den Thoren zu gedenken.«

Bald hatte er einen Turm des Kapitols erreicht, von welchem er die ganze Ebene überschauen konnte. Sie war erfüllt von gotischen Waffen. Es war ein herrliches Schauspiel. Aus allen Lagerthoren wogte die ganze Streitmacht des gotischen Heeres heran, die ganze Ausdehnung der Stadt umgürtend. Der Angriff sollte offenbar gegen alle Thore zugleich unternommen werden und war nach Einem Gedanken entworfen.

Voran in dem ganzen, zu drei Vierteln geschlossenen Kreise schritten Bogenschützen und Schleuderer, in leichten Plänklerschwärmen, die Zinnen und Brustwehren von Verteidigern zu säubern. Darauf folgten Sturmböcke, Widder, Mauerbrecher aus römischen Arsenalen entnommen oder römischen Mustern, wiewohl oft ungeschlacht genug, nachgebildet, mit Pferden und Rindern bespannt, bedient von Truppen, die, fast ohne Angriffswaffen, nur mit breiten Schilden sich und die Bespannung gegen die Geschosse der Belagerten decken sollten. Dicht hinter ihnen schritten die zum eigentlichen Angriff bestimmten Krieger: in tiefen Gliedern, mit voller Bewaffnung, zum Handgemeng mit Beilen und starken Messern gerüstet, und lange, schwere Sturmleitern schleppend. In großer Ordnung und Ruhe rückten diese drei Angriffslinien überall gleichmäßigen Schrittes vor: die Sonne glitzerte auf ihren Helmen: in gleichen Zwischenräumen erschollen die langgezognen Rufe der gotischen Hörner.

»Sie haben etwas von uns gelernt,« rief Cethegus in kriegerischer Freude. »Der Mann, der diese Reihen geordnet hat, versteht den Krieg.« »Wer ist es wohl?« fragte Kallistratos, der, in reicher Rüstung, neben Lucius Licinius hielt. »Ohne Zweifel, Witichis, der König,« sagte Cethegus. – »Das hätte ich dem schlichten Mann mit den bescheidnen Zügen nie zugetraut.« – »Diese Barbaren haben manches Unergründliche.«

Und vom Kapitol herab ritt er nun, über den Fluß, nach der Umwallung am pankratischen Thor, wo der nächste Angriff zu drohen schien, und bestieg mit seinem Gefolge den dortigen Eckturm.

»Wer ist der Alte dort, mit dem wehenden Bart, der mit dem Steinbeil den Seinen voranschreitet? Er sieht aus, als hätte ihn der Blitz des Zeus vergessen in der Gigantenschlacht,« forschte der Grieche.

»Es ist der alte Waffenmeister Theoderichs; er rückt gegen das pankratische Thor,« antwortete der Präfekt.

»Und wer ist der Reichgerüstete dort, auf dem Braunen, mit dem Wolfsrachen auf dem Helm? Er zieht gegen die Portuensis.« – »Das ist Herzog Guntharis, der Wölsung,« sprach Lucius Licinius. »Und sieh, auch drüben auf der Ostseite der Stadt, überm Fluß, so weit man schauen kann, gegen alle Thore, rücken Sturmreihen der Barbaren,« sagte Piso.

»Aber wo ist der König selbst?« fragte Kallistratos.

»Sieh, dort in der Mitte ragt die gotische Hauptfahne: dort hält er, oberhalb des pankratischen Thors,« erwiderte der Präfekt. »Er allein steht regungslos mit seiner starken Schar, weit, um dreihundert Schritt zurück, hinter der Linie,« sprach Salvius Julianus, der junge Jurist. »Sollte er nicht mit kämpfen?« meinte Massurius. »Wäre gegen seine Weise. Aber laß uns vom Turm auf den Wall hinab: das Gefecht beginnt,« schloß Cethegus. »Hildebrand hat den Graben erreicht.« – »Dort stehen meine Byzantiner, unter Gregor. Die Gotenschützen zielen gut. Die Zinnen am pankratischen Thor werden leer. Auf, Massurius, schicke meine abasgischen Jäger und von den römischen Legionaren die besten Pfeilschützen dorthin: sie sollen auf die Rinder und Rosse der Sturmböcke zielen.«

Bald war der Kampf auf allen Seiten entbrannt: und mit Verdruß bemerkte Cethegus, daß die Goten überall Fortschritte machten. Die Byzantiner schienen ihren Feldherrn zu vermissen: sie schossen unsicher und wichen von den Wällen, indes die Goten heute mit besonderer Todesverachtung vordrangen. Schon hatten sie an mehreren Stellen den Graben überschritten und Herzog Guntharis hatte sogar schon Leitern angelegt an den Wällen bei dem portuensischen Thore, während der alte Waffenmeister einen starken Widderkopf herangeschleppt und denselben durch ein Schirmdach gegen die Feuergeschosse von oben gesichert hatte. Bereits donnerten die ersten Stöße laut durch das Getümmel des Kampfes gegen die Balken des pankratischen Thors. Dieser wohlbekannte Ton erschütterte den Präfekten, der eben hier anlangte: »Offenbar,« sagte er zu sich selbst, »machen sie jetzt bittern Ernst, nachdem der Scheinversuch so gut gelungen.«

Und wieder ein dröhnender Stoß. Gregor, der Byzantiner, sah ihn fragend an. »Das darf nicht lange währen!« rief Cethegus zürnend, entriß dem nächsten Schützen Bogen und Köcher und eilte auf den Mauerkranz an dem Thore: »Hierher, ihr Schützen und Schleuderer! Mir nach!« rief er, »schafft schwere Steine bei. Wo ist der nächste Ballist? Wo die Skorpionen? das Schirmdach muß entzwei.«

Unter dem Schirmdach aber standen gotische Schützen, die eifrig durch die Schießscharten nach den Zacken der Mauerzinnen lugten. »Es ist umsonst, Haduswinth,« schalt der junge Gunthamund, »zum drittenmal leg' ich vergeblich an! es wagt ja keiner nur die Nase über die Brustwehr.« — »Geduld,« sagte der Alte, »halte den Bogen nur gespannt! Es kommt schon einer, den der Fürwitz plagt. Auch mir leg' einen Bogen bereit. Nur Geduld.« — »Die hat man leichter mit deinen siebzig als mit meinen zwanzig Jahren.«

Inzwischen hatte Cethegus die Wallzinne hier erreicht: er warf einen Blick in die Ebene: da sah er den König, in der weiten Ferne, unbeweglich, im Centrum stehen der gotischen Scharen, auf dem rechten Tiberufer. Das störte und beunruhigte ihn. »Was hat er vor? Sollte er gelernt haben, daß der Feldherr nicht fechten soll? Komm, Gajus,« rief er dem jungen Schützen zu, der ihm kühn gefolgt war, »deine jungen Augen sehen scharf, blick' mit mir über die Zinne hier — was treibt der König dort?« Und er beugte sich über die Brustwehr, Gajus folgte, eifrig spähend, seinem Beispiel.

»Jetzt, Gunthamund!« rief Haduswinth unten. Zwei Sehnen klangen und die beiden Späher fuhren zurück.

Gajus stürzte, in die Stirn geschossen, nieder: und unter des Präfekten Helmdach zersplitterte klirrend ein Pfeil. Cethegus strich mit der Hand über die Stirn.

»Du lebst, mein Feldherr?« rief Piso, heranspringend.

»Ja, Freund. Es war sehr gut gezielt. Aber die Götter brauchen mich noch: nur die Haut ist geritzt,« sprach Cethegus und schob den Helm zurecht.

## Zwölftes Kapitel

Da flog Syphax die Mauertreppe hinauf. Streng hatte ihm sein Herr verboten, sich am Kampf zu beteiligen: »die Barbaren sollen dich mir nicht töten und auch dich nicht erkennen: du bist unersetzlich als Sklave Mataswinthens und Kundschafter des Königs Witichis,« hatte Cethegus gesagt.

»Wehe, wehe,« schrie er so überlaut, daß es seinem Herrn auffiel, der des Mauren kluge Ruhe kannte, »welch' ein Unglück!« – »Was ist geschehen?« – »Constantinus ist schwer verwundet. Er wollte einen Ausfall führen aus dem salarischen Thor und stieß sogleich auf die gotischen Sturmreihen. Ein Schleuderstein traf sein Gesicht. Mit Mühe rettete man ihn auf den Wall. Dort fing ich den Sinkenden auf: er ernannte den Präfekten zu seinem Vertreter. Hier ist sein Feldherrnstab.«

»Das ist nicht möglich!« schrie Bessas, der auf Syphax' Ferse folgte. Er hatte in Person selbst neue Verstärkungen verlangen wollen und kam eben recht, die Nachricht zu hören. »Oder er war schon sinnlos als er's that.«

»Hätte er dich bestellt, jedenfalls,« sprach Cethegus, ruhig das Scepter ergreifend und dem schlauen Sklaven mit einem raschen Wink des Auges dankend. Mit einem wütenden Blicke sprang Bessas von der Brüstung und eilte davon. »Folg' ihm, Syphax, und beacht' ihn wohl,« flüsterte der Präfekt.

Da eilte ein isaurischer Söldner herbei: »Verstärkung, Präfekt, ans portuensische Thor. Herzog Guntharis hat zahllose Leitern angelegt.« Da sprengte Cabao, der Führer der maurischen berittnen Schützen heran: »Constantinus ist tot. Vertritt du Constantinus.«

»Belisar vertret' ich,« sprach Cethegus stolz: »fünfhundert Armenier ziehet ab vom appischen und schickt sie ans portuensische Thor.«

»Hilfe, Hilfe ans appische Thor! alle Verteidiger auf den Zinnen sind erschossen!« meldete ein persischer Reiter, »die Vorschanze ist halb verloren: vielleicht ist sie noch zu halten: aber schwer! Aber unmöglich wär's, sie wieder zu nehmen!«

Cethegus winkte seinem jungen Juriskonsulten, Salvius Julianus, jetzt seinem Kriegstribun: »Auf, mein Jurist: *»beati possidentes«!* – Nimm hundert Legionare und halte die Schanze um jeden Preis, bis weitere Hilfe kommt.«

Und er sah von der Mauerkrone wieder hinab. Unter seinen Füßen tobte das Gefecht, donnerte der Mauerbrecher Hildebrands. Aber ihn kümmerte mehr die rätselhafte Ruhe, in welcher der König im Hintergrund unbeweglich stand. »Was hat er nur vor?«

Da dröhnte von unten ein furchtbar krachender Stoß und lauter Siegesjubel der Barbaren: Cethegus brauchte nicht zu fragen: in drei Sprüngen war er unten.

»Das Thor ist eingestoßen!« riefen ihm entsetzt die Seinigen entgegen. »Ich weiß es: jetzt sind wir selbst der Riegel Roms.« Und den Schild fester andrückend, trat er hart an den rechten Thorflügel, in dem in der That ein breiter Riß klaffte; und schon stieß der Widder an die splitternden Platten neben der Öffnung. »Noch ein solcher Stoß und das Thor liegt ganz,« sagte Gregor, der Byzantiner. »Richtig, deshalb darf es nicht mehr dazu kommen. Her zu mir, Gregor und Lucius: stellt euch, Milites! die Speere gefällt! Fackeln und Brände! zum Ausfall! Winke ich, so öffnet das Thor und werft Widder und Schirmdach und alles in den Graben.«

»Du bist sehr kühn, mein Feldherr!« rief Lucius Licinius, entzückt neben ihn springend.

»Ja, jetzt hat die Kühnheit Vernunft, mein Freund!«

Schon war die Kolonne gestellt, schon wollte der Präfekt das Schwert zum Zeichen des Angriffs erheben — : da erscholl vom Rücken her ein Lärm, größer selbst als der der stürmenden Goten: Wehegeschrei und Pferdegetrappel: und Bessas drängte sich heran: er faßte den Arm des Präfekten: seine Stimme versagte.

»Was hemmst du mich in diesem Augenblick?« rief dieser und stieß ihn zurück. — »Belisars Truppen,« stammelte entsetzt der Thraker, »stehen schwer geschlagen vor dem tiburtinischen Thor: sie flehen um Einlaß: wütende Goten hinter ihnen — Belisar ist in einen Hinterhalt gefallen: — er ist tot.«

»Belisar ist gefangen!« schrie ein Türmer vom tiburtinischen Thor, atemlos heraneilend. »Die Goten! die Goten sind da! sie stehn vor dem nomentanischen und vor dem tiburtinischen Thor!« scholl's aus der Tiefe der Straße. »Belisars Fahne ist genommen! Prokop verteidigt seine Leiche!« »Laß das tiburtinische Thor öffnen, Präfekt!« drängte Bessas, »deine Isaurier stehen plötzlich dort. Wer hat sie dorthin geschickt?«

»Ich!« sagte Cethegus, überlegend.

»Sie woll'n nicht öffnen ohne deinen Befehl! rette doch seine — Belisars! — Leiche!«

Cethegus zauderte — er hielt das Schwert halb erhoben — er schwankte. »Die *Leiche,*« dachte er, »rett' ich gern.« Da flog Syphax heran. »Nein! er lebt noch!« rief er seinem Herrn ins Ohr, »ich hab ihn gesehen von der Zinne: er regt sich noch: aber er ist gleich gefangen: die gotischen Reiter brausen heran: Totila, Teja, gleich sind sie bei ihm!«

»Gieb Befehl, laß das tiburtiner Thor öffnen!« mahnte Bessas. Aber des Präfekten Auge blitzte: sein Antlitz überflog jener Ausdruck stolzer, kühner Entschlossenheit, der es mit dämonischer Schönheit verklären konnte. Er schlug mit dem Schwert an den zertrümmerten Thorflügel vor sich: »Auf, zum Ausfall. Erst Rom: dann Belisar! Rom und Triumph!« Das Thor flog auf.

Die stürmenden Goten, schon des Sieges sicher, hätten alles eher erwartet als dies Wagnis der, wie sie wähnten, ganz verzagten Byzantiner. Sie waren ohne Fechtordnung um das Thor herum zerstreut, wurden völlig überrascht und durch den Anlauf der fest geschlossenen Reihe rasch in den hinter ihnen klaffenden Graben geworfen.

Der alte Hildebrand wollte seinen Widder nicht lassen.

Sich hoch aufrichtend, zerschmetterte er Gregor, dem Byzantiner, mit seinem Steinhammer den hochgeschweiften Helm und das Haupt. Aber gleichzeitig fast stieß ihn selber Lucius Licinius mit dem Schildstachel in den Graben. Cethegus zerhieb mit dem Schwert die Seile der Maschine, die krachend auf den Alten stürzte.

»Jetzt Feuer in die Holzmaschinen, die noch stehen,« befahl Cethegus. Rasch loderten deren Balken auf in Flammen. Sogleich kehrten die siegreichen Römer zurück in die Wälle. Da rief Syphax dem Präfekten entgegen: »Gewalt, Herr, Aufruhr und Empörung! Die Byzantiner gehorchen dir nicht mehr! Bessas rief sie auf, das tiburtinische Thor mit Gewalt zu öffnen. Seine Leibwächter drohen, Marcus Licinius anzugreifen und deine Ligionare und Isaurier zu schlachten durch die Hunnen.«

»Das büßen sie!« rief Cethegus grimmig. »Wehe Bessas! Ich will's ihm gedenken! Auf, Lucius Licinius, nimm den halben Rest der Isaurier! Nein, nimm sie alle! alle! du weißt wo sie stehn: fasse die Leibwächter des Thrakers von Porta Clausa her im Rücken. Und stehn sie nicht ab, so hau' sie nieder, ohne Schonung. Hilf deinem Bruder! Ich folge gleich!«

Lucius Licinius zauderte. »Und das tiburtinische Thor?« – »Bleibt geschlossen.« – »Und Belisar?«

»Bleibt draußen.« – »Teja und Totila sind schon heran.« – »Desto weniger kann man öffnen. Erst Rom: dann alles andere. Gehorche, Tribun!«

Cethegus blieb noch, die Ausflickung des pankratischen Thores anzuordnen. Das währte sehr geraume Zeit. »Wie ging es, Syphax?« fragte er leise. »Lebt er wirklich?« – »Er lebt noch.« – »Tölpel, diese Goten!«

Da kam ein Bote von Lucius. »Dein Tribun läßt melden: Bessas giebt nicht nach: schon ist das Blut deiner Legionare am tiburtiner Thor geflossen. Und Asgares und deine Isaurier zögern, einzuhauen. Sie zweifeln an deinem Ernst.« »Ich will ihnen meinen Ernst zeigen!« rief Cethegus, warf sich aufs Pferd, verließ diesen Teil der Stadt, und jagte wie der Sturmwind davon.

Weit war sein Weg: über die Tiberbrücke des Janiculum, am Kapitol vorbei, über das Forum Romanum, durch die Sacra Via und den Bogen des Titus, die Thermen des Titus rechts lassend, über den Esquilin hinaus, endlich durch das esquilinische Thor an das tiburtinische Außenthor: ein Weg vom äußersten Westen an den äußersten Osten der weitgestreckten Stadt.

Hier, hinter dem Thore, standen die Leibwächter von Bessas und Belisar mit gedoppelter Front. Die eine Schar schickte sich an, die Legionare und Isaurier des Präfekten unter Marcus Licinius an der Thorwache zu überwältigen und das Thor mit Gewalt zu öffnen, während die zweite Front mit gefällten Speeren der Masse der andern Isaurier gegenüberstand, die Lucius vergeblich zum Angriff befehligte.

»Söldner,« rief Cethegus, das schnaubende Roß dicht vor deren Linie anhaltend, »wem habt ihr geschworen: mir oder Belisar?« »Dir, Herr,« sprach Asgares, ein Anführer, vortretend, »aber ich dachte« – Da blitzte das Schwert des Präfekten und tödlich getroffen stürzte der Mann. »Zu gehorchen habt ihr, eidbrüchige Schurken, nicht zu denken!«

Entsetzt standen die Söldner. Aber Cethegus befahl ruhig: »Die Speere gefällt! zum Angriff! mir nach!« Und die Isaurier gehorchten ihm und nun, ein Augenblick noch, und es begann in Rom selbst der Kampf.

Aber da erscholl von Westen, von der Richtung des aurelischen Thores, her ein furchtbares, alles übertäubendes Geschrei: »Wehe, Wehe, alles verloren! Die Goten über uns! Die Stadt ist genommen!«

Cethegus erbleichte und blickte zurück. Da sprengte Kallistratos heran, Blut floß ihm über Gesicht und Hals. »Cethegus,« rief er, »es ist aus! Die Barbaren sind in Rom! Die Mauer ist erstiegen.« »Wo?« fragte der Präfekt tonlos. »Am Grabmal Hadrians!« – »O mein Feldherr!« rief Lucius Licinius, »ich habe dich gewarnt.«

»Das war Witichis!« sagte Cethegus, die Augen zusammendrückend.

»Woher weißt du das!« staunte Kallistratos. »Genug, ich weiß es.« Es war ein furchtbarer Augenblick für den Präfekten.

Er mußte sich sagen, daß er, rücksichtslos seinen Plan zum Verderben Belisars verfolgend, eine Spanne Zeit Rom übersehen hatte. Er biß die Zähne in die Unterlippe.

»Cethegus hat das Grabmal Hadrians entblößt! Cethegus hat Rom ins Verderben gestürzt!« rief Bessas an der Spitze der Leibwächter.

»Und Cethegus wird es retten!« rief dieser, sich hoch im Sattel aufrichtend. »Mir nach, alle Isaurier und Legionare.« »Und Belisar?« flüsterte Syphax. – »Laßt ihn herein. Erst Rom: dann alles andre! Folgt mir!« Und im Sturmflug sprengte er zurück, des Weges, den er gekommen. Nur wenige Berittene konnten ihm folgen: im Lauf eilte sein Fußvolk, Isaurier und Legionare, nach.

## Dreizehntes Kapitel

Draußen vor dem tiburtinischen Thore ward es zu gleicher Zeit stiller. Ein Bote hatte die gotischen Reiter von dem überflüssigen Gefechte abgerufen. Sie sollten hier innehalten und alle verfügbare Mannschaft um die Stadt und über den Fluß eilig an das aurelische Thor senden, durch welches man soeben in die Stadt gedrungen sei: dort brauche man alle Kräfte. Die Reiter jagten, rechtsum schwenkend, nach jenem Thor, wo sich jetzt alles zusammendrängte: aber ihr eigenes Fußvolk, stürmend an den zwischenliegenden fünf Thoren: der Porta clausa, nomentana, salaria, pinciana und flaminia, versperrte ihnen den Weg so lange, daß sie zu der Entscheidung zu spät kamen, die am Grabmal des Hadrian gefallen war.

Wir erinnern uns der Lage dieses Lieblingsplatzes des Präfekten: dem vatikanischen Hügel gegenüber, einen Steinwurf etwa vor dem aurelischen Thor gelegen, mit diesem durch Seitenmauern verbunden und überall, außer im Süden, wo der Fluß decken sollte, durch neue Wälle geschützt, ragte die *»moles Hadriani«*, ein gewaltiger runder Turm von festestem Bau. Eine Art Hofraum umgab das eigentliche Gebäude: vor der ersten, äußeren Deckungsmauer im Süden floß der Tiber. Auf den Zinnen dieser Außenmauer, in dem Hofraum und auf den Zinnen der Innenmauer lagerten sonst die Isaurier, die der Präfekt zu übler Stunde hinweggezogen hatte, seinen Plan gegen Belisar durchzusetzen. Auf den Zinnen der Innenmauer aber standen die zahlreichen Statuen von Marmor und Erz, deren drittes Hundert das Geschenk des Kallistratos vervollständigt hatte.

Der König der Goten hatte sich für heute in der Mitte des großen Halbkreises, den die Barbaren auch um die Westseite, auf dem rechten Tiberufer, um die Stadt gezogen, auf dem Felde Neros zwischen dem pankratischen (alten aurelianischen) und dem (neuen) aurelianischen Thor, wo sonst nur Graf Markja von Mediolanum lagerte, eine zurückgenommene, abwartende Stellung gewählt. Er baute seinen Plan darauf, daß der allgemeine Sturm gegen alle Thore notwendig die Kräfte der Belagerten werde zersplittern müssen: und sowie an irgend einem Punkt durch

Hinwegziehung der Verteidiger eine Blöße entstehen würde, gedachte er, sie sofort zu benützen.

In dieser Absicht hielt er unbeweglich im zweiten Treffen weit hinter den Sturmkolonnen. Er hatte allen Anführern Auftrag gegeben, ihn schleunig herbeizurufen, wo sich eine Lücke der Verteidigung zeige.

Lange, lange hatte er so gewartet. Manches Wort der Ungeduld hatte er von seinen Scharen zu tragen gehabt, die müßig stehen sollten, während die Genossen überall im frischen Vordringen waren: lange, lange harrten sie auf einen Boten, der sie abriefe zur Teilnahme am Kampf.

Da bemerkte endlich des Königs scharfes Auge selbst zuerst, wie von den Zinnen der Außenmauer am Grabmal Hadrians die wohlbekannten Feldzeichen und die dichten Speere der Isaurier verschwanden. Aufmerksam blickte er hin: sie wurden nicht abgelöst, die Lücken nicht ersetzt. Da sprang er aus dem Sattel, gab seinem Rosse einen Schlag mit der flachen Hand auf den stolzen Bug, sprach: »Nach Hause, Boreas!« und das kluge Tier lief geradeaus in das Lager zurück. »Jetzt, vorwärts meine Goten! vorwärts, Graf Markja!« rief der König, »dort über den Fluß – die Mauerbrecher laßt hier zurück: nur die Schilde und die Sturmleitern nehmt mit. Und die Beile. Voran!« Und im Lauf erreichte er den steilen Uferhang an der südlichen Biegung des Flusses und eilte den Hügel hinab.

»Keine Brücke, König, und keine Furt?« fragte ein Gote hinter ihm.

»Nein, Freund Iffamer, schwimmen!« und der König sprang in die gelbe schmutzige Flut, daß sie zischend hoch über seinem Helmbusch zusammenschlug. In wenigen Minuten hatte er das andere Ufer erreicht, die vordersten seiner Leute mit ihm. Bald standen sie hart vor der hohen Außenmauer des Grabmals und die Männer blickten fragend, besorgt hinauf. »Leitern her!« rief Witichis, »seht ihr nicht? Die Verteidiger fehlen ja! Fürchtet ihr euch vor hohen Steinen?« Rasch waren die Leitern angelegt, rasch die Außenwälle erstiegen, die wenigen Wachen hinabgestürzt, die Leitern nachgezogen und an der Innenseite der Außenmauer in den Hof hinabgelassen.

Der König war der erste in dem Hofraum.

Hier freilich wurde das Vordringen der Goten eine Weile gehemmt. Denn auf den Zinnen der Innenmauer standen, vom pankratischen Thore hierher geeilt, Quintus Piso und Kallistratos mit hundert Legionaren und nur ein paar Isauriern: und diese schleuderten einen dichten Hagel von Speeren und Pfeilen auf die nur vereinzelt in den Hofraum hinabsteigenden Goten: auch ihre Ballisten und Katapulten wirkten verheerend. »Schickt um Hilfe, um Hilfe zu Cethegus!« rief oben auf der Mauer Piso. Und Kallistratos flog davon.

Rechts und links fielen die Goten unten im Hof neben Witichis. »Was thun?« fragte Markja an seiner Seite. »Warten, bis sie sich verschossen haben,« sagte dieser ruhig. »Es kann nicht lange mehr währen. Sie werfen und schießen viel zu hastig in ihrem Schrecken. Seht ihr: schon fliegen mehr Steine denn Pfeile. Und die Speere bleiben aus.« – »Aber die Ballisten, die Katapulten –« – »Werden uns bald nicht mehr schaden. Ordnet euch zum Sturm. Seht, der Hagel wird sehr spärlich. So, nun die Leitern bereit und die Beile. – Jetzt, rasch mir nach.« Und in schnellem Anlauf rannten die Goten über den Hof.

Nur wenige waren dabei gefallen. Und schon standen sie hart an der zweiten, der inneren Mauer: und hundert Leitern waren angelegt. Jetzt aber waren alle Ballisten und Katapulten Pisos nutzlos geworden: denn, zum Schuß in die Weite gespannt, konnten sie nicht ohne große Mühe und lange Zeit zu senkrechtem Schuß gerichtet werden. Piso bemerkte es wohl und erbleichte. »Wurfspeere her! Speere! Speere! oder alles ist hin!« – »Alle verschossen,« keuchte trostlos neben ihm der dicke Balbus.

»Dann ist's vorbei!« seufzte Piso, den rechten Arm totmüde senkend. »Komm, Massurius, laß uns fliehn,« mahnte Balbus. »Nein, laßt uns hier sterben,« rief Piso. Und schon tauchte der erste gotische Helm über den Rand der Mauer.

Da scholl es die Mauertreppen von der Stadtseite herauf: »Cethegus! Cethegus der Präfekt!«

Und er war's; rasch sprang er auf die Zinne vor und hieb dem Goten, der eben die Hand auf die Brustwehr stützte, sich heraufzuschwingen, die Hand samt dem Arme ab. – Der Mann schrie und stürzte.

»O Cethegus,« sagte Piso, »du kommst zur rechten Zeit!« – »Ich hoffe es,« sprach dieser und stieß die Leiter um, die vor ihm angelegt stand. Witichis war darauf gestanden, behend sprang er hinab. »Aber jetzt Geschosse her, Speere, Lanzen. Sonst hilft alles nichts,« rief Cethegus. »Kein Geschoß mehr weit und breit,« antwortete Balbus. »Du kommst, hofften wir, mit deinen Isauriern?« »Die sind noch weit, weit hinter mir!« rief Kallistratos, der eben als der erste nach Cethegus wieder erschien.

Und aufs neue wuchs die Zahl der Leitern und der aufsteigenden Helme. Und es wuchs die dringendste Gefahr.

Wild blickte Cethegus um sich. »Geschosse,« rief er mit dem Fuße stampfend, »es müssen Geschosse herbei!« Da fiel sein Auge auf die riesige Marmorstatue Zeus, des Erretters, die zu seiner Linken auf der Zinne stand. Ein Gedanke durchzuckte ihn mit Blitzesschnelle, er sprang hinzu und schlug mit einem Handbeil den rechten Arm der Statue mitsamt dem Donnerkeil in ihrer Faust herab. »Zeus,« rief er, »leih mir deinen Blitz! – Was hältst du ihn so müßig? Auf! zerschlagt die Statuen: und schleudert sie den Feinden auf die Köpfe.« Und rascher, als er dies gesagt, ward sein Beispiel befolgt. Mit Äxten und Beilen fielen die geängstigten Verteidiger über die Götter und Heroen her und im Augenblick waren all' die herrlichen Gestalten zertrümmert.

Es war ein grausenhafter Anblick: da barst ein erhabner Hadrian, eine Reiterstatue, Roß und Reiter mitten auseinander: da stürzte eine lächelnde Aphrodite in die Knie: da flog der schöne Marmorkopf eines Antinous vom Rumpfe und sauste, von zwei Händen geschleudert, auf einen gotischen Büffelschild. Und weithin spritzten, die Zinnen bedekkend, Splitter und Trümmer von Marmor und Erz, von Bronze und Gold. Krachend und dröhnend schlugen die gewaltigen Lasten von Stein und Metall von den Zinnen herab und zerschmetterten die Helme und Schilde, die Panzer und die Glieder der stürmenden Goten und die Leitern selber, die sie trugen.

Mit Grauen blickte Cethegus auf das furchtbare Werk der Zerstörung, das sein Wort angerichtet. Aber es hatte gerettet. Zwölf, fünfzehn, zwanzig Leitern standen leer von den hart aufeinander folgenden Männern, die sie kurz zuvor ameisendicht besetzt hatten: ebensoviele lagen zerbrochen am Fuß der Mauer: überrascht von diesem unerwarteten Erz- und Marmorhagel, wichen die Goten einen Augenblick. Aber gleich wieder rief sie das Horn Markjas zum Sturm: und wieder sausten die centnerschweren Lasten hernieder.

»Unseliger, was hast du gethan?« jammerte Kallistratos und starrte auf die Trümmer.

»Das Notwendige!« antwortete Cethegus und schleuderte den Rest von Zeus dem Erretter über den Wall. »Siehst du, wie das traf? – zwei Barbaren auf Einen Schlag« – und zufrieden blickte er hinab.

Da hörte er den Korinther rufen: »Nein, nein. Nicht diesen! Nicht den Apoll!«

Und Cethegus wandte sich und sah, wie ein riesiger Isaurier sein Beil gegen das Haupt des Latoniden schwang. »Narr, sollen die Goten herauf?« fragte der Barbar und holte wieder aus.

»Nicht meinen Apollon!« wiederholte der Helene und umschlang den Gott schützend mit beiden Armen, weit sich vorbeugend.

Das ersah auf der nächsten Leiter Graf Markja: und glaubend, jener wolle die Statue auf ihn niederschleudern, kam er ihm zuvor: sein Wurfspeer flog und traf den Griechen mitten in die Brust. »Ach – Cethegus!« seufzte er und starb. Der Präfekt sah ihn fallen und preßte die Brauen zusammen. »Rettet die Leiche und seine beiden Götter verschont!« sprach er kurz – und stieß die Leiter um, auf der Markja gestanden: mehr konnte er nicht sagen und nicht thun: denn schon rief ihn eine neue, die drohendste Gefahr.

Witichis, von seiner Leiter halb herabgeschleudert, halb herabgesprungen, war seither hart an der Mauer gestanden unter dem Hagel der Stein- und Metalltrümmer nach neuen Mitteln spähend. Denn seit der erste Versuch der Sturmleitern durch die unverhofften, neuen Geschosse, die Götter und Heroen, abgewiesen war, hoffte er kaum noch, den Wall zu gewinnen. Während er sann und spähte, schlug das schwere Marmorfußgestell eines Mars gradivus dicht neben ihm auf die Erde, prallte nochmal empor und traf dabei an eine Mauerplatte. Und siehe, diese Platte, die ein Quader von härtestem Stein geschienen hatte, zersprang zerbröckelnd in kleine Stücke von Mörtel und Lehm: und an ihrer Stelle wurde sichtbar eine schmale Holzpforte, die von jener Masse nur locker verkleidet und verdeckt, den Maurern und Werkleuten zum Ausgang und Eingang gedient hatte, wenn sie an dem großen Gebäude arbeiteten und nachbesserten.

Kaum ersah Witichis die Holzthür, als er jubelnd ausrief: »Hierher, hierher, ihr Goten! Beile zur Hand!« Und schon schlug seine eigne Streitaxt donnernd an die dünnen Bretter, die nichts weniger als stark schienen.

Verhängnisvoll drang der neue, seltsame Ton an des Präfekten Ohr! er hielt oben inne in der Blutarbeit und lauschte. »Das ist Eisen gegen Holz!

Bei Cäsar!« sagte er zu sich selbst und sprang die schmale Mauertreppe herab, die an der Innenseite der zweiten Mauer in den schwach durch Öl-Lampen beleuchteten Innenraum des Grabmals führte.

Da dröhnte ein Schlag lauter als alle früheren, ein dumpfes Krachen und helles Splittern folgte und jauchzendes Siegesgeschrei der Goten. Wie Cethegus auf die letzte Stufe der Treppe sprang, fiel die Pforte krachend nach innen in den Hof und König Witichis ward sichtbar auf der Schwelle.

»Mein ist Rom!« jubelte er, das Beil fallen lassend und das Schwert aus der Scheide ziehend. »Du lügst, Witichis! zum erstenmal im Leben!« rief Cethegus grimmig und sprang vor, so gewaltig den starken Schildstachel stoßend gegen des Goten Brust, daß dieser überrascht einen Schritt zurücktrat.

Diesen Schritt benutzte der Präfekt und stellte sich selbst auf die Schwelle, die ganze enge Pforte füllend. »Wo bleiben die Isaurier!« rief er.

Aber nur einen Augenblick hatte ihm Witichis Zeit gelassen, bis er ihn erkannte. »So treffen wir uns doch im Zweikampf um Rom.« Und nun war das Anspringen an ihm. Cethegus, bemüht die ganze Öffnung der Pforte zu verschließen, deckte mit dem Schild seine Linke; sein rechter Arm mit dem kurzen Römerschwert vermochte nicht genug, seine rechte Seite zu decken. Der Stoß des langen Schwertes des starken Goten drang, nicht stark genug von Cethegus abgewehrt, die Schuppenringe des Panzers durchschneidend, tief in seine rechte Brust.

Der Präfekt wankte nach links: schon neigte er sich zu fallen: aber er fiel nicht. »Rom! Rom!« sagte er tonlos, und krampfhaft hielt er sich noch aufrecht.

Witichis war einen Schritt zurückgetreten, um in neuem Ansprung dem gefährlichen Feind den Rest zu geben. Aber in diesem Augenblick erkannte ihn oben auf der Zinne Piso und schleuderte einen prachtvollen schlafenden Faun, der bereits mit abgehauenen Füßen auf dem Walle lag, auf den König herab; er traf die Schulter und Witichis stürzte nieder. Graf Markja, Iffamer und Aligern trugen ihn aus dem Gefecht.

Cethegus sah ihn noch fallen. Dann brach er selbst auf der Schwelle der Pforte zusammen; schützende Arme eines Freundes fingen ihn auf: aber er erkannte diesen nicht mehr: sein Bewußtsein schwand.

Doch weckte ihn gleich wieder ein wohlbekannter Ton, der seine Seele entzückte: es war die Tuba seiner Legionare, das Feldgeschrei seiner Isaurier, die jetzt – endlich – im Sturmschritt eintrafen und, von den Liciniern geführt, in dichten Scharen sich auf die durch den Fall ihres Königs erschütterten Goten stürzten. Sie drängten sie siegreich zu einer (einstweilen von den eingedrungenen Goten von innen hinausgebrochenen) Bresche der ersten Mauer unter großem Blutvergießen hinaus.

Der Präfekt sah die letzten Barbaren flüchten: da schlossen sich abermals seine Augen. »Cethegus!« rief der Freund, der ihn im Arme hielt, »Belisar im Sterben: und so bist auch du verloren?« Cethegus erkannte jetzt die Stimme Prokops. »Ich weiß nicht,« sprach er mit letzter Kraft, »aber Rom, Rom ist gerettet!« Und damit vergingen ihm die Sinne.

Nach der Anspannung aller Kräfte zu dem allgemeinen Sturm und seiner Abwehr, der mit dem Morgenrot begonnen und bei sinkender Sonne erst beendet war, trat bei Goten und Römern eine lange Pause der Erschlaffung ein. Die drei Führer Belisar, Cethegus und Witichis lagen wochenlang an ihren Wunden danieder.

Aber noch mehr wurde die thatsächliche Waffenruhe veranlaßt durch die tiefe Niedergeschlagenheit und Entmutigung, die das Heer der Germanen befallen hatten, nachdem der mit höchster Anstrengung angestrebte Sieg in dem Augenblick, da er bereits gewonnen schien, ihnen entrissen wurde.

Sie hatten einen ganzen Tag lang ihr Bestes gethan: ihre Helden hatten an Tapferkeit gewetteifert: und doch waren beide Pläne, der gegen Belisar und der gegen die Stadt, im Gelingen selbst noch gescheitert. Und wenn auch König Witichis in seinem steten Mute die Gedrücktheit des Heeres nicht teilte, so erkannte er dafür desto klarer, daß er seit jenem blutigen Tage das ganze System der Belagerung ändern mußte.

Der Verlust der Goten war ungeheuer; Prokop schätzt ihn auf dreißigtausend Tote und mehr als ebensoviele Verwundete: sie hatten sich im ganzen Umkreis der Stadt mit äußerster Todesverachtung den Geschossen der Belagerten ausgesetzt und am pankratischen Thor und bei dem Grabmal Hadrians waren sie zu Tausenden gefallen.

Da nun auch in den achtundsechzig früheren Gefechten die Angreifenden immer viel mehr als die hinter Mauer und Turm gedeckten Verteidiger gelitten hatten, so war das große Heer, das Witichis vor Monden gegen die ewige Stadt geführt, furchtbar zusammengeschmolzen. Dazu kam, daß schon seit geraumer Zeit Seuchen und Hunger in ihren Zelten wüteten. Bei dieser Entmutigung und Abnahme seiner Truppen mußte Witichis den Gedanken, die Stadt mit Sturm zu nehmen, aufgeben und seine letzte Hoffnung – er verhehlte sich ihre Schwäche nicht – bestand in der Möglichkeit, der Mangel werde den Feind zur Übergabe zwingen. Die Gegend um Rom war völlig ausgesogen: und es schien nun darauf anzukommen, welche Partei die Entbehrung länger würde ertragen oder welche sich aus der Ferne würde Vorräte verschaffen können. Schwer fehlte den Goten die an der Küste von Dalmatien beschäftigte Flotte.

Der Erste, der sich von seiner Wunde erholte, war der Präfekt.

Von der Pforte, die er mit seinem Leibe verschlossen, bewußtlos weggetragen, lag er anderthalb Tage in einem Zustand, der halb Schlaf, halb Ohnmacht war.

Als er am Abend des zweiten Tages die Augen aufschlug, traf sein erster Blick auf den treuen Mauren, der am Fußende des Lagers auf der Erde kauerte und kein Auge von ihm wandte. Die Schlange war um seinen Arm gerollt.

»Die Holzpforte!« war das Präfekten erstes, noch schwach gehauchtes Wort, »die Holzpforte muß fort – ersetzt durch Marmorquadern ...«

»Danke, danke dir, Schlangengott!« jubelte der Sklave, »jetzt ist der Mann gerettet. Und auch du selbst. Und ich, ich, Herr, habe dich gerettet.« Und er warf sich mit gekreuzten Armen nieder und küßte das Lagergestell seines Herrn. – Er wagte nicht, dessen Füße zu berühren. »Du mich gerettet? – Wodurch?«

»Als ich dich so totesbleich auf diese Decken gelegt, habe ich den Schlangengott herbeigeholt, dich ihm gezeigt und gesprochen: »Du siehst, starker Gott, des Herrn Augen sind geschlossen. »Hilf, daß er sie wieder aufschlägt. Bis du geholfen, erhältst du keine Krume Brot und keinen Tropfen Milch. Und wenn er die Augen *nicht* wieder aufschlägt – an dem Tage, da sie ihn verbrennen, verbrennt Syphax mit: aber du, o großer Schlangengott, desgleichen. Du kannst helfen: also hilf: oder brenne.« So sprach ich, und er hat geholfen.«

»Die Stadt ist sicher – das fühl' ich, sonst hätte ich nicht entschlafen können. Lebt Belisar? Ja! wo ist Prokop?«

»In der Bibliothek mit deinen Tribunen. Sie erwarten nach des Arztes Ausspruch noch heute dein Erwachen oder deinen ...« – »Tod? Diesmal hat dein Gott noch geholfen, Syphax. Laß die Tribunen ein.«

Bald standen die Licinier, Piso, Salvius Julianus und einige andere vor ihm; sie wollten bewegt an sein Lager eilen: er winkte ihnen Ruhe zu. »Rom dankt euch, durch mich. Ihr habt gefochten wie – wie Römer. Mehr, Stolzeres kann ich euch nicht sagen.« Und er übersah wie nachsinnend die Reihe, dann sagte er: »Einer fehlt mir – ah mein Korinther! Die Leiche ist gerettet. Denn ich empfahl sie Piso, sie und die beiden Letoiden; setzt ihm als Denkmal eine schwarze Platte von korinthischem Marmor an die Stelle, wo er fiel: stellt die Statue des Apollo über die Aschenurne und schreibt darauf: »Kallistratos von Korinth ist hier für Rom gestorben; er hat den Gott, der Gott nicht ihn gerettet.« Jetzt geht, bald sehen wir uns wieder – auf den Wällen. Syphax, nun sende mir Prokop. Und bring einen großen Becher Falernerwein.« »Freund,« rief er dem eintretenden Prokopius entgegen, »mir ist, ich habe vor diesem Fieberschlaf noch flüstern hören: »Prokop hat den großen Belisar gerettet.« Ein unsterblicher Verdienst! Die ganze Nachwelt wird dir's danken – so brauch' ich's nicht zu thun. Setze dich hierher und erzähle mir das Ganze ... – Aber halt: erst schiebe die Kissen zurecht, daß ich meinen Cäser wieder sehen kann. Sein Anblick stärkt mehr als Arzneien. Nun sprich.«

Prokopius sah den Liegenden durchdringend an.

»Cethegus,« sagte er dann, ernsten Tones, »Belisar weiß alles.« »Alles?« lächelte der Präfekt, »das ist viel.« – »Laß den Spott und versage Bewunderung nicht dem Edelsinn: du, der du selber edel bist.« – »Ich? Nicht daß ich wüßte.« – »Sowie er zum Bewußtsein kam, hat ihm Bassas natürlich sofort alles mitgeteilt: hat ihm haarklein erzählt, wie du befohlen, das Thor gesperrt zu halten, als Belisar in seinem Blute davor lag, den wütigen Teja auf den Fersen: daß du befohlen, seine Leibwächter niederzuhauen, die mit Gewalt öffnen wollten: jedes Wort von dir hat er berichtet, auch deinen Ausruf: »Erst Rom, dann Belisar«: und hat deinen Kopf verlangt im Rat der Feldherren. Ich erbebte. Aber Belisarius sprach: »er hat recht gethan! hier, Prokop, bring ihm mein eigen Schwert und die ganze Rüstung, die ich an jenem Tage trug, zum Dank.«

Und in dem Bericht an den Kaiser hat er mir die Worte diktiert: »Cethegus hat Rom gerettet und nur Cethegus! Schick' ihm den Patriciat von Byzanz!«

»Ich danke: ich habe Rom nicht für Byzanz gerettet.« – »Das brauchst du mir nicht erst zu sagen, unattischer Römer.«

»Ich bin nicht in attischer Laune, Lebensretter! Was war dein Dank?«

»Still. Er weiß nichts davon. Und soll es nie erfahren.«

»Syphax, Wein. – Soviel Edelsinn kann ich nicht vertragen! Es macht mich schwach. Nun, wie war der Reiterspaß?«

»Freund, das war kein Spaß. Sondern der furchtbarste Ernst, der mir noch begegnet. Um ein Haar fehlte es, so war Belisar verloren.«

»Ja, es ist jenes Eine Haar, um das es immer fehlt bei diesen Goten! Dumme Tölpel sind sie samt und sonders.«

»Du sprichst, als wär' es dir sehr leid, daß Belisar nicht umgekommen.«

»Recht wär ihm geschehn. Ich hab ihn dreimal gewarnt. Er sollte endlich wissen, was einem alten Feldherrn ziemt und was einem jungen Raufbold.«

»Höre,« sagte Prokop, ihn ernsthaft betrachtend, »du hast dir ein Recht erworben, so zu sprechen, vor dem Grabmal Hadrians. Früher, wenn du des Mannes Heldentum herabzogst ...« – »Dachtest du, ich spräche aus Neid gegen den tapferen Belisar! Hört es, ihr unsterblichen Götter.«

»Ja, zwar deine gepidischen Lorbeern ...«

»Laß mich mit diesen Knabenstreichen zufrieden! Freund, wenn es gilt, muß man den Tod verachten, sonst aber vorsichtig das Leben lieben. Denn nur die Lebendigen herrschen und lachen, nicht die stummen Toten. Das ist meine Weisheit, und nenn' es meine Feigheit, wenn du willst. Also – euer Überfall – mach's kurz! Wie ging's?«

»Scharf genug. Als wir die Gegend erkundet hatten – alles schien frei vom Feind und sicher zum Futter holen – da wandten wir die Rosse allmählich wieder gegen die Stadt, die wenigen Ziegen und die magern Schafe, die wir aufgetrieben, in der Mitte, Belisar voran, der junge Severinus, Johannes und ich an seiner Seite. Plötzlich, wie wir aus dem Dorf *ad aras Bacchi* ins Freie kommen, jagen aus den Gehölzen zu beiden Seiten der valerischen Straße von links und rechts gotische Reiter auf uns zu. Ich sah, daß sie uns stark überlegen waren und riet die Flucht mitten durch sie hindurch auf der Straße nach Rom zu versuchen. Aber Belisar meinte: »Viele sind es, doch nicht allzuviele,« und sprengte gegen die Angreifer zur Linken, ihre Reihen zu durchbrechen. Doch da kamen wir übel an: die Goten ritten besser und fochten besser als unsere mauretanischen Reiter: und ihre Führer, Totila und Hildebad – jenen erkannte ich an den langflatternden gelben Haaren und diesen an der ungeschlachten Größe – hielten sichtlich scharf auf den Feldherrn selbst. »Wo ist Belisar und sein Mut?« schrie der lange Hildebad vernehmlich durch das Klirren der Waffen.

»Hier!« antwortete dieser unverzüglich: und ehe wir ihn abhalten konnten, hielt er schon dem Riesen gegenüber. Der war nicht faul und hieb ihm mit seinem wuchtigen Beil auf den Helm, daß der goldene Kamm mit dem weißen Roßhaarbüschel zerschmettert zur Erde rollte und Belisars Haupt bis auf den Kopf des Pferdes niederfuhr. Und schon holte jener zum zweiten, dem tödlichen Streiche aus: da war der junge Severinus, des Boëthius Sohn, heran und fing den Hieb mit dem runden Schilde auf. Aber das Beil des Barbaren drang durch den Schild und flog noch tief in den Hals des edeln Jünglings. Er stürzte« – Prokop stockte in schmerzlichen Gedanken.

»Tot?« fragte Cethegus ruhig.

»Ein alter Freigelassener seines Vaters, der ihn begleitete, trug ihn aus dem Gefecht. Doch starb er schon, so hört' ich, eh' er das Dorf erreichte.«

»Ein schöner Tod!« sagte Cethegus. »Syphax, einen neuen Becher Wein!«

»Belisar hatte sich aber inzwischen aufgerafft und stieß nun in großem Zorn mit seinem Speer dem Goten so gewaltig auf die Brustplatte seines Harnisches, daß er der Länge nach vom Pferde flog. Laut jubelten wir auf, aber der junge Totila ...«

»Nun?«

»Sah kaum seinen Bruder fallen, als er sich grimmig durch die Lanzen der Leibwächter Bahn brach zu Belisar. Aigan, sein Bannerträger, wollte ihn decken, aber des Goten Schwert traf seinen linken Arm: er riß ihm die Fahne aus der erschlafften Hand und warf sie dem nächsten Goten zu. Laut auf schrie Belisar vor Zorn und wandte sich gegen ihn: aber der junge Totila ist rasch wie der Blitz und zwei scharfe Hiebe trafen, eh' er sich's versah, des Feldherrn beide Schultern: der wankte im Sattel und sank langsam vom Pferd, das im selben Augenblick ein Wurfspeer traf und niederwarf. »Gieb dich gefangen, Belisar!« rief Totila.

Der Feldherr hatte gerade noch die Kraft, das Haupt verneinend zu schütteln, da sank er vollends zur Erde. Rasch war ich abgesprungen, hatte ihn auf mein eigen Pferd gehoben und der Sorge des Johannes empfohlen, der fünfzig Leibwächter um ihn scharte und ihn schnell aus dem Getümmel flüchtend nach der Stadt hin brachte.« – »Und du?«

»Ich focht zu Fuß weiter. Und es gelang mir, da jetzt unsere Nachhut eintraf – die Vorräte in der Mitte hatten wir preisgegeben – das Gefecht gegen Totila zu stellen. Aber nicht auf lange. Denn nun war auch die zweite Schar der gotischen Reiter heran; wie der Sturmwind sauste der schwarze Teja herzu, durchbrach unsern rechten Flügel, der ihm zunächst stand, von vorn, durchbrach dann meine eigene gegen Totila gerichtete Front von der Flanke und zersprengte unsern ganzen Schlachthaufen. Ich gab das Gefecht verloren, ergriff ein ledig Roß und eilte dem Feldherrn nach. Aber auch Teja hatte die Richtung von dessen Flucht erkannt und jagte uns wütend nach. An der fulvischen Brücke holte er die Bedeckung ein; Johannes und ich hatten mehr als die Hälfte der noch übrigen Leibwächter an der Brücke aufgestellt, den Übergang zu wehren, unter Principius, dem tapfern Pisidier, und Tarmuth, dem riesigen Isaurier. Dort fielen sie alle dreißig, zuletzt auch die beiden treuen Führer, von dem Schwerte des Teja allein, wie ich vernahm. Dort fiel die Blüte von Belisars Leibwächtern: darunter viele meiner nächsten Waffenfreunde, Alamundarus der Saracene, Artasines der Perser, Zanter der Armenier, Longinus der Isaurier, Bucha und Chorsamantes die Massageten, Kutila der Thrakier, Hildeger der Vandale, Juphrut der Maure, Theodoritos und Georgios die Kappadokier. Aber ihr Tod erkaufte unsere Rettung. Wir holten hinter der Brücke unser hier zurückgelassenes Fußvolk ein, das dann noch die feindlichen Reiter so lang beschäftigte, bis das tiburtinische Thor sich – spät genug! – dem wunden Feldherrn öffnete. Dann eilt' ich, als wir ihn auf einer Sänfte Antoninens Pflege zugesandt, an das Grabmal Hadrians, wo, wie es hieß, die Stadt genommen sei und fand dich dem Tode nah.«

»Und was hat jetzt Belisar beschlossen?«

»Seine Wunden sind nicht so schwer wie die deine und doch die Heilung langsamer. Er hat den Goten den Waffenstillstand gewährt, den sie verlangten, ihre vielen Toten zu bestatten.«

Cethegus fuhr auf von den Kissen. »Er hätte ihn verweigern sollen! Keine unnütze Verzögerung der Entscheidung mehr! ich kenne diese gotischen Stiere; nun haben sie sich die Hörner stumpf gestürmt: jetzt sind sie müd und mürbe.

Jetzt kam die Zeit für einen letzten Schlag, den ich schon lang ersonnen. Die Hitze draußen in der glühenden Ebene werden ihre großen Leiber schlecht ertragen: schlechter den Hunger: am schlechtesten den Durst. – Denn der Germane muß saufen, wenn er nicht schnarcht oder prügelt. Nun braucht man nur ihren vorsichtigen König noch ein wenig einzuschüchtern. Sage Belisar meinen Gruß: und mein Dank für sein Schwert sei mein Rat: Er solle noch heute den gefürchteten Johannes mit acht Tausend Mann durch das Picenum gegen Ravenna schicken: die flaminische Straße ist frei und wird wenig gedeckt sein: denn Witichis hat die Besatzungen aller Festungen hierher gezogen: und leichter gewinnen wir jetzt Ravenna, als die Barbaren Rom. Sowie aber der König Ravenna, seinen allerletzten Hort, bedroht sieht, wird er eilen, ihn um jeden Preis zu retten. Er wird sein Heer hinwegziehen von diesen uneinnehmbaren Mauern und wieder der Verfolgte statt des Verfolgers sein.«

»Cethegus,« sprach Prokop aufspringend, »du bist ein großer Feldherr.«

– »Nur nebenbei, Prokopius! geh jetzt und grüße mir den großen Sieger Belisar.«

## Fünfzehntes Kapitel

An dem letzten Tage des Waffenstillstands konnte Cethegus bereits wieder auf den Wällen des Grabmals Hadrians erscheinen, wo ihn seine Legionare und Isaurier mit lautem Zuruf begrüßten. Sein erster Gang war zu dem Grabmal des Kallistratos; er legte auf die schwarze Marmorplatte einen Kranz von Lorbeern und von Rosen nieder. Während er von hier aus die Verstärkung der Befestigungen anordnete, brachte ihm Syphax ein Schreiben von Mataswintha.

Es lautete lakonisch genug: »Mach' bald ein Ende. Nicht länger kann ich den Jammer ansehn. Die Bestattung von vierzig Tausend Männern meines Volks hat mir die Brust zerrissen. Die Klagelieder schienen alle mich anzuklagen. Währt das noch länger, so erlieg ich. Der Hunger wütet furchtbar in dem Lager. Ihre letzte Hoffnung ist eine große Zufuhr von Getreide und Vieh, die aus Südgallien unter Segel ist. An den nächsten Calenden wird sie auf der Höhe von Portus erwartet. Handle danach – aber mach' rasch ein Ende.«

»Triumph,« sprach der Präfekt , »die Belagerung ist aus. Unsre kleine Flotte lag bisher fast müßig zu Populonium. Jetzt soll sie Arbeit finden. Diese Königin ist die Erinnys der Barbaren.« Und er ging selbst zu Belisar, der ihn mit edler Großheit empfing.

In derselben Nacht, der letzten der Waffenruhe, zog Johannes zum pincianischen Thore hinaus, dann links nach der flaminischen Straße schwenkend. Ravenna war sein Ziel. Und eilende Boten flogen zur See mit raschen Segeln nach Populonium, wo sich ein kleines römisches Geschwader gesammelt hatte. Der Kampf um die Stadt ruhte, trotz Ablauf des Waffenstillstands, fast ganz. Eine Woche darauf etwa, machte der König, der sein Schmerzenslager zum erstenmal verließ, in Begleitung seiner Freunde den ersten Gang durch die Zelte. Drei von den sieben vormals menschenwimmelnden Lagern waren völlig verödet und aufgegeben: auch die übrigen vier waren nur noch spärlich bevölkert. Todmüde, ohne Klage, aber auch ohne Hoffnung, lagen die abgemagerten Gestalten, von Hunger und Fieber verzehrt, vor ihren Zelten.

Kein Zuruf, kein Gruß erfreute den wackern König auf seinem schmerzensreichen Gang: kaum daß sie die müden Augen aufschlugen bei dem Schall der nahenden Schritte.

Aus dem Innern der Zelte drang das laute Stöhnen der Kranken, der Sterbenden, die den Wunden, dem Mangel, den Seuchen erlagen. Kaum fand man die hinlängliche Zahl von Gesunden, die nötigsten Posten zu beziehen. Die Wachen schleppten die Speere hinter sich her, zu matt, sie aufrecht oder auf der Schulter zu tragen.

Die Heerführer kamen an die Schanzen vor dem aurelischen Thor; im Wallgraben lag ein junger Schütz und kaute an dem bittern Gras. Hildebad rief ihm zu: »Beim Hammer! Gunthamund, was ist das? deine Sehne ist ja gesprungen, was ziehst du keine andre auf?« – »Kann nicht, Herr, die Sehne sprang gestern bei meinem letzten Schuß. Und ich und die drei Bursche neben mir, wir haben die Kraft nicht, eine neue aufzuziehen.« Hildebad gab ihm einen Trunk aus seiner Lederflasche: »hast du auf einen Römer geschossen?« »O nein, Herr,« sagte der Mann, »eine Ratte nagte dort an der Leiche. Ich traf sie glücklich und wir teilten sie zu viert.«

»Iffaswinth, wo ist dein Oheim Iffamer?« fragte der König. »Tot, Herr. Er fiel hinter dir, als er dich hinwegtrug. Vor dem verfluchten Marmorgrab.«

»Und dein Vater Iffamuth?« – »Auch tot. Er vertrug's nicht mehr, das giftige Wasser aus den Pfützen. Der Durst, König, brennt noch heißer als der Hunger. Und es will ja nicht regnen aus diesem bleiernen Himmel.« »Ihr seid alle aus dem Athesisthal?« »Ja, Herr König, vom Iffinger-Berg. O welch köstlich Quellwasser dort daheim!«

Teja sah in einiger Entfernung einen andern Krieger aus seiner Sturmhaube trinken. Seine Züge verfinsterten sich noch mehr. »He du, Arulf!« rief er ihm zu, »du scheinst nicht Durst zu leiden?« – »Nein, ich trinke oft,« sprach der Mann. »Was trinkst du?« – »Das Blut von den Wunden der Frischgefallnen. Anfangs ekelt's sehr: aber man gewöhnt's in der Verzweiflung.«

Schaudernd schritt Witichis weiter. »Schick' all' meinen Wein ins Lager, Hildebad. Die Wachen sollen ihn teilen.« – »All deinen Wein? O König, mein Schenkamt ist gar leicht geworden. Du hast noch anderthalb Krüge. Und Hildebrand, dein Arzt, sprach, du sollst dich stärken.«

»Und wer stärkt diese, Hildebad? Die Not macht sie zu wilden Tieren!«

»Komm mit nach Hause,« mahnte Totila, des Königs Mantel ergreifend. »Hier ist nicht gut sein.«

Im Zelt des Königs angelangt, setzten sich die Freunde schweigend um den schönen Marmortisch, der auf goldnen Gefäßen steinhartes verschimmeltes Brot aufwies und wenige Stücke Fleisch. »Es war das letzte Pferd aus den königlichen Ställen,« sagte Hildebad – »bis auf Boreas.« – »Boreas wird nicht geschlachtet! – mein Weib, mein Kind sind auf seinem Rücken gesessen.«

Und er stützte das müde Haupt auf die beiden Hände: eine neue schwere Pause trat ein. »Freunde,« hob er endlich an, »das geht nicht länger also. Unser Volk verdirbt vor diesen Mauern. Mein Entschluß ist schwer und schmerzlich gereift –«

»Sprich's noch nicht aus, o König!« rief Hildebad. »In wenig Tagen trifft Graf Odoswinth von Cremona ein mit der Flotte: und wir schwelgen in allem Guten.«

»Er ist noch nicht da!« sprach Teja.

»Und unser Verlust an Menschen, so schwer er ist,« ermutigte Totila, »wird er nicht durch frische Mannschaft ersetzt, wenn Graf Ulithis von Urbinum eintrifft, mit den Besatzungen, die der König aus den Festen von Ravenna bis Rom weggezogen hat, unsre leeren Zelte zu füllen?«

»Auch Ulithis ist noch nicht da,« sprach Teja. »Er soll noch in Picenum stehen. Und kommt er glücklich an, so wird der Mangel im Lager noch größer.«

»Doch auch die Römerstadt muß fasten!« meinte Hildebad, das harte Brot mit der Faust auf dem Steintisch zerschlagend. »Laß sehn, wer's länger aushält!«

»Oft hab' ich's überdacht in schweren Tagen und schlummerlosen Nächten,« fuhr der König langsam fort.

»Warum? warum das alles so kommen mußte? Nach bestem Gewissen hab' ich immer wieder Recht und Unrecht abgewogen, zwischen unsern Feinden und uns: und ich kann's nicht anders finden, als daß Recht und Treue auf unsrer Seite stehen. Und wahrlich, an Kraft und Mut haben wir's nicht fehlen lassen.«

»Du am wenigsten,« sagte Totila.

»Und an keinem schwersten Opfer!« seufzte der König. »Und wenn nun doch, wie wir alle sagen, ein Gott im Himmel waltet, gerecht und gut und allgewaltig, warum läßt er all' dies ungeheure, unverdiente Elend zu? Warum müssen wir erliegen vor Byzanz?«

»Wir dürfen aber nicht erliegen,« schrie Hildebad. »Ich habe nie viel gegrübelt über unsern Herrgott. Aber wenn er das geschehen ließe, müßte man Sturm laufen gegen den Himmel und ihm seinen Thron mit Keulen zerschlagen.«

»Lästre nicht, mein Bruder!« sprach Totila. »Und du, mein edler König, Mut und Vertrauen.

Ja, es waltet ein gerechter Gott dort über den Sternen. Drum muß zuletzt die gute Sache siegen. Mut, mein Witichis, und Hoffnung bis ans Ende.«

Aber der Tiefgebeugte schüttelte das Haupt. »Ich gestehe es euch, ich habe aus diesem Irrsal, aus den schrecklichen Zweifeln an Gottes Gerechtigkeit, nur einen Ausweg gefunden. Es kann nicht sein, daß wir all' dies schuldlos leiden. Und da unsres Volkes Sache zweifellos gerecht, so muß verborgne Schuld an mir, an eurem König haften. Wiederholt, erzählen unsre Lieder aus der Heidenzeit, hat sich ein König für sein Volk selbst den Göttern geopfert, wenn Unsieg, Seuche, Mißwachs jahrelang den Stamm verfolgte. Er hat die verborgne Schuld auf sich genommen, die auf den Volksgenossen zu lasten schien und sie durch Tod gebüßt, oder indem er ohne die Krone ins Elend ging, ein friedloser Landflüchtiger. – Laßt mich die Krone abthun von diesem Haupt ohne Glück noch Stern. Wählt einen andern, dem Gott nicht zürnt: wählt Totila, oder –«

»Das Wundfieber faselt noch aus dir!« unterbrach ihn der alte Waffenmeister. »Du mit Schuld beladen! du, der Treueste von uns allen! Nein, ich will's euch sagen, ihr Kinder allzujunger Tage, die ihr der Väter alte Kraft mit der Väter altem Glauben verloren habt, und nun keinen Trost wißt für eure Herzen. Mich erbarmt euer Reden ohne Zuversicht.« – Und seine grauen Augen leuchteten in seltnem Glanze über die Freunde hin. »Alles was hier auf Erden erfreut und schmerzt, ist kaum der Freude noch des Schmerzes wert. Nur auf eines kommt es hier unten an: ein treuer Mann gewesen sein, kein Neiding, und den Schlachttod sterben, nicht den Strohtod. Den treuen Helden aber tragen die Walküren aus dem blutigen Feld auf roten Wolken hinauf in Odhins Saal, wo die Einheriar mit vollen Bechern ihn begrüßen. Dann reitet er alltäglich mit ihnen hinaus zur Jagd und Waffenspiel beim Morgenlicht und wieder herein zu Trunk und Skaldensang in goldner Halle beim Abendlicht. Und schöne Schildjungfrauen kosen mit den Jungen: und weise Vorzeitrunen raunen wir Alten mit den alten Helden der Vorzeit. Und ich werde sie alle wiederfinden, die starken Gesellen meiner Jugend, den kühnen Winithar und Herrn Waltharis von Aquitanien und Guntharis den Burgunden. Und schauen werd' ich auch ihn, dessen Anblick ich lange begehrt: Herrn Beowulf, den Geaten, und aus grauen Urtagen den Cherusken, der zuerst die Römer schlug, von dem noch die Sänger der Sachsen singen und sagen. Und wieder trag' ich Schild und Speer meinem Herrn, dem König mit den Adleraugen. Und so leben wir fort in alle Ewigkeit in Licht und heller Freude, vergessen der Erde hier unten und alles ihres Wehs.«

»Ein schön Gedicht, alter Heide,« lächelte Totila. »Wenn uns aber das nicht mehr tröstet für wirkliches, herznagendes Leid? Sprich du doch auch, Teja, du finstrer Gast. Was ist dein Gedanke bei diesen unsern Leiden? Nie fehlt uns dein Schwert: was versagst du dein Wort? Was schweigt dein tröstender Harfenschlag, du liederkundiger Sänger?«

»Mein Wort,« sagte Teja aufstehend, »mein Wort und Gedanke wäre euch vielleicht schwerer zu tragen als all' dies Leid. Laß mich noch schweigen, mein sonnenheller Totila. Vielleicht kommt noch der Tag, da ich dir Antwort gebe. Vielleicht auch zur Harfe spiele, wenn dann noch eine Saite daran hält.« Und er schritt aus dem Zelte.

Denn draußen in dem Lager hatte sich ein wirrer, rätselhafter Lärm von rufenden, fragenden Stimmen erhoben.

Die Freunde sahen ihm schweigend nach. »Ich weiß wohl, was er denkt,« sagte der alte Hildebrand endlich. »Denn ich kenne ihn vom Knaben auf: Er ist nicht wie andere. Auch im Nordland denken manche so, die nicht an Thor und Odhin glauben, sondern nur an die Not und ihre eigene Kraft und Stärke. Es ist fast zu schwer für ein Menschenherz. Und glücklich – glücklich macht es nicht, wie er zu denken. Mich wundert, daß er singt und Harfe schlägt dabei.«

Da riß Teja, wieder eintretend, die Zeltvorhänge auf: sein Antlitz war noch bleicher als zuvor: seine dunkeln Augen blitzten: aber seine Stimme war ruhig wie sonst, da er sprach: »Brich das Lager ab, König Witichis. Unsere Schiffe sind bei Ostia in der Feinde Hand gefallen. Sie haben Graf Odoswinths Kopf ins Lager geschickt. Und sie lassen auf den Wällen Roms, vor den Augen unserer Wachen, von den gefangenen Goten die erbeuteten Rinder schlachten. Große Verstärkungen aus Byzanz unter Valerian und Euthalius: Hunnen, Sclavenen und Anten, hat eine segelreiche Flotte aus Byzanz in den Tiber geführt. Denn der blutige Johannes hat das Picenum durchzogen ...«

»Und Graf Ulithis?«

»Er hat Ulithis geschlagen und getötet, Ancona und Ariminum genommen. Und –«

»Ist das noch nicht alles?« rief der König.

»Nein, Witichis! Eile thut not! Er bedroht Ravenna: er steht nur noch wenige Meilen von der Stadt.«

## Sechzehntes Kapitel

Am Tage nach dem Eintreffen dieser für die Goten so verhängnisvollen Nachrichten hatte Witichis die Belagerung Roms aufgegeben und sein tief entmutigtes Heer aus den vier noch übrigen Lagern herausgezogen.

Ein volles Jahr und neun Tage hatte die Einschließung gewährt. So viel Mut und Kraft, so viele Anstrengungen und Opfer waren vergeblich gewesen.

Schweigend zogen die Goten an den stolzen Wällen vorüber, an denen ihr Glück und ihre Macht zerschellt waren. Schweigend trugen sie die höhnenden Worte, die Römer und »Romäer« (Byzantiner) ihnen von den sichern Zinnen herab zuriefen. Ihr Zorn und ihre Trauer waren zu groß, um durch solchen Spott getroffen zu werden.

Aber als Belisars Reiterei, aus dem pincianischen Thore brechend, die Abziehenden verfolgen wollte, wurde sie grimmig zurückgewiesen. Denn Graf Teja führte die gotische Nachhut.

So zog das Heer von Rom auf der flaminischen Straße durch Picenum in raschen Märschen (obwohl den von den Feinden besetzten Plätzen Narnia, Spoletium und Perusium ausgewichen werden mußte) nach Ravenna, wo Witichis zur rechten Zeit eintraf, die gefährliche Stimmung der Bevölkerung, die auf die Kunde von dem Unglück der Barbaren schon mit dem drohenden Johannes in geheime Verhandlungen getreten war, zu unterdrücken.

Johannes zog sich bei der Annäherung der Goten in seine letzte wichtige Eroberung Ariminum zurück. In Ancona lag Konon, der Nauarch Belisars, mit den thrakischen Speerträgern und mit Kriegsschiffen.

Der König führte aber keineswegs sein ganzes, von der Belagerung Roms aufgebrochenes Heer nach Ravenna, sondern hatte unterwegs viele Mannschaften in Festungen verteilt. Eine Tausendschaft ließ er unter Gibimer in Clusium in Tuscien, eine andre in Urbs Vetus unter Albila, eine halbe in Tudertum unter Wulfgis: in Auximum vier Tausendschaften unter Graf Wisand, dem tapfern Bandalarius: in Urbinum zwei unter Morra: in Caesena und Monsferetrus je eine halbe. Hildebrand entsandte er nach Verona, Totila nach Tarvisium und Teja nach Ticinum, da auch der Nordosten der Halbinsel durch byzantinische, von Istrien aus drohende Truppen gefährdet wurde.

Er that dies übrigens noch aus andern Gründen.

Einmal, um Belisar auf dem Wege nach Ravenna aufzuhalten. Dann, um im Fall einer Einschließung nicht wieder sobald durch die große Stärke des Heeres dem Mangel ausgesetzt zu sein. Und endlich, um für den nämlichen Fall die Belagerer auch vom Rücken und zwar von mehreren Seiten her beunruhigen zu können. Sein Plan war zunächst, die seinem Hauptstützpunkt Ravenna drohende Gefahr abzuwenden, und sich mit seinen zerrütteten Streitkräften auf die Verteidigung zu beschränken, bis fremde Hilfstruppen, langobardische und fränkische, die er erwartete, ihn in den Stand setzen würden, wieder das offne Feld zu halten.

Aber die Hoffnung, Belisar auf seinem Wege nach Ravenna durch diese gotischen Burgen hinzuhalten, erfüllte sich nicht. Er begnügte sich, sie durch beobachtende Truppen einzuschließen und zog ohne weiteres gegen die Hauptstadt und den letzten bedeutenden Waffenplatz der Goten. »Habe ich das Herz zum Tode getroffen,« sagte er, »werden sich die geballten Fäuste von selbst öffnen.«

Und so dehnten sich alsbald um die Königsstadt Theoderichs in weit gestrecktem Bogen die Zelte der Byzantiner, an allen drei Landseiten, von der Hafenstadt Classis an bis zu den Kanälen und Zweigarmen des Padus, die im Westen besonders die Verteidigung der Festungslinien bildeten.

Zwar hatte die alte, vornehme Stadt damals schon viel verloren von dem Schimmer, in dem sie seit zwei Jahrhunderten fast strahlte als Residenz der Imperatoren: und auch das letzte Abendrot, das die glorreiche Regierung Theoderichs über sie gebreitet, war seit dem Ausbruch des Krieges verschwunden.

Aber gleichwohl. Welch andern Eindruck muß damals die immer noch volkreiche, dem heutigen Venedig gleichende Wasserstadt gemacht haben als heute, wo es den Wandrer aus den ausgestorbnen Straßen, den leeren Plätzen, den einsam schweigenden Basiliken nicht minder melancholisch anhaucht als draußen, vor den Mauern der Stadt, wo sich weithin die öde Sumpflandschaft der Padusniederungen dehnt, bis sie in den Schlamm des weit zurückgetretenen Meeres auslaufen.

Wo einst in der Hafenstadt Classis zu Wasser und zu Lande geschäftiges Leben wogte, wo die stolzen Trieren der kaiserlichen Adria-Flotte tief schaukelnd sich wiegten, da liegen jetzt sumpfige Wiesen, in deren hohem Schilf und Riedgras verwilderte Büffel grasen; versumpft die Straßen, versandet der Hafen, verschollen das Volk, das hier freudig geherrscht: nur ein riesiger runder Turm aus der Gotenzeit steht noch neben der allein erhaltnen, einsamen Basilika San Apollinare in Classe fuori, die, von Witichis begonnen, von Justinian vollendet, nun eine Stunde fern von aller Menschenwohnung auf der sumpfigen Ebene trauernd ragt.

Die starke Seefestung galt für uneinnehmbar: darum hatten sie seit dem Sinken ihrer Macht, und der wachsenden Gefährdung Italiens durch die Barbaren, die Kaiser zur Residenz gewählt. Die Südost-Seite deckte das damals noch bis an und in ihre und der Hafenstadt Mauern spülende Meer.

Und um alle drei Landseiten hatten Natur und Kunst ein labyrinthisches Netz von Kanälen, Gräben und Sümpfen des vielarmigen Padus gesponnen, in welchem sich der Belagerer rettungslos verstricken mußte. Und diese Mauern! noch jetzt erfüllen ihre gewaltigen Reste mit Staunen; ihre ungeheure Dicke und – weniger ihre Höhe als – die Anzahl von starken Rundtürmen, die von ihren Zinnen noch heute aufsteigen, trotzten vor der Erfindung der Feuerwaffe jedem Sturm, jedem gewaltsamen Angriff. Nur durch Aushungerung hatte nach fast vierjährigem Widerstand der große Theoderich diese letzte Zuflucht Odovakars bezwungen.

Vergebens hatte Belisar versucht, gleich nach seiner Ankunft die Stadt mit Sturm zu nehmen. Kräftig ward sein Angriff abgewiesen und die Belagerer mußten sich begnügen, die Festung enge zu umschließen und, wie einst der Gotenkönig, durch Mangel zur Übergabe zu nötigen. Dem aber konnte Witichis getrost entgegensehn. Denn er hatte mit der Vorsicht, die ihm eigen, in diesem seinem Haupt-Bollwerk, schon vor dem Aufbruch nach Rom, Vorräte aller Art, namentlich aber Getreide, in außerordentlicher Menge in besonders von ihm (mit Benutzung und in den Räumen des ungeheuren Marmorcirkus des Theodosius) erbauten Kornspeichern von Holzgezimmer aufgehäuft. Diese ausgedehnten Holzbauten, gerade gegenüber dem Palast und der Basilika Sancti Apollinaris, waren des Königs Stolz, Freude und Trost. Nur weniges von diesen Nahrungsmitteln hatte man durch das von den Feinden durchstreifte Land nach dem Lager vor Rom führen können: und bei einiger Sparsamkeit reichten diese Magazine ohne Zweifel für die Bevölkerung und das nicht mehr zahlreiche Heer leicht noch zwei und drei Monate aus. Bis dahin aber war das Eintreffen eines fränkischen Hilfsheeres infolge der aufs neue angeknüpften Verhandlungen sicher zu erwarten. Und dieser Entsatz mußte notwendig die Aufhebung der Belagerung herbeiführen.

Dies wußten – oder ahnten doch – Belisar und Cethegus so gut wie Witichis: und rastlos spähten sie nach allen Seiten, ein Mittel zu finden, den Fall der Stadt zu beschleunigen. Der Präfekt suchte natürlich vor allem seine geheime Verbindung mit der Gotenkönigin zu diesem Zwecke zu benutzen. Aber einmal war der Verkehr mit ihr jetzt sehr erschwert, da die Goten alle Ausgänge der Stadt sorgfältig überwachten. Und dann schien auch Mataswintha wesentlich verändert und keineswegs mehr so bereit und willfährig, sich als Werkzeug gebrauchen zu lassen, wie ehedem.

Sie hatte eine rasche Vernichtung oder Demütigung des Königs erwartet. Das lange Hinzögern ermüdete sie: und zugleich hatten die großen Leiden ihres Volkes in Kampf und Hunger und Krankheit angefangen, sie zu erschüttern.

Dazu kam endlich, daß die traurige Verwandlung in dem sonst so kräftigen und gesundfreudigen Wesen des Königs, der stille, aber tiefe und finstre Gram, der über seiner Seele lag, mächtig an ihrem Herzen rüttelte. Wenn sie auch mit der ganzen Ungerechtigkeit des Schmerzes, mit dem bittern Stolz gekränkter Liebe ihn verklagte, daß er ihr Herz verworfen und doch, um der Krone willen, mit Gewalt ihre Hand erzwungen hatte, und wenn sie ihn dafür auch mit der ganzen leidenschaftlichen Glut ihres Wesens zu hassen glaubte und zum Teil auch wirklich haßte, so war doch dieser Haß nur umgeschlagene Liebe. Und als sie ihn nun von dem schweren Unglück der gotischen Waffen, von dem Fehlschlagen all' seiner Pläne – an dem ihr heimtückischer Verrat so großen Anteil trug – tief, bis zur krankhaft-schwermütigen Verfinsterung des Geistes, zu marternder Selbstpeinigung niedergebeugt sah, so wirkte dieser Anblick gewaltig auf ihre aus Härte und Glut seltsam gemischte Natur.

Sie hätte im Augenblick des schmerzlichen Zornes mit Entzücken sein Blut fließen sehen. Aber mondenlang ihn mit bohrendem Gram sich selbst zerstören sehen, das ertrug sie nicht. Zu dieser weichern Stimmung trug aber endlich wesentlich bei, daß sie seit der Ankunft in Ravenna auch eine Veränderung in des Königs Benehmen gegen sie selbst bemerkt zu haben glaubte. Spuren von Reue, dachte sie, von Reue über die Gewaltsamkeit, mit welcher er in ihr Leben eingegriffen hatte.

Und weil sich in diesem Glauben ihr hartes, schroffes Auftreten bei den selten und immer nur vor Dritten erfolgenden Begegnungen unwillkürlich gemildert hatte, erblickte Witichis hierin einen erfreulichen Schritt des Entgegenkommens, den er stillschweigend ebenfalls mit freundlicheren Formen anerkannte und lohnte. Grund genug für Mataswinthens beweglich flutende Gedanken, die Anträge des Präfekten, selbst wenn diese manchmal noch durch des klugen Mauren Vermittelung an sie gelangten, abzuweisen.

Doch hatte der Präfekt aus dieser Quelle schon während des Zuges gegen Ravenna erfahren, was später auch sonst bekannt wurde, daß die Goten Hilfe von den Franken erwarteten. Unverzüglich hatte er deshalb seine alten Verbindungen mit den Vornehmen und Großen, die an den Höfen zu Mettis (Metz), Aurelianum (Orleans), und Suessianum (Soissons) im Namen der merowingischen Schattenkönige herrschten, wieder angeknüpft, um die Franken, deren damals sprichwörtlich gewordne Falschheit gute Aussicht auf Gelingen solcher Versuche gewährte, von dem gotischen Bündnis wieder abzuziehen.

Und als die Sache durch diese Freunde gehörig vorbereitet war, hatte er an König Theudebald, der zu Mettis Hof hielt, selbst geschrieben und ihn dringend gewarnt, bei einer so verlornen Sache, wie die gotische seit dem Scheitern der Belagerung Roms offenbar geworden, sich zu beteiligen. Diesen Brief hatten reiche Geschenke an seinen alten Freund, den Majordomus des schwachen Königs, begleitet: und sehnlich erwartete der Präfekt von Tag zu Tag die Antwort auf denselben: um so sehnlicher, als das veränderte Benehmen Mataswinthens die Hoffnung auf raschere Überwältigung der Goten abgeschnitten hatte.

Die Antwort kam, gleichzeitig mit einem kaiserlichen Schreiben aus Byzanz, an einem für die Helden in und außer Ravenna gleich verhängnisvollen Tage.

## Siebzehntes Kapitel

Hildebad, ungeduldig über das lange Müßigliegen, hatte aus der ihm zu besonderer Obhut anvertrauten Porta Faventina mit Tagesanbruch einen heftigen Ausfall auf das byzantinische Lager gemacht, anfangs in ungestümem Anlauf rasche Vorteile errungen, einen Teil der Belagerungswerkzeuge verbrannt und ringsum Schrecken verbreitet.

Er hätte unfehlbar noch viel größern Schaden angerichtet, wenn nicht der rasch herbeieilende Belisar an diesem Tage all' seine Feldherrnschaft und all' sein Heldentum zugleich entfaltet hätte. Ohne Helm und Harnisch, wie er vom Lager aufgesprungen, hatte er sich zuerst seinen eignen fliehenden Vorposten, dann den gotischen Verfolgern entgegengeworfen und durch äußerste persönliche Anstrengung und Aufopferung das Gefecht zum Stehen gebracht. Darauf aber hatte er seine beiden Flanken so geschickt verwendet, daß Hildebads Rückzug ernstlich bedroht war und die Goten, um nicht abgeschnitten zu werden, all' ihre errungenen Vorteile aufgeben und schleunigst in die Stadt zurückeilen mußten.

Cethegus, der mit seinen Isauriern vor der Porta Honoriana lag und zur Hilfe herbeikam, fand das Treffen schon beendet und konnte nicht umhin, nachher Belisar in seinem Zelte aufzusuchen und ihm, als Feldherrn wie als Krieger, seine Anerkennung auszusprechen, ein Lob, das Antonina begierig einsog. »Wirklich, Belisarius,« schloß der Präfekt, »Kaiser Justinian kann dir das nicht vergelten.«

»Da sprichst du wahr,« antwortete Belisar stolz: »er vergilt mir nur durch seine Freundschaft. Für seinen Feldherrnstab könnte ich nicht thun, was ich für ihn schon gethan habe und noch immer thue. Ich thu's, weil ich ihn wirklich liebe. Denn er ist ein großer Mann mit allen seinen

Schwächen. Wenn er nur Eins noch lernte: mir vertrau'n. Aber getrost: er wird's noch lernen.«

Da kam Prokop und brachte einen Brief von Byzanz, der soeben von einem kaiserlichen Gesandten überbracht worden. Mit freudestrahlendem Antlitz sprang Belisar, aller Müdigkeit vergessen, vom Polster auf, küßte die purpurnen Schnüre, durchschnitt sie dann mit dem Dolch und öffnete das Schreiben mit den Worten: »Von meinem Herrn und Kaiser selbst! Ah, nun wird er mir die Leibwächter senden und den lang geschuldeten Sold, den ich erwarte, und das vorgeschossene Gold.«

Und er begann zu lesen.

Aufmerksam beobachtete ihn Antonina, Prokop und Cethegus: seine Züge verfinsterten sich mehr und mehr: seine breite Brust fing an, sich wie in schwerem Krampf zu heben: die beiden Hände, mit welchen er das Schreiben hielt, zitterten. Besorgt trat Antonina heran: aber ehe sie fragen konnte, stieß Belisar einen dumpfen Schrei der Wut aus, schleuderte das kaiserliche Schreiben auf die Erde und stürzte außer sich aus dem Gezelt; eilend folgte ihm seine Gattin.

»Jetzt darf ihm nur Antonina vor die Augen,« sagte Prokop, den Brief aufhebend. »Laß sehn: wohl wieder ein Stücklein kaiserlichen Dankes,« – und er las: »Der Eingang ist Redensart, wie gewöhnlich – aha, jetzt kommt es besser:

»Wir können gleichwohl nicht verhehlen, daß wir, nach deinen eignen früheren Berühmungen, eine raschere Beendigung des Krieges gegen die Barbaren erwartet hätten und glauben auch, daß eine solche bei größerer Anstrengung nicht unmöglich gewesen wäre. Deshalb können wir deinem wiederholt geäußerten Wunsche nicht entsprechen, dir deine übrigen fünftausend Mann Leibwächter, die noch in Persien stehen, sowie die vier Centenare Goldes nachzusenden, die in deinem Palaste in Byzanz liegen.

Allerdings sind beide, wie du in deinem Briefe ziemlich überflüssigermaßen bemerkst, dein Eigentum: und dein in demselben Brief geäußerter Entschluß, du wollest diesen Gotenkrieg bei dermaliger Erschöpftheit des kaiserlichen Säckels aus eignen Mitteln zu Ende führen, verdient, daß wir ihn als pflichtgetreu bezeichnen. Da aber, wie du in gleichem Briefe richtiger hinzugefügt, all dein Hab' und Gut deines Kaisers Majestät zu Diensten steht und kaiserliche Majestät die erbetene Verwendung deiner Leibwächter und deines Goldes in Italien für überflüssig halten muß, so haben wir, deiner Zustimmung gewiß, anderweitig darüber verfügt und bereits Truppen und Schätze, zur Beendung des Perserkriegs, deinem Kollegen Narses übergeben.« – »Ha, unerhört!« unterbrach sich Prokop.

Cethegus lächelte: »Das ist Herrendank für Sklavendienst.«

»Auch das Ende scheint hübsch,« fuhr Prokopius fort. – »Eine Vermehrung deiner Macht in Italien aber scheint uns um so minder wünschbar, als man uns wieder täglich von deinem ungemessenen Ehrgeiz warnt.

Erst neulich sollst du beim Weine gesagt haben: das Scepter sei aus dem Feldherrnstab und dieser aus dem Stock entstanden: gefährliche Gedanken und ungeziemende Worte.

Du siehst, wir sind von deinen ehrgeizigen Träumen unterrichtet. Diesmal wollen wir warnen, ohne zu strafen: aber wir haben nicht Lust, dir noch mehr Holz zu deinem Feldherrnstab zu liefern: und wir erinnern dich, daß die stolzest ragenden Wipfel dem kaiserlichen Blitz am nächsten stehn.«

»Das ist schändlich!« rief Prokop. »Nein, das ist schlimmer: es ist dumm!« sagte Cethegus. »Das heißt die Treue selbst zum Aufruhr peitschen.«

»Recht hast du,« schrie Belisar, der, wieder hereinstürmend, diese Worte noch gehört hatte. »Oh, er verdient Aufruhr und Empörung, der undankbare, boshafte, schändliche Tyrann.«

»Schweig! Um aller Heiligen willen, du richtest dich zu Grunde!« beschwor ihn Antonina, die mit ihm wieder eingetreten war und suchte, seine Hand zu fassen.

»Nein, ich will nicht schweigen,« rief der Zornige, an der offenen Zeltthür auf und niederrennend, vor welcher Bessas, Acacius, Demetrius und viele andere Heerführer mit Staunen lauschend standen. »Alle Welt soll's hören. Er ist ein undankbarer, heimtückischer Tyrann! Ja du verdientest, daß ich dich stürzte! Daß ich dir thäte nach dem Argwohn deiner falschen Seele, Justinianus!«

Cethegus warf einen Blick auf die draußen Stehenden: sie hatten offenbar alles vernommen: jetzt, eifrig Antoninen winkend, schritt er an den Eingang und zog die Vorhänge zu. Antonina dankte ihm mit einem Blicke. Sie trat wieder zu ihrem Gatten: aber dieser hatte sich jetzt neben dem Zeltbett auf die Erde geworfen, schlug die geballten Fäuste gegen seine Brust und stammelte: »O Justinianus, hab' ich das um dich verdient? O zu viel, zu viel!« Und plötzlich brach der gewalt'ge Mann in einen Strom von hellen Thränen aus. Da wandte sich Cethegus verächtlich ab: »Leb wohl,« sagte er leise zu Prokopius, »mich ekelt es, wenn Männer heulen.«

## Achtzehntes Kapitel

In schweren Gedanken schritt der Präfekt aus dem Zelt und ging, das Lager umwandelnd, nach der ziemlich entlegenen Verschanzung, wo er mit seinen Isauriern sich eingegraben hatte vor dem Thor des Honorius. Es war auf der Südseite der Stadt, nahe dem Hafenwall von Classis, und der Weg führte zum Teil am Meeresstrand entlang.

So sehr den einsamen Wanderer in diesem Augenblick der große Gedanke, der der Pulsschlag seines Lebens geworden war, beschäftigte, so schwer die Unberechenbarkeit Belisars, dieses gefühlsüberschwenglichen Gemütsmenschen, und die Spannung wegen der Antwort der Franken gerade jetzt auf ihm lastete, doch ward seine Merksamkeit, wenn auch nur vorübergehend, auf das außergewöhnliche Aussehen der Landschaft, des Himmels, der See, der ganzen Natur abgezogen.

Es war Oktober: aber die Jahreszeit schien seit langen Wochen ihr Gesetz geändert zu haben. Seit zwei Monden fast hatte es nicht geregnet: ja kein Gewölk, kein Streif von Nebel hatte sich in dieser sonst so dünstereichen Sumpflandschaft gezeigt. Jetzt plötzlich – es war gegen Sonnenuntergang – bemerkte Cethegus im Osten, über dem Meer, am fernsten Horizont, eine einzelne rundgeballte, rabenschwarze Wolke, die seit kurzem aufgestiegen sein mußte.

Die untertauchende Sonnenscheibe, obwohl frei von Nebeln, zeigte keine Strahlen. Kein Lufthauch kräuselte die bleierne Flut des Meeres.

Keine noch so leise Welle spülte an den Strand. In der weitgestreckten Ebene regte sich kein Blatt an den Olivenbäumen. Ja, nicht einmal das Schilf in den Sumpfgräben bebte.

Kein Laut eines Tieres, kein Vogelflug war vernehmbar: und ein fremdartiger, erstickender Qualm, wie Schwefel, schien drückend über Land und Meer zu liegen und hemmte das Atmen. Maultiere und Pferde schlugen unruhig gegen die Bretter der Planken, an welchen sie im Lager angebunden waren. Einige Kamele und Dromedare, die Belisar aus Afrika mitgebracht, wühlten den Kopf in den Sand.

Schwer beklommen atmete der Wanderer mehrmals auf und blickte befremdet um sich. »Das ist schwül: wie vor dem ›Wind des Todes‹ in den Wüsten Ägyptens,« sagte er zu sich selber. – »Schwül überall – außen und innen. – Auf wen wird sich der lang versparte Groll der Natur und Leidenschaft entladen?«

Damit trat er in sein Zelt. Syphax sprach zu ihm: »Herr, wär' ich daheim, ich glaubte heute: der Gifthauch des Wüstengottes sei im Anzug,« und er reichte ihm einen Brief.

Es war die Antwort des Frankenkönigs! Hastig riß Cethegus das große, prunkende Siegel auf.

»Wer hat ihn gebracht?«

Ein Gesandter, der, nachdem er den Präfekten nicht getroffen, sich zu Belisar hatte führen lassen. Er hatte den nächsten Weg – den durchs Lager – verlangt. Deshalb hatte ihn Cethegus verfehlt.

Er las begierig: »Theudebald, König der Franken, Cethegus dem Präfekten Roms. Kluge Worte hast du uns geschrieben. Noch klügere nicht der Schrift vertraut, sondern uns durch unsern Majordomus kundgethan. Wir sind nicht übel geneigt, danach zu thun. Wir nehmen deinen Rat und die Geschenke, die ihn begleiten, an. Den Bund mit den Goten hat ihr Unglück gelöst. Dies, nicht unsere Wandelung, mögen sie verklagen.

Wen der Himmel verläßt, von dem sollen auch die Menschen lassen, wenn sie fromm und klug. Zwar haben sie uns den Sold für das Hilfsheer in mehreren Centenaren Goldes vorausbezahlt. Allein das bildet in unsern Augen kein Hindernis.

Wir behalten diese Schätze als Pfand, bis sie uns die Städte in Südgallien abgetreten, welche in die von Gott und der Natur dem Reich der Franken vorgezeichnete Gebietsgrenze fallen. Da wir aber den Feldzug bereits vorbereitet und unser tapferes Heer, das schon den Kampf erwartet, nur mit gefährlichem Murren die Langeweile des Friedens tragen würde, sind wir gewillt, unsere siegreichen Scharen gleichwohl über die Alpen zu schicken. Nur anstatt für: gegen die Goten.

Aber freilich, auch nicht für den Kaiser Justinianus, der uns fortwährend den Königstitel vorenthält, sich auf seinen Münzen Herrn von Gallien nennt, uns keine Goldmünze mit eigenem Brustbild prägen lassen will und uns noch andere höchst unerträgliche Kränkungen unserer Ehre angethan. Wir gedenken vielmehr, unsere eigene Macht nach Italien auszudehnen.

Da wir nun wohl wissen, daß des Kaisers ganze Stärke in diesem Lande auf seinem Feldherrn Belisar beruht, dieser aber eine große Zahl alter und neuer Beschwerden gegen seinen undankbaren Herrn zu führen hat: so werden wir diesem Helden antragen, sich zum Kaiser des Abendlandes aufzuwerfen, wobei wir ihm ein Heer von hunderttausend Franken-Helden zu Hilfe senden und uns dafür nur einen kleinen Teil Italiens von den Alpen bis Genua hin abtreten lassen werden.

Wir halten für unmöglich, daß ein Sterblicher dieses Anerbieten ablehne. Falls du zu diesem Plane mitwirken willst, verheißen wir dir eine Summe von zwölf Centenaren Goldes und werden, gegen eine Rückzahlung von zwei Centenaren, deinen Namen in die Liste unserer Tischgenossen aufnehmen. Der Gesandte, der dir diesen Brief gebracht, Herzog Liuthari, hat unsern Antrag Belisar mitzuteilen.«

Mit steigender Erregung hatte Cethegus zu Ende gelesen.

Jetzt fuhr er auf. »Ein solcher Antrag zu dieser Stunde: in dieser Stimmung: er nimmt ihn an! Kaiser des Abendlandes mit hunderttausend Franken-Kriegern! Er darf nicht leben.«

Und er eilte an den Eingang seines Zeltes. Dort aber blieb er plötzlich stehen: »Thor, der ich war!« lächelte er kalt. »Heißblütig noch immer? Er ist ja Belisar und nicht Cethegus! Er nimmt nicht an. Das wäre, wie wenn der Mond sich gegen die Erde empören wollte, als ob der zahme Haushund plötzlich zum grimmigen Wolfe würde. Er nimmt nicht an! Aber nun laß sehen, wie wir die Niedertracht und Gier dieses Merowingen nutzen. Nein, Frankenkönig,« und er lächelte bitter auf den zusammengeknitterten Brief, »solang Cethegus lebt, nicht einen Fuß breit von Italiens Boden.«

Und einen raschen, heftigen Gang durchs Zelt. Einen zweiten langsamern. Und einen dritten —: nun blieb er stehen —: und über seine mächtige Stirn zuckt' es hin. »Ich hab' es!« frohlockte er. »Auf, Syphax,« rief er, »geh' und rufe mir Prokop.«

Und bei einem neuen Durchschreiten des Gemachs fiel sein Blick auf den zur Erde gefallenen Brief des Merowingen. »Nein,« lächelte er triumphierend, ihn aufhebend, »nein, Frankenkönig, nicht soviel Raum als dieser Brief bedeckt, sollst du haben von Italiens heiliger Erde.«

Bald erschien Prokop. Die beiden Männer pflogen über Nacht ernste, schwere Beratung. Prokop erschrak vor den schwindelkühnen Plänen des Präfekten und weigerte sich lange, darauf einzugehen.

Aber mit überlegener Geistesmacht hatte ihn der gewaltige Mann umklammert und hielt ihn eisern fest mit zwingenden Gedanken, schlug jeden Einwand, noch eh' er ausgesprochen, mit siegender Überredung nieder und ließ nicht eher ab, seine unzerreißbaren und dichten Fäden um den Widerstrebenden zu ziehen, bis dem Eingesponnenen die Kraft des Widerstandes versagte.

Die Sterne erblichen und das erste Tagesgrauen erhellte den Osten mit blassem Streif, als Prokopius von dem Freunde Abschied nahm. »Cethegus,« sagte er aufstehend, »ich bewundere dich.

Wär' ich nicht Belisars, ich möchte dein Geschichtsschreiber sein.«

»Interessanter wäre es,« sagte der Präfekt ruhig, »aber schwerer.«

»Doch graut mir vor der ätzenden Schärfe deines Geistes. Sie ist ein Zeichen der Zeit, in der wir leben. Sie ist wie eine blendenfarbige Giftblume auf einem Sumpfe. Wenn ich denke wie du den Gotenkönig durch sein eigen Weib zu Grunde gerichtet ...«

»Ich mußte dir das jetzt sagen. Leider hab' ich in letzter Zeit wenig von meiner schönen Verbündeten gehört.«

»Deine Verbündete! Deine Mittel sind ...« – »Immer zweckmäßig.«

»Aber nicht immer ...! Gleichviel, ich gehe mit dir: noch eine Strecke Weges, weil ich meinen Helden aus Italien fort haben will, sobald als möglich. Er soll in Persien Lorbeeren sammeln, statt hier Dornen. Aber ich gehe nicht weiter mit dir als bis ...«

»Zu deinem Ziel, das versteht sich.«

»Genug. Ich spreche sofort mit Antoninen: ich zweifle nicht am Erfolg. Sie langweilt sich hier aufs tödlichste. Sie brennt vor Begierde, in Byzanz nicht nur so manchen Freund wiederzufinden, auch die Feinde ihres Gatten zu verderben.«

»Eine gute schlechte Frau.«

»Aber Witichis? Meinst du, er wird eine Empörung Belisars für möglich halten?«

»König Witichis ist ein guter Soldat und schlechter Psychologe. Ich kenne einen viel schärferen Kopf, der's doch einen Augenblick für möglich hielt. Und du zeigst ihm ja alles schriftlich. Und jetzt gerade, da er von den Franken im Stich gelassen ist, geht ihm das Wasser an den Hals: er greift nach jedem Strohhalm. Daran also zweifle ich nicht: versichre dich nur Antoninens.«

»Das laß meine Sorge sein. Bis Mittag hoff' ich als Gesandter in Ravenna einzuziehn.«

»Wohl: dann vergiß mir nicht, die schöne Königin zu sprechen.«

## Neunzehntes Kapitel

Und Mittags ritt Prokop in Ravenna ein.

Er trug vier Briefe bei sich: den Brief Justinians an Belisar, die Briefe des Frankenkönigs an Cethegus und an Belisar und einen Brief Belisars an Witichis. Diesen letztern hatte Prokop geschrieben und Cethegus hatte ihn diktiert.

Der Gesandte hatte keine Ahnung, in welcher Seelenverfassung er den König der Goten und seine Königin antraf. Der gesunde, aber einfache Sinn des Königs hatte schon seit geraumer Zeit begonnen, unter dem Druck unausgesetzten Unglücks zwar nicht zu verzagen, jedoch sich zu verdüstern. Die Ermordung seines einzigen Kindes, das herzzerfleischende Losreißen von seinem Weibe hatten ihn schwer erschüttert: aber er hatte es getragen für den Sieg der Goten. Und nun war dieser Sieg hartnäckig ausgeblieben.

Trotz allen Anstrengungen war die Sache seines Volkes mit jedem Monat seiner Regierung tiefer gefallen: mit einziger Ausnahme des Gefechts bei dem Zug nach Rom hatte ihm nie das Glück gelächelt.

Die mit so stolzen Hoffnungen unternommene Belagerung von Rom hatte mit dem Verlust von drei Vierteln seines Heeres und traurigem Rückzug geendet. Neue Unglücksschläge, Nachrichten, die betäubend wie Keulenschläge auf den Helm in dichter Folge sich drängten, mehrten seine Niedergeschlagenheit und steigerten sie zu dumpfer Hoffnungslosigkeit.

Fast ganz Italien, außerhalb Ravenna, schien Tag für Tag verloren zu gehen. Schon von Rom aus hatte Belisar eine Flotte gegen Genua gesendet, unter Mundila, dem Heruler, und Ennes, dem Isaurier: ohne Schwertstreich gewannen deren gelandete Truppen den seebeherrschenden Hafen und von da aus fast ganz Ligurien. Nach dem wichtigen Mediolanum lud sie Datius, der Bischof dieser Stadt, selbst: von dort aus gewannen sie Bergomum, Comum, Novaria. Andrerseits ergaben sich die entmutigten Goten in Clusium und dem halbverfallnen Dertona den Belagerern und wurden gefangen aus Italien geführt. Urbinum ward nach tapferm Widerstand von den Byzantinern erobert, ebenso Forum Cornelii und die ganze Landschaft Ämilia durch Johannes den Blutigen: die Versuche der Goten, Ancona, Ariminum und Mediolanum wieder zu nehmen, scheiterten.

Noch schlimmere Botschaften aber trafen bald des Königs weiches Gemüt.

Denn inzwischen wütete der Hunger in den weiten Landschaften Ämilia, Picenum, Tuscien. Dem Pfluge fehlten Männer, Rinder und Rosse.

Die Leute flüchteten in die Berge und Wälder, buken Brot aus Eicheln und verschlangen das Gras und Unkraut. Verheerende Krankheiten entstanden aus der mangelnden oder ungesunden Nahrung. In Picenum allein erlagen fünfzigtausend Menschen, noch mehr jenseits des Ionischen Meerbusens in Dalmatien, dem Hunger und den Seuchen. Bleich und abgemagert wankten die noch Lebenden dem Grabe zu: wie Leder ward die Haut und schwarz, die glühenden Augen traten aus dem Kopf, die Eingeweide brannten. Die Aasvögel verschmähten die Leichen dieser Pestopfer: aber von Menschen ward das Menschenfleisch gierig gegessen. Mütter töteten und verzehrten ihre neugebornen Kinder. In einem Gehöft bei Ariminum waren nur noch zwei römische Weiber übrig. Diese ermordeten und verzehrten nacheinander siebzehn Menschen, die vereinzelt bei ihnen Unterkunft gesucht. Erst der achtzehnte erwachte, bevor sie ihn im Schlaf zu erwürgen vermochten, tötete die werwölfischen Unholdinnen und brachte das Schicksal der früheren Opfer ans Licht.

Endlich scheiterte auch die auf Langobarden und Franken gesetzte Hoffnung. Die letzteren, die große Summen für das zugesagte Hilfsheer empfangen hatten, verharrten in schweigender Ruhe. Die ungestüm zur Eile, zur Erfüllung der versprochenen und vorausbezahlten Leistungen mahnenden Boten des Königs wurden zu Mettis, Aurelianum und Paris festgehalten: keinerlei Antwort kam von diesen Höfen. Der Langobardenkönig Audoin aber ließ sagen: er wolle nichts entscheiden ohne seinen kriegsgewaltigen Sohn Alboin. Dieser jedoch sei mit großem Gefolge auf Abenteuer ausgezogen.

Vielleicht komme derselbe selbst einmal nach Italien: er sei mit Narses eng befreundet. Dann werde er das Land sich ansehn und seinem Vater und Volke raten, welche Beschlüsse sie über dies Land Italia fassen sollten.

Tapfer widerstand zwar noch Auximum monatelang allen Anstrengungen des starken Belagerungsheeres, das Belisar selbst, begleitet von Prokop, vor die Mauern geführt hatte und während der Einschließung befehligte. Aber es zerriß dem König das Herz, als ihm durch einen Boten (der nur mit Mühe und verwundet sich durch die Reihen beider einschließenden Heere in das drei Tagreisen entfernte Ravenna schlich) der heldenmütige Graf Wisand der Bandalarius die folgenden Worte sandte: »Als du mir Auximum anvertrautest, sagtest du: ich sollte damit die Schlüssel Ravennas, ja des Gotenreiches hüten. Ich sollte männlich widerstehen, dann würdest du bald mit all' deinem Heer zu unsrem Entsatz heranziehen. Wir haben männlich widerstanden Belisar und dem Hunger. Wo bleibt dein Entsatz? Wehe, wenn du recht gesprochen und mit unsrer Feste jene Schlüssel in der Feinde Hände fallen. Deshalb komm und hilf: mehr um des Reichs, als unsrer willen.«

Diesem Boten folgte bald ein zweiter, ein mit vielem Golde bestochner Soldat der Belagerer, Burcentius: sein Auftrag lautete – mit Blut war der kurze Brief geschrieben: »Wir haben nur mehr das Unkraut zu essen, das aus den Steinen wächst. Länger als fünf Tage können wir uns nicht mehr halten.« Der Bote fiel auf der Rückkehr mit der Antwort des Königs in die Hand der Belagerer, die ihn im Angesicht der Goten vor den Wällen von Auximum lebendig verbrannten.

Ach und der König konnte nicht helfen!

Noch immer widerstand das Häuflein Goten in Auximum, obwohl ihnen Belisar durch Zerstörung der Wasserleitung das Wasser abschnitt und den letzten Brunnen, der ihnen geblieben und nicht abzugraben war, durch Leichen und Menschen und Tieren und Kalklösungen vergiftete. Sturmangriffe schlug Wisand immer noch blutig ab: nur durch Aufopferung eines Leibwächters entging einmal Belisar hierbei dem ganz nahen Tode.

Endlich fiel zuerst Cäsena, die letzte gotische Stadt in der Ämilia, und dann Fäsulä, das Cyprianus und Justinus belagerten. »Mein Fäsulä!« rief der König, als er es erfuhr: denn er war Graf dieser Stadt gewesen und dicht dabei lag das Haus, das er mit Rauthgundis bewohnt hatte. »Die Hunnen hausen wohl an meinem zerstörten Herd!«

Als aber die gefangene Besatzung von Fäsulä den Belagerten in Auximum in Ketten vor Augen geführt und von diesen Gefangnen selbst jeder Entsatz von Ravenna her als hoffnungslos bezeichnet wurde, da nötigten den Bandalarius seine verhungerten Scharen zur Übergabe.

Er selbst bedang sich freies Geleit nach Ravenna aus.

Seine Tausendschaften wurden gefangen aus Italien geführt. Ja, so tief gesunken war Mut und Volksgefühl der endlich Bezwungenen, daß sie unter Graf Sisifrid von Sarsina gegen die eigenen Volksgenossen Dienste nahmen unter Belisars Fahnen.

Der Sieger hatte Auximum stark besetzt und alsbald die bisherigen Belagerer dieser Feste zurückgeführt in das Lager vor Ravenna, wo er Cethegus den bisher anvertrauten Oberbefehl wieder abnahm.

Es war, als ob ein Fluch an dem Haupte des Gotenkönigs hafte, auf dem so schwer die Krone lastete. Da er nun den Grund seines Mißlingens keiner Schwäche, keinem Versehen auf seiner Seite zuschreiben, da er ebensowenig an dem guten Recht der Goten gegen die Byzantiner zweifeln und da seine einfache Gottesfurcht in diesem Ausgang nichts andres als das Walten des Himmels erblicken konnte, so kam er immer wieder auf den quälenden Gedanken, es sei um seiner unvergebenen Sündenschuld willen, daß Gott die Goten züchtige: eine Vorstellung, welche die Anschauungen des die Zeit beherrschenden alten Testaments ihm nicht minder nahe legten als viele Züge der alten germanischen Königssage.

Diese Gedanken verfolgten unablässig den tüchtigen Mann und nagten Tag und Nacht an der Kraft seiner Seele. Bald suchte er im selbstquälerischen Grübeln jene seine geheime Schuld zu entdecken. Bald sann er nach, wie er den ihn verfolgenden Fluch wenigstens von seinem Volke wenden könne. Längst hätte er die Krone einem andern abgetreten, wenn ein solcher Schritt in diesem Augenblick nicht ihm und andern als Feigheit hätte erscheinen müssen. So war ihm auch dieser Ausweg – der nächste und liebste – aus seinen quälenden Gedanken verschlossen. Gebeugt saß jetzt oft der sonst so stattliche Mann, blickte lange starr und schweigend vor sich hin, nur manchmal das Haupt schüttelnd oder tief aufseufzend.

Der tägliche Anblick dieses stillen, stolzen Leidens, dieses stummen und hilflosen Erduldens eines niederdrückenden Geschickes blieb, wie wir gesehen, nicht ohne Eindruck auf Mataswintha. Auch glaubte sie sich nicht darin getäuscht zu haben, daß seit geraumer Zeit sein Auge milder als sonst, mit Wehmut, ja mit Wohlwollen auf ihr geruht habe. Und so drängte sie teils uneingestandene Hoffnung, die so schwer erlischt im liebenden Herzen, teils Reue und Mitleid mächtiger als je zu dem leidenden König.

Oft wurden sie jetzt auch durch ein gemeinsames Werk der Barmherzigkeit vereint. Die Bevölkerung von Ravenna hatte in den letzten Wochen angefangen, während die Belagerer von Ancona aus das Meer beherrschten und aus Calabrien und Sicilien reiche Vorräte bezogen, Mangel zu leiden. Nur die Reichen vermochten noch die hohen Preise des Getreides zu bezahlen. Des Königs mildes Herz nahm keinen Anstand, aus dem Überfluß seiner Magazine, die, wie gesagt, die doppelte Zeit bis zu dem Eintreffen der Franken auszureichen versprachen, auch an die Armen der Stadt wohlthätige Verteilungen zu machen, nachdem er seine gotischen Tausendschaften versorgt hatte: auch hoffte er auf eine große Menge von Getreideschiffen, welche die Goten in den oberen Padus-

Gegenden auf diesem Flusse zusammengebracht hatten und in die Stadt zu schaffen trachteten.

Um aber jeden Mißbrauch und alles Übermaß bei jenen Spenden fernzuhalten, überwachte der König selbst diese Austeilungen: und Mataswintha, die ihn einmal mitten unter den bettelnden und dankenden Haufen angetroffen, hatte sich neben ihn auf die Marmorstufen der Basilika von Sankt Apollinaris gestellt und ihm geholfen, die Körbe mit Brot verteilen. Es war ein schöner Anblick, wie das Paar, er zur Rechten, die Königin zur Linken, vor der Kirchenpforte standen und über die Stufen hinab dem segenrufenden Volk die Spende reichten.

Während sie so standen, bemerkte Mataswintha unter der drängenden, flutenden Volksmasse – denn es war viel Landvolk ja auch von allen Seiten vor den Schrecken des Krieges in die rettenden Mauern zusammengeströmt – auf der untersten Stufe der Basilika seitwärts ein Weib in schlichtem, braunem, halb über den Kopf gezogenem Mantel. Dies Weib drängte nicht mit den andern die Stufen hinan, um auch Brot für sich zu fordern: sondern lehnte, vorgebeugt, den Kopf auf die linke Hand und diesen Arm auf einen hohen Sarkophag gestützt, hinter der Ecksäule der Basilika und blickte scharf und unverwandt auf die Königin.

Mataswintha glaubte, das Weib sei etwa von Furcht oder Scham oder Stolz abgehalten, sich unter die keckern Bettler zu mischen, die auf den Stufen sich stießen und drängten: und sie gab Aspa einen besondern Korb mit Brot, hinabzugehen und ihn der Frau zu reichen. Sorglich bemüht häufte sie mit mildem Blick und mit den beiden weißen Händen thätig das duftende Gebäck.

Als sie aufsah, begegnete sie dem Auge des Königs, das, sanft und freundlich gerührt, wie noch nie, auf ihr geruht hatte. Heiß schoß ihr das Blut in die Wangen und sie zuckte leise und senkte die langen Wimpern.

Als sie wieder aufsah und nach dem Weib im braunen Mantel blickte, war diese verschwunden. Der Platz am Sarkophag war leer.

Sie hatte, während sie den Korb füllte, nicht bemerkt, wie ein Mann mit einem Büffelfell und einer Sturmhaube, der hinter der Frau stand, sie beim Arm gefaßt und mit sanfter Gewalt hinweggeführt hatte. »Komm,« hatte er gesagt, »hier ist kein guter Ort für dich.« Und wie im wachen Traum hatte das Weib geantwortet: »Bei Gott, sie ist wunderschön.«

»Ich danke dir, Mataswintha!« sprach der König freundlich, als die für heute bestimmten Spenden verteilt waren.

Der Blick, der Ton, das Wort drangen tief in ihr Herz. Nie hatte er sie bisher bei ihrem Namen genannt, immer nur die Königin in ihr gesehen und angesprochen. Wie beglückte sie das Wort aus seinem Munde – und wie schwer lastete doch zugleich diese Milde auf ihrer schuldbewußten Seele! Offenbar hatte sie sich zum Teil seine wärmere Stimmung durch ihr werkthätiges Mitleid mit den Armen erworben. »O er ist gut,« sagte sie, halb weinend vor Erregung, »ich will auch gut sein.«

Als sie mit diesem Gedanken in den Vorhof des ihr angewiesenen linken Flügels des Palastes trat – Witichis bewohnte den rechten – eilte ihr Aspa geschäftig entgegen. »Ein Gesandter aus dem Lager,« flüsterte sie der Herrin eifrig zu. »Er bringt geheime Botschaft vom Präfekten – einen Brief, von Syphax Hand, in unsrer Sprache – er harrt auf Antwort ...«

»Laß,« rief Mataswintha, die Stirne furchend, »ich will nichts hören, nichts lesen. Aber wer sind diese?«

Und sie deutete auf die Treppe, die aus der Vorhalle in ihre Gemächer führte. Da kauerten auf den roten Steinplatten Weiber, Kinder, Kranke, Goten und Italier durcheinander, in Lumpen gehüllt – eine Gruppe des Elends.

»Bettler, Arme, sie liegen hier schon den ganzen Morgen. Sie sind nicht zu verscheuchen.« – »Man soll sie nicht verscheuchen!« sprach Mataswintha, näher tretend.

»Brot, Königin! Brot, Tochter der Amalungen!« riefen mehrere Stimmen ihr entgegen. »Gieb ihnen Gold, Aspa, alles, was du bei dir trägst und hole ...« – »Brot! *Brot!* Königin, nicht Gold! um Gold ist kein Brot mehr zu haben in der Stadt.«

»Vor des Königs Speichern wird es umsonst verteilt. Ich komme gerade davon her, warum wart ihr nicht dort?«

»Ach Königin, wir können nicht durchdringen,« jammerte eine hagere Frau. »Ich bin alt und meine Tochter hier ist krank und jener Greis dort ist blind. Die Gesunden, die Jungen stoßen uns zurück. Drei Tage haben wir's umsonst versucht: wir dringen nicht durch.« – »Nein, wir hungern,« grollte der Alte. »O Theoderich, mein Herr und König, wo bist du? Unter deinem Scepter hatten wir vollauf. – Da kamen die Armen und Siechen nicht zu kurz. Aber dieser Unglückskönig ...«

»Schweig,« sprach Mataswintha, »der König, mein Gemahl« – und hier flog ein wunderschönes Rot über ihre Wangen – »thut mehr als ihr verdient. Wartet hier, ich schaffe euch Brot. Folge mir, Aspa.«

Und rasch schritt sie hinweg. »Wohin eilst du?« fragte die Sklavin staunend.

Und Mataswintha schlug den Schleier über ihr Antlitz, als sie antwortete: »Zum König!«

Als sie das Vorgemach des Witichis erreicht, bat sie der Thürsteher, der sie mit Befremden erkannte, zu verweilen. »Ein Abgesandter Belisars habe geheime Audienz: er sei schon lange im Gemach und werde es bald verlassen.«

Da öffnete sich die Thüre: und Prokop stand zögernd auf der Schwelle. »König der Goten,« sprach er, sich nochmals wendend, »ist das dein letztes Wort?« – »Mein letztes, wie's mein erstes war,« sprach der König voller Würde. – »Ich gönne dir noch Zeit: ich bleibe noch bis morgen in Ravenna.« – »Von jetzt an bist du mir als Gast willkommen, nicht mehr als Gesandter.« – »Ich wiederhole: fällt die Stadt mit Sturm, so werden alle Goten, die höher als Belisars Schwert, getötet – er hat's geschworen! – Weiber und Kinder als Sklaven verkauft – Du begreifst: Belisar kann keine Barbaren brauchen in *seinem* Italien – Dich mag der Tod des Helden locken: aber bedenke die Hilflosen – ihr Blut wird vor Gottes Thron –« – »Gesandter Belisars, ihr steht in Gottes Hand wie wir; lebwohl.« Und so mächtig wurden diese Worte gesprochen, daß der Byzantiner gehen mußte, so ungern er es that. Die schlichte Würde dieses Mannes wirkte stark auf ihn. Aber auch auf die Lauscherin.

Als Prokop die Thüre schloß, sah er Mataswintha vor sich stehn und trat bewundernd einen Schritt zurück, geblendet von soviel Schönheit. Ehrerbietig begrüßte er sie. »Du bist die Königin der Goten!« sagte er, sich fassend, »du mußt es sein.«

»Ich bin's!« sagte Mataswintha, »hätt' ich das nie vergessen.« Und stolz rauschte sie an ihm vorüber.

»Augen haben diese Germanen, Männer und Weiber,« sagte Prokop im Hinausgehen, »wie ich sie nie gesehen.«

## Zwanzigstes Kapitel

Mataswintha war inzwischen ungemeldet bei ihrem Gatten eingetreten.

Witichis hatte alle Gemächer, welche die Amalungen, Theoderich, Athalarich, Amalaswintha bewohnt, (sie lagen im Mittelbau des weitläufigen Palastes) unberührt gelassen und einige auch früher schon von ihm, wenn er die Wache am Hofe hatte, bewohnte Räume im rechten Flügel bezogen. Er hatte die Gold- und Purpurabzeichen der Amaler nie angelegt und aus seinen Zimmern allen königlichen Pomp entfernt. Ein Feldbett auf niedern Eisenfüßen, auf welchem sein Helm, sein Schwert und mehrere Urkunden lagen, ein langer Eichentisch und wenig Holzgerät standen in dem einfachen Gelaß.

Er hatte sich nach des Gesandten Entfernung, erschöpft, mit dem Rücken gegen die Thür in einen Stuhl geworfen und stützte das müde Haupt in beiden Händen auf den Tisch. So hatte er den leicht schwebenden Schritt der Eintretenden nicht bemerkt.

Mataswintha blieb, wie gebannt, an der Schwelle stehen. Sie hatte ihn noch niemals aufgesucht. Ihr Herz pochte mächtig. Sie konnte ihn nicht ansprechen: sie konnte nicht näher treten.

Endlich stand Witichis mit Seufzen auf. Da sah er die regungslose Gestalt an der Thüre stehen. »Du hier Königin?« sprach er staunend und trat ihr einen Schritt entgegen. »Was kann dich zu mir führen?«

»Die Pflicht – das Mitleid« – sagte Mataswintha rasch. »Sonst hätte ich nicht – ich habe eine Bitte an dich.«

»Es ist die erste,« sagte Witichis. – »Sie betrifft nicht mich« – fiel sie schnell ein. – »Ich bitte dich um Brot für Arme, Kranke, welche ...«

Da reichte ihr der König schweigend die Rechte hin.

Es war das erstemal: sie wagte nicht, sie zu fassen: und hätte es doch, o wie gerne, gethan. So faßte er selbst ihre Hand und drückte sie leicht.

»Ich danke dir, Mataswintha, und bitte dir ein Unrecht ab. Du hast dennoch ein Herz für dein Volk und seine Leiden. Ich hätte das nie geglaubt: ich habe hart von dir gedacht.«

»Hättest du von jeher anders von mir gedacht: es wäre vielleicht manches besser.«

»Schwerlich! Das Unglück heftet sich an meine Fersen. Eben jetzt – du hast ein Recht, es zu wissen – brach meine letzte Hoffnung: Die Franken, auf deren Hilfe ich hoffte, haben uns verraten. Entsatz ist unmöglich: die Übermacht der Feinde durch den Abfall der Italier allzugroß. Es bleibt nur noch ein letztes: ein freier Tod.«

»Laß mich ihn mit dir teilen,« rief Mataswintha, und ihre Augen leuchteten. – »Du? nein; die Tochter Theoderichs wird ehrenvolle Aufnahme finden am Hofe von Byzanz. Man weiß, daß du gegen deinen Willen meine Königin geworden ... – Du kannst dich laut darauf berufen.«

»Nimmermehr!« sprach Mataswintha begeistert.

Witichis fuhr, ohne ihrer zu achten, in seinen Gedanken fort: »Aber die andern! Die Tausende! die Hunderttausende von Weibern, von Kindern! Belisar hält, was er geschworen! Es ist nur Eine Hoffnung noch für sie: – eine einzige! Denn – alle Mächte der Natur verschwören sich gegen mich. Der Padus ist plötzlich so seicht geworden, daß zweihundert Getreideschiffe, die ich erwartete, nicht rasch genug den Fluß herabgebracht werden konnten: die Byzantiner haben sie aufgefangen!

Ich habe nun um Hilfe an den Westgotenkönig geschrieben: er soll seine Flotte senden. Die unsre ist ja in Feindes Hand! Dringt sie in den Hafen, so kann darauf entfliehen, was nicht fechten kann und nicht sterben soll. Auch du kannst dann, wenn du es vorziehst, nach Spanien entfliehen.«

»Ich will mit dir –, mit euch sterben.«

»In wenig Wochen können die westgotischen Segel vor der Stadt erscheinen. Bis dahin reichen meine Speicher – der letzte Trost. Doch, das mahnt mich an deinen Wunsch: – Hier ist der Schlüssel zu dem Hauptthor der Speicher. Ich trag' ihn Tag und Nacht auf meiner Brust. Bewahre ihn wohl: er verwahrt meine letzte Hoffnung. Er schließt das Leben von vielen Tausenden ein. Es war meine einzige Mühewaltung, die nicht fruchtlos blieb. Mich wundert,« fügte er schmerzlich hinzu, »daß nicht die Erde sich aufgethan hat oder Feuer vom Himmel gefallen ist, diese meine Bauten zu verschlingen.«

Und er nahm den schweren Schlüssel aus dem Brustlatz seines Wamses. »Hüt' ihn wohl, es ist mein letzter Schatz, Mataswintha.«

»Ich danke dir, Witichis – König Witichis –« sagte sie, verbessernd, und griff nach dem Schlüssel, aber ihre Hand zitterte. Er fiel.

»Was ist dir,« fragte der König, den Schlüssel ihr in die Rechte drükkend – sie steckte ihn in den Gürtel ihres weißseidnen Unterkleides – »du zitterst? Bist du krank?« setzte er besorgt hinzu.

»Nein – es ist nichts. – Aber sieh mich nicht an so – so wie jetzt und wie heute morgen ...« »Vergieb mir, Königin,« sagte Witichis, sich abwendend. »Meine Blicke sollten dich nicht kränken. Ich hatte viel, recht viel Gram in diesen Tagen. Und wenn ich nachsann, mit welcher Schuld ich all dies Unglück verdient haben könnte ...« seine Stimme wurde weich.

»Dann? o rede?« bat Mataswintha hingerissen. Denn sie zweifelte nicht mehr an dem Sinn seines unausgesprochnen Gedankens.

»Dann hab' ich, unter all' den ringenden Zweifeln, oft auch gedacht, ob es nicht Strafe sei für eine harte, harte That, die ich an einem herrlichen Geschöpf begangen. An einem Weibe, das ich meinem Volk geopfert —« Und unwillkürlich sah er im Eifer seiner Rede auf die Hörerin.

Mataswinthens Wangen erglühten: sie faßte, sich aufrecht zu halten, nach der Lehne des Stuhles neben ihr. »Endlich — endlich erweicht sein Herz und ich — was habe ich ihm gethan!« dachte sie, »und Er bereut.«

»Ein Weib,« fuhr er fort, »das unsäglich um mich gelitten, mehr als Worte sagen können.« — »Halt ein!« flüsterte sie so leise, daß er es nicht vernahm. »Und wenn ich dich in diesen Tagen um mich walten sah, weicher, milder, weiblicher als je zuvor — Dann rührtest du mein Herz mit Macht: und Thränen drangen in meine Augen.«

»O Witichis!« hauchte Mataswintha.

»Jeder Ton deiner Stimme sogar drang tief in meine Seele. Denn du mahnst mich dann so ganz, so herzerschütternd an ...«

»An wen?« fragte Mataswintha und wurde leichenblaß.

»Ach an sie, die ich geopfert! Die alles um mich gelitten, an mein Weib Rauthgundis, die Seele meiner Seele.« Wie lange hatte er den geliebten Namen nicht mehr laut gesprochen! Jetzt überwältigte ihn bei diesem Klang die Macht des Schmerzes und der Sehnsucht: und in den Stuhl sinkend bedeckte er sein Gesicht mit beiden Händen.

Es war gut. Denn so bemerkte er nicht, wie es blitzähnlich durch die Gestalt der Königin zuckte, ihr schönes Antlitz sich medusenhaft verzerrte. Doch hörte er einen dumpfen Schlag und wandte sich.

Mataswintha war zu Boden gesunken. Ihre linke Hand klammerte sich in die durchbrochene Rücklehne des Stuhls, an dem sie niedergeglitten war, während die Rechte sich fest auf den Mosaikboden stemmte. Ihr bleiches Haupt war vorgebeugt, das prachtvoll rote Haar flutete, losgerissen aus dem Scheitelband, über ihre Schultern: ihre scharf geschnittenen Nüstern flogen.

»Königin«, rief er hinzueilend, sie aufzuheben, »was hat dich befallen?«

Aber ehe er sie berühren konnte, schnellte sie wie eine Schlange empor und richtete sich hoch auf: »Es war eine Schwäche,« sagte sie, »die jetzt vorbei: leb wohl!« Wankend erreichte sie die Thür und fiel draußen bewußtlos in Aspas Arme.

Unterdessen hatte sich das unheimliche drohende Ansehen der ganzen Natur noch gesteigert.

Die kleine, rundgeballte Wolke, die Cethegus am Tage zuvor bemerkt, war der Vorbote einer ungeheuren schwarzen Wolkenwand gewesen, welche die Nacht über aus dem Osten aufgestiegen war, jedoch seit dem Morgen unbeweglich, wie Verderben brütend, über dem Meere stand und die Hälfte des Horizonts bedeckte.

Aber im Süden brannte die Sonne mit unerträglich stechenden Strahlen aus dem unbewölkten Himmel. Die gotischen Wachen hatten Helm und Harnisch abgelegt: sie setzten sich lieber den Pfeilen der Feinde als dieser unleidlichen Hitze aus. Kein Lüftchen regte sich mehr. Der Ostwind, der jene Wolkenschicht heraufgeführt, war plötzlich gefallen. Unbeweglich, bleigrau lag das Meer: die Zitterpappeln im Schloßgarten standen regungslos.

Allein in die Tags zuvor ebenfalls verstummte Tierwelt war Angst und Unruhe geraten. An dem heißen Sand der Küste hin flatterten Schwalben, Möwen und Sumpfvögel unsicher, ziellos, hin und her, ganz nieder an der Erde hinstreichend und manchmal schrille Rufe gellend. In der Stadt aber liefen die Hunde winselnd aus den Häusern: die Pferde rissen sich in den Ställen los und schlugen, ungeduldig schnaubend, dröhnenden Hufes um sich; kläglich schrieen Katzen, Esel und Maultiere und von den Dromedaren Belisars rasten und schäumten sich drei zu Tode in wütenden Anstrengungen, zu entkommen.

Es neigte jetzt gegen Abend. Die Sonne drohte, alsbald unter den Horizont zu sinken.

Auf dem Forum des Herkules saß ein Bürger von Ravenna auf der Marmorstufe vor seinem Hause. Er war ein Winzer und schenkte, wie der verdorrte Rebenzweig über seiner Thür zeigte, in seinem Hause selbst von seinem Gewächs. Er blickte nach dem drohenden Wettergewölk. »Ich wollte, es käme Regen,« seufzte er. »Kömmt nicht Regen, so kömmt Hagel und zerschlägt vollends, was an Wachstum draußen die Rosse der Feinde noch nicht zerstampft haben.«

»Nennst du die Truppen unsres Kaisers Feinde?« flüsterte sein Sohn, ein römischer Patriot. Aber leise. Denn eben bog um die Ecke eine gotische Runde.

»Ich wollte, der Orcus verschlänge sie alle miteinander, Griechen und Barbaren! Die Goten haben wenigstens immer Durst. Siehst du, da kömmt der lange Hildebadus, der ist der Durstigsten einer. Sollte mich wundern, wenn er heute nicht trinken wollte, da die Steine bersten möchten vor Trockenheit.«

Hildebad hatte die nächste Wache abgelöst und schlenderte nur langsam heran, den Helm im linken Arm, die lange Lanze lässig über der Schulter. Er schritt an der Weinschenke vorbei, zu großem Befremden ihres Herrn, bog in die nächste Seitengasse und stand bald vor einem hohen und dicken Rundturm – er hieß der Turm des Aëtius –, in dessen Schatten oben auf dem Walle ein schöner junger Gote auf und nieder schritt. Lange, hellblonde Locken rieselten auf seine Schultern: und das zarte Weiß und Rot seines Gesichts, wie die milden blauen Augen gaben ihm ein fast mädchenhaftes Ansehn.

»He, Fridugern,« rief ihm Hildebad hinauf, »huiweh! Blitzjunge, hältst du's noch immer aus auf diesem Bratrost da oben? Und mit Schild und Panzer – uf!«

»Ich habe die Wache, Hildebad!« sagte der Jüngling sanft.

»Ach, was Wache! Glaubst du, bei dieser Schmelzofenhitze wird Belisar stürmen? Ich sage dir, der ist froh, wenn er Luft hat und verlangt heute kein Blut. Komm mit: ich kam dich zu holen – der dicke Ravennate auf dem Herkulesplatz hat alten Wein und junge Töchter: laß uns beide zu Munde führen.«

Der junge Gote schüttelte die langen Locken und seine Stirn faltete sich. »Ich habe Dienst und keinen Sinn für Mädchen. Durst habe ich freilich: schicke mir einen Becher Wein herauf.«

»Ach, richtig, bei Freia, Venus und Maria! du hast ja eine Braut über den Bergen am Danubius! Und du glaubst, die merkt es gleich und die Treue sei gebrochen, wenn du hier einer Römerdirne in die Kohlenaugen guckst. O lieber Freund, bist du noch jung! Nun, nun, nichts für ungut. Mir kann's ja recht sein. Bist sonst ein guter Gesell und wirst schon noch älter werden. Ich schicke dir vom roten Massiker heraus: da kannst du dann allein Allgunthens Minne trinken.«

Und er wandte sich und war rasch in der Schenke verschwunden. Bald brachte ein Sklave dem jungen Goten einen Becher Wein; dieser flüsterte: »All Heil, Allgunthis!« und leerte ihn auf einen Zug. Dann nahm er die Lanze wieder auf die Schulter und ging auf der Mauer auf und nieder, langsamen Schrittes. »Von ihr sinnen und träumen darf ich wenigstens,« sagte er, »das wehrt kein Dienst. Wann werd' ich sie wohl wieder sehn?« Und er schritt weiter: und blieb dann gedankenvoll im Schatten des mächtigen Turmes stehn, der schwarz und drohend auf ihn niedersah.

Bald nach Hildebad zog eine andre Schar Goten vorbei. Sie führten in der Mitte einen Mann mit verbundenen Augen und ließen ihn zur Porta Honorii hinaus. Es war Prokop, der vergeblich noch die festgestellten drei Stunden gewartet hatte. Es war umsonst: keine Botschaft vom König kam: und mißmutig verließ der Gesandte die Stadt. Des Präfekten feiner Plan war, so schien es, an der schlichten Würde des Gotenkönigs gescheitert.

Und noch eine Stunde verging. Es war dunkler, aber nicht kühler geworden. Da erhob sich vom Meere plötzlich ein starker Windstoß aus Süden: er schob die schwarzen Wolkenballen mit rasender Eile nach Norden. Sie lagerten jetzt dicht und schwer über der Stadt.

Aber auch das Meer, der Südosten, ward dadurch nicht frei. Denn eine zweite, gleiche Wolkenmauer war dort emporgestiegen und hatte sich unmittelbar an die erste geschlossen. Der ganze Himmel über Meer und Land war jetzt ein schwarzes Gewölbe.

Hildebad ging, weinmüde, nach seinem Nachtposten an der porta Honorii: »Noch immer auf Wache, Fridugern?« rief er dem jungen Goten hinauf. »Und noch immer kein Regen! Die arme Erde! Wie sie dürsten muß! sie dauert mich! Gute Wache!«

In den Häusern war es unleidlich schwül: denn der Wind kam aus den heißen Sandwüsten Afrikas.

Die Leute drängten sich, geängstigt von dem drohenden Aussehen des Himmels, hinaus ins Freie, zogen in dichten Haufen durch die Straßen oder lagerten sich in Gruppen in den Vorhallen und Säulengängen der Basiliken. Auf den Stufen von Sankt Apollinaris drängte sich viel Volk zusammen. Und es ward, obwohl erst Sonnenuntergangszeit, doch völlig dunkle Nacht.

Auf dem Ruhebett in ihrem Schlafgemach lag Mataswintha, die Königin, mit todesbleichen Wangen, in schwerer Betäubung. Aber ohne Schlaf. Die weitgeöffneten Augen starrten in die Dunkelheit.

Nicht eine Silbe hatte sie auf Aspas ängstliche Fragen gesprochen und zuletzt die Weinende mit einer Handbewegung entlassen.

Unwillkürlich kehrten in ihrem eintönigen Denken die Worte wieder: Witichis – Rauthgundis – Mataswintha! Mataswintha – Rauthgundis – Witichis!

Lange, lange lag sie so und nichts schien den unaufhörlichen Kreislauf dieser Worte unterbrechen zu können.

Da plötzlich fuhr ein roter Strahl grell und blendend durch das Gemach und im selben Augenblick schmetterte ein furchtbarer Donnerschlag, ein Donner, wie sie ihn nie vernommen, grollend, knatternd, prasselnd, krachend über die bebende Stadt.

Der Angstschrei ihrer Frauen schlug an ihr Ohr: sie fuhr empor. Sie setzte sich aufrecht auf dem Ruhebett. Aspa hatte ihr das Obergewand abgenommen. Sie trug nur noch das weißseidne Unterkleid: sie warf die wallenden Wogen ihres Haares über die Schultern und lauschte.

Es war eine bange Stille. Und noch ein Blitz und noch ein Donnerschlag.

Ein Windstoß riß heulend das Fenster von Milchglas auf, das nach dem Hofe führte. Mataswintha starrte in die Finsternis hinaus, die jetzt jeden Augenblick von grellen Blitzen unterbrochen wurde. Unaufhörlich rollte der Donner, selbst das furchtbare Geheul des Sturmes überdröhnend. Der Kampf der Elemente that ihr wohl. Sie lauschte begierig, auf die Linke gestützt und mit der Rechten langsam über die Stirne streichend.

Da eilte Aspa herein mit Licht. Es war eine Fackel, deren Flamme in einer geschlossenen Glaskugel brannte.

»Königin, du ... – Aber, bei allen Göttern, wie siehst du aus! Wie eine Lemure. Wie die Rachegöttin!«

»Ich wollte, ich wäre es,« sagte Mataswintha – es war das erste Wort seit langen Stunden, ohne den Blick vom Fenster zu wenden.

Und Blitz auf Blitz und Schlag auf Schlag. Aspa schloß das Fenster. »O Königin, die Frommen unter deinen Mägden sagen: das sei das Ende der Welt, das da komme, und der Sohn Gottes steige nieder auf feurigen Wolken, zu richten die Lebendigen und die Toten. Huh, welch' ein Blitz! Und noch kein Tropfen Regen. Nie hab' ich solch ein Unwetter gesehen. Die Götter zürnen schwer.«

»Wehe, wem sie zürnen. O, ich beneide sie, die Götter. Sie können hassen und lieben, wie's ihnen gefällt. Und zermalmen den, der sie nicht wieder liebt.«

»Ach Herrin, ich war auf der Straße: ich komme gerade zurück. Alles Volk strömt in die Kirchen mit Beten und Singen, den Himmel zu versöhnen. Ich bete zu Kairu und Astarte – Herrin, betest du nicht auch?«

»Ich fluche! Das ist auch gebetet.«

»Oh, welch ein Donnerschlag!« schrie die Sklavin und stürzte zitternd in die Knie'. Der dunkelblaue Mantel, den sie trug, glitt von ihren Schultern. Der Blitz und Donner war so stark gewesen, daß Mataswintha aus den Kissen gesprungen und ans Fenster geeilt war.

»Gnade, Gnade, ihr großen Götter! erbarmt euch der Menschen!« flehte die Afrikanerin.

»Nein, keine Gnade! Fluch und Verderben über die elende Menschheit!

Ha, das war schön! Hörst du, wie sie unten heulen vor Angst auf der Straße? Noch einer, und noch ein Strahl! Ha, ihr Götter, wenn ein Himmelsgott oder Himmelsgötter sind – nur um eins beneid ich euch –: um die Macht eures Hasses, um euren raschen, geflügelten, tödlichen Blitz! Ihr schwingt ihn mit der ganzen Wut und Lust eures Herzens und eure Feinde vergehn: und ihr lacht dazu: der Donner ist euer Gelächter! Ha, was war das?«

Ein Blitz und ein Donner, der alle frühern übertraf, zuckte und krachte. Aspa fuhr vom Boden auf.

»Was ist das für ein großes Haus, Aspa? die dunkle Masse uns gegenüber? Der Blitz hat wohl gezündet: brennt es?«

»Nein, Dank den Göttern! es brennt nicht! Der Blitz hat sie nur beleuchtet. Es sind die Kornspeicher des Königs.«

»Ha, habt ihr fehl geblitzt, ihr Götter?« So schrie die Königin. »Auch die Sterblichen führen den Blitz der Rache.«

Und sie sprang vom Fenster hinweg – und das Gemach war plötzlich dunkel.

»Königin – Herrin – wo bist – wohin bist du verschwunden?« rief Aspa. Und sie tastete an den Wänden. Aber das Gemach war leer: und Aspa rief umsonst nach ihrer Herrin.

Unten auf der Straße wogte nach der Basilika von Sankt Apollinaris hin ein frommer Zug.

Ravennaten und Goten, Kinder und Greise, sehr viele Frauen: Knaben mit Fackeln schritten voran, hinter ihnen Priester mit Kreuzstangen und Fahnen. Und durch das Brüllen des Donners und durch das Pfeifen des Sturmes scholl die alte, feierlich ergreifende Weise:

*dulce mihi cruciari, parva vis doloris est:*
*malo mori quam foedari: major vis amoris est.*

Die Antwort aber des zweiten Halbchors lautete:

*parce, judex, contristatis parce pecatoribus,*
*qui descendis perflammatis ultor jam in nubibus.*

Und der Bittgang verschwand in der Kirche. Auch die nächsten Aufseher der Kornspeicher schlossen sich dem Zuge an.

Auf den Stufen der Basilika, gerade der Thür der Speicher gegenüber, saß das Weib im braunen Mantel: still und furchtlos im Aufruhr der Elemente, die Hände nicht gefaltet, aber ruhig im Schoß liegend. Der Mann in der Sturmhaube stand neben ihr.

Eine gotische Frau, die in die Kirche eilte, erkannte sie im Schein eines Blitzes. »Du wieder hier, Landsmännin? Ohne Obdach? Ich habe dir doch oft genug mein Haus angeboten. Du scheinst fremd hier in Ravenna?«

»Ich bin fremd. Doch hab' ich Obdach.« – »Komm mit in die Kirche und bete mit uns.«

»Ich bete hier.« – »Du betest? Du singst nicht und sprichst nicht?«

»Gott hört mich doch.« – »Bete doch für die Stadt. Sie fürchten, es komme das Ende der Welt.«

»Ich fürchte es nicht, wenn es kommt.«

»Und bete für unsern guten König, der uns Brot giebt alle Tage.« – »Ich bete für ihn.«

Da tönte der waffenklirrende Schritt von zwei gotischen Runden, die sich an der Basilika kreuzten.

»Ei so donnre, bis du springst,« schalt der Führer der einen Schar, »aber brumme mir nicht in meinen Befehl.

Haltet an. Wisand, du bist's? Wo ist der König? Auch in der Kirche?«

»Nein, Hildebad, auf den Wällen.«

»Recht so, da gehört er hin! Vorwärts, Heil dem König.« Und die Schritte verhallten.

Da kam ein römischer Lehrer mit einigen seiner Schüler vorbei. »Aber Magister,« mahnte der jüngste, »ich dachte, du wolltest in die Kirche? Warum führst du uns sonst aus dem Hause ins Freie bei diesem Unwetter?«

»Das sagte ich nur, um euch und mich aus dem Hause zu bringen. Was Kirche! Ich sage dir, je weniger ich Dächer und Mauern um mich weiß, desto wohler ist mir. Ich führ' euch auf die große, freie Wiese in der Vorstadt. Ich wollte, wir hätten Regen. Wäre der Vesuvius nahe genug, wie in meiner Heimat, ich dächte, Ravenna werde heut' ein zweites Herculaneum. Ich kenne solche Luft, wie sie heute weht – ich traue nicht!« Und sie gingen vorüber.

»Willst du nicht mit mir gehn, Frau?« sprach der Mann in der Sturmhaube zu der Gotin. »Ich muß sehen, Dromon, unsern Gastfreund, jetzt zu treffen: sonst kommen wir diese Nacht wieder nicht unter Obdach. Ich kann dich nicht allein lassen im Dunkeln. Du hast kein Licht bei dir.«

»Siehst du nicht, wie mir die Blitze leuchten? Geh' nur, ich komme nach. Ich muß noch was zu Ende denken –, zu Ende beten.« Und die Frau blieb allein. Sie preßte beide Hände fest gegen die Brust und sah gegen den schwarzen Himmel: leise nur bewegten sich ihre Lippen.

Da war es ihr, als sähe sie in den Hochgängen, Galerien und Oberhallen des gewaltigen Holzbaues der Speicher, die in dunkeln Massen ihr gegenüber lagen, aus dem steinernen Rundbau des Cirkus ragend, ein Licht auftauchen und hin und wieder, auf und abwärts wandeln. Es mußte wohl eine Täuschung durch die Blitze sein. Denn jedes frei getragene Licht hätte der Wind in den nach außen offenen Galerien verlöscht.

Aber nein: es war doch ein Licht.

Denn in regelmäßigen Zwischenräumen wechselte sein Aufleuchten und sein Verschwinden, wie wenn es hastigen Schrittes entlang den Gängen mit ihren verdeckenden Pfeilern und Halbmauern getragen würde. Scharf sah die Frau nach dem wechselnden Licht und Schatten ...

Aber plötzlich – o Entsetzen – fuhr sie empor.

Es war ihr: als sei die Marmorstufe, auf der sie gesessen, ein schlafend Tier gewesen, das, jetzt erwachend, sich leise regte, lebendig wurde – und schwankte, stark, von der Linken zur Rechten.

Blitz und Donner und Sturm ruhten auf einmal.

Da scholl aus den Speichern ein schriller Schrei. Hell aufflammte das Licht und verschwand plötzlich.

Aber auch die Frau auf der Straße stieß einen leisen Angstruf aus. Denn jetzt konnte sie nicht mehr zweifeln: die Erde bebte unter ihr! – Ein leises Zucken: und plötzlich zwei, drei starke Stöße: als hebe sich wellenförmig der Boden von der Linken zur Rechten.

Aus der Stadt her tönte Angstgeschrei. Aus den Thüren der Basilika stürzte in Todesangst die laut kreischende Schar der Beter. – Noch ein Stoß! – Die Frau hielt sich mit Mühe aufrecht.

Und fernher, von der Außenseite der Stadt, scholl ein gewaltiges dumpfes Krachen, wie von massenhaft stürzenden, schweren Lasten.

Ein furchtbares Erdbeben hatte Ravenna heimgesucht.

## Einundzwanzigstes Kapitel

Während die Frau sich in der Richtung jenes dumpfen Schlages wandte, drehte sie einen Augenblick den Speichern den Rücken. Aber rasch wandte sie sich diesen wieder zu. Denn es war ihr, als sei eine schwere Thüre zugefallen. Scharf blickte sie hin. Doch in der tiefen Finsternis konnte ihr Auge nichts wahrnehmen. Nur ihr Ohr hörte etwas sacht an der Außenmauer des Gebäudes dahin rascheln. Und sie glaubte, ein leises Seufzen zu vernehmen.

»Halt,« rief die Frau, »wer jammert da?«

»Still, still,« flüsterte eine seltsame Stimme, »die Erde hat darüber – vor Abscheu – sich geschüttelt, gebebt. Die Erde bebt – die Toten stehen auf. – Es kommt der jüngste Tag – der deckt alles auf. – Bald wird er's wissen. – Oh. –« Und ein tiefgezogener Klagelaut – und ein Rauschen von Gewändern – und Stille.

»Wo bist du? bist du wund?« rief die Frau tastend.

Da zuckte ein heller Blitz – der erste seit dem Erdstoß – und zeigte, vor ihren Füßen liegend, eine verhüllte Gestalt. Weiße und dunkelblaue Frauenkleider. Das Weib langte nach dem Arm der Liegenden.

Aber rasch sprang diese bei der Berührung auf und war mit einem Schrei im Dunkel verschwunden. Das Ganze war so rasch und ungeheuerlich wie ein Traumgesicht: nur eine breite goldene Armspange, mit einer grünen Schlange von Smaragden, die in ihrer Hand zurückgeblieben, war ein Pfand der Wirklichkeit dieser unheimlichen Erscheinung.

Und wieder tönten die ehernen Schritte der gotischen Wachen. »Hildebad, Hildebad, zu Hilfe!« rief Wisand. »Hier bin ich: was ist? wohin soll ich?« fragte dieser mit seiner Schar entgegenkommend. »An das Thor des Honorius! Dort ist die Mauer eingestürzt und der dicke Turm des Aëtius liegt in Trümmern. – Zu Hilfe, in die Lücke!«

»Ich komme: armer Fridugern!«

In dem gleichen Augenblick stürmte draußen im Lager der Byzantiner Cethegus der Präfekt in das Feldherrnzelt Belisars. Er war in voller Rüstung, der purpurdunkle Roßschweif flatterte um seinen Helm. Seine

Gestalt war hoch aufgerichtet. Feuer leuchtete in seinen Augen. »Auf! was säumst du, Feldherr Justinians? Die Mauern deiner Feinde stürzen von selber ein.

Offen liegt vor dir des letzten Gotenkönigs letzte Burg – Und du? was thust du in deinem Zelt?«

»Ich verehre die Größe des Allmächtigen!« sagte Belisar mit edler Ruhe. Antonina stand neben ihm, den Arm um seinen Nacken geschlungen. – Ein Betschemel und ein hohes Kreuz zeigte, in welchem Thun die wilde Glut des Präfekten das Paar gestört. »Das thu' morgen. – Nach dem Sieg. Jetzt aber: stürme!«

»Jetzt stürmen!« sprach Antonina, »welcher Frevel!

Die Erde bebt in ihren Grundfesten, erschüttert und erschreckt. Denn Gott der Herr spricht in diesen Wettern!«

»Laß ihn sprechen! Wir wollen handeln. Belisar, der Turm des Aëtius und ein gutes Stück Mauer ist eingestürzt. Ich frage dich, willst du stürmen?«

»Er hat nicht unrecht,« meinte Belisar, in dem die Kampflust erwachte. – »Aber es ist finstre Nacht.«

»Im Finstern find' ich den Weg zum Sieg und in das Herz von Ravenna. Auch leuchten die Blitze.«

»Du bist ja plötzlich sehr kampfeseifrig,« zögerte Belisar.

»Ja, denn jetzt hat's Vernunft zu kämpfen. Die Barbaren sind verblüfft. Sie fürchten Gott und vergessen darüber ihrer Feinde.«

Im gleichen Augenblick eilten Prokop und Marcus Licinius in das Zelt. »Belisar,« meldete der erste, »der Erdstoß hat deine Zelte am Nordgraben umgestürzt und eine halbe Kohorte Illyrier darunter begraben!« – »Hilfe, Hilfe! meine armen Leute!« rief Belisar und eilte aus dem Zelte. »Cethegus,« berichtete Marcus, »auch eine Kohorte deiner Isaurier liegt unter ihren Zelten verschüttet.« Aber ungeduldig, den Helm schüttelnd, frug der Präfekt: »was ist mit dem Wasser in dem gotischen Graben vor dem Aëtiusturm? hat der Erdspalt es nicht verringert?« – »Ja, das Wasser ist verschwunden – der Graben ist ganz trocken. Horch, das Wehegeschrei! Deine Isaurier sind's: sie stöhnen und wimmern unter der Verschüttung und schreien um Hilfe.«

»Laß sie schreien!« sprach Cethegus. – »Der Graben ist wirklich trocken? So laß zum Sturm blasen. Folge mir mit allen Söldnern, die noch leben.«

Und unter Blitz und Donner, die jetzt wieder unaufhörlich rasten, eilte der Präfekt zu seinen Schanzen, wo seine römischen Legionare und der Rest der Isaurier unter Waffen standen. Rasch übersah er sie: es waren viel zu wenige, um mit ihnen allein die Stadt zu nehmen. Aber er wußte, daß ein günstiger Erfolg alsbald Belisar mit fortreißen würde. »Lichter, Fackeln her!« rief er und trat mit einer Pechfackel in der Linken vor die Fronte seiner römischen Legionare. »Vorwärts,« befahl er, »die Schwerter heraus!«

Aber kein Arm rührte sich.

Sprachlos vor Staunen und mit Grauen blickten alle, auch die Führer, auch die Licinier, auf den dämonischen Mann, der im Aufruhr der ganzen Natur nur an sein Ziel dachte und die Elemente, die Schrecken Gottes, nur als Mittel ansah zu seinem Zweck.

»Nun, habt ihr auf mich zu hören, oder auf den Donner?« rief er.

»Feldherr,« mahnte ein Centurio vortretend, »sie beten. Denn die Erde bebt.«

»Glaubt ihr, Italia wird ihre Kinder verschlingen? Nein, ihr Römer, seht: der Boden selbst von Italien erhebt sich gegen die Barbaren. Er bäumt sich, sprengt ihr Joch und ihre Mauern fallen. *Roma! Roma aeterna!*«

Das zündete. Es war eines jener cäsarischen Worte, welche die Männer und die Waffen fortreißen.

»*Roma! Roma aeterna!*« riefen zuerst die Licinier, dann die Tausende der römischen Jünglinge: und durch Nacht und durch Grauen, durch Blitz und Donner und Sturm, folgten sie dem Präfekten, dessen dämonischer Schwung sie mit fortriß. Die Begeisterung lieh ihnen Flügel. Rasch waren sie über den breiten Graben hinweg, dem sie sonst kaum zu nahen gewagt. – Cethegus der erste am jenseitigen Rand. – Die Fackeln hatte der Sturm gelöscht. – Im Finstern fand er den Weg. »Hierher, Licinius,« rief er, »mir nach! hier muß die Lücke sein.«

Und er sprang vorwärts, rannte aber gegen einen harten Körper und taumelte zurück. »Was ist das?« fragte Lucius Licinius hinter ihm, »eine zweite Mauer?« – »Nein,« sprach eine ruhige Stimme von drüben, »aber gotische Schilde.« – »Das ist der König Witichis,« sagte der Präfekt grimmig und maß mit bitterem Haß die dunkeln Gestalten. Er hatte auf Überraschung gezählt. Seine Hoffnung war getäuscht. »Hätt' ich ihn,« sprach er grimmig in sich hinein, »er sollte nicht mehr schaden.«

Da wurden von rückwärts viele Fackeln sichtbar und die Trompeten schmetterten. Belisar führte sein Heer zum Sturm gegen den Mauersturz. Prokop erreichte den Präfekten: »Nun, was stockt ihr? Halten euch neue Wälle auf?«

»Ja, lebendige Wälle. Da stehen sie,« und der Präfekt deutete mit dem Schwert. »Unter den noch fallenden Trümmern, diese Goten!«

»Nun wahrlich!« rief Prokop: »*si fractus illabatur orbis, impavidos ferient ruinae!*« Das sind mutige Männer.«

Aber jetzt war Belisar mit seinen dichten, zum Angriff bereiten Scharen heran. Einen Augenblick, nur die Führer eilten noch, Befehle erteilend hin und wieder, einen Augenblick noch und ein furchtbares Morden mußte beginnen.

Da erglühte plötzlich der ganze Horizont über der Stadt. Eine Flammensäule schoß hoch empor, und zahllose Funken stoben nieder. Es schien Feuer vom Himmel zu regnen. Im roten Licht glänzte ganz Ravenna. Es war ein furchtbar herrlicher Anblick.

Die beiden Heere, im Begriff handgemein zu werden, hielten inne.

»Feuer! Feuer! Witichis! König Witichis,« schrie jetzt ein Reiter, der von der Stadt her jagte, »es brennt.«

»Das sehen wir. Laß brennen, Markja! Erst fechten, dann löschen.«

»Nein, nein, Herr! alle deine Speicher brennen! Dein Getreide fliegt in Myriaden Funken durch die Luft.«

»Die Speicher brennen!« schrien Goten und Byzantiner.

Witichis versagte die Stimme, zu fragen. »Der Blitz muß schon lange im Innern gezündet haben. Es hat von innen heraus alles zusammengebrannt. Da sieh, sieh hin.«

Ein stärkerer Stoß des Sturmwinds fuhr in die Lohe und entfachte sie riesengroß. Die Flammen flogen auf die nächsten Dächer. Zugleich schien der hölzerne Dachfirst des hohen Gebäudes jetzt hinabzustürzen. Denn nach einem schweren Schlag schossen abermals viele, viele Tausende von Funken empor. Es war ein Flammenmeer.

Witichis wollte das Schwert erheben zum Befehl: matt sank sein Arm herunter.

Cethegus sah's: »Jetzt,« rief er, »jetzt zum Sturm!«

»Nein, haltet ein!« rief mit Löwenstimme Belisarius. »Der ist ein Feind des Kaisers, der ist des Todes, der das Schwert erhebt. Zurück ins Lager – alle: jetzt ist Ravenna mein – und morgen fällt's von selbst.«

Und seine Tausende folgten ihm und zogen zurück. Cethegus knirschte. Er allein war zu schwach. Er mußte nachgeben. Sein Plan war gescheitert. Er hatte die Stadt mit Sturm nehmen wollen, um wie in Rom sich in ihren Hauptwerken festzusetzen.

Und er sah voraus, daß sie nun ganz in Belisars Hand werde geliefert werden. Grollend führte er die Seinen zurück.

Aber es sollte anders kommen, als Belisar und als Cethegus dachten.

## Zweiundzwanzigstes Kapitel

Der König hatte den Schutz der Mauerlücke am Turm des Aëtius Hildebad übertragen und war sofort auf die Brandstätte geeilt.

Als er dort eintraf, fand er das Feuer im Erlöschen: aber nur aus Mangel an Nahrung. Der ganze Inhalt der Speicher, samt deren Brettergerüsten, und dem Dach, alles was durch Feuer zerstörbar, war bis auf den letzten Splitter und das letzte Korn verbrannt. Nur die nackten, ruß- und rauchgeschwärzten Steinmauern des ursprünglichen Marmorbaus, des Cirkus des Theodosius, starrten noch gen Himmel.

Ein Mal des Blitzstrahls war an ihnen nicht wahrzunehmen. Das Feuer mußte sehr lange Zeit von innen heraus, wo der Blitz den Holzbau entzündet haben mochte, unvermerkt fortgeglimmt sein und sich über alle Innenräume des Holzbaus schleichend verbreitet haben. Als Flammen und Rauch aber zu den Dachlücken herausschlugen, war alle Hilfe zu spät. Krachend war bald darauf der Rest des Holzbaues zusammengestürzt: die Einwohner hatten vollauf zu thun, die nächsten, teilweise schon vom Feuer ergriffenen Häuser zu retten. Dies gelang mit Hilfe des Regens, der kurz vor Tagesanbruch endlich einfiel und dem Sturm, sowie dem Blitz und Donner ein Ende machte.

Aber statt der Speicher beleuchtete die aufgehende Sonne, als sie das Gewölk zerstreute, nur einen trostlosen Haufen Schutt und Asche in der Mitte des Marmorrundbaus.

Schweigend, mit tief gesenktem Haupt, lehnte der König lange Zeit diesen Ruinen gegenüber an einer Säule der Basilika. Ohne Regung, nur manchmal den Mantel auf der mächtig arbeitenden Brust zusammendrückend. Im Anblick dieser Trümmer war ein schwerer Entschluß in ihm gereift. Jetzt ward es grabesstill in seinem Innern.

Jedoch um ihn her auf dem Platze wogte das Elend der verzweifelnden Armen von Ravenna betend, fluchend, weinend, scheltend. »O, was wird jetzt aus uns!« – »O, wie war das Brot so weiß, so gut, so duftend, das ich noch gestern hier erhielt.« – »O, was werden wir jetzt essen?«

»Bah, der König muß aushelfen.« – »Ja, der König muß Rat schaffen.« – »Der König?«

»Ach, der arme Mann, woher soll er's nehmen?« – »Hat er doch selbst nichts mehr.« – »Das ist seine Sache.« – »Er allein hat uns in all die Not gebracht.« – »Er ist an allem Schuld.« – »Was hat er die Stadt nicht lang dem Kaiser übergeben.« – »Jawohl, ihrem rechtmäßigen Herrn!« – »Fluch den Barbaren!« – »Sie sind an allem Schuld.« – »Nicht alle, nein, der König allein. Seht ihr's denn nicht? Es ist die Strafe Gottes!« – »Strafe? wofür? Was hat er verbrochen? Er gab dem Volke von Ravenna Brot!« – »So wißt ihr's nicht? Wie kann der Eheschänder die Gnade Gottes haben? Der sündige Mann hat ja zwei Weiber zugleich! Der schönen Mataswintha hat ihn gelüstet. Und er ruhte nicht, bis sie sein eigen war. – Sein ehlich Weib hat er verstoßen.«

Da schritt Witichis unwillig die Stufen herab. Ihn ekelte des Volkes. Aber sie erkannten seinen Schritt.

»Da ist der König! Wie finster er blickt,« riefen sie durcheinander und wichen zur Seite. »O, ich fürchte ihn nicht. Ich fürchte den Hunger mehr als seinen Zorn. Schaff' uns Brot, König Witichis. Hörst du's, wir hungern!« sprach ein zerlumpter Alter und faßte ihn am Mantel. »Brot, König!« – »Guter König, Brot!« – »Wir verzweifeln!« – »Hilf uns!« Und wild drängte sich die Menge um ihn.

Ruhig, aber kräftig machte sich Witichis frei. »Geduldet euch,« sprach er ernst. »Bis die Sonne sinkt, ist euch geholfen.« Und er eilte nach seinem Gemach.

Dort warteten auf ihn mehrere Diener Mataswinthens und ein römischer Arzt.

»Herr,« sprach dieser mit besorgter Miene, »die Königin, deine Gemahlin ist sehr krank. Die Schrecken dieser Nacht haben ihren Geist verwirrt. Sie spricht wirre Fieberreden. Willst du sie nicht sehen?«

»Nicht jetzt, sorgt für sie.« »Sie reichte mir,« fuhr der Arzt fort, »mit größter Angst und Sorge diesen Schlüssel. Er schien sie in ihren Wahnreden am meisten zu beschäftigen. Sie holte ihn unter ihrem Kopfkissen hervor. Und sie ließ mich schwören, ihn nur in deine Hand zu geben, er sei von höchster Wichtigkeit.«

Mit einem bittern Lächeln nahm der König den Schlüssel und warf ihn zur Seite. »Er ist es nicht mehr. – Geht, verlaßt mich und sendet meinen Schreiber.«

Eine Stunde später ließ Prokop den Präfekten in das Zelt des Feldherrn eintreten.

Als er eintrat, rief ihm Belisar, der mit hast'gen Schritten auf und niederging, entgegen: »Das kömmt von deinen Plänen, Präfekt! Von deinen Künsten! von deinen Lügen! Ich hab' es immer gesagt: vom Lügen kömmt Verderben: und ich verstehe mich nicht d'rauf! O, warum bin ich dir gefolgt! Jetzt steck' ich in Not und Schande!«

»Was bedeuten diese Tugendreden?« fragte Cethegus seinen Freund.

Dieser reichte ihm einen Brief. »Lies. Diese Barbaren sind unergründlich in ihrer großartigen Einfalt. Sie schlagen den Teufel durch Kindessinn; lies.«

Und Cethegus las mit Staunen: »Du hast mir gestern drei Dinge zu wissen gethan:

Daß die Franken mich verraten haben. Daß du im Bund mit den Franken das Westreich deinem undankbaren Kaiser entreißen willst. Daß du uns Goten freien Abzug über die Alpen ohne Waffen anbietest.

Darauf habe ich dir gestern geantwortet, die Goten geben nie ihre Waffen ab und räumen nicht Italien, die Eroberung und Erbschaft ihres großen Königs: eher fall' ich hier mit meinem ganzen Heer. So habe ich gestern gesprochen. So spreche ich heute noch, obwohl sich Feuer, Wasser, Luft und Erde gegen uns empörten. Aber was ich immer dunkel gefühlt, hab' ich heut' Nacht unter den Flammen meiner Vorräte klar erkannt: es liegt ein Fluch auf mir. Um meinetwillen erliegen die Goten. Ich bin das Unglück meines Volkes. Das soll nicht länger also sein. Nur meine Krone versperrte einen ehrenvollen Ausweg: sie soll's nicht mehr. Du erhebst dich mit Recht gegen Justinian, den treulosen und undankbaren Mann. Er ist unser Feind wie deiner. Wohlan: stütze dich, statt auf ein Heer der falschen Franken: auf das ganze Volk der Goten, deren Kraft und Treue dir bekannt. Mit jenen sollst du Italien teilen: mit uns kannst du es ganz behalten. Laß mich den Ersten sein, der dich begrüßt wie als Kaiser des Abendlands so als König der Goten. Alle Rechte bleiben meinem Volk, du trittst einfach an meine Stelle. Ich selber setze dir meine Krone auf das Haupt und wahrlich: kein Justinian soll sie dir entreißen. Verwirfst du diesen Antrag: so mache dich gefaßt auf einen Kampf, wie du noch keinen gekämpft. Ich breche dann mit fünfzigtausend Goten in dein Lager. Wir werden fallen. Aber auch dein ganzes Heer. Eins oder das andre. Ich hab's geschworen. Wähle. Witichis.«

Einen Augenblick war der Präfekt aufs furchtbarste erschrocken. Rasch hatte er einen forschenden Blick auf Belisar geworfen. Aber dieser Eine Blick beruhigte ihn wieder ganz. »Er ist ja Belisar,« sagte er sich abermals. »Jedoch gefährlich ist es immer, mit dem Teufel spielen. Welche Versuchung!«

Er gab den Brief zurück und sagte lächelnd: »Welch ein Einfall! Wozu doch die Verzweiflung führt.«

»Der Einfall,« meinte Prokop, »wäre gar so übel nicht, wenn ...«

»Wenn Belisar nicht Belisar wäre,« lächelte Cethegus.

»Spart euer Lachen,« schalt dieser. »Ich bewundre den Mann. Und es darf mich nicht mehr beleidigen, daß er mich der Empörung fähig hält. Hab' ich es ihm doch selber vorgelogen.« Und er stampfte mit dem Fuß. »Ratet jetzt und helft! Denn ihr habt mich in diese leidige Wahl geführt. Ja sagen kann ich nicht. Und sag' ich nein: darf ich des Kaisers Heer als vernichtet anseh'n. Und muß obenein bekennen, daß ich die Empörung nur erlogen.«

Cethegus sann schweigend nach, das Kinn mit der Linken langsam streichend. Plötzlich durchblitzte ihn ein Gedanke. Ein Strahl der Freude flog verschönend über sein Gesicht: »so kann ich sie beide verderben!« Er war in diesem Augenblick sehr mit sich zufrieden. Aber erst wollte er Belisar ganz sicher machen. »Du kannst vernünftigerweise nur zwei Dinge thun,« sagte er zaudernd.

»Rede, ich sehe weder eins noch das andre.«

»Entweder wirklich annehmen ...«

»Präfekt,« rief Belisar grimmig und fuhr ans Schwert. Prokop hemmte erschrocken seinen Arm. – »Keinen solchen Scherz mehr, Cethegus, so lieb dir dein Leben.«

»Oder,« fuhr dieser ruhig fort, »zum Schein annehmen. Ohne Schwertstreich einziehn in Ravenna. Und – die Gotenkrone samt dem Gotenkönig nach Byzanz schicken.«

»Das ist glänzend!« rief Prokop. »Das ist Verrat!« rief Belisar.

»Es ist beides,« sagte Cethegus ruhig.

»Ich könnte dem Gotenvolk nicht mehr in die Augen sehen.«

»Das ist auch nicht nötig. Du führst den gefangenen König nach Byzanz. Das entwaffnete Volk hört auf, ein Volk zu sein.«

»Nein, nein, das thu' ich nicht.«

»Gut. So laß dein ganzes Heer Testamente machen. Leb wohl, Belisar. Ich gehe nach Rom. Ich habe durchaus nicht Lust, fünfzigtausend Goten in Verzweiflung kämpfen zu sehen. Und wie wird Kaiser Justinianus den Verderber seines besten Heeres loben!«

»Es ist eine furchtbare Wahl,« zürnte Belisar.

Da trat Cethegus langsam auf den Feldherrn zu. »Belisar,« sprach er mit gemütvoller, tief aus der Brust geschöpfter Stimme: »du hast mich oft für deinen Feind gehalten. Und ich bin zum Teil dein Gegner. Aber wer kann neben Belisar im Feld gestanden sein, ohne den Helden zu bewundern?«

Und seine Weise war so feierlich und salbungsvoll, wie man sie nie an dem sarkastischen Präfekten sah. Belisar war ergriffen und selbst Prokop erstaunte.

»Ich bin dein Freund, wo ich es sein kann. Und will dir diese Freundschaft in diesem Augenblick durch meinen Rat bewähren. Glaubst du mir, Belisarius?« Und er legte die linke Hand auf des Helden Schulter, bot ihm treuherzig die Rechte, und sah ihm tief ins Auge.

»Ja,« sagte Belisar, »wer könnte solchem Blick mißtrauen.«

»Siehe, Belisar, nie hat ein edler Mann einen mißtrauischern Herrn gehabt als du. – Der letzte Brief des Kaisers ist die schwerste Kränkung deiner Treue.«

»Das weiß der Himmel.«

»Und nie hat ein Mann,« – hier faßte er ihn an beiden Händen – »herrlichere Gelegenheit gehabt, das schnödeste Mißtrauen zu beschämen, sich aufs glorreichste zu rächen, seine Treue sonnenklar zu zeigen. Du bist verleumdet, du trachtetest nach der Herrschaft des Abendlandes. Wohlan, bei Gott: du hast sie jetzt in Händen. Zieh' in Ravenna ein, laß dir von Goten und Italiern huldigen und zwei Kronen auf dein Haupt setzen. Ravenna dein, dein blindergebnes Heer, die Goten, die Italier – wahrlich, du bist unantastbar. Justinian muß zittern zu Byzanz und sein stolzer Narses ist ein Strohhalm gegen deine Macht. Du aber, der du all' dies in Händen hast, du legst all' die Macht und all' die Herrlichkeit deinem Herrn zu Füßen und sprichst: Siehe, Justinianus, Belisar ist lieber dein Knecht als der Herr des Abendlandes. So glorreich, Belisar, ward Treue noch nie auf Erden erprobt.«

Cethegus hatte den Kern seines Herzens getroffen. Sein Auge leuchtete.

»Recht hast du, Cethegus, komm an meine Brust, hab' Dank. Das ist groß gedacht. O, Justinian, du sollst vor Scham vergehn!«

Cethegus entzog sich der Umarmung und schritt zur Thüre.

»Armer Witichis,« flüsterte Prokop ihm zu; »er wird diesem Musterstück von Treue aufgeopfert. – Jetzt ist er verloren.«

»Ja,« sagte Cethegus, »er ist verloren, gewiß.« Und draußen vor dem Zelt warf er den Mantel über die linke Schulter und sprach: »Aber gewisser noch du selber, Belisar.«

In seinem Quartier trat ihm Lucius Licinius gerüstet entgegen.

»Nun, Feldherr,« fragte er, »die Stadt ist noch nicht übergeben. Wann geht's zum Kampf?«

»Der Kampf ist aus, mein Lucius. Leg' deine Waffen ab und gürte dich, zu reisen. Du gehst noch heute mit geheimen Briefen von mir ab.« – »An wen?« – »An den Kaiser und die Kaiserin.« – »Nach Byzanz?« – »Nein, zum Glück sind sie ganz nah, in den Bädern von Epidaurus. Eile dich. In fünfzehn Tagen mußt du zurück sein, nicht einen halben später. Italiens Schicksal harrt auf deine Wiederkunft.«

Sowie Prokop mündlich die Antwort Belisars dem Gotenkönig überbracht, berief dieser in seinen Palast die Führer des Heeres, die vornehmsten Goten und eine Anzahl von vertrauten einfach Freien, teilte ihnen das Geschehene mit und forderte ihre Zustimmung.

Wohl waren sie anfangs mächtig überrascht: und ein Schweigen des Staunens folgte auf seine Worte. Endlich sprach Herzog Guntharis, mit Rührung auf den König blickend: »Die letzte deiner Königsthaten, Witichis, ist so edel, ja edler als alle deine früheren. Dich bekämpft zu haben werd' ich ewig bereuen. Ich habe mir lange geschworen, es zu sühnen, indem ich dir blindlings folge. Und wahrlich: in diesem Fall hast du zu entscheiden: denn du opferst das Höchste: eine Krone. Soll aber ein andrer als du König sein, leichter mögen die Wölsungen einem Fremden, einem Belisar als einem Goten nachstehn. Und so folg' ich dir und sage: ja, du hast gut und groß gehandelt.«

»Und ich sage nein! und tausendmal nein!« rief Hildebad. »Bedenkt, was ihr thut! Ein Fremder an der Spitze der Goten!«

»Was ist das andres, als was andre Germanen vor uns gethan, Quaden und Heruler und Markomannen, auch die Franken unter jenem Römer Ägidius?« sagte Witichis ruhig, »ja was andres, als was unsere glorreichsten Könige und selbst Theoderich gethan? Sie leisteten dem Kaiser Waffendienst und erhielten dafür Land. So lautet der Vertrag, nach dem Theoderich Italien von Kaiser Zeno nahm. Ich erachte Belisar nicht geringer als Zeno und mich wahrlich nicht besser als Theoderich.«

»Ja, wenn es Justinian wäre,« fügte Guntharis bei. »Nie unterwerf' ich mich dem feigen und falschen Tyrannen. Aber Belisarius ist ein Held. – Kannst du das leugnen, Hildebad? Hast du vergessen, wie er dich vom Gaul gerannt?«

»Schlag mich der Donner, wenn ich's ihm vergesse. Es ist das Einzige, was mir an ihm gefallen hat.«

»Und das Glück ist mit ihm, wie mit mir das Unglück war. Und wir bleiben im reichen Lande hier, bleiben frei wie bisher und schlagen nur seine Schlachten gegen Byzanz. Er wird uns Rache schaffen an dem gemeinsamen Feind.«

Und fast alle Versammelten stimmten bei.

»Nun, ich kann euch nicht in Worten widerlegen,« rief Hildebad. – »Von je hab' ich die Zunge ungefüger, als die Axt geführt. – Aber ich fühl' es deutlich: ihr habt unrecht. – Hätten wir nur den schwarzen Grafen hier: der würde sagen können, was ich nur spüre. Mögt ihr's nie bereuen! Mir aber sei's vergönnt, aus diesem ungeheuerlichen Mischreich davonzugehen. Ich will nicht leben unter Belisar. Ich zieh' auf Abenteuer in die Welt: mit Schild und Speer und groben Hieben kömmt man weit.«

Witichis hoffte, den treuen Gesellen in vertrautem Gespräch wohl noch umzustimmen. Er fuhr jetzt in der Sache fort, die ihm so sehr am Herzen lag. »Vor allem hat sich Belisar Schweigen ausbedungen, bis er Ravenna besetzt hat. Es steht zu fürchten, daß einige seiner Heerführer mit ihren Truppen von einer Empörung gegen Justinian nichts wissen wollen. Diese, sowie die verdächtigen Quartiere von Ravenna, müssen von den Goten und den verlässigen Anhängern Belisars umstellt sein, ehe die Entscheidung fällt.«

»Hütet euch,« warnte Hildebad, »daß ihr nicht selbst in diese Grube fallt! Wir Goten sollen uns nicht aufs Feinspinnen verlegen. 's ist, wie wenn der Waldbär auf das Seil steigt – er fällt doch über kurz oder lang. Lebt wohl: mög' es besser ausfallen als ich ahne.

Ich gehe, von meinem Bruder Abschied zu nehmen. Der, wie ich ihn kenne, wird wohl mit diesem Römer-Gotenstaate sich versöhnen. Der schwarze Teja aber, denk' ich, zieht mit mir davon.«

Am Abend durchlief die Stadt das Gerücht von einer Kapitulation. Die Bedingungen waren ungewiß. Aber gewiß war, daß Belisar auf Verlangen des Königs große Vorräte von Brot, Fleisch und Wein in die Stadt schickte, welche an die Armen verteilt wurden. »Er hat Wort gehalten!« sagten diese und segneten den König.

Dieser erkundigte sich nun nach dem Befinden der Königin und erfuhr, daß sie sich langsam wieder beruhige und erhole. »Geduld:« sprach Witichis aufatmend »auch sie wird bald frei und meiner ledig.«

Es dunkelte bereits, als eine starke Schar berittener Goten sich aus der innern Stadt nach der Mauerlücke am Turm des Aëtius wandte. – Ein langer Reiter voran: dann eine Gruppe, die auf quergelegten Lanzen eine mit Tüchern und Mänteln verhüllte Last in schweren Kisten trug. Dann der Rest der stark gerüsteten Männer.

»Auf mit dem Notriegel!« rief der Führer, »wir wollen hinaus.«

»Du bist es, Hildebad?« rief der Wache haltende Graf Wisand, und gab Befehl zu öffnen. »Weißt du schon, die Stadt wird morgen übergeben. Wo willst du hin?«

»In die Freiheit!« rief Hildebad und gab seinem Roß die Sporen.

## Dreiundzwanzigstes Kapitel

Mehrere Tage waren vergangen, bis die Königin Mataswintha sich aus den wirren Fieberphantasien und aus dem von wilden Träumen gequälten Schlummer, der auf dieselben gefolgt war, erhoben hatte.

Teilnahmslos und stumpf stand sie der ganzen Außenwelt und den gewaltigen Entscheidungen gegenüber, die sich damals vorbereiteten. Sie schien keine Empfindung mehr zu haben, als das eine Gefühl ihrer ungeheuern frevelhaften Thaten.

Und rasch hatte sich der wild frohlockende Triumph des Hasses, mit dem sie die Fackel in der Hand durch die Nacht gestürmt war, in zerstörende Reue, in Grauen und Entsetzen verwandelt. In dem Augenblick, da sie die arge That gethan, hatte sie der Erdstoß in die Kniee geworfen: und ihr von allen Leidenschaften erregter Sinn, ihr im Augenblick des vollendeten Frevels erwachendes Gewissen glaubte, die Erde wolle sich über ihre Unthat empören: sie sah die Rache des Himmels hereinbrechen über ihr schuldiges Haupt.

Und als sie nun, in ihrem Gemache wieder angelangt, alsbald die Lohe, die ihre Hand entzündet, riesengroß emporsteigen sah, als sie das tausendstimmige Wehegeschrei der Ravennaten und Goten vernahm, da schien jede Flamme an ihrem Herzen zu nagen und jede der klagenden Stimmen sie zu verfluchen. Sie verlor das Bewußtsein: sie brach zusammen unter den Folgen ihrer That.

Als sie die Besinnung wiedergefunden und sich allmählich des Geschehenen wieder erinnert hatte, war die Kraft ihres Hasses gegen den König völlig gebrochen. Ihre Seele war geknickt. Tiefste Reue über ihre That, zitternde Scheu, je wieder vor sein Antlitz treten zu sollen, erfüllte sie ganz.

Um so mehr, als sie selbst wußte und von allen Seiten vernahm, wie der Untergang der Speicher den König zur Ergebung an seine Feinde zwingen werde.

Ihn selber sah sie nicht. Auch als er einmal einen Augenblick Zeit fand, selbst nach ihrem Zustand in ihren Gemächern sich zu erkundigen, beschwor sie die staunende Aspa, um keinen Preis den König vor ihr Antlitz treten zu lassen: obwohl sie wieder seit mehreren Tagen das Lager verlassen und häufig arme Leute aus der Stadt empfangen hatte, ja die Darbenden auffordern ließ, sich bei ihr zu melden. Sie pflegte dann eigenhändig die für sie und ihren Hof bestimmten Speisen und mit maßloser Freigebigkeit Schmuck, Gold und Kostbarkeiten an sie zu verteilen.

Solchen Besuch eines Bettlers erwartete sie, als ein Mann in braunem

Mantel und einer Sturmhaube wiederholt und dringend sie um die Gnade gebeten hatte, sie möchte nicht ihm, sondern einer armen Frau ihres Volkes die Gunst einer Unterredung ohne Zeugen gewähren.

Es gelte des Königs Heil: es gelte zu warnen vor thätigem, überführbarem Verrat, der seine Krone, vielleicht sein Leben, bedrohe. Mataswintha gewährte eifrig die Bitte.

Mochte es ein Irrtum, ein Vorwand sein: sie durfte nicht mehr abweisen, was auch nur mit dem Vorwand seiner Rettung an sie trat. Auf Sonnenuntergang bestellte sie das Weib.

Die Sonne war gesunken. Der Süden kennt fast keine Dämmerung. Es war finster beinahe, als der schon lange im Vorsaal harrenden Frau eine Sklavin winkte. Die Königin, krank und schlaflos des Nachts, habe erst zur achten Stunde Schlummer gefunden. Eben erst erwacht sei sie sehr schwach. Gleichwohl solle die Bittende vorgelassen werden, da es dem König gelte.

»Ist das aber auch gewiß wahr?« forschte die Sklavin. »Nicht unnütz möcht' ich meine Herrin mühen:« – es war Aspa – »wenn ihr nur Gold damit erlisten wolltet, sagt es mir frei. Ihr sollt mehr haben als ihr begehrt: nur schont meine Herrin. Gilt es dem König wirklich?«

»Es gilt dem König!« Seufzend führte Aspa die Frau in das Gemach Mataswinthens.

Diese erhob sich, das Haupt und Haar von dichtem Tuch umwunden, ganz in leichtes, weißes Krankengewand gekleidet, im Hintergrund des großen Gemaches von dem Lager, an welchem ein runder Mosaiktisch stand. Die goldene Ampel, die über demselben in die Wand eingelassen war, brannte bereits mit mattem Licht. Sie blieb auf dem Rand des Lagers müde sitzen. »Tritt näher,« sprach sie. »Es gilt dem König? warum zögerst du? Rede.«

Das Weib deutete auf Aspa. »Sie ist verschwiegen und treu.« – »Sie ist ein Weib.« Auf einen Wink Mataswinthens entfernte sich ungern das Mädchen.

»Amalungentochter – ich weiß: nur des Reiches Not, nicht Liebe, hat dich zu ihm geführt. – (Wie wunderschön sie ist, obzwar todesblaß!) Doch, Gotenkönigin bist du: *seine* Königin – ob du ihn auch nicht liebst: sein Reich, sein Sieg muß dir das Höchste sein.«

Mataswintha griff nach der Goldlehne des Lagers. »So denkt jede Bettlerin im Gotenvolk!« seufzte sie.

»Zu ihm kann ich nicht sprechen. Aus eignen Gründen.

So sprech' ich denn zu dir, der es am meisten zusteht, ihn vor Verrat zu warnen. Höre mich.« Und sie trat näher, scharf auf die Königin blickend. »Wie seltsam,« sprach sie zu sich selbst. »Welche Ähnlichkeit der Gestalt.«

»Verrat! Noch mehr Verrat?« – »So ahnst auch du Verrat?« – »Gleichviel. Von wem? Von Byzanz? Von außen? Von dem Präfekten?«

»Nein,« sprach das Weib kopfschüttelnd. »Nicht von außen. Von innen. Nicht von einem Mann. Von einem Weib.«

»Was redest du?« sprach Mataswintha, noch bleicher werdend. »Wie kann ein Weib –«

»Dem Helden schaden? Durch höllische Bosheit des Herzens! Nicht mit Gewalt. Mit List und Verrat. Vielleicht bald mit heimtückischem Gift oder, wie schon geschehen – mit heimtückischem Feuer.«

»Halt ein!« Mataswintha, die sich erhoben hatte, wankte zurück an den Mosaiktisch, sich daran lehnend.

Aber das Weib folgte ihr, leise flüsternd: »Wisse das Unglaubliche, das Schändliche! Der König glaubt und das Volk: der Blitz des Himmels habe sein Korn verbrannt. Ich aber weiß es besser. Und auch Er soll es wissen. Wissen, gewarnt durch *deinen* Mund, zu erforschen und zu entwaffnen die Bosheit. Ich sah in jener Nacht eine Fackel durch die Speichergänge eilen und ein Weib hat sie hineingeschleudert. Du schauderst? Ja, ein Weib. Du willst hinweg? Nein, höre nur noch ein Wort. Dann will ich dich lassen. Den Namen? Ich weiß ihn nicht. Aber sie brach vor mir zusammen und entkam mir: doch verlor sie als Wahrzeichen, als Erkennungszeichen – diese Schlange von Smaragd.«

Und die Frau trat hart an den Tisch, dicht unter den Schein der Ampel, den Armreif erhebend.

Da fuhr die Gepeinigte hoch empor. Vor das Antlitz hob sie die beiden nackten Arme. – Von der hastigen Bewegung fiel die Kopfhülle. Ihr rotes Haar flutete nieder und durch das Haar hindurch schimmerte an ihrem linken Arm deutlich eine Goldspange mit smaragdner Schlange.

»Ah!« schrie das Weib laut auf. »Beim Gott der Treue! Du! Du selber bist's!

Seine Königin! Sein Weib hat ihn verraten! Fluch über dich! Das soll er wissen!«

Mit gellendem Aufschrei fiel Mataswintha auf ihr Antlitz in die Kissen zurück. Der Schrei brachte Aspa aus dem Nebengemach zur Stelle. Aber als sie eintrat, war die Königin schon allein. Der Vorhang des großen Eingangs rauschte. Die Bettlerin war verschwunden.

## Vierundzwanzigstes Kapitel

Am andern Morgen schon sahen die Ravennaten mit Staunen Prokop, Johannes, Demetrius, Bessas, Acacius, Vitalius und eine Reihe andrer belisarischer Heerführer in den Palast des Königs ziehen. Sie berieten dort mit ihm die näheren Bedingungen und die Formen der Übergabe.

Unter den Goten verlautete einstweilen nur: der Friede sei geschlossen. Die beiden Hauptwünsche, um deren willen das Volk den ganzen schweren Kampf getragen, würden erreicht: sie würden frei sein und im ungeteilten Besitz des fruchtbaren Südlands bleiben, das ihnen so teuer geworden war. Das war weitaus mehr als nach dem schlimmen Stand der gotischen Sache seit dem Abzug von Rom und dem unvermeidlich gewordnen Verlust von Ravenna zu erwarten war. Und die Häupter der Sippen und sonst die einflußreichsten Männer im Heere, die jetzt von dem bevorstehenden Schritt Belisars verständigt wurden, billigten vollständig die beschlossenen Bedingungen.

Die wenigen, welche die Zustimmung weigerten, erhielten freien Abzug aus Ravenna und Italien. Aber auch abgesehen hiervon, wurde das in

Ravenna stehende Gotenheer nach allen Richtungen zerstreut. Witichis sah die Unmöglichkeit ein, in der ausgesogenen Landschaft außer den Truppen Belisars mit dessen Vorräten auch noch das gotische Heer und die Bevölkerung zu versorgen: und so bewilligte er die Forderung Belisars, daß die Goten, in Gruppen von Hunderten und Tausenden, zu allen Thoren der Stadt hinausgeführt und in allen Richtungen nach ihren Heimstätten entlassen würden.

Belisar fürchtete den Ausbruch gotischer Verzweiflung, wenn der arge Verrat, den man vor hatte, ruchbar würde: und er wünschte deshalb die Verteilung des aufgelösten Heeres. War er einmal im sichern Besitz von Ravenna, so hoffte er etwaige Erhebungen auf dem flachen Lande leicht zu dämpfen. Und Tarvisium, Verona und Ticinum, die letzten festen Plätze der Goten in ganz Italien, konnten dann nicht lange mehr seiner gesamten gegen sie gewendeten Macht widerstehen.

Die Ausführung dieser Maßregeln erforderte mehrere Tage Zeit.

Erst als nur mehr wenige Mann Goten in Ravenna versammelt waren, beschloß Belisar seinen Einzug. Und auch von diesem geringen Rest wurde die Hälfte in das byzantinische Lager verlegt, die andre Hälfte in den Quartieren der Stadt verteilt unter dem Vorwand, den etwaigen Widerstand von hartnäckigen Anhängern Justinians zu brechen.

Was aber die Ravennaten und die in den Plan nicht eingeweihten Goten am meisten wunderte, war, daß nach wie vor die blaue gotische Fahne auf den Zinnen des Palastes wehte. Freilich stand ein Lanzenträger Belisars dort oben bei ihr Wache. Denn auch der Palast war schon voll von Byzantinern.

Gegen einen etwaigen Versuch des Präfekten, sich wie in Rom durch Besetzung der wichtigsten Punkte zum Herrn der Stadt zu machen, hatte Belisar vorsichtige Maßregeln getroffen. Cethegus durchschaute sie und lächelte. Er that nichts dagegen.

Am Morgen des zum Einzug bestimmten Tags trat Cethegus in glänzender Rüstung in das Zelt Belisars.

Er traf nur Prokop. »Seid ihr bereit?« fragte er. »Vollständig.« — »Welches ist der Moment?« — »Der Augenblick, in dem der König im Schloßhof zu Pferde steigt, uns entgegenzureiten. Wir haben alles bedacht.«

»Wieder einmal alles?« lächelte der Präfekt. »Eins habt ihr mir doch noch übrig gelassen. Es wird nicht ausbleiben, daß die Barbaren, sowie unser Plan gelungen und bekannt ist, im ganzen Land in heller Wut auflodern werden. Mitleid und Rachedurst für ihren König könnten sie zu sehr wilden Thaten führen.

Die ganze Begeisterung für Witichis und die Entrüstung gegen uns würde nun im Keim erstickt, und die Goten sähen sich nicht von uns, sondern von ihrem König verraten, wenn dieser selbst schriftlich bezeugen würde, er habe die Stadt nicht an Belisar als Gotenkönig und Rebellen gegen Justinian, sondern einfach an den Feldherrn Justinians übergeben. Jene Empörung Belisars, die ja auch wirklich ausbleibt, erscheint dann den Goten als eine bloße von ihrem König ersonnene Lüge, die Schande der Ergebung ihnen zu verhüllen.«

»Das wäre vortrefflich; aber Witichis wird das nicht thun.«

»Wissentlich schwerlich. Aber vielleicht unwissentlich. Ihr habt ihn den Vertrag doch nur im Original unterschreiben lassen?«

»Er hat nur einmal unterschrieben.«

»Diese Urkunde ist in seinem Besitz? Gut, ich werde ihn hier dies von mir aufgesetzte Duplikat unterzeichnen lassen, auf daß auch Belisar,« lächelte er, »das wertvolle Schriftstück besitze.«

Prokop blickte hinein. – »Wenn er das unterzeichnet, hebt sich freilich kein gotisch Schwert mehr für ihn. Aber ...«

»Laß die Aber mich besiegen. Entweder unterschreibt er heute freiwillig, im Drang des Augenblicks, ohne zu lesen ...«

»Oder?«

»Oder,« vollendete Cethegus finster, »er unterschreibt später. Unfreiwillig. – Ich eile voraus. Entschuldige, wenn ich euern Triumphzug nicht begleite. Meinen Glückwunsch an Belisar.«

Aber da trat Belisar in das Zelt. Antonina folgte ihm. Er war nicht gerüstet und blickte düster vor sich hin.

»Eile, Feldherr,« mahnte Prokop, »Ravenna harrt ihres Besiegers. Der Einzug ...«

»Nichts von Einzug,« sprach Belisar grimmig. »Ruf' die Soldaten ab. Mich reut der ganze Handel.«

Cethegus blieb an dem Ausgang des Zeltes stehen.

»Belisar!« rief Prokop entsetzt, »welcher Dämon hat dir das eingeblasen?« – »Ich!« sagte Antonina stolz, »was sagst du nun?« »Ich sage, daß große Staatsmänner keine Frauen haben sollten!« rief Prokop ärgerlich. »Belisar entdeckte mir erst in dieser Nacht euer Vorhaben. Und ich hab' ihn unter Thränen ...«

»Versteht sich,« brummte Prokop, »die kommen stets zu rechter Zeit.« – »Unter Thränen beschworen, abzustehen. Ich kann meinen Helden nicht von so schwarzem Verrat befleckt sehen.«

»Und ich will's nicht sein. Lieber reit' ich besiegt im Orcus ein, denn also als ein Sieger in Ravenna. Meine Briefe an den Kaiser sind noch nicht abgegangen. – Also ist's noch Zeit.«

»Nein,« sagte Cethegus herrisch, von der Thür ins Zelt schreitend. »Zum Glück für dich ist's nicht mehr Zeit. Wisse: ich habe schon vor acht Tagen an den Kaiser geschrieben, ihm alles mitgeteilt und Glück gewünscht, daß sein Feldherr ohne mindesten Verlust Ravenna gewonnen hat und der Krieg beendet.«

»Ah, Präfekt,« rief Belisar. »Du bist ja sehr dienstfertig. Woher dieser Eifer?«

»Weil ich Belisarius kenne und seinen Wankelmut. Weil man dich zu deinem Glücke zwingen muß. Und weil ich ein Ende dieses Krieges will, der mein Italien zerfleischt.« Und drohend trat er gegen die Frau heran, die auch jetzt der dämonischen beherrschenden Gewalt seines Blickes nicht zu entgehen vermochte. »Wag' es, versuch es jetzt! Tritt zurück, enttäusche Witichis und opfre einer Grille deines Weibes Ravenna, Italien und dein Heer. Siehe zu, ob dir das Justinianus je vergeben kann. Auf Antoninas Seele diese Schuld! Horch, die Trompeten rufen: rüste dich! Es bleibt dir keine Wahl!« Und er eilte hinaus.

Bestürzt sah ihm Antonina nach. »Prokop,« fragte sie dann, »weiß es der Kaiser wirklich schon?«

»Und wenn er es noch nicht wüßte, zu viele sind schon in das Geheimnis eingeweiht. Nachträglich erfährt er jedenfalls, daß Ravenna und Italien sein war, und — daß Belisar um die Gotenkrone, die Kaiserkrone warb. Nur daß er sie erlangt und — abliefert, kann ihn rechtfertigen vor Justinian.«

»Ja,« sagte Belisar seufzend, »er hat recht. Es bleibt mir keine Wahl.«

»So geh,« sprach Antonina eingeschüchtert. »Mir aber sei's erlassen, bei diesem Einzug dich zu begleiten: es ist ein Schlingenlegen, kein Triumph!«

Die Bevölkerung von Ravenna, wenn auch im Unklaren über die näheren Bestimmungen, war doch gewiß, daß der Friede geschlossen und den langen und schweren Leiden des verheerenden Kampfes ein Ende gemacht sei.

Und die Bürger hatten in aufatmender Freude über diese Erlösung die Trümmer, die das Erdbeben auf sehr viele Straßen geworfen, hinweggeräumt und ihre befreite Stadt festlich geschmückt. Laubgewinde, Fahnen und Teppiche zierten die Straßen, das Volk drängte sich auf den großen Fora, in den Lagunenkanälen und in den Bädern und Basiliken in freudiger Bewegung, begierig, den Helden Belisar und das Heer zu sehen, die so lange ihre Mauern bedroht und endlich die Barbaren überwunden hatten.

Schon zogen starke Abteilungen von Byzantinern stolz und triumphierend ein, während die in schwachen Zahlen überall zerstreuten gotischen Posten mit Schweigen und mit Widerwillen die verhaßten Feinde in die Residenz Theoderichs einrücken sahen.

In dem ebenfalls reichgeschmückten Königspalast versammelten sich die vornehmsten Goten in einer Halle neben den Gemächern des Königs. Dieser bereitete sich, als die für den Einzug Belisars anberaumte Stunde nahte, die königlichen Kleider anzulegen: mit Befriedigung, denn es war ja das letztemal, daß er die Abzeichen einer Würde tragen sollte, die ihm nur Schmerz und Unheil gebracht.

»Geh, Herzog Guntharis,« sprach er zu dem Wölsung, »Hildebad, mein ungetreuer Kämmerer, hat mich verlassen. Vertritt du dies eine Mal seine Stelle: die Diener werden dir im Königsschatz die goldene Truhe zeigen, die Krone, Helm und Purpurmantel, Schwert und Schild Theoderichs verwahrend. Ich werde sie heute zum ersten- und letztenmal anlegen, sie dem Helden abzuliefern, der sie nicht unwürdig tragen wird. Was giebt es dort für Lärm?«

»Herr, ein Weib,« antwortete Graf Wisand, »eine gotische Bettlerin. Sie hat sich schon dreimal herangedrängt. Sie will ihren Namen dir nur nennen! Weise sie hinaus!«

»Nein, sagt ihr, ich will sie hören: heute Abend soll sie im Palast nach mir fragen.«

Als Guntharis das Gemach verlassen, trat Bessas ein mit Cethegus. Der Präfekt hatte diesem, ohne ihn einzuweihen, die Abschrift des Vertrages übergeben, die der Gotenkönig noch unterschreiben sollte. Aus dieser unverdächtigen Hand, glaubte er, würde jener die Urkunde argloser nehmen.

Witichis begrüßte die Eintretenden. Bei dem Anblick des Präfekten flog über sein Antlitz, das heute heller als seit langen Monden glänzte, ein dunkler Schatte. Doch bezwang er sich und sprach: »Du hier, Präfekt von Rom? Anders hat dieser Kampf geendet als wir meinten? Jedoch, du kannst auch damit zufrieden sein. Wenigstens kein Griechenkaiser, kein Justinianus wird dein Rom beherrschen.«

»Und soll es nicht, solange ich lebe.«

»Ich komme, König der Goten,« fiel Bessas ein, »dir den Vertrag mit Belisar zur Unterschrift vorzulegen.«

»Ich hab' ihn schon unterschrieben.« – »Es ist die für meinen Herrn bestimmte Doppelschrift.«

»So gieb,« sprach Witichis und wollte das Pergament aus des Byzantiners Hand nehmen.

Da trat Herzog Guntharis mit den Dienern eilfertig ins Gemach: »Witichis,« rief er, »der Königsschmuck ist verschwunden.«

»Was ist das?« fragte Witichis. »Hildebad allein führte die Schlüssel davon.«

»Die ganze Goldtruhe, auch noch andere Truhen sind fort. In der leeren Nische, da sie sonst standen, lag dieser Streif Pergament. Es sind die Schriftzüge von Hildebads Schreiber.«

Der König nahm und las: »Krone, Helm und Schwert, Purpur und Schild Theoderichs sind in meinem Gewahrsam. Wenn Belisar sie will, soll er sie von mir holen.« »Die Rune H – für Hildebad.«

»Man muß ihn verfolgen,« sagte Cethegus finster, »bis er sich fügt.« Da eilten Johannes und Demetrius herein. »Eile dich, König Witichis,« drängten sie. »Hörst du die Tubatöne? Belisar hat schon die Porta des Stilicho erreicht.«

»So laßt uns gehn,« sprach Witichis, ließ sich von den Dienern den Purpurmantel, den sie statt des verschwundenen mitgebracht, um die Schultern werfen und drückte einen goldenen Reif auf das Haupt. Statt des Schwertes reichte man ihm ein Scepter. Und so wandte er sich zur Thür.

»Du hast nicht unterschrieben, Herr,« mahnte Bessas.

»So gieb,« und er nahm die Schrift jetzt aus der Hand des Byzantiners. »Die Urkunde ist sehr lang,« sagte er hineinblickend und hob an zu lesen.

»Eile, König,« mahnte Johannes.

»Zum Lesen ist nicht mehr Zeit,« sagte Cethegus gleichgültig, und reichte ihm die Schilffeder von dem Tisch. »Dann auch nicht mehr zum Schreiben,« antwortete der König. »Du weißt: ich war ein König nach Bauernart, wie die Leute sagten. Bauern unterschreiben keine Zeile, ehe sie genau gelesen: gehen wir.« Und lächelnd gab er die Urkunde an den Präfekten und schritt hinaus. Die Byzantiner und alle Anwesenden folgten.

Cethegus drückte das Pergament zusammen: »Warte nur,« flüsterte er grimmig, »du sollst doch noch unterschreiben.« Langsam folgte er den andern.

Die Halle vor dem Gemach des Königs war bereits leer.

Der Präfekt schritt hinaus auf den gewölbten Bogengang, der im Viereck den ersten Stock des Palastes umgab und dessen byzantinischromanische Rundbogen den freien Blick in den weiten Hofraum gewährten. Derselbe war von Bewaffneten dicht gefüllt. An allen vier Thoren standen die Lanzenträger Belisars. Cethegus lehnte hinter einem Bogenpfeiler und sprach, dem Gang der Ereignisse folgend, mit sich selbst: »Nun, Byzantiner genug, um ein kleines Heer gefangen zu nehmen! Freund Prokop ist vorsichtig – Da! – Witichis erscheint im Portal – Seine Goten sind noch weit hinter ihm auf der Treppe. Des Königs Pferd wird vorgeführt. Bessas hält dem König den Bügel. Witichis tritt heran, er hebt den Fuß. Jetzt ein Trompetenstoß. Die Treppenthüre des Palastes fällt zu und schließt die Goten in den Treppenbau. Auf dem Dache reißt Prokop das Gotenbanner nieder. Johannes faßt seinen rechten Arm, brav Johannes. Der König ruft: »Verrat, Verrat!« Er wehrt sich mächtig. Aber der lange Mantel hemmt ihn. Da, da, er strauchelt. Er stürzt zu Boden. Da liegt das Reich der Goten.«

»Da liegt das Reich der Goten!« Mit diesen Worten begann auch Prokop die Sätze, die er an diesem Abend in sein Tagebuch eintrug: »Ein wichtig Stück Weltgeschichte hab' ich heut bei Tage machen helfen und zeichne ich nun nachts hier ein.

Als ich heute das römische Heer seinen Einzug halten sah in die Thore und Königsburg von Ravenna, kam mir abermals der Gedanke: nicht Tugend oder Zahl oder Verdienst entscheidet den Erfolg in der Geschichte.

Es giebt eine höhere Gewalt, die unentrinnbare Notwendigkeit.

An Zahl und an Heldentum waren uns die Goten überlegen: und sie haben es nicht fehlen lassen an irgend denkbarer Anstrengung. Die gotischen Frauen in Ravenna schmähten heute ihren Männern laut ins Angesicht, als sie die kleinen Gestalten, die nicht zahlreichen Scharen unserer einziehenden Truppen sahen. Summa: in gerechtester Sache, in heldenmütigster Anstrengung kann ein Mann, kann ein Volk doch erliegen, wenn übermächtige Gewalten entgegentreten, die durchaus nicht immer das bessere Recht für sich haben.

Mir schlug das Herz im Bewußtsein des Unrechts, als ich das Gotenbanner heute niederriß und den Golddrachen Justinians an seine Stelle setzte, die Fahne des Unrechts erhob über dem Banner des Rechts.

Nicht die Gerechtigkeit, eine unserem Denken undurchdringbare Notwendigkeit beherrscht die Geschicke der Menschen und der Völker.

Aber den rechten Mann macht das nicht irre. Denn nicht *was* wir ertragen, erleben und erleiden – *wie* wir es tragen, das macht den Mann zum Helden. Ehrenvoller ist der Goten Untergang denn unser Sieg. Und diese Hand, die sein Banner herabriß, wird den Ruhm dieses Volkes aufzeichnen für die kommenden Geschlechter. Jedoch, wie immer dem sei: da liegt das Reich der Goten.«

## Fünfundzwanzigstes Kapitel

Und so schien es.

Auf das glücklichste war, dank den Maßregeln Prokops, der Streich gelungen. Im Augenblick, da auf dem Turme des Palastes die Fahne der

Goten fiel und der König ergriffen ward, sahen sich die überraschten Goten überall im Schloßhof, in den Straßen und Lagunen der Stadt, im Lager von weit überlegenen Kräften umstellt: ein Rechen von Lanzen starrte ihnen überall entgegen: fast ausnahmslos legten die Betäubten die Waffen nieder: die wenigen, welche Widerstand versuchten, so die nächste Umgebung des Königs – wurden niedergestoßen. Witichis selbst, Herzog Guntharis, Graf Wisand, Graf Markja und die mit ihnen gefangenen Großen des Heeres wurden in getrennten Gewahrsam gebracht, der König in den »Zwinger Theoderichs«: einen tiefen, starken Turm des Palastes selbst.

Belisars Zug von dem Thore Stilichos nach dem Forum des Honorius wurde nicht gestört. Im Palast angelangt, berief er den Senat, die Decurionen der Stadt, und nahm sie in Eid und Pflicht für Kaiser Justinianus. Prokopius wurde mit den goldenen Schlüsseln von Neapolis, Rom und Ravenna nach Byzanz gesendet. Er sollte ausführlichen Bericht erstatten und für Belisar Verlängerung des Amtes erbitten bis zur demnächst zu erwartenden völligen Beruhigung Italiens und hierauf, wie nach dem Vandalenkrieg, die Ehre des Triumphes, unter Aufführung des gefangenen Königs der Goten im Hippodrom.

Denn Belisar sah den Krieg für beendet an. Cethegus teilte beinah diesen Glauben. Doch fürchtete er in den Provinzen den Ausbruch gotischen Zornes über den geübten Verrat. Er sorgte daher dafür, daß über die Art des Falles der Stadt vorläufig keine Kunde durch die Thore drang: und er suchte eifrig im Geiste nach einem Mittel, den gefangenen König selbst als ein Werkzeug zur Dämpfung des etwa neu auflodernden Nationalgefühls zu verwerten. Auch bewog er Belisar, Hildebad, der in der Richtung nach Tarvisium entkommen war, durch Acacius mit den persischen Reitern verfolgen zu lassen.

Vergebens versuchte er, die Königin zu sprechen. Sie hatte sich seit jener Nacht der Schrecken noch immer nicht ganz erholt und ließ niemand vor. Auch die Nachricht von dem Falle der Stadt hatte sie mit dumpfem Schweigen hingenommen. Der Präfekt bestellte ihr eine Ehrenwache – um sich ihrer zu versichern. Denn er hatte noch große Pläne mit ihr vor.

Dann sandte er ihr das Schwert des gefangenen Königs und schrieb ihr dabei: »Mein Wort ist gelöst. König Witichis ist vernichtet. Du bist gerächt und befreit. Nun erfülle auch du meine Wünsche.«

Einige Tage darauf beschied Belisar, seines treuen Beraters Prokop beraubt, den Präfekten zu sich in den rechten Flügel des Palastes, wo er sein Quartier aufgeschlagen. »Unerhörte Meuterei!« rief er dem Eintretenden entgegen. – »Was ist geschehen?«

»Du weißt, ich habe Bessas mit den lazischen Söldnern in die Schanze des Honorius gelegt, einen der wichtigsten Punkte der Stadt. Ich vernehme, daß der Geist dieser Truppen unbotmäßig – ich rufe sie ab und Bessas...« – »Nun?« – »Weigert den Gehorsam.« – »Ohne Grund? Unmöglich!«

»Lächerlicher Grund! Gestern ist der letzte Tag meiner Amtsgewalt abgelaufen.« – »Nun?« – »Bessas erklärt, seit letzter Mitternacht hätt' ich ihm nichts mehr zu befehlen.«

»Schändlich. Aber er ist im Recht.«

»Im Recht? In ein paar Tagen trifft des Kaisers Antwort ein, auf mein Gesuch. Natürlich ernennt er mich, nach dem Gewinn von Ravenna, aufs neue zum Feldherrn, bis zur Beendigung des Krieges. Übermorgen kann die Nachricht da sein.«

»Vielleicht schon früher, Belisar. Die Leuchtturmwächter von Classis haben schon bei Sonnenaufgang ein Schiff angemeldet, das von Ariminum her naht. Es soll eine kaiserliche Triere sein. Jede Stunde kann sie einlaufen. Dann löst sich der Knoten von selbst.«

»Ich will ihn aber zuvor durchhauen. Meine Leibwächter sollen die Schanze stürmen und Bessas den halsstarrigen Kopf ...«

Da eilte Johannes atemlos herein. »Feldherr,« meldete er, »der Kaiser! Kaiser Justinianus selbst ankert soeben im Hafen von Classis.«

Unmerklich zuckte Cethegus zusammen. Sollte ein solcher Blitzstrahl aus heiterer Luft, eine Laune des unberechenbaren Despoten, nach solchen Mühen, das fast vollendete Gebäude seiner Pläne gerade vor der Bekrönung niederwerfen?

Aber Belisar fragte mit leuchtenden Augen: »mein Kaiser? Woher weißt du?« – »Er selbst kommt, dir für deine Siege zu danken. – Solche Ehre ward noch keinem Sterblichen zu teil. Das Schiff von Ariminum trägt die kaiserliche Präsenzflagge. Purpur und Silber. Du weißt, das bedeutet, daß der Kaiser an Bord.«

»Oder ein Glied seines Hauses!« verbesserte Cethegus in Gedanken, aufatmend.

»Eilt in den Hafen, unsern Herrn zu empfangen,« mahnte Belisar.

Sein Stolz und seine Freude wurden enttäuscht, als ihnen auf dem Wege nach Classis die ersten ausgeschifften Höflinge begegneten und im Palast Quartier forderten, nicht für den Kaiser selbst, sondern für dessen Neffen, den Prinzen Germanus.

»So sendet er doch den ersten nach ihm selbst,« sprach Belisar, sich selber tröstend im Weitergehen zu Cethegus. »Germanus ist der edelste Mann am Hof. Unbestechlich, gerecht und unverführbar rein. Sie nennen ihn: »die Lilie im Sumpf«. Aber du hörst mich nicht!«

»Vergieb, ich bemerke dort im Gedränge, unter den eben Gelandeten, meinen jungen Freund Licinius.«

»Salve Cethege!« rief dieser, sich Weg zum Präfekten bahnend.

»Willkommen im befreiten Italien! Was bringst du von der Kaiserin?« fragte er flüsternd.

»Das Abschiedswort: *Nike (Viktoria)*! und diesen Brief,« flüsterte der Bote ebenso leise. – »Aber,« und seine Stirne furchte sich – »schicke mich nie mehr zu diesem Weibe.« – »Nein, nein, junger Hippolytos, ich denke, es wird nie mehr nötig sein.«

Damit hatten sie die Steindämme des Hafens erreicht, dessen Stufen soeben der kaiserliche Prinz hinanstieg. Die edle Erscheinung, von einem reich geschmückten Gefolg umgeben, ward von den Truppen und dem rasch zusammenströmenden Volk mit Jubelruf und kaiserlichen Ehren empfangen.

Cethegus faßte ihn scharf ins Auge. »Das bleiche Antlitz ist noch bleicher geworden,« sagte er zu Licinius. »Ja, man sagt: die Kaiserin hat ihn vergiftet, weil sie ihn nicht verführen konnte.«

Der Prinz, nach allen Seiten dankend, hatte jetzt Belisarius erreicht, der ihn ehrfurchtsvoll begrüßte. »Gegrüßt auch du, Belisarius,« erwiderte er ernst. »Folge mir sogleich in den Palast. Wo ist Cethegus der Präfekt? Wo Bessas? Ah Cethegus,« sagte er, dessen Hand ergreifend, »ich freue mich, den größten Mann Italiens wieder zu sehen. Du wirst mich alsbald zu der Enkelin Theoderichs begleiten. Ihr gebührt mein erster Gang. Ich bringe ihr Geschenke Justinians und meine Huldigung. Sie war eine Gefangene in ihrem eigenen Reich. Sie soll eine Königin sein am Hofe zu Byzanz.«

»Das soll sie,« dachte Cethegus. Er verneigte sich tief und sprach: »Ich weiß: du kennst die Fürstin seit lange: ihre Hand war dir bestimmt.«

Eine rasche Glut flog über des Prinzen Wange. »Leider nicht ihr Herz. Ich sah sie hier, vor Jahren, am Hof ihrer Mutter: und seitdem hat mein inneres Auge nichts mehr als ihr Bild gesehen.« »Ja, sie ist das schönste Weib der Erde,« sagte der Präfekt, ruhig vor sich hin sehend. »Nimm diesen Chrysopras zum Dank für dieses Wort,« sagte Germanus und steckte einen Ring an des Präfekten Finger.

Damit traten sie in das Portal des Palastes.

»Jetzt, Mataswintha,« sprach Cethegus zu sich selbst, »jetzt hebt dein zweites Leben an. Ich kenne kein römisch Weib – Ein Mädchen vielleicht ausgenommen, das ich kannte! – das solcher Versuchung widerstehen könnte. Soll diese rohe Germanin widerstehen?«

Sowie sich der Prinz von den Mühen der Seefahrt einigermaßen erholt und die Reisekleider mit einem Staatsgewand getauscht hatte, erschien er an der Seite des Präfekten in dem Thronsaal des großen Theoderich im Mittelbau des Palastes.

An den Wänden der stolz gewölbten Halle hingen noch die Trophäen gotischer Siege. Ein Säulengang lief an drei Seiten des Saales hin: in der Mitte der vierten erhob sich der Thron Theoderichs.

Mit edlem Anstand stieg der Prinz die Stufen hinan. Cethegus blieb mit Belisar, Bessas, Demetrius, Johannes und zahlreichen andern Heerführern im Mittelgrund.

»Im Namen meines kaiserlichen Herrn und Ohms nehme ich Besitz von dieser Stadt Ravenna und von dem abendländischen Römerreich. An dich, Magister Militum, dies Schreiben unseres Herrn, des Kaisers. Erbrich und lies es selbst der Versammlung vor. So befahl Justinianus.«

Belisar trat vor, empfing kniend den kaiserlichen Brief, küßte das Siegel, erhob sich wieder, öffnete und las:

»Justinianus, der Imperator der Römer, Herr des Morgen- und Abendreichs, Besieger der Perser und Saracenen, der Vandalen und Alanen, der Lazer und Sabiren, der Hunnen und Bulgaren, der Avaren und Sclavenen und zuletzt der Goten, an Belisar den Consularen, ehemals Magister Militum.

Wir sind durch Cethegus den Präfekten von den Vorgängen unterrichtet, die zum Fall von Ravenna geführt. Sein Bericht wird, auf seinen

Wunsch, dir mitgeteilt werden. Wir aber können seine darin ausgesprochene gute Meinung von dir und deinen Erfolgen wie von deinen Mitteln mitnichten teilen: und wir entheben dich deiner Stelle als Befehlshaber unseres Heeres. Und wir befehlen dir angesichts dieses Briefes sofort nach Byzanz zurückzukehren, um dich vor unserem Throne zu verantworten. Einen Triumph wie nach dem Vandalenkrieg können wir dir um so weniger gewähren, als weder Rom noch Ravenna durch deine Tapferkeit gefallen: sondern Rom durch Übergabe, Ravenna durch Erdbeben, den Zorn Gottes über die Ketzer und höchst verdächtige Verhandlungen, deren Unschuld du, des Hochverrats angeklagt, vor unserem Thron erweisen wirst. Da wir, eingedenk früherer Verdienste, nicht ohne Gehör dich verurteilen wollen – denn Morgenland und Abendland sollen uns für ferne Zeiten feiern als den Kaiser der Gerechtigkeit – sehen wir von der Verhaftung ab, die deine Ankläger beantragt. Ohne Ketten – nur in den Fesseln deines dich selbst anklagenden Gewissens – wirst du vor unser kaiserliches Antlitz treten.«

Da wankte Belisar. Er konnte nicht weiter lesen: er bedeckte das Gesicht mit den Händen: das Schreiben entfiel ihm.

Bessas hob es auf, küßte es und las weiter: »Zu deinem Nachfolger im Heerbefehl ernennen wir den Strategen Bessas. Ravenna übertragen wir dem Archon Johannes. Die Steuerverwaltung bleibt, trotz der wider ihn von den Italiern erhobenen höchst ungerechten Klagen, dem in unsrem Dienst so eifrigen Logotheten Alexandros. Zu unsrem Statthalter aber in Italien ernennen wir den hochverdienten Präfekten von Rom, Cornelius Cethegus Cäsarius. Unser Neffe, Germanus, mit kaiserlicher Vollmacht ausgerüstet, haftet mit seinem Haupt dafür, dich unverweilt nach unsrer Flotte auf der Höhe von Ariminum zu bringen, auf welcher dich Areobindos nach Byzanz führen wird.«

Germanus erhob sich und befahl allen, bis auf Belisar und Cethegus, den Saal zu verlassen. Darauf stieg er die Stufen des Thrones herab und schritt auf Belisar zu, der nicht mehr wahrnahm, was um ihn her geschah. Er stand unbeweglich, das Haupt und den linken Arm an eine Säule gelehnt und starrte zur Erde.

Der Prinz faßte seine Rechte. »Es schmerzt mich, Belisarius, der Träger solcher Botschaft zu sein. Ich übernahm den Auftrag, weil ihn ein Freund milder als einer der vielen Feinde, die sich dazu drängten, ausführen kann. Aber ich verhehle dir nicht: dieser dein letzter Sieg hebt die Ehre deiner frühern auf. Nie hätte ich von dem Helden Belisar solch Lügenspiel erwartet. Cethegus hat sich ausgebeten, daß sein Bericht an den Kaiser dir vorgelegt werde. Er ist deines Lobes voll: hier ist er. Ich glaube, es war die Kaiserin, die Justinians Ungnade gegen dich entzündet hat. Aber du hörst mich nicht.« Und er legte die Hand auf seine Schulter.

Belisar schüttelte die Berührung ab. »Laß mich, Knabe – du bringst mir – du bringst mir den echten Dank der Kronen.«

Vornehm richtete sich Germanus auf. »Belisar, du vergissest wer ich bin und wer du bist.«

»Oh nein, ich bin ein Gefangner und du bist mein Wächter. Ich gehe sofort auf dein Schiff – erspare mir nur Ketten und Bande.«

Erst spät konnte sich der Präfekt von dem Prinzen losmachen, der in vollstem Vertrauen die Angelegenheiten des Staates und seine persönlichen Wünsche mit ihm besprach.

Er eilte, sowie er in seinen Gemächern, die er ebenfalls im Palaste bezogen, allein war, den ihm von Lucius Licinius mitgeteilten Brief der Kaiserin zu lesen.

Er lautete: »Du hast gesiegt, Cethegus.

Als ich dein Schreiben empfing, gedacht' ich alter Zeiten, da deine Brieflein in dieser Geheimschrift an Theodora nicht von Staaten und Kriegen handelten, sondern von Küssen und Rosen ...«

»Daran müssen sie immer erinnern,« unterbrach sich der Präfekt.

»Aber auch in diesem trocknen Briefe erkannte ich die Unwiderstehlichkeit jenes Geistes, der einst die Frauen von Byzanz noch mehr als deine Jugendschönheit zwang. So gab ich denn auch diesmal den Wünschen des alten Freundes nach, wie einst denen des jungen. Ach, ich dachte gern unsrer Jugend, der süßen. Und ich erkannte wohl, daß Antoninens Gemahl allzufest in Zukunft stehn würde, wenn er diesmal nicht fiel. So raunte ich denn – wie du geschrieben – dem Kaiser in die Ohren: »Allzugefährlich sei ein Unterthan, der ein solches Spiel mit Kronen und mit Aufruhr treiben könne. Keinen Feldherrn dürfe man lange solcher Versuchung aussetzen. Was er diesmal gegaukelt, könne er ein andermal im Ernst versuchen. Diese Worte wogen schwerer als alle Siege Belisars, und alle meine, d. h. deine Forderungen, gingen durch.

Denn Mißtraun ist die Seele Justinians. Er traut nur einer Treue auf Erden – der Theodoras. Dein Bote Licinius ist *hübsch* – aber unliebenswürdig: er hat nur Rom und Waffen in Gedanken. Ach, Cethegus, mein Freund, es lebt keine Jugend mehr wie die unsre war. »Du hast gesiegt, Cethegus« – weißt du noch den Abend, da ich dir diese Worte flüsterte? – Aber vergiß nicht, wem du den Sieg verdankst. Und merke dir, Theodora läßt sich nur solang sie selber will als Werkzeug brauchen. Vergiß das nie.«

»Gewiß nicht,« sagte Cethegus, das Schreiben sorgfältig zerstörend, »du bist eine zu gefährliche Verbündete, Theodora, – nein, Dämonodora! – laß sehn, ob du unersetzbar bist. – Geduld: in wenig Wochen ist Mataswintha in Byzanz. – Was bringst du?« fragte er den eintretenden Syphax, der glänzende Waffen trug.

»Herr, ein Abschiedgeschenk Belisars. Nachdem er deinen Bericht an den Kaiser gelesen, sprach er zu Prokop: »Dein Freund hat meinen Dank verdient. Da, nimm meine goldne Rüstung, den Helm mit dem weißen Roßschweif und den runden Buckelschild und schicke sie ihm als letzten Gruß Belisars.«

## Sechsundzwanzigstes Kapitel

Der Rundturm, in dessen Gewölben Witichis gefangen saß, lag an dem rechten Eckflügel des Palastes, desselben Querbaus, in dem er als König gewohnt und geherrscht hatte.

Der Turm bildete mit seiner Eisenthür den Abschluß eines langen

Ganges, der von einem Hof aus zur Rechten lief und von diesem Hof wieder durch eine schwere Eisenpforte abgeschlossen war. Gerade dieser eisernen Hofpforte gegenüber lag im Erdgeschoß auf der linken Seite des Hofes die kleine Wohnung Dromons, des Carcerarius oder Kerkermeisters des Palastes. Sie bestand aus zwei kleinen Gemächern: das erste, von dem zweiten durch einen Vorhang getrennt, war ein bloßes Vorzimmer. Das zweite Gemach gewährte durch ein logenartiges Fenster den Ausblick auf den Hof und den Rundturm. Beide waren von einfachster Einrichtung: ein Strohlager im Innengemach und zwei Stühle und Tische im äußern nebst den Schlüsseln an den Wänden waren ihr ganzes Gerät.

Und auf der Holzbank an jenem Fenster saß Tag und Nacht, unverwandt den Blick auf die Mauerlücke heftend, aus welcher allein Luft und Licht in des Königs Kerker fiel, schweigend und sinnend ein Weib.

Es war Rauthgundis.

Niemals ließ ihr Auge von jenem kleinen Spalt im Turm. »Denn dort,« sagte sie sich, »dort hängt auch sein Blick, dorthin schwebt seine Sehnsucht.« Auch wenn sie mit Wachis, ihrem Begleiter, oder mit dem Kerkermeister, der sie beherbergte, sprach, wandte sie das Auge nicht von dem Turm. Es war, als ob der Bann ihres Blickes Unheil von dem Gefangnen abhalten könne.

Lange, lange war sie heute wieder so gesessen. Es war dunkler Abend geworden.

Drohend und finster ragte der gewaltige Turm und warf einen breiten Schatten über den Hof und diesen linken Flügel des Palastes.

»Dank dir, gütiger Himmelsherr,« sprach sie. »Auch deine schweren Schläge treiben zum Heil.

Wär' ich in die Felsen der Skaranzia, auf den hohen Arn, zum Vater, wie ich mir ausgesonnen, nie hätte ich von dem Gang des Elends hier vernommen. Oder doch viel zu spät. Aber mich zog die Sehnsucht nach der Todesstätte des Kindes, in die Nähe unsres Ehehauses, das zwar räumte ich: wußte ich denn, ob nicht sie, seine Königin, dort einsprechen würde? So hausten wir in der Waldhütte nahe bei Fäsulä.

Und als das Schrecklichste kam und eine Nachricht des Mißlingens die andre jagte, und als die Saracenen unser Haus verbrannten und ich die Flammen leuchten sah bis in mein Versteck, da war's zu spät nach Norden zum Vater zu entrinnen; die Welschen sperrten alle Wege und lieferten, was flüchtete mit gelbem Haar, den Massageten aus. Kein Weg blieb offen als der Weg hierher – nach der Rabenstadt – wohin ich als sein Weib nie hatte kommen wollen. Als flüchtige Bettlerin kam ich hier an, nur sein Roß Wallada und sein Knecht, nun sein Freigelassener, Wachis, noch mir eigen und treu.

Aber ihm zum Heil – von Gott hierher gezwungen – ob ich schon nicht wollte – ihn zu retten, zu befreien von scheußlichem Verrat des eignen Weibes! Und aus seiner Feinde Bosheit. Dank dir treuer Gott! Ich durfte nicht mehr mit ihm leben – aber – aber ich – Rauthgundis! – darf ihn retten.«

Da rasselte ihr gegenüber die eiserne Hofpforte.

Ein Mann mit Licht trat heraus, ging über den Hof und trat alsbald in das Vorzimmer. Es war der alte Kerkerwart.

»Nun? sprich!« rief Rauthgundis, ihren Sitz verlassend und ihm in das erste Gemach entgegeneilend.

»Geduld – Geduld – laß mich erst die Lampe niederstellen. So! – Nun, also: er hat getrunken. Und es hat ihm wohl gethan.«

Rauthgundis legte die Hand auf die pochende Brust. »Was thut er?« fragte sie dann.

»Er sitzt immer schweigend in der nämlichen Stellung. Auf dem Holzschemel, den Rücken gegen die Thür gewandt, das Haupt in beide Hände gestützt. Er giebt mir keine Antwort, so oft ich ihn anspreche. Er pflegte sich sonst gar nicht zu regen. Ich glaube, der Gram und Schmerz hat ihm was angethan. Aber heute, wie ich ihm den Wein im Holzbecher hinreichte und sprach: »Trink, lieber Herr, es kommt von treuen Freunden:« – da blickte er auf. So traurig, so zum sterben traurig war der Blick und das ganze Antlitz. Und that einen tiefen Zug und nickte dankend mit dem Haupt und seufzte tief, tief, daß es mir durch die Seele schnitt.«

Rauthgundis bedeckte die Augen mit beiden Händen.

»Weiß Gott, was er Böses mit ihm vor hat!« brummte der Alte leise vor sich hin.

»Was sagst du?«

»Ich sage, du mußt jetzt auch einmal tüchtig essen und trinken. Sonst verlassen dich die Kräfte. Und du wirst sie brauchen, arme Frau.«

»Ich werde sie haben.« – »So nimm wenigstens einen Becher Wein.« – »Von diesem? Nein, der ist für ihn allein.« Und sie trat in das innere Gemach zurück, wo sie ihren alten Platz einnahm.

»Der Krug reicht ja noch lang,« fuhr der alte Dromon für sich fort. »Und ich fürchte: wir müssen ihn bald retten, wenn er gerettet werden soll. Da kömmt Wachis. Wenn er nur gute Nachricht bringt, sonst ...«

Wachis trat ein. Er hatte seit dem Besuch bei der Königin die Sturmhaube und seinen Mantel mit Gewändern Dromons vertauscht. »Gute Botschaft bring ich«, sprach er im Eintreten. »Aber wo wart ihr vor einer Stunde? Ich pochte vergeblich.«

»Wir waren beide ausgegangen, Wein zu kaufen.«

»Ach ja, deshalb duftet das ganze Gemach so stark – was seh' ich? Das ist ja alter, köstlicher Falerner! Womit hast du den bezahlt?«

»Womit?« wiederholte der Alte, »mit dem edelsten Golde der Welt!« Und seine Stimme bebte vor Rührung. »Ich erzählte ihr, daß der Präfekt ihn absichtlich Mangel leiden lasse, daß er elend werde. Seit vielen Tagen hat man mir gar keine Speise für ihn gegeben. Ich habe ihn, gegen mein Gewissen, nur dadurch erhalten, daß ich den andern Gefangnen an dem Ihren abbrach. Das wollte sie nicht. Sie sann nach und fragte dann: »Nicht wahr, Dromon, die reichen Römerinnen bezahlen immer noch das gelbe Haar der Germaninnen so hoch?« Und ich, in meiner Einfalt nichts ahnend, sage ja.

Und sie geht hin und schneidet schweigend ihre reichen, schönen, goldbraunen Flechten und Zöpfe ab und bringt sie mir. Und damit ward der Wein bezahlt.«

Da stürzte Wachis in das nächste Gemach, warf sich vor ihr nieder und bedeckte den Saum ihres Gewandes mit Küssen. »O Herrin« – rief er mit versagender Stimme – »goldne, goldtreue Frau!«

»Was treibst du, Wachis? steh auf und erzähle.«

»Ja, erzähle,« sprach Dromon hinzutretend, »was rät mein Sohn?«

»Wozu brauchen wir seinen Rat?« sprach die Frau. »Ich, ich allein will es vollenden.«

»Sehr nötig brauchen wir ihn. Der Präfekt hat aus allen jungen Ravennaten, nach dem Muster der römischen, neun Kohorten Legionare gebildet und meinen Paulus auch eingereiht. Zum Glück hat er diesen Legionaren die Bewachung der Stadtthore anvertraut. – Die Byzantiner liegen draußen im Hafen, seine Isaurier hier im Palast.«

»Die Thore nun,« fuhr Wachis fort, »werden zur Nacht sorgfältig gesperrt. Aber die Mauerlücke am Turme des Aëtius ist immer noch nicht ausgebaut. Nur die Wachen stehen dort.«

»Wann trifft meinen Sohn die Wache?«

»In zwei Tagen: die dritte Nachtwache.«

»Allen Heiligen sei Dank. Viel länger durft' es nicht währen: ich fürchte ...« Und er stockte.

»Was? sprich,« mahnte Rauthgundis entschlossen. »Ich kann alles hören.«

»Es ist am Ende besser, du weißt es. Denn du bist klüger und findiger als wir beide. Und findest eher Rat als wir. Ich fürchte: sie haben's schlimm mit ihm vor.

So lange Belisar hier befahl, ging es ihm noch gut.

Aber seit der fortgebracht und der Präfekt, der schweigsam kalte Dämon, Herr im Palast ist, hat's ein gefährlich Ansehn. Alle Tage besucht er ihn selbst im Kerker.

Und spricht lang und eifrig und drohend in ihn hinein. Ich habe oft im Gang gelauscht. Er muß aber wenig ausrichten. Denn der Herr giebt ihm, glaub' ich, gar keine Antwort. Und wenn der Präfekt herauskommt, blickt er so finster wie – wie der König der Schatten. Und seit sechs Tagen erhalte ich keinen Wein und keine Speisen für ihn als ein kleines Stück Brot. Und die Luft da unten ist so moderdumpf wie im Grabe.«

Rauthgundis seufzte tief.

»Und gestern, als der Präfekt herauf kam – er sah grimmiger als je darein – da fragte er mich ...«

»Nun? sprich es aus, was es auch sei!«

»Ob die Foltergeräte in Ordnung seien.«

Rauthgundis erbleichte, aber sie schwieg. »Der Neiding!« rief Wachis, »was hast du« – »Sorget nicht, eine Weile hat's noch gute Wege.

»Clarissime,« antwortete ich – und es ist die reine Wahrheit – »die Schrauben und die Zangen, die Gewichte und die Stacheln und das ganze saubere Qualzeug liegt in schönster Ordnung alles beisammen.« – »Wo?« fragte er. »Im tiefen Meer. Ich selbst hab' es, schon auf König Theoderichs Befehl, hineingeworfen.« Denn wisset, Frau Rauthgundis: euer Herr hat einmal, da er noch einfacher Graf war, mich gerettet, da die Geräte an mir selbst versucht werden sollten. Da wurde auf sein Bitten das Foltern völlig abgethan: ich schulde ihm mein Leben und meine heilen Glieder. Und darum wag' ich mit Freuden meinen Hals für ihn. Und will auch, wenn's nicht anders geht, gern diese Stadt mit euch verlassen. Aber lange dürfen wir nicht säumen. Denn der Präfekt bedarf nicht meiner Zangen und Schrauben, wenn er einem das Mark aus dem Leibe quälen will. Ich fürcht' ihn, wie den Teufel.«

»Ich haß' ihn, wie die Lüge«, sagte Rauthgundis grimmig.

»Darum müssen wir rasch sein, eh' er seine schwarzen Gedanken vollführen kann. Denn er sinnt Arges gegen den guten König. Ich weiß nicht, was er noch weiter von dem armen Gefangenen will. Also hört und merkt euch meinen Plan. In der dritten Nacht, da mein Paulus die Wache hat, wann ich ihm den Nachttrunk bringe, schließe ich ihm die Ketten los, werfe ihm meinen Mantel über und führe ihn aus dem Kerker und dem Gang in den Hof.

Von da kömmt er ungehindert bis an das Thor des Palastes, wo ihn die Thorwache um die Losung frägt. Diese werd' ich ihm sagen.

Ist er auf der Straße, dann rasch an den Turm des Aëtius, wo ihn mein Paulus die Mauerlücke passieren läßt. Draußen im Pinienwald, im Hain der Diana, wenige Schritte vor dem Thore, wartet Wachis auf ihn, der ihn auf Wallada hebt. Begleiten aber darf ihn niemand. Auch du nicht, Rauthgundis. Er flieht am sichersten allein.«

»Was liegt an mir! Frei soll er sein, nicht noch einmal an mich gebunden. Du nennst meinen Namen gar nicht. Ich hab' ihm nur Unglück gebracht. Ich will ihn nur noch einmal sehen, von diesem Fenster aus, wann er in die Freiheit tritt.«

Der Präfekt sonnte sich in diesen Tagen im Vollgefühle der Macht.

Er war Statthalter von Italien: in allen Städten wurden auf seine Anordnung die Befestigungen geflickt und verstärkt, die Bürger an die Waffen gewöhnt. Die Vertreter von Byzanz vermochten ihm in keiner Weise Gegengewicht zu halten. Ihre Heerführer hatten kein Glück, die Belagerungen von Tarvisium, Verona und Ticinum machten keine Fortschritte.

Und mit Vergnügen vernahm Cethegus, daß Hildebad, dessen Schar sich durch Zulauf unterwegs auf etwa sechshundert erhöht, Acacius, der ihn mit tausend Perser-Reitern eingeholt und angegriffen, blutig zurückgeschlagen hatte. Eine starke Abteilung von Byzantinern aber, die ihm von Mantua aus entgegenrückte, verlegte ihm alle Wege – er wollte nach Tarvisium zu Totila – und nötigte ihn, sich in das noch von den Goten unter Thorismuth besetzte Kastell von Castra Nova zu werfen. Hier hielten ihn die Byzantiner eingeschlossen, vermochten aber nicht, den festen Bau zu nehmen und schon sah der Präfekt die Stunde kommen, da ihn Acacius zu Hilfe rufen würde, den Goten, der ihm dann nicht mehr entrinnen konnte, zu vernichten.

Es freute ihn, daß die Kriegsmacht von Byzanz seit Belisars Entfernung sich offen vor ganz Italien als unfähig erwies, den letzten Widerstand der Goten zu brechen. Und die Härte der byzantinischen Finanzverwaltung, die Belisar überall, wo er einzog, mit sich führen mußte – er konnte die auf Befehl des Kaisers geübte Aussaugung nicht hindern – erweckte oder steigerte in den Städten und auf dem flachen Lande die Abneigung gegen die Oströmer. Cethegus hütete sich wohl, wie Belisar gethan, den ärgsten Übergriffen der Beamten Justinians zu wehren. Er sah es mit Freude, daß in Neapolis, in Rom wiederholt das Volk gegen die Bedrücker in offnem Aufruhr emporloderte.

Waren die Goten vollends vernichtet, der Byzantiner Macht verächtlich, ihre Tyrannei verhaßt genug geworden, dann konnte Italien aufgerufen werden, frei zu sein und der Befreier, der Beherrscher hieß Cethegus.

Dabei verließ ihn nur die Eine Besorgnis nicht – denn er war fern von Unterschätzung seiner Feinde – der Gotenkrieg, dessen letzte Funken noch nicht ausgetreten, könne nochmal aufflammen, geschürt durch die Entrüstung des Volkes über den geübten Verrat.

Schwer fiel dem Präfekten ins Gewicht, daß die tiefstgehaßten Führer der Goten, daß Totila und Teja nicht mit im Netze zu Ravenna waren gefangen worden. Um der Gefahr jener begeisterten Volkserhebung zuvorzukommen, trachtete er so eifrig, dem gefangnen Gotenkönig die Erklärung zu entreißen, er habe sich und die Stadt zuletzt ohne Hoffnung und Bedingung unterworfen, und er fordre die Seinen auf, den aussichtslosen Widerstand aufzugeben.

Und auch das Kastell, in welchem der Kriegsschatz Theoderichs geborgen lag, sollte ihm sein Gefangner angeben. In jener Zeit war ein solcher, schon um fremde Fürsten und Söldner zu gewinnen und anzuziehen, von höchster Bedeutung. Verloren ihn die Goten, so verloren sie die letzte Hoffnung, ihre geschwächte Kraft durch fremde Waffen zu ergänzen. Und viel lag dem Präfekten daran, jenen als unermeßlich reich von der Sage gepriesenen Hort nicht in die Hände der Byzantiner fallen zu lassen, deren Geldnot und daher verursachte Tyrannei ein wichtiger Bundesgenosse seiner Pläne war: sondern ihn sich selbst zu sichern – auch seine Mittel waren ja nicht unerschöpflich.

Aber all sein Bemühen schien an der Unerschütterlichkeit seines Gefangnen zu scheitern.

## Siebenundzwanzigstes Kapitel

Die Maßregeln zur Befreiung des Königs waren getroffen.

Rauthgundis war mit Wachis hinausgegangen, sich das Walddickicht genau einzuprägen, wo der treue Freigelassene mit dem treuen Roß Dietrichs von Bern ihrer warten sollte.

Und mit der Ruhe, welche die Vollendung aller Vorbereitungen starkem Sinn gewährt, war die Gotin nach der Wohnung des Kerkermeisters zurückgekehrt. Aber sie erbleichte, als dieser ihr wie verzweifelt entgegenstürzte und sie über die Schwelle in das Gemach zog. Dort warf er sich vor ihr nieder, schlug die Brust mit den Fäusten und raufte sein graues Haar. Lange fand er keine Worte.

»Rede,« gebot Rauthgundis und preßte die Hand auf das wild pochende Herz, »ist er tot?«

»Nein, aber die Flucht ist unmöglich! Alles dahin! Alles verloren! Vor einer Stunde kam der Präfekt und stieg zu dem König hinab. Wie gewöhnlich schloß ich ihm selbst die beiden Thüren, die Gangthür und die Kerkerpforte, auf – da –« »Nun?« »Da nahm er mir die beiden Schlüssel ab: er werde sie fortan selbst verwahren.« »Und du gabst sie ihm?« knirschte Rauthgundis. »Wie konnt' ich sie weigern! Ich wagte das Äußerste. Ich hielt sie zurück und fragte: »O Herr, vertraust du mir nicht mehr?« Da warf er mir einen seiner Blicke zu, die Leib und Seele wie ein Messer trennen können.

»Von jetzt an – nicht mehr!« sprach er und riß mir die Schlüssel aus der Hand.«

»Und du ließest es geschehen! Doch freilich! Was ist dir Witichis?«

»O Herrin, du thust mir weh und unrecht! Was hättest du an meiner Stelle thun können? Nichts andres!«

»Erwürgt hätt' ich ihn mit diesen Händen! Und nun? Was soll jetzt geschehn?«

»Geschehn? Nichts! Nichts kann geschehen.«

»Er muß frei werden. Hörst du, er muß!«

»Aber Herrin! Ich weiß ja nicht wie.«

Rauthgundis ergriff ein Beil, das an dem Herde lehnte. »Erbrechen wir die Thüren mit Gewalt.« Dromon wollte ihr die Axt entwinden.

»Unmöglich! Dicke Eisenplatten!«

»So rufe den Unhold. Sage, Witichis verlange ihn zu sprechen. Und vor der Gangthür erschlag ich ihn mit diesem Beil!«

»Und dann? Du rasest! Laß mich hinaus. Ich will Wachis abrufen von seiner nutzlosen Wacht.«

»Nein, ich kann's nicht denken, daß es heut' nicht werden soll. Vielleicht kömmt dieser Teufel von selbst wieder. Vielleicht« – sprach sie nachsinnend. »Ah,« schrie sie plötzlich, »gewiß, das ist's. Er will ihn ermorden! Er will sich allein zu dem Wehrlosen schleichen. Aber weh' ihm, wenn er kommt! Die Schwelle jener Gangthür will ich hüten wie ein Heiligtum, besser als meines Kindes Leben. Und weh ihm, wenn er sie beschreitet.« Und sie drückte sich hart an die Halbthür des Gemaches Dromons und wog das schwere Beil.

Aber Rauthgundis irrte.

Nicht um seinen Gefangenen zu töten, hatte der Präfekt die Schlüssel an sich genommen. Er war mit denselben in den linken, den Südbau des Palastes geschritten. Spät am Nachmittag trat Cethegus – er kam aus dem Kerker des Königs – in das Gemach Mataswinthens. Die Ruhe des Todes und die Erregung des Fiebers wechselten in der seelisch Tieferkrankten so oft, so rasch, daß Aspa nur mit Thränen-erfüllten Augen noch auf ihre Herrin sah.

»Zerstreue,« sprach Cethegus, »schönste Tochter der Germanen, die Wolken, die auf deiner weißen Stirn lagern und höre mich ruhig an.«

»Wie steht es mit dem König? Du lässest mich ohne Nachricht. Du versprachst, ihn frei zu geben nach der Entscheidung. Ihn über die Alpen führen zu lassen. Du hältst dein Wort nicht.«

»Ich habe das versprochen: unter zwei Bedingungen.

Du kennst sie beide, und hast die deine noch nicht erfüllt. Morgen kommt der kaiserliche Neffe Germanus zurück von Ariminum – dich nach Byzanz zu führen: du giebst ihm Hoffnung, seine Braut zu werden. Die Ehe mit Witichis war erzwungen und nichtig.«

»Ich sagte dir schon: nein, niemals!«

»Das thut mir leid – um meinen Gefangenen.

Denn eher nicht sieht er das Licht der Sonne, bis du mit Germanus auf dem Wege nach Byzanz.«

»Niemals.«

»Reize mich nicht, Mataswintha! Die Thorheit des Mädchens, das so teuren Preis einst um einen Areskopf bezahlt, ist, denk' ich, überwunden. Dasselbe Geschöpf hat den Ares der Goten ja seinen Feinden verraten. Aber ehrst du noch wirklich den Mädchentraum, so rette den einst Geliebten.«

Mataswintha schüttelte das Haupt.

»Ich habe dich bisher als eine Freie, als Königin behandelt. Erinnere mich nicht, daß du so gut wie er in meiner Gewalt. Du wirst dieses edlen Prinzen Gemahlin – bald seine Witwe – und Justinian, Byzanz, die Welt liegt dir zu Füßen. Tochter Amalaswinthens – solltest du nicht die Herrschaft lieben?«

»Ich liebe nur ...! Niemals!«

»So muß ich dich zwingen!«

Sie lachte: »Du? mich? zwingen?«

»Ja, ich dich zwingen. (Sie liebt ihn noch immer, den sie zu Grunde gerichtet!) Die zweite Bedingung nämlich ist: daß der Gefangene diesen leergelassenen Namen ausfüllt – es ist der Name des Schatzschlosses der Goten – und diese Erklärung unterschreibt. Er weigert sich mit einem Trotz, der anfängt, mich zu erbittern. Siebenmal war ich bei ihm – ich, der Sieger – er hatte noch kein Wort für mich. Nur das erste Mal, da erhielt ich einen Blick – für den er allein den stolzen Kopf verlieren mußte.«

»Nie giebt er nach.«

»Das frägt sich doch. Auch Felsen zermürbt beharrlicher Tropfenfall. Aber ich kann nicht lange mehr warten.

Heute früh kam Nachricht, daß der tolle Hildebad in wütigem Ausfall Bessas so schwer geschlagen, daß er kaum die Einschließung noch aufrecht hält. Überall flackern gotische Erhebungen empor. Ich muß fort und ein Ende machen und diese Funken auslöschen mit dem Wasser der Enttäuschung, besser als mit Blut. Dazu muß ich des gefangenen Königs Erklärung und Schatzgeheimnis haben. Ich sage dir also: wenn du bis morgen Mittag nicht des Prinzen Begleiterin nach Byzanz bist und mir nicht vorher die Unterschrift des Gefangenen verschaffst, die Echtheit von dir selbst bezeugt, so werd' ich den Gefangenen – ich schwöre es dir beim Styx – werd' ich den Gefangenen –«

Entsetzt von seinem furchtbar drohenden Ausdruck fuhr Mataswintha von ihrem Sitz empor und legte ihre Hand auf seinen Arm. »Du wirst ihn doch nicht töten?«

»Ja, das werd' ich. Ich werd' ihn erst foltern. Dann blenden. Und dann töten.«

»Nein, nein!« schrie Mataswintha auf.

»Ja, ich hab's beschlossen. Die Henker stehen bereit. Und *du* wirst ihm das sagen, dir, dieser händeringenden Verzweiflung wird er glauben, daß es Ernst. Du vielleicht rührst ihn: mein Anblick härtet seinen Trotz. Er wähnt vielleicht noch, in Belisars, des Weichherzigen, Hand zu sein. Du wirst ihm sagen, in wessen Gewalt er ist. Hier die beiden Pergamente. Hier die Schlüssel – du sollst deine Stunde frei wählen – zu seinem Kerker.«

Ein Strahl freudiger Hoffnung blitzte aus Mataswinthens Seele durch ihr Auge.

Cethegus bemerkte es wohl. Aber ruhig lächelnd schritt er hinaus.

## Achtundzwanzigstes Kapitel

Bald, nachdem der Präfekt die Königin verlassen, war es dunkel geworden über Ravenna. Der Himmel war dicht mit zerrissenem Gewölk bedeckt, das heftiger Wind an dem Neumond vorüberjagte, so daß kurzes, ungewisses Licht mit desto tieferem Dunkel wechselte.

Dromon hatte seinen Abendrundgang in den Zellen der übrigen Gefangenen vollendet und kam müde und traurig in sein Vorgemach zurück. Er fand kein Licht brennend. Mit Mühe nur nahm er Rauthgundis wahr, die noch immer reglos an der Halbthür lehnte, das Beil in der Hand, den Blick auf die Gangthür geheftet.

»Laß mich Licht schlagen, Frau, den Kienspan im Herdeisen entzünden: und teile das Nachtmahl mit mir. Komm, du harrest hier umsonst.« – »Nein, kein Licht, kein Feuer in dem Gemach! Ich sehe so besser, was draußen im Hof, im Mondlicht naht.« – »Nun so komm wenigstens hierherein und ruhe auf dem Dreifuß. Hier ist Brot und Fleisch.« – »Soll ich essen, während er Hunger leidet?« – »Du wirst erliegen! Was denkst, was sinnst du den ganzen Abend?«

»Was ich denke?« wiederholte Rauthgundis, immer hinausblickend: »Ihn! Und wie wir so oft gesessen in dem Säulengang vor unserem schönen Hause, wann der Brunnen plätscherte in dem Garten und die Cikaden zirpten auf den Olivenbäumen. Und die kühle Nachtluft strich frei um sein liebes Haupt. Und ich schmiegte mich an seine Schulter. Und wir sprachen nicht. Und oben gingen die Sterne. Mit Schweigen. Und wir lauschten den vollen, tiefen Atemzügen des Kindes, das eingeschlafen war auf meinem Schoß, die Händchen, wie weiche Fesseln, um den Arm des Vaters geschlungen. Jetzt trägt sein Arm andre Fesseln. Eisenfesseln trägt er – die schmerzen ...« Und sie drückte die Stirn an das Eisengitter, fest und fester, bis sie selbst Schmerz empfand.

»Herrin, was quälst du dich? Es ist doch nicht zu ändern!«

»Ich will es aber ändern! Ich muß ihn retten und – Ah, Dromon, hieher! Was ist das?« flüsterte sie und wies in den Hof.

Der Alte sprang geräuschlos an ihre Seite. In dem Hofe stand eine hohe, weiße Gestalt, die lautlos an der Mauer dahinglitt. Rasch nur, aber scharf, fiel das Mondlicht darauf.

»Es ist eine Lemure! Ein Schatte der vielen hier Ermordeten,« sprach der Alte bebend. »Gott und die Heiligen schützet mich!« Und er bekreuzte sich und verhüllte das Haupt.

»Nein,« sprach Rauthgundis, »die Toten kommen nicht wieder vom Jenseits. Jetzt ist's verschwunden – Dunkel ringsum – Sieh, da bricht der Mond durch – da ist es wieder! Es schwebt voran gegen die Gangthür. Was schimmert da rot im weißen Licht? Ah, das ist die Königin – ihr rotes Haar! Sie hält an der Gangthür. Sie schließt auf! Sie will ihn im Schlaf ermorden!«

»Weiß Gott, es ist die Königin! Aber ihn ermorden! Wie könnte sie!«

»*Sie* könnte es! Aber sie soll es nicht, so wahr Rauthgundis lebt. Ihr nach! Ein Wunder thut uns seinen Kerker auf! Doch aber leise! Leise!«

Und sie trat aus der Halbthür in den Hof, das Beil in der Rechten, vorsichtig den Schatten der Mauer suchend, langsam, auf den Zehen schleichend. Dromon folgte ihr auf dem Fuße.

Inzwischen hatte Mataswintha die Gangthür aufgeschlossen und ihren Weg erst viele Stufen hinab, dann durch den schmalen Gang, mit den Händen tastend, zurückgelegt. Nun erreichte sie die Pforte des Kerkers. Sacht erschloß sie auch diese.

Durch einen ausgehobenen Ziegelstein hoch oben im Turm fiel ein schmaler Streif des Mondlichts in das enge Quadrat. Er zeigte ihr den Gefangenen. Er saß, den Rücken gegen die Thüre gewandt, das Haupt auf die Hände gestützt, reglos auf einem Steinblock.

Zitternd lehnte sich Mataswintha an die Pfosten der Pforte. Eiskalte Luft schlug ihr entgegen. Sie fror. Sie fand keine Worte: vor Grauen.

Da spürte Witichis an dem Windzug, daß die Pforte geöffnet worden. Er hob das Haupt. Aber er sah nicht um.

»Witichis – König Witichis« – stammelte endlich Mataswintha – »ich bin's. Hörst du mich?«

Aber der Gefragte rührte sich nicht.

»Ich komme, dich zu retten – fliehe! Freiheit!«

Aber der Gefangene senkte wieder das Haupt.

»Oh sprich! – oh sieh nur auf mich!« – Und sie trat ein. Gern hätte sie seinen Arm berührt, seine Hand gefaßt. Sie wagte es noch nicht. »Er will dich töten – quälen. Er wird es thun, wenn du nicht fliehst.«

Und nun gab ihr Verzweiflung den Mut, näher zu treten. »Du sollst aber fliehn! Du sollst nicht sterben! Du sollst gerettet sein – durch mich! Ich flehe dich an – fliehe! Du hörst mich nicht! Die Zeit drängt! Einst sollst du alles wissen! Nur jetzt flieh in Freiheit und Leben. Ich habe die Schlüssel der Kerkerpforte und der Gangthür! flieh!« Und nun faßte sie seinen Arm, wollte ihn emporreißen.

Da klirrten seine Ketten an den Armen, an den Füßen. Er war an den Steinblock festgeschlossen.

»O, was ist das?« rief sie und fiel in die Kniee.

»Stein und Eisen,« sagte er tonlos. »Laß mich. Ich gehöre dem Tode. Und hielten mich auch diese Bande nicht – ich folgte dir doch nicht! Zurück in die Welt? Die Welt ist eine große Lüge. Alles ist Lüge.«

»Du hast Recht! sterben ist besser. Laß mich sterben mit dir. Und verzeih mir. Denn auch ich habe dir gelogen.«

»Es mag wohl sein. Es wundert mich nicht.«

»Aber du mußt mir noch vergeben, ehe wir sterben.

Ich habe dich gehaßt – ich habe gejubelt über deinen Niedergang – ich habe – o, es ist so schwer zu sagen! Ich habe die Kraft nicht, es zu gestehn. Und doch muß ich deine Verzeihung haben – und müßt' ich sie mir erstehlen. Vergieb mir – reiche mir die Hand zum Zeichen, daß du mir verzeihst.«

Aber Witichis war in sein Brüten zurückgesunken.

»O, ich flehe dich an – verzeihe mir, was immer ich dir mag gethan haben.«

»Geh – warum soll ich dir nicht verzeihn? Du bist wie alle! nicht besser, nicht schlimmer!«

»Nein, ich bin böser als alle. Und doch besser. Wenigstens elender. Wisse denn: ich habe dich gehaßt, ja, aber nur, weil du mich von dir gestoßen! Du ließest mich nicht dein Leben teilen – verzeihe mir. Gott, ich will ja nur mit dir sterben dürfen. Reich mir einmal noch die Hand, zum Zeichen, daß du mir verzeihst.« Und sie streckte kniend, flehend, beide Hände zu ihm empor.

Der König erhob das Haupt. Der Grundzug seines Wesens, die tiefe Herzensgüte, regte sich in ihm und übertönte den eignen dumpfen Schmerz. »Mataswintha,« sagte er, und erhob die kettenklirrende Hand, »geh, es erbarmt mich dein. Laß mich allein sterben. Was immer du an mir gethan – geh hin: ich habe dir verziehn.«

»O Witichis!« hauchte Mataswintha und wollte seine Hand ergreifen.

## Neunundzwanzigstes Kapitel

Aber heftig fühlte sie sich hinweggerissen. »Nachtbrennerin, nie soll er dir vergeben! Komm Witichis, *mein* Witichis. Folge mir! du bist frei.« Der König sprang auf, von dieser Stimme wie aus Betäubung geweckt. »Rauthgundis! Mein Weib! ja du logst nie! Du bist getreu. Ich hab' dich wieder.« Und tief aufatmend, jauchzend aus voller Brust, breitete er die Arme aus. Sein Weib flog an seine Brust und sie weinten beide süße Thränen der Liebe und der Freude.

Mataswintha aber, die sich erhoben hatte, wankte gegen die Mauer. Sie strich sich langsam die roten, losgegangnen Haare aus der Stirn und blickte auf das Paar, das der Mondstrahl, der durch die Turmluke fiel, hell beleuchtete.

»*Wie* er sie liebt! Ihr, ja *ihr* würd' er folgen in Freiheit und Leben. Aber er muß ja bleiben! Und sterben – mit mir.«

»Säumt nicht länger!« mahnte von der Kerkerthüre her die Stimme Dromons.

»Ja, rasch fort, mein Leben!« rief Rauthgundis. Sie zog einen kleinen Schlüssel aus dem Busen und tastete an den Ketten, des Schlosses kleine Öffnung suchend.

»Wie? soll ich wirklich nochmal hinaus?« fragte der Gefangene, halb in seine Betäubung zurücksinkend.

»Ja, hinaus in Luft und Freiheit,« rief Rauthgundis und warf die losgeschlossenen Armfesseln zur Erde. »Hier Witichis, eine Waffe! Ein Beil! Nimm!«

Begierig ergriff der gotische Mann die Axt und holte kräftig damit aus: »Ah! die Waffe thut dem Arm, der Seele wohl!«

»Das wußte ich, mein tapfrer Witichis!« rief Rauthgundis, kniete nieder und schloß die Kette auf, die seinen linken Fuß an den Steinblock gefesselt hielt. »Nun schreite aus! Denn du bist frei.«

Witichis that, das Beil in der Rechten hebend, hoch sich reckend, einen Schritt gegen die Thüre.

»Und *sie* darf seine Ketten lösen!« flüsterte Mataswintha.

»Ja, frei!« sprach Witichis, hoch aufatmend. »Ich *will* frei sein und mit dir gehen.«

»Mit ihr will er gehen!« rief Mataswintha und warf sich den Gatten in den Weg. »Witichis – leb wohl – geh! – Nur sage mir nochmal – daß du mir vergiebst.«

»Dir vergeben?« rief Rauthgundis. »Nie! Niemals! Sie hat unser Reich zerstört. Sie hat dich verraten. Nicht der Blitz des Himmels – ihre Hand hat deine Speicher verbrannt!«

»O so sei verflucht!« rief Witichis. »Hinweg von dieser Schlange der Hölle!« Und sie von der Pforte hinwegschleudernd, schritt er über die Schwelle, gefolgt von Rauthgundis.

»Witichis!« rief Mataswintha sich aufraffend. »Halt! Halt an! Höre mich nur noch einmal! Witichis!«

»Schweig!« sprach Dromon, ihren Arm ergreifend. »Du wirst ihn verderben.«

Aber Mataswintha, ihrer nicht mehr mächtig, riß sich los und folgte, die Stufen hinauf in den Gang.

»Halt!« rief sie, »Witichis! Du darfst nicht so hinweg. Du mußt mir verzeihn.« Da brach sie ohnmächtig zu Boden.

Dromon eilte an ihr vorbei, den Fliehenden nach.

Aber schon hatte das gellende Rufen den Mann des leisesten Schlafes geweckt.

Cethegus trat, das Schwert in der Hand, nur halb gegürtet, aus seinem Schlafgemach auf den Gang, dessen offne Logen in den viereckigen Palasthof blickten.

»Wachen,« rief er, »unter die Speere!« Auch Soldaten waren merksam geworden. Kaum hatten Witichis, Rauthgundis und Dromon den Gang und die Gangthüre durchschritten und, gerade dieser gegenüber, die Gemächer Dromons erreicht, als sechs isaurische Söldner laut lärmend in den Gang hineinstürmten.

Rasch sprang Rauthgundis aus der Halbthür, sprang auf die schwere eiserne Gangthüre zu, warf sie klirrend ins Schloß, drehte den Schlüssel um, und zog ihn heraus. »Die sind geborgen und unschädlich!« flüsterte sie.

Schnell eilten nun die beiden Gatten von dem Gemache Dromons dem großen Ausgang zu, der aus dem Schloßhof auf die Straße führte. Mit gefälltem Speer trat hier der letzte Mann der Wache, der hier zurückgeblieben, ihnen entgegen. »Gebt die Losung,« rief er. »Rom und? –«

»Rache!« sprach Witichis und schlug ihn mit dem Beile nieder.

Laut schreiend fiel der Söldner, und warf noch den Speer den Flüchtigen nach: er durchbohrte den letzten der drei – Dromon.

Über die Marmorstufen des Palastes auf die Straße hinabspringend, hörten die Gatten die eingesperrten Soldaten donnernd gegen die feste Eisenthüre schlagen, auch einen lauten Befehlruf hörten sie noch. »Syphax! mein Pferd!«

Dann nahm sie Nacht und Dunkel auf.

Wenige Minuten darauf schimmerte der Palasthof von Fackeln: und Reiter flogen nach allen Thoren der Stadt.

»Sechstausend Solidi wer ihn lebend, dreitausend wer ihn erschlagen bringt!« rief Cethegus – sich in den Sattel seines schwarzen Hengstes schwingend. »Nun auf, ihr Söhne des Windes, Ellak und Mundzuch, Hunnen und Massageten. Jetzt reitet, wenn ihr je geritten!«

»Aber wohin, Herr?« fragte Syphax, an seines Herrn Seite aus dem Palastthor sprengend.

»Das ist schwer raten. Aber alle Thore sind geschlossen und besetzt. Sie können nur etwa zu den Mauerbreschen hinaus.«

»Zwei große Mauerbreschen sind's.«

»Sieh dort den Jupiter, der eben aus der Wolke tritt im Ost. Er winkt mir. Ist nicht dort –?«

»Der Mauersturz am Turme des Aëtius.«

»Gut! dort hinaus! Ich folge meinem Stern!«

Glücklich hatten inzwischen die Gatten, hindurchgelassen von Paulus, dem Sohn des Dromon, die nur halb ausgefüllte Mauerlücke durcheilt und in dem nahen Pinienhain der Diana Wachis, den Getreuen, und zwei Pferde gefunden. Wallada nahm die Gatten auf den Rücken.

Der Freigelassene ritt rasch voran, dem Ufer des hier sehr breiten Flusses zu. Witichis hielt Rauthgundis vor sich, hinter dem Hals des Rosses. »Mein Weib! mit dir hatte ich alles verloren! Leben und Lebensmut. Aber nun will ich's noch einmal wagen um das Reich. O wie konnte ich dich von mir lassen, du Seele meiner Seele.«

»Dein Arm ist wund vom Druck der Kette! So! leg ihn hier auf meinen Nacken, o du mein alles.«

»Vorwärts, Wallada! Rasch! es gilt das Leben.«

Da bogen sie aus dem Dickicht des Hains ins Freie. Das Ufer des Flusses war erreicht. Wachis trieb sein bäumendes Pferd in die dunkle Flut. Das Thier scheute und widerstrebte. Der Freigelassene sprang ab. »Er geht sehr tief, sehr reißend. Es ist Hochwasser seit drei Tagen. Die Furt ist nicht zu brauchen.

Die Gäule müssen schwimmen und stark rechts abwärts wird's uns reißen. Und es sind Felsen im Fluß. Und das Mondlicht wechselt so oft und täuscht.« – Ratlos prüfte er am Ufer hin und her.

»Horch, was war das?« fragte Rauthgundis. »Das war nicht der Wind in den Steineichen.«

»Pferde sind's«, sagte Witichis. »Sie nahen in Eile. Ja, wir sind verfolgt. Waffen klirren. Da – Fackeln. Jetzt hinein in den Strom auf Leben und Sterben. Aber leise!«

Und er führte sein Pferd am Zügel in die Flut.

»Kein Bodengrund mehr. Die Gäule müssen schwimmen. Halte dich fest an der Mähne, Rauthgundis. Vorwärts, Wallada!«

Schnaubend, zitternd, blickte das Thier in die schwarze Flut – die Mähne flog wirr kopfüber – die Vorderfüße vorgestreckt, den Hinterbug zurückgehemmt.

»Vorwärts, Wallada!« Und leise rief Witichis dem treuen Roß ins Ohr: »Dietrich von Bern!« Da setzte das edle Tier in stolzem Sprung willfährig in die Flut.

Schon jagten die verfolgenden Reiter aus dem Wald, voran Cethegus, ihm zur Seite Syphax, eine Fackel hebend. »Hier, im Ufersand, verschwindet die Spur, o Herr.«

»Sie sind im Wasser! Vorwärts, ihr Hunnen!«

Aber die Reiter zogen die Zügel an und rührten sich nicht.

»Nun, Ellak? was zögert ihr? Sofort in die Flut!«

»Herr, das können wir nicht. Ehe wir zur Nachtzeit in fließend Wasser reiten, müssen wir Phug, den Wassergeist, um Verzeihung bitten. Wir müssen erst zu ihm beten.«

»Betet nachher, wenn ihr drüben seid, solang ihr wollt, nun aber –«

Da fuhr ein stärkerer Windstoß über den Fluß und verlöschte alle Fackeln. Hochauf rauschte die Flut.

»Du siehst, o Herr, Phug zürnt.«

»Still! saht ihr nichts? Da unten, links?«

Der Mond war aus dem jagenden Gewölk getaucht. Er zeigte Rauthgundis helles Untergewand: den braunen Mantel hatte sie verloren.

»Zielt rasch, dorthin.«

»Nein, Herr! Erst ausbeten.«

Da war es wieder dunkel am Himmel. Mit einem Fluch riß dem Hunnenhäuptling Cethegus Bogen und Köcher von der Schulter.

»Nun rasch vorwärts!« rief leise Wachis, der schon fast das rechte Ufer gewonnen hatte, zurück – »ehe der Mond aus jener schmalen Wolke tritt.«

»Halt, Wallada!« rief Witichis, abspringend, die Last zu erleichtern, und sich an der Mähne haltend. »Da ist ein Fels! Stoße dich nicht, Rauthgundis.«

Roß, Mann und Weib stockten einen Augenblick an dem ragenden Stein, wo in gurgelndem, tiefem Wirbel das Wasser reißend zog.

Da ward der Mond ganz frei. Hell beleuchtete er die Fläche des Stroms und die Gruppe am Felsen.

»Sie sind es!« rief Cethegus, der schon den gespannten Langbogen bereit hielt, zielte und schoß. Schwirrend flog der lange, schwarzgefiederte Pfeil von der Sehne.

»Rauthgundis!« rief Witichis entsetzt. Denn sie zuckte zusammen und sank nach vorwärts auf die Mähne des Rosses: aber sie klagte nicht.

»Bist du getroffen?« – »Ich glaube. Laß mich hier. Und rette dich.« – »Niemals! Laß dich stützen.«

»Um Gott, Herr, duckt euch! taucht! sie zielen!«

Die Hunnen hatten jetzt ausgebetet. Sie ritten bis hart an den Strom, bis in sein Uferwasser, bogenspannend und zielend.

»Laß mich, Witichis! Flieh, ich sterbe hier.« – »Nein, ich lasse dich nie mehr!« Er wollte sie aus dem Sattel heben und sie auf dem Stein bergen. In hellem Mondlicht stand die Gruppe.

»Gieb dich gefangen, Witichis!« rief Cethegus, sein Roß bis an den Bug in das Wasser spornend.

»Fluch über dich, du Lügner und Neiding.«

Da schwirrten zwölf Pfeile auf einmal. Hoch auf sprang das Roß Theoderichs und versank für immer in die Tiefe.

Aber auch Witichis war auf den Tod getroffen. »Bei dir!« – hauchte noch Rauthgundis. Fest mit beiden Armen umfing sie Witichis. »Mit dir!«

Umschlungen verschwanden sie im Fluß.

Jammernd rief drüben Wachis im Schilf des Ufers noch dreimal ihren Namen. Er erhielt keine Antwort. Da jagte er davon in die Nacht.

»Schafft die Leichen ans Land!« befahl Cethegus düster, sein Roß wendend. Und die Hunnen ritten und schwammen bis an den Stein und suchten.

Aber sie suchten vergebens. Der rasche Strom hatte sie mit fortgerissen und die wieder vereinten Gatten mit sich hinausgetragen ins tiefe, freie Meer.

Am gleichen Tage war Prinz Germanus von Ariminum in den Hafen von Ravenna zurückgekehrt, bereit, demnächst Mataswintha nach Byzanz zu führen.

Diese war aus ihrer Betäubung erst durch die Hammerschläge der Werkleute geweckt worden, die das Mauerwerk neben der Gangthür durchbrachen, die eingesperrten Söldner zu befreien. Man fand die Fürstin auf den Kerkerstufen zusammengebrochen. Sie ward in vollem Fieber in ihre Gemächer hinaufgetragen, wo sie auf den Pupurpolstern ohne Laut und Regung, aber mit starr geöffneten Augen lag.

Gegen Mittag ließ sich Cethegus melden. Sein Blick war finster und drohend, sein Antlitz von eisiger Kälte. Er trat dicht an ihr Lager. Mataswintha sah ihm ins Auge.

»Er ist tot!« sagte sie dann ruhig.

»Er wollte es nicht anders. Er – und du. Dir Vorwürfe machen ist zwecklos. Aber du siehst, was das Ende wird, wenn du mir entgegen handelst. Das Geschrei von seinem Untergang wird unfehlbar die Barbaren in neue Wut treiben. Schwere Arbeit hast du mir geschaffen. Denn nur du hast ihm Flucht und Tod bereitet. Das mindeste, was du zur Sühne thun kannst, ist: meinen zweiten Wunsch erfüllen. Prinz Germanus ist gelandet, dich abzuholen. Du wirst ihm folgen.«

»Wo ist die Leiche?«

»Nicht gefunden. Der Strom hat ihn davongetragen. Ihn und – das Weib.«

Mataswinthens Lippe zuckte. »Noch im Tode! Sie starb mit ihm?«

»Laß diese Toten! In zwei Stunden werde ich mit dem Prinzen wiederkommen. Wirst du bis dahin bereit sein, ihn zu begrüßen?«

»Ich werde bereit sein.«

»Gut. Wir wollen pünktlich sein.«

»Auch ich. Aspa, rufe alle Sklavinnen herbei. Sie sollen mich schmükken: Diadem, Purpur, Seide.«

»Sie hat den Verstand verloren,« sagte Cethegus im Hinausgehen. »Aber die Weiber sind zäh. Sie wird ihn wiederfinden. Sie können fortleben mit aus der Brust gerissenem Herzen.«

Und er ging, den ungeduldigen Prinzen zu vertrösten.

Noch vor Ablauf der bedungenen Zeit kam eine Sklavin, beide Männer zur Königin zu entbieten.

Germanus eilte mit raschem Fuße über die Schwelle ihres Gemaches. Aber gefesselt von Staunen blieb er stehen. So schön, so prachtvoll hatte er die Gotenfürstin nie gesehen.

Sie hatte das hohe, goldne Diadem auf das leuchtende Haar gesetzt, das, gelöst, in zwei dichten Wellen auf ihre Schultern und von den Schultern bis über den Rücken floß. Das Unterkleid, von schwerster weißer Seide mit goldnen Blumen durchwirkt, war nur unterhalb der Kniee sichtbar. Den Brust und Schoß bedeckte der weite Purpurmantel. Ihr Antlitz war marmorweiß, ihr Auge loderte in geisterhaftem Glanz. »Prinz Germanus,« rief sie dem Eintretenden entgegen, »du hast mir von Liebe geredet? Aber weißt du, was du geredet? Lieben ist sterben.«

Germanus sah fragend auf Cethegus.

Dieser trat vor. Er wollte sprechen.

Aber Mataswintha hob mit heller Stimme wieder an:

»Prinz Germanus, sie rühmen dich den Feinstgebildeten an einem weisen Hof, wo man sich übt in spitzer Rätsel Ratung. Auch ich will dir eine Rätselfrage stellen: sieh zu, ob du sie lösest. Laß dir nur helfen dabei von dem klugen Präfekten, der sich so ganz auf Menschengemüter versteht. Was ist das? Weib und doch Mädchen? Witwe und doch nie Weib? Vermagst es nicht zu deuten? Hast Recht. Der Tod nur löst alle Rätsel.«

Rasch zur Seite warf sie den Purpurmantel. Ein breites, starkes Schwert blitzte. Mit beiden Händen stieß sie sich's tief in die Brust.

Aufschreiend sprangen Germanus von vorn, Aspa von rückwärts hinzu. Schweigend fing Cethegus die Sinkende auf. Sie starb, sowie er das Schwert aus der Wunde zog. Er kannte das Schwert. Er hatte selbst ihr es einst gesendet.

Es war das Schwert des Königs Witichis.

Sechstes Buch

# Totila

## Erste Abteilung

### Erstes Kapitel

Wenige Tage nach dem Tode Mataswinthens und der Abreise des tieferschütterten Prinzen kam eine Botschaft aus Castra nova, die den Aufbruch byzantinischer Truppen von Ravenna notwendig machte.

Hildebad war durch flüchtige Goten, die sich durch die Linien der Belagerer geschlichen, von der verräterischen Gefangennehmung des Königs unterrichtet worden. Da ließ er durch Gefangene, die er frei gab, Belisar und Cethegus, jeden einzeln oder beide zusammen, wie sie wollten, zum Zweikampf laden, »wenn sie eine Ader von Mut, einen Tropfen von Ehre im Leibe trügen.«

»Er glaubt Belisar noch im Lande und scheint ihn nicht eben zu fürchten,« sagte Bessas. »Hier läge ein Mittel,« erwiderte Cethegus lauernd, »den ungestümen Raufbold zu verderben. Aber freilich, Mut gehört dazu. Mut, wie ihn Belisar gehabt.«

»Du weißt, ich weiche ihm auch darin nicht.«

»Gut,« sprach Cethegus, »folge mir in mein Gemach.

Ich will dir Rat und Mittel zeigen, den Riesen zu vernichten. Du sollst vollbringen, was Belisar mißlang.« Zu sich selber aber sprach er: »Bessas ist zwar ein löblich schlechter Feldherr: aber Demetrius kein besserer, und leichter zu leiten. Und Bessas schuld' ich noch Vergeltung für das tiburtinische Thor zu Rom.«

Nicht ohne Grund hatte der Präfekt gefürchtet, der schon fast erloschene Widerstand der Goten werde sich neu beleben bei der Kunde von der hinterlistigen Vernichtung des Königs.

Mit jedem Mittel hatte er daher jene Erklärung von Witichis erzwingen wollen, die jede Begeisterung der Rache erstickt haben würde. Noch war an den alten Hildebrand zu Verona, an Totila nach Tarvisium und an Teja zu Ticinum keine genauere Nachricht gelangt. Nur die Kunde, daß Ravenna gefallen, der König gefangen sei, hatte sie erreicht. Dunkel verlautete dabei von Verrat. Und der Schmerz und Zorn der Freunde ließen es sich nicht nehmen: mit rechten Dingen könne nicht die feste Stadt, der wackre König, erlegen sein. Statt sie zu entmutigen, verstärkte das Unheil die Kraft ihres Widerstandes. In wiederholten glücklichen Ausfällen schwächten sie die Belagerer. Und diese sahen sich schon fast genötigt, die Einschließung aufzugeben.

Denn die Anzeichen einer höchst bedeutsamen Veränderung der Verhältnisse in ganz Italien strömten von allen Seiten auf sie ein.

Diese Veränderung war ein sich rasch vollziehender Umschwung in Stimmung und Gesinnung der römischen Bevölkerung, wenigstens des gesamten Mittelstandes: der Kaufleute und Handwerker in den Städten, der Bauern und Colonen auf dem flachen Lande.

Die Italier hatten überall die Byzantiner jubelnd als Befreier begrüßt. Aber nach kürzester Zeit legte sich dieser Jubel. Im Gefolge Belisars zogen ganze Scharen von Finanzbeamten aus Byzanz, von Justinian gesendet, sofort die Früchte des Kampfes zu ernten, und die immer leeren Kassen des Ostreichs mit den Reichtümern Italiens zu füllen. Mitten in den Leiden des Krieges begannen und betrieben diese Eifrigen ihr Werk. Sowie Belisar eine Stadt besetzt hatte, so berief der mit eingerückte Logothetes (Kassenrechnungsführer) alle freien Bürger in die Kurie oder auf das Forum, ließ die Bürger sich selbst nach dem Vermögen in sechs Klassen teilen und forderte nun je die ärmere Klasse auf, die nächst höhere nach ihren Vermögen zu schätzen. Auf Grund dieser Schätzung legten dann die kaiserlichen Beamten jeder Klasse eine möglichst hoch gegriffene Steuer auf. Und da sie, schon durch die Vorenthaltung, Verkürzung, Verzögerung bei dem niemals pünktlich bezahlten Gehalte fast darauf angewiesen, stets neben den Kassen des Kaisers die eigne Tasche zu füllen bedacht waren, wurde der Druck unerträglich. Die Logotheten waren nicht zufrieden mit den hohen Steuersätzen, die der Kaiser für drei Jahre vorausbezahlt verlangte, mit der besonderen, jeder befreiten Stadt Italiens auferlegten »Freiheits-, Dank- und Freudenschatzung«: neben den starken Beisteuern und Lieferungen, die Belisar und sein Heerführer zur Verpflegung des Heeres ausschreiben mußten – denn von Byzanz kam weder Geld noch Vorrat –, verlegten sich jene Finanzkünstler darauf, mit besonderen Mitteln den reicheren Bürgern noch besondere Zahlungen abzunötigen.

Sie stellten überall Nachprüfungen der Steuerlisten an, entdeckten Rückstände aus der Zeit der Gotenkönige oder gar noch aus den Tagen Odovakars und ließen den Bürgern nur die Wahl zwischen ungeheuren Abfindungssummen oder ungeheuren Rechtsstreiten mit dem Fiskus Justinians, der noch nie einen Prozeß verloren.

Waren aber die Steuerlisten unvollständig oder zerstört – was häufig genug in diesen Jahren der Kämpfe geschehen –, so stellten die Rechnungsführer sie nach eigner Willkür wieder her.

Kurz, alle Finanzkünste, welche die Provinzen des Ostreichs zu Grunde richteten, wurden seit Belisars Landung in ganz Italien geübt, soweit die kaiserlichen Waffen reichten.

Ohne Rücksicht auf die Not des Krieges spannten die Steuerboten dem Bauer das pflügende Rind aus dem Pflug, nahmen dem Handwerker das Gerät aus der Werkstatt, dem Kaufmann die Waren aus der Halle. In manchen Städten erhob sich das Volk, die Steuerlisten verbrennend, in hellem Aufruhr gegen seine Peiniger, die freilich alsbald in größeren Scharen mit strengerer Härte wiederkehrten. Mit afrikanischen Bluthunden jagten die mauretanischen Reiter Justinians die verzweifelnden Bauern aus ihren Waldverstecken, wohin sie sich geflüchtet, den Steuererhebern zu entrinnen.

Cethegus aber, der allein in der Stellung gewesen wäre, Abhilfe zu versuchen, sah dem allen zu mit berechnender Ruhe. Ihm war es erwünscht, daß Italien schon vor Beendung des Krieges die Tyrannei von Byzanz fühlbar kennen lernte. Desto leichter würde er es mit fortreißen können, sich zu erheben mit eigner Kraft und nach den Goten auch die Byzantiner abzuschütteln. Mit Achselzucken hörte er die Klagen der Städtegesandten an, die seine Vermittelung anriefen und gab die lakonische Antwort: »Das ist byzantinisch Regiment – ihr müßt euch dran gewöhnen.« »Nein,« hatten die Abgeordneten von Rom gerufen, »das Unerträgliche gewöhnt man nicht. Und der Kaiser könnte ein Unerhörtes erleben, das er sich nicht träumen läßt.«

Dies Unerhörte konnte sich Cethegus nur als die Erhebung Italiens zur Selbständigkeit denken: er kannte kein drittes. Aber er irrte. So klein er von seiner Zeit und seinen Landsleuten dachte, er hatte geglaubt, sie durch sein Beispiel gehoben zu haben. Jedoch den Gedanken: »Freiheit und Erneuerung Italiens,« seinem Geist so geläufig, ja so notwendig wie der Brust das Atmen: dies Geschlecht vermochte ihn nicht mehr zu fassen. Nur zwischen verschiedenen Herren schwanken und wählen konnten die Entarteten. Und da das Joch von Byzanz sich als unertragbar erwies, fing man an, wieder der milden Gotenherrschaft zu gedenken: eine Möglichkeit, die dem Präfekten gar nicht in die Gedanken geriet. Und doch kam es so.

Vor Tarvisium, Ticinum und Verona geschah schon jetzt im kleinen, auf dem flachen Lande, was sich im großen in den Städten wie Neapolis und Rom vorbereitete: die italische Landbevölkerung erhob sich gegen die byzantinischen Beamten und Soldaten wie die Bewohner jener drei Städte in jeder Weise die gotischen Besatzungen unterstützten.

So wurden die Belagerer von Tarvisium genötigt, ihre Angriffe aufzugeben und sich auf Verteidigung ihres Lagers zu beschränken, nachdem Totila in einem Ausfall, unterstützt von bewaffneten Colonen des Flachlands, ihre Werke zum großen Teil zerstört hatte. Aus der Landschaft zog er nun Vorräte und Streiter in seine Feste. Mit froherem Herzen als seit sehr langer Zeit hielt Totila seinen Abendrundgang auf den Wällen von Tarvisium.

Die Sonne, die hinter den venetischen Bergen niedersank, vergoldete die Ebene vor ihm und rote Wolken flogen freundlich an dem Himmel hin. Mit gerührtem Herzen sah er, wie die Bauern von der Umgegend von Tarvisium durch das geöffnete Thor strömten und seinen ausgehungerten Goten Brot, Fleisch, Käse, Wein zutrugen, während diese ins Freie eilten und nun Germanen und Italier, mit verschlungenen Armen, die jüngst gemeinsam über die verhaßten Feinde erfochtenen Vorteile gemeinsam feierten.

»Und sollte es denn unmöglich sein,« sagte der Sieger zu sich selbst, »diese Eintracht zu erhalten, zu erweitern über das ganze Land? Müssen denn diese Völker beharren in unversöhnlichem Zwiespalt? Wie schön steht beiden diese Freundschaft! Haben nicht auch wir gefehlt, sie als Feinde, als Besiegte zu behandeln? Mit Argwohn ist man ihnen begegnet, statt mit ehrendem Vertrauen. Ihren Gehorsam haben wir verlangt, nicht ihre Liebe gesucht. Und diese wäre wohl des Suchens wert gewesen. War sie gewonnen: nie hätte Byzanz hier Fuß gefaßt. Die Lösung meines Gelübdes – Valeria! – sie wäre nicht so unerreichbar fern. Wär' mir es noch vergönnt, auf *meine* Weise nach jenem Ziele zu ringen!«

Da unterbrach sein Denken und Träumen ein Bote von den vorgeschobenen Wachen mit der Meldung, die Feinde hätten ihr Lager eilig geräumt und seien in vollem Abzug nach Süden, gegen Ravenna – auf der Straße von Westen her wirble Staub – ein starker Haufe Reiter nahe, vermutlich Goten.

Erfreut, aber noch zweifelnd nahm Totila die Nachricht auf: er traf alle Vorkehrungen wider eine Kriegslist. Doch in der Nacht wurden seine Zweifel gelöst. Er wurde geweckt mit der Nachricht eines gotischen Sieges und des Eintreffens der Sieger. Er eilte in den Vorsaal und sah Hildebrand, Teja, Thorismuth und Wachis.

Mit dem Zuruf »Sieg! Sieg!« begrüßten ihn die Freunde: und Teja und Hildebrand meldeten, daß auch bei Ticinum und Verona das Landvolk sich gegen die Byzantiner erhoben und ihnen geholfen habe, die Belagerer zu überfallen und, nach Zerstörung ihrer Werke, zum Abzug zu zwingen.

Aber bei diesem Bericht lag doch in Tejas Auge und Stimme noch tiefere, als die gewohnte Schwermut. »Was hast du neben dieser Freude Trauriges zu künden?« fragte Totila.

»Des besten Mannes schmähliches Verderben!« und er winkte Wachis, welcher nun die Leiden und den Tod des Königs und seines Weibes erzählte.

»Im Röhricht des Flusses,« schloß er, »war ich den Pfeilen der Hunnen entgangen. So leb' ich noch. Aber nur zu dem einen Ende, meinen Herrn, meine Herrin zu rächen an ihrem Verräter und Mörder, dem Präfekten.«

»Nein, mir ist des Präfekten Haupt verfallen!« sprach Teja. »Das nächste Recht auf ihn,« sagte Hildebrand, »hast du, Totila. Denn einen Bruder hast du an ihm zu rächen.«

»Mein Bruder Hildebad!« rief Totila, »was ist mit ihm?« – »Schändlich ermordet ist er, Herr,« sprach Thorismuth, »von dem Präfekten! Vor meinen Augen! Und ich konnt's nicht wenden.« – »Mein starker Hildebad tot!« klagte Totila. »Rede!«

»Der Held lag mit uns in der Burg Castra Nova bei Mantua. Das Gerücht vom empörenden Untergang des Königs hatte uns erreicht. Da forderte Hildebad beide, Belisar und Cethegus, zum Zweikampf. Bald darauf erschien ein Herold, meldend, Belisar habe die Forderung angenommen und erwarte deinen Bruder zum Kampf auf der Ebene zwischen unserem Wall und ihrem Lager. Frohlockend eilte dein Bruder hinaus, wir Reiter alle folgten. Wirklich ritt aus dem Zelte in seiner goldnen Rüstung, mit geschlossenem Helm und weißem Roßschweif, mit dem runden Bukkelschild, uns allen wohlbekannt, Belisarius.

Nur zwölf Reiter folgten ihm. Allen voran auf seinem Rappen Cethegus, der Präfekt. Die andern Byzantiner hielten vor ihrem Lager: Hildebad befahl mir, mit elf Reitern ihm in gleichem Abstand zu folgen.

Die beiden Kämpfer begrüßten sich mit dem Speere: die Tuba tönte und Hildebad sprengte auf seinen Gegner los. Im Augenblick flog dieser durchstoßen vom Pferd.

Dein Bruder, völlig unverletzt, sprang ab, mit dem Ausruf: »Das war kein Stoß des Belisar!« und öffnete dem Sterbenden den Helm. »Bessas!« rief er und sah, ergrimmt über den Betrug, gegen die Feinde.

Da winkte der Präfekt. Die zwölf maurischen Reiter schleuderten ihre Speere – und schwer getroffen stürzte dein Bruder zusammen.«

Totila verhüllte sein Haupt. Teja trat ihm teilnehmend näher.

»Hör' zu Ende,« sprach Thorismuth. »Da ergriff uns, die wir den Mord mit angesehen, grimmiger Schmerz. Wütend warfen wir uns auf die Feinde, die, auf unsre Entmutigung hoffend, aus dem Lager gedrungen waren. Nach wildem, heißem Kampf schlug sie unser Ingrimm in die Flucht. Nur seines Höllenrappens Schnelligkeit hat den von meinem Wurfspeer an der Schulter verwundeten Präfekten gerettet. Mit leuchtenden Augen sah dein Bruder noch unsern Sieg. Er ließ sich die Truhe, die er aus Ravenna entführt, vom Schloß herabbringen, öffnete und sprach zu mir: »Kronhelm, Schild und Schwert Theoderichs. Bring' sie meinem Bruder!«

Und mit letztem Atem sprach er: »Er soll mich rächen und das Reich erneuern. Sag' ihm, ich hab' ihn sehr geliebt!« Damit fiel er zurück auf seinen Schild und seine treue Seele war dahin.«

»Mein Bruder! o mein lieber Bruder!« klagte Totila. Er lehnte sich an die Säule. Thränen brachen aus seinen Augen.

»Wohl ihm, der noch weinen kann!« sprach Teja leise.

Eine Pause des Schmerzes trat ein.

»Gedenke deiner Eidpflicht!« rief endlich Hildebrand. »Er war zwiefach dein Bruder! Du mußt ihn rächen!«

»Ja,« rief Totila aufspringend: und unwillkürlich riß er das Schwert aus der Scheide, dessen Griff ihm Teja hinreichte. »Ich will ihn rächen!«

Es war das Schwert Theoderichs.

»Und das Reich erneuen!« sprach feierlich, sich hochaufrichtend, der alte Hildebrand und drückte fest die Krone auf Totilas Haupt. »Heil dir, König der Goten!«

Totila erschrak. Er griff rasch mit der Linken nach dem goldnen Reif. »Was thut ihr?«

»Das Rechte! Der Sterbende hat Weissagung gesprochen. Du wirst das Reich erneuen. Drei Siege rufen dich, den Kampf aufzunehmen. Gedenke des Bluteids. Noch sind wir nicht wehrlos. Sollen wir die Waffen aus der Hand legen? sie vor Verrat und Tücke strecken?«

»Nein,« rief Totila, »das wollen wir nicht! Und wohlgethan ist's, einen König wählen, als Zeichen neuer Hoffnung! Aber hier steht Teja, würdiger, bewährter denn meine Jugend. Wählt Teja.«

»Mich als Bürgen der Hoffnung! Nein!« sagte dieser, das Haupt schüttelnd. »Erst trifft die Reihe dich! Dir hat der Bruder sterbend Schwert und Krone gesendet. Trage sie glücklich. Ist dies Reich zu retten, wirst du es retten. Ist es nicht zu retten, so muß noch ein Rächer übrig sein!«

»Jetzt aber,« fiel Hildebrand ein, »jetzt gilt es, Siegeszuversicht in alle Herzen schimmernd ausstreuen. Das ist dein Amt, Totila. Sieh, leuchtend taucht der junge Tag empor. Der Sonne früheste Strahlen brechen in die Halle und küssen glänzend deine Stirn. Das ist ein Götterzeichen. Heil, König Totila – du sollst das Gotenreich erneu'n.«

Und der Jüngling drückte sich den Kronhelm fest auf das goldene Lockenhaupt und schwang das Schwert Theoderichs blitzend der Morgensonne entgegen. »Ja,« rief er, »wenn Menschenkraft es mag, ich will dies Reich erneuen.«

Und König Totila hat sein Wort gehalten.

Noch einmal hat er die Macht der Goten, deren ganzer Halt in Italien bei seiner Erhebung zusammengeschrumpft war auf drei kleine Städte mit wenigen Tausenden von Bewaffneten, gewaltig aufgerichtet: gewaltiger als sie zur Zeit Theoderichs gewesen.

Er vertrieb die Byzantiner aus allen Städten der Halbinsel: mit einer verhängnisvollen Ausnahme. Er gewann die Inseln Sardinien, Sicilien, Corsica zurück. Ja, noch mehr: siegreich überschritt er die alten Grenzen des Reichs und, da der Kaiser hartnäckig die Anerkennung des gotischen Reiches und Besitzstandes verweigerte, trugen, ihn zu zwingen, des Gotenkönigs Flotten bis tief in die Provinzen des oströmischen Reiches Schreck und Zerstörung.

Italien aber gewann unter seinem milden Scepter, unerachtet des nie völlig erlöschenden Krieges, eine Blüte wie in den Tagen Theoderichs.

Und es ist bezeichnend, daß die Sage der Goten und Italier den glücklichen König bald als einen Enkel des Numa Pompilius oder des Titus oder Theoderichs, bald als dessen zur Wiederherstellung und Beglückung seines Reiches in jugendlicher Gestalt auf die Erde zurückgekehrten Genius feierte.

Wie der Aufgang der Morgensonne aus dunklem Nachtgewölk, Licht und Segen bringend und unwiderstehlich, wirkte seine Erhebung. Die finstern Schatten wichen Schritt für Schritt vor seinem Nahen: Glück und Sieg flogen vor ihm her und die Thore der Städte, die Herzen der Menschen erschlossen sich vor ihm fast ohne Widerstand.

Die Genialität des Feldherrn, des Herrschers und des Menschen, die in diesem blonden Jüngling geschlummert hatte, die nur von einzelnen, von Theoderich und Teja, geahnt, von niemand in ihrem ganzen Umfang erkannt war, entfaltete sich nun glänzend, da sie vollen Flügelraum erhalten. Das Heiter-Jugendliche seines Wesens war in den schweren Prüfungen dieser Jahre, in den Schmerzen, die er zu Neapolis, vor Rom erduldet, in der fortwährenden Entbehrung der Geliebten, die ihm jeder Sieg der Byzantiner ferner rückte, zwar nicht ausgelöscht, jedoch in ernstere Männlichkeit vertieft worden. Aber jener schimmerhelle Grundzug seines Wesens war geblieben und warf den Zauber der Anmut, der herzgewinnenden Liebenswürdigkeit über all sein Thun.

Getragen von der eigenen Idealität wandte er sich vertrauend überall an das Ideale in den Menschen. Und unwiderstehlich fanden die meisten, fanden alle nicht von überlegenen feindseligen Dämonen beherrschten Menschen seine zuversichtliche Berufung auf das Edle und Schöne. Wie das Licht erhellt, was es berührt, so schien die Hochherzigkeit dieses lichten Königs sich seinem Hof, seiner Umgebung mitzuteilen und auch die Gegner versöhnend zu ergreifen.

»Er ist unwiderstehlich wie der Sonnengott,« riefen die Italier.

Näher betrachtet lag das Geheimnis seiner großen und raschen Erfolge in der Kunst, mit welcher er, zugleich dem innersten Antrieb seiner Natur folgend, die neu vorgefundene Verbitterung der Italier über den Druck der

Byzantiner überall zum Umschlag, zur Dankbarkeit für seine, für die gotische Milde zu steigern und umzulenken verstand.

Wir sahen, wie diese Stimmung das Landvolk, die reichen Kaufleute, die Handwerker in den Städten, die Colonen und kleinen und mittleren Bürger, also weitaus die Mehrzahl der Bevölkerung bereits ergriffen hatte. Die Persönlichkeit des jungen Gotenkönigs zog sie dann vollends von den byzantinischen Drängern ab, von welchen auch das Waffenglück gewichen schien, seit die Goten mit dem helljauchzenden Schlachtruf: »Totila!« in den Kampf eilten.

Freilich blieb eine kleine Minderzahl unbeugsam: die rechtgläubige Kirche, die keinen Frieden mit den Ketzern kannte, starre Republikaner und der Kern der Katakombenverschwörung: die stolzen römischen Adelsgeschlechter, die Freunde des Präfekten. Aber diese kleine Zahl kam bei dem Abfall der Masse des Volkes nicht in Betracht.

Die erste That des neuen Königs war der Erlaß eines Aufrufs an die Goten und an die Italier. Jenen wurde genau dargethan, wie der Fall Ravennas und der Untergang des Königs Witichis nur das Werk überlegener Lüge, nicht überlegener Kraft gewesen: und eingeschärft wurde ihnen die Pflicht der Rache, die bereits drei Siege eröffnet hätten. Die Italier aber wurden aufgefordert, nun, nachdem sie erfahren, welchen Tausch sie durch den Abfall zu Byzanz gemacht, zu ihren alten Freunden zurückzukehren.

Dafür verhieß der König nicht nur volle Verzeihung, auch Gleichstellung mit den Goten, Aufhebung aller bisherigen gotischen Vorrechte, namentlich Bildung eines eignen italischen Heeres und, was durch den Gegensatz besonders wirkte: Befreiung alles italischen Bodens und Vermögens von jeder Steuer bis zur Beendung des Krieges. Eine Maßregel höchster Klugheit war es ferner, daß, da der Adel byzantinisch, die Colonatbevölkerung gotisch gesinnt war, jeder römische Edle, der sich nicht binnen drei Wochen den Goten stellte und unterwarf, seines Grundeigentums zu Gunsten seiner bisherigen Colonen verlustig erklärt wurde.

Und endlich setzte der König auf jede Mischehe zwischen Goten und Römern eine hohe, aus dem Königsschatz zu zahlende Prämie und versprach Ansiedelung des Paares auf konfisziertem Grundbesitz römischer Senatoren.

»Italia,« schloß das Manifest, »blutend aus den Wunden, welche die Tyrannei von Byzanz ihr geschlagen, soll sich erheben unter meinem Schilde. Helft uns, Söhne Italias, unsere Brüder, von diesem heiligen Boden die gemeinsamen Feinde, die Hunnen und Skythen Justinians, vertreiben. Dann soll im neuen Reich der Italier und Goten, gezeugt aus italischer Schönheit und Bildung, aus gotischer Kraft und Treue, ein neues Volk erstehen, desgleichen an Adel und Herrlichkeit noch nie die Welt geschaut.«

Als Cethegus der Präfekt auf seinem Feldbett zu Ravenna, wo ihn die Wunde fesselte, morgens vom Schlaf erwachend, die Nachricht erfuhr von Totilas Erhebung, sprang er mit einer Verwünschung aus den Decken.

»Herr,« warnte ihn der griechische Arzt, »du mußt dich schonen und ...«

»Hörst du nicht? Totila trägt die Gotenkrone! Jetzt ist nicht Zeit, sich zu schonen. Meinen Helm, Syphax.«

Und er riß Lucius Licinius, der die Botschaft gebracht, den Aufruf aus der Hand und las begierig.

»Ist das nicht lächerlich? Nicht Wahnsinn?« meinte dieser.

»Wahnsinn ist es, wenn die Römer noch Römer sind. Aber sind sie's noch? Sind sie es nicht mehr: dann schaffen wir – und nicht der Barbarenfürst – ein Werk des Wahns. Diese Probe darf gar nicht gemacht werden. Im Keim muß diese neue Gefahr zertreten werden. Der Streich gegen den Adel und für die Colonen ist ein Meisterstück. Er darf nicht Zeit haben, zu wirken. Wo ist Demetrius?«

»Schon gestern Abend aufgebrochen, Totila entgegen. Du schliefst, der Arzt verbot, dich zu wecken. Auch Demetrius verbot es.«

»Totila König, und ihr laßt mich schlafen! Wißt ihr nicht, daß dieser Blondkopf der Genius des Gotenvolkes ist? Demetrius will sich den Lorbeer allein holen. Wie stark ist er?«

»Den Goten mehr als zweimal überlegen: Zwölftausend gegen Fünftausend.« – »Verloren ist Demetrius! Auf zu Pferd! Bewaffnet alles, was eine Lanze tragen kann. Laßt nur die Wunden auf den Wällen. Dieser Brand Totila muß erstickt werden im ersten Knistern. Sonst löscht ihn kein Ocean von Blut mehr aus. Meine Waffen, zu Pferd.«

»So hab ich den Präfekten nie gesehen,« sagte Lucius Licinius zu dem Arzt. »Es ist wohl das Fieber? Er erbleichte.«

»Er ist fieberfrei.«

»Dann faß ich's nicht. Denn Furcht kann es nicht sein. Syphax, laß uns ihm folgen.«

Rastlos trieb Cethegus seine Scharen vorwärts. So rastlos, daß nur ein kleines Reitergefolge mit seinem Ungestüm und Pluto, seinem raschen und unermüdlichen Rappen, Schritt halten konnte. In weiten Zwischenräumen folgten Marcus Licinius, Massurius mit des Cethegus Söldnern, und Balbus mit den in Eile bewaffneten Bürgern von Ravenna. Denn wirklich nur Greise und Kinder hatte Cethegus neben den Wunden in der festen Stadt zurückgelassen.

Endlich hatte der Präfekt wenigstens Fühlung mit dem Nachtrab des byzantinischen Feldherrn gewonnen. Totila zog von Tarvisium her nach Süden gegen Ravenna. Zahlreiche Haufen bewaffneter Italier, aus den Provinzen Ligurien, Venetien, Ämilia stießen zu ihm, durch seine Worte aufgerufen, zu neuer Hoffnung und neuen Entschlüssen. Sie verlangten, seine erste Schlacht gegen die Byzantiner mit schlagen zu dürfen.

»Nein,« hatte Totila ihren Führern erwidert, »erst *nach* der Schlacht faßt euren letzten Entschluß. Wir Goten fechten allein. Siegen wir, so mögt ihr uns folgen. Fallen wir, so soll euch nicht der Byzantiner Rache treffen. Wartet ab.«

Die Verbreitung solch hochsinniger Entscheidung zog neue italische Scharen zu den Goten heran.

Totilas Heer aber verstärkte sich von Stunde zu Stunde auf dem Marsche auch durch gotische Krieger, die, einzeln oder in kleinen Scharen, aus der Gefangenschaft entkommen, oder auch aus ihren früher erreichten

Verstecken wieder aufbrachen, nachdem sie den Verrat an Witichis und die Erhebung eines neuen Königs, das Wiederaufflammen des Krieges erfuhren.

Bei der Eile, mit welcher Totila vorwärts drängte, die frische Begeisterung seiner Scharen noch unverkühlt zu verwerten, und bei dem Eifer, mit dem Demetrius ihm entgegenflog, um ihn allein zu schlagen, stießen die beiden Heere bald aufeinander.

Bei Pons Padi war es.

Die Byzantiner standen in der Ebene: sie hatten den Fluß, den sie erst mit der Hälfte ihres Fußvolkes überschritten hatten, hinter sich. Da erschienen die Goten auf den sanft geneigten Höhen, den Rücken nach Nordwesten.

Die untergehende Sonne blendete die Byzantiner.

Totila übersah von dem Hügel, dicht vor den Feinden, deren Stellung. »Mein ist der Sieg!« rief er jauchzend, zog das Schwert und jagte mit seiner Reiterei auf die Feinde hernieder, wie der Falke auf seine Beute stößt.

Cethegus hatte bald nach Sonnenuntergang mit seinen Reitern das letzte, verlassene Lager der Byzantiner erreicht. Da jagten ihm schon die ersten Flüchtlinge entgegen. »Wende dein Roß, Präfekt,« rief ihm der erste Reiter zu, der ihn erkannte, »und rette dich. Totila über uns! Er hat Artabazes, dem tapfersten Führer der Armenier, mit eigener Hand Helm und Kopf durchhauen.«

Und unaufhaltsam jagte der Flüchtling weiter.

»Ein Gott vom Himmel führte die Barbaren!« schrie ein zweiter. »Alles verloren! Der Feldherr gefangen! Alles in wilder Flucht.«

»Unwiderstehlich ist dieser König Totila!« rief ein dritter, und wollte an dem Präfekten vorbei, der den Weg versperrte.

»Sag's in der Hölle weiter!« sprach Cethegus und stieß ihn nieder. »Vorwärts!«

Aber kaum ausgesprochen, nahm er den Befehl zurück.

Denn schon fluteten in dichten Massen die geschlagenen Byzantiner, den ganzen Wald erfüllend, zurück und ihm entgegen. Der Präfekt erkannte: unmöglich war's, mit seinem Häuflein die Flucht der Tausende aufzuhalten. Eine Zeitlang sah er unschlüssig dem Gewoge zu.

Schon wurden die gotischen Verfolger in der Ferne sichtbar. Da erreichte ihn verwundet Vitalius, ein Heerführer des Demetrius. »O Freund,« rief ihn dieser an. »Da ist kein Halten mehr! Das flutet fort bis Ravenna.«

»Ich glaub' es selbst,« sprach Cethegus. »Sie werden die Meinen eher mit sich fortreißen als stehen.«

»Und doch verfolgt uns nur die Hälfte der Sieger, unter Teja und Hildebrand. Der König wandte noch auf dem Schlachtfeld um. Ich sah ihn abziehen. Er schwenkte nach Südwesten.«

»Wohin?« frug Cethegus aufmerksam, »sag' nochmal an! In welcher Richtung?«

»Nach Südwesten bog er aus!«

»Er will nach Rom!« rief Cethegus und riß den Hengst herum, daß er hoch bäumend stieg. »Folgt mir! zur Küste!«

»Und das geschlagene Heer? ohne Führer!« rief Lucius Licinius, »sieh, wie sie fliehen!«

»Laß sie fliehen! Ravenna ist fest! Es wird sich halten. Hört ihr denn nicht? Der Gote will nach *Rom*! Wir müssen vor ihm dort sein. Folgt mir! an die Küste, der Seeweg ist frei! Nach Rom!«

## Drittes Kapitel

Lieblich ist – und weit berühmt ob seiner Lieblichkeit – das Thal, in welchem die Passara von Norden her in die von Westen nach Südosten eilende Athesis rinnt. Wie eine vorgebeugte, nach dem schönen Südland sehnende Gestalt, neigt sich in der Ferne auf deren rechtem Ufer die Mendola heran.

Hier, oberhalb des Einlaufs der Passara, lag die römische Siedelung Mansio Majä. Noch etwas weiter flußaufwärts, auf beherrschendem Fels, die Burg Teriolis. Heute heißt – von einer Berg-»Muhr« oder »Mar« (Rutsche) – die Stadt Meran. Die Burg hat der Grafschaft Tirol den Namen gegeben. »Mansio Majä« klingt heute noch fort in dem Orte Mais, dem villenreichen.

Damals aber lag in dem Castrum Teriolis ostgotische Besatzung: wie in all den alten rätischen Felsennestern am Athesis, Isarcus und Önus zur Abwehr der räuberischen Sueven, Alamannen und Markomannen oder, wie sie bereits genannt wurden: »Bajuvaren«, die in Rätien, am Licus und am untern Lauf des Önus saßen.

Aber auch abgesehen von der Besatzung der Kastelle waren gerade hier in dem fruchtreichen milden Thal, auf den nicht allzuschroffen, weidereichen Berghöhen ostgotische Sippen in großer Zahl angesiedelt worden.

Noch heute zeichnet die Bauern vom Meraner, Ultner und Sarnthal eine seltne, edle, ernste Schönheit aus. Viel feiner, vornehmer und vertiefter als der bajuvarische Schlag an Inn, Lech und Isar sind die schweigsamen Leute. Mundart und Sage bestätigen die Annahme, daß hier ein Rest verschonter Goten fortblüht. Denn die Amalungensage, Dietrich von Bern und der Rosengarten lebt noch in den Ortsnamen und der Überlieferung des Volks.

Auf einem der höchsten Berge an dem linken Ufer der Athesis hatte sich voreinst der Gote Iffa niedergelassen: sein Geschlecht baute da fort. Der »Iffinger« heißt heute noch der Berg.

Auf dem Südabhang in halber Höhe des Berges war die schlichte Siedelung errichtet. Der gotische Einwanderer hatte bereits Kulturen hier angetroffen. Das rätische Alpenhaus, das schon Drusus vorgefunden, als er die rasenischen Bergvölker bezwang, charakteristisch und wohlgeeignet für die Alpen, hatte auf den Höhen keine Änderungen erfahren durch die römische Eroberung, die im Thal ihre Villen baute und auf den beherrschenden Felshügeln ihre Warttürme.

Die ganz romanisierten Bewohner des Etschthales waren nach der ostgotischen Einwanderung ruhig in ihren Sitzen geblieben. Denn nicht hier, sondern weiter östlich, von der Save her, über den Isonzo, waren die Goten in die Halbinsel eingedrungen und erst, nachdem Ravenna und

Odovakar gefallen, hatte Theoderich in friedlich geregelter Ordnung seine Scharen auch über Norditalien und das Etschland verbreitet.

So hatten auch Iffa und die Seinen auf dem damals noch rasenisch benannten Berg sich mit den vorgefundenen römischen Ansässigen friedlich geteilt. Ein Drittel von Ackerland, Wiese und Wald, den dritten Teil von Haus, Sklaven und Vieh hatte auch hier, wie überall, der gotische Ankömmling vom römischen Wirt in Anspruch genommen. Im Lauf der Jahre jedoch hatte der römische Hospes diese nahe unfreiwillige Nachbarschaft mit den Barbaren unbequem gefunden. Er überließ den Goten gegen dreißig Paare der ausgezeichneten, aus Pannonien mitgeführten Rinder, die der Germane so trefflich zu züchten verstand, den Rest seines Eigens auf dem Berge und zog sich weiter gen Süden, wo die Römer dichter nebeneinander saßen.

So war nun der Berg der Iffinger ganz germanisch geworden. Denn plötzlich hatte einmal der jetzige Herr auch die wenigen römischen Sklaven verkauft und neue Knechte und Mägde germanischen Stammes, gefangene Gepiden, angeschafft. Dieser jetzige Herr der Siedelung hieß wieder Iffa, wie der Ahn: er lebte einsam, ein silberhaariger Mann: ein Bruder, sein Weib und eine Schwiegertochter waren vor langen Jahren durch einen Bergsturz begraben worden. Ein Sohn, ein jüngerer Bruder und dessen Sohn waren König Witichis Waffenruf gefolgt und nicht wiedergekehrt von der Belagerung Roms. So waren ihm nur seine beiden Enkelkinder geblieben, des gefallenen Sohnes Knabe und Mädchen.

Die Sonne war prachtvoll niedergegangen hinter den Bergen, die in weiter duftiger Ferne den Süden und Westen des unvergleichlichen Etschthales begrenzen. Warmer rotgoldner Schimmer lag über dem mürben Porphyr der Berge, daß er erglühte wie dunkelroter Wein.

Da stieg langsam, Schritt vor Schritt, immer wieder anhaltend und, die Hand über die Augen gelegt, in den flimmernden Sonnenuntergang schauend, ein Kind – oder war es schon ein Mädchen? – eine Schar Lämmer vor sich hertreibend, den Rasenhang hinan, auf dessen Höhe seitab vom Wohnhaus die Stallungen lagen.

Sie ließ ihren Schutzbefohlnen immer wieder Zeit, mit wählerischem Zahn die würzigen Alpenkräuter zu rupfen auf ihrem Weg und schlug mit der Haselgerte, die sie statt des Hirtenstabes trug, den Takt zu der uralten und einfachen Melodie des Liedchens, das sie leise sang:

»Liebe Lämmer, laßt euch leiten
Von der Hirtin Hand, gehorsam,
Wie des Himmels lichte Lämmer,
Wie die Sterne still und stete,
Fromm und friedlich ihrem hehren
Hirt gehorchen: mühelos meistert,
Mühelos mustert sie Herr Mond.«

Sie schwieg nun und sah mit vorgebeugtem Köpfchen in die tief eingeschnittene Schlucht zu ihrer Linken, die der hier abwärts schießende Wildbach in den Hang gefurcht hatte: jetzt, im Sommer, war er nur halb gefüllt: drüben stieg die Anhöhe wieder steil empor.

»Wo er nur ist?« fragte sie. »Sonst klettern seine Ziegen immer schon die Halde herab zurück, wann die Sonne zu Golde gegangen. Bald welken meine Blumen.«

Und sie setzte sich nun auf einen Steinblock am Wege, ließ die Lämmer noch grasen, legte die Haselgerte neben sich und ließ einen Schurz von Schaffell, den sie bisher mit der Linken aufgenommen hatte, niedergleiten: da fielen die schönsten Blumen der Alpen in dichten Flocken vor ihr nieder. Sie begann einen Kranz zu flechten.

»Der blaue Speik steht seinem braunen Haar am besten,« sagte sie eifrig windend. »Ich werde viel früher müde, wenn ich allein treibe, als wenn er dabei ist. Und doch klettern wir dann viel höher. Möchte wohl wissen, wie das kommt. Und wie mich die nackten Füße brennen! Ich könnte wohl einmal hinabsteigen in den Wildbach, sie zu kühlen. Und da sehe ich ihn auch gleich, wenn er drüben auf den Hang treibt. Die Sonne sticht nicht mehr.«

Und sie streifte das breite große Lattichblatt ab, das sie bisher statt eines Hutes getragen. Da ward die schimmernde Farbe des ganz weißblonden Haares sichtbar, das sie, von den Schläfen zurückgestrichen, mit einem roten Bande hinter dem Wirbel zusammengebunden und bisher unter dem umgebogenen Blatt geborgen hatte. Wie eine Flut von Sonnenstrahlen rieselte es nun über ihren Nacken, den nur ein weißes Wollenhemd bedeckte, das, um die Hüften mit breitem Ledergurt zusammengehalten, nur wenig über die Kniee reichte.

Sie maß die Länge ihres Kranzes an dem eignen Haupt. »Freilich,« sagte sie, »sein Kopf ist größer! Noch diese Alpenrosen dazu!«

Und nun verknüpfte sie die beiden Enden des Kranzes mit zierlichem Bandgras, sprang auf, schüttelte die letzten Blumen aus dem Lederschurz, nahm den Kranz in die Linke und wandte sich, den steilen Abhang hinabzusteigen, an dessen Fuß der Bach an das Gestein toste.

»Nein, bleibt nur hier oben und wartet! Auch du bleib, Weiß-Elbchen, Liebling. Gleich komm' ich wieder.«

Und sie trieb die Lämmer zurück, die ihr folgen wollten und nun blökend der Herrin nachsahen.

Behend kletterte und sprang die Wohlgeübte den steinigen Abhang der Schlucht hinab, bald sich mit den Händen an zähem Gesträuch, Seidelbast und Goldweide, haltend, bald kühnlich von Stein zu Steinplatte springend.

Unter ihrem Sprung bröckelte das mürbe Gestein und die Trümmer polterten hinab: da, als sie den Rollenden nachhüpfte, hörte sie plötzlich von unten ein scharfes, drohendes Zischen. Und eh' sie wenden konnte, bäumte sich, wohl von einem Stein unsanft aus der Sonnung gestört, eine große kupferbraune Schlange hoch gegen sie empor. Das Kind erschrak, die hurtigen Kniee versagten und laut aufschreiend rief sie: »Adalgoth, zu Hilfe! zu Hilfe!«

Auf diesen Angstton folgte sofort als Antwort ein heller Ruf: »Alarich! Alarich!« was wie ein Schlachtruf klang.

Es knackte in den Gebüschen zur Rechten, Steine rollten den Hang hinab und pfeilgeschwind flog zwischen die züngelnde Schlange und das ängstlich weichende Mädchen ein schlanker Bube in zottigem Wolfsvließ. Hoch schwang er den starken Bergstock gleich einem Speer und so wohlgezielt war sein Stoß, daß die Eisenspitze den schmalen Kopf der Natter in die Erde bohrte. Ihr langer Leib ringelte zuckend um den tödlichen Schaft.

»Gotho, du bist doch heil?« – »Dank dir, du Treuer!« – »Dann laß mich den Schlangenspruch sprechen, so lang die Natter noch zuckt: das bannt ihre Gesippen auf drei Stunden im Umkreis.«

Und er sprach, die drei ersten Finger der rechten Hand wie beschwörend erhoben, den uralten Spruch:

»Warte, du Wolf-Wurm!
Zapple, Gezücht!
Beiße den Boden,
Giftigen Geifers;
Männer und Maide
Sollst du nicht sehren:
Nieder, du Neiding,
Du nichtige Natter,
Nieder zur Nacht:
Hoch ob den Häupten
Schuppiger Schlangen
Schreitet das schimmernde Gotengeschlecht.«

## Viertes Kapitel

Als er zu Ende gesprochen und sich neigte, die tote Schlange zu prüfen, drückte ihm rasch die Gerettete ihren Kranz auf das goldbraune, kurzkrause, dichte Haar.

»Heil, Held und Helfer! Sieh, der Siegeskranz war schon vorher gewunden. Eia, wie schön steht dir die blaue Krone.« Und sie schlug freudig bewundernd die Hände zusammen.

»Du blutest am Fuße!« sprach er besorgt, »laß mich die Wunde saugen – wenn dich der Giftwurm gebissen!« – »s' ist nur ein scharfer Stein. Möchtest wohl lieber du sterben?«

»Für dich, Gotho, wie gerne doch! Aber unschädlich wäre das Gift im Munde. Nun, laß dir die Wunde waschen: ich habe noch Essig und Wasser hier in der Lederflasche. Und dann leg' ich dir Salvei drauf oder heilsame Wegewarte.«

Und zärtlich drückte er sie nieder auf das Gestein, kniete vor ihr, hob den nackten Fuß sorgsam in seine linke Hand und pflegte ihn, die Mischung aus dem Kugelrund drauf träufend. Dann sprang er auf, suchte auf dem Rasen und kam bald mit den gefundenen Kräutern zu ihr zurück, mit den Lederriemen, die er sich vom eignen Fuße löste, die Blätter sorgsam über die kleine Wunde bindend.

»Wie gut du bist, Lieber!« sagte sie, sein Haupt streichelnd. – »Nun laß dich tragen – nur den Hang hinauf!« bat er. »Ich halte dich so gern auf meinen Armen.«

»Was nicht gar!« lachte sie aufspringend. »Bin kein wundes Lamm! Sieh, wie ich laufen kann. Aber wo sind deine Ziegen?«

»Dort kommen sie aus den Wachholderbüschen. Ich rufe sie!« Und er setzte das Hirtenrohr an den Mund und blies einen schrillen Ton, den Bergstock im Kreise über dem Haupte schwingend. In eilfertigen Sprüngen kamen die starken Ziegen herbei: sie scheuten die Strafe! Und aus der Tasche einen dünnen Streifen Salz auf die Erde streuend, den die Tiere, gierig leckend, verfolgten, schritt er nun, den Arm zärtlich um des Mädchens Nacken gelegt, den Hang hinauf.

»Sag mir nur, Lieber,« fragte sie, oben angelangt und die Lämmer versammelnd, »weshalb du heute wieder den Drachen ansprangst mit dem Ruf: »Alarich! Alarich!« Wie neulich, da du mir den Steinadler von Weiß-Elbchen scheuchtest, das er schon in den Fängen hatte.«

»Das ist mein Schlachtruf.«

»Wer hat ihn dich gelehrt?«

»Der Ahn, da er mich zum erstenmal mitnahm auf die Wolfsjagd: als ich mir hier das Vließ vom Meister Isgrimms Rippen holte. Da sprach er, als ich »Iffa, Iffa!« schreiend, ebenso, wie ich ihn rufen hörte, auf den Wolf, der nicht mehr entweichen konnte und sich mir stellte, mit dem Schwerte sprang: »Du mußt nicht »Iffa!« rufen, Adalgoth, wie ich. Wenn du Held oder Ungetier angehst, ruf du nur: »Alarich!« Das bringt dir Sieg.«

»Heißt aber doch keiner unsrer Ahnen und Gesippen so, Bruder! Wir kennen doch ihre Namen alle.«

Und nun hatten sie die Stallungen erreicht, die Tiere hineingetrieben und sich vor der Thüre des Wohnhauses, vor dem offenen Fenster, auf die Holzbank gesetzt, welche die Vorderseite des Hauses auf beiden Seiten der Hausthüre umzog.

»Da ist,« zählte das Mädchen nachdenkend auf, »Iffamer, unser Vater, Wargs der Ohm, den der Berg verschüttet hat, Iffa der Ahn, Iffamuth, der andre Ohm, Iffaswinth, dessen Sohn, unser Vetter, und Iffarich, der Großahn und wieder Iffa – aber kein Alarich.«

»Und doch ist mir noch wie ein Dämmertraum aus der Zeit, da ich zuerst auf dem Berg umherzulaufen anfing, aus der Zeit vor dem großen Bergfall, der den starken Oheim Wargs begrub, als hätte ich den Namen oft gehört. Und er gefällt mir. Und der Ahn hat mir erzählt von einem Heldenkönig dieses Namens, der zuerst vor allen Helden die Romaburg bezwang: du weißt: die Stadt, von welcher unser Vater und der Oheim Iffamuth und der Vetter Iffaswinth nicht wiedergekehrt sind, und der dann früh verstarb, wie Sigfrid, der Schlangentöter und Balthar, der Heidengott. Und sein Grab ist in einem tiefen Fluß. Da liegt er, auf goldenem Schild, unter seinen Schätzen: und hohes Schilf wogt darüber hin. Und nun hat sich ein andrer König aufgethan, der heißt Totila, wie die Heermänner, welche die Besatzung drüben in Schloß Teriolis ablösten, erzählten. Der soll sein wie jener Alarich und wie Sigfrid und wie der lichte Sonnengott. Und ich, hat der Ahn gesagt, soll auch ein Kriegsmann werden: und einst hinabziehn zu König Totila und unter die Feinde stürmen mit dem Ruf »Alarich, Alarich!« Und es ist mir auch schon lange verleidet, dies Umhersteigen hier auf dem Berg und das Ziegenhüten, wo kein Feind zu bekämpfen ist als der Wolf und höchstens ein Bär, der die Trauben und die Honigwaben benascht. Und ihr alle lobt mein Harfenschlagen und meine Lieder. Aber ich spüre, daß es damit nicht viel ist und daß ich von dem Alten nichts mehr darin lernen kann.

Und ich möchte doch noch viel stolzere Weisen singen.

Und ich kann gar nicht genug erzählen hören von den Heermännern drüben in der Burg von den Siegen des Sonnenkönigs Totila. Neulich hab' ich dem alten Hunibad, den der König zur Pflege seiner Wunden hierher in die Ruhe geschickt hat, den schönsten Berghirsch geschenkt, den ich erlegt, dafür, daß er mir die Schlacht an der Padusbrücke zum dritten Mal erzählt. Und wie König Totila selbst den finstern Höllenkönig, den schrecklichen Cethegus, überwindet. Und ich habe schon ein Harfenlied davon gedichtet, das hebt an:

»Zittre und zage,
Zäher Cethegus:
Nicht taugt dir die Tücke:
Teja, der Tapfre,
Zertrümmert den Trotz dir:
Und taghell emportaucht,
Wie Maiglanz und Morgen
Aus Nacht und aus Nebel,
Der leuchtende Liebling
Des Himmels-Herrn:
Der schimmernd-schöne,
Der kühne König.«

Aber weiter geht es noch nicht. Und ich kann auch nicht allein weiter dichten. Ich brauche einen kundigen Meister für Wort und Harfe. Und auf den Speerschwinger Teja, den sie den schwarzen Grafen nennen und der wunderbar die Harfe schlagen soll, möcht' ich auch ein halbfertiges Lied vollenden. Und ich wäre schon lang – aber das sag' ich nur dir – davon gegangen, ohne den Ahn zu fragen, der immer noch sagt: ich bin zu jung. Wenn mich eins nicht hier hielte.« Und er sprang hastig auf.

»Was denn? Bruder,« fragte Gotho, ruhig sitzen bleibend und ihn aus ihren großen hellblauen Augen voll ansehend.

»Ja, wenn du's nicht weißt,« sprach er fast zornig, »sagen kann ich's dir nicht. Ich muß hinüber und neue Pfeilspitzen schmieden in der Schmiedhütte. Gieb mir noch einen Kuß, so! Und nun laß dir noch einen auf jedes Auge legen! Und einen auf das lichte Haar! Fahr wohl, lieb Schwesterlein, bis zum Nachtmahl.« Und er eilte hinweg von ihr nach einem Nebengebäude, vor dessen Thür ein Schleifstein und allerlei Arbeitsgerät stand.

Gotho stützte die Wange auf die Hand und sah vor sich hin, dann sagte sie laut: »Ich kann's nicht raten. Denn *mich* würd' er ja mitnehmen, natürlich. Wir könnten ja gar nicht leben ohne einander.«

Sie stand mit einem leichten Seufzer auf und wandte sich dem Wiesgrund neben dem Hause zu, nach dem Linnen zu sehen, das dort zur Bleiche lag.

Aber im Wohnhaus hinter dem offenen Fenster erhob sich jetzt der alte Iffa. Er hatte alles mit angehört. »Das thut kein gut mehr!« sprach er, sich lebhaft den Kopf reibend. »Hab's immer nicht über das Herz gebracht, die Kinder zu trennen. Waren ja Kinder! Hab' immer noch ein Weilchen gewartet. Und jetzt hätt' ich gar schon bald ein Weilchen zu lang gewartet. Fort mit dir, jung Adalgoth!«

Und er trat aus dem Wohnhaus und schritt langsam hinüber in die Schmiede.

Er fand den Knaben in eifriger Arbeit. Mit vollen Backen blies er in die Kohlenglut am Schmiedeherd und hielt dann die schon roh bearbeiteten Pfeilspitzen hinein, sie zu erweichen und hämmerbar zu glühen. Dann griff er mit der Zange die Spitze heraus, legte sie auf den Schmiedknecht, den Amboß, und hämmerte zierlich ihre Spitzen und Widerhaken zurecht.

Er nickte nur stumm dem eintretenden Großvater zu, ohne sich in der Arbeit stören zu lassen. Tapfer hieb er auf den Amboß, daß die Funken sprühten. »Nun,« dachte der Alte bei sich, »jetzt denkt er doch nur an Pfeil und Eisen.«

Aber plötzlich schloß der junge Schmied mit einem sausenden Streich, warf den Hammer weg, strich sich über die glühende Stirn und fragte, rasch gegen Iffa sich wendend: »Ahn, woher kommen die Menschen?«

»Jesus, Wodan und Maria!« rief der Alte und trat erschrocken einen Schritt zurück. »Bub, wie kommst du auf solche Gedanken?«

»Die Gedanken kommen zu mir: nicht ich zu ihnen. Ich meine nämlich die ersten Menschen, die allerersten. Der lange Hermegisel da drüben in Teriolis, der aus der Arianerkirche zu Verona davongelaufen ist und schreiben und lesen kann, sagt: der Christengott habe in einem Baumgarten einen Mann aus Lehm gemacht und aus dessen Rippe, da er schlief, ein Weib. Das ist zum Lachen. Denn aus einer noch so langen Rippe kann man kein noch so kleines Mädchen machen.«

»Ja, ich glaub's auch nicht!« gestand der Alte, nachdenklich. »'s ist schwer vorzustellen. Und ich erinnere mich: mein Vater hat einmal gesagt, an einem Abend am Herdfeuer: die ersten Menschen seien auf den Bäumen gewachsen. Der alte Hildebrand aber, der sein Freund war, obzwar tüchtig älter – und der von Tridentum her auf einem Streifzug gegen die wilden Bajuvaren hier eingekehrt war, und der zunächst am Herde saß – denn es war noch früh im Jahr und sehr rauh und kalt –, der sagte: mit den Bäumen, das sei richtig. Aber nicht gewachsen seien die Menschen darauf, sondern zwei Heidengötter – »Dämonen« nennt sie Hermegisel – haben einst am Meeresufer den Eschenbaum und die Erle liegend gefunden: und aus ihnen bildeten sie Mann und Weib. Es geht auch noch ein altes Lied davon. Hildebrand wußte noch ein paar Worte daraus. Mein Vater schon nicht mehr.«

»Das will ich schon lieber glauben! Aber jedenfalls waren da anfangs der Menschen sehr wenige?« – »Gewiß.« – »Und es gab nur Eine Sippe anfangs?« – »Sicher!« – »Und die Alten starben meistens vor den Jungen?« – »Freilich.« – »Dann will ich dir was sagen, Ohm. Dann mußten die Menschen entweder aussterben. Oder, da sie noch da sind, und siehst du, da wollt' ich drauf hinaus, mußten Bruder und Schwester sich oft heiraten, bis mehrere Sippen entstanden.«

»Adalgoth, dich reiten die Elben, du redest wirr.«

»Ganz und gar nicht. Und kurz und gut: wenn's früher geschehen konnte, kann's auch heute noch geschehen. Und ich will meine Schwester Gotho zum Weibe haben.«

Der Alte sprang auf ihn zu und wollte ihm den Mund verhalten.

Aber der Jüngling wich ihm aus. »Ich weiß schon alles, was du sagen willst.

Hier kämen die Priester von Tridentum wohl bald dahinter. Und dann des Königs Graf. Aber ich kann ja mit ihr in ein fernes Land ziehen, wo uns niemand kennt. Und sie geht schon mit, das weiß ich.«

»So! das weißt du auch schon?«

»Ja, das weiß ich.«

»Aber das weißt du noch nicht,« sprach nun ernst und entscheidend der Alte, »daß diese Nacht die letzte ist, die du hier zubringst auf dem Berg der Iffinger. Auf, Adalgoth, ich gebiete dir: dein Ahn und dein Muntwalt. Du hast eine Ehrenpflicht, die Pflicht heiliger Rache, zu erfüllen am Hofe König Totilas und in seinem Heer: einen heiligen Auftrag des Oheim Wargs, der unterm Berg verschüttet liegt: einen Auftrag deines – Ahns. Du bist nun reif und stark genug, ihn zu erfüllen.

Morgen, mit dem ersten Tagesgrauen, brichst du auf nach Süden, nach Italia, wo König Totila das Unrecht straft, dem Recht zum Siege hilft und den Neiding Cethegus niederkämpft. Folg' mir in meine Kammer. Dort hab' ich dir ein Kleinod einzuhändigen von Oheim Wargs und manches Wort noch auf den Weg zu geben. Manch Wort des Rates und der Rache. Vor Gotho aber schweige. Mach' ihr das Herz nicht schwer. Befolgst du meine und deines Oheims Worte, wirst du ein starker, freudiger Held werden an König Totilas Hof. Und dann, aber auch nur dann, wirst du auch Gotho – wiedersehen.«

Tief ernst, bleich geworden, folgte der Jüngling dem Ahn in das Haus. Lang sprachen sie dort leise in des Alten Kammer.

Bei dem Nachtmahl fehlte Adalgoth. Er habe sich, mehr müde als hungrig, schon schlafen gelegt, ließ er der Schwester sagen durch den Ahn.

Aber nachts, da sie schlief, trat er auf leisen Zehen in ihr Gemach.

Der Mond warf einen zarten Strahl auf ihr engelhaftes Angesicht. Auf der Schwelle blieb er stehn. Nur die Rechte streckte er nach ihr aus.

»Ich seh dich wieder,« sprach er, »meine Gotho!«

Und er überschritt bald die Schwelle des schlichten Alpenhauses. Noch begannen kaum die Sterne zu bleichen: frisch, stählend, wehte die Nachtluft des Berges um seine Schläfe. Er sah in den schweigenden Himmel. Da schoß ein Stern in hohem Bogen über sein Haupt. Gen Süden flog er nieder. Da erhob der Jüngling den Hirtenstab in der Rechten: »Dorthin rufen mich die Sterne! Nun wahre dich, Neiding Cethegus!«

## Fünftes Kapitel

Der Präfekt hatte nach der Schlacht an der Padusbrücke Boten seinen nachrückenden Scharen entgegengeschickt, die zunächst seine Söldner, dann auch die langsamer folgenden Bürger von Ravenna nach dieser Stadt zurückwiesen. Die flüchtenden Truppen des Demetrius überließ er ihrem Schicksal. Totila hatte alle Feldzeichen und Fahnen der zwölf Tausend erbeutet, »was den Römern nie zuvor geschah,« schreibt Prokopius zürnend.

Cethegus selbst eilte mit seinem geringen Gefolge quer durch die Ämilia an die Westküste von Italien, die er bei Populonium erreichte, bestieg ein rasches Kriegsschiff und ließ sich von einem starken Nordnordwest, den, wie er sagte, die alten Götter Latiums gesendet, nach dem Hafen von Rom, Portus, tragen.

Auf dem Landweg hätte er nicht mehr durchdringen können: denn nach dem Sieg Totilas an der Padusbrücke fiel ganz Tuscia und ganz Valeria den Goten zu: das Flachland rückhaltlos: und auch die Städte, die nicht starke byzantinische Besatzung in Zaum hielt.

Bei Mucella, einen Tagmarsch von Florenz, schlug der König nochmal ein starkes Heer der Byzantiner unter elf uneinigen Führern, welche die kaiserlichen Besatzungen der tuscischen Städte zusammengerafft hatten, ihm den Weg zu verlegen. Mit Mühe entkam der Oberfeldherr Justinus nach Florentia. Der König behandelte seine zahlreichen Gefangenen mit solcher Güte, daß sehr viele derselben, Italier und kaiserliche Söldner, in seine Dienste traten. Und nun waren alle Straßen von Mittelitalien bedeckt von neu zu den Waffen eilenden Goten und von Colonen, die, unter deren Anführung, Totilas Märschen gegen Rom folgten.

In dieser Stadt angelangt, hatte Cethegus sofort alle Anstalten zur Verteidigung getroffen. Denn im Fluge nahte nun, nach dem zweiten Siege, bei Mucella, König Totila, aufgehalten fast nur noch durch die Huldigungen der Städte und Kastelle auf seinem Wege, die wetteifernd ihm und jubelnd die bei seinem Einritt bekränzten Thore erschlossen. Die wenigen Burgen, die, von starken byzantinischen Besatzungen gehalten, widerstanden, wurden eingeschlossen von kleinen Abteilungen, die Totila aus Italiern bildete, durch wenige gotische Kerntruppen zusammengehalten.

Er konnte dies, da seine Macht während des Zuges auf Rom von allen Seiten, einem Strome gleich, große und kleine Zuflüsse von Goten und Italiern erhielt.

Zu Tausenden eilten die italischen Colonen, die er frei erklärt, zu seinen Fahnen. In kleinen Städten erhoben sich die Bürger gegen die byzantinische Besatzung, entwaffneten sie oder zwangen sie zum Abzug. Ja sogar Söldner Belisars, die seit dessen Entfernung monatelang von den kaiserlichen Logotheten keinen Sold erhalten hatten, boten nun den Goten ihre Waffen an.

So war es ein sehr ansehnliches Heer von Goten und Italiern, das Totila, wenige Tage nach dem Eintreffen des Präfekten, vor die Thore Roms führte.

Mit lautem Jubel wurden bald darauf in dem gotischen Lager der tapfre

Wölsung Herzog Guntharis, Wisand der Bandalarius, Graf Markja und der alte Grippa begrüßt, deren Auswechselung gegen den an der Padusbrücke gefangenen kaiserlichen Oberfeldherrn und mehrere seiner Heerführer Totila bei Constantianus und Johannes, den Befehlshabern von Ravenna, erwirkt hatte.

Auf Cethegus aber fiel nun die fast unlösbare Aufgabe, seine großartig angelegten Befestigungen hinlänglich zu bemannen. Fehlte ihm doch nicht bloß das ganze Heer Belisars, auch der größte Teil der eignen Söldner, die erst allmählich auf dem Seeweg von Ravenna her in dem Hafen Portus eintrafen. Um den ganzen Kreis der weiten Umwallung auch nur notdürftig zu decken, mußte Cethegus den römischen Legionaren nicht nur ungewohnte und unerwartete Anstrengungen unabgelösten Wachdienstes zumuten, er mußte auch deren Zahl durch Gewaltmaßregeln erhöhen.

Vom sechzehnjährigen Knaben bis zum sechzigjährigen Greise rief er, »alle Söhne des Romulus, Camillus und Cäsar zu den Waffen, die Heiligtümer der Väter zu schirmen wider die Barbaren«.

Aber sein Aufruf wurde kaum gelesen und verbreitet und führte ihm nur wenige Freiwillige zu, während er mit Ingrimm sah, wie das Manifest des Gotenkönigs, das jede Nacht an vielen Stellen über die Mauern flog, überall umlief und vor dichten Gruppen verlesen wurde: so daß er zornig befahl, jeden mit Einziehung des Vermögens oder Verknechtung zu strafen, der das Manifest aufhöbe, anschläge, vorlese, verbreite. Aber es lief doch überall um: und seine in allen »Regionen« der Stadt autgelegten Listen der Freiwilligen blieben leer.

Da schickte er seine Isaurier in alle Häuser und ließ Knaben und Greise mit Gewalt auf die Wälle schleppen: bald war er mehr gefürchtet, ja gehaßt als geliebt. Nur seine eiserne Strenge und das allmähliche Eintreffen seiner isaurischen Söldner hielt noch die Unzufriedenheit der Römer nieder.

In dem Gotenlager aber überholte eine Glücksbotschaft die andre.

Teja und Hildebrand hatten die Byzantiner bis vor die Thore von Ravenna verfolgt. Diese Stadt verteidigten der wieder freigegebene Demetrius und Johannes der Blutige, und die Hafenstadt Constantianus gegen Hildebrand, der Ariminum im Vorüberziehen gewonnen, da die Bürger die armenischen Söldner des Artasires entwaffneten und die Thore öffneten. Teja aber schlug und tötete im Zweikampf den tapfern byzantiner Feldherrn Verus, der mit auserlesenen pisidischen und kilikischen Söldnern ihm den Übergang des Santernus verwehren wollte, durchzog ganz Norditalien, den Aufruf Totilas in der Linken, das drohende Schwert in der Rechten: und in wenigen Wochen waren alle Städte und Burgen bis auf Mediolanum zur Unterwerfung gewonnen oder geschreckt.

Totila, durch die Erfahrungen der ersten Belagerung gewitzigt, wollte sein Heer einem Sturm auf die furchtbaren Werke des Präfekten nicht aussetzen und auch seine künftige Hauptstadt nicht den Zerstörungen stürmender Einnahme preisgeben. »Auf hölzernen Brücken, auf linnenen Flügeln gelang' ich nach Rom!« so rief er eines Tages Herzog Guntharis zu, überließ diesem die Einschließung der Stadt, brach auf mit der ganzen

Reiterei und eilte nach Neapolis. In diesem Hafen lag, schwach bemannt, eine kaiserliche Flotte.

Einem Triumphzug, nicht einem Feldzug, glich Totilas Marsch auf der appischen Straße durch Unteritalien. Diese Gegenden, die am längsten unter dem Joche der Byzantiner litten, waren am meisten bereit, nun die Goten als Befreier zu begrüßen.

Mit Blumengewinden zogen die Jungfrauen von Terracina dem schönen Gotenkönig entgegen. Das Volk von Minturnä fuhr, ihm zum Empfang, einen vergoldeten Wagen hinaus, hob ihn vom weißen Roß und zog ihn auf dem Wagen jubelnd in die Thore. »Sehet hin:« scholl es in den Straßen von Casilinum, einer alten Kultstätte der campanischen Diana, »Phöbus Apollo ist niedergestiegen vom Olymp und hält befreienden Einzug in der Stadt seiner Schwester.« Die Bürger von Capua aber baten ihn, die ersten Goldmünzen seines Königsnamens in ihrer Münze zu prägen mit der Umschrift »*Capua revindicata*«.

So ging es fort bis Neapolis: dieselbe Straße, die er dereinst, ein Flüchtling, verwundet, in nächtlicher Hast zurückgelegt. Der Befehlshaber der armenischen Söldner in der Stadt, einer sehr tapfern, aber schwachen Schar, der Arsakide Phaza, wagte nicht, der Bevölkerung für den Fall einer Belagerung zu trauen. Er führte seine Lanzenträger und bewaffnete Bürger von Neapolis dem König zur offnen Feldschlacht entgegen.

Da, vor dem Beginn des Gefechts, ritt ein Reiter auf weißem Roß aus der Schlachtreihe der Goten, nahm den Helm vom Haupt und rief: »Kennt ihr mich nicht mehr, ihr Männer der parthenopäischen Stadt? Ich bin Totila. Ihr habt mich geliebt, da ich der Seegraf eures Hafens war. Ihr sollt mich segnen als euren König. Gedenkt ihr nicht mehr, wie ich eure Weiber und Kinder auf meinen rettenden Schiffen geflüchtet vor den Hunnen Belisars? Vernehmt: diese eure Frauen und Töchter, sie sind abermals in meiner Hand: nicht als Schützlinge, als Gefangene. – Nach Cumä habt ihr sie gebracht, in das feste Schloß, sie vor den Byzantinern zu schützen, vielleicht auch vor mir. Wisset aber: Cumä hat sich mir ergeben: und alle dorthin Geflüchteten sind in meine Gewalt gefallen.

Man riet mir: sie als Geiseln zu behalten, euch und die andern Städte zur Ergebung zu zwingen. Das widerstrebt mir. Frei ließ ich sie alle: nach Rom hab' ich die Frauen der römischen Senatoren geleiten lassen. Nur eure Weiber und Kinder, ihr Männer von Neapolis, hab' ich in mein Lager kommen lassen: nicht als Geiseln, nicht als Gefangene: als meine Gäste. – Sehet hin: dort strömen sie aus meinen Zelten. Öffnet die Arme, sie zu empfangen: sie sind frei.

Wollt ihr jetzt gegen mich kämpfen? Ich kann's nicht glauben! Wer ist der erste unter euch, der zielt auf diese Brust?« Und weit schlug er den weißen Mantel auseinander.

»Heil König Totila dem Gütigen!« war die jubelnde Antwort. Und das heißblütige Völklein warf die Waffen nieder, strömte heran, begrüßte jubelnd die befreiten Frauen und Kinder und küßte dem jungen König den Saum des Mantels und die Füße.

Der Führer der Söldner ritt zu ihm heran. »Meine Lanzen sind umringt und zu schwach, allein zu kämpfen. Hier, o König, nimm mein Schwert: ich bin dein Gefangener.«

»Nicht also, tapfrer Arsakide! Du bist unbesiegt: deshalb auch ungefangen. Zieh' ab, wohin du willst, mit deiner Schar.«

»Ich bin besiegt und gefangen durch deines Herzens Hoheit und deiner Augen lichten Glanz: verstatte, daß wir fortan für deine Fahne fechten.« Eine auserlesene Kriegerschar war so Totila gewonnen, die fortan treu bei ihm aushielt.

Unter einem Regen von Blumen hielt er seinen Einzug durch die Porta nolana. Noch bevor Aratius, der Befehlshaber der Flotte im Hafen, die Anker seiner Kriegsschiffe lichten konnte, waren deren Bemannung von den zahlreichen Matrosen der vielen neben ihnen liegenden Handelsschiffe der Kaufleute, alter Bewunderer und dankbarer Schützlinge Totilas, überwältigt und die Führer gefangen.

Ohne Blutvergießen hatte sich der Gotenkönig eine Flotte und die dritte Stadt des Reiches gewonnen.

Aber von dem Festmahl, das ihm am Abend die jubelnde Stadt bereitete, stahl er leise sich hinweg. Mit Staunen sahen gotische Wachen in der Stille der Nacht ihren König, ohne Gefolge, in halb eingestürztem Turmgemäuer hart am capuanischen Thor neben einem uralten Olivenbaum verschwinden.

Am andern Tag erschien ein Erlaß Totilas, das die Frauen und Mädchen der Juden von Neapolis für immer von dem bisher entrichteten Kopfgeld befreite, und, während ihnen sonst untersagt war, öffentlich Schmuck zu zeigen, verstattete, als Ehrenzeichen auf dem Brustgewand ein goldnes Herz zu tragen.

In dem dicht verwachsenen Gärtchen aber, in welchem verwilderter Epheu und Rosen das hohe Steinkreuz und einen tief eingesunkenen Grabstein völlig überwachsen hatten, erhob sich in Bälde ein Gedenkstein von edelstem schwarzen Marmor mit der einfachen Aufschrift: »Miriam Valeria.«

Und niemand lebte in Neapolis, der das zu deuten wußte.

## Sechstes Kapitel

Von allen Seiten strömten nun aus Campanien und Samnium, Bruttien und Lucanien, Apulien und Calabrien Abgesandte der Städte nach Neapolis, den Gotenkönig als Befreier in ihre Mauern zu laden. Auch das wichtige und starke Benevent ergab sich und die benachbarten Festen Asculum, Canusia und Acheruntia. Nach Tausenden zählten die Fälle, in welchen in diesen Landschaften die Colonen in die Ländereien ihrer gefallenen, entflohenen, nach Byzanz oder Rom gewanderten Herren eingewiesen wurden. Außer Rom und Ravenna waren von großen Plätzen jetzt nur noch Florentia unter Justinus, Spoletium unter Bonus und Herodianus, Perusia unter dem Hunnen Uldugant in den Händen der Byzantiner.

In wenigen Tagen hatte der seekundige König, durch viele Italier aus dem Süden der Halbinsel verstärkt, seine eroberte Flotte neu bemannt und führte sie, in vollem Schmuck der Segel und Flaggen, aus dem Hafen, indes die Reiterei seines Heeres auf dem Landweg (der Via appia) gegen Norden zog.

Rom war das Ziel der Schiffe und der Reiter: während Teja, nachdem er alles Land zwischen Ravenna und dem Tiber gewonnen – die festen Burgen Petra und Cäsena fielen ohne Schwertstreich – oder unterworfen und gesichert: die Ämilia und beide Tuscien (das annonarische und suburbikarische), auf der Fia flaminia mit einem dritten Gotenheer gegen die Stadt des Cethegus heranzog.

Der Präfekt erkannte: nun ward es grimmiger Ernst. Und grimmig, gleich den in seiner Höhle angegriffenen Drachen, wollte er sich wehren. Mit stolz zufriedenem Blick maß er die Schanzen und Wälle, sein ungeheures Werk: und zu den Waffenfreunden, welche die Annäherung der Goten beunruhigte, sprach er:

»Getrost! an diesen Mauern sollen sie zum zweitenmal zerschellen.«

Aber nicht so ruhig wie seine Reden und Mienen war im tiefsten Innern sein Geist. Nicht, daß er sein Thun jemals bereut, seinen Gedanken je als unausführbar erkannt hätte. Aber daß sein Werk, nach wiederholtem Scheitern der Vollendung so nahe geführt, nun nach Totilas Erhebung abermals so fern vom Ziele schien, diese Empfindung wirkte auf die eiserne Kraft auch des Cethegus. »Der Tropfe höhlt zuletzt den Fels!« antwortete er, als ihn Licinius einmal fragte, weshalb er so finster sehe. »Und dann – ich kann nicht mehr schlafen wie ehedem.«

»Seit wann?«

»Seit – Totila! – Dieser blonde Königsknabe hat mir den Schlummer gestohlen.« So sicher und überlegen sich der Präfekt gegenüber all' seinen Feinden und Gegnern gefühlt hatte, die leuchtende, offene Natur, die Sigfrid-Natur dieses Jünglings und ihre spielend gewonnenen Erfolge reizten seinen Haß so schwer, daß ihm manchmal in heißer Leidenschaft die überlegene Eisesruhe schmolz, während Totila dem Allgefürchteten mit einer Siegeszuversicht entgegentrat, als könne es ihm gar nicht fehlen.

»Er hat Glück, dieser Milchbart!« knirschte Cethegus, als er die spielende Eroberung von Neapolis erfuhr. »Glück wie Achilleus und Alexandros. Aber vortrefflicherweise werden sie nicht alt, diese ewigen Jünglinge! Das weiche Gold dieser Seelen zermürbt: wir Klumpen von gediegenem Erz halten länger. Ich habe dieses Schwärmers Rosen und Lorbeern gesehen: mir ist, bald seh' ich auch seine Cypressen. Es kann nicht sein, daß ich dieser mädchenhaften Seele erliege. Das Glück trug ihn rasch und schwindelhoch empor. Plötzlich und schwindelhoch wird er auch fallen. Trägt es ihn noch über die Zinnen meines Rom? – Fliege nur, junger Ikarus, mühelos, im wärmsten Sonnenschein. Ich klimme, Schritt für Schritt, durch Blut und Kampf, empor im Schatten. – Aber hoch aufatmend werd' ich oben stehn, wann dir der verräterische Sonnenkuß des Glücks das Wachs in den kühnen Fittichen geschmolzen hat. Wie ein fallender Stern wirst du unter mir erlöschen.«

Allein es hatte nicht das Ansehen, als ob dies schon bald geschehen solle.

Sehnlich erwartete Cethegus das Eintreffen einer starken Flotte aus

Ravenna, die ihm den Rest seiner Söldner und alles, was daselbst von Legionaren und von dem Heere des Demetrius entbehrlich war, mit reichen Mundvorräten zuführen sollte. Waren diese Verstärkungen eingetroffen, konnte er das murrende letzte Aufgebot der Römer von seinem unerträglichen Dienst entlassen. Seit Wochen hatte er die immer drohender verbitterten Einwohner auf diese Flotte vertröstet. Endlich war sie von Ostia her durch einen vorausgeschickten Schnellsegler angemeldet worden. Cethegus ließ die Nachricht von Herolden, unter Tubaschall, durch alle Straßen rufen, ließ verkünden: an den nächsten Iden des Oktober würden achttausend Bürger von den Wällen an ihren Herd entlassen: er ließ doppelte Weinrationen auf den Mauern verteilen.

An den Iden des Oktober deckte dichter Nebel Ostia und das Meer.

Am Tage nach den Iden flog ein kleines Segelboot von Ostia nach Portus, in den Hafen von Rom. Seine zitternde Bemannung, Legionare aus Ravenna, klagten: König Totila habe mit der Flotte aus Neapolis die ravennatischen Trieren im Schutze dichten Nebels überfallen, von den achtzig Schiffen zwanzig verbrannt oder in den Grund gebohrt, sechzig aber mit allem Seevolk und Mundvorrat genommen.

Cethegus wollte es nicht glauben. Er sprang an Bord seines eigenen Schnellruderers »Sagitta« und flog den Tiber hinab. Aber mit Not entkam er den Schiffen des Königs, die bereits den Hafen Portus sperrten und kleine Kreuzer Tiber aufwärts schickten.

In höchster Eile ließ nun der Präfekt einen doppelten Stromriegel, den ersten aus gekappten Masten, den zweiten aus Eisenketten, einen Pfeilschuß weiter oben, wieder quer über den Tiber werfen, wie ihn Belisar bei der ersten Belagerung hatte fertigen lassen. Den Raum zwischen dem unteren, dem Balken-, und dem oberen, dem Eisenriegel, füllte er mit einer großen Zahl kleiner Boote aus.

Schwer empfand Cethegus die volle Wucht jenes Schlages. Nicht nur waren seine heiß ersehnten Verstärkungen in Feindes Hand gefallen: nicht nur mußte er den ihn verfluchenden Römern, statt der versprochenen Erleichterung, noch schwerere Lasten auflegen: denn auch die Flußseite mußte nun gegen die unablässigen Durchbruchsversuche der gotischen Schiffe gedeckt werden – mit leisem Grauen sah Cethegus unaufhaltsam näher und näher dringen den furchtbarsten Feind: den Hunger.

Die Wasserstraße, auf welcher er, wie früher Belisar, alle Vorräte reichlich zugeführt hatte, war gesperrt. Italien hatte keine dritte Flotte mehr. Die von Neapolis und die von Ravenna sperrte unter gotischen Wimpeln Rom von der See ab.

Die letzten Reiter aber, die Marcus Licinius auf Kundschaft und Fouragierung die flaminische Straße hinauf geschickt, jagten erschrocken zurück und meldeten: ein starkes Gotenheer, geführt von dem fürchterlichen Teja, rücke im Eilmarsch heran. Seine Vorhut stehe schon in Reate. Tags darauf war Rom auch von der letzten, der Nordseite, her eingeschlossen und beschränkt auf seine eigenen Kräfte: seine Bürger. Diese aber waren schwach genug, so stark auch die Mauern des Präfekten und sein Mut. Noch durch Wochen, noch durch Monate hielt des Cethegus eiserner Zwang die Verzagenden gegen ihren Willen aufrecht. Aber schon erwartete man nicht durch Sturm, durch Hunger den baldigen Fall. Da trat ein allen unerwartetes Ereignis ein, das die Hoffnungen der Belagerten neu belebte und des jungen Königs Genius und Glück auf harte Probe stellte: auf dem Kriegsschauplatz erschien nochmal – Belisarius.

## Siebentes Kapitel

Als in dem goldenen Palaste der Cäsaren zu Byzanz nacheinander die schlimmen Nachrichten eintrafen von den Niederlagen an der Padusbrükke und bei Mucella, von der neuen Belagerung Roms, von dem Verlust von Neapolis und des größten Teils von Italien, da wurde Kaiser Justinian, der das Abendland schon wieder mit dem Osten vereinigt gesehen, furchtbar aus seinen Träumen geweckt.

Leicht war es damals den Freunden Belisars, den Beweis zu führen: die Abberufung dieses Helden sei der Grund aller Mißerfolge. Klar lag es vor Augen: solang Belisarius in Italien – Sieg auf Sieg: sowie er den Rücken wandte: Schlag auf Schlag des Unheils. Die byzantinischen Heerführer in Italien selbst erkannten nun offen an, daß sie Belisar zu ersetzen nicht vermochten. »Ich vermag nicht,« schrieb Demetrius aus Ravenna, »vor Totila das offene Feld zu halten, kaum diese Festung der Sümpfe zu behaupten. Neapolis ist gefallen. Rom kann fallen jeden Tag. Sende uns wieder den löwenkühnen Mann, den wir in eitler Überhebung ersetzen zu können wähnten, der Vandalen und Goten Besieger.«

Und Belisar, obzwar er sich hoch verschworen, nie wieder diesem Kaiser des Undanks zu dienen, hatte alle Unbill augenblicks vergessen, als Justinianus ihn wieder lächelnd anblickte. Und als er ihn vollends – nach dem Fall von Neapolis – umarmte und »sein treues Schwert« nannte, nie hatte er in Wahrheit an seine Untreue geglaubt, nur seine königgleiche Stellung nicht dulden wollen – da war Belisarius von Antonina und Prokop nicht mehr zurückzuhalten.

Da aber der Kaiser die Kosten scheute einer zweiten Unternehmung gegen Italien, neben denen des Perserkrieges, den Narses glücklich, aber kostspielig, in Asien führte, so gerieten Geldgeiz und Ehrgeiz in seiner Brust in einen Widerstreit, der vielleicht länger gedauert hätte, als der Widerstand von Rom und von Ravenna, wenn ihm nicht Prinz Germanus und Belisar durch einen gemeinschaftlichen Vorschlag einen Ausweg gewiesen.

Den edlen Prinzen trieb die Sehnsucht, Ravenna und das Grab Mataswinthens zu besuchen und die Unvergessene an dem rohen Barbarenvolk zu rächen. Denn Cethegus hatte ihm als Erklärung des tragischen Ausgangs der Unvergleichlichen angegeben: die erzwungene Ehe mit Witichis habe ihren Geist zerrüttet.

Belisar aber fand es unerträglich, durch Totilas Erfolge all' seine eigenen Siege in Frage gestellt zu sehen. Denn, war ein Volk wirklich überwunden, so fragten seine Neider am Hofe, das binnen eines Jahres sich so glänzend wieder erhoben hatte? Er hatte sein Wort gegeben, die Goten vernichten zu können: das wollte er einlösen.

So machten Germanus und Belisar dem Kaiser den Vorschlag, Italien auf ihre Kosten für ihn erobern zu wollen. Der Prinz bot sein ganzes Vermögen zur Ausrüstung einer Flotte, Belisar alle seine neu verstärkten Leibwächter und Lanzenträger.

»Das ist ein Vorschlag nach dem Herzen Justinians!« rief Prokop, als Belisar ihm davon sprach. »Keinen Solidus aus seiner Tasche und vielleicht eine Provinz nebst Lorbeeren für die Erde und gottgefälliger Ketzervertilgung für Theodora und den Himmel, ohne Auslagen! Sei gewiß: er nimmt es an und giebt auch seinen väterlichen Segen mit. Sonst aber nichts. Ich weiß es: du bist so wenig zu halten wie Balan, dein Scheck, wenn die Trompete bläst. Ich aber werde nicht zusehen, wie du kläglich erliegst.«

»Erliegen? Weshalb, du Rabe des Unheils?«

»Diesmal hast du die Goten und Italien gegen dich. Du hast jene aber nicht vernichtet, da du Italien für dich hattest.«

Aber Belisar schalt seine Feigheit und ging alsbald mit Germanus in See. Der Kaiser gab ihnen wirklich nichts mit als seinen Segen und den großen Zeh des heiligen Mazaspes.

Hoch auf atmeten die Byzantiner in Italien bei der Nachricht, daß eine kaiserliche Flotte bei Salona in Dalmatien gelandet sei. Und selbst Cethegus, zu welchem Kundschafter die Botschaft getragen, seufzte: »Besser Belisar in Rom als Totila.«

Auch der Gotenkönig war schwer besorgt. Er mußte vor allem die Stärke von Belisars Heer zu erkunden suchen, um danach seine Beschlüsse einzurichten, etwa gar die Einschließung Roms aufzugeben, um dem mächtigen Entsatzheer entgegenzuziehen.

Von Salona segelte Belisar nach Pola, wo er Schiffe und Mannschaft musterte. Dort kamen zu ihm zwei Männer, die sich als herulische Söldner zu erkennen gaben, also gotisch, aber auch sehr gut lateinisch sprachen, und erklärten: sie seien Boten von Bonus, dem einen Befehlshaber von Spoletium. Glücklich hätten sie sich durch die gotischen Linien geschlichen: und sie drängten den Feldherrn zu raschem Entsatz. Sie baten um genaue Auskunft über seine Stärke, die Zahl seiner Segel, Reiter und Fußtruppen, um durch genaue Nachrichten den sinkenden Mut der Belagerten zu heben.

»Ja, meine Freunde,« sprach Belisar, »ihr müßt schon einiges hinzufügen in eurem Bericht. Denn die Wahrheit ist, daß mich der Kaiser ganz auf die eigene Kraft angewiesen hat.« Einen Tag lang zeigte Belisar den beiden Boten Flotte, Lager und Heer. In der Nacht darauf waren sie verschwunden.

Es waren Thorismuth und Aligern gewesen, die König Totila, der sie ausgesendet hatte, getreulich die gewünschte Auskunft hinterbrachten. Das war übel von Anfang an. Und auch der ganze Verlauf des Feldzuges entsprach nicht dem Ruhm des tapfern Feldherrn. Zwar gelang es, in die Hafenstadt von Ravenna einzulaufen und diese Stadt mit neuen Vorräten zu versehen.

Aber noch am Tage der Ankunft brach, in einem Anfall seines alten Leidens, Prinz Germanus an dem Sarkophage Mataswinthens zusammen. In den Gruftgewölben des Palastes, neben ihres jugendlichen Bruders, neben König Athalarichs Leiche, hatte man sie beigesetzt. Germanus starb: und er ward nach seinem letzten Wunsche bestattet an der schönen, nie erreichten Geliebten Seite.

Aber in einer kleinen unscheinbaren Nische der Gruft ruhte noch ein Herz, das treu für die Königin Schönhaar geschlagen. Aspa, die Numiderin, hatte die geliebte Herrin nicht überlebt. »In meiner Heimat,« hatte sie gesagt, »springen die Dienerinnen der Sonnengöttin oft freiwillig in den Scheiterhaufen, drin die Gottheit versinkt. Auch Aspas Sonnengöttin, die schöne, schimmernde, gütevolle ist versunken. Aspa lebt nicht verlassen und in kaltem Dunkel fort. Aspa folgt ihrer Sonne nach.« Hügelhoch hatte sie stark duftende Blumen in der Gebieterin Totengemach – höher noch, als da derselbe kleine Raum zu ihrem Brautgemach gedient hatte – gehäuft und unbekannten Räucherstoff aus afrikanischem Harz entzündet, dessen betäubender Geruch die andern Sklavinnen verscheuchte. Sie aber blieb die Nacht über in dem engen Totengemach. Am andern Morgen stahl sich Syphax, gelockt durch den alt vertrauten, aber gefährlichen Duft, in Erinnerung heimischer Opfergebräuche, leis heran. Er drang endlich in das wie ein Grab schweigende Gemach. Zu den Füßen Mataswinthens, das Haupt unter Blumen vergraben, fand er ihre Antilope tot. »Sie starb,« sprach er zu Cethegus, »ihrer Göttin nach. Nun hab ich nur noch *dich* auf Erden.«

Nach der Bestattung des Germanus brach Belisar mit der ganzen Flotte von Ravenna auf.

Aber gleich das nächste Unternehmen, ein Versuch, Pisaurum zu überfallen, scheiterte mit blutigen Verlusten.

Vielmehr ließ König Totila, nun über die geringe Truppenzahl Belisars unterrichtet, fast unter dessen Augen, durch kühne entsendete Streifscharen unter Wisand zu Lande, die einige Segel unterstützten, an eben jenem Küstenstrich Firmum wegnehmen. Die Byzantiner Herodian und Bonus übergaben an Graf Grippa das wichtige Spoletium, nach Ablauf der Frist von dreißig Tag – binnen welcher sie noch Entsatz von Belisar gehofft. In Assisium befehligte Sisifrid, ein gotischer Überläufer, der in den Tagen von Witichis' Unstern sich Belisar angeschlossen hatte. Der Mann wußte, was ihm bevorstand, wenn er in Hildebrands Hände fiel, der ihn in Person belagerte: der grimme Haß hatte den Alten von der Einschließung Ravennas zu dieser Aufgabe herangelockt. Der Gote verteidigte die Stadt hartnäckig. Aber als ihm bei einem Ausfall die Steinaxt des alten Waffenmeisters das Haupt zerschmettert hatte, zwangen die Bürger der Stadt die thrakische Besatzung zur Ergebung. Viele vornehme Italier, Glieder des alten Katakombenbundes, dreihundert illyrische Reiter und erlesene Leibwächter Belisars hatten die Besatzung gebildet. Grippa führte sie gefangen dem König zu.

Gleich darauf fiel Placentia, die letzte Stadt der Ämilia, die noch die saracenische Besatzung für den Kaiser gehalten hatte: sie ergab sich dem Grafen Markja, der das kleine Belagerungsheer befehligte. In Bruttien aber ergab sich das feste Ruscia, der wichtige Hafenort für Thurii dem kühnen Aligern.

Belisar verzweifelte nun daran, auf dem Landweg gegen Rom vorzudringen. Er versuchte jetzt, von der steigenden Not der Stadt vernehmend, ohne weiteren Verzug, Rom von der Seeseite her Entsatz zu bringen und die Einschließung durch die Gotenschiffe zu sprengen.

Aber auf der Höhe von Hydrunt, bei Umseglung der Südspitze Calabriens, zerstreute ein furchtbarer Sturm seine Schiffe: er selbst wurde mit einigen Trieren tief südlich, bis nach Sicilien, verschlagen. Und der größte Teil seiner Segel, der in der Bucht bei Croton Zuflucht gesucht, wurde hier von einem gotischen Geschwader, das der König von Rom entgegengeschickt und bei Squillacium in Hinterhalt gelegt hatte, überfallen und genommen: eine sehr bedeutende Verstärkung der gotischen Seemacht, die, wie wir sehen werden, dadurch in den Stand gesetzt wurde, bald die Byzantiner in ihren Inseln und Küstenstädten, angreifend, aufzusuchen.

Seit diesem Schlag war die von Anfang zu geringe Streitkraft Belisars völlig ohnmächtig. Alle Feldherrnkunst und Kühnheit vermochte nicht, die fehlenden Schiffe, Krieger, Rosse zu ersetzen. Die Hoffnung, daß sich Italien, wie bei dem ersten Feldzug, dem Feldherrn des Kaisers zuwenden werde, schlug völlig fehl. So mißlang das Unternehmen vollständig, wie uns Prokop in schonungslosen Worten überliefert hat. Auf die Bitten um Verstärkung antwortete der Kaiser gar nicht. Auf die dann dringend wiederholte Bitte Antoninens um Erlaubnis zur Rückkehr erwiderte die Kaiserin nur mit dem höhnischen Bescheid: man wage nicht, zum zweitenmal durch Abberufung den Helden in dem Laufe seiner Siege zu unterbrechen. So verbrachte Belisar bei Sicilien eine qualvolle Zeit der That- und Ratlosigkeit.

## Achtes Kapitel

Inzwischen aber stieg in dem belagerten Rom die Not und die Erschöpfung der Bürger auf den höchsten Grad.

Der Hunger lichtete die ohnehin so dünne Besatzung der weiten Wälle. Umsonst that der Präfekt sein Äußerstes. Umsonst griff er zu allen Mitteln, bald der Überredung, bald der Gewalt. Umsonst verschwendete er sein Gold, neue Lebensmittel in die Stadt zu schaffen. Denn bis auf die letzten Körner fast waren die Getreidevorräte aufgezehrt, die er aus Sicilien hatte kommen und auf dem Kapitole bergen lassen.

Unerhörte Belohnungen verhieß er jedem Schiff, dem es gelänge, sich mit Vorräten durch die Flotte des Königs zu stehlen, jedem Söldner, der es wagte, sich durch die Thore und die Zelte der Belagerer hinaus und mit Mundvorrat zurückzuschleichen. Die Wachsamkeit Totilas war nicht zu täuschen. Anfangs hatte einzelne goldgierige Waghälse des Präfekten Lohn zur Nacht hinaus gelockt. Als aber Graf Teja jeden Morgen darauf über die Wälle beim flaminischen Thor ihre Köpfe schleudern ließ, verging auch den Begehrlichsten die Lust.

Teuer wurde das Aas der gefallenen Maultiere verkauft. Um das Unkraut und die Brennesseln, die sie gierig aus den Schutthaufen rupften, schlugen sich die hungernden Weiber. Der Hunger hatte längst gelehrt, das Uneßbare gierig zu verschlingen. Und nicht mehr zu zählen waren die Überläufer, die aus den Häusern, von den Mauern zu den Goten eilten.

Teja zwar wollte diese mit Speerrechen zurückgetrieben wissen in die Stadt, sie desto früher zum Fall zu bringen. Totila aber befahl, sie alle aufzunehmen, zu speisen und nur darüber fürsorglich zu wachen, daß sie nicht durch plötzliche, maßlose Befriedigung des maßlosen Heißhungers, wie anfangs oft geschehen war, dem Tode verfielen.

Cethegus verbrachte nun jede Nacht auf den Wällen.

In wechselnden Stunden beging er selbst, mit Speer und Schild, musternd die Wachen, auch wohl eine Schildwache ablösend, der Schlaf und Hunger den Lanzenschaft aus der Hand zu lösen drohten. Solch' Beispiel wirkte dann freilich wieder eine Weile ermannend auf die Tüchtigen: begeistert standen auch jetzt die Licinier, Piso und Salvius Julianus zu dem Präfekten und die blind ergebenen Isaurier.

Nicht aber alle Römer: so nicht Balbus, der Schlemmer.

»Nein, Piso,« sagte dieser einst, »ich halte es nicht mehr länger aus. Es ist nicht in Menschenart. Wenigstens nicht in meiner. Heiliger Lucullus! Wer hätte das je von mir geglaubt! Ich gab neulich meinen allerletzten, größten Diamanten für einen halben Steinmarder hin.«

»Ich weiß die Zeit,« lächelte Piso, »da du den Koch in Eisen schmieden ließest, hatte er den Meerkrebs eine Minute zu lang sieden lassen.«

»O Meerkrebs! Bei der Barmherzigkeit des blassen Heilands! Wie kannst du dies Wort, dies Bild heraufbeschwören! Meine ganze unsterbliche Seele geb' ich für eine Schere, ja für den Schweif. Und niemals ausschlafen! Weckt nicht der Hunger, weckt das Wächterhorn.«

»Sieh den Präfekten an! Seit vierzehn Tagen hat er nicht vierzehn Stunden geschlafen. Er liegt auf dem harten Schild und trinkt Regenwasser aus dem Helm.«

»Der Präfekt! der braucht nicht zu essen. Er zehrt von seinem Stolz, wie der Bär von seinem Fett, und saugt an seiner Galle. Ist ja nichts an ihm als Sehnen und Muskeln, Stolz und Haß! Ich aber, ach ich hatte so lieblich weißes Fett angehäuft, daß mich im Schlaf die Mäuschen anbissen: sie hielten mich für einen spanischen Mastschinken. Weißt du das Neueste? Im Gotenlager ist heute eine ganze Herde feister Rinder eingetrieben worden – lauter apulische: Lieblinge der Götter und Menschen!«

Am andern Morgen früh kam Piso mit Salvius Julianus, den Präfekten zu wecken, der auf dem Wall an der Porta portuensis lag, nahe dem gefährdetsten Punkt, dem Stromriegel. »Vergieb, ich störe dich im seltnen Schlaf ...«

»Ich schlief nicht. Ich wachte. Melde, Tribun.«

»Balbus ist mit zwanzig Bürgern heute Nacht von seinem Posten entflohen. An Seilen haben sie sich herabgelassen an der Porta Latina. Dort brüllten die ganze Nacht die apulischen Rinder. Ihr Ruf war, scheint's, unwiderstehlich.«

Aber das Lächeln verging dem Satirenschreiber, als ihn der Blick des Cethegus traf. »Ein Kreuz, dreißig Fuß hoch, wird errichtet vor dem Hause des Balbus an der Via sacra. Jeder Überläufer, der wieder in unsre Hand fällt, wird daran geschlagen.«

»Feldherr, Kaiser Constantinus hat die Kreuzigungsstrafe abgeschafft, zu Ehren des Heilands,« warnte Salvius Julianus.

»So führ' ich sie wieder ein, zu Ehren Roms. Jener Kaiser hielt wohl nicht für möglich, daß ein römischer Ritter und Tribun die Stadt Rom um einen Braten verraten werde.«

»Aber noch mehr! Ich kann die Turmwache nicht mehr bestellen an der Porta pinciana. Von den sechzehn Legionaren sind neun hungertot oder hungerkrank.«

»Das gleiche fast meldet Marcus Licinius von der Porta tiburtina,« fügte Julianus bei. »Wer soll wehren der überall her drohenden Gefahr?«

»Ich! Und der Mut der Römer. Geh! laß durch Herolde alle Bürger und alles, was noch in den Häusern ist, berufen auf das Forum romanum.«

»Herr, es sind nur noch Weiber, Kinder und Kranke ...«

»Gehorche, Tribun!«

Und finstern Blickes stieg der Präfekt vom Wall, schwang sich auf Pluto, sein edles, schwarzes, spanisches Roß und zog langsam, von einer Schar berittener Isaurier gefolgt, überall die Wachsamkeit der Posten, die Zahl der Truppen prüfend, auf den weitesten Wegen durch einen großen Teil der Stadt: zugleich dadurch den Herolden und den Bürgern Zeit verstattend, zu rufen und zu folgen.

So ritt er auf langem Wege das rechte Tiberufer aufwärts. Aus den Häusern schlich nur spärlich zerlumptes Volk, die Reiter anstarrend in dumpfer Verzweiflung. An der Brücke des Cestius erst wurden die Haufen dichter. Cethegus hielt sein Pferd an, die dort aufgestellten Wachen zu mustern.

Da eilte plötzlich aus der Thür eines niedrigen Hauses ein Weib, mit fliegenden Haaren, ein Kind auf dem Arm. Ein älteres zerrte an den Lumpen ihres Gewandes. »Brot! Brot!« schrie sie. »Ja, werden Steine zu Brot durch Thränen? O nein! Sie bleiben hart! Hart wie – ha, hart wie jener da! Seht Kinder: das ist der Präfekt von Rom. Der dort, auf dem schwarzen Roß, mit dem purpurnen Helmbusch, mit dem furchtbaren Blick! Aber ich fürchte ihn nicht mehr. Seht Kinder: der hat euren Vater auf die Wälle gezwungen, Tag und Nacht, bis er umfiel, tot. Fluch dir, Präfekt von Rom!« Und sie ballte die Fäuste gegen den unbeweglich haltenden Reiter.

»Brot, Mutter! Gieb uns zu essen!« heulten die beiden Kinder.

»Zu essen hab' ich nicht für euch, aber zu trinken vollauf! Hier!« schrie das Weib, umklammerte das ältere Kind mit der Rechten, drückte das kleinere mit der Linken fester an die Brust und schwang sich mit beiden Kindern über das Geländer in die Flut. Ein Schrei des Entsetzens, gefolgt von Flüchen, lief durch die Menge.

»Sie war wahnsinnig!« sprach der Präfekt mit lauter Stimme und ritt weiter.

»Nein, sie war die klügste von uns allen!« antwortete eine Stimme aus der Menge.

»Schweigt! Ihr Legionare, laßt die Tuba schmettern! Vorwärts! auf das Forum!« befahl Cethegus und sausend sprengte die Reiterschar davon.

Und über die fabricische Brücke, durch das carmentalische Thor, gelangte der Präfekt an den Fuß des kapitolinischen Hügels auf das Forum romanum.

Leer sah der weite Raum aus: nicht gefüllt durch die paar tausend Menschen, die in elenden Kleidern auf den Stufen der Tempel und Hallen kauerten oder sich mühsam an Speeren und Stäben aufrecht hielten.

»Was will der Präfekt?« – »Was kann er noch wollen?« – »Wir haben nichts mehr als unser Leben.« – »Gerade das will er –« – »Wißt ihr schon? vorgestern hat sich auch Centumcellä an der Küste den Goten ergeben.« – »Ja, die Bürger haben die Isaurier des Präfekten überwältigt und die Thore geöffnet.« – »O, könnten wir's nach thun.« – »Bald müssen wir's thun, sonst ist es zu spät.« – »Mein Bruder fiel gestern tot um, die gekochten Brennesseln noch im Munde: er konnte sie nicht mehr verschlingen.« – »Auf dem Forum Boarium ward gestern eine Maus in Gold aufgewogen.« – »Ich bezog heimlich eine Woche gebratenes Fleisch von einem Metzger – roh wollte er's nicht liefern ...« – »Sei froh! Sie stürmen ja das Haus, wo sie Bratendunst riechen –« – »Aber vorgestern ward er zerrissen vom Volk auf der Straße. Er hatte bettelnde Kinder in sein Haus gelockt – ihr Fleisch hatte er uns verkauft.« – »Der Gotenkönig aber, wißt ihr, wie der mit seinen Kriegsgefangenen umgeht?« – »Wie ein Vater mit seinen hilflosen Kindern.« – »Die meisten treten sofort in seine Dienste.« – »Ja, aber die, welche es nicht wollen, versieht er mit Reisegeld –« – »Ja, und mit Kleidern und Schuhen und Lebensmitteln.« – »Die Wunden und Kranken werden gepflegt.« – »Und er läßt sie durch Wegkundige bis an die Küstenstädte geleiten.« – »Auch die Überfahrt ins Ostreich auf Kauffahrerschiffen hat er ihnen schon bezahlt.« – »Seht, da steigt der Präfekt von dem schwarzen Roß.« – »Wie Pluto sieht er aus.« – »Nicht Princeps senatus mehr, princeps inferorum.«

»Seht – seinen Blick!« – »Kalt: und doch wie Flammenpfeile.« – »Ja, meine Muhme hat recht. So kann nur blicken, wer kein Herz mehr hat.« – »Das ist was Altes. Strigen und Lamien haben ihm nachts das Herz ausgefressen.« – »Was nicht gar! Es giebt gar keine Lamien. Aber den Teufel giebt es: denn der steht in der Bibel. Und er hat ein Bündnis mit ihm geschlossen. Der Numider, der dort sein schwarzes Roß am Zügel hält, ist der Bote der Hölle, der ihn überall begleitet. Keine Waffe kann dem Präfekten die Haut ritzen. Nicht Nachtwachen noch Hunger verspürt er. Aber er kann auch nie mehr lächeln. Denn er hat seine Seele der Hölle verpfändet.« – »Woher weißt du's?« – »Der Diakon von Sankt Paul hat's uns neulich alles gedeutet. Und Sünde ist es, einem solchen länger zu dienen. Hat er doch auch unsern Bischof Silverius dem Kaiser verraten und in Ketten übers Meer geschickt.«

»Und hat er doch neulich sechzig Priester, rechtgläubige und arianische, als des Verrats verdächtig aus der Stadt gewiesen.« – »Das ist wahr.« – »Er muß aber auch dem Teufel gelobt haben, alle Qualen über Rom und die Römer zu bringen.« – »Aber wir wollen's nicht mehr dulden.« – »Wir sind frei, er hat's uns oft gesagt. Ich will ihn fragen, mit welchem Recht ...«

Aber mitten im Wort verstummte der tapfere Redner: ein Blick des Präfekten hatte ihn getroffen, der im Emporsteigen zur Rednerbühne die kleine murrende Gruppe streifte.

»Quiriten,« hob er an, »ich rufe euch alle auf, Legionare zu werden. Hunger und – schmählich zu sagen von römischen Männern! – Verrat lichten die Reihen unsrer Wachen. Hört ihr die Hammerschläge? Ein Kreuz wird gezimmert für die Überläufer. Noch größere Opfer fordert Rom von den Römern. Denn *ihr* habt keine Wahl. Bürger anderer Städte möchten schwanken zwischen Übergabe und Untergang. Wir, erwachsen im Schatten des Kapitols, haben diese Wahl nicht. Hier gehn die Schauer von mehr als tausendjährigem Heldentum. Hier kann kein feiger Gedanke laut werden. Ihr könnt nicht wieder die Barbaren ihre Rosse binden sehen an die Säulen des Trajan. Eine letzte Anstrengung gilt es. Früh reift das Heldenmark in den Knaben des Romulus und Cäsar; spät weicht die Kraft aus den tibertrinkenden Männern. Ich rufe die Knaben vom zwölften, die Männer bis zum achtzigsten Jahre auf die Wälle. Still! murrt nicht! Ich werde meine Tribunen mit den Lanzenträgern von Haus zu Haus gehen lassen: nur um zu hindern, daß nicht allzuzarte Knaben, allzumüde Greise zu den Waffen greifen. Was murrt ihr da drüben? Weiß jemand bessern Rat der Verteidigung? Er gebe ihn: laut, von diesem Platz herab, den ich ihm dann räumen werde.«

Da ward es still an der Stelle, wohin der Blick des Präfekten geblitzt.

Aber hinter ihm erhob sich, bei denen, die sein Auge nicht bändigen konnte, grollendes Gemurmel. »Brot!« – »Übergabe!« – »Friede!« –

Cethegus wandte sich. »Schämt ihr euch nicht? So viel habt ihr ertragen, eures Namens würdig. Und nun, da es noch kurze Zeit gilt, auszuharren, wollt ihr erlahmen? In wenigen Tagen bringt Belisar Entsatz.«

»Das hast du uns schon siebenmal gesagt.« – »Und nach dem siebenten Male verlor Belisar fast alle Schiffe.« – »Die helfen jetzt mit, unsern Hafen sperren.« – »Du sollst uns eine Frist, ein Ende setzen dieses Elends. Denn mich erbarmt es dieses Volks.«

»Wer bist du?« fragte Cethegus den unsichtbaren Redner. »Du kannst kein Römer sein.«

»Ich bin Pelagius der Diakon, ein Christ und ein Priester des Herrn. Und ich fürchte nicht die Menschen, sondern Gott. Der König der Goten, obwohl ein Ketzer, soll versprochen haben, in allen Städten, die sich unterwerfen, die Kirchen, die seine Mitketzer, die Arianer, den Rechtgläubigen entrissen, zurückzugeben. Schon dreimal soll er Herolde an die Bürger Roms gesendet haben mit gütigsten Bedingungen: man hat sie nie zu uns sprechen lassen.«

»Schweig, Priester. Du hast kein Vaterland als den Himmel, keinen Staat als das Reich Gottes, kein Volk als die Gemeinde der Heiligen, kein Heer als die Engel. Bestelle du dein himmlisch Reich. Männern überlaß' das Reich der Römer.«

»Aber der Mann Gottes hat Recht.« – »Eine Frist!« – »Einen nahen Termin!« – »Bis dahin wollen wir noch ausharren.« – »Doch verläuft er ohne Entsatz« – »Dann Übergabe!« – »Dann öffnen wir die Thore.«

Aber diesen Gedanken scheute Cethegus.

Wußte er doch, seit langen Wochen ohne alle Kunde von der Außenwelt, durchaus nicht, wann etwa Belisar vor der Tibermündung erscheinen konnte. »Wie?« rief er. »Soll ich euch eine Frist setzen, wie lang ihr noch Römer sein wollt und von wann ab Memmen und Sklaven? Die Ehre kennt keine Termine.«

»So sprichst du, weil du selbst nicht mehr an Entsatz glaubst.«

»So spreche ich, weil ich an Euch glaube.«

»Aber wir wollen es so. Wir alle. Hörst du? Du sprachst ja immer von der römischen Freiheit. Wohlan, sind wir frei oder dir verfallen, wie deine Söldner? Hörst du? Wir fordern einen Termin. Wir wollen es!« – »Wir wollen es!« wiederholte der Chor.

Da schollen, ehe Cethegus erwidern konnte, Tubarufe von der Südostecke des Forum her: von der sacra Via strömten Volk und Bewaffnete gemischt heran, in ihrer Mitte zwei Reiter in fremden Waffen.

## Neuntes Kapitel

Lucius Licinius sprengte ihnen allen voraus, sprang ab und flog die Rednerbühne hinan. »Ein Herold der Goten! Ich kam zu spät, ihn wieder, wie sonst, abzuweisen. Die verhungernden Legionare am tiburtinischen Thor ließen ihn herein.«

»Nieder mit ihm! Er darf nicht reden,« sprach Cethegus, sprang die Tribüne herab und zog das Schwert.

Aber die Menge erriet ihn. Jubelnd, schützend umdrängte sie den Herold. »Friede! Heil! Brot!« – »Friede! Hört den Herold!«

»Nein, hört ihn nicht,« donnerte Cethegus. »Wer ist Präfekt von Rom? Wer verteidigt diese Stadt? Ich: Cornelius Cethegus Caesarius. Und ich sage: hört ihn nicht.«

Und mit dem Schwert warf er sich vorwärts.

Aber dicht, wie ein Bienenschwarm, geballt, hemmten Weiber und Greise seinen Weg, während die Bewaffneten den Herold schützend umwogten.

»Sprich, Bote, was bringst du?« forschten sie.

»Frieden und Erlösung,« rief Thorismuth und schwenkte seinen weißen Stab. »Totila, der Italier und der Goten König, entbietet euch Huld und Gruß und fordert freies Geleit, euch Wichtiges zu künden und den Frieden.«

»Heil ihm!« – »Hört ihn!« – »Er soll kommen!«

Cethegus war eilig zu Pferd gestiegen und ließ seine Tubabläser die Schlachtfanfare schmettern.

Da wurde es still auf dem Forum.

»Höre, Herold: ich, der Befehlshaber dieser Stadt, *verweigere* das Geleit. Jeden Goten, der die Stadt betritt, werd' ich als Feind behandeln.«

Aber da erscholl tausendstimmiges Geschrei der Wut.

Ein Bürger erklomm die Rednerbühne. »Cornelius Cethegus, bist du unser Tyrann oder unser Beamter? Wir sind frei. Und oft hast du's gerühmt: das Höchste ist in Rom des römischen Volkes Majestät. Wohlan, das römische Volk befiehlt, den König zu hören. Befiehlst du das nicht, Volk von Rom?«

»Wir wollen es!« – »Es ist Gesetz,« brüllten die Quiriten. »Hast du's vernommen? Willst du dem Volk von Rom gehorchen oder trotzen.«

Cethegus stieß das Schwert in die Scheide. Thorismuth sprengte davon, seinen König zu holen.

Der Präfekt winkte die jungen Tribunen an sich heran.

»Lucius Licinius,« befahl er, »aufs Kapitol. Salvius Julianus, du deckst den untern, den Balkenstromriegel. Quintus Piso, du deckst den oberen, den Kettenriegel. Marcus Licinius, du hältst die Schanze, die den Aufgang vom Forum zum kapitolinischen Hügel und mein Haus beschützt. Der Rest der Söldner schart sich dicht hinter mir.«

»Was willst du, Feldherr?« fragte Lucius Licinius, ehe er davon eilte.

»Die Barbaren überfallen und verderben.«

Es waren etwa noch fünfzig Reiter und hundert Lanzenträger, die nach Entsendung der Tribunen hinter dem Präfekten hielten.

Nach kurzer banger Spannung schmetterte das gotische Heerhorn die heilige Straße herauf.

Und von dorther bogen auf das Forum ein Thorismuth und sechs Hornbläser, Wisand, der Bandalarius, mit der blauen Königsfahne der Goten, der König zwischen Herzog Guntharis und Graf Teja und noch etwa zehn Heerführer und Reiter, fast alle ohne Waffen: nur Teja zeigte deutlich das breite, das gefürchtete Beil.

Als eben der Zug sich aus dem Lager der Goten in Bewegung gesetzt hatte, durch's metronische Thor in die Stadt zu reiten, fühlte sich Herzog Guntharis am Mantel gefaßt: er sah neben seinem Pferd einen Knaben oder Jüngling mit kurzkrausem, goldbraunem Haar und blauen Augen und einen Hirtenstock in der Hand.

»Bist du der König? Nein, du bist es nicht. Und jener dort? das ist der tapfere Teja, der schwarze Graf, wie ihn die Lieder nennen.«

»Was willst du, Bursche, von dem König?«

»Ich will für ihn fechten unter seinen Heerleuten.«

»Du bist noch zu jung und zart. Geh' und komm' nach zwei Sommern wieder: und hüte derweilen die Ziegen.«

»Ich bin noch jung: aber nicht mehr schwach. Und Ziegen hab' ich mir genug gehütet. Ha, ich seh's: das ist der König.«

Und er trat vor Totila, neigte sich zierlich und sprach: »Mit Gunst, Herr König.« Und er langte nach des Pferdes Zügel, es zu führen: als müßte das alles so sein. Und der König sah mit Wohlgefallen auf ihn herab und lächelte ihm zu. Und der Knabe führte sein Pferd am Zaum.

Guntharis aber sprach vor sich hin: »Dieses Knaben Antlitz habe ich schon gesehen. Nein, er gleicht ihm nur: doch solche Ähnlichkeit sah ich noch nie: und wie adelig des jungen Hirten Haltung!«

»Heil König Totila! Frieden und Heil,« jauchzte dem Gotenkönig das Volk entgegen.

Der junge Zügelführer aber sah empor in des Königs schimmervolles Antlitz und sang leise, doch mit silbertöniger Stimme, zu ihm hinauf:

»Zittre und zage,
Zäher Cethegus:
Nicht taugt dir die Tücke!
Es trümmert den Trotz dir
Teja, der Tapfre:
Und taghell empor taucht,

Wie Maiglanz und Morgen
Aus Nacht und aus Nebel,
Der leuchtende Liebling
Des Himmelsherr'n:
Der schimmernd schöne,
Der kühne König.
Ihm öffnen sich alle
Die Türme, die Thore,
Die Hallen und Herzen:
Ihm weicht, überwunden,
Wut, Winter und Weh.«

Auf den Wink von des Königs Hand trat Stille ein.

Aber diesen erwarteten Augenblick nutzte Cethegus.

Er trieb seinen Rappen vorwärts in die Volksmenge und rief: »Was willst du, Gote, in dieser meiner Stadt?«

Nach einem lodernden Blick wandte sich Totila von ihm ab: »Mit ihm red' ich nur mehr mit dem Schwert, dem sechsfachen Lügner, dem Mörder! Zu dir sprech' ich unseliges, bethörtes Volk von Rom. Der Schmerz um euch zerreißt mein Herz. Ich kam, euer Elend zu enden. Ohne Waffen bin ich gekommen. Denn besser als Schwert und Schild schützt mich des Römervolkes Ehre.«

Er hielt inne. Cethegus unterbrach ihn nicht mehr.

»Quiriten, wohl habt ihr selbst erkannt: längst konnt' ich mit meinen Tausenden euere Mauern stürmen.

Denn ihr habt nur noch Steine, keine Männer mehr darauf. Aber fiel Rom durch Sturm, ging Rom in Flammen auf. Und ich gesteh's: lieber will ich niemals Rom betreten als Rom zerstören. Ich will euch nicht vorhalten, wie ihr Theoderichs und der Goten Güte vergolten. Habt ihr die Tage vergessen, da ihr dankbar Münzen schlugt mit der Umschrift: »Roma felix?« Wahrlich, ihr seid genug gestraft. Schwerer gestraft durch Hunger und Pest und Byzanz und jenen Dämon als euch jemals unsere strengste Strafe getroffen hätte. Mehr als achttausend Männer von euch, Weiber und Kinder ungezählt, sind erlegen. Eure verödeten Häuser stürzen ein. Gierig rafft ihr das Gras, das in euren Tempeln wächst. Hohläugig schleicht durch eure Gassen die Verzweiflung.

Menschenfleisch, der eignen Kinder Fleisch, haben hungernde Mütter, römische Mütter verspeist. Und bis heute konnte man euren Widerstand beklagen, aber bewundern. Von heut' ab ist er Wahnsinn. Eure letzte Hoffnung war Belisar. Wohlan: Belisar ist heimgefahren von Sicilien nach Byzanz. Er giebt euch auf.«

Cethegus ließ die Trompeten schmettern, das Geheul des Volkes zu übertönen. Lang vergeblich. Endlich drangen die ehernen Tubastimmen durch. Als es stiller ward, rief der Präfekt: »Gelogen! Glaubt nicht so plumper Lüge!«

»Haben euch je die Goten, hab' ich euch je gelogen, ihr Römer? Aber nur euren eignen Augen und Ohren sollt ihr glauben. Vorwärts mit dir, Mann: nun sprich. Kennt ihr ihn?«

Ein Byzantiner, in reicher Rüstung, ward von den gotischen Reitern vorgeführt.

»Kanon!« – »Belisars Nauarch!« – »Wir kennen ihn!« rief die Menge.

Cethegus aber erbleichte.

»Ihr Männer von Rom,« sprach der Byzantiner, »Belisar, der Magister Militum, hat mich an König Totila geschickt. Heute traf ich ein. Belisar *mußte* von Sicilien nach Byzanz zurück. Er hat scheidend Rom und Italien der bekannten Güte König Totilas empfohlen. Das mein Auftrag an ihn und an euch.«

»Wohlan,« fiel Cethegus dröhnend ein, »und ist es so: dann ist der Tag gekommen, zu zeigen, ob ihr Römer seid oder Bastarde. Hört es und wißt es wohl! Cethegus der Präfekt ergiebt sich und sein Rom nie, niemals den Barbaren. O, gedenkt der Zeiten nur noch einmal, da ich euch alles war. Da ihr meinen Namen neben Christus, vor den Heiligen genannt. Wer hat euch jahrelang Arbeit, Brot und – was mehr ist – Waffen gegeben? Wer hat euch geschirmt – Belisar oder Cethegus? – als dieser Barbaren fünfzehn Myriaden vor euren Wällen lagen? Wer hat Rom mit seinem Herzblut gerettet vor König Witichis? Wohlan, zum letztenmal ruf ich euch zum Kampf. Hört mich, ihr Enkel des Camillus. Wie er die Gallier, die schon die Stadt gewonnen, vom Kapitol herab hinweggefegt, mit der Kraft des römischen Schwertes, so will ich diese Goten hinwegfegen. Schart euch um mich! Zum Ausfall! Und erprobt, was Römerkraft vermag, wenn sie Cethegus führt und die Verzweiflung. Wählt!«

»Ja wählt!« rief Totila, sich hoch erhebend in den Bügeln. »Wählt zwischen sicherem Untergang und sicherer Freiheit. Folgt ihr noch einmal diesem Wahnwitzigen, kann ich euch nicht mehr schützen. Hört hier Graf Teja von Tarent zu meiner Rechten. Ihr kennt ihn, denk' ich. Ich kann euch nicht länger schützen.«

»Nein,« rief Teja, das mächtige Schlachtbeil erhebend, »dann keine allzugnädige Gnade mehr, beim Gott des Hasses. Verwerft ihr diese allerletzte Gunst: kein Leben wird verschont in diesen Mauern. Ich hab's geschworen und Tausende mit mir!«

»Ich biete euch volles Vergessen eurer Schuld und will euch ein milder König sein. Fragt in Neapolis, ob ich's verstehe. Wählt zwischen mir und dem Präfekten.«

»Heil König Totila! Zum Tode den Präfekten!« scholl es einstimmig in der Runde.

Und, wie auf ein gegebenes Zeichen, warfen sich die Weiber und Kinder, mit erhobenen Händen, wie anbetend, auf die Kniee vor dem König, während alle die Tausende von Bewaffneten drohend, fluchend ihre Speere und Schwerter wider den Präfekten erhoben und mancher Wurfspieß gegen ihn flog: es waren die Waffen, die er ihnen selbst geschenkt.

»Hunde sind es! Nicht Römer!« So sprach Cethegus im tiefsten Zornesdrang und riß sein Roß herum. »Aufs Kapitol!«

Und in gewaltigem Satz, hochausgreifend, sprang sein edler Rappe über die Reihe der knieenden, kreischenden Frauen hinweg, durch den Hagel von Geschossen, die ihm jetzt die Römer nachschleuderten, die wenigen Beherzten niederreitend, die mit Lanzen ihm den Weg verrennen wollten.

Bald war sein roter Helmbusch verschwunden. Sausend folgten ihm seine Reiter. Die Lanzenträger wichen langsam, in guter Ordnung, manchmal wendend und die Speere fällend. So erreichten sie die hohe Schanze, die, besetzt von Marcus Licinius, den Aufgang auf das Kapitol und den Weg zu des Präfekten Hause sperrte.

»Was zunächst? Sollen wir folgen?« fragten die Römer den König.

»Nein! Halt! Alle Thore reißt auf. Wagen mit Brot und Fleisch und Wein stehen bereit in unsern Lagern. Diese fahrt in alle Regionen der Stadt. Speiset und tränket drei Tage lang das Volk von Rom. Meine Goten überwachen euch und verhüten das Unmaß.«

»Und der Präfekt?« fragte Herzog Guntharis.

»Cethegus Cäsarius, der Ex-Präfekt von Rom, wird dem Gott der Rache nicht entgehn!« rief Totila sich wendend.

»Und nicht mir!« rief der Hirtenknabe.

»Und nicht mir!« sprach Teja, und sprengte davon.

## Zehntes Kapitel

Die meisten Regionen von Rom waren durch die Entscheidung auf dem Forum romanum in die Hand der Goten gefallen.

Was Cethegus noch besetzt hielt, war nur der Stadtteil auf dem rechten Tiberufer vom Grabmal Hadrians im Norden bis zur Porta portuensis im Süden, bei welcher über den Fluß der Riegel von Masten und dahinter der zweite von straffgespannten Ketten gezogen war.

Auf dem linken Tiberufer hatte der Präfekt nur noch den kleinen, aber beherrschenden Abschnitt westlich vom Forum romanum inne, dessen Mittelpunkt das Kapitol bildete: abgegrenzt durch Mauern und hohe Schanzen, die sich von dem Tiberufer an den Fuß des kapitolinischen Hügels und um diesen östlich her bis an das Forum Trajans im Norden erstreckten, während sie im Rücken, im Westen des Kapitols, zwischen dem Circus flaminius und dem Theater des Marcellus, jenen preisgebend, dieses noch einschließend, bis an die fabricische Brücke und die Tiberinsel reichten.

Der Rest des Tages verging den befreiten Römern in der Stadt mit jubelnden Festen bei Schmaus und Gelag. Auf den Hauptplätzen der ihm geöffneten Regionen ließ der König die achtzig vierspännigen Wagen voller Vorräte auffahren. Und um sie her lagerte sich auf den Steinen und rasch gezimmerten Bänken das hungernde Volk, Gott, den Heiligen und dem »besten König« dankend.

Der Präfekt hatte sofort die Thore, die von jenem gotisch gewordenen Teil der Stadt durch die Mauern- und Schanzenreihen in *sein* Rom führten, zumal die Zugänge vom Forum romanum zum Kapitol, dann die porta flumentana, carmentalis und ratumena, sorgfältig verrammeln lassen und die geringe, ihm verbliebene Mannschaft mit raschem Feldherrnblick auf die wichtigsten Punkte verteilt: war es doch ungefähr derselbe Teil von Rom, den er schon früher, unter und gegen Belisar, besetzt gehalten hatte.

»Salvius Julianus erhält noch hundert Isaurier für den Balkenriegel im

Fluß! Die abasgischen Pfeilschützen eilen zu Piso an den Fluß an dem Kettenriegel. Marcus Licinius bleibt an der Schanze beim Forum.«

Aber da meldete Lucius Licinius, der Rest der Legionare, der an der Entscheidung auf dem Forum romanum nicht hatte teilnehmen können, weil er damals in dem nun abgesperrten Teil der Stadt auf Wache stand, werde sehr schwierig.

»Ah,« rief Cethegus, »der Dunst der Braten, um die ihre Vettern da unten die römische Ehre verkauft haben, steigt ihnen kitzelnd in die Nasen. Ich komme.«

Und er ritt aufs Kapitol, wo diese Legionare, etwa fünfhundert Mann, in Reih und Glied aufgestellt, in finstrer, drohender Haltung standen.

Langsam, prüfenden Auges ritt Cethegus die Front entlang. Endlich sprach er:

»Euch wollte ich den Ruhm zuwenden, die Laren und Penaten des Kapitols gegen die Barbaren zu verteidigen. Ich hörte zwar: ihr zieht die Rinderkeulen da unten vor. Aber ich will's nicht glauben von euch. Ihr werdet den Mann nicht verlassen, der euch nach Jahrhunderten wieder kämpfen und siegen gelehrt hat. Wer's mit Cethegus hält und mit dem Kapitol, der hebe das Schwert.«

Aber keiner rührte sich.

»Der Hunger ist ein stärkrer Gott, als der kapitolinische Jupiter,« sagte er verächtlich.

Da trat ein Centurio vor. »Es ist nicht das, Präfekt von Rom. – Aber wir wollen nicht fechten gegen unsre Väter und Brüder, die nun auf Seite der Goten stehen.«

»Als Geiseln sollte ich euch behalten für eure Väter und Brüder. Und ihnen, wenn sie stürmen, eure Köpfe entgegenwerfen. Aber ich besorge: es hielte sie nicht auf in ihrer Begeisterung, die aus dem Magen kömmt. Geht! ihr seid nicht würdig, Rom zu retten! Auf, Licinius, mit dem Thor! Laß sie dem Kapitol den Rücken wenden – und der Ehre!«

Und die Legionare zogen ab: bis auf etwa hundert Mann, die unschlüssig stehen blieben, an ihre Speere gelehnt.

»Nun? was wollt ihr noch hier?« rief Cethegus, dicht an sie heranreitend.

»Sterben mit dir, Präfekt von Rom!« rief einer.

Und die andern wiederholten: »Sterben mit dir!«

»Ich danke euch! Siehst du, Licinius, hundert Römer! Sind sie nicht genug, um neu ein Römerreich zu gründen? Euch geb' ich den Ehrenplatz: ihr schirmt die Schanze, die ich mit Julius Cäsars Namen geschmückt.«

Er sprang vom Pferd, warf die Zügel Syphax zu, rief seine Tribunen näher an sich heran und sprach: »Nun hört meinen Plan!«

»Du hast schon deinen Plan?«

»Ja, wir greifen an! Wie ich die Barbaren kenne, sind wir heute Nacht vor jedem Angriff sicher. Sie haben eine Stadt gewonnen zu drei Vierteln. Dieser Sieg muß erst in hunderttausend Räuschen gefeiert werden, ehe sie an das letzte Viertel denken. Um Mitternacht wird das ganze Heer von goldlockigen Helden und Säufern in Jubel, Wein und Schlaf begraben sein. Und die hungrigen Quiriten da unten werden ihnen heute nicht nachstehen an Völlerei. Seht, wie sie schmausen und springen, mit Kränzen geschmückt. Und nur ein kleiner Teil der Barbaren erst ist in die Stadt gerückt. Das ist unsre Siegeshoffnung! Um Mitternacht brechen wir aus allen unsern Thoren auf sie nieder – sie versehen sich keines Angriffs solcher Minderzahl – und schlachten sie im Schlaf.«

»Dein Plan ist todeskühn,« sprach Lucius Licinius. »Doch wenn wir fallen – das Kapitol wird unser Leichenstein.«

»Du lernst von mir,« lächelte Cethegus: »die Worte, wie die Streiche. Mein Plan ist verzweifelt. Aber er ist der einzig mögliche. Jetzt – die Wachen sind bestellt? – gehe ich in mein Haus und schlafe zwei Stunden. Niemand wecke mich vorher. Nach zwei Stunden weckt mich.«

»Du kannst jetzt schlafen, Feldherr?«

»Ja, ich muß. Und ich hoffe: ich schlafe gut. Ich muß mich, wachend und schlafend, in mir selbst versammeln – nachdem ich das Forum romanum dem Barbarenkönig geräumt. Das war zu viel! Das heischt Erholung! Syphax, ich fragte schon gestern: ist kein Wein mehr aufzutreiben, rechts vom Tiber?«

»Ich forschte, Herr: Nur in den Tempeln eures Gottes. Aber er ist, so sagten eure Priester, bereits geweiht, bestimmt zum Wunder des Altars.«

»Das wird ihn nicht verdorben haben. Nehmt ihn den Priestern fort. Verteilt ihn unter die hundert Römer auf der Schanze des Cäsar. Es ist der einzige Dank, der mir zu spenden geblieben.«

Und langsam ritt er, gefolgt von Syphax, seinem Hause zu. Vor dem Haupteingang hielt er an: auf Syphax' Ruf erschien der Roßwärter Thrax. Cethegus sprang ab und klopfte des edeln Rappen Bug. »Der nächste Ritt wird scharf, mein Pluto, ob zum Sieg oder in die Flucht. Gebt ihm das weiße Brot, das für mich gespart ward.«

Das Pferd ward in die Ställe neben dem Hauptgebäude abgeführt. Die Marmorraufen waren leer. Pluto teilte den weiten Stall nur noch mit des Syphax Braunen. Alle andern Rosse des Präfekten waren geschlachtet und von den Söldnern verzehrt.

Durch das prachtvolle Vestibulum und Atrium schritt der Hausherr in die Bibliothek. Der alte Ostiarius und Schreibsklave Fidus, der den Speer nicht mehr tragen konnte, war der einzige Diener im Hause. Alle andern Sklaven und Freigelassenen lagen auf den Wällen: lebend oder tot.

»Reiche mir die Rolle mit dem Cäsar Plutarchs! Und den großen, mit Amethysten besetzten Becher – freilich wird's kaum des Zaubers der Steine bedürfen! – voll Wasser aus dem Springbrunnen.«

Noch weilte der Präfekt in dem Büchersaal. Den Kandelaber, mit köstlichem Nardenöl gefüllt, hatte der Alte, wie in den Tagen des Friedens, entzündet. Cethegus warf einen langen Blick auf die Büsten, Hermen, kleinen Statuen, deren dunkle Schatten das Licht scharf auf den Estrich von kostbaren Mosaiken legte.

Da prangten sie fast alle, die Helden Roms in Krieg und Frieden, in kleinen Marmorbüsten auf Sockeln und Fußgestellen mit kurzen Andeutungen der Namen. Von den mythischen Königen an durch die lange Reihe der Konsuln und Cäsaren bis auf Trajan, Hadrian und Constantin.

Eine besondere dicht gedrängte Gruppe bildeten die eigenen Ahnen der

»Cethegi«. Schon war das leere Postament an die Wand gefestigt, das dereinst *seine* Büste aufnehmen sollte, die letzte an dieser Seite des Saales.

Denn er war der letzte seines Stammes.

Aber zur Linken zeigte sich noch, zur Fortsetzung bestimmt, ein ganzer Bogengang mit leeren Nischen. Nicht Ehe, aber Adoption sollte des Cethegus Namen weiter führen in glänzendere Jahrhunderte.

Zu seinem Erstaunen sah er, an der Reihe der Büsten langsam, gedankenvoll vorüberschreitend, auf dem leeren Sockel, der dereinst seine Büste aufnehmen sollte, ein solches Brustbild heute stehen.

»Was bedeutet das?« fragte er. »Hebe die Lampe hierher, Alter. Welche Büste steht an meinem Platz?«

»Vergieb, o Herr! Das Postament des einen, da oben, von den ganz alten, muß ausgebessert werden. Ich mußte es abnehmen. Und da hob ich die Büste, damit sie einstweilen nicht zu Schaden komme, auf diesen leeren Sockel.«

»Leuchte! Noch höher! Wer mag es sein?«

Und Cethegus las auf der Büste die kurzen Worte:

»Tarquinius Superbus, Tyrann von Rom, starb, wegen unerträglicher Gewalt von den Bürgern vertrieben, ferne der Stadt im Exil. Zur Warnung späterer Geschlechter.«

Cethegus selbst hatte – in seiner Jugend – diese Inschrift verfaßt und unter die Büste setzen lassen.

Rasch hob er nun den Marmorkopf herab und stellte ihn abseit nieder. »Fort mit dem Omen,« sprach er.

In ernster Vertiefung trat er in das Studiergemach.

Helm, Schild und Schwert lehnte er an das Lager.

Der Sklave entzündete die auf dem Schildpatttisch stehende Lampe, brachte den Becher und das verlangte Buch und ging. Cethegus ergriff die Rolle.

Aber er legte sie wieder weg.

Die Erzwingung der Ruhe versagte ihm diesmal doch. Sie war zu unnatürlich. Auf dem römischen Forum tranken die Quiriten mit den Barbaren auf das Heil des Gotenkönigs, auf den Untergang des Präfekten von Rom, des princeps Senatus! In zwei Stunden wollte er den Versuch wagen, Rom den Germanen zu entreißen. Er *konnte* nicht die kurze Pause mit Wiederholung einer Lebensbeschreibung ausfüllen, die er halb auswendig wußte.

Er trank heißdurstig Wasser aus dem Becher. Dann warf er sich auf das Lager. »War es ein Omen?« fragte er sich. »Aber es giebt kein Omen für den, der nicht daran glaubt. Ein Wahrzeichen nur gilt: für die Erde der Heimat zu kämpfen.« Sagt Homer. Freilich, Cethegus kämpft nicht nur für die Erde der Heimat. Er kämpft fast noch mehr für sich. Aber – hat es nicht dieser Tag beschämend gezeigt? – Rom ist Cethegus: und Cethegus ist Rom. Nicht jene Namen-vergessenen Römer. Rom ist heute noch viel mehr Cethegus als – damals Rom Cäsar gewesen. War er nicht auch ein Tyrann im Sinne der Thoren?«

Und er sprang unruhig wieder auf und trat an die Kolossalstatue des großen Ahnherrn heran.

»Göttlicher Julius, könnte ich beten: heute würd' ich beten – beten zu dir. Hilf, vollende deines Enkels Werk! Wie schwer, wie blutig, wie hart hab' ich gerungen seit jenem Tage, da mir zuerst aus deinem Marmorhaupt der Gedanke der Erneuerung deines Rom entgegensprang: fertig, in Waffen klirrend, wie Pallas Athene aus dem Haupte des Zeus!

Wie hab' ich gekämpft mit dem Schwert und dem mehr ermüdenden Gedanken Tag und Nacht!

Und war ich siebenmal zu Boden gerungen von der Übermacht zweier Völker, hab' ich mich siebenmal wieder emporgerafft: unbezwungen und unverzagt! Vor einem Jahr schien mir das Ziel so nahe. Und jetzt, heute Nacht, muß ich um die letzten Häuser Roms, um mein Haus, um mein Leben kämpfen mit diesem Knaben im blonden Haar. Wär' es denkbar? Sollt' ich erliegen müssen? Nach soviel Arbeit? Nach solchen Thaten? Vor dem Glückstern eines Jünglings? Soll es denn wirklich unmöglich sein, auch für deine Enkel unerzwingbar, daß ein Mann sein Volk ersetze, bis er es erneuen, bis es sich selbst erneuen kann? Daß ein Mann der Barbaren- und der Griechen-Welt obsiege? Soll nicht Cethegus das Rad der Dinge erst halten und dann rückwärts rollen können? Muß ich erliegen, weil ich allein stehe, ein Feldherr ohne Heer, ein Mann ohne Volk an seiner Schulter? Soll ich weichen müssen aus deinem, aus meinem Rom? Ich kann es, ich will es nicht denken! Hat nicht auch dein Stern sich verdunkelt kurz vor Pharsalus? Und schwammst du nicht blutend, das Leben zu retten, unter hundert Pfeilen über den Nil? Und doch hast du's vollbracht. Und zogst im Triumphe wieder ein in deinem Rom. Nicht schlimmer wird es mir, deinem Enkel, ergehn! Nein, ich werde mein Rom nicht verlieren. Nicht mein Haus, nicht dies dein göttergleiches Bild, das mir oft, wie den Christen ihres Kreuzes Anblick, Trost und Hoffnung gespendet. Und dem zum Wahrzeichen – bleibe dir anvertraut, was unter deinem Schild am sichersten geborgen: wo auf Erden wäre Sicherheit, wenn nicht bei dir?

Es war eine Stunde der Verzagtheit, da ich diese Geheimnisse und manchen Schatz Syphax zum Vergraben in der Erde anvertrauen wollte. Geht Rom, dies Haus, dies Heiligtum mir verloren, mögen auch diese Aufzeichnungen verloren sein.

Und dann – wer wird die Geheimschrift entziffern?

Nein, wie die Briefe, das Tagebuch, sollst du mir auch diese Schätze wahren.«

Und er zog ein ziemlich großes Ledersäckchen, das er unter dem Panzer und der Tunika auf der Brust getragen, hervor. Kostbare Perlen und edelste Edelsteine hatte er darin verborgen.

Dann rührte er an die Feder an den linken Rippen der Statue, unterhalb des Schildrandes. Und er holte aus der schmalen Öffnung, die sich aufthat, ein längliches Kästchen von Elfenbein mit kunstvoll geschnitzten Gestalten und mit goldenem Verschluß, das allerlei Aufzeichnungen in kleinen Papyrusrollen enthielt.

Er legte das Säcklein in dies Kästchen.

»Hier, großer Ahnherr: wahre mir Geheimnisse und Schätze. Bei wem sollten sie sicher sein, wenn nicht bei dir?«

Damit schloß er wieder die Klappe, welche nun nicht durch die schmalste Fuge eine Öffnung verriet.

»Unter deinem Schild! An deinem Herzen! Zum Pfande, daß ich dir vertraue und meinem cäsarischen Glück. Daß ich nicht von dir, von Rom abzudrängen bin. Wenigstens nicht auf die Dauer! Müßte ich selbst weichen, ich kehre wieder. Und wer sucht meine Schätze und meine Geheimnisse bei dem toten Cäsar! Hüte sie mir.«

Wäre das Wasser in dem Amethystkelch schwerster Wein gewesen, der Trunk hätte nicht berauschender erregen können als dieses ringende Gespräch: halb Selbstgespräch, halb Zwiegespräch mit der wie ein Dämon verehrten Statue.

Die übermenschliche Anspannung aller Kräfte des Geistes und des Leibes in den letzten Wochen: das sieglose Ringen des heutigen Tages auf dem Forum: der sofort nach dem Erliegen neu gefaßte, fast verzweifelte Plan: die Spannung, mit der dessen Ausführung herbeigesehnt wurde, hatte in dem eisernen Mann die Erregung und zugleich die mühsam bekämpfte Erschöpfung aufs äußerste gesteigert. Er dachte, sprach und handelte wie im Fieber.

Ermüdet warf er sich aufs Lager zu Füßen der Statue. Und fast im Augenblick befiel ihn Schlaf.

Aber es war nicht der Schlaf, wie er ihn nach jeder Schuldthat, vor jeder drohenden Gefahr bisher gefunden: die Frucht seiner gewaltigen, allen Erregungen überlegenen Natur. Unruhig war dieser Schlaf. Qualvoll durch wechselnde Träume, die, hastig wie die Gedankenflucht des Fieberkranken, einander jagten.

Endlich kam Stete in die Gesichte des Träumenden.

Er sah die Cäsarstatue, zu deren Füßen er lag, wachsen und wachsen. Immer höher ragte das majestätische Haupt. Schon hatte sie das Dach des Hauses durchdrungen.

Das Haupt mit dem Lorbeerkranz verschwand jenseit des Nachtgewölks hoch in den Sternen.

»Nimm mich mit dir!« bat Cethegus.

Aber der Halbgott erwiderte: »Ich sehe dich kaum aus meiner Höhe. Du bist zu klein! Du kannst mir nicht nachfolgen.«

Da schien dem Träumenden plötzlich krachend ein Donnerstreich das Dach seines Hauses zu treffen.

Und in schmetternden Schlägen fielen die Balken über ihm zusammen, unter den Trümmern dieses Gemaches ihn begrabend. Auch die Cäsarstatue schien zerschlagen zu stürzen.

Noch immer hallten die Schläge: auf sprang Cethegus und sah um sich.

## Elftes Kapitel

Noch hallten die dröhnenden Schläge. Sie waren wirklich — nicht geträumt!

Aber sie schmetterten gegen die Thüre seines Hauses. Cethegus ergriff Helm und Schwert. Da flogen Syphax und Lucius Licinius in das Gemach. »Auf, Feldherr!« — »Auf, Cethegus!«

»Es können noch nicht zwei Stunden sein. In zwei Stunden erst wollt' ich angreifen ...« — »Ja, aber die Goten! Sie kamen uns zuvor! Sie stürmen!«

– »Verderben über sie! Wo stürmen sie?« Und schon war Cethegus an der Hausthüre. »Wo stürmt der König?«

»An der Hafenstadt. Am Stromriegel. Er hat Brander den Fluß hinaufgeschickt. Dromonen mit brennenden Türmen auf Deck, voll Harz, Pech und Schwefel. Der erste Riegel, der Balkenriegel, und alle Schiffe dahinter stehn in Flammen! Salvius Julianus ist verwundet und gefangen. Da, sieh die Lohe steigen im Südost.«

»Der Kettenriegel – hält er noch?« – »Noch hält er! Aber wenn er reißt?« – »Bin ich, wie einmal schon, der Riegel Roms! Vorwärts!«

Syphax führte den schnaubenden Rappen vor. Cethegus schwang sich hinauf. »Da rechts hinab! Wo ist dein Bruder Marcus?« – »An der Schanze beim Forum.«

Da stießen sie auf Söldner, Isaurier und Abasgen, die von der Hafenstadt her flüchteten. »Flieht!« riefen diese. »Rettet den Präfekten!« »Wo ist Cethegus?« – »Hier, um *euch* zu retten! Wendet euch! Zum Fluß!«

Er sprengte voran: der Flammenschein der brennenden Balken und Schiffe bezeichnete das Ziel. Am Ufer des Flusses angelangt, sprang er vom Pferd.

Syphax barg es sorgfältig in einer leeren Warenhalle.

»Fackeln her! In die Boote! Dort liegt ein Dutzend kleiner Nachen! Längst bereitet für solche Gefahr. Alle Pfeilschützen hinein! Mir nach! Licinius, du ins zweite Boot. Rudert bis an die Kette! Legt euch hart oberhalb an die Kette. Wer der Kette, den Fluß herauf, nahe kommt, ein Hagel von Pfeilen über ihn. Sie können seitwärts nicht landen unterhalb der Kette. Die turmhohen Wallmauern gehen links und rechts senkrecht in den Fluß. Sie *müssen* hierher, an die Kette!«

Schon hatten sich einzelne kleine Kähne der Goten zu nahen versucht.

Aber die einen wurden vom Feuer des Balkenriegels und der Boote ergriffen. Andere schlugen in dem Gedräng, in der Dunkelheit, um. Eines, das bis auf halbe Pfeilschußweite dem furchtbar besetzten Kettenriegel genaht war – trieb wieder steuerlos stromabwärts: alle Leute der Bemannung waren den Pfeilen erlegen der Abasgen.

»Seht ihr? Da schwimmt ein Schiff der Toten!

Harret aus! Nichts ist verloren! Aber schafft Fackeln, Brände herbei. Entzündet dort die Schiffswerft. Feuer gegen Feuer!«

»Sieh dorthin, Herr!« warnte Syphax, der nicht von seiner Ferse wich.

»Ja, da schwimmt die Entscheidung heran.«

Es war ein herrlicher Anblick.

Die Goten hatten erkannt, daß durch kleine Nachen die Riegelkette nicht zu überschreiten war. Da hatten sie von der brennenden Balkenkette mit Beilhieben so viel hinweggehauen, daß in der Mitte des Flusses knapp genügender Raum frei wurde, zwischen den brennenden Balkenenden ein großes, ein Kriegsschiff hindurchzusteuern.

Aber mit der Kraft der Ruder allein durch die nahen Flammen langsam stromaufwärts dringen, dem Pfeilregen der Abasgen ausgesetzt, das konnte für das große Schiff noch schlimmer als für den »Nachen der Toten« enden.

Zaudernd hielten die Goten unterhalb der brennenden Balken. Da plötzlich erhob sich ein starker Südwind, die Wellen des Flusses aufwärts kräuselnd.

»Spürt ihr den Hauch? Das ist des Siegesgottes Atem. Die Segel gehißt! Nun folgt mir, meine Goten«, so rief eine frohlockende Stimme.

Die Segel flogen empor und spannten weit die Flügel des gewaltigen Königsschiffes der Goten, des »wilden Schwans«.

Und ein prachtvolles Schauspiel war es nun, als das mächtige Fahrzeug, mit aller Leinwand fliegend und von hundert Ruderern geschoben, den Strom heraufkam, von beiden Seiten schauerlich beleuchtet durch die brennenden Balken und Boote der Römer.

Mit ungestümer, verderbendrohender Eile trieb das Schiff stromaufwärts. Zu beiden Seiten des Oberdecks, hoch über dem geschlossenen Unterdeck der Ruderknechte, knieten, dicht geschart, gotische Krieger, die Schilde dicht aneinander gedrängt: eine eherne Schirmwand wider die Pfeile. An dem Schiffschnabel vorn erhob sich ein riesiger Schwan mit hochgewölbten Schwingen. Zwischen diesen Schwingen aber, auf des Schwanes Rücken, stand König Totila, das Schwert in der Rechten.

»Vorwärts!« befahl er. »Zieht, ihr Ruderer! Mit aller Kraft! Haltet euch bereit, ihr Goten.«

Cethegus erkannte die jugendliche hohe Gestalt. Er erkannte schon auch die Stimme. »Laßt das Schiff nur heran.

Ganz nahe. Auf zwanzig Schritt. Dann erst schießt. Noch nicht. Jetzt. Jetzt! Pfeile los!«

»Deckt euch, ihr Goten!«

Ein Hagel von Pfeilen schlug gegen das Schiff. Aber an der Schildburg prallten sie machtlos ab.

»Verflucht!« rief Piso hinter dem Präfekten. Sie wollen die Kette sprengen durch des Schiffes Stoß. Und sie werden es sicher, fielen auch alle Mann auf Deck. Die Ruderer sind ja unerreichbar. Und unverwundbar ist dieser Südwind.«

»Feuer in die Segel! Feuer auf das Schiff! Brände herbei!« befahl Cethegus.

Immer näher rauschte der drohende Schwan. Immer näher drohte der verderbliche Prall gegen die straff gespannte Kette. Schon erreichten nun die geschleuderten Brände das Schiff. Einer flog in das Segel des Fockmastes: es brannte rasch auf: dann erlosch es.

Ein zweiter – Cethegus hatte ihn selbst geschleudert – streifte des Gotenkönigs langes flatterndes Goldhaar. – Neben ihm fiel der Brand nieder. Er hatte es nicht bemerkt.

Da sprang ein Knabe hinzu, der, statt aller Schutz- und Trutzwaffen, nur einen derben Hirtenstecken führte. Mit den Füßen trat er den Brand aus. Die andern Brände prallten von den Schilden ins Wasser und verloschen. Nur acht Schritte noch war der Vorderstachel der Galeere von der Kette entfernt. Die Römer bebten vor dem Anprall.

Da trat Cethegus ganz vor, an die Spitze seines Boots, einen schweren Wurfspeer erhebend und sorgfältig zielend.

»Gebt acht,« sagte er. »Sowie der König der Barbaren stürzt – rasch neue Brände.«

Nie hatte der waffenkundige Mann besser gezielt.

Nun noch einmal den Speer zurückziehend schleuderte er ihn mit der ganzen Kraft seines Hasses und seines Arms.

Atemlos harrte seine Umgebung. Aber der König stürzte nicht. Er hatte den Zielenden scharf erkannt. Gleichwohl warf er den langen, schmalen Schild nieder. Er sah der Spitze des Speeres entgegen mit zurückgehaltener schildloser Linken. Sausend kam der Speer geflogen, gerade in der Höhe, wo aus dem Panzer der nackte Hals sich hob. Hart am Leibe erst fing ihn der König mit der linken Hand und: warf ihn sofort mit der Rechten auf den Werfer zurück: er traf den Präfekten in den linken Arm, oberhalb des Schildes: Cethegus fiel ins Knie.

Im gleichen Augenblick traf der Stoß des Schiffes die straffe Kette. Sie barst. Die Römerboote, die an derselben geruht, schlugen um, auch das des Cethegus, oder schossen meisterlos den Fluß herab.

»Sieg!« jauchzte Totila. »Ergebt euch mir, ihr Söldner.«

Cethegus erreichte schwimmend, blutend, das linke Tiberufer.

Er sah wie das Gotenschiff zwei kleine Boote herabließ, in deren eines der König sprang.

Er sah, wie eine ganze Flotille leichter gotischer Fahrzeuge, unter dem Schutz der Königsgaleere herauf gesegelt, nun ebenfalls die Reihe der Boote seiner Pfeilschützen durchbrach und auf beiden Ufern Mannschaften landete.

Er sah, wie seine Abasgen, für den Nahkampf weder gerüstet noch gestimmt, in Scharen sich einzelnen schwertschwingenden Goten ergaben.

Er sah, wie von dem Königsschiff aus nun ein Pfeilregen die Verteidiger des linken Ufers traf.

Er sah, wie das kleine Boot des Königs sich dem Ufer näherte, wo er, wassertriefend, stand.

Er hatte den Helm im Wasser verloren, den Schild fallen lassen, um rascher das Land zu gewinnen. Mit dem Schwert wollte er sich dem eben landenden König entgegenwerfen. Da streifte ein Gotenpfeil seinen Hals.

»Getroffen, Haduswinth,« jauchzte ein junger Schütze, »besser als damals am Marmorgrab.« – »Brav Gunthamund.«

Cethegus wankte. Syphax fing ihn auf.

Gleichzeitig legte sich eine Hand auf seine Schulter.

Er erkannte Marcus Licinius. »Du hier! Wo sind deine Krieger?«

»Tot,« sagte Marcus. »Die hundert Römer fielen auf der Schanze. Teja, der schreckliche Teja, hat sie gestürmt. Die Hälfte deiner Isaurier fiel auf dem Wege nach dem Kapitol. Der Rest hält noch die Pforte des Kapitols und die Halbschanze vor deinem Hause. Ich kann nicht mehr. Tejas Beil drang durch meinen Schild in die Rippen. Leb wohl, o großer Cethegus! Rette das Kapitol. Aber: siehe hin. Teja ist rasch.« Und Marcus sank zu Boden.

Flammen schlugen hoch in die Nacht vom kapitolinischen Berg.

»Hier am Fluß ist nichts mehr zu retten,« sprach der Präfekt mühsam. Denn sein Blutverlust war groß und schwächte ihn rasch. »Ich rette das Kapitol! Dir, Piso, befehl' ich den Barbaren-König.

Du hast schon einen Gotenkönig auf der Schwelle Roms getroffen. Triff einen zweiten! Und triff ihn tödlich! Du, räche deinen Bruder, Lucius. Folge mir nicht.«

Cethegus warf noch einen grimmigen Blick auf den König, um dessen Füße sich flehend die Abasgen drängten.

Tief seufzte er auf.

»Du wankest, o Herr?« frug Syphax schmerzlich.

*»Rom wankt!«* antwortete Cethegus. »Aufs Kapitol!«

Lucius Licinius drückte seinem sterbenden Bruder noch einmal die Hand. »Ich folge ihm doch,« sagte er dann. »Er ist wund.«

Während Cethegus, Syphax und Lucius Licinius in Nacht verschwanden, duckte sich Piso hinter die Säule einer Basilika, an welcher hart vorbei der Weg den Fluß aufwärts führte.

Inzwischen hatte der König die sich ihm ergebenden Abasgen seinen Gefolgen überwiesen. Er machte einige Schritte stromaufwärts und wies mit dem Schwert nach den Flammen, die vom Kapitol aufstiegen.

Dann wandte er sich, das Antlitz dem Fluß und den langsamer landenden Goten zugekehrt.

»Vorwärts,« mahnte er. »Eile. Es gilt löschen da oben. Der Kampf ist aus. Nun, ihr Goten, schirmt, erhaltet Rom. Denn es ist euer.«

Diesen Augenblick ersah Piso. »Helfer Apollo,« dachte er, »traf je mein Jambus, jetzt laß mein Schwert treffen.«

Und hinter der Säule hervor sprang er mit gezücktem Schwert auf den König, der ihm den Rücken zuwandte.

Aber wenige Zoll vor des Königs Leib ließ er, laut aufschreiend, die Klinge fallen. Ein derber Stockhieb hatte seine Hand gelähmt.

Gleich darauf sprang ein junger Hirt an ihm empor und riß ihn nieder. Der Sieger kniete ihm auf die Brust.

»Gieb dich, römischer Wolf!« rief eine helle Knabenstimme.

»Ei Piso, der Jambenpoet ...! Er ist dein Gefangener, Knabe,« sprach der König, der nun herzugetreten war. »Und soll sich lösen mit schwerem Gold. Wer aber bist du, junger Hirt, mein Zügelführer?«

»Dein Lebensretter ist er, o Herr,« fiel der alte Haduswinth ein. »Wir sahen den Römer auf dich stürzen. Aber wir waren zu weit zurück, dir zu rufen oder zu helfen. Dem Knaben danken wir dein Leben.«

»Wie heißt du, junger Held?«

»Adalgoth.« – »Was suchst du hier?« – »Cethegus den Neiding, den Präfekten von Rom! Wo ist er, Herr König? Das sage du mir. Hierher, auf das Schiff, ward ich gewiesen. Hier, hört' ich, werd' er deinem Ansturm wehren.«

»Er war hier. Er ist entflohen. Wohl in sein Haus.«

»Willst du mit diesem Stecken den Höllenkönig bezwingen?« frug Haduswinth.

»Nein,« rief Adalgoth, »nun hab' ich ja ein Schwert.«

Und er hob vom Boden seines Gefangenen Waffe, schwang sie empor und war in Nacht verschwunden.

Totila übergab Piso den Goten, die nun in dichten Scharen auf beiden Seiten des Flusses gelandet waren.

»Eilt,« wiederholte er. »Rettet das Kapitol, das die Römer verbrennen.«

Inzwischen hatte der Präfekt das Flußufer verlassen und den Weg nach dem Kapitol eingeschlagen.

Durch die Porta trigemina gelangte er nach dem Forum boarium. An dem Janustempel traf er auf ein Volksgedränge, das ihn eine Weile aufhielt. Trotz seiner Verwundung war er so geeilt, daß ihm Licinius und Syphax kaum zu folgen vermochten. Wiederholt hatten sie ihn aus den Augen verloren. Erst jetzt holten sie ihn ein. Er wollte nun durch die Porta carmentalis eilen und so die Rückseite des Kapitols gewinnen.

Aber er fand es schon dicht von Goten besetzt. Darunter war Wachis. Der erkannte ihn von fern.

»Rache für Rauthgundis!« rief er. Ein schwerer Stein traf des Präfekten helmloses Haupt. Er wandte sich und floh.

Nun erinnerte er sich einer Mauersenkung nordöstlich von jenem Thor. Dort wollte er versuchen, über den Wall zu steigen.

Als er sich aber dem Mauerrand näherte, schlugen abermals die Flammen auf dem Kapitol hoch empor.

Drei Männer sprangen ihm gegenüber über die Mauersenkung. Es waren Isaurier. Sie erkannten ihn. »Flieh', o Herr! Das ganze Kapitol ist verloren! Der schwarze Gotenteufel!«

»Hat er, hat Teja den Brand gestiftet?«

»Nein: wir selbst zündeten eine Holzschanze an, darin sich die Barbaren festgesetzt. Die Goten löschen.«

»Die Barbaren retten mein Kapitol.« Bittern Schmerzes voll stützte sich Cethegus auf den Speer, den ein Söldner dem Wankenden reichte. »Nun muß ich noch in mein Haus.«

Und er wandte sich nach rechts, auf dem nächsten Weg den Haupteingang seines Hauses zu erreichen.

»O Herr, das ist gefährlich!« warnte einer der Söldner. »Bald werden die Goten auch dort sein. Ich hörte, wie der schwarze Gotenfürst immer nach dir rief und fragte. Er suchte dich überall auf dem Kapitol. Bald wird er dich in deinem Hause suchen.«

»Ich *muß* noch einmal in mein Haus!«

Aber kaum hatte er ein paar Schritte vorwärts gemacht, als eine Schar Goten, mit Römern gemischt, mit Fackeln und Bränden, von der Stadt her, ihm gerade entgegenkam.

Die vordersten, es waren Römer, erkannten ihn. »Der Präfekt!« – »Der Verderber Roms!« – »Er hat das Kapitol anzünden lassen!« – »Nieder mit ihm!«

Pfeile, Steine, Speere flogen ihm entgegen. Ein Söldner fiel, zwei entflohn. Cethegus traf ein Pfeil: er drang ihm nur leicht in die linke Schulter. Er riß ihn heraus. »Ein Römerpfeil! mit meinem Stempel,« lachte er auf.

Mit Mühe entkam er ins Dunkel der nächsten schmalen Gasse. Vor seinem Hause lärmte nun der Haufe, vergeblich bemüht, die mächtige Hauptthüre zu sprengen. Ihre Schwerter und Speere reichten dazu nicht aus. Cethegus vernahm es wohl und die Rufe des Zorns über das vergebliche Mühen.

»Die Thür ist fest!« sagte er sich. »Bevor sie eindringen, bin ich lange wieder aus dem Hause.« Durch die enge Seitengasse gelangte er an den Hintereingang seines Hauses, drückte an eine geheime Feder, trat in den Hof, und eilte, die Thüre offen lassend, in das Gebäude.

»Horch!« da donnerte von dem Hauptthore her ein ganz andres, ein gewaltigeres Schlagen als bisher.

»Eine Streitaxt!« sagte Cethegus. »Das ist Teja.«

Cethegus eilte an eine schmale Mauerlücke, die von dem Eckgemach auf die Hauptstraße einen Blick gewährte.

Es war Teja.

Sein schwarzes, langes Haar flatterte um das unbehelmte Haupt. In der Linken trug er einen aus dem Feuer des Kapitols gerafften Brand, in der Rechten das gefürchtete Schlachtbeil. Über und über war er mit Blut bespritzt.

»Cethegus!« rief er laut bei jedem Schlag seines Beils wider die ächzende Hausthür. »Cornelius Cethegus Cäsarius! Wo bist du? Ich suchte dich im Kapitol, Präfekt von Rom! Wo bist du? Muß Teja dich an deinem Hausherd suchen?«

Da hörte der lauschende Cethegus eilende Schritte hinter sich. Syphax hatte das Haus erreicht und war durch die Hinterthür ihm gefolgt. Er erblickte seinen Herrn. »Flieh', o Herr! Ich decke deine Schwelle mit meinem Leib.«

Und er eilte an ihm vorüber, durch eine Reihe von Gemächern, an die Hauptthüre.

Cethegus wandte sich nach rechts. Kaum konnte er sich noch aufrecht halten.

Er erreichte noch den Zeussaal. Hier sank er zusammen. Doch augenblicklich sprang er wieder auf.

Denn krachend und schmetternd scholl es vom Haupteingang her. Das feste Thor war endlich eingeschlagen. Dröhnend fiel es nach innen: und Teja betrat das Haus seines Feindes.

Auf der Schwelle sprang ihm, aus geduckt kauernder Stellung aufschnellend wie ein Panther, der Maure an den Hals, mit der Linken seine Gurgel umkrallend, in der Rechten blitzte das Messer. Aber der Gote ließ die Axt fallen: ein Ruck seiner Rechten und wie eine fortgeschleuderte Kugel flog der Angreifer zur Seite, die Thüre hinaus und rollte die Stufen hinab auf die Straße.

»Wo bist du, Cethegus?« scholl nun Tejas Stimme näher und näher dringend im Atrium, im Vestibulum.

Einige Thüren, die der Schreibsklave Fidus verriegelt hatte, sprengte rasch sein Beil.

Nur wenige Schritte trennten die beiden Männer.

Mühsam hatte sich Cethegus bis in die Mitte des Zeussaals geschleppt. Er hoffte immer noch das Schreibgemach erreichen und aus der Cäsarstatue die anvertrauten Schriften und Schätze nehmen zu können.

Da krachte nochmals eine gesprengte Thür und Cethegus hörte Tejas Stimme aus dem Schreibgemach: »Wo bist du, Cethegus, Hausherr?«

Atemlos lauschte Cethegus.

Er hörte, wie in der Bibliothek der Teja nachdringende Haufe die Ahnenbilder und die Büsten zerschlug.

»Wo ist dein Herr, Alter?« rief Tejas Stimme.

Der Sklave hatte sich in das Schreibgemach geflüchtet.

»Ich weiß es nicht, bei meiner Seele.« – »Auch hier nicht? Cethegus, Feigling! Wo steckst du?«

Da hatte auch die Menge offenbar das Schreibgemach erreicht.

Cethegus vermochte nicht mehr zu stehen. Er lehnte sich an den marmornen Jupiter.

»Was wird mit dem Hause?« »Verbrannt wird es!« antwortete Teja.

»Der König hat das Brennen verboten,« mahnte Thorismuth.

»Ja! dies Haus aber hab ich mir vom König erbeten. Es wird verbrannt und der Erde gleich gemacht. Nieder mit dem Tempel des Teufels! Nieder mit seinem Allerheiligsten: dem Götzen hier!«

Und ein furchtbarer Schlag erscholl.

Krachend, schmetternd stürzte die Cäsarstatue in vielen Trümmern auf den Mosaikboden. Goldstücke, Kästchen, Kapseln rollten umher.

»Ah, der Barbar!« schrie Cethegus außer sich.

Und alles vergessend wollte er mit dem Schwert in das Schreibgemach stürmen. Da fiel er bewußtlos auf das Antlitz nieder zu Füßen der Jupiterstatue.

»Horch, was war das?« fragte eine Knabenstimme.

»Die Stimme des Präfekten!« rief Teja und riß die Thüre auf, die das Schreibgemach von dem Zeussaal trennte.

Mit dem Brande vorleuchtend und hoch die Streitaxt schwingend sprang er in den Saal.

Aber der Saal war leer.

Eine Blutlache lag zu den Füßen des Jupiter und eine breite Blutspur führte von da an das Fenster, das in den Hofraum blickte.

Auch der Hof war leer.

Nacheilende Goten aber fanden die kleine Hofpforte geschlossen und zwar von außen. Der Schlüssel steckte auf der Straßenseite im Schloß.

Als man mit Mühe – nach langer Arbeit – auch diese Thüre gesprengt – gleichzeitig fast hatten andre Goten, aus dem Haupteingang auf die Straße und um die Ecke des Hauses eilend, die schmale Seitengasse erreicht – und die Gasse mit deren Gebäuden absuchte, fand man nur an der Ecke das Schwert des Präfekten, das Fidus, der Schreibsklave, erkannte.

Finster blickend nahm es Teja und kehrte in das Schreibgemach zurück. »Lest alles sorgsam auf, was des Präfekten Götzenstatue barg. Hört ihr, alles. Schreibereien zumal und bringt sie dem König – wo ist der König?«

»Aus dem Kapitol zog er mit Römern und Goten in die Kapelle Sankt Peters, dort mit allem Volk das Dankgebet zu sprechen.«

»Gut, sucht ihn in der Kirche und bringt ihm alles. Dazu des Entflohenen Schwert. Sagt: Teja schickt ihm das.«

»Soll geschehn. Du aber – gehst du nicht mit zum König und in die Kirche?« – »Nein.« – »Wo verbringst du die Siegesnacht und feierst den Dankgottesdienst?« – »Auf den Trümmern dieses Hauses!« sprach Teja.

Und er stieß den Brand in die Purpurteppiche des Lagers.

## Sechstes Buch

# Totila

### Zweite Abteilung

### Erstes Kapitel

Und fortan hielt König Totila Hof zu Rom herrlich und in Freuden. Des Krieges schwerste Aufgabe schien gethan.

Nach dem Falle von Rom öffneten die meisten kleinen Festungen an der Küste oder im Gebirg des Apennin die Thore, nur wenige mußten belagert und erobert werden. Dazu sandte der König seine Feldherren aus: Teja, Guntharis, Grippa, Markja, Aligern: während er selbst zu Rom die schwere, die staatsmännische Aufgabe übernahm, das durch langjährigen Krieg und Aufstand zerrüttete Reich zu beruhigen, neu zu ordnen, beinahe neu zu gründen.

In alle Landschaften und Städte schickte er seine Herzoge und Grafen, in allen Gebieten des Staatslebens des Königs Gedanken auszuführen: zumal auch die Italier zu schützen wider die Rachsucht der siegreichen Goten. Denn er hatte eine allumfassende Verzeihung vom Kapitol herab verkündet: mit Ausnahme eines einzigen Hauptes: des Expräfekten Cornelius Cethegus Cäsarius.

Überall ließ er die zerstörten Kirchen, der Katholiken wie der Arianer, wieder herstellen, überall die Grundbesitzverhältnisse prüfen, die Steuern neu verteilen und herabsetzen.

Die segensreichen Früchte dieser Mühen blieben nicht aus. Schon seitdem Totila die Krone aufgesetzt und seinen ersten Aufruf erlassen, hatten die Italier in allen Landschaften die lang versäumte Feldarbeit wieder aufgenommen. Überall waren die gotischen Krieger angewiesen, sich jeder Störung hierin zu enthalten, Störungen durch die Byzantiner nach Kräften abzuwehren. Und eine wundersame Fruchtbarkeit der Gefilde, ein Herbst-Segen an Getreide, Wein und Öl, wie seit Menschenaltern unerhört, schien sichtbarlich die Gnade des Himmels für den jungen König zu bezeugen.

Die Kunde von der Einnahme von Neapolis und Rom durchflog das staunende Abendland, das bereits das Gotenreich in Italien als erloschen betrachtet hatte.

Mit dankbarer Bewunderung erzählten die Kaufleute, die der kräftige Rechtsschutz, die Sicherung der Landstraßen durch umherziehende Sajonen und Reitergeschwader, der See durch die immer wachsame Flotte der Goten wieder in die verödeten Städte und Häfen der Halbinsel zog, von der Gerechtigkeit und Milde des königlichen Jünglings, von dem Flor seines Reiches, von dem Glanze seines Hofes zu Rom, wo er die aus Flucht und Empörung zurückkehrenden Senatoren um sich versammelte und dem Volke reiche Spendungen und schimmervolle Cirkusfeste gab.

Die Könige der Franken erkannten den Umschlag der Dinge: sie schickten Geschenke: Totila wies sie zurück, sie schickten Gesandte: Totila ließ sie nicht vor. Der König der Westgoten bot ihm offen Waffenbündnis gegen Byzanz und die Hand seiner Tochter; die avarischen und sclavenischen Räuber an der Ostgrenze wurden gezüchtigt: mit Ausnahme der wenigen noch belagerten Plätze, Ravenna, Perusium und einigen kleinen Kastellen, waltete Friede und Ruhe im ganzen Gotenreich, wie nur in den goldensten Tagen von Theoderichs Regiment.

Dabei verlor aber der König die Weisheit der Mäßigung nicht. Er erkannte, trotz seiner Siege, die drohende Überlegenheit des oströmischen Reiches und suchte ernstlich Friede mit dem Kaiser. Er beschloß, eine Gesandtschaft nach Byzanz zu schicken, die den Frieden auf Grund von Anerkennung des gotischen Besitzstandes in Italien anbieten sollte; auf Sicilien, wo kein Gote mehr weilte, nie waren die gotischen Siedelungen auf dem Eiland zahlreich gewesen – wollte er verzichten: ebenso auf die von den Byzantinern besetzten Teile von Dalmatien; dagegen sollte der Kaiser vor allem Ravenna räumen, das keine Kunst oder Ausdauer der gotischen Belagerer zu gewinnen vermocht hatte.

Als den geeignetsten Träger dieser Sendung des Friedens und der Versöhnung faßte der König den Mann ins Auge, der durch Ansehen und Würde der Person, durch hohen Ruhm der Weisheit auch im Ostreich getragen, durch Liebe zu Italien und den Goten ausgezeichnet war: den ehrwürdigen Cassiodor.

Obwohl sich der fromme Greis seit Jahren von den Staatsgeschäften zurückgezogen hatte, gelang es der Beredsamkeit des jungen Königs, ihn zu bewegen, für jenen hohen, gottgefälligen Zweck, die Einsamkeit seiner Klosterstiftung zu verlassen und die Mühen und Gefahren einer Reise nach Byzanz zu übernehmen. Jedoch unmöglich konnte er dem alten Mann die Last einer solchen Sendung allein aufbürden: er suchte nach einem jugendkräftigen Gefährten von ähnlicher Milde christlicher Gesinnung, nach einem zweiten Apostel des Friedens.

Wenige Wochen nach der Einnahme von Rom trug ein königlicher Bote folgendes Schreiben über die cottischen Alpen in die Provence: »An Julius Manilius Montanus Totila, den sie der Goten und Italier König nennen.

Komm, mein geliebter Freund, komm zurück an meine Brust!

Jahre sind verstrichen: viel Blut, viele Thränen sind geflossen: in Schreck und in Freude hat sich mehr als einmal alles um mich her verwandelt, seit ich dir zum letztenmal die Hand gedrückt. Alles hat sich verwandelt um mich her: aber nichts in mir, nichts zwischen dir und mir. Noch verehre ich alle die Götter, an deren Altären wir gemeinsam in den ersten Träumen der Jugend geopfert, sind auch diese Götter mit mir selbst gereift.

Du wichest vom italischen Boden, als Bosheit, Gewalt, Verrat, als alle dunkeln Mächte darauf wüteten. Siehe: sie sind verschwunden, hinweggehaucht, hinweggesonnt: fernab ziehen grollend die besiegten Dämonen: ein Regenbogen wölbt sich schimmernd über diesem Reich.

Mich aber hat, nachdem bessere Kräfte glücklos, sieglos erlegen, mich hat der Himmel begnadigt, das Ende des furchtbaren Gewittersturmes zu schaucn und die Saat zu streuen einer neuen Zeit. Komm nun, mein Julius:

hilf mir jene Träume erfüllen, die du dereinst als Träume belächelt. Hilf mir, aus Goten und Italiern ein neues Mischvolk schaffen, das beider Vorzüge vereint, das beider Fehler ausschließt. Hilf mir erbauen ein Reich des Rechts und des Friedens, der Freiheit und der Schönheit, geadelt durch italische Anmut, getragen durch germanische Kraft.

Du hast, mein Julius, der Kirche ein Kloster gebaut: hilf mir nun, der Menschheit einen Tempel bauen.

Einsam bin ich, Freund, auf der Höhe des Glücks.

Einsam harrt die Braut der vollen Lösung des Gelübdes entgegen. Den treuen Bruder hat mir der Krieg geraubt. Willst du nicht kommen, mein dioskurischer Bruder? In zwei Monaten warte ich dein im Kloster zu Taginä mit Valeria.«

Und Julius las: und mit gerührter Seele sprach er vor sich hin: »Mein Freund, ich komme.«

Ehe König Totila von Rom nach Taginä aufbrach, beschloß er, eine Schuld tiefen Dankes abzutragen, und ein Verhältnis würdig, das heißt schön, zu gestalten, das bisher seiner nach Harmonie verlangenden Seele nicht entsprach: sein Verhältnis zu dem ersten Helden seines Volkes, zu Teja.

Sie waren seit früher Knabenzeit befreundet. Obwohl Teja um mehrere Jahre älter, hatte er doch die Tiefe des Jüngern unter der glänzenden Hülle des Frohsinns von je erkannt und geehrt. Und ein gemeinsamer Zug zum Schwungvollen und Idealen, ja ein gewisser Stolz und Hochsinn hatte sie früh zu einander gezogen.

Später freilich hatte entgegengesetztes Geschick die von Anfang verschieden angelegten Naturen weit auseinander geführt. Die sonnenhelle Art des einen war wie blendende Verletzung grell in das nächtige Dunkel des andern gefallen.

Und Totila hatte in rascher Jugendlust das Düster des Schweigsamen, das er in seinem Wesen nicht begriff, in seinen Ursachen nicht kannte, nach wiederholten warmen Versuchen der Umstimmung, als krankhaft von sich ferngehalten. Des milderen Julius, obzwar auch ernste, aber sanftere Weise, dann die Liebe, hatte den Freund aus der Knabenzeit zurückgedrängt.

Aber die letzten reifenden Jahre seit dem nächtigen Blut- und Bruderbund, die Leiden und Gefahren seit dem Tod des Valerius und Miriams, dem Brand von Neapolis, der Not vor Rom, dem Frevel zu Ravenna und Castra Nova und zuletzt die Pflichten und Sorgen des Königtums hatten den Jüngling, den ungeduldig fröhlichen, so voll gereift, daß er dem dunklern Freunde voll gerecht werden konnte.

Und was hatte dieser Freund geleistet, seit jener Bundesnacht! Wenn die andern alle müde erlahmten: Hildebads Ungestüm, Totilas Schwung, Witichis' ruhige Stete, selbst des alten Hildebrand eisige Ruhe, Teja hatte nie geseufzt und immer gehandelt, nie gehofft und immer gewagt. Zu Regeta, vor Rom, nach Ravennas Fall und wieder vor Rom: was hatte er nicht geleistet! Was schuldete ihm das Reich!

Und er nahm keinen Dank. Wie eine Kränkung hatte er es abgewiesen, als ihm schon Witichis die Herzogswürde, Gold und Land bot. Einsam, schweigend schritt er schwermütig durch die Straßen Roms, im Sonnenschein von Totilas Nähe der letzte Schatte. Die schwarzen Augen tief gesenkt, stand er zunächst an des Königs Thron. Wortlos stahl er sich von des Königs Festen. Nie kamen Rüstung und Waffen von seinem Leibe. Nur im Kampfe lachte er manchmal, wann er mit den Tod verachtender oder den Tod suchender Kühnheit in die Speere der Byzantiner sprang: dann schien ihm wohl zu sein: dann war alles an ihm Leben, Raschheit und Feuer.

Man wußte im Gotenvolk, zumal Totila wußte es noch aus frühester Jünglingszeit, daß die Gabe des Gesanges in Lied und Wort dem trauervollen Helden eigen war. Aber seit er aus seiner Gefangenschaft in Griechenland zurückgekehrt war, hatte man nie ihn bewegen können, eines seiner glühenden, tief verhaltnen Lieder anzustimmen vor andern: doch wußte man, daß die kleine dreieckige Harfe seine Begleiterin in Krieg und Frieden war, unzertrennlich wie sein Schwert an ihn gebunden. Und in der Schlacht im Ansturm hörte man ihn wohl manchmal wilde abgerissene Zeilen singen zu dem Takt der gotischen Hörner.

Und wer ihn in der Nacht beschlich, die er gern im Freien, zwischen der Wildnis von weißem Marmor und dunklem Gebüsch, in den römischen Ruinen, verbrachte, der mochte wohl manchmal eine verlorne Weise seiner Harfe erlauschen, zu der er träumerische Worte sang. Fragte ihn aber einer, was selten gewagt wurde, was ihm fehle, so wandte er sich schweigend ab. Einmal nach der Einnahme Roms antwortete er Herzog Guntharis auf die gleiche Frage: »Der Kopf des Präfekten«.

Der einzige, mit dem er häufiger verkehrte, war Adalgoth, dessen er sich in jüngerer Zeit angenommen. Der junge Hirt war vom König zu seinem Herold und zum Mundschenk erhöht worden, zum Dank für seine kühnen und rettenden Thaten bei der Erstürmung des Tiberufers. Er hatte eine starke Anlage zum Singen und Sagen mitgebracht, obzwar mit geringer Schulung. Teja hatte Freude an seiner Gabe gefunden: und man sagte, er lehre ihn geheim seine überlegne Kunst, obwohl sie zu einander stimmten wie Nacht und Morgenglanz. »Eben drum,« hatte Teja gesagt, als ihm sein tapfrer Vetter Aligern dies vorhielt. »Und es muß doch noch was übrig bleiben, wenn die Nacht versank.«

Der König fühlte: das einzige, was diesem Mann zu bieten war, hatte er zu bieten: aber nicht Gold, Land und Würden.

Eines Abends – schon traten die Sterne aus dem rasch dunkelnden Himmel – machte sich der König auf von dem Abendgelag in seinem Palast (dem Haus der Pincier, in welchem Belisarius gewohnt hatte), ohne Begleitung den scheuen Helden zu suchen in der Wildnis von Gestein und Lorbeer, welche die Gärten des Sallust erfüllte und wo Teja, wenn er in Rom war, zu hausen pflegte.

Adalgoth, der Mundschenk, hatte sich für den Abend Urlaub von des Königs Tafel erbeten: dieser erriet, daß er die dunkelnden Stunden, wie so oft, bei dem dunkeln Harfenmeister verbringen werde. Der König wußte daher, er werde Teja in seiner Gartenwildnis finden.

Wirklich weilten Lehrer und Schüler diese Nacht unter dem Schatten uralter römischer Pinien und Cypressen, gotischer Harfenkunst pflegend.

»Nun horch einmal, Graf Teja,« hob der Jüngling an, »was ich da aus deinen neulich angefangnen Zeilen weiter ersonnen habe. Bei dir ist wieder alles so traurig! Das Ende der hoffnungslose Sprung in den Strom! Ich habe das viel lustiger gewendet!«

»Wenn's nur auch so wahr ist.« — »Ei, wenn's nur schön ist! Und wahr! ist denn nur das wahr, was traurig ist?« — »Leider: ja.« — »Giebt's keine Freude in der Welt?«

»O ja! Aber sie währt nicht lang. Der Ausgang ist immer — Untergang.«

»Nun, aber doch oft erst recht spät. Und was zwischen Aufgang und Untergang liegt — hat das keinen Wert? Ist's nicht auch ein Gang.«

»Ja: es soll sein: Heldengang.« — »Nun, so höre nur. Ich habe deinen Aufgang beibehalten: in der Mitte Trauergang: dann Siegesgang. — Aber deinen Untergang hab' ich weggelassen. Bei dir springen sie hoffnungslos in den Isterstrom. Ich aber habe unsern alten Waffenmeister Hildebrand ...« — »Wenn er doch endlich Ravenna hätte!«

»Und unseren großen König Dietrich als Kind, als geretteten Erben, habe ich ihn hinein gebracht. Und das Ganze will ich nächstens bei einem großen Königsfest dem lieben Herrn vorspielen. Aber wohl verstanden: ich hab' es in der neuen Klingweise gesetzt; die du mich gelehrt hast und die viel mehr das Ohr gewinnt und die Seele befängt, als der alte Stabreim, nach dem unsere Heldengesänge und die Vorzeitsprüche gesetzt sind. Woher hast du nur die Klingweise am Schluß der Zeilen genommen?«

»Die Mönche singen so die lateinischen Lieder und die Priester in der Kirche: ich hörte es einmal, abends, im Dämmerlicht in der Basilika Sankt Peters: die Vorhänge der Kirche waren zurückgeschlagen: das Abendlicht flutete träumerisch herein: die Kerzen am Altar gaben ihren roten Schein dazu: Weihrauchwolken zogen duftend dazwischen und unsichtbare Priesterknaben sangen mit hellen Stimmen aus der Krypta, wo sie einen Toten bargen. Da zuerst hörte ich den Klang, der gleich ist und doch wieder nicht ganz gleich: und zauberhaft umfing der Wohlklang mein Gehör: und ich versuchte in unsrer Sprache das Gleiche nachzubilden: und siehe da: wunderbar gelang es.«

»Ja, es passen die Schlußklänge zusammen wie — wie der Helm auf das Haupt — wie das Schwert in die Scheide. Wie Lippe auf Lippe im Kuß.«

»Ei, weißt du auch davon schon? Das ist früh!«

»Ich habe nur meine schöne Schwester Gotho geküßt,« sagte der Jüngling errötend.

»Nun aber der Gleichklang! Für vieles ist er wohl lieblich. Aber du mußt der Väter Weise nicht ganz versäumen: den runenheiligen Stabreim.«

»Ja, für manches ist er wie angeboren und viel kräftiger geeignet als der hinschmelzende Klangreim. Weißt du, wenn die Stäbe, die starken, stolz anstimmen, so mahnt es mich mächtig des wehenden Windes, der im Walde durch die Wipfel dahin wogt, beugend und biegend Baum nach Baum.«

»Dir, lieber Knabe, hat der Gott des Gesangs wirklich die Lippen berührt. Auch wenn du's nicht weißt und willst, überkömmt dich der

Schrittgang des Wohllauts, wie die Rede ihn heischt und der Sinn ihn ersehnt. Nun sage: wie lautet mein Lied von der Gotentreue in deiner Verjüngung?«

»Ich fange an wie du:

»Erschlagen war mit dem halben Heer
Der König der Goten, Theodemer.«

Und so fort. Aber wenn sie dann alle verzweifeln und hoffnungslos in den Strom springen wollen, dann kömmt bei mir die Hoffnung, die Erlösung, der Blick in die gerettete Zukunft. Nämlich so:

»Erschlagen war mit dem halben Heer
Der König der Goten, Theodemer.
Die Heunen jauchzten auf blut'ger Wal:
Die Geier stießen herab zu Thal.
Der Mond schien hell, der Wind pfiff kalt: –
Die Wölfe heulten im Föhrenwald.
Drei Männer ritten durchs Heidegefild,
Den Helm zerschroten, zerhackt den Schild
Der erste über dem Sattel quer
Trug seines Königs zerbrochnen Speer.
Der Zweite des Königs Kronhelm trug,
Den mitten durch ein Schlachtbeil schlug.
Der Dritte barg mit treuem Arm
Ein verhüllt Geheimnis im Mantel warm. –
So kamen sie an die Donau tief: –
Und der Erste hielt mit dem Roß und rief:
»Ein zerhau'ner Helm, – ein zerhackter Speer –
Von dem Reiche der Goten blieb nicht mehr!«
Und der Zweite sprach: »In die Wellen dort
Versenkt den traurigen Gotenhort.
Dann springen wir nach von dem Uferrand: –
Was säumest du – Meister Hildebrand?«
»Und tragt ihr des Königs Helm und Speer, –
Ihr treuen Gesellen: – ich trage mehr!«
Auf schlug er seinen Mantel weich:
»Ich trage der Goten Hort und Reich!
Und habt Ihr gerettet Speer und Kron': –
Ich habe gerettet – des Königs Sohn!
Erwache mein Knabe: ich grüße dich:
Du König der Goten – Jung Dieterich!«

»Ist auch gar nicht übel. Aber wahr ist ...«

»Wahr ist wohl nur, was dir in Gesichten der höchsten Trauer naht? Sage, wie geht jenes andre, das Traumgedicht weiter?«

»'s ist kein Traum ganz. Und kein Gedicht ganz. Ich fürchte, es wird die ganze Wahrheit.«

»Ich hatte vor dem Einschlafen lang an Gelimer, den letzten König der Vandalen gedacht, den tapfern Mann, dem zuletzt nichts geblieben von seinem schimmervollen Reich als die Harfe, darauf er in den Felsgebirgen Afrikas seine Trauer sang. Allmählich versank ich in leisen Schlummer: oder doch in Traum. Da sah ich vor mir eine Landschaft Campaniens: schön, wie kaum eine andre dieses wundersamen Landes. Die Bucht von Neapolis, die blauen Wogen von Bajä, sonnenbeglänzt im Vordergrund. Im Hintergrund der gewaltige Berg mit dem Feueratem und der Rauchwolke ...«

»Wie heißt er doch?« forschte begierig der Hirt.

»Mons Vesuvius. Von seinen Schluchten aber herab, stieg, traurig, doch todes-trotzig, eine Kriegerschar in unsern, in den gotischen Waffen, blutbedeckt, die Helme verhau'n, die Schilde durchstoßen. Und sie trugen auf eichenen Speeren einen toten Mann – ihren König.«

»Totila?« fragte erschrocken der Jüngling.

»Nein, beruhige dich,« antwortete Teja, mit einem schwermütigen Lächeln, »schwarz waren die Locken des bleichen Toten. Und quer durch die ehrfurchtvoll staunenden Feinde zogen sie, langsam, in feierlichem Trauerschritt, an die Küste der See. Dort lag eine stolze, gewaltige Flotte: nicht der Goten und nicht der Griechen: mit ragenden Drachenhäuptern am Bug der Schiffe. Auf diesen Schiffen sollte der Tote geborgen werden. Dabei aber vernahm ich die Worte des Trauerliedes, des Totengesangs für den König. Und sie lauteten:

»Gebt Raum, ihr Völker, unserm Schritt!
    Wir sind die letzten Goten:
Wir tragen keine Krone mit: –
    Wir tragen einen Toten.
Mit Schild an Schild und Speer an Speer
    Wir ziehn nach Nordlands Winden,
Bis wir im fernsten grauen Meer
    Die Insel Thule finden.
Das soll der Treue Insel sein –
    Dort gilt noch Eid und Ehre:« –

So viel vernahm ich von dem Totengesang. – Da weckte mich das Heerhorn der gotischen Wache, die der sorgsame König nachts durch die Straßen ziehen läßt. Du aber merke dir diesen Anfang: vielleicht kommt der Tag, da du's zu Ende singst. Du hast ja in kurzer Zeit so viel gelernt, daß du bald harfenkund'ger und liedkund'ger bist denn ich.«

»Wenn du mich nur auch lehren könntest, solche Streiche zu führen wie du.«

»Das wächst mit den Jahren, ja mit den Wochen. Du hast genug gethan für deine siebzehn Jahre. Wäre dem wackern Witichis ein Helfer zur Seite gesprungen, ehe der römische Dichter den Stein auf ihn warf im Grab Hadrians, wie du dem Maienkönig Totila den von dem gleichen Mann drohenden Stoß hast abgewehrt, so hätten wir damals schon Rom gewonnen und den Präfekten verjagt, der uns leider entkam.«

»Ja, leider! Weißt du: das Abenteuer, das mir in jener Nacht aufgestoßen, in des Präfekten Hause, das schwebt mir schon lang in Gedanken. Das gäbe ein wunderbares Lied – fehlt leider nur der Schluß.«

»Warte nur. Vielleicht erlebst du ihn. Dann brauchst du ihn nicht zu erdichten. Übrigens zog ich schon am Morgen nach jener Siegesnacht in des Präfekten Haus zur Verfolgung der flüchtigen Legionare aus. Ich weiß daher gar nicht, wie alles kam. Erzähle mir.«

## Zweites Kapitel

»Nun so höre. Nachdem ich den Präfekten nicht am Tiber und nicht am Kapitol gefunden, suchte ich ihn mit dir an seinem Herd. Und fand nur seines Blutes Spur und sein Schwert. Als du aber seinen Götzen zertrümmert und sein Haus verbrannt und alles zusammenbrach, bis in die Kellergewölbe, da fand ich, nachspürend, in dem Gebälk unter dem Sockel der Marmorstatue abermals einen hohlen Raum: mit Gold, Gestein und allerlei Geschreibsel angefüllt.

Ich brachte das Ganze auf einem breiten Schild dem König. Und der ließ seine Buchleser darin forschen und wühlen und las selbst darin. Und rief plötzlich: »also Alarich der Balte unschuldig!« Und tags darauf, da ich zu einem Königsherold auserkoren, war mein erst Geschäft, umherzureiten in den Straßen Roms, auf weißem Roß, mit dem goldnen Heroldstab, und auszurufen unter allen Goten und Römern:

»Adalgoth, des Königs Herold, ruft! Gefunden ward in des Expräfekten Haus, durch Adalgoths, des Hirtenknaben Hand, Beweis und Schrift, daß Herzog Alarich, der Balte, der vor zwanzig Jahren um Hochverrat zum Tode verurteilt ward, unschuldig war.«

»Wie ward das entdeckt?«

»Cethegus hatte in Geheimschrift, die König Totila entziffern ließ, selbst in seinem Tagebuch verzeichnet, daß er den Verhaßten durch Briefe, die er in des getäuschten Königs Hand spielte, den Balten des Hochverrats verdächtigt. Der Stolze, Hochgemute reizte dann durch Trotz den Amaler und verschwand zuletzt plötzlich, aus dem Kerker, niemand wußte, wie und wohin. Und weiter hatt' ich auszurufen in den Straßen: »Unschuldig ist Alarich der Balte. Sein Eigen, das der Staat eingezogen, wird ihm zurückgestellt. Ihm oder seinem echten Erben. Das Herzogtum, das er geführt, das Herzogtum Apulia, wird ihm zurückgegeben. Ihm oder seinem echten Erben. Es melde sich laut an des Königs Thron Herzog Alarich oder sein echter Erbe. Gold und Gabe, Echt und Eigen, Vieh und Fahrnis, Wagen und Waffen, Geschmuck und Geschmeide, Äcker und Erbe, Rinder und Rosse und das reiche apulische Herzogtum, es werde dem Balten, dem Balten-Erben. Wo ist Alarich? Wo sein Erbe?«

Und wie ich zogen die Königsherolde durch alle Straßen und Städte Italiens, rufend und forschend nach Herzog Alarich dem Balten und seinem echten Erben. Und weißt du: es wäre doch wunderschön, wenn sie den verschollnen, landflüchtigen, alten Mann irgendwo fänden und wir ihn wieder mit Glanz und Ehren einführten in sein schönes Herzogtum.«

»Und da er dem Hirtenknaben die Rettung seiner Ehre, seines Rechts verdankt, dürfte er ihm wohl schenken ein schönes Schloß, etwa am blauen Meer, am Berge Garganus, nicht wahr, unter Lorbeer und Myrten?« – »Nein, daran hab ich noch nicht gedacht.«

»Aber schwerlich lebt er noch, der alte Herzog.«

»Nun, dann finden wir vielleicht den jungen. Herzog Guntharis sagte mir, er habe den hohen Baltenhelden noch wohl gekannt: der sei mit einem Knäblein in das Elend gegangen. Und obwohl sein Haus, die Wölsungen, mit den Balten erblichen Hader hegte, müsse er doch sagen: er habe nie an die Schuld des stolzen Mannes geglaubt, der ein Hauptfeind der Welschen war und ihnen lang ein Dorn im Auge. Und nie habe er ein schöner Kind gesehen, als jenes vierjährige Knäblein.

Ich muß nun immer nachdenken: wo der wohl hingekommen sein mag? Und wie der staunende Augen machen wird, wenn er, der vielleicht in irgend einer kleinen Stadt sich verborgen hält, unter falschem Namen, denn die Verbannung traf bei Todesstrafe das ganze Geschlecht – wenn der den Königsherold durch die Straßen seine Berufung zum goldnen Reif des Herzogs von Apulien künden hört. Das gäbe gar einen schönen Schluß zu einer »Baltensage« oder »Landflüchterlied«. Was meinst du? »Das Lied vom landverbannten Herzogssohn«: es klingt nicht übel!«

»Bei dir klingen alle Lieder glücklich aus!« – »Nun aber sage mir noch den Anfang des andren Gesanges, den du selbst, erwacht von jenem Traumgesicht, gesetzt.«

»Ja, denn das Totenlied, das hab' ich nur im Traum gehört, nicht selbst ersonnen. Aber nach dem Erwachen führte ich mir jene wohlbekannte Landschaft vor Augen am Vesuvius, gerade gegenüber dem Mons Lactarius, dem Milchberg: eine wunderbare Felsenschlucht, gebildet von dem Auswurf des Feuerbergs: kalt gewordnes schwarzes Feuer: steil ragen die Schroffen: nur ein schmaler Zugang, den ein Mann mit einem Schilde leicht versperren und stundenlang verteidigen könnte wider jede Übermacht ...«

»Du denkst bei jedem Berg und Thal gleich, wie man sie stürmen und verteidigen mag.«

»Und da kamen mir von selbst die Worte:

›Wo die Lavaklippen ragen
 An dem Fuße des Vesuvs,
Durch die Nachtluft hört man klagen
 Töne tiefen Weherufs.
Schäfer, Räuber nicht noch Bauer
 Dringet in die Bergschlucht ein:
Und es schwebt ein banger Schauer
 Brütend ob dem dunkeln Stein.
Tobte hier in Vorzeit-Tagen
 Schon die Schlacht im Völkergroll?
Oder wird sie erst geschlagen,
 Die den Ort verew'gen soll?‹«

Und er griff auf der Harfe langsam einige Accorde: Adalgoth antwortete, leise, wie das Echo.

Diese Töne waren es, die König Totila als unsichtbare Wegführer heran leiteten.

In dicht verwachsenen Pfaden folgte der König nun den Klängen, die aus dem Dunkel einer Cypressengruppe her, leise, in unregelmäßigen Zwischenräumen, unterbrochen von halb gesungnen, halb gesprochnen Worten, von zwei deutlich unterscheidbaren Saiteninstrumenten ausklingend, vom Nachtwind ihm zugetragen wurden. Unbemerkt war Totila, auch von dem sanften Mondlicht nicht verraten, durch die zerfallnen Mauern, welche die weitläufigen Anlagen umgeben, in die halb verwilderten Lorbeer- und Cypressengänge gelangt, die in das Innere der Gärten führten.

Teja vernahm die Schritte des Nahenden und legte die Harfe nieder. »Es ist der König,« sagte er: »ich kenne seinen Gang. — Was suchst du hier, mein König?«

»Ich suche dich, Teja,« antwortete dieser.

Teja sprang auf von der gefallnen Säule, darauf er saß. »So geht's zum Kampf?«

»Nein,« sagte Totila, »doch verdien' ich diesen Vorwurf.« Er faßte ihn bei der Rechten und zog ihn liebevoll wieder auf den Marmorsitz, sich neben ihm niederlassend. »Ich suche nicht dein Schwert, ich suche dich. Ich brauche dich, aber nicht deinen Arm: dein Herz. Nein, bleibe nur, Adalgoth: du darfst und sollst es hören, wie man den stolzen Mann, »den schwarzen Grafen« lieben muß.«

»Das weiß ich seit ich ihn gesehen. Er ist wie der Dunkelwald, durch dessen Wipfel geheimnisvolles Rauschen geht: voll Schauer und voll Reiz zugleich.«

Teja heftete einen langen Blick auf den König aus seinen großen, traurigen Augen.

»Sieh, mein Freund, soviel ist mir geworden, so Reiches hat der gnädige Himmelsgott mir zugewendet! Ein halbverlornes Reich hab' ich zurückgewonnen: — soll ich nicht auch zurückgewinnen können des Freundes halbverlornes Herz? Freilich: der Freund hat das Beste gethan bei der Wiedergewinnung des Reichs: er muß auch hier das Beste thun. Was hat mir dein Herz entfremdet? Verzeih mir, wenn ich, wenn mein strahlendes Glück dich gekränkt. Ich weiß, wem ich die Krone danke: und ich kann sie nicht mit Freude tragen, wenn nur dein Schwert, nicht auch dein Herz mein eigen. Wir waren Freunde, Teja, ehedem — o laß uns wieder Freunde sein, denn ich kann dich nicht entbehren.«

Und er wollte den Arm um seinen Nacken schlingen.

Aber Teja faßte seine beiden Hände und drückte sie.

»Dieser nächtige Gang ehrt dich mehr als dein Siegesgang durch Italien. Die Thräne, die ich in deinem Auge zittern sah, ist mehr wert als die edelste Perle deiner Krone. Vergieb *du mir:* ich hatte dir Unrecht gethan. Das Glück und dein helles fröhliches Blut haben doch deinem Herzen nicht geschadet. Ich habe dir nie gezürnt: ich habe dich stets geliebt: und mit Schmerzen hab' ich's empfunden, wie unsere Wege immer weiter auseinander gingen. Denn im Grunde gehörst du doch zu mir: näher als zu dem wackeren Witichis: näher als zu dem leiblichen Bruder.«

»Ja, ihr gehört zusammen,« sprach Adalgoth, »wie Licht und Schatte.«

»Wir empfinden gleich rasch, gleich feurig,« sagte der König.

»Wenn Witichis und Hildebad,« fuhr Teja fort, »den geraden Heerweg gingen mit stetem Schritt, uns beide will der ungeduldige Schwung stets wie mit Flügeln durch die Lüfte tragen. Und weil wir so zusammengehören, darum schmerzte es mich, daß du in deinem sonnigen Glück zu glauben schienst: jeder, der nicht lachen könne, wie du, sei ein kranker Thor. O mein König und mein Freund: es giebt Geschicke, Schmerzen und Gedanken, wer die einmal getragen, empfunden und gedacht, der hat des Lächelns holde Kunst für immerdar verloren.«

Totila sprach voll ernster Achtung: »Wer so heldenstark wie du jeder höchsten Lebenspflicht genügt, den darf man beklagen, aber nicht schelten, wenn er des Lebens Freuden stolz verschmäht.«

»Und du hast geglaubt, ich grolle deinem Glück oder deiner heiteren Art? O Totila, nicht Groll, ach Wehmut ist's, mit der ich dich und deine Art betrachte. Wie uns ein Kind zu Wehmut rühren kann, das da wähnt, Sonne, Lenz und Leben währen ewig und Winter, Nacht und Tod nicht kennt. Du vertraust dem Sieg und Glück des Freud'gen in der Welt. Ich aber höre stets den Flügelschlag des Schicksals, das, erbarmungslos und taub für Fluch, Gebet und Dank, dahin rauscht über die Scheitel der Menschen und ihre Werke.« Und er blickte vor sich hin in die Nacht, als erspähe er den Schatten der heranschreitenden Zukunft.

»Ja, ja,« sagte der junge Mundschenk, »ähnlich lautete ein alter Spruch, den Iffa auf dem Berge sang: er hatte ihn vom Oheim Wargs gelernt:

»Auf Glück ist und Unglück
  Die Welt nicht gerichtet.
Das haben nur thörig
  Die Menschen erdacht.
Es will sich ein ewiger
  Wille vollenden:
Ihm dient der Gehorsam,
  Ihm dient auch der Trotz.«

»Aber,« fragte der Jüngling nachdenklich, »wenn wir mit bester Kraft das Unvermeidliche nicht wenden mögen, warum regen wir dann überhaupt die Hände? Warum erwarten wir dann nicht in dumpfem Brüten, was da kommt? Worin ist dann der Unterschied gelegen zwischen Held und Feigling?«

»Nicht im Sieg ist er gelegen, mein Adalgoth! In der Art des Ringens und Tragens! Nicht die Gerechtigkeit entscheidet die Geschicke der Männer und der Völker, sondern die Notwendigkeit. Oft schon ist der bessere Mann, das edlere Geschlecht dem Gemeineren erlegen. Wohl ist auch Edelsinn und Edelart eine Gewalt. Aber sie sind nicht immer stark genug gegen die Übermacht anderer dumpfer Gewalten. Edelsinn und Edelart und Heldentum kann immer den Untergang weihen, verherrlichen, nicht aber immer ihn wenden. Und nur das ist der letzte Trost: nicht *was* wir tragen, *wie* wir's tragen verleiht die höchste Ehre und oft gebührt der Lorbeer nicht dem Sieger, mehr dem besiegten Helden.«

Der König stützte sich nachdenklich auf sein Schwert und sah zur Erde. »Wieviel mußt du gelitten haben, Freund,« sprach er dann innig, »bis du zu solch' schwarzem Irrtum gelangt bist! Du hast ja deinen Gott im

Himmel verloren! Mir wäre das viel ärger, als hätte ich die Sonne am Himmel eingebüßt, als wäre ich erblindet. Ich könnte nicht mehr atmen, ich könnte nicht mehr glauben an den gerechten Gott, der vom Himmelsthore aus herabschaut auf die Thaten der Menschen und der die reine, gute Sache zum Siege führt.«

»Und König Witichis, was hatte er verbrochen, der Mann sonder Mal und Makel? Und ich selbst und ...« er schwieg.

»Dein Leben ist mir verhüllt seit unserer Trennung in frühester Jünglingszeit ...«

»Genug davon für heut,« sprach Teja. »Mehr hab' ich diese Nacht von tief Innerem aufgedeckt als sonst in Jahren. Es kommt wohl noch die Stunde, aufzudecken, was ich erlebt und gedacht. Ich möchte,« sagte er, über Adolgoths Locken streichend, »dem jüngsten und besten Sänger unseres Volkes nicht zu früh den hellen Ton seiner Saiten verdüstern.«

»Wohl,« sprach der König, aufstehend. »Dein Schmerz ist mir heilig. Aber ich bitte, laß uns die erneute Freundschaft pflegen. Ich gehe morgen nach Taginä zu meiner Braut. Begleite mich: wenn dich's nicht kränkt, mich glücklich zu sehn mit einer Römerin.«

»O nein – es rührt mich – es mahnt mich an ... Ich gehe mit dir.«

## Drittes Kapitel

Bald darauf traf der König mit Graf Teja, Adalgoth und zahlreichem Gefolge in dem Städtlein Taginä ein, oberhalb dessen sich auf steiler, dichtbewaldeter Felshöhe das Kloster der Valerier erhob, in welchem Valeria noch immer ihren Aufenthalt fortsetzte.

Der Ort hatte seine Schauer für sie verloren: nicht nur durch äußere, durch innere Gewöhnung: ihre Seele geriet, widerstrebend, aber sicher, unter die Einflüsse der ernsten Mächte dieser Stätte. Als sie dem König bei dessen Eintritt in den Klostergarten entgegenkam, schien ihm ihre Farbe viel bleicher, ihr Gang viel langsamer als sonst.

»Was ist mit dir?« schalt er zärtlich. »Als unser Gelübde fast nicht mehr erfüllbar schien, da hieltest du Mut und Hoffnung hoch. Und nun, da der Geliebte die Krone dieses Reiches trägt und fast nur in einer Stadt noch der Feind den Boden Italiens tritt, jetzt willst du sinken und verzagen?«

»Nicht verzagen, Freund,« sprach Valeria ernst. »Aber entsagen. Nein, höre mich nur in Geduld. Weshalb verschwiegst du mir, was ganz Italien von seinem König weiß und wünscht? Der König der Westgoten zu Toletum hat dir sein Waffenbündnis gegen Byzanz und seiner Tochter Hand geboten. Das Reich wünscht und erwartet, daß du beides annimmst. Ich will nicht selbstischer sein, denn jene hochsinnige Tochter eures Volks, Rauthgundis, des Bergbauern Kind, von der schon eure Sänger singen und sagen auf den Straßen. Und ich weiß: auch du kannst Opfer bringen, wie jener schlichte Mann, der euer glückloser König war.«

»Ich hoffe, daß ich's könnte, müßt' es sein. Zum Glück aber muß es nicht sein. Ich brauche fremde Hilfe nicht. Blick' um dich. Oder vielmehr blick' einmal hinaus über diese Klostermauern. Nie hat das Reich geblüht wie jetzt. Noch einmal biete ich dem Kaiser die Hand zum Frieden. Weist er sie abermals zurück, dann entbrennt ein Kampf, wie er ihn noch nicht gesehn. Bald muß Ravenna fallen: wahrlich, meine Macht und mein Mut sind nicht zum Entsagen angethan. Die Luft in diesen Mauern hat endlich deine feste Kraft erweicht. Du sollst mir fort von hier: wähle dir die schönste Stadt Italiens zum Aufenthalt: laß uns dein Vaterhaus in Neapolis erneuen.«

»Nein. Laß mich hier. Ich liebe nun diesen Ort und seine Ruhe.«

»Es ist die Ruhe des Grabes! Und weißt du wohl, daß dir entsagen dem Gedanken meines Lebens entsagen hieße? Du bist mir das lebendige Sinnbild all meiner Pläne: du bist mir Italia selbst. Du sollst des Gotenkönigs eigen werden: völlig, unentreißbar. Und Goten und Italier sollen sich ihren König und ihre Königin zum Vorbild nehmen: sie sollen eins und glücklich werden wie wir. Nein – keinen Einwand – keinen Zweifel mehr! So erstick' ich ihn.« Und er umarmte und küßte sie.

Einige Tage darauf traf Julius Montanus, von Genua und Urbinum her, ein. Der König ging ihm mit seinem Gefolge vor dem Klostergarten entgegen. Lange hielten sich die Freunde sprachlos umfangen.

Teja stand an ihrer Seite und betrachtete sie mit ernstem Blicke.

»Herr,« flüsterte Adalgoth, »wer ist der Mann mit den tiefliegenden Augen. Ein Mönch?«

»Innerlich, nicht von außen!«

»Ein so junger Mann mit dem Blick des Alters. Weißt du, wem er gleich sieht? Dem Bilde dort auf Goldgrund in dem Klostergang.« – »Jawohl: dem sanften, traurigen Haupte dort, dem Apostel Johannes.«

»Dein Brief,« sprach Julius, »fand mich schon entschlossen, hierher zu kommen.« – »Du wolltest mich – Valeria – suchen?«

»Nein, Totila: ich kam, mich prüfen und weihen zu lassen von Cassiodor. Der fromme und heilige Mann, der unser Jahrhundert mit seinen Wundern erfüllt, Benedict von Nursia, hat ein Kloster gegründet, das mich mächtig anzieht.«

»Julius, das darfst du nicht! Welch ein Geist der Flucht aus der Welt hat meine Nächsten ergriffen. Valeria: du: und Teja.«

»Ich fliehe nichts,« sagte dieser, »nicht einmal die Welt.«

»Wie kommst du,« fuhr der König fort, den Freund am Arme gegen den Eingang des Klosters führend, »in der Blüte der Jahre zu diesem Gedanken des Selbstmords? Siehe, dort naht Valeria. Sie muß mir helfen, dich bekehren. O hättest du je die Liebe gekannt – du würdest nicht der Welt den Rücken wenden.«

Julius lächelte und schwieg. Ruhig faßte er Valerias freudig gebotne Hand und schritt mit ihr in die Klosterthür, wo ihnen Cassiodor entgegenkam.

Nur mit Mühe gewann die Beredsamkeit des Königs dem Freunde das Versprechen ab, nach einigen Tagen den greisen Cassiodor nach Byzanz zu begleiten. Julius scheute den Glanz, den Lärm, die Sünde des Kaiserhofs, bis endlich das Beispiel Cassiodors ihn überwand. »Ich meine,« schloß der König, »man kann in der Welt mehr gottgefällige Werke thun, als im Kloster. Ein solches frommes Werk ist diese Gesandtschaft, die zwei Reichen neuen Krieg ersparen soll.«

»Gewiß,« sagte Julius. »Der König und Held kann Gott dienen wie der Mönch. Ich tadle deine Art des Dienstes nicht: laß mir die meine. Und mir ist: diese unsre Zeit, da eine alte Welt unter schweren Schauern versinkt und eine neue unter rauhen Stürmen aufsteigt, da alle Laster des verfaulten Heidentums mit aller Wildheit der Barbaren sich vermischen, da Üppigkeit, Fleischeslust und blut'ge Gewalt das Morgen- und das Abendland erfüllen, da ist es wohlgethan, weltferne Stätten zu gründen, wo Armut, Reinheit und Demut wohnen dürfen.«

»Mir aber scheinen Pracht, Liebesglück und freud'ger Stolz keine Sünde vor dem Himmelsgott. Was meinst du von unsrem Streit, Freund Teja?«

»Er hat keinen Sinn für mich,« sprach dieser ruhig. »Denn euer Gott ist nicht der meine.«

Am Abend vor der Abreise der beiden Gesandten nach Firmum, wo sie sich nach Byzanz einschiffen sollten, führte Cassiodor die Freunde noch nach einer Kapelle, die er, dicht bei dem Kloster, auf der gerade gegenüber ragenden hohen Felskuppe des nämlichen Berges erbaut hatte. »Es wird dir dort gefallen, mein Totila,« hat Valeria gesagt.

Vor Sonnenuntergang gerade erreichten die Freunde den Gipfel des einsam ragenden, runden Felskopfes. Dieser, mitten in dem Hügelgrund zu steiler Höhe aufsteigend, gewährte den freiesten Anblick über das blühende picentinische Land. Im Norden und Osten begrenzten den Blick die prachtvollen Terrassen des Apennins mit jenen klassischen, stilvollen, großartigen ruhigen Formen, wie sie nur der italischen Landschaft eigen. Im Westen schimmerte im Glanz der sinkenden Sonne, wie ein kostbarer goldner Gürtel, durch das Grün der Gefilde der Fluß Clasius, in welchen hier die beiden kleineren, Sibola und Rasina, münden. Im Süden glänzte aus den Bergen von Nuceria her der Tiniafluß durch üppiges Gelände.

Denn unter diesem lachenden Himmel hatte eine reiche Ernte, das Wunderjahr Totilas, die Spuren der früheren Verwüstung und Verödung rasch und völlig verwischt: viele Hunderte von weißen Marmorvillen, von Schlössern, von Wohn- und Wirtschaftsgebäuden lauschten aus dem Dunkelgrün des Lorbeers, aus dem Silbergrau der Oliven, aus dem endlosen Gerank der Reben. Ein uralter Wartturm, vielleicht aus vorrömischer Zeit, ragte an dem Südabfall des Hangs: dessen Gemäuer sowie der ganze Hügelrücken war von Epheu, Feigen, Wein, Kastanien in reizender Verwildrung überzogen.

Die Sonne aber, die nun rasch versank, warf ein glühendes dunkelrotes Licht, warf einen Purpurmantel über die weite Ebene, indes auf den fernen Höhenzügen, den plastisch klaren, dem Terrassenbau der italischen Natur, eine violette Duftschicht lag. Überrascht, geblendet standen alle. Niemand fand die Worte für soviel Schönheit.

»So was dergleichen ahnte ich in Italia,« flüsterte Adalgoth zu Graf Teja, »wann ich vom Iffinger oder gar von der Mentula gen Südwesten sah. Aber es ist doch viel schöner als ich geträumt.«

Der König aber rief: »Und hab' ich nun nicht recht, Teja, daß ich dies

Land liebe wie eine Braut? daß ich es unserm Volk erhalten will um jeden Preis? Wahrlich, dieser Ort ist die beste Rechtfertigung meines Trachtens! Himmlische Lüfte! goldenes Licht umschweben die Stätte!«

Und mit lebhaftem, gerührtem Blick fuhr er fort: »ja hier, ihr Freunde, hier, Cassiodor, will ich dereinst begraben sein!« Und er legte die Rechte auf einen uralten mächtigen Sarkophag von verwittertem, dunklem Marmor: der Deckel desselben lag zerbrochen daneben auf der Erde: wild wuchernder Epheu hatte das Innere des Sarges ganz erfüllt.

»Welch schönes Zusammentreffen,« sprach Cassiodorus ernsthaft. »Weißt du, wie dieser Ort seit alters heißt? *Spes bonorum*, ›der Guten Hoffnung‹. Und weißt du, wer, der Sage nach, in diesem Sarge geruht? Ein anderer weiser, mildseliger Friedensfürst: ursprünglich wohl ein uralter tuskischer König: später hat die Sage des Landvolks Numa Pompilius, den gütigen, daraus gemacht. Ein uraltes Heiligtum des Friedens, eine Stätte des Segens und der Zuflucht haben schon die Heiden hier verehrt: meine neugebaute Kapelle habe ich bei dem Ausbruch des Krieges Emanuel dem Friedensgott geweiht. Höchste Ehre würde es meiner kleinen Kapelle, wolltest du, Friedenskönig, sie zu deiner Ruhestätte wählen.«

»Nein,« rief Totila, »vergieb mir, ehrwürdiger Vater! Nicht in der dumpfen Krypta deines Baues, hier, unter dem blauen Dach des ausonischen Himmels, hier will ich ruhn,« und er schlug auf den Sarkophag. – »Auf dieser lichten Höhe, umspült vom goldnen Licht, überragt von nickendem Lorbeer, unter der Vögel süßem Gesang. Ich werde mich wohl vertragen mit den Manen des Friedenskönigs. Hört, ihr meine Freunde, das ist mein Wille. Höre du zumal: dessen Jugend uns alle überleben muß, Adalgoth, mein Liebling!«

»Wer denkt an die Nacht bei heller Mittagssonne!« rief Adalgoth.

»Die Ahnungsvollen,« sagte Teja. »Seht, wie rasch die Sonne verschwand und ihr warmes, freudiges Goldlicht. Eine Purpurdecke, wie ein rotes, blutiges Leichentuch, deckt schon das Thal von Taginä. Und die veilchenblauen Schatten sind schon kaltes Schwarz geworden und fallen plötzlich herein! So rasch! Und rascher noch, als in diesem Land die Nacht, bricht ein, ein allen Ländern, das Schicksal und der Tod.«

## Viertes Kapitel

An dem gleichen Abend, da Adalgoth im Gefolge des Königs die Sonne sinken sah über das mittelitalische Land auf der *Spes bonorum*, stand auch in schimmervollem Sonnenuntergang auf dem Südabhang des Ifingberges auf ihren Stab gelehnt Gotho, die Hirtin.

Um sie her hüpften und weideten die Schafe und drängten sich allmählich müde zusammen um die Hüterin, der Heimkehr nach dem Sennhaus gewärtig und begierig.

Aber sie harrten und blökten umsonst.

Denn das schöne Kind beugte sich von mosigem Stein an dem Rand des silberklaren Gebirgsquells emsig vor: in ihrer Lederschürze lagen gehäuft die schönen, würzig duftenden Blumen der Berghalde: der Thymian, die

Wegrose, die Minze, die am feuchten Saume des Rinnsals sprießt, und der tiefblaue Enzian. Und sie sann und sprach mit sich selbst und mit ihren Blumen und den hurtig enteilenden Wellen. Und sie warf die Blumen in den rinnenden Quell: bald einzeln, bald kleine Sträuße und halbfertige Kränze.

»Wie viele,« sagte das Kind vor sich hin in die Wellen und warf die langen, gelben Zöpfe über die Schultern, »wie viele von euch hab' ich schon ausgesendet, ihn zu grüßen! Denn nach Süden ist er gezogen und nach Süden hinab rinnen diese schnellen Wasser. Aber ich weiß nicht, ob ihr's bestellt: – denn er ist immer noch nicht heimgekommen. Ihr aber, wie ihr euch hebt und senket im Tanz der Wellen, ihr winket mir, euch zu folgen. Ja, wer euch folgen könnte! Oder den Fischlein, die da hinabschießen wie dunkle Pfeile! Oder den flinken Bergschwalben, die durch die Luft schwirren, frei wie die Gedanken! Oder den rotbeschwingten Abendwolken, wenn sie der Bergwind rasch gen Süden trägt!

Aber am sichersten fände ihn freilich das Herz der Sucherin selber, dürft' ich, die Halde verlassend, ihm folgen ins ferne, ins sonnige Land.

Jedoch was sollte ich da unten? Die Hirtin unter den Männern des Krieges, unter den klugen Frauen des Hofs! Und ich seh' ihn ja doch wieder! So sicher ich die Sonne doch wiedersehe, ob sie verschwand hinter jenen Bergen. Man weiß, man sieht sie wieder. Und dennoch: Sehnsucht füllt die Zeit von ihrem Scheidestrahl bis zu ihrem Wiedergruß.«

Da tönte vom Sennhaus her ein weit vernehmlicher, rauher Schall: ein Stoß in das gewundne Widderhorn.

Gotho sah auf: es war dunkler geworden: sie sah schon durch die offne Thür das rote Herdfeuer glühn. Die Schafe erwiderten das wohlbekannte Zeichen mit lauterem Blöken, die Köpfe gegen das Sennhaus und die Ställe reckend. Der braune, zottige Hund sprang bellend, mahnend an ihr hinauf.

»Ich gehe schon,« lächelte sie, die Mahner beschwichtend. »Ach, eher werden die Schafe der Weide satt, als die Schäferin ihrer Gedanken. Nun vorwärts, Weiß-Elfchen! Jetzt bist du schon stattlich!«

Und sie schritt den Hang hinab, der Thalmulde zwischen den beiden Berghäuptern zu, in der das Haus und die Ställe Schutz fanden vor Wind und Lawinen. Hier blendete nicht mehr der Glanz der Sonne. Schon wurden die Sterne sichtbar. Sie sah innig zu ihnen hinauf. »Sie sind so schön, weil er so oft sie angeblickt.«

Da schoß ein Stern und fiel rasch gegen Süden.

»Er ruft mich! dorthin,« sprach Gotho zusammenbebend. »Wie gern würd' ich ihm folgen!«

Und rascher trieb sie die Schafe an, versorgte sie in dem Stalle und schritt in das große, einzige Gemach des Erdgeschosses im Wohnhaus.

Da fand sie den Großvater Iffa ausgestreckt auf dem Steinsims nahe an dem Herdfeuer, die Füße zugedeckt mit zwei großen Bärenfellen. Er sah bleicher und älter als sonst.

»Setze dich hier neben mich, Gotho,« sagte er, »und trink, hier ist Milch mit Honig gemischt – und höre mir zu. Die Zeit ist nun gekommen, von der ich dir lange gesagt. Wir müssen scheiden. Ich fahre heim. Vor meinen müden alten Augen flimmert kaum noch trüb dein liebes Angesicht. Und als ich gestern noch selbst zum Quell hinuntersteigen wollte, Wasser zu schöpfen, brachen mir die Kniee. Da spürte ich: es ist nahe.

Und ich schickte den Gaisbuben hinüber nach Teriolis mit Botschaft. Du aber sollst nicht zugegen sein, wann die Seele aus des alten Iffa Munde fährt. Es ist nicht schön, das Menschensterben – ich meine den Strohtod. Und du hast noch nichts Trauriges gesehn. Der Schatten soll nicht fallen auf dein junges Leben.

Morgen vor Hahnenkraht kommt der tapfre Hunibad herüber von Teriolis, dich abzuholen – er hat mir's zugesagt. Zwar noch nicht sind seine Wunden ausgeheilt: er ist noch schwach – aber er sagt: es läßt ihn nicht mehr in Muße liegen, da, wie es heißt, der Kampf bald wieder losgeht mit den Feinden.

Er will zu König Totila nach Rom. Und dahin mußt auch du mit wicht'ger Botschaft. Und er soll dein Wegschirmer und Wegführer sein.

Binde fest Sohlen aus Buchenrinde unter deine Füße: denn weit ist dein Weg. Und Brun, der Hund, mag euch begleiten. Und nimm die Tasche dort aus starkem Ziegenleder, darin sind sechs Goldstücke noch von – von Adalgoths – von eurem Vater: sie sind Adalgoths: aber du darfst schon davon gebrauchen – sie werden reichen bis Rom.

Und nimm dir ein Bündel duftigen Bergheus vom Iffinger-Hang mit und lege nachts den Kopf darauf: so wirst du besser schlafen.

Und hast du nun Rom gefunden und das goldne Haus des Königs darin und trittst du ein in seinen Saal, so siehe, welcher der Männer einen goldnen Reif um die Stirne trägt und von wessen Brauen es milde niederglänzt wie Morgenlicht von den Berghöhen: der ist dann König Totila.

Und dann beuge das Haupt vor ihm: aber nur ein wenig, und nicht die Kniee: denn du bist eines freien Goten freies Kind. Und dann übergiebst du dem König diese Rolle, die ich hier seit vielen Sommern getreulich verwahrt: sie ist von Oheim Wargs, den der Berg begraben hat.«

Und der Alte hob einen Ziegel aus dem steinernen Unterbau, der den Herdsockel mit dem hart gestampften Erdboden verband, und holte aus dem dunkeln Raum eine Papyrusrolle hervor, die sorgfältig verschnürt und versiegelt, in ein gleichfalls beschriebenes und mit seltsamen Siegeln darüber gefestigtes Pergament geschlagen war.

»Hier,« sagte er, »dies Geschreibsel wahre gut. Dies Äußere, was da auf der Eselshaut steht, das hab' ich dem langen Hermegisel drüben in Majä, der schreiben kann, vorgesprochen, zu schreiben: er hat mir geschworen, davon zu schweigen, und er hat's gehalten: nun kann er gar nicht mehr reden unter dem Kirchengang hervor, wo sie ihn begraben.

Du aber und Hunibad – ihr könnt nicht lesen. Und das ist gut. Denn gefährlich könnt' es werden für dich und – einen andern, wenn früher, bevor der milde und gerechte König Totila davon erfährt, die Leute erführen, was die Rolle da weiß. Zumal vor den Welschen birg die Rolle. Und frage in jeder Stadt, wo du einziehst, ob sie berge Cornelius Cethegus Cäsarius, den Präfekten von Rom.

Und sagen die Thorwächter ja, dann wende dich auf dem Absatz und, wie müde du bist und so spät schon die Nachtstunde oder so glühheiß der

Mittag, wandre davon, bis du drei Wasser zwischen dir hast und dem Mann Cethegus.

Und nicht minder als dies Geschreibsel – du siehst, ich drückte statt des Siegels Baumharz darauf, wie es aus den Tannen träuft und unsere Hausmarke ritzt' ich drein, wie sie unser Vieh und unsre Fahrnis trägt – nicht minder wahre dies – dies alte, teure Gold.«

Und er langte aus dem Hohlraum die Hälfte eines breiten Goldreifs, wie sie die Gotenhelden um die nackten Arme trugen. Ehrfurchtsvoll küßte er das Gold und die unvollständige Runenschrift darauf. »Das stammt noch von Theoderich, dem großen König, und von ihm – meinem teueren – Sohne Wargs. Merke: das gehört Adalgoth. Und ist sein allerbestes Erbe. Die andre Hälfte des Ringes – und des Spruches darauf – hab' ich dem Knaben mitgegeben, da ich ihn fortgesandt. Und hat der König das Geschreibsel gelesen und ist Adalgoth in der Nähe – wie er sein muß, wenn er meine Gebote befolgt – dann rufe du Adalgoth herbei und füget Halbring an Halbring und heischet des Königs Spruch.

Er soll klug und klar und mild und alldurchschauend sein, wie der Sonnenschein. Er wird den rechten Spruch finden. Findet er ihn nicht, dann findet ihn keiner. Nun lege mir noch einen Kuß auf jedes meiner sehemüden Augen. Und nun gehe bald zum Frühschlaf. Und der Himmelfürst und alle seine lichten Augen, Sonne, Mond und Sterne, mögen schau'n auf deinen Weg.

Und hast du Adalgoth gefunden und lebst du mit ihm in den kleinen Gemächern der dumpfen Häuser, in den engen Städtestraßen, und wird es euch dort unten zu klein und zu dumpf und zu eng, dann denkt an eure Kindertage hier auf dem hohen Iffing. Und es wird euch anwehn wie frische Bergluft.«

Schweigend, ohne Widerrede, ohne Furcht, ohne Frage hörte und gehorchte das Hirtenkind. »Fahr wohl, Großvater!« sagte sie, ihn auf die Augen küssend. Dank für viel Lieb' und Treue.«

Aber sie weinte nicht. Sie wußte nicht, was Sterben ist.

Und sie trat von ihm weg auf die Schwelle des Sennhauses: und sie blickte hinaus in die nun tief ernst gewordne Berglandschaft. Klar war der Himmel, die Gipfel der Berge ringsum glänzten im Mondlicht. »Lebt wohl,« sprach sie, »du Iffinger! und du, Wolfshaupt! Und du, alter Riesenkopf! Und du da drunten, hell aufschimmernde Passara! Wißt ihr's schon? Morgen gehe ich von euch allen. Aber ich gehe gern. Denn ich gehe zu ihm!«

## Fünftes Kapitel

Und nach vielen Wochen kamen Cassiodor und Julius zurück von Byzanz und brachten – keinen Frieden.

Cassiodor ging sogleich nach der Landung zu Brundusium, welt- und wegemüde, in sein apulisch Kloster, Julius allein die Berichterstattung an den König in Rom überlassend. Totila empfing ihn auf dem Kapitol, in Beisein der ersten Heerführer.

»Anfangs,« erzählte dieser, »waren die Aussichten günstig genug. Der Kaiser, der früher gotische Gesandte von Witichis gar nicht vor sein Angesicht gelassen, konnte dem größten Gelehrten des Abendlandes, konnte Cassiodors Weisheit, Frömmigkeit und Milde seinen Palast nicht verschließen. Wir wurden ehrenvoll und freundlich empfangen. Gewichtige Stimmen, so Tribonianus und Prokopius, sprachen für den Frieden im Rate des Imperators, der selbst dazu geneigt schien.

Seine beiden großen Feldherrn, Narses und Belisar, beschäftigten zugleich an verschiedenen Punkten der stets bedrohten Ostgrenze des Reichs die Kämpfe mit Persern und mit Saracenen. Die Unternehmungen in Italien und Dalmatien aber hatten so große Opfer gekostet, und so lange Zeit gewährt, daß dem Kaiser der Gotenkrieg verleidet war.

Zwar gab er den Gedanken der Wiedergewinnung Italiens wohl schwerlich ganz auf. Aber er erkannte die Unmöglichkeit der Durchführung für die nächste Zukunft. Er ging daher gern auf die Friedensverhandlungen ein und nahm unsere Vorschläge zur Erwägung entgegen: ihm schwebte zunächst freilich noch, wie er uns sagte, eine vorläufige Teilung der Halbinsel bis an den Padus vor: das weitaus größte Stück des Landes im Süden dieses Flusses sollte dem Kaiser, das Gebiet im Norden den Goten zufallen.

Mit guten Aussichten hatten wir eines Mittags den Kaiser und den Palast verlassen. Die Audienz war günstiger ausgefallen als alle früheren. Aber am Abend des gleichen Tages wurden wir überrascht durch den Curopalata Marcellus, der uns von den Palastsklaven die üblichen Abschiedsgeschenke überreichen ließ: das unverkennbare Zeichen des Abbruchs der Verhandlungen.

Bestürzt über diese plötzliche Wendung,« fuhr Julius in seinem Bericht fort, »beschloß Cassiodor, gleichwohl, um des Friedenswerkes willen, das Äußerste zu wagen: nämlich, nach Überreichung der Abschiedsgeschenke, nochmal Gehör bei dem Kaiser zu suchen. Der hochangesehene Tribonianus, von jeher ein Gegner dieses Krieges und Cassiodors verehrungsvoller Freund, ließ sich bewegen, für uns um diese unerhörte Gnade nachzusuchen.

Die Antwort war die höchst ungnädige Drohung der Verbannung, wenn er noch einmal gegen den klar angedeuteten kaiserlichen Willen etwas erbitten werde. Nie, niemals werde der Kaiser mit den Barbaren Frieden schließen, bis sie nicht jede Scholle des Reiches verlassen: nie werde er die Goten in Italien anders denn als Feinde betrachten.

Vergebens bemühten wir uns,« schloß Julius seine Erzählung, »eine Ursache des plötzlichen Umschwungs zu entdecken. Nur das erfuhren wir, daß nach unserer Mittags-Audienz die Kaiserin, die jetzt vielfach leidend sein soll, ihren Gemahl zur Tafel in ihre Gemächer geladen. Aber es steht fest, daß die Kaiserin, früher bekanntlich die eifrigste Schürerin des Krieges, seit geraumer Zeit nicht mehr für den Kampf, sondern für den Frieden sprach.«

»Und was,« fragte der König, der ernst, aber eher drohend als besorgt, der Erzählung zugehört hatte – »was verschafft mir die Ehre einer solchen Umstimmung der Cirkusdirne?«

»Man flüstert: für ihr Seelenheil immer mehr besorgt, will sie alle Geldmittel nicht mehr auf den Krieg verwendet wissen, dessen Ausgang sie kaum noch zu erleben hofft, sondern auf Kirchenbauten, zumal auf Vollendung der Sophienkirche – mit deren Grundriß auf der Brust will sie begraben sein.«

»Wohl als mit ihrem Schild gegen den Zorn des Herrn bei der Auferstehung der Toten! Die Dirne will den lieben Gott mit den hundert Kirchen entwaffnen und mit den bezahlten Kostenrechnungen bestechen. Welchen Wahnsinn brütet dieser Glaube aus,« sprach finster für sich Teja.

»Und so fanden wir keinerlei Spur. Denn keine Spur darf ich es nennen, was nur wie ein Schatten, obenein vielleicht eines Irrtums Schatten, an mir vorüberhuschte.«

»Was war das?« forschte Teja aufmerksam.

»Als ich spät abends den Palast verließ, Tribonians ungünstigen Bescheid bei mir erwägend, ward eine vergoldete Sänfte der Kaiserin von deren kappadokischen Sklaven rasch von dem Viereck der Gärten her – das ist Theodoras Palast – an mir vorübergetragen. Der vergitterte Laden war etwas in die Höhe geschoben von dem Getragenen – ich sah hin: und es war mir als erkenne ich ...«

»Nun?« fragte Teja.

»Meinen unsel'gen väterlichen Freund, den verschollnen Cethegus,« schloß Julius traurig.

»Schwerlich,« meinte der König. »Er ist gefallen. Es war wohl Täuschung, daß Teja in seinem Hause noch seine Stimme zu vernehmen glaubte.«

»Ich diese Stimme mißkennen! Und sein Schwert, das Adalgoth an der Straßenecke fand?«

»Kann früher, kann bei dem Forteilen des Mannes nach dem Tiber aus seinem Hause verloren sein. Deutlich sah ich ihn dort auf seinem Schiff die Verteidigung leiten. Der Speerwurf gegen meinen Hals war mit des Hasses bester Kunst und Kraft geführt. Ich traf ihn, ich sah's, mit dem zurückgeschleuderten Speer. Auch sagte mir Gunthamund, der treffliche Schütz: er sei gewiß, ihn getroffen zu haben am Halse. Man fand am Fluß seinen purpurgesäumten Mantel, von vielen Pfeilen durchlöchert und von Blut ganz überströmt.«

»Er ist wohl dort gestorben,« sprach Julius tiefernst.

»Seid ihr so gute Christen,« fragte Teja, »und wißt nicht, daß der Teufel unsterblich ist?«

»Mag sein,« sprach der König, »aber auch das Licht!« Und mit drohenden Brauen fuhr er fort: »Auf, mein tapfrer Teja, jetzt giebt es neue Arbeit für dein Schwert. Hört, Herzog Guntharis, Wisand, Grippa, Markja, Aligern, Thorismuth, Adalgoth: bald hab' ich vollauf zu schaffen für euch alle. Ihr habt's vernommen: Kaiser Justinian verweigert uns den Frieden und Italiens ruhigen Besitz. Offenbar darum, weil er uns für zu friedlich hält. Er meint: es könne ihm nie schaden, uns zu Feinden zu haben. Schlimmsten Fall säßen wir ruhig, seine Angriffe abwartend, in Italien. Und Byzanz könne jederzeit den Augenblick wählen, uns anzugreifen, so oft den Versuch wiederholend, bis er gelingt. Wohlan: zeigen wir ihm, daß wir als unversöhnte Feinde gefährlich werden können, daß es wohl geraten sein mag, uns Italien friedlich zu belassen, um uns nicht zum Angriff zu reizen.

Er will uns nicht in Italien leben lassen? Wohlan, er soll die Goten wieder, wie unter Alarich und Theoderich, im eignen Lande sehen. Einstweilen nur dies: denn das Geheimnis ist der Mutterschoß des Siegs: auf linnenen Flügeln, auf hölzernen Brücken dringen wir, wie in Rom, in das Herz des Ostreichs ein. Jetzt, Justinianus, schirm' den eignen Herd!«

## Sechstes Kapitel

Geraume Zeit nachdem die Abweisung der Friedensvorschläge nach Rom gelangt war, finden wir in dem Speisegemach eines einfach, aber geschmackvoll gebauten und eingerichteten Hauses auf dem Forum Strategii zu Byzanz, das, nahe gelegen dem unvergleichlichen Küstensaum des »goldnen Horns«, den Blick über die Meerenge hin und auf die jenseitige, prachtvoll angelegte Neustadt »Justiniana« gewährte, zwei Männer in vertrautem Gespräch.

Der Herr des Hauses war unser alter – und hoffentlich nicht unlieber – Bekannter Prokopius, der nunmehr in hohem Ansehen als Senator zu Byzanz lebte.

Er schenkte seinem Gast eifrig ein, aber er bediente sich dabei der linken Hand. Der rechte Arm verlief in einen verhüllten Stumpf.

»Ja,« sagte er, »bei jeder Bewegung mahnt mich der fehlende rechte Vorderarm an eine Thorheit. Zwar ich bereue die Thorheit nicht: ich folgte ihr abermals und kostete es die Augen aus dem Kopf. Sie war eine Thorheit des Herzens. Und eine solche zu haben ist des Menschen größtes Glück. Zu Frauenliebe hab ich's nie recht gebracht. Meine Liebe heißt und hieß: Belisarius! Ich erkenne recht gut – du brauchst nicht so höhnisch den Mund zu verziehn, Freund – ich durchschaue recht gut die Schwächen und Unvollkommenheiten meines Helden. Aber das ist gerade das Süße an der Herzensthorheit: sie liebt die Fehler des Geliebten mit, ja mehr als andrer Leute Vorzüge.

Und so denn – um's kurz zu machen – warnte ich bei dem letzten Perserkrieg den Mann mit dem Löwenmut und mit dem Kindesherzen wieder einmal, mit geringer Bedeckung durch einen unsichren Wald zu reiten. Bei Dara war's. Natürlich that er's nun erst recht, der dumme, liebe Thor. Und natürlich ritt Prokopius, der kluge Thor, nun auch mit. Und es kam alles, wie ich vorausgesehen und gesagt. Der ganze Wald ward auf einmal lebendig von lauter Persern. Es war, als schüttelte der Wind sein dürres Laub von den Wipfeln. Aber alle Blätter waren Pfeile und Speere.

Es ging wieder ganz wie vor dem tiburtinischen Thor. Balan, der treue Scheck, that dort seinen letzten Sprung. Gespickt von Speeren brach er tot zusammen. Ich hob den Helden auf mein eigen Roß. Dabei hieb aber ein Perserfürst, der fast so lang war wie sein Name – Adrastaransalanes hieß der liebe Mann – auf den Magister Militum einen Hieb, den ich in der Eile nur mit dem rechten Arm auffangen konnte: denn mein Schild deckte den Feldherrn gegen einen Saracenen. Der Hieb war gut: traf er Belisars helmloses Haupt, es wäre gespalten gewesen wie eine Klaffmuschel. So schnitt er mir nur den Vorderarm so haarscharf ab, als wär' er nie angewachsen gewesen.«

»Belisarius natürlich entkam und Prokopius natürlich ward gefangen,« sagte der Gast, kopfschüttelnd.

»Beides richtig, o du Gebietiger des Scharfsinns, wie dich mein Freund Adrastaransalanes nennen würde. Aber derselbe Mann mit dem langen Leibe, Säbel und Namen – auf dessen Wiederholung du nicht bestehen wirst – war so gerührt von meiner »elefantenhaften Großherzigkeit«, wie er sich ausdrückte, daß er mich alsbald ohne Lösegeld frei ließ: nur einen Ring, der an einem Finger meiner ehemaligen rechten Hand steckte, erbat er sich: zum Andenken, wie er sagte.

Seitdem ist es mit meinen Kriegsfahrten vorbei,« fuhr Prokop ernster fort. »Ich erblicke aber in dem Verlust der Schreibhand auch eine Strafe. Ich habe manches unnütze oder nicht ganz aufrichtige Wort damit geschrieben. Freilich: träfe gleiche Strafe alle Schriftsteller von Byzanz, es gäbe keinen zweiarmigen Menschen mehr, der schreiben kann. Es geht nun etwas langsamer mit dem Schreiben und müheschwerer. Und das ist gut. Man überlegt dann länger bei jedem Wort, ob es der Mühe lohnt und ob es zu rechtfertigen ist, es niederzuschreiben.«

»Ich habe mit wahrem Genuß,« sagte der Gast, »deinen Vandalenkrieg, Perserkrieg und, soweit er vollendet ist, den Gotenkrieg gelesen. Es war bei meiner langwierigen Heilung mein Lieblingsbuch. Aber mich wundert, daß du nicht zu unsrem Freunde Petros, zu den ultziagirischen Hunnen und den Bergwerken von Cherson, geschickt wurdest. Wenn Justinian die Urkundenfälschung so schwer bestraft, wie schwer muß er erst die Wahrhaftigkeit in Geschichtsurkunden strafen! Und du hast seinen Wankelmut, seinen Geiz, seine Fehlgriffe in Wahl der Feldherrn und Beamten so schonungslos gegeißelt: mich wundert, daß du noch ungestraft bist.«

»O ich bin nicht ungestraft,« sprach grimmig der Historiker. »Er ließ mir den Kopf: aber er wollte mir die Ehre nehmen. Und noch mehr sie, diese schöne Teufelin. Denn ich hatte angedeutet, daß Justinian ganz in ihrem Gängelbande geht. Und gleich leidenschaftlich will sie diese Herrschaft fortsetzen und – verbergen. So ließ sich mich kommen, als meine Bücher erschienen waren.

Als ich eintrat und diese Blätter auf ihrem Schoße liegen sah, dachte ich: Adrastaransalanes nahm die Hand, die es geschrieben, dies Weib nimmt den Kopf, der es gedacht. Aber sie begnügte sich, mir von der Kline her den kleinen goldnen Schuh zum Kusse darzureichen, lächelte sehr schön und sprach: »Du schreibst griechisch wie kein andrer, Prokopius, in unsrer Zeit. So schön und so wahr! Man hat mir geraten, dich zu den stummen Fischen im Bosporos zu versenken. Aber der Mann, der am besten die Wahrheit sagte, wo sie uns bitter klang, wird auch die Wahrheit sagen, wo sie uns lieblich klingt.

Der beste Tadler Justinians wird sein bester Lobredner werden. Deine Strafe für dein Buch über Justinians Kriegswerke sei – ein Buch über Justinians Friedenswerke.

Du schreibst im kaiserlichen Auftrag ein Buch über des Kaisers Bauwerke. Du kannst nicht leugnen, daß er darin Großartiges geleistet hat. Wärest du ein besserer Jurist als dich dein Lagerleben bei dem großen Belisar hat leider! werden lassen, du müßtest sein großartigstes Mosaikbauwerk, seine Pandekten, schildern. Aber dazu reicht deine Rechtsbildung nicht aus, tapfrer Schildknappe Belisars. (Und sie hatte recht, der schöne Dämon!) Du wirst also die Bauwerke Justinians schreiben, du selbst ein lebend Denkmal seiner Großmut. Denn du wirst gestehn: für viel gelindre Dinge hat unter früheren Kaisern mancher Schriftsteller Augen, Nase und anderes verloren, was nicht angenehm zu entbehren ist. Solche Dinge hat sich noch kein Imperator sagen lassen und den Freimut obenein durch neue Aufträge belohnt. Sollten dir aber freilich die »Bauwerke« Justinians *nicht* gefallen, so würdest du diese Geschmacklosigkeit nicht lange überleben, besorge ich: die Heiligen würden solchen Undank durch raschen Tod bestrafen. Sieh, diese Belohnung habe ich dir ausgewirkt – Justinian wollte dich nur zum Senator ernennen – damit du doch Recht behältst mit deiner Behauptung von Theodoras verderblichem und allbeherrschendem Einfluß.«

Und nochmals ein Kuß ihres Fußes, wobei sie mir, mutwillig schäkernd, den kleinen, goldnen Schuh auf den Mund schlug. Ich hatte vor der Audienz mein Testament gemacht. Nun siehst du also, wie dieser Dämon in Weibergestalt sich an mir rächt! Man kann ja wirklich die Bauten Justinians nicht schelten: man kann sie nur verschweigen oder – loben.

Schweige ich, kostet's mein Leben. Rede ich und lobe ich nicht, kostet's mein Leben und meine Wahrhaftigkeit. Ich muß also loben oder sterben. Und so schwach bin ich,« seufzte der Hausherr, »daß ich lieber lobe und lebe.«

»Soviel Thukydides und Tacitus genossen, trocken und flüssig« – sprach der Gast und schenkte beider Becher voll – »und doch kein Thukydides oder Tacitus geworden.«

»Ich ließe mir lieber die linke Hand auch noch abhauen von meinem langnamigen Freund, als diese Bauwerke damit zu schreiben!«

»Behalte die Hand! Und schreibe mit derselben, nach der offnen Lobschrift der Bauwerke: eine Geheimschrift der Schandwerke Justinians und Theodoras.«

Prokopius sprang auf. »Das ist teuflisch! aber groß! Der Rat ist deiner würdig, Freund. Dafür schenke ich dir eine der neun Musen des Herodot in meinem Keller, mein ältester, lauterster, edelster Trank. – O, man soll staunen über diese Geheimschrift. Das Unglück ist nur: ich kann das Äußerste von Mord und Schmutz gar nicht erzählen. Der Ekel brächte mich um. Und man wird schon das, was ich erzählen kann, für maßlos übertrieben halten. Und was wird die Nachwelt sagen von Prokopius, der ihr einen Panegyrikus, eine Kritik, und eine Klagschrift über Justinian überliefert?«

»Sie wird sagen: er war der größte Geschichtschreiber, aber auch der Sohn und das Opfer des Kaiserreichs Byzanz. Räche dich, sie ließ dir deinen gescheiten Kopf und deine linke Hand: wohlan, deine Linke soll ja nicht wissen, was vordem deine Rechte schrieb. Zeichne das Bild dieser Kaiserin und ihres Gatten für alle kommenden Geschlechter auf! Dann haben nicht *sie* gesiegt mit ihren Bauwerken, sondern *du* mit deiner Geheimgeschichte. Den maßvollen Freimut wollte sie strafen: nun strafe du sie durch maßlose Enthüllung der Wahrheit. Jeder rächt sich durch seine

Waffe: der Stier durch das Horn, der Krieger durch das Schwert, der Schriftsteller durch die Feder.«

»Zumal,« sprach Prokop, »wenn ihm nur die Linke blieb. Ich danke und folge deinem Rat, Cethegus: ich werde als Rache für die Bauwerke die ›Geheimgeschichte‹ schreiben. Aber nun ist das Erzählen an dir. Ich weiß den Gang der Dinge durch Briefe und mündlichen Bericht der aus Rom Entflohenen oder von Totila freigegebenen Legionare bis zu der Stunde, da du zuletzt in deinem Hause gesehen, ja, wie man sagt, in deinem Hause gehört wardst. Erzähle nun, du Stadtpräfekt ohne Stadt.«

»Sogleich,« sprach Cethegus. »Sage mir nur noch: wie ging es mit Belisarius weiter in dem letzten Perserfeldzug?«

»Nun, wie gewöhnlich. Das solltest du gar nicht mehr fragen müssen! Belisar hatte die Feinde wirklich geschlagen und war eben daran, den Perserkönig Chosroës, des Kabades Sohn, zu dauerndem Frieden zu nötigen. Da erschien in seinem Lager Areobindos, der Schneckenprinz, mit einem hinter Belisars Rücken zu Byzanz bewilligten Waffenstillstand auf ein halbes Jahr. Justinian hatte längst Verhandlungen mit Chosroës angeknüpft, er brauchte gerade Geld: er stellte sich wieder, als ob er Belisarius nicht traue, und ließ für fünfhundert Centner Gold den Perserkönig entschlüpfen, als wir eben das Netz über ihm zusammenschlagen wollten.

Narses war klüger. Als der Schneckenprinz zu ihm kam, auf den saracenischen Teil des Kriegsschauplatzes, erklärte er: der Bote müsse ein Fälscher oder verrückt sein, nahm ihn gefangen und führte den Krieg fort, bis er die Saracenen völlig geschlagen hatte. Dann schickte er den kaiserlichen Boten mit einer Entschuldigung nach Byzanz: die beste Entschuldigung aber waren die Schlüssel und Schätze von siebzig Burgen und Städten, die er dem Feind während des von Belisar befolgten Waffenstillstands entrissen hatte.«

»Dieser Narses ist ...«

»Der größte Mensch der Zeit,« sagte Prokop. »Auch den Präfekten von Rom nicht ausgenommen. Denn er will nicht, wie dieser, das Unmögliche. Wir aber, das heißt Belisar und der Krüppel Prokop, wir kehrten, immer grollend und scheltend und immer pudeltreu und nie gewitzigt, den Waffenstillstand mit Zähneknirschen einhaltend, nach Byzanz zurück. Und harren nun hier neuer Aufträge, Lorbeern und Fußtritte. Glücklicherweise hat Antonina ihre Neigungen für Blumen und Verse anderer Männer aufgegeben: und so lebt denn das Ehepaar, der Löwe und die Taube, ganz glücklich hier in Byzanz. Belisar natürlich Tag und Nacht nur sinnend, wann er wieder seinem kaiserlichen Herrn seine Treue und Heldenschaft bewähren darf. Justinian ist seine Thorheit wie die meine – Belisar. Nun aber endlich erzähle du.«

## Siebentes Kapitel

Cethegus that einen tiefen Zug aus dem vor ihm stehenden Becher, der in getriebenem Golde einen Turm darstellte.

Er war wesentlich verändert seit jener Nacht zu Rom.

Schärfer waren die Furchen an den Schläfen: noch fester geschlossen der Mund: die Unterlippe herb emporgehoben: seltener spielte jenes ironische Lächeln um die Mundwinkel, das ihn verjüngte und verschönte. Die Augen waren nun gewöhnlich halb geschlossen.

Nur manchmal öffneten sie sich voll, den gefürchteten Blick zu sprühen, der noch grimmiger durchbohrend traf.

Nicht älter, aber eiserner, schärfer, schonungsloser noch schien er geworden.

»Du kennst,« hob er an, »den Lauf der Dinge bis zum Fall von Rom. Ich sah in jener Nacht fallen die Stadt, das Kapitol, mein Haus, meinen Cäsar. Der krachende Sturz dieses Bildes schmerzte brennender als die Pfeile der Goten und selbst der Römer.

Die Sinne schwanden mir vor Schmerz und Zorn, als ich den Mörder meines Cäsar strafen wollte. Ich brach in der Bibliothek an der Statue des Zeus zusammen.

Ich erwachte wieder durch den kühlen Hauch der Nachtluft und des Tiberstroms, der schon einmal – vor zwanzig Jahren! – den Todwunden neu belebt.«

Eine finstre Wolke zog über die mächtige Stirn.

»Davon ein andermal vielleicht – vielleicht auch nie,« sprach er, eine Frage seines Wirtes abschneidend.

»Diesmal hatten mich gerettet Lucius Licinius – sein Bruder ist für Rom und mich gefallen – und der treue Maure, der wie durch ein Wunder dem schwarzen Wüterich Teja entgangen war. Zur Vorderthüre von diesem hinausgeschleudert – in seiner Gier, den Herrn zu erreichen, nahm sich der Barbar nicht die Zeit, den Diener zu morden – eilte er an die Hinterthüre. Dort traf er auf Lucius Licinius, der, von mir getrennt durch die Volkshaufen, erst jetzt mein Haus von der Seitengasse her erreichte.

Beide eilten nun durch die geöffneten Thüren auf der Spur meines Blutes bis in den Zeussaal mir nach.

Dort fanden sie mich bewußtlos: und hatten gerade noch Zeit, mich in meinem Mantel wie eine leblose Ware zum Fenster hinaus in den Hof hinabzulassen. Syphax war zuerst hinabgesprungen und fing mich im Herabgleiten auf aus den Händen des Tribuns. Dieser sprang nach und rasch trugen sie mich in meinem Mantel aus der Hinterthür des brennenden Hauses hinab an den Fluß.

Dort war es nun ziemlich leer. Denn alle Goten und die gotenfreundlichen Römer waren dem König auf das Kapitol gefolgt, dort den Brand zu löschen. Er hatte ausdrücklich befohlen – ich hoffe zu seinem blutigen Verderben! – alle Nichtkämpfenden zu verschonen und nicht zu behelligen. So ließ man denn auch meine beiden Träger überall durch mit ihrer Last. Man glaubte, sie trügen einen Toten.

Und sie glaubten es selbst eine Zeitlang.

Im Fluß fanden sie einen leeren Fischerkahn voller Netze. Sie legten mich hinein, Syphax warf meinen blutigen Mantel mit dem purpurnen Abzeichen des »princeps Senatus« auf das Ufer, die Feinde zu täuschen – bedeckten mich mit Segeltüchern und Netzen und ruderten den Fluß hinab, durch die noch immer brennenden Nachen hindurch. Hinter diesen erwachte ich. Syphax wusch mir die Stirn mit Tiberwasser.

Mein erster Blick fiel auf das brennende Kapitol.

Sie sagen, mein erster Ruf war: »Umkehren! das Kapitol!« Und mit Gewalt mußten sie den Fieberwirren halten. Mein erster klarer Gedanke natürlich war: »Wiederkehr! Wiedervergelten! Wiedergewinnung Roms!«

Im Hafen Portus trafen wir ein italisches Getreideschiff. Darauf waren sieben Ruderer. Meine Retter hielten an dem Schiff, sich Brot und Wein zu erbitten. Denn beide waren auch verwundet. Da erkannten mich die Ruderer.

Einer wollte mich gefangen den Goten ausliefern, hoher Belohnung gewiß. Aber die andern sechs waren alte Schanzarbeiter von mir an dem Grabmal Hadrians: ich hatte sie jahrelang genährt. Sie erschlugen den siebenten, der laut die Goten heranrief und sie versprachen Lucius, mich zu retten, wenn sie irgend vermöchten.

In hohen Getreidehaufen bargen sie mich vor den gotischen Wachtschiffen, welche die Ausfahrt des Hafens hüteten. Lucius und Syphax ruderten mit in Schiffertracht. So entkamen wir. Aber am Bord dieses Schiffes war ich dem Tode nah durch meine Wunden. Nur des Mauren Pflege und die Seeluft hat mich gerettet. Tagelang, sagen sie, sprach ich nur die Worte: »Rom, Kapitol, Cäsar.«

Gelandet auf Sicilien bei Panormos im Schutz der Byzantiner, genas ich rasch: mein alter Freund Cyprianus, der mich einst zu Ravenna in den Palast Theoderichs eingelassen, da ich Präfekt von Rom werden sollte, empfing mich dort als Hafenarchon. Kaum genesen, ging ich von Sicilien nach Kleinasien oder wie ihr sagt, Asiana, auf meine Güter – du weißt, ich hatte herrliche Latifundien bei Sardes, Philadelphia und Tralles ...«

»Du hast sie nicht mehr, die säulenreichen Villen?«

»Ich verkaufte sie alle. Denn ich mußte doch sofort aufs neue Söldner werben, Rom und Italien zu befrein.«

»Tenax propositi!« rief staunend Prokopius. »Du hast die Hoffnung noch nicht aufgegeben?«

»Kann ich mich selbst aufgeben? Mit dem Erlös – er war nicht klein: die Villen an der Küste bei Ephesos und Jassos ließ Furius Ahalla kaufen – ging ich zu meinen alten Gastfreunden im Lande der Isaurier, Armenier und Abasgen. Einen Isaurerfürsten mußte ich totschlagen, weil er nachts mein Zelt überfiel und mein Gold ohne andere Gegenleistung als einen Dolchstoß gewinnen wollte. Darauf warb ich der Söldner eine gute Zahl.

Aber freilich: Narses hat sie teuer gemacht, er verwöhnt sie und verdirbt das Geschäft. Sie sterben nicht mehr so billig wie früher. Er hat viele tapfre Häuptlinge für sich gewonnen.

Ich mußte mich noch nach andern Völkern umthun.

Nun sitzt da unten in Pannonien ein nicht gar volkreicher, aber sehr wilder und tapfrer Germanenstamm, den ich durch deine Schilderungen, o Vortrefflicher, erst recht entdeckt – durch seine blutigen Kriege mit den Gepiden bekannt.«

»Ah,« rief Prokop, »die wilden Langobarden! Gott Gnade deinem Italien, wenn *die* je einen Fuß hineinsetzten. Der Langobarde ist wie der Wolf im Vergleich mit dem Schäferhund, dem Goten, gegen das goldvließige Schaf Italien.«

»Rom soll aber selber wieder die alte Wölfin werden.

Ich würde sie schon wieder hinausschaffen aus meinem Vaterland, die Barbaren des Alboin! Zu diesen Langbärten – denn das soll des Namen Sinn sein – hab ich Licinius auf Werbung geschickt. Mich freut es ganz besonders,« schloß er grimmig, »Germanen durch Germanen zu verderben. Rom gewinnt bei jeder Wunde, die sich Langobarde und Gote hauen.«

»Du hast die Weisheit des Tiberius aus deinem Tacitus gelernt. Aber laß den Tacitus stehn – er ist zu herbe. Hier ist ein ausgezeichnetes Getränk: Ammianus Marcellinus! Wirklich ein geistreicher Gesell!«

»Wie wird man dereinst »Prokopius« beim Trinken beurteilen?« – »Bauwerke,« sagte dieser: »muffig.« – »Perser- und Vandalenkrieg«: »goldklar,« sprach Cethegus.

»Gotenkrieg – zu sauer,« meinte dessen Verfasser, den Mund verziehend.

»Aber Geheimgeschichte«: lächelte Cethegus, »prickelnd: am Schluß der Mahlzeit nur tropfenweis zu schlürfen.«

»Bah, ein Brechmittel,« sagte Prokop, sich schüttelnd.

»Ich selbst aber,« fuhr Cethegus fort, »eilte hierher in die Höhle eures – soll ich sagen: Löwen?«

»Das wäre zu viel gesagt,« meinte Prokop: »selbst in den Bauwerken soll keine solche Lüge stehn.«

»Nun also: eures Fuchses oder Hamsters. Denn ich bin nicht so kühn wie der große Belisarius, mir einzubilden, mit Söldnerhaufen allein die Goten zu besiegen. Diese Barbaren haben das unverschämte Glück, ein Volk zu sein. Ihr König ist ihres Volkstums lebendiges Symbol. Es ist aber sehr schwer, *ein Volk* zu besiegen. Auch ein so plumpes, thörichtes, dumpfes Volk wie diese Barbaren.« – »Namentlich,« sprach Prokop beipflichtend, »ein Volk besiegen – ohne ein Volk.«

»Aber Byzanz ist, wenn kein Volk, ein Staat. Dieser Staat ohne Volk kann das Volk ohne Staat vernichten. Denn das ist ja kein Staat, was diese Goten ihr »Reich« nennen. Es ist nur die seßhaft gewordene Horde. Haben sie nicht unter jenem Witichis drei Heere in Waffen gegeneinander gehabt! Solcher Thorheit, Unreife, Barbarei ist auch das Byzanz deiner Geheimgeschichte noch überlegen. Kaiser Justinian hat ja sein Wort verpfändet, Italien zu befreien. Wohlan, er soll gemahnt werden, es zu lösen. Ich will ihn mahnen, so lange bis er's thut.«

»Da wirst du lang noch mahnen müssen.«

»So scheint's. Religion, Ruhm, Gold, nichts scheint ihn mehr zu rühren. Laß sehn, ob nicht die Furcht ihn rührt.«

»Die Furcht? Vor wem?«

»Vor Cethegus – und vor dem – Unbekannten. Ungenanntes Grauen ist stets das stärkste. Natürlich hoffte ich lebhaft auf die Kaiserin. Wir kannten uns in der Jugendzeit. Und wir wußten unsre Vorzüge zu schätzen schon damals. Sie war das schönste Weib, das ich – bis damals – gesehn. Und ich – nun: ich ...«

»War Cethegus,« sagte Prokop.

»Aber bei aller alten Neigung, die sie nicht verleugnete, als ich nun wieder vor sie trat: die Kaiserin war nicht für meinen Krieg. Ich verstehe sie darin nicht recht. Sie hält es plötzlich für christlicher, Kirchen zu bauen als Städte zu verbrennen. Woher diese Wandlung? Sie ist doch noch zu jung für die allgemeine Wanderung ihresgleichen von — nun, sagen wir, von Kypros nach Golgatha.«

»So weißt du nicht,« fiel Prokop ein, »was außer Justinian und dir — verzeih: Rom geht vor Byzanz: was außer dir und Justinian — das ganze Ostreich weiß?

Die schöne Kaiserin ist krank, ist innerlich verzehrt von einem furchtbaren Leiden. Du staunst? — Ja, sie erträgt nicht nur, sie verbirgt es auch mit unerreichter Willenskraft vor Justinian. Denn dieser größte und kleinste aller Selbstlinge haßt die Kranken: er kann nichts in seiner Nähe haben, was an Leiden und Sterben mahnt.

So gewaltig ihn die Kaiserin beherrscht, ich bin gewiß, entdeckte er ihr Leiden, er schickte sie, zärtlich besorgt, zur Heilung in die fernste Stadt des Reiches. Hat er es doch mit Germanus ähnlich gemacht, den er aufrichtig geliebt.

Darum trägt die Kaiserin Höllenqualen mit lächelndem Munde. Furchtbar sollen ihre Nächte sein. Aber bei Tage, in der Nähe des Kaisers, an der Tafel, in der Kirche, bei den Cirkusfesten birgt sie ihre Schmerzen mit übermenschlicher Kraft. Auch ihre Schönheit hat kaum merklich gelitten. Denn unerschöpflich ist das Arsenal ihrer Schönheitskünste. Nur noch zarter ist sie geworden. Aber fast noch gewaltiger an beherrschendem Geist.«

»Ein wunderbares Weib.«

»Ja, und so sehr sie im kleinen ihre Listen und Ränke pflegt: in großen Dingen, in Fragen des Staats läßt sie nie von ihrer Überzeugung.«

»Nie. Oder doch nur schwer. Schon wollte der Kaiser die Friedensvorschläge der Goten annehmen: Cassiodor und: ein andrer sollten siegen über mich. Theodora sprach nicht für den Krieg — und alles schien für mich verloren.

Da fiel mir noch im letzten Augenblick ein, auf ihre Frömmigkeit zu wirken.

Ich erfuhr durch sie selbst, daß Justinian die beiden Gesandten zu günstigem Bescheid in den Palast berufen.

Am gleichen Mittag eilte ich zu ihr und sprach: »Du bauest den Heiligen neue Kirchen mit allem deinem Golde. Du kannst doch höchstens noch hundert bauen. Und trittst du Italien den Goten ab, so entreißest du für immer mehr als tausend Kirchen Christus, dem Gottessohn, und überweisest sie seinen verhaßten Feinden, den arianischen Ketzern. Glaubst du, das wiegen deine hundert Bauten auf?« Das wirkte. Erschrocken sprang sie von dem Lager auf und rief:

»Nein, das ist eine Sünde, die ich nicht begehen will!

Sind wir zu schwach, jene Kirchen den Ketzern zu entreißen, wollen wir doch nimmermehr sie ihnen ausdrücklich zuerkennen. Niemals darf der Kaiser ihnen Italien friedlich überlassen! Danke dir, Cethegus: manche gemeinsame Sünde unsrer Jugend werden uns die Heiligen vergeben, weil du mich abgehalten von dieser schwersten Sünde.«

Und sie lud ihren Gemahl zu sich zur Tafel: und unter ihren Blumen, Gebeten und Küssen entbrannte Justinianus aufs neue für die Sache Christi, verwarf die Friedensvorschläge und der weise Cassiodor zog unverrichteter Dinge ab.

Der Friede ist verhütet. Den Krieg sofort zu erzwingen hab' ich noch kein Mittel. Aber ich werde es finden. Denn Rom muß frei werden von den Barbaren.«

Und ruhig hielt Cethegus inne, ergriff den Becher und trank: aber in ihm loderte tief verhaltne Leidenschaft.

## Achtes Kapitel

Prokopius legte ihm die Hand auf die Schulter und sprach: »Höre, Cethegus, ich staune. Ich staune, daß in unsrer Zeit des Niedergangs in einer Mannesbrust noch solche Kraft wohnt.

Und solches Feuer glüht für ein hohes, uneigennütziges Ziel, wie die Freiheit Roms. Sei dieses Ziel immerhin, wie ich glaube, ein glänzendes Traumbild. Und weil dies Ziel nicht ein selbstisches: darum verzeihe ich dir die mancherlei krummen, dunkeln Pfade, auf denen du gewandelt bist. Und andre Leute, wie zum Beispiel Belisar und mich, hast wandeln lassen, durch Arglist und Frevel hindurch. Von dem Tag an, da ich dein Ziel als ein selbstisches erkennen müßte – bei aller Bewunderung deines Geistes, deiner Kraft – ich müßte dir die alte Freundschaft künden.«

Cethegus aber lachte. »Hör' ich noch immer aus deinem Mund die halb platonische, halb christliche Ethik, wie in der Schule zu Athen! Alter Zögling du des Kaiserhofes und des Feldlagers? – hast du noch immer diese Mädchen-Moral?

Selbstisch – Unselbstisch? – Was, wer ist denn unselbstisch? Wer kann es sein? Jeder will in jedem Augenblick, was er wollen muß.

Ob ich der Befreier Roms werden will oder etwa sein Tyrann: beides ist gleich selbstisch. Denn die Liebe ist die größte, weil die süßeste Selbstsucht.«

»Und Christus? starb er vielleicht auch aus Selbstsucht?«

»Gewiß: aus einer edeln Schwärmerei! Sein Egoismus galt der Menschheit! Sie hat ihm danach vergolten: gekreuzigt haben sie ihn für seine Liebe. Wie Justinian Belisar, wie Rom Cethegus vergilt. Die Selbstsucht der Schwächlinge ist erbärmlich: die der Starken großartig. Das ist der einzige Unterschied der Menschen.«

»Nein, Freund! Das ist die Sophistik einer starken Leidenschaft. Das Höchste ist: das Gute nur durch gute Mittel anstreben. Zu diesem Höchsten ist Prokop zu klein, die Zeit zu schwach.

Aber laß uns wenigstens durch böse Mittel nur dem Guten dienen: nicht dem Bösen, nicht der Selbstsucht. Wehe mir, wenn ich einst an dir irre werden müßte. Ich glaube an den Schwerthelden Belisar, an den Geisteshelden Cethegus. Wehe, wenn mir aus meinem Heros Cethegus einst ein Dämon würde. Ich begreife, daß die Menschen dich scheuen, dich fürchten wie Lucifer, den gefallnen Engel des Morgensterns. »Alle seine Feinde erliegen vor ihm,« sagte mir einst Antonina, die dich abergläubisch fürchtet. Und sie hat recht. Gothelindis, Petros, unser pfiffiger Schulkamerad, der jetzt Marmor sägt und Steine klopft bei den Hunnen, Papst Silverius, den der Kaiser immer noch auf Sicilien gefangen hält, wie Scävola und Albinus: dem hat er seine Seele, d. h. sein Geld genommen.«

»Ich könnte die Beispiele noch mehren,« sagte Cethegus, die Brauen zusammenziehend. »Aber ich will die zürnenden Schatten nicht heraufbeschwören aus ihrer Grabesruhe. Nur den dicken Balbus,« lachte er, »will ich erwähnen. Ich hatte ihm die Ehre zugedacht, wie Gottes Sohn zu sterben.

Aber er hat sich *seinem* Gott, d. h. seinem Bauch, freiwillig geopfert. Von Quintus Piso, den der Barbarenkönig aus der Gefangenschaft ohne Lösegeld entließ, wie Marcus Massurius und Salvius Julianus, erfuhr ich sein Ende.

Er bestach die gotischen Wachen, die das Unmaß des Fressens der Heißhungrigen verhüten sollten, mit seinen letzten Goldstücken, ihn essen zu lassen, solang er wollte. Er aß drei Stunden. In der vierten war er tot. Er starb im Dienst! Aber was hilft all' das Verderben meiner kleinen Feinde? Solang in Rom ein Feind triumphierend thront, der wahrlich groß ist« – und er hielt inne, dann fuhr er grimmig fort – »aber nur an sinnlosem, maßlosem Glück.«

»Bist du nicht ungerecht gegen diesen König Totila? Wird nicht dereinst sein Geschichtschreiber anders ...?«

»Ich aber bin nicht dereinst sein Geschichtschreiber. Ich bin jetzt sein Feind bis zum Tode. Ha, der Tag, da dieses Knaben Herzblut mir von des Speeres Spitze träuft – ich muß ihn noch erleben.

Begreifen kann ich Achilleus, der die Leiche des erschlagnen Hektor dreimal um die Wälle schleift. Seit ich kämpfe um mein Rom, steht immer und immer wieder, und meistens sieghaft, dieser Blondkopf mit dem Mädchenantlitz mir entgegen.

Er hat mir meinen Liebling und mein Rom und zuletzt noch meinen edeln Pluto genommen: wie Piso erzählt, fanden sie, den Reiter verfolgend, das Roß, wo es Syphax geborgen am Tiber: und der Barbar hat von aller römischen Beute nur das »Roß des Präfekten« für sich genommen. Schleudre ihn doch, mein Pluto, kopfüber und zerstampfe ihm mit den Hufen das Hirn.«

»Du hassest heiß!«

»Ja, diesen haß' ich nicht nur aus Vernunft: aus angeborner Feindschaft der Natur. Als ich ihm das Forum romanum räumen mußte, hab' ich's ihm gelobt: er stirbt von meiner Hand.

Aber,« schloß er sich beruhigend, »wann? wann?

Wann find ich das Mittel, diesen trägen Koloß, den man Justinianus, den Kaiser der Romäer nennt, auf das Gotenreich zu stürzen? Wann ruft das Schicksal wieder mit ehernem Tubaton mich auf mein großes Schlachtfeld Italien?«

Da drängte sich eilfertig Syphax durch die Vorhänge des Gemachs. »Herr,« sprach er, sich neigend, »ich heische Botenlohn. Es hat irgendwo gewittert: es zieht wohl rasch gegen diese Stadt. Es braut und spinnt was in der Luft. Im goldnen Palast ist geschäftige, unheimliche Bewegung. Wachen sind an alle Thore geschickt, eintreffende Boten sogleich in geschlossenen Sänften zum Kaiser zu führen. Die Boten sollen mit niemand sprechen. Und soeben gab in deinem Hause ein goldgleißender Sklave diesen Brief ab – von der Kaiserin.«

Hastig riß Cethegus die Purpurschnüre hinweg von dem Siegel, der Taube – war es die von Kypros oder die vom Pfingstfest? – und las: »An den Jupiter des Kapitols. Verlasse morgen dein Haus nicht, bis ich dich entbiete. Morgen rufen dich dein Schicksal und – Kypris.«

## Neuntes Kapitel

Am andern Morgen stand Kaiser Justinian in tiefem Nachdenken vor dem hohen, heiligen Goldkreuz in seinem Gemach.

Sein Ausdruck war sehr ernst, aber nicht bestürzt und nicht zweifelig. Entschlossene Ruhe lag heute auf seinen Zügen, die, sonst nicht schön oder edel, in diesem Augenblick Geistesschärfe und Überlegenheit verrieten. Er erhob Stirn und Augen fast drohend gegen das Goldkreuz und sprach: »Auf harte Proben, Gott des Kreuzes, stellst du deinen treuen Knecht! Mir ist, Herr Christus, ich hätte Besseres um dich, von dir verdient! Du weißt ja doch, was alles ich gethan, zu deines Namens Ehre! Warum triffst du mit deinen Schlägen nicht deine Feinde, die Heiden, die Ketzer? Warum mich? Aber da du's nun einmal so gewollt, sollst du erfahren: Justinianus kann noch mehr als Kirchen bau'n und Bilder weihn.«

Und er schritt durch das Gemach: sein Blick fiel auf die Büsten der Kaiser, welche hier an den Wänden auf kleinen Sockeln prangten.

»Großer Constantinus, Gründer dieses Ostreichs, Schirmherr des rechten Glaubens! Bangst du für dein Werk? Bange nicht: getrost! du hast's gebaut und Justinianus wird's erhalten. Ihr andern alle hattet's leicht, groß sein, Großes schaffen: Augustus – die Antonine – Trajanus – Hadrianus: ihr alle wart noch im Aufgang oder auf den Höhen. Ich aber soll das Rad aufhalten, das von dem Gipfel niederrollt. Und ich will's aufhalten. Und ich hab' es schon aufgehalten. Und hab' es mühevoll auch wieder ein gut Stück emporgehoben. Ich sehe euch getrost ins Antlitz: ich schäme mich nicht vor euch. Wo ist der wilden, ketzerischen Vandalen Reich? Der Enkel Geiserichs, des gefürchteten Seekönigs, kniete vor mir im Hippodrom. Laß sehen, ob Justinian nicht wie Karthago auch Rom zurückgewinnt. Sie wollen den Frieden ertrotzen, die Barbaren, in Italien: sie sollen ihn finden, den Frieden des Grabes!«

Da meldete der Velarius: »Herr, der Senat ist versammelt im Saale von Jerusalem. Die Kaiserin betritt soeben die Löwentreppe.«

»Gut,« sagte Justinian, »geh. Die Stunde der Prüfung ist gekommen für Theodora. Und für sie alle, die sich meine Räte nennen. Sie sind nie verlegen, wenn es kleine Mittel gilt für kleine Ziele. Wenn sie, behaglich auf den Seidenpolstern sitzend, Verbannung und Konfiskation über ihre Amtsgenossen rechtfertigen sollen, wie scharfsinnig, wie erfinderisch sind sie! Des Reiches und des Kaisers Majestät ist das Alpha und Omega dieser Sklavenlippen. Laß sehen, ob sie auch heute dran gedenken. Nur heute versage mir nicht, du höchste Kunst des Herrschers: undurchschaubare, tief ausholende Verstellung. Heute gilt es, eure Kraft erproben, ihr Staatsmänner von Byzanz. Ich ahne, wie ihr bestehen werdet. Und mich freut's. Eure Erbärmlichkeit ist die beste Stütze meines Throns. Und die beste Rechtfertigung meines Regiments. Klar soll euch werden in eure erschrokkenen Herzen hinein, daß ihr einen Zwingherrn braucht, ihr feigen, ehrlosen, ratlosen Sklaven!«

Da erschienen die Kämmerer, das Ankleidepersonal.

Justinian vertauschte nun das Morgengewand mit der kaiserlichen Staatstracht. Knieend halfen ihm dabei die Vestiarii.

Er legte die weiße, bis an die Kniee reichende Tunika an von weißer Seide, an beiden Seiten mit Gold besetzt und durch einen purpurfarbenen Gürtel gehalten: auch die ganz eng anschließenden Beinkleider waren von Seidenstoff und Purpurfarbe. Über die Schulter warf ihm der Mantelsklave den prachtvollen Kaisermantel von hellerer Purpurfarbe mit breitem Clavus (Saum) von Gold, in welchem rote Kreise und in grüner Seide gestickte symbolische Tiergestalten, zumal Vögel, wechselten; aber die verschwenderisch darübergestreuten Perlen und Edelsteine machten die Zeichnung kaum erkennbar und den ganzen Mantel so schwer, daß die Hilfe der Schleppträger nicht unerwünscht sein mußte.

Jeden Unterarm bedeckten drei breite goldne Armringe. Das Diadem, links und rechts breit vom Kopf abstehend, von massivem schwerem Golde, war von zwei Perlenbogen überwölbt. Den Mantel hielt auf der rechten Schulter eine kostbare Spange mit großen Edelsteinen. In die Hand gab ihm der Scepterverwahrer den über mannslangen goldnen Herrscherstab, der oben die Weltkugel aus einem einzigen großen Smaragd und darauf das Goldkreuz trug.

Fest ergriff ihn der Kaiser und sprang von der Kline auf.

»Noch die Sandalen, Herr, die Kothurn-Sandalen,« mahnte ein knieender Kämmerer.

»Nein, heute brauch ich keinen Kothurn,« sprach Justinian und schritt aus dem Gemach.

Über die Löwentreppe, benannt von vierundzwanzig aus Karthago von Belisar eingebrachten hohen Marmorlöwen, welche die zwölf Stufen von beiden Seiten bewachten, stieg der Kaiser in ein tieferes Geschoß und in den großen Beratungssaal des Palastes, den »Saal von Jerusalem«.

Dieser trug seinen Namen von den Porphyrsäulen, Onyxschalen, Goldtischen, und zahllosen Goldgeräten, die, an den Wänden und auf Halbsäulen angebracht, der Überlieferung nach dereinst den Tempel von Jerusalem geschmückt. Von dort hatte Titus nach der Eroberung der Stadt diese Schätze nach Rom entführt. Aus Rom hatte sie der Meerkönig Geiserich auf seinen vandalischen Drachenschiffen, gleichzeitig mit der Kaiserin Eudoxia, nach seiner Hauptstadt Karthago getragen. Und nun hatte sie Belisar aus Afrika dem Kaiser des Ostreichs zugeführt.

Die Kuppel des Saales war dem Himmelsgewölbe nachgebildet, aus kostbaren blauen Halbedelsteinen zusammengefügt: und außer der Sonne, dem Mond, dem Auge Gottes, dem Lamm, dem Fisch, den Vögeln, der Palme, der Rebe, dem Einhorn und andern christlichen Sinnbildern war der ganze Zodiakus und waren zahllose Sterne aus massivem Golde in die Mosaikarbeit eingelassen. Die Kosten dieser Kuppel allein schlug man in Byzanz so hoch an als das Gesamterträgnis der Grundsteuer des ganzen Reiches für fünfundvierzig Jahre.

Gegenüber den drei hohen Eingangbogen, die von Vorhängen geschlossen und außerhalb des Saales – es war der einzige Eingang – von der kaiserlichen Leibwache der »Goldschildner« in dreifacher Kette gehütet waren, erhoben sich in der Tiefe des halbrunden Saales der Thron des Kaisers und, links von diesem, etwas niedrer, der der Kaiserin.

Als Justinian den Saal betrat mit großem Gefolge der Palastdiener, warfen sich alle Versammelten, die höchsten Würdenträger des Reiches, auf das Antlitz zu demütiger Proskynese.

Auch die Kaiserin erhob sich, beugte tief das Haupt und kreuzte die Arme auf der Brust: ihre Kleidung war der des Gemahls ganz ähnlich: auch ihre weiße Stola überwallte der Pupurmantel, dem jedoch der kaiserliche Clavus fehlte. Auch sie trug ein Scepter, aber nur ein ganz kurzes, aus Elfenbein.

Einen matten, aber verachtungsvollen Blick warf die Herrscherin über die Patriarchen, Erzbischöfe, Bischöfe, Patricier und Senatoren, welche, über dreißig an der Zahl, die im Halbkreis aufgestellten goldnen Stühle mit den Seidenpolstern füllten.

Durch den in der Mitte den Saal teilenden Gang schritt nun Justinianus und bestieg mit raschem, sicherem Schritt seinen Thron, das Scepter schwingend.

Zwölf der ersten Palastbeamten standen auf den Stufen der beiden Throne, weiße Stäbe in den Händen. Trompetenschall gab nun den auf das Antlitz Gesunkenen das Zeichen, sich zu erheben.

»Wir haben euch berufen,« hob der Kaiser an, »heilige Bischöfe und erlauchte Senatoren, in schwerer Sache euren Rat zu hören. Aber warum fehlt unser Magister Militum per Orientem, Narses?«

»Er ist gestern erst aus Persien eingetroffen – er liegt schwer krank zu Bett,« meldete der Proto-Keryx.

»Unser Quästor sacri palatii Tribonianus?«

»Ist noch nicht zurück von deiner Sendung nach Berytus um die Codices.«

»Warum fehlt Belisarius, unser Magister Militum per Orientem extra Ordinem?«

»Er wohnt nicht in Byzanz, sondern drüben in Asien, in Sycae, im roten Hause.«

»Er hält sich sehr abseits im roten Hause. Das mißfällt uns. Was entzieht er sich unserm Blick?«

»Er war dort nicht zu finden.«

»Auch nicht im Hause seines Freigelassenen Photius, im Muschelhaus?«

»Er war auf die Jagd geritten, die persischen Jagd-Leoparden zu erproben,« sagte Leo, der comes spathariorum.

»Er ist nie da, wenn man ihn braucht. Und immer, wenn man ihn nicht braucht. Ich bin nicht zufrieden mit Belisarius. – Vernehmt nun, was geschehen, was uns in den letzten Tagen durch viele Briefe zuging: zuletzt sollt ihr auch mündlichen Bericht der Boten hören.

Ihr wißt: wir haben den Krieg in Italien einschlafen lassen, weil wir – andre Aufgaben hatten für unsre Feldherrn. Ihr wißt: der Barbarenkönig bat um Frieden, um Überlassung Italiens. Wir wiesen das damals ab, gelegene Zeit erwartend.

Antwort hat der Gote nicht in Worten, in sehr verwegnen Thaten gegeben. Ihr wißt noch nicht davon: niemand in Byzanz – wir behielten die Nachricht für uns, sie unmöglich, oder doch übertrieben erachtend. Aber wahr ist alles, was gemeldet ward: vernehmt und dann erteilet Rat.

Eine Flotte und ein Heer hatte der Barbarenkönig nach Dalmatien geschickt in aller Heimlichkeit und Eile. Die Flotte lief in den Hafen von Muicurum bei Salona: und das gelandete Heer nahm die feste Stadt mit Sturm. Ebenso überraschte die Flotte die Seestadt Laureata.

Claudianus, unser Befehlshaber zu Salona, schickte zahlreiche und stark bemannte Dromonen, den Goten die Stadt wieder zu entreißen. Aber in einer großen Seeschlacht schlug ein Gotenherz, Guntharis, diese unsere Flotte dermaßen, daß er alle Dromonen ohne Ausnahme eroberte und siegreich in den Hafen von Laureata einführte.

Eine zweite Flotte von vierhundert großen Schiffen rüstete der König bei Centumcellä aus. Sie war meistenteils gebildet aus unsern Dromonen, die, vom Orient aus nach Sicilien für Belisar gesendet, in Unkenntnis, daß die italischen Häfen wieder in der Hand der Goten, mit aller Bemannung und Ladung waren weggenommen worden von einem Gotengrafen – Grippa. Das Ziel auch dieser neu geschaffenen Flotte war unbekannt.

Plötzlich erschien der Barbarenkönig selbst mit dieser Flotte vor Regium, der festen Hafenstadt an der äußersten Südspitze Bruttiens, die wir gleich bei der ersten Landung gewonnen und seither nicht wieder verloren hatten. Nach tapferm Widerstand ergaben sich die Heruler und Massageten unserer Besatzung.

Der Tyrann Totila aber wandte sich nun rasch nach Sicilien, diese früheste Eroberung Belisars uns wieder zu entreißen. Er schlug den Römer Comes Domnentiolus, der ihm ins offene Feld entgegentrat, und gewann rasch das ganze Eiland. Nur Messana, Panormos und Syracusä schützten noch ihre festen Mauern. Eine Flotte, die wir zum Schutze, zur Wiedergewinnung von Sicilien aussandten, zerstreute der Sturm. Eine zweite blies der Nordwest in den Peloponnes zurück.

Gleichzeitig segelte eine dritte Trierenflotte dieses unerschöpflichen Königs unter einem Grafen Haduswinth gegen Corsica und Sardinia. Die erstere Insel fiel alsbald den Goten zu, nachdem die kaiserliche Besatzung ihrer Hauptstadt Aleria in offener Schlacht geschlagen war. Der reiche Corse Furius Ahalla, dem der größte Teil des Eilands gehörte, war zwar fern in Indien. Aber seine Institoren und Colonen waren angewiesen, im Fall einer Landung der Goten diesen keinen Widerstand, sondern beste Förderung zu leisten.

Von Corsica wandten sich die Barbaren nach der Insel Sardinia. Hier schlugen sie bei Karalis die Truppen, die unser Magister Militum von Afrika zur Beschützung der Insel herübergeschickt. Und sie nahmen diese Stadt, wie Sulci, Castra, Trajani und Turres in Besitz.

Auf beiden Eilanden aber, auf Corsica und auf Sardinia, richten sich die

Goten häuslich ein. Sie behandeln dieselben als dauernd erworbene Zubehörden ihres Reiches in Italien. Sie setzten Gotengrafen in allen Städten ein. Und sie erheben nach gotischem Verfassungsrecht die Steuern. – Diese sind – unbegreiflich! – viel geringer als die unseren. Und die Unterthanen dort erklären schamlos: sie zahlen lieber den Barbaren fünfzig als uns neunzig.

Aber nicht genug.

Nordöstlich heraufsegelnd von Sicilien vereinte der Tyrann Totila sein Geschwader mit einer vierten Flotte unter Graf Teja auf der Höhe von Hydrus. Eine dieser vereinten Flotten, unter Graf Thorismuth, landete auf Corcyra, nahm die Insel in Besitz und gewann von dort aus alle umliegenden Eilande, zumal die Sybotischen Inseln.

Aber noch nicht genug.

Der Tyrann Totila und sein Graf Teja griffen bereits das Festland unseres Reiches an.«

Ein Murmeln des Schreckens unterbrach hier den kaiserlichen Redner.

Finster und grimmig fuhr dieser fort: »Sie landeten in dem Hafen von Epirus vetus, eroberten die Städte Nikopolis und Anchisus, südwestlich von dem alten Dodona, und nahmen eine Menge unserer Schiffe in jenen Küstengewässern weg. Das bisher Mitgeteilte mochte nur euren Unwillen erregen über die Verwegenheit der Barbaren. Aber nun vernehmt, was euch anders ergreifen mag. Kurz gesagt und klar: nach den gestern hier eingetroffenen Boten ist es gewiß: Die Goten sind in vollem Anzug auf Byzanz.«

Da sprangen einzelne der Senatoren von ihren Stühlen.

»In doppeltem Angriff. Ihre versammelten Geschwader, von Herzog Guntharis, den Grafen Markja, Grippa und Thorismuth geführt, haben in zweitägiger Seeschlacht unsere Flotte der Inselprovinz geschlagen und in die Meerenge von Sestos und Abydos getrieben.

Ihr Landheer aber, unter Totila und Teja, zieht quer durch Thessalien über Dodona gegen Makedonien: schon ist Thessalonike bedroht. Die »neuen Mauern«, die wir dort gebaut, hat dieser Graf Teja gestürmt und geschleift.

Die Straße nach Byzanz liegt ihnen offen. Und kein Heer steht mehr zwischen uns und den Barbaren. All' unsere Truppen liegen an der Persergrenze.

Und nun vernehmt, was uns der Barbarenkönig bietet. Glücklicherweise hat ihn ein Gott bethört und unsre Schwäche ihm verhüllt.

Hört es: er bietet uns abermals den Frieden unter den gleichen Bedingungen wie vor Monaten.

Nur Sicilien verlangt er jetzt dazu. Aber alle andern Eroberungen will er ohne Schwertstreich räumen, wenn wir ihn nur in Italien anerkennen.

Da ich gar kein Mittel, weder Segel noch Kohorte, hatte, ihn aufzuhalten, rückte er vor, so habe ich einstweilen Waffenstillstand gefordert. Diesen nahm er an, unter der Voraussetzung, daß der Friede unter jenen Bedingungen geschlossen werde.

Das sagte ich zu.«

Hier warf er einen prüfenden Blick auf die Versammlung, auch einen Seitenblick auf seine Kaiserin.

Die Versammelten atmeten sichtlich auf.

Die Kaiserin schloß die Augen, deren Ausdruck zu verbergen. Sie drückte die kleine Hand krampfhaft auf die goldne Lehne ihres Throns.

»Nur unter dem Vorbehalt, noch meiner Gemahlin, die zuletzt nur noch für den Frieden sprach, und meines weisen Senates Meinung zu vernehmen. Ich fügte bei, ich sei dem Frieden geneigt.«

Da glätteten sich die Gesichter bedeutend.

»Und ich glaubte das Urteil meiner Räte voraussagen zu können. Darauf hin machten die vordringenden Reiter Graf Tejas auf Befehl des Königs widerwillig Halt vor Thessalonike: leider nahmen sie noch vorher den Bischof der Stadt gefangen. Aber sie sandten ihn mit andern Gefangnen, mit Boten und Briefen hierher, vernehmt sie selbst. Dann fasset euren Entschluß.

Bedenkt aber dabei, daß die Barbaren in wenigen Tagen vor unsern Thoren stehen, verwerfen wir den Frieden.

Und daß wir nur abtreten sollen, was das Reich seit vielen Jahrzehnten aufgegeben hatte und was zwei Feldzüge Belisars nicht wieder gewinnen konnten: Italien. Führt nun die Boten ein.«

Durch die Eingangsbogen wurden nun von den Leibwachen herein geleitet Männer in geistlicher, in Amts- und Kriegertracht. Sie warfen sich vor Justinians Thron nieder unter Zittern und Seufzen: auch Thränen fehlten nicht. Auf einen Wink erhoben sie sich wieder und stellten sich vor den Stufen des Thrones auf.

»Eure Bittbriefe und Klageberichte,« sprach der Kaiser, »hab' ich gestern schon durchlesen. Protonotarius, verlies nur den einen, den gemeinsamen des gefangenen Bischofs von Nikopolis und des verwundeten Comes von Illyricum: der ist seither seinen Wunden erlegen.«

»An Justinianus, den unbesiegbaren Kaiser der Romäer. Dorotheos, Bischof von Nikopolis, und Nazares, comes per Illyricum.

Der Ort, wo wir dies schreiben, ist der beste Beweis für den Ernst unsrer Worte. Wir schreiben dies an Bord des Königsschiffs des Gotenfürsten, »Italia« mit Namen. Bekannt ist dir wohl, wann du diese Worte liesest, der Flotten Niederlage, der Inseln Verlust, der »neuen Mauern« Erstürmung, des Landheers von Illyricum Zerstreuung.

Rascher als die Boten, rascher als die Flüchtlinge von diesen Schlachten haben uns die gotischen Verfolger erreicht. Nikopolis hat der Gotenkönig erobert und verschont. Anchisus hat Graf Teja erobert und verbrannt.

Ich, Nazares, diene dreißig Jahre in Waffen: nie hab' ich solchen Angriff gesehen, wie den, bei welchem Graf Teja mich im Thore von Anchisus niederschlug. Er ist unbezwingbar! Seine Reiter fegen durch alles Land von Thessalonike bis Philippi.

Die Goten im Herzen von Illyricum! Seit sechzig Jahren ist es unerhört! Und der König hat geschworen, alle Jahre wiederzukehren bis er den Frieden hat oder – Byzanz. Seit er Corcyra hat und die Syboten, steht er auf der Brücke in dein Reich. Und da Gott das Herz dieses Königs gerührt hat, daß er dir Frieden bietet um billigen Preis – ja nur um den Preis, den er schon hat – flehen wir dich an, im Namen deiner zitternden Unterthanen, deiner rauchenden Städte: schließe Frieden. Rette uns und rette Byzanz!

Denn eher werden deine Feldherrn Belisar und Narses die Morgensonne und den Nordsturm aufhalten auf ihren Bahnen als den König Totila und diesen fürchterlichen Teja.«

»Beide Briefschreiber waren gefangen,« unterbrach der Kaiser. »Sie reden vielleicht aus Furcht vor der Barbaren Todesbedrohung. Sprecht nun ihr: du, ehrwürdiger Bischof Theophilos von Thessalonike, du, Logothetes von Dodona, Anatolius, du, Parmenio, tapferer Führer der makedonischen Lanzen: ihr seid hier sicher in unsrem kaiserlichen Palast: aber ihr habt die Barbarenführer gesehn: was ratet ihr?«

Da warf sich der greise Bischof von Thessalonike abermals auf die Kniee und sprach: »O Kaiser der Romäer: der Barbarenkönig Totila ist ein Ketzer. Und ewig verdammt. Das könnte mich irre machen an den Grundlehren der Kirche. Denn nie sah ich einen Mann so reich geschmückt mit allen christlichen Tugenden. Ringe nicht mit ihm! Im Jenseits ist er verworfen auf ewig. Aber – ich kann es nicht fassen – auf Erden segnet die Gnade Gottes alle seine Schritte: er ist unwiderstehlich.«

»Ich faß' es wohl,« fiel Anatolius, der Logothetes, ein.

»Schlauheit gewinnt ihm die Herzen: tiefste Heuchelei, Verstellung, die all' unsre viel gerühmte und gescholtene Griechenklugheit übertrifft. Der Barbar spielt die Rolle des erbarmenden Menschenfreundes so unübertrefflich täuschend, daß er beinahe auch mich getäuscht hätte, bis ich mir sagte, daß es dergleichen in der Welt nicht geben könne, was dieser Gote – spielt wie ein Mime. Er thut, als ob er wirklich Erbarmen habe mit besiegten Feinden! Er speist die Hungernden, er läßt das erbeutete Geld deiner Steuerkassen, o Kaiser, unter die Landleute verteilen, deren Felder durch den Krieg gelitten. Er giebt den Männern die Weiber unversehrt zurück, die diese in die Wälder geflüchtet und seine Reiter, die allgegenwärtigen, gefunden haben. Er reitet unter Harfenspiel eines schönen Knaben, der ihm des Rosses Zügel führt, in die Dörfer ein. Weißt du, was die Folge ist? Deine eignen Unterthanen, o Kaiser der Romäer, fallen ihm zu, tragen ihm Kundschaft, liefern ihm deine Beamten, die deinen strengen Steuergeboten gehorchten, in Ketten aus. So mich selber die Bauern und Colonen von Dodona.

Dieser Barbar ist der größte Schauspieler des Jahrhunderts. Denn Wahrheit kann's nicht sein.

Dieser kluge Heuchler hat aber zu noch viel mehr Dingen Verstand als zum Zuschlagen. Er hat mit den fernen Persern, mit deinem Erzfeind Chosroës, Verbindungen angeknüpft zu gegenseitiger Waffenhilfe wider dich. Wir haben selbst die persischen Gesandten gesehen, die aus seinem Lager wieder ostwärts ritten.«

Der Makedonen-Hauptmann aber sprach: »Beherrscher der Romäer: seit Graf Teja die Heerstraße von Thessalonike gewonnen hat, steht nichts mehr zwischen deinem Thron und seiner schrecklichen Streitaxt als die Mauer dieser Stadt. Wer die »neuen Mauern« dort achtmal nacheinander bestürmt und aufs neuntemal erstiegen hat, der ersteigt aufs zehntemal die

Wälle von Byzanz. Nur mit siebenfacher Übermacht hältst du die Goten auf. Hast du die nicht, dann schließe Friede.«

»Friede! Friede! wir flehen dich an im Namen deiner zitternden Provinzen Epirus, Thessalien, Makedonien.«

»Schaff' uns die Goten aus dem Lande!«

»Laß nicht Alarichs, Theoderichs Tage sich schrecklicher erneuen.«

»Friede mit den Goten! Friede! Friede!«

Und alle die Gesandten, Bischöfe, Beamten, Krieger sanken auf die Kniee mit dem flehenden Rufe: »Friede!«

Denn furchtbar war der Eindruck dieser Nachrichten auf die Versammlung.

Wohl kam es oft vor, daß an den äußersten Marken des Reiches Perser und Saracenen im Osten, Mauren im Süden, Bulgaren und Slaven im Nordwesten plündernd über die Grenze brachen, auch wohl die nächsten Truppen schlugen und mit ihrem Raub ungestraft wieder entkamen.

Aber, daß auf die Dauer griechische Inseln von den Feinden besetzt, daß griechische Küstenstädte von Barbaren gewonnen und verwaltet, daß die Straßen nach Byzanz von Germanen beherrscht wurden, das war seit acht Jahrzehnten unerhört.

Mit Entsetzen gedachten die Senatoren der Tage, da gotische Schiffe und gotische Heere alle griechischen Inseln überzogen und wiederholt die Wälle von Byzanz bestürmten, nur durch Erfüllung aller ihrer Forderungen von der Erstürmung abzubringen: schon hörten sie die Beilschläge des schwarzen Teja an die Thore pochen. So lag der Ausdruck hilfloser Furcht auf allen Gesichtern.

Ruhig prüfend blickte Justinian zur Rechten und zur Linken auf die Reihen.

»Ihr habt gehört,« begann er dann, »was Kirche, Staat und Heer verlangen. Ich fordre nun euren Rat. Waffenstillstand haben wir schon erreicht. Soll neuer Krieg, soll Friede daraus werden? Ein Wort erkauft den Frieden: Abtretung des doch verlornen Italiens. Wer von euch für den Krieg, erhebe seinen Arm.«

Kein Arm erhob sich.

Denn die Senatoren bangten für Byzanz; und sie hatten an der Friedensneigung des Kaisers keinen Zweifel.

»Einstimmig wählt mein Senat den Frieden. Ich sah's voraus,« sagte Justinian mit einem seltsamen Lächeln. »Ich bin gewohnt, stets meinen weisen Räten zu folgen. Und meine Kaiserin?«

Da sprang Theodora wie eine bäumende Schlange von ihrem Sitz und schleuderte ihr elfenbeinernes kurzes Scepter so heftig von sich, daß es weit in den Saal hinabflog.

Schreck malte sich in den Zügen der Senatoren.

»So fahre hin,« rief sie mit aller Anstrengung, »was mein Stolz gewesen, jahrelang: mein Glaube an Justinian und seine Kaiserhoheit! So fahre hin jeder Anteil an der Sorge für das Reich und seine Ehre. Wehe, Justinianus, wehe mir und dir, daß ich solche Worte hören mußte aus deinem Mund!«

Und sie verhüllte das Haupt in ihren Purpurmantel, die Schmerzen bergend, welche die Erregung ihr verursacht.

Der Kaiser wandte sich zu ihr. »Wie, die Augusta, unsre Gemahlin, die seit Belisars zweiter Heimkehr immer zum Frieden riet, mit kurzer Ausnahme, sie rät, jetzt, in solchen Gefahren ...?«

»Krieg!« rief Theodora, den Purpur fallen lassend.

Und ihr Angesicht wurde schön in hohem Ernst, wie es nie war in spielendem Scherz.

»Muß ich, dein Weib, dich mahnen an deine Ehre?

Du willst es dulden, daß Barbaren in deinem Reiche sich festsetzen, dich durch Bedrohung zu ihrem Willen zwingen? Du, der geträumt von Wiederherstellung des Reiches Constantins? Du, Justinianus, der du die Namen Persicus, Vandalicus, Alanicus und Goticus dir zugelegt, willst dulden, daß dieser gotische Jüngling dich am Barte dahin zerrt, wohin er will? Dann bist du nicht der Justinianus, den seit Jahren die Welt, Byzanz, Theodora bewundert. Ein Irrtum war unsere Verehrung.«

Da ermannte sich der Patriarch von Byzanz – er glaubte immer noch, der Kaiser habe den Frieden bereits unwiderruflich beschlossen – zum Widerstand gegen die Kaiserin, die leider nicht immer haarscharf die von ihm gerade vertretene, feine Schattierung der Rechtgläubigkeit traf.

»Wie,« sprach er, »die erhabne Frau rät zum blutigen Krieg? Wahrlich, die heil'ge Kirche hat nicht Ursache für die Ketzer zu sprechen. Indessen: der neue König ist wunderbar mild gegen die Katholiken in Italien und man kann ja gelegnere Zeit abwarten, bis ...«

»Nein, Priester,« unterbrach Theodora, »die beschimpfte Ehre dieses Reiches kann nicht warten. O Justinianus –« dieser schwieg immer noch beharrlich und schloß die Augen, auf daß deren Ausdruck nicht seine Stimmung verrate. »O Justinianus, laß mich, laß die Welt nicht irre an dir werden. Du darfst dir nicht schimpflich abtrotzen lassen, was du der Bitte verweigert! Muß ich dich mahnen, wie schon einmal deines Weibes Rat und Kraft und Mut dich, deine Ehre, deinen Thron gerettet hat?

Hast du vergessen den furchtbaren Aufstand der Nika?

Vergessen, wie die vereinten Parteien des Cirkus, die Grünen und die Blauen, der rasende Pöbel von Byzanz heranwogten gegen dieses Haus?

Die Flammen und die Rufe: ›nieder die Tyrannen!‹ schlugen zusammen über diesem Dach. Flucht oder Nachgeben rieten dir alle deine Räte, alle diese heiligen Bischöfe und weisen Senatoren, auch deine Heerführer. Denn Narses war fern in Asien. Und Belisarius war schon eingeschlossen von den Rebellen im Meerpalast.

Alle verzagten sie, die Männer.

Da war dein Weib, Theodora, der einzige Held an deiner Seite. Gabst du nach oder flohest du, so war dein Thron, dein Leben, ganz gewiß aber deine Ehre verloren. Du schwanktest, du neigtest zur Flucht.

›Bleib und, wenn es sein muß, stirb,‹ sagte ich damals, ›Justinian, aber stirb im Purpur.‹

Und du bliebest: und dein Mut hat dich gerettet: du harrtest aus, den Tod auf dem Thron erwartend mit mir – aber – Gott sandte Belisar zum Entsatz und Sieg.

So spreche ich auch jetzt. Weiche nicht, Kaiser der Romäer, gieb nicht nach den Barbaren. Bleibe fest: laß dich von den Trümmern des goldnen Thors begraben, sprengt es jenes wütigen Goten Beil.

Aber stirb als Kaiser!

Befleckt ist dieser Purpur von maßloser Frechheit der Germanen. Hier werf' ich ihn von mir und ich schwör's, bei der heiligen Weisheit Gottes: nicht eher wieder leg ich ihn an, bis kein Gote mehr auf dieses Reiches Boden steht.«

Und sie riß den Purpurmantel ab und schleuderte ihn auf die Stufen des Thrones: dann aber, tief erschöpft, war sie im Begriff auf den Sitz zurückzusinken.

Allein Justinianus fing sie auf in seinen Armen und drückte sie an seine Brust. »Theodora,« rief er mit leuchtenden Augen, »mein herrlich Weib! Du brauchst keinen Purpur um die Schultern: dein Geist ist in Purpur gekleidet. Du allein verstehst Justinianus. Krieg und Verderben den Barbaren!«

Schrecken und Staunen befiel die bebenden Senatoren bei diesem Schauspiel.

»Ja,« sprach der Kaiser, zu diesen gewendet, »weise Väter, diesmal waret ihr allzuklug, um weise, um Männer zu sein. Wohl ist es eine Ehre, der Nachfolger Constantins zu heißen. Aber keine Ehre ist es, *euer* Herr zu sein. Recht haben, fürcht' ich, unsre Feinde: nur den Namen, die tote Mumie Romas hat Constantin hierher verpflanzt: die Seele Romas war bereits entflohn.

Weh' um dies Reich! Wär' es frei, wär' es Republik: es wäre heute versunken in Schande. Einen Herrn *muß* es haben, der es, wie ein faules Roß, aus dem Sumpf, darin es zu versinken droht, emporreißt, ein scharfer Reiter mit Peitsche, Zügel und Sporn.«

Da drängte sich durch die Eingangsthüren ein kleiner, gebückter Mann, auf eine Krücke gestützt, und hinkte durch den Saal bis vor den Thron.

»Kaiser der Romäer,« hob er an, von seiner Proskynese sich erhebend, »auf meinem Schmerzenslager erreichte mich dunkle Kunde, von dem, was die Barbaren gewagt, von dem, was hier entschieden werden soll in dieser Stunde. Da rafft' ich mich empor und schleppte mich mühsam hierher: denn ich muß es erfahren, durch Ein Wort deines Mundes, ob ich von jeher ein Narr gewesen, daß ich dich, trotz vieler Kleinheiten, für einen großen Herrscher hielt, ob ich deinen Feldherrnstab in den tiefsten Brunnen werfen muß oder ob ich ihn noch tragen kann mit Ehren? Sprich nur Ein Wort. Krieg oder Friede?«

»Krieg, Magister Militum!« sagte Justinian und sein Antlitz strahlte.

»Sieg, Justinianus,« rief der Feldherr und warf die Krücke weg. »O laß mich deine Hand küssen, Imperator.« Und er hinkte die Stufen des Thrones hinauf.

»Aber Patricius,« höhnte Theodora, »du bist ja auf einmal ein Mann? Du warst doch immer gegen den Gotenkrieg? Hast du plötzlich Sinn für Ehre?«

»Was Ehre!« rief Narses. »Dieser bunten Seifenblase mag Belisarius, das große Kind, nachlaufen. Nicht die Ehre: das Reich steht auf dem Spiel.

Solang ernste Gefahr vom Osten drohte, riet ich zum Perserkrieg. Von den Goten drohte nichts. Nun aber haben deine Frömmigkeit, o Kaiserin, und des Belisarius Heldenschwert so lang in dies Hornissennest gestochen, bis uns der Schwarm gefährlich um das Antlitz fliegt. Jetzt droht die Gefahr dringend, brennend von dort: und Narses rät zum Gotenkrieg. Die Goten stehen näher bei Byzanz als Chosroës unsrer Ostgrenze steht. Wer, wie dieser Totila, ein Reich aus dem Abgrund zieht, kann viel leichter ein andres in den Abgrund stürzen. Dieser junge König ist ein Wunderthäter, dem man beizeiten die Mirakel legen muß.«

»Diesmal erlebe ich,« sprach Justinian, »die seltene Freude, daß meine Kaiserin und Narses Eines Sinnes sind.« Und er war im Begriff die Versammlung zu entlassen.

Da ergriff die Kaiserin seinen Arm: »Halt,« sprach sie, »mein Gemahl. Ich habe mir heute zum zweitenmal die Ehre erworben, dein bester Berater zu sein. Nicht wahr? Wohlan, so höre mich weiter und folge auch meinem weitern Rat.

Halte diese ganze weise Versammlung, außer Narses, bis morgen im Palast gefangen. Zittert nicht, ihr Illustrissimi: es gilt diesmal nicht das Leben. Aber ihr könnt nicht schweigen, ausgenommen mit abgeschnittenen Zungen. Dies Mittel mag für diesmal durch Einsperrung ersetzt werden. Höre, Justinianus: es besteht eine Verschwörung wider dein Leben oder doch wider deine freien Entschlüsse.

Man wollte dich zum Kriege mit den Goten zwingen. Dieser ist nun zwar beschlossen. Aber heute in der Nacht oder morgen früh schon bricht die Verschwörung los: es gilt, die Verschwornen gewähren zu lassen.

Man darf sie nicht durch die Mitteilung, daß ihr Zweck ohnehin erreicht sei, abhalten von ihrem Thun.

Gefährliche, längst verdächtige, und – o Justinianus – sehr, sehr *reiche* Leute sind darunter. Es wäre schade, wenn sie meinem aufgestellten Netz entgingen.«

Justinianus war nicht erschrocken bei dem Wort Verschwörung.

»Auch ich wußte davon,« sagte er. »Aber schon so weit gediehn? Morgen früh schon? Theodora,« rief er, »du bist mehr für das Reich als Belisar und Narses. Auf, Archon der Goldschildner, du hältst alle hier Versammelten gefangen, bis Narses kömmt, sie abzuholen. Denkt nach indessen über diese Stunde, fromme und weise Väter, und ihre Lehren. Narses, folge uns und der Kaiserin.«

Und er schritt die Stufen des Thrones hinab.

Die Eingangsbogen wurden von starrenden Speeren erfüllt.

## Zehntes Kapitel

Der Kaiser beschied seine Kaiserin und Narses mit sich in sein Gemach.

Dort angelangt umarmte er abermals, ohne des Zeugen Gegenwart zu scheuen, innig und herzlich seine Gemahlin. »Wie freut, wie erhebt mich die Begeisterung! Ich bin stolz auf ein solches Weib! Wie schön stand dir, o Theodora, der edle Zorn. Wie kann ich dir lohnen! Wähle dir jede Gunst, jedes Zeichen meines Dankes, du meine beste Beraterin, ja meine Mitregentin!«

»Soll ich, das schwache Weib, wirklich glauben dürfen, daß ich Anteil nehmen darf an deinen Plänen und Gedanken, an diesem Kriege, so vertraue mir, wie du ihn zu leiten gedenkst.«

»Jedenfalls sende ich zwei Feldherren nach Italien, nie mehr Einen, seit Belisarius in jenem Land mit einer Krone gespielt. Aber ihn sende ich wieder, das steht mir fest.«

»So erbitte ich mir die Gnade,« sprach Theodora, »den andern Feldherrn vorschlagen zu dürfen. – Narses,« fuhr sie fort, ehe Justinian antworten konnte, »willst du der andere sein?« Sie wollte ihn rasch unmöglich machen.

»Ich danke,« sagte dieser bitter. – »Du weißt: ich bin ein störrig unverträglich Roß: ich tauge nicht, mit einem andern zusammen zu ziehn. Den Feldherrnstab und ein Weib, Justinianus, muß man in gleicher Weise haben.«

»Nämlich wie?«

»Allein oder gar nicht.«

»Dann *du* gar nicht,« sagte Justinianus herb. »Du mußt nicht wähnen unentbehrlich zu sein, Magister Militum.«

»Das ist *niemand* auf Erden, Justinianus. Sende nur wieder den großen Belisarius! Er mag sein Glück zum drittenmal versuchen in jenem Lande, wo die Lorbeern so dicht wachsen. Meine Stunde kommt schon noch. Als Zeuge eures Eheglücks bin ich wohl überflüssig hier. Und zu Hause, meinem Krankenbett gegenüber, ist die Straßenkarte von Italien angeheftet: vergönne, daß ich in meinem Studium derselben fortfahre: sie ist jetzt interessanter als die Karte unsrer Persergrenze.

Nur noch einen Rat. Zuletzt mußt du doch Narses nach Italien senden.

Je früher du ihn sendest, desto mehr ersparst du an Niederlagen, Verdruß und – Geld. Und wenn nun die Gicht oder jene niederträchtige Epilepsis Narses hinraffen sollte, ehe dieser König Totila auf seinem Schilde liegt, wer wird dir dann den König Totila besiegen? Du glaubst ja an Prophezeiungen: wohlan, in Italien geht schon lange der Spruch. »T. schlägt B., N. schlägt T.«

»Soll das vielleicht heißen: Theodora schlug Belisar, Narses schlägt Theodora?« höhnte die Kaiserin.

»Das war nicht *meine* Lösung des Rätselspruchs.

Es war die deine. Aber wohlan, auch diese Lösung nehm' ich an. – Weißt du, welches das weiseste deiner vielen Gesetze war, o Justinianus?«

»Nun?«

»Jenes, das den Tod auf jede Anklage gegen deine Kaiserin setzte: denn es war das einzige Mittel, sie dir zu erhalten.« Und er ging.

»Der Unverschämte,« sprach Theodora, ihm einen giftigen Blick nachsendend. »Er wagt zu drohn! Wenn erst einmal Belisar unschädlich ist, dann muß rasch Narses folgen.«

»Einstweilen aber brauchen wir noch beide,« meinte Justinian. »Und du schlägst – in Wahrheit! – vermutlich zum andern Feldherrn für Italien wieder denselben Namen vor wie bei Cassiodors Abweisung?«

»Denselben.«

»Aber die Gründe meines Mißtrauens gegen jenen Ehrgeizigen sind seither noch verstärkt.«

»Hast du vergessen, wer dir Silverius entlarvt und entwaffnet, wer vor Belisars gefährlichem Kronenspiel geheim und zuerst gewarnt hat?«

»Aber er verkehrt hier mit denselben Männern, welche die Verschwörung gegen mich betreiben.«

»Ja: aber, o Justinianus, auf *mein* Geheiß, als ihr Verderber.«

»Das wäre! Wenn er aber auch dich täuscht?«

»Wirst du ihm glauben und mir und ihn nach Italien senden, wenn er dir morgen die Verschwörer in Ketten zuführt und darunter ihr geheimes, auch dir noch unbekanntes Haupt?«

»Ich weiß: es ist Photius, Belisars Freigelassener.«

»Nein, o Justinianus: Er ist es, den du wieder nach Italien senden wolltest, wenn ich nicht warnte, Belisarius selbst.«

Da erbleichte der Kaiser, wankte und griff nach der Armlehne des Thrones.

»Wirst du dann an des wunderbaren Römers Ergebenheit glauben und, statt des Verräters Belisar, ihn nach Italien senden mit deinem Heer?«

»Alles, alles,« sprach Justinianus, »gewiß! Belisarius also doch ein Verräter? Dann thut Eile not. Handeln wir.«

»Ich habe schon gehandelt, Justinian. Mein Netz ist unentrinnbar schon gestellt. Gieb mir die Vollmacht, es zusammenzuziehn.«

Der Kaiser winkte Gewährung.

Und Theodora befahl, indem sie aus den Vorhängen schritt, dem Velarius: »Hole sogleich aus seinem Hause in mein Gemach Cethegus, den Präfekten von Rom.«

## Elftes Kapitel

Und alsbald stand Cethegus vor seiner noch immer verführerisch schönen Jugendfreundin, die in dem uns wohlbekannten Gemach auf ihrem Pfühl ausgestreckt lag.

Galatea reichte ihr manchmal in kleiner Onyxschale die Tropfen, die ihr der persische Arzt – griechische reichten nicht mehr aus – verordnet hatte.

»Ich danke dir, Theodora,« sagte Cethegus. »Und muß ich's doch einem andern – nicht mir selber – danken – einem Weibe! – dank' ich's am liebsten doch der Jugendgenossin.«

»Höre, Präfekt,« sprach Theodora, ihn ernsthaft betrachtend, »du wärest ganz der Mann – soll ich sagen der Barbar oder der Römer? – eine Kleopatra, der Cäsar und Antonius gehuldigt, erst zu küssen und dann doch im Triumph nach dem Kapitol zu führen zur Erdrosselung, wie Octavian vielleicht geplant. Wenn ihm nicht jene Schlangenkönigin zuvor kam. Kleopatra war immer mein Vorbild. Einen Cäsar hab ich nicht gefunden. Aber die Schlange – bleibt vielleicht nicht aus.

Du hast mir nicht zu danken. Ich habe aus voller Überzeugung gesprochen und gehandelt. Diese gotische Gefahr und Beschimpfung muß in Blut erstickt werden.

Ich war vielleicht nicht immer so treu als Gattin wie Justinian geglaubt.

Aber ich war sein bester, treuester Senator von jeher.

Belisar und Narses sind nicht wohl zusammen und noch weniger jeder allein nach Italien zu senden. Du sollst gehen: du bist ein Held, ein Feldherr, ein Staatsmann und du bist doch zu ohnmächtig, Justinian zu schaden.«

»Ich danke für die gute Meinung,« sagte Cethegus.

»Freund, du bist ein Feldherr ohne Heer, ein Kaiser ohne Reich, ein Steuermann ohne Schiff.

Doch lassen wir's – du willst mir nicht glauben.

Ich sende dich nach Italien aus tiefster Überzeugung: du hassest grimmig die Barbaren. Der zweite Feldherr, den unvermeidlich dir kaiserliches Mißtrauen nachsendet, soll Areobindos sein, der Schneckenprinz: er wird dich nicht viel stören. Aber Freude macht mir's, daß ich zugleich den Jugendgenossen dabei fördern kann wie das Reich.

Ach Cethegus, die Jugend! Euch Männern ist sie goldne Hoffnung oder goldne Erinnerung: dem Weib ist sie: das Leben. Ah, nur noch Einen Tag aus jener Zeit, da ich dir Rosen schenkte und du mir Verse.«

»Deine Rosen waren schön, Theodora, aber meine Verse waren nicht schön.« – »Mir schienen sie schön: – sie waren an mich! Aber wie alte Liebe versüßt auch alter und neuer Haß mir die Wahl, die ohnehin des Reiches Wohl erheischt. Belisar soll nicht mehr zu neuen Ehren steigen. Nein, fallen soll er, diesmal tief und für immerdar. So wahr ich herrsche in Byzanz.«

»Und Narses? mir wäre lieber und begreiflicher, du stürztest diesen Kopf ohne Arm als jenen Arm ohne Kopf.«

»Geduld: einer nach dem andern.«

»Was hat dir der gutherzige Held gethan?«

»Er? nichts! aber sein Weib! diese plumpe Antonina, deren ganzer Triumph in ihrem gesunden Blute liegt.« Und grimmig ballte die zierliche Kaiserin die kleine, weiße Hand, die noch durchsichtiger geworden. »Ha, wie ich sie hasse! Ja, beneide! Dumme Leute bleiben immer gesund. Aber sie soll nicht frohlocken, während ich leide.«

»Und an solchem Weiberhaß hängt das Schicksal des Kapitols,« sagte Cethegus zu sich selbst. »Nieder mit Kleopatra!«

»Die Närrin ist vernarrt in Ruhm und Größe ihres Mannes: hier kann ich sie am tödlichsten treffen! Warte!«

Ein Zucken durch ihr feines Gesicht verriet einen Anfall heftiger Schmerzen: sie warf sich in die Kissen zurück.

»Aber Täubchen,« mahnte Galatea, »laß doch den Ärger! Du weißt, was der Perser sagt. Jede Erregung von Liebe, von Haß« – »Ha, Hassen und Lieben ist Leben. Und der Haß wird im Alter fast noch süßer denn die Liebe. Liebe ist treulos, Haß ist treu.«

»Ich bin in beiden,« sprach Cethegus, »ein Stümper gegen dich. ›Die Sirene von Kypros‹ hab ich dich stets genannt. Man ist nie sicher, ob du nicht unter dem Kuß plötzlich dein Opfer zerreißest: aus Liebe oder Haß. Und was hat deine Liebe zu Antoninen plötzlich in Haß verkehrt?«

»Tugendhaft ist sie geworden, die Heuchlerin! Oder ist sie wirklich so schwachköpfig? Auch möglich! Ihr Fischblut hat sich nie in Wallung bringen lassen: für eine starke Leidenschaft und für ein starkmütiges Verbrechen war sie stets zu feig. Sie ist zu eitel, die Huldigung der Liebe entbehren, zu armselig, sie erwidern zu können. Seit sie ihren Gatten in seine Kriege begleitet, ist sie wieder ganz tugendsam geworden. Ha, ha, ha, aus Not: wie der Teufel fastet, wenn er nichts zu essen hat. Weil ich ihren Verehrer hier eingesperrt behalten!«

»Anicius, den Sohn des Boëthius? Ich hörte davon.«

»Ja, in Italien hat sie sich wieder ganz ihrem Mann angeschlossen, seinen Ruhm und sein Unglück geteilt. Und sie ist seitdem ganz Penelope, ganz die gute Ehefrau. Und hierher zurückgekehrt, was thut sie, die Gans? Macht mir Vorwürfe, daß ich sie vom Pfad der Tugend abgelockt! Und schwört, sie werde Anicius aus meinen Banden lösen. Und es gelingt ihr, der Schlange. Sie weckt dem Thoren das Gewissen, reißt ihn täglich mehr von mir los, meinen ungetreuen Kämmerer – natürlich, um ihn für sich zu behalten!«

»Du kannst dir also nicht vorstellen,« fragte Cethegus, »daß ein Weib eine Seele für den Himmel wirbt ohne:?«

»Ohne Procente Bergelohn zu erheben? Nein! Dabei täuscht sie aber sich und ihn mit frommen Reden. Und o wie gern läßt sich der Jüngling retten von der jugendlich blühenden Erretterin aus meinen Armen, der Verwelkenden, der Krankenden – der vor der Zeit Verzehrten. Ah,« rief sie leidenschaftlich und sprang auf von dem Pfühl, »daß der Leib ermüdet erliegen muß, ehe noch die Seele sich zum tausendsten Teil ihres Dursts nach Leben ersättigt hat. Leben aber ist Herrschen, Hassen, Lieben.«

»Du scheinst unersättlich in diesen Künsten und Genüssen.«

»Ja: und ich rühme mich dessen. Und ich soll fort von des Daseins reichbesetzter Tafel, herab von diesem Kaiserthron, mit dem brennenden Heißhunger nach Freude und Macht! Und nur wenige Tropfen noch soll ich schlürfen! O die Natur ist eine elende, schmähliche Pfuscherin!

Alle Äonen Einmal zeugt sie, neben Myriaden von Krüppeln, häßlich an Leib und ohnmächtig an Geist, Einmal zeugt sie einen Leib, eine Seele wie Theodoras, schön und stark und verlangend, die Ewigkeit hindurch zu leben und zu genießen. Und nach drei Jahrzehnten, nachdem ich kaum genippt am vollen Becher, versagt die Natur dem lechzenden Lebensdrang! Fluch über den Neid der Götter! Aber auch Menschen können beneiden: und der Neid macht sie zu Dämonen. Nicht sollen andre genießen, wo ich nicht mehr genießen kann. Nicht sollen andre lachen, wenn ich mich in Schmerzen winde Nächte durch! Nicht frohlocken soll die strotzend Gesunde mit dem Treulosen, der Theodoras war und dabei noch einer andern denken konnte, oder der Tugend, oder des Himmels.

Erst heute hat er mir gesagt, er trage nicht länger dies ruhm- und ehrlose Leben in meinen Frauengemächern: Himmel und Erde riefen ihn hinweg. Er soll es büßen – mit ihr! Komm, Cethegus,« sprach sie grimmig, seinen Arm ergreifend, »wir wollen sie beide verderben.«

»Du vergißt,« sagte Cethegus kalt, »ich habe keinen Grund, sie oder ihn zu hassen. Was ich also hierin thue, thue ich um deinetwillen.«

»Doch nicht, du kluger, eisiger Römer. Glaubst du, ich durchschaue dich nicht?«

»Hoffentlich nicht,« dachte Cethegus.

»Du willst Belisar fern halten von Italien. Allein willst du dort kriegen und siegen. Höchstens einen Schatten neben dir haben, wie Bessas war und Areobindos sein wird. Meinst du, ich habe das nicht durchschaut, als du damals vor Ravenna die Abberufung Belisars so meisterhaft eingefädelt hast? Sorge um Justinian! Was liegt dir an Justinian!«

Cethegus pochte das Herz.

»Freiheit Roms! zum Lachen! Du weißt, daß nur starke, einfache Männer die Freiheit ertragen. Du kennst deine Quiriten. Nein, dein Ziel liegt höher.«

»Sollte dies Weib durchschauen was alle meine Feinde und Freunde nicht geahnt?« bangte Cethegus.

»Du willst Italien allein befreit haben und allein als Justinians Statthalter Italien regieren, der nächste an seinem Thron, hoch über Belisar und Narses, der nächste nach Theodora: und, gab es Höheres, du warst der Geist, danach zu fliegen.«

Cethegus atmete auf. »Das wäre doch nicht all' der Mühe wert,« dachte er. — »O es ist ein stolzes Gefühl, der erste Diener Justinians zu sein.«

»Natürlich, über ihren Mann hinaus, ob sie ihn täglich verrät, vermag sie nicht zu denken.«

»Und, als der Gehilfe Theodoras, ihn, den Kaiser, zu regieren.«

»Die Schmeichelluft dieses Hofes betäubt zuletzt auch den hellsten Verstand,« dachte Cethegus. »Das ist der Wahnsinn des Purpurs. Sie kann sich selber nur als Allbeherrscherin denken.«

»Ja, Cethegus, keinem andern gönnt ich es, solches nur zu *denken.* Dir will ich's erringen helfen: mit dir will ich die Herrschaft der Welt teilen: vielleicht nur um thörichter Jugenderinnerung willen: weißt du noch, wie wir vor Jahren zwei Kissen verteilten in meiner kleinen Villa? wir nannten sie Orient und Occident. Das war ein Omen. So laß uns jetzt Orient und Occident verteilen. Durch meinen Justinian beherrsch' ich den Orient. Durch meinen Cethegus will ich den Occident beherrschen.«

»Hochmütig, unersättlich Weib!« dachte Cethegus. »Wäre mir nur Mataswintha nicht gestorben, die Jungfräuliche. Sie an diesem Hof — und du versankst.«

»Aber dazu,« fuhr Theodora fort, »muß erst Belisar für immer aus dem Wege. Justinian war entschlossen, ihn abermals und zwar als deinen Oberfeldherrn zu senden.«

Cethegus furchte die Brau'n.

»Er vertraut immer wieder seiner hündischen Treue. Er muß von seiner Untreue greifbar überzeugt werden.«

»Das wird schwer halten,« meinte Cethegus. »Eher lernt Theodora die Treue, als Belisar die Untreue.« Ein Schlag der kleinen Hand auf den Mund war seine Strafe.

»Dir bin ich, thörichterweise, treu geblieben, d. h. im Wohlwollen. Willst du Belisar wieder in Italien haben?«

»Um keinen Preis.«

»Dann hilf, ihn verderben samt dem Sohn des Boëthius.« »Sei's,« sagte der Präfekt. »Ich habe keinen Grund, den Bruder des Severinus zu schonen. Aber wie? wie willst du den Beweis von Belisars Untreue führen? Darauf bin ich gespannt. Wenn du das vermagst, erkläre ich mich, wie im Lieben und Hassen, so im Planen einen Stümper gegen Theodora.«

»Das bist du auch, schwerfälliger Sohn von Latium.

Nun höre: aber das ist so gefährlich, daß ich selbst dich, Galatea, bitten muß, Wache zu stehen, daß niemand kömmt und lauscht. Nein, Goldmütterchen: nicht innerhalb: ich bitte recht schön: *außerhalb* der Thüre. Laß mich nur allein mit dem Präfekten – es gilt – leider! – nur ein Geheimnis des Hasses.«

Als nach geraumer Zeit der Präfekt das Gemach verließ, sagte er zu sich selber: »Wenn dieses Weib ein Mann wäre, der müßte mir sterben. Er wäre gefährlicher als die Barbaren, samt Byzanz. Aber dann freilich, dann wäre die Bosheit nicht so unergründlich teuflisch.«

## Zwölftes Kapitel

Bald nachdem der Präfekt nach Hause gekommen, meldete Syphax den Sohn des Boëthius: die Kaiserin sende ihn.

»Laß ihn ein und niemand sonst, bis er fort ist. Einstweilen aber schicke schleunig nach Piso, dem Tribun.«

Der junge Anicius, einstweilen zum Manne herangereift, trat ein. Er trug einfache Kleidung und sein Haar, sonst künstlich gelockt und gesalbt, hing heute schlicht herab. Seine weichen Züge – sie erinnerten den Präfekten lebhaft an Kamilla – gewannen sehr durch den Ausdruck von Entschlossenheit, der heute darauf ruhte.

»Du mahnst mich an deine schöne Schwester, Anicius,« mit diesen Worten empfing ihn der Präfekt.

»Ihretwegen, Cethegus, bin ich gekommen,« sprach der Jüngling ernst. »Du bist der älteste Freund meines Vaters, meines Hauses: du hast mich und Severinus in deinem eignen Hause geborgen gehalten und, mit Gefahr für dich selbst, geflüchtet, als man nach uns forschte. Du bist der einzige in Byzanz, von dem ich väterlichen Rat in einer dunkeln Pflicht erbitten kann. Erst vor wenigen Tagen erhielt ich diesen rätselhaften Brief.«

»Anicius, dem Sohne meines Patronus, Corbulo, der Freigelassene ...«

»Corbulo? ich kenne den Namen.«

»Der Freigelassene meines Vaters, bei welchem meine Mutter und Schwester Zuflucht gefunden und der ...«

»Mit deinem Bruder vor Rom gefallen ist.«

»Ja: aber er starb erst im gotischen Lager, wohin er, selbst schwerverwundet, mit meinem sterbenden Bruder aus dem Dorf ad aras Bacchi, gefangen, gebracht wurde. So erzählt mir ein mitgefangener armenischer Söldner Belisars, Sutas, der mir den Brief überbrachte, den Corbulo nicht mehr vollenden konnte.

Lies selbst.«

Und Cethegus nahm das kleine Wachstäfelchen mit den kaum leserlichen Zügen und las: »Das letzte Wort, das Vermächtnis deines sterbenden Bruders war: Anicius soll nun rächen die Mutter, die Schwester, mich: uns alle hat derselbe Dämon unseres Hauses ...«

»Hier endet leider der Brief,« sagte Cethegus, die Tafel zurückgebend.

»Ja: dem treuen Corbulo vergingen die Sinne und er erwachte nicht mehr aus seiner Ohnmacht, sagt der Söldner.«

»Damit ist nicht viel zu machen,« meinte achselzuckend Cethegus.

»Gewiß: aber der Söldner Sutas hörte noch ein Wort meines sterbenden Bruders zu Corbulo — sie lagen in Einem Zelte — das kann ein Schlüssel werden.«

»Nun?« fragte Cethegus, teilnehmend gespannt.

»Severinus sagte: ›ich ahn' es. Er wußte von diesem Hinterhalt — Er hat uns in den Tod geschickt.‹« — »Wer?« fragte Cethegus ruhig. »Ja, das eben fragt sich.« — »Du hast keine Ahnung?« — »Nein: aber es kann nicht unmöglich sein, den Gemeinten zu entdecken.« — »Wie willst du das anfangen?«

»›In den Tod geschickt‹: — das kann nur einen Anführer, einen Feldherrn meinen, der meinen Bruder veranlaßte, an jenem Morgenritt Belisars aus dem tiburtinischen Thor sich zu beteiligen. Denn Severinus gehörte damals nicht zu dem Gefolge Belisars. Er war Tribun deiner Legionare. Es muß gelingen, wenn du, Belisar, Prokop ernstlich nachspüren, den zu ermitteln, der ihn veranlaßte. Denn er ging nicht etwa auf deinen Befehl mit andern Legionaren: keiner deiner Legionare und Reiter war sonst dabei.«

»Das ist richtig,« sagte Cethegus, »soviel ich mich entsinne.«

»Nein, nicht Einer. Prokop — leider ist er nun verreist, Bauwerke Justinians in Asien kennen zu lernen — war ja selbst dabei: oft zählte er mir die Namen aller auf. Wenn er wiederkehrt, werde ich sorgfältig forschen, mit wem etwa mein Bruder vor dem Ausfall zuletzt verkehrt, in wessen Haus oder Zelt er war: ich werde nicht ruhen und rasten: ich werde Severins noch lebende Kameraden befragen, wo sie ihn zuletzt, vor dem Ausritt, gesehn.«

»Du bist scharfsinnig für deine Jahre,« sagte der Präfekt mit seltsamem Lächeln. »Wenn solche Klugheit erst zu Reife kommt! Aber freilich: du lebst in guter Schule für die Schlauheit. Weiß die Kaiserin von deinem Rätselbrief?«

»Nein: und sie soll nie davon erfahren. Nenne mir ihren Namen nicht! Diese Rachepflicht sendet mir Gott als letzten Mahnruf, mich von ihr zu reißen.«

»Aber sie sendet dich zu mir?«

»In einer andern Sache, die aber sehr gegen ihre Meinung enden soll. Vor kurzem ließ sie mich heute rufen: noch einmal fragte sie mich lächelnd, ob es denn gar so schwer im goldigsten Käfig auszuhalten sei? Mich aber ekelt des Weibes. Und mich reut schmerzlich der Monate, die ich bei ihr verloren, indes mein Bruder für das Vaterland gefochten und gefallen. Ich gab ihr so herbe Antwort, daß ich einen Sturm des Zorns erwartete. Aber zu meinem Staunen blieb sie ganz ruhig und sprach lächelnd: ›Nun es sei: keine Treue dauert. Gehe hin zu Antonina oder zur

Tugend oder zu beiden Göttinnen. Aber zum letzten Zeichen meiner Gunst will ich dich retten vor sicherem Verderben.

Es besteht in Byzanz eine Verschwörung römischer und griechischer Jünglinge gegen Justinians Leben oder Freiheit. Sie wollen ihn zwingen zum Gotenkrieg und zu Belisars Ernennung zum Feldherrn. Still, ich weiß es. Ich weiß auch, daß man dich schon halb gewonnen, daß du zwar noch keine der Versammlungen besucht hast, aber die Dokumente der Verschwörung verwahrst. Ich habe sie gewähren lassen, weil einige alte Übelgönner von mir darunter sind, die ich sicher diesmal zu verderben hoffe. In einigen Tagen ziehe ich das Netz zusammen. Du aber sollst gewarnt und gerettet sein. Geh zum Präfekten: er soll dich unter der Schar seiner Söldner aus Byzanz führen. Sage ihm nur: dir drohe Gefahr und dich sende Theodora. Aber von der Verschwörung verrate ihm nichts: auch seiner Kriegstribunen sind etliche dabei, die er gern retten würde, ich aber verderben will.‹

Und ich kam zu dir: aber nicht, um zu fliehen: um dich und meine römischen Waffenbrüder zu warnen. Ich werde auch die Versammlung besuchen: heute droht noch keine Gefahr, versicherte die Kaiserin, sie alle zu warnen, ihnen zu sagen, daß die Verschwörung entdeckt ist. Du darfst nicht hin, Präfekt: du darfst dich nicht weiter bloßstellen. Justinian mißtraut dir bereits. Die Unsinnigen wollen warten, bis sie Belisar gewonnen haben! Und vielleicht morgen schon sind sie alle gefangen, wenn man sie nicht warnt. Ich eile heute, die Freunde zu warnen. Dann aber ruhe und raste ich nicht, bis ich den Mörder meines Bruders herausgefunden.«

»Beides sehr löblich,« sprach Cethegus. – »Nebenbei gesagt, wo birgst du die Briefe der Verschworenen?«

»Wo ich,« sprach der Jüngling errötend, »alle Geheimnisse, andre, heiligere barg – mir unendlich teure Briefe und auch diese Tafel bergen will: du sollst darum wissen: denn du, der älteste Freund unsres Hauses, du sollst mein Rachewerk mir vollenden helfen: auch die Aussagen des Söldners Sutas über kaum verständliche Reden der beiden Sterbenden habe ich am gleichen Ort geborgen: sie lauteten von ›Giftmord‹, von dem ›mörderischen Befehl‹ von einer ›Anklage vor dem Senat‹ – also muß der Feind römischer Senator gewesen sein, vom ›purpurroten Helmbusch‹, vom ›schwarzen Höllenroß‹.«

»Und so weiter,« unterbrach Cethegus. »Wo ist der Versteck? Du kannst einmal wirklich rasch entfliehen müssen: denn ich rate dir doch sehr, der Kaiserin nicht zu trau'n: du erreichst vielleicht einmal dein Haus nicht mehr.«

»Und dann ist es notwendig, daß du mein Werk aufnehmest. Ich wollte dir schon selbst sagen: in der Cisterne im Hof meines Wohnhauses: der dritte Ziegel links vom Schöpfrad ist hohl.

Auch schon deshalb,« fuhr er finsterer fort, »sollst du davon wissen ... Wenn die Freunde, die Verschwornen nicht zu retten sein sollten, wenn meine eigne Freiheit bedroht wird – denn du hast Recht mit deiner Warnung: ich bemerke schon lange, daß mir Späher nachschleichen – des Kaisers oder der Kaiserin? – dann mach' ich rasch ein blutig Ende: was liegt dann an meinem Leben? – wenn ich den Auftrag Severins doch nicht mehr erfüllen kann – dann – ich habe dem Kaiser jeden Morgen zu melden, wie die Kaiserin geruht – stoß ich den Tyrannen nieder in Mitte seiner Sklaven.«

»Wahnsinniger!« rief Cethegus in aufrichtigem Schreck, denn *nun* wollte er Justinian im Leben und in Herrschaft erhalten – »wohin reißt dich die Reue und ein planlos zerfahrenes Leben? Nein, der Sohn des Boëthius darf nicht als Mörder enden. Willst du in Blut deine ruhmlose Vergangenheit sühnen, wohlan, so kämpfe unter meinen Legionaren: im Blut der Barbaren reinige dich, mit dem Schwert des Helden, nicht mit dem Dolch des Meuchlers.«

»Du sprichst groß und wahr. Und du willst mich, den Unerprobten, deinen Rittern beigesellen! Wie kann ich dir danken?«

»Spare den Dank, bis alles vollendet – bis wir uns wiedergesehn. Einstweilen warne heute Abend die Verschwornen. Das ist schon eine Probe des Mutes. Denn ich halte es nicht für ungefährlich, da man dir nachschleicht. Wenn du die Gefahr scheust – sag' es offen.«

»Ich soll die erste Probe des Mutes scheuen? Ich komme, zu warnen: und ob mich drum der sichre Tod erwarte.« Und er drückte des Präfekten Hand und eilte hinweg.

Sowie er entfernt war, nur Einen Blick warf ihm der Präfekt nach – führte Syphax den Tribun Piso aus einem andern Eingang in das Gemach.

»Tribun der Jamben,« rief ihm Cethegus zu, »jetzt heißt es raschfüßig sein, wie deine Verse. Genug der Verschwörungen und der Katzentritte hier in Byzanz! Augenblicklich suchst du alle jungen Römer auf, die im Hause des Photius verkehrten. Keinen von euch darf die Abendsonne mehr in diesen Mauern finden. Es gilt das Leben. Keiner darf zu dem ›Abendschmause‹ des Photius kommen. Einzeln, in Gruppen, geht auf die Jagd: fahrt Segel um die Wette, auf dem Bosporus: aber eilt hinweg.

Die Verschwörung ist überflüssig.

Bald ruft wieder schmetternd die Tuba zum Kampf gegen die Barbaren in Latium. Fort mit euch allen! Harret meiner zu Epidamnus. Von da hol' ich euch mit meinen Isauriern ab: zum dritten Kampf um Rom.

Fort mit dir!

Syphax,« forschte er, mit diesem jetzt im Gemach allein, »hast du nachgefragt in des großen Feldherrn Hause? Bis wann wird er zurückerwartet?«

»Bis Sonnenuntergang.«

»Die treue Gattin harret in seinem Hause? Gut. Eine Sänfte, nicht die meine: miete die nächste vor dem Hippodrom, deren Läden ganz verschließbar sind. Führe sie in die Hafenstadt, in die Hinterstraße der Trödler.«

»Herr, dort wohnt das ärgste Gesindel dieser gesindelreichen Bettlerstadt. Was willst du dort?«

»Einsteigen in die Sänfte. Dann nach dem roten Hause.«

## Dreizehntes Kapitel

In dem roten Hause, dem Palaste Belisars, in der Neustadt »Justiniana« (Sycä) saß Antonina in dem Frauengemach, emsig in Arbeit vertieft. Sie stickte an einem mit goldnen Lorbeeren verbrämten Mantel für den Helden Belisarius.

Auf dem Citrustischlein neben ihr lag, in kostbarem Umschlag, mit Edelsteinen besetzt, ein mit Purpurtinte geschriebenes Prachtexemplar von Prokops »Vandalenkrieg,« dem kürzlich erschienenen Werke, das den glänzendsten Feldzug ihres Gemahls beschrieb.

Zu ihren Füßen lag ein herrlich Tier, einer aus dem Doppelpaar der zahmen Jagdleoparden, die der Perserkönig nach dem letzten Frieden dem Sieger Belisar geschenkt: eine höchst kostbare Gabe, da nur selten die Zähmung völlig sicher gelang und viele Hundert der jung Eingefangenen oder auch in der Gefangenschaft geworfenen Jungen nach jahrelanger Abrichtung als unzähmbar getötet werden mußten.

Das wunderschöne, große und starke Tier – es verwilderte zu leicht auf der Jagd durch Genuß warmen Blutes und war deshalb zu Hause gelassen worden – streckte sich behaglich, wie eine Hauskatze, auf Antoninens Gewand, spielte mit dem Knäuel von Goldfaden, ringelte den Schweif und rieb den runden, klugen Kopf und den Bug an der Gebieterin Füßen.

Da meldete die Sklavin einen fremden Mann, in unscheinbarer Mietsänfte sei er angekommen und in schlichtem Mantel: man habe ihn abweisen wollen, da der Hausherr fern und Antonina in seiner Abwesenheit keinen Besuch mehr empfange. »Aber man kann ihm nicht widerstehn! – Er befahl: Meldet Antoninen den Überwinder des Papstes Silverius.«

»Cethegus!« rief Antonina: sie erbleichte und zitterte.

»Laßt ihn schleunig ein.«

Die Überlegenheit, die der gewaltige Geist in jener ersten Stunde ihrer Begegnung über sie gewonnen und nie wieder verloren hatte, die Erinnerung, wie dieser Mann, als ihr Gatte und der kluge Prokop und all' die Heerführer vor dem Priester widerstandlos erlegen waren, den Überwinder überwunden und gedemütigt hatte, wie er dann, bei dem Einzug in Rom, in der Schlacht an der Aniobrücke, in Roms Verteidigung gegen Witichis, in dem Lager vor Ravenna, bei der Gewinnung dieser Stadt, immer und überall seine Obmacht bewährt, und sie doch nie feindlich gegen Belisar gebraucht hatte, wie Unheil nur aus dem Widerstreben gegen seine Warnungen gefolgt, wie jeder seiner Ratschläge an sich siegreich gewesen war – all' diese Erinnerungen schossen nun verwirrend und betäubend in ihrem Haupte zusammen.

Die Schritte des Präfekten nahten. Sie stand hastig auf.

Der Leopard, unsanft weggeschoben und um des Eindringlings willen aus seinem behaglichen Spiel aufgestört, richtete sich leise knurrend auf, drohend gegen den Eingang blickend, und die gelben Zähne fletschend.

Ungestüm schlug der Eintretende die Vorhänge zurück und steckte das halb von der Kapuze bedeckte Haupt herein.

Das erschreckte oder reizte den Leopard: bei der ersten Bändigung bedienten sich die persischen Löwen- und Tigerzüchter langer Wollteppiche und Gesicht und Hals schirmender Vermummungen: Erinnerung an einen alten Feind mochte in dem grimmen, nie ganz gebändigten Tier erwacht sein: mit furchtbarem Wutgeschrei duckte es sich zum tödlichen

Ansprung, den Boden mit der langen Rute peitschend und Geifer spukkend: das sichere Anzeichen grimmigster Wut.

Entsetzt erkannte das Antonina. »Flieh, flieh, o Cethegus,« schrie sie.

That er das, wandte er den Rücken, so war er verloren: so saß ihm das Untier festgebissen auf dem Nacken.

Denn keine verschließbare Thür, nur Vorhänge, sperrten den Rückweg.

Er trat rasch vor, warf die Kapuze zurück, blickte scharf in des Leoparden Auge, den Zeigefinger der Linken gebietend erhoben und ein breites, blitzendes Dolchmesser gerade vor sich hin streckend.

»Nieder! Nieder! heiß Eisen sonst droht!« So rief er in persischer Sprache dem knurrenden Untier entgegen, noch einen Schritt vortretend.

Da brach der Leopard in ein winselndes Heulen der Furcht aus: die zum Sprung gekrümmten Muskeln erschlafften: winselnd kroch er, auf allen Vieren sich vorschiebend, heran und leckte, zitternd vor Furcht, dem Manne die Sandale des linken Fußes, indes ihm dieser den rechten Fuß fest auf den Nacken setzte.

Antonina war vor Entsetzen auf die Kline gesunken: starr blickte sie jetzt auf das furchtbar schöne Bild.

»Das Tier — die Proskynese!« stammelte sie. »Dareios hatte sie immer verweigert: er wurde wütend, wann Belisar sie erzwingen wollte: wo hast du, Cethegus, das gelernt?«

»In Persien natürlich,« sagte dieser. Und er stieß dem ganz gebrochenen Tier so heftig den Fuß in die Rippen, daß dieses, laut aufschreiend vor Schmerz, hinweg fuhr und in der fernsten Ecke des Zimmers Schutz suchte, wo es zitternd, die Augen ängstlich auf den Mann gerichtet, liegen blieb.

»Belisarius hat nur die Burgen, nie die Sprache der Perser bemeistert,« sagte Cethegus: »diese Bestien aber verstehen nicht griechisch. Du bist ja grimm gehütet, wenn Belisar fern ist,« fuhr er fort, den Dolch wieder in den Brustfalten bergend.

»Was führt dich in sein Haus?« fragte, noch bebend, Antonina.

»Die oft verkannte Freundschaft. Es gilt, deinen Gatten zu retten, der den Mut des Löwen, aber nicht die Geschicklichkeit der Maus besitzt! Prokop ist leider fern. Sonst hätt' ich diesen ihm vertrauteren Berater gesendet. Ich weiß, daß Belisar von dem Kaiser ein schwerer Schlag droht. Es gilt ihn abzuwenden. Des Kaisers Gunst ...«

»Ist wankelhaft, ich weiß es. Aber die Verdienste Belisars ...«

»Gerade diese sind sein Verderben. Einen Unbedeutenden würde Justinian nicht fürchten. Aber er fürchtet Belisarius.«

»Das haben wir oft erfahren,« seufzte Antonina.

»Wisse denn — du zuerst von allen, was niemand außerhalb des Palastes ahnt: des Kaisers Schwanken ist seit heut entschieden: für den Gotenkrieg.«

»Endlich!« rief Antonina und ihr Antlitz hellte sich auf. — »Ja, aber — bedenke die Schmach! — nicht Belisar ist zum Feldherrn bestimmt.« »Wer sonst?« fragte Antonina zornig. — »Ich bin der eine Feldherr ...«

Mißtrauisch blickte sie auf ihn.

»Ja, das war mein Streben schon lang: ich gestehe es.

Aber der zweite soll Areobindos sein. Ich kann mit diesem Schattenmann nichts anfangen. Ich kann nicht neben ihm, mit ihm, gehemmt durch seinen Unverstand, die Goten besiegen. Die Goten besiegt niemand als Belisarius. Deshalb muß ich ihn wieder neben mir, meinetwegen über mir, als Oberfeldherrn, mit mir haben. Sieh, Antonina, ich halte mich für den größeren Staatsmann ...«

»Mein Belisar ist ein Held, kein Staatsmann,« sagte die stolze Gattin.

»Aber lächerlich wäre es, mich als Feldherrn mit dem Vandalen-, Perser- und Goten-Besieger zu vergleichen. Sieh, ich gestehe dir ja ganz offen: nicht bloß Wohlwollen für Belisarius, auch Selbstsucht leitet mich dabei. Ich *muß* Belisar zum Waffengenossen haben.« »Das leuchtet mir ein,« sagte sie wohlgefällig.

»Justinian ist aber nicht zu bewegen, Belisarius zu ernennen. Noch mehr: er mißtraut ihm aufs neue: und zwar mehr denn je.«

»Weshalb aber, bei allen Heiligen?«

»Belisarius ist zwar unschuldig, aber sehr unvorsichtig. Seit Monden erhält er heimlich Briefe, Zettel, Mahnungen zugesendet, in den Mantel im Bade gesteckt, in den Garten geworfen, die ihn zur Teilnahme an einer Verschwörung auffordern.«

»Himmel, du weißt davon?« stammelte Antonina.

»Leider nicht nur ich: auch andre Leute: der Kaiser selbst!« »Es gilt aber nicht des Kaisers Leben oder Thron,« beschwichtigte Antonina. »Nein, nur seiner Freiheit, seiner Selbstbestimmung: »Krieg gegen die Goten« — »Belisar Feldherr« — »schmählich ist's, den Undankbaren dienen« — »zwing' den Herrn zum eignen Vorteil« — So und ähnlich lauteten die Zettelchen: nicht wahr? Nun, Belisar hat zwar nicht Folge geleistet. Aber er hat auch, der Unkluge, nicht gleich den ersten Wink von diesen Aufforderungen dem Kaiser angezeigt! — Das kann Belisars Kopf kosten!«

»O alle Heiligen!« rief Antonina händeringend, »er unterließ es auf meinen Rat, auf mein Bitten. Prokop riet ihm — wie du jetzt — gleich alles dem Kaiser zu melden. Aber ich — ich zitterte vor des Kaisers Mißtraun, das schon in der Aufforderung an Belisar einen Schein der Schuld erblikken konnte.«

»Das war es wohl nicht allein,« sprach Cethegus vorsichtig, erst nach Lauschern sich umblickend, »was deinen Rat bestimmte, dem Belisar, wie immer, folgte.«

»Was sonst? was kannst du meinen?« forschte Antonina leise. Sie errötete über und über.

»Du wußtest, daß gute Freunde eures Hauses beteiligt waren: diese wolltest du erst warnen, erst lösen von den Schuldigen, ehe sie angezeigt würden.«

»Ja,« stammelte sie, »Photius, sein Freigelassener ...«

»Und noch ein andrer,« flüsterte Cethegus, »der doch nicht, aus Theodoras goldnem Kerker kaum befreit, gleich in die Gewölbe des Bosporus wandern sollte.«

Antonina schlug beide Hände vor das Antlitz.

»Ich weiß alles, Antonina: die geringe Schuld von früher: die starken guten Vorsätze späterer Zeit.

Aber hier hat dich die alte Neigung bestrickt. Statt nur an Belisar zu denken, hast du auch an *sein* Wohl gedacht. Und wenn nun darüber Belisar untergeht – wes ist die Schuld?«

»O halt ein, erbarme dich,« flehte Antonina.

»Verzage nicht,« fuhr Cethegus fort. »Dir bleibt ja eine starke Stütze – eine Fürsprecherin bei Justinian. Wenn auch vielleicht Verbannung droht: das Äußerste wird doch die Fürbitte deiner Freundin abwenden, der Allmächtigen.«

»Die Kaiserin! Weh uns!« rief Antonina entsetzt. »Wie wird sie alles darstellen! Ach sie hat uns den Untergang geschworen.«

»Dann ist's schlimm,« sprach Cethegus, »sehr schlimm. Denn auch die Kaiserin weiß von der Verschwörung und von den Ladungen an Belisar. Und du weißt: viel geringere Schuld, als die zu einer Verschwörung aufgefordert zu sein, genügt ...«

»Die Kaiserin weiß es? Dann sind wir verloren! O du, der du Auswege zu finden weißt, wo kein Auge sonst sie sieht: hilf, rette.«

Und die stolze Gestalt sank flehend vor dem Präfekten nieder.

Aus der Zimmerecke erscholl ein klägliches Geheul: bei diesem Anblick schüttelte den Leoparden aufs neue die Furcht. Einen raschen Blick warf der Präfekt auf den heulenden Gegner: dann erhob er sanft die Knieende.

»Auf, Gattin Belisars, verzage nicht. Ja: es giebt ein Mittel, Belisar zu retten. Aber nur Eines.«

»Soll er jetzt die Anzeige machen? sobald er heimkehrt?«

»Das ist zu spät. Und zu wenig. Man würde ihm nicht glauben, daß es ihm Ernst mit bloßen Worten. Nein: er muß in Thaten seine Treue beweisen. Er muß die Verschwornen alle zusammen fassen und alle zusammen dem Kaiser ausliefern.«

»Wie kann er sie zusammen fassen?«

»Sie laden ihn ja selbst. Heute Nacht, in des Photius, seines Freigelassenen, Hause versammeln sie sich. Wohlan: er sage zu, ihr Haupt zu werden. Er erscheine und nehme sie dort alle gefangen.

Anicius,« fügte er rasch bei, »ist von der Kaiserin selbst gewarnt für heute Nacht – er war bei mir.«

»O und müßt' er sterben: es gilt ja, Belisar zu retten. Er muß es thun! Ich seh' es ein. Und es ist kühn, gefährlich – es wird ihn reizen.«

»Wird er seinen Freigelassenen opfern?«

»Siebenmal haben wir den Thoren vergebens gewarnt. Was liegt an Photius, wenn es Belisar gilt. Wenn ich je Gewalt über ihn gehabt: heute werd' ich ihn überzeugen. Schon früher riet ihm Prokop, einmal einen solchen, wie er sagte, brutalen Beweis seiner Treue zu führen, nachdem er nicht gleich die erste Aufforderung dem Kaiser mitgeteilt. Ich werde ihn dieses Rats Prokops erinnern. Sei gewiß: er folgt meinem, unsrem übereinstimmenden Rat.«

»Gut: er soll vor Mitternacht dort sein. Wann der Wächter auf den Mauern die zwölfte Stunde ausruft, breche ich in den Saal: und, auf daß er ganz sicher geht, soll er nur eintreten, wenn er meinen Mauren Syphax in der Nische des Hauses hinter der Petrus-Statue sieht: auch kann er einige seiner Leibwächter vor das Haus stellen: sie sollen ihn decken für den Notfall und Zeugnis ablegen für ihn. Große Verstellungskunst wird ihm nicht zugemutet: er soll erst kurz vor Mitternacht eintreten: er braucht dann nur zu hören, nicht zu reden. Unsere Wachen harren im Hain des Constantinus vor der Hinterthür des Muschelhauses des Photius: mit dem Ausruf der Mitternacht – die Tuba bläst die Ablösung der Wachen, du weißt, man hört es deutlich – brechen wir ein. Er braucht also gar nicht das Wagnis zu übernehmen, ein Zeichen zu geben.«

»Und du, du kommst gewiß?«

»Ich werde nicht fehlen. Leb wohl, Antonina.«

Und rasch war er, rückwärts schreitend, das Antlitz dem gebändigten Tiere zugekehrt, das Messer zückend, an dem Ausgang. Der Leopard hatte auf den Moment gewartet: er regte sich leise in der Ecke, sich aufrichtend.

Da aber, zwischen den Vorhängen, erhob Cethegus nochmal den Stahl und drohte: »Nieder, Dareios! Heiß Eisen sonst droht.«

Und er war hinaus.

Der Leopard duckte den Kopf auf den Mosaikestrich und stieß ein kläglich Geheul aus ohnmächtiger Wut.

## Vierzehntes Kapitel

König Totila war mit Flotte und Heer nach Rom zurückgekehrt in den eroberten Städten nur kleine Besatzungen lassend, nachdem der Kaiser auf Grund seiner Forderungen Friedensverhandlungen eröffnet und einen Waffenstillstand von sechs Monaten erbeten hatte, vor dessen Ablauf der Friede durch byzantinische Gesandte geschlossen werden sollte, die er in Bälde nach Rom zu schicken versprach.

Das Glück Totilas und der Glanz seiner Herrschaft standen nun auf der Höhe des Ruhmes.

Der siegreiche Angriff auf das byzantinische Reich hatte seinem Namen weithin leuchtenden Schimmer verliehen. Auch auf Italien warf er wirkungsvolle Strahlen.

Die beiden letzten, von den Byzantinern behaupteten Städte waren Perusia in Tuscien und Ravenna, das unbezwingbare. Perusia ergab sich nun nach langer, zäher Verteidigung dem Grafen Grippa: und selbst von Ravenna fiel der wichtigste Teil, die Hafenstadt Classis, endlich in die Hand des alten Hildebrand, der nun seit mehr als achtzehn Monden die Feste umschlossen hielt.

Da jetzt die Verpflegung der Stadt von der See her abgeschnitten werden konnte – der König hatte den Auftrag gegeben, alle bisher vereinzelten Geschwader zu einer starken Flotte bei Ancona zu sammeln und den Hafen Classis zu sperren – war ihr baldiger Fall durch Aushungerung zu erwarten.

So war denn nur noch ein einziger Schritt zu thun zur vollen Lösung des Gelübdes, das Totila dereinst dem sterbenden Vater Valerias geleistet: nur in der Landseite von Ravenna noch standen Byzantiner auf italischem Boden: in wenigen Wochen mußte die Stadt die Thore öffnen und nichts stand mehr der Vermählung des Gotenkönigs mit der schönsten Tochter Italiens im Wege.

Totila beschloß, diesen Schritt vorzubereiten durch eine öffentliche, feierliche Verlobung mit seiner Braut, durch ein glanzvolles Siegesfest, das die errungenen Erfolge verherrlichen, die Geliebte dem ihm nicht wohlgefälligen Einfluß des Klosters entziehen und sie, die künftige Königin, dem Hofe, dem Reiche zeigen sollte: denn bisher hatten ja nur Graf Teja und die vertrautesten Freunde Totilas Brautschaft und Braut gekannt. Cassiodor und Julius hatten als hohe Ehre den Auftrag angenommen, die Verlobte des Königs aus Taginä abzuholen und nach Rom zu führen.

Südwestlich vom jetzigen Monte Testaccio, wo der Tiber längs der aurelianischen Umwallung hinläuft und die Stadt verläßt, ragte auf sanftem Hügel eine alte kaiserliche Villa aus der Zeit der Antonine.

Totila liebte den Ort, der von der Höhe einen wundervollen Ausblick den Fluß hinab und in die Campania gewährte: den Fluß, den jetzt wieder zahlreiche kleine Handelsschiffe bevölkerten, die von dem Hafen Portus herauf die Frachten der großen Seeschiffe in die Stadt führten: die Campania mit ihren wieder aus dem Schutt und der Zerstörung von zwei Belagerungen emporsteigenden Landhäusern.

Mit geringer Nachhilfe hatte der König den alten Cäsarenpalast wieder wohnlich herstellen lassen: auf der prachtvollen, breiten Terrasse vor der Villa, welche die Krone der bis an den Fluß hinabsteigenden Marmortreppe bildete, sollte die Festfeier ihre reich geschmückte Stätte finden.

Totila hatte von Neapolis den alten Bildhauer Xenarchos, der zuerst die Dioskuren zusammengefügt, entboten und ihn beauftragt, aus der Fülle von verfügbaren Statuen in Rom und den nächsten Städten die vorzüglichsten zu wählen und sie auf den leeren Postamenten zu beiden Seiten der Marmortreppe aufzustellen. Mit liebevollem Eifer hatte sich der Alte seines Auftrags entledigt: und eine herrliche Doppelreihe von Göttern, Göttinnen und Heroen schloß bald von beiden Seiten die Marmorstufen ein.

Die Terrasse war überwölbt von einem weiten Purpurzelt, wie man sie über die Räume des Amphitheaters spannte, zum Schutz gegen die Sonne, geöffnet aber gegen den kühlen Wind vom Flusse her: nach rückwärts verlief die Terrasse in das säulengetragene Vestibulum der Villa.

Das Königszelt, die Treppe, das Vestibulum, die ganze Villa waren aber umschlungen von zahllosen Gewinden des immergrünen Laubes, das im Winter und Sommer den Garten Italias schmückt.

Von der Spitze des Königszeltes wallte stolz durch die römischen Lüfte das neue, prachtvolle Banner Totilas, das Valeria und ihre Genossinnen zu Taginä kunstvoll mit Gold und Silber in hellblaue Seide gestickt: den goldnen Schwan zeigend, der gegen den blauen, von silbernen Sternen besäeten Himmel mit ausgespannten Schwingen auffliegt. Höher noch ragte zur Rechten das alte, ruhmvolle Amalungenbanner Dietrichs von Bern, mit dem steigenden goldnen Löwen. Niedriger, zur Linken, eine Trophäe: das Banner Belisars, das Totila vor dem tiburtinischen Thore erbeutet hatte: es war als Siegeszeichen mit gesenkter Spitze aufgesteckt.

Es war der Tag der Juni-Calenden, auf den das Siegesfest angesetzt war.

Die Bevölkerung Roms wogte von den frühesten Morgenstunden an durch die geschmückten Straßen und Plätze der Stadt gegen den aventinischen Hügel und den Fluß, der von zahllosen Gondeln belebt war: rings um die Villa hin waren Zelte, Laubhütten, Tische aufgeschlagen, an denen das Volk von Rom gespeist wurde.

Nachdem Cassiodor in der Sankt Peterskirche unter den Gebeten eines arianischen und eines katholischen Priesters – der letztere war Julius – die Tochter seines alten Freundes dem König verlobt und sie die Ringe getauscht hatten, schritt das Paar in glänzendem, feierlichem Aufzug über den Janiculus gegen das rechte Tiberufer, überschritt den Fluß auf der festlich geschmückten, von Laubbogen überwölbten Brücke des Theodosius und Valentinian und erreichte dann, dem Laufe des Stromes folgend, unterhalb des Emporiums die Festhalle der Villa.

Hier, im Angesicht des versammelten Volksheeres, unter dem an seinem Speer aufgehängten Goldschild des Königs, trat die Römerin in den linken Schuh des gotischen Bräutigams und er legte die gepanzerte Rechte auf ihr dunkles, von durchsicht'gem Schleier bedecktes Haar.

So war die Verlobung nach kirchlichem, nach römischem und nach germanischem Brauch geschlossen.

Nun nahm das Brautpaar an dem Mitteltisch der Terrasse Platz, Valeria von edeln Römerinnen und Gotinnen, Totila von Herzogen und Grafen seines Heeres umgeben; abwechselnd spielten und sangen griechische und römische Flötenspieler: und römische Tänze wechselten mit dem Schwertersprung gotischer Jünglinge, indessen auf dem Fluß, an beiden Ufern desselben und rings um die Villa her die römischen und gotischen Gäste des Königs gemeinsam schmausten, tranken und den milden Herrn und seine schöne Braut um die Wette feierten.

Ernst sinnend blickte Valeria in die Ferne: sie öffnete leise die Lippen. »Welchen Namen nanntest du?« fragte sie der König, ihr seinen Becher zum Vortrinken reichend. Sie that Bescheid und sprach, die goldne Schale zurückgebend: »Miriam!« »Miriam Dank und Ehre!« sagte der König, ernst den Becher hebend.

Aber da klang es goldhell von Harfensaiten: und in ganz weißem, goldgesäumtem Festgewand, einen Kranz von Lorbeern und Eichenblättern um die Schläfe, trat Adalgoth vor das Paar, warf noch einen fragenden Blick auf seinen Harfen- und Waffenlehrer, Graf Teja, der dem König zur Rechten saß, und sang mit heller Stimme zu den Accorden seiner Harfe:

»Hört, alle Völker, fern und nah,
Byzanz, vernimm es wohl:
Der Gotenkönig Totila
Thront hoch im Kapitol!

Wie weit ist doch vom Tiberstrom
Held Belisar verschreckt:

Vom Orcus ist, nicht mehr von Rom,
  Cethegus nun Präfekt.

Aus welchen Blättern ziemt ein Kranz
  Dem König Totila? –
An seiner Brust in Rosenglanz
  Erglüht Valeria.

Den Frieden schirmet und das Recht
  Sein Schwert, sein Schild, sein Stern:
*Olive*, leih dein fromm Geflecht
  Mir für den Friedensherrn!

Wer trug den Schreck des Rachekriegs
  Gewaltig bis Byzanz?
Komm, *Lorbeer*, welsches Kraut des Siegs,
  Komm reich in meinen Kranz!

Doch nicht wuchs ihm die Siegeskraft
  Aus Romas Moderstaub:
Frisch kröne seine Heldenschaft,
  Germanisch *Eichen*laub.

Hört alle Völker, fern und nah,
  Byzanz vernimm es wohl:
Der Gotenkönig Totila
  Thront hoch im Kapitol!«

Rauschender Beifall folgte seinem Lied, indes ein römischer Knabe und ein gotisches Mädchen, vor dem Brautpaar knieend, je einen Kranz von Rosen, Oliven, Lorbeern und Eichenblättern überreichten.

»Auch *unsere* Sänger, Valeria,« lächelte Totila, »sind nicht ganz ohne Wohllaut. Und nicht ohne Kraft und Treue. Mein Leben dank' ich dem Sänger da.« Und er legte die Hand auf Adalgoths Haupt. – »Gar unsanft schlug er deinem Landsmann Piso, seinem Kollegen in Apollo, auf die geschickt scandierenden Finger: zur Strafe, daß er an meine Valeria mit diesen Fingern wohl manchen Vers geschrieben und in derselben Hand nun das tödliche Eisen gegen mich schwang.«

»Nur Eins hätt' ich noch lieber gehört, mein Adalgoth,« sagte Teja leise zu diesem, »als dein Jubellied.«

»Was, mein Schwert- und Harfen-Graf?«

»Den Todesschrei des Präfekten, den du leider nur im Gesang in die Hölle geschickt hast.«

Aber Adalgoth war von einer Menge von gotischen Kriegern die Treppe hinabgerufen und lange nicht wieder freigegeben: denn seinen gotischen Hörern, welche die Siege Totilas mit erfochten, gefiel sein Lied viel besser als es vielleicht dir, liebe Leserin, gefällt.

Herzog Guntharis umarmte und küßte ihn und sprach, indem er ihn zur Seite führte: »Mein junger Held! Das ist eine Ähnlichkeit! So oft ich dich sehe, ist mein erster Ausruf: Alarich.«

»Ei, das ist mein Schlachtruf,« sagte Adalgoth und im Gespräch verschwanden sie unter der Menge.

Gleichzeitig blickte der König nach der Säulenhalle der Villa zurück, da plötzlich das Spiel der dort aufgestellten Flötenbläser abbrach. Er erkannte den Grund wohl: und er selbst sprang, mit einem Ruf des Staunens, von seinem Sitz.

Denn zwischen den beiden kranzumwundenen Mittelsäulen des Eingangs stand eine Gestalt, die nicht irdisch schien. Ein wunderholdes Mädchen in ganz weißem Gewand, einen Stab in der Hand und einen Kranz von weißen Sternblumen um das Haupt.

»Ah was ist das? Lebt dies reizvolle Bild?« fragte erstaunt der König.

Und alle Gäste, alle die Frauen und Männer umher, folgten dem Blick seines Auges, der Bewegung seiner Hand mit Staunen. Denn was an der schmalen Öffnung die Blumengewinde übrig gelassen, war ausgefüllt von einer lieblichen Erscheinung, derengleichen sie nie geschaut.

Das Kind — oder Mädchen — hatte das glänzend weiße Linnenkleid auf der linken Schulter mit einer Saphirspange geheftet: den breiten, goldnen Gürtel schmückte ein großer Kreis von Saphiren: wie zwei weiße Flügel fielen die langen weißen Zipfelärmel von ihren Schultern: Epheuranken umwoben die ganze Gestalt: die Rechte hielt, auf der Brust ruhend, den Blumen umwundenen, gekrümmten Hirtenstab: die Linke hielt einen wundervollen Kranz von Waldblumen und ruhte auf dem mächtigen Haupt eines großen, braunzottigen Hundes, der um den Hals auch einen Blumenkranz trug. Ohne Furcht, sinnig, forschend fiel ihr Blick über die glänzende Versammlung. Staunend harrten eine Weile die Gäste, regungslos stand das Mädchen.

Da stand der König auf von seinem Thron, schritt auf sie zu und sprach: »Willkommen in der Goten Königsaal, bist du ein irdisch Wesen,« lächelte er. »Bist du aber, was ich fast lieber glauben möchte — der Licht-Elben wundervolle Königin, nun so sei uns auch willkommen: dann muß dir ein Thron hoch über des Königs Sitz gerüstet werden.« Und anmutig begrüßend lud er sie, mit beiden Armen winkend, näher.

Sie aber trat nun, schwebenden Schrittes, über die Schwelle der Säulenhalle auf die Terrasse, errötete und sprach: »Wie sprichst du doch liebliche Thorheit, Herr König! Ich bin keine Königin. Ich bin ja Gotho, die Hirtin. Du aber bist — ich seh's mehr an deiner lichten Stirn als an dem Goldreif — du bist Totila, der Gotenkönig, den sie den Freudenkönig nennen.

Da hast du Blumen, du und deine schöne Braut — ich hörte: eurer Verlobung gilt dies Fest — Gotho hat nichts andres zu spenden: ich pflückte und wand sie, wie ich des Weges durch die letzten Haine kam. Und nun König, der Waisen Schirmherr und des Rechtes Schutz, nun höre mich und hilf mit deinem Schutz.«

Der König nahm wieder neben Valeria Platz: das Mädchen stand zwischen beiden: die Braut faßte ihre Hand: der König legte ihr die Hand aufs Haupt und sprach: »Bei deinem eignen wundersamen Haupte schwör' ich dir Schutz und Recht. Wer bist du? und was ist dein Begehr?«

»Herr, ich bin eines Bergbauern Enkelin und Kind. Ich bin erwachsen auf dem Iffaberg unter Blumen und Einsamkeit. Ich hatte nichts Herzliebes auf Erden als einen Bruder. Der ist mir davon gezogen, dich zu suchen. Und als der Großvater zu sterben kam, schickte er mich zu dir: bei dir soll ich den Bruder, Recht und Schicksalslösung finden.

Und er gab mir zur Begleitung den alten Hunibad mit von Teriolis: aber dessen Wunden waren nicht ausgeheilt und sie brachen bald wieder auf und schon in Verona blieb er liegen. Und lange Zeit hatt' ich ihn zu pflegen, bis auch er starb.

Und dann zog ich ganz allein, nur mit Brun, dem treuen Hunde, quer durch all' dies weite, heiße Land bis ich endlich Romaburg und dich gefunden.

Und gute Ordnung hältst du, Herr König in deinem Land: man muß dich loben. Deine Königsstraßen sind Tag und Nacht bewacht von deinen Sajonen und Lanzenreitern. Und gar freundlich und gut waren sie mit dem einsam wandernden Kinde. Und wiesen mich jede Nacht zu einem Hause guter Goten, wo die Hauswirtin mein pflegte. Und sie sagen ja: solchen Rechtsfrieden schirmst du im Lande, daß man goldne Spangen auf deine Königsstraßen legen und sie nach vielen, vielen Nächten dort sicher wieder finden kann.

Und in einer Stadt, Mantua, glaub' ich, hieß sie, war, gerade als ich über den Marktplatz schritt, groß Gedräng und alles Volk lief zusammen. Und deine Sajonen führten einen Römer in ihrer Mitte zum Tode und riefen: »Marcus Massurius muß des Todes sterben auf König Totilas Befehl: er hatte ihn freigegeben, den Kriegsgefangnen: da raubte der Freche mit Gewalt ein jüdisches Mädchen: König Totila hat des großen Theoderichs Gesetz erneut.« Und sie schlugen ihm den Kopf ab auf offnem Markt und alles Volk erschrak vor König Totilas Gerechtigkeit.

Nun, treuer Brun, hier darfst du schon rasten, hier thut mir niemand was zu leide. Auch seinen Hals hatt' ich, euch zu Ehren, heut' mit Blumen bekränzt.«

Und sie schlug den gewaltigen Hund leise auf sein zottiges Haupt: mit einem klugen Blick trat er vor an des Königs Thron und legte die linke Vorderpranke zutraulich auf dessen Knie. Und der König gab ihm Quellwasser zu trinken aus flacher, goldner Schale. »Für goldne Treue,« sprach er, »goldnen Becher. Wer aber ist dein Bruder?«

»Ja,« sagte sie nachdenklich, »nach vielem, was mir Hunibad unterwegs und auf dem Krankenbett erzählt, glaub' ich, daß seine Name nicht der rechte. Aber er ist leicht zu kennen,« fuhr sie errötend fort.

»Goldbraun wogt sein Gelock: und sein Auge ist blau wie dieser lichte Stein: und seine Stimme ist hell wie die Lerche: und wenn er Harfe schlägt, blickt er nach oben, als sähe er den Himmel offen ...«

»Adalgoth,« rief der König! – »Adalgoth!« wiederholten alle Goten.

»Ja, Adalgoth heißt er,« sprach sie.

Da flog dieser, sein Name schlug, laut gerufen, an sein Ohr – die Stufen herauf: »Meine Gotho!« jubelte er. Und sie hielten sich umschlungen.

»Die gehören zusammen,« sagte Herzog Guntharis, der dem Jüngling gefolgt war.

»Wie Morgenrot und Morgensonne,« sprach Teja.

»Nun aber laß mich,« sprach das Mädchen, sich losmachend, »meinen

Auftrag erfüllen: des sterbenden Großvaters Gebot. Hier, Herr König, nimm diese Rollen und lies sie: Da soll alles Schicksal drin stehen für Adalgoth und Gotho: Vergangenheit und Zukunft, sprach der Ahn.«

## Siebzehntes Kapitel

Und der König entsiegelte die äußeren Schnüre und las:

»Dies hat geschrieben, Hildegisel, des Hildemuth Sohn, den sie den langen nennen, ehemals Priester, dermalen Burgmann zu Teriolis. Geschrieben auf Vorsprechen des alten Iffa: und ist alles wahrhaftig aufgeschrieben. Also: nun kommt's.

Das Latein ist wohl oft nicht, wie es in der Kirche gesungen wird. Aber Ihr werdet's schon verstehn, Herr König.

Denn wo's schlecht Latein, da ist's gut Gotisch. Also. Nun kommt's aber wirklich.

So spricht Iffa, der Alte: »Herr König Totila. Was in dieser hier eingewickelten Rolle geschrieben steht, ist die Niederschrift des Mannes Wargs, der aber nicht mein Sohn war und nicht Wargs hieß – sondern Alarich hieß er und war der Balte, der verbannte Herzog von –«

Ein Ruf des Staunens ging durch die Versammlung der Goten. Der König hielt inne. Herzog Guntharis aber sprach:

»Dann ist Adalgoth, der sich den Sohn des Wargs nannte, der Sohn des Balten Alarich, den er selber als des Königs Herold, umreitend in allen Städten auf weißem Roß, mit lautem Heroldspruch gesucht. Und niemals sah ich größere Ähnlichkeit, als die zwischen Vater Alarich und Sohn Adalgoth.

»Heil dir, Herr Herzog von Apulien!« rief lächelnd Totila und schloß den Knaben in die Arme.

Sprachlos vor Staunen sank Gotho nieder in die Kniee: ihre Augen füllten sich mit Thränen und, zu Adalgoth aufblickend, seufzte sie: »Also nicht mein Bruder? O Gott! – Heil dir, Herr Herzog von Apulien. Leb' wohl! auf immer!« und sie stand auf und wandte sich, zu gehen.

»Nicht meine Schwester?« jubelte Adalgoth. »Das ist das Beste an dem ganzen Herzogtum Apulien! Halt da –« und er fing sie auf, drückte ihr Köpfchen an die Brust, küßte sie herzhaft auf den Mund und sprach zum König: »Herr König Totila, nun gebt uns zusammen. Hier ist meine Braut – hier steht meine Herzogin.«

Totila aber, welcher einstweilen beide Urkunden durchflogen hatte, lächelte: »Ja, da braucht's nicht Salomons Königsweisheit dazu, hier das Rechte zu finden. Junger Herzog von Apulien, so verlob' ich dir die Braut.«

Und er legte das weinende, lachende Kind in seine Arme. Zu den Goten umher aber sprach er: »Vergönnt, daß ich euch aus dem etwas ungeschlachten Latein von Hildemuths Sohn – ich kannte ihn: besser war er mit dem Speer, als mit der Feder zu brauchen – und dem Testament des Herzogs die Wunder kurz erkläre, die wir hier sehen. Herzog Alarich beteuert hier seine Unschuld.«

»Die ist jetzt erwiesen: durch seinen Sohn,« rief Herzog Guntharis, »und ich hatte nie an seine Schuld geglaubt.«

»Er erfuhr erst spät den geheimen Ankläger. Unser Adalgoth hat dessen Namen aus der zertrümmerten Cäsarstatue ans Licht gebracht. Cethegus der Präfekt hatte eine Art Tagebuch geführt, in geheimer Schrift: aber Cassiodorus hat sie, mit Staunen und Entsetzen über die Frevel des so lang von ihm bewunderten Mannes, entziffert: da fand sich ein Eintrag folgenden Inhalts in dem vor etwa zwölf Jahren geschriebenen Anfang: »Baltenherzog verurteilt. Daß er unschuldig, glaubt nur noch er selbst und sein Ankläger. Wer Cethegus ins Herz trifft, soll nicht leben. Als ich damals am Tiberufer aus Tod gleicher Betäubung erwachte, war diese Rache mein erster Gedanke: sie ward mein Schwur: er ist erfüllt.«

»Geheimnis schwebt noch auf den Gründen dieser Rachsucht: doch müssen sie irgendwie zusammenhängen mit Julius Manilius Montanus, unserem Freund. Wo ist er?«

»Er hat sich mit Cassiodorus schon wieder in die Peterskirche zurückbegeben,« sprach Graf Teja: »du mögest sie entschuldigen: sie beten um diese Stunde jeden Tag um den Frieden mit Byzanz. Und Julius auch für des Präfekten Seele,« fügte er mit bittrem Lächeln bei. »Nur schwer hatte König Theoderich an die Schuld des tapfren Herzogs geglaubt, mit welchem innige Freundschaft ihn verbunden.«

»Hatte er ihm doch,« fiel Herzog Guntharis ein, »einst einen breiten, goldnen Armreif geschenkt mit einer Runenschrift.«

Der König fuhr fort, aus der Rolle lesend: »Und diesen Armreif hier habe ich mitgenommen in Verbannung und Flucht mit meinem kleinen Knaben. Dieser Armreif, entzweigebrochen zwischen dem Runenspruch, mag einstmals die echte Geburt meines Sohnes als Wahrzeichen beweisen.«

»Er trägt das Wahrzeichen im Antlitz,« meinte Herzog Guntharis.

»Aber es fehlt auch an dem goldnen nicht,« sprach Adalgoth: »wenigstens ein Stück hat mir der alte Iffa mitgegeben: hier ist's:« und er holte nun den halben Armreif, den er an einer Schnur auf der Brust trug, hervor. »Ich habe nie den Sinn der Runen enträtseln können:

»Dem Balten –
Dem Falken –
In Not –
Dem Freunde –«

»Ja, dir fehlte die andre Hälfte, Adalgoth,« sprach die Hirtin und holte aus dem Busentuch das zweite Stück. – »Sieh, hier lauten die Runen:

» – der Amaler
– der Adler,
– und Tod
– der Freund.«

»Dem Balten der Amaler, –
Dem Falken der Adler,
In Not und Tod
Dem Freunde der Freund.«

So las, nun beide Halbringe zusammenhaltend, Teja.

Totila aber fuhr fort. »Endlich aber hatte mich der König nicht mehr schützen können, als ihm Briefe vorgelegt wurden, so meisterhaft gefälscht und meiner Handschrift nachgebildet, daß ich selbst, als mir zuerst ein harmloser Satz aus dem Inhalt, auf einem herausgeschnittenen Pergamentstreifen, vorgelegt wurde, ohne weiteres anerkannte ›ja, das hab' ich geschrieben‹. Da paßten die Richter den Streifen wieder in das Pergament und lasen mir das Ganze vor: und so sollte ich denn geschrieben haben an den Hof von Byzanz, ich wolle den König ermorden und Süditalien räumen, wenn man in Byzanz mich als König von Norditalien anerkennen wolle. Da verurteilten mich die Richter.

Als ich aus dem Saal geführt wurde, traf ich auf dem Gange Cethegus Cäsarius, meinen langjährigen Feind: es war mir gelungen, ein Mädchen, um das er warb, dem unheimlichen Mann zu entziehen und einem wackern Freund in Gallien als Gattin zuzuführen – er drängte sich durch die Wachen, schlug mir auf die Schulter und sprach: »Wem die Liebe entrissen, den tröstet der Haß.« Und an seinem Blick erriet ich es: er und kein andrer war der falsche Ankläger.

Als letzte Gnade gewährte mir der König die Mittel, aus dem Kerker zu entfliehen. Aber ich ward geächtet, friedlos gesetzt mit meinem ganzen Haus; mein Erbe eingezogen. Lang zog ich unstet in den Nordbergen umher, bis ich mich entsann, daß auf dem Berg der Iffinge bei Teriolis altgetreue Gefolgen meines Geschlechts siedelten: dorthin wanderte ich mit meinem Knaben und wenigen Schatzstücken des Baltenhauses.

Und die Getreuen nahmen mich auf und meinen Knaben und bargen mich unter dem Namen Wargs – ›der Verbannte‹ und gaben mich für den Sohn des alten Iffa aus und entfernten alle unverlässigen Knechte, die mich hätten verraten können. Und so leb' ich im Verborgnen manches Jahr.

Meinen Sohn aber will ich und sollen nach mir die Iffinge erziehen zur Rache an Cethegus, dem Verräter.

Ich hoffe, einst kommt der Tag, der meine Unschuld aufdeckt. Bleibt er aber allzulang aus, dann soll mein Sohn, wann er schwertreif geworden, hinunterziehen vom Iffaberg gen Italien, den Vater zu rächen an Cethegus Cäsarius. Dies ist mein letztes Wort an meinen Sohn.«

»Bald aber, nachdem der Herzog dies geschrieben hatte,« las der König aus der andern Rolle weiter, »verschüttete ihn mit einigen meiner Gesippen der Berg in einem Felsenrutsch. Ich aber, Iffa der Alte, habe den Knaben als meinen Enkel auferzogen und als Gothos Bruder, weil immer noch die Friedlosigkeit lastete auf dem Geschlecht des Herzogs Alarich und ich nicht auch auf ihn die Rache des Höllenmannes lenken wollte. Und auf daß der Junge andern ganz gewiß nichts von seiner gefährlichen Abkunft sagen könne, habe ich ihm selber nichts davon gesagt.

Als er aber nun schwertreif geworden und ich vernahm, daß in Romaburg ein milder und gerechter König walte, der den höllischen Präfekten niederkämpfe, wie der Morgengott den Nachtriesen, da sandte ich jung Adalgoth zur Rache aus und erzählte ihm, daß er ein edles Adelshaupt, den Schutzherrn unsres Geschlechts, nach seines Vaters Auftrag an Cethegus, dem grimmen Verfolger und Verderber zu rächen habe. Aber daß er Alarichs, des Baltenherzogs Sohn, verschwieg ich ihm: denn ich scheute die Acht, die noch auf ihm lag: seines Vaters Name konnte ihm, solang die Schuld darauf haftete, nichts nützen, nur schaden.

Ganz eilfertig aber schickte ich ihn fort, seit ich erkannte, daß ihn selbst die geglaubte Schwesterschaft nicht abgehalten, meine Enkelin Gotho gar unbrüderlich lieb zu gewinnen. Ich hätte ihm nun zwar wenigstens sagen können, daß Gotho nicht seine Schwester. Das aber soll mir fern sein, daß ich meines alten Herrn-Hauses altadligen Sproß, gleichsam durch Betrug, mit meinem Blut, mit dem schlichten Hirtenkind, verbände. Nein: er wird, wenn Recht auf Erden lebt, dereinst der Herzog von Apulien, wie sein Vater vor ihm.

Und da ich fürchte, daß ich zu sterben komme und Adalgoth noch keine Kunde von des Präfekten Untergang geschickt hat, habe ich den langen Hildegisel gebeten, dies alles aufzuschreiben.

(Und ich, Hildegisel, habe für die Schreibung zwanzig Pfund besten Käse erhalten und zwölf Krüge Honig, was ich dankbar bekenne und beide waren sehr gut.)

Und mit alle dem und mit den Schatzstücken, mit den blauen Steinen und feinen Gewändern aus dem Balten-Erbe, und den Goldsolidi sende ich das Kind Gotho an den gerechten König Totila: ihm soll sie alles aufdecken. Er wird die Acht, die Friedlosigkeit nehmen von dem unschuldigen Sohn des unschuldigen Mannes. Und wenn Adalgoth weiß, daß er der edeln Balten Sproß und daß Gotho nicht seine Schwester, dann mag er thun nach seinem Willen: er soll dann frei die Hirtin wählen oder meiden: nur das wisset, daß der Iffinge Geschlecht nie unfrei war, sondern vollfrei von jeher, wenn auch in des Baltenhauses Schutz. König Totila, du entscheide über sie.«

## Achtzehntes Kapitel

»Nun,« lächelte der König, »diese Mühe hast du mir schon abgenommen, Herr Herzog von Apulien.« »Und die junge Herzogin,« schaltete Valeria ein, »hat sich gleich, als hätte sie's geahnt, bräutlich für diesen Tag geschmückt.«

»Für *euer* Brautfest,« erwiderte die Hirtin: »als ich vor den Thoren der Romaburg erfuhr von dieser Feier, da öffnete ich, wie der Ahn befohlen, das Bündel und schmückte mich für euch.« – »Unser Verlöbnis,« sprach Adalgoth zu seiner Braut, »fiel auf den Verlobungstag des Königspaars – soll auch unser Hochzeitstag der des Königspaares sein?«

»Nein, nein,« fiel Valeria hastig, fast ängstlich ein. »Nicht noch ein Gelübde, geknüpft an ein älteres, noch ungelöstes! Ihr Kinder des Glückes: seid weise: heute habt ihr euch gefunden: haltet das Heute fest: das Morgen gehört den ungewissen Göttern.«

»Recht sprichst du,« jubelte Adalgoth, »heute noch soll Hochzeit sein,« und er hob Gotho hoch auf seinen linken Arm, sie allem Volke zeigend, »seht hier, ihr guten Goten, meine kleine Frau Herzogin.«

»Mit Vergunst,« sprach da eine bescheidene Stimme, »wo soviel Glück und Sonnenschein auf die Gipfel und Höhen des Volkes fällt, da möchte sich auch niederes Gewächs dran laben.« Vor den König trat ein schlichter Mann, an der Hand ein hübsches Mädchen.

»Du bist es, wackrer Wachis,« rief Graf Teja, zu ihm tretend, »und nicht mehr Knecht, im langen Haar der Freien?«

»Ja, Herr: König Witichis, mein armer Herr, hat mich freigelassen, als er mich mit Frau Rauthgundis und Walada entließ. Seither ließ ich das Haar als Freier wachsen. Und Frau Rauthgundis wollte, ich weiß es ganz gewiß, ihre Magd Liuta hier auch frei lassen: und wir sollten nach Volksrecht Ehe schließen als Freie: aber sie kam ja nicht mehr zurück in das Haus bei Fäsulä. Wohl aber ich aus unsrer Waldhütte: und gerade zur rechten Zeit noch flüchtete ich meine Liuta aus der Villa: tags drauf kamen die Saracenen Belisars und brannten und mordeten die Stätte aus. Nach Frau Rauthgundens erblosem Tode — denn ihrem Vater Athalwin hatte schon vor ihrem Untergang der Südsturm eine Lawine über Haus und Haupt geworfen — ist nun Liuta dem König als Eigentum zugefallen: und ich möchte daher den König bitten, daß er auch mich wieder zum unfreien Knecht aufnehme, auf daß wir nicht gestraft werden, wenn wir uns freien — und ...«

Totila ließ ihn nicht aussprechen: »Wachis, du bist treu,« rief er gerührt. »Nein, nach Volksrecht sollt ihr die Freien-Ehe schließen. Reicht mir ein Goldstück.«

»Hier, Herr König,« rief eifrig Gotho, aus ihrer Hirtentasche eins hervorholend — »es ist mein letztes, von den sechsen.«

Der König nahm es lächelnd, legte es auf Liutas rechte, offne Handfläche und schlug es dann, von unten nach oben, aus ihrer Hand, daß es klingend auf das Mosaikgetäfel sprang und sprach:

»Frei und frank
Laß ich dich, Liuta,
Ledig und lastlos!
Freie du fröhlich
In Königsfrieden.«

Da trat Graf Teja vor und sprach: »Wachis, du trugst schon einmal glücklosem Herrn den Schild. Willst du nun *mein* Schildträger werden?«

Feuchten Auges ergriff der Treue des Grafen Rechte mit beiden Händen.

Und nun erhob Teja den Goldpokal und sprach feierlich:

»Ihr glänzet im Glück: —
Schön scheint euch der Schimmer
Der seligen Sonne:
Doch denket drum doch
Treu traurig der Toten!
Ohne Glanz, ohne Glück,
Doch treu, tapfer und trefflich
Rang ruhmvoll der Recke:
Witichis, Waltharis wehrlicher Sohn.
Feiert ihr fest-froh,
Lichte Lieblinge
Gütiger Götter,
Goldne Gelage, —

Ehre doch immer
Der Goten Geschlecht
Der glücklosen Gatten
Geweihtes Gedächtnis.
Ich mahne euch, Minne
Traurig zu trinken
Des mutigsten Mannes,
Des wackersten Weibes:
Witichis und Rauthgundens Minne trink' ich.«

Und alle thaten, schweigend, feierlich und trauervoll, Bescheid.

Dann hob König Totila noch mal den Becher und sprach laut vor allem Volk: »Er hatte es verdient – *ich* habe es erreicht: ihm bleibt unvergessene Ehre!«

Als er sich niedergelassen – die beiden andern Paare wurden mit an des Königs Tisch gesetzt, – stieg Graf Thorismuth von Thurii (seine treue Tapferkeit war durch die Grafenwürde belohnt, aber das Amt des Herolds und Waffenträgers ihm auf seinen Wunsch belassen worden) die Stufen herauf, neigte vor dem König seinen Heroldstab und sprach: »Fremde, fernher gesegelte Gäste meld' ich, König der Goten. Jene große Flotte, die, leicht hundert Segel stark, schon seit mehreren Tagen von deinen Seewarten und Hafentürmen gemeldet wurde, ist nun in Portus eingelaufen. Nordleute sind es: wogenkundig, kühnes Volk, aus fernstem Thule Land. Hochbordig ragen ihre Drachenschiffe und Schreck verbreiten deren ungetüme Bugsprietbilder. Aber zu dir kommen sie friedlich. Und das Königsschiff hatte gestern schon Boote ausgesetzt und hohe Gäste segeln den Fluß herauf. Ich rief sie an und erhielt zur Antwort: »König Harald von Götaland und Haralda (seine Gattin, wie es scheint), die wollen König Totila begrüßen.«

»Führ' sie herauf. Herzog Guntharis, Herzog Adalgoth, Graf Teja, Graf Wisand, Graf Grippa geht ihnen entgegen und geleitet sie.«

Und alsbald erschienen, unter den kriegerischen Tönen ihrer fremdartigen, gewundenen Muschelhörner, umgeben von zwanzig ihrer ganz in Stahlringen gepanzerten Helden und Segelbrüder, auf der Terrasse zwei hohe Gestalten, die selbst den schlanken Totila und seine Tafelgenossen überragten.

König Harald trug auf dem Helm die beiden fußlangen Schwingen des schwarzen Seeadlers: das Federkleid desselben Vogels bedeckte das eherne Helmdach. Vom Rücken floß ihm eines ungeheueren schwarzen Bären Fell, dessen Rachen und Vorderpranken vorn über den Brustharnisch von handbreiten Erzringen herabhingen. Ein eisendraht-geflochtener Wappenrock, der bis an die Kniee reichte, wurde durch einen breiten, muschelbesetzten Gurt von Seehundfell um die Hüften gehalten. Arme und Beine waren nackt, doch von breiten Goldringen geschmückt zugleich und geschirmt. Ein kurzes Messer hing an stählerner Kette an seiner Seite: in der Rechten aber trug er einen langen harpunengleichen Widerhakenspeer. Seine dicken, hellgelben Locken fluteten, mähnengleich, tief über seine Schultern.

Zu seiner Linken stand, nicht um eine Fingersbreite kleiner, die Walkürengestalt seiner Begleiterin. Das hellrote, metallisch schimmernde Haar floß, in langem, schlichtem Schweife, bis fast an ihre Knöchel, hervor unter dem goldnen, offnen Helme mit den kleinen Flügeln der Silbermöwe, über einen schmalen Streif von dem weißen Pelze des Eisbären, der mehr als Schmuck denn als Mantel, ihren Rücken bedeckte. Ein ganz eng anschließender Panzer von klein geschupptem Golde zeigte den unvergleichlichen Wuchs der Schildjungfrau, jeder Bewegung der atmenden Brust elastisch folgend. Ihr bis an die halbe Wade reichendes Untergewand war aus den weißen Haaren des Schneehasen kunstvoll gefertigt. Die Arme schmückten, halb sie verhüllend, Ärmel aus aneinandergereihtem und durchbohrtem, goldgelbem Bernstein, der in der Abendglut der römischen Sonne seltsam funkelte. Auf ihrer linken Schulter aber saß gravitätisch der zierliche, weiße Falke von Island. Ein kurzes Handbeil stak in ihrem Gurt: die Rechte trug die über die Schulter gelehnte, langgeschweifte Harfe mit dem Schwanenbug von Silber.

Gaffend folgten, nachdrängend, die Römer, die Augen weit aufreißend über solche Gestalten: aber auch die Goten bewunderten das soviel hellere Weiß dieser Arme, die eigenartig hellen, blitzenden Augen.

»Nachdem der schwarze Held, der mich empfing,« sprach der Wiking, »sagt: er sei's nicht, kannst nur du der König sein,« und er reichte Totila die Hand, erst den Kampfhandschuh aus Haifischhaut abstreifend.

»Willkommen am Tiberstrom, ihr Vettern aus Thuleland,« rief Totila, zutrinkend.

Und auf rasch bereiteten Stühlen nahm das Fürstenpaar am Königstische Platz, ihre Gefolgen an den nächsten Tafeln: Adalgoth schenkte Wein aus hohen Henkelkrügen.

König Harald trank und schaute bewundernd umher.

»Bei Asathor,« rief er dann, »hier ist es schön!« »So denk' ich mir Walhalla!« sprach seine Begleiterin.

Kaum verstanden sich die Goten und die Nordleute untereinander.

»Gefällt es dir bei mir, Bruder,« sprach Totila langsam, »dann weile lang unter uns mit deiner Gattin.«

»Hoho, Romkönig,« lachte die Riesin und warf das Haupt zurück in den Nacken, daß die rote Haarwelle flutete – kreischend umflog sie dreimal der Falke: dann kehrte er ruhig auf ihre Schulter zurück: – »Noch ist kein Mann gekommen, der Haraldas Herz und Hand bezwungen: nur Harald, mein Bruder, biegt mir den Arm, überspringt meinen Sprung, überwirft meinen Speer.«

»Geduld, klein Schwesterlein, ich vertraue: bald meistert ein markiger Mann dir das trotzige Magdtum. Hier dieser König, blickt er auch mild wie Baldur, gleicht doch Sigurd, dem Fafnirschläger. Ihr solltet euch messen im Speerwurf.«

Haralda warf einen langen Blick auf den Gotenkönig, errötete und drückte einen Kuß auf ihres Falken glattes Köpfchen.

Totila aber sprach:

»Übles gedieh, nach der Sänger Bericht, aus Sigurds Wettkampf mit der

Schildjungfrau. Begrüße vielmehr friedlich Weib das Weib: reiche die Hand, Haralda, meiner Braut.«

Und er winkte Valeria, der nur unvollständig Herzog Guntharis das Gesprochene in Latein vermittelte.

Valeria erhob sich in edler, anmutvoller Hoheit von ihrem Sitz, im weißen, langwallenden, römisch-griechischen Gewand mit goldnem Gürtel und einer Kamee als Schulterspange, nur einen Lorbeerzweig um die edeln Schläfe, den Totila aus Adalgoths Kranz genommen und durch ihr schwarzes Haar geschlungen: wie Musik umfloß sie die Schönheit, der Rhythmus ihres Faltenwurfs und ihrer Bewegungen: so reichte sie schweigend der nordischen Schwester die Hand.

Einen scharfen, nicht eben freundlichen Blick hatte diese auf die Römerin geschleudert: aber Bewunderung verdrängte zornige Überraschung von ihrem Antlitz und sie sprach: »Bei Freias Halsgeschmeide, du bist das schönste Weib, das ich je gesehen! Ich zweifle, ob dir ein Wunschmädchen in Walhall gleichen mag. Weißt du, Harald, wem diese Fürstin gleicht? Vor zehn Nächten haben wir im blauen Griechenmeer auf einer Insel geheert und einen Säulentempel ausgeleert: da stand ein hohes Marmorweib aus weißem Stein: auf der Brust ein schlangenumlocktes Haupt: zu Füßen den Nachtvogel: in faltenreichem Gewand – Sven hat sie leider zerschlagen, wegen der Edelsteine, die sie in den Augen trug: dieser Marmor-Göttin gleicht die Königsbraut.«

»Das muß ich dir dolmetschen,« lächelte Totila der Geliebten zu: »nicht dein poetischer Verehrer Piso hätte dir ausgesuchter schmeicheln können, als diese Bellona des Nordens. – Sie haben – so ward uns gemeldet – auf Melos gelandet, und dort die schöne Athena-Statue des Pheidias zerschlagen. Der bist du ähnlich, sagt sie! Ihr habt übel gehaust,« fuhr Totila fort, »ich hörte es, auf allen Inseln zwischen Kos, Chios und Melos. Was führte euch dann so friedlich zu uns?«

»Das will ich dir sagen, Bruder. Aber erst nach einem neuen Trunk.« Und er hielt Adalgoth den tiefen Becher hin. »Nein! – nicht mit Wasser verderben den herrlichen Saft! Wasser muß salzig sein – damit man's gar nicht trinken *kann* – außer man ist ein Hai oder Walroß. Wasser ist gut, daß es uns trage auf seinem Rücken, nicht, daß wir es tragen in unsrem Bauche. Und 's ist ein wunderbarer Trank, dieses euer Reben-Bier. Unsern Met habe ich mir immer bald satt getrunken: der ist wie fade, süße Speise. Aber dieser Reben-Met: je mehr man davon trinkt, desto durstiger wird man. Und trank man zuviel, was kaum denkbar, ist's nicht wie beim Ael- und Metrausch, daß man Asathor bitten möchten, einem um den Schädel mit seinem Hammer einen Eisenring zu schmieden – nein, der Rebenrausch ist wie süßer Wahnsinn der Skalden: den seligen Göttern dünkt man sich gleich. Nun also soviel vom Weinrausch.

Wie wir aber hierher gekommen sind, das will ich dir erzählen.«

## Neunzehntes Kapitel

»Also: wir sind daheim in Thuleland, wie es die Skalden nennen, in Götaland, wie wir es heißen. Denn Thuleland ist das Land, wo man *nicht* wohnt, wo nur, noch weiter nach den Eisbergen hin, *andre* Männer wohnen.

Unser Reich reicht gegen Aufgang an die See und unsre Insel Gotland. Gegen Niedergang an Hallin und des Skioldunga-Haff. Gegen Mitternacht an Svealand. Gegen Mittag an Smaland, Skone und der See-Dänen Reiche.

König aber ist mein Vater, Frode, den Odhin liebt.

Er ist viel weiser denn ich.

Er hat mich aber jetzt zum Mit-König krönen lassen auf dem heiligen Stein zu King-Sala, weil er schon bald hundert Jahre alt ist und blind.

In unsern Hallen aber singen die Sänger noch immer die Wandersage, daß ihr Goten mit den Amalerfürsten und den Balten ursprünglich unsre Brüder wart und nur durch Verirrung auf der Wanderung seied ihr allmählich immer weiter nach Süden abgekommen: denn ihr folgtet der Kraniche Flug vom Kaukasus ab, wir aber dem Rennen der Wölfe.«

»Wenn dem so ist,« lächelte Totila, »zieh' ich die Kraniche als Wegweiser vor.«

»So mag dir das jetzt wohl noch scheinen, hier in dieser stolzen Methalle,« sprach König Harald ernst.

»Aber mein weiser Vater Frode meint anders. Wie dem nun sei – (ich glaub's nicht recht: denn sonst müßten wir unsre Worte leichter verstehen): wir ehren hoch und treu die alte Blutsgemeinschaft: sind wir nicht Brüder, sind wir doch sicher Vettern.

Und lange Zeit kam von eurem warmen Gotaland in unser kaltes immer nur frohe, stolze Kunde höchsten Ruhms, und mein Vater und euer König Thidrekr, den unsrer Skalden Harfenlieder preisen, tauschten einmal Gesandte und Geschenke, vermittelt durch die Bernstein-Esthen, die an dem Austrweg wohnen: diese führten unsre Boten zu den Wenden an der Wyzla: diese zu den Langobarden an der Tisia: diese zu den Herulern am Dravus: diese durch Savien nach Salona und Ravenna.«

»Du bist ein weg- und länderkundiger Mann,« meinte Totila.

»Das muß der Wiking sein. Sonst kommt er erst nicht vorwärts. Und dann oft nicht mehr zurück. – Lange also hörten wir nur von Glück und Glanz bei euch.

Aber einmal und dann öfter kam durch Kaufleute, die von uns Pelz, Eiderdunen und Bernstein kaufen und den Friesen, Sachsen und Franken zuführen und uns künstlich Gerät und Gold und Silber zubringen – und immer trauriger kam zu uns die Kunde, daß König Thidrekr gestorben und nach seinem Tod groß Unheil ausgebrochen sei in eurem Reich. Unsieg, Verrat, Königsmord, Krieg von Goten wider Goten und der falschen Fürsten Grêkaland Übergewalt.

Und es hieß: zu vielen Tausenden hättet ihr euch die Schädel eingerannt an den hohen Mauern eurer eignen Romaburg, die aber nicht ihr hättet, sondern ein Mann wie Asathor und ein zweiter, noch schlimmerer, wie Loki der Feuer-Arge.

Und wir forschten, ob euch denn gar niemand Hilfe leiste von den vielen Königen und Fürsten, die um Thidrekrs von Raven Gunst gebettelt. Aber da lachte der fränkische Kaufmann, der in meines Vaters Halle feines

Gewebe feil bot von der Wahala, und sprach: »Bricht Glück, bricht Treue. Alle haben sie von den glücklosen Gotenhelden gelassen, Westgoten und Burgunden, Heruler und Thüringe und zumeist wir Franken. Denn wir sind klug vor andern.«

Da warf aber mein Vater, König Frode, seinen Stab zürnend zur Erde und rief: »Wo ist Harald, mein starker Sohn?«

»Hier,« sprach ich, »Vater,« und ergriff seine Hand.

»Hast du gehört,« fuhr mein Vater fort, »die Kunde von der Südlandskönige Untreue?« Solches soll man nicht singen und sagen von den Männern von Götaland. Wenn alle untreu geworden gegen die Goten von Gardarike und Raven: wir wollen Treue halten und ihnen helfen in ihrer Not.

Auf, mein starker Harald und du, meine kühne Haralda, rüstet hundert Drachenschiffe aus und füllt sie mit Männern und Waffen – greift tief in meinen Königshort zu Kingsala und schonet nicht die gehäuften Goldringe – und fahret aus mit Odhins Hauch in den Segeln.

Von Konghalla erst an den Inseldänen und den Jüten vorüber gen Niedergang: dann entlang der Küsten der Friesen und Franken durch den Schmalpfad der See. Weiter segelt um das Reich der Sueven in dem Bergland, das da Asturia heißt: und um der Westgoten Land biegt nach Süden: dann windet euch wieder durch den Schmalpfad der Weit-See, wo Asathor und Odhin zwei Säulen gesetzt haben: dann seid ihr schon im Meer von Midilgardh, wo zahllose Eilande liegen in immergrünen Büschen, daraus weiße Marmorhallen schimmern, getragen von hohen, runden Steinbalken.

Auf diesen Eilanden heeret: denn sie gehören den falschen Fürsten von Grêkaland.

Und dann fahret gen Romaburg oder gen Raven und helfet dem Volke Thidrekers wider seine Feinde und kämpfet für sie zu Wasser und zu Lande und steht treu zu ihnen, bis niedergekämpft sind alle ihre Feinde.

Dann aber sprecht zu ihnen: »So rät euch König Frode, der bald hundert Winter gesehn hat und vieler Fürsten und Völker Geschicke hat aufsteigen sehn und wieder sinken und der selber in jungen Jahren jenes Südland gesehn hat als Wiking.

So rät euch König Frode: Räumet das Südland, so herrlich es ist.

Ihr werdet nicht darin dauern.

So wenig die Eisscholle dauert, die im Südmeer treibt. Es zehren schmelzend an ihr unablässig Sonne, Luft und leise nagende Wellen. Und mag sie noch so mächtig sein, sie muß zerrinnen und keine Spur wird bleiben ihres Daseins.

Es ist aber besser, im armen Nordland leben als im reichen Südland sterben.

Besteigt unsre Drachenschiffe und rüstet eigne und ladet darauf all' euer Volk, Männer, Frauen, Kinder, Knechte und Mägde: und Rinder und Rosse und Waffen und Edelgerät: und räumet den heißen Boden, der euch sicher verschlingen wird: und fahret von dannen und kommt zu uns. Wir wollen zusammenrücken oder den Finnen, den Wenden und Esthen so viel Land nehmen, als ihr braucht.

Und ihr sollt erhalten bleiben, frisch und grünend.

Dort unten verwelkt und versengt euch die Südsonne. So rät euch König Frode, den die Menschen den Weisen nennen seit fünfzig Jahren.«

Und wir hörten nun freilich schon wie wir einfuhren in das Meer von Midilgardh von den Seefahrern, daß eure Not gewendet sei durch einen neuen König, den sie schilderten wie den Gott Baldur, daß ihr Romaburg und alles Land von Gardarike wiedergewonnen und siegreich in Grêkaland selbst geheert habt.

Und wir sehen ja jetzt mit Augen, daß ihr unsre Waffenhilfe nicht braucht. Ihr lebt herrlich und in Freuden in dieser Methalle: und alles ist voll roten Goldes und weißen Gesteins. Aber doch muß ich wiederholen meines Vaters Wort und Rat: folgt ihm! er ist weise! noch jeder hat's bereut, der König Frodes Rat verschmäht.«

Allein Totila schüttelte lächelnd das Haupt und sprach:

»Großen Dank sagen wir König Frode und euch für edle, seltne Treue. Unvergessen soll in der Goten Gesängen solche Brudertreue sein der Nordland-Helden. Aber, o König Harald, folge mir und blick' um dich her.«

Und er stand auf, nahm den Gast an der Hand und führte ihn an den Eingang des Zeltes, die Vorhänge zurückschlagend: da lagen Strom und Land und Stadt in glühendem Licht des Sonnenuntergangs: »Sieh dies Land, unvergleichlich an Herrlichkeit des Himmels und des Bodens und der Kunst: siehe diesen Tiberstrom von glücklichen, jubelnden, schönen Menschen bedeckt, schau' diese Büsche von Lorbeer und Myrten: blicke hin auf die Säulenpaläste, die dort von Rom her im Abendstrahl schimmern, auf die hohen Marmorbilder auf diesen Stufen: und sage du selbst, würdest du diese Herrlichkeit vertauschen mit Norges Fichten und Föhren und frühlingslosem Eise, mit den rauchgeschwärzten Holzhütten auf nebliger Heide?«

»Ja, das würd' ich, beim Hammer Thors! Dies Land hier ist gut, drin zu heeren, drin zu schwelgen, drin zu siegen: jedoch dann schleunig auf und davon gefahren mit der Siegesbeute nach Hause!

Ihr aber seid hier herein geworfen wie Wassertropfen auf heißes Eisen. Und wenn jemals wir Odhins-Söhne dieses Südland beherrschen, dann werden das doch nur solche von uns, die einen breiten Rückhalt haben an andern Odhins-Söhnen.

Ihr aber – ihr seid ja selbst schon ganz anders worden als wir. Welsche Frauen habe eure Großväter, eure Väter, ihr selber gefreit: in wenigen Geschlechtern, wenn das so fort geht, seid ihr verwelscht: schon seid ihr kleiner, dunkler an Haut und Augen und Haar geworden als wir, wenigstens viele von euch.

Ich sehne mich aus dieser schwülen, weichen Luft nach dem Nordwind, der über unsre Wälder und Wogen braust.

Ja, und auch nach der rauchgeschwärzten Holzhalle, wo die Götterrunen eingebrannt sind in den Firstbalken und die Harfen der Skalden an den Holzpfeilern hangen und das heilige Herdfeuer immer gastlich lodert. Ich sehne mich nach unserm Nord zurück: denn er ist unsre Heimat.«

»So vergönne, daß auch wir unsre Heimat lieben; dies Land Italia!«

»Nie wird's eure Heimat, nur vielleicht euer Grab. Fremd seid ihr und fremd bleibt ihr. Oder ihr verwelscht. Aber eures Bleibens, als Odhins-Söhne, ist nicht in diesem Land.«

»Mein Bruder Harald, laß es uns doch versuchen,« lächelte Totila. »Ja, wir sind verändert seit den zwei Menschenaltern, die unser Volk nun unter Lorbeern lebt. Aber sind wir verschlechtert? Muß man notwendig ein Bärenfell tragen, um ein Held zu sein? Muß man Goldbilder rauben, Marmorbilder zerschlagen, um sich an ihnen zu erfreuen? Kann man nur Barbar sein oder Welscher? Können wir nicht der Germanen Vorzüge behalten, ihre Fehler ablegen, der Welschen Vorzüge uns aneignen, ohne ihre Fehler?«

Aber Harald schüttelte das mähnenumwallte Haupt.

»Mich soll's freuen, wenn's euch gelingt. Aber ich glaub's nicht. Die Pflanze nimmt die Art des Bodens und des Himmels an, darauf und darunter sie wächst. Und ich möcht' es gar nicht, selbst wenn's mir und den Meinen gelänge. Mir sind unsre Fehler lieber als der Welschen Vorzüge: wenn sie welche haben.«

Totila mußte der Worte gedenken, die er einst selber Julius entgegnet. »Vom Nordland geht alle Kraft aus – dem Nordvolk gehört die Welt.«

»Sag's ihnen doch,« fiel seine Schwester ein, »in deines Lieblingsliedes Worten.« Und sie reichte ihm die Harfe hin: Harald aber spielte und sang eine Stabreim-Weise, die Adalgoth, in Schlußreime übertragen, Valeria folgendermaßen verdolmetschte:

»Thor stand am Mitternachts-Ende der Welt:
Die Streitaxt warf er, die schwere:
»So weit der sausende Hammer fällt,
Sind mein das Land und die Meere!«
Und es flog der Hammer aus seiner Hand,
Flog über die ganze Erde,
Fiel nieder an fernsten Südens Rand,
Daß alles sein eigen werde.
Seitdem ist's freudig Germanenrecht,
Mit dem Hammer Land zu erwerben:
Wir sind von des Hammer-Gottes Geschlecht
Und wollen sein Weltreich erben!«

Lauter Beifall der gotischen Hörer dankte dem königlichen Sänger, der ganz danach aussah, das stolze Lied verwirklichen zu wollen und zu können.

Harald leerte nochmals den tiefen Goldbecher. Dann rief er: »Nun wohlauf, klein Schwesterlein Haralda, auf, ihr meine Segelbrüder da drüben. Nun brechen wir auf. Auf Deck der Midgardhschlange müssen wir sein, bevor der Mond drauf scheint. Wie lautet der Wikingabalk?

»Schlecht schlummert das Schiff,
Liegt der Lenker am Land.«

Lange Freundschaft – kurzer Abschied, so ist's Nordland-Brauch.«

Totila legte die Hand auf seines Gastes Arm. »Eilt's dir so sehr?

Du fürchtest wohl, mit zu verwelschen? Bleibe nur noch: so rasch geht's nicht: und bei dir hat's damit gute Wege.«

»Ja, da hast du recht, Romkönig,« lachte der Riese, »und beim Hammer Thors: ich rühme mich dessen. Aber wir müssen fort.

Drei Dinge hatten wir hier zu thun nach König Frodes Gebot: Euch zu helfen im Kampf. Ihr braucht uns nicht. Oder braucht ihr uns noch? Sollen wir bleiben bis neuer Kampf entbrennt?«

»Nein,« lächelte Totila. »Friede, nicht neuer Kampf steht bevor. Und käm' es wirklich abermals zum Krieg, soll ich dir dann Recht geben, Bruder Harald, daß wir Goten zu schwach, uns allein in Italia zu halten? Haben wir nicht die Feinde geschlagen ohne eure Hilfe? Können wir sie nicht wieder schlagen, wir Goten allein?«

»Ich dachte mir's wohl,« entgegnete der Wiking. – »Zum zweiten kamen wir, euch zurückzuholen ins Nordland: Ihr wollt es nicht. Und zum dritten: zu heeren auf des Kaisers von Grêkaland Inseln. Das ist ein lustig Geschäft und noch lange nicht genug geübt. Kommt mit: helft dabei, rächt euch.« – »Nein, ein Königswort ist heilig. Wir haben Waffenstillstand noch auf Monde. Und höre, Freund Harald. Verwechsle mir ja nicht aus Versehen unsre Inseln mit denen des Kaisers. Unlieb wäre mir, wenn ...«

»Nein, nein,« lächelte Harald, »sorge nicht. Wir haben's schon gemerkt. Vortrefflich gehütet sind eure Häfen und Küsten. Und hier und da hast du ja hohe Galgen aufrichten lassen und Tafeln daran in römischen Runenzeichen; dein Seegraf zu Panormus hat sie uns gedolmetscht:

»Landräuber gehängt,
Seeräuber ertränkt, –
Das ist das Raubrecht
In Totilas Reich.«

Da haben meine Segelbrüder einen heftigen Abscheu bekommen vor deinen Stangen und Tafeln und Runen. Leb wohl nun, Romkönig der Goten: möge dein Glück dauern: leb wohl, schöne Schwarzkönigin. Lebt wohl, all' ihr Helden: wenn nicht früher, in Walhall treffen wir uns wieder.«

Und rasch sich verabschiedend schritten die Nordleute hinweg.

Haralda warf ihren Falken in die Luft. »Flieg voraus, Snotr, auf Deck!« Und pfeilschnell schoß der kluge Vogel hinweg, gerade über den Fluß hinab fliegend.

Der König und Valeria geleiteten die Gäste bis auf die vorletzte Stufe der Treppe: dort tauschten sie den letzten Händedruck.

Noch einen raschen Blick warf die Jungfrau auf Totila. Harald bemerkte es: und er flüsterte ihr zu, als sie allein die letzte Stufe herabstiegen: »Klein Schwesterlein, deinetwegen scheid' ich so rasch. Gräme dich nicht um diesen schönen König. Du weißt: ich habe vom Vater die Gabe geerbt, todverfallne Männer zu erkennen. Ich sage dir: auf dieses Königs sonnigen Brauen sitzt der Speertod.

Er wird den Mond nicht mehr wechseln sehn.«

Da zerdrückte die Kriegerin eine Thräne in den stolzen Augen.

Graf Teja, Herzog Guntharis und Herzog Adalgoth geleiteten die Gäste bis an ihre Boote im Tiber und verweilten, bis sie abgestoßen.

Mit ernstem Blick sah ihnen Teja nach. »Ja, König Frode ist weise,« sagte er. »Aber oft ist die Thorheit süßer als die Wahrheit. Und großartiger. – Geh' nur voran zum Zelt zurück, Herzog Guntharis. Ich sehe da den Fluß herauf das Botenschiff des Königs eilen. Ich will sehen, welche Nachricht es bringt.«

»Ich bleibe bei dir, mein Meister,« sprach Adalgoth besorgt, »du siehst so furchtbar ernst. Was hast du?«

»Eine Ahnung, mein Adalgoth,« sprach Teja, den Arm um des Jünglings Nacken schlingend. »Sieh, wie rasch die Sonne sinkt. Mich schauert. – Laß uns dem Botenschiff entgegengehen, da unten wird es landen, wo die alten, gestürzten Marmorsäulen liegen.«

Totila und Valeria waren nach dem Zelte zurückgewandelt.

»Hat dich bewegt,« frug die Römerin erschüttert, »mein Geliebter, was jener Fremdling sprach? Es war – Guntharis und Teja haben mir's erklärt – es war sehr ernst.«

Aber Totila erhob rasch das nachdenklich gesenkte Haupt. »Nein, Valeria, es hat mich nicht erschüttert. Des großen Theoderichs großes Werk hab' ich auf meine Schultern genommen. Der Traum meiner Jugend, der Gedanke meines Königstums: ich will für ihn leben und sterben. Komm: wo bleibt Adalgoth, mein Mundschenk? – Komm: noch einmal thu' Bescheid mit dem Becher, Valeria – laß mich trinken auf das Glück des Gotenreichs.« Und hoch erhob er den Pokal.

Aber er vermochte nicht, ihn zu Munde zu führen: denn Adalgoth eilte, laut rufend, die Stufen hinan, gefolgt von Teja.

»König Totila,« rief jetzt Adalgoth atemlos, »bereite dich, ein Furchtbares zu hören, fasse dich ...«

Totila setzte den Pokal nieder und fragte erbleichend:

»Was ist geschehn?«

»Dein Botenschiff brachte die Kunde von Ancona her: Der Kaiser hat den Waffenstillstand gebrochen – er hat ...«

Da war Teja heran: sein langes, schwarzes Haar flatterte im Winde. – Geisterblaß war sein Antlitz und sein Auge sprühte: »Auf, König Totila,« rief er, »den Kranz aus dem Haar, und den Helm auf das Haupt! Auf der Höhe von Senogallia, nahe bei Ancona, hat eine Flotte des Kaisers, die unsere, die im Schutz des Waffenstillstandes lag, plötzlich feindlich überfallen.

Unsere Flotte ist nicht mehr.

Von unsern vierhundertsiebzig Segeln sind nur elf gerettet.

Ein starkes Heer des Kaisers ist gelandet.

Und Feldherr ist – Cethegus der Präfekt.«

## Zwanzigstes Kapitel

In dem Lager Cethegus' des Präfekten bei Setinum, am Fuß des Apenninus, wenige Meilen nördlich von Taginä, schritt Lucius Licinius, der soeben von Epidamnus her zur See eingetroffen war, in eifrigem Gespräch mit Syphax vor dem Zelt des Feldherrn auf und nieder.

»Mit Schmerzen erwartet dich mein Herr, o Kriegstribun. Schon seit mehreren Tagen. Hoch erfreut wird er sein, dich zu finden im Lager,« sprach der Numider. »Er muß bald zurückkehren von einem Ritt der Kundschaftung.«

»Wohin ritt er?«

»Mit Piso und den andern Kriegstribunen gegen Taginä.

»Ja, das ist die nächste, feste Stadt der Goten nach Süden zu. Nun aber erzähle mir, kluger Maure, von den letzten Dingen, die zu Byzanz geschahen. Du weißt: mich hatte dein Herr zu den Langobarden auf Werbung geschickt, lange bevor in Byzanz eine Entscheidung erreicht war. Als ich nun, nach gefahrvoller Reise durch das Land der Langobarden und der Gepiden, bei Novä über den reißenden Ister wieder glücklich in das Reich Justinians gelangt war, und bei dem Gastfreund in Nikopolis die verabredete Weisung des Präfekten abholte, die meine weiteren Schritte lenken sollte, fand ich nur den lakonischen Befehl: ihn in Senogallia zu treffen.

Ich staunte. Denn daß er, an der Spitze der Flotte und Heer des Kaisers, als Sieger, den Boden Italiens wieder beschreiten würde, wagte ich kaum zu hoffen. Von Senogallia her eilte ich eurem Marsche bis hierher nach. Die Heerführer, die ich bisher im Lager getroffen, haben mir nun zwar den Lauf der Dinge ungefähr erzählt bis kurz vor Belisars Verhaftung. Aber von dem Hergang bei dieser und von den späteren Dingen haben sie offenbar keine genauere Kunde. Du aber ...«

»Ja, ich weiß diese Sachen: so gut fast, wie mein Herr. Denn ich war selbst dabei.«

»Ist's möglich? Belisar wirklich ein Verschwörer gegen Justinian? Nie hätt' ich's geglaubt.«

Syphax lächelte schlau: »Darüber hat Syphax kein Recht, zu urteilen: ich kann nur genau sagen, was geschah.

Nun höre, aber tritt ins Zelt und labe dich: mein Herr würde schelten, ließe ich dich hier draußen, unverpflegt: und es spricht sich auch sichrer drinnen,« fuhr er fort, den Zeltvorhang hinter dem Eingetretenen schließend.

Während er nun den Gast seines Herrn auf den Feldstuhl nötigte und mit Früchten und Wein versah und bediente, hub er an zu erzählen: »Bei Einbruch der Nacht jenes Schicksalstages kauerte ich in einer Nische des Muschelhauses des Photius, des Freigelassenen Belisars, hinter der hohen Statue eines Christenheiligen, dessen Namen ich nicht weiß, der aber einen sehr löblich breiten Rücken hat. Zugedeckt von seinen Schultern konnte ich durch eine Lücke oben in der Mauer spähen, die dem Saale frische Luft zuführen soll.

Bei schwacher Beleuchtung erkannte ich Photius und eine Anzahl vornehmer Männer, die ich oft in dem Kaiserpalast oder in Belisars Haus oder bei Prokopius hatte aus- und eingehen sehen. Das erste was ich verstand — denn mein Herr hat mich die Sprache der Griechen, die sich › Romäer ‹ nennen, lehren lassen — war das Wort des Hausherrn an einen Eintretenden: ›freue dich: Belisarius kommt. Nachdem er mich gestern früh kaum eines Blickes gewürdigt, als ich ihn erwartungsvoll in der Ringschule des Zenon anhielt, sprach er mich heute Abend selber an, da ich an der offnen Thüre seines Hauses lauernd langsam vorüberschritt. Denn ich wußte, daß er gegen Abend wiederkommen werde von der Jagd mit den persischen Leoparden. Vorsichtig drückte er mir dies Wachstäfelchen in die Hand, umspähend, ob ihn niemand sehe. Hier aber steht: »Nicht länger widersteh' ich eurer Werbung. Neue Gründe zwingen mich. Ich komme heute.«

Aber wo ist Piso, wo Salvius Julianus, wo die andern jungen Römer?‹ fragte Photius.

›Sie kommen wohl nicht,‹ sprach der Eintretende. ›Ich sah sie fast alle auf Booten im Bosporus. Sie sind wohl zu einem Schmause nach des Präfekten Villa vor dem Thor des Constantin gesegelt.‹

›Laß sie: wir brauchen sie nicht, die brutalen Latiner, nicht den stolzen und falschen Präfekten: Belisar wiegt wahrlich mehr als sie.‹

Da trat Belisarius ein. Er trug einen weiten, seine Gestalt verhüllenden Mantel.

Der Hausherr eilte ihm entgegen, alle drängten sich ehrfurchtsvoll um ihn. ›Großer Belisarius,‹ sprach der Freigelassene, ›wir wissen diese deine That zu würdigen. Du bist erschienen: so bist du unser Haupt.‹

Und er drängte ihm den kleinen Elfenbeinstab auf, den der Leiter der Versammlung führt, und geleitete ihn an den erhöhten Sitz des Vorstehers der Gesellschaft, den er selbst eben verlassen. ›Sprich – befiehl – handle – wir sind bereit.‹

›Ich werde handeln zur rechten Zeit,‹ sprach finster Belisarius und ließ sich auf dem Ehrensitze nieder.

Da eilte verwirrten Haares und fliegenden Gewandes der junge Anicius in das Gemach, ein Schwert in der Hand. ›Flieht,‹ rief er, ›wir sind entdeckt und verraten.‹

Belisar erhob sich gespannt.

›Man ist in mein Haus gedrungen. Meine Sklaven sind gefangen. Eure Waffen, die ich geborgen, sind gefunden und aus sicherstem nur mir bekanntem Versteck eure Briefe und Urkunden und ach! auch meine Briefe verschwunden. Aber noch mehr. Als ich in den Hain des Constantinus bog, der dieses Haus umgiebt, glaubte ich in den Gebüschen Waffen und Männer klirren und flüstern zu hören. Man ist mir gefolgt; rettet euch.‹

Die Verschwornen stoben nach den Thüren.

Nur Belisarius blieb ruhig stehen vor dem Ehrensitz.

›Faßt euch,‹ mahnte der Hausherr, ›nehmt euch ein Beispiel an eurem Haupt und Helden.‹

Aber da scholl vor der großen Hausthüre der Ruf der Tuba: für mich das Zeichen, meinen Späheposten zu verlassen und mich meinem Herrn anzuschließen, der an der Spitze der kaiserlichen Lanzenträger und Goldschildner mit dem Präfekten von Byzanz und mit Leo, dem Archon der Palastwache, in das Haus stürmte, dessen Fenster und Thüren alle umstellt wurden.

Prachtvoll sah er aus, mein Gebieter,« rief Syphax begeistert, »als er, vom purpurnen Helmbusch umflattert, die rotschimmernde Fackel in der

Linken, das Schwert in der Rechten, in das Gemach stürmte: so mag der Feuerdämon aussehn, wenn er in Afrika aus dem flammenden Berge taucht.

Ich zog das Schwert und sprang an seine linke Seite, den fehlenden Schild zu ersetzen.

Und er hatte mir geboten, den jungen Anicius gleich unschädlich zu machen. ›Nieder mit jedem, der widersteht,‹ gebot Cethegus, ›im Namen Justinians.‹ Sein Schwert war über und über rot: denn mit eigner Hand hatte er die Leibwächter niederstoßen helfen, die Belisar am Ausgang des Hains aufgestellt hatte.

›Ergebt euch,‹ rief er den Erschrockenen zu, ›und du, Archon des Palastes, verhafte *alle* die Verschwörer, verstehst du? Alle.‹

›Ist's möglich? schändlicher Verräter!‹ schrie der junge Anicius und sprang mit dem Schwerte gegen meinen Herrn. ›Ja, das ist der purpurfarbne Helmbusch: stirb, Mörder meines Bruders.‹

Aber schon lag er schwer getroffen zu unsern Füßen, ich riß mein Schwert aus seiner Brust und entwaffnete Photius, der allein noch Widerstand wagte. Die andern ließen sich greifen wie vom Gewitter betäubte Hammel.

›Brav, Syphax! Durchsucht seine Kleider nach Geschriebenem! Nun, bist du fertig, Archon?‹ fragte mein Herr.

Der Archon hatte scheu vor Belisar Halt gemacht, der in seiner Ruhe verharrte. ›Wie?‹ zweifelte er jetzt, ›soll ich auch den Magister Militum?‹

›*Alle,* habe ich gesagt. Verstehst du nicht mehr griechisch? Du siehst ja: ihr alle seht es: er ist das Haupt der Verschwörung: er trägt den Stab, er steht an dem Ehrenplatz.‹

›Ha,‹ schrie nun Belisarius, ›steht es so? Wachen herbei! helft, meine Leibwächter, Marcellus, Barbatio, Ardaburius!‹

›Die Toten hören nicht, Magister Militum. Gieb dich gefangen! In des Kaisers Namen! Sieh hier sein großes Siegel! Er hat mich für heute Nacht zu seinem Stellvertreter ernannt und tausend Lanzen starren um diesen Saal.‹

›Treue ist Wahnsinn,‹ rief Belisar, warf das Schwert weg und hielt die starken Arme dem Archonten hin, der ihn fesselte.

›In den Kerker alle Gefangnen. Photius und Belisar, getrennt, in den Rundturm des Anastasius, im Palaste selbst. Ich eile zum Kaiser, bringe ihm seinen Ring und dieses Eisen,‹ er hob das Schwert Belisars vom Boden, ›und melde ihm, daß er ruhig schlafen kann. Die Verschwörung ist aus. Das Reich ist gerettet.‹

Schon am andern Morgen begannen die Verhöre in dem Hochverratsprozeß. Viele Zeugen wurden vernommen: auch ich. Ich beschwor, daß ich Belisar als Haupt der Verschwörung hatte begrüßt werden und handeln sehn. Das Wachstäfelchen hatte ich selbst aus des Photius Kleidern gezogen.

Belisar wollte sich auf das Zeugnis seiner Leibwächter berufen: aber sie lagen alle tot.

Auf der Folter gestanden Photius und andere Gefangene, daß Belisar endlich eingewilligt habe, das Haupt der Verschwörer zu werden.

Antonina wurde streng in dem roten Hause bewacht. Die Kaiserin weigerte ihr die stürmisch verlangte Unterredung.

Sehr schwer belastete es sie selbst wie Belisar, daß Späher der Kaiserin beschworen, sie hätten den jungen Anicius, in dessen Cisterne man die Waffen und Urkunden der Verschwörer gefunden und der mit Gewalt hatte gebändigt werden müssen, wochenlang viele Nächte heimlich in Belisars Haus schleichen sehen: und daß dies Anicius selbst, Antonina und Belisar hartnäckig und unverschämt leugneten, während es ganz zweifellos bewiesen war, empörte die Richter aufs äußerste.

Ich mußte Antonina gleich nach der Verhaftung Belisars von meinem Herrn melden, daß dieser im höchsten Grad überrascht gewesen, Belisar *wirklich* als Haupt der Verschwornen anzutreffen und ihr zugleich sagen, nicht bloß Briefe des *Hasses* habe Cethegus in der Cisterne des Anicius gefunden. Bei diesem meinem Wort, das ich selber nicht verstand, sank die schöne Frau ohnmächtig zusammen.

Übrigens brachen wir von Byzanz auf, ehe noch das Urteil über Belisar gefällt war: nur Photius und die meisten Verschwornen waren bereits zum Tode verurteilt, als wir uns mit der kaiserlichen Flotte einschifften nach Epidamnus, wo meines Herrn Kriegstribunen und Söldner und starke, ursprünglich für den Perserkrieg bestimmte Streitkräfte des Kaisers auf uns harrten.

Denn meinem Herrn war die neu geschaffene Würde eines Magister Militum per Italiam verliehen und der Befehl über das ›erste Heer‹: das ›zweite‹ soll uns Prinz Areobindos nachführen, wenn er das leichte Geschäft vollbracht hat, mit fünffacher Übermacht die kleinen gotischen Besatzungen in den paar Städten von Epirus und den Inseln zu bezwingen. Die sind verloren, wie Sandkörner, die in das Meer gefallen.«

»Was verlautet von der Belisar drohenden Strafe? Ich hätte es nie geglaubt, daß dieser Mann ...«

»Die Richter werden ihn gewiß zum Tode verurteilen: denn er ist schlagend überführt. Und man streitet, ob in dem Kaiser der Romäer die alte Gnade siegen werde oder der neue Zorn. Man meint: er werde die Todesstrafe in Blendung und Verbannung umwandeln. Sehr schlimm für Belisar sei, sagt mein Herr, dies unsinnige Leugnen. Und ihm fehlt als Rechtsbeistand und kluger Helfer sein Freund Prokopius, der fern in Asien die Bauwerke des Kaisers aufsucht.

Cethegus aber betrieb die Einschiffung des Heeres zu Epidamnus so geheim, daß die dummen Goten hier bei Ancona kaum davon vernahmen. Auch bauten sie auf den Waffenstillstand und erwarteten den bevorstehenden Friedensschluß. Den Vorwand für die Flottenrüstung gewährten Verheerungen, die fremde Schiffe aus Thuleland auf den Inseln des Kaisers anrichteten. So überfiel mein Herr die gotische Flotte in der Nacht, während die Bemannung auf dem festen Lande schlief: und fast ohne Blutvergießen nahm, verbrannte, versenkte er über vierhundert ihrer Kiele.

Aber horch: das ist mein Herr – ich kenne seinen Gang – so schreitet nur noch in meiner Heimat der Löwe von Auras.«

»Willkommen, Licinius, in Italien und im Siege,« rief Cethegus im Eintreten. »Wo hast du die Langobarden?«

»Salve, Flottenzerstörer,« antwortete der Tribun. »Die Langobarden kommen, zwanzigtausend Mann.«

»Das sind sehr viel!« sprach Cethegus, plötzlich sehr ernst. »Ich hatte nur siebentausend gewünscht: ich weiß kaum, woher das Gold für die fast dreifache Zahl aufbringen. Denn wohl gemerkt: in meinem, nicht in des Kaisers Sold, will ich sie haben.«

Freudestrahlend, stolzen Auges aber sprach der junge Ritter: »Ich hoffe auf deine Zufriedenheit, Magister Militum. Unentgeltlich kommen die Langobarden nach Italien.«

»Wie das? und so viele?«

»Ja: der Sohn ihres Königs Audoin, Alboin ist sein Name, den schon weithin das Heldenlied der Germanen preist bis zu den Bajuvaren am Önus und den Sáxonen an dem Wisurgis, ein sehr tapfrer und für einen Germanen erstaunlich kluger Jüngling ...«

»Ich weiß von ihm – er diente lang unter Narses,« meinte Cethegus mißtrauisch.

»Dieser kühne und schlaue Barbar hat sich im vorigen Jahre, als Roßhändler verkleidet, nach Italien geschlichen und unerkannt das ganze Land bis Rom und Neapolis durchwandert, die Wege erforscht und die Waffenplätze der Goten. Er wäre noch länger geblieben, hätte ihn nicht derselbe Gote, der meinen armen Bruder erschlagen ...«

»Der schwarze Teja?«

»Derselbe – mit Argwohn verfolgt und ihn zuletzt als Späher festzunehmen gedroht. Da floh Alboin zurück nach Pannonien. Aber Wein und köstliche Edelfrüchte unseres Landes brachte er mit nach Hause und zeigte sie seinem Vater und seinem Volk: und seither brennen alle Langobarden, dieses Wunderland zu betreten. Alboin verlangt nur alle Beute, die seine Langobarden machen werden, und verzichtet auf Sold: es sind prachtvolle Barbaren, diese Langbärte, viel wilder und rauher als die Goten. ›Ja,‹ meinte Alboin lachend, als ich ihm dies sagte, ›wir haben ein Sprichwort: der Gote der Hirsch, der Langobarde der Wolf.‹ Er trinkt aus dem Schädel des Gepidenkönigs, den er im Kampf erschlug. Du wirst deine Freude haben an ihm und seinen Reitern – die sind mehr wert als Isaurier und Abasgen.«

»Ich danke deinem Eifer,« sagte Cethegus zögernd, »er ist mir fast allzugroß. Es sind so viele.«

»Ja, auf geringere Zahl ließ sich Alboin nicht ein: ›rudelweis rennen die Wölfe!‹ lachte er.«

»Nun,« schloß Cethegus, »ich vertraue: an der Spitze von zwei kaiserlichen Heeren und von Italien halt' ich auch diese große Zahl von Raubtieren in Gehorsam. Zu den Goten werden sie sich doch nicht schlagen?«

»Nein, mein Feldherr. Es geht ein alter Haß durch die Geschichte beider Völker: aus einem jener unfaßlichen Gründe, die nur diese Germanen zum Hasse finden. In grauer Vorzeit hat einmal eine langobardische Königin einen Gotenfürsten ermorden lassen oder umgekehrt: wer kann sich diese Dinge merken! – und seither ist es Ehrenpflicht von Geschlecht zu Geschlecht sich zu hassen und zu morden. ›Wir sind die Totengräber und die Erben dieser Goten,‹ sagte mir Alboin.«

»Wohl: ihr Unglück sollen sie erben,« drohte Cethegus, »sonst haben die Goten nichts zu hinterlassen: sie sterben in der Fremde auf italischer Scholle. Und wann kommen sie, diese pannonischen Wölfe? Ich brauche sie bald.«

»Das hat Alboin noch nicht bestimmen können. Sie haben einen Bund mit den noch wilderen Avaren – das sind keine Germanen! – geschlossen, gemeinsam das arme Volk der germanischen Gepiden noch vollends auszumorden und deren Land zu teilen.«

»Ein grimmiges, gefährliches Geschlecht,« sprach Cethegus kopfschüttelnd.

»›Ja,‹ lachte Alboin, ›Wolf und Geier jagen gemeinsam und teilen das Reh. – Ist diese Arbeit gethan, dann geht's über Dravus, Savus und Sontius nach Venetia: ich kenne die Wege.‹«

»Er kennt sie so gut,« sagte Cethegus halb zu sich, daß man diesen Wolfsjüngling sie gar nicht mehr zurückschreiten lassen darf. Licinius, ich brauche rasche und starke Verstärkung. Der Anfang war gut: aber nun geht's nicht recht vorwärts. Die Italier, schmählich zu sagen, stehn nicht auf: sie halten zu den Barbaren,« lächelte er zornig, »aus ähnlichen Gründen wie mein zu Tod gefressener Freund Balbus. Gewiß rückt der Gotenkönig schon von Rom heran, mit starkem Heer, seine Flotte zu rächen. Ich kenne ihn: er greift an! So schickte ich denn Eilboten nach Eilboten an Areobindos, der wirklich ein Prinz der Schnecke ist, rasch das ›zweite Heer‹ heranzuführen: er soll die versprengten Goten in Epirus an der eignen Tollkühnheit ihrer Stellung zu Grunde gehen lassen. Aber kein Areobindos kömmt. Und mit meinen Byzantinern kann ich im offenen Feld diesen Totila nicht schlagen, wenn er die Übermacht hat.«

»Und Ravenna? wird es sich noch halten können, wenn du nicht eilig Entsatz bringst?«

»Ravenna ist befreit. Nach Zerstörung der gotischen Flotte schickte ich auf die Rhede von Classis dreißig meiner Trieren unter dem Nauarchen Justinus: sie drangen in den Hafen Classis und versahen die Stadt mit neuen Vorräten. Und vor einigen Tagen vernehme ich, daß der alte Hildebrand die Belagerung auch auf der Landseite aufgehoben und sich in Eilmärschen, westlich um uns herum, mit seinen wenigen Tausendschaften nach Florentia und Perusia gezogen hat. Angeblich, aber das ist eine handgreifliche Unmöglichkeit! – weil ein ungeheures Heer des Kaisers auf dem Landweg von Dalmatien, von Salona her, durch Venetien in Eilmärschen gegen Ravenna heranrücke.

Wäre dem doch so! Aber leider weiß ich besser, daß das ›zweite Heer‹, das übrigens kleiner als das meine, nicht in Dalmatien steht und nicht in Salona, welche Stadt die Goten haben und nicht der Kaiser, sondern drüben in Epidamnus sich sammelt, unglaublich langsam. Denn Prinz Areobindos, dem man sehr mit Unrecht Eilmärsche zutraut, pflückt lieber noch wohlfeile Lorbeern in Epirus.

Und deine schöne Gönnerin, mein Licinius, die Kaiserin, ist mir zwar gewogen: aber mich sehr geschwinde siegen zu sehen ist weder ihr noch dem Kaiser der Romäer erwünscht. So muß ich denn harren und harren, bis der Schneckenprinz heranschleicht. Aber da oben bei Senogallia war unseres Bleibens nicht.

Mich zog's gegen Rom!

Auch sind die Stellungen da oben zu schwach, sie gegen Übermacht zu halten. Diese treffliche Stellung hier bei Setinum, Caprä und Taginä habe ich mir schon lang einmal ausgewählt.

Und so eilte ich hierher – schnell! Aber doch nicht schnell genug. Denn Setinum zwar gelang es noch zu erreichen.

Aber nicht mehr Caprä und Taginä, die notwendige Deckung.

Und doch ist Taginä der Schlüssel der Stellung: ohne Caprä und Taginä ist mein Lager eine Festung zwar mit Wall, aber ohne Graben: die drei Flüßchen bei Caprä und Taginä sind deren natürliche Gräben. Sofort sprengte ich selbst von Setinum aus gegen Taginä mit den saracenischen Reitern: aber zu spät.

Graf Teja – er muß auf den Schwingen des Sturmwinds von Rom herangebraust sein! – Graf Teja hatte Taginä kurz vor mir erreicht mit einer fliegenden, dem Hauptheer vorangeworfenen Schar: und obwohl die Saracenen sieben gegen drei waren, hat er sie mit seinen gotischen Beilreitern blutig zurückgeworfen: es war kein Halten mehr, nachdem er den Saracenenkönig Abocharabus den Jüngeren mit dem Beil vom Turban bis zum Gurt durchspalten: heulend rissen meine Saracenen die Renner herum und jagten davon, über Caprä zurück, mich mit fortreißend.

Heute suchte ich nun die Stärke der Besatzung von Taginä zu erkunden – denn gern möchte ich den Verhaßten erdrücken, ehe das gotische Hauptheer eintrifft – aber die Stellung von Caprä war heute schon nicht mehr zu durchdringen. Und bereits soll der Barbarenkönig selbst im Anzug sein: die Nachhut führe der Herzog Guntharis heran.

Und wo bleibt, wann kommt mein ›zweites Heer‹?«

## Zweiundzwanzigstes Kapitel

Am Tage darauf traf König Totila mit einem Teil des Heeres wirklich in Taginä ein: Valeria, die jetzt am sichersten geborgen war im Lager des Königs, begleitete ihn: auch Julius, der sich wieder in seine Klosterstiftung nach Avenio in Gallien begeben wollte, und Cassiodor, der diese prüfen sollte.

Die Hauptmacht des Heeres sollten Herzog Guntharis und Wisand, der Bandalarius, auf der flaminischen Straße von Süden heranführen, während von Westen, von Florentia her, der alte Hildebrand im Anzug war. Erst nach dem Eintreffen dieser Truppen konnte der Angriff auf die sehr feste Stellung des Präfekten unternommen werden.

Und auch Cethegus wies das Drängen der jungen Ritter zum Angriff ab: »Ich bin nicht gekommen, Schlachten zu gewinnen, sondern Italien. Demnächst haben wir die Übermacht: dann hat es Sinn, zu schlagen.«

Eines Morgens trat Julius in des Königs Zelt und reichte ihm schweigend einen Brief.

Totila furchte die Stirn, da er die Handschrift erkannte und las: »An Julius Manilius Montanus Cethegus der Präfekt von Rom und Magister Militum per Italiam. »Ich höre, du weilst im Lager der Barbaren. Licinius sah dich reiten neben dem Tyrannen. Soll das Unerhörte geschehen, daß Julius gegen Cethegus die Waffen führt, der Sohn gegen den Vater?

Gewähre mir heute, um Sonnenuntergang, eine Unterredung bei dem zerfallnen Tempel des Silvanus, der zwischen unsern und der Barbaren Vorposten liegt.

Der Tyrann hat mir Italien, Rom und deine Seele geraubt. Ich werde ihm alle drei wieder entreißen – und dich zuerst. Komm: ich befehle es als dein Vater und Erzieher.«

»Ich muß ihm gehorchen – ich verdanke ihm so viel.«

»Ja,« sagte Totila, ihm den Brief zurückgebend.

»Aber die Stelldichein des Präfekten sind gefährlich.

Du hast mich gebeten, nie mehr über deinen ›väterlichen Wohlthäter‹ mit dir zu sprechen. Ich hab' mein Wort gegeben und hab's gehalten. Aber warnen darf ich, muß ich.«

»Er wird mein Leben nicht bedrohen.«

»Aber vielleicht deine Freiheit! Nimm fünfzig Reiter mit. Ohne solches Geleit lasse ich dich nicht aus dem Lager.«

Gegen Sonnenuntergang erreichte Julius mit seiner Bedeckung das zerfallne Gemäuer. Nur wenige Säulen des alten Fanum standen noch aufrecht: die Mehrzahl lag umgestürzt an den Seiten des Hügels, auf welchem sich der schlichte Monopteros erhob: auch das Dach des Gewölbes war zum Teil herabgestürzt. Üppig wuchernder Epheu umkleidete die Säulenschäfte, Steinbrech und allerlei Unkraut überwucherte die zahlreichen Marmorstufen, die hinanführten zu dem ringsum offnen Bau.

Diesmal hatte Totila dem Präfekten ohne Grund mißtraut. Denn als Julius am Fuße des Hügels angelangt war mit fünfzig Reitern – fünfzig folgten auf des Königs Befehl ihm später noch aus dem Lager und näherten sich nun ebenfalls – sah man Cethegus allein in dem Innenraum des Tempels wartend auf und nieder schreiten.

Julius war vom Pferde gestiegen und schritt die Stufen hinan. Cethegus empfing ihn mit vorwurfsvollem Blick. »Du lässest dich erwarten: der Sohn vom Vater: Beim ersten Widersehn, nach so langer Zeit.

Ist das Mönchs-Moral? Und wohl gehütet kommst du! Wer hat dich gelehrt, mir mißtrauen? Wie? folgen uns deine Barbaren bis hierher?«

Und er wies auf einen Anführer der zuletzt Angekommenen in braunem Mantel und übergeschlagner Kapuze, der, mit zwölf seiner Begleiter, vom Rosse sprang und sich mit den Seinen die Stufen herauf lagerte bis an die oberste Staffel.

Julius wollte sie entfernen: aber ein zweiter Anführer, Graf Thorismuth, antwortete kurz: »Befehl des Königs!« und lagerte sich auf die zweite Stufe.

»So sprich griechisch,« sagte Julius. »Das verstehn sie nicht.«

Cethegus streckte ihm beide Hände entgegen. »So sieht Odysseus, der Weitumwandernde, seinen Telemachos wieder.«

Aber Julius trat zurück von ihm. »Schwarze Gerüchte gehen über dich, Cethegus. Hat diese Hand nur im Kampfe Blut vergossen?«

Cethegus ballte die zurückgewiesene Hand grimmig zur Faust. »Haben deines Busenfreundes Lügen mir ganz dein Herz vergiftet?«

»König Totila lügt nicht. Er hat seit Monden nicht mehr deinen Namen genannt. Ich bat ihn darum. Denn ich konnte dich nicht verteidigen, gegen seine furchtbaren Anklagen. Ist es denn wahr, daß du seinen Bruder Hildebad ...?«

»Ich bin nicht gekommen, Entschuldigungen zu geben, sondern sie zu heischen. Seit Jahren tobt der Kampf um Rom mit Priestern, Griechen, Barbaren. Und ich stehe allein. Müde, wund, halb verzweifelnd, von den Wogen des Geschickes bald emporgetragen, bald tief in den Abgrund geschleudert. Aber immer allein. Und wo ist Julius, mein Sohn, der Sohn meiner Seele, mich zu erquicken mit seiner Liebe? In Gallien unter den Mönchen, in Byzanz oder in Rom als Werkzeug oder als Gast des Barbarenkönigs. Fern von mir und meinem Wege.«

»Ich warnte dich vor diesem Wege: rote und schwarze Flecken liegen darauf: ich kann ihn nicht mit dir gehn.«

»Nun: und wenn du so weise bist und so eifrig im Dienste deines Glaubens – wo warst du, mich zu erleuchten und zu retten?«: und nun entsandte Cethegus ein lang und sorgfältig gezieltes Geschoß der Überredung, das er bis zuletzt sich aufgespart. »Wenn meine Seele sich der Liebe, der Wärme immer mehr verschloß, wenn sie versteinte und vereiste, wo war Julius, mich zu erweichen und zu erwärmen? Hast du deine Pflicht als Sohn, als Christ, als Priester an mir erfüllt?«

Diese Worte machten erschütternden Eindruck auf den frommen Sinn und das sanfte Gemüt des jungen Mönches. »Vergieb,« sagte er, »ich erkenne: ich habe gefehlt gegen dich.«

Cethegus ersah blitzschnell seinen Vorteil. »Wohlan: so mach' es gut. Ich verlange nicht, daß du Partei ergreifst in diesem Kampf. Erwarte den Ausgang. Aber erwarte ihn bei mir, an meiner Seite, in meinem Lager: nicht bei den Barbaren und nicht in Gallien. Bin ich Saul, der Gottes Gnade verwirkt hat, wohlan, sei du David und erhelle meine Seele, die oft verdüsterte. Deine heiligste Gewissenspflicht zwingt dich an meine Seite. Sonst: auf dein Haupt die Verantwortung! Ja, du bist der gute Genius meines Lebens. Ich brauche dich und deine Liebe, soll ich nicht ganz jenen Mächten verfallen, die du hassest. Giebt es eine Stimme, die mich dem Glauben gewinnen mag, der da, wie du lehrst, allein selig macht, so ist es deine Stimme, Julius. Nun entscheide dich: nach Gewissenspflicht.«

Der eifrige und pflichttreue Christ vermochte nicht zu widerstehen: »Du hast gesiegt – ich folge dir, mein Vater!« und er war im Begriff, sich an des Überwinders Brust zu werfen.

»Verfluchter Heuchler!« scholl da eine helle, starke Stimme. Der Reiterführer, der auf der obersten Tempelstufe sich gelagert hatte, sprang auf die Plattform im Innenraum und schlug die Mantel-Kapuze zurück. Es war König Totila, das nackte Schwert in der Hand.

»Ha der Barbar hier!« schrie Cethegus in tiefstem Grimm des Hasses.

Auch sein Schwert blitzte: und in tödlichem Hasse trafen die Feinde zusammen: die Klingen kreuzten sich klirrend. Aber Julius warf sich zwischen die Kämpfer, mit beiden Händen ihre Arme hemmend. Es gelang ihm, sie für den Augenblick zu trennen.

Jedoch drohend standen die beiden, die Schwerter fest in der Faust, einander gegenüber.

»Hast du gehorcht, König der Barbaren?« knirschte der Präfekt. »Das ist ja echt königlich und heldenhaft.«

Allein Totila gab ihm keine Antwort. Zu Julius gewendet sprach er: »Nicht nur um deine äußere Freiheit und Sicherheit war ich besorgt. Ich kannte, ich ahnte seine Anschläge auf deine Seele. Ich habe versprochen, ihn nie mehr, den Abwesenden, zu verklagen. Aber nun steht er mir und dir gegenüber. Er soll mich hören bis zu Ende und sich verteidigen, wenn er kann. Aufdecken will ich dir, daß seine Seele und jeder Gedanke seines Geistes schwarz und falsch sind wie der Satan.

Siehe, selbst diese Worte, die der Augenblick, das warme Gefühl erzeugt zu haben schien, die dich schon für ihn gewonnen hatten, sie sind falsch, erheuchelt, ausgesonnen seit Jahren. Sieh her Julius, kennst du diese Schrift?«

Und er wies dem Erstaunten eine beschriebene Papyrusrolle.

»Die Barbaren stehlen sonst nur Gold,« sprach grimmig Cethegus. »Briefe stehlen macht infam, ist ehrlos.« Und er griff nach der Rolle.

Aber Totila fuhr fort: »In seinem Hause, an geheimer Stätte hat Graf Teja sie erbeutet. In welchen Abgrund ließen sie mich schauen, seine Tagebücher! Ich schweige von den Verbrechen gegen andre. Hier aber schreibt er, was dich betrifft: »Julius geb' ich noch nicht verloren. Laß sehen, ob den Schwärmer nicht die Pflicht der Seelenrettung gewinnt. Er wird meine Hand fassen zu müssen wähnen, um mich ›zum Kreuz empor zu ziehn‹. Aber mein Arm ist der stärkere: und ich reiße ihn herüber in meine Welt. Schwer wird mir nur der erforderliche Ton der Zerknirschung werden. Ich muß dafür in Cassiodor lesen.«

»Cethegus,« rief Julius jammernd, »hast du das geschrieben?«

»Ich dächte, du kennst den Stil. Aber o, er wird leugnen. Alles leugnen, was ich weiß oder ahne. Leugnen wird er, daß er den Baltenherzog Alarich mit Fälschungen verleumdet, daß er für Athalarich und Camilla Gift gemischt, daß er durch Amalaswintha die drei andern Baltenherzoge gemordet, daß er Mörder gegen mich geschickt, daß er Amalaswintha an Petros, Petros an die Kaiserin, Witichis an Belisar, Belisar an Justinian verraten: leugnen, daß er den Sohn des Boëthius in den Tod geschickt, daß er meinen Bruder gemordet, daß er im Waffenstillstand unsre Schiffe friedschändend überfallen: er wird all' dies leugnen – denn Lüge ist der Hauch seines Mundes.«

»Cethegus,« flehte Julius, »sprich ›Nein‹ und ich glaube dir.«

Aber der Präfekt, der anfangs die Worte Totilas mit halb geschlossenen Augen wie Keulenschläge schweigend hingenommen, stieß jetzt das Schwert in die Scheide, richtete sich hoch auf, kreuzte die Arme über die

Brust und sprach: »Ja, ich habe das gethan. Und andres mehr. Ich habe hinweggeräumt, was mir den Weg versperrte, mit Kraft und Klugheit. Denn der Weg führte zum höchsten Ziel: zum Heil des Römerreichs. Und zugleich zum Thron der Welt. Aber mein Erbe in dieser Weltherrschaft – solltest du sein, Julius. Für Rom und für dich – am wenigsten für mich selber! – hab' ich meine Thaten gethan. Warum für dich? Weil ich dich liebe, dich allein auf Erden. Nicht mit deiner christlichen Nächstenliebe, welche die ganze Menschheit gleichmäßig umspannen soll. Diese lauwarme Schwäche habe ich immer verachtet. Nein, heiß, mit Schmerz und Leidenschaft. Statt der Menschheit lieb' ich – dich. Ja, mein Herz ist versteint in Verachtung der Kleinheit der Menschen. Nur Ein Gefühl sprießt noch aus diesem Granitfels: die Liebe zu dir.

Du hast sie nie verdient, diese Liebe.

Aber ein Wesen, dessen Züge du trägst, dessen Bild mir dein Anblick empor führt aus dem Grabe, aus der Jugendvergangenheit, webt ein geheimnisvoll zwingendes Band zwischen mir und dir. Erfahre denn jetzt, vor meinem Feinde, das heilige Geheimnis, das du erst zu der Stunde erfahren solltest, da du ganz mein Sohn geworden.

Es gab eine Zeit, da des jungen Cethegus Cäsarius Herz weich war und zart, wie das deine. Und darin lebte eine Liebe, heilig und rein wie die Sterne, zu einem, ach, unvergleichlichen Geschöpf. Und sie liebte mich wie ich sie. Aber alter Haß trennte das Geschlecht der Cethegi und der Manilier seit Jahrhunderten.«

Da erbleichte Julius: Totila warf das Schwert in die Scheide und hörte, mit beiden Armen auf den Griff gestützt, nun aufmerksam zu.

»Sie mit dem Senat, wir mit den Gracchen. Sie mit Sulla, wir mit Marius. Sie mit Cicero, wir mit Catilina. Sie mit Pompejus, wir mit Cäsar. Und doch war mir's endlich gelungen, den harten Sinn des Vaters zu erweichen: er schien bereit, zögernd sein Ja zu sprechen. Denn er sah, wie wir uns liebten. Sie folgte mir willenlos, wie Eisen dem Magnet, und ich fühlte, daß sie mein guter Genius war. Da kam ein Gotenherzog, dessen Seele den Furien geweiht sei, der mich langher kannte und haßte. Er warnte Manilius, der allvertrauend zu ihm aufblickte, weil er bei dem ersten Andrang der Barbaren in Italien ihn und sein Haus vor Bedrückung beschützt: er warnte den Vater vor dem Mann Cethegus mit dem bösen Blick, wie er sagte, und er weckte den alten Groll: und er ruhte nicht, bis der Vater sein Kind, das widerstrebende, einem gallischen Senator, einem Freunde des Baltenherzogs, verlobte.

Umsonst flehte Manilia um Erbarmen. Da beschlossen wir die Flucht. Im Landhaus am Tiber vor der Porta Aurelia wohnten sie. Jedoch argwöhnisch beschleunigte der Vater die Vermählung. Als ich zur verabredeten Nacht die Gartenmauer überstieg und in ihr Schlafgemach schlich, fand ich es leer. Aber vorn im Atrium scholl Hymenäen-Gesang und Flötenspiel. Atemlos schleiche ich an die Vorhänge und spähe hinein. Da ruht meine Manilia, in der Neuvermählten Tracht, an ihres Vaters Seite, der Bräutigam bei ihr – und ungezählte Gäste. Manilias bleiches Antlitz, ihre thränenfeuchten Augen seh' ich – ich sehe, wie Montanus den Arm um ihren Nacken spannt: da ergreift mich wahnsinnige Verzweiflung: ich stürme in den Saal und umschlinge sie und reiße sie mit mir mit hochgeschwungenem Schwert.

Aber sie waren zu neunzig, die Tapfern: lang erwehrte ich mich ihrer: da traf mich des Balten Alarich Schwert: und sie rissen mir die Schreiende aus dem Arm und warfen mich blutend, für tot, über die Gartenmauer nah an dem Tiber.

Allein damals, vor bald sechs Lustra – wie vor Jahr und Tag – hat mich der Hauch des Flußgotts aus der Betäubung des Todes geweckt.

Fischer fanden mich, pflegten mich: ich genas.

Aber das Herz war mir aus der Brust gerissen worden jene Nacht.

Und viele, viele Jahre vergingen. Ich haßte die Welt und ihren Gott, wenn einer lebte.

Und das Geschlecht der Manilier und der Balte Alarich haben es verspürt, daß ich nicht tot war. Geächtet flohen sie alle aus dem Lande, schwer getroffen von meiner Rache. Nur ein Bild blieb unvergleichlich, rührend schön, in meiner Seele.

Und abermals nach Jahren kam ich reisend nach Gallien an den Rhodanus. Da war Krieg entbrannt zwischen den Barbaren. Franken und Burgunden waren eingefallen in das Gallien der Goten und hatten eine Villa am Rhodanus zerstört. Und als ich die gestürzten Säulen des Atriums und den zertretenen Garten betrachtete, lief ein kleiner Knabe aus dem Innenhause und weinte und rief mich an: ›Hilf, o Herr! denn meine Mutter stirbt‹.«

»O Cethegus,« rief Julius mit schmerz-erstickter Stimme.

»Und ich drang in das Haus, das noch dampfte von kaum erloschenem Feuer. Da lag im Frauengemach ein bleiches Weib, einen Pfeil in der Brust. Und sonst war das Haus leer: die Sklaven waren geflohen oder fortgeschleppt. Und ich kannte die sterbende Frau: und ihr Kind hieß Julius. Ihr Gatte war bald nach deiner Geburt gestorben. Und die Sterbende schlug die Augen auf, da sie meine Stimme vernahm.

Denn sie liebte mich noch immer.

Und ich gab ihr Wein und Wasser aus meinem Helm zu trinken. Und sie trank und dankte und küßte mich auf die Stirn und sprach: ›Habe Dank, Geliebter! sei du meines Knaben Vater: versprich es mir.‹

Und ich versprach es ihr in die erkaltende Hand. Und küßte sie und schloß ihr die gebrochenen Augen.

Und ob ich mein Wort gehalten an dem Knaben: du magst entscheiden.«

Und der eiserne Mann drückte mit Gewalt die Brust, die mächtig atmende, zusammen.

Julius brach in einen Strom von Thränen aus: »O meine Mutter!« rief er.

Totila aber schritt bewegt in der Rotunde auf und nieder.

Cethegus fuhr fort: »Und nun: wähle!

Wähle zwischen mir und deinem ›unbefleckten‹ Freund.

Aber wisse: die Thaten, die dir nicht gefallen, hab' ich zumeist für dich gethan. Laß mich denn einsam, wende dich von mir: geh' zu ihm: ich halte dich nicht mehr.

Jedoch wenn mich Manilias Schatte nach dir fragt, werde ich, wahrheittreu, antworten: »Ein Vater war ich ihm: er mir kein Sohn.«

Julius verhüllte sein Haupt im Mantel.

Totila aber machte Halt vor dem Präfekten und sprach: »Unväterlich zerfleischest du sein Herz. Du siehst ihn hin und her gezerrt von widerstreitenden Gefühlen. Auf, ich weiß ein Mittel, die Wahl ihm zu sparen. Auf, Cethegus, enden wir allein den drohenden Krieg. Ein zweiter Gotenkönig ladet dich zum Zweikampf.

Hier, im Antlitz deines Lieblings, schelt' ich dich: Lügner, Fälscher, Verräter, Mörder, ehrlosen Neiding.

Des Bruders Blut bluträchend heisch' ich von dir.

Heraus dein Schwert, wenn du ein Mann. Laß uns, um Leben, Rom und Julius fechtend, in kurzem Kampf den langen Haß vollenden. Verteidige dich!«

Und in wild auflodерndem Haß rissen beide die Schwerter aus den Scheiden: zum zweitenmale kreuzten sich die Klingen.

Und abermals warf sich Julius zwischen die Ergrimmten mit ausgebreiteten Armen.

»Haltet ein, ihr grausamen Männer des Hasses und der Welt. Jeder Streich trifft in mein blutend Herz. Hört mich an: gefaßt ist mein Entschluß. Ich fühl's: der Geist meiner Mutter gab ihn mir ein.«

Grollend senkten die beiden Feinde die Schwerter, ohne sie einzustecken.

»Cethegus, ein Vater bist du mir gewesen mehr als zwei Jahrzehnte. Was du gefrevelt und gethan, nicht dem Sohne ziemt zu richten. Ich fasse deine Hand liebevoll: und wäre sie tiefer noch in Mord getaucht – meine Thränen, mein Gebet sollen sie reinigen.«

Totila trat zürnend einen Schritt zurück: und des Präfekten Auge leuchtete auf in Siegesfreude.

»Aber nicht ertragen kann ich,« fuhr der Mönch fort, »dein furchtbares Wort: um meinetwillen, für mich habest du gethan, was du verbrochen. Wisse, nie, niemals, selbst wenn es sonst mich lockte, mich aber lockt die Dornenkrone von Golgatha, nicht die blutbefleckte Krone Roms, könnt' ich dein Erbe antreten, an welchem solche Flüche hangen. Ich bin dein: aber sei du auch meines Gottes: sei mein, nicht der Welt und der Hölle eigen. Wenn du mich wirklich liebst, entsage deinen verbrecherischen Plänen. Aber mehr – mehr: du mußt bereuen. Ohne Reue und Buße keine Erlösung.

Und ich will mit Gott ringen im Gebet, bis er dir vergiebt. Widerrufe in Gedanken deine Thaten.«

»Halt an,« sprach Cethegus sich hoch aufrichtend. »Was sprichst du da von Reue, der Knabe zum Mann, zum Vater der Sohn? Laß du ruhig meine Thaten auf meinem Haupt: ich habe sie zu tragen, nicht du.«

»Nein, Cethegus, nimmermehr. Wenn du beharrst, kann ich dir nicht folgen. Bereue, beuge dich, nicht vor mir, wahrlich: vor Gott dem Herrn.«

»Ha,« lachte Cethegus, »sprichst du zu einem Kinde?

Alles, was ich gethan, wär's ungeschehn: ich würd' es alles, alles noch 'mal thun.«

»Cethegus,« rief Julius entsetzt, »welch' schrecklich Wort! Glaubst du denn wirklich nicht an einen Gott?«

Aber gereizt fuhr Cethegus fort: »Bereuen! Bereut das Feuer, daß es brennt? Du kannst es nur ersticken: nicht hemmen, daß es brennt, so lang es lebt. Lob es, schilt es, wie du willst: doch laß es Feuer sein! So muß Cethegus den Gedanken folgen, die wie der Lauf des Blutes durch sein Haupt rinnen. Ich will nicht, ich muß wollen. Und, wie der Gießbach niederschäumt von Bergeshöhn, bald durch blumige Wiesen, bald durch schroffes Gezack, bald segnend befruchtend, bald tödlich zerstörend, ohne Wahl, ohne Vorwurf, ohne Dankrecht: so reißt mich das Geschick dahin den Weg, den Eigenart und die gegebene Zeit und Welt um mich her vorzeichnen. Soll ich bereuen, was ich auf meinem Weg zerstört? zerstören mußte? Ich thät es immer wieder.«

»Entsetzlicher! In diesen Worten weht der Hauch der Hölle! Wie kannst du erlöst werden, wenn du nicht erkennst, daß du gesündigt? Des Menschen Wille ist frei.«

»Ja, so frei wie der geworfene Stein, der sich einbildet, er könne fliegen.«

»O fürchte, Cethegus, fürchte den lebendigen Gott!«

Aber, grimmiger als zuvor, lachte Cethegus. »Ha, wo ist er denn, dieser lebendige Gott?

Ich habe, den Himmel entlang, den Gang der Gestirne, ich habe die grausame Natur, ich habe die grausamere Geschichte der Menschen durchforscht und keinen Gott gefunden als das Recht des Stärkeren, die Notwendigkeit, die furchtbar erhabene Göttin, deren Anblick versteint wie der der Meduse. Du birgst dich, Knabe, in die Mantelfalten deines geträumten Gottes, du steckst dein Haupt in seinen Vaterschoß, starrt dich des Schicksals Walten mit den Gorgonenblicken an. Wohl, es sei: aber schilt nicht den Mann, der, den Blick erwidernd, spricht: ›es ist kein Gott‹: und würd' er drob zu Stein.

Ja, das Lächeln und das Weinen sind zwei holde Genüsse. Prometheus aber hat nicht gelächelt, als ihm Pandora die bethörende Büchse bot. Aber er hat auch nicht geweint, als ihm Gewalt und Kraft die Glieder an die Felsen schmiedeten. Und an den Geier, der ihm das Herz zerfleischt – nun, an den Geier – hat er sich gewöhnt. Und eher ermüdete das Schicksal, den Titanen zu quälen, als daß sich der Titane gebeugt.«

»Cethegus,« flehte Julius, »sprich nicht so! ich sage dir: es ist ein Gott.«

»So? wo war er denn, als man Manilia mit Gewalt zu verhaßter Ehe zwang? als man für ewig des Cethegus Herz vergiftete? Wo war er denn, als ihr der blinde Zufall einen Frankenpfeil in das Herz gejagt?

Ha, auch ich habe an ihn geglaubt: genau so lang war ich der Spielball der andern.

Später aber hab' ich gehandelt unter der Voraussetzung, die mich mein eignes Schicksal gelehrt: »es ist kein Gott.« Und siehe da: seither treffen alle meine Schlüsse zu!

Wo war er denn, dein gerechter, allmächtiger, allweiser, allgütiger Gott, als die schuldlose Camilla den nicht für sie gemischten Becher trank? Wo blieben da seine Wunder und Engel? Als Calpurnius den Knaben des Witichis von den Felsen warf, warum haben die Engel Gottes nicht das

Kind aufgefangen – fällt ja doch kein Sperling vom Dache ohne Gottes Wille! – und den Mörder zerrissen? Wo war er denn, dein rettender Gott, als ich den Massagetenpfeil auf jene wackre Rauthgundis entsandte? Ha, lebte ein Gott im Himmel: rückprallen mußte der Pfeil von dem treuen Weibe und des Cethegus Brust durchbohren! Aber der Pfeil war scharf und gut gezielt: und darum starb Rauthgundis, wie wenn sie die Möwe des Padus gewesen. Drum rede mir nicht vom lebendigen Gott, du lallender Knabe.«

»Cethegus!« sprach Julius, »mir graut. Das ist die furchtbarste Gotteslästerung, die ich je gehört.«

Totila wandte sich schaudernd ab und warf das Schwert in die Scheide.

»Wer so denkt,« rief er, »ist genug bestraft. Doch, Präfekt von Rom: du kennst noch das Ende deiner Thaten nicht. Erwarte es: vielleicht glaubst du dann an den rächenden Gott.«

»Das Ende meiner Thaten,« lachte Cethegus, »ist mein Tod. Das weiß ich längst. Ob ich ihn nun finde auf dem Throne nur des Occidents oder des Weltkreises, ob in verlorner, ob in siegreicher Schlacht, ob durch Beil oder Schwert: das ist für unsre Gottesfrage gleich. Und wenn es eine Hölle gäbe – wohlan: auch an den Kaukasus geschmiedet, blieb Prometheus er selbst. Aber genug der Worte und übergenug. Hierher zu mir, an meine Brust, Julius: denn du bist mein.«

»Ich bin Gottes des Herrn! nicht dein!« sprach Julius, bekreuzte sich und trat einen Schritt von ihm zurück.

»Du bist mein Sohn – gehorche mir.«

»Du aber bist Gottes Sohn gleich mir. Du verleugnest, ich bekenne unsern Vater. Für immer sag' ich mich los von dir.

Denn wenn, wie unser Glaube lehrt, ein Lucifer lebt, der Dämonen Oberster, der lichte Morgenstern, der stärkste, der herrlichste der Geister Gottes, der aus Stolz und Gottesleugnung herabgesunken ist zur Hölle – dann bist du es, entsetzlicher Mann.«

»Ha, aber Lucifer ward aus einem Diener des Himmels ein Kaiser: ob zwar ein Kaiser der Hölle. Lieber als ihm Himmel der zweite, in der Hölle der erste. Folge mir.« Und, hingerissen von Leidenschaft, zog er den Mönch am Arm auf seine Seite herüber.

Da blitzte zum drittenmal Totilas Schwert und das Schwert des Präfekten.

Und diesmal ward es Ernst: nicht gelang es Julius mehr, die Grimmen zu scheiden.

Totila schlug gegen des Präfekten Stirn: der Hieb war zu stark, ganz abgewehrt zu werden: der Helm flog dem Römer rücklings vom Haupt und Blut schoß aus seiner Wange.

Der Gegenstoß des Präfekten drang durch Totilas Mantel: zwar hielt der Ringpanzer die Spitze auf: aber von der Kraft des Stoßes flog Totila einen halben Schritt zurück.

Tödlich drohte der nächste Zusammenstoß zu werden: Schilde fehlten ja beiden.

Und nochmals prallten sie zusammen: ein Weheschrei des Mönches, der sich zwischen warf, hätte sie kaum noch getrennt, des Präfekten Schwert hatte ihm die hemmende linke Hand gestreift: aber nun wurden beide Kämpfer auseinandergerissen von Männern, die unbeachtet von den drei im leidenschaftlichen Ringen Wogenden, die Tempelstufen in den letzten Augenblicken emporgeeilt waren.

Totila von Thorismuth und Wisand, Cethegus von Licinius und Syphax.

»Die Verstärkungen sind da und wicht'ge Kunde aus dem Süden,« rief Graf Thorismuth. »Graf Wisand kam als Bote von Guntharis. Komm rasch zurück: die Schlacht steht bevor.«

»Komm rasch zurück ins Lager!« rief Licinius Cethegus zu, »das ›zweite Heer‹ ist da.«

»Mit Areobindos?«

»Nein, Herr,« rief Syphax: »die Kaiserin Theodora ist plötzlich gestorben: Narses ist der gesendete Feldherr: und er kömmt mit hunderttausend Mann.«

*»Narses?«* frug Cethegus erbleichend, »ich komme! Auf Wiedersehn Julius, mein Sohn!«

»Ich bin Gottes Sohn!«

»Er ist mein!« rief Totila, ihn umschlingend.

»Wohlan: der Kampf um Rom wird auch diesen Kampf entscheiden. Aus der Barbaren Lager hol' ich dich heraus.«

Und er eilte die Stufen hinab.

Gleich darauf sprengten Cethegus mit den Seinen nach Norden, Totila und Julius mit den Ihrigen nach Süden in ihre Lager.

## Dreiundzwanzigstes Kapitel

Der Präfekt fand in seinen Zelten noch nicht Narses selbst, auch keine Boten dieses Feldherrn, was ihn erstaunte: Piso und Salvius Julianus, die er mit dringender Mahnung an Areobindos nach Ancona entsendet hatte, waren schon bei Cale auf die Vorhut des Narses – germanische Reiter, wie sie sagten – gestoßen und hatten von diesen und einem byzantinischen Archon Basiliskos Dinge erfahren, die sie zur schleunigsten Umkehr bewogen, Cethegus zu warnen.

»Ja, er hat mich offenbar überraschen wollen,« sprach Cethegus nachsinnend: »aber warte nur, Narses,« schloß er grimmig. »Auch Belisar stand mit Übermacht bei Capua: und ich hab ihn doch gemeistert, so lang er im Lande war und zuletzt hinausgeschoben aus meinem Italien. Laß sehn, ob der Krüppel stärker ist als der löwenherzige Held.«

»Sei vorsichtig, mein Feldherr,« warnte Piso. »Es liegen schlimme Dinge in der Luft: es wird schwül über deinem Haupte. Dieser Basiliskos, des Narses Vertrauter – ich kenne ihn von Byzanz her – war mir höchst unheimlich.«

»Ja,« fügte Salvius Julianus bei, »er war so einsilbig: nichts war aus ihm herauszuforschen, als was er selbst mitzuteilen wünschte.« – »Mehr als wir von ihm, erkundeten unsere Sklaven von den Seinen.« – »Aber als der Führer der Germanenreiter dazukam, wie sie plauderten, schlug er einen Diener des Basiliskos tot auf dem Fleck.« – »Da wurden die Lebendigen so stumm, wie ihr toter Kamerad.« – »Zusammenhanglos, widerspruchvoll, verworren ist, was wir so erkundeten.« – »Fest steht nur: in Byzanz muß ein plötzlicher Umschwung aller Dinge eingetreten sein.« – »Und zwar noch am Tage deines Abgangs aus der Stadt.« – »Die Kaiserin, flüstern die einen, habe sich selbst in Kohlendunst erstickt.« »Der Prozeß gegen Belisar,« schaltete der Jurist ein, »ist in ein neues Stadium getreten: auf Antrag Tribonians, sagt man, oder Prokops, habe der Kaiser das Urteil des Senats vernichtet.« – »Man nannte die Namen: Narses, Antonina, Anicius, Prokopius in unklarem Zusammenhang.« – »Der Prinz Areobindos soll erkrankt und deshalb durch Narses ersetzt sein.« – »Aber ich besorge: an dieser Krankheit sterben eher andre Leute als der Statthalter über die Schnecken.«

»Und meine vierzehn Boten an das zweite Heer?« forschte Cethegus, die Stirn furchend.

»Ich glaube,« argwöhnte Licinius, »Narses hat sie festnehmen lassen, sowie sie eintrafen.« »Die Germanenreiter lachten so höhnisch, als ich nach ihnen fragte,« bestätigte Julianus. »Narses ist wirklich mit einem Heere, wie es noch niemals der Kaiser des Geizes gespendet hat, aus den Thoren von Byzanz gezogen.« »Und wahr ist alles, was du als unmöglich verworfen, o Feldherr.« »Nicht nach Epidamnus ging Narses: die dort stehenden und die übrigen Truppen des Areobindos, unbedeutend im Vergleich mit seinem kolossalen Heer, hat er zur See den jonischen Busen hinauf nach Pola in Istrien beordert. Er selbst zog auf dem Landweg, in Eilmärschen, in das gotische Dalmatien, rollte vor sich her, wie der Sturm die dürren Blätter, die wenigen Tausendschaften der Barbaren dort im Lande auf, nahm Salona, Scardona, Jardera.« – »Ja: und ein furchtbares System befolgt er dabei. Er läßt, wohin er kommt, nicht Einen Goten: alle, auch Weiber und Kinder, läßt er greifen und zu Schiff sofort nach Byzanz in die Sklaverei führen: so geht er, wie eine zermalmende eiserne Walze, dahin über das Gotenvolk: und wo Narses vorüber gezogen, lebt kein Gote mehr in Stadt und Land.«

»Das ist gut,« sagte Cethegus, »das ist groß.«

»›Er hat geschworen bei dem Scepter Justinians, sagt man, nicht zu rasten bis kein freier Gote mehr im Orbis Romanus lebt. Und in der Schlacht macht er keine Gefangenen.‹«

»Das ist gut,« sagte Cethegus.

»›In Pola mit dem ‚zweiten Heer' vereinigt, brach er in das gotische Venetien ein und durchzog das Land mit breitester Stirn, mit dem rechten Flügel umschwenkend, der linke diente als Drehpunkt: von der See im Süden bis an die Berge im Norden: wie eine wandelnde Mauer von Erz alles vor sich niederwerfend oder aus dem flachen Lande in die Städte drängend, die, eine nach der andern, rasch fielen.

Denn die Belagerung versteht mein Narses wie kein andrer,‹ sprach Basiliskos, der diese kriegerischen Ereignisse ohne Rückhalt erzählte. ›Sie sind bald auch dem Präfekten kein Geheimnis mehr,‹ lächelte er boshaft, ›sowie meines Narses großer strategischer Gedanke. Narses sprach: ‚Italien ist ein Stiefel: man muß von oben nach unten hineinfahren. Mein heftiger Kollege Belisar war so thöricht, von unten, bei dem kleinen Zeh, hineinschlüpfen zu wollen. Drängt man,' fuhr er fort, ,die gotischen Flöhe von unten, vom Wasser her, nach oben, nach den Bergen, ins Trockne, so sterben sie nicht.

Umgekehrt, von den Bergen, vom Trocknen, von oben her, nach unten, in das Wasser, muß man sie allmählich treiben und schieben: und zuletzt wirft man den Rest, wo das Land schmal zu Ende läuft, alle zusammen ins Wasser, daß sie elend ersaufen. Denn die Flotte hat er ihnen ja schon genommen — gestohlen freilich mehr als geraubt! — der vortreffliche Magister Militum per Italiam,'‹ so schloß Basiliskos.«

»Man flüstert,« schaltete Julianus ein, »diese Würde sei schon längst wieder aufgehoben.«

»Davon müßte doch ich, dieser Würde Träger, auch wissen.«

»Wer weiß: man raunt, du seist entsetzt. Narses habe geheime Aufträge vom Kaiser — versiegelt — mitbekommen, die er erst nach Vernichtung des Königs Totila zu öffnen und zu vollziehen habe.«

»Wer sagte das?« frug Cethegus rasch. »Basiliskos selbst?«

»O nein: der spricht nur vom Krieg. Nein: der eine Sklave. Und gerade, da der Germanenführer dies vernommen, schlug er ihm mit seiner Keule den Schädel ein.«

»Das ist schade,« sagte Cethegus nachsinnend, »das heißt: er schlug zu früh.«

»›Es war,‹ fuhr Basiliskos fort uns zu erzählen, ›ein herrlich Schauspiel, dieser alles umspannende, alles erdrückende Marsch. Den linken Flügel im Süden als feststehenden Angelpunkt an das Meer gelehnt, das die starke Flotte sperrte, schwenkte der rechte, der bis an die Alpenpässe im Norden reichte und sie durch starke Wachen schloß, von rechts nach links herab nach Süden ein: wie der Vogelsteller sein Schlagnetz zusammenschlägt ob den ängstlich hüpfenden, flatternden Vögelein: und ist kein Entrinnen vor ihm.

Nur über Tridentum und Bolzanum hinaus nach Norden und gegen die Thäler der Athesis und der Passara hinauf entrannen einige Tausende der Barbaren mit Weib und Kind: und sie schlugen, verstärkt durch die Besatzung von Castrum Teriolis bei Mansio Majä, den verfolgenden Archonten Zeuxippos, daß er schleunig zur Hauptmacht zurückkehrte.

Aber mit Ausnahme von diesen in die Berge entkommenen Haufen und von Verona lebt kein Gote mehr hinter Narses Rücken, so weit er bis jetzt gedrungen: Aquileja, Concordia, Forum Julii, Ceneta, Tridentum, Tarvisium, Comaclum fielen vor Narses.

Er eilte nach Ravenna. Schleunig entwichen die gotischen Belagerer, nach Westen ausbeugend, vor der ungeheuren Übermacht solchen Entsatzheeres. In Ravenna versöhnte er sich mit dem blutigen Johannes ... ‹«

»Das glaub' ich nicht,« unterbrach Cethegus. »Johannes ist der eifrigste Anhänger Belisars: er haßt Narses mehr als Belisar selbst diesen anfeindet.«

»Ja, so zweifelten auch wir: ›und doch hat ihn Narses gewonnen,‹ lächelte Basiliskos: ›ihr werdet noch mehr Dinge erleben, ihr römischen Ritter und Kriegstribunen, von Narses, die ihr jetzt nicht ahnt.

Und richtig ist, daß Johannes unter Narses dient, wie früher unter Belisar: er befehligt seine Leibwache und die Hunnen.‹«

Cethegus schüttelte staunend den Kopf.

»›Leider aber verunglückte‹ — so erzählte Basiliskos uns weiter,« fuhr Piso fort — »›bald nach dem Aufbruch aus Ravenna Martinus, der Geschützmeister. ‹«

»Was?« frug Cethegus staunend. »Auch Martinus, das Werkzeug, das Geschöpf, der Rechenmeister Belisars diente unter Narses? Hier liegt, ihr habt recht, ein sehr großes Geheimnis.«

»›Nämlich hinter Ravenna,‹ berichtete uns Basiliskos, ›stieß Narses auf den ersten starken Widerstand. Nicht durch Krieger, sondern durch Werke des Barbarenkönigs. Dieser hat, durch seinen Feldherrn Teja, ein höchst geschickt ersonnenes Verteidigungssystem herstellen lassen, das Italien gegen einen Angriff vom Norden her sichern sollte; in Ämilia ist es schon vollendet — zum Glück war es noch unfertig in Venetia: sonst wäre auch die Übermacht des Narses nicht so rasch vorgedrungen: er hat durch Verhaue und Gräben alle wichtigsten Übergänge der Höhenzüge und Straßen so meisterhaft gedeckt, daß ganz geringe Kräfte den Marsch des größten Heeres tagelang hinter jedem solchen Hindernis aufzuhalten vermögen.

Mit Bewunderung erkannte Narses diese Anlagen. ‚Dieser Totila ist ein viel größerer Feldherr als Antoninas Gemahl!' rief er. Er hatte auch durch die Ämilia mit breitester Stirn nach Süden ziehen wollen, alles gotische Leben erdrückend.

Er mußte aber seinen Plan, von Ravenna westlich in das Innere des Landes zu marschieren, aufgeben, nachdem bei einem Versuch, ein solches Bollwerk bei Imola auf geheimnisvolle Weise zu zerstören, Martinus ein geheimnisvolles Ende fand. Als Narses ratlos vor der Feste stand und aussprach, sein ganzer Plan könne an diesen Stockungen scheitern und — zum erstenmale auf dem Feldzug — vor Erregung von seiner bösen Krankheit ‚Epilepsis' niedergeworfen wurde, da sprach Martinus zu Johannes, der sich eine tüchtige Brustwunde bei seinem abgeschlagenen Sturm geholt hatte: »Der Rächer Belisars soll nicht durch diese Steine aufgehalten werden, wenn Martinus richtig gerechnet hat. Freilich,« sagte er, »das letzte Experiment im kleinen mißlang und hätte mir fast den Kopf weggerissen: aber es gilt, Belisar zu rächen und dafür wag ich gern meinen Kopf.« Und in der Nacht schlich sich Martinus mit einigen Steinarbeitern an die Felswände hinan und bohrte an ihnen ein kleines Loch.

Aber plötzlich wurden wir alle aus unsern Zelten geschreckt durch einen furchtbaren Knall, desgleichen wir nie vernommen.

Wir eilten an die Felswand.

Diese war freilich auseinander gesprengt, als hätte sie der Blitz getroffen: aber nicht von oben nach unten, von unten nach oben: die gotische Besatzung auf den Wällen war zerrissen: aber auch schrecklich verstümmelt und ganz schwarz lagen unser armer Martinus — sein kluger Kopf zwölf Schritte von dem kleinen Körper — und alle seine Arbeiter.‹«

»Rätselhaft!« sagte Cethegus. »Kennt man die Erfindung?«

»›Nein, er hat sie mit ins Grab genommen. Er sagte ja: er war noch nicht ganz mit ihr fertig. In seinem Zelte fand man ein Häufchen kleiner Körnchen, wie schwarzes Salz, welches Narses eifrig ihm noch in der Nacht zu bringen befahl: aber auf dem Wege fiel ein Funke von der Pechfackel des Trägers auf die offene Schale: und hell auflodernd puffte und flammte das Gift in die Höhe: doch diesmal ohne Knall und ohne Schaden.‹«

»Hätt ich doch dieses schwarze Salz,« seufzte Cethegus. »Dann wehe Narses und Byzanz.«

»Ja: ähnlich mag Narses gedacht haben,« lächelte Piso. »Denn nach des Basiliskos' Bericht durchsuchte und durchstöberte er alle Schalen und Schreibereien des Verunglückten. Aber ohne Erfolg.«

»›Imola hatten wir nun zwar,‹ fuhr Basiliskos fort zu erzählen,« so berichtete Salvius Julianus. »›Aber schon ganz in der Nähe, bei Castrum Brintum, lag wieder eine solche Wegsperre. Und kein Martinus lebte mehr, sie zu sprengen. Ratlos hielt Narses inne.

»Johannes,« fragte er endlich, »du kennst genau den Küstenweg von Ravenna südöstlich bis Ancona?« »Ja,« erwiderte dieser, »es war der Weg meiner schönsten Siege unter Belisar.« »Und dort werden die Wegsperren fehlen,« frohlockte Narses, »weil der Barbarenkönig die zahlreichen natürlichen Wegsperren, die Flüsse, die von Westen her in den Meerbusen münden, durch seine Flotte zu beherrschen glaubte. Die Flotte hat uns der Präfekt von Rom freundschaftlich aus dem Wege geräumt. Wendet! Brecht das Lager ab: wir ziehen hart an der Küste nach Südosten.« ›Wie willst du über die brückenlosen Flüsse setzen?‹ frug Basiliskos staunend. »Die Brücken, Freund, tragen wir auf den Schultern mit uns.«

»Darauf bin ich gespannt,« unterbrach Cethegus.

»›Und so zogen wir denn zuerst ostwärts,‹ schloß Basiliskos seinen Bericht, ›an die Küste und von hier aus ganz hart an der See nach Süden: geführt von Johannes: die Flotte aber segelte dicht an der Küste, mit dem Landheer gleichen Schritt haltend, und wo ein Fluß das Landheer zu hemmen drohte, sandte die Flotte zahllose kleine Boote stromaufwärts und auf diesen setzten die Truppen über. Und wenn zwei Flüsse durch nur kurze Strecken Landes getrennt waren, trugen Roß und Mann die leichten Fahrzeuge auf Rücken und Schultern von Fluß und Fluß.

So zogen wir denn über den Sapis nach dem alten Ficocle, über die drei Arme des cäsarischen Rubico, über einen mir unbekannten Fluß und über den Ariminus nach Ariminum, wo Usdrila, der Goten tapfrer Führer, im Ausfall umkam.

Aber auf der flaminischen Straße vorzudringen war unmöglich: diese sperrte das feste Petra pertusa: so wandten wir uns denn nach Südwesten, und zogen über den Metaurus gegen den Apennin: zu Hilfe dem Präfekten von Rom und Statthalter von Italien, das aber andre Leute haben, dem großen Magister militum per Italiam, der aber nur ein kleines Heer hat: auf daß nicht König Totila und Graf Teja von Tarentum ihn samt euch, ihr edeln römischen Ritter, erdrücken wie die Mühlsteine das Korn.‹«

»Daß aber deine Boten festgehalten wurden zu Epidamnus ...« fuhr Piso fort.

»Allerdings, es kam keiner zurück: auch die nicht, denen ich schleunige Umkehr befohlen,« sprach Cethegus nachsinnend.

»Das schließe ich daraus, daß auch uns der schlaue Byzantiner, unter höflichsten Formen, das Gleiche thun wollte: er wollte uns durchaus zu Narses, weiter von dir fort, geleiten lassen: vor unsre Zelte setzte er uns Germanen als ›Ehrenwachen‹: und als wir, die Absicht erkennend, zur Nacht aus unsern Zelten eilten und aus dem Lager, da schossen unsre Ehrenwachen uns, zum Ehrenabschied, noch ihre Pfeile nach, töteten zwei unsrer Sklaven und verwundeten mein Pferd.«

»Ich sollte also durchaus überrascht werden von dem großen Epileptiker: ferngehalten werden von ihm bis zum letzten möglichen Augenblick. Gut. Syphax, mein Pferd: wir reiten noch heut' Nacht Narses entgegen.«

»O Herr,« flüsterte leise der Maure, der die Unterredung mit angehört, »hättest du mich, wie ich dich bat, nach Epidamnus geschickt!«

»Dann hätten sie auch dich eingesperrt, wie die andern Boten.«

»Herr: in Afrika haben wir ein Sprichwort: wenn das Feuer aus dem Berge nicht zu dir kommt, sei froh: und gehe nicht der Lava entgegen.«

»Das könnte man ins Christliche übertragen,« lächelte Piso: »wenn der Teufel dich nicht holen soll, such' ihn nicht auf. Wer reitet von selber in die Hölle?«

»Ich! und zwar schon seit ziemlich langer Zeit,« sprach Cethegus, »lebt wohl, ihr römischen Kriegstribunen: Licinius vertritt mich hier im Lager bis zu meiner Rückkehr. Auch der Barbarenkönig weiß jetzt wohl schon von Narses Nähe und Macht: er greift in der Nacht heute nicht an, wie damals in Rom.«

Als die römischen Ritter das Zelt verlassen, sprach Cethegus zu Syphax, »schnalle mir den Harnisch ab.«

»Wie, Herr? du reitest nicht in Belisars, in Narses' Lager reitest du.«

»Ebendeshalb! Fort mit dem äußern Brustharnisch. Reiche mir das Schuppenhemd, das ich *unter* der Tunica trage.«

Syphax seufzte tief auf. »Jetzt wird es Ernst. Jetzt, Hiempsals Sohn, sei wachsam!«

## Vierundzwanzigstes Kapitel

Die Nacht über ritt Cethegus mit geringer Begleitung, in tiefes Sinnen versunken, Narses entgegen. Auf der Tribunen Mahnung, das Gefolge zu vermehren, hatte er erwidert: »Hunderttausend kann ich doch nicht mitnehmen!«

Bei grauendem Morgen stieß er bei Fossa nova auf den Vortrab des anrückenden Heeres. Es waren wild aussehende Reiter, von deren spitz zulaufenden Helmen schwarze Roßschweife auf die Wolfsfelle über ihren Rücken flatterten: sie führten Ringpanzer, breite Schlachtschwerter und lange Lanzen: Arme und Beine nackt, nur an dem linken Fuß, an Riemen befestigt, einen Sporn: ohne Sattel saßen sie sehr sicher auf ihren starken Pferden.

Der Führer der Reiter — er trug einen reich vergoldeten Plattenpanzer und statt des Roßschweifs zwei Geierflügel auf dem Helm — jagte pfeilschnell auf seinem roten Roß heran und hielt erst dicht vor Cethegus, der an seines kleinen Zuges Spitze ritt: lange, rote Haare, auf der Stirn gescheitelt, flogen um seine Wangen und der Schnurrbart hing, in zwei schmalen

Streifen, von dem Munde auf die Brünne: aus dem hellgrauen Auge blitzte Kühnheit und Verschlagenheit.

Eine Weile maßen sich die beiden Reiter mit forschenden Blicken. Endlich rief der mit dem Geier-Helm: »Das muß Cethegus sein! — der Beschirmer Italiens.«

»Der bin ich.«

Und der andre riß sein Pferd herum und jagte davon, noch schneller als er gekommen, über die Stellung seiner Reiter hinaus auf ein Waldstück zu, aus dessen Rändern man nun Fußvolk in dichten Reihen heranrücken sah.

»Und wer seid ihr? und wer ist euer Führer?« fragte Cethegus in gotischer Sprache die Reiter, welche er nun erreichte.

»Wir sind Langobarden, Cethegus, in Narses' Dienst,« antwortete auf Lateinisch der Gefragte, »und jener dort ist Alboin, unsres Königs Sohn.«

»Also darum, Licinius, hast du deine Mühe verloren!«

Schon sah Cethegus von ferne des Narses offne Sänfte herannahen. Sie war von einfachstem Holz, ohne Zierrat: nur eine Wolldecke, statt der üblichen Purpurpolster, lag darin. Nicht von Sklaven, von erlesenen Soldaten, denen diese Ehre abwechselnd zur Belohnung eingeräumt wurde, ließ sich der Krüppel tragen.

An seiner Seite ritt mit gezogenem Schwerte Alboin und flüsterte ihm zu: »Also du willst wirklich nicht, Narses? Der Mann scheint mir gefährlich, sehr. Du brauchst nicht zu sprechen — ein Zucken deiner Wimper — und es ist geschehen.«

»Laß ab zu drängen, du Zukunft der Langobarden.

Ich könnte sonst glauben: du willst den Mann nicht mir, sondern dir selber aus dem Wege räumen.«

»Wir Söhne der Gambara haben ein Sprichwort: Erschlagner Feind hat noch selten gereut.«

»Und wir Romäer haben ein anderes,« sagte Narses: »Wirf die Leiter erst um, wann erstiegen der Wall.

Erst, mein eifriger, junger Freund, laß uns Totila durch Cethegus vernichten. Der kennt Rom, Italien und die Goten doch noch besser als Alboin, der Roßhändler. Was diesen Exmagister militum per Italiam selber anlangt, so ist sein Geschick besiegelt ...«

Alboin sah ihn fragend an.

»Aber auch noch versiegelt. Zur rechten Stunde werd' ich es ihm — eröffnen und vollenden.«

Gleich darauf hielt Cethegus neben der Sänfte. »Willkommen, Narses,« sprach er: »Italien begrüßt den größten Feldherrn des Jahrhunderts als seinen Befreier.«

»Laß das gut sein. Mein Kommen hat dich wohl überrascht?«

»Wer einen Areobindos als Helfer erwartet und einen Narses statt dessen findet, kann nur erfreut sein. Aber, allerdings,« fügte er lauernd bei, »da Belisarius begnadigt ist, hätte auch er, seinem Wunsche gemäß, nach Italien gesendet werden können.«

»Belisar ist nicht begnadigt,« sagte Narses kurz.

»Und meine Gönnerin, die Kaiserin — wie starb sie so plötzlich?« — »Das weiß genau nur sie selber.

Und jetzt vermutlich die Hölle.«

»Hier liegt ein Geheimnis,« sagte Cethegus.

»Ja: doch lassen wir's liegen.

Kein Geheimnis aber mehr ist dir, daß jetzt Narses in Italien steht. Bekannt ist dir wohl von früher, daß Narses niemals geteilten Heerbefehl führt. Der Kaiser hat dich mir unterstellt mit dem »ersten Heer«. Willst du unter mir in meinem Lager dienen, soll mich's freuen: denn du verstehst den Krieg, Italien und die Goten. Willst du nicht, so entlasse deine Söldner: ich brauche sie nicht. Ich befehlige einhundertzwanzigtausend Mann.«

»Du trittst mit großen Mitteln auf.«

»Ja: denn ich habe große Zwecke. Und nicht kleine Feinde.«

»Du bist den Goten stark überlegen: wenn sie nicht auch ihr Südheer aus Regium hierher ziehen.«

»Das können sie nicht. Denn ich habe auch vor dem Hafen von Rom und auf der Höhe von Regium zwei Geschwader mit zwanzig Tausend kreuzen lassen, die das gotische Südheer vollauf beschäftigen.«

Cethegus staunte. Das war wieder eine Überraschung.

»Du aber wähle,« sprach Narses, »bist du mein Gast oder mein Unterfeldherr? Ein Drittes giebt es nicht in meinem Lager.«

Cethegus übersah klar die Lage. Er war Unterfeldherr oder — Gefangner. »Es ehrt mich, unter dir zu dienen, nie besiegter Perser-Überwinder.« »Warte nur,« dachte er: »auch Belisar trat auf als mein Herr: zu Rom ward ich der seinige.«

»Wohlan,« befahl Narses, dessen Sänfte während der Unterredung auf die hohen, stelzengleichen Tragestangen war niedergestellt worden: »so ziehen wir zusammen gegen die Barbaren. Tragt euren Vater wieder, liebe Kinder.«

Und die Krieger traten wieder an die Sänfte.

Cethegus wollte bei dem Aufbruch sein Pferd an die rechte Seite des Feldherrn lenken. Aber in sehr gutem Latein rief ihm Alboin zu:

»Nichts da, Herr Römer. Mich nennt man die rechte Hand des Narses. Der Ehrenplatz ist mein: die linke, die Unheilseite, ist noch frei. Wir haben sie für dich aufgehoben.«

Schweigend ritt Cethegus auf die linke Seite.

»Ich weiß nicht,« sagte er zu sich selbst, »ob diese rechte Hand vor ihrem Haupte oder nach ihm fallen muß! Am besten zugleich.«

Am Abend dieses Tages noch erreichte das Heer des Narses die Stellungen zwischen den Bergen von Helvillum und von Taginä.

## Fünfundzwanzigstes Kapitel

Und gewaltig wahrlich war dieses Heer des Narses.

Der zähe, geizige Sparer Justinian hatte diesmal nicht gespart: mit vollen Händen hatte er gespendet. Seine aus Kleinlichem und Großartigem seltsam gemischte Natur schien für dies Unternehmen das Kleinliche völlig abgestreift zu haben. Die großen Erschütterungen in der Hauptstadt, an seinem Hofe, hatten ihn wach gerüttelt. Klar hatte sein heller, diplomatischer Kopf, viel mehr für die äußere Politik als für die Verwaltung angelegt, die ganze Bedeutung der gotischen Gefahr erkannt. Der Vorwurf, daß er durch unnötige Angriffe diese brennende Gefahr erst heraufbeschworen, machte ihm die Unterdrückung zur Pflicht.

»Er haßte den Namen der Goten und gelobte sie auszutilgen aus dem Reich,« schrieb damals Prokop.

In schonungslosen herben Worten hatte ihm Narses diese Pflicht eingeschärft: und zugleich die klügsten Ratschläge zu ihrer Erfüllung beigefügt. »Nur Germanen schlagen diese Germanen,« hatte er gerufen. »Ich brauche zu den Söldnern aus Asien die germanische Waldeskraft, die Goten zu brechen. Lange hab' ich gewarnt, diese friedlichen Männer aufzustören, die uns nicht bedrohten: die Perser, die wahrhaft gefährlichen, abzuwehren. Du hast nicht gehört. Jetzt, da sie zum Angriff übergegangen, jetzt sind sie die gefährlichsten: gefährlicher als die Perser, mit welchen sie übrigens schon im Bunde stehen. Jetzt müssen sie vernichtet werden um jeden Preis: denn sie haben die Schwäche deines Reiches entdeckt. Jetzt also: Germanenkraft herbei, Germanenkraft zu brechen. Ich habe ein tapfres Volk an der Hand mit einem Königssohn, heißhungrig der Eroberung.«

»Wer ist's?«

»Das ist mein Geheimnis. Wildkühne Scharen aus ihnen werb' ich selbst als meine Leibwächter. Aber das reicht nicht. Franken, Heruler, Gepiden müssen helfen. Den Franken bestätigst du, was du ihnen doch nicht entreißen kannst: ihre neuen Erwerbungen in Südgallien, Massilia und Arelate.«

»Ich gebe ihnen dazu das Recht, Goldmünzen mit dem Bilde ihrer Könige zu schlagen: das schmeichelt ihrer kindischen Eitelkeit: der Fürsten und des Volks. König Theudebert zu Mettis, den wie Childebert von Paris, dieser Totila gewonnen, ist gestorben: sein junger Erbe Theudebald bedarf unserer Gnade.«

»Den Herulern, diesen immer hungrigen Soldläufern, gieb ein Stück Dacien bei Singidunum: haufenweise schicken sie dir dafür ihre bösen Buben zu. Mit den Gepiden, so viele ihrer die Langobarden noch übrig gelassen, schließe Frieden: gieb ihnen Sirmium zurück: dann helfen sie dir schon aus altem Haß gegen die Landsleute von Theoderich und Witichis.«

»So viele Zugeständnisse ...«

»Wir nehmen ihnen ja bald alles wieder ab, unsern Hunden, mit denen wir den gotischen Löwen jagen: aber erst muß er nieder mit ihrer Hilfe.«

Und er hatte den Beherrscher der Romäer vollständig gewonnen und überzeugt.

Alle Mittel des kaiserlichen Thesaurus, den der kaiserliche Geizhals immer, jammernd, als völlig leer hingestellt hatte, wurden verschwenderisch an Narses gespendet. Und dieser nicht bescheidne Heischer staunte nun selbst über die Fülle der bisher sorgfältig geheim gehaltnen Schätze. Der große Krieg mit Persien, der kleine mit allen Nachbarvölkern wurde sofort mit Opfern, beendet: die erprobten Veteranen, die seit Jahrzehnten unter Belisar und Narses in Asien und Europa gedient, wurden so verfügbar gegen die Goten.

Und die nämlichen Feinde, die sie bis dahin bekämpft: Perser, Saracenen, Mauren, Hunnen, Sclavenen, Gepiden, Heruler, Franken, Bulgaren, Avaren, stellten plötzlich Söldner gegen hohe Jahrgelder.

Aus Thrakien und Illyrien wurden alle Waffenfähigen ausgehoben: dreitausend herulische Reiter unter Vulkaris und Wilmuth, siebentausend Perser, eine Gefolgschaft erlesenster Gepiden — hundertundfünfzig wilde Abenteurer unter Asbad, wurden geworben: zehntausend Mann Fußvolk aus allen Provinzen des fränkischen Reichs, Franken, Burgunden, Alamannen, stellten die Merowingen von Parisii, Mettis und Aurelianum.

Ferner konnte Narses, außer seinen eignen vorzüglich von ihm geschulten Unterfeldherren, diesmal auch die besten Heerführer Belisars verwenden, die früher nie unter Narses gedient: die rätselhafte Aussöhnung der beiden großen Nebenbuhler und der an allen Grenzen gesicherte Friede machte die Vereinigung wie der besten Truppen so der erfahrensten Führer in Italien möglich.

So befehligten unter Narses die beiden ausgezeichneten und innig befreundeten Archonten Orestes und Liberius, die man in Byzanz wegen dieser zärtlichen Freundschaft Orestes und Pylades zu nennen pflegte — ihr eifriges Zusammenwirken in allen Aufgaben machte diese Freundschaft auch militärisch wichtig: aber freilich, in der Schlacht von Taginä sollte sich diese Liebe einmal als übelwirkend erweisen.

Ferner Cabades, des vorletzten gleichnamigen Perserkönigs Neffe, der längst mit vielen Persern sich dem Kaiser unterworfen, Johannes, Basiliskos, Valerianus, Vitalianus, Justinus, Paulus, Dagisthäos, Anzalas der Armenier: lauter hervorragende Führer. Das vor Portus kreuzende, Rom beobachtende Geschwader und Heer führte Armatus, das zwischen Sicilien und Neapolis wachende Dorotheos.

So waren es hunderttausend Mann, die unter Narses und Cethegus bei Capră den Goten gegenüberstanden, während Rom und Neapolis durch weitere zwanzigtausend bedroht wurden.

## Sechsundzwanzigstes Kapitel

Diesen Zahlen aber hatte König Totila entfernt nicht mehr die Streitkräfte entgegenzustellen, die dereinst Witichis, im Ganzen hundertundsechzig Tausendschaften, aufgebracht.

Die Lücken, die der Krieg, die großen, allein siebzig Tausendschaften betragenden Verluste vor Rom, dann die Seuchen, der Hunger, die Gefangennehmungen zu Ravenna und zu Senogallia in das gotische Volksheer gerissen hatten, waren nicht wieder ersetzt worden durch die italischen Colonen, die Totila nur dann einreihte, wenn sie es forderten.

So betrug die ganze Macht des Königs etwa siebzig Tausendschaften, von welchen zehn unterhalb Rom zur Abwehr der beiden drohenden Landungen belassen werden mußten unter Herzog Guntharis und Graf Grippa: ungefähr zehn andre Tausendschaften aber wurden durch die — verlornen — Besatzungen in Griechenland und auf den Inseln, sowie in den Städten und Burgen Italiens und Dalmatiens abgezogen, die zum Teil schon in des Narses Hand gefallen, getötet oder außer Land geschafft waren.

Es waren also nicht mehr als etwa fünfzig Tausendschaften, die König Totila der doppelt starken Macht der Feinde bei Taginä entgegenführte.

Als Cethegus dies Zahlenverhältnis dem Oberfeldherrn vorrechnete, sagte dieser: »Mein großer Freund Belisar hat oft mit der Minderzahl gesiegt, ist aber noch öfter von der Mehrzahl — wie billig — geschlagen worden. Ich, Narses, habe meinen Ruhm nur darin gesucht, jedesmal zu siegen, obzwar nicht mit der Minderzahl: und diesen bescheidneren, aber zweckmäßigeren Ruhm hab' ich erreicht. Er wird mir auch diesmal nicht entgehn.«

Auch in dem Lager der Goten erkannte man die Überlegenheit der Byzantiner: es fehlte nicht an Stimmen in des Königs Kriegsrat, welche die offne Feldschlacht zu vermeiden und den Rückzug in die noch von den Goten besetzten Städte, ein Hinschleppen des Kampfes durch zähe Verteidigung rieten. Aber der König verwarf diesen Rat aus guten Gründen und beschloß, bei Taginä zu schlagen.

Mit banger Ahnung hatte Valeria allmählich erraten, daß die Entscheidung gerade hier fallen werde, in dem Thal ihrer Sorgen und Schmerzen.

Der König hatte auch den übrigen, das Volksheer begleitenden Frauen, darunter den Neuvermählten Gotho und Liuta, das Kloster und die Kapelle auf den beiden Hügeln im Rücken des Heeres bei »spes bonorum« als den angemessensten und sichersten Aufenthalt angewiesen: selbst im Fall des Sieges der Feinde gewährten diese katholischen Kultstätten gegenüber den katholischen Überwindern noch am ehesten Schutz.

Das Lager des Königs und die durch dasselbe gedeckten Gebiete wurden aber täglich mehr angefüllt von Angehörigen des Gotenvolks jedes Alters und Geschlechts, die aus den von Narses bedrohten oder durchzogenen Gegenden nach Süden flüchteten: denn das furchtbare System der Ausrottung alles gotischen Lebens, das der Gewaltige verfolgte, war alsbald schrecklich bekannt worden und jagte die entsetzten Goten in banger Verzweiflung auf, bevor auch über sie hin der eherne Wagen der Austilgung rollte.

Sie erkannten, daß ein Vernichtungskrieg gegen ihr gesamtes Volkstum, nicht nur ein politischer Streit hier geführt werde: nicht nur die gotischen Krieger, alle Tropfen gotischen Blutes waren die von Narses bedrohten Feinde.

Dazu kam, daß nun auch die Italier diese Natur und Absicht des jetzt erneuten Kampfes erkannten: und nun brach auch in ihnen der alte Barbarenhaß, der Gegensatz des Blutes und des Glaubens, wieder aus: die Versöhnung nach der Kriegsnot und durch die Milde des Friedenskönigs war erzwungen und künstlich — die Ausnahme — gewesen: nun kehrte das Natürliche, die Regel, der Haß wieder. Überall, wo sie sich durch die »Romäer« gesichert glaubten, zeigten diesen die Italier die Wohnstätten oder Verstecke der gotischen Familien an oder lieferten sie gleich selbst in die Gefangenschaft.

So also war es nicht mehr möglich, wie in dem belisarischen Feldzug, daß die Goten-Siedelungen sich vor der vorüberbrausenden Woge des Krieges duckend verbargen und, nachdem sie weiter gestürmt, wieder emporrichteten, wie Halme nach dem Gewitterwind: nein, so weit Narses kam, kam der Gotenuntergang und, war er weiter gezogen, war hinter ihm ausgetilgt das Gotentum.

Daher wurde denn, was noch flüchten konnte, was entronnen war vor der wandelnden Mauer der Vernichtung von Norden nach Süden in des Königs Lager gedrängt: es nahm der Krieg den Charakter der alten Kämpfe eines Wandervolkes an, dessen Geschick an Schlacht und Lager gebunden war: die Wagenburg der ineinander geschobenen Karren, welche die Zelte trugen, die einzige Heimat: es war nicht mehr die Verteidigung eines vom Feinde bedrohten Landes und der friedlichen Einwohner durch ein Heer: denn außer dem Lager des Königs und dem von diesem gedeckten Lande gab es fast keine Goten mehr in Italien. Totila ließ, schon um der Hungergefahr zu steuern, welche die Anhäufung solcher Massen Volkes in und hinter dem Lager herbeiführen mußte, die unwehrhafte Menge weiter nach dem Süden führen und verteilen.

Als den König auf einem Erkundungsritt über die Höhen dicht an der »spes bonorum« vorüber der junge Herzog Adalgoth jenes Abends erinnerte, da sie zuerst die Kapelle besucht, lächelte jener: »Jawohl: da ich mir die Grabesstätte wählte bei Numa Pompilius. Nun gut: falle ich hier, habt ihr mich nicht weit zu tragen.«

Aber im Grunde seines Herzens war der König nicht ohne Sorge über den Ausgang der hier sich langsam vorbereitenden Schlacht.

Ihn beunruhigte der Mangel an Reiterei: der größere Teil seiner Berittenen stand bei den Truppen von Guntharis und Grippa. Den tapfern Langobarden auf ihren starken Gäulen im Lager des Narses hatte der König keine an Zahl entsprechende Waffe entgegenzustellen.

Aber gerade diesem Mangel schien das alte Glück des Königs abhelfen zu wollen.

## Siebenundzwanzigstes Kapitel

In den Gotenzelten gingen schon seit mehreren Tagen dunkle Gerüchte von der Annäherung neuer Hilfsscharen von Osten her, die zugewanderte Goten meldeten.

Der König wußte von keinem Zuzug aus jener Richtung und sandte deshalb vorsichtig, einem etwaigen Flankenangriff der Byzantiner zu begegnen, Graf Thorismuth, Wisand, der Bandalarius, und den jungen Adalgoth mit einigen berittenen Sajonen auf Kundschaft aus.

Aber am Tage darauf schon kamen diese zurück und Graf Thorismuth sprach frohen Angesichts, da er mit Adalgoth in das Zelt des Königs trat: »Ich bringe dir, o König, einen alten Freund zur rechten Stunde.« »Er gleicht ganz dem Königstiger,« fiel Adalgoth ein, »den du in den letzten Cirkusspielen dem Volke zu Rom gezeigt. Nie sah ich solche Ähnlichkeit zwischen Mensch und Tier.« »Er wird dir hoch willkommen sein — da ist er schon.«

Und vor dem König stand — Furius Ahalla, der Corse.

Er neigte das stolze, noch tiefer gebräunte Antlitz und legte die linke Hand auf die Brust. »Ich grüße dich, König der Goten.«

»Willkommen, Weltumsegler, in Italien. Woher kömmst du?« — »Von

Tyrus.« – »Und was führt dich zurück?« – »Das, o König, kann ich nur dir vertrau'n.«

Auf einen Wink Totilas verließen die andern das Zelt: da faßte der Corse in fiebernder Erregung seine beiden Hände: »O sage ja, sage ja: mein Leben: mehr als mein Leben hängt daran!«

»Was meinst du?« fragte der König, mit unwilligem Staunen zurücktretend. Die heiße, wilde, hastige Art des Mannes war seiner Natur sehr entgegen.

»Sage ja: du bist mit des Westgotenkönigs Agila Tochter verlobt: Valeria ist frei?«

Der König furchte die Stirn und schüttelte zürnend das Haupt: aber ehe er sprechen konnte fuhr der Corse in heftiger Erregung fort: »Staune nicht – frage nicht! Ja: ich liebe Valeria mit aller Glut: fast haß' ich sie: so lieb' ich sie. Ich warb um sie vor Jahren. Ich erfuhr, sie sei dein: vor dir trat ich zurück: erwürgt hätt' ich jeden andern mit diesen Händen. Ich eilte fort: ich stürzte mich in Indien, in Ägypten in neue Gefahren, Abenteuer, Schrecknisse, Genüsse. Umsonst. Ihr Bild blieb unverwischt in meiner Seele. Höllenqualen der Entbehrung erlitt ich um sie. Ich dürstete nach ihr wie der Panther nach Blut. Und ich verfluchte sie, dich und mich. Und ich wähnte, längst sei sie dein geworden.

Da traf ich im Hafen von Alexandria auf westgotische Schiffe aus Spanien und die Männer, alte Handelsfreunde von Valerius und mir, erzählten von deiner Erhebung zum König: und als ich nach Valeria, deiner Königin, forschte, beteuerten sie, du seist unvermählt: und sie fügten bei, ihr König Agila habe dir seine Tochter und ein Waffenbündnis angetragen gegen Byzanz: du habest das angenommen. Aber vor allem, wiederholten sie – ja sie beschworen es, da ich zweifelnd in sie drang – du seiest unvermählt: und deine frühere Braut, Valeria, die ihnen sehr wohl bekannt, lebe einsam zu Taginä.

›Valeria frei!‹ jauchzte alles in mir auf. Noch dieselbe Nacht lichtete ich die Anker meiner Schiffe, nach Italien zu eilen. Auf der Höhe vor Kreta stieß ich auf ein stattliches Geschwader. Es waren persische Reiter, die Justinian geworben und auf Kauffahrteischiffen nach Italien gegen dich senden wollte unter ihrem Häuptling Isdigerdes, meinem alten Bekannten. Von ihnen erfuhr ich, mit welch' gewalt'ger Macht Narses dich bedrohe.

Und nun, König Totila, beschloß ich, die alte Dankesschuld zu zahlen.

Es gelang mir, indem ich das Doppelte bot, Isdigerd und seine Reiter – es sind ganz auserlesene Scharen – in *meinen* Sold zu gewinnen, und ich führe sie dir zu: wie ich von deinen Grafen höre, zu höchst erwünschter Verstärkung: es sind mehr als zweitausend Pferde.«

»Sie sind sehr willkommen,« sprach Totila erfreut, »ich danke dir.«

»Daß du noch unvermählt, ward mir bestätigt,« fuhr der Corse fort, »aber – sie sagen – Valeria sei nicht frei – sie sei noch immer: ich wollt' es, konnt' es, kann es nicht glauben – kann nicht die Hoffnung – nein, nein schüttle nicht das Haupt: ich beschwöre dich: sage ja, sie ist frei.« Und wieder griff er nach des Königs Händen.

Aber dieser machte sich los, nicht ohne Zeichen des Zornes. »Noch immer die alte, verderbliche, unbändige Glut! Wann erkaltet diese Lava?

Noch immer — ja, der Sänger hat Recht: die unheimliche Art des Tigers — man kann jeden Augenblick den Sprung im Nacken spüren.«

»Predige nicht, Gote,« zürnte der Corse, »sage ja oder nein — ist Valeria . . .?«

»Mein ist Valeria,« rief heftig der König, »mein jetzt und ewig.«

Da stieß der Corse einen Schrei des Schmerzes, des Ingrimms aus und schlug sich beide Fäuste mörderisch an die Stirn. Dann warf er sich auf das Feldbett des Zeltes, schüttelte den Kopf auf den Kissen hin und her und stieß ein dumpfes Stöhnen aus.

Eine Weile sah ihm Totila mit schweigendem Staunen zu: endlich trat er zu ihm und hielt seine Rechte fest, die seine Brust zerhämmerte. »Fasse dich doch! bist du ein Mann oder ein pfeilwunder Eber? Ist das manneswürdig, menschenwürdig? Ich dächte: du hast es mit Schmerzen gelernt, wohin sie führt, deine sinnlose Wut.«

Laut schreiend fuhr Ahalla auf, die Hand am Dolch.

»Ah, du bist es, der so sprach — der mich mahnt. Du allein darfst es: du allein kannst es! Aber ich sage dir: thu's doch nicht wieder. Ich kann es auch von dir nicht tragen. O du solltest nicht schelten: beklagen solltest du mich.

Was wißt ihr Nordlandherzen von der Glut in diesen Adern! Was ihr lieben nennt ist mattes Sterngeflimmer. Mein Lieben ist brennendes Feuer — ja Lava, du hast recht: wie mein Haß. Wüßtest du, wie ich um sie gelitten, wie ich aufgeglüht in Hoffnung, wie ich dich segnete und liebte und nun — alles dahin.« Und abermals begann er zu toben.

»Ich fasse dich nicht,« sprach Totila streng, im Zelte auf und nieder schreitend und den Tobenden sich selbst überlassend. »Du hast eine niedere Art vom Weib zu denken.«

»Totila!« drohte der Corse.

»Ja, eine niedere, gemeine Art. Wie von einer Ware, einem Roß etwa, das der zweite haben kann, wenn es der erste nicht festhält. Hat ein Weib keine Seele, nicht Willen und Wahl?

Und wähnst du denn, wenn ich wirklich mit einer andern vermählt oder gestorben wäre, glaubst du denn, Valeria würde dann ohne weiteres dein? Wir sind doch sehr verschieden von Art, Corse. Und ein Weib, das Totila geliebt, wird schwerlich sich trösten mit Furius Ahalla.«

Wie vom Blitz getroffen fuhr der Corse empor.

»Gote, du bist ja sehr stolz. Solcher Hochmut war dir früher fremd. Hat dich der goldne Reif so hochfahrend gemacht? Du wagst es, auf mich herabzusehn? Das trage ich von keinem Mann: auch nicht von dir. Nimm zurück, was du da gesagt.«

Aber Totila zuckte die Achseln. »Die Eifersucht, die blinde Wut verwirrt dich. Ich habe gesagt: wer mich liebt, wird nicht, nach mir, dich lieben. Und das ist so wahr, daß selbst deine Wildheit es einsehen muß. Denke dir Valeria, die streng verhaltene, marmorne, vestalische: und deine maßlos ungezähmte Art. Valeria ist kein weiches Syrerkind wie jene Zoë.«

»Nenne den Namen nicht,« stöhnte der Corse.

»Valeria scheut deine Wildheit: sie hat mir selbst einmal gesagt: Grauen flößest du ihr ein.«

Da sprang Furius hinzu und faßte des Königs beide Schultern mit den Händen. »Mensch – du hast ihr gesagt? Hast ihr jenes Unheil aufgedeckt? Du hast? Dann sollst du nicht ...«

Aber Totila stieß ihn jetzt unsanft zurück. »Genug dieses unwürdigen Tobens. Nein: ich habe es ihr nicht gesagt: bis jetzt. Aber wohl hättest du's verdient. Noch immer, nach solcher Erfahrung ...«

»Schweige davon,« drohte der Corse.

»Ohne Gewalt übe dich in Liebe, Haß und Zorn.

Du packst deinen Freund an wie ein Rasender, wie ein Raubtier. Wahrlich, kennte ich nicht den edeln Kern in dir: diese Wildheit hätte mich längst von dir abgewendet. Mäß'ge dich oder verlasse mich.« Und der König heftete seinen leuchtenden Blick streng, nicht ohne den Ausdruck überlegener Hoheit, auf den Corsen.

Diesen Blick ertrug der Leidenschaftliche nicht. Er bedeckte die Augen mit der Hand und sprach nach einer Pause mit gebrochener Stimme: »Verzeih mir, Totila. Es ist vorbei. Aber wiederhole nicht jenen Ton, diesen Blick. Er hatte mich in jener Schreckensnacht mehr gebändigt als dein Arm. Ich scheue und hasse ihn durcheinander. Zur Sühne, wenn ich dich verletzt, will ich morgen selbst deine Schlacht mit kämpfen, an deiner Seite, wie meine Reiter.«

»Sieh, das ist dein edler Kern, Furius,« sprach der König, »daß du – trotz deiner Enttäuschung – dein Geschenk erfüllen willst. Ich danke dir nochmal. Deine Hilfe, deine Reiterschar macht mir die Durchführung eines trefflichen Schlachtplans möglich, auf den ich seufzend hatte verzichten müssen, aus Mangel an Rossen.«

»Deine Feldherren, die du zum Kriegsrat entboten,« meldete ein Sajo, »harren vor dem Zelt.« – »Führe sie ein! Nein, Furius: du bleibst und hörst alles mit an – deine Aufgabe ist die wichtigste nach der meinen.«

»Ich bin stolz darauf und werde sie lösen, daß du zufrieden sein sollst mit dem ›Raubtier‹.«

## Achtundzwanzigstes Kapitel

Es versammelten sich nun um den König der alte Hildebrand, Graf Teja, Graf Wisand, Graf Thorismuth, Graf Markja, Aligern und der junge Herzog von Apulien.

Totila wies auf die Wand des Zeltes: dort hing die von ihm selbst mit kundiger Hand gezeichnete Übersicht der Gegend von Taginä: die Grundlage bildete die römische Straßenkarte des Picenums, zumal der Via flamina: auf dieser hatte er die wichtigsten Örtlichkeiten eingetragen.

»Gern, meine Helden,« hob er an, »würde ich, nach alter Goten Weise, einfach im Keil auf den Feind losstürmen und sein Herz zu durchstoßen suchen. Aber den größten Feldherrn des Jahrhunderts, an der Spitze eines doppelt starken Heeres, in einer selbst gewählten, vortrefflichen Stellung, schlagen wir nicht mit unsrer von Odhin stammenden einfältigen Weisheit,« lächelte er.

»Erzürne nicht den Siegesgott durch Spott am Tage vor der Schlacht,« warnte der alte Hildebrand.

Aber Totila fuhr fort.

»Wohlan denn: laß sehen, ob der große Stratege, der Germanen durch Germanen schlagen will, nicht durch seine eignen Mittel zu verderben ist.

Die Entscheidung des Tages fällt hier, im Herzen der beiden Stellungen, bei Taginä. Die beiden Flügel haben nur hinzuhalten.

Du, Hildebrand, übernimmst unsern linken: gegenüber Eugubium: ich gebe dir zehn Tausendschaften: dort der Wald und das Flüßchen Sibola, das da in den größeren, den Clasius, mündet, geben dir gute Deckung. Desgleichen dir, Teja« — er stand hart an seiner Schulter — »auf dem rechten Flügel, mit fünfzehn Tausendschaften, der Berg rechts hinter Caprä, der fast bis an den Klosterberg der Valerier und an das Grab des Numa stößt.«

»O laß mich, mein König, morgen hart in deiner Nähe, an deiner Schildseite, fechten. Ich hatte einen finstern Traum,« fügte er leiser bei.

»Nein, mein Teja,« erwiderte Totila, »nicht nach Träumen wollen wir unsern Schlachtplan ordnen. Ihr sollt beide zu fechten genug bekommen, sobald die Entscheidung hier, im Herzen, gefallen. Denn hier« — und er deutete mit dem Finger auf den Raum zwischen Caprä und Taginä — »ich sag' es nochmal: hier liegt die Entscheidung.

Deshalb habe ich die volle Hälfte unsres Heeres, fast fünfundzwanzig Tausendschaften, hier in das Mitteltreffen gestellt.

Im Herzen von Narses Aufstellung stehen die Heruler und — seine beste Schar — die Langobarden. Er ändert das nicht mehr: denn früher wohl, als ich, der »Barbar«, hat der große Schlachtenmeister es erkannt, daß dieser Tag durch das Gefecht der Mitten entschieden wird.

Nun habt wohl acht.

Ich kenne die Langobarden, ihre Kampfgier, ihren Reiter-Ungestüm. Darauf bau' ich meinen Plan: wenn Narses uns durch Germanenkraft vernichten will, so soll er durch Germanenfehler erliegen.

Mit meinen wenigen gotischen Reitern schwärme ich von Caprä aus gegen die Langobarden, die vor Helvillum stehn, des Narses starkes Mittellager. Sie werden nicht säumen, sich mit ihrer Übermacht auf mich zu stürzen. Sofort, durch ihren Anprall scheinbar geworfen, jage ich in ordnungsloser Flucht zurück auf Caprä zum Nordthor herein.

Das Nordthor laß ich zwar hinter uns schließen. Sonst schöpfen sie Verdacht. Aber nicht verteidigen.

Und schlecht kenne ich die Langobarden, wenn sie nicht, in übermütiger Verfolgungslust des Reiters, die lustige Hetze fortsetzen, weit voran dem langsam folgenden Fußvolk.

Ich weiß gewiß, sie reißen die Thore auf und jagen uns durch Caprä hindurch, noch zum Südthor hinaus: auf das freie Feld zwischen Caprä und Taginä: hier.

Aber kurz vor Taginä wird die flaminische Straße zu beiden Seiten von zwei waldigen Hügeln überragt: dem Collis nucerius rechts, dem Collis clasius links: seht ihr? da.

Auf diesen Hügelkronen, im dichten Wald versteckt, liegen unseres vortrefflichen Corsen treffliche Reiter im Hinterhalt: und sowie die Langobarden heran sind, zwischen den beiden Hügeln, dann wend' ich mich aus der versteckten Flucht zu ernstem Angriff auf der flaminischen Straße selbst.

Das Heerhorn bläst zum Reiterstoß.

Auf dies Zeichen brechen deine Reiter, Furius, zugleich von beiden Seiten auf die Langobarden, und ...«

»Sie sind verloren!« jubelte Wisand, der Bandalarius.

»Aber das ist nur die erste Hälfte meines Plans,« fuhr Totila fort. »Narses muß entweder seines Heeres Blüte verloren geben ...«

»Das thut er nicht,« sagte Teja ruhig.

»Oder mit seinem Fußvolk nachrücken. In den Häusern von Caprä aber halte ich unsere Bogenschützen, in denen von Taginä unsere Speerträger verborgen: und wenn des Narses Armenier zwischen den beiden Städten in den Reiterkampf eingreifen wollen, werden sie von hinten und von vorn zugleich von dem aus den Thoren brechenden Fußvolk angegriffen: du, Wisand, befehligst in Caprä, du, Thorismuth, in Taginä.«

»Ich möchte morgen kein Langobarde sein,« meinte der Corse. »Lange Bärte und kurze Freuden werden sie haben,« lachte Adalgoth. »Kein Mann von den Armeniern entkommt,« sprach Markja.

»Ja: wenn der Plan gelingt,« schloß Teja.

»Ihr aber, Hildebrand und Teja, sowie ihr das Fußvolk des Narses aus Helvillum gegen Caprä vorbrechen seht, zieht euch mit euren der Mitte nächsten Scharen ebenfalls gegen Caprä: nur soviel zur Verteidigung eurer Flügel erforderlich, laßt dort stehen — ihr helft uns so, das Mitteltreffen zermalmen: dann wenden wir uns gegen die beiden Flügel und leicht sind sie nach links und rechts hin auseinander gerissen: denn ohne Helvillum haben sie keinen Halt: ihre große Zahl selbst wird ihnen hinderlich in jenen Engen, wenn wir sie von Helvillum her in der Flanke fassen.«

Der alte Hildebrand schüttelte dem König die Rechte.

»Du bist Odhins Liebling,« flüsterte er ihm ins Ohr.

»Schlimm!« antwortete der König, ebenso leise, mit Lächeln. »Du weißt: zuletzt versagt der von Odhin geschenkte Speer und der Siegesgott nimmt seinen Liebling hinauf nach Walhall. Nun lebt wohl, meine Helden!«

Nachdem die Feldherrn das Zelt verlassen, zögerte der Corse noch an der Thüre. »Um eine Gunst noch hab' ich dich zu bitten, König. Wann morgen deine Schlacht geschlagen und gewonnen, geh' ich in See — auf Nimmerwiederkehr.

Laß mich zuvor noch Abschied von ... von ihr nehmen, ein letztes Mal ihr Bild mir in die Seele prägen.«

Aber der König furchte die Stirn. »Wozu das? Es kann nur dich quälen und sie.«

»Mich beglückt es. Und du — bist du zu neidisch oder am Ende gar zu ängstlich, andern auch nur zu zeigen, was du besitzest? Bist du eifersüchtig, König der Goten?«

»Furius!« rief der König verletzt und im Innern erbittert über des Corsen ganzes Wesen. »Geh, suche sie auf: und überzeuge dich, wie fern du stehst ihrer Art.«

Fast zur gleichen Zeit, da der gotische Kriegsrat seine verhängnisvollen Beschlüsse faßte, ließ sich Narses, der wieder schwer an epileptischen Anfällen gelitten hatte in diesen Tagen, in seiner offenen Sänfte, umgeben von seinen Heerführern, von seinem Zelt in Helvillum aus auf einen Hügel tragen vor seinem Mitteltreffen, von wo das gesamte Gefilde, das heute Gualdo Tadino heißt, zu überschauen war.

»Hier,« sagte er, mit seiner Krücke aus der Sänfte deutend, »hier, zwischen Caprä und Taginä fällt die Entscheidung. Hättest du doch Taginä — oder selbst Caprä nur — noch besetzt, Cethegus.«

»Der schwarze Teja kam mir um drei Stunden zuvor,« sagte dieser grollend.

»Es giebt keine solche Verteidigungsstellung gegen Übermacht auf der ganzen flaminischen Straße mehr bis Rom,« fuhr Narses fort. »Meisterhaft haben die Barbaren diese Stellung gewählt. Gewannen sie jene Hügel nicht, so ergoß sich unser Heer unaufhaltsam fort bis Rom.

Nun habt acht auf jedes meiner Worte: das Sprechen wird mir nicht leicht: Narses sagt nichts zweimal. Nun, Langobarde, was sinnest du?« Und er rührte mit der Krücke an Alboins Schulter, der wie verzückt in die Landschaft hinausgeblickt hatte.

»Ich?« sagte dieser auffahrend aus seinen Träumen, »ich sinne, wie wunderbar reich und schön dies Land, welcher Segen ringsum! Es ist das Weinland unsrer Lieder.«

»Du sollst dich nicht lassen gelüsten deines Nächsten Italien und alles was sein ist,« sagte Narses mit der Krücke drohend. »Die Traube Italia, Fuchs Alboin, hängt sehr hoch.«

»Ja: solang du lebst, ist sie sauer,« sprach der Langobarde.

»Einstweilen lebt er noch, der Gotenkönig, dessen Erbe du antreten willst,« mahnte Narses. »Also, mein Plan.

Du, Orestes, nimmst mit Zeuxippos den linken Flügel bei den ›Gräbern der Gallier‹ *(busta Gallorum)*, gegenüber dem hohen Waldberg mit den weißschimmernden Klostergebäuden.«

»Woher rührt der Name?« fragte Alboin.

»Hier schlug,« antwortete Cethegus, »der Römerconsul Decius, sich dem Tode weihend für das Vaterland, der Gallier ungeheure Übermacht. Der Boden ist heilig und von guter Vorbedeutung für Rom und,« schloß er bitter, »gegen alle Arten von Barbaren.«

»Wann war das?« forschte Alboin weiter.

»Im Jahre vierhundertachtundfünfzig der Stadt.«

»Das ist lange her,« meinte der Langobarde.

Narses aber fuhr fort: »Du, Johannes, übernimmst mit Valerianus und Dagisthäos den rechten Flügel bei Eugubium gegenüber dem Fluß Clasius und dem Flüßchen Sibola. Ihr haltet euch ganz ruhig, bis hier in der Mitte die Entscheidung gefallen, alsdann — denn wer Übermacht hat und sie nicht zur Überflügelung braucht, verdient nicht, sie zu haben — dann schwenkt ihr von beiden Seiten ein — ihr reicht ja weit über die schmale Stirnlinie der Barbaren hinaus — und ihr schneidet ihnen mit zusammenschlagendem Netz den Rückzug nach Rom ab: euer Zusammentreffen ist auf der flaminischen Straße östlich hinter Taginä, in der Nähe von Nuceria Camellaria. Gelingt das, so ist der Krieg zu Ende mit einem Schlag.«

»Schade,« meinte Alboin.

»Ja, dir blutet das Herz nicht, mein Wölflein, wenn du des Kaisers Italien recht lange zerfleischen kannst: aber mir: nicht viele Schlachten gewinnen – das ist Freund Belisars Vergnügen! – viele Feldzüge mit Einem Schlag beenden, das ist meine Art. Erst aber, eh' ihr überflügeln könnt auf den Flanken, muß hier, in der Mitte, in der Ebene die Blutarbeit gethan sein: ich muß Caprä und Taginä stürmen: wenn sie klug sind, die Barbaren, zeigen sie sich nicht auf dem freien Feld vor Caprä: dort würden meine Wölfe sie niederrennen: nicht wahr, mein Wolfskönig?«

»Ein prächtiger Wiesenplan für die Reiterschlacht:« rief Alboin, »ich sehe sie schon zurückfliehen nach den Thoren von Caprä.«

»Sie werden dir den Gefallen nicht thun, sich hierher zu wagen, mein Wölflein. Keinesfalls aber unterstehst du dich, mit deinen Reitern Caprä anzugreifen.«

»O,« meinte Alboin, »wir sind gewöhnt, abzuspringen und zu Fuß zu kämpfen, wenn's vonnöten. Die Rößlein bleiben lammfromm stehen und kommen auf den Pfiff im Trabe nach.«

Ein heftiger Krampf schüttelte Narses: seine Züge verzerrten sich. »Langbart,« sprach er, als er wieder seiner mächtig geworden, »ärgere mich nicht. Ärger und Schreck bringen mir das böse Schütteln. Wenn du dir einfallen lässest, Caprä anzugreifen, ehe mein Fußvolk ganz heran ist, schicke ich dich nach der Schlacht nach Hause.«

»Das wäre allerdings die härteste Strafe.«

»Du, Anzalas, führst das armenische Fußvolk und du, Cethegus, das illyrische, samt deinen trefflichen isaurischen Söldnern, zum Sturm auf Caprä und Taginä. Ich folge mit der Masse der Makedonen und der Epiroten nach.« Abermals rüttelte den Feldherrn ein Schauer.

»Ich fürchte, morgen kehrt das Übel stärker wieder.

Du, Liberius, vertrittst dann meine Stelle, bis ich wieder sprechen und befehlen kann.«

Cethegus furchte die Stirn.

»Ich hätte dir, Präfekt,« fügte Narses, dies bemerkend, bei, »die Vertretung übertragen: aber du wirst nicht müßig in Helvillum zusehn wollen: ich brauche dich und dein gefürchtet Schwert beim blutig schweren Sturm auf die beiden Städte.«

»Und wenn ich dabei falle,« lächelte Cethegus, »wird des Kaisers Feldherr den Verlust überleben.«

»Wir sind alle sterblich,« sprach Narses, »o Präfekt: unsterblich sind nur wenige von uns – nach ihrem Tod.«

## Dreißigstes Kapitel

An dem Abend desselben Tages erging sich Valeria in dem ummauerten Garten des Klosters unter Thuien und Cypressen. Sie wußte oder ahnte, daß die lang erwartete Schlacht morgen bevorstand. Und ihr Herz war bang.

Sie bestieg ein Türmchen an der Ecke der Gartenmauer, zu welchem eine gewundene, schmale Marmortreppe emporführte. Von hier aus konnte sie das ganze Thalgefilde überschauen, in welchem morgen die Entscheidung über Italiens, über ihr eignes Geschick fallen sollte.

Im Westen, ihr gegenüber gerade, weit hinter dem Clasiusflusse, versank die Sonne in blutroten Wolken.

Im Norden lag das langgestreckte, tiefe Lager des Narses mit seinen zahllosen Zelten aus dunklen Fellen und Häuten und geschwärztem grobem Segeltuch. Es zog sich unabsehbar weit, den Horizont umspannend, von *busta gallorum* im Osten bis Eugubium (das alte Iguvium) im Westen: es ruhte schon in schwarzen, kalten Schatten: drohend und still: wie die Notwendigkeit.

Unmittelbar zu ihren Füßen schlossen sich die gotischen Zelte dicht hinter dem kleinen Ort Taginä: die geringe Zahl erschreckte das Auge der Jungfrau: doch hatte ihr Totila beschwichtigend gesagt, seine Leute lägen großenteils in den Häusern von Caprä und Taginä.

Auch diese Niederung ruhte schon im Schatten.

Nur auf sie selbst, ihre weiße Gestalt, die sich von den Zinnen der Türme scharf abhob, auf die Höhe, wo das Kloster ragte und seine Mauern, sowie auf die noch etwas höher und östlicher gelegene Kapelle bei dem Grab des Numa Pompilius, die Spes bonorum, fiel noch voll und leuchtend der Widerschein der sinkenden Sonne.

Lange blickte Valeria, schwerer Ahnungen voll, hinaus in die heute noch friedlich ruhende Landschaft. Welches Ansehen würde sie wohl morgen um diese Stunde zeigen? Wie viele Herzen, die heute noch trotzig, freudig, heißblutig pochten, waren bis dahin still und kalt. So träumte sie hinaus in den Himmel und in das Gefilde.

Sie beachtete es kaum, daß die Sonne längst gesunken, daß es rasch dunkelte: schon brannten einzelne Wachtfeuer in beiden Lagern.

»Wundersames Geschick,« sprach die Jungfrau zu sich selbst. »Fröhlich, fast vergessen des Gelübdes, das mich an diesen Ort knüpft, lebe ich jahrelang. Da ergreift mich plötzlich eine Hand aus den Wolken und führt mich, wie mit zwingender Gewalt, hierher, an den Ort meiner Bestimmung, nicht meiner Wahl. Und nach bangem, trübem Harren folge ich, wieder hoffend, wieder diesen Mauern entrinnend, dem lockenden Ruf des Freundes hinaus in die Freude, in die Welt der Glücklichen: ich vertausche diese Grabesstille mit dem rauschenden Brautfest in seiner Königsburg.

Und abermals faßt mich, an der Schwelle der Ehefeier, plötzlich die Hand des Geschickes, reißt uns alle aus Freude und Jubel und führt mich und den Geliebten zur Entscheidung — gerade hierher, an den Ort meines Verhängnisses.

Ist das eine Mahnung, eine Vorverkündung? Soll auch den Freund, der sein Geschick an meines gebunden, hier der auf mir lastende, unheimliche Bann ergreifen? Kann ich ihn davon lösen, wenn ich ihm entsage?

Soll er mit dafür büßen, daß wir das Gelübde nicht erfüllt? Ach, der Himmel bleibt taub für die Fragen des geängsteten Menschenherzens. Er öffnet sich nur, um zu strafen: seine furchtbare Sprache ist der Donner und seine Schicksalsleuchte sein zugleich zermalmender Blitz. Bist du versöhnt, du strenger Gott des Kreuzes? oder forderst du unerbittlich die dir verfallene Seele ein?«

Aus diesem Träumen und Sinnen weckte sie — schon war es ganz dunkel geworden und der eben aufsteigende Mond warf noch wenig Licht in den hochgelegenen, ummauerten Garten — der rasche Schritt eines Mannes, der hastig nahte von dem Garten her: der Sand der Gartenwege knisterte unter seinen Füßen.

Das war nicht Totilas schwebender Gang.

Die Jungfrau stieg die Marmortreppe herab und wollte sich auf dem schmalen Gang, der zwischen den Cypressen an der Mauer hin führte, nach dem Hause zu wenden: da vertrat ihr der Nahende, der ihre weiße Gestalt erkannt hatte, plötzlich den Weg: er selbst im dunkeln Mantel kaum kenntlich: es war der Corse.

Sie erschrak über den plötzlichen Anblick: wohl hatte sie von je des Mannes Leidenschaft erkannt, aber mit Grauen, mit seltsamer Furcht. »Du hier, Furius Ahalla! Was führt dich in diese frommen Mauern?« Eine Weile schwieg der Fremde. Er atmete schwer und schien, ringend, nach Worten zu suchen. Allmählich stieg das Licht des Mondes über die Mauer. Hell zeigte er bald der schönen Römerin edle Züge und Gestalt. Endlich sprach Furius abgerissen, mühsam. »Das Verlangen führt mich her ... Abschied zu nehmen, Valeria. Abschied für immer. Wir schlagen morgen eine blutige Schlacht. Dein — König hat mir verstattet noch einmal zu sehen die ... Dasjenige, was ich unter allen Männern nur ihm gönne. Oder,« fügte er leidenschaftlich, heiß auf ihre Gestalt blickend und den Arm leise hebend, »gönnen soll, und doch nicht — gönnen kann.«

»Furius Ahalla,« sprach Valeria mit Hoheit zurücktretend, denn sie hatte jene Armbewegung wohl bemerkt — »ich bin deines Freundes Braut.«

»O ich weiß es — nur zu gut weiß ich es.« Und er trat, ihr folgend, einen Schritt vor. »In meinem Herzen steht es eingeschrieben mit der brennenden Schrift der Qualen. O ich könnte ihn grimmig hassen. Weshalb schritt er — gerade er! — zwischen dich du schönheitschimmerndes Weib, und meine rasende Leidenschaft? Jeden andern würde ich zerreißen. Es ist sehr schwer, ihn nicht zu hassen.«

»Du irrst,« sprach Valeria — »und nur um dir dies zu sagen — hörte ich solche Sprache zu Ende. Hätte ich Totila nie gesehen — ich wäre doch nie die Deinige geworden.«

»Warum?« fragte der Corse gereizt.

»Weil wir nicht zusammen taugen. Weil, was mich zu Totila hinzieht, mich von dir hinwegreißt.«

»O du irrst! Es muß jedes Weib gewinnen, sich so rasend, so wütend geliebt zu sehn, wie ich dich liebe.«

»Deine Liebe — hätte mir Grauen eingeflößt — und nun laß mich in das Haus.«

Aber Furius versperrte den schmalen Pfad mit seiner Gestalt. »Grauen? das schadet nicht. Süßes Grauen ist die Mutter der Liebe. Es giebt verschiedene Art zu lieben, zu werben. Mir hat von je zumeist des Löwen Werbe-Brauch gefallen. Er läßt der Braut nur die Wahl zwischen Liebe oder Tod.«

»Genug dieser Worte, die dir zu sprechen, mir zu hören gleich unziemlich ist. Laß mich vorbei.«

»Ha, fürchtest du dich, Vestalin?« Und er trat noch einen Schritt näher.

Jedoch hoheitsvoll maß ihn Valeria mit kaltem Blick der Verachtung. »Vor dir? Nein.«

»Dann bist du allzukühn, Valeria: denn du hättest allen Grund. Und wüßtest du, was in mir lodert seit Jahren, kenntest du die Folterqualen meiner Nächte: du würdest zittern. Ah: und könntest du mich nicht lieben: auch dich zittern sehen — wie jetzt — dich zittern machen, wäre Wollust.«

»Schweig!« rief Valeria und wollte sich an ihm vorüber durch die Bäume drängen. Allein nun vertrat er ihr hier den Weg und griff nach ihrem Mantel — seiner Sinne kaum mehr mächtig. »Nein: ich will nicht schweigen.« flüsterte er heiß. Du sollst es wenigstens wissen und in dir nachglühen fühlen, solang du atmest. Schon fühle ich Schauer des Grauens durch deine stolzen Glieder rieseln. Nicht abkürzen will ich mir die Wonne, dich erbeben zu sehen. Ah, wie würdest du erst zittern in diesen Armen, wie würde diese stolze Gestalt hinschmelzen unter dem heißen Hauch meines Mundes ... Wie solltest du mir ...« Und er ergriff die Widerstrebende an beiden Schultern.

»Hilfe, Licht! Hilfe!« rief Valeria.

Und schon eilte man mit Licht aus der Thüre des Hauses.

Jedoch der Corse, der Thüre den Rücken wendend, ließ nicht von ihr.

»Laß meinen Arm los.«

»Nein, einmal sollst du mir ...«

Aber in diesem Augenblick ward er mit zorniger Gewalt zurückgerissen, daß er Valeria losließ und gegen die Mauer taumelte. Totila leuchtete ihm mit der Fackel in das glühende Antlitz. Furchtbarer, aber heiliger Zorn loderte aus des Königs Augen. »*Tiger!*« rief er, »willst du *meine* Braut ermorden wie die *deine*?«

Mit einem gellenden Schrei der Wut sprang der Corse, beide Fäuste ballend, gegen ihn an. Allein ruhig blieb Totila stehen und durchbohrte ihn mit den Blicken. Furius faßte sich.

Da flog Valeria an Totilas Brust. »O laß von ihm, rasch fort! Er ist rasend! Seine Braut hat er ermordet?«

Diese Frage aus Valerias Mund ertrug der Corse nicht: er warf noch einen Blick auf Totila, sah, wie dieser, bejahend, Valeria zunickte und sofort war er hinter den Cypressen im Schatten verschwunden.

»Ja,« sagte Totila, »so ist es. Hat dich der Wahnsinnige recht erschreckt?«

»Es ist vorüber: du bist ja bei mir.«

»Mich reute, daß ich ihm verstattet, dich aufzusuchen. Und ich eilte hierher, von Liebe und Beunruhigung getrieben.«

»Gut, daß du kamst und nicht die Leute aus dem Hause. Wie tief hätte es ihn beschämt! Ich rief erst, als ich wirklich glaubte, er rase. Und was ist das für eine grausige That? Seine Braut?«

»Ja,« wiederholte Totila, den Arm um sie schlingend, die Fackel einer Sklavin reichend, die nun aus dem Hause trat, »aber laß uns noch im Mondlicht wandeln.«

Und er schritt mit der Geliebten wieder tiefer in den Garten, auf und abwandelnd. »Es ist mir nicht lieb, daß mir es der gerechte Zorn entrissen. Es war das Geheimnis, durch das ich über diesen schwarzen Panther wundersame Gewalt gewonnen.

Vor vielen Jahren traf ich ihn — ich hatte libysche Seeräuber verfolgt mit meinem Schiff — im Hafen von Beronike an der Küste der Pentapolis. Er war im Begriff, sich zu vermählen mit Zoë, der Tochter eines syrischen Kaufherrn, der sich, des Elfenbeinhandels wegen, dort in Afrika niedergelassen.

Der Corse hatte von jeher Neigung zu mir gezeigt — ich hatte ihm auch bei seinem Seehandel oft genützt — und er bat mich, der Hochzeitfeier auf seinem reich geschmückten Fahrzeug beizuwohnen. Ich erschien und das Fest verlief ganz fröhlich: nur war der Bräutigam in einer Stimmung, die mehr von Grausamkeit als von Zärtlichkeit an sich trug.

Endlich wollten die Eltern der Braut — nur sehr widerstrebend hatten sie dem Fremden, dessen unbändige Wildheit bekannt und auch bei der Werbung selbst hervorgetreten war, das weiche, zarte Kind zugesagt — auf kleinem Boot mit mir das Schiff verlassen, welches die Brautleute nach Corsica tragen sollte.

In sehr begreiflicher Rührung des Abschieds warf sich Zoë weinend immer wieder in die Arme ihrer Eltern. Ich bemerkte, daß der Bräutigam hierüber in eine mir ganz unfaßliche Wut geriet. Laut rief er Zoë an: ob sie ihren Vater ihm vorziehe? Ob sie denn ihn nicht mehr liebe? Das sähe ja aus wie Reue. Er drohte, schalt und das arme Kind weinte immer mehr.

Zuletzt schrie er ihr wütend zu, sie solle augenblicklich aufhören, zu weinen und, um nach altem Seemannsbrauch bei Schiffshochzeiten, mit dem Beil, das er in der Hand hielt, das Ankertau zu kappen, auf seine Seite des Schiffes treten.

Zoë gehorchte, riß sich von dem Vater los: da traf sie auf der Mutter banges, thränenerfülltes Auge: und, anstatt zu Furius zu schreiten, wandte sie sich, wieder laut aufschluchzend, ihrer Mutter zu, diese nochmal zu umarmen. Rasend aber sprang Furius herzu, sein Beil blitzte, sie streifend, über des Mädchens Haut: und er hätte sie auf dem Fleck erschlagen ...«

»Entsetzlich,« rief Valeria.

»Fiel ich ihm nicht in den Arm und entriß ihm das Beil mit einem Blick, der ihn plötzlich bändigte. Lysikrates aber trug sein blutendes Kind aus dem Schiff nach Hause und versagte dem gefährlichen Bräutigam die Ehe.«

»Was ward aus ihr?«

»Sie starb bald darauf. Nicht gerade an der Wunde: aber an den Folgen des Schreckens und widerstreitender Aufregungen. Du solltest sie dem Vereinsamten ersetzen.«

Valeria schauderte. »Er ist mir unheimlich. Dem halbgezähmten Raubtier gleicht er, das unberechenbar und unverlässig bleibt. Jeden Augenblick mag seine tödliche Wildheit erwachen.«

»Laß ihn. Sein Kern ist edel. Er tobt sich jetzt aus: hörtest du den donnernden Hufschlag seines Rosses den Berg hinab? – und morgen – in der Schlacht – macht er alles gut. Ich will ihm gern verzeihn: er war nicht bei Sinnen. Aber nun laß uns zurückkehren zu uns selbst, zu unsrem Glück und unsrer Liebe.«

»Ist unsre Liebe dein Glück geworden?« fragte Valeria nachdenklich. »Wie viel stärker stündest du morgen im Kampf, wenn des Westgotenkönigs Tochter, wenn jene Haralda, der du gar sehr gefielst . . .«

Aber Totila drückte sie an die Brust. »Wer ersetzt Valeria?«

»Dein Glück?« wiederholte diese bang. »Werden wir je vereinigt werden? Man sagt, die Feinde sind euch doppelt überlegen. Die Schlacht morgen: hast du keine Besorgnis?«

»Nie in meinem Leben habe ich einem Kampf so freudig entgegengesehen. Das wird mein Ehrentag in der Geschichte! Mein Plan ist gut: mich freut's, den großen Schlachtendenker Narses mit seiner eignen Kunst zu überwinden. Wie in ein Festspiel reite ich in diese Schlacht. Du sollst mir deshalb Helm und Roß und Speer mit Blumenkränzen und mit Bändern schmücken.«

»Mit Blumen und Bändern! Opfer schmückt man so.«

»Und Sieger, Valeria.«

»Morgen mit Sonnenaufgang sende ich dir die Waffen hinab ins Lager, geschmückt mit Blumen, die im Frühtau glänzen.«

»Ja, geschmückt will ich reiten in meine schönste Siegesschlacht: denn morgen ist der Tag, da ich in Einem Schlag die Braut mir und Italia erkämpfe: ihr seid Eins in meinem Herzen: stets hab' ich in dir, du Marmor-Schöne, das Bild Italiens geliebt.«

## Einunddreißigstes Kapitel

Als der König beim Schein der Sterne das kleine Haus von Taginä erreicht, wo er sein Quartier aufgeschlagen, traf er im Hofe, auf dem Rand der Cisterne, einen Mann in dunklem Mantel sitzen, die Harfe auf den Knieen: sie blitzte im Mondlicht; leise Accorde griff er darauf.

»Du bist es, Teja? Hast du nicht zu thun auf deinem Flügel?«

»Ich habe dort alles geordnet. *Hier* hab' ich zu thun – mit dir.«

»Tritt mit mir ins Haus. Ist Julius nicht darinnen?«

»Er ging noch in die Basilika Sankt Pauls, für deinen Sieg zu beten. Er kommt wohl bald zurück. Ich habe dir eine Rüstung mitgebracht, die ich dich bitte: morgen in der Schlacht – mir zu Liebe – zu tragen, sie ist fest und sehr sicher.«

Totila blieb gerührt stehen: »Welche Sorgfalt echter Freundschaft!«

Hand in Hand schritten sie nun in das Mittelgemach des Hauses. Da lag, auf dem Marmortisch aufgerichtet, eine vollständige Rüstung: vom Helm bis zu den geschuppten Schuhen: von dem besten hispanischen Stahl: leicht und doch undurchdringlich: meisterhaft gearbeitet: aber ohne allen

Schmuck, ohne Helmzier, mit dicht geschlossenem Visier: alles von dunkelblauem Stahl.

»Welcher zauberkund'ge Schmied hat dieses Wunderwerk geschaffen?« frug Totila, bewundernd.

»Ich,« sagte Teja. »Du weißt: ich habe von jeher Gefallen an Waffenarbeit gehabt. Und ich habe — ich schlafe wenig nachts — diese Schuppen für dich gefertigt. Du mußt sie annehmen.«

»Ja,« lächelte Totila, »für meine Bestattung: darin will ich meinen Leichenzug begleiten. Aber morgen, mein Teja, reit' ich in vollem Königsschmuck ins Treffen. Italia soll nicht sagen: ihr König und Bräutigam habe sich an seinem Ehrentag versteckt. Nein: wer morgen den Gotenkönig sucht, soll nicht viel Mühe haben, ihn zu finden.«

»Ich hab' es gefürchtet,« seufzte Teja. »So laß mich wenigstens morgen an deiner Seite fechten: nimm mir den Befehl des rechten Flügels ab.«

»Nein, er ist hoch wichtig. Mich beschützen kann ich selbst. Die Berge aber mußt du mir decken und den Weg nach Rom: im Fall eines Unglücks liegt auf deinem Flügel die einzige Rettung für den Abzug.«

Da trat Julius ein mit Graf Thorismuth und Herzog Adalgoth: und die Diener — darunter auch Wachis, der nun Teja als Schildträger begleitet hatte — brachten das Nachtmahl: Fleisch, Früchte, Brot und Wein.

»Denke, Julius,« lächelte Totila diesem entgegen, »der kühnste Held im Gotenheer ist ängstlich geworden.«

»Nicht für mich,« sagte dieser. »Aber meine Träume treffen meistens ein. Und sie sind immer schwarz.«

»*Eure* Träume,« lächelte Totila dem jungen Adalgoth, der sich neben ihm niederließ, und Wachis zu, der dem König den Becher füllte — »*eure* Träume, ihr Frischvermählten, sind wohl nicht schwarz!«

»Kann nicht klagen darüber, Herr König,« schmunzelte Wachis. »Doch ich wünschte ...«

»Was hast du noch zu wünschen außer Liuta?« meinte Totila.

»Ich wünschte der Lange wäre da.«

»Welcher Lange?«

»Nun: der gar Lange: der noch deinen tapfern Bruder Hildebad um eines Hauptes Länge überragt haben würde: der mit dem Bärenfell und mit der Falken-Werferin: wie hieß er doch?«

»Harald,« sagte Teja ernst.

»Ja, den meine ich. Der wäre gut mit seinen starken Riesen morgen.«

»Wir werden ihn nicht brauchen.«

»Aber besser ist immer besser, Herr König. Und wenn ich der Herr König gewesen wäre: den hätt' ich wieder kommen lassen, als der Krieg losbrach.«

»Wir brauchen ihn nicht,« wiederholte der König schärfer.

»Ich dachte wie mein Schildmann, o König,« sagte Teja, »und habe auf eigne Faust — an deiner Einwilligung zweifelnd — gesendet nach ihm: fortgeschickt hättest du ihn doch nicht, hätte ich ihn zur Stelle schaffen können. Auch mir hat dieser treue Nordlandsheld gefallen: seine Leute wären gut gewesen wider die Langbärte: leider war die Flotte von meinem kleinen Schiff nicht einzuholen.«

»Dank, Teja, das war wieder ganz deine Art. Aber mich freut, daß du ihn nicht beischaffen konntest. Wir schlagen und siegen allein. Mein Plan ist ganz unfehlbar, wenn nur ...« Hier flog eine Wolke über des Königs Stirn.

»Wenn der Corse seine Schuldigkeit thut,« sprach Teja.

»Sage, Thorismuth — ich sandte dich noch vom Kloster aus, wo ich einen kleinen Streit mit ihm hatte, an Furius — ich fragte, ob alles beim alten bleibe zwischen uns: was antwortete er?«

»Er gab mir diesen offenen Brief an dich.«

»Wo trafst du ihn?« forschte der König, die Wachstafel nehmend.

»Vor Taginä. Er wies seinen Reitern bereits die Stellung im Hinterhalt an. Er hat alles auf das genaueste erfüllt, was du vorschriebst.«

Totila las: »Morgen werd' ich erfüllen, was du von mir erwartest. Du wirst mir nach der Schlacht nichts mehr vorwerfen.«

»Er fügte bei,« ergänzte Thorismuth, »ein paar Hundert seiner Rosse, die, von der Seereise angegriffen, langsamer marschiert, kämen morgen früh sicher an: sie sind auch schon gemeldet von Septempeda her: du möchtest, womöglich, die Entscheidung hinausziehen, bis zu ihrem Eintreffen.«

»Warum kömmt er nicht selbst hierher?« zürnte Teja.

»Er bemüht sich auf das eifrigste,« sprach Thorismuth — »ich hab' es selbst gesehen — seinen Reitern genau die Örtlichkeit zu zeigen, wo die Entscheidung fällt. Er hat noch im Mondlicht Gefechtsübungen von den Hügeln herab auf die Straße gemacht.«

Totila aber schloß: »ich weiß, warum er nicht zu meinem Nachtmahl kommt. Es hat nichts auf sich.«

Und sie setzten sich nun auf die Feldstühle und Truhen, die um den Tisch standen und begannen das einfache Mahl.

»Der König,« hob Teja an, »läßt mich morgen nicht an seiner Seite fechten. So befehl ich ihn dir, mein tapferer Thorismuth: behüte du sein Leben.«

»Das wird er nicht immer können,« lächelte Totila, trinkend. »Thorismuth muß mir die Speerträger in Taginä befehligen.«

»Solang ich an des Königs Seite halte, geschieht ihm nichts,« sagte Thorismuth ruhig. »Ich gehe, nochmal zu den Vorposten bei Caprä zu reiten.« Und er schritt aus dem Gemach.

»Ja,« rief Totila, »bei Neapolis, am capuanischen Thor, war er mein Retter.«

»Und zu Rom am Tiber der junge Harfenherzog hier,« sprach Teja, »wo ist er morgen? Er soll dich wieder decken.«

»Nein!« rief dieser: »ich habe mir ausgebeten, in dem Reiterangriff voranzureiten und Domna Valerias' neue Fahne zu tragen.«

»Nun, frommer Julius,« sprach Teja, »du sollst nicht fechten: aber schirme du des Königs Leben: ich weiß: du liebst ihn, auf deine Art: und das wird wohl keine Sünde sein.«

»Ich will um ihn bleiben. Aber besser noch als mein schwacher Arm oder dein starker, Graf von Tarentum, wird mein Gebet zu Gott ihn schützen.«

»Gebet!« sagte Teja. »Noch ist kein Gebet durch die Wolken gedrungen. Und wenn es durchdrang, fand es den Himmel leer.«

## Zweiunddreißigstes Kapitel

»Wie,« rief der Mönch, »du leugnest, finstrer Mann, wie — wie Cethegus, den Gott der Liebe aus seiner Welt hinaus? den Gott, der allweise, allmächtig und alliebend vom Himmel aus der Menschen Pfade lenkt: den leugnest du?«

»Ja,« rief Teja und ließ die Hand an den Schwertgriff gleiten. »Den leugne ich! Und wäre ein Wesen da oben, lebendig und wissend, was es thut oder geschehen läßt: man müßte, wie die Riesen unsrer Göttersage, Berg auf Berg und Fels auf Felsen türmen und seinen Himmel stürmen: und nicht ruhen und rasten, bis man das teuflisch grausame Gespenst von seinem blut'gen Schädelthron gestoßen hätte oder selbst gefallen wäre von seinem Blitz.«

Entsetzt sprang Julius auf: »Hat denn der Geist der Gottesleugnung, der Gotteslästerung die gewaltigsten Männer der Welt ergriffen? Ich kann solche Worte nicht anhören.«

»Dann frag' mich nicht!«

Mit Staunen sah auch der König auf den sonst so schweigsamen Freund, aus dessen tief verschlossener Brust plötzlich lang verhaltener, grimmer Schmerz glühend hervorbrach.

»Ihr staunt,« fuhr dieser fort, »daß der grabesstille Teja noch so heiß empfindet. Ich staune selbst zuweilen darüber. Aber morgen ist der Tag der Sommersonnenwende: der Tag, da dereinst meine Sonne für immer sich gewandt. An jeder Wiederkehr des Tages bricht mir die alte Wunde schmerzend auf.«

»Ich begreife deine Düstre jetzt, unselger Mann,« sprach Julius nach einer Pause. »Ja, ich fasse nicht, wie du leben kannst — ich könnte nicht atmen: ohne Gott.«

»Wer sagt dir, Mönch, Teja hat keinen Gott? Weil ich ihn nicht nach deinem Glauben sehe, nicht, wie du, vermenschlicht, von Liebe, Haß, Zorn, Eifersucht entstellt? Weil ich nicht denken kann, daß er, der Vor-Schauende, Wesen schafft, sich und andern zur Qual, sie zu verdammen: und sie hinterdrein, durch ein Mirakel, durch schuldloses Blut des Edelsten, wieder zu erlösen? Weil ich ihn nicht denken kann wie einen ungeschickten Zimmerer, der seine Baute schlecht gemacht hat und nun immer daran nachflicken muß mit mirakelnder Hand? Ich sage dir: die Majestät *meines* Gottes ist so furchtbar, daß dein armseliger Engelkönig vor seiner Größe verschwindet, vor seiner unerbittlichen Furchtbarkeit, wie das Gewölbe deiner Kirchen gegen das Gewölbe des Weltalls.

Nein: wäre wirklich ein Allvater in den Wolken und könnte er dem grausamen Gang der Geschicke nicht steuern: ihn selber müßte der Gram ergreifen: er müßte furchtbar leiden unter diesen Schmerzen seiner Kinder, wie euer sanfter Jesus litt — das hat mich immer tief gerührt! —, als er auf dem Ölberg der Menschheit ganzen Jammer trug.

Und weil ich dir, mein Totila, versprochen, dir noch einmal von meiner Harfen- und Liedkunst zu vernehmen zu geben: so höre den Gesang, den ich dem Allvater Odhin in den Mund gelegt.«

Und er griff in die Saiten der kleinen Harfe, die neben ihm bei seinen Waffen lag und sang dazu mit tief ernster Stimme:

*Allvaters Gesang.*

»Es seufzt meine Seele in unsäglichem Jammer
Um des Schmerzensgeschlechts, um der Menschen Geschick.
Denn was in der Welt von wechselndem Wehe
Brandend sich bricht in jeglicher Brust,
Mitempfinden, mitdurchkämpfen,
Mitdurchschlagen muß ich es alles,
Alles, alles: denn geheißen
Bin ich ›Allvater‹:
Bald des besiegten, bessern Mannes,
Den ein Böser bezwungen,
Bitter beißenden Seelenbrand,
Wie er grollend in Todesgram
Flucht dem grausamen Schicksal:
Bald des Liebenden tödlich Leid,
Der in leere Luft mit den Armen langt,
Dem langsam das Leben verlodert
An nie verlöschender Sehnsucht Licht:
Und der Witwe Wehklage, der Waisen Weinen
Und der versinkenden Seele
Letzten schrillen Verzweiflungsschrei
All' dies Elend, öd' und endlos,
Es empfindet's mit Allvater
Und wie wenig wollen dawider
Ach die winzigen Wonnen wiegen,
Die, wie verwehte Rosenblätter,
Wogen auf weiten, weiten Wellen,
Auf des Wehs unendlichem Ocean.
Traun, Ein Trost nur tröstet die Trauer:
Ein Ziel ist gezeichnet den zahllosen Zähren,
Eine Endzeit.
Ich segne den Tag, da der sengende Surtur
Erbarmend der letzten Menschen Gebilde
Zugleich mit der müden Erde zermalmt,
Da endlich der Quell unerschöpflicher Qualen
Verquillt: das letzte menschliche Herz.
Willkommen der Tag! — und wären sie weise,
Noch wärmer wünschten sie selbst ihn herbei.«

»So empfand ich früher in die Seele eines gütigen Gottes hinein. Aber seither: ich habe viel gegrübelt und gesonnen — habe ich einen andern, *meinen* furchtbaren Gott gefunden. Doch freilich: diesen meinen Gott muß man erlebt haben in den Todesschmerzen des zuckenden Herzens.«

Julius schwieg kopfschüttelnd. Der König aber fragte: »Und wie hast du ihn erlebt, diesen furchtbaren Gott?«

»Die Stunde ist gekommen, Totila, mein König und mein Freund, da du vernehmen magst, was ich solang auch dir verschwiegen: mein Schicksalsgeheimnis, den Schatten, der über mein Leben fiel, es verfinsternd für immerdar. Nein, bleibe nur, Christ. Auch du magst es hören und dir es dann zurechtlegen mit der Unerforschlichkeit der Wege Gottes, mit der Züchtigung dessen, den er liebt und anderer Weisheit der Mönche. Solches magst du bei dir denken. Aber sprich es nicht aus: ich ertrage nicht — heute nicht — es zu hören. Du kennst, Totila, meiner Eltern fluchbeladen Geschick: denn wir beide wurden ja zusammen in König Theoderichs Waffenschule zu Regium von dem alten Hildebrand erzogen.«

»Ja: und wir liebten uns wie Brüder,« sprach der König.

»Anfangs scheu, verschlossen, niedergedrückt durch das Geschick meiner Eltern, lebte ich in deiner sonnigen Nähe allmählich wieder auf. Da überfielen, mitten im Frieden, Kriegsschiffe des Kaisers — er zürnte mit dem König wegen des Grenzstreits bei Sirmium — feindlich Regium und führten, außer andern Gefangenen, auch uns vierzig Jünglinge, auf ihre Trieren uns verteilend, fort: nur du warst ihnen entgangen: denn der König hatte dich tags zuvor als seinen Becherwart nach Ravenna in das Palatium entboten.

Der alte Hildebrand und Graf Uliaris setzten, sobald sie es erfuhren, mit der sicilischen Flotte den Griechen nach, holten ihre Schiffe ein auf der Höhe von Catana, nahmen sie und befreiten alle Gefangenen. Nur ein Schiff entkam den Befreiern mit raschen Segeln: die Triere »Naus Petrou,« in welcher ich mit zwei Genossen gebunden lag.

Der Trierarch Lykos, anstatt uns Kriegsgefangene nach Byzanz zu führen, zog es vor, uns als Sklaven zu verkaufen und den Kaufpreis einzustekken. Er lief ein in den Hafen der Insel Paros: dort verschacherte er uns an seinen Gastfreund Dresos, den reichsten Kaufmann jener Eilande.

So war denn Teja, des Grafen Tagila Sohn, ein freier Gote — Sklave eines Griechen. Ich beschloß, sobald ich meiner Ketten endledigt und meiner Glieder Herr würde, mich zu töten. Aber als wir, in kleinen Booten ausgeschifft, ans Land gebracht wurden, da — o mein Freund — da ...« Und er hielt inne und legte die Hand vor die Augen.

»Mein Teja,« sprach der König, die Hand auf des Seufzenden Schulter legend.

»Da fiel mein Blick auf die reichvergoldete, offene Sänfte, die neben Dresos hielt — und auf ein Mädchen — wunderbar schön! Bald kamen wir auf des Dresos Villa, nahe bei der Stadt, an. Dresos mißhandelte alle seine Sklaven mit Schlägen und übermäßiger Arbeit, ja er mißhandelte selbst seine Mündel Myrtia, das zarte, wundersame Bild. Mich traf ein milderes Los. Als er von mir erfuhr, daß ich Waffen zu schmieden und edles Geschmeide wohl verstand — ich hatte es vom Knaben an geübt — da behandelte er mich besser, baute nahe seiner Villa mir eine Werkstätte und machte mich zum Vorstand der hier beschäftigten Sklaven.

Auch die Ketten nahm er mir — bei Tage — ab.

Nur bei Nacht ward ich mit meinen zwei gotischen Mitsklaven zusammengekettet an den Amboß in der Werkstatt.

Ich hätte die Flucht bei Tage wohl wagen können.

Aber ach — ich floh nicht! Myrtia hielt mich gefesselt! Sie sehen — sie sprechen: denn oft kam sie in die Werkstatt, Geschmeide, Schmuck zu bestellen, bessern zu lassen, bald auch, mir bei der Arbeit zuzuschaun oder meinem Gesang und Harfenspiel zu lauschen.

Und, o ihr ewigen Sterne, welche Wonne! Was anfangs nur Mitleid gewesen in des schönen Griechenkindes Brust: ich sah es, ich konnte nicht mehr zweifeln: sie gestand es in seligem Kuß, das ward Liebe, volle, seltene Liebe.

Ich kann sie nicht schildern: golden ihr Haar, golden ihr Auge, golden ihr Herz.

Und auch Teja war einmal glücklich und glaubte an Glück und einen gütigen Gott über den Sternen.

Da kam die Geliebte eines Abends, verstört, in Verzweiflung, zu der leisen Zwiesprach in die Werkstätte. Ihr Vormund hatte sie verlobt: verschachert an denselben Trierarchen Lykos, der uns in die Sklaverei verkauft hatte. Bitten, Thränen, kniefälliges Flehen blieben umsonst: auf ihren sechzehnten Geburtstag ward ihr die Hochzeit angesagt. Das war in wenigen Wochen.

Der längst gehegte Plan zu gemeinsamer Flucht ward nun rasch gereift.

Ich hatte mir schon lange eine Feile zur Lösung unsrer Ketten angefertigt: nun schmiedete ich noch einen Schlüssel zur Öffnung der Werkhausthüre. Meine Mitgefangenen waren eingeweiht. Auf der kleinen Insel konnten wir uns nicht verborgen halten. Wir mußten zur See entfliehen.

Nahe dem Garten und der Werkstätte lag, in der Meeresbucht seitab von der Villa, ein kleines Segelschiff des Dresos, immer gerüstet für Lustfahrten, vor Anker.

Dies wollten wir benutzen, darauf nach Italien zu fliehen: Mundvorrat hatten wir an unsern Tagesrationen abgespart, Waffen fehlten ja nicht.

Der Geburtstag war — und die Hochzeit wurde anberaumt — an den Calenden des Julius.

In der Nacht vorher sollte ich, nachdem die Kette durchfeilt, die Thüre geöffnet, die Genossen nach rechts von dem Hauptgebäude der Villa, in die Bucht und auf das Schiff geeilt, mich nach den links von der Villa gelegenen Frauengemächern schleichen, in welchen Myrtia schlief: eine kleine Strickleiter reichte aus, sie von den niederen Gelassen in meine Arme zu führen: und ich sollte dann mit ihr auf das einstweilen segelfertig gestellte Fahrzeug eilen. Alles war sorgfältig bedacht und bereitet.

## Vierunddreißigstes Kapitel

Aber schon zwei Wochen vor dem Hochzeittag traf Lykos, der tief Verhaßte, ein: derselbe Mann, der mich als Sklaven verkauft und der mir nun die Geliebte rauben wollte.

Mein Haß gegen ihn war grimmig: kaum hielt ich mich zurück, ihn zu erschlagen, als er mit Dresos und andern Hochzeitsgästen an meinen Amboß trat und ich ihm meine Kunstfertigkeit zeigen mußte. Doch ich bezwang mich — um Myrtias willen.

Diese aber klagte, der verhaßte Bräutigam dränge immer ungestümer zur Hochzeit: kaum könne sie noch den Vormund abhalten, schon sofort sie ihm zu übergeben. Ihre Freiheit, ihr Kommen und Gehen werde immer strenger überwacht.

Da beschlossen wir, schon früher zu fliehen: wir wählten die Nacht der Sommersonnenwende, wann, wie wir wußten, in der Villa, mit großem Trinkgelage der Männer, das Lichterfest gefeiert werden sollte. Wir hofften, wann die Zecher in Wein und Schlaf versunken lägen, am sichersten zu entkommen. Sowie die Sterne in der Mitternacht standen, sollte ich Myrtia aus dem Frauengemach entführen.

Am Tag der Sonnenwende kam Lykos wieder in die Werkstätte mit Dresos und kaufte einen kostbaren Goldschmuck, den ich gefertigt. »Weißt du auch, Sklave, für wen?« lachte er. »Für mein Weib Myrtia: und das sage ich dir, Gotenhund: wenn du nochmal den Knechtesblick so frech auf ihr ruhen läßt, wie gestern, da sie hier eintrat — ihr saht mich nicht hinter den Taxusbüschen, aber ich sah dich — dann bitte ich Dresos, dich mir zu schenken — und dann!« Und er schlug mir mit dem Schaft des Speeres, den er in der Hand hielt, in das Antlitz.

Ich schrie auf und griff nach dem schweren Schmiedehammer: aber Aligern, mein mitgefangener Vetter, fiel mir warnend in den Arm. Und mit einem Fluche schritt der Trierarch hinaus: mit welchem Hasse blickte ich dem geschweiften Helm, mit dem silbernen Wolf auf dem Kamm, und dem gelben Mantel nach!

Endlich kam die Nacht, die Dunkelheit.

Wir hörten bis in unsere Werkstätte herab den wüsten Lärm des Trinkgelages aus der Villa dringen: wir sahen die Lichter des Lichterfestes oben schimmern. Offenbar lagen Dresos, Lykos und die andern Gäste in taumelndem Schwelgen.

Noch war es nicht ganz Mitternacht: aber ich hatte bereits die Genossen befreit: sie waren glücklich an das Schiff zur Rechten des Gartens gelangt: der Schrei des wilden Schwans, das mit Aligern verabredete Zeichen, war dreimal erklungen: und eben trat ich leise aus der Thüre, nun nach links hin, nach dem Frauenhause, zu eilen: da hörte ich deutlich die eiserne Gitterthüre gehen, die von oben, von der Villa, her in den Garten führte: argwöhnisch blieb ich stehen und spähte nach oben.

Wirklich: da schlich durch die Taxusbüsche, vorsichtig tastend und lautlos auf den Zehen gleitend, ein Mann in Kriegertracht. Lykos war es: deutlich erkannte ich im Mondlicht seinen silbernen Wolf auf dem visiergeschlossenen Helm: und den gelben Mantel: und in der Rechten den Speer.

Lauernd, lauschend kam er näher, sah sich um, ob ihm niemand folge und schritt dann wieder gerade auf unsere Werkstätte zu, in deren Schatten ich versteckt stand.

Kein Zweifel: er hatte Verdacht geschöpft: er wollte mich überwachen diese Nacht: der Fluchtplan war verraten. Grimmig sprang ich ihm entgegen und stieß ihm das Schwert in die Brust.

Da ertönte ein Aufschrei: mein Name: das war nicht Lykos! Ich öffnete entsetzt das Helmvisier — Myrtia lag sterbend vor mir.«

Er schwieg und verhüllte das Haupt im Mantel.

»Armer, unseliger Freund,« sprach Totila, nach seiner Rechten langend.

Julius aber sprach leise, unhörbar für beide:

»*Mein* ist die Rache, *ich* will vergelten: spricht der Herr.«

Teja erhob das Haupt und fuhr fort: »Ich fiel sinnlos, bewußtlos neben ihr nieder. Als ich zu mir kam, fühlte ich den frischen Hauch der Seeluft um mich wehen. Die Genossen, Aligern voran, waren, besorgt über unser langes Ausbleiben, in den Garten nach der Werkstätte zurückgekehrt: dort fanden sie uns beide.

Bevor sie starb erzählte die Geliebte kurz, wie Dresos und Lykos, beide berauscht, im Taumel des Festgelages plötzlich beschlossen, noch in dieser Nacht die Hochzeit zu vollziehen. Kurz vor Mitternacht hatte man die Widerstrebende aus dem Frauengemach geholt in die Villa, in das wilde Zechgelage, geschleppt. Sogleich sollte die Hochzeitfeier gehalten werden. Dresos legte ihre zitternde Hand in die des Lykos. Nur soviel Zeit sollte gelassen werden, daß dieser sich zu der auf seinem Schiffe zu haltenden Feier umkleiden, Befehle dorthin entsenden konnte, das Brautgemach zu schmücken.

So ließ man die Vermählte — für kurze Zeit — allein.

Diese Zeit benutzte sie, eilte in die Vorhalle, wo sie des Lykos Helm und Mantel hatte liegen sehen: sie hüllte sich rasch in diese Verkleidung, schloß das Visier, barg ihr Frauengewand in dem langen, gelben Mantel und eilte an einigen der berauschten Gäste, unerkannt, vorüber, geradewegs zu mir in die Werkstätte, denn im Frauenhause waren nun alle Sklaven und Sklavinnen wach, von dort aus mit uns zu fliehen. Und ihr letztes Wort war ein Segenswunsch für mich gewesen.

Sie mußten mich halten: ich wollte mich ins Meer werfen. Ich verfiel in ein hitziges, schweres Fieber. Ich erwachte erst an Bord eines gotischen Kriegsschiffes, unter Herzog Thulun, das uns bei Kreta aufnahm.

Da entdeckte Aligern plötzlich, daß uns die Triere des Lykos, die entflohenen Sklaven verfolgend, nachgesetzt war und eben um die Spitze von Kydonia bog, als wir an Bord des Kriegsschiffes waren. Sofort setzte der Grieche alle Leinwand auf, zu entkommen, als er die gotische Kriegsflagge erkannte: aber Herzog Thulun und Aligern jagten nach, holten den Griechen ein, enterten und erschlugen Lykos, Dresos und die dreißig Mann des Schiffsvolks.

Ich aber war, da ich erwachte, der Teja, der ich bin.

Und glaubte nicht mehr an den Gott der Gnade und Liebe: und wie ein Hohn auf Myrtia klingt jedes Wort, das davon faselt. Was hatte sie, was hatte ich verschuldet? Weshalb ließ Gott, wenn er lebt, dies Grauenhafte zu?«

»Und weil diese Eine Rose geknickt, leugnest du den Sommer und den Sonnenschein?« fragte Totila, »und glaubst, ein blindes Ungefähr beherrscht die Welt?«

»Das glaub' ich nicht. Ewige Notwendigkeit seh' ich im Gang der Sterne da oben: und das gleiche, ewige Gesetz lenkt unsre Erde und die Geschicke der Menschen.«

»Aber dies Gesetz ist ohne Sinn?« fragte Julius.

»Nicht ohne Sinn: nur hat es nicht den Sinn und Zweck unsres Glückes. Sich selbst zu erfüllen ist sein einziger, hoher, geheimnisvoller Zweck. Und wehe den Thoren, die da wähnen ihre Thränen werden gezählt jenseit der Wolken. Oder auch vielleicht wohl ihnen: ihr Wahn beglückt sie!«

»Und dein Denken,« sprach Julius, »beglückt nicht. Ich sehe nicht ein, wofür du lebst, bei solcher Anschauung.«

»Das will ich dir sagen, Christ. Das Rechte thun, was Pflicht und Ehre heischen, ohne dabei auf tausendfache Verzinsung jeder Edelthat im Jenseits hinüber zu schielen: Volk und Vaterland, die Freunde männlich lieben und solche Liebe mit dem Blut besiegeln: das Schlechte in den Staub treten, wo du es findest: denn daß es schlecht sein *muß*, macht es nicht minder häßlich: du tilgst auch Natter und Nessel, obwohl sie nicht dafür können, daß sie nicht Nachtigall und Rose — und dabei allem Glück entsagen, nur jenen tiefen Frieden suchen, der da unendlich ernst und hoch ist wie der nächtige Himmel und wie leuchtende Sterne gehen darin auf und nieder traurige, stolze Gedanken: und dem Pulsschlag des Weltgesetzes lauschen, der in der eignen Brust wie in dem Sterngetriebe geht: auch das, Christ, ist ein Leben — des Lebens wert.«

»Aber schwer,« seufzte Totila, »unendlich schwer: zu schwer für Menschenkraft. Nein, Teja: und kann ich nicht mit meinem frommen Freund in allen Stücken den Glauben teilen, der die Zeit beherrscht: das ist doch ewig wahr, weil es meine Seele nicht entbehren kann: es lebt ein güt'ger Gott, der das Gute beschirmt und das Böse bestraft. In dieses gerechten Gottes Hand befehl' ich auch mich und unsres Volkes gerechte Sache. Und in diesem Glauben seh' ich morgen unsrem Sieg getrost entgegen. Das Recht ist mit mir: das Recht kann nicht erliegen.«

»Das Recht erliegt oft vor dem Unrecht: Witichis vor Cethegus!«

»Ja, auf Erden,« fiel Julius ein: »denn nicht hier ist unsre Heimat: es giebt ein Jenseits, in welchem alles sich gerecht erfüllt.«

»Das müßte sein, und klug ist die Vertröstung,« sprach Teja, sich erhebend, einen bittren Zug um den schön und edel geschnittenen Mund. »Nur kann man das nicht denken — nur träumen. Und ich für mein Teil, ich habe genug: ich wünsche nicht zu erwachen zu neuem Leben, wann mir dereinst der Speer im Herzen steckt.«

Da trat Graf Thorismuth, von seinem Ritt zurückgekehrt, ins Gemach und sprach: »Getrost, Herr König, ich habe selbst noch einmal nachgesehen. Die Reiter des Corsen stehen auf dem rechten Fleck bereit. Schon sind auch die ersten seiner nachrückenden Hunderte eingetroffen. Aber dreihundert der Tapfersten erwartet er noch: du mögest morgen den Angriff der

Langobarden hinhalten, bis er ihr Eintreffen dir melden lasse: ›sie sind die Grimmigsten,‹ sprach Furius, ›sie dürfen mir nicht fehlen.‹«

»Wohlan,« rief heiter lächelnd Totila, den Goldpokal erhebend, »das will ich wohl durch Reiterkunst erreichen: und nun den letzten Becher! Suchen wir das Lager. Willst du, Teja? die Schlacht von Taginä morgen entscheide unsern Streit. Ein wahres Gottesurteil! Ein Urteil Gottes selber, ob er lebt! Ich sage: es lebt ein Gott – drum siegt die gute Sache.«

»Haltet ein,« rief Julius bewegt, »ihr sollt nicht Gott versuchen!«

»Siehst du,« sagte Teja aufstehend und den Schild auf den Rücken werfend, »ihm bangt für seinen Gott.«

## Sechsunddreißigstes Kapitel

Leuchtend stieg am andern Morgen die Sonne am Himmel empor und ihre ersten Strahlen fanden das Lager der Goten schon in kriegerischer Bewegung.

Als der König aus seinem Hause auf den Marktplatz von Taginä trat, eilten ihm Herzog Adalgoth, Graf Thorismuth und Phaza, der Arsakide, der treu ergebene Gefangne von Neapolios, entgegen: »Heil, Herr und Sieg. Hier sendet dir deine Braut dein milchweiß Schlachtroß und deine Waffen, reich geschmückt zum Siege.«

Und der König setzte auf das lang wallende Goldhaar den blitzenden, offenen, visierlosen Helm mit dem hoch ragenden Silberschwan, um dessen Hals und gewölbte Flügel Valeria ein Geflecht von roten Rosen gewunden. Und er streichelte Hveit-fulas glänzenden Bug, dem Valeria Mähne und Schweif mit hochroten Bändern und goldenen Borten durchflochten hatte.

Klirrend schwang er sich in den Sattel.

Ein Mariskalk führte noch zwei Ersatzpferde für den König: darunter Pluto, des Präfekten unwillig schnaubenden Rappen.

Von seinen Schultern floß der weit wehende, weiße Mantel von einer breiten, schweren, mit Edelsteinen besetzten Riegelspange unter der Kehle zusammengehalten. Sein Panzer war von glänzendem Silber, reich mit Gold eingelegt, den fliegenden Schwan darstellend: die Enden des Harnisches, an den Armen, dem Halse und um den Gürtel, waren mit Purpurseide eingefaßt. Die Arme und Beine zeigten den Wappenrock von silberweißer Seide, der auch die Hüften bedeckte. Breite, goldne Ringe und Kampfhandschuhe schützten die Arme, Beinschienen die Kniee und die Vorderseite der Füße. Der schmale, zierlich geschweifte, längliche Schild zeigte in drei Feldern Silber, Gold, Purpur und den fliegenden Schwan von weißer Lasur in dem Goldfeld. Purpurfarben und mit Silber besetzt waren Behäng und Riemenzeug des Rosses. In der Rechten schwang er den Speer, an dessen Spitze Valeria vier langflatternde Wimpel von purpurnen und weißen Bändern angebracht hatte: fröhlich flatterten sie im Morgenwind.

So geschmückt und schimmerstrahlend ritt der König durch die Straßen von Taginä an der Spitze seiner Reiter: Graf Thorismuth, Phaza, der Armenier, und Herzog Adalgoth, auch Julius beritten in seinem Gefolge:

dieser ohne Trutzwaffen, aber mit dem Schilde von Tejas Waffengeschenk.

Niemals hatte er so herrlich in Schönheit geleuchtet.

Und alles Volk begrüßte ihn auf seinem Ritt mit jubelndem Zuruf. An dem Nordthor von Taginä ritt ihm Aligern entgegen.

»Du solltest ja auf dem rechten Flügel fechten,« fragte der König. »Was führt dich zu mir?«

»Mein Vetter Teja hat befohlen,« sprach Aligern, »ich solle in deiner Nähe bleiben und dein Leben hüten.«

»Der unermüdlich Treubesorgte!« rief der König.

Aligern schloß sich an sein Gefolge.

Graf Thorismuth übernahm nun in dem Städtlein den Befehl über das in den Häusern verborgene Fußvolk.

Vor dem Nordthor von Taginä ritt der König die Stirn seiner nicht starken Reiterschar ab und enthüllte jetzt den Reiterführern seinen Plan. »Ich mute euch das Schwerste zu, Waffenbrüder: Flucht. Aber die Flucht ist nur Schein. Die Wahrheit ist euer Mut: und der Feinde Verderben.«

Und nun ritt das kleine Geschwader auf der flaminischen Straße über die Stelle des Hinterhalts zwischen den beiden Hügeln vorbei: der König überzeugte sich, daß des Corsen Perserreiter wachsam in beiden Hügelwäldern lauerten: zur Rechten von Furius selbst, zur Linken von ihrem Häuptling Isdigerd geführt.

In Caprä durchs Südthor eingeritten schärfte Totila dem hier verteilten Fußvolk der Bogenschützen unter Graf Wisand, dem Bandalarius, nochmal ein, erst wann die persischen Reiter ihren Angriff auf die Langobarden gemacht, aus den Häusern, wo sie bis dahin verborgen lagen, wie aus dem Südthor vorzubrechen und Alboin im Rücken zu fassen, indes aus Taginäs Nordthor das speertragende Fußvolk entgegenstürme.

»So werden die Langobarden und was etwa von des Narses Fußvolk nachdringt zwischen Caprä und Taginä von allen vier Seiten zugleich umfaßt und erdrückt, von mir und Thorismuth von vorn, von Furius und Isdigerd aus den Flanken, von Wisand im Rücken. Sie sind verloren.«

»Sieht er nicht aus wie der Sonnengott?« fragte Adalgoth entzückt den Mönch.

»Still! keinen Götzendienst mit Sonne oder Menschen. Und heut' ist Sonnen*wende*!« antwortete dieser.

Nun erreichte der König das Nordthor von Caprä, ließ es öffnen und sprengte mit seiner dünnen Schar auf das weite Blachfeld vor Caprä gegenüber Helvillum.

Hier hielt das Mitteltreffen des Narses gerade gegenüber: in erster Reihe Alboin mit seinen langobardischen Reitern: hinter diesen, in weitem Zwischenraum, Narses in seiner Sänfte, umgeben von Cethegus, Liberius, Anzalas und andern Führern.

Narses hatte eine böse Nacht, mit leichten Krampfanfällen hinter sich: er war schwach und konnte sich nicht lange stehend erhalten in seiner zu Boden gestellten, offenen Sänfte. Er hatte Alboin noch einmal eingeschärft, nicht anzugreifen ohne ausdrücklichen Befehl.

König Totila gab nun seinen Reitern das Zeichen: und im Trabe ging die schmale Reihe gegen die gewaltige Übermacht der Langobarden vor. »Sie werden uns doch nicht den Schimpf anthun, mit den paar Lanzen uns anzugreifen!« rief Alboin.

Angriff schien zunächst nicht des Königs Zweck.

Er war den Seinen, die plötzlich Halt gemacht, weit vorangeritten und zog nun aller Augen durch seine Reiter- und Fechterkunst auf sich. Den Byzantinern war das Schauspiel, das er gewährte, so wundersam, daß die Augenzeugen es mit Staunen Prokop berichteten, der, selber staunend, uns davon erzählt. »An diesem Tage,« schreibt er, »wollte König Totila seinen Feinden zeigen, welch' ein Mann er sei. Seine Waffen, sein Roß schimmerten von Gold. Von der Spitze seines Speeres flatterten der schimmernden Purpurwimpel so viele, daß schon dieser Schmuck von fern den König verkündete. So pflog er, auf herrlichem Roß, in der Mitte zwischen beiden Schlachtreihen, kunstvollen Waffenspiels. Er ritt bald Kreise, bald zierliche Halbkreise zur Rechten und Linken, warf im Galopp den bänderreichen Speer hoch über sein Haupt in die Luft und fing ihn, ehe der zitternde niederfiel, geschickt in der Mitte des Schaftes, bald mit der Rechten, bald mit der Linken: und er zeigte so vor den staunenden Heeren seine Reit- und Waffenkunst.« Nach der Schlacht erfuhren übrigens auch die Byzantiner, daß die Absicht, Zeit zu gewinnen, bis eine erwartete Schar Reiter einträfe, der ernste Grund des heitern Spiels gewesen.

Eine Weile sah sich Alboin dies mit an. Dann rief er dem neben ihm haltenden Langobardenführer zu: »Der reitet in die Schlacht, wie zur Hochzeit geschmückt. Welch' kostbares Rüstzeug! Das sieht man nicht bei uns daheim, o Vetter Gisulf! Und noch immer nicht angreifen dürfen! Schläft denn Narses wieder?«

## Siebenunddreißigstes Kapitel

Endlich sprengte ein persischer Reiter, durch die Reihe der Goten sich Bahn brechend, an den König heran: er brachte eine Meldung und jagte spornstreichs zurück.

»Nun endlich!« sprach Totila, »jetzt ist's genug des Spiels! Tapfrer Alboin, Audoins Sohn,« rief er laut hinüber, »so willst du wirklich für die Griechen fechten, gegen uns? Wohlan, so komm, Königssohn: dich ruft ein König!«

Da hielt sich Alboin nicht länger: »mein muß er werden mit Panzer und Roß,« schrie er und sprengte mit eingelegter Lanze wütend heran.

Totila brachte, mit leisestem Schenkeldruck, sein tänzelndes Pferd plötzlich zum Stehen: er schien den Stoß erwarten zu wollen. Schon war Alboin heran. Da: abermals ein leiser Schenkeldruck und ein feiner Seitensprung des Pferdes: und an Totila vorbei sauste der Langobarde. Im Augenblick aber war Totila in seinem Rücken — und ohne Mühe hätte er ihn mit dem gezückten Speer von hinten durchbohrt.

Laut auf schrien die Langobarden und eilten ihrem Königssohn zu Hilfe.

Aber Totila schwenkte die Lanze in seiner Hand herum und begnügte sich, mit dem stumpfen Schaftende dem Gegner einen solchen Stoß in die linke Seite zu geben, daß er auf der rechten Seite aus dem Sattel zur Erde flog.

Ruhig ritt darauf Totila zu seiner Reihe zurück, den Speer über dem Haupte schwenkend.

Alboin war wieder zu Pferd gestiegen und führte nun den Angriff seiner Geschwader auf die schwache gotische Reihe.

Aber bevor der Anprall erfolgte, rief der König: »Flieht! flieht in die Stadt!« warf sein Roß herum und jagte davon, auf Caprä zu. Eilfertig folgten ihm seine Reiter.

Einen Augenblick stutzte Alboin verblüfft. Aber gleich darauf rief er: »Es ist nicht anders. Es ist eitel Flucht! Da rennen sie schon in das Thor. Ja, Reiterkunststücke und Kampf sind zweierlei. Nach, meine Wölflein! Hinein in die Stadt!«

Und sie sprengten auf Caprä los, rissen das, von den Fliehenden nur zugeworfene, nicht verriegelte Nordthor auf und jagten durch die lange Hauptstraße auf das Südthor zu, durch welches eben die letzten Goten verschwanden.

Narses hatte sich in seiner Sänfte mühsam aufrecht erhalten bis jetzt und alles mit angesehen. »Halt,« rief er nun heftig. »Halt! Blast die Tuba! blast zum Halten! Zum Rückzug! Es ist die plumpste Falle der Welt! Aber dieser Alboin meint, es *muß* Ernst sein, wenn einer vor ihm läuft.«

Aber die Trompeter hatten gut blasen. Das Siegesgeschrei der verfolgenden Langobarden übertönte das Signal: oder die es hörten, verachteten es.

Stöhnend sah Narses die letzten Reihen der Langobarden in dem Thor von Caprä verschwinden.

»Ach,« seufzte er, »so muß ich sehenden Auges eine Thorheit begehen. Ich kann sie nicht untergehen lassen für ihre Dummheit, wie sie es verdienten. Ich brauche sie noch. Also vorwärts, im Namen des Unsinns! Bis wir sie einholen, können sie schon halb zerhauen sein. Vorwärts, Cethegus, Anzalas und Liberius, mit den Isauriern, Armeniern und Illyriern. Hinein nach Caprä. Aber bedenkt die Stadt *kann* nicht leer sein! Es ist eine Falle, in die wir jenen Stieren nachspringen, mit sehenden Augen. Meine Sänfte folgt euch. Aber ich kann nicht mehr stehen.« Und er lehnte sich müde zurück: ein leiser Schauer, wie er ihn oft in der Aufregung ergriff, schüttelte ihn.

Im Sturmschritt eilte des Cethegus und Liberius Fußvolk gegen die Stadt: beide Führer ritten voraus.

Inzwischen hatten Fliehende und Verfolger das schmale Städtlein durchflogen, auch die letzten Langobarden Caprä durcheilt und die ersten derselben mit Alboin die Stelle der flaminischen Straße halbwegs vor Taginä erreicht, wo die beiden Waldhügel links und rechts die Straße einengten.

Noch eine Pferdelänge floh der König: dann hielt er, wandte sich und winkte. Adalgoth an seiner Seite stieß ins Horn: da brach aus dem Nordthor von Taginä Thorismuth mit den Speerträgern: und aus dem Doppelhinterhalt stürzten, von links und rechts, mit gellendem Zinkengeschmetter, die persischen Reiter des Corsen.

»Jetzt kehrt, meine Goten: vorwärts zum Angriff! Jetzt wehe den Getäuschten.«

Ratlos blickte Alboin nach allen drei Seiten. »So übel sind wir noch nirgends eingetrabt, meine Wölflein!« sagte er. Er wollte zurück. Aber auch aus dem Südthor von Caprä, den Rückweg sperrend, brach nun gotisches Fußvolk.

»Jetzt heißt's nur noch lustig sterben, Gisulf. Grüße mir Rosimunda, wenn du davon kommen solltest.« Und so wandte er sich gegen einen der Reiterführer mit reichem, offnem Goldhelm, der nun die Straße erreicht hatte und gerade auf ihn einsprengte.

Schon waren sie ganz nahe aneinander: da rief der mit dem Goldhelm: »Wende, Langobarde! *Dort* stehen unsre gemeinsamen Feinde. *Nieder mit den Goten.*«

Und schon durchrannte er einen gotischen Reiter, der Alboin bedrohte.

Und schon hieben auf beiden Seiten die persischen Reiter, an den Langobarden vorüberjagend, auf die entsetzten Goten ein.

Einen Augenblick noch hielten diese, überrascht, inne.

Aber als sie sahen, daß es kein Mißverständnis war — daß der Hinterhalt *ihnen*, nicht den Langobarden galt — da riefen sie: »Verrat! Verloren!« und stoben, diesmal in unverstellter Flucht, zurück gegen Taginä, alles mit sich fortreißend, ihr eignes, eben aus dem Thore rückendes Fußvolk niederreitend.

Auch aus des Königs Antlitz wich die Farbe, als er den Corsen an der Seite Alboins auf seine Goten einhauen sah.

»Ja, das ist Verrat!« rief er. »Ah, der Tiger! Nieder mit ihm!« Und er sprengte auf den Corsen los. Aber bevor er ihn erreichen konnte, war von der linken Seite her Isdigerd, der Perser, mit seiner Schar, zwischen dem König und dem Corsen, auf die Straße gestürmt. »Auf den König!« rief er den Seinigen zu. »Alle Wurfspeere auf den König! Der dort, der Weiße! mit dem Schwanenhelm! Alle auf den.«

Ein Hagel von Wurfspeeren sauste durch die Luft.

Im Nu starrte des Königs Schild von Geschossen.

Da erkannte auch der Corse von weitem die hohe, die leuchtende Gestalt. »Er ist's! Mein muß sein Herzblut werden.« Und er bahnte sich Weg durch seine und Isdigerds Reiter. Nur einige Pferdelängen trennten noch die ergrimmten Feinde. Vorher traf noch Totila auf Isdigerd. Augenblicks flog dieser, vom König durch Hals und Genick gestoßen, tot vom Pferd.

Alsbald mußten nun Totila und Furius sich begegnen.

Schon hob der Corse zielend den Wurfspeer: er zielte auf das offne, ungedeckte Antlitz des Königs.

Aber plötzlich war der leuchtende Schwanhelm verschwunden und der helle Mantel.

Zwei Wurfspeere hatten des Königs weißes Roß niedergestreckt und gleichzeitig ein dritter seinen Schild durchbohrt und seinen Schildarm schwer getroffen. Roß und Reiter stürzten.

Wild jauchzten die Perser Isdigerds und drangen ein: auch Furius und Alboin spornten ihre Rosse vor.

»Schont des Königs Leben! nehmt ihn gefangen! Er hat auch mich verschont!« rief Alboin.

Denn tief gerührt hatte ihn, was ihm Gisulf erzählt, der Totila deutlich die Lanzenspitze mit dem Schaftende vertauschen gesehn.

»Nein! Nieder mit dem König!« rief Furius.

Und schon war er heran und warf den Speer auf den Verwundeten, den eben Aligern auf des Präfekten Rappen hob und aus dem Gefecht führen wollte. Jenen ersten Wurfspeer des Corsen fing Julius mit dem trefflichen Schilde Tejas auf. Furius ließ sich einen zweiten Wurfspeer reichen und zielte auf das Gedräng um den König: Phaza, der Arsakide, wollte den Speer mit dem Schilde fangen: aber durch Schild und Panzer flog er, der wutbeflügelte, ihm ins Herz.

Da schwang Furius, der sein Roß nun ganz nahe herangespornt hatte, den langen, krummen Säbel gegen den König. Jedoch ehe der Streich fiel, flog der Corse rücklings aus dem Sattel. Der junge Herzog von Apulien hatte ihm den Fahnenspeer mit aller Kraft gegen die Brust gerannt, daß der Schaft brach.

Allein nun geriet Totilas Banner — das kunstvolle und kostbare Werk Valerias und ihrer frommen Schar — in äußerste Gefahr in Adalgoths Hand. Denn alle Reiter drängten jetzt auf den Kühnen, jungen Fahnenträger ein: der Beilhieb des Langobarden Gisulf traf den Schaft, der nochmal splitterte. Rasch entschlossen riß Adalgoth das Seidentuch von der gebrochenen Fahnenstange und barg es fest im Schwertgurt.

Nun war Alboin heran und rief dem König zu:

»Gieb dich gefangen: mir, dem Königssohn.«

Da war Aligern mit seiner Arbeit, den König auf des Präfekten Rappen zu heben, fertig: er wandte sich gegen den Langobarden. Dieser wollte des Königs Flucht hemmen und doch den König nicht töten: er führte, sich tief vorbeugend, einen Speerstoß gegen den Rappen, der dessen Hinterbug traf. Aber im gleichen Moment schlug ihm Aligern durch den geiergeflügelten Helm: betäubt wankte er im Sattel.

So gewannen, nachdem die Führer der Verfolgung für den Augenblick gelähmt, Adalgoth, Aligern und Julius Zeit, den König aus dem Getümmel zu führen bis an das Nordthor von Taginä.

Hier hatte Graf Thorismuth seine Speerträger wieder geordnet.

Der König wollte daselbst den Kampf leiten: aber er vermochte kaum, sich im Sattel zu halten. »Thorismuth,« befahl er, »du hältst Taginä: Caprä wird einstweilen verloren sein. Ein Eilbote holt Hildebrands ganzen Flügel zurück hierher: es muß die Straße nach Rom um jeden Preis gehalten werden. Teja ist, wie ich erfahren, schon mit seinem Flügel im Gefecht: Deckung des Abzugs nach Süden: das ist die letzte Hoffnung.« Und das Bewußtsein verging ihm.

Graf Thorismuth aber sprach: »Ich halte Taginä mit meinen Speerträgern bis auf den letzten Mann. Reiter kommen mir nicht herein: die Perser nicht und die Langobarden nicht: ich decke dem König Leben und Rücken, solang ich eine Hand heben mag. Schafft ihn weiter zurück: auf die Berge dort, ins Kloster, aber rasch!: Denn schon naht dort, aus dem Südthor von Caprä, die Entscheidung: des Narses Fußvolk und seht dort: Cethegus der Präfekt mit den Isauriern. Caprä und unsre Schützen sind verloren.«

Und so war es.

Wisand hatte, dem Befehle gemäß, Caprä nicht verteidigt, sondern Cethegus und Liberius eindringen lassen: erst als sie darin waren, begann er den Straßenkampf und bedrohte zugleich die Langobarden-Reiter auf der Straße, indem er eine Tausendschaft gegen sie aus dem Südthore schickte.

Aber da der Angriff der Perser aus dem Hinterhalt die Goten traf, nicht die Langobarden, da jene, Alboin und Furius vereint, die wenigen Gotenreiter vernichteten oder zerstreuten und der Angriff der Speerträger von Taginä her ausblieb, wurden die gotischen Schützen zuerst in Caprä selbst, dann auf der flaminischen Straße zwischen Caprä und Taginä von der furchtbaren Übermacht rasch erdrückt.

Verwundet entkam, wie durch ein Wunder, Wisand nach Taginä und meldete dort die Vernichtung der Seinen. Des Narses Sänfte wurde nach Caprä eingetragen: und der Sturm der Illyrier auf Taginä begann: Graf Thorismuth widerstand heldenhaft: er focht, den Goten den letzten Ausweg zu decken.

Bald wurde er durch Tausendschaften von Hildebrands in Eile herangezogenem Flügel verstärkt, während den größten Teil seiner Truppen der alte Waffenmeister südlich hinter Taginä herum auf die Straße nach Rom führte.

Eben als der Sturm auf Taginä beginnen sollte, traf Cethegus auf Furius und Alboin, die sich von ihren Stößen erholt hatten. Cethegus hatte das allentscheidende Eingreifen des Corsen erfahren. Er schüttelte ihm die Hand.

»Siehe da, Freund Furius: endlich doch auf der rechten Seite — gegen den Barbarenkönig.«

»Er darf nicht lebend entkommen,« knirschte der Corse.

»Was? Wie? er lebt noch? Ich denke — er fiel?« forschte Cethegus hastig.

»Nein, sie haben ihn noch herausgehauen, den Wunden.«

»Er darf nicht leben,« rief Cethegus, »du hast recht! Das ist wichtiger, als Taginä erobern. Diese Heldenthat kann Narses von der Sänfte aus vollbringen. Sie sind siebzig gegen sieben. Auf, Furius: wozu stehen deine Reiter hier müßig?«

»Die Gäule können nicht die Mauern hinauf reiten.«

»Nein, aber schwimmen können sie. Auf: nimm du dreihundert, gieb mir dreihundert. Zwei Wege führen links und rechts vom Städtlein über: nein! die Brücken haben sie abgebrochen — also: *durch* den Clasius und *durch* die Sibola — laß ihn uns verfolgen. Gewiß ist der wunde König ... kann er noch kämpfen?«

»Schwerlich.«

»Dann ist er über Taginä geflüchtet worden — nach Rom oder ...«

»Nein, zu seiner Braut!« rief Furius: »gewiß zu Valeria ins Kloster. Ha, in ihren Armen will ich ihn erdolchen! auf, ihr Perser, folgt mir. Dank, Präfekt! nimm Reiter soviel du willst. Und reite du rechts. Ich reite links um die Stadt: denn zwei Wege führen nach dem Kloster.« Und schon war er, links abschwenkend, verschwunden.

Cethegus redete den Rest der Reiter persisch an und befahl ihnen, ihm zu folgen. Dann ritt er zu Liberius heran und sprach: »Ich fange den Gotenkönig.« — »Wie? Er lebt noch? dann eile.«

»Nimm du einstweilen dies Taginä,« fuhr Cethegus fort: »ich lasse dir meine Isaurier.« Und er sprengte mit Syphax und dreihundert Persern, rechts umschwenkend, davon.

Einstweilen hatten den wunden König die Freunde durch Taginä hinaus in ein kleines Piniengehölz an der Straße gebracht, wo er aus einer Quelle trank und sich etwas erholte. »Julius,« mahnte er, »reite hinauf zu Valeria: sag' ihr: diese Schlacht sei verloren: aber nicht das Reich, nicht ich, nicht die Hoffnung. Ich reite, sowie ich mich gekräftigt, hinauf nach der Spes bonorum: in jene feste, hohe Stellung habe ich Teja und Hildebrand beschieden nach Lösung ihrer Aufgaben. Geh, ich bitte, tröste die Geliebte und bringe sie selbst aus dem Kloster dorthin. Du willst nicht? dann reit' ich selbst den steilen Weg ins Kloster: nimm mir das doch ab.«

Nicht gern schied Julius von dem Wunden.

»O hebe mir Helm und Mantel ab: sie sind so schwer,« bat dieser. Julius löste ihm beide.

## Achtunddreißigstes Kapitel

Da durchzuckte den Mönch ein Gedanke: hatten sie nicht schon einmal die Gewande getauscht, die Dioskuren? Und hatte er nicht schon einmal den Mordstahl dadurch von Totila auf sich gezogen? Und nun kam ihm blitzschnell: wenn sie verfolgt wurden? — denn ihm war, als höre er Rosse eilend nahen und Aligern — Adalgoth hielt des Königs Haupt in seinem Schoß — war an den Waldeingang geeilt, zu spähen. »Ja: sie sind's,« rief dieser jetzt zurück: »persische Reiter nahen von zwei Seiten dem Wald.«

»Dann eile, Julius,« bat Totila, »rette Valeria auf das feste Grab zu Teja.«

»Ja, ich eile, mein Freund! Auf Wiedersehn!« Und er drückte ihm nochmal die Hand. Dann bestieg er den Rappen Pluto: er wählte das verwundete Roß, dem Freund das eigne, noch unversehrte überlassend. Rasch setzte er, ungesehen von Totila, den Schwanenhelm aufs Haupt, warf den weißen, blutbespritzten Mantel um und sprengte aus dem Walde gegen die Klosterhöhe. »Dieser Weg,« sagte er sich, »ist ganz offen und ungedeckt: dagegen der des Königs nach dem Grab geht durch Wald und Weinberge. Vielleicht gelingt es, die Verfolgung auf mich und von ihm abzuziehen.«

Und in der That, kaum war er aus dem Gehölz ins Freie gelangt und begann, bergan zu reiten, als er sah, wie die Reiter, die um Taginä herumgeschwenkt waren, ihm eifrig folgten. Um so lang als möglich die Verfolger von dem König abzulenken, so spät als möglich erst die Erkennung des Irrtums herbeizuführen, trieb er sein Roß zu höchster Eile. Aber der Rappe war wund: und es ging sehr steil einen steinigen Hang hinan. Näher und näher brausten die Verfolger.

»Ist er's?« — »Ja, er ist's.« — »Nein, er ist's nicht. Er ist zu klein,« sagte der Führer, der als der vorderste ritt. »Und sollte er ganz allein fliehen?« »Das wäre freilich das Klügste, was er thun könnte, zu entkommen,« meinte der Führer. »Freilich ist er's, der Schwanenhelm!« — »Der weiße Mantel!« — »Aber er ritt ein weißes Roß?« fragte der Führer.

»Ja, zuerst,« antwortete einer der Reiter. »Aber als das fiel von meinem Speer — da hoben sie ihn — ich stand ja dabei — auf diesen Rappen.«

»Gut,« rief der Führer, »genug, dann hast du freilich recht. Und ich kenne den Rappen.«

»Ein edles Tier! Wie es aushält, bergan, obwohl es blutet.«

»Ja, er ist edel! Und er soll stehen, der Rappe, gebt acht: Halt, Pluto! auf die Kniee.« Und zitternd, schnaubend hielt das kluge, treue Roß, trotz Sporn und Schlag, und senkte langsam die Vorderfüße in den Sand.

»Verderben bringt's, Barbar, des Präfekten Roß zu reiten! Da! Nimm das fürs Forum! und das fürs Kapitol! und das für Julius!«

Und wütend schleuderte der Führer drei Wurfspeere nacheinander, den eigenen und zwei von Syphax, die er diesem entriß, in den Rücken, daß sie vorn herausdrangen, sprang vom Roß, zog das Schwert heraus und riß des zur Erde Gestürzten Haupt an dem Helm empor.

»Julius!« schrie er entsetzt. — »Du, o Cethegus?«

»Julius! Du darfst nicht sterben.« Und leidenschaftlich suchte er das Blut zu hemmen, das aus den drei Wunden floß.

»Wenn du mich liebst,« sprach der Sterbende, »rette ihn: rette Totila!« Und die sanften Augen schlossen sich für immer.

Cethegus tastete nach dem Herzen: er legte ihm das Ohr auf die entblößte Brust.

»Es ist aus,« sagte er dann tonlos. »O Manilia! Julius — dich hab' ich geliebt. Und er starb, *seinen* Namen auf den Lippen! Es ist vorbei,« sprach er dann grimmig. »Das letzte Band, das mich an Menschenliebe fesselte, ich mußt' es selbst zerhau'n, durch höhnisch äffenden Zufall. Es war die letzte Schwäche. Jetzt, Menschheit, bist du mir tot. Hebt ihn auf das edle Pferd: das, mein Pluto, sei dein letzter Dienst im Leben: und bringt ihn ... dort oben ragt eine Kapelle: dorthin bringt ihn: und laßt ihn durch Priester feierlich bestatten. Sagt da oben nur: er hat als Mönch geendet — er starb für seinen Freund: er verdient ein christlich Begräbnis. Ich aber,« schloß er furchtbar, »ich gehe, nochmal seinen Freund zu suchen: ich will sie rasch vereinigen: auf ewig.« Und er stieg wieder zu Pferd.

»Wohin?« fragte Syphax, »zurück nach Taginä?«

»Nein! Dort hinab in jenen Wald. Da wird er geborgen sein. Denn daher kam Julius.«

Während dieser Vorfälle hatte sich der König erholt und erkräftigt und ritt auf dem Pferd des Julius mit Adalgoth, Aligern und einigen Reitern gerade aus durch den Wald, an dessen östlichem Saum der Weg zu dem Kapellenhügel emporstieg: schon sahen sie die weißen Mauern deutlich schimmern, als sie aus dem Waldweg bogen.

Aber da erscholl vom Süden, von ihrer rechten Seite her, gellendes Geschrei: und über das offene Blachfeld sprengte, von dem Clasius her, eine starke Schar von Reitern gegen sie an.

Der König erkannte den Führer. Und ehe seine Begleiter ihm zuvorkommen konnten, spornte er sein Roß, fällte den Speer und schoß dem Feind entgegen. Wie zwei Blitze, aus sich entgegengrollenden Gewittern, trafen die beiden Reiter zusammen.

»Übermütiger Barbar!«

»Elender Verräter!«

Und beide sanken vom Roß. Mit solcher Wut waren sie aufeinander geprallt, daß keiner der Deckung, jeder nur des Stoßes gedacht hatte.

Furius Ahalla war tot vom Roß gestürzt: denn der König hatte ihm den Speer mit solcher Kraft durch den Goldschild und den Panzer in das Herz gestoßen, daß der Schaft in der Wunde brach.

Aber auch der König sank sterbend in Adalgoths Arme: der Lanzenstoß hatte ihn gerade unter der Kehlgrube in Hals und Brust getroffen.

Adalgoth riß Valerias blaues Bannertuch hervor aus dem Gürtel und suchte das strömende Blut zu hemmen: umsonst: das helle Blau war sofort tief gesättigt vom Rot.

»Gotia!« hauchte er noch, »Italia — Valeria!«

In diesem Augenblick, ehe das ungleiche Gefecht beginnen konnte, erreichte Alboin mit seinen Langobarden-Reitern die Stelle: er war dem Corsen gefolgt, ungewillt, müßig zu bleiben, während des Mauerkampfes um Taginä.

Schweigend, ernst, gerührt sah der Langobardenfürst auf die Leiche des Königs. »Er hat mir das Leben geschenkt — ich konnte seins nicht retten,« sprach er ernst.

Einer seiner Reiter wies auf die reiche Rüstung des Toten.

»Nein,« sprach Alboin: »dieser königliche Held muß bestattet werden in allen Ehren königlicher Waffen.«

»Dort oben, auf der Felshöhe, Alboin,« sprach Adalgoth traurig, »harret seiner längst die Braut und —, selbstgewählt, das Grab.«

»Bringt ihn hinauf: ich gebe frei Geleit der edeln Leiche und den edeln Trägern. Ihr Reiter, folgt mir zurück in die Schlacht.«

## Neununddreißigstes Kapitel

Aber die Schlacht war aus: wie Alboin und auch der Präfekt zu ihrem größten Staunen und Verdruß erfuhren, als sie wieder bei Taginä eintrafen.

Den Präfekten hatte, als er eben in den Pinienwald von Norden her eingebogen war und hier des Königs Spur verfolgen wollte, ein Eilbote des Liberius erreicht, der ihm gebot, augenblicklich zurückzukehren: Narses sei bewußtlos: und höchste Gefahr verlange augenblickliche Entscheidung.

Narses bewußtlos: Liberius ratlos: der schon sicher geglaubte Sieg gefährdet: das wog doch schwerer als die zweifelhafte Aussicht, dem halbtoten König den Todesstoß zu geben. Eilig sprengte Cethegus zurück des Weges, den er gekommen, nach Taginä.

Hier rief ihm Liberius entgegen: »Zu spät: ich habe alles schon abgeschlossen und bewilligt. Waffenstillstand. Der Rest der Goten zieht ab.«

»Was?« donnerte Cethegus, er hätte gern alles gotische Blut als Grabopfer auf seines Lieblings Grab geschüttet. »Abzug? Waffenstillstand? Wo ist Narses?«

»Bewußtlos liegt er in seiner Sänfte: in argen Krämpfen. Der Schreck, die Überraschung — es warf ihn nieder — und kein Wunder!«

»Welche Überraschung? rede, Mensch!«

Und kurz erzählte Liberius, daß sie unter furchtbarem Blutvergießen, »denn diese Speer-Goten standen wie die Mauern« — in Taginä eingedrungen waren und im Straßenkampf Haus für Haus, ja Gemach für Gemach, erstürmen mußten — »Zoll für Zoll mußte man zerhacken einen Führer, der, den einstürmenden Anzalas durchrennend, in die erste Mauerbresche gesprungen war, bis man, über ihn hinweg, in die Stadt drang.«

»Wie hieß er?« forschte Cethegus eifrig, »hoffentlich Graf Teja?«

»Nein, Graf Thorismuth. Als wir halbwegs fertig waren mit der Blutarbeit und Narses sich in die Stadt tragen lassen wollte, da traf ihn, im Thore von Taginä, als Bote von unserem linken Flügel — der nicht mehr besteht! — gotische Herolde ritten mit ihm — der verwundete Zeuxippos.«

»Wer hat?«

»Er, den du vorhin nanntest: Graf Teja! Er übersah oder erfuhr, daß der Seinen Mitteltreffen schwer bedroht, der König verwundet sei: da, erkennend wohl, daß er viel zu spät kommen würde, die Entscheidung bei Taginä zu wenden, faßte er einen kühnen, einen verzweifelten Entschluß: er warf sich plötzlich aus seiner abwartenden Ruhe von den Bergen auf unsern linken, ihm entgegenstehenden Flügel, der langsam gegen ihn bergan rückte, schlug ihn im ersten Anlauf, verfolgte die Fliehenden ins Lager und nahm dort Zehntausend der Unsern, darunter meinen Orestes, Zeuxippos und alle Führer gefangen. Er schickte Zeuxippos, gebunden, mit gotischen Herolden, die Wahrheit zu bestätigen, und forderte sofortigen Waffenstillstand auf vierundzwanzig Stunden.«

»Unmöglich!« rief Cethegus.

»Sonst habe er geschworen, alle seine zehntausend Gefangnen — samt den Feldherren! — zu töten.«

»Gleichviel,« meinte der Präfekt.

»Dir mag es gleichviel sein, Römer: was liegt dir an einer Myriade unserer Truppen? aber nicht so Narses. Die furchtbare Überraschung, die schrecklichere Notwendigkeit der Wahl erschütterte ihn bis ins Mark: ein arger Anfall seiner Krankheit warf ihn nieder, mir reichte er sinkend noch den Feldherrnstab und ich, natürlich, nahm den Vorschlag an ...«

»Natürlich: Pylades muß den Orestes retten,« zürnte Cethegus.

»Und zehntausend Mann des kaiserlichen Heeres.«

»Mich bindet der Vertrag nicht,« rief Cethegus, »ich greife wieder an.« — »Das darfst du nicht! Teja hat seine Gefangenen größtenteils und alle Feldherren als Geiseln mitgeführt: er schlachtet sie, fliegt noch ein Pfeil.«

»Er schlachte sie! Ich greife an.«

»Sieh' zu, ob dir die Byzantiner folgen. Sofort habe ich deinen Scharen des Narses Befehl mitgeteilt. Denn ich bin jetzt Narses.«

»Des Todes bist du, sowie Narses zu sich kommt.«

Aber Cethegus erkannte, daß er mit seinen Söldnern allein den Goten nichts anhaben konnte, die nun (nachdem sich Teja mit seinen Gefangnen auf den Kloster- und den Kapellenhügel und die flaminische Straße zurückgezogen und auch Hildebrands Flügel mit nicht allzuschweren Verlusten diese Straße erreicht: anfangs hatten die beiden Flüsse, dann der verkündete Waffenstillstand die Verfolgung durch Johannes gehemmt) die Reste ihrer Truppen, die beiden Flügel, in eine feste Stellung versammelt hatten.

Sehnsüchtig harrte Cethegus auf die Herstellung des Narses, der, so hoffte er, den von seinem Stellvertreter geschlossenen Vertrag nicht anerkennen würde.

## Vierzigstes Kapitel

Inzwischen hatten Teja und Hildebrand von beiden Flügeln her den Kapellenhügel des Numa erreicht, wohin, wie ihnen gemeldet war, der verwundete König gebracht worden. Nachricht von den späteren Vorgängen hatte sie noch nicht erreicht.

Noch außerhalb der Umwallung des Kapellenbaus hatten sich beide Führer über den Plan geeinigt, den sie dem König vorschlagen wollten: gab es doch keinen andern Ausweg als schleunigen Rückzug gen Süden unter dem Schutz des Waffenstillstands.

Aber als sie nun in das Innere des ummauerten Haines traten, welcher Anblick bot sich ihnen dar!

Laut aufschluchzend eilte Adalgoth Teja entgegen und führte ihn an der Hand an den epheuumgrünten Sarkophag des Numa.

In diesem lag auf seinem Schilde König Totila: die ernste Majestät des Todes verlieh den edeln Zügen eine Weihe, die schöner war als je der Schimmer der hellen Freude auf diesem herrlichen Antlitz gestrahlt hatte.

Links von ihm ruhte, in der längst von dem Sarkophag gelösten, gewölbten Deckelplatte, Julius: die Ähnlichkeit der Dioskuren trat nun, unter dem gemeinsamen Schatten des Todes, wieder ergreifend hervor.

In der Mitte aber der beiden Freunde war auf des Königs blutüberströmtem weißem Mantel von Gotho und Liuta eine dritte Gestalt gebettet worden: auf einem sanft erhöhten Hügel, das edle Haupt an der Cisterne Rand gelehnt, lag Valeria, die Römerin.

Entboten von dem nahe gelegenen Kloster, den verwundeten Geliebten in Empfang zu nehmen, hatte sie sich, ohne Seufzer, ohne Wehschrei, über den breiten Schild geworfen, auf welchem Adalgoth und Aligern ihn langsam, feierlichen Schrittes, durch die Mauerpforte trugen.

Ehe noch einer der beiden gesprochen, rief sie: »Ich weiß es: er ist tot.«

Sie hatte noch geholfen, die schöne Leiche in dem Sarkophag des Numa beizusetzen. Dazu hatte sie, ohne Thräne, mit leiser Stimme, vor sich hingesprochen:

»Siehest du nicht, wie schön von Gestalt, wie schimmernd Achilleus?
Dennoch harret auch seiner der Tod und das dunkle Verhängnis,
Wenn auch ihm in des Kampfes Gewühl das Leben entschwindet,
Ob ihn ein Pfeil von der Sehne dahinstreckt oder ein Wurfspeer.
Doch mir sei dann vergönnt, in die Schatten zu tauchen des Todes.«

Dann zog sie ruhig, langsam, ohne Hast, den Dolch aus seinem Gürtel und mit den Worten: »Hier, strenger Christengott, nimm meine Seele hin! So lös' ich das Gelübde,« stieß sich die Römerin den scharfen Stahl ins Herz.

Cassiodor, ein kleines Kreuz von geweihtem Cedernholz in der Hand, schritt betend, tief erschüttert — Thränen rieselten über das ehrwürdige Antlitz in den weißen Bart — von einer der drei Leichen zu der andern.

Und leise stimmten die frommen Frauen des Klosters, die Valeria begleitet hatten, zu feierlicher, einfacher Weise den Choral an:

*Vis ac splendor seculorum,*
*Belli laus et flos amorum*
*Labefacta mox marcescunt:*
*Dei laus et gratia sine*
*Aevi termino vel fine*
*In eternum perflorescunt.*

(Bald in Asche muß vergehen,
Was wir stark, was lieblich sehen,
Aller Stolz und Schmuck der Zeit:
Gottes Gnade sonder Wanken,
Gottes Liebe sonder Schranken
Walten fort in Ewigkeit.)

Allmählich hatte sich der Hain mit Kriegern gefüllt, die den Führern, darunter den Grafen Wisand und Markja, vermöge der Waffenruhe unbehindert, gefolgt waren.

Schweigend hatte Teja des weinenden Adalgoth Bericht mit angehört. Nun trat er an des Königs Leiche dicht heran.

Schweigend, ohne Thräne, legte er die gepanzerte Rechte auf des Königs Wunde, beugte sich über ihn und flüsterte dem Toten zu: »Ich will's vollenden.«

Dann trat er zurück unter einen hochragenden Baum, der sich über einem vergessenen Grabhügel erhob, und sprach zu der kleinen Schar, die ehrfurchtsvoll, schicksalergriffen, schweigend, diese Stätte des Todes umgab: »Gotische Männer: die Schlacht ist verloren. Und das Reich dazu. Wer unter euch zu Narses gehen, sich dem Kaiser unterwerfen will — ich halte keinen. Ich aber bin gewillt, fort zu kämpfen bis ans Ende. Nicht um den Sieg: um freien Heldentod. Wer den mit mir teilen will, der bleibe. Ihr alle wollt es? Alle? gut.«

Da fiel Hildebrand ein: »Der König ist gefallen. Die Goten können nicht, auch um zu sterben nicht, kämpfen ohne König. Athalarich — Witichis — Totila — nur Einer kann der vierte sein, der dieser edeln Dreizahl folgen darf — du Teja, unser letzter, unser größter Held.«

»Ja,« sprach Teja, »ich will euer König sein. Nicht freudig leben, nur herrlich sterben sollt ihr unter mir. Still! Kein froher Ruf — kein Waffenlärm begrüße mich. Wer mich zum König will — der thue mir nach.«

Und er brach von dem Baum, unter dem er stand, einen schmalen Zweig und wand ihn um den Helm.

Und schweigend folgten alle seinem Beispiel.

Adalgoth, der ihm zunächst stand, flüsterte ihm zu: »O König Teja! Es sind Cypressenzweige: geweihte Opfer kränzt man so!«

»Ja, mein Adalgoth, du sprichst Weissagung:« — und er schwang das Schwert im Kreis über sein Haupt — »dem Tode geweiht.«

## Siebentes Buch

# Teja

### Erstes Kapitel

Und rasch vollendeten sich nun des Gotenvolkes Geschicke. Der rollende Stein rollte dem Abgrund zu.

Als Narses die Besinnung wiedergefunden und das inzwischen Beschlossene und Geschehene erfahren, befahl er sofort, Liberius zu verhaften und zur Verantwortung nach Byzanz zu schicken.

»Ich will nicht sagen,« sprach er zu seinem Vertrauten, Basiliskos, »daß er die falsche Entscheidung getroffen.

Ich selbst hätte sie nicht anders getroffen. Aber aus andern Gründen. Er hat vor allem seinen Freund und dann auch jene Zehntausend retten wollen. Das war ein Fehler: man mußte sie opfern, wenn man Liberius war. Denn Liberius übersah nicht die Lage des Kriegs.

Liberius wußte nicht, wie Narses es weiß, daß, nach dieser Schlacht, das Gotenreich verloren ist: ob es schon hier bei Taginä oder etwa erst bei Neapolis vollends vernichtet wird, ist gleich: und nur deshalb konnte, mußte man jene Zehntausend retten.«

»Bei Neapolis? Aber warum nicht bei Rom? Gedenkst du der furchtbaren Wälle des Präfekten nicht? Warum werden sich die Goten nicht nach Rom werfen zu mondenlangem Widerstand?«

»Warum? weil ... weil es mit Rom eine eigene Bewandtnis hat: aber das wissen sowenig die Goten wie Liberius.

Und das darf noch lange nicht wissen — Cethegus. Also schweige. Wo ist der Stadtpräfekt von Rom?«

»Vorausgeeilt, um sofort, nach Ablauf des Waffenstillstandes, als der erste, die Verfolgung zu leiten.«

»Du hast doch gesorgt ...?«

»Zweifle nicht! Er wollte mit seinen Isauriern allein aufbrechen: ich, d. h. Liberius auf meinen Rat, hab' ihm Alboin und die Langobarden beigegeben und du weißt ...«

»Ja,« lächelte Narses, »meine Wölfe lassen ihn nicht aus den Augen.«

»Aber wie lange noch soll er ...?«

»So lange ich ihn brauche. Nicht eine Stunde länger.

Also der junge königliche Wunderthäter liegt auf seinem Schild? Nun mag Justinianus sich mit Recht ›Goticus‹ nennen und wieder ruhig schlafen. Aber freilich: der schläft wohl nie mehr ruhig — der enttäuschte Witwer Theodoras.«

Die beiden Führer Teja und Narses hatten also das gleiche Urteil über das Gotenreich.

Es war verloren.

Bei Caprä und Taginä war die Blüte des Fußvolks gefallen: fünfundzwanzig Tausendschaften hatte Totila hier aufgestellt: nicht eine volle derselben ward gerettet: auch die beiden Flügel hatten Verluste gehabt: so waren es kaum zwanzig Tausendschaften, mit welchen König Teja eilig, zunächst auf der flaminischen Straße, nach Süden abzog.

Ihn mahnte zum Aufbruch auch der Hilferuf des kleinen Heeres von Herzog Guntharis und Graf Grippa, das von der zweifachen Übermacht der zwischen Rom und Neapolis unter Armatus und Dorotheos gelandeten Byzantiner bedrängt war.

Und ihn zwang zur Eile die furchtbare Verfolgung, mit welcher Narses, nach Ablauf des Waffenstillstandes, gemäß seinem schrecklichen System der »wandelnden Mauer« drängte. Während die Langobarden und Cethegus rastlos nachsetzten, langsam gefolgt von Narses, breitete dieser nach links und rechts zwei furchtbare Flügel aus, die im Südwesten über das suburbicarische Tuscien hinaus bis an das tyrrhenische Meer, im Nordosten durch das Picenum bis an den jonischen Meerbusen langten und, wie sie von Norden nach Süden und von Westen nach Osten vordrangen, alles gotische Leben hinter sich ausgelöscht zurückließen.

Wesentlich erleichtert wurde dies Verfahren durch den nun ganz allgemeinen Abfall der Italier von der verlorenen gotischen Sache: der milde König, der sie dereinst gewonnen, war ersetzt worden durch einen düstern Helden gefürchteten Namens: nicht Neigung zu dem Regiment von Byzanz, aber Furcht vor des Narses und des Kaisers Strenge, die jeden Italier, der es noch mit den Barbaren hielt, mit dem Tode bedrohten, zog rasch die Schwankenden herüber. Die Italier, die noch in König Tejas Heere dienten, verließen ihn und eilten zu Narses.

Noch viel häufiger als vor der Schlacht von Taginä wurden jetzt die Fälle, in welchen gotische Siedelungen von ihren italischen Nachbarn, oft von dem Hospes, der ein Drittel seines Gutes dem Goten hatte abtreten müssen, den »Romäern« verraten oder, wo die Italier in großer Überzahl waren, von diesen selbst ausgemordet, gefangen, an die beiden Flotten des Narses, die »tyrrhenische« und die »jonische«, abgeliefert wurden, die langsam im tyrrhenischen und im jonischen Meer an der Küste hinfuhren, den Vormarsch der Landheere begleitend und alle gefangenen Goten, Männer, Weiber und Kinder, mit sich schleppend.

Die Burgen und Städte, schwach besetzt — denn Totila hatte sein kleines Heer durch deren herangezogene Mannschaften verstärken müssen — fielen meist durch die Bevölkerung, die, wie nach Totilas Erhebung die kaiserlichen, so nun die gotischen Besatzungen überwältigten: so im späteren Verlauf des Krieges Narnia, Spoletium, Perusium: die wenigen, die widerstanden, wurden eingeschlossen.

So glich Narses einem gewaltigen Manne, der mit ausgebreiteten Armen durch einen engen Gang schreitet, und alles, was sich hier bergen wollte, vor sich her schiebt: oder einem Fischer, der mit dem sperrenden Sacknetz bachaufwärts watet: hinter ihm bleibt kein Leben mehr.

Geängstet flüchteten alle Goten, die sich noch retten konnten, mit Weib und Kind vor der »eisernen Walze« des Narses, wann sie heran rollte, von allen Seiten nach dem Heere des Königs, das bald eine größere Zahl von Unwehrfähigen als von Kriegern in seinem wandernden Lager barg.

Wieder waren die Ostgoten auf der »Völkerwanderung« begriffen, wie vor hundert Jahren: aber hinter ihnen nahte jetzt das eherne Netz des Narses, vor ihnen und der immer schmaler zulaufenden Halbinsel lag das Meer: und keine Schiffe zu rettender Flucht.

## Zweites Kapitel

Und noch dazu verringerte eine unabweisbare Notwendigkeit die Zahl der wehrfähigen Goten in König Tejas Heer auf das furchtbarste.

Seit dem ersten Augenblick der begonnenen Verfolgung hatte sich Cethegus mit den Isauriern, mit seinen byzantinischen Truppen — saracenischen und herulischen Reitern und Alboin mit seinen Lanzenreitern an die Fersen der Abziehenden geheftet: sollte nicht die ohnehin langsame Bewegung des durch so viele Frauen, Kinder, Greise gehemmten Rückzugs völlig gehemmt werden, so mußte fast jede Nacht eine kleine Heldenschar geopfert werden, die an günstig gelegener Stelle Halt machte und hier durch zähen, todeskühnen, hoffnungslosen Widerstand die Verfolger so lange hinhielt, bis das Hauptheer wieder großen Vorsprung gewonnen.

Dieses grausame, aber einzig ergreifbare Mittel mußte bald mit Aufopferung einer halben Tausendschaft, bald, wo die Verteidigungsstellung breitere Stirn hatte, mit noch größeren Opfern angewendet werden.

König Teja hatte es vor dem Aufbruch von »Spes bonorum« laut dem ganzen Heer verkündet: schweigend hatten die Männer das furchtbare Mittel gebilligt.

Und so ungestüm bewarben sich die »Todgeweihten« jeden Abend um diesen Ehrenposten, daß König Teja — feuchten Auges — das Los entscheiden ließ: er wollte keinen kränken durch Bevorzugung anderer. Denn die Goten, den sichern Untergang von Volk und Reich vor Augen, sehr viele Weib und Kind dem Narses verfallend wissend, drängten sich um die Wette zum Tode. So wurde dieser Rückzug eine Ehrenstraße gotischen Heldentums: jede Haltstelle fast ein Markstein todesmutiger Aufopferung.

So fielen als Führer dieser »Nachhut des Untergangs« der alte Haduswinth bei Nuceria Camellaria, der junge, pfeilkundige Gunthamund bei ad fontes, der rasche Reiter Gudila bei ad Martis.

Aber es sollte diese Aufopferung und des Königs Feldherrnschaft nicht ohne Frucht bleiben für die Geschicke des Volkes.

Bei Fossatum, zwischen Tudera und Narnia, kam es zu einem Nachtgefecht mit der Nachhut unter dem tapfern Grafen Markja, das vom Nachmittag, da sie die Reiter des Cethegus erreicht hatten, angefangen bis zum Sonnenaufgang währte. Als endlich das wiederkehrende Licht die rasch aufgeworfenen Erdschanzen der Goten beleuchtete, war es auf diesen grabesstill. Die Verfolger rückten mit äußerster Vorsicht an: endlich sprang Cethegus vom Pferd und auf die Brüstung der Schanze, hinter ihm Syphax.

Da winkte Cethegus hinab. »Kommt nach: es hat keine Gefahr! Ihr habt nur hinwegzuschreiten über die Feinde: denn hier liegen sie tot: alle tausend: dort auch Graf Markja, ich kenne ihn.«

Als aber nun die Reiter, nachdem die Schanzen hinweggeräumt waren, dem abgezogenen Hauptheer, das sehr großen, weiteren Vorsprung gewonnen, nachjagten — Cethegus führte sie — erfuhren sie alsbald von den Bauern, daß das gotische Hauptheer hier, auf der flaminischen Straße, nicht vorübergezogen war.

Durch das edelste Opfer war es erkauft, daß König Teja seines Rückzugs weitere Richtung von hier ab auf geraume Zeit verschleiert hatte: die Verfolger hatten alle Fühlung mit ihm verloren. Cethegus riet Johannes, einen Teil der Seinen zur Rechten nach Südosten, Alboin dagegen zur Linken der flaminischen Straße nach Nordosten verfolgen zu lassen, um die Spur wieder aufzufinden.

Ihn selbst aber zog es gewaltig nach Rom: er hoffte die Stadt vor Narses, ohne Narses zu erreichen, zu gewinnen und dann, vom Kapitol herab, ihm wie Belisar Schach zu bieten. Nach der Entdeckung, daß sich König Teja der Verfolgung entzogen habe, berief Cethegus seine vertrauten Tribunen und eröffnete ihnen: er sei entschlossen, nun, nötigenfalls mit Gewalt, der festen Beaufsichtigung durch Alboin und Johannes sich zu entziehen, die er durch die angeratenen Entsendungen geschwächt wußte und mit seinen Isauriern allein nach Rom zu eilen, geradewegs auf der Flaminia, die ja nun von den Goten nicht gesperrt war.

Aber während er sprach, führte Syphax eilfertig einen römischen Bürger ins Zelt, den er mit Mühe aus den Händen der Langobarden gelöst: jener hatte nach dem Präfekten gefragt und sie hatten ihn »behandeln wollen wie gewöhnlich«, hatten sie gelacht. »Vom Rücken her aber,« fügte Syphax bei, »naht ein großer Zug: ich spähe danach und berichte dir wieder.«

»Ich kenne dich, Tullus Faber,« sprach der Präfekt: »du warst immer Rom und mir getreu. Was bringst du?«

»O Präfekt,« klagte der Mann, »weil du nur noch lebst! Wir alle glaubten, du seiest tot, da du auf acht Botschaften uns keinen Bescheid gabst.«

»Ich habe nicht Eine erhalten.«

»So weißt du nicht, was in Rom geschehen? Papst Silverius ist auf Sicilien in Verbannung gestorben. Der neue Papst ist Pelagius, dein Feind.«

»Nichts weiß ich. Rede!«

»O so wirst auch du nicht raten noch helfen können. Rom hat ...«

Da trat Syphax ein: aber ehe er noch sprechen konnte, erschien im Zelt des Präfekten Narses, gestützt auf des Basiliskos Arm. »Ihr habt euch ja solange hier aufhalten lassen von tausend gotischen Speeren,« zürnte der Feldherr, »bis euch die Gesunden entkommen sind und die Kranken euch einholen konnten. Dieser König Teja kann mehr als Schilde brechen: er kann Schleier weben vor des Präfekten scharfen Augen.

Aber ich sehe durch viele Schleier: auch durch diesen.

Johannes, rufe deine Leute zurück: er kann nicht nach Süden, er muß nach Norden ausgewichen sein. Denn er weiß jetzt wohl schon lang, was den Präfekten von Rom zumeist angeht: Rom ist den Goten entrissen.«

Des Cethegus Auge leuchtete.

»Ich habe einige kluge Leute hinein geschmuggelt gehabt.

Sie trieben die Bewohner zu rascher, nächtiger Erhebung: alle Goten in der Stadt wurden erschlagen: nur fünfhundert Mann entkamen in das Grabmahl Hadrians und halten es besetzt.«

»Wir haben acht Boten an dich gesandt, Präfekt,« fand Faber Mut, einzuwerfen.

»Hinaus mit diesem Menschen,« winkte Narses. »Ja, die Bürger Roms erinnerten sich in Liebe wieder des Präfekten, dem sie soviel verdanken: zwei Belagerungen, Hunger, Pest und Brand des Kapitols! Aber die an dich gesendeten Boten verirrten sich immer zu meinen Wölflein: und diese haben sie wohl zerrissen. An mich jedoch gelangte die Gesandtschaft, die der heilige Vater Pelagius angeordnet hat: und ich habe mit ihm einen Vertrag geschlossen, den du, o Stadtpräfekt von Rom, gewiß gutheißen wirst.«

»Ich werde ihn nicht auflösen können.«

»Die guten Bürger Roms scheuen nichts so sehr als eine dritte Belagerung: sie haben sich erbeten, wir möchten nichts unternehmen, was zu einem neuen Kampf um ihre Stadt führen könnte: die Goten im Grabmal Hadrians müßten, schrieben sie, bald dem Hunger erliegen: und ihre Wälle wollten sie selbst decken: und sie haben geschworen, nach jener Gotenschar Untergang die Stadt nur zu übergeben ihrem natürlichen Beschützer und Haupt: dem Stadtpräfekten von Rom. Bist du damit zufrieden, Cethegus? Lies den Vertrag: gieb ihn ihm, Basiliskos.«

Cethegus las in tiefer, freudiger Erregung: so hatten sie ihn doch nicht vergessen, seine Römer! So riefen sie doch nun, da alles zur Entscheidung drängte, nicht die gehaßten Byzantiner, sondern ihn, ihren Schirmherrn, zurück aufs Kapitol. Schon sah er sich wieder auf dem Gipfel der Macht. »Ich bin's zufrieden,« sagte er, die Rolle zurückgebend.

»Ich habe gelobt,« sprach Narses, »keinen Versuch zu machen, die Stadt mit Gewalt in meine Hand zu bringen: erst muß König Teja dem König Totila nachgefolgt sein.

Dann Rom und — manches andre. Folge mir Präfekt, in den Kriegsrat.«

Als Cethegus die Beratung in dem Zelt des Narses verließ und nach Tullus Faber forschte, war jede Spur von diesem verschwunden.

## Drittes Kapitel

Scharf hatte der große Feldherr Narses die Wegrichtung erkannt, auf welcher König Teja von der flaminischen Straße abgebogen war.

Nach Norden zunächst, nach der Küste des jonischen Busens, war er ausgewichen und führte hier, mit seltner Wegeskunde, auf vielfach gewundenen Pfaden, sein flüchtendes Volk und Heer unbehelligt, unerreicht von den Verfolgern, über Hadria, Aternum, Ortona nach Samnium: daß Rom für ihn verloren, erfuhr er durch einzelne aus der Stadt geflohene Goten schon hinter Nuceria Camellaria.

Nicht unerwünscht kam des Königs rasch zum Ende drängendem und schonungslosem Sinn die Nötigung, sich seiner Gefangenen zu entledigen: diese, an Zahl fast halb so stark als ihre Besieger, hatten die Überwachung so schwierig gemacht, daß Teja jeden Befreiungsversuch mit dem Tode bedrohen mußte. Hinter Fossatum, bei der Nordschwenkung, machten sie trotzdem einen Versuch, massenhaft mit Gewalt loszubrechen.

Sehr viele wurden bei dem Unternehmen getötet: alle, die übrig geblieben waren, mit Orestes und sämtlichen Führern, ließ der König bei dem Übergang über den Aternus mit gebundenen Händen in den Fluß werfen und ertränken.

Auf Adalgoths Fürbitte hatte er finster erwidert: »Zu vielen Tausenden haben sie wehrlose Goten-Weiber und -Kinder an ihren Herdfeuern überfallen und geschlachtet: das ist kein Krieg der Krieger mehr: das ist ein Mordkampf der Völker. Laß uns darin – halbwegs – auch das Unsre thun.«

Aus Samnium eilte der König, das unwehrhafte Volk langsam unter schwacher Bedeckung nach sich führend – denn hier drohte keine Verfolgung – mit den besten Truppen rasch nach Campanien: so unerwartet traf er hier ein, daß er das kleine, durch die bisherigen Gefechte mit der Überzahl zusammengeschmolzene Heer von Herzog Guntharis und Graf Grippa – er traf sie in fester Stellung zwischen Neapolis und Beneventum – fast ebenso überraschte, wie bald darauf die siegessichern Gegner.

Er erfuhr, daß die »Romäer«, von Capua aus, Cumä bedrohten. »Nein,« rief er, »diese Burg sollen sie nicht vor mir erreichen. Dort hab' ich noch ein wichtig Werk zu vollenden.«

Und verstärkt durch die Besatzung aus seiner eignen Grafenstadt Tarentum, unter dem tapfern Ragnaris, griff er die Übermacht der Byzantiner, die auf geheimem Marsche von Capua aus Cumä überrumpeln wollten, sie selbst aufs höchste überraschend, an und schlug sie unter blutigen Verlusten grimmig aufs Haupt: er spaltete mit der Streitaxt dem Archonten Armatus die Stirn: an seiner Seite durchrannte der junge Herzog von Apulien den Dorotheos mit dem Speer: entsetzt flohen die Byzantiner gen Norden bis nach Terracina.

Es war der letzte Sonnenkuß, den der Siegesgott auf die blaue Gotenfahne legte. Tags darauf zog König Teja in Cumä ein.

Totila hatte, auf sein ernstes Andringen, sich entschlossen, bei dem diesmaligen allentscheidenden Auszug von Rom, gegen seine Gewohnheit, für die Treue der Stadt Rom Geiseln zu nehmen: niemand wußte, wohin diese gebracht worden.

Am Abend seines Einzugs ließ König Teja den zugemauerten Garten des Kastells zu Cumä aufbrechen: hier waren, hinter turmhohen Wällen, die Geiseln Roms geborgen: Patricier, Senatoren – darunter Maximus, Cyprianus, Opilio, Rusticus, Fidelius: die angesehensten Männer des Senats – im ganzen dreihundert an der Zahl: sie waren alle Glieder des alten Bundes der Katakomben wider die Goten.

Teja ließ ihnen von den aus Rom entwichenen Goten berichten, wie die Römer, verführt von Sendlingen des Narses, sich in einer Nacht plötzlich erhoben, alle Goten, auch Weiber und Kinder, deren sie habhaft werden konnten, ermordet und den Rest in die Moles Hadriani zusammengedrängt hatten.

So furchtbar war der Blick des Königs, den er auf den zitternden Geiseln während dieser Erzählung ruhen ließ, daß zwei derselben das Ende abzuwarten nicht ertrugen, sondern sich sofort an den harten Felswällen die Köpfe einrannten.

Nachdem die Boten eidlich ihre Erzählung bekräftigt hatten, wandte sich der König schweigend und schritt aus dem Garten. Eine Stunde darauf starrten die Köpfe der dreihundert Geiseln gräßlich von den Mauerzinnen herab.

»Aber nicht bloß dies furchtbare Richteramt zog mich nach Cumä,« sprach Teja zu Adalgoth. »Es gilt, hier noch ein heiliges Geheimnis zu erheben.«

Und er lud ihn, sowie die anderen Führer des Heeres, zum fest- und freudelosen Nachtmahl. Als das traurige Gelage zu Ende, winkte der König dem alten Hildebrand. Dieser nickte, hob eine düster brennende Pechfackel aus dem Eisenring der Mittelsäule der gewölbten Halle und sprach: »Folgt mir nach, ihr Kinder junger Tage: nehmt eure Schilde mit.«

Es war die dritte Stunde der Julinacht: die Sterne standen in der Mitternacht.

Da schritten aus der Halle, schweigend dem König und dem urgrauen Waffenmeister folgend, Guntharis und Adalgoth, Aligern, Grippa, Ragnaris und Wisand, der Bandalarius: Wachis, des Königs Schildträger, schloß den Zug mit einer zweiten Fackel.

Gegenüber dem Schloßgarten erhob sich ein riesiger Rundturm, »der Turm Theoderichs« genannt, weil ihn dieser große König neu verstärkt hatte. In dieses Turmgebäude leuchtete und schritt voran der alte Hildebrand.

Aber anstatt nun von dem Erdgeschoß aus, das nur die leere Turmstube zeigte, die hohe Treppe emporzusteigen, machte der Alte Halt: er kniete nieder und, vorsichtig messend, spannte er mit der gewaltigen Hand auf dem Boden von der sorgfältig wieder geschlossenen Thüre an nach der Mitte fünfzehn Handspannen — der ganze Boden schien aus drei kolossalen Granitplatten zusammengelegt: auf der fünfzehnten Spanne hielt er den linken Daumen an und schlug mit der Steinaxt auf die Platte: da klang es hohl: und in eine schmale, kaum sichtbare Ritze des Gesteins die Spitze der Axt bohrend hieß er alle Mann hinter sich zur Linken treten: als dies geschehn, schob er die Steinplatte nach rechts vor: schwarz, turmhoch, wie das Gebäude über dem Erdgeschoß sich erhob, senkte es sich hier hügeltief in die Erde.

Nur um einen Mann knapp hindurchzulassen, gewährte die Öffnung Raum: sie führte auf eine schmale, in den Fels gehauene Treppe von mehr als zweihundert Stufen.

Schweigend stiegen die Männer hinab. Unten angelangt fanden sie den entsprechenden Kreisraum durch eine Steinmauer in zwei Halbkreise geteilt: der von ihnen betretene Halbkreis war leer.

Und nun maß König Teja von der Erde auf zehn Handbreiten an der Mauer: hier drückte er an einen Stein: eine schmale Pforte that sich nach innen auf: Hildebrand trat vorleuchtend ein: und der König und jener entzündeten zwei in der Wand eingesteckte Fackeln.

Da fuhren die übrigen glanzgeblendet zurück und bedeckten die Augen: als sie wieder aufblickten, gewahrten sie — sofort erkannten die gotischen

Männer das Geheimnis — den ganzen reichen Amalungenhort Dietrichs von Bern.

Da lagen, teils zierlich gehäuft, teils ordnungslos nebeneinander geschüttet, Waffen, Gerät und Schmuck aller Art: die Sturmhaube von Bronze aus altetruskischer Zeit, in grauen Vorzeittagen durch den Handel den Goten bis an die Ostsee oder an den Pruth und Dniestr zugeführt und nun von dem nach Süden ziehenden Wandervolk wieder zurückgebracht, nahe an die Stätte vielleicht, wo sie gehämmert worden: daneben das Fell des Seehunds und der Rachen des Eisbären über einen flachen Kopfschirm von Holz gespannt: keltische Spitzhelme: stolzgeschweifte, römische und byzantinische Helmkämme: Halsringe von Bronze und von Eisen, von Silber und von Gold: Schilde, von dem ungefügen, mannshohen Holzschild, der, aufgestellt wie eine Mauer, den Pfeilschützen barg, bis zu dem zierlichen, mit Edelsteinen und Perlen übersäten, runden, kleinen Reiterschild der Parther: neben altertümlichen Kettenringen von erdrückender Schwere leichte Harnische von purpurfarbenem Linnengewebe: dazu Frameen, Schwerter, Dolche von Stein, von Bronze und von Eisen; Beile und Keulen, zum Teil noch aus dem Knochen des Mammuth, roh, mit Bast umwunden und in ein Hirschgeweih gesteckt, bis zu der fränkischen Fránciska und dem zierlich durchbrochenen, kleinen, vergoldeten Wurfbeil, mit welchem ein aufgesteckter Apfel von römischen Cirkusreitern im Galopp gespalten werden mußte: Speere, Lanzen, Wurfspieße aller Art: von dem kaum behauenen Stoßzahn des Narwal bis zu dem goldeingelegten Ebenholzschaft der asdingischen Vandalenkönige in Karthago und dem massiv goldnen Wurfpfeil dieser Fürsten mit dem Purpurgefieder des Flamingo am Schaft und der fußlangen Stahlspitze: Kriegsmäntel aus dem Pelz des blauen Fuchses bis zu dem Fell des numidischen Löwen und dem kostbarsten Purpur von Sidon: Schuhe, von den langen, schaufelähnlichen Schneeschuhen der Skritosinnen bis zu den Goldsandalen von Byzanz: Wämser von friesischer Wolle und Tuniken von chinesischer Seide: dazu ungezähltes Gerät und Tafelgeschirr: hohe Krüge, flache Schalen, runde Becher, bauchige Urnen, von Bernstein, von Gold, von Silber, von Schildpatt: Armringe und Schulterspangen: Schnüre von Bergkrystallen und von Perlen: und noch sonst unerschöpflich mannigfaltiges Geschirr für Speise und Trank, Gerät für Kleidung und Schmuck, für Spiel und Kampf.

»Ja,« sprach König Teja, »diese geheime Höhle, nur uns, den Blutsbrüdern, bekannt — der Waffenmeister hatte sie in den Fels hauen lassen, als er vor vierzig Jahren Graf von Cumä war — sie war das Schatzgewölbe, das den Hort der Goten barg.

Deshalb fand Belisarius so wenig vor, als er den Schatz zu Ravenna erbeutete: die edelsten und kostbarsten Stücke der Beute und der Geschenke, die Sammlung der Amalungenehren in Krieg und Frieden, die weit über Theoderich hinauf zu Winithar, Ermanarich, Athal, Ostrogotho, Isarna bis Amala emporsteigen: sie haben wir hier geborgen. Nur das gemünzte Gold hatten wir in Ravenna behalten und solches Gerät, das reicher an Goldwert als an Ehren schien.

Monatelang sind die Feinde über diese Schätze hingeschritten: doch es schwieg die treue Tiefe des Abgrunds.

Nun aber tragen wir sie alle mit uns — in eure breiten Schilde schöpfet sie und reichet sie, die Staffeln herauf, einer dem andern — in das letzte Schlachtfeld, darauf ein ostgotisches Volksheer kämpfen wird — nein, bange nicht: jung Adalgoth, auch wenn ich gefallen bin und alles verloren ist: nicht sollen die heiligen Schätze der Ehre die Feinde nach Byzanz schleppen.

Denn wunderbar ist das letzte Schlachtfeld, das ich uns gekoren: es soll die letzten Goten und ihre Schätze und ihren Ruhm verschlingen und verbergen.«

»Ja, auch ihren höchsten Schatz und Ruhm,« sprach der alte Hildebrand, »nicht nur Gold und Silber und edle Steine. Sehet her, meine Goten!«

Und er leuchtete in den, von einem Vorhang abgesperrten Schlußraum des Halbkreises und schob den Vorhang zur Seite.

Da fielen alle andern ehrfürchtig auf die Knie.

Denn sie erkannten den großen Toten, der da, hoch aufgerichtet, auf dem goldnen Throne saß, den Speer noch in der Rechten, vom Purpurmantel umwallt.

Es war der große Theoderich.

Und die von den Ägyptern zu den Römern gewanderte Kunst, die Leichen wundersam zu wahren, hatte den Heldenkönig in schauerlicher Leibhaftigkeit erhalten.

Tiefste Erschütterung band den Männern die Rede.

»Schon seit langer Zeit,« hob endlich Hildebrand an, »mißtrauten Teja und ich dem Stern der Goten. Und ich, der ich vor Ausbruch des Krieges die Ehrenwache an dem Marmor-Rundhaus zu Ravenna hatte, in welchem Amalaswintha ihren toten Vater beigesetzt — ich liebte das ganze Gebäude wenig: und weniger noch die weihrauchqualmenden Priester, die dort so oft für des Gewalt'gen große Seele beten wollten.

Und ich dachte: wenn unsere Spur dereinst getilgt wird aus diesem Südland, sollen nicht Welsche und Griechlein ihr Gespött treiben mit den Gebeinen des teuren Helden.

Nein: wie jener erste Bezwinger der Romaburg, wie der Westgote Alarich im heiligen Strombett sein von keinem gekanntes, von keinem zu schändendes Grab gefunden: so soll auch mein großer König entrückt sein der Nachspürung der Menschen.

Und mit Tejas Hilfe schaffte ich, in dunkler Nacht, die edle Leiche hinweg aus dem Marmorhause und aus der winselnden Priester Umgebung: und wir brachten sie, als ein Stück des Königsschatzes, in verschlossener Truhe hierher. Hier war er sicher geborgen: und fand ihn nach Jahrhunderten ein Zufall: wer konnte dann noch ihn erkennen, den König mit dem Adlerauge?

Und so ist der Steinsarkophag zu Ravenna leer: und die Mönche singen und beten dort umsonst.

Hier, bei allen seinen Schätzen und Ehren, in Heldenherrlichkeit, aufrecht, thronend, sollte er ruhen: das wird seiner Seele, die von Walhall niederschaut, lieber sein, als ausgestreckt, unter schwerem Stein, unter Weihrauchwolken, sich liegen zu sehen.«

»Nun aber,« schloß Teja, »ist auch für ihn, wie für den Amalungenhort, die Stunde gekommen, noch einmal aufzusteigen aus der Tiefe; wenn ihr die Schätze gehoben, heben wir sorgsam auch den teuren Heldenleib empor. Und morgen früh brechen wir alle auf aus dieser Stadt: schon wird des Narses und des Präfekten Anrücken gemeldet — und ziehen mit Königshort und Königsleiche auf jenes letzte Schlachtfeld der Goten, wohin ich auch schon die Weiber und Kinder entboten habe: jenes Schlachtfeld — seit lange habe ich's geschaut in schlummerlosem Traumgesicht — jenes Schlachtfeld, das uns und unser Volk sieht glorreich untergehen; jenes Schlachtfeld, das, auch nachdem der letzte Speer gebrochen, alle Tot-Entschlossenen rettend, bergend aufnehmen kann in seinen glühenden Schoß: das Schlachtfeld, das Teja sich und euch erkoren.«

»Ich ahne,« fiel Adalgoth ein. »Dies, unser Schlachtfeld heißt ...«

»Mons Vesuvius!« sprach Teja. »Ans Werk!«

## Viertes Kapitel

So rasch als es sein furchtbares Umklafterungssystem verstattete, war Narses nach jenem Kriegsrat bei Fossatum mit seiner ganzen Macht und in breitester Stirnlinie nach Süden hinabgezogen, die Reste gotischen Lebens zu erdrücken oder ins Meer zu werfen.

Nach Tuscien nur entsandte er, um die dort noch widerstrebenden Burgen zu brechen, dann Lucca im annonarischen Tuscien, mit geringer Macht seine Heerführer Vitalianus und den Heruler Wilmuth: und noch weiter hinauf gen Norden wider das immer noch unbezwungene Verona, dessen Ausdauer den Goten das Entkommen durch das Thal der Athesis hinauf bis an die Passara wesentlich erleichtert hatte, Valerianus, welcher einstweilen auch Petra pertusa, das oberhalb Helvillum die flaminische Straße gesperrt, bezwungen hatte.

Mit allen andern Truppen eilte er nach Süden: er selbst auf der flaminischen Straße an Rom vorbei, indes Johannes an dem tyrrhenischen Meere hin, der Heruler Vulkaris an der Küste des jonischen Busens die Goten vor sich her drängen sollte.

Beide fanden aber wenig Arbeit und Aufenthalt mehr: denn im Norden waren die gotischen Familien ohnehin von dem vorauseilenden Heere des Königs aufgenommen worden, das Vulkaris nicht mehr einzuholen vermochte: und aus dem Süden waren ebenfalls die Goten längst aufgescheucht über Rom hinaus gen Neapolis geströmt, wohin sie eilende Sajonen, fliegende Boten des Königs beschieden.

»Mons Vesuvius!« bildete das ausgegebene Sammelwort für alle diese gotischen Flüchtlinge.

Narses hatte seinen beiden Flügeln Anagnia als Ort der Wiedervereinigung mit dem Mittelheer vorgeschrieben.

Gern folgte Cethegus der Einladung des Narses, bei ihm und dem Hauptheer zu bleiben: auf den beiden Flügeln waren keine großen Ereignisse zu erwarten.

Und der Weg des Narses führte ja über Rom!

Für den Fall, daß Narses, trotz seinem Versprechen, einen Versuch machen sollte, im Vorüberziehn sich Eingang in Rom zu verschaffen, war dann auch Cethegus an Ort und Stelle. Aber fast zu des Präfekten Erstaunen hielt Narses Wort. Er zog mit seinem Heere ruhig an Rom vorüber.

Und er forderte Cethegus auf, Zeuge seiner Unterredung mit dem Papst Pelagius und den übrigen beherrschenden Personen in Rom zu sein, welche Zwiesprach er die Wälle hinan, zwischen dem flaminischen und dem salarischen Thor, an der Porta belisaria (pinciana) hielt.

Noch einmal versicherten der Papst und die Römer unter feierlichen Eiden auf die Gebeine der heiligen Kosma und Damian (nach der Legende arabische Ärzte, Zwillingsbrüder, die unter Diokletian als Märtyrer gestorben sein sollten), die sie in elfenbeinernen Truhen und Silbersärgen auf die Wälle gebracht hatten, daß sie unweigerlich, nach Vernichtung der Goten in der Moles Hadriani, dem Präfekten von Rom allein ihre Thore erschließen, jeden Versuch aber, gewaltsam in die Stadt zu dringen, mit Gewalt abwehren würden: denn sie wollten sich keinem der Kämpfe mehr aussetzen, die etwa noch um Rom entbrennen könnten.

Das Anerbieten des Narses, ihnen jetzt schon ein paar tausend Mann zur rascheren Bewältigung der Moles Hadriani zu überlassen, wiesen die Römer höflich, aber bestimmt ab: zur hohen Freude des Präfekten.

»Sie haben doch schon zwei Dinge gelernt in diesen Jahren,« sagte er im Abreiten zu Lucius Licinius, »sich die »Romäer« fern vom Leibe halten und Cethegus mit dem Heile Roms verknüpfen. Das ist schon viel.«

»Mein Feldherr,« warnte Licinius, »ich kann deine Freude, deine Zuversicht nicht teilen.« »Ich auch nicht,« stimmte Salvius Julianus bei. »Ich fürchte Narses. Ich mißtraue ihm.« »Ach, ihr Allklugen,« spottete Piso. »Man muß nichts übertreiben, auch die Vorsicht nicht und den Zweifel. Hat sich nicht alles gewendet, wie wir's kaum zu hoffen gewagt, seit jener Nacht, da ein grober Hirtenjunge dem besten Dichter Roms über die unsterbliche Jambenhand schlug? da der gewaltige Präfekt von Rom in einem Getreidehaufen tiberabwärts schwamm? da Mussurius Sabinus in den coischen Gewändern seiner Hetäre, in denen er entrinnen wollte, von Graf Markja erkannt und gefangen und da der große Rechtskenner Salvius Julianus blutend von dem unsanften Herzog Guntharis aus dem Schlamm des Flusses hervorgefischt wurde? Wer hätte damals gedacht, daß wir nochmal die Tage an den Fingern abzählen würden, da noch Ein Gote zwei Beine auf italischen Erdgrund stellt?«

»Du hast recht, Poet,« lächelte Cethegus. »Jene beiden leiden an dem Narses-Fieber, wie ihr Heros an der Epilepsie. Seine Feinde *über*schätzen ist auch ein Fehler. Die Gebeine, auf die jene Priester schworen, sind ihnen wirklich heilig: sie brechen solche Eide nicht.«

»Wenn ich nur,« erwiderte Licinius besorgt, »neben den Priestern und Handwerkern, noch irgend einen deiner, unserer Freunde auf den Wällen gesehen hätte! Aber lauter Walker, Fleischer und Zimmerleute! Wo ist der Adel Roms? wo die Männer der Katakomben?«

»Als Geiseln fortgeführt,« sprach Cethegus. »Und recht geschah ihnen, sie kehrten ja nach Rom zurück und huldigten dem blonden Goten. Wenn ihnen nun der schwarze Gote die Köpfe abschlägt, müssen sie's haben. Getrost, ihr habt zu düster gesehen: Alle! Des Narses erdrückende Übermacht hat euch eingeschüchtert: er ist ein großer Feldherr: aber, daß er diesen Vertrag mit Rom geschlossen — mich und ja keinen andern einzulassen! — und daß er ihn *hält* — das zeigt, daß er als Staatsmann ungefährlich ist. Laßt uns nur erst wieder die Luft des Kapitols atmen: Epileptiker vertragen sie nicht.«

Und als am andern Morgen die jungen Tribunen den Präfekten von seinem Zelt abholten zum allgemeinen Aufbruch gegen Teja, empfing sie ihr Führer mit strahlenden Augen.

»Nun,« sprach er, »wer kennt nun die Römer, ihr oder der Stadtpräfekt von Rom? Hört — aber schweigt. Heute Nacht stahl sich aus Rom in mein Zelt ein Centurio der neu errichteten Stadtkohorten, Publius Macer: ihm ist die Porta Latina, seinem Bruder Marcus das Kapitol anvertraut vom Papst: er zeigte beide Bestallungen: ich kenne des Pelagius Schrift — sie sind echt.

Sie sind längst der Priesterherrschaft müde.

Sie wollen mich und euch und meine Isaurier gern wieder schreiten sehen auf den Mauern Aurelians und des Präfekten. Er ließ mir seinen Neffen Aulus, zugleich als Pfand und als Geisel, zurück: dieser wird uns, von ihm in verabredetem, harmlosem Briefwort gemahnt, die Nacht bezeichnen, da jene uns das Thor und das Kapitol erschließen. Narses kann sich nicht beklagen, wenn uns die Römer selbst freiwillig einlassen: ich versuche ja nicht Gewalt. Nun, Licinius, sprich Julianus, wer kennt nun Rom und die Römer?«

## Fünftes Kapitel

Narses zog jetzt auf Anagnia.

Zwei Tage nach seiner Ankunft trafen, wie ihnen vorgeschrieben war, die beiden Flügelheere daselbst ein.

Nach einigen Tagen der gemeinsamen Erholung, Musterung und Neugliederung seiner ungeheuren Massen zog der Feldherr nach Terracina, wo die Reste der Truppen des Armatus und Dorotheos sich anschlossen: und alsbald wälzte sich nun das vereinigte Heer gegen die Goten, die, südlich von Neapolis, auf dem Vesuvius und auf dem (bei Nuceria) gegenüberliegenden Mons Lactarius, dem Milchberg, an beiden Ufern des kleinen Flusses Draco (der sich nördlich von Stabiä ins Meer ergießt), eine ausgezeichnet feste Stellung inne hatten.

Seit dem Abmarsch von Cumä, an Neapolis vorbei (die Bürger dieser Stadt schlossen ihre von Totila vortrefflich wieder hergestellten Thore, überwältigten die drei gotischen Hundertschaften der Besatzung und erklärten: sie würden, dem Beispiel Roms folgend, ihre Feste vorläufig beiden Parteien verschlossen halten) und seit der Erreichung des längst gewählten Schlachtfeldes hatte König Teja alles aufgeboten, die von Natur aus so starke Stellung noch mehr zu verstärken. Und überallher hatte er Lebensmittel aus der strotzend reichen Landschaft nach dem Berge schaffen lassen, ausreichend, um sein Volk so lang zu nähren, bis der letzte Tag den Goten leuchten sollte.

Es ist ein vergebliches Bemühen gelehrter Untersuchung geblieben, an dem Mons Lactarius oder an dem Vesuvius eine Örtlichkeit zu finden, die ganz genau der Beschreibung Prokops entspräche. Für keine der zahlreichen aufgestellten Schluchten oder Pässe kann man sich entscheiden. Gleichwohl darf man um deswillen keineswegs den auf die Aussagen der Augenzeugen, der Heerführer und Doryphoren des Narses, gestützten Bericht des byzantinischen Geschichtsschreibers bezweifeln. Vielmehr erklärt sich diese Nichtübereinstimmung sehr einfach aus den plötzlichen, großen, gewaltsamen und aus den noch viel zahlreicheren, allmählichen, kleineren durch Lavafluß, Felssturz, Zermürbung und Auswaschung bewirkten Veränderungen, die eine Zeit von mehr als dreizehn Jahrhunderten an jenem niemals ruhenden Berge vorgenommen. Lassen sich doch glaubhafte Angaben viel späterer italienischer Schriftsteller über Örtlichkeiten und Maßverhältnisse viel jüngerer Zeiten am Vesuvius mit der dermaligen Wirklichkeit oft nicht mehr vereinbaren. Der Boden, der König Tejas Herzblut aufgesogen, ist wohl lange schon von tiefen Lavaschichten befriedend überdeckt.

Selbst Narses bewunderte die Umsicht, mit welcher sein barbarischer Gegner diese Verteidigungsstellung gewählt.

»Er will fallen wie der Bär in der Höhle!« sprach er, als er, von Nuceria aus, vom Norden her, in seiner Sänfte die ganze gotische Umwallung betrachtete. »Und mancher von euch, liebe Wölflein,« lächelte er Alboin zu, »wird von dem Schlag seiner Pranke umtaumeln, wann sie in jenen schmalen Höhleneingang eintraben.«

»Ei, es müssen gleich soviele auf einmal hineinrennen, daß er aufs erste Mal beide Pranken voll bekommt und nicht nochmal ausholen kann.«

»Nur gemach: ich weiß an jenem Vesuv einen Platz — früher, da ich noch auf diesen elenden Leib mit Heilungshoffnung Pflege wandte, habe ich mal wochenlang auf dem ›Mons lactarius‹ die ›Luftheilung‹ gebraucht und dabei den Paß mir wohl eingeprägt — wenn sie *darinnen* stekken — treibt sie nur der Hunger heraus.«

»Das wird langweilig.«

»Geht aber nicht anders. Ich habe nicht Lust, nochmal eine Myriade kaiserlicher Truppen zu opfern, diese letzten Funken auszutreten.«

Und so geschah's. Sechzig Tage noch standen sich seit dem Eintreffen des Narses beide Heere einander gegenüber. Ganz allmählich, mit blutigen Verlusten jeden Schritt erkämpfend, schnürte Narses sein erwürgendes Netz enger und enger.

Er deckte im Halbkreis alle Punkte im Westen, Norden und Osten der gotischen Stellung; nur den Süden, das Meer, an dessen Strand er selbst lagerte, konnte er, neben seinen Zelten, offen lassen, da die Feinde keine Schiffe hatten, zu fliehen, oder sich Vorräte zu schaffen: die »tyrrhenische« Flotte des Narses war schon beschäftigt, die gefangenen Goten nach Byzanz zu tragen: die »jonische« wurde demnächst erwartet: einige ihrer Schiffe waren schon früher abgeordnet worden, in der Bucht von Bajä bis Surrentum zu kreuzen; gotische Segel gab es nicht mehr, nachdem die letzten von ihren Führern den Feinden übergeben waren.

So besetzte Narses, mit zäher Geduld, trotz seiner Übermacht, nichts übersehend, allmählich Piscinula, Cimiterium, Nola, Summa, Melane, Nuceria, Stabiä, Cumä, Bajä, Misenum, Puteoli, Nesis.

Alsbald aber erschrak nun auch Neapolis vor der Macht des Narses und öffnete ihm freiwillig die Thore.

Von allen Seiten rückten die Byzantiner gegen die rings Umschlossenen vor.

Nach heftigen Kämpfen gelang es, diese von dem Mons Lactarius hinweg, auf die rechte Seite des Flusses Draco zu drängen, wo der Rest des Volkes hinter dem unvergleichlichen, von Narses gepriesenen Engpaß auf einem Hochfeld, nahe einem der zahlreichen damaligen Nebenkrater der Mittelhöhe, lagerte, nur selten, bei der Windrichtung aus Südost, unter dem Rauch und den Dünsten des Berges leidend.

Hier, in den zahlreichen Klüften, Höhlungen, Einsenkungen des Berges, lagerten, in der warmen Luft des August unter freiem Himmel oder luftigen Zelten die Unwehrhaften auf den mitgeführten Wagen.

Den einzigen Zugang aber zu dieser Lagerung bildete ein enger Felsenpaß, an seiner Südöffnung so schmal, daß ihn ein Mann mit dem Schilde bequem ausfüllen konnte.

Diesen Zugang bewachten, abwechselnd, je eine Stunde, Tag und Nacht, König Teja selbst, Herzog Guntharis, Herzog Adalgoth, Graf Grippa, Graf Wisand, Aligern, Ragnaris und Wachis; hinter ihnen füllte den Engpaß, ebenfalls wechselnd, eine gotische Hundertschaft.

Und so hatte sich denn der ganze furchtbare Krieg, der Kampf um Rom und Italien, dem System des Narses gemäß, mit dramatischer Folgerichtigkeit zugeschärft zu dem Kampf um eine mannesbreite Kluft an der Südspitze der so warm geliebten, so zäh verteidigten Halbinsel.

Auch in der geschichtlichen Darstellung Prokops erscheint die Vollendung der gotischen Geschicke am Vesuv wie der letzte Akt einer großartigen Tragödie der Geschichte.

Am Strand, vor dem Hügel, von welchem man zu jenem Paß emporstieg, hatte nun Narses mit den Langobarden sein Lager aufgeschlagen, ihm zur Rechten Johannes, ihm zur Linken Cethegus.

Der Präfekt hob es seinen Tribunen hervor, daß Narses durch Überlassung dieses Platzes — Cethegus hatte ihn selbst gewählt — entweder einen Beweis großer Unvorsichtigkeit oder voller Harmlosigkeit gegeben hatte: »denn,« sagte er, »damit ließ er mir den Weg nach Rom, den er mir durch Zuteilung des rechten Flügels oder des Mitteltreffens verlegt hätte. Haltet euch bereit, sowie der Wink aus der Stadt eintrifft, mit allen Isauriern nachts heimlich nach Rom zu eilen.«

»Und du?« fragte Licinius besorgt.

»Ich bleibe hier, bei dem Gefürchteten! Hätte er mich morden wollen, längst hätte er es gekonnt. Er will es offenbar nicht. Er will nicht ohne Rechtsgrund gegen mich handeln. Und folge ich dem Ruf der Römer, so erfülle ich, breche nicht unsere Übereinkunft.«

## Sechstes Kapitel

Oberhalb des Engpasses am Vesuv, den wir die Gotenschlucht nennen mögen, wölbte sich eine schmale Höhlung in den schwarzen Lavafels: in ihren

Tiefen hatte König Teja die heiligen Schätze des Volkes — den Königsleichnam und den Königshort — geborgen. Theoderichs Banner war vor der Mündung aufgesteckt. Ein purpurner Königsmantel, an vier Speeren aufgespannt, bildete den dunkelglühenden Vorhang des Felsgemachs, wo der letzte Gotenkönig seine Königshalle errichtet hatte: ein Lavablock, von dem Felle des schwarzen Panthers bedeckt, war sein letzter Thron.

Hier weilte König Teja, wann ihn nicht seine eifersüchtig gewahrte Wachtstunde vornhin an die Südmündung der Gotenschlucht rief, auf die unaufhörlich, bald von fern mit Pfeilen, Schleudern und Wurfspeeren, bald aus der Nähe in kühnem, plötzlichem Anlauf die Vorposten des Narses Angriffe unternahmen.

Keiner der heldenhaften Wächter kehrte abgelöst heim, der nicht an Schild und Harnisch Spuren solcher Angriffe mitbrachte: oder sie zurückließ vor dem Eingang: in Gestalt erschlagener Feinde.

So häufig begegnete dies, daß die Verwesung der Erschlagenen — denn diese fortzutragen wagte niemand — den Aufenthalt an dem Paßeingang unmöglich zu machen drohte.

Narses schien hierauf gezählt zu haben.

Als Basiliskos diese nutzlosen Opfer beklagte, hatte er entgegnet: »sie nützen vielleicht nach ihrem Tode mehr als in ihrem Leben.« Aber König Teja befahl, zur Nacht die Leichen über das schroffe Lavageklippe zu werfen, so daß sie, grauenhaft zerrissen, von der Nachfolge hinwegzuschrekken schienen. Da erbat Narses eilfertig die Gunst, die Erschlagenen durch Unbewaffnete abholen lassen zu dürfen, was der König gewährte.

Seit dem Rückzug in diese Schlucht hatten die Goten noch nicht Einen Mann im Kampf verloren: denn nur der vorderste im Engpaß war den Feinden erreichbar: und dieser Wächter, unterstützt von den hinter ihm stehenden Genossen, war noch nie erlegt worden.

Eines Abends, nach Sonnenuntergang — es war nun September und die Spuren des Kampfes von Taginä schon fast getilgt: die Blumen, welche Cassiodor und die Religiosä des Klosters neben den drei Sarkophagen des Königs, seiner Braut, und seines Freundes angepflanzt, hatten schon frische Keime getrieben — schritt König Teja, abgelöst von Wisand, dem Bandalarius, den Speer auf der Schulter, nach seiner Lavahalle.

Vor dem Vorhang schon empfing ihn Adalgoth, ihm, wehmütig lächelnd, knieend den hohen Goldpokal kredenzend. »Laß mich immerhin noch meines Mundschenkamtes walten: wer weiß, wie lang's noch währt.«

»Nicht lange mehr!« sprach Teja ernst, sich niederlassend. »Wir wollen hier außen bleiben, vor dem Vorhang.

Sieh, wie prachtvoll die ganze Bucht von Bajä bis Surrentum im Schimmer der eben versunkenen Sonne glüht: das blaue Meer ward purpurfarben Blut. Wahrlich, keinen schöneren Rahmen konnte das Südland gewähren, die letzte Schlacht der Goten drein zu fassen. Wohlan, das Bildnis sei des Rahmens wert. Es drängt zum Ende. Wie sich nun alles erfüllt hat, was ich geahnt — geträumt — gedichtet.«

Und der König stützte das Haupt auf beide Hände.

Er sah wieder auf, als ein silberner Harfenklang ihn weckte. Adalgoth hatte verstohlen des Königs kleine Harfe hinter dem Vorhang herausgelangt.

»Horch, Herr König,« sagte er, »wie ich, oder wie sich selbst, dein Lied von der Lavaschlucht vollendet hat. Gedenkst du noch der Nacht zu Rom in der Wildnis von Epheu, Marmor und Lorbeer? Nicht eine *vergangene* Schlacht, aus Vorzeittagen: deinen, unsren eignen letzten Heldenkampf hast du, vorschauend, an diesem Ort geahnt.«

Und er spielte und sang dazu.

»Wo die Lavaklippen ragen
An dem Fuße des Vesuvs,
Durch die Nachtluft hört man klagen
Töne tiefen Weherufs,
Denn ein Fluch von tapfern Toten
Lastet auf dem Felsenring:
Und es ist das Volk der Goten
Das hier glorreich unterging.«

»Ja, glorreich, mein Liebling. Das soll uns kein Schicksal und kein Narses rauben. Das fürchterliche Gottesurteil, das unser teurer Totila herausgefordert, es ist grauenvoll ergangen über den Mann, sein Volk und seinen Gott. Kein Gott im Himmel hat, wie jener Edle wähnte, in gerechter Wage unser Schicksal gewogen. Wir fallen durch tausendfachen Verrat der Welschen, der Byzantiner und durch die dumpfe Übermacht der Zahl. Aber *wie* wir fallen, unerschüttert, stolz noch im Untergang: das konnte kein Schicksal, nur der eigne Wert entscheiden.

Und nach uns? Wer wird nach uns herrschen in diesen Landen?

Nicht lange dieser Griechen Tücke: und nicht der Welschen eigne Kraft: noch hausen viele der Germanenstämme jenseit der Berge — sie setz' ich ein zu unsern Erben und Rächern.«

Und leise nahm er die Harfe auf, die Adalgoth niedergelegt und sang leise, hinabschauend in das rasch nächtig gewordene Meer.

Und die Sterne standen schon über seinem Haupt.

Und nur manchmal griff er in die Saiten:

»Erloschen ist der helle Stern
Der hohen Amelungen
O Dietrich, teurer Held von Bern,
Dein Heerschild ist gesprungen.
Das Feige siegt — das Edle fällt
Und Treu' und Mut verderben:
Die Schurken sind die Herrn der Welt:
Auf Goten, laßt uns sterben!

O schöner Süd, o schlimmes Rom,
O süße Himmelsbläue
O blutgetränkter Tiberstrom
O falsche, welsche Treue.
Noch hegt der Nord manch kühnen Sohn
Als unsres Hasses Erben:

Der Rache Donner grollen schon:
Auf Goten, laßt uns sterben!«

»Die Weise gefällt mir,« rief Adalgoth, »aber ist sie schon zu Ende? der Schluß?«

»Den Schluß kann man nur zum Takt der Schwerterstreiche singen,« sprach Teja. »Du hörst, dünkt mir, bald auch den Schluß.«

Und er stand auf.

»Geh, mein Adalgoth,« sagte er, »laß mich allein.

Allzulange schon habe ich dich fern gehalten von« — da lächelte er durch seine Trauer — »von der lieblichsten aller Herzoginnen. Wenige solche Abendstunden habt ihr noch zusammen, arme Kinder. Euch, wenn ich retten könnte, ihr junges, zukunftsknospendes Leben ...«

Er strich mit der Hand über die Stirn.

»Thorheit,« sprach er dann. »Ihr seid auch nur ein Stück von dem todverfallnen Volk: freilich das holdeste.«

Adalgoths Augen hatten sich mit Thränen gefüllt, da der König seines jungen Weibes gedacht. Nun trat er dicht an Teja heran und legte ihm fragend die Hand auf die Schulter.

»Ist keine Hoffnung? Sie ist so jung!«

»Keine,« sprach Teja: »denn es steigen keine Engel rettend vom Himmel. Noch wenige Tage, bis der Mangel anhebt. Dann mach' ich ein rasches Ende. Die Männer brechen hervor und fallen im Kampf.«

»Und die Weiber, die Kinder — die Tausende?«

»Ich kann ihnen nicht helfen. Ich bin nicht der allmächtige Gott der Christen. Aber in der Byzantiner Sklaverei soll kein gotisch Weib und Mädchen fallen, das nicht die Schande wählt statt freien Todes. Sieh hin — mein Adalgoth: schon zeigt die dunkle Nacht die Bergglut voll. Siehst du: dort — hundert Schritte rechts von hier — ha, wie herrlich die Flammen aus der dunkeln Mündung steigen! — wann des Passes letzter Wächter fiel — ein Sprung dahinab: und keines Römers freche Hand rührt an unsere reinen Frauen. *Ihrer* gedenk: noch mehr als unsrer, denn *wir* können fallen allüberall: der Goten Frauen eingedenk, kor ich zur letzten Walstatt: den Vesuvius!«

Und begeistert, nicht mehr weinend, warf sich Adalgoth an seines Königs Brust.

## Siebentes Kapitel

Wenige Tage, nachdem Cethegus mit seinen Söldnern die von ihm gewählte Stellung eingenommen zur Linken des Narses, kam in das Lager der Byzantiner die Kunde von der Bezwingung der Goten in dem Grabmal Hadrians. So war nun ganz Rom den Römern wiedergegeben: kein Gote und, fügte Cethegus frohlockend in Gedanken bei, kein Byzantiner waltete mehr in seinem Rom.

Gelang es nun, die Isaurier unter Führung der Tribunen in die Stadt zu werfen, so stand der Präfekt Narses noch viel günstiger gegenüber als je Belisar, mit welchem er sich in den Besitz der Stadt hatte teilen müssen.

Einer der Boten, welche die Nachricht aus Rom überbrachten, gab zugleich dem als Geisel behaltenen Aulus einen Brief der beiden Centurionen, der Brüder Macer, der besagte: »die Braut ist der langen Krankheit genesen: sobald der Bräutigam kommen will, steht der Hochzeit nichts mehr entgegen von den nächsten Iden an: komm, Aulus.«

Es waren die verabredeten Worte. Cethegus teilte sie seinen römischen Rittern mit.

»Wohlan,« sagte Licinius entschlossen, »so werd' ich denn die Stätte mit einem Denkstein schmücken können, wo mein Bruder für Rom und für Cethegus fiel.« »Ja, unverjährbar ist der Römer Recht auf Rom,« fiel Salvius Julianus ein. »Nur sorge, Präfekt,« mahnte Piso, »daß dem größten Krüppel aller Zeiten unser Abmarsch so lang verborgen bleibt, bis er uns nicht mehr einholen kann: wenn wir heimlich, gegen seinen Willen, aufbrechen sollen.«

»Nein,« sprach Cethegus, »das sollt ihr nicht. Ich habe mich überzeugt, daß weit über unsere Stellungen auf dem linken Flügel hinaus der vorsichtigste aller Helden noch Vorposten aufgestellt: seine langobardischen Wölflein, die er überall verteilt hat: was wir für *unsere* Vorposten hielten, ist umsäumt von *seinen* Vorposten. Weder mit Gewalt noch mit Täuschung könnt ihr euren Abzug ohne seinen Willen bewirken. Es ist auch weit klüger offen zu handeln. Wenn er will, kann er es vereiteln: und er erfährt es doch. Aber er wird nichts dagegen haben — ihr werdet es erfahren: ich künde ihm meinen Entschluß an und ihr werdet sehen: er heißt ihn gut.«

»Feldherr, das ist sehr gewagt, sehr groß.«

»Es ist das einzig Mögliche.«

»Ja, du hast recht, wie immer, o Cethegus,« stimmte nach einigem Besinnen Salvius Julianus bei. »Gewalt und Täuschung sind unmöglich. Und willigt er ein, dann will ich gern gestehn, daß meine Besorgnisse ...«

»Auf Überschätzung des *Staatsmannes* Narses beruhten. Euch haben die dicken Zahlen eingeschüchtert: und die freilich gar nicht zu überschätzende *Feldherrngröße* des Kranken. Ja, ich gestehe es: vor Taginä sah es gewitterschwül aus: aber da ich noch lebe, waren jene Annahmen — Irrtümer. Ich schicke euch beide selbst sofort mit meiner Anfrage an Narses: ihr seid mißtrauisch: ihr werdet also scharf beobachten. Geht, sagt ihm: die Römer wollten mich, den Stadtpräfekten, jetzt schon, noch vor Vernichtung der Goten Tejas, in ihre Mauern lassen. Ich ließe ihn fragen, ob er verstatten wolle, daß ihr mit meinen Isauriern sofort nach Rom abzöget oder ob er darin eine Verletzung unseres Übereinkommens erblicke: ohne seinen Willen würden die Isaurier und ich nicht aufbrechen.«

Die beiden Tribunen schieden und Piso lachte im Hinausschreiten aus dem Zelt des Präfekten: »länger hat euren Geist die Krücke des Narses als meine Finger der Knüttel des Hirten unbrauchbar gemacht.«

Als sie draußen waren, eilte Syphax auf seinen Herrn zu: »O Herr,« sprach er ängstlich, »mißtraue diesem Kranken mit dem ruhigen, durchdringenden Auge. Ich habe in letzter Nacht wieder das Schlangenorakel gefragt: die abgestreifte Haut meines Gottes, in zwei Hälften geteilt, auf Kohlen gelegt — das Stück »Narses« überlebte das Stück »Cethegus«

lange, lange. Soll ich nicht noch einmal versuchen? — du weißt, ein Hautritz mit diesem Dolch und er ist verloren. Was liegt daran, wenn sie dann Syphax pfählen, des Hiempsal Sohn. Mit List geht es nicht: der Langbärte Fürst schläft in seinem Zelt, das Feldbett quer vor den Eingang gerückt und sieben seiner »Wölflein« liegen auf der Schwelle. Die Heruler stehen Wache vor der Thür. Ich habe, deinem Wink gemäß, seit Helvillum alle Nachtlager ausgespäht: kaum eine Stechfliege entgeht den Herulern und Langobarden, fliegt sie ins Zelt. Aber offen, bei Tage, einen Sprung in seine Sänfte — eine Hautwunde und er ist ein toter Mann in einer Viertelstunde.«

»Und noch vorher nicht nur Syphax, des Hiempsal Sohn, auch Cethegus. Nein. Aber höre: ich habe entdeckt, wo der Feldherr seine Geheimgespräche mit Basiliskos, auch mit Alboin, hält.

Nicht im Zelt — das Lager hat tausend Ohren: im Bade. Die Ärzte haben ihm ein Morgenbad im Meeresschlamm im Golf von Bajä verordnet: eine Badehütte haben sie ihm ins Meer gebaut, nur auf dem Kahne zu erreichen. Bevor Basiliskos und Alboin ihn dahin begleiten, sind sie nur so gescheit wie — nun, wie Basiliskos und Alboin. Kommen sie aber von daher zurück, sind sie immer von narsetischer Klugheit, wissen, was aus Byzanz für Briefe gekommen und andres mehr. Rings um die Badehütte wogt Schilf: Syphax, wie lange kannst du tauchen?«

»Lange genug,« sprach der Maure, nicht ohne Stolz, »bis sich das schwerfällige und mißtrauische Krokodil in unsern Strömen die als Köder ins Schilf geworfene Gazelle genau genug betrachtet und sich endlich entschlossen hat, darauf los zu schwimmen: dann das Messer von unten in den Bauch. Dieser kleinäugige Narses hat etwas vom Krokodil — laß sehen, ob ich nicht auch ihn überdauere in geduldigem Tauchen.«

»Vortrefflich, mein Panther zu Lande, meine Tauchente zu Wasser!«

»Auch ins Feuer sprang ich für dich, dein Skorpion.«

»Ja, belausche diese Badegespräche des Kranken.«

»Das schließt sich vortrefflich an ein anderes Spiel.

Seit mehreren Tagen winkt und blinzelt mich ein Fischer immer so einfältig klug an, der morgens und abends seine Netze wirft und nie was fängt. Ich glaube: er lauert auf mich, nicht auf die Meeräschen. Aber die langbärtigen Wölflein dieses Alboin sind mir immer auf den Fersen: vielleicht erwische ich, aus dem Wasser tauchend, was mir dieser Fischer vertrauen will.«

## Achtes Kapitel

Ernsten Sinnes, aber nicht mehr in thränenweicher Stimmung, hatte Adalgoth seinem jungen Weibe den Entschluß des Königs und den letzten Ausweg aus Knechtschaft und Schmach mitgeteilt. Er erwartete einen Ausbruch des Schmerzes, wie er selbst ihn kaum niedergekämpft.

Aber zu seinem Staunen blieb Gotho unerschüttert.

»Ich habe das längst vorausgesehen, mein Adalgoth.

Das ist kein Unglück: ein Unglück ist nur, im Leben verlieren, was man liebt. Ich habe höchstes Erdenglück erreicht. Ich ward dein Weib. Ob ich das nun zehn Jahre bleibe oder zwanzig oder ein halbes kaum: das ändert nichts. So sterben wir zusammen, an Einem Tag, wohl in Einer Stunde. Denn König Teja wird nicht verbieten, wenn du in der letzten Schlacht dein Teil gethan und, vielleicht verwundet, nicht weiter kämpfen kannst, daß du hierher zurückkehrst und mich auf den Arm nimmst – wie oft daheim auf dem Iffinger – und mit mir in die Tiefe springst. O mein Adalgoth,« rief sie, ihn heftig umarmend, »wie glücklich waren wir! Wir wollen's verdienen durch mutigen Tod, ohne feiges Jammern. Der Baltensproß soll nicht sagen,« lächelte sie, »das Hirtenkind habe nicht Schritt halten können mit seiner Seele.

Mir steigt die Großheit unserer Berge mächtig im Gemüt empor.

Der Ohm Iffa hat mich beim Scheiden gemahnt, der frischen, freien Bergluft zu gedenken, der strengen, hehren Zucht der stolzen Höhen, wann uns das Leben in den niedern, engen Goldgemächern zu klein und dumpf auf den Seelen lasten würde. Das hat uns nicht bedroht. Aber auch nun, da es galt, die Seele emporzureißen zu diesem Todesentschluß aus zagem, weichem Schmerz – der mich auch wohl beschleichen wollte – auch um die stolze Kraft zum stolzen Tod zu finden, hat mich das Bild der Heimatberge stark gemacht: ›schäme dich, sprach ich still zu mir, schäme dich, Tochter der Berge! Was würden der Iffinger und der Wolfshaupt und alle die steinernen Heldenriesen sagen, sähen sie das Hirtenkind verzagen? Sei deiner Berge wert und deines Baltenhelden.‹« Und stolz und selig drückte Adalgoth das junge Weib an die Brust.

Hinter dem Zelt des Herzogs erhob sich die niedre Laubhütte, in welcher Wachis und Liuta hausten; diese, die von Gotho den drohenden Ausgang vernommen, hatte ihrem wackern Mann (der kopfschüttelnd an seinem, von langobardischen Wurfpfeilen bei der letzten Schluchtwache übel zugerichteten Schilde flickte, stopfte und hämmerte und manchmal zu pfeifen versuchte, um das Ringen mit dem Schluchzen zu verbergen) sehr ernsthaft zureden müssen, ihn zu der gleichen Entsagung zu steigern.

»Ich glaube nicht,« sagte der Schlichte, »daß das der liebe Himmelsherr mit ansehen kann. Ich bin von denen, die niemals gern sagen: ›jetzt ist alles aus.‹ Die Stolzen, die das Haupt so hoch tragen, wie König Teja und Herzog Adalgoth, die rennen freilich immer und überall an die Balken des Schicksals. Aber wir kleinen Leute, die wir uns fügen und ducken können, wir finden leicht noch ein Mausloch oder eine Mauerlücke zu entrinnen. Es ist doch gar zu niederträchtig! elend! grausam! hundsföttisch!« und jedes Wort begleitete ein stärkerer Hammerschlag, »ich will's nicht glauben vom lieben Gott! – daß hier in die Tausende von braven Weibern und hübschen Mädchen und lallenden Kindern und von grauen Greisen in das höllische Feuer! dieses verfluchten! Zauberberges! springen sollen, als wär's ein lustig Sonnwendfeuer und als kämen sie drüben heil und gesund wieder heraus. Verbrennen hätt' ich dich auch in dem Haus bei Fäsula schon lassen können. Und nun sollst nicht nur du verbrennen: auch unser kommend Kind, das ich jetzt schon ›Witichis‹ vorbenannt habe.«

»Oder: ›Rauthgundis‹!« fügte errötend Liuta leise bei, sich an ihres Mannes Schulter schmiegend und sein Hämmern hemmend. »Laß dich diesen Namen mahnen, Wachis. Denk an Rauthgundis, die Herrin! War sie nicht tausendmal herrlicher als Liuta, die Flachsmagd? Und würde sie sich besinnen, sich weigern, zu sterben an Einem Tag zusammen mit ihrem Volk?«

»Recht hast du, Weib!« rief Wachis, mit einem letzten grimmen Hammerschlag, daß die Funken stoben. »Weißt, ich bin von Bauernart: wir wollen durchaus nicht gerne sterben! Aber fällt der Himmel ein, schlägt er auch alle Bauern tot. Und vorher – hassa! hau' ich noch manchen Hieb! Das wäre auch Herrn Witichis und Frau Rauthgundis recht! Ihnen zu Ehren – ja, du hast recht Liuta, wollen wir tapfer leben: und geht's denn wirklich gar, gar nicht anders: tapfer sterben.«

## Neuntes Kapitel

Freudig erstaunt kehrten alsbald von Narses die beiden Tribunen Licinius und Julianus zurück in das Zelt des Präfekten. »Abermals hast du gesiegt, o Cethegus!« rief Licinius. »Du hast recht behalten, Präfekt von Rom,« sprach Salvius Julianus. »Ich begreife es nicht: aber Narses überläßt dir wirklich Rom.« »Ah,« frohlockte Piso, der mit eingetreten war, »Cethegus, das ist dein altes, cäsarisches Glück. Neu steigt dein Stern, der sich seit dieses unheimlichen Kranken Auftreten geneigt zu haben schien. Mir ist, auch sein Geist hat manchmal epileptische Anfälle. Denn, bei gesundem Geist, dich, ohne Widerstand, nach Rom zu lassen, nein: *quem deus vult perdere dementat!* Nun wird Quintus Piso wieder auf dem Forum wandeln und an den Läden der Buchhändler nachsehen, ob die Goten fleißig seine *»epistolas ad amabilissimum, carissimum pastorem Adalgothum et ejus pedum«* (Briefe an den höchst liebenswürdigen und geliebten Hirtenknaben Adalgoth und seinen Knüttel) gekauft haben.«

»So hast du in der Verbannung gedichtet, wie Ovidius?« lächelte Cethegus.

»Ja,« meinte Piso, »die sechsfüßigen Verse kamen leichter, seitdem sie nicht mehr die Goten, die um einen Fuß länger sind, zu scheuen hatten. Unter dem Lärm gotischer Gelage war auch im Frieden schon nicht gut dichten gewesen.«

»Darüber hat er drollige Verse gemacht, mit gotischen Wörtern dazwischen gemengt,« warf Salvius Julianus ein. »Wie fingen sie nur noch an: *›Inter hails gothicum skapja . . . ?‹*«

»Versündige dich nicht an meinen Worten. Falsch citiren darf man das Unsterbliche nicht.«

»Nun, wie lauten die Verse?« frug Cethegus.

»Folgendermaßen,« sprach Piso.

*»De conviviis barbarorum.*

*Inter: »hails Gothicum! skapja matjan jah drinkan!«*
*Non audet quisquam dignos educere versus:*
*Calliope madido trepidat se jungere Baccho,*
*Ne pedibus non stet ebria Musa suis.«*

(Über die Gelage der Barbaren.)

(Unter dem Gotischen: »Heil! schafft Essen und Trinken den Goten!«
Kann kein vernünftiger Mensch ein erträgliches Verslein ersinnen:
Vor dem Bacchus im Rausch bebt bang die verschüchterte Muse
Und dem benebelten Vers ach! versagen die taumelnden Füße.)

»Schauderhafte Poesie,« meinte Salvius Julianus.

»Wer weiß,« lachte Piso, »ob der Durst der Goten nicht unsterblich wird durch diese Verse.«

»Aber meldet nun genauer: was hat Narses geantwortet?«

»Er hörte uns erst sehr ungläubig zu,« sprach Licinius.

»Freiwillig,« fragte er mißtrauisch, »sollten sich die vorsichtigen Römer wieder isaurische Besatzung erbitten und den Präfekten, dem sie soviel Hunger und unfreiwillige Tapferkeit verdanken?«

»Ich aber erwiderte: er unterschätze wohl der Römer Römertum. Und es sei deine Sache, ob du dich getäuscht: ließen uns die Römer nicht freiwillig ein, so seien siebentausend Mann doch gewiß zu schwach, die Stadt zu stürmen. Das schien ihm einzuleuchten. Er verlangte nur das Versprechen, daß wir, wenn nicht freiwillig eingelassen, nicht Gewalt versuchen, sondern dann sofort hierher zurückkehren würden.«

»Das glaubten wir in deinem Namen versprechen zu dürfen,« ergänzte Julianus.

»Ihr durftet,« lächelte Cethegus.

»Gut, sagte Narses, von mir aus steht nichts im Wege, wenn euch die Römer aufnehmen. Und – so völlig harmlos ist er,« fuhr Licinius fort, »daß er auch deine Person nicht als Geisel behalten zu wollen schien, denn er fragte: ›wann will der Präfekt aufbrechen?‹ Er setzte also voraus: du führtest selber deine Isaurier nach Rom! Und auch dawider hat er nichts! Er war sichtlich erstaunt, als ich entgegnete: du zögest vor, hier den Untergang der Goten mit anzusehen.«

»Nun, wo ist er denn, dieser schreckliche Narses, der überlegene Staatsmann? Auch mein Freund Prokop hat ihn arg überschätzt, als er ihn mir einmal ›den größten Mann der Zeit‹ nannte.«.

»Der größte Mann der Zeit heißt: anders!« rief Licinius.

»Prokop natürlich muß seines Belisars überlegenem Feinde die Palme zuerkennen vor allen Erdensöhnen. Aber diesen plumpsten Schnitzer des ›größten Mannes‹, mich freiwillig nach Rom zu lassen, sollte man fast benutzen,« fuhr Cethegus nachsinnend fort. »Die Götter könnten zürnen, wenn wir solche Mirakel der Verblendung, die sie für uns vollbringen, nicht nützen. Ich ändere meinen Entschluß: mich zieht es nach dem Kapitol: ich gehe mit euch nach Rom. Syphax, wir brechen auf, sogleich – sattle mein Roß.«

Da gab Syphax seinem Herrn einen warnenden Wink.

»Verlaßt mich, Tribunen,« sprach Cethegus. »Gleich ruf' ich euch wieder.«

»O Herr,« rief Syphax eifrig, als beide allein waren, »nur heute gehe noch nicht. Sende jene voraus. Morgen früh angle ich zwei große Geheimnisse aus der See. Ich sprach heute schon, unter seinem Boote durchtauchend, jenen Fischer. Er ist kein Fischer. Er ist ein Sklave, ein Briefsklave Prokops.«

»Was sagst du?« rief Cethegus rasch und leise.

»Wir konnten nur wenige Worte flüstern. Die Langbärte standen am Ufer, mich beobachtend. Sieben Briefe Prokops, offen und heimlich geschickt, haben dich nicht erreicht. Drum wählte er diesen klugen Boten. Heute in dieser Nacht fischt er bei Fackellicht auf Thunfische. Dabei wird er mir den Brief Prokops geben. Er hatte ihn heute nicht bei sich. Und morgen früh – heute hemmte die Krankheit – morgen badet Narses wieder im Meeresschlamm. Ich habe nun einen Versteck im Schilf gefunden, prächtig nahe: und ich kann pfeifen, wie die Otter, falls sie wirklich Blasen aufsteigen sehen sollten aus dem Wasser. Ich sah die kaiserliche Post mit dicken Felleisen ankommen: Basiliskos nahm sie in Empfang. Warte nur noch bis morgen früh: gewiß verhandelt Narses morgen mit ihm und Alboin die neuesten Geheimnisse aus Byzanz. Oder laß mich allein zurück ...«

»Nein, das würde dich als Späher sofort kennzeichnen. Du bist mehr wert als zehnfach dein Gewicht in Gold, Syphax. Ich bleibe bis morgen noch,« rief er den wieder Eintretenden entgegen.

»O Feldherr, komm mit uns,« bat Licinius. »Fort aus der erdrückenden Nähe dieses Narses,« mahnte Julianus.

Aber Cethegus furchte die hohe Stirn. »Überragt er mich noch immer in euren Augen? Der Thor, der Cethegus aus seinem langobarden-bewachten Lager nach Rom entläßt, den Hecht aus seinem Netz zurück ins Wasser wirft! Allzusehr doch hat er euch eingeschüchtert! Morgen Abend folg' ich euch. Ich habe hier noch ein Geschäft, das nur ich verrichten kann. Rom ohne Widerstand besetzen, das könnt ihr auch ohne mich. Ich hole euch aber gewiß unterwegs schon bei Terracina ein. Wenn nicht, rückt ruhig in Rom ein: du, Licinius, wahrst mir das Kapitol.«

Mit leuchtenden Augen erwiderte Licinius: »Hoch ehrst du mich, mein Feldherr! Mit meinem Herzblut steh' ich dir dafür ein. Darf ich eine Bitte wagen?« – »Nun?« – »Setze dich nicht wieder so tollkühn dem Speerwurf des Gotenkönigs aus! Vorgestern warf er zwei Speere zugleich gegen dich: mit der Linken und mit der Rechten. Wenn ich nicht mit dem Schilde den aus der linken Hand gefangen ...«

»Dann, mein Licinius, hätte ihn der Jupiter des Kapitols von mir hinweggeblasen. Denn er braucht mich noch! Aber du meinst es treu.«

»Laß Roma,« mahnte Licinius, »nicht verwitwen!«

Cethegus blickte ihn mit seinem unwiderstehlich gewinnenden Blick ehrender Liebe an. Und fuhr fort:

»Salvius Julianus, du besetzest das Grabmal Hadrians: du, Piso, den Rest der Stadt am linken Tiberufer: zumal die Porta latina; durch diese folge ich euch. Narses allein öffnet ihr so wenig, wie weiland Belisar allein. Lebt wohl; grüßt mir mein Rom. Sagt ihm: der letzte Kampf um seinen Besitz, der zwischen Narses und Cethegus, habe mit des Cethegus Sieg geendet. Auf Wiedersehn in Rom! *Roma eterna!*«

»*Roma eterna!*« wiederholten begeistert die Tribunen und eilten hinaus.

»O warum ist dieser Licinius nicht Manilias Sohn!« sagte Cethegus, den

Jünglingen nachblickend, »Thorheit des Herzens! was bist du so zäh! Licinius, du sollst mir als mein Erbe Julius ersetzen! O, wärst du doch selber mein Julius!«

## Zehntes Kapitel

Die Abreise des Präfekten nach Rom verzögerte sich um mehrere Tage. Narses zwar, der ihn zur Tafel zog, hielt ihn nicht zurück: er äußerte sogar sein Befremden, daß es den »Beherrscher des Kapitols« nicht mächtiger an den Tiberstrom zurückziehe. »Freilich,« lächelte er, »ich kann verstehen: du hast diese Barbaren so lang in deinem Italien herrschen und siegen sehen, daß es dich verlangen mag, sie nun auch in deinem Italien fallen zu sehen. Aber ich kann nicht sagen, wie lange das noch anstehen wird. Zu stürmen ist jene Schlucht nicht, solang sie Männer wie dieser König decken. Schon mehr als tausend meiner Langobarden, Alamannen, Burgunden, Heruler, Franken und Gepiden fielen vor dem Paß.«

»Schick' doch,« warf Alboin verdrießlich ein, »auch einmal deine tapfern Romäer gegen die Goten. Die Heruler Vulkaris und Wilmuth sind, kaum hier eingetroffen, von König Tejas Beil gefallen: der Gepide Asbad von Adalgoths, des Knaben, Speer: mein Vetter Gisulf liegt schwertwund von des Herzogs Guntharis Streich: den Frankengrafen Butilin hat Wisand, der Bandalarius, mit der Bannerspitze erstochen: dem Burgunden Gernot hat der alte Waffenmeister mit seinem Steinbeil das Hirn gesegnet: den Alamannen Liuthari hat Graf Grippa, meinen Schildträger Klaffo ein gemeinfreier Gote erschlagen. Und um jeden dieser unsrer Helden liegen zu Dutzenden ihre Gefolgen. Und wenn gestern um Mitternacht nicht der Lavablock, auf dem ich stand, höchst verständigerweise gerade in dem Augenblick nach unten gerutscht wäre, als König Teja, der im Finstern sieht, seine fürchterliche Lanze warf, so wär Rosamunde heute nicht mehr die schönste Frau, sondern die schönste Witwe im Langobardenreich. So kam ich mit häßlichen Schrunden davon, die einst der Heldensang nicht preisen wird, die mir aber viel lieber sind als König Tejas bester Speer im Bauch. Aber ich meine: nun ist die Reihe an andern Helden: laß doch auch deine Makedonen und Illyrier dran. Wir haben's diesen jetzt oft genug vorgemacht, wie man vor jenem Nadelöhr stirbt.«

»Nein, Wölflein. Diamant schneidet Diamant!« lächelte Narses. »Immer Germanen gegen Germanen: es sind euer allzuviele in der Welt.«

»Auch von den Isauriern — das heißt von den *meinen!* — scheinst du diese väterliche Meinung zu hegen, Magister militum,« sagte Cethegus: »kurz vor ihrem Aufbruch nach Rom hast du meine Isaurier zum Massensturm auf jene Schlucht befohlen: der *erste* Massensturm, den du geboten: siebenhundert von meinen siebentausend sind liegen geblieben auf jenen Felsen und Sandil, mein durch so viele Kämpfe erprobter Söldnerhäuptling, fand zuletzt doch auch dieses schwarzen Teja Schlachtbeil zu scharf für seine Sturmhaube. Schade! Er war mir wert.«

»Nun, der Rest ist dir ja nun in deinem Rom geborgen. Jene Goten aber treibt nichts aus ihrem letzten Loch als Feuer. Wenn die Erde mir zu Liebe doch auch einmal zucken wollte, wie zu Gunsten Belisars in Ravenna.«

»Noch immer keine Kunde von dem Ausgang des Prozesses Belisars?« forschte lauernd Cethegus. »Neulich kamen Briefe aus Byzanz, nicht?«

»Ich habe sie noch nicht alle gelesen. Oder, wenn nicht Feuer: der Hunger. Und wann sie dann zum letzten Kampf ausbrechen, hörte wohl mancher lieber den Ganges als den Draco rauschen. Nicht du, Präfekt! ich weiß, du kannst dem Tode kühn ins Auge sehn.«

»Ich will die Dinge hier noch etwas abwarten. Es ist schlecht Reisewetter. Es stürmt und regnet ja unablässig. An dem ersten oder zweiten warmen Sonnentag breche ich auf nach Rom.«

Das war es.

Das Wetter war in der Nacht des Abzugs der Isaurier plötzlich umgeschlagen. Der Fischer, der in einem Dorfe bei Stabiä seine Behausung hatte, konnte sich nicht auf das Meer wagen: weniger des Sturmes als der Langobarden wegen, die ihn längst mißtrauisch beobachtet und schon einmal gefangen genommen hatten; erst als sein alter Vater herbeieilte und durch Zeugen darthat, daß Agnellus wirklich sein, des alten Fischers Sohn, sei, ließen sie ihn zögernd wieder los. Aber er konnte nicht wagen, scheinbar zu fischen, wann kein Fischer sonst Netze warf: und nur weit draußen in dem Wasser vermochte Syphax, der ebenfalls stets umspäht war, mit ihm zusammenzukommen.

Die Ausgänge aller Lager, auch des jetzt halbleeren von Cethegus — nur dreitausend Thraker und Perser hatte Narses in der Isaurier verlassene Zelte gelegt — bewachten Tag und Nacht die Langobarden.

Und auch das Meerschlammbad mußte Narses auf sonnigere Tage verschieben. Diese Geheimnisse aber, d. h. Prokops Brief und die Badegespräche des Narses, wollte Cethegus noch erwarten.

## Elftes Kapitel

Des Präfekten altes Glück schien auch das Wetter nach seinen Wünschen rasch zu ändern.

Prachtvoll leuchtete am Morgen nach der letzten Unterredung mit Narses die Sonne auf den blauschimmernden Golf von Bajä: und Hunderte von Fischerbooten eilten hinaus, die günstige Witterung zu nutzen.

Syphax war mit dem ersten Morgengrauen, nachdem er seinen Platz auf der Schwelle des Zeltes seines Herrn den vier allein zurückgebliebenen Isauriern überwiesen, verschwunden.

Als Cethegus das Morgenbad im Nebenzelt vollendet hatte und zum Frühmahl in sein Hauptzelt zurückkehrte, hörte er Syphax laut lärmend durch die Lagergassen schreien. »Nein!« rief er, »diesen Fisch dem Präfekten! Ich habe ihn bar bezahlt. Der große Narses wird doch nicht andrer Leute Fische essen wollen.« Und mit diesen Worten riß er sich los von Alboin und einigen Langobarden sowie von einem Sklaven des Narses.

Cethegus blieb stehen: er erkannte den Sklaven: es war der Koch des meist kranken und immer sehr mäßigen Mannes, der fast nur für des Narses Gäste sich zu mühen hatte.

»Herr,« sprach der feingebildete Grieche, sich entschuldigend, in seiner

Muttersprache, zu dem Präfekten: »nicht mich schilt um diese Ungebühr. Was liegt mir an einer Meeräsche! Aber diese langbärtigen Barbaren zwangen mich, um jeden Preis den Fischkorb für Narses in Anspruch zu nehmen, den dein Sklave aus der See zurückbringen würde.«

Ein zwischen Syphax und Cethegus gewechselter Blick genügte.

Die Langobarden hatten das Griechische nicht verstanden.

Cethegus gab Syphax einen Schlag auf die Wange und rief auf lateinisch: »Unnützer, frecher Sklave, kannst du denn niemals Sitte lernen? Soll nicht der kranke Feldherr das Beste haben?« Und unsanft entriß er den Korb dem Mauren und reichte ihn dem Sklaven: »Hier der Korb. Mögen die Fische Narses munden.« Der Sklave, der die Gabe deutlich genug abgelehnt zu haben glaubte, nahm den Korb kopfschüttelnd.

»Was bedeutet das?« fragte er im Abgehn lateinisch.

»Das bedeutet,« antwortete, ihm folgend, Alboin, »daß der beste Fisch *nicht* in dem Korbe geborgen ist, sondern anderswo.«

Im Zelte angelangt, griff Syphax eifrig in seinen Gürtel von Krokodilhaut, der, wasserdicht, ein Bündel von Papyrusrollen barg und reichte sie rasch seinem Herrn.

»Du blutest, Syphax?«

»Nur wenig! Die Langbärte stellten sich, da sie mich im Wasser schwimmen sahen, als hielten sie mich für einen Delphin und schossen mit ihren Pfeilen um die Wette auf mich.«

»Pflege dich — ein Solidus für jeden Tropfen deines Blutes: der Brief ist goldes- und bluteswert, wie es scheint. Pflege dich! Und die Isaurier sollen niemand einlassen.«

Und nun allein im Zelt hob der Präfekt an zu lesen: seine Züge verfinsterten sich: tiefer, immer tiefer ward die Mittelfurche der gewaltigen Stirn, immer fester und herber schlossen sich die Lippen.

»An Cornelius Cethegus Cäsarius, den gewesenen Präfekten und gewesenen Freund zum letztenmal Prokopius von Cäsarea.

Das ist das traurigste Schreibgeschäft, zu welchem ich je meine ehemalige und meine jetzige Schreibhand gebraucht. Und ich gäbe gern auch diese meine Linke, wie für Belisar meine Rechte, dahin, müßte ich diesen Brief nicht schreiben.

Den Absagebrief, den Aufkündungsbrief unserer bald dreißigjährigen Freundschaft!

An zwei Helden hatte ich geglaubt in dieser heldenlosen Zeit: an den Schwerthelden Belisar, an den Geisteshelden Cethegus. Den letzten muß ich fortan hassen, fast verachten ...«

Der Leser warf den Brief auf den Lectus, darauf er lag: dann nahm er ihn mit gefurchten Brauen wieder auf und las weiter: »Nun fehlte nur noch, daß Belisar der Verräter wirklich gewesen wäre, als den du ihn darstellen wolltest.

Aber Belisars Unschuld ist so leuchtend aufgedeckt worden wie deine schwarze Falschheit. Längst ward mir unheimlich bei deinen krummen Pfaden, auf welchen du auch mich ein gut Stück mitgeführt. Aber ich glaubte an dein selbstlos hohes Ziel: Italiens Befreiung. Nun aber durchschaue ich, als deine letzte Triebfeder, die maßlose, schrankenlose, scheulose Herrschsucht. Ein Ziel, eine Leidenschaft, die solche Mittel brauchen, sie sind entweiht für immer. Du hast den tapfersten Mann mit der treuen Kindesseele verderben wollen durch sein eignes, eben gebessertes Weib, deiner schändlichen Freundin Theodora und deiner eignen Herrschgier zum Opfer. Das ist teuflisch: und für immer wend' ich mich von dir.«

Cethegus drückte die Augen zusammen.

»Es darf mich nicht wundern«, sprach er dann vor sich hin. »Auch Er hat seinen Abgott: Belisar! Wer dem klugen Manne den antastet, der ist ihm so greulich wie dem Christen, wer in dem Kreuz nur ein Stück Holz erblickt. Es darf mich also nicht wundern: aber es schmerzt!

Das ist die Macht dreißigjähriger Gewohnheit.

Solang hüpfte etwas wärmer da unterm Harnisch bei dem Klang des Namens: ›Prokopius‹.

Wie schwach doch die Gewohnheit macht! Julius nahm mir der Gote: Prokop nahm mir Belisar: wer wird mir den Cethegus nehmen, meinen ältesten, letzten Freund? Niemand: auch Narses nicht: und nicht das Schicksal. Hinweg mit dir, Prokopius, aus meinem Lebenskreise. Du bist tot. Fast zu weinerlich, jedenfalls zu lang, ward die Grabrede, die ich dir gehalten. Was spricht er weiter, der Verstorbene?

»Ich aber schreibe dir dies, weil ich die lange Freundschaft, die du mit tückischem Angriff auf mein Sternbild Belisar geschlossen, meinerseits schließen will mit einem letzten Liebeszeichen: ich will dich warnen und retten, bist anders du zu warnen und zu retten.

Sieben meiner früheren Briefe haben dich offenbar nicht erreicht: sonst weiltest du nicht mehr in des Narses Lager, wie dessen Kriegsberichte melden.

So vertraue ich diesen achten meinem klugen Agnellus an, einem Fischersohn aus Stabiä, wo ihr ja nun lagert: ich schenke ihm die Freiheit und lege ihm diesen Brief als letzten Auftrag ans Herz. Denn, obwohl ich dich nur hassen sollte: noch immer lieb' ich dich, Cethegus: man kann — weiß nicht warum, aber man kann nicht von dir lassen! — und gern möcht' ich dich retten.

Als ich, bald nach deiner Abreise, nach Byzanz kam — schon unterwegs hatte mich wie ein Donnerschlag die Kunde von Belisars Verhaftung (in einer Verschwörung wider Justinian!) erreicht — glaubte ich zuerst, du müssest getäuscht worden sein wie der Kaiser.

Vergebens bemühte ich mich um Gehör bei dem Imperator: er wütete gegen alle Namen, die mit Belisar durch Freundschaft verknüpft waren. Vergebens versuchte ich, mit allen Mitteln, zu Antonina zu dringen: vortrefflich wurde sie — dank deinen Weisungen! — bewacht im roten Hause. Vergebens bewies ich Tribonian die Unmöglichkeit einer Verratschuld Belisars: er zuckte die Achseln und sprach: »Begreifen kann ich's nicht! Aber die Überführung ist schlagend: dies unsinnige Ableugnen der Besuche des Anicius! Er ist verloren!«

Und verloren war er.

Gefällt war der Spruch: Belisar zum Tode verurteilt, Antonina zur Verbannung. Des Kaisers Gnade hatte das in Blendung, Verbannung, fern von dem Exil Antoninas und Vermögenseinziehung verwandelt.

Furchtbar lag dieses Wort auf Byzanz.

Niemand glaubte an seine Schuld: ausgenommen der Kaiser und die Richter. Aber niemand vermochte seine Unschuld zu beweisen, sein Schicksal zu wenden. Ich war entschlossen, mit ihm zu gehen: der Einarmige mit dem Blinden. Da hat ihn — und gesegnet soll er dafür sein! — gerettet: sein großer Feind Narses, den ich dir schon einmal den größten Mann des Jahrhunderts genannt habe.«

»Natürlich,« grollte Cethegus, »nun vollends ist er auch der Edelste.«

»Aus den Bädern von Nikomedia, wo der Kranke weilte, war er, als ihn die Nachricht traf, sofort nach Byzanz geeilt. Er ließ mich rufen und sprach: ›Du weißt es: meine Wonne wär' es, Belisar in offner Feldschlacht gründlich zu schlagen. Aber so elend soll nicht, durch Lügen, untergehn, wer des Narses großer Feind gewesen. Komm mit mir: du: sein erster Freund, ich: sein erster Feind: wir beide zusammen wollen ihn retten, den thörichten Mann des Ungestüms.‹«

## Zwölftes Kapitel

»Und er verlangte Audienz beim Kaiser, die der Gegner Belisars sofort erhielt. Da sprach er zu Justinian:

»Es ist unmöglich, daß Belisar ein Verräter. Seine blinde Treue gegen deinen Undank ist ja sein einziger Fehler.«

Aber Justinian blieb taub.

Narses jedoch legte seinen Feldherrnstab vor dem Kaiser nieder und sprach: »Wohlan: entweder du vernichtest den Spruch der Richter und bewilligst Neuaufnahme des Verfahrens: oder du verlierst an Einem Tage deine *beiden* Feldherren. Denn an dem gleichen Tage mit Belisar geht Narses in Verbannung. Dann siehe zu, wer deinen Thron behütet vor Goten, Persern und Saracenen.«

Und der Kaiser schwankte und verlangte drei Tage Bedenkzeit: und inzwischen sollte Narses das Recht haben, mit mir die Akten einzusehen, Antonina und alle Angeschuldigten zu sprechen.

Bald ersah ich aus den Akten, daß der schlimmste Beweis wider Belisar — denn jene Zusage auf der Wachstafel, die man bei Photius gefunden, hoffte ich hinwegdeuten zu können — der geheime nächtliche Verkehr des Anicius in seinem Hause war, den Belisar, Antonina, Anicius selbst wider allen Verstand hartnäckig leugneten.

Als ich Antonina, die verzweifelte, allein sprach, sagte ich ihr: »dieser Verkehr und dies euer Lügen wird sein Verderben.« »Wohlan,« rief sie leuchtenden Auges, »dann bin nur ich verloren und Belisar ist gerettet. Belisar wußte wirklich nichts von jenen Besuchen: denn Anicius kam nicht zu ihm: er kam zu mir. Alle Welt soll es wissen: auch Belisar: er soll mich töten: aber gerettet sein.« Und sie gab mir eine Sammlung von Briefen des Anicius, die freilich, wenn dem Kaiser vorgelegt, alles erklären, aber auch — die Kaiserin furchtbar anklagen mußten.

Und wie fest stand Theodora bei Justinian!

Ich eilte mit den Briefen zu Narses. Dieser las und sprach: »Wohlan: jetzt gilt es nicht nur Belisars, jetzt gilt es unser aller Untergang: oder den

Fall der schönen Teufelin. Es gilt auf Tod und Leben! Komm erst noch mal zu Antonina.« Und mit Antonina, von Wachen begleitet, eilten wir zu dem im Kerker langsam genesenden Anicius.«

Cethegus stampfte mit dem Fuß.

»Und dann wir alle Vier zu Justinian. Die hochherzige Sünderin gestand, auf den Knieen vor dem Kaiser, den nächtlichen Verkehr mit Anicius, der aber nur bezweckt habe, den Jüngling aus den Schlingen der Kaiserin zu lösen: sie gab ihm des Anicius Briefe, die von der Verführerin, von ihren namenlosen Künsten, von dem geheimen Gang in ihr Gemach, von der drehbaren Justinianusstatue sprachen.

Furchtbar loderte der arme Gatte empor: er wollte uns alle wegen Majestätsbeleidigung, wegen maßloser Verleumdung auf dem Fleck verhaften lassen. Narses aber sprach: »Thu' das: morgen! Heute Abend aber, wenn die Kaiserin schläft, laß dich von Anicius und mir durch den drehbaren Justinianus in das Gemach deiner Gemahlin führen, ergreife ihre Briefe, stelle sie Anicius und Antonina gegenüber: laß die alte Hexe Galatea foltern: und gieb acht, ob du nicht viel mehr erfährst, als dir lieb sein wird zu hören. Und haben wir uns getäuscht, so strafe uns morgen wie du willst.«

Der drehbare Justinianus! — das war so handgreiflich: die Beteuerung des Anicius, diese Geheimpforte oft durchschritten zu haben, so herausfordernd: man konnte dergleichen doch kaum lügen. Justinianus nahm unsern Vorschlag an.

In der Nacht führte Anicius den Kaiser und uns drei in die Gärten der Kaiserin. Ein hohler Platanenbaum barg die Mündung des unterirdischen Ganges, der unter dem Mosaik des Vorplatzes von Theodoras Gemach endete.

Bis dahin noch hatte Justinian seinen Glauben an die Kaiserin gewahrt. Als aber Anicius wirklich eine Marmorplatte beiseite schob, mit geheimem, aus seinem Hause geholtem Schlüssel ein Geheimschloß öffnete: und nun die Statue sichtbar ward — da sank der Kaiser, halb ohnmächtig, in meine Arme. Endlich raffte er sich auf und drang, an der Statue vorbei, er allein, in das Gemach.

Dämmerlicht erfüllte den Raum. Die matt leuchtende Ampel zeigte das Pfühl Theodoras. Leise, wankenden Schrittes eilte der Betrogene an das Lager.

Da lag Theodora, vollangekleidet, in kaiserlichem Schmuck. Ein greller Aufschrei Justinians rief uns alle an seine Seite. Und aus dem Vorgemach Galatea, deren ich mich sofort bemächtigte.

Justinian wies, starr vor Entsetzen, auf die ruhende Kaiserin. Wir traten hinzu — sie war tot. Galatea, nicht minder überrascht hiervon als wir, verfiel in Krämpfe.

Wir untersuchten einstweilen das Gemach: und fanden auf goldnem Dreifuß die Asche zahlreicher verbrannter Papyrusrollen. Antonina rief Sklavinnen mit Licht herbei. Da erholte sich Galatea und erzählte, händeringend, die Kaiserin habe gegen Abend — das war die Zeit unserer Audienz gewesen — ohne Gefolge das Gartenviertel verlassen, den Kaiser, wie sie oft pflegte zu dieser Stunde, in seinem Schreibgemach aufzusuchen.

Sehr rasch sei sie zurückgekommen: ruhig, jedoch auffallend bleich. Sie habe den Dreifuß mit glühenden Kohlen füllen lassen und darauf sich eingeschlossen. Auf Galateas Pochen habe sie am Abend geantwortet: sie sei schon zu Ruhe gegangen und bedürfe nichts weiter.

Da warf sich der Kaiser wieder über die geliebte Leiche: und nun, im Glanz der Lichter, entdeckte er, daß an dem Schlangenring, einst Kleopatra eigen, den sie am kleinen Finger trug, die Rubinkapsel mit dem tödlichen Gift geöffnet war: die Kaiserin hatte sich selbst getötet. Auf dem Citrustisch lag ein Streifen Pergament, darauf stand ihr alter Wahlspruch: ›Leben ist herrschen und Schönheit.‹

Wir zweifelten noch, ob etwa die Qualen ihrer Krankheit oder die Entdeckung ihres drohenden Sturzes sie zur verzweifelten That getrieben. Aber bald ward unser Zweifel gelöst. Als die Kunde von dem Tod der Kaiserin den Palast durchdrang, eilte Theophilos, der Velarius, der Thürwächter des Kaisers, halb verzweifelt, in das Sterbegemach, warf sich vor Justinianus nieder und gestand: er ahne den Zusammenhang.

Seit Jahren im geheimen Solde der Kaiserin habe er dieser jedesmal zu wissen gethan, wann der Kaiser solche Audienzen erteilte, bei welchen er auch der Kaiserin, falls sie komme, den Zutritt im voraus versagte: sie habe dann fast immer aus einem Seitengemach die geheimsten Verhandlungen mit angehört.

So habe er auch gestern gethan, als wir, mit so ganz besondrer Einschärfung der Fernhaltung der Kaiserin, Audienz erhielten. Alsbald sei die Kaiserin erschienen: aber kaum habe sie von Anicius und Antonina einige Worte vernommen, als sie, mit leis ersticktem Schrei, in den Vorhängen zusammengesunken sei: rasch gefaßt habe sie sich dann erhoben und, ihm Schweigen zuwinkend, entfernt.

Narses drang in den Kaiser, Galatea auf der Folter nach weiteren Geheimnissen zu befragen, aber Justinian sprach: »Ich will nicht weiter forschen.«

Tag und Nacht blieb er allein, eingeriegelt, bei der Leiche der immer noch Geliebten, die er darauf mit höchsten kaiserlichen Ehren beisetzen ließ in der Sophienkirche. Amtlich wurde verkündet: die Kaiserin sei an Kohlendunst im Schlaf erstickt: und der Dreifuß mit den Kohlen ward öffentlich ausgestellt.

Justinian aber ist in jener Nacht ein Greis geworden.

Die nunmehr völlig übereinstimmenden Aussagen von Antonina, Anicius, Belisar, Photius, den Sklavinnen Antoninas, den Sänftenträgern, die dich kurz vor der Verhaftung Belisars an sein Haus getragen, deckten nun schlagend auf, daß du, im Bunde mit der Kaiserin, Belisar durch Antonina beredet habest, sich zum Schein an die Spitze der Verschwornen zu stellen: und ich beschwor, daß schon Wochen vorher Belisar mir seinen heiligen Zorn über das Ansinnen des Photius geäußert.

Justinian eilte in Belisars Kerker, umarmte ihn unter Thränen, erbat Verzeihung für sich — und Antonina, die alle ihre unschuldigen Liebeständeleien reuig beichtete und volle Vergebung erhielt.

Der Kaiser bat Belisar, zur Sühne, den Oberbefehl in Italien anzunehmen. Belisar aber sprach: »Nein, Justinianus: meine Arbeit auf Erden ist gethan! Ich gehe mit Antonina auf meine fernste Villa in Mesopotamien und begrabe dort mich und meine Vergangenheit. Ich bin geheilt von der Krankheit, dir dienen zu wollen. Willst du mir eine letzte Gnade erweisen, so gieb meinem großen Freund und Erretter, gieb Narses den Heerbefehl in Italien: er soll mich rächen an den Goten und an dem Satan, der Cethegus heißt.« Und vor unsern gerührten Augen umarmten sich die beiden großen Feinde.

Dies alles ist in tiefstes Geheimnis gehüllt, um das Andenken der Kaiserin zu schonen. Denn Justinian liebt sie noch immer. Es wurde verkündet: Belisars Unschuld sei von Narses, Tribonian und mir durch neu gefundene Briefe der Verschwornen aufgedeckt. Und Justinian begnadigte alle Verurteilten: auch Scävola und Albinus, die dereinst von dir Gestürzten.

Ich aber schreibe dir die Wahrheit, dich zu warnen und zu retten.

Denn, obzwar ich nicht weiß, in welcher Art und Weise, steht mir doch fest, daß Justinian deinen Untergang geschworen und Narses deine Vernichtung übertragen hat.

Flieh: rette dich! Dein Ziel: ein freies, verjüngtes, von dir allein beherrschtes Rom war ein Wahn. Ihm hast du alles, auch unsre schöne Freundschaft geopfert.

Ich begleite Belisar und Antonina: und ich will suchen, in ihrer Nähe, an dem Anblick der vollversöhnten Gatten und ihres Glücks, den Ekel, Zweifel und Verdruß über alles Menschliche zu verwinden.«

## Dreizehntes Kapitel

Cethegus sprang auf vom Lager, warf den Brief nieder und machte einen hastigen Gang durchs Zelt.

Schwächling Prokop! Und Schwächling Cethegus: sich um Eine dir verlorene Seele mehr zu ereifern! Hast du nicht Julius verloren, lang bevor du ihn getötet? Und lebst und ringst doch fort! Und dieser Narses, den sie alle fürchten, als sei er Gott Vater und der Teufel in Einer Person — soll er denn wirklich so gefährlich sein? Unmöglich! Er hat ja mir und den Meinigen blindlings Rom anvertraut! Nicht sein Verdienst, daß ich nicht in diesem Augenblick, unerreichbar seinen Händen, vom Kapitol herab Rom beherrsche und ihm Trotz biete. Bah: ich lerne es nicht mehr, mich zu fürchten auf meine alten Tage. Ich vertraue meinem Stern! Ist das Tollkühnheit? ist's ruhigste Klugheit? Ich weiß es nicht: aber mir ist: die gleiche Zuversicht hat Cäsar von Sieg zu Sieg geführt. Indes: hier habe ich kaum noch mehr zu erfahren aus den Badegesprächen des Narses als ich aus diesem wortreichen Brief erfuhr.«

Und er zerriß die Papyrusrollen in kleine Stückchen.

»Ich breche auf: noch heute: auch wenn Syphax nichts weiter erlauscht in diesem Augenblick: denn jetzt ist ja wohl die Badestunde.«

Da ward von den Isauriern Johannes der Archon gemeldet und, auf des Cethegus Wink, hereingeführt.

»Präfekt von Rom,« sprach ihn dieser an, »ich habe dir ein altes Unrecht noch abzubitten. Der Schmerz um meinen Bruder Perseus hat mich damals argwöhnisch gemacht.«

»Laß das ruhn,« sprach Cethegus, »es ist vergessen.«

»Aber unvergessen,« fuhr jener fort, »ist mir deine heldenkühne Tapferkeit. Diese zu ehren und zu nützen zugleich komme ich mit einem Vorschlag zu dir. Ich und meine Kameraden, an Belisars frisches Drauflosgehen gewohnt, wir finden diese vorsichtige Weise des großen Narses äußerst langweilig. Liegen wir nun doch bald zwei Monate vor jenem Paß, verlieren Leute und gewinnen wahrlich keinen Ruhm dabei. Aushungern will der Oberfeldherr die Barbaren! Wer weiß, wie lange das noch währt. Und dann wird es ein hübsches Gemetzel, wann sie endlich vorbrechen, von der Verzweiflung getrieben, jeden Tropfen Bluts teuer verkaufend. Es ist nun klar, wenn wir nur die Mündung des verfluchten Engpasses hätten ...«

»Ja, *wenn!*« lächelte Cethegus. »Er ist nicht schlecht gehütet von diesem Teja.«

»Eben deshalb muß er fallen. Er, der König, hält offenbar den ganzen Bündel lockerer Speere noch allein zusammen. Darum habe ich mit einer Schar — mehr als ein Dutzend etwa — der besten Klingen im Lager einen Bund geschlossen: wir wollen — es kann ja immer nur Einer zum Nahekampf heran, so schmal ist der Felsensteig — so oft den König die Wache trifft, einer nach dem andern — das Los entscheidet den Vortritt — den König bestehen: die andern halten sich so nahe als möglich hinter dem Vorkämpfer, retten den Verwundeten, oder treten an des Gefallenen Stelle oder dringen mit dem Sieger nach des Goten Erlegung in den Paß. Außer mir sind dabei die Langobarden Alboin, Gisulf und Autharis, die Heruler Rodulf und Suartua, Ardarich der Gepide, Gundebad der Burgunde, Clothachar und Bertchramn, die Franken, Vadomar und Epurulf, die Alamannen, Garizo, der lange Bajuvare, Kabades der Perser, Althias der Armenier, Taulantius der Illyrier.

Wir möchten auch gern dein gefürchtet Schwert dabei haben. Du hassest diesen schwarzlockigen Helden. Willst du, Cethegus, mit im Bunde sein?«

»Gern,« sprach dieser, »solang' ich noch hier bin.

Aber ich werde das Lager hier bald mit dem Kapitol vertauschen.«

Ein seltsames, spöttisches Lächeln flog über des Archonten Antlitz, das Cethegus nicht entging. Aber er deutete es nicht richtig. »An meinem Muthe kannst du, nach deinen eignen Worten, nicht wohl zweifeln,« sagte er. »Aber es giebt für mich noch Wichtigeres, als hier die letzten glimmenden Kohlen des Gotenkrieges auszutreten. Die verwaiste Stadt verlangt ihren Präfekten. Mich ruft das Kapitol.«

»Das Kapitol!« wiederholte Johannes. »Ich dächte, Cethegus, ein frischer, schöner Heldentod ist auch was wert.«

»Ja, nachdem des Lebens Ziele erreicht sind.«

»Keiner aber von uns weiß, o Cethegus, wie nach ihm dieses Ziel gerückt ist. Aber noch eins.

Es kommt mir vor, als ob sich bei den Barbaren etwas vorbereite auf ihrem verfluchten Feuerberg. Von dem Hügel auf meiner Lagerseite kann man ein klein wenig durch eine Spalte über die Lavaspitzen gucken. Dein geübtes Auge möchte ich dahin richten. Sie sollen uns doch mit ihrem Hervorbrechen wenigstens nicht überraschen. Folge mir dorthin. Aber schweige von jenem Bund vor Narses: er liebt das nicht: ich wählte die Stunde seines Bades zu diesem Besuch bei dir.«

»Ich folge,« sagte Cethegus, vollendete seine Bewaffnung und ging, nachdem er vergeblich bei der isaurischen Schildwache nach Syphax gefragt, mit Johannes quer durch sein eignes, dann durch des Narses Mittellager und bog endlich in das äußerste rechte, das Lager des Johannes ein.

Auf der Krone des von diesem erwähnten Hügels standen bereits mehrere Heerführer, die eifrig über eine kleine Senkung der Lavawälle hinweg in den hier sichtbaren schmalen Teil der gotischen Lagerungen spähten.

Nachdem Cethegus einige Zeit hinübergeblickt, rief er: »Kein Zweifel! sie räumen diesen Teil, den östlichsten, ihres Lagers: sie fahren die ineinandergeschobenen Wagen auseinander und ziehen sie weiter nach rechts, nach Westen: das deutet auf Zusammendrängung, vielleicht auf ein Hervorbrechen.«

»Was meinst du,« fragte da rasch den Johannes ein junger, offenbar eben erst aus Byzanz angelangter Heerführer, den Cethegus nicht kannte, »was meinst du? könnten die neuen Ballisten nicht von jener Felsennase aus die Barbaren erreichen? Weißt du, des Martinus letzte Erfindung, die mein Bruder nach Rom schaffen mußte?«

*»Nach Rom?«* rief Cethegus und warf einen blitzenden Blick auf den Frager und auf Johannes.

Heiße und kalte Schrecken jagten urplötzlich ihm durch Herz und Mark: erschütternder, als da er die Nachricht von Belisars Landung, von Totilas Erhebung, von Totilas Abschwenkung nach Rom bei Pons padi, von Totilas Eindringen auf dem Tiber, von Narses' Ankunft in Italien erfahren. Ihm war, als kralle sich eine zerdrückende Hand ihm um Herz und Hirn. Scharf erkannte er, daß Johannes mit einem grimmigen Furchen der Brauen dem jungen Frager Schweigen gewinkt.

*»Nach Rom?«* wiederholte Cethegus tonlos, bald den Fremden, bald Johannes mit seinem Auge durchbohrend.

»Nun ja, freilich nach Rom!« rief endlich Johannes. »Zenon, dieser Mann ist Cethegus, der Präfekt von Rom.« Der junge Byzantiner neigte sich mit dem Ausdruck, mit welchem man etwa ein vielgenanntes Ungetüm zum erstenmal vor sich sieht. »Cethegus, Zenon hier, der Archon, der bisher am Euphrates gefochten, ist erst gestern Abend mit persischen Bogenschützen aus Byzanz angekommen.«

»Und sein Bruder?« fragte Cethegus, *»ist nach Rom!«*

»Mein Bruder Megas,« antwortete, nun gefaßt, der Byzantiner, »hat den Auftrag, dem Präfekten von Rom« — und hier neigte er abermals das Haupt — »die neu erfundenen Doppelballisten für die Wälle Roms zur Verfügung zu stellen. Er hat sich lange vor mir eingeschifft: so glaubt' ich ihn schon vor mir eingetroffen und mit dir nach Rom abgezogen. Aber seine Fracht ist schwer.

Und ich freue mich, den gewaltigsten Mann des Abendlandes, den glorreichen Verteidiger des Hadrianusgrabes von Angesicht kennen zu lernen.«

Aber Cethegus warf noch Johannes einen scharfen Blick zu und wandte sich dann, mit kurzem Abschiedsgruß an alle Versammelten, zum Gehen. Nach einigen Schritten sah er rasch, plötzlich sich wendend, um und bemerkte, wie Johannes mit beiden Fäusten drohend auf den geschwätzigen jungen Archonten vom Euphrat hineinschalt.

Ein kalter Schauer rüttelte den Präfekten. Er wollte auf dem kürzesten Wege nach seinem Zelt zurückgehn und unverzüglich, ohne Syphax und dessen Entdeckungen abzuwarten, zu Pferde steigen und, sonder Abschied, nach Rom eilen. Um jenen kürzesten Weg zu erreichen, wollte er aus des Johannes Lager heraustreten und auf der Sehne des großen Lagerbogens seine eignen Zelte gewinnen.

Vor ihm ritten einige persische Schützen aus dem Lager: auch Bauern, die Wein verkauft hatten, ließen die Wachen unbehindert hindurch. Es waren Langobarden, denen, wie überall, auch in diesem Lagerteil, Narses die Lagerausgänge übertragen. Sie hielten ihn an mit gefällten Speeren, als er den Landleuten folgen wollte. Er griff zornig in die Lanzen, rasch sie teilend.

Da stieß der eine der Langobarden ins Horn: die andern schlossen sich wieder fest vor Cethegus. »Befehl des Narses!« sprach Autharis, der Führer. »Und jene?« fragte der Präfekt, auf die Bauern und die Perser deutend. »Sind nicht du,« sprach der Langobarde.

Eine Schar Lagerwachen war noch herbeigeeilt auf jenen Hornruf. Sie spannten die Bogen. Cethegus wandte ihnen schweigend den Rücken und ging auf dem gleichen Wege, der ihn hergeführt, zurück nach seinem Zelt.

Vielleicht war es nur sein plötzlich erregtes Mißtrauen, das ihm vorspiegelte, alle Byzantiner und Langobarden, durch die er dahin schritt, wichen ihm mit halb spöttischen, halb mitleidigen Blicken aus.

Vor seinem Zelt befragte er die isaurische Schildwache: »Syphax zurück?« — »Ja, Herr, längst. Er harret deiner sehnlich im Zelt. Er ist verwundet.« Rasch schlug Cethegus die Vorhänge zurück und trat ein.

Da flog ihm Syphax, bleich unter seiner Bronzehaut, entgegen, umklammerte seine Kniee und flüsterte mit leidenschaftlicher, verzweifelter Erregung:

»O mein Herr, mein großer Löwe! Du bist umgarnt — verloren — nichts kann dich mehr retten.«

»Mäßige dich, Sklave!« gebot Cethegus. »Du blutest ...« — »Es ist nichts! Sie wollten mich nicht in dein Lager zurücklassen — sie fingen in scheinbarem Scherz Streit mit mir an, aber ihre Messerstiche waren bitterer Ernst ...« — »Wer? Wessen Messerstiche?« — »Der Langobarden, Herr, die seit einer halben Stunde alle Ausgänge deines Lagers doppelt besetzt haben.« »Ich werde Narses um den Grund fragen,« drohte Cethegus. »Der Grund, das heißt der Vorwand — er sandte Kabades, dir das zu melden — ist ein Ausfall der Goten. Aber, o mein Löwe — mein Adler — mein Palmbaum — mein Brunnquell — mein Morgenstern — du bist verloren!« Und wieder warf sich der Numider auf das Antlitz vor seinen Herrn und bedeckte dessen Füße mit glühenden Thränen und Küssen.

»Erzähle — der Ordnung nach,« sprach Cethegus, sich an den Mittelpfahl des Zeltes lehnend, mit auf dem Rücken gekreuzten Armen und hoch das Haupt emporgerichtet: nicht auf Syphax' verzweifeltes Antlitz, in die leere Ferne schien er zu schauen.

»O Herr – ich werd's nicht können in klarer Folge. Also – ich erreichte das Schilfversteck – ich brauchte kaum zu tauchen – mich barg das Geröhricht – das Badezelt ist von dünnem Holz und von Leinwand neu errichtet, nach den letzten Stürmen – Narses kam in seinem kleinen Boot, Alboin, Basiliskos und noch drei Männer als Langobarden verkleidet – aber ich erkannte Scävola, Albinus ...« »Ungefährlich,« unterbrach Cethegus. »Und – Anicius!« »Irrst du dich nicht?« fuhr Cethegus auf. »Herr, ich kenne das Auge und die Stimme! Aus dem Gespräch – ich verstand nicht alle Worte – aber den Sinn ganz klar ...« – »Ei, hättest du mir doch die Worte sagen können!« – »Sie sprachen griechisch, Herr: ich verstehe das doch nicht so gut, wie deine Sprache: und die Wellen machten Geräusch und der Wind war nicht günstig.« – »Nun, was sagten sie?« – »Die drei sind erst gestern Abend aus Byzanz eingetroffen: sie forderten sofort deinen Kopf.

Narses aber sprach: ›Nicht Mord: Richterspruch, nach voll durchgeführtem Prozeß: und Richterstrafe.‹

›Wann endlich?‹ drängte Anicius. ›Sobald es an der Zeit.‹ ›Und Rom?‹ fragte Basiliskos. ›Rom sieht er niemals wieder.‹ «

»Halt,« rief Cethegus, »halt inne! Einen Augenblick! Klar muß ich hierin sein.« Er schrieb ein paar Zeilen auf ein Wachstäfelchen. »Ist Narses zurück aus dem Bade?« – »Längst.« – »Gut.« Er gab einem der vor dem Zelte wachenden Isaurier die Wachstafel. »Augenblicklich bringst du Antwort. Fahre fort!« Aber Cethegus vermochte nicht mehr, still zu stehen, hastig ging er im Zelte auf und nieder.

»O Herr, in Rom muß ein Ungeheures geschehen sein: ich konnte nicht genau verstehen, was. Anicius stellte eine Frage: darin nannte er deine Isaurier. ›Den Führer Sandil bin ich losgeworden,‹ sagte Narses. ›Und der Rest ist ja in Rom gut aufgehoben durch Aulus und die Brüder Macer, meine Lockvögel,‹ fügte er lachend bei.« »Nannte er diese Namen?« forschte Cethegus ernst, »braucht' er dies Wort?« – »Ja, Herr. Dann sprach Alboin: ›gut ist's, daß die jungen Tribunen fort: es hätte scharf Gefecht gekostet.‹ Und Narses schloß: ›Alle Isaurier mußten fort. Sollten wir eine blutige Schlacht im eignen Lager schlagen und König Teja plötzlich dazwischen fahren?‹ – O Herr, ich fürchte, sie haben deine Treuesten von dir hinweggelockt.«

»Ich glaub' es auch,« sprach Cethegus finster. »Aber was sprachen sie von Rom?« – »Alboin fragte nach einem Führer, dessen Namen ich nie gehört.« »Megas?« rief Cethegus.

»Ja, Megas! so hieß er – woher weißt du ...?«

»Gleichviel! Fahre fort! Was ist's mit diesem Megas?«

»Alboin fragte, wie lange wohl schon Megas in Rom sei?« – »Jedenfalls,« antwortete Narses, »frühe genug für die römischen Tribunen und die Isaurier.«

Da stöhnte Cethegus laut und schmerzlich aus tiefster Brust.

»Aber die Bürger Roms?« forschte Scävola, »sie vergötterten diesen Tyrannen und seine jungen Ritter!« – »Ja ehemals: jetzt aber hassen und fürchten sie nichts so sehr als den Mann, der sie mit Gewalt wieder zu Römern, zu Helden machen wollte.« »Aber wenn sie ihn doch wieder aufnehmen wollten? Allbezwingend ist seines Namens Gewalt!« fragte furchtsam Albinus.

»Fünfundzwanzigtausend Armenier im Kapitol und im Grabmal Hadrians halten die Römer noch strenger gebunden ...«

Da schlug sich Cethegus die linke Hand grimmig vor die Stirn.

»Noch strenger gebunden als Papst Pelagius und ihr Vertrag und Eid.« — »Ihr Vertrag und Eid?« forschte Scävola. »Ja, ihr Vertrag und Eid! sie haben geschworen: ihre Stadt nur dem Präfekten von Rom zu öffnen.« — »Nun und?« rief Anicius. »Nun und: sie wissen und wußten damals schon: daß seit drei Monaten der Präfekt von Rom heißt — *Narses! Mir, nicht ihm haben sie geschworen!*« Da warf sich Cethegus schweigend auf das Lager, und verhüllte sein Haupt in seinem purpurgesäumten Mantel. Keine laute Klage entrang sich mehr der gewaltigen Brust.

»O mein teurer Herr — es wird dich töten! Aber ich bin noch nicht zu Ende — du mußt alles wissen — auf daß dich Verzweiflung zum Äußersten kräftigt: wie der umstellte Löwe mehr als Löwenkraft gewinnt.«

Cethegus erhob sich wieder. »Vollende,« sprach er. »Was ich noch zu hören habe, ist gleichgültig: es kann nur mich, nicht Rom mehr angehn.«

»Aber dich geht es furchtbar an!« — »Gestern,« fuhr Narses fort — nach einigen Reden, die das Wellengeräusch mir entzog, »gleichzeitig mit der langerwarteten Nachricht ... aus Rom ...« — »Welche Nachricht?« fragte Cethegus.

»Das sagte er nicht. — »Gleichzeitig brachte Zenon mir die Weisung, das versiegelte Schreiben des Kaisers zu öffnen: denn mit Recht nimmt dieser nach meinem letzten Bericht an, daß den Untergang der Goten jeder Tag heraufführen kann. Ich öffnete und« — »o Herr — es ist schrecklich ...«

»Rede!«

»Des großen Justinianus ganze Kleinheit spricht daraus,« sprach Narses. »Er würde ihm, glaub' ich, viel leichter verzeihn, daß er den Kaiser der Gerechtigkeit fast dahin verleitet, den allgetreuen Belisar zu blenden, als Justinianus ihm verzeiht, mit Theodora im Bunde, als »Verführer Theodoras!« — ein furchtbarer Anachron ... mehr verstand ich nicht ...« — »Anachronismus!« sagte Cethegus, ruhig verbessernd.

»Den Kaiser hintergangen, überlistet zu haben. Das Los, das er Belisar um ein Haar bereitet hätte, soll ihn selbst treffen ... Blendung.«

»Wirklich?« lächelte Cethegus. Doch er griff an den Dolch.

»Und jene Strafe, die er, gotteslästerlich Christi Tod entweihend und Kaiser Constantins Gesetz verletzend, in seinem Rom wieder eingeführt ...« — »Was kann er damit meinen?« forschte Syphax bang.

»Kreuzigung!« antwortete Cethegus, den Dolch wieder bergend. »O Herr!« — »Gemach, noch hang' ich nicht in der Luft: noch schreite ich fest auf der heldennährenden Erde. Vollende.«

»Ich aber bin,« fuhr Narses fort, »der Feldherr und nicht der Folterknecht Justinians: und er wird sich wohl begnügen müssen, wenn ich des tapfern Mannes Haupt nach Byzanz schicke.« »Aber o nur das nicht – nur das nicht, Herr! wenn wir sterben müssen.«

»Wir?« lächelte Cethegus, wieder ganz gesammelt. »*Du* hast nicht mit Theodora den großen Kaiser der Romäer überlistet. *Dir* droht nicht Gefahr.« Aber Syphax fuhr fort:

»Weißt du's denn nicht? o zweifle nur daran nicht: ganz Afrika weiß es – fehlt der Leiche das Haupt, muß die Seele als unrein niedres Gewürm ohne Kopf äonenlang durch Schlamm und Kot schleichen. O nur nicht dein Haupt vom Rumpfe getrennt!«

»Noch ruht es fest auf diesem Nacken, wie auf dem Atlas das Himmelsgewölbe. Still – man kommt.«

Der Isaurier, den er an Narses gesendet, brachte die versiegelte Antwort: »An Cethegus Cäsarius Narses Magister militum. Deinem Wunsch, nach Rom aufzubrechen, steht auch heute nichts im Wege.« – »Ich begreife jetzt,« sprach Cethegus.

»Die Lagerwachen haben Befehl, dich abreiten zu lassen. Doch geb' ich dir, falls du auf der Abreise beharrst, tausend Langobarden, unter Alboin, zur Bedeckung mit.

Die Straßen sind unsicher durch versprengte Goten.

Da, allem Anschein nach, heute noch oder morgen ein Durchbruchversuch der Goten droht und wiederholt tollkühnes Verlassen der Lager den Verlust von Führern und Truppen herbeigeführt hat, ist niemand mehr ohne meine Erlaubnis das Lager zu überschreiten verstattet und haben alle Wachen, auch die Zeltwachen, meine verlässigen Langobarden bezogen.«

Rasch sprang Cethegus gegen die Thüre seines Zeltes und riß sie auf: seine vier Isaurier wurden abgeführt, zwanzig Langobarden unter Autharis zogen vor seinem Zelte auf. »Ich dachte noch an Flucht für heute Nacht,« sprach er zu Syphax. »Sie ist abgeschnitten. Und es ist besser so, würdiger.

Lieber den Gotenspeer in die Brust als den Griechenpfeil in den Nacken. Aber Narses ist noch nicht zu Ende: »In meinem Zelt magst du vernehmen, welche Maßregeln ich gegen das durch den Ausfall der Barbaren drohende, vielleicht sehr große Blutbad getroffen. Noch aber habe ich eine dir schmerzliche Mitteilung zu machen. Gestern Abend über See von Rom eingelaufene Nachrichten melden, daß der größte Teil der Isaurier in Rom und deine Tribunen ...«

»Ha, mein Licinius, Piso, Julianus!« schrie der Präfekt, aus seiner eisigen, todesverachtenden Ruhe durch heißen Schmerz emporgeschreckt:

»Getötet worden sind. Sie weigerten, friedlich eingelassen« – »ha schändlich hineingelockt!« – »dem Kaiser den Gehorsamseid: sie wollten, gegen den Vertrag, Gewalt brauchen, Lucius Licinius wollte das Kapitol mit Sturm nehmen, Salvius Julianus das Grabmal Hadrians – Piso die Porta latina – sie fielen, jeder vor seinem Angriffsziel: der Rest der Söldner ist gefangen.«

»Mein zweiter Julius folgt dem ersten nach!« sprach Cethegus. »Nun, ich brauche keinen Erben mehr: denn Rom wird nicht mein Eigentum und Nachlaß.

Es ist vorbei.

Der große Kampf um Rom ist aus.

Und die dumpfe Überzahl, die kleine Pfiffigkeit hat gesiegt, wie über der Goten Schwerter, so über des Cethegus Geist. O Römer – Römer, *»auch ihr, meine Söhne?«* ja, meine Bruti seid ihr!

Syphax, du bist frei. Ich gehe in den Tod: geh du frei zurück in deine freie Wüste.«

»O Herr,« rief Syphax, laut aufschluchzend und sich auf den Knieen vor ihm hinwälzend – »stoß mich nicht von dir: ich bin nicht minder treu als Aspa ihrer Herrin war: laß mich mit dir sterben.« – »Es sei,« sagte Cethegus ruhig, die Hand auf des Mauren Hauptes legend. »Ich hab' dich lieb gehabt – mein Panther: spring' denn mit mir in den Tod. Reiche mir Helm, Schild, Schwert und Speer.« – »Wohin?« – »Erst zu Narses.« – »Und dann?« – »Auf den Vesuvius!«

## Vierzehntes Kapitel

Die Absicht König Tejas war gewesen, in der kommenden Nacht mit allen Waffenfähigen, bis auf einige Wächter des Engpasses, sich vom Vesuv herab auf das Lager des Narses zu werfen und in demselben, begünstigt durch das Dunkel und die Überraschung, noch ein furchtbares Blutbad anzurichten: war der letzte der Ausfallenden erlegen und drohte nun, etwa bei Tagesanbruch, der Angriff auf den Paß, so sollten die Wehrunfähigen, die nicht die Knechtschaft dem Tode vorzogen, durch den Sprung in den nahen Krater des Vesuvs ein freies Grab suchen, wonach auch die Verteidiger des Passes durch Hervorbrechen aus der Schlucht ein rasches Ende machen sollten.

Es hatte den König mit freudigem Stolz erfüllt, daß auch nicht Eine Stimme unter den Tausenden von Frauen und Mädchen – denn alle Knaben vom zehnten Jahre an und alle Greise wurden bewaffnet – die entbehrende Sklaverei und das Leben statt des Todes im Vesuv gewählt hatte, als Teja den Versammelten in der Wagenburg die Wahl anheimgestellt.

Sein Heldenherz erfreute sich an dem Gedanken, daß sein ganzer Stamm in einer, in der Geschichte der Völker unerhörten That, in glorreichem Heldentod, wie Ein Mann, seine große Vergangenheit ruhmvoll besiegeln wollte. Dieser Verzweiflungsgedanke des tod-grimmen Helden wurde nicht verwirklicht: aber sein brechendes Auge sollte statt jenes grauenhaften Bildes, ein helleres, ein versöhnendes schauen.

Narses, immer wachsam und vorsichtig, hatte schon vor Johannes und Cethegus die drohenden Vorbereitungen der Feinde wahrgenommen und den Rat der Feldherren auf die fünfte Tagesstunde in sein Zelt berufen, seine Gegenmaßregeln zu erfahren.

Es war ein wunderbarer, goldner Septembermorgen: voll Schimmer des Lichts und Schimmer des Dufts über Land und Meer: wie er in solcher strahlenden Schönheit auch in Italien nur über den Golf von Bajä sich ergießt. In den lichtgesättigten Himmel stieg spielend die weiße Kräuselwolke des Vesuvs: mit rhythmischem Anschlag rollten die letzten, leisen Meereswellen, wie huldigend, an das wunderschöne Land.

Da schritt hart an dem Saume der Flut hin, so daß die rollenden Wellen manchmal seine gepanzerten Füße berührten, langsam, den Speer über der Schulter, von dem linken Lagerflügel her, einsam, ein gewaltiger Mann. Die Sonne glitzerte auf seinem runden Schild, auf dem prachtvollen Panzer: der Seewind spielte in seinem purpurnen Helmbusch.

Es war Cethegus: und er schritt auf dem Todesweg.

Nur von weitem folgte ihm, ehrfürchtig, der Maure.

Angelangt an einem schmalen Vorsprung des Küstensandes in den Golf hinein, ging er bis an die äußerste Spitze dieser kleinen Landzunge, wandte sich und blickte nach Nordwesten. Dort lag Rom: sein Rom.

»Lebt wohl,« sprach er tief bewegt, »lebt wohl, ihr sieben Hügel der Unsterblichkeit. Leb wohl, Tiberstrom, der du den ehrwürdigen Schutt der Jahrhunderte dahin spülst: zweimal hast du mein Blut getrunken, zweimal mich gerettet. Nun rettest du mich nicht mehr, befreundeter Flußgott! Gerungen hab' ich und gekämpft um dich, mein Rom, wie keiner, wie selbst Cäsar nicht, vor mir.

Die Schlacht ist aus: geschlagen ist der Feldherr ohne Heer. Ja, ich erkenne es nun: alles kann der gewaltige Geist des einzelnen ersetzen, nur nicht ein fehlend Volk.

Sich selbst jung erhalten kann der Geist, nicht andre verjüngen. Ich habe das Unmögliche gewollt. Aber das Mögliche erreichen ist — gewöhnlich. Und spränge mir noch einmal aus meines zertrümmerten Cäsar Marmorhaupt der große Gedanke entgegen dieses Kampfes um Rom: gepanzert, wie Athene aus dem Haupte des Zeus — ich kämpfte ihn noch einmal, diesen Kampf. Denn besser ist's, um das Übermenschliche ringend erliegen, als in der dumpfen Ergebung unter das Gemeine dahingehn.

Du aber sei mir gesegnet« — und er kniete nieder und netzte die heiße Stirn unter dem ehernen Helm mit der salzigen Flut — »du aber sei mir gesegnet, Ausonias heilige Meerflut: sei mir gesegnet, Italias heiliger Boden« — und er griff mit der Hand tief in den Sand der Küste: »dankbar scheidet von dir dein treuester Sohn: erschüttert, nicht von dem Grauen des nahenden Todes, erschüttert allein von deiner Herrlichkeit. Lange Jahrhunderte ahn' ich für dich drückender Fremdherrschaft: ich habe sie nicht von dir zu wenden vermocht: aber mein Herzblut bring' ich als Wunschopfer dar: ist der Lorbeer deiner Weltherrschaft verdorrt für immer — dir lebe fort, unzertretbar, still grünend unter dem Staube, die Olive des Freiheitsinns und deines Volkes edle Eigenart: und einst leuchte der Tag dir herauf, mein Rom, mein italisches Land, da kein Fremder mehr herrscht auf deinem geheiligten Boden, da du allein dir selber gehörst von den heiligen Alpen zum heiligen Meer.«

Und ruhig erhob er sich nun und schritt, rascheren Ganges, nach dem Mittellager und dem Feldherrnzelt des Narses.

Beim Eintreten fand er die Heerführer alle versammelt und Narses rief ihm freundlich entgegen. »Zur guten Stunde kommst du, Cethegus. Zwölf meiner Feldherren, die ich auf einem Bund der Tollheit ertappt, wie sie etwa Barbaren, aber nicht Schüler des Narses, begehen möchten, haben sich zur Entschuldigung auf dich berufen: es könne keine Tollheit sein, woran sich der geistesgewaltige Cethegus selbst beteilige. Sprich, bist du wirklich jenem Waffenbund gegen Teja beigetreten?«

»Ich bin's und ich gehe gerad' von hier — laß mir den Vortritt, Johannes, ohne Losung — auf den Vesuv. Die Wachtstunde des Königs naht.«

»Das gefällt mir von dir, Cethegus.«

»Danke: es spart dir wohl manche Mühe, *Präfekt von Rom*,« erwiderte Cethegus.

Eine Bewegung der höchsten Überraschung ging durch alle Anwesenden: denn auch die Eingeweihten staunten über seine Kenntnis der Lage. Nur Narses blieb ruhig: leise sagte er zu Basiliskos: »Er weiß alles. Und das ist gut.«

»Nicht meine Schuld, Cethegus, daß ich dir nicht früher deine Ersetzung durch mich mitgeteilt: der Kaiser hatte es streng verboten. Ich lobe deinen Entschluß, Cethegus. Denn er stimmt zu meinen besten Absichten. Die Barbaren sollen nicht das Vergnügen haben, heute Nacht nochmal eine Myriade unserer Leute zu schlachten. Wir rücken sofort mit allen unsern Truppen, auch den beiden Flügeln, bis auf Speerwurfweite vor den Engpaß: sie sollen nicht Raum zum Anlauf gewinnen: und ihr erster Schritt aus der Mündung der Schlucht soll sie in unsre Lanzen führen. Ich habe auch nichts dagegen, Cethegus, wenn Freiwillige jenen König der Schrekken bestehen: mit seinem Tode, hoff' ich, löst sich der Barbaren Widerstand.

Nur eins macht mich besorgt. Ich habe die ›jonische Flotte‹ längst hierher beschieden — ich hatte die Entscheidung einige Tage früher erwartet — und sie bleibt aus. Sie soll mir die gefangnen Barbaren sofort aufnehmen und nach Byzanz schaffen. Kam noch der Schnellsegler nicht zurück, Nauarch Konon, den ich auf Kundschaft durch die Meerenge von Regium geschickt?«

»Nein, Feldherr! So wenig als ein zweites Eilschiff, das ich selber nachgesandt.«

»Sollte der letzte Sturm die Flotte geschädigt haben?«

»Unmöglich, Feldherr: er war nicht stark genug. Und sie lag ja, nach letzter Botschaft, sicher vor Anker im Hafen von Brundusium.« — »Nun, wir können nicht auf die Schiffe warten. Vorwärts, meine Feldherren: wir brechen alle, ich selber mit, sofort gegen den Engpaß auf. Leb wohl, Cethegus! Laß dich die Entsetzung nicht anfechten. Ich besorge, es würde dir nach der Beendung des Krieges manch' lästiger Prozeß drohen. Du hast viele Feinde: mit Recht und mit Unrecht. Böse Wahrzeichen drohen dir ringsumher. Aber ich weiß: du hast von jeher nur Ein Wahrzeichen geehrt: ›Ein Wahrzeichen nur gilt:‹ ...«

»›Für die Heimat kämpfend zu fallen.‹ Nur noch Eine Gunst: verstatte mir — meine Isaurier und Tribunen ruhen ja in Rom — die Italier und Römer in deinem Heer, die du unter alle deine Scharen verteilt hast, um mich zu sammeln und sie gegen die Barbaren zu führen.«

Einen Augenblick besann sich Narses. »Gut, sammle sie und führe sie! Zum Tode,« sagte er leise zu Basiliskos. »Es sind höchstens fünfzehnhundert Mann — ich gönne ihm die Freude an der Spitze seiner Landsleute zu fallen — und sie hinter ihm! Leb wohl, Cethegus.«

Stumm, mit dem erhobenen Speer ihn begrüßend, schritt Cethegus hinaus.

»Hm,« sagte Narses zu Alboin, »schau' ihm nur ernsthaft nach, Langobarde. Da geht ein merkwürdiges Stück Weltgeschichte dahin. Weißt du, wer da hinausschritt?«

»Ein großer Feind seiner Feinde,« sagte Alboin ernst.

»Ja, Wölflein, schau dir ihn nochmal an: da geht zu sterben: der letzte Römer!«

Als alle Heerführer bis auf Basiliskos und Alboin Narses verlassen hatten, eilten aus dem durch Vorhänge abgesperrten Abschluß des Zeltes Anicius, Scävola und Albinus, noch in langobardischer Kleidung mit bestürzten Mienen. »Wie?« rief Scävola, »du willst dem Richter diesen Mann entziehen?« »Und dem Henker,« sprach Albinus, »seinen Leib? und seinen Anklägern sein Vermögen?« Anicius nur schwieg und ballte die Faust um den Schwertgriff.

»Feldherr,« rief Alboin, »laß die zwei Schreier meines Volkes Kleidung von sich legen. Mich ekelt dieser Kläffer.«

»Du hast nicht Unrecht, Wölflein! Ihr braucht euch nicht mehr zu vermummen,« sprach Narses. »Ich bedarf eurer nicht mehr als Ankläger.

Cethegus ist gerichtet: das Urtheil vollstrecken wird — König Teja. Ihr aber, Rabenschnäbel, sollt nicht noch einhacken auf den toten Helden.«

»Und Kaiser Justinians Befehl?« trotzte hartnäckig Scävola.

»Tote Männer kann auch Justinian nicht blenden und kreuzigen lassen. Wenn Cethegus Cäsarius gefallen, kann ich ihn nicht wieder aufwecken, für des Kaisers Grausamkeit. Von seinem Gold aber, Albinus, erhältst du keinen Solidus: und du, Scävola, von seinem Blute keinen Tropfen. Sein Gold ist dem Kaiser, sein Blut den Goten, sein Name der Unsterblichkeit verfallen.«

»Den Tod des Helden gönnst du diesem Bösewicht?« grollte jetzt Anicius.

»Ja, Sohn des Boëthius: denn er hat ihn verdient.

Du aber hast ein tüchtig Recht auf Rache an ihm: du wirst dem Gefallenen das Haupt abschlagen und nach Byzanz dem Kaiser bringen! Hört ihr die Tuba? das Gefecht begann!«

## Fünfzehntes Kapitel

Als König Teja das ganze Heer des Narses gegen die Mündung des Engpasses in Bewegung sah, sprach er zu seinen Helden: »Wohlan: so schaut denn statt der Sterne die Mittagssonne den letzten Kampf der Goten. Das ist die einzige Änderung unsres Entschlusses.« Er stellte eine Anzahl von Kriegern vor der Lavahöhle auf, wies ihnen die Leiche Theoderichs, auf purpurner Bahre aufgerichtet, und den Königshort und trug ihnen auf, während der Kampf um den Engpaß toben würde, die Purpurbahre und die Truhen in den Vesuv zu schleudern auf Adalgoths Wink, dem er mit Wachis die letzte Obhut des Passes anbefahl.

Die Unwehrhaften drängten sich um die Lavahöhle zusammen: man sah keine Thräne, man hörte kein Schluchzen. Die Krieger aber ordnete Teja nach Hundertschaften, und innerhalb derselben nach den Sippen, so daß Väter und Söhne, Brüder und Vettern nebeneinander fochten: ein Gefüge der Schlachthaufen, dessen grimmige Zähigkeit die römischen Legionen seit den Tagen der Kimbern und Teutonen, des Ariovist und des Armin erprobt. Die natürliche Beschaffenheit des letzten Schlachtfeldes der Goten wies von selbst auf die alte, von Odhin gelehrte Schlachtordnung zum Angriff aus dem Engpaß: den Keil.

Die tiefen, dichten Kolonnen der Byzantiner standen nun, wohl gegliedert, staffelförmig von dem Meeresufer an bis auf Speerwurfweite vor des Passes Mündung hintereinander aufgestellt: ein prachtvoll schöner, aber furchtbarer Anblick. Die Sonne glänzte auf ihren Waffen, indes die Goten im Schatten der Felsen standen: weit über die Lanzen und Feldzeichen der Feinde hinweg blickten die Germanen bis in das lachende, schimmervolle Meer, das in wonnigem Lichtblau strahlte.

König Teja stand neben Adalgoth, der das Banner Theoderichs trug, in der Mündung des Passes. Der Dichter regte sich in dem Heldenkönig.

»Sieh hin,« sprach er zu seinem Liebling, »wo könnten wir schöner sterben? Nicht im Himmel der Christen, nicht in Meister Hildebrands Asgardh oder Breidablick kann es schöner sein. Auf, Adalgoth, laß uns hier sterben, unsres Volkes und dieser schönen Todesstätte wert.«

Und er warf den Purpurmantel zurück, den er über der schwarzen Erzrüstung getragen, nahm die kleine Harfe in den linken Arm und sang mit leiser verhaltener Stimme:

»Vom fernsten Nord bis vor Byzanz,
Bis Rom — welch' Siegeswallen!
Der Goten Stern stieg auf in Glanz:
In Glanz auch soll er fallen.

Die Schwerter hoch, um letzten Ruhm
Mit letzter Kraft zu werben:
Fahrwohl, du stolzes Heldentum:
Auf, Goten, laßt uns sterben!«

Und mit kräftigem Schlag zerschmetterte er die im Tode noch hellaufklingende Harfe an dem Fels zu seiner Linken.

»Nun, Adalgoth, leb wohl! Hätt' ich die Reste meines Volkes retten können! Nicht hier! Aber mit freiem Abzug gen Norden!

Es sollte nicht sein. Narses würd's kaum gewähren. Und die letzten Goten *bitten* nicht. Zum Tod!«

Und die mächtige Streitaxt an lanzengleichem Schaft erhebend, die gefürchtete Waffe, trat er an die Spitze des Keils. Hinter ihm Aligern, sein Vetter, und der alte Hildebrand. Hinter diesen Herzog Guntharis von Tuscien, der Wölsung, Graf Grippa von Ravenna und Graf Wisand von Volsinii, der Bandalarius. Hinter diesen Wisands Bruder: Ragnaris von Tarentum, und vier Grafen, dessen Gesippen. Darauf in steigender Breite, je sechs, acht, zehn Goten.

Den Schluß bildeten dichte Haufen, je nach Zehnschaften geordnet.

Wachis, neben Adalgoth in dem Engpaß haltend, gab, auf des Königs Wink, das Zeichen mit dem gotischen Heerhorn. Und nun brach die Sturmschar ausfallend aus der Schlucht.

Auf der nächsten breiteren Stelle vor dem Paß hielten die mit Johannes verbündeten Helden: nur Alboin, Gisulf und Cethegus fehlten noch. Hinter jenen zehn Führern standen zunächst Langobarden und Heruler, die sofort einen Hagel von Speeren und Pfeilen auf die vorbrechenden Goten schleuderten.

Zuerst sprang gegen den König, den die Zackenkrone auf dem schwarzen, geschlossenen Helm kenntlich machte, Althias der Armenier. Sofort fiel er mit zerspaltenem Haupt.

Der zweite war der Heruler Rudolf: er rannte den Speer mit beiden Händen, links gefällt, wider Teja. Dieser fing den Stoß unerschüttert mit dem schmalen Schild und stieß dem von dem Anprall Zurücktaumelnden die lanzengleiche Spitze des Schlachtbeils in den Leib.

Ehe er die Waffe aus dem Geschupp des Waffenrocks reißen konnte, waren zugleich Suartua, des gefallenen Herulers Neffe, der Perser Kabades und der Bajuvare Garizo heran. Letzterem, dem kühnsten und nächsten, stieß Teja den Schnabel des Schildes vor die Brust, daß er über den schmalen, glatten Lavasteig zur Rechten hinabstürzte. »Jetzt hilf, o heil'ge Waldfrau von Neapolis!« betete der Lange, dieweil er flog, »die du mir durch all' diese Kriegsjahre geholfen«: und wenig geschädigt kam Miriams Bewunderer unten an, nur schwer betäubt vom Fall.

Dem Heruler Suartua, der das Schwert über Tejas Haupt schwang, schlug Aligern, hinzuspringend, den Arm samt dem Schwerte glatt vom Rumpf. Er schrie und fiel. Dem Perser Kabades, welcher den krummen Säbel von unten schlitzend gegen des Königs Weichen hob, zerschlug der alte Hildebrand mit der Steinaxt Visier, Antlitz und Gehirn.

Teja, seiner Streitaxt wieder mächtig und der nächsten Angreifer ledig, sprang nun selbst zum Ansturm vor. Er warf die Streitaxt im Schwung gegen einen im Eberhelm — Helm mit Haupt und Hauern des Wildebers — heranschreitenden Feind: Epurulf der Alamanne war's: er stürzte rücklings. Über ihn beugte sich Vadomar, sein Gesippe, und wollte des Gotenkönigs schreckliche Waffe an sich reißen: aber im Flug war Teja zur Stelle, das kurze Schwert in der Rechten: hoch blitzte es und Vadomar fiel tot auf seinen toten Freund.

Da rannten zugleich die beiden Franken Chlotachar und Bertchramn, die Francisca, eine Tejas Streitbeil ähnliche Waffe, schwingend, herzu: beide Äxte sausten zugleich: die eine fing Teja mit dem Schild auf: die zweite, die hoch im Bogen, sein Haupt bedrohend, heranflog, parierte er mit dem eignen Beil: und rasch stand er zwischen den beiden Feinden, schwang die Axt im Kreise furchtbar um seinen Helm und auf Einen Schwung sanken beide Franken nach links und rechts mit zerspellten Sturmhauben.

Da traf sausend des Königs Schild ein Speer aus nächster Nähe: er durchbohrte den Stahlrand und streifte leicht den Arm: während Teja sich gegen diesen Feind wandte — der Burgunde Gundobad war's — lief ihn von hinten der Gepide Ardarich mit dem Schwerte an und schlug ihm einen schweren Streich auf das Helmdach: im Augenblick aber fiel Ardarich, von Herzog Guntharis' Wurfspeer durchbohrt: und den Burgunden Gundobad, der sich grimmig wehrte, drückte der König mit dem Schild erst aufs Knie, er verlor den Helm und Teja stieß ihm den Schildstachel in die Kehle.

Aber schon standen Taulantius, der Illyrier, und Autharis, der Langobarde, vor ihm: mit schwerer Keule aus der Wurzel der Steineiche schmetterte der Illyrier auf des Königs Schild und schlug ein Stück des unteren Stahlrandes heraus: gleichzeitig traf, dicht über diesem Sprung, des Langobarden Lanzenwurf den Schild und riß den Beschlag um den Schildnabel hinweg, schwer in dem Schilde haftend mit langem Widerhaken und ihn nach unten zerrend. Und Taulantius hob schon die Keule gegen des Königs Visier.

Da entschloß sich Teja kurz: den halbzertrümmerten Schild opfernd, schmetterte er diesen mit dem Stachel in des Illyriers Antlitz, den Schild fahren lassend, und fast gleichzeitig stieß er dem anstürmenden Autharis des Schlachtbeiles Spitze durch den Ringpanzer in die Brust.

Aber nun stand der König ohne Schild: und die feindlichen Fernkämpfer verdoppelten ihre Speere und Pfeile. Mit Beil und Schwert nur wehrte Teja den von allen Seiten dicht heranlaufenden Geschossen. Und ein Hornruf von dem Paß her mahnte ihn, umzuschauen.

Da sah er den größten Teil der von ihm aus der Schlucht geführten Krieger gefallen: die Ferngeschosse, die zahllosen, hatten sie niedergestreckt: und schon hatte sie, von der Linken einschwenkend, eine starke Schar Langobarden, Perser und Armenier von der Flanke erfaßt und im Nahekampf erreicht: von rechts aber sah der König eine Kolonne von Thrakiern, Makedonen und Franken mit gefällten Speeren auf die Wächter am Engpaß andringen, während eine dritte Abteilung: Gepiden, Alamannen, Isaurier und Illyrier ihn selbst und das schwache, noch hinter ihm haltende Häuflein von dem Rückweg nach dem Engpaß abzutrennen versuchte.

Scharf blickte Teja nach dem Engpaß: da verschwand für einen Augenblick das Banner Theoderichs: es schien gefallen. Dies entschied des Königs Entschluß. »Zurück, zum Paß! Rettet Theoderichs Panier!« so rief er den hinter ihm Kämpfenden zu und stürmte zurück, indem er die ihn umgarnende Schar durchbrechen wollte.

Aber dieser war es grimmiger Ernst: denn Johannes führte die Isaurier. »Auf den König!« schrie er. »Laßt ihn nicht durch! Laßt ihn nicht zurück! Speere! Werft!«

Nun war Aligern heran: »Nimm rasch meinen Schild.« Teja ergriff den dargebotenen Büffelschild: in diesem Augenblick flog des Johannes Wurflanze und hätte des Königs Visier durchbohrt, hob dieser nicht gerade noch den neugewonnenen Schild. »Zurück zum Paß!« rief Teja nochmal und rannte mit solcher Gewalt gegen den anstürmenden Johannes, daß dieser rücklings niederstürzte: die zwei nächsten Isaurier erschlug der König. Und nun eilten Teja, Aligern, Guntharis, Hildebrand, Grippa, Wisand und Ragnaris schleunig gegen den Paß.

Aber hier tobte bereits der Kampf. Alboin und Gisulf hatten hier gestürmt und ein schwerer, spitzer Lavablock, von Alboin mit zwei Händen geschleudert, hatte Adalgoth auf den Schenkel getroffen und für einen Augenblick ins Knie gestürzt. Doch schon hatte Wachis das sinkende Banner Theoderichs ergriffen und Adalgoth selbst, sich aufraffend, den eindringenden Langobardenfürsten mit dem Schildstachel aus dem Engpaß gestoßen. Des Königs und seiner umgebenden Helden plötzliche Rückkehr machte den Bedrängten Luft: haufenweis fielen die Langobarden vor den unerwartet im Rücken Angreifenden: mit Geschrei brachen zugleich die Wächter des Passes hervor und rasch sprangen und liefen die Langobarden, ihre Führer mit fortreißend, über die Lavaklippen hinab. Aber nicht weit kamen sie. Da nahm sie der Isaurier und Illyrier, der Gepiden und Alamannen starker Schlachthaufe, geführt von Johannes, auf. Dieser hatte, zähneknirschend, sich erhoben, den Helm zurechtgeschoben und war sofort, Kehrt befehlend, gegen den Paß gerückt, den Teja nun erreicht hatte.

»Vorwärts,« befahl er, »hierher zu mir, Alboin, Gisulf, Vitalianus, Zenon, drauf! laßt sehn, ob dieser König denn wirklich ganz unsterblich ist.«

Teja hatte nun wieder seine alte Vorkämpferstellung, an der Mündung des Passes, eingenommen und lehnte, sich verkühlend, auf seinem Beilschaft.

»Nun, Barbarenkönig, geht's zum Ende. Bist du wieder in dein Schnekkenhaus gekrochen? Komm heraus oder ich schlag' dir ein Loch ins Haus! Komm heraus, wenn du ein Mann bist!« So rief Johannes und wog den Wurfspeer. »Gebt mir drei Speere!« sprach Teja und reichte Schild und Axt dem verwundet neben ihm stehenden Adalgoth. »So! nun, sowie er gefallen, folgt mir.« Und ohne Schild trat er einen Schritt ins Freie, in jeder Hand Speere.

»Willkommen im Freien! Und im Tode!« rief Johannes und warf. Meisterhaft war sein Wurf gezielt, scharf auf des Königs Helmvisier. Aber Teja bog den Kopf zur Rechten und an der Felswand splitterte die kräftig geschleuderte Eschenlanze.

Sowie Teja mit der Rechten nun seinen ersten Speer entsandte, warf sich Johannes auf das Antlitz: der Speer traf und tötete Zenon hinter ihm. Rasch war Johannes wieder auf den Füßen und schoß, wie der Blitz, auf den König los: den zweiten Speer, den des Königs Rechte entsandte, fing er mit dem Schild. Aber Teja hatte diesmal augenblicklich, nach dem Wurf aus der Rechten, auch aus der gleich geübten Linken eine Lanze geschleudert: und diese, von dem Anrennenden nicht bemerkt, durchbohrte den Schuppenpanzer und die Brust des tapfern Mannes, im Rücken hervordringend. Er fiel.

Da faßte seine Isaurier und Illyrier Entsetzen: denn er galt nach Belisar für den ersten Helden von Byzanz. Sie schrieen laut auf, wandten den Rükken und flohen, in wilden Sätzen, ordnungslos, den Berg herabspringend, verfolgt von Teja und seinen Treuen.

Einen Augenblick hielten noch die wieder gesammelten Langobarden. »Komm, Gisulf — beiß die Zähne zusammen — bestehn wir diesen König des Todes,« rief Alboin. Aber da stand schon Teja zwischen ihnen: hoch blitzte sein schreckliches Beil: durch den Ringpanzer tief in die rechte Schulter gehaun stürzte Alboin und gleich darauf Gisulf mit zerschmettertem Helm. Da war kein Halten mehr: Langobarden, Gepiden, Alamannen, Heruler, Isaurier, Illyrier jagten, in blinder Flucht entschart, den Berg hinab.

Jauchzend verfolgten Tejas Genossen: Teja selbst hielt an dem Paß: er ließ sich nur von Wachis Speere reichen und, hoch über die gotischen Verfolger hinweg, im Bogenflug zielend, traf er Wurf auf Wurf und tötete, was er erreichte: es waren des Kaisers beste Truppen: sie rissen die nachrükkenden Makedonen, Thrakier, Perser, Armenier und Franken mit fort: bis an des Narses Seite fluteten die Versprengten: besorgt hob sich dieser aus seiner Sänfte.

»Johannes gefallen!« »Alboin schwer wund,« riefen sie, an ihm vorüber eilend. »Flieht! zurück ins Lager!« »Eine Angriffssturmsäule muß neu ...« sprach Narses, »ha sieh: da kommt Cethegus: zur rechten Zeit!«

Und er war's.

Vollendet hatte er den langen Umritt bei allen Scharen, denen Narses Römer und Italier zugeteilt, gegliedert hatte er sie in fünf Haufen von je dreihundert Mann: nun schritt er an ihrer Spitze, der zum Angriff Geordneten, ruhig voran. Anicius folgte von ferne: Syphax ging, zwei Speere tragend, hart hinter seinem Herrn.

Die flüchtenden Geschlagenen in ihren Zwischenräumen hindurchfluten lassend rückten die Italier vor: die meisten alte Legionare aus Rom und Ravenna, Cethegus treu ergeben. Die gotischen Verfolger stutzten, als sie auf diese frische, übermächtige und wohlgeordnete Sturmschar stießen und wichen langsam gegen den Engpaß zurück.

Aber Cethegus folgte.

Über die blutige, leichenbedeckte Stelle, wo Teja zuerst den Bund der Zwölf vernichtet, über den weiter oben gelegenen Kampfplatz, wo Johannes gefallen war, ging er in gleichmäßigem, ruhigem Schritt hinweg, Schild und Speer in der Linken, das Schwert in der Rechten: hinter ihm, die Lanzen gefällt, die Legionare.

Schweigend, ohne Feldruf, ohne Tubatöne rückten sie den Berg empor.

Die gotischen Helden wollten nicht hinter ihren König in den Paß weichen. Sie hielten vor der Mündung. Guntharis war der erste, den Cethegus erreichte.

Des Herzogs Wurfspieß splitterte an seinem Schild: und gleich darauf stieß ihm Cethegus den Speer in die Weichen: in der Wunde brach der tödliche Schaft. Graf Grippa von Ravenna wollte den Wölsungen rächen: er schwang, weit ausholend, das lange Schwert über dem Haupt: aber Cethegus unterlief den Hieb und stieß dem alten Gefolgsmann Theoderichs das breite Römerschwert in die rechte Schulterhöhle: er fiel und starb. Zornig schritt Wisand, der Bandalarius, gegen Cethegus heran: die Klingen kreuzten sich: Funken stoben aus den Schwertern und den Helmen: da parierte geschickt Cethegus einen allzu ungefügen Hieb und ehe der Gote sich wieder gedeckt, stieß er ihm das Schwert in den Schenkel, daß das Blut hochaufspritzte. Wisand wankte: zwei Vettern trugen den Verwundeten davon. Sein Bruder, Ragnaris von Tarent, lief Cethegus von der Seite an: aber den sehr wohlgezielten Speerstoß riß Syphax, hinzuspringend, in die Höhe: und ehe Ragnaris den Speerschaft losgelassen und das Handbeil aus dem Gürtel gerissen, stieß ihm Cethegus das Schwert zwischen den Augen in die Stirn.

Erschrocken wichen die Goten vor dem Engpaß dem schrecklichen

Römer aus und drängten sich, neben ihrem König vorbei, in die deckende Schlucht. Nur Aligern, Tejas Vetter, wollte nicht weichen: er warf den Speer so stark auf des Cethegus Schild, daß er diesen durchbohrte: aber Cethegus ließ den Schild sinken und fing den Wild-Anrennenden mit dem Schwert ab: in die Brust gestoßen fiel Aligern in des alten Hildebrands Arme, der, seinen schweren Steinhammer fallen lassend, mit Mühe den Verwundeten an Teja vorbei in den Engpaß tragen wollte.

Zwar auch Aligern hatte gut getroffen: stark blutete des Cethegus Schildarm. Doch er achtete es nicht: nachdringend wollte er beide Goten, Hildebrand und Aligern, töten: da ersah Adalgoth den verhaßten Verderber seines Vaters. »Alarich! Alarich!« rief er mit heller Stimme: und vorspringend raffte er des alten Waffenmeisters schwere Steinaxt vom Boden auf: »Alarich,« rief er nochmal.

Hoch horchte Cethegus auf bei diesem Namen.

Da sauste die Steinaxt, scharf gezielt, heran und schlug schmetternd auf seinen stolz geschweiften Helm: betäubt sank Cethegus um: Syphax sprang hinzu, faßte ihn mit beiden Armen und riß ihn rückwärts aus dem Gefecht.

Aber die Legionare wichen nicht: sie konnten gar nicht weichen: hinter ihnen drängten, von Narses nachgeschickt, zwei tausend Perser und Thraker empor.

»Wurfspeere herbei,« befahl ihr Führer Aniabedes. »Keinen Nahekampf! Mit Wurfspeeren überschüttet den König, bis er fällt. So hat Narses geboten!« Und gerne gehorchten die Truppen dem Gebot, das ihr Blut zu sparen verhieß. Ein so furchtbarer Hagel von Geschossen schlug alsbald wider die schmale Mündung der Schlucht, daß kein Gote mehr heraus und vor den König zu treten vermochte.

Und nun verteidigte Teja, den Engpaß mit seinem Leib und seinem Schilde deckend, geraume, sehr geraume Zeit, ganz allein, sein Gotenvolk.

Bewunderungsvoll hat uns Prokop, nach der Augenzeugen Bericht, diesen letzten Kampf des Teja beschrieben. »Nun hab' ich das Gefecht zu schildern, das höchst denkwürdige, und eines Mannes Heldentum, das hinter keinem derer, die man Heroen nennt, zurücksteht: des Teja. Er stand, allen sichtbar, mit dem Schilde gedeckt, den Speer zückend, vor der Schlachtreihe der Seinen. Alle tapfersten Römer, deren Zahl groß war, stürmten nur gegen ihn an: denn mit seinem Fall, meinten sie, sei der Kampf zu Ende. Alle schleuderten und stießen auf ihn die Lanzen: er aber fing die Lanzen sämtlich auf mit seinem Schild: und er tötete in plötzlichem Ansprung einen nach dem andern, Unzählige. Und wenn der Schild so schwer von Geschossen starrte, daß er ihn nicht mehr halten konnte, winkte er dem Schildträger, der ihm einen neuen reichte: so stand er, nicht sich wendend und etwa auf den Rücken den Schild werfend und weichend: sondern fest, wie in die Erde gemauert, stand er: dem Feinde mit der Rechten Tod bereitend, mit der Linken von sich den Tod abwehrend und immer dem Waffenträger nach neuen Schilden und neuen Speeren rufend.«

Wachis und Adalgoth waren es, die — aus dem Königshort waren Schilde und Speere haufenweise herangeschleppt worden — ihm immer neue Waffen reichten.

Endlich sank den Römern, Persern und Thrakern der Mut, als sie alle ihre Anstrengungen an dem lebendigen Schild der Goten scheitern und jeden Vordersten, Kühnsten der Ihrigen, von dem Speer des Königs erreicht, fallen sahen. Sie wankten: die Italier riefen ängstlich nach Cethegus: sie flohen.

Da fuhr Cethegus aus seiner langen Betäubung auf.

»Syphax, einen frischen Speer! Halt,« rief er, »steht, ihr Römer! *Roma, Roma eterna!*« Und hoch sich aufrichtend schritt er gegen Teja heran.

Die Römer erkannten seine Stimme. *»Roma! Roma eterna!«* antworteten sie und standen.

Aber auch Teja hatte diese Stimme erkannt.

Von zwölf Lanzen starrte sein Schild: er konnte ihn nicht mehr halten: aber da er den Heranschreitenden erkannte, dachte er nicht mehr des Schildwechsels.

»Keinen Schild! Mein Schlachtbeil! Rasch!« rief er. Und Wachis reichte ihm die Lieblingswaffe.

Da ließ König Teja den Schild fallen und sprang, das Schlachtbeil schwingend, aus dem Engpaß auf Cethegus. »Stirb, Römer!« rief er.

Scharf bohrten die beiden großen Feinde noch einmal Aug' in Auge. Dann sausten Speer und Beil durch die Luft: denn keiner dachte der Abwehr.

Und beide fielen. Tejas Beil drang mit der Speerspitze durch Schild und Harnisch in des Cethegus linke Brust. *»Roma! Roma eterna!«* rief er noch einmal. Dann sank er tot zurück.

Sein Speer hatte den König in die rechte Brust getroffen: nicht tot, aber sterbenswund, trugen ihn Wachis und Adalgoth in den Paß. Und sie hatten Eile damit.

Denn als sie — endlich! — den König der Goten fallen gesehen: acht Stunden hatte er ununterbrochen gekämpft und es neigte zum Abend: da rannten alle Italier, Perser, Thraker und, von unten aufsteigend, neue Schlachthaufen gegen den Engpaß, den nun Adalgoth mit dem Schilde deckte: Hildebrand und Wachis standen hinter ihm.

Des Cethegus Leiche hatte Syphax mit beiden Armen umschlungen und seitwärts aus dem Getümmel getragen.

Laut aufschluchzend hielt er das edle Haupt, im Tode von hehrer Majestät fast über Menschenmaß hinaus verklärt, auf den Knieen. Vor ihm, gegen den Engpaß hin tobte der Kampf.

Da bemerkte der Maure, daß Anicius, gefolgt von einer Byzantinerschar — auch Scävola und Albinus erkannte er darunter — sich ihm, gebieterisch deutend, näherte.

»Halt,« rief er aufspringend, »was wollt ihr?«

»Das Haupt des Präfekten, dem Kaiser zu bringen,« sprach Anicius. »Gehorche, Sklave!«

Aber Syphax stieß einen gellenden Schrei aus: sein Wurfspeer flog und Anicius fiel. Und pfeilschnell, ehe die andern, mit dem Sterbenden beschäftigt, näher gekommen waren, hatte Syphax die teure Last auf den Rücken gehoben und rannte damit, rasch wie der Wind ungangbare Pfade, die fast senkrechten Lavaklippen hinauf, neben dem Engpaß, eine Wand empor, die Goten und Byzantiner bisher als unersteiglich betrachtet. Syphax klomm rasch und rascher hinauf. Sein Richtpunkt war die kleine Rauchsäule, die hart jenseit der Lavawand emporstieg. Denn dicht jenseit der Felsklippe gähnte einer der kleinen Kraterrisse des Vesuvs.

Einen Augenblick noch hielt Syphax inne auf dem Grat des schwarzen Felsens: auf beiden starken Armen hob er des Cethegus Leiche noch einmal wagrecht in die Höhe, der sinkenden Sonne die stolze Gestalt zeigend.

Und plötzlich waren Herr und Sklave verschwunden.

Der Feuerberg hatte mit Syphax, dem treuen, den toten Cethegus, seine Größe und seine Schuld in dem brennenden Schoße begraben. Er war entrückt dem kleinen Haß seiner Feinde.

Scävola und Albinus, die den Vorgang mit angesehen, eilten zu Narses und forderten, man solle an dem Krater nach der Leiche forschen:

Narses aber sprach: »Gönnt dem Gewalt'gen sein gewaltig Grab. Er hat's verdient. Mit Lebenden und nicht mit Toten kämpf' ich.«

Aber im gleichen Augenblick fast verstummte auch der laute klirrende Kampf um den Engpaß, an welchem Adalgoth, nicht unwürdig seines königlichen Harfen- und Speermeisters Teja, dem Ansturm der Feinde heldenmütig und todeskühn wehrte.

Denn während, hinter Adalgoth stehend, Hildebrand und Wachis plötzlich riefen: »Seht auf das Meer! Das Meer! Die Drachenschiffe! Die Nordlandhelden! Harald! Harald!« mahnten von unten, von der Sänfte des Narses her, feierliche Tubatöne zur Einstellung des Kampfes, zur Waffenruhe: sehr freudig senkten die kampfesmüden Byzantiner die Schwerter.

König Teja aber, der auf seinem Schilde lag — den Speer des Cethegus herauszuziehen, hatte Hildebrand verboten — »denn mit seinem Blute fließt sein Leben hin« — forschte mit leiser Stimme: »Was hör' ich da rufen? Die Nordlandhelden? Ihre Schiffe? Harald ist da?«

»Ja: Harald und Errettung für den Rest des Volkes, für uns und: für die Frau'n, die Kinder« — jubelte Adalgoth, an seiner Seite knieend. »So war es nicht umsonst, du ewig teurer Held, dein unvergleichlich Heldentum, dein stundenlanges Ausharren über Menschenkraft! Basiliskos kam soeben als Gesandter des Narses: Harald hat die »jonische Flotte« des Kaisers vernichtet im Hafen von Brundusium: er droht mit Landung, mit neuem Angriff den müden Byzantinern: er fordert, was von uns noch lebt, davonzuführen, mit Wehr und Waffen und Gerät, in die Freiheit, nach Thuleland. Narses hat eingewilligt: er ehre, sagt er, König Tejas hohes Heldentum an seines Volkes Resten. Dürfen wir? o dürfen wir, mein König?«

»Ja,« sprach Teja mit brechenden Augen. »Ihr dürft und sollt. Frei, gerettet unsres Volkes Reste! Die Frauen, die Kinder — Heil mir! — nicht in den Vesuv! Ja, führt nach Thuleland alle noch Lebenden: und nehmt auch mit die beiden Toten: den König Theoderich und ...«

»Und König Teja!« sprach Adalgoth und küßte des Toten Mund.

Und so war's geschehen und also geschah's.

Schon gleich nachdem Narses sein Zelt verlassen, ward ihm ein Fischer zugeführt, der, auf kleinem, schnellem Fahrzeug soeben um die Landzunge von Surrentum gesegelt, versicherte, eine ungeheure Kriegsflotte der Goten sei im vollen Ansegeln begriffen. Narses lachte dazu: er wußte, daß auf allen Meeren kein Gotenkiel mehr schwamm. Näher befragt mußte der Fischer gestehn, die Flotte allerdings nicht selbst gesehen zu haben: Kaufleute hätten ihm davon erzählt und von einer großen Seeschlacht, in welcher die Goten bei Brundusium die »jonische Flotte« des Kaisers vernichtet. Das war nun unmöglich, wie Narses wohl wußte. Und nachdem der Fischer das Ansehen der angeblichen Gotenschiffe, nach Mitteilung seiner Gewährsmänner, geschildert, rief der Feldherr: »Nun, endlich kommen sie! Trieren und Galeeren: das sind ja *unsere* Schiffe, die also in Sicht sind, nicht gotische.«

An die Wikingerflotte, die seit vier Monden verschollen war und als nach Norden zurückgekehrt galt, dachte niemand.

Wenige Stunden darauf, während der Kampf um den Engpaß, alle Aufmerksamkeit fesselnd, tobte, ward Narses von den Küstenwächtern wirklich die Annäherung einer sehr großen kaiserlichen Flotte gemeldet: deutlich habe man das Schiff des Nauarchen, die Sophia, erkannt: doch sei die Zahl der Segel viel größer als man erwartet: auch die von Narses entgegengeschickten Schiffe, die zur Eile hatten mahnen sollen, seien darunter: diese segelten in erster Linie: der frische Südostwind müsse sie bald auf die Höhe des Lagers führen. Und bald konnte Narses selbst von seiner Sänfte aus auf dem Hügel den prachtvollen Anblick der mit vollen Segeln und von eifriger Ruderkraft herangetriebenen Flotte genießen.

Beruhigt wandte er den Blick wieder den Kämpfenden auf dem Vesuve zu: als plötzlich aus dem Lager Boten ihn erreichten, die furchtbar jene Gerüchte bestätigten oder vielmehr noch Schlimmeres meldeten. Sie waren einer Gesandtschaft vorausgeeilt, die, gerade als Cethegus gegen Teja zum letzten Kampf schritt, bei des Narses Sänfte anlangte: es waren, mit gebundenen Händen, die Nauarchen der »jonischen Flotte«, die zugleich die Botschaft der vier sie geleitenden Nordmänner verdolmetschten.

Sie erzählten kurz, daß sie, im Hafen von Brundusium, in stürmischer Nacht, von der für längst verschwunden erachteten Flotte der Wikinger überfallen und ihre Schiffe fast alle genommen seien: entkommen, um zu warnen, konnte nicht eines, da die Feinde den Hafen sperrten.

Nachdem Jarl Harald den drohenden Untergang des am Vesuv zusammengedrängten Restes der Goten erfahren, habe er geschworen, deren Fall zu wenden oder zu teilen: und nun seien sie, die genommenen Griechenschiffe vorausschickend und hinter diesen ihre Drachen weislich bergend, auf den Flügeln des Ostwindes herangebraust.

»Und so,« schloß der Dolmetsch, »so spricht Harald der Wiking: »Entweder: ihr verstattet, daß alle noch lebenden Goten, mit Waffen und Habe auf unsern Schiffen abziehn aus dem Südland, mit uns in die Heimat kehrend, wofür wir alle unsre Tausende von Gefangnen und alle genommenen

Schiffe, die wir nicht zur Unterbringung der Goten brauchen, herausgeben. Oder: wir töten sofort alle unsre Gefangnen, landen und fassen dein Lager und Heer im Rücken. Dann siehe zu, wie viele von euch, von den Goten und von uns, von Stirn und Rücken angegriffen, übrig bleiben werden: denn wir Nordmänner kämpfen dann bis zum letzten Mann: ich hab's geschworen bei Odhin.«

Ohne Besinnen gewährte Narses den Abzug der Goten. »Ich habe nur geschworen, sie aus dem Reich, nicht aus der Welt zu schaffen. Wenig Ruhm brächte es, den armen Rest solch' edeln Volkstums mit Übermacht zu Tod zu würgen; ich ehre dieses Tejas Heldentum: in vierzig Jahren des Krieges hab' ich seinesgleichen nicht gesehen. Und durchaus nicht verlangt mich, zu erproben, wie mein tief erschüttert Heer, das einen Tag des furchtbarsten Kampfes hinter sich, fast alle seine Führer und die tapfersten Männer verloren hat, diesen Nordlandriesen, die frisch an Kraft und Mut daher kommen, widerstehn würde.«

Und so hatte denn Narses sofort Herolde auf die Schiffe Haralds und nach dem Engpaß geschickt: der Kampf ward eingestellt: der Abzug der Goten begann.

In langer, vom Berge bis an das Meer reichender Doppelreihe bildete das Heer des Narses Spalier: die Wikinger hatten vierhundert Helme gelandet, die an der Küste die Heranschreitenden in Empfang nahmen.

Noch bevor jedoch der Zug begann, winkte Narses Basiliskos heran und sprach: »Der Gotenkrieg ist aus: der Edelhirsch erlegt: jetzt fort mit den Wölfen, die ihn uns gehetzt: die Führer der Langobarden, wie steht's mit ihren Wunden?«

»Bevor ich antworte,« sprach Basiliskos ehrerbietig, »nimm hier den Lorbeerkranz, den dir dein Heer gewunden hat: es ist Lorbeer vom Vesuvius, vom Paß da oben: Blut liegt auf den Blättern.«

Narses schob den Kranz zuerst abweisend mit der Hand zurück, dann sprach er: »Gieb, 's ist gut.« Aber er legte ihn neben sich in die Sänfte.

»Autharis, Warnfrid, Grimoald, Aripert, Agilulf und Rotharis sind tot: sie haben über siebentausend Mann verloren: Alboin und Gisulf liegen reglos, tief wund in ihren Zelten.«

»Gut! Sehr gut! Sowie die Goten eingeschifft, läßt du die Langobarden sofort abführen: sie sind entlassen aus meinem Dienst und Alboin sagst du zum Abschied von mir nur das Eine: »Nach des Narses Tod, vielleicht: aber ganz gewiß nicht früher.« »Ich aber bleibe hier in der Sänfte: stützt mich mit den Kissen: ich kann nicht mehr stehen: dies wunderbare Schauspiel muß ich sehen.«

Und wahrlich, ein wunderbares, ein erschütternd großartiges Schauspiel war es: die letzten Goten, die dem Vesuv und Italien den Rücken wandten und die geschnäbelten Schiffe bestiegen, die sie nach dem sichern Norden bergend davontrugen.

Feierlich und ernst schollen die Rufe der gotischen Heerhörner aus der unbezwungenen, vom Feinde nicht betretenen Teja-Schlucht, in langen Pausen. Dazwischen erklang eintönig, ernst, ergreifend, aber nicht weichlich, der Gesang der Männer, Frauen und Kinder: die alten Totenlieder des Gotenvolks.

Hildebrand und Adalgoth — die letzten Führer, die silberweiße Vergangenheit und die goldne Zukunft — hatten den Abzug geordnet.

Voran schritt, in vollen Waffen, aufrecht, in trotzig ernster Haltung, eine halbe Tausendschaft, geführt von Wisand, dem Bandalarius, der, trotz seiner Wunde, kräftig aufgerichtet, auf den Speer gestützt, den Zug eröffnete.

Darauf folgte, auf seinem letzten Schilde hingestreckt, den Speer des Cethegus in der Brust, ohne Helm, von den langen, schwarzen Locken das edle, bleiche Angesicht umrahmt, König Teja, bedeckt mit rotem Purpurmantel, von vier Kriegern getragen.

Hinter ihm schritten Adalgoth und Gotho.

Adalgoth aber sang und sprach mit ernster Stimme zu den leisen Klängen der Harfe in seinem linken Arm:

»Gebt Raum, ihr Völker, unsrem Schritt:
Wir sind die letzten Goten:
Wir tragen keine Krone mit:
Wir tragen einen Toten.

Mit Schild an Schild und Speer an Speer
Wir zieh'n nach Nordlands Winden,
Bis wir im fernsten grauen Meer
Die Insel Thule finden.

Das soll der Treue Insel sein,
Dort gilt noch Eid und Ehre:
Dort senken wir den König ein
Im Sarg der Eichenspeere.

Wir kommen her — gebt Raum dem Schritt
Aus Romas falschen Thoren:
Wir tragen nur den König mit
Die Krone ging verloren.«

Als die Bahre an Narses' Sänfte gelangt war, gebot dieser Halt und rief auf lateinisch mit lauter Stimme:

»Mein ward der Sieg: aber ihm der Lorbeer. Da, nimm ihn hin! Ob kommende Geschlechter Größeres schauen, steht dahin: heute aber, König Teja, grüß' ich dich, den größten Helden aller Zeiten!« Und er legte den Lorbeerkranz, den ihm sein siegreich Heer gewunden, auf des Toten bleiche Stirn nieder.

Die Träger nahmen die Bahre wieder auf: und langsam und feierlich, unter den Tönen der Hörner, der Totengesänge und von Adalgoths silberklingender Harfe, schritten sie weiter an das Meer, das nun schon prachtvoll im Abendgolde glühte.

Dicht hinter Teja wurde ein hochragender Purpurthron getragen: auf diesem ruhte die hehre, schweigende Gestalt Dietrichs von Bern: den Kronhelm auf dem Haupt, den hohen Schild am linken Arm, den Speer an die rechte Schulter gelehnt: zu seiner Linken schritt der alte Hildebrand, das Auge unverwandt auf seines Königs Leiche gerichtet, die im Strahl der untergehenden Sonne in dem Purpurmantel magisch gleißend glühte: hoch hielt er das ragende Amalungenbanner mit dem steigenden Löwen im blauen Feld über des großen Toten Haupt: der Abendwind des ausonischen Meeres rauschte in den Falten der gewaltigen Fahne: in Geistersprachen schien sie Abschied zu nehmen von den italischen Lüften.

Als die Leiche an Narses offener Sänfte vorübergetragen wurde, sprach Narses: »Am Schauer erkenn' ich es, der mich durchdringt — das ist der weise König von Ravenna! Erst ward ein Stärkerer: hier wird ein Größerer an uns vorbeigetragen. Thun wir danach.« Und mit Anstrengung erhob er sich in seiner Sänfte und beugte verehrend vor der Leiche das Haupt.

Hierauf folgten, auf Tragbahren oder gestützt oder auch auf den Armen getragen, die Verwundeten: deren Zug eröffnete Aligern, den Wachis und Liuta mit zwei Kriegern auf breitem Schilde trugen.

Daran schlossen sich die Truhen und Laden, Kisten und Körbe, in welchen der Königshort Theoderichs und die bis dahin in der Wagenburg geborgene Fahrhabe der Einzelsippen, dem Vertrage gemäß, von dannen getragen wurde.

Hierauf wogte der große Haufe der Wehrunfähigen, der Frauen, Mädchen, Kinder und Greise: die Knaben aber vom zehnten Jahre ab hatten die ihnen anvertrauten Waffen nun und nimmer wieder abgeben wollen: und sie bildeten eine besondere Schar. Narses lächelte, als die kleinen, blonden Helden so trotzig und zornig zu ihm emporblickten: »Nun,« sagte er, »es ist dafür gesorgt, daß des Kaisers Nachfolger und ihre Feldherren auch noch Arbeit finden.«

Den Schluß des ganzen Zuges bildete dann der Rest des gesamten Volksheers, nach Hundertschaften gegliedert.

Zahlreiche Boote vermittelten die Einschiffung der Menschen und ihrer Habe auf den hochbordigen Drachen der Nordmänner.

Tejas und Theoderichs Leiche, die Königsfahne und der Königshort wurden auf das Schiff Haralds und Haraldas gebracht: der große Dietrich von Bern ward auf seinem Purpurthron an den Hauptmast gelehnt und sein Löwenbanner aufgezogen als Hochflagge; zu seinen Füßen bettete sich der alte Hildebrand.

Vor dem Steuer aber ward von Adalgoth und Wisand König Tejas Leiche niedergelegt: trauervoll traten der gewaltige Harald und seine schöne Schwester heran.

Der Wiking legte die gepanzerte Hand auf des Toten Brust und sprach: »Nicht konnt' ich dich retten, todeskühner Schwarzkönig, dich und dein Volk. So laß dich mitführen und den Rest der Deinen nach dem Land der Treue und Stärke, daraus ihr niemals hättet scheiden sollen. So bring ich denn dem König Frode doch das Gotenvolk zurück.«

Haralda aber sprach: »ich aber will mit geheimen Künsten des edlen Toten Leib verwahren, daß er dauern soll bis wir landen auf der Heimat Küste! Da wollen wir ihm und König Thidrekr das Hügelgrab wölben nahe der See, daß sie die Brandung rauschen hören mögen und Zwiesprach tauschen miteinander. Denn diese beiden sind einander wert.

Sieh hin, mein Bruder: am Strande steht geschart der Feinde Heer: ehrerbietig senken sie die Fahnen: und glühend sinkt die Sonne dort hinter Misenum und jenen Inseln: Purpur deckt das Meer wie ein weiter Königsmantel: Purpur färbt unsre weißen Segel und Gold schimmert auf allen

Waffen: sieh, wie der Südwind das Banner Thidrekrs hebt: nach Norden weist der Wind, der da der Götter Wille weiß: auf, Bruder Harald, laß die Anker lichten! Richte das Steuer, wende des Drachen Bug! Auf, Freias kluger Vogel, flieg, mein Falke« und hoch warf sie den Falken in die Luft — »weise den Weg — nach Norden! gen Thuleland! Heim bringen wir die letzten Goten.«